KB115996

고야, 혹은 인식의 혹독한 길

Goya, oder Der arge Weg der Erkenntnis

Lion Feuchtwanger

대산세계문학총서 147

고야, 혹은 인식의 혹독한 길

Goya, oder Der arge Weg der Erkenntnis

리온 포이히트방거 지음 | 문광훈 옮김

문학과지성사

대산세계문학총서 147_소설

고야, 혹은 인식의 혹독한 길

지은이 리온 포이히트방거
옮긴이 문광훈
펴낸이 이광호
펴낸곳 ㈜문학과지성사
등록번호 제1993-000098호
주소 121-894 서울 마포구 잔다리로7길 18(서교동 377-20)
전화 02) 338-7224
팩스 02) 323-4180(편집) 02) 338-7221(영업)
전자우편 moonji@moonji.com
홈페이지 www.moonji.com

제1판 제1쇄 2018년 2월 26일

ISBN 978-89-320-3080-7 04850
ISBN 978-89-320-1246-9 (세트)

이 도서의 국립중앙도서관 출판예정도서목록(CIP)은 서지정보유통지원시스템 홈페이지(http://seoji.nl.go.kr)와 국가자료공동목록시스템(http://www.nl.go.kr/kolisnet)에서 이용하실 수 있습니다.
(CIP제어번호: CIP2018005120)

이 책은 대산문화재단의 외국문학 번역지원사업을 통해 발간되었습니다.
대산문화재단은 大山 愼鏞虎 선생의 뜻에 따라 교보생명의 출연으로 창립되어
우리 문학의 창달과 세계화를 위해 다양한 공익문화사업을 펼치고 있습니다.

차례

일러두기

1. 이 책은 Lion Feuchtwanger의 *Goya, oder Der arge Weg der Erkenntnis*(Berlin: aufbau, 2008)를 우리말로 옮긴 것이다.
2. 본문의 주는 모두 옮긴이의 것이다.

1부

1

18세기 말 무렵 서유럽의 거의 모든 곳에서 중세는 말살되었다. 그러나 세 면이 바다로, 그리고 네번째 면은 산으로 막혀 있던 이베리아 반도에서는 중세가 계속 이어졌다.

아랍인들을 반도에서 몰아내려고 왕국과 교회는 수백 년 전부터 확고한 동맹을 맺어야 했다. 승리는 왕들과 성직자 계급이 스페인 여러 종족을 가장 가혹한 규율로 결속시킬 수 있을 때에만 가능했다. 그것은 실제로 성공했다. 그들은 왕위와 제단에 대한 광포할 만큼 열정적인 믿음 속에서 이 종족을 하나로 만들었다. 그리하여 그 혹독함과 통일성은 남아 있게 되었다.

18세기 말 이베리아 전통은 비극적일 만큼 우스꽝스럽게 굳어 있었다. 이미 200년 전 이 땅의 가장 위대한 작가*는 어둡고 기이한 불굴의 의지로 작품의 소재를 끌어냈다. 그는 낡고 기사도적이며 쓸모없게 돼버린 관례를 포기할 수 없는 어느 기사 이야기로부터 영원히 타당한 한 가지 비유를 창조해냈고, 참으로 사랑스러운 그 주인공은 감동적이고 우스꽝스러운 모습으로 전 세계에 유명해졌다.

스페인 사람들은 돈키호테를 비웃었지만, 전통을 지키려는 의지는 포기하지 않았다. 이 반도에서는 서유럽의 그 어떤 곳보다 더 오래 중세

* 스페인의 작가 세르반테스(Miguel de Cervantes, 1547~1616)를 말한다. 세르반테스는 24세 때 레판토 해전에서 가슴과 왼손에 총상을 입었고, 그 후유증으로 평생 왼손을 쓰지 못했다. 그럼에도 4년이나 더 군인으로 복무한 후 28세 때 퇴역하지만 귀향길에 해적의 포로가 되어 알제리에서 5년간 감옥생활을 해야 했다. 근대 소설의 시작으로 평가받는 그의 소설 『돈키호테』는 대단한 성공을 거두었지만, 생활고 때문에 그 원고를 이미 팔아넘긴 까닭에 세르반테스는 경제적 이득을 얻지 못했다.

적 기사도 정신이 유지되었다. 전사적 미덕, 어리석을 정도로 영웅적인 거만함, 성모 마리아에 대한 경배에서 나온 거리낌 없는 여성 숭배…… 이런 특징들은 스페인의 이상(理想)으로 남게 되었다. 기사도적 관습은 이미 오래전부터 아무런 의미도 없었지만, 사라지지 않았다.

지식이나 이성을 무시하는 풍조가 이런 과장된 전사적 몸짓과 결부되어 있었다. 악명 높든 저명하든, 세상에 대한 엄청난 자부심이나 국가에 대한 모든 사람들의 자부심, 그리고 자기가 속한 사회 계층에 대한 각자의 자랑도 그와 같은 것이었다. 기독교 자체는 스페인에서 순종심과 쾌활함을 잃었고, 대신 거칠고 음울하고 오만한 특성을 갖게 되었다. 교회는 위압적이고 전투적이며 남성적이고 잔인해졌다.

이런 식으로 18세기에서 19세기로 넘어가는 전환기에 이 나라는 지구상에서 여전히 가장 낡아빠진 나라였다. 이 나라 도시는 물론 사람들의 옷차림이나 움직임, 표정은 이방인이 보기에는 기이할 정도로 굳어 있어서, 태곳적 잔재인 것 같은 느낌을 주었다.

그러나 북쪽 산 너머에는, 오직 산 때문에 스페인과 분리된, 이 세상에서 가장 밝고 이성적인 나라가 있었으니, 그것은 프랑스였다. 산맥 너머로 그 나라의 이성과 활기가, 모든 차단 조처에도 불구하고 밀려왔다. 반도 사람들도 굳어진 표면 아래로 아주 천천히 변해갔다.

당시 스페인은 다른 나라의 왕, 말하자면 프랑스에 뿌리를 둔 부르봉 왕가의 군주가 통치했다. 스페인 사람들은, 이전에 그들이 합스부르크 왕가 사람들을 스페인화했듯이, 이 왕들 또한 스페인에 적응하도록 강제할 수 있었을 것이다. 그러나 스페인 귀족들은 프랑스 왕과 프랑스 환경을 통해 낯선 풍속을 알게 되었고, 많은 사람들이 그 풍속을 사랑하게 되었다.

귀족들은 천천히 변한 반면, 대부분의 민중은 이전 풍속을 완강하게 고수했다. 일반 서민은 대귀족이 무시한 법이나 의무를 진지하고 열렬하게 받아들였다. 가장 고귀한 스포츠는 명문세가의 특권인 투우였다. 투우 연습이나 관람은 귀족에게만 허용되었다. 최고 귀족이 더 이상 투우를 즐기지 않게 되었을 때, 민중은 그만큼 더 열렬히 이 거친 풍습을 즐겼다. 그리하여 최고 귀족의 예의범절은 느슨하게 풀어진 반면, 민중의 몸가짐은 더 엄격해졌다. 예를 들어 구두장이는 하급 귀족인 이달고 Hidalgo로 여겨지는 데 신경 썼고, 재단사는 성가신 칭호를 환영했다. 돈키호테는 퇴직해 베르사유에서 온 우아한 신사로 변했다. 이제 민중은 그의 방패와 힘없이 비실대는 군마(軍馬)를 넘겨받았다. 산초 판사가 영웅적이고도 우스꽝스럽게 돈키호테가 된 것이다.

저 위쪽 피레네 산맥 너머에서 프랑스 민중은 왕의 목을 쳤고, 자신들의 위대한 지배자를 그 자리에서 내쫓았다. 반면 이곳 스페인 민중은 자신들의 군주를 신격화했다. 그 군주가 프랑스 출신이고, 국왕에 어울리지 않는데도 말이다. 왕은 민중에게 왕으로 남았고, 대공들 역시 대공으로 남았다. 대공들은 프랑스 풍습에 점점 더 많은 것을 보태었고, 공화국 프랑스와 협력하는 데 만족했던 반면에, 스페인 민중은 신을 모르는 프랑스인들에 반대해 열렬히 싸웠으며, 왕과 최고 귀족 그리고 성직자를 위해 자신을 바쳤다.

자기 자신 속에 깃든
이 모순을 감지한
스페인 사람들도 물론 있었네.
낡은 풍습과 새 풍습 사이에서,

느낌과 이해 사이에서
때로는 고통스럽게 그리고 열정적으로
그들은 싸움을 가슴으로
끝까지 해냈네.
때로 승리했지만, 늘 그렇지는 않았네.

2

알바의 13대 공작 부인 도냐 카예타나는 그녀가 사는 마드리드 궁전에서 친구들을 위해 연극 공연의 밤을 개최했다. 프랑스공화국의 공포 정치가 시작되기 전에 피레네 산맥을 넘어 피신해야 했던, 파리에서 온 왕립 연극배우 한 무리가 극작가 베르틀랭의 작품 「마리 앙투아네트의 고난」을 무대에 올렸는데, 이 작품은 동시대적 내용에도 불구하고 고전적 양식을 견지한 드라마였다.

많지 않은, 그러나 대부분 명문가 신사와 숙녀였던 관객들은 널따란 홀에서 길을 잃었다. 왜냐하면 무대 위 사건을 더 잘 비추느라 홀의 조명은 약했기 때문이었다. 여섯 운각(韻脚)의 단장격(短長格) 리듬이 무대에서부터 아래로 고상하고도 단조롭게 울렸는데, 이 숭고한 프랑스어가 스페인인들의 귀에 언제나 잘 이해되는 건 아니었다. 홀이 더워서, 편안한 소파에 앉은 청중에게 점차 우울하고도 아늑한 졸음이 덮쳐왔다.

고통을 감내하는 왕가의 여인은 무대에서 이제 두 아이, 즉 열네 살 된 숙녀 루아얄과 아홉 살 된 왕 루이 17세에게 고상한 교훈을 건넸다. 그런 뒤 올케 엘리자베스 공주 쪽으로 몸을 돌려, 앞으로 무엇이 닥쳐오든, 죽은 남편 루이 16세에 걸맞은 침착성을 지니겠다고 그녀는 맹세했다.

알바 공작 부인은 아직 나타나지 않았다. 그러나 첫번째 줄에는 그녀의 남편 비야브란카 후작이 앉아 있었다. 당시 관습에 맞게 그는 여러 다른 칭호 외에 부인이 갖고 있던 칭호도 갖고 있었다. 가냘프게 보였지만 얼굴은 통통한 이 조용하고 우아한 지배자는 검고 멋진 눈으로 수척한 연극배우를 묵상하듯 바라보았는데, 그 여배우는 무대 위에서 감상적이고 격정적인 시구(詩句)를, 마치 자신이 죽은 마리 앙투아네트라도 되는 듯 읊조렸다. 알바 공작은 최상급은 아닌 이 예술 공연에 민감했고, 그래서 처음부터 회의적이었다. 그러나 그의 사랑하는 공작비는 마리 앙투아네트 왕비의 끔찍한 죽음에 즈음하여 궁정이 지시한 애도 때문에 마드리드 생활이 죽도로 지겨워졌고, 그래서 어떻게든 뭔가를 해야 했다고 설명했다. 「마리 앙투아네트의 고난」 같은 작품을 공연하는 것은 삶을 고취시키고, 프랑스 왕이 몰락한 그 비통함을 드러낸다는 것이다. 공작은 유럽의 모든 궁전에서 변덕으로 자자한 그의 아내가 드넓은 마드리드 궁에서 지루해하는 것을 충분히 이해할 수 있었고, 그래서 비록 회의적이었으나 아내의 생각에 즉각 동의하고 참을성 있게 받아들였다.

알바 공작의 어머니인 비야브란카 후작 10세의 미망인은 그 옆에서 경청하며 소탈하게 앉아 있었다. 무대 위 합스부르크 여인은 얼마나 소리를 지르며 눈물을 짜내던지! 아니, 그것은 마리 앙투아네트가 아니었다. 비야브란카 후작 부인은 마리 앙투아네트를 보았고, 베르사유에서 그녀와 얘기를 나누기도 했다. 합스부르크와 부르봉 왕가의 마리 앙투아네트는 매력적인 여인이었다. 쾌활하고 사랑스러웠으며, 어떤 면에서는 너무 눈에 띄고 목소리가 큰 인물이었는지도 모른다. 하지만 그녀는 결국 합스부르크가의 왕녀에 지나지 않았고, 비야브란카의 겸손한 귀족 분위기는 그 어떤 것도 갖지 못했다. 말이 없고 겸손한 루이와 마리 앙투아네트의 관계는 돈 호세와 카예타나 알바의 관계와 아무런 유사성도 없었던가? 그녀는 아들을 슬쩍 쳐다보았다. 여리고 약한 면을 가진 사랑스러운 아들이었다. 그녀는 보고 겪은 모든 것을 아들과 관련지으며 살았다. 아들은 제 아내를 사랑했는데, 그 점은 며느리를 한 번이라도 본 사람이면 누구라도 이해했다. 하지만 그것이 문제가 아니었다. 아들은 어머니의 그늘 아래 있었지만, 세상 사람들에게는 알바 공작비의 남편이었다. 오, 정말이지 몇몇 사람들만 그가 그녀의 아들 호세임을 알았다. 그들은 그의 조용한 기품을 보면서 칭찬했다. 몇 되지 않는 사람들은 그의 내적 음악성만, 말하자면 그 존재가 지닌 놀랄 정도로 균형 잡힌 날개만 알았고, 그의 아내조차 그 점을 알지 못했다.

저 위 무대에서는 이제 잔혹한 인물인 혁명법정의 의장이 왕비에게 선고를 내리려고 자리해 있었다. 그는 다시 한 번 그녀의 모든 수치스러운 행위를 꾸짖은 뒤, 그 과도한 범죄를 기록한 어리석고도 끔찍한 목록을 엄숙히 소리 높여 읽었다.

널찍한 소파에 몸을 파묻은 채, 마르고 허약한 아브레 씨가 헐렁한 대사 제복을 입고 앉아 있었는데, 왕위 계승자의 전권대사인 그는 공화파에 체포된 왜소한 왕을 대신해 베로나에서 프랑스를 통치하고 있었다. 단 1제곱인치도 차지하지 못한 한 나라를 다스리는 일은 쉽지 않았다. 그런 통치자의 대사가 되는 일은 더더욱 쉽지 않았다. 아브레 씨는 늙은 외교관이었고, 수십 년간 베르사유의 영광을 대표하던 인물이어서 이 비참하고 새로운 상황에 적응하기 어려웠다. 그가 주인인 통치자의 위임으로 마드리드 궁정에 전해야 할 메시지는 가끔 매우 오만한 것이었고, 외교관 제복이 낡아 스페인 궁정의 지원이 없다면 점심 값도 낼 수 없을 것 같은 이 남자의 입에서 나오는 소리라고 믿기지 않을 정도로 기이하게 보였다. 아브레 씨가 외투의 가장 낡아빠진 쪽을 선원 모자로 덮으며 그 자리에 앉아 있었고, 그 옆에는 열여섯 살이 된, 예쁘고 날씬하지만 창백한 딸 제네비에브가 있었다. 그녀에게도 새 옷이, 프랑스의 관심에서건 그녀 자신의 관심에서건, 필요했는지도 몰랐다. 어쨌건 이들은 영락한 것이다. 그래도 알바 공작비가 초대했다면, 누구나 기뻐해야 했다.

저 위 무대에서는 혁명법정의 판사가 고통 받는 왕가의 여인에게 사형을 선고했고, 그녀는 남편과 하나가 되길 바란다고 대답했다. 하지만 그녀를 쉽게 죽이지는 못했다. 오히려 이 불경한 무뢰한들은 최후의 모욕적인 일을 생각해냈다. 무대의 이 끔찍한 사람은 시로 읊기를, 마리 앙투아네트는 수년에 걸쳐 무절제한 환락으로 프랑스를 세상 사람들 눈앞에서 모욕했다는 것이다. 그 때문에 그녀 스스로 면목을 잃었고, 배꼽까지 옷이 벗겨진 채 법정으로 끌려간 것은 민중의 의지라는 것이었다.

관객들은 이 잔혹한 사건에 대해 많은 보도를 읽었지만, 이것은 새로운 것이었다. 그들은 소스라치게 놀라서 흥분한 채 경청했고, 밀려오는 졸음을 떨쳐냈다. 공연은 모두의 관심 속에서 끝을 향해 치달았다.

이제 커튼이 닫히고, 사람들은 정중하게 손뼉을 쳤다. 손님들은 일어나 즐겁게 팔다리를 움직이며, 산책하듯 홀을 가로질러 갔다.

더 많은 촛불이 켜졌다. 그래서 누가 그곳에 있는지 알 수 있었다.

이 점잖은 신사 숙녀들 사이에서, 그 신중하고도 비싼 옷차림에도 불구하고 약간 서툴게 보이는 한 남자가 눈에 띄었다. 그는 크지 않았고, 두 눈은 무거운 눈꺼풀 아래 깊숙이 놓여 있었다. 아랫입술은 도톰하고 드세게 튀어나왔으며 이마에서 반듯하게 내려온 코는 통통하고 납작했고, 머리는 사자 갈기 같았다. 그는 어슬렁거리며 홀을 돌아다녔는데, 거의 모두가 그를 알아보고 그의 인사에 존경심으로 응답했다. "돈 프란시스코, 당신을 보게 되어 좋군요." 그는 이 말을 듣고 또 들었다.

돈 프란시스코 데 고야는 알바 공작비가 정선한 손님으로 초대해준 사실이 기뻤다. 그리고 사람들이 보여주는 이 존경심이 좋았다. 시골인 푸엔데토도스에서 이곳 알바 궁전까지는 기나긴 길이었고, 쉽지 않은 길이었다. 하지만 작은 프랑코*는 왕의 전속화가였고, 그래서 그가 이곳에서 이 신분 높은 신사 숙녀의 초상을 그려준다면, 누가 누구에게 호의를 베푸는 것인지 판단하기 쉽지 않았다.

그는 늙은 마르케사 비야브란카 부인 앞에서 고개를 깊이 숙였다. "당신은 이 작품과 공연을 어떻게 보았습니까, 돈 프란시스코?" 그녀가 물었다. "저는 마리 앙투아네트 여왕이 그렇게 말했으리라고는 생각할 수 없습니다. 만약 그랬다면, 그 죽음을 덜 애도하겠지요." 그는 대답했다. 마르케사 부인은 웃었다. 그녀는 말했다. "폐하 내외가 여기 계시지 않은 게 늘 유감이지요." 그러나 그녀의 목소리에는 장난기도 약간 서려 있었다. 그녀는 얇은 입술의 큰 입을 약간 씰룩인 채, 아름답고 기탄없는 눈길로 그를 쳐다보았다. 그도 웃었다. 그러면서 마르케사 부인이 말하지 않은 것, 말하자면 스페인의 부르봉 왕족이 프랑스에 있는 친인척의 목에 뭐가 겨눠졌는지 저녁 내내 들어야 했다면, 아마 불편함을 느꼈을 거라고 여겼다.

"돈 프란시스코, 당신은 언제 날 그려줄 건가요?" 마르케사 부인이 물었다. "내가 늙은 여자라는 건 압니다. 그리고 당신에겐 더 나은 일거리가 있겠지요." 그는 그렇지 않다고 열정적이고 설득력 있게 말했다. 마

* Francho: 프란시스코 고야의 애칭.

르케사 부인은 쉰다섯 살이지만 여전히 아름다웠고, 그녀 주변에는 아직 사라지지 않은 부유한 삶의 기운이 남아 있었다. 고야는 많은 것을 아는, 온화하게 체념한 그 얼굴을 바라보았다. 그리고 그는 소박하나 비싼 검은 옷과, 장미가 피어나는 부드러운 흰색 숄을 보았다. 그녀는 그가 젊은 시절 꿈속에서 대단한 여인으로 떠올렸던 바로 그런 여인이었다. 그래서 그녀를 그린다는 것이 기뻤다.

집사는 하객들을 거대한 접견실로 초대했는데, 그곳에서 알바 공작비가 그들을 맞이했다. 고야는 마르케사 부인을 따랐다. 그들은 회화관을 지나갔는데, 회화관은 연극 공연장과 접대실을 이어주었다. 그곳에는 스페인과 플랑드르 지방 그리고 이탈리아 거장의 정선된 작품들이 걸려 있었고, 그래서 누구든 그 그림들 앞에 멈춰 서지 않을 수 없었다. 가물거리는 양초 불빛 아래 과거의 삶이 여러 벽으로부터 강렬하게 비쳐 나왔다.

"어찌할 수 없군요." 마르케사 부인이 고야에게 말했다. "하지만 난 라파엘로*를 좋아해요. 여기 걸린 모든 작품 가운데 「성 가족」은 내가 가장 좋아하는 그림이지요." 흔히 통용되는 평가와는 다르게 고야는 라파엘로의 추종자가 아니었다. 그는 책임지지 않아도 좋을 만한 말로 다정히 응답할 참이었다.

하지만 그때 그들은 회화관의 끝에 도착했고, 그래서 거대한 응접실의 양쪽으로 열린 문을 통해 카예타나 데 알바 부인이 보였다. 그녀는 오랜 관습에 따라 융단 깔린 낮은 단 위에 앉아 있었는데, 그 연단은 넓은 틈이 난 작은 격자로 다른 홀과 나뉘어 있었다. 그녀는 여느 다른 귀부인들처럼 유행에 맞는 옷이 아니라 구식으로 재단된 스페인식 의상을

---

* Raffaello Sanzio(1483~1520): 이탈리아 문예부흥기의 건축가이자 화가로 르네상스의 고전 양식을 확립했다.

입고 있었다. 도냐 카예타나 부인은 그런 식이었다. 그녀는, 프랑스에서 오는 것이 좋으면, 프랑스로부터 받아들였다. 하지만 자신이 스페인 여자라는 사실을 부인하고 싶지 않았다. 그날 밤은 그녀를 위한 밤이었고, 그날의 초대는 그녀와 그 남편의 이름이 아닌 그녀 자신의 이름으로 이뤄졌다. 그래서 저녁의 첫번째 프랑스 부분보다 두번째 스페인 부분에 그녀가 더 신경 썼을 때, 아무도 그 생각을 나쁘게 여기지 않았다. 하지만 자기 집에서 열린 저녁 모임 중에 스페인 옷차림으로, 그것도 거의 마하* 처럼 나타난다는 것은 꽤 떠들썩한 효과를 일으켰다. "우리의 도냐 카예타나 부인은 늘 새로운 착상을 갖고 있지요." 마르케사 부인은 화가에게 말했다. "그녀는 영롱하게 빛나는군요."** 그녀는 프랑스어로 계속 말했다.

고야는 대답하지 않았다. 그는 어리숙한 표정으로 말없이 문 아래 서서 아무런 동요 없이 알바 부인을 응시했다. 그녀는 은회색 옷 위로 검은 레이스를 달고 있었다. 아무런 화장도 하지 않은 타원형 얼굴의 핏기 없는 온화함이 약간 갈색을 띠며 빛났고, 곱슬곱슬한 검은 머릿결이 높다란 빗으로 장식된 채 얼굴을 풍성하게 감싸고 있었다. 길게 늘어진 치마에서 삐져나온 두 발은 뾰족한 구두를 신어 앙증맞고도 귀엽게 보였다. 우스꽝스럽도록 작고 털 많은 흰 개가 그녀 무릎에 놓여 있었는데, 그녀는 그 개를 장갑 낀 왼손으로 쓰다듬었다. 반면 가늘지만 통통해 아이 손 같은 오른손은 아무것도 끼지 않은 채 안락의자 등받이 위에 반쯤 걸쳐 있었다. 그녀는 아무런 격식 없이 약간 펴진 뾰족한 손가락으로 비싼 부채를 쥐고 있었는데, 부채는 거의 접힌 채 아래로 향해 있었다.

고야가 여전히 말이 없었기 때문에, 마르케사 부인은 그가 자신의

---

* Maja: 민중 출신의 처녀를 말하는데 자세한 내용은 본문 312쪽 설명 참조.

** 원문은 프랑스어 "Elle est chatoyante."

프랑스 말을 이해하지 못했다고 여겼다. 그래서 "그녀는 고양이처럼 영롱하군요"라고 스페인 말로 다시 말했다. 돈 프란시스코는 계속 응시했다. 그는 공작비를 종종 만났고, 그녀의 초상화를 사심 없이 그리기도 했다. 그러나 그것은 제대로 되지 못했다. 그는 마드리드 사람들이 그렇게 자주 즐겨 말하는 이 대단한 부인의 얼굴을, 마치 놀이하듯이, 정중하지만 책임지지 않아도 되는 여러 초안에서 활용했다. 그는 그 초안들을 왕실 궁정에 걸 고블랭 걸개*에 쓰려고 제작했다. 그러나 그때도 초안을 알지 못했고, 이전에 결코 본 적도 없었다. 저 사람이 알바 부인인가?

무릎에 경련이 일었다. 그녀의 머릿결, 그녀 피부의 모든 숨구멍, 높이 솟구친 진한 눈썹, 그리고 검은 레이스 아래 반쯤 드러난 그 가슴은 그에게 헤아릴 길 없는 격정을 불러일으켰다.

마르케사 부인의 말은, 그가 의미를 제대로 파악하지도 못한 채, 계속 되울렸다. 그는 기계적으로 대답했다. "그래요, 카예타나는 참신하리만치 독립적이군요. 참으로 스페인적입니다." 그는 아직도 문 아래에서, 두 눈은 그녀에게 둔 채로 서 있었다. 그때 그녀가 그가 서 있는 방향으로 고개를 들었다. 그녀가 그를 보았던가? 그녀는 시선 한 번 돌리지 않고 그를 지나쳤던가? 그녀는 계속 말했고, 계속 왼손으로 강아지를 쓰다듬었다. 대신 오른손은 이제 부채를 들어, 부채 속 그림이 다 보이게 완전히 펼쳤다. 그것은 발코니에서 노래하는 어느 가수의 모습이었다. 그녀는 그 모습을 닫았다가, 다시 새로 펼쳐 보였다.

끔찍할 정도의 기쁨이 프란시스코의 호흡을 가쁘게 만들었다. 그것

---

* Gobelins: 파리에서 활동하던 염색가 고블랭Gobelin의 이름에서 나온 직물의 종류로, 고블랭의 공장에서 만들어진 태피스트리를 닮은 벽걸이 걸개 그림을 가리킨다. 생생한 회화적 장면을 많이 담고 있었다.

은 민중 출신의 처녀 마하가 교회에서, 공공 축제에서, 선술집에서 모르는 사람들에게 자신을 알리는 그들만의 어법이었다. 연단으로부터 온 신호는 어떤 강력한 격려의 메시지였다.

어쩌면 늙은 마르케사 부인은 그사이에 계속 말했을지도 모르고, 아마 그도 대답했을 것이다. 그는 알지 못했다. 어쨌든 그는 그때 무뚝뚝하고도 예의 없이 그녀를 떠나, 연단의 홀을 가로질러 갔다.

가라앉은 목소리, 웃음, 접시와 잔이 덜거덕거리는 소리가 곳곳에서 들렸다. 그 나직한 소음을 뚫고 연단으로부터 좀 세지만 날카롭지 않은 목소리, 아주 젊은 그녀의 목소리가 들려왔다. "마리 앙투아네트는, 전체적으로 보면, 약간 멍청하지 않아요?"라고 알바 부인은 물었다. 그녀는, 이 무례한 말이 사람들을 얼마나 당혹시켰는지 정확히 알아챘기 때문에, 다정스러운 야유조로 설명했다. "제가 말하는 건 물론 베르틀랭 씨 작품에 나오는 앙투아네트 말이에요."

이제 그는 단 위에 있었다. "우리 작품은 어땠나요, 고야 선생?" 그녀가 물었다. 그는 대답하지 않았다. 그곳에 선 채 그는 그녀를 차갑게 쳐다보았다. 그는 더 이상 젊지 않았다. 그는 마흔다섯 살이었고, 게다가 멋지지도 않았다. 납작하고 투실한 코, 깊게 들어간 눈, 그리고 두꺼운 데다 튀어나온 아랫입술과 둥근 얼굴은 유행인 듯 분 바른 풍성한 머릿결로 꾸며져 있었고, 우아한 코트에 딱 맞는 몸은 살쪄 있었다. 사자 모습의 이 사람 전체는 바로 이 손질 때문에 지나치게 유행을 타는 궁정 옷차림의 농부처럼 꼴사납게 보였다.

그래도 결국 대답했는지 그는 알지 못했고, 다른 사람들이 말했는지도 알지 못했다. 하지만 거만하고 괴팍한 그 엷은 갈색 얼굴에서 당혹스러운 목소리가 다시 들렸다. "내 레이스가 당신 마음에는 드나요?" 그녀는 물었다. "알바 원수(元帥)가 300년 전에 노획한 거예요. 플랑드르에서였던가 포르투갈에서였던가, 그 이상은 모르지만." 고야는 대답하지 않았다. "그 밖에 눈에 띄는 건 없나요?" 그녀는 계속 말했다. "당신은 나를 그렸어요. 그러니 날 아셔야죠." "그 그림은 쓸모없게 됐습니다." 이 말이 튀어나왔다. 평상시 낭랑하고 부드러운 그의 목소리는 쉬어서 우악스러울 만치 컸다. "고블랭산(産) 벽 걸개에 그려진 얼굴들도 장난질과 다름없습니다. 다시 한 번 그리고 싶습니다, 도냐 카예타나."

그녀는 동의도 부인도 하지 않았다. 그녀는 그를 쳐다보았고, 희미하게 빛나는 그 얼굴은 움직이지 않았지만, 금속 같은 검은 눈은 너무도 간절히 그를 향하고 있었다. 그녀는 3초 동안 그를 응시했고, 그래서 그 3초라는 영원 동안 사람 가득한 그 방에 두 사람만 있는 것처럼 느껴졌다.

그러나 그녀는 마법 같은 공감대를 깨버렸다. 그림을 위해 앉아 있을 시간이 없다고 그녀는 지나가듯 말했다. 그러고는 몽클로아에 시골집을 짓고 정돈하느라 바쁘다고 했다. 그 계획에 대해 마드리드에서는 말들이 많았다. 공작비가 죽은 프랑스 왕녀와의 경쟁심에서 베르사유 궁전 공원에 있는 것과 똑같은 이궁(離宮)을 만들려고 한다는 것이었다. 그 작은 성에서 그녀는 때때로 2, 3일간, 그것도 가족 친구들이 아닌 자기 친구들과 보내려 한다고 했다.

그러는 사이 그녀는 다시 이전 어조를 회복했다. "시간 날 때, 뭔가 다른 걸 그려주겠어요, 돈 프란시스코?" 그녀가 물었다. "이를테면 부채 같은 것 말이에요. 내게서 「성직자와 마하El Abate y la Maja」를 그리고 싶나요?" 그러나 그것은 라몬 데 라 크루스*의 막간극 「수도사와 마하El

* Ramon de la Cruz(1731~1794): 스페인의 신고전주의 극작가.

Fraile y la Maja」였다. 작지만 대담한 이 희극은 연인의 은밀한 생각 때문에 공개 상연이 금지된 작품이었다.

알바 공작비는 궁정화가 프란시스코 데 고야에게 부채 하나를 그려 달라고 요청했다. 거기에 특이한 점은 없었다. 도냐 이사벨 데 파르네시오 같은 부인이 그런 부채를 그리게 했는데, 그 부인은 천 개도 넘는 부채 수집으로 유명했다. 연단에서는 눈에 띄는 어떤 일도 일어나지 않았다. 그럼에도 주변에는 그들이 불온하고 금지된 공연에 참석하는 듯한 분위기가 흘렀다.

가엾은 돈 프란시스코,라고 늙은 마르케사 부인은 아래 홀에서 생각했다. 그녀 마음속에 조금 전 회화관에서 보았던 루벤스*의 그림이 떠올랐는데, 그 그림은 옴팔레**를 위해 실을 잣는 헤라클레스의 모습이었다. 이 노부인은 예의범절을 중시했지만, 그리고 화가는 이 최고 귀족 모임에서 유일한 민중 출신이었지만, 그가 그녀를 그토록 예의 없이 서 있게 한 점을 나쁘게 여기지는 않았다. 그리고 자신의 며느리가 그토록 걱정스럽게, 정말이지 부끄러운 줄도 모르고 흡족해하는 것도 마뜩잖게 여기지 않았다. 그녀는 도냐 카에타나를 이해했다. 그녀 자신이 많은 것을 체험했고, 삶을 사랑했다. 그녀의 허약하고 미숙한 아들에게는 삶의 가는 물줄기를 향유하게 해줄 외부의 강력한 흐름이 필요했다. 그래서 그에게는 도냐 카에타나 같은 아내를 옆에 두는 것이 좋았고, 사람들은 그 여자의 많은 부분을 눈감아주지 않을 수 없었다. 스페인 왕족들은 저물어 가고 있었고, 남자들은 점점 더 섬세해지고 더 허약해져갔다. 아직 힘이

---

* Peter Paul Rubens(1577~1640): 플랑드르의 화가로 「레오키포스 딸들의 납치」 등 바로크 미술을 대표하는 작품들을 남겼다.

** Omphale: 그리스 신화에서 헤라클레스가 3년간 섬긴 리디아의 여왕.

남아 있는 쪽은 여자들이었다. 예를 들어 저 위에서 화가와—이 나라의 몇 되지 않는 남자들 중 하나인—그토록 대담하고도 기품 있게 노닥거린 며느리가 그랬다.

알바공 자신은 이 놀이를 숙고하듯 커다란 눈으로 지켜보았는데, 이 놀이란 바로 그의 아내가 화가와 노닥거리는 것을 말했다. 그는 돈 호세 알바레스 데 톨레도이고, 베르비크와 알바의 13세 공작이며, 마르케스 데 비야브란카 11세이고, 그 밖에도 다른 많은 칭호를 갖고 있었다. 왕국에서 119명이나 되는 최고 귀족들 가운데 두 사람만 그와 서열이 같았다. 그는 이 세계의 모든 재산을 누리도록 축복받았다. 그는 가냘프지만 기품 있게, 그리고 매우 우아하게 그 자리에 앉아 있었다. 이 세상의 운명에 개입하라고 누구도 그에게 요구하지 않았다. 그의 출신이나 그가 얻은 칭호는 그 같은 권리를 그에게 주었지만 말이다. 알바라는 위대하고 자부심 넘치며 어두운 이름은 플랑드르 지방에서는 오늘날에도 공포를 일으켰다. 오히려 알바 가문은 통치권과 삶의 이 복잡한 일에 대한 많은 생각으로 지쳤는지도 모른다. 그에게는 다른 사람에게 무엇을 지시하거나 금하고 싶은 욕구가 일지 않았다. 그는 음악을 듣거나 직접 연주할 때만 참으로 기쁘다고 느꼈다. 음악과 관련될 때, 그는 마음속으로 힘을 느꼈다. 그래서 왕이 콜리세오 델 프린시페Coliseo del Príncipe 오페라단에 보조금을 계속 지불할 수 없다고 거부했을 때, 왕에게 반대했다. 그리고 당시 오페라 유지비를, 왕이 금지시킬 때까지, 스스로 떠맡았던 것이다. 그것은 도전적인 일이었다. 이제 그는 그의 아름다운 대공비(大公妃)가 어떻게 화가에게 미끼를 던지는지 보았다. 그는 자기 힘이 대단치 않다는 것을 알았고, 아내 카예타나가 예술가이자 남자인 돈 프란시스코에게 호감을 느낀다는 사실을 깨달았다. 공작비인 그녀는 화가에게 도움이 되었다. 하지만 그는 이 호감이 연민과 분리되지 않는다는 사실도 잘 알아챘다. 그녀는, 돈 프란시스코를 바라보는 시선으로, 그를 바라본 적이 결코 없었다. 그에게는 나직한 슬픔이 있었다. 혼자 있을 때, 알바 공작은 바이올린을 집어 하이든이나 보케리니와 함께 「마리 앙투아네트의 고난」을 연주했다. 그러면 영혼이 씻기는 듯한 느낌을 받았다. 그는 자신을 사랑하는 어머니의 걱정 가득한 시선이 자기한테 향하는 것을 느꼈다. 그는 표 나지 않게 미소를 지으며 어머니 쪽으로 고개를 돌렸다. 그들은 말없이도 서로 이해했다. 어머니는 아들이 자신의 아내가 연단 위에서 그렇게 장난치도록 기꺼이 허락한다는 걸 알고 있었다.

고야는 연단 위에서 카예타나 부인이 더 이상 자신에게 주의를 기울이지 않는다는 걸 알아챘고, 오늘 저녁에는 더 이상 눈여겨보지 않으리라는 것도 알았다. 그는 무례할 정도로 일찍 자리를 떠났다.

건물 밖에서는 좋지 않은 날씨가 그를 맞았다. 바람에다 눈비가 뒤섞인 소나기가 퍼붓는 마드리드 특유의 성가신 1월 저녁 날씨였다. 제복 입은 하인이 마차와 함께 기다리고 있었다. 알바 공작비로부터 초대받았을 때, 그는 궁정화가로서 이 마차를 이용할 수 있었다. 하지만 그는 마차를 그냥 보냈다. 사람들은 놀라워했지만, 그는 집으로 걸어가는 걸 더 좋아했다. 이 검소한 남자는 챙 높은 비단 모자나 신발이 상하는 것에도 개의치 않았다.

다가올 미래는 유혹하듯이 뭔가 거칠게 도전하게 만들면서도 불안하게 하며 그 앞에 놓여 있었다. 이틀 전에 비로소 그는 사라고사에 있는 친구 마르틴 사파테르에게, 일이 잘 정리되었다고 편지했다. 그건 사실이었다. 이제는 아내 호세파와 더 이상 다투지도 않았다. 그는 아이들에게서 기쁨을 느꼈다. 그녀가 낳은 아이들 가운데 물론 셋만 살아남았지만, 그러나 아이들은 사랑스럽고 건강했다. 아내의 오빠이자 왕의 수석화가인 바예우*는 성가신 인물이었다. 그는 고야에게 더 이상 자신의 예술과 생활방식을 권하지 않았다. 둘은 화해했다. 바예우는 위장병으로 심하게 고생을 해서 더 이상 오래 일할 수 없을 것이다. 아내와의 일은 이전처럼 그리 심하게 그를 괴롭히지 않았다. 만난 지 벌써 8개월 된 여자 친구 페파 투도는 이성적이었다. 고야는 1년 전에 덮친 심각한 발작을 이겨냈다. 이제는 기껏해야 귀가 어두운 정도였다. 재정 상태도 나쁘지 않았다. 국왕 폐하와 왕비는 기회 있을 때마다 그를 얼마나 칭찬하는지 보여주었고, 알쿠디아의 공작 돈 마누엘도 그러했다. 돈 마누엘은 왕비가 총애하는 인물이었다. 마드리드에서 이름 있고 돈 있는 사람이라면 모두 고야에게 초상화를 그려달라고 몰려왔다. "곧 오게, 내 진실한 마르틴." 그는 편지를 끝맺었다. "그래서 자네의 영원한 친구이자 귀여운 프랑코가 얼마나 만족하며 사는지 직접 보게. 아카데미 회원이자 궁정화가 프란시스코 데 고야 이 루시엔테스가." 편지의 위와 아래에 그는 행복이 계속되도록 십자가를 그려 넣었다. 그러고는 덧붙이기를, 성모 필라르**를 위해 4파운드 양초 두 개를 놓아달라고, 그래서 이 성모가 자기 행복을 지켜주도록 해달라고 친구에게 요청했다.

하지만 십자가와 양초도 도움이 되지 않았다. 이틀 전에 진실했던 것도 오늘은 더 이상 그렇지 않았다. 연단 위의 그 여자가 모든 것을 뒤엎어버렸다. 괴팍하고 거만한 얼굴에 붙은 금속 같은 큰 눈이 자기를 본

* Francisco Bayeu(1734~1795): 바예우 3형제 가운데 맏이로 고야의 처남이자 부르봉 왕가의 궁정화가. 고야의 경쟁자로서 멩스Mengs의 인정을 받아 마드리드 궁정화가가 되었고, 고야의 출세를 도와주었다.

** del Pilar: 스페인의 사라고사 성당에 모셔진 성모.

다고 느끼는 것은 축복이었다. 새로운 삶이 물밀듯이 그를 덮쳤던 것이다. 하지만 그는 알았다. 좋은 것은 대가를 치러야 하고, 좋은 것일수록 그 대가는 더 크다는 것을. 그는 그 여자를 얻기 위해 싸울 것이고, 고통을 감내해야 한다는 사실을 알았다. 왜냐하면 인간은 늘 사악한 유령에 둘러싸여 있어서, 주의하지 않고 아무런 조심 없이 꿈과 소망에 자신을 맡기면, 악마가 덮칠 것이기 때문이다.

그는 잘 보지 못했다. 그는 그 여자에게서 어떤 괴팍한 인형 모습을 이끌어냈다. 사실이 그랬다. 하지만 그는 그 뒤 다른 모습을 보지 못했다. 당시 그는 서툰 화가가 아니었다. 어디로 보나 여느 화가보다 더 나은 화가였고, 궁정에서 그보다 앞섰던 두 화가인 바예우와 마에야*보다 더 월등했다. 그들은 멩스**나 빙켈만***한테 더 많은 것을 배웠는지도 몰랐다. 하지만 고야는 그들보다 더 좋은 눈을 가졌고, 벨라스케스****와 자연을 스승으로 모셨다. 그럼에도 그는 무능한 사람이었다. 그는 인간의 명료하고 뚜렷한 것만 보았다. 그러나 모든 인간에게 있는 다양하고도 혼란스러운 것 그리고 위험한 것을 그는 보지 못했다. 그는 최근에 와서야, 그러니까 그가 병들었던 두세 달 이래 비로소 진실하게 그리기 시작했다. 그는 마흔 살이 넘어서야 그리는 일이 무엇인지 파악하기 시작한 것이다. 그는

---

* Mariano Salvador Maella(1739~1819): 스페인의 화가.

** Anton Raphael Mengs(1728~1779): 드레스덴 궁정화가의 아들로 태어나 작센의 궁정화가로 일하다가 스페인의 왕 카를로스 3세의 수석 궁정화가가 되었다. 당시 스페인 화가 중 가장 유망했던 바예우F. Bayeu와 루이스 파레트(Luis Paret, 1746~1799) 그리고 고야를 발탁했다.

*** Johann Joachim Winckelmann(1717~1768): 독일의 미술사가이자 고고학자.

**** Diego Rodríguez de Silva Velázquez(1599~1660): 17세기 스페인의 화가로 19세기 프랑스 인상주의의 선구자 역할을 했으며, 「시녀들」「실 잣는 여인들」 등의 그림을 남겼다.

이제 그림을 이해했고, 매일 여러 시간 일했다. 바로 이때 문제의 여자가 그 앞에 나타난 것이다. 그녀는 대단한 여인이었고, 그것은 대단한 체험이 될 것이었다. 그녀는 많은 창작거리를 줄 것이고, 작업을 위한 시간과 정신을 빼앗을 것이었다. 그는 자신과 그녀 그리고 운명을 저주했다. 그가 너무도 많은 것을 지불해야 할 것이기 때문이다.

눈(雪) 사이로 작은 종소리가 들려왔다. 어떤 목사와 합창단 소년이 성체(聖體)를 든 채 바람을 가르며 가는 것을 그는 보았다. 분명 그것은 임종을 앞둔 어떤 사람에게 가는 길이었다. 그는 뭐라고 투덜대면서 조용히 손수건을 꺼내 진흙에 펼쳤다. 그러고는 관습과 종교재판소와 자기 마음이 요구하는 대로 무릎을 꿇었다.

임종을 앞둔 사람에게 가는 성체현시대(聖體顯示臺)와 맞닥뜨린 것은 불길한 징조였다. 여자와는 잘되지 않을 것이다. 네가 정욕을 품었다면, 여자보다는 궁지에 빠진 9년산 수소를 막는 게 더 낫겠지. 그는 속으로 이렇게 투덜댔다. 그는 민중 출신이어서 마음속에 오래된 민중 속담이 가득 차 있었다. 담을 따라 비바람을 뚫고 가는 동안, 그는 언짢은 듯 거친 숨을 쉬었다. 왜냐하면 길 한복판은 발목 높이까지 진창이었기 때문이다. 화밖에 나지 않았다. 그는 곧 프랑스 사절 아브레 씨를 떠올렸다. 그는 아브레의 초상화를 그렸는데 그 프랑스인은 돈을 지불하지 않았다. 그가 세 번이나 계산서를 보내자, 궁정이 그 프랑스 관리를 계속 성가시게 하면 별로 안 좋을 거라는 암시를 보냈다. 고야는 원하는 한 많은 주문을 받았지만, 대금 수령에서 자주 어려움을 겪었다. 그래서 가계 지출이 늘어났다. 말과 마차에는 비용이 많이 들었고, 하인들은 뻔뻔스러워져 점점 더 많은 것을 원했으며 훔치기까지 했다. 그러나 어쩔 수 없었다. 궁정화가가 인색하게 굴 수는 없었다. 모든 가족이 푸엔데토도스에서 1년간 쓸 수 있는 비용을 고야가 이틀 만에 낭비한다는 사실을 작고한 아버지가 아신다면, 무덤에서 돌아누울 판이었다. 하지만 고야가 그렇게 많은 돈을 지출'할 수 있었다'는 것은 멋지지 않은가? 그의 얼굴에 미소가 스쳤다.

그는 집 앞에 도착했다. 문지기 세레뇨가 문을 활짝 열어주었다. 고야는 위로 올라가 젖은 옷을 벗어던지고 침대에 누웠다. 도저히 혼자 잘 수 없었다. 잠옷을 입은 채 그는 작업실로 갔다. 추웠다. 그는 발걸음 소리를 죽이고 복도를 지나갔다. 하인 안드레스가 묵는 방의 문틈으로 빛이 새어 나왔다. 고야는 문을 두드렸다. 15레알이나 이미 받았으면, 적어도 난롯불 피우는 일은 해야 하잖아. 그는 옷을 반쯤 걸친 채, 화난 듯이 일했다.

고야는 자리에 앉아 난롯불을 바라보았다. 그림자가 일그러진 채, 기이할 정도로 매혹적이고 위협적인 모습으로 벽 위아래로 어른거렸다. 축제 행렬을 묘사한 고블랭산(産) 걸개 하나가 벽에 걸려 있었고, 타오르는 불빛이 단 위의 위대한 성자들이나 투박하고 열렬한 무리의 얼굴들을 여러 조각으로 갈라놓았다. 벨라스케스가 그린, 턱수염 난 주교는 뭔가 지루한 듯 어두운 눈으로 보고 있었는데, 섬광 아래에서 보는 그는 유령 같았다. 아주 오래된 흑갈색의 성모 나무상조차 조롱하는 투에 위협적인 모습이었다. 이 나무상은 반쯤 우아한 아토차의 동정녀Virgen de Atocha로서 고야의 수호성자이기도 했다.

고야는 일어났다. 그는 멍하니 서서, 어깨를 격렬하게 흔들며, 꿈결에서 벗어났다. 그러고는 이리저리 걸었다. 잉크를 말리려고 모래를 쥐어 탁자 위로 뿌렸다.

그 모래 위에 그는 그리기 시작했다.
그것은 벌거벗은 어느 여인이었다.
그녀는 두 발을 꼰 채, 아무렇게나
바닥에 웅크리고 있었다.
고야는 다시 모래의 그녀를 지웠다가
두번째 모습을 그렸다.
역시 벗은 채, 춤추고 있었다.
모래 위 이 모습도 고야는
다시 지우고, 세번째 여인을 그렸다.
곧추선 채 그녀는 거만한
걸음으로 걸었고, 머리에는
항아리를 이고 있었다. 이것도
모래 속으로 파묻혔다. 그는
붓을 집어 들었다.
네번째 여인을 그렸다.
그녀는 긴 빗을 꽂고 있었고,
빗에서 만티야*의 검은 레이스가
하얀 몸 위로
흘러내렸다. 탄식하듯,
무기력한 분노로 헐떡이며
프란시스코 고야는 그 그림을
보았고, 그리고 찢어버렸다.

* Mantilla: 스페인이나 멕시코 여자가 쓰는, 파티나 근엄한 행사 때 머리에서 어깨까지 두르는 얇은 검은색 명주 천.

3

그는 일했다. 캔버스에서 매우 아름다운 한 여인이 이쪽을 바라보고 있었다. 긴 얼굴은 약간 가면 같았고, 조소하는 듯했으며, 긴 눈썹 아래 두 눈 사이가 멀었고, 얇은 윗입술과 뭉툭한 아랫입술의 커다란 입은 닫혀 있었다. 이 여인은 벌써 세 번이나 고야 앞에 앉았었다. 그는 그녀의 스케치를 여러 장 그렸다. 이제 그림은 완성 단계에 있었다. 그는 자신의 손놀림을 확신했고, 그만큼 빨리 일하는 사람이었다. 그는 이 초상화에 벌써 4주째 매달리고 있었지만, 잘되지 않았다.

모든 것이 '잘되었다'. 이것이 그가 묘사하려던 그 여인이었다. 그는 그녀를 오래전부터 알았으며 아주 잘 알았고, 여러 차례 그렸다. 그녀는 고야의 친구 미겔 베르무데스의 아내였다. 그녀는 말 못 할 어떤 사정과 조롱 그리고 영리함을 다 갖추고 있었으며, 그것들을 귀부인다운 가면 뒤에 숨기고 있었다. 하지만 아주 작은 요소가 빠져 있었다. 그리고 고야에게는 그 아주 작은 것이 결정적인 것이었다. 그는 왕이 총애하는 힘 있는 신하이자 알쿠디아 공작인 돈 마누엘의 사교 모임에서 그녀를 보았다. 미겔 베르무데스는 바로 이 총애 받는 권력자가 믿는 비서였다. 그때 그녀는 연노란 옷을 입고 있었고, 그 위에 하얀 숄을 걸치고 있었다. 그는 그녀를 유심히 살펴보았다. 혼란스럽게 어른거리는 어떤 것 그리고 깊이를 알 수 없는 심연 같은 것이 그에게는 중요했다. 그녀의 모습 위로 은처럼 빛나는 색조가 머물렀다. 고야는 당시 연노란 옷을 입고 하얀 숄을 걸친 이 도냐 루시아 베르무데스를 보았을 때, 자신이 무엇을 그리려 했는지, 무엇을 그리지 않을 수 없었는지 너무도 정확히 알아차렸다. 하지만 그는 그 그림 때문에 애를 먹었다. 얼굴과 살결, 자세와 의상 그리고 회색의 밝은 배경까지 모든 것이 거기 있었다. 그 모든 것은 분명 제대로 된 모습이었다. 하지만 무언가가 빠졌다. 말하자면 색조가 없었다. 중요한 것은 바로 그 점이었다. 빠진 건 아주 작은 것이었다. 하지만 그게 모든 것이었다.

왜 이 그림이 잘되지 못했는지 그는 가장 비밀스러운 것을 통해 알 수 있었다. 알바궁에서 있었던 저녁 연극 이후 벌써 2주 이상 흘러갔다. 그는 그 연단 위 여인에 대해 아무런 소식도 듣지 못했다. 그는 고통스러웠다. 그녀가 올 수 없다면, 왜 그에게 부채를 가져다달라고 요구하지 않을까? 그녀는 몽클로아의 그 무례하고 우스꽝스러운 성(城) 때문에 바쁜 것이 분명하다. 그렇다면 그녀가 부르지 않아도, 그가 직접 그녀한테 부채를 갖다줄 수도 있을 텐데. 그러나 그것만은 자존심이 허락하지 않았다. 그 여인이 그를 불러야 했다. 그녀가 부를 것이다. 하지만 연단 위의 사건은, 그가 모래 위에 그리곤 했던 인물처럼, 그리 쉽게 지워질 수 없었다.

프란시스코는 화실에 혼자 있지 않았다. 거의 언제나 학생이자 동료인 아구스틴 에스테브가 함께 있었다. 그 방은 서로에게 방해가 되지 않을 만큼 충분히 컸다.

오늘 돈 아구스틴은 리카르도스 장군의 기마상을 그렸다. 이 늙은 장군의 차갑고 까다로운 얼굴은 고야가 그렸고, 장군이 똑같게 그리길 원했던 말이나 제복 그리고 메달 같은 그 외 숱한 세부사항은 성실한 아구스틴에게 맡겼다. 30대 초반의 깡마른 아구스틴 에스테브는 구릉 같은 머리에 높고 둥근 이마, 그리고 뒤로 넘어가는 머릿결을 가졌고, 뺨은 홀쭉하고 입술은 가늘며 얼굴 전체는 긴 데다 매우 뾰족했다. 그는 수다스럽지 않았다. 그에 반해 프란시스코는 천성적으로 숨김없었고, 작업할 때도 잡담하길 좋아했다. 하지만 오늘은 그도 말이 없었다. 평소 습관과 다르게 그는 알바 집에서의 저녁에 대해 가까운 사람들 누구에게도 결코 얘기하지 않았다.

아구스틴은 자기만의 조용한 방식으로 고야 뒤쪽으로 와, 은회색 여인이 그려진 은회색 캔버스를 쳐다보았다. 그가 고야 곁에 있은 지 어느덧 7년이 되었다. 그들은 거의 하루 종일 붙어 있었다. 돈 아구스틴 에스테브는 위대한 화가가 아니었고, 이런 사실을 그는 고통스러울 만치 분명히 의식했다. 하지만 그는 그리는 일에 대해서는 누구보다 많이 알았다. 프란시스코의 장점이 무엇이고 단점이 무엇인지 그만큼 정확히 아는 사람은 아마 없을 것이다. 그래서 고야에겐 그가 필요했다. 그의 퉁명스러운 칭찬과 불평에 찬 타박 그리고 말없는 질책이 필요했다. 고야는 비판을 필요로 했지만, 그 비판에 거스르기도 했고, 비평가를 조롱하고 비난하기도 했다. 심지어 쓰레기로 취급하기도 했다. 하지만 그에게는 아구스틴의 확인과 부정이 필요했다. 말이 없고, 언제나 언짢아하지만 깊게 이해하며, 수척하지만 박식해 많은 것을 아는 아구스틴이 필요했다. 그는 일곱 마리 여윈 소처럼 여기저기를 어슬렁거리며* 고야를 심하게 비난했고, 끔찍할 정도로 갈망하고 또 사랑했다. 고야는 아구스틴 없이 살아갈 수 없었다. 마치 아구스틴이 위대하면서도 어린아이 같고, 경탄스러우면서도 견디기 힘든 그의 친구 없이 살아가기 어렵듯이.

아구스틴은 오랫동안 그 그림을 보았다. 그도 그림 속에서 그렇게 조롱하듯 쳐다보는 부인을 알고 있었다. 그는 그녀를 아주 잘 알았고, 그 여자를 사랑했다. 그는 여자에게서 행복을 얻지 못했고, 자기가 얼마나 매력 없는지도 알았다. 도냐 루시아 베르무데스는 마드리드의 귀부인

---

* '일곱 마리 여윈 소'란 『구약성서』에서 이집트 왕의 꿈에 등장하는 대목으로, 요셉은 이것이 '7년간의 흉년'을 상징한다고 풀이한다. 「창세기」, 41장 17~36절 참조.

들 가운데 남편 외에 어떤 연인도 두지 않은 몇 안 되는 부인 중 하나로 알려져 있었다. 모든 여인이 마다하지 않을 고야로서는 신경만 썼더라면 확실히 그녀의 애인이 될 수도 있었을 터였다. 하지만 아구스틴은 고야가 그렇게 되길 원치 않는다는 사실에 만족해했다. 물론 같은 사실이 그를 괴롭히기도 했다. 그는 그 모든 것에도 불구하고 그림을 오직 예술적 가치로 볼 만큼 충분히 전문가였던 것이다. 그는 그 그림이 좋았고, 고야가 얻으려고 노력한 바로 그것이 얻기 어렵다는 것도 알았다. 그는 그 점을 애석해했고, 동시에 기뻐했다. 그는 자기가 그리던 커다란 캔버스로 돌아가, 장군 말의 뒷부분에서 말없이 계속 작업했다.

고야 뒤에 서서 그 그림을 바라보는 일이 아구스틴에게는 익숙했다. 도냐 루시아의 초상화는 성공하지 못했다. 고야가 그린 것은 늘 새로웠고 대담했다. 고야는 아구스틴의 판단을 마음 졸이며 기다렸다. 아구스틴은 자신이 그리던 말 탄 장군 앞에 말없이 다시 앉았다. 고야는 분노가 치솟았다. 거지 식탁에서 멀건 수프로 연명해야 했을 이 실패한 학생 놈은 얼마나 뻔뻔한가. 자신이 받아주지 않았다면, 이 가련한 놈은 대체 어디로 갈 수 있었단 말인가? 여자라면 모두 애태우지만, 용기가 없어 얻지 못하는 고자 같으니라고. 이런 식으로 사람은 아무 말 없이 자기가 바라는 대상으로부터 기어이 몸을 돌렸다. 하지만 프란시스코는 자제했다. 그러고는 아구스틴이 그 그림을 보았다는 사실을 알아채지 못한 것처럼 행동했다. 작업은 계속되었다.

고야는 2분 동안 참았다. 그런 뒤에 화난 듯 부드럽지만 조심하며 어깨 너머로 말했다. "자네 하고 싶은 말 있나? 요즘 내 귀가 다시 더 나빠졌다는 걸 알 텐데. 그 게으른 자네 입술을 좀더 크게 벌려줄 수 있을 텐데 말이야." 돈 아구스틴은 아주 큰 소리로, 그리고 아주 메마르게 말했다. "아무 말도 하지 않았는데요." "자네에게서 뭘 들으려면 자네는 소금 기둥처럼 서 있고, 아무도 묻지 않으면 폭포처럼 쏟아내지." 고야가 불만을 토로했다. 아구스틴은 아무 대답도 하지 않았다. 하지만 고야는 화가 나 계속 말했다. "나는 리카르도스 장군에게 멋대가리 없이 큰 그 그림을 이번 주에 넘겨주기로 약속했네. 대체 언제 말 그림을 끝낼 건가?" "오늘만 지나면요." 아구스틴은 메마르게 말했다. "하지만 장군의 영혼은 아직도 그려야 할 게 많다는 걸 알고 있겠지요." "제때 못 넘기면, 그건 자네 탓이야." 고야가 격분했다. "그렇게 여러 번 손질했다면, 말 엉덩이 하나 그리는 데 일주일을 온통 보내진 않았겠지." 그는 빈정거렸다.

아구스틴은 동료의 거친 태도를 나쁘게 여기지 않았다. 고야가 말하는 것을 그는 개의치 않았다. 그가 염두에 둔 것은 고야가 무엇을 그리는가였다. 고야는 자신의 느낌과 견해를 그림 속에, 그림이 풍자화의 극한에 이르도록 충실하고도 진실하게 집어넣어 그렸다. 고야가 그린 아구스틴 그림에는 서명만 적혀 있지 않았다. 거기에는 '돈 아구스틴 에스테브에게 친구 고야'라고 적혀 있었다. 그것은 진실로 한 친구로서 건네는 작품이었다.

고야는 다시 초상화 쪽으로 다가갔고, 두 사람은 다시 한동안 말없이 일했다. 잠시 후 누군가 문을 두드렸다. 초대하지 않는 손님 돈 디에고 신부가 들어왔다.

고야는 작업할 때 누가 쳐다보아도 방해받는다고 여기지 않았다. 그는 훈련되어 있었고, 안토니오 카르니세로*처럼 덜 떨어진 화가가 분위기에 대해 이러쿵저러쿵 말하는 걸 가소롭게 여겼다. 고야의 친구들이나

* Antonio Carnicero(1748~1814): 스페인의 화가이자 조각가.

아이들은 언제든 아틀리에로 들어와, 그가 일하는 동안, 질문하고 마음껏 떠들어도 되었다. 작업실 문은 아주 이른 저녁 식사 시간 뒤에야 잠겼다. 그 후 그는 직접 선택한 사람들, 이를테면 남자 친구나 여자 친구하고만 있거나 혼자서 보내곤 했다.

신부가 왔을 때, 고야는 화난 상태가 아니었다. 그는 신부를 환영할 뻔했다. 그는 자기에게 떠오른 것을 오늘은 '보지' 못하리라고 느꼈다. 그것은 일을 한다고 해서 볼 수 있는 것도 아니었고, 그래서 그는 기다려야 했다.

고야는 신부가 어떻게 아틀리에에서 어슬렁거리는지 한가하게 바라보았다. 몸집 큰 신부는 결코 가만히 앉아 있지 않았다. 그는 눈에 띌 만치 조용한 걸음으로 방 안을 서성였다. 돈 디에고 신부는, 어디에 있든지, 책이든 문서든 그 밖의 다른 것이건, 모든 것을 살피고 손에 쥐었다가 다시 놓는 습관을 갖고 있었다. 사람을 금방 꿰뚫어보는 고야는 이 신부를 오래전부터 알고 있었다. 하지만 그는 신부의 본성이 어떤지 결코 확신할 수 없었다. 아주 명민한 이 신부는 늘 가면을 쓰고 있는 것 같았다. 높고 멋진 이마 아래로 돈 디에고의 두 눈은 영리하고 교활하게 빛났고, 그 아래 코는 납작하지만 반듯했다. 입은 두툼하고 아주 넓어서, 미식가처럼 늘어져 있었다. 얼굴 전체는 창백했지만 쾌활하고 재치 있어 보였다. 하지만 검은 성직자복과는 전혀 안 어울렸다. 오히려 신부는 보기 흉했다. 하지만 모든 것이 다듬어져 있었다. 그는 성직자 복장을 스스로 우아하게 만들 줄 알았다. 비싼 레이스는 검고 묵직한 비단천으로 되어 있었고, 구두 죔쇠는 돌로 채워져 반짝거렸다.

그 큰 아틀리에 안을 이리저리 오가면서 신부는 잡다한 소문을 다정스럽게 반어적으로, 그러나 때로는 예리하면서도 결코 지루하지 않게 얘기했다. 그에게는 정보가 많았다. 그는 자유사상가 그룹과 지내듯 종교재판소 사람들과도 편안하게 지냈다.

프란시스코는 그에게 큰 관심을 기울이지 않았다. 하지만 그때 신부가 말했다. "아침 접견을 하려고 도냐 카예타나 댁에 들렀을 때……" 프란시스코는 갑자기 흥분한 듯 크게 움찔했다. 어쨌다고? 그는 신부 입술이 움직이는 걸 보았다. 하지만 아무 말도 하지 않았다. 끔찍스러운 전율이 프란시스코를 덮쳤다. 영원히 극복했다고 믿었던 그 병이 다시 재발했나? 귀가 먹은 건가? 그는 아토차의 오래된 성모 마리아상 쪽으로 끔찍하고도 무기력한 시선을 던졌다. 성모 마리아와 모든 성자가 보호해주시기를. 그는 생각했다. 그는 여러 번 생각했다. 그것이 그가 생각할 수 있는 모든 것이었다.

그가 다시 들었을 때, 신부는 알바 공작비를 알현할 때 함께 있던 의사 호아킨 페랄에 대해 얘기하고 있었다. 의사 페랄은 최근 외국에서 돌아왔는데, 마드리드 사교계에서는 하룻밤 사이에 기적의 의사가 되었다. 그가 에스파하 백작을 죽음에서 부활시켰다는 것이다. 그 밖에도, 신부는 이렇게 얘기했는데, 모든 예술과 과학에 정통할 뿐만 아니라 뛰어난 사교가여서 모두 그를 보려고 애쓴다는 것이었다. 그래서 나쁜 물이 든 그가 몸값을 키운다고 했다. 그는 알바 공작비도 날마다 예방하고, 그녀도 그를 특별하게 평가한다고 했다.

프란시스코는 호흡을 가다듬으려고 애썼다. 바라건대 아구스틴과 돈 디에고가 자신의 발작에 대해 아무것도 눈치 못 챘기를. 두 사람의 눈이 살쾡이 눈처럼 날카로웠기 때문이다. 프란시스코는 화난 듯 말했다. "수염을 할퀴는 친구인지, 죽은 피 뽑는 인간인지 모르겠지만, 누구도 아직 나를 도와주지 않았소." 의사가 이발사 조합에서 분리된 것은 그리 오래

되지 않았다.* 신부는 웃었다. "돈 프란시스코, 당신이 의사 페랄한테 잘못했다고 생각해요. 그는 라틴어와 해부학에 대해 잘 압니다. 그의 라틴어에 대해서는 나도 확신 있게 말할 수 있어요."

그런 뒤 그는 잠시 말이 없었다. 그는 고야 등 뒤에 서서 이 화가가 그리는 초상화를 쳐다보았다. 아구스틴은 신부를 날카롭게 관찰했다. 신부는 베르무데스의 친구 무리에 속했다. 아구스틴은 자신이 아름다운 루시아에게 기울인 관심이 이 세속 신부의 흔한 정중함 그 이상이라고 여겼다.

이제 돈 디에고는 도냐 루시아의 그림 앞에 섰다. 아구스틴은 들뜬 마음으로 신부가 무슨 말을 할지 기다렸다. 하지만 평상시 그렇게 수다스러운 신부는 아무 말도 하지 않았다.

신부는 오히려 위대한 의사인 페랄 박사에 대해 계속 얘기했다. 페랄 박사는 외국에서 멋진 그림들을 가져왔는데, 아직 포장도 풀지 않았다. 페랄 박사는 그 그림들을 모아둘 집을 구한다고 했다. 그는 멋진 마차 한 대를 임시로 구입했는데, 돈 프란시스코가 타고 다니는 것보다 더 좋았다. 차체는 영국식으로 되었고, 도금된 데다가 그림 장식은 카르니세로가 설계했다고 했다. 카르니세로는 도냐 카예타나의 아침 접견에도 참석했다는 것이다. "그도 왔다고?" 고야는 이 말이 튀어나오는 걸 억누를 수 없었다. 그는 침착해야 한다고, 그 어떤 분노와 마비가 다시 밀려와도 굴복해선 안 된다고 스스로 타일렀다. 다행히 괜찮았지만, 그는 애써야 했다. 그는 그들 모두를 보았다. 화가의 눈으로 그는, 시녀가 알바 공작비를 옷 입히고 화장해주는 동안, 이 성가신 세 인간, 예컨대 신부와 자신

* 서구 사회에서는 대략 18세기 이전까지 의사와 이발사는 같은 직업이었다.

을 괴롭히는 친구 아구스틴, 그리고 궁정화가를 사칭한 야바위꾼이자 서툰 화가인 카르니세로가 어떻게 둘러앉아 있는지 바라보았다. 그는 이들이 수다 떠는 것을 보았고, 이들의 내뻗은 팔다리를 보았으며, 그 여인의 시선에 즐거워하는 것을 보았다. 그리고 그 여인이 거만하면서도 격려하듯 미소 짓는 것도 보았다.

사실 그가 공작비를 직접 알현하러 갈 수도 있었다. 그랬다면 그녀는 다른 사람들보다 분명 더 친절하고 더 진한 미소를 건넸으리라. 하지만 그녀는 미소라는 이런 뼈다귀로 다른 개도 유혹했으리라. 그녀가 그의 침대로 즉각 뛰어들리라는 걸 확신했더라도, 그는 그곳에 가지 않았을 것이다. 인도(印度)를 준다 해도 그는 가지 않았을 것이다.

그러는 사이 신부는 궁정 장례식이 어떻게 지나갔는지 알려주었다. 즉 두어 주 후 공작비는 몽클로아의 작은 성인 부에나비스타 궁의 준공식을 기념해 모임을 열 생각이라고 했다. 물론 지금은 이런저런 계획을 짠다는 것이 어제의 군대 소식 때문에 어렵다고 했다.

"어떤 군대 소식 말인가요?" 아구스틴은 평소보다 더 빨리 물었다. "어떤 세상에 당신은 살고 있나요, 사랑하는 친구?" 신부가 외쳤다. "나쁜 소식을 먼저 알려줄까요?" "무슨 소식 말인가요?" 아구스틴이 재촉했다. 그러자 신부는 대답했다. "프랑스인들이 툴롱*을 다시 정복했다는 소식을 정말 모르고 있습니까? 도냐 카예타나 접견 시 그것만 얘기되었어요. 물론 다음 투우에서 투우사 코스티야레스가 어떻게 될 것인지나, 의사 페랄의 새로운 마차 얘기를 빼면 말이죠." 그는 능글스러운 악의로

* 마르세유에서 동쪽으로 65킬로미터 떨어진 지중해 연안에 있는 프랑스 제1군항으로, 1793년 프랑스 혁명 당시 왕당파와 영국군이 점령하고 있었다. 이 소설에서 묘사되는 시기에 이곳은 스페인 지배 아래 있었다.

덧붙였다. "툴롱이 함락되었다구요?" 아구스틴이 쉰 목소리로 물었다. "그 소식은 벌써 며칠 전에 도착한 것 같습니다." 신부가 대답했다. "되찾아갔군요. 아주 젊은 장교가 요새를 다시 정복했는데, 우리 편 함대와 영국군 함대는 코앞에서 도망쳤다고 합니다. 일개 부대장인 그자는 부오나페데Buonafede던가 부오나파르테Buonaparte라던가,* 뭐 그런 이름이었어요."

고야는 말했다. 하지만 그 목소리에 담긴 것이 고통인지 냉소인지 알기 어려웠다. "그렇다면 우리는 이제 곧 평화를 얻겠군요." 아구스틴은 그를 우울하게 쳐다보았다. "그런 토대 위에서 평화가 실현되길 바라는 사람은 스페인에서 얼마 되지 않을 겁니다." 고야는 원망하듯 말했다. "많은 이들은 분명 원치 않을 겁니다." 신부가 동의했다.

신부는 가볍게 그리고 모호하게 말했다. 다른 사람들은 허공을 쳐다보았다. 신부에게는 불분명한 점이 많았다. 그는 몇 년 전부터 '종교재판소 서기'라는 직함을 갖고 있었고, 새로 온 아주 광적인 대심문관조차 그 직책을 내버려두었다. 몇몇 사람들은 돈 디에고가 종교재판소를 위해 염탐질한다고 말했다. 그는 다른 한편으로 진보적 정치인들과 깊게 교류했고, 그 정치인들 이름으로 된 어떤 저작의 필자라고도 했다. 또 그가 프랑스공화국의 비밀스러운 추종자라고 많이들 얘기했다. 조롱받을 정도로 참을성 많은 이 사람을 고야도 완전히 이해하지 못했다. 하지만 그가 과시하며 즐기는 듯한 냉소주의가 가면에 불과하다는 사실만큼은 확실했다.

신부가 떠났을 때, 아구스틴은 말했다. "이제 아마도 당신 친구 돈 마누엘은 마지못해서라도 정부를 맡아야 할 것이고, 그러면 당신은 안장

---

* 나폴레옹 보나파르트를 비하해 부르는 이름들.

위에 훨씬 느긋하게 앉겠지요." 말하자면 이것은 알쿠디아 공작이자 왕이 총애하는 신하 돈 마누엘 고도이*가 처음부터 반전론자였고, 그래서 정권의 공식적인 이양을 사양했다는 사실을 뜻했다.

고야는 마누엘이 여러 차례, 그것도 그가 아주 만족하도록 그렸다. 그리고 마누엘이, 고야 자신이 믿기에, 스페인에서 가장 힘 있는 사람이 될 만하다고 아구스틴 앞에서 칭찬했다. 그러면서 그는 아구스틴의 조롱에서 두 가지 사실을 예리하게 알아차렸다. 말하자면 마누엘은 열렬한 관심으로 공직에 종사하고 이성과 정열을 담아 그 일에 대해 말했기 때문에, 친구인 고야가 그가 이성과 정열로 공직에 종사하지 않으리라고 보는 것을 아구스틴은 아주 안 좋게 여겼다. 아구스틴이 지금 언급한 것은 고야의 신경을 매우 건드렸다. 이제 곧 평화가 올 것이고, 그의 후원자인 돈 마누엘이 정권을 넘겨받으리라는 생각은 고야한테 정말 처음 떠올랐다. 하지만 이 일로 그가 기뻐하는 것은 자연스러운가? 그는 결코 정치가가 아니었고, 정치적 사안은 그에게 너무 혼란스러웠다. 전쟁이냐 평화냐 하는 문제는 왕과 관련되었고, 왕의 참모나 대귀족의 일이었다. 그것은 그, 즉 프란시스코의 일이 아니었다. 그는 화가였다.

고야는 대답하지 않았다. 그는 그림 앞으로, 도냐 루시아의 초상화 앞으로 다가섰다. "저 그림에 대해 자넨 한마디도 하지 않는군." 그는 투덜댔다. "저 그림에서 뭐가 중요한지 당신 스스로 잘 알 테니까요." 아구스틴도 그렇게 대답하면서 그림 앞으로 다가섰다. "어떤 것도 빠지진 않

* Don Manuel Godoy(1767~1851): 19세기 스페인의 정치가로 영국과 동맹을 맺고 프랑스와 교전했다. 카탈루냐 전투에서 패배하고 1795년 바젤 평화조약을 체결해 '평화대공(大公)'이라는 칭호를 받았다. 스페인 군을 동원해 포르투갈을 침공했고, 나폴레옹과 동맹을 맺어 영국군과 싸우기도 했다. 그는 고야의 저명한 후원자이기도 했다.

았네. 하지만 모든 게 누락됐지." 고야는 퉁명스럽게 그리고 권위 있게 설명했다. "하지만 암울한 시절에 이보다 더 마음 편한 동반자를 찾을 순 없을 거네." 고야는 자조하듯 말했다. 아구스틴이 그림 앞에 서서 그림을 관찰하며 말했다. "하지만 저기에 그녀, 당신의 루시아가 있고, 우리는 그녀를 볼 수 있잖아요?" 그러면서 그는 자신이 프란시스코를 얼마나 괴롭힐 수 있는지 숙고하면서, 심술궂게 계속 말했다. "그녀를 잘 봐요. 당신, 플-라-톤-주-의-자인 당신이 그녀와 다른 무엇을 시작할 수 있겠어요?" 이 말을 그는, 음절을 분리해, 또박또박 말했다. 아구스틴은 입술을 아래위로 깨물었다. 그는 결코 도냐 루시아에 대한 자신의 사랑을 직접 말하지 않았다. 하지만 그가 기분이 좋지 않을 때면, 고야는 그를 빈정댔다. "내가 매력 없다는 걸 난 알고 있어요." 아구스틴은 대답했다. 그의 목소리는 평소보다 훨씬 둔탁하게 울렸다. "하지만 내가 당신이라고 해도, 그래서 당신의 재능과 칭호를 가졌다 해도, 우리의 친구 돈 미겔 베르무데스의 아내를 유혹하려고 애쓰진 않을 거예요."

"고귀한 삶의 규칙과 오만한 원칙들이라고."
돈 프란스시코는 빈정거렸다.
"발에서부터 긴 머리까지
도덕론자인 체 행동하는 사람들.
그녀가, 애타게 그리워하는
그 연인이 자네 절조를 결코
시험하지 않는 게 유감스러울 뿐."
에스테브는 아무 대답도 하지 않았다.
그는 우울하게 턱을 쓰다듬으며,

그려진 연인을 말없이 쳐다보았다.

하지만 고야는 화가 났다.

"쓰라린 그 누구에게도,

최상의 인간에게도

색깔과 색조 그리고 리듬은

부합되지 않네."

그는 모자와 외투를 들고,

성난 듯이, 화실을 떠났다.

4

이날처럼 특별한 계획이 없는 날이면, 고야는 가족과 함께 보내는 저녁을 좋아했다. 그는 아내를 좋아했고, 아이들과 있는 것을 즐겼다. 하지만 오늘 같은 분위기에서는 식탁의 악의 없는 잡담도 견디기 어렵지 않을까 두려웠다. 그래서 그는 여자 친구 페파 투도한테 가기로 했다.

페파는 별로 놀라지 않았다. 그녀는 마드리드의 다른 많은 여자들처럼 결코 칠칠치 못하게 옷을 입지 않았다. 오늘도 그녀는 푸른 실내용 가운을 예쁘게 입었고, 이 옷 속으로 하얀 살갗이 비치듯이 보였다. 소파에 뒤로 기댄 채, 그녀는 풍만한 몸으로 굼뜨게 부채질하며 고야와 긴 대화를 나눴다.

그녀의 시중 할멈 콘치타가 왔다. 콘치타는 돈 프란시스코가 저녁으로 뭘 먹고 싶은지 물었다. 아주 마른 콘치타는 페파가 태어났을 때부터 돌보았고, 그녀가 젊었을 때나 변화무쌍한 시절에도 그 모든 곡절을 헤치며 그녀 곁에서 견뎌냈다. 그들은 식단을 어떻게 짤 것인지 의논했다. 그런 다음 할멈은 필요한 것을, 무엇보다 프란시스코가 선호하는 서민용 만사니야 포도주*를 가지러 갔다.

그는 콘치타가 자리를 비운 뒤에도 말없이 있었다. 페파의 아담한 거실은 아주 더웠다. 화로는 꼭대기까지 채워져 있었고, 두 사람은 태평스럽고도 편안하다는 것을 느꼈다. 이들은 무엇을 상의해야 할지 알았다. 페파는 별 부끄러움 없이 사람 얼굴을 꼼짝 않고 바라보는 기이한 습관을 갖고 있었다. 얼굴은 아주 하얬고, 이마는 넓고 낮았으며, 붉고 검은 머릿결은 아름다웠다. 사이가 넓은 두 눈은 초록빛이었다.

"지난 며칠은 어떻게 보냈소?" 프란시스코가 마침내 물었다. 그녀는 노래했고, 마리아 풀필로가 새로운 사르수엘라**에서 불렀던 예쁜 풍자시 세 곡을 배웠다. 그리고 시중 할멈과 카드놀이도 했다. 콘치타가 너무나 성실한 것은 놀라운 일이었다. 하지만 콘치타는 카드놀이에서 속임수를 썼다. 분명했다. 그녀는 3레알***이나 속였다. 또 페파는 푸에르타 세라다에 있는 재단사 리세테 양한테도 갔다. 페파의 친구인 루시아가 리세테 양이 페파한테 특별한 가격에 해줄 것이라고 말했기 때문이다. 하지만 그녀가 필요했던 외투는 특별한 가격으로도 너무 비쌌다. 그래서 그녀는 부세타 가게에 계속 주문해야 했다. "그 밖에 루시아 댁에도 가봤지요." 그녀는 얘기했다. "여기에 루시아도 한 번은 왔고요."

고야는 루시아가 그 초상화에 대해 뭐라 했는지 알게 되길 기다렸다. 하지만 페파는 대답하지 않았다. 그래서 묻지 않을 수 없었다. "그래

---

* 만사니야Manzanilla 포도주: 스페인 남부에서 생산되는 포도주.

** Zarzuela: 대화가 들어간, 스페인의 소규모 오페라. 통속가극의 일종.

*** Real: 스페인의 옛 은화(銀貨) 단위.

요, 초상화에 대해 그녀도 말했어요. 여러 번이나. 당신은 노란 옷 입은 그녀를 그렸죠. 그녀는 그 옷을 리세테 양한테서 구입했어요. 800레알이나 했지요. 저게 그 옷이에요." 고야는 스스로를 억눌렀다. "도냐 루시아는 저 초상화를 보고 뭐라 했소?" 그가 물었다. "그림이 아직 완성되지 않았다는 데 놀라더군요." 페파가 얘기했다. "이미 오래전에 다 되었을 텐데,라면서. 저 그림을 남편에게 보이는 걸 왜 당신이 거절하는지 이해 못 하더군요. 솔직히 말해 저도 놀랍고요." 페파는 계속 지껄였다. "물론 돈 미겔은 상대하기 어렵고, 모든 일에 투덜대지요. 그렇다고 그리 괴로워할 필요는 없어요. 게다가 돈 미겔이 얼마나 지불하겠어요? 아마 한 푼도 안 주겠죠. 당신 친구니까. 분명 받아야 할 3천 레알도 주지 않을 거예요."

고야는 일어서더니 이리저리 서성였다. 그는 가족과 식사하는 게 더 나았을지도 모른다.

"말해봐요, 프란시스코." 페파가 고집스레 말했다. "정말이지 왜 그리 자신을 괴롭히는지 말이에요? 그 장군에게 줄 내 초상화는 사흘도 안 걸렸어요. 그런데도 4천 레알을 지불했어요. 루시아가 저보다 훨씬 더 어렵다는 건가요? 아니면 뭐예요? 당신은 그녀와 자고 싶어요? 아니면 이미 잤나요? 그녀는 정말 아름다워요. 그건 사실이죠." 페파는 아무런 감정 없이 덧붙였다.

고야의 큰 얼굴이 어두워졌다. 페파가 나를 놀리려는 것인가? 그렇지 않을 것이다. 그녀는 가끔 끔찍할 정도로 사실적이었다. 진정 원한다면, 그는 모든 귀부인다운 겉치레에도 불구하고 도냐 루시아를 분명 가질 수 있었을 것이다. 그러나 거기에는 너무도 많은 '그러나'가 있었다. 페파는 가끔 견디기 어려웠다. 그리고 페파는 기본적으로 결코 그의 취향이 아니었다. 그녀는 뚱뚱했고, 이미 나이 든 여자였다. 그녀는 매끈한 피부를 가진 예쁘고 우아한 뚱보였다.

페파는 기타를 가지고 와서 노래했다. 그녀는 나직이, 그러나 열심히 노래했다. 그렇게 앉아 기타로 반주하며 민중의 옛 로망스를 콧노래로 흥얼거릴 때, 그녀는 아름다웠다. 고야는 그녀가 노래하며 마음속으로 그 옛날 시구에 자기 체험을 덧붙이는 것을 알았다.

스물세 살의 그녀는 많은 걸 겪었다. 그녀는 어느 부유한 농장주의 딸로 식민지 아메리카에서 자랐다. 그녀가 열 살이 되었을 때, 그녀 아버지는 배와 재산을 날렸다. 그는 가족을 데리고 다시 유럽으로 돌아왔고, 페파는 넓고 풍족한 삶에서 좁고 궁핍한 삶으로 옮아갔다. 유쾌한 천성 덕분에 그녀는 이 급격한 변화에 심각하게 고통 받지 않을 수 있었다. 얼마 뒤 젊은 해군 장교 펠리페 투도가 그녀 삶에 나타났다. 그는 잘생겼고 유순했다. 그들은 무난한 부부였다. 하지만 그는 가난했고, 그녀를 위해 빚을 져야 했다. 아마도 그들은 서로에 대한 기쁨을 오래 지속하지는 못했을 것이다. 그러다가 그를 태운 함대가 멕시코 수역을 항해할 때, 그는 죽었다. 그는 분명 천국에 있을 것이다. 그는 선한 사람이었다. 페파가 마사레도 장군한테 연금 인상 청원서를 건넸을 때, 이 뚱뚱하고 늙은 상관은 그녀에게 한없이 빠지게 되었다. 그는 그녀를 '비우디타Viudita', 즉 어리고 매력적인 미망인이라고 불렀고, 칼레 마요르*에 멋진 집을 지어 그녀에게 주었다. 장군이 귀족 친구들한테 자신을 소개하지 않는 것을 페파는 이해했다. 그것은 그가 그녀의 초상화를 유명한 궁정화가에게 그리도록 한다는 것을 뜻하기도 했다. 전쟁 중인 지금 돈 페데리코는 아르

* Calle Mayor: 큰 거리(大路). 마드리드에 있는 중심가.

마다 함대(무적함대)를 끌고 먼 바다를 횡단하는 중이었다. 그러니 외로운 그녀에게 말상대가 되겠다고 열렬하게 고백한 화가를 만나는 것은 좋은 일이었다.

페파는 정서적으로 조용했고, 가진 것을 즐겼다. 그녀는 종종 식민지에서의 드넓은 삶이나 거대한 땅 그리고 셀 수 없이 많던 노예를 떠올렸다. 그 많던 풍요 가운데 지금은 충실하지만 나이 든 콘치타 외에 아무것도 남지 않았다. 하지만 콘치타는 카드놀이할 때만 속임수를 쓸 뿐 매우 성실했다.

프란시스코, 이 프랑코는 멋진 친구였고, 이 젊은 과부가 기쁨을 얻을 수 있는 바른 남자였으며, 게다가 위대한 화가였다. 하지만 그에게는 할 일이 많았고, 예술이 그를 옥죄었다. 궁정이 그를 필요로 했고, 많은 친구와 여자들이 그를 불렀다. 그녀 곁에 있을 때조차 그의 생각은 늘 그녀에게 머물지 않았다.

로망스를 콧노래 삼아 읊조릴 때면, 페파 투도는 모든 것을 꿈꾸었다. 자신이 그 로망스의 여주인공이길 꿈꾸었는지도 모른다. 예를 들면 무어 사람들한테 습격당한, 아니면 애인에 의해 무어인에게 팔린 젊고 아름다운 여인으로. 햇볕에 그을린 어느 용감한 후작의 신성시된 하얀 연인이 되는 데는 장점도 있었다. 그녀는 이곳 마드리드에서 행복이 다시 한 번 찾아들기를 꿈꾸었을지도 모른다. 1년에 서너 번씩 도시의 궁전으로부터 시골의 성으로 여행하고 다시 궁전으로 돌아오는, 언제나 집사와 몸종과 미용사에 둘러싸인, 그리고 가장 맵시 있는 파리 의상이나 수백 년 전 이사벨 가톨릭 여왕의 총사령관이나 카를 5세가 전리품으로 획득한 장식품으로 치장한 귀부인으로 자기를 그려보았다.

시중 할멈은 페파에게 식탁 차리는 걸 도와달라고 청했다. 그들은 식사를 했다. 식사는 풍성하고 맛있었으며, 그들은 즐겼다.

페데리코 데 마사레도 장군 그림이 이들을 내려다보고 있었다. 장군은 여동생한테 주려고 자기 모습을 고야한테 그리게 했고, 이어 페파에게 주려고 그 복사본을 주문했다. 아구스틴 에스테브는 그 복사 그림을 성실하게 그렸다. 이제 장군은 페파와 화가가 어떻게 식사하는지 쳐다보았다.

고야가 페파에게 달려간 것은 대단한 정열 때문이 아니었다. 하지만 그녀가 보여준 따뜻함과 분명한 태도 때문에 그는 기뻤고, 흡족했다. 페파는 그녀의 사랑을 위해 희생되었다고 그는 농부처럼 현실적인 감각으로 헤아렸다. 그는 그녀의 재산 상태를 알았다. 해군 장교의 죽음 이후 그녀는 폭군처럼 대단한 알바 공작비 댁에서 연극 시간을 가졌고, 그 무렵 그녀에게 남아 있던 조금의 돈마저 다 날아가버렸다. 전쟁이 시작된 뒤 그녀에게 매달 1,500레알이 지급되었다. 그중 얼마가 정부 연금이고, 또 얼마가 장군 개인 선물이었는지 분명하지 않았다. 1,500레알이라면 많기도 했고 적기도 했다. 리세테 양의 옷을 구입하지 않을 수는 없었다. 고야는 인색하지 않았기에 예쁘고 상냥한 여자 친구한테 자주 선물을 갖다주었다. 그것은 작은 선물이었지만, 때로는 상당한 것이었다. 그러나 아라곤* 출신 농부 특유의 타산적 경향이 언제나 다시 그를 덮쳤다. 그래서 그녀에게 주려던 선물의 가격을 알고는 종종 구입하지 않기도 했다.

식탁이 치워졌다. 실내는 아주 따뜻했다. 도냐 페파는 소파에 아름답고도 편안하게, 그리고 나른하게 뭔가 갈망하듯이, 귀여운 손짓으로 부채질하며 기대 있었다. 분명 그녀는 다시 도냐 루시아와 그 초상화를 생각했다. 왜냐하면 장군 초상화를 부채로 가리키며 말했기 때문이다.

---

* Aragon: 스페인 북동부에 있는 지역.

"저 그림에 많은 애를 쓰진 않았죠? 볼 때마다 오른팔이 너무 짧게 보이거든요."

고야는 갑자기 지난 며칠 사이에 일어났던 여러 잘못에 대한 생각에 휩싸였다. 그것은 지치도록 알바 비를 기다린 일, 도냐 루시아 그림 앞에서의 무력감, 그리고 투덜대는 아구스틴과 정치에 대한 분노였다. 그런데 이제 페파도 바보처럼 무례하게 그를 대했다. 스페인의 최고 귀족들이 있는 데서 알바 비를 마치 침대에 같이 누워 있는 듯이 바라보았던 한 남자가 그런 어리석은 잡담을, 그것도 나이깨나 먹은 여자의 잡담을 경청해야 하는가? 그는 회색 비단 모자를 집어 그녀 머리에 아무렇게나 씌웠다. "자, 이제 당신은 장군 초상화를 이전처럼 보게 될 거요." 그는 화난 듯이 설명했다.

그녀는 겨우 모자를 벗었다. 그녀는 높게 빗은 머리 모양이 헝클어져 우습고도 귀엽게 보였다. "콘치타." 그녀는 화가 나서 불렀다. 노파가 왔을 때 그녀가 말했다. "돈 프란시스코에게 문을 열어드려요." 하지만 프란시스코는 웃을 뿐이었다. "말도 안 돼, 콘치타." 그는 말했다. "부엌으로 돌아가게." 할멈이 돌아가자 그는 사과했다. "오늘 조금 힘들어서 그렇소. 화가 많이 났거든. 하지만 당신이 그림에 대해 말한 것은 정말 분별 있는 행동이 아니었소. 정확히 쳐다봐요. 그러면 팔이 그리 짧게 보이지 않을 테니까." 그녀는 투덜대며 고백했다. "그래도 아주 짧아요."

"눈이 멀었군. 하지만 머리가 헝클어지니 예쁜데." 기분이 좋아져 그가 말했다. "새로운 미용 기술을 내가 선사한 셈이니까." 그는 계속 그녀를 위로했고, 그녀에게 입 맞추었다.

나중에 침대에서 그녀가 말했다. "돈 페데리코가 곧 돌아온다는 걸 알지요? 모랄레스 선장이 자기 이름을 걸고 인사하며 내게 말했어요."

이 말 때문에 프란시스코는 새로운 상황에 놓이게 되었다. "정말 장군이 돌아오면 어떻게 할 거요?" 그가 물었다. "지금 있는 그대로 말하죠." 그녀는 대답했다. '그에게 말하는 것. 우리 둘 사이에 있던/ 모든 것은 지나갔네.' 그녀는 어느 로망스를 인용했다. "그가 불편해할 텐데." 그는 혼자 중얼거렸다. "먼저는 툴롱을 잃더니 이제는 당신을 잃는군." "툴롱을 잃은 건 그가 아니라 영국 사람들이죠." 페파가 냉정하게 장군을 옹호했다. "그런데도 그에게 잘못을 지우는군요. 세상은 늘 그렇죠."

잠시 후 프란시스코를 내내 골몰케 하던 생각이 떠올랐다. "당신 연금은 어떻게 되오?" 그가 물었다. "전 몰라요." 전혀 걱정 없이 그녀가 대답했다. "아마 괜찮을 거예요."

한 여자를 먹여 살리는 것은 고야의 일이 아니었다. 위대한 화가에게 그런 일은 필요치 않았다. 그는 페파를 자기 삶에서 떼놓고 생각할 수 있을 거라고 여겼다. 다른 한편으로 그는 예쁜 여자가 편안한 환경 아래 살고 싶어 하는 것도 당연하게 여겼다. 그가 그녀에게 충분한 돈을 주지 않았다는 이유로 그녀가 결국 다른 남자에게 희생된다면, 혹은 그 장군한테 돌아간다면, 그것은 그를 고통스럽게 할 것이었다.

"걱정하지 마오." 그가 말했다.
"왜냐하면 당신이 계속, 지금까지와 같이
살아갈 수 있도록 내가 돌볼 테니까."
그러나 그는 맥없이 말했다.
"고마워요." 페파가 천천히 말했다.
"그렇다면 장군의 초상화를
벽에서 떼어냅시다." 그가

힘 있게 제의했다. "왜죠?"
페파가 물었다. "팔이 너무 짧아서요?
아니에요. 절대 짧지 않아요.
제가 말한 것은 그저 루시아한테
당신이 너무 애쓴다는 거지요."

5

그는 초상화 앞에 혼자 섰다. 그리고 가장 예리한 시선으로 실수를 탐색하듯 바라보았다. 그것은 말할 것도 없이 도냐 루시아였다. 그렇게 그녀는 살았다. 그는 그녀를 보았다. 모든 것이 거기에 있었다. 말하자면 가면 같고 뭔가 인위적이며 배후가 있는 듯한 그 모든 것이 있었다. 왜냐하면 그녀는 숨겨진 무엇인가를 가지고 있었고, 그래서 많은 사람들은 지금 서른 살쯤 된 이 여인이 이전에는 아무런, 귀부인 같은 가면이 없었을 것이라고 여겼다.

고야가 이 여인과 자고 싶은지 아닌지 페파는 묻지 않았다. 그것은 바보 같은 질문이었다. 모든 건강한, 그래서 혈기왕성한 남자는 누구나 모든 여자와, 어느 정도 예쁘면, 자고 싶어 하기 때문이다. 도냐 루시아 베르무데스는 매력적일 정도로 예쁘고, 숙녀처럼 예쁘며, 다른 사람과는 다르게 예뻤다.

그녀의 남편 돈 미겔은 프란시스코의 친구였다. 하지만 그런 사실이 루시아를 얻기 위해 들이는 수고와 시간을 줄이게 하진 않는다고 그는 정직하게 고백했다. 오히려 그를 머뭇거리게 하는 것은 바로 이 수수께끼 같고 불확실한 무엇이었다. 그러나 이것이 자극한 것은 화가로서의 그이지 남자로서의 그가 아니었다. 그녀라는 존재와 그녀 아닌 존재는 뒤섞여 있어서 분리될 수 없었다. 그것은 유령 같았고 끔찍했다. 그는 그것을 당시 돈 마누엘의 무도회장에서 한 번 본 적이 있었다. 노란 옷 위의 은빛 색조는 흔들리면서 비치는, 저주스러우면서도 은총에 찬 빛이었다. 그것은 그녀의 진실이자 그의 진실이기도 했고, 그가 그리려던 이미지이기도 했다.

갑자기 그는 새롭게 다시 보았다. 희미하게 빛나고 아른거리며 은색으로 흐르는, 그가 당시 보았던 회색을 어떻게 만들어낼 수 있을지 그는 문득 깨달았다. 그것은 배경이 아니었고, 노란 옷 위의 하얀 천도 아니었다. 여기 이 선(線)을 지워야 한다. 손과 얼굴에서 나오는 살 색깔도 함께 드러내야 한다. 그것은 아주 사소했지만, 모든 것이기도 했다. 그는 눈을 감고 보았다. 그는 어떻게 해야 할지 알았다.

그렸다. 고쳤다. 아주 사소한 것을 없애고, 아주 사소한 것을 덧붙였다. 모든 것이, 힘들이지 않고도, 절로 생겨났다. 믿을 수 없이 짧은 시간에 그것은 나타났다.

그는 자기 작품을 쳐다보았다. 좋았다. 그는 창출해낸 것이다. 거기에는 어떤 새로운 것과 위대한 것이 있었다. 그것은 실제 모습 그대로의 그녀, 어른거리는 빛을 지닌 여인이었다. 그는 흘러가는 것, 스쳐 지나가는 것을 포착한 것이다. 그것은 그의 빛이었고 그의 대기였으며, 그의 눈이 가진 세계였다.

그의 얼굴에서 긴장이 풀렸다. 그는 만족감에 차 바보가 되다시피 했다. 그는 약간 지친 듯 나른하게 소파에 웅크리고 앉았다.

아구스틴이 왔다. 퉁명스럽게 인사했다. 그는 몇 걸음 나아갔다. 아무 시선도 주지 않고 초상화를 지나쳤다. 오직 그 그림만 눈에 좀 띄었던 것 같다. 갑자기 그가 돌아섰다. 그의 눈빛이 예리해졌다.

그는 오래 쳐다보았다. 헛기침을 했다. "저거예요, 돈 프란시스코." 그가 마침내 쉰 목소리로 말했다. "이제야 해냈군요. 이제야 당신은 대기와 빛을 가졌어요. 이제 당신의 온당한 회색을 가진 거예요, 프란시스코." 고야의 얼굴 위로 아이 같은 빛이 번졌다. "진심인가, 아구스틴?" 그는 묻더니, 아구스틴의 어깨에 자기 팔을 둘렀다. "농담이 아니에요." 아구스틴이 말했다.

아구스틴은 매우 흥분했다. 프란시스코보다 더. 그는 돈 미겔 베르무데스나 신부처럼 아리스토텔레스나 빙켈만을 마음대로 인용하는 법을 배우지 못했다. 그렇게 할 수 없었다. 그는 보잘것없는 화가였다. 하지만 그는 그림에 대해 그 누구보다 더 많이 알았다. 그는 프란시스코 고야가, 그의 프랑코가 이제 온 세기가 아직 알지 못하는 수준에 도달했음을 알았다. 말하자면 그는 선(線)으로부터 해방된 것이다. 다른 사람들은 선을 점점 더 순수하게만 사용하려고 애썼다. 그래서 그들의 회화는 결국 채색된 소묘 이상이 아니었다. 그러나 프란시스코는 세상을 새롭게 보는 법을, 더 다양하게 보는 법을 가르쳐주었다. 모든 상상에도 불구하고, 이 점에서 자기가 위대하고 새로운 것을 만들었다는 사실을 그는 모를지도 몰랐다.

이제 고야는, 눈에 띄게 천천히, 붓을 들고 깔끔하게 헹궈냈다. 이렇게 하는 동안 그는 나직이 환호하며 천천히 말했다. "한 번 더 자네를 그릴 것이네, 아구스틴. 그러니 풀어헤쳐진 갈색 외투를 입고, 퉁명스러운 표정을 지어보게. 그러면 나의 회색이 멋지게 될 테니, 그렇지 않나? 자네의 불만스러운 모습과 나의 빛나는 색채를 보게 될 거네. 아주 특별한 효과를 낼 거야." 그는 아구스틴이 여전히 매달리고 있는 말 탄 장군을 그린 큼직한 그림 앞으로 갔다. "말 엉덩이는 아주 잘됐군." 그는 인정했다. 그런 다음 그는 공연히, 다시 붓을 씻어냈다.

그사이 아구스틴은
고야의 친구이자 동료가 되었다는
깊은 기쁨에 차 있었다.
그래, 그는 서투른 방식으로
프란시스코를 도왔다.
그가 바른 길을 가도록.
우정에 찬 시선으로
그는 돈 프란시스코를, 그의 프랑코를
거의 아버지인 것처럼 쳐다보았다.
새롭고 거칠며 어리석은 붓질을
늘 해대는, 너무도 재능 있고
사랑스러운 아이를 바라보듯이.
그리고 그는 감당하기 힘든 이 동료를,
그의 사랑하는 친구를,
언제나 그리고 영원히 견뎌내기로
마음먹었다.

6

어느 날 초상화가 완성되었다는 소식을 전해 듣고, 돈 미겔과 도냐 루시아 베르무데스가 프란시스코의 작업실에 나타났다.

프란시스코 고야와 미겔 베르무데스는, 비록 한쪽이 다른 쪽을 많이 비난했지만, 그래도 친구처럼 지냈다. 알쿠디아 공작이기도 한 통치자 돈 마누엘의 수석비서 돈 미겔은 스페인의 운명을 뒤에서 이끌었다. 진보적이고 근본적으로 친프랑스적인 이 사람은 그 무렵 종교재판소의 음모에 대항해 여러 수완을 발휘해야 했다. 프란시스코는 미겔이 권력을 드러내기보다는 숨길 때의 겸손함에 감탄했다. 반면 학자로서, 무엇보다 예술사가로서 미겔은 덜 겸손했는데, 그가 발행한 예술가 대사전은 매우 권위적인 것이었다. 베르무데스 경(卿)은 빙켈만과 라파엘 멩스의 이론을 추종하면서 단순하고도 숭고한 직선만 옳다고 여겼고, 옛 거장들의 모방을 중시했다. 라파엘 멩스나 고야의 처남인 바예우는, 그가 보기에 스페인에서 가장 위대한 동시대의 거장이었다. 그는 정중하나 현학적인 근심으로 친구 프란시스코를 타박했다. 왜냐하면 이 친구는 최근 들어 고전이론에서 점점 더 자주 벗어났기 때문이었다.

프란시스코는 규칙 위반으로 무엇에 도달할 수 있는지를 바로 이 여인의 초상화에서 보여주겠다는 악동 같은 기대감에, 기뻤다. 그는 미겔이 엄격한 원칙에도 불구하고 참된 예술을 받아들일 것이라고 확신했다. 그는 이 꿋꿋한 친구가 아무리 차분해도 새 작품에는 분명 꽤 긴장할 것이고, 그래서 도냐 루시아의 아른거리는 모습으로 놀라게 하기 전에 소중한 자기 원칙을 다시 한 번 길게 설명하게 되기를 바랐다. 그리하여 모든 공기와 빛 그리고 아름다움을 지닌 여인의 그림을 벽 쪽으로 돌려놓고는, 아무것도 없는 거친 회갈색 뒷면만 보이도록 놔두었다.

그가 기다렸던 순간이 찾아왔다. 돈 미겔은 한 발을 다른 발에 포갠 채 거기 앉았다. 반듯한 이마에, 약간 분을 바른 하얗고 각진 얼굴에는 작은 미소가 어려 있었다. 그는 자신이 가져온 커다란 종이뭉치를 가리켰다. 그는 설명했다. "전쟁임에도 파리의 이 동판화를 운 좋게 가질 수 있었네. 벗들이여, 이걸 보게. 자네 프란시스코와 당신 돈 아구스틴. 이건 모렐이 찍은 동판화인데, 자크 루이 다비드*가 최근 몇 년 사이 그린 가장 중요한 작품들이라네." 그것은 프랑스에서 가장 유명한 화가인 자크 루이 다비드의 작품들이었다. 그 무렵 다비드는 신고전주의 학파의 수장으로 베르무데스 경이 아주 높이 평가한 인물이었다.

그 동판화들은 그리스 로마의 고전적 고대 외에도 아주 최근의 역사적 사건이나 인물을 묘사했다. 하지만 그것은 고전적 양식을 고수했다. 이를테면 테니스 홀에서 프랑스 국민의회 대의원들이 어떤 자의적 폭군정치도 더 이상 용납하지 않겠다고 맹세하는 모습이었다. 나아가 동판화에는 당통이나 데물랭 같은 인물 초상화도 있었고, 무엇보다 욕조에서 살해된 마라**도 있었다.

이 프랑스 화가가 그린 마라는 프란시스코의 작품과 본질이 달랐다. 하지만 그 그림들이 얼마나 공들여 제작되었는지 고야보다 더 잘 인식할 수 있는 사람은 없었다. 예를 들면 죽은 마라가 그랬다. 그의 머리는 옆으로 축 처져 있었고, 오른팔도 욕조 밖으로 힘없이 떨궈져 있었다. 그에 반해 왼손은 아직도 청원서를 쥐고 있었는데, 그것은 그를 죽인 간교한

* Jacque-Louis David(1748~1825): 프랑스 혁명 시절의 신고전주의 화가.

** 당통, 데물랭, 마라는 모두 프랑스 혁명 당시 로베스피에르와 함께 자코뱅파를 이끈 혁명 지도자들이다.

여자가 갖다준 것이었다. 그 그림은 거장의 냉정한 손길로 그려졌고, 거기에는 압도적 정적이 배어 있었다. 그럼에도 그것은 마음을 뒤흔들었다. 모든 사실적 묘사에도 불구하고 죽은 자의 일그러진 얼굴은 너무도 아름답고도 위대하게 사람의 마음을 엄습했다. 화가는 이 '민중의 친구' 마라를 얼마나 많이 사랑했던가. 그림의 사건은 끔찍하고도 뛰어난 현실감 속에서 그림을 바라보는 고야에게 너무도 강력하게 다가왔기 때문에, 그는 잠시 다른 사람의 작품을 비판적으로 검토하는 예술가가 되지 못했다. 오히려 그리는 동안 화판 앞에서, 혹은 사랑할 때 침대에서, 혹은 긴장을 풀고 욕조에 있을 때, 모든 사람을 숨죽인 채 기다리는, 그래서 배후로부터 그를 덮치는 운명에 대한 공포와 압박감이 그를 사로잡았다.

"그의 그림을 보노라면 사지가 얼어붙네." 마침내 프란시스코가 말했다. "위대하면서도 끔찍한 인물이라네." 모두들 화가이자 혁명가인 다비드가 어떻게 국민의회에서 자기 후원자였던 루이 16세의 처형에 찬성했는지를 떠올렸다. "단 한 달도," 고야가 말을 끝맺었다. "그의 삶과 내 삶을 바꾸고 싶지 않네. 벨라스케스의 명성을 준다 해도 말일세."

하지만 베르무데스 경은 설명하기를, 이 프랑스 화가의 그림에서 다시 한 번 입증되는 사실은 모든 참된 예술이 고대의 연구를 바탕으로 한다는 것이었다. "선 이외에는 그 어떤 것도 중요하지 않네. 색채는 하나의 필요악이고. 그래서 색은 한 가지 유일무이한 기능, 즉 부가적 기능만 갖는다네."

프란시스코는 기분 좋게 씩 웃었다. 하지만 돈 아구스틴은 이번에는 끼어들지 않았다. 그는 베르무데스의 용감하고도 유연한 정치에 존경심을 품었고, 경탄하는 마음을 갖고 있었다. 그러나 이 사람이 가진 다른 모든 것은 그의 반발심을 일으켰다. 무엇보다 그의 건조함이나 학교 선생처럼 현학적인 열의는 그를 불쾌하게 했다. 도냐 루시아처럼 곱슬머리가 사랑스럽고 그처럼 섬세한 여인이 두 발 가진 백과사전일 뿐, 속은 삭막한 이 같은 사람과 결혼할 수 있다는 것을 그는 이해할 수 없었다. 화가 난 그는 베르무데스와 어리석게 설파되는 그의 이론 전부를, 도냐 루시아 앞에서, 프란시스코의 작품으로 망쳐버리는 게 기뻤다.

아구스틴은, 얇지만 큰 입을 퉁명스럽게 열어, 뭉툭한 목소리로 매우 정중하게 말했다. "돈 미겔, 당신이 보여준 그림들은 정말 하나의 정점이군요." "'확실한' 정점이지요." 베르무데스가 고쳐 말했다. "'확실한' 정점이죠." 아구스틴이 수긍했다. "그럼에도 당신이 비판한 그 색채로 새롭고도 놀랄 만한 효과를 자아낼 수 있다고 저는 생각합니다. 정점으로서의 영향 말이죠." 그는 악의 섞인 친절로 말을 이었다. 그는 벽 쪽으로 힘차게 걸어가더니, 거기 기대 있던 회갈색 캔버스를 힘껏 들어 올렸다.

"돈 아구스틴, 당신이 무얼 말하는지 벌써 생각했소." 돈 미겔이 웃으며 말했다. "도냐 루시아와 나, 우리 두 사람은 저 초상화에 마음 졸이고 있소. 그렇게 오랫동안이나……" 그는 문장을 끝맺지 못했다. 왜냐하면 그려진 루시아의 어른거리는 모습이 화가(畫架)로부터 이쪽을 쳐다보았기 때문이다.

돈 미겔은 말없이 서 있었다. 심사숙고를 한 뒤 얻는 이론으로 그림을 평하는 데 익숙한 이 예술 전문가는 자기 원칙을 잊고 말았다. 캔버스의 여자는 그가 아는 루시아였지만, 동시에 혼란스러울 만치 다른 여자이기도 했다. 다시 원칙을 거스르면서 그는 살과 피로 된 루시아 쪽을 당혹감을 애써 숨기며, 건너다보았다.

미겔이 그녀와 결혼했던 수년 전 당시, 루시아는 한 명의 '마하', 말하자면 우발적이고 종잡을 수 없는 민중 출신 처녀였다. 그래서 그녀와 결혼하는 것은 그만큼 급작스럽고 대담하고 또 위험한 결정이었다. 그러나 사태를 즉각 파악하지 못하는 자는 자주 헛발질한다는 것, 신은 죽을 운명의 인간에게 위대한 기회를 오직 한 번 던진다는 사실을 본능과 경험 그리고 고전주의자에 대한 연구를 통해 그는 배웠다. 그는 자신의 신속한 행동을 결코 후회하지 않았다. 그는 아름다운 아내를 오늘도 첫날처럼 사랑했고 갈망했다. 하지만 그녀는 거리의 애매한 처녀에서 신분 높은 베르무데스 부인으로 변신했다. 사람들은 그를 부러워했다. 그녀는 모두가 바라는 사교계의 품위 있는 한 여인으로서 캔버스에서도 그를 응시하고 있었다. 하지만 그녀 주변에는 파악하기 힘든, 은빛으로 아른거리는 어떤 빛이 떠돌았다. 갑자기 돈 미겔은 깨달았다. 즉 여러 해 동안 끝까지 탐색했다고 믿었던 루시아가 오늘날에도 여전히 마음을 뒤흔들며 그에게는 낯설게 느껴졌다. 그녀는 첫날처럼 그렇게 위협적일 만큼 종잡을 수 없어서, 오늘도 여전히 한 사람의 마하였던 것이다.

고야는 만족감에 차서 평소 그렇게 절제하는 이 친구의 표정에 담긴 당혹감을 알아챘다. 그래, 친애하는 미겔, 자네가 흠모하는 다비드의 방법은 훌륭하네. 분명한 선(線)은 좋은 것이고, 분명한 사물도 선으로 분명히 그릴 수 있네. 하지만 세상과 인간은 그리 분명하지 않네. 악의적인 것, 위험한 것, 요괴 같고 마귀 같은 것, 배후의 것, 이것들은 자네 수단으로는 그려질 수 없네. 이 수단을 존경하는 옛 거장에게서 구할 수도 없어. 자네가 존중하는 빙켈만이나 멩스도 스스로 알고 있네. 그러니 여기서 조언을 구하진 못하겠지.

그, 프란시스코 자신은 그려진 여인에게서 살아 있는 여인으로 시선을 옮겼다. 그녀는 여기, 말없이 선 채로, 그려진 자신을 쳐다보았다. 높고 다정하나 낯선 눈썹 아래 좁고 비스듬한 그녀의 두 눈이 그려진 자신을 감도는 아른거리는 빛을 바라보았다. 그녀의 변덕스러운 얼굴은 가면 같은 것을 벗고 있었고, 큰 입은 약간 벌어져 있었으며, 입 주변에 미소가 어려 있었다. 하지만 그것은, 평소 대개 그러하듯이, 섬세하고 조롱하는 듯한 모습이 아니라 더 깊고 더 위험하며, 어쩌면 더 속되고 더 방탕스러운 것인지도 몰랐다. 갑자기 프란시스코 고야는 언젠가 잊어버린 뒤로 오랫동안 기억해내려 애썼던 일화 하나를 떠올렸다.

언젠가 그는 프라도에서 한 소녀와 산책을 나갔다. 여러 해 전의 일이다. 아몬드 열매를 파는 소녀였는데, 미성년이었으니 아마 열네 살이나 열다섯 살쯤 되었을 것이다. 그 아이는 다짜고짜 그에게 다가왔다. 그는 소녀에게 주려고 아몬드 열매를 사려고 했다. 하지만 아이는 부당한 값을 요구했다. 그래서 그는 더 낮은 값을 제시했다. 아몬드 열매를 파는 소녀 때문에, 그 소녀는 진짜 마하였는데, 그는 조롱과 욕설의 물결 속에 허우적거렸다. "2레알이에요. 왕초한테 물어볼 거예요. 여기서 기다려요, 나리. 반년 후 답변을 갖고 돌아올 테니!" 그러면서 소녀는 패거리 중 하나를 소리쳐 불렀다. "얘아, 이쪽으로 와봐! 여기에 희사하려는 사람이 있어. 인심이 후해. 자기 여자를 위해 2레알이나 내놓으려 하거든." 그는 부끄럽고도 화가 나 그 버릇없는 애한테 5레알을 던져주었다. 이 사라져버린 시간으로부터 나온 뭔가를 그가 자신의 루시아에게 그려 넣었다는 사실은 하나의 승리였다. 그것은 상스러울 정도로 악동 같은 루시아와, 건방진 대답과 속된 장난을 즐겼던 그 아이의 위험성에서 나온 무엇이었다. 그림이 그녀의 가면을 살짝 들어 올린 것도 성공이었다.

돈 아구스틴으로서는, 그때 루시아가 초상화 앞에 섰을 때, 육체를 가진 여인의 아름다움이 어떻게 그림의 아름다움을 고조시키는지, 또 그림의 찬란함이 어떻게 여인의 찬란함을 드높이는지 보았다. 그의 속마음은 욕망과 쾌락으로 짓눌려 있었다.

모두 점점 더 침묵했다. 그러다 마침내 도냐 루시아가 입을 열었다. "정말 전 모르겠어요." 그녀는 끄는 듯한 목소리로 돈 프란시스코에게 말했다. "제가 방탕스러운 여자인지 말이죠." 하지만 이번에는 그녀의 장난스러운 목소리와 웃음 가운데 숨겨지는 것보다 드러나는 게 더 많았다. 그녀는 틀림없이 프란시스코한테 도전하는 투였는데, 바로 프란시스코의 친구인 남편이 있는 데서 미심쩍은 신경전을 시작할 태세였다. 하지만 프란시스코는 아주 정중히 대답하는 것으로 만족했다. "제가 그린 초상화가 마음에 든다니 기쁩니다, 도냐 루시아."

이렇게 대화를 나누는 사이 아구스틴은 황홀감에서 빠져나왔고, 다시 자기 일로, 돈 미겔의 자존심을 건드리는 일로 돌아왔다. 그는 가는 목소리로 말했다. "당신 부군도 당신만큼 저 그림에 만족하는지 알고 싶군요."

돈 미겔은 첫 당혹감 이후 너무 사적인 견해는 떨쳐내려고 애썼다. 하지만 도냐 루시아의 남편으로서 이 예술사학자는 그림 앞에서 적잖이 혼란스러웠다. 그는 규칙을 벗어난 이 작품이 자신의 마음을 흔들었고, 자신에게 말을 걸었으며, 그것은 아름다웠다는 점을 부인할 수 없었다. "하지만 모든 게 잘못되었소." 그는 마침내 말했다. "훌륭한 작품이라는 점도 인정하오." "당신은 신앙 고백하는 사람처럼 말씀하시는군요." 아구스틴이 말했는데, 뼈만 남은 그 마른 얼굴에는 빈정거림이 스쳤다.

하지만 성실한 미겔은 더 강력한 인정을 얻으려고 애썼다. "루시아, 나는 당신이 이 노란 옷을 입은 걸 본 적 있소. 돈 마누엘의 무도회에서 말이오." 그는 말했다. "그때 당신은 수많은 양초 불빛 속에서 놀랍도록 아름답게 보였다오. 하지만 이 그림에서는 더욱 아름답게 보이오. 이 점에서도 이 악마 같은 인간은 완전히 진실하오. 프란시스코, 어떻게 이 일을 해냈는가?" "돈 미겔, 전 그 이유를 말할 수 있습니다." 아구스틴이 건조하게 말했다. "여기에는 진실보다 더 많은 것이 들어 있어요."

하지만 아구스틴의 개입에 돈 미겔이 화를 내지는 않았다. 그리고 그 그림이 야기한 압박감과 의혹도 더 이상 그를 괴롭히지 않았다. 그는 위대한 예술의 열광적 수집가였다. 규칙을 위반하지만 사람을 감동시키고 예술사적으로도 의미 있는 그림이 결국 자기 것이 되리라는 기쁨으로 마음이 따뜻해졌다.

돈 마누엘의 가장 중요한 업무는 돈 미겔의 손에 놓여 있었고, 돈 미겔의 시간은 빠듯했다. 그럼에도 그는 친구 아틀리에에 머물렀다. 한쪽 다리를 다른 쪽 다리 위에 걸치고, 다비드의 판화를 뻣뻣하게 만지작거리며 그는 말했다. "난 궁금하네. 내가 모시는 공작의 초상화를 그린다면, 그때도 자네가 새 방법을 쓰게 될지." 고야가 위를 쳐다보았기 때문에, 그는 아주 무심하게 계속 말했다. "돈 마누엘이 총리실을 인수한 뒤로, 그의 초상화를 두 점 더 그려달라고 요청하지 않을 수 없게 되었네. 게다가 행정부나 공공기관에 걸 복제품도 여러 점 필요하고." 고야는 기뻤다. 친구 미겔은 그에게 아무것도 선사하지 않았다. 그는 루시아의 초상화 대금도 지불하지 않았다. 하지만 그는 고야에게 영예스럽고도 수익이 있는 주문을 해주었다. 툴롱의 함락은 분명 고야의 삶에 영향을 미쳤다. 그가 페파를 돌봐야 했기 때문이다. 하지만 이 함락으로 그는 상당한 주문도 받게 되었다.

그러는 사이 돈 미겔은 한결같이, 가볍게 덧붙이는 어조로 계속 말했다. "자네가 괜찮다면, 내일 아침 접견 시 좀더 오래 앉아 있도록 조정해보겠네." "아주 친절하군." 고야가 고마움을 표시했다.

베르무데스 경의 말은 아직 끝나지 않았다. "많은 게 변할 것이네." 그는 주절거렸다. "돈 마누엘이 이제 국가 통치를 떠맡게 된다면 말이야.

우리나라는 앞으로 프랑스공화국을 더 이상 무시할 수 없는 요소로 간주하는 데 적응해야 할 거네." 아구스틴은 고개를 들었다. "잘 이해합니다." 그는 열 내어 말했다. "돈 마누엘이 우리나라의 국내 정책을 이전 원칙 위에 다시 세우게 될까요? 그래서 자유주의자에 반하는 일정한 조처를 철폐하게 될까요?" "바로 그 점이오." 베르무데스가 대답했다. 그러고는 프란시스코를 쳐다보지도 않은 채, 여전히 동판화를 만지작대며 프란시스코 쪽으로 몸을 돌렸다. "프란시스코, 자넨 우릴 도울 수 있을 거네. 돈 마누엘이 자네를 얼마나 좋게 여기는지 알지 않는가? 이 모임에서 자네는 정치적 조처를 건의할 수도 있을 거고." 꼰 두 다리를 세게 흔들며, 그는 훨씬 경쾌하게 대화를 마무리했다. "내 생각에 돈 가스파르를 다시 불러들일 때가 된 것 같아."

조용하던 아구스틴이 흥분하며 일어섰다. 고야는 납작한 코로 크게 숨을 쉬었다. 그의 얼굴에 온통 불편한 기색이 번졌다.

베르무데스가 말한 것은 명망 있는 자유주의파 정치인이자 이 나라의 작가인 돈 가스파르 멜초르 호베야노스*였다. 흔히 사람들은 그를 '스페인의 볼테르'라고 불렀다. 전임 왕의 장관으로서 그는 여러 가지 좋은 개혁을 실행했었다. 왕 카를로스 4세와 돈 마누엘은 자신들에게 엄격하면서도 언제나 뭔가를 요구하는 그의 면모가 곧 불편해졌다. 그로 인해 왕실은 종교재판소나 반동적 귀족들과 늘 새로운 알력을 일으키게 되었다. 프랑스 혁명은 이 자유주의파 지도자이자 정부 전복자를 배제할 좋은 구실을 제공했다. 그는 멀리 있는 고향의 산으로 추방되었고, 저술 출

* Don Gaspar Melchor de Jovellanos(1744~1811): 스페인의 정치가이자 작가로 왕실 재판소 소장과 법무장관을 지냈다. 부르주아 지주의 자유를 추구하고 농업 개혁을 꾀하다가 투옥되었으며, 반(反)나폴레옹 국민운동의 중심 지도자로 활동했다.

판도 금지되었다. 돈 마누엘에게 이 사람의 사면을 청하는 것은 그리 편한 일이 아니었다.

프란시스코는 침묵했다. 아구스틴은 예의도 없이 흥분하여, 뻣뻣한 걸음으로 서성거렸다. 도냐 루시아는 베일처럼 흐릿한 눈으로 부채를 부치며, 고야의 언짢은 표정을 호기심에 차 쳐다보았다. "그런 제안을 하는 데 어째 날 필요로 하는가, 돈 미겔?" 이윽고 프란시스코는 물었다. "왜 자네가 호베야노스를 위해 직접 나서지 않는가?" "나의 상관 돈 마누엘 공작이 정부를 인수한 후," 돈 미겔은 다정하고도 차분하게 대답했다. "난 자유주의파 은사이자 친구인 그 사람의 복권을 요구하리라 결심했네. 하지만 내가 지금껏 경력을 쌓고 내 철학을 갖게 되기까지 돈 가스파르에게 얼마나 많이 빚졌는지 모든 사람이 다 아는 것처럼 돈 마누엘도 잘 아네. 자네, 프란시스코는 믿을 수 있는 사람이네. 또 정치적으로도 중립적이어서 돈 가스파르의 추종자가 결코 아니라고 여기네. 내 기억이 맞는다면 그가 자넬 위해 몇 가지 일을 해줬는데도 말일세. 자네가 시작해준다면 분명 효과 있을 걸세. 그 점을 강조할 것이야. 또 우리가 호베야노스를 이곳으로 불러들일 수 있다면 카바루스 백작과 다른 인물의 복권도 난 시도할 참이네."

프란시스코는 언짢은 듯 덥수룩한 머리카락을 앞쪽으로 쓰다듬었다. 호베야노스가 그에게 지시했던 일거리에 대한 언급 때문에 그는 화가 났다. 프란시스코가 거지처럼 가난한 무명 화가로 마드리드에 왔을 때, 호베야노스가 그에게 대형 초상화를 주문하고, 강력한 추천까지 했다는 것은 사실이었다. 하지만 가차 없이 엄격한 그 사람은 근본적으로 낯설었다. 프란시스코는 그에게, 마치 화가 다비드 앞에서처럼, 냉혹한 존경심을 느꼈다. 그는 근심 모르는 돈 마누엘이 살아 있는 비난거리로 통하는 지독한 호베야노스를 견뎌내지 못할 것이라고 여겼다. 그래서 겸손한 미겔은 프란시스코가 너그럽고 감사한 마음으로 행동하길 요구했다. 그는 오래된 민중 속담 하나를 생각했다. "선한 행동은 하늘에 가서야 보상받고, 악한 행동은 땅 위에서 보상받네."

돈 미겔이 그에게 말했다. "돈 마누엘이 프랑스와의 평화를 겨냥하는 바로 지금이야말로 그런 제안이 유망하네."

그것은 맞는지도 몰랐다. 그럼에도 미겔의 부탁은 무리한 요구였고, 그래서 감정을 억누르지 못한 고야의 얼굴은 거부감을 분명히 보여주었다. 그의 출세는 느렸다. 그는 능력과 끈기, 간계와 조심성으로 힘겹게 싸워 얻어야 했다. 그렇게 얻은 것을 국사에 관여함으로써 위태롭게 만들 수도 있었다. "결국 자네는 정치가지만, 나는 화가라네." 그는 언짢은 듯 말했다. "하지만 프란시스코," 베르무데스 경은 한 번 더 참을성 있게 설명했다. "이 경우 자네는 훌륭한 대변인이네. 자네는 어떤 정치적 야망도 갖고 있지 않기 때문일세!"

도냐 루시아는 꼼짝 않고 프란시스코를 다시 쳐다보았다. 그녀는 이제 거의 접힌 부채를 가슴 쪽으로 댔다. 이것은, 마하 언어로 보면, 조롱 섞인 거절을 뜻했다. 그녀의 긴 입술 둘레에 미소가 깊게 어렸다. 아구스틴도 고야를 빈정대듯 마음 졸이며 응시했다. 충실한 벗 아구스틴도 그의 망설임을 못마땅해한다는 것을 고야는 알았다. 미겔이 도냐 루시아나 돈 아구스틴이 있는 데서 프란시스코에게 그런 괴로운 제안을 한다는 것은 비열한 일이었다.

"좋네." 그가 언짢은 듯
맥없이 말했다. "좋네, 그렇게 하겠네.

아토차의 우리 성모 마리아가
날 보호하시길.
일이 잘못되지 않도록."
그는 성호를 그으며
나무상을 바라보았다.
하지만 루시아는
웃으며 남편에게 말했다.
"난 알아요. 당신 친구 프란시스코가
늘 도와줄 준비가 돼 있다는 것을.
고귀하고, 용감하고, 자기를 없애면서.
머리에서 발끝까지 귀족이에요."
돈 프란시스코가 언짢은 듯 쳐다보았다.
두 사람이 도냐 루시아의 그림을
갖고 돌아갔을 때,
프란시스코는 화가 나
아구스틴 쪽으로 몸을 돌렸다. "거기 앉게."
그는 입을 열었다. "웃으며 기뻐하게.
자네는 자네의 미덕,
굶은 자의 미덕을 잘 보이지.
자네가 잃을 게 뭔가?" 그는 탄식했다.
"'걱정거리뿐이라면, 사람은 어떻게 살까?'"
그는 오래된 속담을 중얼거렸다.
"언제나 똑같은 것들—의무와 빚과 아이들과 잡초만
있다면, 인간은 어떻게 살아갈 수 있을까?"

7

다다음 날 고야가 주문받은 초상화 작업을 시작하려고 돈 마누엘의 접견장에 나타났을 때, 그는 접견장 앞 홀이 사람들로 빽빽하게 차 있음을 알게 되었다. 열린 문으로 화려한 거실이 보였는데, 그곳에서 공작이 옷을 입고 머리 모양을 손질하고 있었다.

그곳에는 온갖 종류의 물건을 공급하는 사람들, 레이스 상인과 보석 상인, 그리고 미국에서 갓 돌아와 진귀한 새를 공작한테 선물하려는 어느 선장도 있었다. 새로 창간된, 돈 마누엘이 국가 보조금을 지원하는 지리학 잡지 『세계여행자』를 편집한 파반 씨도 그곳에 있었고, 자신의 마지막 저작을 건네주려고 온 위대한 식물학자 돈 로베르트토 오르테가 씨도 있었다. 돈 마누엘은 식물학 진흥 사업을 중시했다. 하지만 방문객들은 대부분 젊고 예쁜 여자들이었고, 그들은 총리에게 청원서를 제출하려고 했다.

고야가 면담을 신청했을 때, 돈 마누엘은 옷을 대충 입고 실내용 코트를 급히 걸친 채 비서와 종복을 대동하고서 대기실로 왔다. 시종들은 붉은 스타킹을 신고 있었는데, 그것은 왕족에게만 허용된 장식이었다. 하지만 카를로스 4세는 신하들에게도 이 특색 있는 양말을 착용하게 하는 권한을 공작에게 주었다.

돈 마누엘은 고야에게 반갑게 인사했다. "당신을 기다렸소." 그는 말하더니, 고야에게 안쪽 방으로 들어가라고 지시했다. 그동안 자신은 접견실에서 잠시 더 머물렀다. 그는 이러저런 사람들에게 한가한 표정으로, 그러나 불친절하지 않게 말을 붙였다. 그러고는 적의 봉쇄선을 돌파한 선장에게 사근사근한 몇 마디를 건넸고, 식물학자에게는 사랑스러운 감사를 표했으며, 기다리던 여자들을 쾌활하고도 거리낌 없이, 그러나 얕잡아

보며 둘러보았다. 그는 비서들에게 이들의 청원서를 받게 한 뒤 모든 사람들을 내보내고는, 고야가 있는 옷 갈아입는 방으로 돌아왔다.

시종들이 옷을 완전히 입히는 동안 베르무데스는 서명이 필요한 모든 서류를 설명하며 그에게 내놓았고, 고야는 그사이에 자기가 그린 작품 쪽으로 다가갔다. 작지만 두툼하면서 매우 붉은 입을 가진 이 총리의 잘생긴 얼굴은 통통했지만 굼뜬 모습이었는데, 거기에는 특이할 만큼 굳은 요소가 배어 있었다. 고야는 작업하는 동안 마음속으로 다른 사람이 그린 여러 부분 미숙한 이 얼굴의 이미지를 보고 웃었다. 그것은 실패한 것이었다. 왜냐하면 얼굴을 영웅화하려고 애썼기 때문이었다. 돈 마누엘을 바르게 보는 것은 쉽지 않았다. 그의 주변에는 많은 증오가 둘러싸고 있었다. 공적인 일들은 좋지 않았고, 왕에 충성하는 스페인 사람들은 그 잘못을 군주가 아니라 이탈리아 사람인 낯선 왕비에게 돌렸으며, 무엇보다 그녀의 애인인 돈 마누엘에게 돌렸다. 그는 하층민 출신이었고, 뻔뻔스럽기 그지없는 행운 외에 가진 것이라곤 아무것도 없었다. 그는 위대한 지도자나 왕이 아니라 왕비인 듯이 행동했다.

고야의 생각은 달랐다. 바로 그의 행운, 동화처럼 발전하는 그의 모습 때문에 고야는 이 젊은 남자에게 공감하게 되었다.

소나 양 같은 가축 떼가 많은 에스트레마두라*의 바다호스**에서 태어난 마누엘은 보잘것없는 가계 출신이었다. 그는 젊은 나이에 근위대 소위로 궁정에 들어왔고, 튼튼하고 멋진 몸과 나긋한 목소리로 왕위 계승자의 부인이자 아스투리아의 공주인 이 왕비의 눈에 띄게 되었다. 삶을

---

* Estremadura: 스페인의 서남부, 포르투갈에 인접한 지역으로 건조한 구릉성 산지가 많고 주로 목축과 농업이 행해진다.

** Badajoz: 스페인 남서부의 도시, 옛 무어 왕국의 수도.

열망하던 그녀는 더 이상 그에게서 떨어질 수 없었다. 공주로서도 그리고 왕비로서도. 이제 스물일곱 살인 위풍당당한 사내 마누엘 데 고도이 이 알바레스 데 파리아Manuel de Godoy y Alvarez de Faria는 스스로 알쿠디아 백작이라 불렀다. 그는 왈롱 지역* 근위대의 총책임자였고, 참모총장이었으며, 왕비의 비밀비서였고, 군주각의의 의장이었으며, 황금양모 기사단**의 기사이기도 했다. 그는 그가 원했던 모든 부귀를 소유했고, 왕가의 어린 두 아이인 왕녀 이사벨라와 왕자 프란시스코 데 파울라의 아버지이기도 했으며, 그 밖에 많은 사생아의 아비이기도 했다.

고야는 그렇게 많은 행운을 사악한 마음 없이 견뎌내기란 어렵다는 것을 알았다. 돈 마누엘은 기분이 좋았다. 그는 예술과 학문에 존경심을 가졌고, 아름다움에 민감했다. 단지 누군가가 자신의 의지에 거슬리는 행동을 할 때만, 그는 천박하고 잔혹했다. 이 젊은 공작의 넓적한 얼굴에 삶을 집어넣어 그리기란 간단하지 않을 것이다. 왜냐하면 그는 기꺼이 신분에 맞게 행동했고, 자신의 목적을 위해 거만하고도 냉담한 가면을 썼기 때문이다. 프란시스코는 그에게 느낀 연민 때문에 약간 지루한 표정 뒤에 숨겨진, 삶과 웃음의 쾌락을 눈에 보이게 드러낼 수 있을 것이다.

돈 마누엘은 앞에 놓인 문서에 서명했다. "이제," 베르무데스 경이 말했다. "저는, 각하, 세상 사람들에게는 거슬리는 몇 가지 사항을 전달

---

* Wallon: 벨기에의 프랑스어 사용 지역.

** Golden Vlieses, Orden del Toison de Oro: 1430년 부르고뉴 공작이던 펠리페 3세와 포르투갈의 공주인 이사벨라와의 결혼식을 축하하기 위해 설립된 기사단으로, 가톨릭 신도로서 가장 지위가 높은 귀족만 이 기사단의 단원이 될 수 있었다. 가난한 시골 귀족 출신이던 고도이는, 18세 때 아란후에스 별궁을 거닐던 왕비 마리아 루이사(당시 34세)의 눈에 들어 후작과 공작을 거치면서 승승장구한 후, 1791년(24세 때) 그 단원이 되었다. 그는 이듬해 25세의 나이로 총리가 되었다.

드리겠습니다." 그리고 그는 미소 띤 시선으로 고야를 바라보았다. "돈 프란시스코가 일반 사람들은 아니지." 공작은 상냥하게 말했고, 돈 미겔은 전달 사항을 낭독할 참이었다.

프랑스 군주의 대리공사 아브레 씨는 뻔뻔스러운 어조로 요구하기를, 스페인은 신을 모르는 프랑스공화국과의 싸움을 더 강력하게 수행해야 한다는 것이었다. 돈 마누엘은 불쾌하기보다는 오히려 기분이 좋았다. "우리의 뚱뚱한 루이 왕자가 베로나의 호텔방에서 쉽게 전쟁을 벌일 순 없겠지." 그는 말했다. 그리고 화가에게 이렇게 설명했다. "그는 숙소인 '세 명의 곱사등이에게(Zu den drei Buckligen)'에 머물고 있네. 우리가 돈을 보내지 않으면, 그는 두 방 중 하나는 내놓아야 해. 그가 무엇을 요구하는가?" 그는 다시 베르무데스 쪽으로 몸을 돌렸다. 베르무데스는 대답했다. "아브레 씨가 말하길, 1천만 프랑크와 군인 2만 명은 프랑스 왕이 스페인 국왕께 기대하는 최소 사항이라고 했습니다." "아브레는 예쁜 딸 하나를 가졌다지?" 돈 마누엘은 생각에 잠겼다. "물론 말라빠졌지. 개처럼 말이야. 빼빼하다면 아무래도 좋아. 하지만 너무 말라빠지면 아무짝에도 쓸모없지. 당신은 어떻소, 돈 프란시스코?" 그는 대답을 기다리지도 않고 돈 미겔에게 지시를 내렸다. "우리는 우리가 할 수 있는 최대한의 노력을 했다는 점을 아브레 씨에게 전달하게. 그리고 신의 이름으로 다시 한 번 5천 프랑크를 보내게. 그런데 당신 초상화 대금은 받았는가?" 그는 다시 고야 쪽으로 몸을 돌렸다. 고야가 아니라고 했으므로 그는 설명했다. "그럴 줄 알았지. 5년 전만 해도 아브레 씨는 베르사유 궁에서 가장 훌륭한 신사 중 하나였어. 그런데 지금은 자기를 그린 화가에게 한 푼도 주질 못하니."

"아브레 씨만이," 베르무데스는 계속 보고했다. "전선에 보강 병력을 보내야 한다고 요구하는 게 아닙니다. 가르시니 장군은 훨씬 더 절박하게 요구합니다. 전장에서 들려오는 소식도 좋지 않습니다." 그는 계속 말하며 서류를 넘겼다. "피구에라도 함락되었습니다." 그는 말을 맺었다.

공작은 지금껏 자세를 유지했으나, 이제 놀란 듯 괴로운 표정으로 고개를 들었다. 그러고는 베르무데스 쪽으로 몸을 돌렸다. 하지만 그의 머리는 이전 자세로 돌아갔다. "미안하오, 돈 프란시스코." 그는 말했다.

돈 미겔은 설명했다. "가르시니는 우리 연합군이 격파되면 프랑스인들이 다른 전선에서 군대를 빼돌려 피레네 쪽으로 보내지 않을까 걱정하고 있다네. 또 보강 인원을 못 받는다면, 프랑스 군이 3주 안에 에브로* 강가에 도달할 것으로 그는 걱정한다네."

고야는 이제 돈 마누엘이 자신을 돌려보낼 것이라고 여겼다. 하지만 그는 여전히 같은 자세였다. "난 그렇게 여기지 않소." 돈 마누엘은 심사숙고하듯 부드러운 목소리로 말했다. "내가 가르시니에게 보강 전력을 보내게 될 거라고 생각지 않소." 베르무데스가 대답하려 했기 때문에, 그는 이어 말했다. "교회가 기분 나쁘리라는 걸 알고 있소. 하지만 이것도 내가 감당해야 할 몫이오. 우리는 연합군보다 더 많은 일을 했소. 이 나라가 재정적으로 거덜 나야 하오? 궁정은 점점 더 많이 절약하고 있소. 도냐 마리아 루이사는 마구간 책임자 두 명을 해고했고, 시종도 열 명이나 내보냈소. 그 이상의 근검절약을 여왕께 요구할 순 없소." 그는 목소리를 약간 높였다. 하지만 고개는 고야가 정해둔 위치에 머물러 있었다. "가르시니 장군에게 뭐라고 전해야 할까요?" 베르무데스가 사무적으로 물었다. "프랑스공화국은," 돈 마누엘이 대답했다. "패배한 장군들을 교수

---

* Ebro: 스페인 동북부의 강 이름.

형시켜야 하고, 우리는 그들에게 더 이상 증강 인원을 보내지 않는 것으로 족할 거요. 이 점을 가르시니 장군에게, 그러나 정중한 형식으로 전하시오."

"분명," 돈 미겔은 계속 전달했다. "우리 연합군은 프랑스를 진압할 모든 희망을 포기했습니다. 프로이센 대사는 이 전황(戰況)에 대한 자국 견해를 각서로, 그것도 장황한 형식으로 제출했구요." "간단이 말하시오." 돈 마누엘은 요구했다. "로데 씨는," 베르무데스는 대답했다. "프로이센 정부가 어느 정도 받아들일 수 있는 조건을 얻을 수 있으면, 평화로 워지길 바란다고 언질했습니다. 그는 우리 측에도 똑같은 내용을 조언했습니다." "'어느 정도 받아들일 수 있는 조건'이란 게 무슨 뜻이오?" 돈 마누엘이 물었다. 베르무데스는 대답했다. "프랑스공화국이 죽은 왕녀의 자녀들을 우리 측에 인도한다면, 그것은 프로이센이 보기에 명예로운 평화라는 것입니다." "프랑스의 왕손에겐," 돈 마누엘은 말했다. "그들 나라가 없더라도, 우리는 5천만 레알과 1만 2천 명의 죽은 병사로 이미 상당한 값을 치렀소. 돈 프란시스코, 당신은 그렇게 생각지 않소?" 고야는 정중하게 미소 지었다. 돈 마누엘이 그렇게 그를 설득한다는 사실에서 고야는 아첨 받는 듯한 느낌을 받았다. 그는 계속 그렸다. 하지만 긴장하며 경청했다. "만약 어린 루이 왕과 숙녀 루아얄*이 우리 보호 아래 목숨을 구한다면, 프랑스의 군주국 이념은 우리 땅에서 계속 살아남을 겁니다. 그건 불명예스러운 평화는 아니지요." 베르무데스가 설명했다.

"돈 미겔," 공작이 대답했다. "적어도 그 왕족 아이들을 위해서라도 자네가 나바라 왕국**을 확보하길 바라네." 베르무데스는 상냥하게 응답

* Madame Royale: 루이 16세와 왕비 마리 앙투아네트의 딸.
** Navarra: 오늘날의 스페인 북부와 프랑스를 포괄했던 18세기 왕국.

했다. "누락된 사항은 없을 겁니다, 각하. 하지만 우리가 가르시니한테 보강 전력을 보내지 않으면, 이 왕세자들을 확보하는 것으로 만족해야 하지 않을까 싶습니다." 그는 서류를 한데 모았고, 인사한 뒤 나갔다.

고야는 이런 정치적 대화를 듣느라 돈 미겔이 공작과의 만남을 주선했던 목적을 잊고 있었다. 이제 호베야노스 안건이 마음을 무겁게 짓눌렀다.

고야는 어떻게 그 청원서를 제출해야 할지 자문했다. 하지만 그가 말하기 전에, 돈 마누엘이 말했다. "많은 이들이 내가 가르시니를 소환해야 한다고 요구하오." 그는 생각에 잠겨 말했다. "또 많은 이들이 마사레도 장군도 불러들여야 한다고 요구하오. 그가 툴롱 함락을 막지 못했기 때문이오. 하지만 전쟁은 행운도 가져다준다오. 게다가 난 복수심에 불타는 사람이 아니오. 당신은 그 장군의 초상화를 두어 점 그리지 않았소?" 그는 계속 활기차게 말했다. "당신이 그린 어떤 그림이 그 집에 걸려 있는 걸 본 듯하오. 그렇지." 그는 스스로 확신했다. "내가 비범할 정도로 멋진 그 여인의 초상화를 본 것도 그 장군 집에서였고."

고야는 놀라서 귀를 기울였다. 돈 마누엘의 말은 어디로 갈 것인가? 그가 장군을 위해 그려준 여인은 페파 투도였고, 이 초상화를 그리기 위한 모임에서 그들은 서로 인사를 건넸던 것이다. 그는 조심스러웠다. "그렇습니다." 그는 스스럼없이 말했다. "저는 그 장군을 위해 그가 교제하던 그 여성을 그렸지요." "그 그림은 놀라웠소." 돈 마누엘이 말했다. "그 여인은 살과 피를 가진 모습으로도 너무나 아름다웠소. 어린 나이로 미망인이 된 여자라고 장군이 말하지 않았나 싶소. 남편은 멕시코인가 어디에서 죽었다고 했고. 그래서 해양장관이 연금을 약속했다고 했소. 아니면 내가 틀렸나? 하여튼 예사롭지 않게 예쁜 여인이라오."

이제 고야는 돈 마누엘의 생각이 어디로 향하려는지 특유의 농부 같은 현실적인 이성으로 알아차렸다. 그래서 그는 혼란스러웠고 이리저리 찢긴 느낌이었다. 그는 자신이 복잡한 음모에 갑자기 말려들었음을 깨달았다. 그는 왜 미겔이 직접 호베야노스를 변론하지 않고 자신을 보냈는지 이해했다. 미겔에게는 그 나이 많은 자유주의자를 위해 내놓을 어떤 페파도 없었던 것이다. 프란스시코는 자신이 좀 어리석게 느껴졌다. 이 모든 거래 뒤에는 심지어 도냐 루시아가 있는지도 모른다. 그가 곧바로 승낙하지 않았을 때, 그녀는 그 때문에 비열한 마음으로 굳은 채, 뻔뻔스러운 미소를 지으며 그를 응시했는지도 모른다. 하지만 이 모든 분노에도 그는 도덕군자인 체하는 미겔 베르무데스가 더 덕성 있는 호베야노스를 추방에서 구하기 위해 걸었던 그 기이한 길을 생각하고 기뻐했다. 아마도 미겔은, 호베야노스를 복권시키는 것과 같은 큰일을 실현할 수 있다면 스스로의 여자 친구를 포기하는 게 고야의 의무라고 여겼는지도 모른다. 또 미겔은 자신이 고야에게 요구한 희생이 그리 큰 게 아니라고 여겼는지도 모른다. 그것은 옳았다. 고야는 궁극적으로 페파 없이도 자기 삶을 상상할 수 있었다. 하지만 그가 떠밀려 맡게 된 그 역할은 불쾌한 것이었다. 그것은 그의 자존심을 아프게 했다. 그에게 페파가 그토록 중요한 건 아니지만, 그렇다고 그녀를 어떤 식으로든 억지로 내칠 순 없었다. 그는 이 우쭐대는 마누엘에게 그녀를 넘겨주지 않을 것이다. 그녀를 여전히 갈망한다는 단순한 이유에서라도.

다른 한편으로 그는 돈 가스파르에게 감사해야 할 의무가 있었다. 그리고 프란시스코가 별로 중시하지도 않는 여자한테, 그것도 미망인인 그 여자한테 집착한다는 이유 때문에 돈 가스파르(호베야노스)가 이 비참한 스페인 시절에 산에 머물며 아무 일도 못 하게 선고받는 것은 부당한 일이었다.

우선 자신이 직접 호베야노스 사안을 가지고 나서야 할 것이었다. 돈 마누엘은 인상을 찌푸릴 것이다. 하지만 '쓴 포도주를 제공하는 사람은 누군가가 쓴 포도주를 마시라고 그에게 내놓을 때 놀라선 안 된다'는 속담이 있다. 지금 일 역시 돈 마누엘은 고야의 부탁을 거절하기 어려울 것이다. 그래서 그, 프란시스코가 계속 알아볼 참이다.

페파 투도는 언급하지 않은 채 프란시스코는 계속 그림을 그리다가 잠시 뒤에 말했다. "당신이 평화를 가져온다면, 돈 마누엘, 이 나라는 당신에게 감사할 겁니다. 마드리드는 이전과 같아질 거고, 우리가 그토록 오래 그리워했던 몇 사람을 다시 보게 된다면, 우리 마음이 따뜻해질 것입니다." 프란시스코가 예상한 것처럼 돈 마누엘은 놀란 표정을 지었다. "그리워했다고?" 그가 다시 물었다. "돈 프란시스코, 당신 지금, 지나치게 열성적인 몇몇 진보주의자를 마드리드가 그리워했다는 게, 그래서 우리가 그들의 국내 체류를 요청해야 한다는 게 진심이오?" "몇몇 사람이 여기에 없다면, 좀 아쉬울 것입니다." 고야가 대답했다. "각하, 보십시오. 제 그림은 빛이 너무 적어 반쯤 생기를 잃었습니다. 마드리드에도 그와 같은 게 빠져 있어요. 예를 들면, 카바루스 백작이나 호베야노스 경 같은 분이 아직 안 계시지요." 돈 마누엘은 화가 나 고개를 들었다. 하지만 고야는 아무런 두려움 없이 이렇게 말했다. "각하, 제발 머리를 가만히 두십시오."

돈 마누엘은 그 말에 따랐다. "우리 친구 돈 미겔이 그것을 말했다면," 그는 말했다. "그렇게 내가 놀라지 않았을 것이오. 놀랍게도 당신 입에서 그 말이 나오다니." 고야는 그랬다. "돈 미겔과 당신의 대화 자리에 참석할 수 있는 영예를 인정해주셨을 때, 떠오른 생각입니다." 그는 말했다. "제가 너무 주제넘었다면, 돈 마누엘 각하, 용서를 빕니다. 저는 당신 앞에서 터놓고 얘기해도 좋다고 느꼈습니다."

그러는 사이 공작은 이 거래가 어떻게 진행되는지 파악했다. "언제나 나는 흉금 없는 견해를 즐겨 듣소." 그는 상냥하게 약간 얕잡아보듯 말했다. "당신 제안을 잘 숙고해보겠소." 그런 후 그는 지체 없이, 너무도 활기차게, 이어 말했다. "그 여인으로 돌아가지, 우리가 좀 전에 말한 그 잘된 초상화에 대해 말이오. 그녀가 아직도 여기 마드리드에 있는지 혹시 아시오? 최근에 그녀를 만났소?"

공작이 이 서투른 우회로를 가야 한다고 느꼈다는 사실에 고야는 즐거웠다. 그것은 누가 무엇을 했고, 무엇이 그에게 허락되었는지에 대해 산타카사의 종교재판소 기록부나 경찰 문서에 뭔가 긁적이는 일과 같은 것이었다. 돈 마누엘은 페파 투도와 관련된 모든 일에 대해, 그녀와 프란시스코의 관계가 어떤지에 대해 당연히 알고 있었다. 아마 그는 미겔과도 말을 나눴는지도 모른다. 돈 프란시스코는 조심하며 말했다. "물론, 돈 마누엘," 그는 아주 냉정하게 대답했다. "저는 그 여인을 가끔 보지요."

공작에게는 분명한 말 외에는 어떤 것도 남지 않았다. 그는 고야가 바라는 방향으로 용기 있게 얼굴을 든 채, 지나가듯 말했다. "돈 프란시스코, 당신이 그 여인을 소개해준다면 고맙겠소. 나에 대한 안 좋은 풍문과 달리 내가 누구에게도 그리 인색하지 않다는 걸, 진실로 아름다운 것에 대해서는 오히려 뜨겁고 믿을 만한 마음을 지녔다는 걸 그녀에게 말해주시오. 그녀의 초상화는 지적인 여인의 모습이었소. 분명 그녀와 말을 나눌 수 있을 거요. 여자들은 대부분 침대에 드러눕는 일밖에 못하지만, 그들과 세 번만 같이 지내보면 아무것도 함께 할 수 없다는 걸 알게 되오. 내 말이 틀리오?" 고야는 속으로 끔찍하리만치 외설적인 무엇을 떠올렸다. 그는 크게 말했다. "그렇지요, 각하. 여자들 중 몇몇과만 철학을 할 수 있지요." 이제 돈 마누엘의 마음은 완전히 열렸다. 그는 이렇게 제안했다. "언제 우리 만족스럽고도 이성적인 저녁을 함께 보내는 게 어떻겠소? 당신과 그 사랑스러운 젊은 미망인 그리고 몇몇 다른 친구들과 식사하고 술 마시고 잡담하고 노래하면서 말이오? 할 만하지 않겠소? 내가 틀리지 않다면, 우리 도냐 루시아도 그 젊은 미망인을 알고 있을 거요. 하지만 전제조건은 당신, 내 친애하는 돈 프란시스코가 그 모임에 참여해야 한다는 사실이오."

거래는 더 이상 명료할 수 없었다. 즉 돈 마누엘 역시, 고야가 젊은 미망인에 대해 얘기한다면, 호베야노스에 대해 스스로 얘기할 준비가 되어 있었다. 프란시스코는 태평하고 풍만한 페파가 거기 앉아서 사이가 넓은 그 푸른 눈으로 갈망하듯 그를 쳐다보는 것을 속으로 그려보았다. 이제야 그는 비로소 올바로 그릴 수 있었다. 검고 푸른 옷을 입고, 그 위로 레이스를 걸친 그녀 모습을. 그것은 그가 바라던, 은처럼 빛나는 새로운 회색에 맞는 이미지였다. 그가 마사레도 장군을 위해 그렸던 또 다른 그림도 나쁘지 않았다. 장군은 당시 페파와 정말 사랑에 빠졌고, 고야는 바로 그 사람을 그림에 넣어 묘사했던 것이다. 그가 직접 훌륭한 그림으로 돈 마누엘의 구미를 당겼다는 사실은 참으로 유쾌했다. 그는 페파가 어떤 여자인지, 어떻게 그녀를 그렸어야 했는지, 그리고 앞으로 어떻게 그리게 될지 이제 너무도 분명히 알았다. 그녀와 몇 번 더 잘 것을 계획했든 안 했든, 프란시스코 고야는 이 순간에 여자 친구 페파 투도와 작별을 고했다. 그는 형식적으로 말했다. "각하를 보는 것은 호세파 투도 부인에게도 분명 영광이자 기쁨이 될 것입니다."

그러자 붉은 스타킹을 신은 시종이 들어와 인사했다. "각하, 이미 기다린 지 10분이나 되는 부인이 계십니다." 이 남자의 꼿꼿하고 신중하면서도 존경심에 가득 찬 얼굴은 그 부인이 누구인지 잘 알려주었다. 그녀는 왕비였다. "유감스럽군요." 돈 마누엘이 탄식했다. "이제 이것으로 끝내지 않을 수 없겠네."

고야는 착잡한 심정으로 집으로 돌아왔다. 그는 여자들을 좋지 않게 대했고, 입신양명을 위해 여자들을 포기했다. 하지만 어느 누구도 이 여자들처럼 감히 그에게 무언가를 요구할 사람은 없었다. 호베야노스가 아니었다면, 그가 그런 요구를 받아들였을 것이라고 결코 상상할 수 없었다.

자신의 아틀리에에서 프란스시코는 아구스틴을 보았다. 짜증 섞인, 늘 요구하는 듯한 표정으로 그는 프란시스코를 부추겨 이 불편한 거래에 끌어들이며 자기 몫을 해냈었다. 프란시스코는 돈 마누엘을 담은 스케치를 시작했다. 그는 계속 그렸다. 공작의 살찐 얼굴에서 선량함이 사라졌고 정신도 사라졌다. 그는 점점 더 음탕하고 돼지 같은 모습이 되었다. 고야는 스케치를 찢고, 책상 위로 모래를 뿌리고는 다시 모래 위에 그렸다. 그것은 성난 고양이 얼굴을 한, 아주 명랑하고도 욕망에 찬 루시아였고, 여우 얼굴을 가진 교활하고 각진 미겔이었다. 그는 화난 듯 탄식하며 그 얼굴들을 지워버렸다.

이 밤을 고야는 안 좋은 마음으로
보냈다. 그리고 여러 밤을 기분 나쁘게
보냈다. 하지만 세번째 되던 날
알바 저택으로부터

연락이 왔다. 예복을 갖춰 입은
한 시종이 카드 한 장을 전했는데,
돈 프란시스코가 어느
축제에 초대되었다.
알바 공작비가 새 거처인
부에나비스타 궁정 축성을 기념하여
베푼 축제였다. 또 카드에는
이렇게 적혀 있었다. "언제쯤 나는
내 부채를 받게 되나요, 돈 프란시스코?"
고야는 깊게 숨을 들이쉬면서 웃으며
그 작고 두서없는 필체를 보았다.
그것은 그가 옳았다는 확인서였고,
하늘의 보상이었다. 그는
스페인을 위해, 또 호베야노스를 위해
자기 자신과 자신의 교만을
이겨냈기 때문이었다.

8

프로이센 사절 폰 로데 씨는 알쿠디아의 공작 돈 마누엘 고도이에 대해 포츠담으로 보고를 올렸다.

"그는 일찍 일어나 마구간 책임자와 다른 직원에게 그날과 그다음 일과에 대해 상세한 지시를 내린다. 그런 뒤 8시경 별장에 있는 승마연습장으로 간다. 매일 아침 9시경 여왕이 승마 말벗이 되기 위해 방문한다. 그는 뛰어난 기수(騎手)다. 이것은 11시까지 이어진다. 왕이 사냥에서 돌아오면, 그는 같이 말을 탄다. 그러는 사이 온갖 사안을 상의하려고 많은 사람들이 벌써 공작을 기다린다. 이 일은 15분 안에 끝난다. 그 후 공식 접견이 있는데, 보통 6, 7명의 지체 높은 부인들이 참석하며, 최고 음악가가 협주한다. 오후 1시 돈 마누엘은 왕궁으로 간다. 그곳에는 거실과 업무실 그리고 침실로 된 그만의 큰 공간이 있다. 왕의 종복이라는 특별한 직책의 인물로서 그는 왕과의 공식 오찬에 참석한다. 오찬 후 그는 사적 공간으로 가는데, 이 건물은 왕비의 방 바로 아래에 놓여 있다. 여기에서 돈 마누엘은 왕비 앞에서 식사를 하는데, 왕비는 숨겨진 계단을 통해 그에게 내려온다. 그동안 왕은 다시 사냥을 떠나고 없다. 이 회합에서 도냐 마리아 루이사와 돈 마누엘은 왕에게 제안할 여러 조처에 합의하곤 한다.

저녁 7시경 돈 마누엘은 왕께 보고하러 간다. 8시경 그는 다시 개인 저택으로 돌아오는데, 그곳에는 대개 모든 계급과 신분 출신의 부인들 30~40명이 청원서를 든 채 도착해 있다. 이 청원서를 처리하는 데 두 시간 이상 걸린다. 밤 10시경 그는 시종을 불러 업무를 점검한다. 이 일에 대개 두 시간을 보낸다. 그는 이 현안들이 신속하고 정확하게 처리되도록 신경 쓴다. 그다지 오랜 숙고가 필요치 않는 편지는 거의 언제나 바로 그날 답변한다. 그의 견해는 빠르고 정확하다. 업무가 과중할 경우, 그는 안전하게 판단하여 일을 줄이고 그 과정에서 일어난 폐해를 없앴다.

전체적으로 보면, 그는 젊은 나이임에도 어려운 직무를 나쁘지 않게 수행한다. 모든 나라가 가장 책임이 무거운 자리에 이런 관료를 가진다면 유럽은 좋아질 것이다."

9

돈 마누엘과 젊은 미망인 호세파 투도를 위한 사교모임은 도냐 루시아 베르무데스 집에서 열렸다.

베르무데스 경의 저택은 크고 넓었다. 집 안은 각종 예술품으로 가득 차 있었다. 벽 아래에서부터 위까지, 서로 나란히 빽빽하게, 오래되거나 새로운 혹은 크거나 작은 그림들이 혼란스러울 정도로 가득 차서 마치 융단처럼 걸려 있었다.

이곳에서 도냐 루시아는 약간 높은 연단에 앉아 고대 스페인 풍의 높은 차양 아래에서 손님을 맞이했다. 그녀는 아래위 전부 검은색 옷을 입었고, 마치 도마뱀의 대가리처럼 얼굴은 귀엽지만 가면을 쓴 듯, 긴 빗을 꽂은 채 사람들을 쳐다보았다. 그녀는 홀쭉하지만 침착한 태도로, 하지만 악동처럼 마음이 들떠 거기서 일어날 일들을 즐거워하며 앉아 있었다.

돈 마누엘은 일찍 나타났다. 그는 신경 쓴 차림이었고, 우아하지만 지나치지도 않았다. 그는 가발을 쓰지 않았고, 붉은 금발에는 분을 바르지 않았다. 그는 자신이 받은 많은 훈장 가운데 황금양모기사단 훈장만 달았다. 그 넓은 얼굴에는 평상시의 자만스러운 기색도 전혀 없었다. 그는 이 집 여주인과 정중한 대화를 나누려고 애썼지만, 그것은 그가 기다리던 일이 아니었다.

신부는 고야가 그린 도냐 루시아 초상화 앞에 섰다. 처음 미겔은 이 그림을 따로 떨어진 곳에 놓으려고 했었다. 하지만 다른 귀중한 작품들에 둘러싸여 있으면 이 그림의 특징이 더 돋보이리라 여겼다. 그래서 그 방의 다른 많은 그림들 아래 걸었던 것이다. 돈 디에고 신부는 더 이상 그 앞에서 말없이 머물러 있을 수 없음을 눈치챘다. 많은 말로써, 라틴어와 프랑스 인용어로 자기 말을 치장하면서 그는 이 작품의 새로움과 뛰어남을 칭찬했는데, 그것은 마치 도냐 루시아에 대한 사랑의 선언처럼 들렸다. 이 같은 기쁨을 나누면서 돈 미겔은 생생하게 그려진 루시아에 대한 찬사를 들었다. 그는 돈 디에고가 이 작품이나 이 작품이 가진 새로운 색조를, 그 자신이 할 수 있는 것보다 훨씬 더 전문가적인 어투로 칭송했다는 사실을 인정하지 않을 수 없었다.

페파가 왔다. 그녀는 푸른 옷에 레이스 달린 밝은 망토를 걸쳤고, 유일한 장식으로 보석 박힌 십자가 목걸이를 하고 있었는데, 그것은 장군의 선물이었다. 돈 마누엘이 그 뻔뻔스러운 제안을 했을 때 그녀를 보았더라면, 고야는 새로운 기술로 그녀를 그리려 했을 것이다. 그녀는 늦게 온 것을 차분하게 사과했다. 시녀가 그녀가 타고 올 가마를 찾느라 애먹었다는 것이다. 고야는 지나치게 차분한 그녀의 태도에 놀랐다. 그 둘 사이에는 오늘 저녁 어떤 일이 일어날지 서로 넌지시 말해둔 것이 있었다. 그는 그녀가 불만과 저주를 퍼부었으면 하고 바랐다. 하지만 그런 일은 결코 일어나지 않았다. 그저 조용하고 조롱기가 담긴 여러 의미를 가진 문장들만 오고 갔다. 그녀가 지금 보인 태도는 당연히 연습한 것이고, 의도한 것이었다. 그녀는 일부러 너무 늦게 왔고, 의도적으로 자기 생활의 궁색함을 보여주었다. 그녀를 제대로 못 돌본다는 사실을 공작 앞에서 보여주어 고야를 부끄럽게 만들고자 했던 것이다. 그녀가 입만 뻥긋한다면 고야는 더 많은 하인을 대어줄지도 모른다. 물론 원망하면서. 그건 비열한 행동이었다.

돈 마누엘은 그녀가 말한 것을 거의 듣지 못했다. 그는 예의에 어긋날 정도로, 그러나 존경심에 가득 차 그녀를 주시했는데, 이러한 행동은 다른 사람들이 그가 결코 하지 못하리라고 여길 만한 것이었다. 마침내 도나 루시아가 그녀에게 그를 소개했을 때, 그는 평상시 왕비나 왕녀에게 인사할 때보다 더 깊게 고개를 숙였다. 그는 그녀에게, 고야의 그림을 처음 보던 순간부터 자신이 얼마나 감탄했는지, 그리고 이 특별한 경우에서 위대한 거장의 그 초상화가 현실과 얼마나 멀리 떨어져 있는지를 스스럼없이 말했다. 그의 눈빛은 헌신과 봉사의 마음으로 차 있었다.

페파는 이런 과장된 흠모에 익숙했다. 이 점에서 모든 스페인 사람들이, 마드리드의 미남 미녀건 지방 출신의 소귀족이건 궁정의 대귀족이건 간에, 똑같았다. 하지만 그녀에게는 뉘앙스에 대한 감각이 있었다. 그녀는 이 대단한 귀족이 곧 귀국할 마사레도 장군보다 더 깊게 그녀에게 빠져 있다는 것을 즉각 알아차렸다. 그것은 심지어 그 해군 소위, 즉 이제는 신과 바다에서 안식하고 있을 그녀 남편보다 더 깊은지도 몰랐다. 프란시스코가 그녀를 배반해 팔아버렸다면, 이제 그는 뭔가 소중한 것을 내버렸음을 알아야 한다. 그래서 그녀는 아주 비싸게 굴어야겠다고 스스로 다짐했다. 하얗게 빛나는 이를 가진 그녀의 큰 입은 다정하고도 스스럼없는 미소를 지었다. 그녀의 부채는 거절의 표시도 내지 않았지만, 그렇다고 그에게 응하는 것도 아니었다. 그녀는 프란시스코가 돈 미겔의 구애를 악의적 관심으로 쫓으면서 이쪽을 쳐다보는 걸 흡족하게 보았다.

식탁이 차려졌다고 시동이 알렸다. 사람들은 식당으로 갔다. 이곳 벽에도 위에서 아래까지 온갖 그림들, 플랑드르 지방과 프랑스와 스페인 거장들이 그린 정물화와 여러 종류의 식기로 덮여 있었다. 거기에는 벨라스케스가 그린, 한 아궁이를 둘러싸고 일하는 사람들의 모습도 있었고, 반다이크*가 그린 가나안 결혼식 풍경도 있었으며, 여러 새나 야생

* Van Dyck(1599~1641): 17세기 최대의 초상화가로 불린 플랑드르의 화가.

동물, 물고기와 과일 그림도 있었다. 과일들은 너무도 즙이 많아 보는 사람의 입에 침이 흐르게 할 정도였다. 식단도 정선되었지만, 지나칠 정도는 아니었다. 샐러드와 생선, 케이크와 사탕, 말라가주(酒), 셰리주,* 펀치, 그리고 달콤한 얼음물이 곁들여졌다. 시종은 없었고, 시중드는 아이만 있었다. 남성들이 여성들을 도와주었다.

돈 마누엘은 페파의 관심을 얻으려고 애썼다. 그는 확신에 차 말했다. 그녀가 프란시스코의 초상화를 빛나게 하는 저 명랑한 고요로 가득 차 있다는 것이다. 하지만 그 고요에 얼마나 많은 감동적인 것이 숨어 있는지 그는 알지 못한다는 것이었다. 그녀는 그 모든 침착성에도 불구하고 사람 마음을 얼마나 잘 움직이는지. 또 얼마나 '에무방트emouvante(감동적인)'하고 '불베르상bouleversante(엄청나게 놀라운)'한지. 그런데 "프랑스 말을 하는지요?" "앙페Un peu(무척 잘)." 그녀는 무거운 어조로 대답했다. 그러자 그는 마드리드의 다른 여성들보다도 그녀가 더 교양 있을 것이라고 기대했다는 것이었다. 다른 사람들, 이를테면 궁정 여인들이나 그 모든 미녀, 그리고 마하에 이르기까지, 그들과는 공허한 인사를 나눌 수 있을 뿐이고, 삶이나 정신에 대해 얘기할 수는 없다고 했다. 그들은 먹고 마시고 듣지만, 장갑 끝으로 흰 팔뚝 살이 희미하게 어른거릴 뿐이라고 했다.

나중에 그녀는 부채로, 그가 그녀에게 환영받지 못하는 것은 아니라는 점을 알아차리게 했다. 그러자 돈 마누엘은 열화같이 설명하기를, 고야가 그녀의 그림을 하나 더 그려야 한다고 했다. 그녀가 앉은 모습을 그려야 하고, 모든 힘을 모아서 마누엘을 위해 그녀를 그려야 한다고 했다.

---

* 말라가주(酒)는 남부 스페인산 갈색의 단 포도주이고, 셰리주(酒)는 스페인 남부 도시의 포도주로 헤레스Jerez주라고 불린다.

그, 고야를 도냐 루시아는 대화로 끌어들였다. 그녀는 그 자리에 조용히 숙고하듯 앉아 있었고, 페파의 관심을 끌고자 애쓰는 돈 마누엘 쪽을 바라보았다. 그가 그녀를 쳐다보는 방식에서, 그가 그녀에게 인사하는 법에서 그가 어떤 열정에 빠져들게 되었는지 이제는 모두가 인식하고 있었다. 도냐 루시아는 그런 광경을 즐겼다.

아주 무심하게, 얼음 음료수를 홀짝거리며 그녀는 말했다. "우리 페파가 즐겁게 얘기하는 걸 보니 저도 기뻐요. 가엾은 아이 같으니라고. 너무나 젊은 미망인인 데다 부모도 없는 사람이에요. 그녀는 운명의 극심한 부침을 놀라운 평정심으로 견뎌냈어요, 그렇지 않나요?" 그러면서 여전히 돈 마누엘 쪽을 쳐다보며 그녀는 계속 말했다. "돈 프란시스코, 기본적으로 우리 불쌍한 페파에 대한 돈 마누엘의 관심을 일으킨 것이 바로 당신 그림이라니, 그건 얼마나 기이한가요? 당신이 운명을 만드는군요, 돈 프란시스코. 당신 그림으로 말이에요."

고야는 그가 아는 다른 모든 남자들보다 자신이 여자를 더 많이 안다고 믿어왔다. 그런데 지금 이곳에서 루시아가 상냥하고 날씬하면서도 가면 같은 모습으로, 또 여성적이면서도 방탕스럽게 앉아 주제넘게 그를 웃음거리로 만들었다. 그의 귀에서는 당시 프라도에서 아몬드 열매를 팔던 처녀의 뻰뻰스러운 말들이 울렸다. 그런 말을 내지르며 그 불량스러운 계집애는 또 다른 불량배를 부추겨 그를 뒤쫓게 했던 것이다. 그는 자신이 바보처럼 여겨졌다. 그는 페파가 그 모든 일의 배후를 어느 정도나 알고 있는지, 그리고 루시아와 그녀가 작당해서 그를 조롱하고 있는 건지 결코 알지 못했다. 깊은 앙심이 그를 사로잡았다. 하지만 그는 스스로 억누르며 간단히 대답했다. 그는 어리숙하게 행동하면서 흐릿한 눈으로 베일처럼 모호한, 사이가 뜬 그녀의 시선을 받았다. "오늘은 평소보다 훨씬 냉담하군요, 돈 프란시스코." 그녀가 다정하게 말했다. "당신은 페파의 행복이 기쁘지 않나요?"

신부가 그들에게 왔을 때, 그래서 이 불편한 대화에서 빠져나올 기회를 갖게 되어 고야는 기뻤다.

하지만 그가 루시아를 떠나려 할 때 페파가 그를 불렀다. 그녀는 펀치 한 잔을 갖다달라고 요구했다. 돈 마누엘은 그녀가 오직 고야와 있고 싶어 한다는 걸 눈치챘다. 그는 이해했지만, 그녀를 화나게 하고 싶지 않았다. 그는 다른 사람한테 갔다.

"나 오늘 어때요?" 페파가 물었다. 그녀는 태평스럽고도 사랑스럽게 소파에 앉아 있었다. 프란시스코는 불안했다. 그는 언제든 그녀와 솔직히 얘기할 준비가 되어 있었다. 그들이 이제 아무런 상의 없이 제 갈 길을 간다면, 그래서 흔히 그리 되듯 그리 다정하지 않게 된다면, 그건 그녀의 잘못이었다. 누군가 화낼 이유를 가진다면, 그건 바로 그였다.

"이곳에는 오래 있고 싶지 않아요." 그녀가 계속 말했다. "내가 당신 집으로 가야 하나요, 아니면 당신이 내 집으로 올 건가요?" 그의 얼굴이 당혹감으로 멍해졌다. 그녀는 무엇을 원하는 거지? 오늘 저녁에 초대받았을 때, 그녀는 무엇이 문제가 될 것인지 이해 못 할 정도로 바보였단 말인가? 아니면 루시아가 그녀에게 그 일을 깨우쳐주지 않았던가? 이 모든 일을 그르친 것은 그인지도 몰랐다.

사실상 페파는 며칠 전부터 무엇이 문제인지 알았다. 하지만 그 결정은, 그가 상상한 것처럼, 그리 쉽지 않았다. 수일 동안 그녀는 왜 그가 말을 하지 않는지, 그리고 그녀 자신이 이 분란을 초래하지 않았는지 자문했다. 모든 침착함에도 불구하고 그가 그녀를 그리 쉽게 포기했다는 사실에 그녀의 마음은 아렸다. 비록 그의 이력을 위해서건, 그가 그녀를 벗어나 그녀의 출세를 막지 않으려는 마음에서건 간에. 이 모든 숙고 속에서 그녀는 자기가 얼마나 그에게 매달려 있는지 인식했다.

그녀는 그 모든 체험에도 불구하고, 느끼는 일에서는 단순하게 행동했다. 그녀는 많은 남자들에게 추파를 던지고 그들과 시시덕거렸지만, 펠리페 투도는 그녀가 동침한 첫번째 남자였다. 나중에, 특히 연극 공부를 하는 동안 많은 남자들이 더 노골적으로 이 젊은 미망인에게 구애했을 때, 그것은 매력적이기보다는 거부감을 일으켰다. 그러고 나서 그 장군이 수많은 돛대를 달고 그녀의 삶 속으로 항해해 왔다. 그 일 때문에 그녀의 감정은 매우 고조되었다. 하지만 쾌락이 무엇인지, 적어도 깊고 실질적인 쾌락이 무엇인지 그녀가 감지하게 된 것은 프란시스코 고야를 통해서였다. 그런 그가 그녀를, 그의 행동이 보여주듯, 더 이상 사랑하지 않는다는 것은 유감이었다.

투도를 알게 됨으로써 저 전능한 장관이 힘을 얻는다는 사실을 루시아가 그녀에게 말했을 때, 그녀는 당연히 이제 넓고도 햇볕 잘 드는 길이 자기 앞에 열린다는 것을 알았다. 즉 화려한 성채와 공손한 시종에 대한 그녀의 로망스 같은 꿈이 실현될 수 있었다. 그녀는 환상 속에서 정신을 잃을 지경이었다. 이제 이 알쿠디아 공작이자 왕비의 연인이 그녀의 애인이 된다면, 사태가 어떻게 될 것인가. 그래서 시중드는 노파와 카드놀이를 할 때 노파가 더 많이 자기를 속여도 그녀는 내버려두었다.

이 모든 일에도 불구하고 그녀는, 그가 원한다면, 프란시스코의 친구로 남기로 결심했었다. 그리고 지금도 그렇게 결심하고 있었다.

그래서 그녀는 이제 한 가지 분명한 질문을 던졌다. "오늘 저녁 내가 당신 집으로 가야 하나요, 아니면 당신이 내 집으로 올 건가요?" 그러자 그는 멍청한 표정으로 그렇게 앉아 있었다. 그것은 그만 지을 수 있는 표정이었다.

그가 말이 없었으므로 그녀는 계속 사랑스럽게 물었다. "또 다른 여자가 생겼나요, 프랑코?" 그는 여전히 침묵했다. "내가 당신한테 성가신가요? 당신은 왜 날 그 공작에게 던져버리나요?" 그녀가 작은 소리로 다정하게 말했기 때문에, 다른 사람들은 그녀가 별로 중요하지 않은 대화를 한다고 믿었다.

그녀는 갈망하고픈 욕구를 불러일으키며 그곳에 아름답게 앉아 있었다. 그래서 남자이자 화가인 그의 눈에는 그 모습이 마음에 들었다. 화나는 일이지만 그녀 말이 옳았다. 그는 그녀에게서 또 다른 여자를 발견했다. 아니 그가 발견한 것이 아니라, 그녀가 그의 삶 속으로 걸어 들어온 것이다. 이 다른 여자가 피부와 머릿결로 그를 사로잡아버렸던 것이다. 그 때문에 그는 그녀, 페파를 공작에게 넘겼다. 하지만 그녀는 부분적으로 옳았다. 그 내막에 대해, 그가 호베야노스와 스페인을 위해 감수한 희생에 대해 그녀는 아무것도 알지 못했다. 그의 마음속에는 거친 분노가 사정없이 솟구쳤다. 사람은 늘 오해받는 법이다. 그녀의 따귀라도 때리고 싶었다.

아구스틴 에스테브는 페파에게서 루시아로, 루시아로부터 페파로 시선을 돌렸다. 그는 내막을 알았다. 프란스시코는 곤경에 빠져 있었다. 프란시스코에게는 그가 필요했다. 그렇지 않다면 그가 아구스틴을 오늘 밤 이곳으로 데리고 오지 않았을 것이다. 이런 사실에서 그들 둘이 얼마나 확고하게 결합되어 있는지 드러났다. 그럼에도 아구스틴은 오늘 밤 그리 즐겁지 않았다. 그는 아무 도움이 되지 못한 채, 이리저리 빈둥대며 서 있었다. 그러고는 프란시스코의 곤경을 부러워했다.

루시아는 샴페인을 가져오게 했다. 아구스틴은 평소와는 다르게 술을 마시기 시작했다. 그는 별로 맛없는 말라가주(酒)에서부터 역시 맛없는 샴페인까지 번갈아 마셨다. 그는 슬펐다.

돈 마누엘은 자기가 오늘 충분히 예의에 맞게 행동했고, 그래서 이 젊은 미망인에게 다시 골몰해도 괜찮을 것이라고 여겼다. 그 여자는 싫어하지 않았다. 그녀는 프란시스코에게 분명하고도 확실히 자신을 내주었다. 그래서 자기 위신을 떨어뜨렸다. 프란시스코가 그녀를 거절했다면, 좋다. 이제 그녀는 마누엘이 제시한 길을 갈 것이다. 하지만 그렇게 되면, 그 일은 그녀가 부르던 로망스처럼 될 것이다. 그렇게 되면 그녀는, 창피스러울 수도 있지만, 놀랍게도 모든 사람들 위에 서 있게 될 것이다. 공작처럼 대단한 사람이 그런 어리둥절한 일을 아무렇지도 않게 저지르는 일, 그래서 그녀를 꿰차는 일은 일어나기 어려웠다. 어쩌면 그녀는 마누엘한테 자신의 가치에 맞는 대가를 요구할지도 모른다. 말하자면 충분한, 분명 높은 가격을. 그가 그 가격을 지불할 준비가 되어 있어 보이기 때문이다.

페파 투도는 루시아 베르무데스와 친구가 되었다. 그녀는 루시아의 모임에 자주 나타났다. 하지만 베르무데스 부부가 가끔 개최하는 그 품위 있는 저녁 모임에는 참석하지 않았다. 그녀는 이성적이라서, 그 대단한 회합이 자기 같은 보잘것없는 해군 장교 미망인을 받아들이지 않으리라는 것을 알았다. 돈 마누엘과 연결된다면, 그녀는 그의 숨은 젊은 여자 친구들 가운데 한 명이 아니라, 그의 공식적인 애첩이자 왕비의 경쟁자가 되고 싶었다.

돈 마누엘은 술을 마시고 있었다. 그는 샴페인 때문에, 또 가까이 있는 이 젊은 미망인 때문에 흥분해서 열이 났다. 그는 그녀에게 자신을 선보이고 싶었다. 그는 그녀가 혹시 말을 타는지 물었다. 그것은 누구도 예상치 못한 그리고 어리석은 질문이었다. 왜냐하면 대귀족들이나 가장 부유한 계층의 부인들만 말을 탔기 때문이다. 그녀는 태연하게, 자신의 아버지 농장에서는 때때로 말 위에 앉아보았지만 이곳 스페인에서는 당나귀나 노새만 타봤을 뿐이라고 대답했다. 만회할 일이 많겠군요. 그는 대답했다. 그녀는 말을 타게 될 것이고, 그러면 말 위의 여신처럼 보이겠지. 그 자신도 서투른 기수(騎手)가 아니었다.

페파는 기회를 엿보았다. 그녀는 대답했다. "스페인 사람들은 모두 당신이 얼마나 말을 잘 타는지 잘 알지요, 돈 마누엘." 그리고 이렇게 덧붙였다. "당신이 말 타는 모습을 언제 한번 볼 수 있을까요?" 하지만 이 순진한 질문은 참으로 대담한 것이었다. 그것은 정말이지 주제넘은, 그것도 이 나라의 가장 아름다운 청상과부의 입에서는 나오기 어려운 말이었다. 왜냐하면 돈 마누엘의 승마 연습에는 왕비가 참여했고, 왕도 종종 참석했기 때문이다. 마드리드에서 어떤 이야기들이 화제가 되는지 투도 부인은 모른단 말인가? 한순간 공작은 놀라 멈칫했다. 그러다가 정신을 차리고는 커다란 새장 하나가 열리는 것을 보았다. 그 새장에서 어떤 사랑스러운 입이 들어오라고 청하는 것이었다. 그러다가 유혹하는, 그 아름답고도 큰 입 자체를 보았고, 페파의 푸른 눈이 조용히 기다리며 자기에게 머물러 있음을 보았다. 그가 지금 거절한다면, 그가 지금 뒤로 물러난다면, 그는 이 여자를 잃을 것임을 알았다. 머리는 붉고, 피부는 희며, 그 향기는 상대를 평안하게 마비시키는 이 멋진 여자를. 그가 거절한다고 해도 분명 그녀와 잘 수는 있을 것이다. 하지만 그는 더 많은 것을 원했다. 그는 자기가 욕망할 때면 언제나 가질 수 있도록, 그녀를 늘 자기 주변에 두고 싶었다. 언제나는 언제나다. 그는 그녀를 완전히 자신을 위해 소유하기를 원했다. 그는 침을 삼켰고, 술을 들이켰고, 다시 침을 삼켰다. 그는 술을 집어삼키듯 마시다가, 조금씩 마시다가, 다시 삼키듯 들이켜며 말했다. "확실히 부인. 물론, 도냐 호세파, 당신 앞에서 말 타는 것은 영광이지요. 내일 궁내 수행원들은 에스코리알*로 갑니다. 하지만 그건 아침일 테고, 그때 당신의 충실한 종복 마누엘 고도이는 마드리드 별장으로 돌아올 겁니다. 그러면 두어 시간 국가의 일과 그 근심을 털어버리게 될 것이고, 당신 앞에서 말을 타게 될 겁니다. 당신을 위해 타겠지요, 도냐 페파." 그가 그녀의 이름을 애칭으로 부른 것은 처음이었다.

페파 투도는 가슴에서 우러나는 승리감을 속으로 맛보았다. 그녀는 자신의 로망스를 생각했다. 돈 마누엘의 그 말은 그녀가 부른 로망스처럼 시적이었다. 이제 그녀 삶의 많은 것이 달라질 것이고, 돈 마누엘의 삶에서도 많은 것이 바뀔 것이다. 그리고 프란시스코의 삶에서도 몇 가지가 바뀔 것이다. 그녀는 프란시스코에게 봉사를 지시하거나 거절할 수도 있을 것이다. 하지만—이때 그녀의 푸른 눈에서 복수심에 찬 빛이 일었는데—그의 이력을 후원하는 것도 바로 그녀임을 깨우쳐줄 것이다.

베르무데스 경은 돈 마누엘이 페파의 환심을 사려고 얼마나 애쓰는지 보았다. 그에게 소리 없이 근심이 밀려들었다. 그가 모시는 공작이 가끔 폭풍처럼 격렬하게 행동하기도 했지만, 지금처럼 저렇게 정성을 쏟은 적은 결코 없었다. 그가 결코 어리석은 일은 저지르지 않았음을 사람들은 알고 있었다. 그는 가끔 왕비에게도 너무 조심스레 행동했다. 도냐 마리아 루이사는 그가 가끔 과감하게 행동하는 것에 결코 반대하지 않았다. 하지만 그녀는 돈 마누엘과의 진지한 관계를 용인할 여자도 아니었다. 그래서 미망인 투도와의 일은 그 일요일 이후에도 이어질 듯이 보이

---

* Escorial: 마드리드 서북쪽에 있는 건축물로 왕궁과 역대 왕의 묘소, 예배당과 수도원 등이 있다.

지는 않았다. 도냐 마리아 루이사는 격분할 때는 스스로 억제하지 못했다. 그러고 나면 그녀는 돈 마누엘의 정치와 미겔의 정치를 대립시켜 살폈다.

미겔은 섣부른 두려움을 갖고 싶지 않았다. 그는 마누엘과 페파로부터 몸을 돌려 도냐 루시아 쪽을 바라보았다. 그녀는 얼마나 아름다운지, 마치 귀부인 같았다. 프란시스코가 그린 그녀의 초상화가 그의 집 그림들 아래 걸린 뒤로, 루시아의 숙녀 같은 아름다움은 더 이상 이전처럼 분명하지 않았다. 그때 그는 수년 동안의 끝없는 연구를 통해 확고한 규칙을 발견해냈다. 그는 섀프츠베리*를 읽었고, 무엇이 아름답고 무엇이 아름답지 않은지 분명하게 알았다. 하지만 이제 그 경계선이 흐릿해지기 시작했다. 그려진 루시아와 살아 있는 루시아, 이 두 루시아로부터 어른거리는 빛이 흘러나왔고, 그 빛이 그를 불안하게 만들었다.

승마장으로 돈 마누엘을 방문해도 좋다는 합의가 이뤄진 뒤 페파는 더 허물없이 행동했다. 그녀는 자신의 어린 시절에 대해, 설탕 농장과 노예들에 관해, 그리고 자신의 친분 관계와 대단한 배우 티라나와의 우정에 대해 말했고, 티라나에게서 어떤 교훈을 어떻게 얻었는지 그에게 얘기했다.

당신은 무대에서 멋졌을 거요,라고 돈 마누엘은 즉각 열렬히 설명했다. 드문드문 보지만 그럼에도 뭔가를 말해주는 그녀의 몸짓, 표정이 풍부한 얼굴, 생기 있는 목소리에서 그는 처음 보는 순간부터 그녀가 무대를 위해 태어난 건 아닌가 생각했다. "분명 노래도 하겠지요?" 그가 덧붙였다. "조금요." 그녀가 대답했다. "당신이 노래하는 걸 한번 들어볼

* Shaftesbury(1671~1713): 영국의 철학자이자 사상가로 도덕의 가치와 진·선·미의 조화를 강조했다.

수 있소?" 그가 청했다. "전 제 자신만을 위해 노래해요." 그녀가 말했다. 그가 실망한 표정을 지었기 때문에 그녀는 나른한 목소리로 덧붙였다. "제가 누군가를 위해 노래한다면, 그것은 그 사람을 제 가까이로 다가오게 한 것처럼 여겨져요." 그녀는 그를 동그란 눈으로 쳐다보았다. "언제 나를 위해 노래할 거요, 도냐 페파?" 그는 나직하면서도 갈망하는 듯한 모습으로 원했다. 하지만 그녀는 대답 대신 체념하듯 부채를 접었다. "당신은 돈 프란시스코를 위해서는 노래했을 테지요?" 그가 질투하듯 물었다. 그러고는 자기 표정을 숨겼다. 그는 극심한 후회 속에서 빌었다. "날 용서해주오, 도냐 페파. 당신을 괴롭히고 싶지 않소. 당신은 알 거요. 하지만 난 음악을 사랑해요. 난 음악을 가지지 않은 여성은 아무도 사랑할 수 없소. 나 자신도 좀 하오. 당신을 위해 노래하는 걸 허락해주겠소?" 그는 청했다.

마드리드에서는 왕비 도냐 마리아 루이사의 최고 기쁨이 애인의 노래를 듣는 것이라고들 했다. 하지만 그녀의 뜻을 이루기까지 돈 마누엘에게 오랫동안 부탁해야 했다. 네 번의 요청 가운데 세 번 거절했다고 했다. 그러니까 페파는 이 공작을 첫 만남에서 완전히 굴복시켰다는 점에 아주 대단한 자부심을 느꼈다. 하지만 그녀는 자신의 사랑스러움을 침착하게 내보였을 뿐이다. "생각해봐요, 루시아." 그녀가 불렀다. "공작이 우릴 위해 노래 부르고 싶어 해요." 모든 사람들이 놀랐다.

시동이 기타를 가져왔다. 돈 마누엘은 한 다리를 다른 다리 위에 포갠 다음 기타를 튕기며 노래했다. 자기가 직접 반주하면서 그는 한 청년에 대한 오래된 로망스를 감상조로 불렀다. 이 청년은 군대에 소집되어 전쟁터로 나가야 했다. "앞으로, 앞으로, 전함 아르마다는 항해하네. 나의 로리타는 남아 있네. 오, 나의 로리타!" 그는 노래했다. 그는 감정을 실어 잘 불렀다. 그의 목소리는 숙련된 것이었다. "조금 더, 조금 더!" 알랑거리길 좋아하는 숙녀들이 간청했다. 그러자 돈 마누엘은 풍자시 세기디야 볼레로*를 불렀다. 그것은 원형경기장에서 웃음거리가 된, 그래서 황소 앞은 물론이고 사람들 앞에도 더 이상 나올 수 없게 된 어느 투우사를 감상적이고 반어적으로 묘사한 곡이었다. 200여 명이나 되는 마드리드의 아름답고 우아한 여성들, 아가씨들, 멋쟁이 그리고 심지어 두 공작비까지 그 때문에 모두 눈을 비벼야 했다. 고향 마을 처녀가 짚더미에 그를 눕힌다면, 그는 지금 분명 기쁠 것이었다. 사람들은 크게 환호했다. 돈 마누엘은 기뻤다. 그는 기타를 옆에 놓았다.

하지만 여성들은 계속 청했다. "한 곡 더, 한 곡 더!" 총리는 주저하면서도 유혹 받은 듯 진짜 노래시Tonadilla 한 곡을 부르겠다고 선언했다. 하지만 그러기 위해서는 또 한 명의 가수가 필요했다. 그는 프란시스코를 쳐다보았다. 노래하는 걸 좋아하는 고야는 아마 포도주 때문에 흥분했는지 이 노래시를 부르는 데 동의했다. 공작과 그는 소곤대며 상의했고, 연습으로 불러보더니 합의했다. 그들은 노새몰이꾼에 대한 노래를 불렀고, 연주하며 춤추었다. 그 몰이꾼은 여행객한테 투덜댔다. 하지만 여행객은 점점 더 까다로워졌다. 그는 노새나 노새몰이꾼의 신경을 건드렸다. 그는 오르막길에서도 노새에서 내리려 하지 않았다. 마침내 그는 약속한 돈 중에서 한 푼도 내놓지 않으려 했다. 두 사람의 욕설 담긴 싸움질 속에서 노새의 울음이 들려왔고, 이 울음을 한 번은 마누엘이, 또 한 번은 프란시스코가 흉내 냈다.

그들, 총리와 가톨릭 왕국의 궁정화가는 온 힘을 다해 노래하고 춤

* Seguidilla Bolero: 두 사람이 추는 3박자의 스페인 민속춤, 또는 그 춤곡.

추었다. 우아하게 차려입은 두 지체 높은 신사는 욕설 뱉는 몰이꾼뿐만 아니라 인색한 여행객 역할도 해냈다. 그랬다. 그것은 총리이고 궁정화가인 그들 모습에서 아주 멀리 나아간 것이었다.

귀부인들이 이 광경을 쳐다보았다. 하지만 신부와 베르무데스는 귓속말로 얘기했다. 그사이 돈 마누엘과 고야는 점점 더 힘껏 노래했지만, 세상의 모든 지혜에도 불구하고 그들 목소리는 놀라 잦아들었다. 노래하는 두 사람에 대한 나직하면서도 조소하는 듯한 경멸이 일어나는 것을 그들이 느꼈기 때문이다. 경멸은 사람들의 정신과 교양의식에서 비롯된 것이었다. 여자의 호의를 얻으려고 그들이 못 배운 야만인들처럼 얼마나 애쓰는지, 그래서 얼마나 품위를 떨어뜨리는지 그들 자신은 알아채지 못했던 것이다.

마침내 마누엘과 프란시스코가 실컷 노래한 다음 이리저리 몸을 흔들었다. 그들은 기진맥진했지만, 행복한 듯 숨을 몰아쉬었다.

하지만 그때, 놀랍게도 또 다른 사람, 돈 아구스틴 에스테브가 등장했다.

술에 취하는 것은 스페인 사람들에게는 경멸할 만한 일로 간주되었다. 그것은 품위를 빼앗기 때문이다. 돈 아구스틴은 포도주로 맑은 정신을 잃어버렸다는 것을 기억하지 못했다. 오늘 그는 평상시보다 더 많이 마셨다. 그는 알고 있었다. 그는 흥분 속에서 자신에 대해, 또 더하게는 다른 손님에 대해 반감을 느꼈다. 거기에는 두 사람—마누엘 고도이와 프란시스코 고야도 있었다. 고도이는 알쿠디아 공작으로 자칭하면서 금빛 휘장을 가슴에 달고 있었고, 고야는 자신과 자신의 예술을, 마치 헹궈내는 물이라도 되는 듯 쏟아버렸다. 행운은 이 두 사람을 비천한 지위로부터 최고 자리로 출세시켰고, 그저 꿈꿀 수 있었던 것들, 즉 부와 권력과 명성과 누구나 탐낼 만한 여자를 던져주었다. 하늘에 그리고 운명에 겸허히 감사하는 대신 이들은 자신을 우스꽝스럽게 만들었고, 고래고래 소리치며 칼에 찔린 돼지처럼, 그것도 세상에서 가장 멋진 여인 앞에서 춤추며 돌아다녔다. 그, 아구스틴은 거기 서서 지켜보지 않을 수 없었다. 그리고 목에 넘칠 때까지 배부르게 샴페인을 마시지 않을 수 없었다. 그리고 적어도 이제는 신부에게 그리고 돈 미겔에게 자기 견해를 확실하게 말할 용기를 갖게 되었다. 미겔은 자신이 도냐 루시아로부터 얻은 것이 무엇인지 알지 못하는, 학식 있는 멍청이일 뿐이었다.

아구스틴은 둔탁한 목소리로 몇몇 나리들의 공허한 학식에 대해 자신의 생각을 설파하기 시작했다. 이때 그들은 그리스어와 독일어로 아리스토텔레스와 빙켈만에 대해 길고도 폭넓게 지껄이고 있었다. 공부할 돈이 충분히 있으면, 그리고 시간이 충분하다면, 그것은 어렵지 않았다. 값비싼 외투와 칼라가 달린 옷을 입거나 죔쇠 달린 구두를 신은 이들과 같은 '교우회'에 속한다면, 그리고 아구스틴 에스테브처럼 '망토 입은 학생'으로서 멀건 저녁 죽을 먹으려고 돈을 벌거나, 구걸하기 위해 뼈 빠지게 일하지 않아도 된다면, 그건 쉬운 일이었다. 그래, 어떤 신사는 축제 연회나 투우 그리고 박사증을 위해 필요한 2만 레알 가지고 있었다. "하지만 박사학위가 없는, 그러나 다양한 박사들이 즐비한 모든 예술대학과 학술원보다 예술에 대해 더 많은 것을, 심지어 작은 손가락으로도 이해하는 우리 같은 사람들은 여기 앉아서, 더 이상 마실 수 없을 때까지 샴페인을 마시면서, 저 패배한 장군의 궁둥이 밑에 말을 그려 넣을 수밖에 없지요." 아구스틴의 포도주 잔이 넘어졌고, 그 또한 탁자 위로 무거운 숨을 내쉬며 쓰러졌다. 하지만 신부는 다정하게 말했다. "그래, 이제는 우리의 돈 아구스틴도 자기 노래시를 불렀습니다."

돈 마누엘은 궁정화가 고야의 이 깡마른 조수를 이해했다. "스위스 사람처럼 취했군." 그는 기분 좋게 말했다. 친위대 소속 스위스 군인들은 휴가철 밤이면 긴 줄을 만들어 서로 팔짱을 끼고 술에 취해 마구 고함지르며, 지나가는 사람들을 괴롭히면서 거리를 활보하는 것으로 유명했다. 돈 마누엘은 아구스틴의 화난 듯 심한 취기와, 편안하고도 따뜻하며 선량하고도 가벼운 자신의 취기 사이의 차이를 알아채고 흡족해했다. 그는 고야 쪽으로 가 앉았다. 술을 더 마시며 좀더 나이 든, 현명하고 공감하기 쉬운 친구 화가에게 속마음을 터놓기 위해서였다.

돈 미겔은 페파에 골몰했다. 그녀가 분명 당분간은 공작에게 영향을 미칠 것이기 때문에, 그는 스페인이나 진보라는 관심 있는 시각에서 이들의 우정을 보장해주는 게 적절하다고 여겼다.

돈 디에고는 도냐 루시아 쪽으로 가 앉았다. 그는 사람을 안다고 믿었고, 도냐 루시아를 안다고 믿었다. 그녀는 많은 일을 겪었고 둔감하고 거만해졌으며, 또 목표에 다가가 있었다. 그녀 같은 여자를 얻기란 어려웠다. 하지만 그는 학자였고, 철학자에다가 이론가였다. 그는 자신의 논리 체계와 전략을 준비했다. 사람들이 만족감을 기대하는 대목에서 도냐 루시아가 간혹 나직하고도 해독하기 힘든 비웃음을 보인 것은 그녀가 자신의 출신을 의식하고, 나름 자부심을 느끼기 때문인지도 몰랐다. 그녀는 낮은 민중 계층인 마하에 속했고, 그것을 잊지 않았다. 바로 그 점에 그녀의 강점이 있었다. 그녀는 마드리드의 멋 부리는 선남선녀들한테 결코 굽실거리지 않았다. 그녀는 스스로 대귀족인 것처럼 순수한 스페인 사람이라고 생각했다. 어쩌면 더 순수하다고 느끼는지도 몰랐다. 신부는 이 대단한 부인 루시아 베르무데스를 제 역할을 완수한 파리의 비밀스러운 혁명가로 간주했으며, 이런 생각 위에서 자기 계획을 축조했다.

그는 돈 미겔이 그녀와 국사(國事)를 의논했는지 몰랐고, 그녀가 그런 일에 관심을 가졌는지 결코 알지 못했다. 하지만 돈 미겔은 이 무대나 살롱에서 스페인의 운명을 통솔하는 사람이 바로 그녀인 것처럼 행동했다. 평화로 향한 길에서 내딛는 조심스러운 첫걸음은 거의 성공하지 못했다. 파리는 신뢰하기 어려웠다. 종교재판소 측에서 고생하는 한 성직자와 유럽의 최고 살롱 중 하나를 가진 한 우아한 부인이, 파리 사람들과 결부된 스페인의 현안을 궁정의 고위 정치가보다 더 거리낌 없이, 그래서 더 강력한 효과를 가진 대의명분을 위해 처리해가리라고는 생각하기 어렵지 않은가? 돈 디에고 신부는 자신이 파리에서 영향력을 갖고 있음을, 그래서 다른 사람들은 접근하기 힘든 정치가들에게도 자신은 다가갈 수 있음을 넌지시 말했다. 정중한 행동으로 말을 치장하면서 그는 그녀의 조언을 청했고, 자신과 동맹을 맺자고 요구했다. 영리한 루시아는 그의 목적이 정치적인 영역 너머에 있음을 눈치챘다. 그럼에도 이 교양 있고 수수께끼 같은 남자의 믿음과, 그가 그녀에게 제시한 어렵고도 미묘한 역할은 이 까다로운 부인의 허영심을 자극했다. 처음으로 그녀는 여러 뜻이 담긴 시선으로 진지한 관심을 갖고 이상야릇하게 그를 쳐다보았다.

하지만 그녀에게는 피로의 기색이 역력했다. 너무 늦었다. 그녀는 충분한 수면을 중시했다. 그녀는 물러나, 화장을 고치려던 페파를 데리고 갔다.

돈 마누엘과 고야는 남았다. 그들은 주변에서 무슨 일이 일어났는지 아무것도 몰랐다. 그들은 술을 마셨고, 자기 일에 골몰해 있었던 것이다. "난, 자네 친구라네, 프랑코." 공작이 화가에게 확신시켰다. "자네 친구이자 보호자지. 우리 스페인 대귀족은 언제나 예술의 보호자였네. 나는 예술에 대한 감각을 가지고 있고 말이야. 자네는 내가 어떤 가수인지 들었을 거네. 자네와 나, 우리는 화가와 정치가로서 서로의 편이지. 자네는 아라곤의 농민 출신이고. 그렇지 않나? 그건 자네 말투에서 느낄 수 있네. 내 어머니는 귀족이라네. 하지만, 우리끼리 말하네만, 나도 농부 출신이네. 나는 위대한 것을 만들어냈네. 나는 자네로부터도 위대성을 만들어낼 참이야. 그 점에 대해선 믿어도 좋아, 나의 프랑코. 자네와 나, 우리는 남자지. 여기 이 땅에는 남자가 더 이상 그리 많지 않네. '스페인에는 위대한 남자가 태어나지만, 빨리 소진된다.' 이런 속담도 있지. 사실이 그렇고. 숱한 전쟁 때문이지. 그래서 몇 되지 않은 사람들이 남았고. 자네와 나, 우린 살아남았네. 그 때문에 여자들도 우리를 차지하려고 서로 싸우지. 궁정에서 대귀족은 119명이라네. 하지만 남자는 두 명뿐이네. 내 아버지는 늘 나를 '마누엘, 내 귀여운 아기 황소야'라고 부르셨지. 어린 황소라고 날 불렀다네. 그 점에서 그는 옳았네. 하지만 이 황소를 다룰 투우사는 아직 오지 않았네. 그는 이제 태어나야 하네. 난 자네, 돈 프란시스코에게, 나의 프랑코에게 말하네. '사람은 행운을 가져야 한다'고. 우리는 그걸 가져야 하네. 그건 그저 오는 게 아니네. 행운이란, 마치 코처럼, 다리처럼, 궁둥이처럼, 그리고 그 모든 다른 것처럼, 타고나는 어떤 것이네. 가지고 있거나 가지고 있지 않거나 둘 중 하나지. 자네는 내게 공감하고 있지, 프랑코. 나는 감사할 줄 아는 인간이네. 그리고 자네에게도 고마움을 빚지고 있네. 나는 천성적으로 눈이 나쁘지 않네. 하지만 올바로 보는 것을 내게 가르친 사람은 자네라네. 자네 그림이 아니었다면, 그 젊은 미망인이 내 삶에 들어올지 누가 알았겠나? 또 자네 그림이 없었더라면, 내가 이 여인에게서 여신의 모습을 보게 될지 누가 알았겠나? 그녀는 대체 어디에 있는가? 그녀는 마치 여기에 없는 듯 보이네. 그래도 상관없네. 그녀는 다시 오니까. 내겐 행운이 사라지지 않네. 자네한테 말하지만, 호세파 투도는 멋지네. 그녀는 멋진 여자네. 하지만 자네는 알고 있겠지. 그러니 말할 필요는 없네. 그녀는 영리하고 지적인 데다가 프랑스 말도 할 줄 아네. 그것만이 아니야. 그녀는 연극배우 티라나와 친교하는 예술가이기도 해. 그렇다고 자랑하진 않지. 그녀는 뭐든 삼가니까. 정말이지 매우 드문 여인 가운데 한 명이야. 그녀가 얼마나 많은 음악을 마음속에 담고 있는지, 그건 그녀에게 실제로 가까이 가본 사람만 알 수 있을 거야. 하지만 어떤 날이, 더 좋게는 어떤 밤이 오겠지. 그때가 되면 그걸 알게 될 거야. 이 밤, 그것이 벌써 여기 있네. 그렇게 생각지 않는가?"

고야는 이 취한 남자에게 경멸감을 안 느낀 건 아니지만, 그러나 이해심 섞인 착잡한 심정으로 그의 말을 경청했다. 그가 자신에 대해 표현한 것은 가장 속 깊은 진실이었다. 모든 취기 속에서도 마누엘은 고야를 든든하게 느꼈고, 그를 친구로 여겼으며, 실제로 친구이기도 했다. 이런 저런 일들이 어떻게 연결되어 있는지 기이했다. 고야는 호베야노스를 다시 불러들이고 싶었고, 자신을 이겨냈으며, 그리고 그 일을 위해 페파를 포기했다. 그래서 이제 스페인에서 가장 강력한 인물인 돈 마누엘이 그의 친구가 되었다. 이제 고야는 저 현학적이고 거만한 바예우를—그는 아내의 오빠이기도 한데—더 이상 필요로 하지 않았다. 그는 이제 공작과의 관계를 통해 모든 저항을 물리치고 왕의 수석화가가 되리라고 확신했다. 물론 인간은 운명을 증거로 내세워선 안 된다. 행운이란 타고나는 것이라던 돈 마누엘의 말은 주제넘은 말이었다. 그, 프란시스코는 그렇게 뻔뻔스럽지 않았다. 그는 언제나 인간 주변을 에워싸는 어두운 힘들을 의식했다. 그는 마음속으로 성호를 그으며 오래된 격언을 떠올렸다. '행복의 발걸음은 빠르지만, 불행에는 날개가 있다.' 그가 왕의 수석화가가 되기도 전에 여전히 많은 일이 일어날 수 있었다. 하지만 그 점에서 돈 마누엘은 분명 옳았다. 그들은 서로에게 속했고, 그들 둘은 남자라는 말. 그리고 그 때문에 그는 어두운 힘에 거슬러 자기 일을 확신했다. 왜냐하면 오늘은 그를 위한 '하나의' 행운만 있기 때문이다. 그것은 왕의 인장이 찍힌 자격증이 아니었다. 오히려 그 행운은 하얗게 빛나는 갈색의 타원형 얼굴이었고, 좁고 아이 같고 투실한 손이었다. 그것은 영롱하게 빛났고, 한 마리 고양이처럼 아른거렸다. 그래서 그녀는 그를 절망스러울 만큼 오랫동안 기다리게 한 뒤에 마침내 그를 몽클로아로, 부에나비스타 궁전으로 직접 편지를 써서 초대했던 것이다.

돈 마누엘은 계속 시시덕거렸다. 그러다가 이제 멈췄다. 새로 화장한 페파가 갑자기 다시 나타났다.

양초가 타서 아래로 흘러내렸다. 김빠진 포도주 냄새가 방에서 났고, 시동은 피로에 지쳐 반쯤 졸면서 의자에 앉아 있었다. 아구스틴은 탁자 앞 널빤지에 몸을 던지듯 웅크리고 앉아 코를 골고 있었다. 두 팔 위로 큰 머리를 둔덕처럼 얹고 눈은 감은 채. 돈 미겔도 지쳐 보였다. 하지만 그녀, 페파는 늘 그렇듯이 나른하게, 하지만 싱싱하고도 탄력 있는 몸을 드러내며 거기 앉아 있었다.

베르무데스 경은 새 양초에 불을 붙이려 했다. 하지만 돈 마누엘은, 이제는 눈에 띄게 멀쩡한 모습으로 제지했다. "돈 미겔, 불 켜지 말아요." 그가 외쳤다. "그리 애쓰지 마시오. 가장 멋진 축제에도 끝은 있어야 하는 법이니까."

그는 페파 쪽으로, 놀랍도록 빠르게, 걸어갔다. 그러고는 깊게 고개 숙여 인사했다. "도냐 호세파, 당신을 집으로 데려다주는 영광을 허락해 주시오." 그는 알랑거리는 목소리로 말했다. 페파는 푸른 눈으로 다정하고도 침착하게 그를 바라보며 부채질을 했다. "고마워요, 돈 마누엘." 그녀가 말하면서 고개를 숙였다.

그리하여 돈 프란시스코 옆을
마누엘과 페파가 지나갔다.
밖에서는 시녀가 웅크린 채
잠들어 있었다. 페파는 그녀를
웃으면서 깨웠고, 야경꾼이
달려왔다. 저벅거리는 말소리가 들렸고,
돈 마누엘의 위풍당당한 마차가
문 쪽으로 나아갔다. 붉은 스타킹을 신은
시종이 마차 문을 열었다.
마누엘과 페파가 밤의 마드리드를 뚫고,
땅을 울리며 집으로 갔다.

10

며칠 후 고야가 별 동요 없이 돈 마누엘의 그림에 착수했을 때, 예기치 않은 방문객이 나타났다. 그는 돈 가스파르 호베야노스였다. 총리 마누엘이 바로 약속을 지켰던 것이다.

이 놀라운 정치가가 아틀리에로 들어오는 것을 보았을 때, 아구스틴의 마른 얼굴에는 당혹감과 기쁨 그리고 존경심이 구름처럼 일었다. 고야 자신도 이 위대한 인간이 마드리드에 도착하자마자 감사를 표하려고 자신에게 곧장 왔다는 사실에 당혹스러움과 자부심 그리고 부끄러움을 느꼈다.

"이렇게 말해도 될 겁니다." 돈 가스파르는 설명했다. "내가 추방되었던 시간 내내 나의 반대자가 결국에는 나를 소환하지 않을 수 없으리라는 걸 결코 의심치 않았다오. 진보는 부패한 몇 사람의 폭군적 의지보다 더 강력하니까요. 하지만 당신의 개입이 없었더라면, 돈 프란시스코, 그것은 한참 더 걸렸을 것이오. 여러 친구들이 조국을 위해 용기 있는 말을 감연히 해줬다는 것은 진실이 인정받았다는 것이어서 위로가 됩니다. 더욱이 그런 말이 솔직히 전혀 기대하지 않은 사람에게서 나왔다면, 그건 갑절로 유쾌한 일이지요. 내 감사 인사를 받으시오, 돈 프란시스코." 그는 품위 있게 말했다. 짙게 주름진, 엄격하고도 뼈만 남은 그의 얼굴은 어두웠다. 말이 끝났을 때, 그는 몸을 굽혀 인사했다.

고야는 이 자유주의자들의 모임에서는 흔히 거창한 말들이 통용된다는 것을 알았다. 그 자신에게 그런 비장한 말투는 중요하지 않았다. 그의 방문객이 쓰는 성가신 문장은 당혹스러웠다. 그는 모호하게 응대했다. 그러고 나서 그는 좀더 활기차게 말했다. 돈 가스파르가 즐겁고도 건강하고 힘차 보인다고. "그래요." 호베야노스는 언짢은 듯 말했다. "내가 망명지에서 슬픔과 근심 아래 쇠약해질 거라고 믿는 사람들이 있다면, 그건 잘못된 생각일 겁니다. 나는 산을 사랑하오. 나는 여기저기 산에 오르고 사냥하며, 조용히 연구했습니다. 당신 말대로 그건 나쁘지 않았습니다."

아구스틴은 존경심에 차 말했다. "쉬시는 동안 선생님은 여러 권의 중요한 책을 썼다고 들었습니다." 호베야노스는 대답했다. "한가하게 보냈지요. 그리고 내가 가진 생각 가운데 몇 가지를 종이에 적었습니다. 그것은 철학적이고 국가 경제적인 사안에 대한 에세이입니다. 가까운 친구들은 나의 원고가 네덜란드로 몰래 가져가야 할 만큼 충분히 중요한 것이라고 여겼지요. 마드리드에는 몇 개만 왔거나 전혀 가져오지 못한 것도 있습니다." "제 생각에 선생님은 틀린 것 같군요, 돈 가스파르." 아구스틴이 웃으면서 쉰 목소리로 그러나 열렬하게 말했다. "예를 들어 방대하진 않으나 중요한 책이 있습니다. 그 제목은 『빵과 투우 경기장』입니다. 돈 칸디도 노세달Don Cándido Nocedal이라는 사람이 저자로 언급되지요. 하지만 호베야노스의 책을 한 번이라도 읽어본 사람이라면 이 노세달이 누구인지 압니다. 그렇게 쓰는 사람은 스페인에서 오직 한 사람이거든요." 호베야노스의 여위고 주름진 얼굴이 아주 붉게 달아올랐다. 아구스틴은 감격해서 계속 말했다. "종교재판소는 그 책을 추적했습니다. 누가 그 책을 읽었는지 밝혀지면 안 좋은 일이 생겼지요. 하지만 우리 마드리드 사람들은 겁먹지 않았습니다. 우리들은 그 책을 베끼고 또 베꼈습니다. 그래서 많은 사람들이 외울 수 있었지요." 그리고 그는 인용하기 시작했다. "마드리드에는 주택보다 교회나 예배당이 더 많다. 목사나 수도사도 평신도보다 더 많다. 모든 거리의 구석에서는 가짜 성유물(聖遺物)이 제공되고, 날조된 기적에 대한 소문이 퍼지고 있다. 종교는 허무맹랑한 외면성으로 차 있고, 형제애는 요란한 교단 앞에서 사멸해버렸다. 썩고 허물어져가는, 그리고 무지하고 맹신적인 스페인의 모든 구석에는 형편없이 더럽혀진 마돈나 상이 걸려 있다. 우리는 매달 고해하러 다니지만, 우리는 죽을 때까지 모든 날 동안 죄악에 빠져 있다. 그 어떤 이교도도 우리 스페인의 기독교인만큼 야만적이고 범죄적이진 않다. 우리가 두려워하는 것은 종교재판소의 지하감옥이지, 최후의 심판이 아니다." "돈 칸디도 노세달이 옳아요." 호베야노스가 싱긋 웃으며 말했다.

그동안 프란시스코는 낭랑하게 울리는 그 문장을 불쾌감과 두려움 속에서 들었다. 그는 그 문장을 감싸주듯 말하는 아구스틴에게 화가 났다. 고야는 교회와 그 기관을 좋아하지 않았다. 하지만 그처럼 주제넘고 방탕한 말은 위험했다. 그것은 종교재판소로 하여금 사람의 목숨을 다치게 할 수도 있었다. 그것은 운명에 도전하는 말이었다. 그는 아토차의 성모를 바라보았고, 성호를 그었다.

하지만 화가는 호베야노스에게 일어난 변화를 눈치채지 않을 수 없었다. 그의 여윈 얼굴은 좀더 부드러워졌다. 그는 자신이 낯선 이름 아래 유배지로부터 마드리드로 몰래 들여온 훌륭한 문장들을 누군가가 인용하는 유머러스한 상황을 즐겼다. 고야는 호베야노스의 이 상처 딱지 아래에서 무슨 일이 일어났는지 보았다. 그래서 그는 이제야 비로소 괴팍하리만치 완고하지만 위대한 인간 호베야노스를 어떻게 그려야 할지 알게 되었다.

이제 호베야노스는 아주 기분 좋게 과거의 정치에 대한 기억을 길게 늘어놓았다. 또 진보적 조처를 관철시키기 위해 얼마나 많은 우회로를 영리하게 걸어야 했는지 이야기했다. 이를테면 그는 마드리드에서 나는 쓰레기는 어떤 것이든 거리에 버려서는 안 된다는 법령을 마련한 적이 있다. 그러자 반대파들은 의료 평가서를 제출했는데, 이에 따르면 마드리드의 건조한 공기가 쓰레기 냄새로 뒤섞이지 않으면 위험한 병을 일으킬 것이라는 거였다.

하지만 돈 가스파르의 호의적인 기분 상태는 곧 사라졌다. 그는 점점 현 정부에 대한 거친 원망을 쏟아냈다. "우리는 그 당시," 그는 열을 내어 말했다. "세금 경감으로 하층 계급의 생활 상태를 개선했소. 우리는 적어도 한 가정에서 여덟 명 가운데 한 명은 학교에 갈 수 있도록 조처했고, 또 미국에서 금을 실은 우리 배가 오면, 그때는 약간의 비상금까지 마련 했소. 현 정권은 이 모든 것을 낭비했소. 그들은 마리 앙투아네트의 낭비벽이 프랑스 혁명의 주원인 가운데 하나였음을 파악하지 못했소. 그들은 엄청나게 소비하고 있소. 그들은 군대를 강화하는 대신 추종자를 측근으로 두고, 영국이나 아랍에서 온 말을 부리오. 하지만 우리는 교육과 복지를 장려하오. 그렇게 그들은 무지와 비참의 씨를 뿌리더니, 이제는 황폐함과 패배를 거둬들이고 있소. 우리에게 스페인 색깔은 노랑과 빨강이지만, 저들에게는 황금과 피라오."

프란시스코에게 호베야노스의 말은 지나치고 왜곡된 느낌을 주었다. 호베야노스는 낱낱의 구체적인 사항까지 올바르게 지적하고 싶어 했지만, 증오감 때문에 그가 그려 보인 전체 모습은 날조되었다. 지금 고야가 그를 그려야 한다면 좁은 이마를 가진 음울한 광신자를 그릴지도 몰랐다. 그 밖의 모습은 있을 수 없었다. 말할 것도 없이 가스파르 호베야노스는 이 나라에서 가장 영리하고 덕성 있는 정치가들 중 한 사람이었다. 하지만 정치에 개입하는 사람은, 이쪽이든 저쪽이든 과장하지 않을 수 없었다. 고야는 정치와 어떤 관계도 갖지 않았다는 사실에 기뻤다.

그 시간 내내 호베야노스는 돈 마누엘의 그림을 음울한 시선으로 유심히 살펴보았다. 그러고는 손가락을 들어 원망하듯 그림 속의 공작을 가리켰다. 반쯤 그려진 공작은 캔버스에서 우쭐대며 그를 보고 있었다. "이 사람과 그의 부인이," 그는 화가 나 말했다. "그렇게 엄청난 낭비꾼이 아니었다면 더 많은 돈이 학교를 위해 쓰였을 거요. 하지만 저들은 그런 일을 하려고 하지 않소. 민중들이 자신의 고통이 어디에서 비롯되는지 알지 못하도록 무지를 장려하기 때문이오. 가난한 프랑스가 전 세계를 상대로 승리한 까닭이 무엇이겠소? 나는 당신들한테 이렇게 말하고 싶소, 신사 양반들. 그것은 프랑스 민중이 이성과 덕성을 따르기 때문이오. 그들에겐 신념이 있소. 하지만 우리는 뭘 가졌소? 두뇌 없는 왕과, 하체의 쾌락 외에는 아무것도 찾지 않는 왕비와, 그리고 오직 한 가지 능력에 대한 증거, 말하자면 튼튼한 허벅지 외에는 아무것도 없는 총리뿐이오."

프란시스코는 격분했다. 카를로스 4세는 사람들이 인정하는 것처럼 그리 영리하지 않았다. 그리고 도냐 마리아 루이사도 변덕스럽고 인색했다. 그러나 카를로스 왕은 우호적이고 자기 나름의 품위가 있었다. 그리고 왕비는 끔찍하리만큼 재치 있었다. 게다가 왕비는 이 나라에 여러 명의 왕자와 공주를 선사했다. 또 돈 마누엘은, 누군가 부추기지 않는 한 다른 사람들과 어울려 일을 아주 잘 꾸려갈 수 있었다. 어떻든 그, 돈 프란시스코는 그들이 자신과의 우정을 인정해준다는 사실에 기뻤다. 고야는 권력이 신의 은총으로부터 왕에게 부여되었다고 확신했다. 그래서 호베야노스가 스스로 말한 바를 실제로 믿고 있다면 그는 스페인 사람이 아니며, 따라서 프랑스로, 신 없는 반란자의 나라로 꺼져버려야 했다.

하지만 고야는 스스로 억누르며 그저 이렇게 말했다. "당신은 공작에게 약간 부당하지 않은가요, 돈 가스파르?" "약간이라고요?" 호베야노스가 되물었다. "매우, 내가 바라기로는 매우 그렇소. 나는 이 사기꾼 같은 인간에게 정의롭고 싶지 않소. 그의 수많은 악행 중에서 내가 조금도 나쁘게 생각지 않는 일이 있다면 그건 그가 내게 부당했다는 사실이라오. 정치를 정의로 할 수는 없소. 덕성은 정의와 같지 않소. 덕성은 사람에게 때로는 부정의할 것을 요구하기도 한다오."

프란시스코는 자신이 처한 정말이지 역설적이고 모순적인 상황을 이겨내면서 점점 부드럽게 말했다. "하지만 돈 마누엘은 결국 당신께 행한 것을 보상하고자 노력하고 있습니다. 그렇지 않다면 왜 그가 당신을 다시 불렀겠습니까?" 호베야노스는 그리다 만 초상화를 성난 시선으로 바라보며 대답했다. "이 사람한테 감사해야 한다는 것 때문에 밤잠을 자기 어렵겠소."

갑작스럽게 몸을 돌리면서 그는—이런 변화 때문에 많은 이들은 그의 어떤 점이 늘 엄격하고 모났으며 사람을 불쾌하게 만드는지 늘 잊었는데—계속 말했다. "하지만 그에 대해 더 이상 말하지 맙시다. 예술에 대해, 당신 예술에 대해 이야기하지요. 난 당신에게, 돈 프란시스코, 감사해야 하오. 당신 예술을 생각할 때면 기분이 좋아요. 사람들은 내게 말하길, 당신이 우리나라에서 가장 위대한 초상화가에 속한다는 것이오." 이렇게 말할 때 돈 가스파르의 얼굴은 빛났고 매혹적일 정도로 상냥했다. 고야는 그의 말을 듣고 충심으로 기뻐했다.

그러나 이런 분위기는 오래 이어지지 않았다. 돈 가스파르가 참지 못하고 이내 이렇게 평했기 때문이다. "당신 그림들 중 몇 개는 바예우나 마에야의 작품에 버금간다고 들었소." 아구스틴조차 어깨를 움칠했다.

호베야노스는 아틀리에를 이리저리 서성대더니, 고야의 그림과 연구서를 진지하고도 성실하게 오랫동안 말없이 쳐다보았다. "나는 감사의 마음을 빚졌소, 돈 프란시스코." 그가 마침내 말했다. "바로 그 때문에 솔직하게 말하지 않을 수 없소. 당신은 많은 것을, 어쩌면 바예우나 마에야만큼이나, 아니면 그보다 더 많은 것을 이룰 수 있을지도 모르오. 하지만 당신은 전해져오는 위대한 진실을 너무 많이 실험하오. 당신은 색채를 가지고 놀며 선을 해체하오. 그러면서 당신 재능을 망치고 있소. 자크 루이 다비드를 모범으로 삼아보시오. 여기 마드리드에도 그와 같은 화가가 필요하오. 자크 루이 다비드라면, 이 궁정에 대한 그리고 이 궁정의 부패에 대한 분노로 격앙될 것이오. 그런 화가라면 우아한 귀부인이 아닌 천둥과 번개를 몰고 오는 제우스를 그릴 것이오." 늙은 바보로군, 고야는 생각했다. 이런 속담도 떠올렸다. '피리 소리는 위트가 되지만, 분노는 사람을 떠나게 한다.' 그는 힐난을 숨기지 않고 큰 소리로 대답했다. "당신의 초상화를 하나 그릴까요, 돈 가스파르?"

그 순간 호베야노스의 감정이 터져 나올 것처럼 보였다. 하지만 그는 자신을 억누르고 상냥하게 대답했다. "나의 비판을 그리 진지하지 않게 여기니 유감이오. 돈 프란시스코. 난 당신을 진지하게 생각하기 때문이오. 정치 외에 예술보다 더 내 마음에 가까이 있는 것은 없다오. 예술적 재능이 정치적 열정과 하나가 될 때 비로소 인간이 도달할 수 있는 최상의 것을 얻어낼 수 있소. 자크 루이 다비드 같은 인물이라면, 이 나라에서는 미라보*보다 쓸모가 덜하진 않을 거요."

호베야노스가 떠난 뒤, 프란시스코는 어깨를 들썩였다. 속에서 불만이 끓어올랐다. 그는 도덕군자인 체하는 호베야노스의 서생적(書生的) 어리석음을 아무 말 없이 듣고만 있어야 했다. "어쩌면 그가 그 대단한 산에서 그냥 지내도록 내버려뒀어야 하는지도 몰라." 그는 성큼 다가서더니 아구스틴 쪽으로 몸을 돌렸다. "거기에는 자네 책임도 있네. 자네는 어리석고 맹목적이며 비난 섞인 시선으로 날 쳐다보았지. 그래서 나는 그때 그 일을 승낙할 정도로 바보였고. 이제 나는 내 주변에, 그게 얼마나 걸릴지 아무도 모르지만, 가죽처럼 질기고 융통성 없는 이 현학자를 둬야겠지. 팔레트의 물기는 쳐다보기만 해도 말라버리지."

이번에는 아구스틴도 가만있지 않았다. "그렇게 말하지 마요." 그는 불평하듯 그리고 도전하듯 대꾸했다. "물론 돈 가스파르가 당신이나 다

* Honoré Gabriel Victor Riqueti Mirabeau(1749~1791): 프랑스 혁명기의 정치가이자 웅변가로서 국민의회 의장을 역임했다.

비드에 대해 말한 것은 잘못이죠. 하지만 그가 예술을 정치적으로 만들고자 하는 것은, 지금, 오늘의 관점에서 보면, 이 스페인에서는 옳아요. 그러니 당신은 귀담아들어야 해요." 아구스틴은 고야가 고함을 지를 것으로 기대했지만 고야는 그렇게 하지 않았다. 그는 온건한 목소리였지만 아주 독기 서린 힐난으로 가득 찬 채 대답했다. "기껏해야 말 엉덩이를 그리던 자네가 내게 설교하는군. 자네가 그리는 말 엉덩이에는 정치가 있는가? 스페인의 다비드라? 그 무슨 끔찍한 바보짓인가. 자넨 스페인의 다비드가 될 수 있네, 돈 아구스틴 에스테브. 자네 재능은 충분하다네."

그러는 사이 아구스틴은 크고 마른 머리를 앞으로 내민 채 음울하고 고집스럽게 말했다. "할 말이 있어요, 돈 프란시스코. 할 말이 있다고요, 프랑코. 궁정화가이자 학술원 회원인 당신에게 말할 게 있어요. 돈 가스파르, 그가 천 번이라도 옳아요. 당신이 그렇게 굽실거리고, 그렇게 독이 될 말을 해댄다면 말이에요. 당신 그림은 모든 재능에도 불구하고 아무 가치 없는 것들이에요, 돈 프란시스코 고야. 당신이 그린 거창한 귀부인들의 인색한 낯짝보다는 내가 그린 말 엉덩이에 더 많은 의미와 정치가 있어요. 당신이 그리 비겁하게 중립적으로 사는 한, 그래서 아무런 의견도 없고 아무런 의견도 표시하지 않는 한, 당신 그림은 모두 쓰레기고 잡동사니로 남을 거니까요." 그는 돈 마누엘의 그림을 가리켰다. "당신은 바로 쳐다볼 자신이 있어요? 모욕이에요. 이건 모욕이라구요. 분해 죽을 노릇이라고요!* 일주일 전부터 당신은 여기저기 아무렇게나 휘갈겼어요. 그러니 아무것도 아니게 되었죠. 당신도 알겠죠. 당신은 그 놀라운 색채로 놀라운 제복과 놀라운 훈장을 그렸어요. 그래서 얼굴은 공허

---

* 원문은 스페인어 "Qué vergüenza!"

하고 전체 모습도 공허하죠. 막무가내로 처발랐지 그리진 않았어요. 왜 그렇죠? 왜냐하면 당신은 당신의 돈 마누엘을 멋지게 만들려고 했기 때문이죠. 당신의 마누엘은 말하자면 당신과 똑같은 나무로 만들어져 거만하고 허영에 차서, 불쌍하게 그 알량한 명성이나 걱정하죠. 바로 그 때문에 그를 있는 그대로 그릴 용기가 없었던 거예요. 당신은 진리에 대한, 당신의 진리와 그의 진리에 대한 두려움을 가지고 있어요. 당신은 겁쟁이예요."

아구스틴의 말은 지나쳤다. 고야는 사자 모양의 농부 같은 둥그런 머리를 앞으로 내민 채 아구스틴에게 달려들었다. 그는 두 손을 세차게 움켜쥐고 아구스틴 앞에 아주 가까이 섰다. "입 닥쳐, 가련한 멍청이 같으니라고!" 그는 불길하리만치 나직하게 명령했다.

"그럴 생각 없어요." 아구스틴이 대답했다. "당신은 하루 10시간 괴발개발 그리면서도 그 부지런함과 수백 장의 그림을 자랑스러워하죠. 난 말하고 싶어요. 당신은 게으르고 경박하고 방탕스럽고 칠칠치 못해요. 어려운 것은 피하는 당신은 비겁해요. 당신은 당신의 재능을 가질 자격이 없어요. 당신은 이 도냐 루시아를 그리면서 새로운 빛과 새로운 공기를 발견했죠. 하지만 뭘 시작했죠? 스스로 집중하는 대신, 새로운 것을 영원히 자기 것으로 가질 때까지 이것과 싸우는 대신, 당신은 그저 손만 믿고 구태에 젖은 채 무턱대고 휘갈기기만 했어요."

"이제는 주둥이 닥치지, 개 같은 놈!" 고야가 너무나 위협하듯 말했으므로 누구라도 물러설 정도였다. 하지만 아구스틴은 물러서지 않았다. 그는 고야가 힘들게 숨 쉬는 걸 보았다. 적 같은 이 친구가 격분해 곧 귀머거리가 될 것을 그는 알았다. 그래도 아구스틴은 목소리를 높였다. "당신의 마누엘은," 그는 소리쳤다. "분명 이 쓰레기 같은 작품에 흡족하겠지. 하지만 이건 쓰레기예요. 효과 있는 쓰레기죠. 그래서 갑절로 쓰레기고. 당신은 알겠죠, 왜 그렇게 초라하게 단념하는지? 왜냐하면 구역질 날 정도로 게으르니까. 집중할 마음이 없으니까. 집중하기에 당신은 너무 인색하니까. 치욕이에요. 분해 죽겠네. 왜냐하면 당신은 '예'라고 바로 말하지 않는 한 여자를, 당신이 기다릴 만한 가치도 없는 한 여자를 기다리고 있기 때문이죠."

고야가 들었던 마지막 말은 '분해 죽겠네'였다. 그후 검붉은 분노의 구름이 그를 덮쳤고, 이것이 귀와 뇌를 타격했기 때문에 그는 더 이상 듣지 못했다. "밖으로 나가!" 그는 고함을 질렀다. "자네가 추종하는 호베야노스한테 가라구. 그래서 그를 그리라지. 자네의 다비드가 욕조에서 죽은 마라를 그렸듯이 그나 그리라구! 꺼져! 밖으로 꺼져버리게! 영원히!"

아구스틴이 뭐라고 대답했는지 고야는 듣지 못했다. 그의 입술이 움직이는 것만 보았다. 그는 그쪽으로 달려들려고 했다. 하지만 아구스틴은 정말 가버렸다. 서투른 걸음으로 급히 밖으로 나가버렸다.

프란시스코 고야는 바보처럼 서 있었다.
그리다 만 마누엘과 더불어.
'분해 죽겠네.' 그는 혼자 중얼거렸다.
한 번 그리고 또 한 번.
'분해 죽겠네, 분해 죽겠네.'
그러고는 이리저리 그리면서 서성댔다.
누군가를 쫓으면서, 크게 부르고 외치면서.
왜냐하면 그는 자기 목소리의 울림을

평할 수 없었기 때문이다. 이젠 귀마저
들리지 않았다. "그렇게 살아." 그는 외쳤다.
"멍청이로 말이야. 그렇게 말할 수밖에.
그게 바로 너니까.
가장 천박한 것을 너는
내게 말하는군. 뭐라도 내가 대꾸하면,
너는 늙은 왕녀의 숙모처럼
아파하겠지."

11

프란시스코 고야는 119명의 스페인 대귀족 가운데 거의 절반의 초상화를 그렸다. 그는 그들의 단점과 자잘한 인간성을 알았다. 그는 자기와 같은 부류의 사람들 사이를 돌아다니듯 이들 사이를 돌아다녔다. 그럼에도 그는 몽클로아에 있는 알바 공작비한테 가는 길이 매우 두려웠다. 마치 어린 소년이었을 때, 그의 아버지의 전능한 소작 주인이었던 푸엔데토도스 백작 앞에 처음 나아갈 때와 같은 큰 두려움을 그는 느꼈던 것이다.

그는 스스로를 우스꽝스럽게 만들었다. 대체 뭘 두려워했던가? 그가 무엇을 희망하고 있었던가? 그에게 분명한 관심을 표하는 한 여인에게 그는 가고 있었다. 그것은 거짓일 수 없었다. 하지만 그녀는 왜 그렇게 오랫동안 침묵하고 있었을까?

그녀는 이번 주 아주 바빴다. 그건 사실이었다. 그는 그녀에 대해 많은 걸 들었고, 도시 전체가 알바 부인이 행하고 또 행하게 한 일들에 대해 말했다. 어디에 있건, 그는 그녀의 이름이 나오는 것을 기대하지 않을 수 없었다. 그는 그 점을 두려워하면서도 또 갈망했다.

그는 그 이름이 대귀족의 살롱에서처럼 멋쟁이 선남선녀의 술집에서도 똑같은 영향력을 가진다는 것을 알았다. 사람들은 그녀를 모욕적으로 비난하면서 그녀가 저지른 가장 방탕한 사건을 입에 올리면서도 동시에 그녀가 스페인에서 가장 잔혹한 남자인 알바 원수(元帥)의 증손녀로서 그토록 찬란하리만큼 아름답다는 사실에 황홀해했다. 그녀는 정말 아이 같으면서도 동시에 자부심에 차 있으며, 그토록 변덕스러울 만치 가벼웠다. 다음 투우 시합에 관해 거리의 아이들과 얘기를 나누다가도 이내 그 모든 인사를 오만스럽게 무시하는가 하면, 프랑스인들에 대한 애정을 도전적으로 드러내는가 싶다가도 진짜 마하인 것처럼 너무도 스페인적으로 행동하기 일쑤였다. 그녀는 늘 스페인 여성이자 이방인인 여왕과의 불화거리를 찾았던 것이다.

전체적으로 카예타나 데 알바는 왕비보다 자부심이 덜하지도 않았고 사치를 덜 부리는 것도 아니었다. 게다가 그녀는 비용이 많이 드는 변덕을 부렸다. 요컨대 그녀가 왕비보다 더 덕성스런 것은 아니었지만, 투우사 코스티야레스가 왕비에게 황소를 바쳤을 때는 아무런 반응이 없었던 반면, 그가 알바 공작비에게 황소를 바쳤을 때는 온 경기장이 들썩였다.

그녀가 지금, 말하자면 전쟁 때문에 백성들이 가장 혹독한 희생을 치르는 바로 이때 새 성을 짓게 된 것은 주제넘은 행위였다. 이궁(離宮)까지 지은 마리 앙투아네트의 낭비벽이 바로 그녀를 단두대로 데리고 간 여러 이유 중 하나 아니었던가? 하지만 도냐 카예타나 데 알바 부인은 주제넘게도 웃으면서 알바 가문 특유의 엄청난 자부심 속에서 마리 앙투아네트의 놀이를, 이 놀이가 그 왕녀를 끝장나게 한 바로 그 지점에서 계속했다. 하지만 많은 이들은 그 때문에 그녀를 경탄하는지 아니면 증오하는지 말할 수 없었다. 프란시스코도 마찬가지였다. 알바 공작비에 관한 한, 마드리드 사람들은 늘 그랬다. 그들은 그녀에게 화를 냈다. 그리고 그녀를 비웃었다. 그러면서 또한 사랑했다.

궁전은 작았다. 카예타나의 가까운 친구들과 대귀족 가운데 가장 지위 높은 사람들만 초대되었다. 그녀가 그들 속에 자신을 포함시켰다는 점에 프란시스코는 기뻤고 자랑스러웠다. 하지만 그녀는 다음 해의 날씨처럼 종잡을 수 없었다. 아마도 그녀는 자신이 그를 초대했다는 사실을 모르고 있는지도 몰랐다. 그녀는 어떻게 그를 맞을 것인가? 부채를 들 것인가? 부채를 통해 그녀가 뭔가 자신을 이해할 만한 단서라도 줄 것인가? 그녀는 그를 고야라고 부를까? 아니면 돈 프란시스코, 아니면 그냥 프란시스코라고 부를까?

마차가 부에나비스타의 격자문에 도착해 건물 앞면으로 나아갔다. 건물 전면은 에레라*의 장식 없는 양식으로 보존되어, 관계없는 요소들은 배제한 채, 너무도 당당하게 높이 솟아 있었다. 날개처럼 달린 문이 열리자 내부로 향한 계단이 우아한 곡선을 그리며 위로 나 있었다. 그리고 저 위쪽 계단이 끝나는 곳에서 공작비 가문 선조의 거대한 초상화가 방문객을 오만하게 내려다보고 있었다. 고야는 스페인의 첫째가는 이름, 즉 '알바'라는 이름 앞에서 자신이 짓눌리는 것을 피할 수 없었다. 그 이름은 부르봉 왕가의 이름보다 더 오래되고 더 유명하며 더 숭고한 것이

* Francisco de "el Viejo" Herrera(1576~1656): 스페인의 화가이자 동판화가.

었다. 그는 비록 궁정식으로 차려입었지만 내복은 볼품없는 채로 그 거대한 계단을 올라갔다. 두 줄로 선 하인들 사이에서 시종장이 그를 따랐다. 그 앞에서, 조용하고 진중한 목소리로, 그의 이름이 속삭이듯 입에서 입으로 전해졌다. "세뇨르 데 고야, 왕의 화가 입장합니다." 그러자 위에서 문지기가 크게 신고했다. "세뇨르 데 고야, 왕의 화가 입장합니다."

계단을 올라가면서 세뇨르 데 고야는 모든 두려움과 기품 속에서도, 이 작은 성의 실내가 고전적으로 엄격한 건축양식과는 무모하리만큼 대립되어 비웃음을 살 정도라는 사실을 알아채고는 놀랐다. 이곳의 모든 것은 한 세대 전 프랑스 궁정이, 말하자면 루이 15세와 듀 바리*가 만든 것과 같은 양식으로 된, 너무도 우아한 사치품들이었다. 이 궁전의 주인은 자신이 동시에 두 인물이라는 것, 즉 스페인에서 가장 거만하고 음울한 이름의 소유자이자 동시에 붕괴된 프랑스 귀족 계급의 고상한 생활지혜를 추종하는 자라는 사실을 보여주고 싶었던 것인가?

그러나 알바 공작비는 궁전 벽에 프랑스 귀족의 똑같은 궁전을 장식했던 그림들과는 전혀 다른 그림들을 걸어두었다. 그것은 부셰**나 바토***, 혹은 고야나 그의 처남인 바예우의 고블랭에 어울릴 성싶지 않은 것들이었다. 오히려 거기에는 위대한 스페인 거장들의 오래된 그림들만 걸려 있었다. 벨라스케스가 그린 어둡고 잔혹한 대귀족 초상화와, 리베라****가 그

---

* Du Barry(1746~1793): 루이 15세의 애첩.

** François Boucher(1703~1770): 18세기 프랑스의 로코코 회화를 이끈 대표적인 화가로 화려하고 장식적인 그림을 많이 그렸다.

*** Jean Antoine Watteau(1684~1721): 18세기 프랑스의 로코코 회화를 대표하는 화가.

**** Jusepe de Ribera(1588~1652): 17세기 스페인의 화가로 바로크 양식의 그림을 주로 그렸다.

린 어느 음울한 성자, 그리고 주르바란*이 그린 광적일 만큼 우울한 수도사의 모습이었다.

이 그림들 아래 많지 않은 하객들이 앉아 있었다. 열두 명의 가장 지체 높은 신사들이었는데, 이들은 왕 앞에서도 모자를 벗지 않는 특권을 가지고 있었다. 그중 다섯 사람은 부인과 함께였다. 그중에는 고야의 영원한 채무자인 아브레 씨도 있었다. 그는 프랑스 왕손과 군주의 대사이기도 했다. 그는 신분에 맞게, 약간 궁색한 차림으로, 그러나 도전하듯 거기 앉아 있었다. 그 옆에는 예쁘고 날씬한 열여섯 살 먹은 딸 제네비에브도 있었다. 그곳에는 또한 신부 돈 디에고도 있었다. 그 밖에 강인한 인상이지만 차분한 얼굴을 지닌, 금발의 위엄 있는 신사도 있었다. 그가 소개하기 전에 고야는 이미 그가 페랄 박사라는 걸 알았다. 그는 미움받는 의사이자 이발사였다.**

그런데 그곳에, 기품 있고 음울하게 그리고 덕성 있는 모습으로 나타난 자는 누구인가? 그 모습은 궁정을 가득 채우는, 고상하게 시시덕거리는 그 모든 잡동사니를 실감 있게 거부하는 몸짓이었다. 그렇다, 그는 바로 돈 가스파르 호베야노스였다. 그는 교회와 왕의 반대자였고, 따라서 기꺼이 부른 사람은 아니었다. 왕은 그에게 아직 새 호의에 대한 감사 표시로 자기 손에 입 맞추는 것을 허락하지 않았던 것이다. 도냐 카예타나가 그를, 그것도 가톨릭 왕국의 왕이 행차하는 날 초대한 것은 무모한 일이었다. 그곳에 모인 신사 숙녀들은 돈 가스파르를 어떻게 대해야 할지 잘 몰랐다. 그들은 정중하고도 냉랭하게 인사했지만, 그와의 대화는 피

---

* Francisco de Zurbarán(1598~1664): 17세기 스페인의 화가로 바로크 양식의 성화를 그렸다.

** 이 시기에 서양에서는 의사가 이발사를 겸했다.

했다. 그로서는 그게 좋았다. 이 왕국의 첫째가는 귀부인이 이런 기회에 자신을 초대한 것은 그에게 하나의 승리였다. 그 밖에 다른 귀족 떨거지들과 있는 것은 중요치 않았다. 그는 외롭고 고집스럽게 자신의 금빛 의자에 앉아 있었다. 고야는 이 작은 가구가 그토록 무거운 기품 아래 혹시라도 무너져 내리지 않을까 싶었다.

알바 공작과 그의 어머니 마르케사 폰 비야브란카가 하객들에게 인사했다. 공작은 평상시보다 활기찼다. "친애하는 이여, 당신은 작고 놀라운 일을 체험하게 될 겁니다." 그는 고야에게 얘기했다. 신부가 고야에게 알려주길, 공작비가 실내악으로 부에나비스타 연극홀을 축성(祝聖)할 생각이라고 했고, 공작이 직접 연주할 거라고 했다. 하지만 고야에게는 그리 흥미롭게 여겨지지 않았다. 그는 예민해져 있었다. 여주인이 없는 것이 아쉬웠기 때문이다. 손님을 맞는 데 그녀가 없다는 것은 기이한 일이었다. 신부는 그에 대한 설명도 해주었다. 그 집을 구경하면서, 좋든 싫든, 왕과 왕비가 도착할 때까지 기다려야 한다는 것이었다. 하지만 도냐 카예타나는 왕과 왕비를 기다릴 마음이 없었다. 그렇게 그녀는 신고식을 했다. 그녀는 왕 부부가 입장하기 바로 전에, 그러니까 왕과 거의 동시에 홀에 들어올 것이었다.

그녀가 왔다. 프란시스코는 그녀를 볼 때 차분해지려고 여러 번 마음을 다잡았다. 하지만 그가 무대에서 그녀를 보았던 일전의 상황과 똑같은 일이 일어났다. 다른 모든 것, 말하자면 하객이나 금색으로 빛나는 모든 그림과 유리, 샹들리에 등이 모두 가라앉고, 오직 그녀 홀로 남았다. 그녀는 극히 소박한 모습 속에서도 도전적이었다. 그녀의 하얀 옷에는, 지금 파리의 공화국 부인들이 하는 것과는 다르게, 아무런 장식이 없었다. 프랑스 부인들의 옷은 넓은 장식띠로 팽팽하게 둘러진 날씬한 허리에서부터 바닥에까지 끌렸다. 장식띠 가장자리는 옅은 금빛으로 되어 있었다. 손목에 반짝이는 금팔찌를 차고 있을 뿐, 그 밖에는 아무런 장신구가 없었다. 검은 머릿결은 드러난 어깨 위로 촘촘한 뭉치를 이루며 흘러내렸다.

고야는 그녀를 응시했다. 그 앞에 서 있던, 인사받아 마땅한 다른 사람들을 생각하기보다도 그는 그녀에게 달려들고 싶었다. 하지만 그런 마음을 먹은 바로 그때, 계단실로부터 크게 외치는 소리가 들렸다. "가톨릭 왕국의 전하 부부께서 납시옵니다!" 사람들이 모두 도열했다. 그리고 카예타나가 들어오는 왕과 왕비 쪽으로 걸어갔다.

시종장은 지팡이를 치며 마지막으로 알렸다. "가톨릭 왕국의 전하이자 통치자이신 알쿠디아 공작께서 납시옵니다." 그리고 그들이 왔다. 왕 카를로스 4세는 위엄 있고, 배가 나와 공간을 가득 채우는 듯했다. 마흔여섯 살의 그는 은색으로 수놓아진 붉은 연미복을 입고 있었고, 그 위에 엄청난 훈장의 수(綬)를 매고, 황금양모기사단 훈장을 달고 있었다. 또한 오른손엔 삼각 모자를 들고 있었고, 왼손에는 지팡이를 쥐고 있었다. 붉은 얼굴은 다정하지만 살이 쪄 둔한 느낌을 주었으며, 큰 코는 투실했고 입도 두툼했다. 이마는 널찍해서 약간 대머리였다. 그의 얼굴은 뭔가 외경심을 일으키려는 듯 주위를 살피려고 애썼다. 그의 뒤쪽으로 반걸음 옆에서, 양쪽으로 열리는 문 전체를 둥근 테가 든 넓은 치마로 가득 채우며, 마치 성녀상처럼 온갖 보석으로 잔뜩 치장한 채, 또 아주 큰 부채를 손에 쥐고, 파르마의 도냐 마리아 루이사가, 바로 그 왕비가 나타났다. 그녀 모자에 달린 거대한 깃털이 높은 문의 궁륭 천장을 거의 스치면서 몹시 흔들렸다. 이들 뒤로 돈 마누엘이 보였다. 그의 얼굴엔 멋지지만 다소 무거운 표정에 익숙해진, 그래서 약간 냉담해 보이는 미소가 담겨 있었다.

카예타나는 정중하게 무릎을 굽히면서 먼저 왕의 손에, 다음에는 도냐 마리아 루이사의 손에 입을 맞추었다. 도냐 마리아 루이사는 당혹감을 애써 숨기며 작고 예리하고 검은 눈으로 카예타나의 도전하는 듯한 소박한 의상을 유심히 살폈다. 오만한 알바가 감히 이처럼 소박한 옷차림으로 가톨릭 전하를 환대하겠다고 나섰기 때문이다.

왕 부부는 접견을 멈췄다. 이때, 마치 이 모임에 속하기라도 하듯이 반란자 가스파르 호베야노스가 나타났다. 아둔한 왕은 그를 즉각 알아보지 못했다. 잠시 후 그는 헛기침을 하며 말했다. "오랜만이오. 대체 어떻게 지냈소? 당신 혈색은 아주 좋군요." 이에 반해 도냐 마리아 루이사는 잠시 동안 고통스러운 놀라움을 감출 수 없었다. 하지만 일단 그를 다시 불러들였다면 우리는 그의 재정 수완을 이용해야 해, 그녀는 혼자 중얼거렸다. 이런 식으로 그녀는 반역자가 자기 손에 입 맞추는 것을 축복하듯 허락했다. "이렇게 어려운 시절에," 그녀는 말했다. "가난한 우리 나라는 모든 사람의 봉사를 필요로 하오. 그가 누구건 말이에요. 그래서 우리, 왕과 나는 당신에게, 당신 스스로 쓸 만하다고 입증할 기회를 주기로 결정했던 것이오." 그녀는 편안한 목소리로 크게 말했다. 그래서 모든 사람이 이 이중적인 의미를 띤 사랑스러운 말에 놀라게 만들었다. 그녀 자신은 이 말로 어려운 상황에서 빠져나올 수 있기 때문이다. "마마, 감사합니다." 호베야노스가 대답했다. 그 역시 익숙한 연설자의 목소리로 말했기 때문에, 홀 전체에 그의 목소리가 확실하게 들렸다. "제가 바라는 것은, 일을 쉬어야만 했던 그 긴 시간 동안 저의 능력이 녹슬지 않았으면 하는 것입니다." '그 모든 것을 자네는 내게 지불해야 하네', 마리아 루이사는 생각했다. 알바 공작비를 두고 한 말이었다.

하객들은 저택을 구경했다. "참으로 예쁘오. 아주 아담하기도 하고." 돈 카를로스 왕이 칭찬했다. 그러나 왕비는 우아하고도 경쾌하게 꾸며진 건물의 호화로운 세부를 부럽게, 그리고 전문가의 표정으로 관찰했다. 그녀는 옛 스페인 화가들의 걸작들을 가리켰는데, 그 작품들은 주변에 있는, 사랑스러우나 무가치한 것들을 기이하리만큼 냉정하고도 멋지게 내려다보고 있었다. "당신은 벽에 특이한 것들을 걸었군요, 친애하는 이여." 그녀는 말했다. "이 그림들 아래에서는 오싹해지는군요."

연극홀에서는 차갑고도 폐쇄적인 대귀족들 사이에서 황홀하다는 외침이 길게 터져 나왔다. 푸른 금빛의 그 방은 수많은 양초 불빛 속에서 화려하면서도 조심스럽게 어른거렸다. 최상급 재료로 만들어진 특별 좌석과 일반 좌석이 다정스럽고도 의례적으로 사람들을 유혹했다. 발코니를 지탱하는 기둥은 그러나 고대 문장(紋章)의 동물로 이어졌는데, 이 문장은 스페인의 일곱 대귀족의 호칭을 하나로 통일시킨 어느 부인 댁에 모두가 손님으로 와 있다는 사실을 암시해주었다.

알바 공이 수주일 전부터 고대해왔던 시간이 왔다. 시종장은 신사 숙녀들에게 착석하길 청했다. 무대에서는 공작과 그의 처제인 도냐 마리아 토마사, 그리고 아브레의 딸인 어린 제네비에브 양이 등장했다. 검은 머릿결을 가진 체격 좋은 귀부인인 공작의 처제는 제네비에브와 공작 옆에서 강건해 보였다. 하지만 그녀는 무대에 놓인 세 악기 가운데 가장 작은 비올라를 연주했다. 이와 달리 제네비에브는 홀쭉했고 사랑스러웠으며, 그녀가 연주할 큰 첼로 앞에서 체격적으로나 의상에서 약간 초라해 보였다. 공작 자신은 요즘에는 보거나 듣기가 점점 힘든 18세기 악기인 비올라 디 보르도네를 연주했는데, 이 악기는 여러 현으로 된 일종의 무릎 바이올린이었다. 그리 크지 않지만, 강하고 부드러우며 깊은 소리가 감동적이었다.

세 사람은 각자 악기를 잡고 시연하며 서로 고개를 끄덕였다. 그런 다음 그들은 하이든의 디베르티멘토*를 연주하기 시작했다. 도냐 마리아 토마사는 조용하고도 확실하게 비올라를 연주했고, 제네비에브는 웅장한 첼로를 눈을 치켜뜨고 열심히, 그러면서도 수줍게 연주했다. 하지만 공작은, 평상시에는 차분하게 있는 듯 없는 듯 행동했으나 연주 중에는 제법 많이 움직였다. 현을 누르거나 뜯는 손가락은 그 자체로 살아 있는 존재처럼 움직였다. 아름답지만 우울하던 눈은 반짝였고, 평상시 절제된 몸은 온몸이 앞뒤로 흔들렸다. 그러면서 그는 이 악기를 통해 자신의 숨겨진 존재를 드러내 보였다. 나이 든 마르케사 데 비야브란카는 사랑스러운 아들을 쳐다보았다. "나의 호세는 정말 예술가지요?" 그녀는 바로 옆에 앉아 있던 고야에게 물었다. 하지만 그는 게슴츠레한 눈으로 보았을 뿐이고, 잘 들리지 않는 귀로 들었을 뿐이다. 그는 카예타나와 아직 한 마디도 나누지 않았다. 그가 있는 걸 그녀가 알아채기나 했는지도 몰랐다.

음악은 하객들의 마음에 들었다. 웃고 있는 지친 알바 공작을 위해 그들이 생각해두었던 칭찬은 진심이었다. 왕이 돈 호세에게 함께 4중주를 이뤄 연주하자고 청했을 때, 돈 호세가 거역하듯 여러 차례 분명한 핑계로 거절했다는 사실을 왕도 잊어버렸다. 그래서 그에게 자비로운 말을 할 준비가 되어 있었다. 군주는 그 허약한 제1귀족 앞에서 뚱뚱한 모습으로 꼴사납게 서 있었다. "당신은 진짜 예술가요, 돈 호세." 그가 설명했다. "당신 지위 정도 되는 사람에게 예술가는 어울리지 않소. 하지만

---

* divertimento: '기분전환'이라는 뜻의 단어. 주로 18세기 후반 오스트리아에서 성행한 기악곡. 희유곡(嬉遊曲)이라고 번역한다.

무엇이 진실인지 말하지 않을 수 없소. 나의 볼품없는 바이올린으로는 당신의 바리톤 연주를 감당할 수 없다는 사실 말이오."

알바 공작비는 여기 하객들 중 누가 연주하건, 이 무대는 아마추어를 위한 것이라고 설명했다. 왕비는 누구나 들을 수 있게 지나가는 투로 물었다. "돈 마누엘, 어떤가요? 당신이 아는 최고의 로망스나 풍자시를 불러주지 않겠어요?" 돈 마누엘은 잠시 머뭇거렸다. 그러더니 복종하듯이, 이 섬세한 청중들 앞에서, 그것도 이토록 멋진 연주 뒤에 자신의 초라한 예술이 감히 어울리기나 할까 염려된다고 대답했다. 하지만 도냐 마리아 루이사는 고집했다. "너무 점잔 빼지 마요, 돈 마누엘." 그녀가 말했다. 그렇게 청하는 그녀는 더 이상 왕비가 아니었다. 그것은 지인들에게 자기 연인의 다양한 재능을 선보이고 싶어 하는 여자의 모습이었다. 하지만 돈 마누엘은—어쩌면 그는 페파를 생각하고 있는지도 몰랐는데—자신을 드러내고 싶은 기분이 아니었다. "왕비마마, 저를 믿어주십시오." 그는 대답했다. "제 목소리 상태가 좋지 않아서 부르지 않겠습니다."

그것은 무뚝뚝한 행동이었다. 왕비를 모시는 귀족은 그렇게 대답해선 안 되었다. 게다가 그는 이 부인의 연인이지 않은가. 적어도 다른 사람의 면전에서는 그러면 안 되었다. 작은 침묵이 끼어들었다. 하지만 알바 공작비는 왕비의 실패를 잠시 동안만 견뎌낼 수 있었다. 그녀는 연회석으로 가자고 다정하게 요청했다.

고야는 낮은 신분의 귀족 식탁에서 호베야노스 그리고 신부와 함께 앉아 있었다. 그럴 수밖에 없었다. 그럼에도 그는 기분이 언짢았고, 그래서 적게 말하며 많이 먹었다. 아직도 그는 공작비와 얘기를 나누지 못했다. 식사 후 공작은 곧 물러났는데, 프란시스코는 혼자 구석에 웅크린 채 앉아 있었다. 그는 더 이상 화나지 않았다. 다만 실망이 그를 덮쳐 맥 빠지게 만들었다.

"당신은 날 피하는군요, 돈 프란시스코." 그는 어떤 목소리를 들었다. 그것은 강렬한 소리였다. 하지만 그것은 오스트리아 거장의 음악보다 더 깊게 그의 마음을 흔들었다. "이제 당신 얼굴을 수주 동안 보지 않을 거예요." 공작비는 계속 말했다. "그러고 나면 당신은 내게서 벗어나겠지요." 그는 지난번처럼 스스럼없이 그녀를 노려보았다. 그녀는 지난번과 전혀 다르게 다정스레 그를 쳐다보았다. 그녀는 부채를 부치고 있었다. 하지만 그것은 그의 부채가 아니었다. 그러나 그 부채질만큼은 편안해 보였다.

"내 쪽으로 와 앉으시오." 그녀가 지시했다. "최근 몇 주 동안 시간이 없었어요." 그녀가 말했다. "이 별장을 짓느라 정신이 없었기 때문이에요. 당분간은 시간이 별로 없을 거예요. 왕의 신하들과 함께 에스코리알로 돌아가야 하니까요. 하지만 돌아오자마자 당신은 내 초상화를 하나, 당신의 새 방식으로 그려줘야 해요. 세상 사람들 모두가 당신의 새 초상화에 열광하고 있으니까요." 고야는 경청했다. 그러고는 인사했고, 침묵했다.

"내 집에 대해 한마디도 하지 않네요." 알바는 계속 말했다. "정중하지 않군요. 내 연극은 어땠나요? 물론 아무 말도 않겠지요. 속되고 남성적인 일을 위한 무대, 큼직한 젖가슴과 큰 목소리를 가진 여자를 위한 무대가 당신 마음에 들겠지요? 물론 나도 가끔은 그런 무대가 마음에 들지만, 그래도 우리 집 무대에서는 좀 다른 것을 공연하게 하고 싶어요. 공연은 아주 대담해야 해요. 확실하고, 그러면서도 섬세하고 우아하게 말이에요. 예를 들어 칼데론*의 「사랑을 가지고 장난치는 자에게 고

* Pedro Calderón de la Barca(1600~1681): 17세기 스페인의 극작가로 이른바 '황금 세기' 4대 극작가 중 한 명이었다.

통 있어라」 같은 작품을 당신은 어떻게 생각하나요? 아니면 「고메스 아리아스Gomez Arias의 처녀」가 더 낫다고 여기세요?"

프란시스코는 잘 들리지 않았다. 그의 눈앞에 빛이 어른거렸다. 「고메스 아리아스의 처녀」는 한 남자에 대한 화려하고 감미로우면서도 거친 내용을 담은 희극이었다. 이 남자는 한 처녀와 과도한 사랑에 빠져 그녀를 납치하지만 곧 싫증을 느끼고 무어인들*에게 팔아버린다. 프란시스코의 심장이 갑자기 멎었다. 알바는 고야가 돈 마누엘이나 페파와 어떤 일이 있는지 알고 있었다. 그녀는 그를 빈정댔다. 그는 약간 더듬거렸다. 그러고는 일어나 서투르게 인사한 뒤, 그녀에게서 멀어졌다.

화가 났다. 그는 그녀가 한 말을 되새기며 곰곰이 생각해보았다. 또 따져보았다. 고메스는 분명 악당이었다. 하지만 일급 악당이었고, 그래서 모든 여자들이 쫓아다녔다. 알바의 말은, 그가 그녀 곁에서라면 전도양양한 미래를 가질 것이라는 사실을 확증해주었다. 하지만 그는 그렇게 취급되기 싫었다. 그는 다른 사람이 가지고 놀 어린애가 결코 아니었다.

돈 마누엘이 그에게 다가와 앉으며 말했다. 그는 친숙한 대화를 시작했는데, 그것은 남자들끼리의 대화였다. 그가 왕비와 나눈 즐거움에 대한 얘기가 전해졌다. 알바 부인의 집에서 일어난 일도 더해졌다. "누구도 믿을 수 없소, 그 누구도." 돈 마누엘이 설명했다. "난 '내'가 부르고 싶은 것만 부르오. 난 나에 대한 이해심을 가진 사람들을 위해 노래하지, 이 대귀족 전체를 위해 노래하진 않소. 나 자신이 귀족인데도 말이오. 하지만 이건 어떤 사교 모임이오? 우리 둘은 모두 쉽게 흥분하오, 프란시스코. 당신과 나 말이오. 하지만 당신은 여기 있는 많은 여자들과 자

---

* Moor: 8세기경 이베리아 반도를 정복한 이슬람교도를 가리키는 말.

고 싶소? 내가 잠자리를 나눈 여자는 다섯이 안 되오. 어린 제네비에브 양은 아주 귀엽지만 어린애요. 게다가 난 아직 아이들에게서 즐거움을 얻을 정도로 늙진 않았소. 난 다정한 가정부 없이도 견딜 수 있소. 왕비는 너무 복잡하고 너무 변덕스럽고 너무 젠체한단 말이오. 그녀는 몇 주 몇 달 동안 구애하길 원하오. 그건 돈 마누엘에겐 아무것도 아니지만. 난 서곡이 긴 것을 좋아하지 않소. 나는 커튼이 즉각 열리는 걸 좋아하오."

고야는 멍하게 동의하며 경청했다. 돈 마누엘은 옳았다. 알바 공작비는 명랑하고 자만심에 찬 인형 외에 아무것도 아니다. 고야는 그녀에게서 충분히 얻었고, 그는 그녀를 마음에서 떠나보낼 것이다. 왕 내외가 여기 있는 한, 그는 머물러 있을 것이다. 하지만 그들이 퇴장하면 그도 즉각 떠날 것이다. 그러면 알바와, 그녀만큼이나 제정신이 아닌 부에나비스타 성이 영원히 그 뒤로 가라앉을 것이다.

그는 잠시 3중주를 같이 연주한 두 귀부인 주변의 무리와 어울렸다. 사람들은 음악에 대해 얘기했다. 의사 페랄 박사는 크지는 않지만 멀리까지 들을 수 있는 조용한 목소리로 바리톤*이라는 악기에 대해, 그리고 오스트리아의 작곡가 요제프 하이든에 대해 말했다. 바리톤은 점차 유행에서 멀어져 갔고, 하이든은 바리톤을 위한 곡을 아주 많이 썼다. "들어보시오, 의사 선생." 도냐 카예타나의 목소리가 들렸다. "당신도 모르는 게 정말 있나요?"

알바의 약간 거친 목소리는 다소 조롱 섞인 것이었다. 하지만 고야는 다정스러움도 배어 있음을 알았다. 그는 자신이 그 의사와 이런 식으

---

* Baryton: 18세기의 현악기로, 6개의 현 이외에 공명현이 있음.

로 엮여 있는 것 때문에 화가 났다. 애써 진정하면서 그는 일화 한 가지를 얘기했다. 그것은, 어느 젊은 신사가 아주 단순한 방법으로 살롱의 지인들에게 최고의 학식을 가졌다는 칭찬을 얻게 되는 얘기였다. 그 젊은이는, 전체적으로 보면, 세 가지 그럴듯한 진술을 가지고 있었지만, 이를 도처에 끌어댈 줄 알았다. 그는 성 히로니무스의 어느 저작에 나오는 문장을 인용했고, 그다음 베르길리우스가 아우구스투스 황제에게 아첨하려고 주인공 아이네이아스*를 눈물 많고 미신적인 인물로 만들었는데, 이 황제도 비슷한 특징을 가졌다고 얘기했다는 것이다. 그러고는 단봉(單峰) 낙타 혈액의 특이한 합성을 말했다. 이 세 정보를 능란하게 배치함으로써 그 청년은 최고의 학식을 갖췄다는 명성을 얻었다는 것이다.

작지만 놀라움이 섞인 침묵이었다. 의사 페랄은 차분한 목소리로 신부에게 물었다. “이 뚱뚱한 신사는 누구요?” 그런 다음 그는 기분 좋게 나직이 탄식하며 말했다. “궁정화가 양반 말이 맞아요. 인간 지식이란 불완전한 것이오. 제 분야를 예로 들면, 가장 학식 있는 사람조차 확실히 아는 것은 얼마 되지 않아요. 모든 의심을 넘어 확고한 사실은 4, 5백 개가 안 되지요. 우리는 수많은 도서관 전체를 진지한 의학자조차 완전히 알지 못하는, 그리고 잠정적으로도 알 수 없는 것으로 채울 수 있습니다.” 의사는 아무런 과장 없이, 사실에 정통한 자의 우호적 우월감으로 말했다. 그래서 무지한 이들의 신경을 어렵지 않게 딴 데로 돌렸다.

화가가 그녀 친구들에게 보여준 격렬한 반응 때문에 알바는 즐거웠다. 그녀는 자신이 어떤 권력을 가졌는지 남자들에게 보여주고 싶었다. 그녀는 지체 없이 그리고 다정하게 알쿠디아 공작 쪽으로 몸을 돌렸다.

---

* Aeneias: 로마의 시인 베르길리우스가 쓴 서사시 『아이네이스』의 주인공으로, 고대 그리스 신화에 나오는 트로이의 영웅이자 로마의 건설자로 알려진 인물이다.

"돈 마누엘, 난 이해할 수 있어요." 그녀가 말했다. "당신이 조금 전 내 연극홀에서 노래 부르기를 거절한 것 말이에요. 하지만 이곳은 그리 까다로운 무대가 아니에요. 여기서 우리는 아무런 제약 없이 어울릴 수 있답니다. 이제 노래 한 곡 불러주세요, 돈 마누엘. 그래서 우리를 기쁘게 해주세요. 우리 모두는 당신 목소리를 많이 들어왔어요." 다른 사람들이 긴장으로 인해 좀 난처해하며 돈 마누엘을 바라보는 동안, 돈 카를로스는 말했다. "참으로 훌륭한 생각이오. 이제 기분 좋아지겠군." 돈 마누엘은 잠시 주저했다. 왕비를 계속 자극하는 것은 현명치 못한 처사였다. 하지만 계속 사양한다면, 이 모든 신사 숙녀 앞에서 스스로 웃음거리가 되지 않겠는가? 그는 엄처시하의 남자는 아니었다. 그는 비위를 맞추듯 관대하게 웃으며 알바 공작비 앞에서 인사했다. 그러고는 짐짓 잘난 체하듯 자리 잡았다. 헛기침을 한 뒤 그는 노래했다.

도냐 마리아 루이사의 작고 검은 눈이 화난 듯 그를 바라보았다. 하지만 그녀는 경쟁자인 알바 공작비 집에서 일어난 이 두번째 모욕을 품위 있게 참았다. 그녀는 온갖 보석으로 치장된 넓은 치마를 입고, 꼿꼿한 자세로 각진 턱은 위로 한 채, 커다란 부채를 천천히 흔들며 앉아 있었다. 그녀의 입술에는 다정한 미소가 어렸다.

마리아 루이사를 종종 그렸던 고야는 그녀를 정확히 알고 있었다. 삶에 대한 탐욕과 향락 그리고 만족할 줄 모르는 열망으로 파괴된 얼굴의 그 모든 잔주름까지도. 그녀는 결코 아름답지 않았다. 하지만 그 얼굴은, 그녀가 젊음을 잃지 않는 한, 너무도 광포하고 방탕한 활기를 비춰주어 모든 남자를 유혹할 수 있는 것처럼 보였다. 그리고 그녀의 몸매는 훌륭했다. 물론 지금은 여러 번의 출산으로 몸이 후들거리긴 했지만, 두 팔은 여전히 아름다웠다. 활짝 피어나는 알바 공작비 앞에서, 그녀의 고상한 단순성 앞에서, 모든 화려함으로 치장한 이 왕비가 그 모든 자부심에도 불구하고 얼마나 초라하게 앉아 있는지, 고야는 비통한 여흥 속에서 그리고 약간 감동한 채로 바라보았다. 늙어가는 마리아 루이사는 더 예민한 이성과 무제한적 권력을 가졌지만, 알바 비는 심장을 조일 듯이 아름다웠다. 두 사람은 모두 악독하고 마귀 같았다. 문제는 두 마녀 가운데 누가 더 위험한 인물인가, 누가 아름답고 누가 추한가였다. 알바 비가 자신의 경쟁자를 두 번이나 모욕한 것은 불필요하고 어리석고 잔혹한 일이었다. 그것은 이 여자를 오랫동안 쳐다보는 고야에게도 좋지 않았다. 그는 우울하고도 결연한 심정으로 열 번이나 더, 마치 왕이 가버린 것처럼 자기도 가야 한다고 스스로에게 명령했다.

하지만 그는 자신이 머물 것임을 알았다. 그는 이 아름답고 악한 여자가 자기 삶의 가장 극단적인 유혹이자 가장 깊은 위험임을 알았다. 그녀는 드높은 쾌락과 처절한 고통의 원천으로, 그것은 앞으로 결코 더 이상 일어날 수 없는 일회적인 사건이었다. 하지만 그는 프란시스코 고야라는 인물이었다. 그는 이 일회적인 것을 결코 피하지 않을 것이다.

돈 마누엘은 이번에 세 곡을 노래했다. 세번째 곡이 끝나자마자 왕비가 말했다. "당신은 내일 아침 일찍 카를로스 왕과 사냥 갈 거지요? 그러면, 내 생각에 이제는 떠나야 할 것 같군요."

하지만 왕은 화려한 조끼 단추를 풀었다. 그 아래에는 여러 줄로 된 시계가 달린 또 다른 단순한 조끼가 있었다. 그는 시계 두 개를 꺼내 쳐다보고, 소리를 들어보며 비교했다. 그는 시계와 정확성을 사랑했다. "이제야 10시 12분이군." 그는 확인했다. 그는 시계를 다시 집어넣고 조끼 단추를 잠갔다. 그는 그 자리를 지키며 태평스럽고도 묵직하게, 먹은 것을 소화시키며, 편안히 앉아 있었다. "30분만 더," 그가 말했다. "우리는 머물 수 있소. 아주 즐거운 저녁이오."

왕의 언급은 신부 돈 디에고에게 환영할 만한 말이었다. 사력을 다해 전쟁에 반대하는 그는 돈 마누엘과 왕비가 평화를 원하지만 지금까지는 그 분위기를 띄우는 데 조심해왔음을 알았다. 하지만 이 영리한 신부는 쉽게 흥분하는 도냐 마리아 루이사가, 여자로서의 패배에 자극받아 권력자로서의 힘을 보여주고 빛낼 기회를 얻은 데 기뻐한다는 것을 지금 알아챘다. 이것은 그녀의 경쟁자가 따라올 수 없는 영역이었다. 그는 이 기회를 포착해 말했다. "전하께서는 오늘의 경쾌한 분위기를 칭송하시는군요. 그것은, 전하께서 표현하셨듯이 '안락함'입니다. 전하께서는, 오늘날 스페인 사람들이 모이는 곳이면 어디에서나, 지체가 높든 낮든, 안도의 숨을 내쉬는 걸 보게 될 겁니다, 폐하. 왜냐하면 모든 사람들은 전하 정부의 현명함 덕분에 이 잔혹한 전쟁이 끝나가고 있음을 느끼고 있으니까요."

돈 카를로스 왕은 검은 성직자 의상을 그토록 우아하게 걸친 이 칙칙하고 볼품없는 사람을 놀라서 바라보았다. 이자는 한 마리 기이한 새인가, 궁신(宮臣)인가, 아니면 성직자인가? 그 입에서 나온 기이한 문장으로 무엇을 만들었는지 왕은 결코 알지 못했다. 그러나 신부가 바로 의도한 것처럼 도냐 마리아 루이사는 그 미끼를 덥석 물었고, 여자로서가 아니라 왕비로서 자신을 빛낼 기회를 이용했다. 그녀는 영광스럽긴 하지만, 피를 많이 흘려야 할 뿐만 아니라 돈도 지나치게 많이 드는 전쟁을 계속하기보다는 온화한 평화를 선호하는 선량한 국모(國母)로서 자신을 드러냈다. "신부님, 당신이 방금 말한 것은," 그녀는 낭랑한 목소리로 설명했다. "우리를 흡족하게 만드는군요. 우리, 왕과 나는, 어떤 사람들보다도 더 오랫동안 그리고 더 열렬하게, 반란을 일삼는 프랑스인들에 반대해 왕국의 성스러운 원칙을 옹호해왔어요. 우리는 우리 연합군에게 간청하고 위협하기도 했어요. 그래서 프랑스를 신이 원하는 통치자의 지배 아래 두는 의무를 다하도록 말이에요. 하지만 유감스럽게도 우리와 연합한 제후나 민중은 우리 스페인처럼 그리 희생적이지 않았어요. 그들은, 우리와 함께든 우리가 없든, 프랑스공화국을 인정할 준비가 되어 있었어요. 하지만 우리는 홀로 견뎌내야 하고, 다른 탐욕스러운 나라가 우리 해군력을 시기해 우리를 습격하는 것을 각오하지 않으면 안 됩니다. 삶과 죽음의 싸움에서 우리가 우리 국경에 머물러 있는 동안에 말이지요. 말하자면 우리, 왕과 나는 우리 국가에 명예를 다 바쳤다는, 그래서 우리가 신과 세상 앞에서 우리 백성들에게 평화를 돌려줄 자격이 있다는 결론에 도달했어요. 그것은 명예로운 평화가 될 거예요."

파르마와 부르봉 출신의 마리아 루이사는 그렇게 말했다. 그녀는 일어나지 않았고, 넓은 치마와 보석 그리고 깃을 가지고 우상처럼 군림했다. 그녀는 선조의 초상화를 보면서 왕족다운 자세를 취했다. 그녀는 훈련으로 얻은 좋은 목소리를 가졌다. 그녀가 말할 때의 나직한 이탈리아어 악센트는 연회에서 그녀와 청중 사이의 거리감을 더해주었다.

절망감이 프랑스에서 온 왕손과 군주의 대리인인 가련한 아브레 씨를 덮쳤다. 그는 이 저녁 시간이 기뻤다. 알바 공작비가 그를 초대했다는 사실과, 가련하지만 아름답고 재능 있는 자신의 딸이 이 디베르티멘토에서 같이 연주하도록 허락받았다는 사실은 만족스러운 일이었다. 제네비에브가 무대에 잠시 등장했다는 사실만이 이 밤의 어둠에서 유일한 빛이었다. 이제야 그는 비로소 엉큼한 신부의 얼굴과, 호베야노스의 미움 받은 얼굴을 알아볼 수 있었다. 신부는 왕에게 독을 뿌리는 살찐 뱀이었다. 호베야노스는 알바 공작비가 아니라 사형집행인이 그의 목을 따서 가톨릭 전하에게 바쳐야 했던 대역죄인이었다. 주제넘은 화가의 모습도 보았다. 이 화가는 어리지만 감동적인 프랑스 왕세자의 대사*를 화판에 그리는 명예를 기뻐하는 것이 아니라, 천박하게도 돈을 달라고 거듭 졸랐었다. 이제야 가장 끔찍한 것이 그를 덮쳤다. 아브레 씨는, 이 나라 왕비가 어떻게 대귀족이 있는 데서 부끄럼 없는 말로 왕조의 원칙을, 그녀가 이 왕조의 대표자임에도, 누설하는지 들어야 했다. 그는 자세를 잡고 침착하게 앉아 있어야 했다. 그는 머리를 팔에 기대서도 안 되었고, 큰 소리를 질러도 안 되었다. 오, 차라리 반란이 일어난 파리에 남아 자신의 왕과 함께 날카로운 길로틴 아래 죽었더라면 좋았을 것을!

신부나 호베야노스의 기쁨은 그만큼 더 컸다. 신부는 영혼의 전문가다운 능란함으로 정확한 순간을 알아챈 것이 자랑스러웠다. 근본적으로 그는 피레네 산맥 이쪽 편에 있는** 유일한 고위 정치가였다. 역사가 진보에 대한 자신의 기여를 결코 기록하지 않더라도 그것은 그의 승리감을 거의 훼손하지 않았다. 다른 한편 호베야노스로 보자면, 메살리나***이자 왕관을 쓴 창녀 마리아 루이사로 하여금 평화의 마음을 공표하게 만든 요인은 이 나라의 복지에 대한 고려가 아니라, 그녀와 그 동침자****가 늘어난 전쟁 비용 때문에 거침없는 낭비욕에 빠져들 만한 충분한 금을 가지지 못할 것이라는 걱정 때문임을 당연히 알고 있었다. 하지만 이유가 어떻든, 그녀는 모두가 들을 수 있도록 전쟁을 끝낼 준비가 되어 있다고 천명했다. 평화는 올 것이고, 선에 대한 갈망으로 가득 찬 인간이 백성을

---

* 아브레 씨를 가리킨다.

** 피레네 산맥은 스페인과 프랑스 국경에 걸쳐 있다. 다라서 '피레네 산맥 이쪽 편'은 스페인을 가리킨다.

*** Messalina : 로마 황제 클라우디스의 아내로 음탕하고 방탕스러운 여자.

**** 돈 마누엘을 말한다.

위한 선한 개혁을 관철시킬 시간도 올 것이다.

도냐 마리아 루이사는 대부분의 하객들에게, 어느 정도 예상은 했지만, 갑작스럽게 이를 알렸다. 이들은 왕비의 결정을 명예롭다고 여기지는 않았지만, 그래도 이성적이라고 생각했다. 전쟁이 끝난다면 그들은 만족할 것이었다. 전쟁의 지속은 모든 사람에게 경제적 제한을 뜻했기 때문이다. 사람들은 왕비가 그리 영광스럽지 않은 결정을 영리하고 품위 있게 은근히 표현했음을 인정해야 했다.

그렇게 왕비는 대귀족을 즐겁게 했다. 하지만 도냐 카예타나 데 알바의 마음에까지 든 것은 아니었다. 알바는 경쟁자인 이 여자가 멋지고 자신감에 찬 마지막 말을, 그것도 자신의 새 집에서 하는 걸 묵인하고 싶지 않았다. 그녀는 반대한다고 대답했다. "확실히 아주 많은 스페인 사람들은 왕가의 결정이 지닌 지혜로움을 놀라워할 거예요." 그녀는 말했다. "하지만 저는 개인적으로, 그리고 저와 더불어 아마 많은 다른 스페인 사람들도, 적의 군대가 우리 땅에 있는 동안 평화조약을 체결한다면 아주 슬퍼할 겁니다. 저는 가장 가난한 사람들조차 자신들이 가진 마지막 재산까지 군비 무장을 위해 기부한 사실을 기억해요. 민중이 노래하고 춤추고 발을 구르며 감격하면서 전쟁터로 나갔던 것 또한 기억합니다. 분명 저는 너무도 어리석고 젊은 여자일 뿐이에요. 하지만 저도 어쩔 수 없군요. 그 모든 열광 뒤에 나온 이 결말이, 저는 이렇게 말하고 싶은데요, 약간 싱겁게 여겨지네요."

그녀는 자리에서 일어섰다. 그녀는 멀리까지 위세를 떨치는 여왕의 사치스러움 앞에서 하얗고 날씬한 모습으로, 그러나 고고한 단순성을 지닌 채 섰다.

불쌍한 프랑스 대사 아브레 씨의 심장이 벌떡거렸다. 스페인은 아직도 고귀함과 성스러움을 위한 목소리가 울리는 곳이었다. 하지만 이 나라에는 봉기와 신의 부재에 반대하며 왕국을 옹호하는 사람들도 아직 있었다. 그는 감격한 채 오를레앙의 이베리아 성모를 바라보며 딸인 제네비에브의 손을 다정스럽게 쓰다듬었다.

다른 사람들도 카예타나의 영향력에서 벗어나지 못했다. 물론 왕비의 말은 옳았다. 알바 공작비가 직접 표현한 것은 낭만주의에 불과하며, 영웅적이고 터무니없는 난센스다. 하지만 그녀는 얼마나 아름답고, 얼마나 대담한가! 남자든 여자든, 가톨릭 왕비 앞에서 그녀가 그러했듯이, 용감하게 입을 열 수 있는 사람이 그녀 외에 또 있었던가? 모여 있던 사람들 모두의 마음은 알바 비를 따랐다.

그녀의 말이 끝났을 때, 아무도 말하지 않았다. 단지 돈 카를로스만 큼직한 머리를 흔들더니 달래듯 말했다. "그래, 그래, 그래. 하지만 나의 사랑."

도냐 마리아 루이사는 승리가 어떻게 패배로 전환됐는지 똑똑히 알아챘다. 그녀는 이 적수를 징계할 수 있었고, 그럴 만한 힘을 가지고 있었다. 하지만 흥분해선 안 되었다. 다른 사람들의 말은 그녀에게 충격을 주지 못했다. 그녀는 흥분해선 안 되었다. "당신의 새 집은, 사랑하는 젊은 친구여," 그녀는 침착하게 말했다. "스페인에서 최고로 훌륭한 고전적 스타일로 된 전면을 갖고 있군요. 하지만 내부는 최신식이네요. 당신 사람을 위해 그렇게 해야겠지요." 아마 그 이상의 대답은 찾을 수 없을 것이다. 왕비는 첫째 서열의 귀부인을 기품 있게 견책했던 것이다. 하지만 도냐 마리아 루이사는 이 일이 아무런 도움이 되지 않을 것이고, 자신은 모든 사람에게 추한 노파로 남을 것임을 분명히 알았다. 만약 그녀가 아직도 그렇게 부당하다면, 알바는 앞으로도 옳을 것이다.

알바도 그 점을 분명히 알았다. 그녀는 무릎을 굽혀 왕비에게 정중히 인사했다. 그러고는 불손한 겸허함으로 다음과 같이 말했다. "왕비마마의 심기를 불편하게 해드려 참으로 유감스럽습니다. 저는 젊어 부모를 여의었고, 부실하게 교육받았습니다. 그래서 때로는 저도 모르게 스페인 궁정의 엄격하고 현명한 의례에 거스르는 일이 일어납니다." 하지만 그녀는 이렇게 말하는 동안 작고 비스듬한 시선으로 선조의 초상화를 바라보았다. 이 조상은 알바가의 잔혹한 공작으로 원수(元帥)였는데, 왕이 전황(戰況)을 보고하라고 요구했을 때 다음과 같은 목록을 보냈다. "스페인 왕을 위해 정복한 것들: 4개 왕국을 쟁취했음, 9번의 결정적 승리를 성공적으로 수행했음, 217개의 포위공격을 끝냈음, 60년."

그 마음을 공유하면서 고야는 이 대단한 두 부인의 논쟁적인 대화에 귀를 기울였다. 그는 왕권의 신적 유래를 믿었다. 신하의 복종은 그에게 성모에 대한 존경심만큼이나 성스러운 것이었다. 알바의 말은 뻔뻔스러울 정도로 주제넘게 여겨졌다. 그녀가 말하는 것을 들으면서, 그는 속으로 성호를 그으며 이렇게 말한 자의 머리 위로 얼마나 많은 자만심이 불운을 초래할지 생각했다. 하지만 그럼에도 그의 마음은 알바의 자부심과 아름다움에 대한 황홀감으로 고통스러우리만치 짓눌렸다.

곧 국왕 폐하는 거만하고도 너그럽지 않은 모습으로 떠나갔다. 고야는 남았다. 다른 사람들도 대부분 남았다.

돈 가스파르 호베야노스는 이제 공작비에게 뭔가 알려주는 것이 필요하다고 느꼈다. 그는 그녀의 말이 끝난 뒤 즉각 그렇게 하려고 했다. 그가 보기에 이 거만하고 아름다운 부인은 열렬한 조국애에서나 어리석음에서나 자신의 고향에 대한 알레고리로 나타났기 때문이었다. 하지만 그는 그녀의 경쟁자가 있는 데서 차마 자기 견해를 말할 수 없었다. 그러나 이제 의미심장하게 입을 열었다. "도냐 카에타나 부인, 전쟁을 이기지도 못한 채 끝내야 한다는 소식에 당신이 느꼈을 고통을 이해합니다. 절 믿어주십시오. 저의 뛰는 심장은 당신 심장보다 덜 스페인적이지 않습니다. 하지만 제 두뇌는 논리의 규칙을 생각합니다. 이번에는 왕의 조언자인 왕비의 말이 맞습니다. 전쟁을 계속 수행하는 것은 손실만 야기할 수 있습니다. 불필요한 전쟁만큼 더 끔찍한 범죄는 없기 때문입니다. 귀부인께 전쟁의 끔찍함을 상상해보라고 청하기란 어렵습니다. 하지만 어느 작가가 쓴, 사실 이 작가는 이 세기의 가장 위대한 작가이기도 한데, 몇몇 문장을 인용해보겠습니다." 그는 인용했다. "'캉디드는 죽어가는 자와 이미 죽은 자들의 시체 더미 위를 기어, 무너져 폐허가 된 어느 마을에 도착했다. 적들은 모든 국법 조항에 따라 마을을 불 질렀다. 찔린 남자들은 구부러진 몸으로, 자신들의 아내가 피 흘리는 가슴에 아이들을 껴안은 채 목 졸려 죽어 있는 모습을 쳐다보았다. 처녀들은 몇몇 영웅들의 자연적 욕구를 채워준 다음 배가 갈린 채 끝장났다. 또 다른 사람들은 반쯤 불탄 채로 편하게 죽을 수 있도록 찔러달라고 애원했다. 땅은 흩뿌려진 뇌수와 잘려 나간 팔다리로 가득했다.' 신사 숙녀 여러분, 이 불편한 묘사를 읽어드려 죄송합니다. 하지만 제 자신의 경험에서 이렇게 말할 수 있습니다. 이 사람 말이 맞는다고 말이지요. 저는 이렇게 여러분들께 말하고 싶군요. 이 작가가 묘사한 일들은 지금도, 바로 지금도, 이 저녁에, 우리의 북쪽 지역에 일어나고 있다고 말입니다."

그것은 예의 없는 짓이었다. 하지만 세뇨르 데 호베야노스가 종교재판소에 대한 아무런 두려움 없이 세상에서 가장 금기시된 작가인 볼테르의 문장을, 그것도 알바 공작비의 궁전에서 인용했다는 사실은 특이한 매력이 아닐 수 없었다. 감동적인 밤이었다. 사람들은 더 오래 함께 머물러 있었다.

고야는 호베야노스의 말을 알바에 대한 일종의 경고로 느꼈다. 이 여자가 한 행동, 그리고 이 여자가 말한 것은 불길했다. 그는 그녀와 더 이상 아무것도 관계하고 싶지 않았다. 그는 마침내 돌아가려고 마음먹었다.

그때 카예타나가 그쪽으로 몸을 돌렸다. 그녀는 손으로 가볍게 그의 어깨를 건드렸다. 다른 손으로는, 초대하듯이, 부채질을 하면서.

그녀는 말했다. "내가 뭘 잘못했는지
들어보세요. 내가
에스코리알에서 돌아오면,
날 그려주길 부탁해요."
놀란 표정으로 그리고 혼란스러워서,
그는 새 악행을 각오한 그녀를
쳐다보았다. 그러나 그녀는 믿음직하게,
절박하게, 가까이 와, 계속 말했다.
"그건 잘못됐어요, 그것은 실수죠.
난 그걸 후회해요. 그래서 당신에게,
날 용서해주길 청해요. 난 그렇게
오래 기다릴 순 없어요, 돈 프란시스코.
잘 들으세요. 내가 당신을
궁정으로 초대하든지, 아니면
내가 직접 여기로 당장 돌아오든지.
그러면 곧바로 날 그려줘야 합니다.
알겠죠, 프란시스코. 그래서

마음을 터놓는 친구가 되도록
우리는 애써야 합니다."

12

고야는, 대부분의 다른 날처럼, 가족들과 함께 주로 식사 시간을 보낼 때면 철저하게 한 가정의 아버지였고, 그래서 아내 호세파나 아이들과 같이 먹고 마시고 식탁에서 얘기하는 것을 즐겼다. 하지만 오늘 식사 시간은 슬프게 지나갔다. 식구들인 고야와 호세파 그리고 세 아이들과 앙상한 아구스틴 모두 말이 없었다. 호세파의 오빠인 프란시스코 바예우가 오래전부터 앓고 있었는데, 이제 기껏해야 2, 3일밖에는 살지 못할 것이라는 전갈이 도착했기 때문이다.

고야는 구석의 아내를 쳐다보았다. 그녀는 늘 그렇듯 똑바로 앉아 있었지만, 그 긴 얼굴은 어떤 감정도 보이지 않았다. 밝고 생기 있는 눈은 앞을 보고 있었고, 얇은 입술의 입은 큼직한 코 아래 굳게 닫혀 있었다. 그녀는 윗입술을 깨물고 있었다. 턱은 평소보다 더 날카로웠는지도 모른다. 붉은빛이 도는 금발의 머릿결은 이마 위에서 매듭져 묵직하게 땋아놓은 모양이어서, 신부의 옛날 모자처럼 비스듬히 뒤쪽으로 흘러내렸다. 결혼한 지 얼마 안 되었던 사라고사 시절 한번은 그가 그녀를 성모 마리아로, 우아함 속에 빛을 발하며 그들의 두 아이를 가진 모습으로 그린 적이 있다. 두 아이 가운데 하나는 소년 예수였고 다른 하나는 어린 요한이었다. 그때 이후 그는 20년을 그녀와 함께 희망과 환멸 속에서 좋은 시절과 나쁜 시절을 다 겪었다. 그녀는 지금 살아 있거나 이미 죽고 없는 그의 아이들을 낳았다. 하지만 지금도 고야는 때때로, 그 당시 그녀를 보던 눈길로 그렇게 바라보곤 했다. 그 많은 임신에도 마흔세 살 여인에게는 소녀 같은 상냥함과 아이 같은 천진난만함 그리고 꼿꼿한 사랑스러움이 남아 있었다.

그는 오늘 호세파에게 무슨 일이 일어났는지 정확히 알았다. 그래서 연민을 느꼈다. 그녀는 오빠와 더불어 많은 것을 잃었다. 그녀가 그, 고야와 사랑에 빠졌다면, 그것은 그저 이 남자의 힘과 고집에 빠진 것이었다. 그러나 그의 존재의 충만함을 이루는 것, 말하자면 '화가' 고야에 대해서 그녀는 많은 것을 알지 못했다. 그만큼 그녀는 오빠의 천재성을 더 깊게 믿었다. 그, 프란시스코 바예우는 왕의 수석화가로서, 또 왕립미술원 원장으로서 이 나라의 가장 유명한 예술가였고, 그녀에게는 집안의 가장이었다. 고야 집안의 모든 명성도 그로부터 왔다. 고야가 그와 그의 이론에 반기를 들었다는 사실은 호세파에게 늘 가슴 아픈 일이었다.

그녀는 누구도 착각할 수 없을 만큼 자신의 오빠와 비슷한 점을 가지고 있었다. 하지만 고야는 바예우 가문 얘기라면 참을 수 없어 하면서도, 호세파가 하면 좋아했다. 이런 식으로 그는 처남을 짜증날 만큼 우쭐대고 완고한 인물로 여겼다. 하지만 호세파가 존경스러운 가문에 자부심을 느낀다거나, 완고하고 폐쇄적이라는 사실은 그녀의 매력을 더해주었다. 고야는 그녀를 사랑했다. 그녀는 있는 그대로의 그녀였고, 사라고사 출신의 또 한 명의 바예우였기 때문이다. 종종 그는 그리 달갑지 않은 주문도 받았는데, 그 이유는 바예우 가문에 어울리는 드넓은 삶을 위한 수단을 그, 프란시스코가 가져다줄 수 있다는 것을 보이고 싶었기 때문이었다.

호세파는 한 번도 프란시스코를 예술적으로 모자란다고 질책하지 않았고, 또 그 많은 여자 관계에 대해서도 뭐라 하지 않았다. 그녀의 엄격한 헌신은 그에게는 당연한 것이었다. 프란시스코 고야와 결혼한 여자라면, 그가 어떤 의무의 인간이 아니라 그저 한 남자일 뿐임을 분명히 알아야 했다.

반면 바예우는 고야의 삶에 더 자주 개입하려고 애썼다. 하지만 고야는 처남을, 왕의 수석화가이자 학교 선생이며 의무의 인간이기도 한 그를 드세게 비난했다. 처남은 대체 무엇을 원하는 거지? 고야는 아내와, 그녀가 원하는 만큼 자주, 아니 훨씬 더 자주 자지 않았는가? 그래서 매년 아이를 낳게 하지 않았던가? 그는 식사도 그녀와 같이 하지 않았는가? 그는 그들의 신분보다 더 나은 수준으로 그녀를 돌보지 않았는가? 그녀는 절약했고, 인색하다고까지 말할 수 있었다. 의무적 인간의 여동생이니 놀랄 일도 아니다. 그가 침대에서 아침 식사를 하겠다고 그녀에게 강요했던가? 아니면 귀족들이 먹는 초콜릿을 요구했던가? 과자 장사가 집 안에서, 호세파의 눈앞에서 빻은 최고의 초콜릿인 볼리비아산 모호Moho 초콜릿을? 바예우는 잘난 체하며 대답했고, 고야가 농촌 출신임을 넌지시 말했으며, 고야가 관계하려는 여자를 모욕적인 말로 지칭했다. 고야는 처남의 목을 움켜쥐고 뒤흔들고 싶었다. 그래서 은으로 수놓은 그의 연미복이 찢어졌던 것이다.

이제 도냐 호세파는 오빠를 떠날 참이었다. 오빠와 더불어 자기 삶의 거대한 영광도 사라질 참이었다. 하지만 그녀는 움직임 없는 표정으로, 자세를 바로한 채, 앉아 있었다. 이 때문에 고야는 그녀를 사랑했고 경탄했다.

식탁에서 식구들이 보여주는 침묵과 슬픔이 그를 점차 짓눌렀다. 자기를 빼고 식사를 끝내라고, 자신은 바예우에게 가보겠다고 그가 갑자기 말했다. 도냐 호세파가 고개를 들어 그를 보았다. 그 후 그녀는 이해하게 되었고, 마음이 놓였다. 분명 프란시스코는 죽어가는 바예우에게, 아무도 배석하지 않은 둘만의 대화를 통해, 자신이 그에게 행한 모든 것에 대해 용서를 구하고자 할 터였다.

고야는 처남이 낮은 침상에 여러 베개로 받쳐진 채 누워 있는 걸 보았다. 잿빛의 여윈 얼굴은 평소보다 훨씬 더 주름져 있었고, 언짢은 듯 굳어 있었으며, 고통스러운 표정을 짓고 있었다.

고야는 성 프란시스코를 묘사한, 벽에 걸린 낯익은 그림을 보았다. 성 프란시스코는 고개를 아래로 떨어뜨리고 있었다. 오랜 민간신앙에 따르면, 그런 강요된 조처를 통해서만 성자는 적극적 도움을 줄 수 있다는 거였다. 교양 있고 사려 깊은 처남은 그 같은 도움을 기대할 수 없었다. 그는 최고 의사와도 상담했지만, 가족과 나라 그리고 예술을 위해 그의 생명을 연장하는 것이라면 아주 잘못된 수단도 꺼리지 않았다.

고야는 이 죽어가는 자를 불쌍히 여기라고 스스로 타일렀다. 그는 아내의 오빠였다. 게다가 좋은 뜻으로 그에게 말했고, 때로는 그를 정말 돕기도 했다. 하지만 고야는 연민의 감정을 억지로 짜낼 수는 없었다. 이 병자는 힘닿는 데까지 고야를 괴롭혔다. 바예우는 둔하고 반항적인 학생을 대하듯 그를 꾸짖고 또 꾸짖었다. 그것도 그들이 사라고사 성당의 프레스코화를 그리던 당시에 대성당의 모든 참사회원 앞에서 말이다. 아직도 치욕감이, 당시의 끓어오르던 분노가 그의 마음에 불을 질렀다. 게다가 이 죽어가는 사람은 아내 호세파를 그에게서 떼놓으려 했고, 이 남편이 얼마나 경멸할 만한 자인지, 그에 비해 오빠인 자기는 얼마나 존경받고 있는지 보여주려 했다. 그리고 참사회 사람들이 고야의 발에 급료를 던지고 그를 모욕하며 내쫓도록 만들었다. 그러면서 성직자 양반들은 그의 아내에게 '우리의 위대한 거장 바예우의 여동생'이라며 금메달을 선물했다. 아파서 죽어가는 이 사람을 내려다보며 고야는 언짢은 표정으로 오래되고 좋은 격언을 말했다. "처남이나 쟁기는, 그것이 땅속에 있을 때만 쓸모 있지요."

바예우의 초상화를 그리고 싶다는 충동이 강하게 일었다. 그는 바예우의 기품과 목표를 추구하는 근면성 그리고 지성의 어떤 것도 숨기지 않았다. 하지만 그의 고집스러움이나 물처럼 분명한 편협성도 그려 넣었다.

그러는 사이 바예우는 힘들게, 하지만 늘 그러듯 제대로 된 문장으로 말하기 시작했다. "난 죽어가고 있다네." 그가 말했다. "내가 길을 열어주겠네. 자네는 예술원 원장이 될 거야. 장관과 협의했네. 그리고 마에야와 라몬과도. 어쩌면 마에야가 자네보다 먼저 원장 자격을 가졌는지도 모르네. 내 동생 라몬도 그렇고. 이런 솔직한 태도는 자네에게 배운 것이네. 자네는 나보다 재능이 많지만, 순종하는 마음이 없어. 무모한 자의식을 너무 많이 가지고 있고. 다른 한편으로 나는 여동생을 위해 그녀의 부족한 남편도 좋아해야 할 책임을 신 앞에 가졌다고 믿네." 그는 잠시 쉬었다. 말하는 것이 힘겨운지 그는 숨을 헐떡거렸다. '멍청이 같으니라고.' 고야는 생각했다. '당신 아니라도 난 예술원에 들어갈 수 있어. 돈 마누엘이 내 자리를 만들어줄 거니까.'

"난 자네의 고집스러운 마음을 아네, 프란시스코 고야." 바예우가 계속 말했다. "세상에 있는 자네 초상화 중 어떤 것도 내가 그리지 않았다는 사실이 자네에게 좋을 거야. 하지만 내 성가신 충고를 따르지 않았다는 걸 후회하게 될 날이 올 것이네. 마지막으로 충고하네. 고전적 전통을 고수하게. 멩스의 이론을 매일 몇 쪽이라도 읽게. 그가 나에게 헌정한, 그리고 나에 대해 많이 언급한 책을 자네한테 남기겠네. 그와 내가 어떤 일을 이뤘는지 알 걸세. 자신을 억누르게. 그러면 자네도 똑같은 것을 얻을 수 있을 테니까."

고야는 빈정거리면서 연민을 느꼈다. 이 가련한 사람은 이제 자기가 위대한 화가임을 자신이나 다른 사람들에게 보여주려고 마지막으로 안간힘을 다했다. 그는 끊임없이 '진실한 예술'을 얻기 위해 노력했고, 자기가 옳게 하는지를 언제나 책에서 다시 찾아 읽었다. 그는 좋은 눈과 능란한 손을 가졌다. 하지만 그 이론이 고야를 망쳤다. 당신과 당신의 멩스, 당신들은 나를 수년이나 뒤처지게 만들었지, 고야는 생각했다. 나의 아구스틴이 가진 삐딱한 시선, 비뚤어진 주둥이가 당신들의 온갖 규칙이나 원리보다 내겐 더 가치 있다고. 이 불쌍한 수석화가여, 그 원칙으로 당신은 자신이나 다른 사람들을 곤란하게 만들었지. 당신이 땅 아래 묻히면, 대지는 우리에게 더 가벼워질 거야.

마치 바예우가 매제에게 마지막 강연을 하려고 기다린 것 같았다. 그러고는 죽음의 고통이 시작되었다.

어두운 표정으로 바예우의 가장 가까운 친구들과 친척들이, 호세파와 라몬, 화가 마에야가 낮은 침상 주변에 모여 섰다. 프란시스코 고야는 차가운 시선으로 힘겹게 숨 쉬는 바예우를 쳐다보았다. 그의 코는 이제 냄새도 맡지 못했다. 입가의 주름은 고통스러운 노력을 말해주었다. 입술은 학교 선생처럼 엄격한 말만 몇 마디 내뱉었다. 죽음이 건드려도 이 여윈 얼굴에는 아무런 변화가 없었다. 카를로스 왕은 이 수석화가를 매우 높게 평가했다. 그는 바예우의 장례식을 이 나라 대귀족의 장례식처럼 치르라고 지시했다. 죽은 프란시스코 바예우는 산 후안 바우티스타 교회의 지하묘지에, 이 반도가 낳은 최고 화가인 돈 디에고 벨라스케스 옆자리에 묻혔다.

죽은 자의 친척과 몇 안 되는 친구들은 그의 아틀리에를 둘러보고, 그가 남긴 작품들을 어떻게 할 것인지 의논했다. 완성되거나 완성되지 못한 수많은 작품들이 거기 놓여 있었다. 관람자의 가장 많은 주목을 받은 그림은 캔버스 앞에 선 바예우가 자신을 그린 것이었다. 팔레트나 붓, 조끼 등 많은 세부사항이 특별히 조심스럽게 그려졌다고 해도, 그 그림은 분명 미완성이었다. 이 양심적 인간은 제 얼굴도 끝내지 못했다. 반쯤 끝낸 상태의 얼굴이, 마치 태어나기 전부터 썩은 것처럼, 죽은 눈빛으로 관람자를 응시했다. "이 무슨 슬픈 일인가." 잠시 후 라몬이 말했다. "우리 형제에게 이 그림을 끝내는 것조차 허용되지 않았다니." "내가 마무리 짓겠네." 고야가 말했다. 다른 사람들이 놀라 고개를 들며, 하지만 의혹이 없지 않은 채로 쳐다보았다. 하지만 고야는 이미 캔버스를 장악했다.

그는 아구스틴이 보는 앞에서, 오랫동안 바예우의 초상화 작업에 매달렸다. 그는 경건한 마음을 유지했다. 그는 이미 그려진 것 가운데 많은 부분을 바꾸지 않았다. 갈색 부분이 아주 조금만 어둡게 되었고, 코에서 입으로 난 주름이 약간 더 깊고 피로한 모습을 띠게 되었다. 턱이 아주 약간 고집스레 바뀌었으며, 입가가 좀더 불평하듯 내려갔다. 어쩌면 증오와 사랑의 마음이 이 작업에 개입되었는지도 몰랐다. 하지만 그것은 이 화가의 차갑고 대담하며 꼿꼿한 눈매를 흐리게 만들지 않았다. 그래서 마침내 완성된 그림은 평생에 걸쳐 천신만고의 고생을 한, 까다롭고도 나이 든 병자의 초상화였다. 그는 이제 품위와 변함없는 수고에 지쳐 있지만, 지나친 의무감 때문에 쉬지도 못하는 모습이었다.

아구스틴 에스테브는 고야 옆에 서서 완성작을 살펴보았다. 캔버스 안에서 한 남자가 고귀하게 쳐다보았는데, 그는 세상으로부터 자기에게 주어진 것보다 더 많은 것을 갈망했고, 자기로부터는 스스로가 줄 수 있는 것보다 더 많은 것을 원했다. 하지만 모든 것이 경쾌한 은빛으로 적셔져 있었는데, 그것은 프란시스코가 새로 발견한, 어른거리면서 빛나는 회색 톤에서 온 것이었다. 아구스틴은 그 독자적인 은빛의 가벼움이 어떻게 경직된 얼굴과 붓을 쥔 손의 학구적 명징성을 강조하는지 음흉하게 알아보았다. 그리하여 그 초상화를 그린 남자는 그리 매력적이지 않았으나, 그 그림은 아주 매력적이었다. "훌륭하게 그렸군요, 프랑코." 아구스틴의 말이 만족스러운 경탄 속에서 튀어나왔다.

호세파는 오랫동안 말없이
오빠의 그림 앞에 서 있었다. 고야는
물었다. "이쯤이면 떠나간 사람한테
충분하겠지?" 호세파는
윗입술을 깨물었다. "이 그림이
어떻게 된 거예요?" 그녀가
물었다. "당신 거요." 그가
대답했다. 호세파가 말했다.
"고마워요."
그녀는 그림을
어디에 걸어둘지 생각했다.
오랫동안 그녀는 적당한 자리를
찾지 못했다. 그러다 마침내
그림을 사라고사의 동생
마누엘 바예우에게 보냈다.

13

고야는 에스코리알에서 올 소식을 고통스럽게 기다렸다. 하지만 카예타나는 침묵했다. 지루한 장례주간 때문에 그의 신경이 날카로워졌다.

그때 예기치 않게 고향에서 방문객이 도착했다. 마르틴 사파테르였다.

고야는 진심으로 좋아하는 마르틴을 보자 그를 열렬히 껴안고는 기쁨의 표시로 모든 성자의 이름을 불렀다. 그는 마르틴에게 입 맞추더니 의자에 앉히고, 다시 일으켜 세우더니 팔짱을 끼고 아틀리에로 데리고 갔다.

고야는 강한 자부심에도 불구하고 천성적으로 모든 걸 터놓는 사람이었다. 그는 종종 그리고 기꺼이 호세파나 아구스틴 그리고 미겔 앞에서도 자기 마음을 털어놓았다. 하지만 마지막 것—가장 비밀스러운 허영심이나 가장 비밀스러운 불만족은 오직 그의 친구, 마르틴과 얘기했다. 그는 이 위엄 있고 느긋하며 선량하고 품위 있는 인간에게 수백 가지의 질문을 건넸다. 그리고 그 자신도, 아구스틴이 부러운 듯 열심히 듣는 동안, 두서없이 얘기했다.

여섯 살이던 프란시스코가 푸엔데토도스 마을을 떠나 사라고사로 온 이래, 그와 마르틴 사파테르는 친구가 되었다. 그들은 함께 프레이 호아킨 학교에서 읽고 쓰는 걸 배웠다. 하지만 그들은 서로 적대적인 두 단체에 속해 있었다. 말하자면 고야는 '우리의 성모 필라르' 조직에, 사파테르는 '성 루이스' 조직에 가담했다. 언젠가 어린 고야가 어린 사파테르를 흠씬 두들겨 패고 난 뒤, 크게 놀란 사파테르가 프란시스코의 단체로 넘어갔다. 그때 이후 그들은 가장 가까운 친구가 되었다. 프란시스코는 마르틴에게 자신의 헤아리기 힘든, 그러나 사람을 감동시키는 강하고도 친숙한 개성을 전했고, 이성적인 마르틴은 실질적인 조언을 하며 물질적 봉사를 했다. 프란시스코는 가난한 집안 출신이었지만, 마르틴은 부유하고 명망 있는 가문 출신이었다. 아주 어린 시절부터 마르틴은 고야의 예술적 소명을 믿었다. 사라고사의 후원자 피그나텔리는 사파테르 아버지의 권고에 따라 어린 프란시스코한테 소묘 수업과 채색 수업을 하도록 해주었다.

"자넨 전혀 변하지 않았군, 귀여운 것." 자기보다 머리만큼 더 큰 사파테르에게 고야가 말했다. "큰 코만 훨씬 더 커졌는걸. 위풍당당하고 품위 있어서 사라고사의 모든 대단한 가문이 자네 뒤에 줄을 서 있지. 살바도레 가문이나 그라사 그리고 아스나레스 가문도 말이야." "그러길 바라." 마르틴이 덧붙였다. "카스텔이나 론야 그리고 푸엔테 사람들도 원한다네." "모두 그렇지." 프란시스코가 충심으로 말했다. 사실 그는 젊은 시절의 도시 사라고사를 마음속으로 그려보았다. 이 도시에는 사그라든 광휘와 더러움과 먼지, 무어인들의 교회 탑과 태평스레 흐르는 청회색 에브로 강의 고색창연한 다리, 흐릿한 평지 그리고 그 뒤 머나먼 산이 있었다.

두 사람은 이제 다 같이 어린아이가 되었다. 삶은 다시 그들 앞에서 모험스러울 만치 매력적으로 보였고, 이 모든 구석 뒤에는 새로운 것이 숨겨져 있었다. 사람은 새것을 찾아내야 했고, 이 새것을 정복하기 위해 그것과 부대껴야 했다. 그들은 얼마나 서로를 필요로 하는지 느꼈다. 프란시스코는 친구가 가진 현실적인 이성을 필요로 했고, 늘 준비된 봉사의 태도를 배워야 했다. 고야가 자신의 눈과 가슴이 계시하는 것을 보여줄 때면, 마르틴에게서 음울한 세계가 색채를 띠는 것이었다.

그 뒤 여러 날 동안 고야는 친구를 그렸다. 그건 축복받은 날이었다. 캔버스에 있는 모습 그대로, 영리하고 품위 있으며 사랑스럽고도 약간 고루하게, 그러면서도 온화하게 마르틴을 그려내는 것은 즐거움이었으며 큰 기쁨이었다. 고야의 눈은 재치 있게 그리고 여유 있는 쾌활함으로 친구의 살찐 등과 큰 코를 쳐다보았다. "바로 나군." 마르틴이 말하며 혀 차는 소리를 냈다.

프란시스코는 그리는 일과, 친구와 잡담하며 긴 휴식을 갖는 것 중에서 어떤 것이 더 좋은지 몰랐다. 그렇게 즐겁게 보낸 뒤, 그는 핑계를 대며 아구스틴을 보냈다. 그러고는 즉시 그림에 착수했다. 오래된 기억들이 선택의 여지도 없이 뒤섞인 채 떠올랐다. 여자, 돈의 곤궁, 경찰과의 거래, 종교재판소로부터의 모험적인 탈출, 거친 도전들, 크고 작은 칼을 쥐고 벌인 난투극, 오만한 바예우 가문과의 불화. 단순한 호언장담 속에서 그는 궁핍했던 청년 시절과 지금 전성기 사이의 차이에 대해 말했다. 그는 값비싼 가구와 예술품, 그리고 제복 입은 하인이 있는 마드리드의 견고한 집에 앉아 있었다. 그가 결코 초대하지 않은 지체 높은 친구들이 왔다. 그는 멋진 마차도 가졌다. 영국 스타일의 도금된 2인승 마차였는데, 마드리드에는 세 대밖에 없었다. 그렇다. 이 마차는 고야의 자부심이기도 했다. 마드리드에서 마차를 소유하는 데는, 특히 말을 소유하는 데는 많은 돈이 들었다. 하지만 고야는 이런 지출을 마다하지 않았다. 그럴 가치가 있었다. 비록 장례 기간에는 어울리지 않았지만, 그래도 그는 친구와 마차를 타고 프라도를 돌아다녔다.

때때로 프란시스코와 마르틴은 노래하고 음악을 연주하며, 여러 풍자시들—세기디야, 티라나, 볼레로를 읊었다. 두 사람은 민중음악을 열정적으로 사랑했다. 그들은 개별 음악 작품의 가치에 대해 자주 논쟁하기도 했다. 대개 프란시스코가 마르틴을 설득했으며, 마르틴은 지루한 취향 때문에 조롱받기도 했다. 또 마르틴이 투우사 코스티야레스의 팬이라는 이유로 비웃음을 사기도 했다. 고야는 무조건 라미로를 좋아했다. 그는 탁자 위로 모래를 뿌리며 두 투우사를 그렸다. 라미로는 사자 머리를 한 채 작지만 힘 있게 보였고, 코스티야레스는 끔찍한 코에 덩치가 크고 살이 쪘다. 두 사람 모두 소리치듯 웃고 있었다.

한참 웃다가 프란시스코가 갑자기 웃음을 멈췄다. 그의 얼굴에는 언짢게 그늘이 졌다. "자네 앞에서 내가 얼마나 성공했는지 난 웃으며 우쭐거렸네. 아주 성공했지. 나는 궁정화가라네. 며칠 지나면 예술원 원장이 될 것이고. 스페인에서 난 최고의 눈과 가장 숙련된 손을 가졌네. 그래서 모두들 날 부러워하지. 자네에게 말하지만 그건 모두 앞면일 뿐이네. 그 뒤에는 똥이 있지."

마르틴은 친구의 갑작스러운 기분 변화와 거침없는 분출을 알고 있었다. "프랑코, 프랑코." 그는 프란시스코를 진정시키려고 했다. "그렇게 거칠고 터무니없이 말하지 말게!" 프란시스코는 성호를 그으며 재빨리 아토차 성모 쪽을 바라보았다. 그러고는 계속 말했다. "그러나 친구야, 그건 사실이네. 내가 가진 모든 재산에는 나쁜 측면이 있네. 모든 것 뒤에는 적대적 유령이 숨어서 날 비웃고 있단 말일세. 뚱하고 유머를 모르는 서생인 내 처남이 마침내 세상을 떠났으니, 행운이라네. 하지만 호세파가 내 주위에 앉아 밤낮으로 괴로워하네. 난 돈 마누엘과 깊게 사귈 행운을 가졌네. 그는 스페인의 최고 권력자고 가장 멋진 청년이네. 하지만 놈팡이이기도 하고, 그래서 아주 위험해. 그 밖의 사귀는 방식은 날 성가시게 만들어. 돈 가스파르 때문에 사람들이 요구하는 것을 견뎌내기 어렵네. 도덕자연하는 이 사람을 참기 어려워. 아무도 내게 고마워하지 않아. 페파는 푸른 눈으로 날 비웃듯 쳐다보고, 혼자 출세라도 한 것처럼 대단하게 군다네. 모두가 무얼 바라지만, 단 한 명도 날 이해하려는 이는 없다네." 그는 격렬한 말로 미겔과 아구스틴이 2주마다 찾아와서는, 왕과 국가의 일에 그가 개입해야 한다고 들볶는다며, 이런 후안무치한 행동에 대한 불만을 털어놓았다. 그는 궁정화가이고, 따라서 궁정에 속한다. 그것은 좋다. 그는 그렇게 하고 싶었고, 그 점을 스스로 자랑스러워했다. 그림을 통해 그는 모든 중대사를 담당하는 사람들이나 정치적 개혁가들이 나불거리는 것보다 더 위대한 봉사를 이 나라에 해왔다. "화가는 그려야 하네." 그가 성난 듯 결연하게 말했다. 그 큰 얼굴 위로 어둠이 서렸다. "화가라면 그려야 하네. 끝이네. 그것으로 끝."

"그리고 나의 금전 사정에 대해서는 언젠가, 그걸 이해할 만한 사람과 얘기를 좀 나눠봐야 하네." 그는 계속 말했다. 그것은 놀라운 그리고 기분 좋은 전환이었다. 그러나 마르틴은 프란시스코가 자신에게 조언을 구하길 기대했다. 그는 사라고사에 은행을 갖고 있었고, 그런 그를 고야는 전문가로 간주했던 것이다. "내가 자네에게 조언할 수 있다면, 기쁠 것이네." 그가 충심으로 말했다. 그리고 사려 깊게 덧붙였다. "전체적으로 자네 재정 상태는 불안할 정도는 결코 아니네."

하지만 고야는 그 말을 인정하려 하지 않았다. "난 우울증 환자가 아니네." 그가 대답했다. "그리고 불평하는 사람도 아니야. 내게 중요한 건 돈이 아니야. 물론 그것이 없으면 안 되네. 여기 마드리드에서는 실제로 속담이 말하는 것과 같네. '돈 없는 자에겐 세 자리만 비어 있다. 감옥소나 구빈원 아니면 교회 묘지.' 난 옷과 거짓을 일삼는 하인을 위해 엄청 많은 돈을 쏟아부어야 하네. 또 체면치레도 해야 하고. 그걸 하지 못하면, 대귀족들이 내 가치를 떨어뜨리지. 그 밖에는 노새처럼 일한다네. 그렇게 해서 뭔가를 얻으려 하지. 이런 삶에서 돈 없는 즐거움은 없네. 여자들이 돈을 요구하지 않는다 해도 말일세. 하지만 난 대단한 부인들과 자기도 하지. 그들은 애인이 대단한 양반처럼 등장하길 원한다네."

돈 마르틴은 프란시스코가 화려하게 치장하며 돈을 낭비하고 싶어 하지만 그 후 양심의 가책과 농부적 인색함 때문에 다시 괴로워한다는 걸 알았다. 친구 프란시스코가 자신의 권고를 필요로 했기에 마르틴은 기꺼이 들려주었다. 궁정화가 프란시스코 고야는 아라곤 지방의 양치기들이 1년 내내 일해야 벌 수 있는 돈을 몇 시간 안에 벌 수 있었다. 이틀이면 얼렁뚱땅 해치울 수 있는 초상화 하나에 그는 4천 레알을 받지 않는가? 그런 사람이라면 자기 미래를 두려워할 필요가 없다. "자네의 아틀리에는." 그는 고야에게 확신시켰다. "사라고사의 내 은행보다 나은 재정적 기반이라네."

고야는 그 같은 위로 이상의 것을 듣고 싶었다. "모든 게 다 좋고 멋지네, 코 큰 친구." 그는 말했다. "하지만 사라고사 사람들이 내게 하는 엄청난 요구를 잊지 말게. 자네는 알겠지. 무엇보다 내 남동생이 그렇다네. '구더기는 통통한 치즈를 좋아한다.'" 그는 오래된 속담을 쓸쓸하게 인용했다. "어머니께 부족한 건 아무것도 없네. 첫째, 내가 어머니를 사랑하고, 둘째, 궁정화가의 어머니라면 편히 살지 않을 수 없네. 하지만 동생 토마스는 쥐새끼처럼 뻔뻔하다네. 그를 위해 내가 칼레 데 모레리아에 도금 공장을 세워주지 않았나? 또 많은 주문도 대줬고. 그 애 결혼식 때는 1천 레알을 선물했고, 아이가 태어날 때마다 300레알을 주지 않았겠나? 카밀로의 사정은 훨씬 더 열악하네. 나 자신을 위해 뭔가 부탁하기 전에 내 입술부터 깨물게 되네. 그런데 그를 위해선 자존심까지 상해가며 친촌*의 주임신부 자리를 부탁했네. 하지만 그는 만족하지 않

* Chinchón: 마드리드 주의 한 마을 이름.

았네. 오늘은 교회의 무엇을 원하고, 내일이면 주임신부관을 원하네. 그와 사냥을 나가 잡는 토끼 한 마리가 말 한 마리처럼 느껴진단 말일세."

이 모든 걸 마르틴은 여러 번 들었다. "어리석은 말 그만하게, 프랑코." 그는 기분 좋게 말했다. "자네에겐 대주교와 똑같은 수입이 있지 않나? 자네 계좌에 얼마나 있는지 말해보게." 그는 제안했다. "자넨 곧 알게 될 걸세." 고야가 예언했다. "내가 가진 건 3만 레알도 되지 않네." 마르틴은 싱긋이 웃었다. 그의 친구는 기분에 따라 그 숫자를 늘리거나 줄이는 습관을 가졌기 때문이다.

고야는, 집과 가재도구를 제하면, 8만 레알의 재산을 소유하고 있음이 드러났다. "그 역시 초라하군." 그가 말했다. "하지만 사람은 그걸 가지고도 구멍 난 많은 이를 언제나 때울 수 있지." 그는 잠시 숙고했다. "아마 스페인 은행은 자네에게 우선주를 할인해줄지도 몰라. 카바루스 백작이 그 은행을 다시 인수할 수 있다면, 그래 세뇨르 호베야노스의 중재를 통한다면 가능할지 모르지. 그의 재소환에 자네가 전혀 무관하진 않으니까 말이야." 그는 웃으며 결론지었다. 고야는 이의를 제기하려 했다. 하지만 마르틴은 이렇게 확신시켰다. "그걸 믿게, 프랑코. 내가 점잖게 그리고 세심하게 처리할 테니."

프란시스코는 홀가분해져서 기분이 좋았다. 마르틴이 그의 말을 잘 들어주었고, 매우 공감할 만한 충고를 해주었기 때문이다. 그는 마르틴에게 마지막 사실, 즉 가장 비밀스러운 일인 카예타나에 대한 자기 꿈을 맡겨볼 참이었다. 하지만 그리 되지 않았다. 적당한 말을 찾을 수 없었다. 그가 자기만의 회색을 발견하기 전까지 색채란 무엇인지 알지 못했던 것처럼, 연단 위 알바를 보기 전까지 무엇이 열정인지 알지 못했다. 열정이란 어리석은 말이었다. 그건 그를 가득 채운 그 모든 것에 대해 아무것도 표현하지 못했다. 그것은 단어로 말해질 수 없었다. 프란시스코의 중얼거림을 이해할 만한 사람은 아무도 없었다. 마르틴도 다르지 않았다.

마르틴이 마드리드에 머무는 동안, 고야는 기쁘게도 예술원 원장으로 임명되었다. 그에게 관련 서류를 건네기 위해 궁정화가 돈 페드로 마에야와 다른 두 명의 예술원 회원이 그의 집에 나타났다. 자주 고야를 멸시하던 사람들이었다. 고야는 고전적 규칙에 따라 그리지 않았기 때문이다. 그런데 그들이 이제 이곳에 선 채로, 위엄 있는 인장(印章)이 찍힌 양피지 증서에 인정과 명성을 담은 공식 문구를 낭독했다. 그들의 말을 고야는 열심히 경청했다.

대표단이 떠나자, 프란시스코는 아내 호세파와 친구 아구스틴과 마르틴에게 자기감정을 드러내지 않았다. 대신 무시하듯 이렇게 말했다. "이것으로 1년에 25두블론*을 받게 되는군. 그림 한 장당 내가 받는 금액과 똑같지. 대신 이제는 일주일에 적어도 한 번은 궁정 의상을 착용하고, 얼빠진 무능력자들과 앉아 지루한 시간을 빈둥대며 보내면서, 얼토당토않은 왁자한 짓거리에 귀 기울이며, 나 자신도 그 어리석은 짓을 해내야 하네. '명예는 많지만, 이득은 적다네'." 그는 오래된 격언을 인용했다.

하지만 그다음 그는 마르틴과 남았다. "행복과 은총이 있기를." 마르틴이 진심으로 말했다. "행복과 은총이 있기를, 세뇨르 돈 프란시스코 데 고야 이 루시엔테스, 왕의 화가이자 산 페르난도 예술원의 원장님이여. 우리의 델 필라르 성모가 자넬 보호하길." "그리고 우리의 아토차 성모도." 고야가 급히 덧붙였다. 그리고 자신의 성모 쪽을 쳐다보며 성호를 그었다. 그러고는 둘 다 웃기 시작했다. 기쁘게 소리치면서 서로의 등

* Dublon/Doblón: 옛 스페인 금화.

을 두드려주었다. 그런 다음 그들은 기대하지 않았지만 유산을 남긴 어느 농부의 풍자시를 노래했다. 그것은 다음 같은 후렴구를 가진 풍자시였다. "이제 춤추세, 춤추세, 춤추세/ 판당고*를 이제 우리 추세/ 그래, 돈을 가진 자는 춤을 춰도 된다네/ 그는 판당고를 춰도 되지/ 그가 춤을 출 수 있건, 출 수 없건." 그러면서 그들은 둘만의 판당고를 췄다.

춤이 끝나 지친 채 웅크리고 앉았을 때, 고야는 친구에게 부탁을 하나 했다. 그는 말했다. 그에게는 많은 적과 신부와 시시껄렁한 농담꾼이 있는데, 그들이 저 대단한 부인을 알현할 때 그의 어두운 가계를 조롱했다고. 심지어 하인 안드레스까지 뻔뻔스럽게, 아무렇지도 않은 듯한 악의로, 안드레스가 이달고**이고, 말 그대로 '이호Hijo 데de 알고algo', 즉 귀족인 누군가의 아들임을 입증하는 서류를 오래전에 고야에게 보여줬다고. 하지만 마르틴 자네는 고야 가문의 고대 그리스적 유래와 그 순수한 피가 모든 의혹을 이겨내고, 또 프란시스코의 어머니인 도냐 엔그라시아 데 루시엔테스가 고트 족***이 지배했던 그 어두운 시절까지 거슬러 올라가는 어느 가문으로부터 유래했다는 사실을 알고 있지 않느냐고. 그래서 자신의 순수한 족보를 증명하는 서류가 집에 있으면 좋을 것이라고. 그러니 마르틴 자네가 사랑을 베풀어 헤로니모 수도사에게 말하고, 그가 푸엔데토도스와 사라고사에 있는 교회 명부에 기대어 프란시스코 어머니의 족보를 기록하게 되기를, 그래서 앞으로 그를 의심하는 사람들이 있다면, 이 족보로 그들의 따귀를 때릴 수 있으면 좋겠다고 했다.

다음 날 많은 축하객이 몰려왔다.

---

* Fandango: 캐스터네츠와 기타 등의 반주로 연주되는 스페인의 민속무용.

** Hidalgo: 하급 귀족.

*** Goth: 게르만 민족의 한 종족.

귀부인 루시아 베르무데스와 페파 투도도 돈 디에고 신부를 대동하고 왔다. 고야는 놀랐다. 불편했으나, 평소와 다르게 거의 말하지 않았다. 사파테르는 즐겁고도 존경심에 차서 수다를 떨었다. 아구스틴은 모순된 감정에 들떠 아름다운 귀부인들을 음울하게 쳐다보았다.

페파는 프란시스코와 단둘이 얘기할 기회를 얻었다. 특유의 태평스러운 목소리로 그녀는 약간 반어적으로 말했다. 그녀는 지금 파켈 가(街)에 있는 칼레 데 안토르차의 작은 궁전에 살고 있었다. 돈 마누엘은 그녀를 위해 그 집을 죽은 백작 부인 본다드 레알의 유산으로 구입했던 것이다. 돈 마누엘은 그녀를 방문하려고 에스코리알에서 마드리드로 여러 번 왔었다. 그는 별장의 승마연습장에도 그녀를 초대해 자신의 승마술을 선보였다. 고야는 투도 부인의 신분 상승에 대해 이미 들었지만, 그냥 흘려 넘기려고 했다. 하지만 지금은 이 일을 알아야 했다.

그 밖에도 페파는 이렇게 알려주었다. 고야가 곧 에스코리알로 초대될 것이라고 돈 마누엘이 말했다는 것이다. "전 그 점에 적극 찬성했어요." 그녀가 지나가는 투로 말했다. 그러고는 완력으로 그녀를 덮치지 않으려고 고야가 얼마나 애쓰는지를 기쁨에 차 바라보았다.

"저는," 다정하고도 나른한 목소리로
그녀는 설명했다. "저는 이미 에스코리알에
직접 가보았지요."
그는 창백하게 화난 듯이 말없이 있었다.
그녀가 계속 말했다. "우리 둘은
출세해야지요, 돈 프란시스코."

"인간이란!" 여자들이
떠나갔을 때, 돈 마르틴이 말했다.
그는 혀를 끌끌 찼다. 그는
되풀이했다. "인간이란!"

며칠 후

붉은 스타킹을 신은
급사가 왔다. 그의 전언은
예술원 원장인 돈 프란시스코
고야를 에스코리알로, 궁정으로
초대한다는 것이었다.

14

마드리드에서 북서쪽으로 30마일, 시에라 과다르라마*의 어두운 배경 앞에서 엘 에스코리알 성이 눈에 띄게 솟아 있었다. 위풍당당하고 엄청난 돌덩이가 차갑도록 장대하게, 거부하는 듯한 난공불락의 모습으로 서 있었다.

에스코리알은 바티칸과 베르사유 궁 다음으로 유럽에서 가장 유명한 건축물이었다. 그것은 스페인 사람들에게 세계의 8대 기적으로 통했다.

이 궁전은 펠리페 2세가 16세기 후반에 지은 것인데, 그는 음울하고 광신적이며 쾌락적이고 의심이 많은 예술 애호가이면서 관료적인 지

* Sierra Guadarrama: 스페인 중부의 산맥으로 피코 데 페날라라Pico de Penalara(2천408미터)가 가장 높은 봉우리이다.

배자였다. 궁전을 지은 데에는 세 가지 목적이 있었다. 펠리페 2세의 군사들이 생 캥탱 부근에서 프랑스 군대를 격파했을 때, 그들은 뜻하지 않게 성 로렌티우스 수도원을 깡그리 파괴시켰다. 그런데 로렌티우스는 스페인 출생이었고, 잔혹한 순교 방식 때문에—그는 산 채로 몸이 구워졌다—스페인인들에게 특별히 소중하게 여겨졌다. 펠리페 왕은 화해를 위해 그를 기리는 성소를 세웠는데, 이는 지상의 어디에도 없는 일이었다. 나아가 그는 아버지 카를 황제의 지시를 따르고자 했는데, 카를 황제는 유언장에서 자신과 황비의 유골을 안치할 적절한 묘소를 세워야 한다고 지시했던 것이다. 하지만 펠리페 2세는 결국 생애의 늘그막 해를 고독 속에 보내길 원했다. 즉 수도사와 기도문에 둘러싸인 채, 오직 자기 모임이나 교단과 관련해서만 보냈던 것이다.

세계 지배자의 이런 고독을 기품 있게 만드는 데는 어떤 것도 충분히 가치 있게 보이지 않았다. 그는 서인도제도에서 가져온 가장 귀한 나무들이나, 쿠엔카 숲에서 가져온 최고 목재들을 사용했다. 그라나다나 아라세나 산에서 갈색과 푸른색 그리고 붉은색 무늬가 박힌 대리석을 잘라 오게 했고, 필라브레스 산에서는 흰 대리석을, 그리고 부르고 데 오스마 습지에서는 백옥 대리석을 캐오도록 했다. 그를 위해 일한 최고의 화가와 조각가는 스페인에서만 온 것이 아니라, 플랑드르나 플로렌스, 밀라노에서도 왔다. 그의 성을 짓기 위해 머나먼 국도를 굴렀고, 일곱 대양을 건너 여러 물건들이 운반되었다. 왕은 모든 세부 사항을 손과 눈으로 직접 점검했다. 그는 현장에 있었고, 사람들은 날마다 보고해야 했다. 해외 지방에서 거둬들인 모든 소득을 그는 이 건물을 짓는 데 썼던 것이다.

에스코리알 궁전의 근본 계획은 성 로렌티우스의 순교를 위해 신이 썼던 도구를 궁전이 모든 점에서 상징적으로 표현해야 한다는 것이었다.

그 도구란 로렌티우스가 불에 타 죽을 때 사용된 석쇠였다. 여러 안마당이 있는 엄청난 사각형 건축물 자체가 이 석쇠판의 뒤집힌 표현이었고, 네 개 모퉁이 탑은 네 다리였으며, 튀어나온 팔라시오 데 인판테스(왕자의 궁전)는 손잡이를 뜻했다.

여기에 이 건물은 엄격하고도 신적 은총으로 가득 찬 광휘 아래 반항하듯 머나먼 미래를 향해 피라미드처럼 솟구쳐 있었다. 하지만 그것은 피라미드보다 더 견고한 재료인, 페라레호스의 희미한 회색 대리석으로 되어 있었다. 에스코리알 궁에는 16개의 안뜰과 2,673개의 창문, 1,940개의 문과 1,860개의 방, 86개의 계단과 89개의 분수, 그리고 51개의 종(鍾)이 있었다.

에스코리알 궁에는 멋진 도서관도 하나 있었는데, 이곳에는 13만 권의 책과 4천 부 이상의 원고(原稿)가 있었다. 특별히 귀중한 아랍 수고(手稿)는 모로코의 술탄 지디안의 보물을 바다 건너로 운반하던 약탈선에서 발견한 것이었다. 이 무어 족 왕은 수고를 돌려주면 200만 레알을 지불하겠다고 말했지만, 스페인은 모든 기독교인 수감자의 방면을 요구했다. 술탄이 이 제안에 응하지 않았기 때문에, 수고는 지금 에스코리알 성에 남게 되었다.

이 성에는 204개의 동상이 있고, 1,563개의 그림이 있는데, 그 가운데는 레오나르도와 베로네세*, 라파엘로와 루벤스 그리고 반다이크와 그레코**와 벨라스케스의 작품들도 있었다.

하지만 스페인 사람들이 이 모든 예술작품들보다 더 자부심을 갖는

---

* Paolo Veronese(1528~1588): 이탈리아의 화가.

** El Greco(1541~1614): 그리스 태생의 스페인 화가로 「라오콘」과 「성 가족」 등 독자적인 종교화를 그렸다.

보물은 에스코리알의 레리카리오에 보관된 성유물(聖遺物)이었다. 이곳에 있는 1,515개 그릇은 금이나 은, 도금된 청동이나 가장 귀한 나무들로 만들어졌는데, 그중 많은 것에 보석이 촘촘히 박혀 있었다. 그중에는 완벽하게 보존된 성자 열 분과 순교자들의 해골도 있었고, 144개의 두개골과 366개의 팔뼈와 다리뼈, 1,427개의 개별 손뼈와 발뼈도 있었다. 또 성 안토니우스의 한쪽 팔과, 성 테레사의 한쪽 다리, 헤로데스*가 죽인 갓난아기의 작은 유골도 있었다. 나아가 예수 그리스도를 묶었던 밧줄 일부와, 그가 쓴 가시 면류관의 가시 두 개, 병사가 건넨 식초 적신 해면 조각, 그리고 그가 고통당했던 십자가의 나무 일부도 있었다. 또 이곳에는 예수가 포도주로 바꿨던 물 담긴 질그릇과, 성 아우구스티누스의 잉크병, 그리고 마지막으로 교황 피우스 5세의 방광에서 나온 돌 하나가 있었다. 안 좋은 소문에 따르면, 언젠가 악마 때문에 정신이 혼란스러워진 한 수도사가 그 눈부신 유물의 많은 내용물을 없앤 후 쓸모없는 무더기 위로 내던져버렸고, 그래서 결국 어떤 게 이시드로**의 팔이고, 어떤 게 베로니카의 팔인지 더 이상 분간할 수 없게 되었다는 것이다.

한 특별예배당에는 에스코리알이 가장 자랑하는 성유물 '산타 포르마Santa Forma'가 보관되어 있었다. 이 산타 포르마는 성찬용 떡이자 전병(煎餠)으로, 이 전병을 통해 신성은 당혹스럽고도 고양된 방식으로 표명되었다. '주인글리아노스zuinglianos'라 불린 이교도들은 이 전병을 빼앗아 땅에 내던지고 짓밟았다. 그런데 이 전병에서 피가 흐르기 시작했고, 그 핏줄기를 두 눈으로 확인할 수 있었다. 그리하여 신은 이 전병 속

* Herodes: 그리스도 탄생을 두려워해 베들레헴의 유아를 모두 죽인 유대 왕 헤롯의 라틴어 이름이다.

** San Isidro: 마드리드의 수호성인.

에 살고 있음을 스스로 입증했다. 이 일은 네덜란드에서 일어났다. 이 전병은 네덜란드의 어느 수도원에서 빈으로 옮겨졌고, 나중에는 프라하의 루돌프 2세 황제에게 전해진 것을 세계 통치자인 펠리페가 획득한 것이다. 그는 전병에 높은 값을 지불했다. 말하자면 네덜란드의 세 도시에 중요한 무역 허가를 내주었던 것이다. 그래서 '산타 포르마'는 지금 에스코리알에 있고, 이단자들은 아무도 쳐다볼 수 없게 되었다.

에스코리알의 엄격하고 화려한 궁정의례 때문에 스페인의 통치자는 각 성에서 분명하게 정해진 시간을 보내야만 했다. 왕과 신하들은 에스코리알에서 1년에 63일간 머물러야 했는데, 이 날짜는 고정되어 있었다. 현재 국왕의 부친 카를로스 3세는 바로 이 규정 때문에 죽었다. 그는 폐렴 초기 증세에도 불구하고 의사의 경고를 무시한 채 정해진 시간에 에스코리알로 갔던 것이다.

성의 음울한 장대함이 마음 편한 카를로스 4세를 짓눌렀다. 그는 그곳에서 보내야 할 9주 동안 쓸 자신의 방을 온건한 취향에 따라 꾸몄다. 그리하여 아래층에는 펠리페 2세가 생애 마지막 10년을 보낸 방이 수도사처럼 엄격하고도 삭막하게 놓여 있는 반면, 위층에서는 카를로스 4세가 안락한 방에서, 노는 아이들과 장난치는 여자 양치기, 수다 떠는 풍만한 세탁부를 묘사한 그림이나 벽에 걸린 밝은 융단 사이에서 살고 있었다.

예법에 따라, 이 군주도 죽은 선조를 기리기 위해 매주 한 번 에스코리알 교회로 갔다. 그는 유대 왕들이 대리석으로 서 있는 열왕기의 안뜰을 지나갔다. 유대 왕들이란 하프와 칼을 가진 다윗, 책을 든 살로모, 벽을 허물어뜨리는 헤세키아스, 측량기를 든 마나세, 도끼를 든 요사파트였다. 이 왕들이 예루살렘 사원을 지었을 때 썼던 도구들이었는데, 이제

에스코리알은 이런 식으로 전통을 계승해, 마치 구약 민중들에게 살로모니스 사원이 했던 것과 똑같은 역할을 기독교 세계에서 하는 것이었다.

카를로스 4세는 이 여러 왕들을 지나갔다. 그 앞에는 교회 정문이 열려 있었는데, 그 문은, 죽었건 살았건, 왕들에게만 열렸다. 풍채 좋은 왕은 불편한 마음 때문에 기품 있지만 침울한 표정으로 당당하고도 대담한 조화를 지닌 이 고상한 건물 안으로 걸어 들어갔다. 비록 그는 위엄 있는 모습이었지만, 거대한 궁륭 아래 이 대단한 방에서는 난쟁이 같아 보였다.

잘 고른 대리석으로 지은 벽들과 둥근 천장 사이로 그는 내려갔다. 먼저 왕자와 공주 그리고 왕의 부인들—이들의 아이는 왕이 되지 못했는데—의 무덤인 왕세자들의 전당으로 갔다. 다음에는 더 아래에 있는 열왕기의 전당으로 갔는데, 그것 또한 대리석 계단으로 되어 있었다. 그곳에서 그는 팔각형 방에 섰는데, 그 방은 벽들 사이에 둘러싸이고, 벽옥 대리석과 검은 대리석으로 뒤덮인, 유럽에서 가장 당당하고 치장이 화려한 묘였다. 하지만 그 묘는 교회 본당의 대제단 아래 세워져 있었기 때문에, 전병을 높이 든 신부는 정확히 죽은 왕들 위에 서 있었고, 그래서 그 왕들은 은총에 참여할 수 있었다.

그리하여 그의 나머지 선대 왕들이 안식을 취하는 청동관 사이에 카를로스 4세가 섰다.

그들의 이름을 적은
소박하고도 고귀한 글자를
그는 바라보았다. 그리고
아직 아무 내용 없이

기다리는 관 두 개도.
그 위에 쓰일 글자는
'돈 카를로스 4세'이고,
다른 글자는
'왕비 마리아 루이사'였다.
5분 동안 그는 머물렀다.
관례는 그렇게 되어 있었다.
그는 300까지 세었다. 그런 후
그 궁륭을 떠나, 계단을
빠르게, 더 빠르게 올라갔다.
발소리를 쿵쿵 울리며 그는
교회를 지나갔다.
안뜰을 지나고, 유대 왕들을 지나
서둘러, 아무 데도 쳐다보지 않고.
밝고 즐거운 자기 방으로
올라갔다. 여기
편안한 그림들 사이에서
그는 무겁고도 칙칙한 의상을
훌훌 벗고, 다른 옷으로 갈아입은 뒤
사냥을 나갔다.

15

고야의 숙소는 에스코리알 자체가 아니라, 산로렌초*의 여관에 마련되었다. 그는 에스코리알에서 묵기를 기대했을 것이다. 하지만 에스코리알은, 그 규모에도 불구하고, 궁정의 모든 손님을 수용하기에 충분하지 않았다. 그럼에도 그는 기분이 상했다.

돈 미겔이 왔다. 고야는 도냐 루시아에 대해 물었다. 그래, 그녀는 이곳에 있네. 잘 지내고 있다네. 미겔은 약간 조심스러웠다. 하지만 대화가 정치로 옮아가자 그는 활기를 띠었다. 그가 말했다. 바젤에서 프랑스 측과 가진 평화협상은 그리 진척되지 않았네. 프랑스가 죽은 루이 16세의 어린 아들과 딸을 데려가는 걸 거절했기 때문일세. 스페인은 다시 한 번 왕가 자제들을 방면하는 데 자존심을 걸고 있고, 돈 마누엘은 이 일에서 한 치도 양보하지 않으려 하네.

나중에 고야는 돈 디에고 신부와 도냐 루시아를 만났다. 신부는 정치상황에 대해 좀더 알려주었다. 군사적으로 전쟁은 이미 졌다는 것이다. 하지만 유독 왕비만 정신을 차려서 결국 평화가 찾아올 수 있도록 프랑스 왕손을 포기할 생각이라는 것이다. 그리고 돈 마누엘이 부추겨 카를로스 왕은 머뭇거리고 있다고 했다. 말하자면 돈 마누엘이 어린 프랑스 공주와 결혼해 군주 칭호를 얻을 생각을 갖고 있다는 것이다. "게다가 우리의 페파가 그렇게 계획하도록 그를 밀고 있답니다." 루시아가 얘기했다. 사이가 벌어진, 베일처럼 모호한 그녀의 두 눈이 고야에게는 조롱하는 듯 영리해 보였다. "페파는 아직 이곳에 있습니까?" 고야가 놀

---

* San Lorenzo : 스페인의 수도 마드리드에서 북서쪽으로 조금 떨어진 곳에 위치한 소도시.

라 불편한 표정으로 물었다. 신부가 설명했다. "마사레도 장군의 석방 후 투도 부인은 연금 문제로 어려움을 겪고 있습니다. 그녀는 궁정에 청원서를 내려고 이곳에 머물러 있지요." "왕비는 투도 부인이 마드리드에서 이 결정을 기다리지 않는다는 데 놀라고 있지요." 루시아가 보충했다. "하지만 당신 고야는 우리 페파를 알지요. 그녀는 이곳에 한번 오더니 돌아가려고 하지 않아요. 그녀는 자신의 마누엘이 프랑스 왕의 딸과 결혼해야 한다는 생각을 굳혔습니다. 그녀는 그 앞에서 이틀에 한 번씩 청년 라미로에 대한 발라드를 노래한다니까요. 라미로는 왕녀를 영웅처럼 납치한 인물이거든요." "많은 게 확실하군요." 신부가 말했다. "세뇨르 투도가 에스코리알에 있는 것 때문에 우리 측 평화대표단의 임무가 더 어렵게 되겠어요."

자신이 사귀었던 페파가 영주들의 사안에 개입했다는 사실이 고야는 마음에 들지 않았다. 그건 어울리지 않는 일이고, 신이 원하는 질서에도 위반되는 것이기 때문이다. "당신이 그녀를 방문해보시지요, 돈 프란시스코." 루시아가 다정하고도 음험하게 말했다. "그녀는 아래층 여관에 기거하거든요." 프란시스코는 페파가 이 일에 관여하지 못하게 하리라 결심했다.

다음 날 아침 그는 에스코리알로 가서 관례적으로 하듯이 왕비의 접견에 참석했다. 그는 도냐 카예타나가 접견을 받아줄지, 또는 자신이 그녀를 보고자 하는지 아니면 두려워하는지 알지 못했다.

대기실에는 잔뜩 차려입은 신사 숙녀들이 가득했다. 그곳에는 돈 디에고 신부도 있었고, 프랑스 왕국의 대사 아브레 씨도 있었다. 또 날림으로 일을 처리하는 고야의 동료 카르니세로도 있었는데, 생색을 내는 일이나 돈이 되는 일 외에는 아무것에도 신경 쓰지 않는 사람이었다.

거실의 양쪽 날개 문이 열렸다. 장식 식탁 옆에 스페인 왕비가 앉아 있었다. 대귀족 귀부인들이 의례적으로, 정확히 규정된 동작을 보이며 왕비를 접견했다. 한 공작비는 치마를 건넸고, 백작비는 외투를 건넸으며, 한 후작비는 리본을 건넸다. 정확히 계산된 몸짓과 가면처럼 얼굴에 분을 바른 그들은 빛나는 인형들로서, 얼어붙은 미소를 띤 채, 우울하게 이리저리 움직였다. 고야는 그들을 쳐다보았지만, 알 수 없었다. 다채로운 축제 같지만 거드름 빼는 이 수백 년 된 행동은 우스꽝스러운가, 훌륭한가?

그곳에 알바가 있었다. 그의 심장이 쿵쾅거렸다. 그녀는 다른 사람들이 그러하듯이, 팔다리를 움직였다. 그녀도 인형처럼 치장하고 있었다. 이곳 에스코리알에서 이미 죽고 없는 세계 지배자들의 지하 납골실을 통해 전해 내려온 관례를 구현하는 그들은 하나의 역할을 하는 것뿐이고, 그래서 우스꽝스러웠다. 그녀, 도냐 카예타나도 마찬가지였다. 그녀 또한 상속받은 대로 행하는 것이기 때문이다.

돈 마누엘은 고야를 불렀다. 그리고 또 다른 초상화를 그리기 위해 앉는 것이 기쁘다고 화가에게 말했다. 하지만 당분간 시간이 모자랐다. 그렇잖아도 힘든 평화협상이 사적인 문제 때문에 복잡해졌다는 것이다. "우리가 다 같이 사귀는 친구, 투도 부인은," 그는 설명했다. "내가 영웅처럼 되길 바라오. 그건 사랑스럽고 애국적이오. 하지만 내가 우리의 여자 친구 앞에서 영웅이 되려고 이 땅을 피로 물들일 순 없소. 난 정치가요. 이성에 복종해야 하오. 정치적 필연성에 복종해야지, 감정에 휘둘려선 안 되오."

고야는 불편한 마음으로 경청했다. 거기에는 분명 부당한 요구가 있었다. 그건 품위를 떨어뜨리는 무리한 것이었다.

"그 밖에," 총리는 계속 말했다. "왕비도 내려야 할 결정의 어려움으로 신경이 예민해져 압박감을 느끼고 있소. 그래서 별 잘못 없는 사소한 일에도, 예를 들어 우리 친구 투도가 있어도 기분 상해한다오. 투도는 물론 왕비의 바람에 따르오. 하지만 그녀는 물론 언짢은 마음도 갖고 있소. 그녀가 마드리드로 돌아가기 전 그녀에게 작은 기쁨을 주려 하오. 당신 도움으로 그녀를 즐거이 알게 된 이전의 그 자유로운 밤을 한 번 더 가지면 어떻겠소?" "그게 페파의 생각입니까?" 고야는 불쾌감을 애써 숨기며 물었다. "반은 그녀 생각이고, 반은 내 생각이오." 돈 마누엘이 인정했다. "페파는 우리 둘이 여기, 에스코리알의 내 아파트에서 저녁 모임을 개최한다고 생각하고 있소. 자기도 특별히 즐거울 거라고 약속했고."

이제 고야는 기분이 몹시 안 좋았다. 페파가 정신 나갔나? 왜 그녀는 스페인에서 가장 고상한 집에서 애매한 사교 모임을 열려 하는가? '닭은 성당 것이 아니다.' 그는 우울하게 옛날 속담을 떠올렸다. 왜 그녀는 거기서 그를 만나려 하는가? 그녀는 자기가 얼마나 성공했는지 선보이고 싶은가? 하지만 총리의 초대를 거절할 어떤 가능성도 보이지 않았다.

다음 날 저녁 장대한 계단 위로, 길고 엄숙한 복도를 지나 그는 다시 돈 마누엘한테 갔다. 대기실에는 페파에게 시중드는 하녀인 여윈 콘치타가 웅크리고 있었다. 그녀는 프란시스코에게 순종하듯 인사했다. 하지만 그녀의 마른 얼굴에는 상스러운 미소가 뻔뻔스럽고도 은밀하게 담겨 있었다.

돈 마누엘의 사교 모임은 이전에 도냐 루시아 집에서 있었던 사교 모임과 같았다. 단지 아구스틴과 조심스러운 돈 미겔이 빠졌을 뿐이다. 소박한 초록색 옷을 입은 페파는 아주 아름다웠다. 프란시스코는 내키지 않았지만 그렇다고 인정했다. 그는 그녀에게 무슨 일이 일어났는지, 그녀의 불쾌감과 승리가 무엇인지 정확히 파악했다. 그녀는 그저 그로부터 떠나가는 게 필요했다. 한 여자가 욕망할 수 있는 모든 것이 그에게 닥쳐들었던 것이다. 그곳, 이 왕국에서 가장 당당한 궁전에 그녀, 페파가 뻔뻔스럽고도 오만하게, 죽은 왕들의 지하납골당을 굽어보며 서 있었다. 그러면서 모임을 개최했고, 그를 이곳으로 오도록 불러낸 것이다. 그는 거절할 수 없었다. "트라갈로, 페로Trágalo, perro—처먹어보라지, 개 같으니라구!"

페파는 거리낌 없이 다정하고도 낯설게 그에게 인사했다. "당신 얼굴을 다시 보게 되다니, 돈 프란시스코. 당신이 전하 초상화를 그리느라 이곳에 왔다고 들었어요. 기다리게 해서 죄송해요. 나 역시 이곳에 일이 있어요. 내가 원하던 걸 이미 아주 잘해서, 내일이면 마드리드로 돌아갈 수 있답니다."

고야는 그녀의 어깨를 움켜쥔 채 마구 흔들며 그 뻔뻔스러운 상판에다 야비한 말을 몇 마디 거칠게 퍼붓고 싶었다. 하지만 돈 마누엘이 있는 데서는 자제해야 했다.

돈 마누엘은 페파 투도에게, 에스코리알의 화려한 자기 집을 그녀가 모임에 이용할 수 있도록 해줬다고, 세상에서 가장 당연한 일인 것처럼 말했다. 그는 기분이 좋아 말이 많았고 시끄러웠다. 그러나 그의 거리낌 없는 태도는 진짜가 아니었다. 도냐 마리아 루이사가 여러 번 쳐다보았다. 이번에 그는 제대로 하지 못했던가?

이날 밤 순전히 기뻐한 사람은 신부였다. 그는 루시아가 있다는 사실을 즐겼다. 천천히, 온갖 영리한 우회로를 지나, 그는 그녀한테 다가갔다. 이제 그녀는 정치적 사안을 그의 시각으로 보았고, 이 신부처럼 모임의 비꼬는 듯한 무례함에서 악의적 즐거움을 느끼고 있었다. 미래의 위대한 예견자 펠리페 2세라면, 아마도 이 왕국의 총리가 여자 친구와 그 무덤에 대해 이리저리 빈정거리는 걸 내버려두지 않았을 것이다.

이날 밤 페파는 로망스 한 곡을 불렀고, 두번째 세번째 로망스도 불렀다. 그녀는 돈 알폰소 왕에 대한 로망스도 불렀는데, 그 왕은 톨레도에서 라쿠엘 라 페르모사라는 유대인 여자와 사랑에 빠졌다. 그는 '아름다운 라엘'이라던 그녀와 7년 동안 함께 살며 영국에서 온 왕비 레오노라를 혼자 내버려두었던 것이다. 하지만 그 후 귀족들이 격분해 그 유대 여자를 쳐 죽였다. 왕은 너무도 슬펐다. "그의 유대 여인," 페파가 노래했다. "그 유대 여인을 뺏자/ 알폰소는 슬퍼 탄식했네./ 라엘에 대한 그리움과 상심/ 그의 마음에 치명적인 못을 박았네." 하지만 천사가 와서 그의 잘못을 질책했다. 그는 후회하면서 모르 족 천 명을 벌로 쳐 죽였다.

그렇게 페파는 노래했다. 다른 사람들은 깊은 생각에 잠긴 듯 경청했다. "우리의 페파는," 돈 마누엘은 얼핏 보기에 아무런 연관성도 없이 말했다. "나를 완전히 옛 스페인의 영웅으로 만들고 싶어 하오." 페파도 아무 맥락 없이 대답했다. "내 속에는, 유대인이든 모르 족이든, 그런 사람들의 피는 한 방울도 없어요. 저는 옛 카스티야*의 순수 혈통이에요." 그러면서 성호를 그었다. "난 알고 있소. 우리 모두가 안다오." 돈 마누엘이 서둘러 응답했다.

"당신은 전보다 훨씬 잘 부르오, 페파." 그녀와 단둘이 말할 기회가 왔을 때, 고야가 말했다. 그녀는 푸른 눈으로 그의 얼굴을 아무런 부끄럼 없이 빤히 쳐다보았다. "내 로망스는 현실보다 더 아름다워요." 그녀는 말했다. 그가 말했다. "당신은 이제 정치에 관심을 두고 있다고 들었는데?" 그녀는 다정히 말했다. "정치에는 관심 없어요, 돈 프란시스코. 내가 관심을 갖는 건 스페인이에요. 그리고 돈 마누엘이고. 이미 세상 떠

* Kastila: 스페인의 중북부 지방을 가리키는 말이지만, '스페인'과 같은 의미로 쓰임.

난 나의 펠리페가 아직 살아 있을 때, 그리고 그 장군과 보내던 그 시절 나는 해양에 관심을 가졌지요. 당신과 사귀었을 때는 그림에 관심을 가졌고요. 당신이 그린 초상화에서 세뇨르 마사레도의 팔이 너무 짧다는 것에 주의하라고 제가 말했던 거 기억하시지요? 지금 내가 관심을 두는 건 돈 마누엘이에요. 그는 스페인에서 가장 위대한 정치가인데, 왜 그가 세상의 가장 위대한 정치가가 되어선 안 되나요? 그렇다고 내가 오랜 친구를 잊고 있다고 여기진 마요. 내가 말해서 돈 마누엘이 왕께 당신을 수석화가로 권했거든요. 하지만 돈 카를로스 왕은 요즘 완고하셔서 그 자리의 봉급을 줄이려고 한답니다."

고야는 말없이 있었다. "당신 처지라면," 그가 말했다. "루이 16세 왕세자가 어떻게 되어야 하는지 스페인 왕과 프랑스공화국 회의 측에 맡길 거요." 그녀는 이전처럼 지금도 고야에게 시선을 떼지 않았다. "현명하군요, 돈 프란시스코." 그녀가 대답했다. "당신은 내 로망스에 나오는 여느 남자들 같지 않아요. 당신은 언제나 당신 작품을 타당하고 쓸모 있게 만드는 방법을 잘 알지요. 제게 주신 조언도 좋을 거예요. 당신이 그런 조언을 하기 전에도 전 그 조언에 따랐는걸요."

고야는 생각했다. 한 여자를 물 밖으로 꺼내주면, 그녀는 물에 빠진 건 바로 당신이라고 주장할 것이다. 동시에 그는 말로 표현할 순 없었지만, 그녀가 감지한 것이 무엇인지 그 특유의 좋은 남성적이고 농부적인 본능으로 알았다. 그녀가 그를 괴롭히려고 애쓴다는 사실이 바로 그녀가 얼마나 그에게 매달려 있는지 입증해주었다. 아무리 무관심해 보여도 그녀는, 그가 눈짓만 해도, 그와 잠자리에 들 것이다. 나를 빈정대며 스스로 우월하게 느끼라지. 그렇게 그는 연민을 느꼈다.

그는 마누엘과 페파가 저녁을 어떻게 끝낼지 기다렸다. 이들은 밤새

에스코리알에서 함께, 왕비가 있는 한 지붕 아래, 그것도 카를 5세와 펠리페 2세의 지하납골당 위에서 머물 것인가?

루시아와 신부는 떠났다. 페파는 갈 채비를 하지 않았다. 고야 또한 집으로 가야 했다. "잘 자요, 돈 프란시스코." 페파가 태평스럽고 편안한 목소리로 말했다. "잘 자요, 프랑코." 그녀가 말하며 그의 얼굴을 빤히 쳐다보았다.

프란시스코는 대기실을 지나갔다.
시중드는 노파가 잠에 취해
입을 쩝쩝 다시고 있었다. 그녀는 빈정대듯
웃으며 인사하더니, 일어서서 깊이 고개 숙였다.
그는 성호를 그었다.
이 노파가 마른 몸으로 에스코리알의
지붕 아래 있다는 사실이 그에게는
돈 마누엘과 페파의 저녁보다
훨씬 더 모욕적으로 여겨졌다.

16

여관에 머물던 궁정화가 돈 프란시스코 데 고야 이 루시엔테스 앞으로 에스코리알에서 보낸 편지 한 통이 전해졌다. 편지에는 이렇게 쓰여 있었다. "내일은 왕비께 알현하는 일은 없어요. 내가 왕비를 접견할 때 왜 당신을 보지 못하나요? 당신의 여자 친구 카예타나 데 알바."

그는 이 전갈을 비통한 마음으로 기다렸다. 이제 좋지 않던 모든 감정은 다 씻겼다. "당신의 여자 친구 카예타나 데 알바." 그녀는 영롱하게 빛나는군.* 그는 오히려 사랑스럽게 생각했다.

다음 날 그가 도착하자마자, 그녀는 가까이 오라고 눈짓했다. "마침내 오시다니, 참 좋군요, 돈 프란시스코." 그녀가 인사했다. "우리는 얘기할 게 많아요. 다른 사람들이 가더라도, 당신은 남아 있으세요." 그녀의 낮은, 그러나 힘센 목소리는 거리낌 없이 컸고, 그래서 다른 사람들도 그 말을 들을 수 있었다. 그것은 완전히 꾸밈없는, 진심이 담긴 목소리였다.

그곳에는 유감스럽게도 많은 사람들이 있었고, 고야는 어쩔 수 없이 이들과 만났다. 물론 금발의 키 큰 페랄 박사도 있었고 서투른 동료 화가 카르니세로도 있었으며, 유별나게 차려입은 예쁜 산 아드리안 후작비도 있었는데, 고야는 이 후작비의 거드름 빼는 태도에서 늘 교만의 냄새를 맡았다. 또 투우사 코스티야레스도 있었는데, 이 사람에 대해서는, 이건 신만 알 일인데, 에스코리알 궁전이 문을 닫아야 했는지도 모른다.

그리하여 그녀는 모든 사람들에게 사랑스러운 눈길을 던졌다. 프란시스코의 기쁨은 기다리는 동안 누그러졌다. 그는 말 붙이는 이들에게 한마디로 차갑게 대했다.

사람들 쪽으로 등 돌린 채, 그는 벽에 걸린 고블랭 직물로 된 화려한 벽걸이 융단을 쳐다보았다.

알바 가문은 왕이 지난 10년간 쾌활한 취향으로 꾸며놓은 몇 안 되는 아파트 가운데 하나를 소유했다. 고블랭 직물 중 하나는 고야가 직접 도안을 그렸는데, 거리낌 없이 즐겁게 그려대던 시절 만들어진 것이었다.

---

* 원문은 프랑스어 "Elle est chatoyante."

즐거운 민중 연회를 묘사한 것으로, 네 처녀가 '펠렐레pelele', 즉 헝겊으로 된 꼭두각시 인형을 튕기려고 천을 높이 들어 올리는 장면이었다. 네 처녀의 모습은 나쁘게 보이지 않았다. 움직임도 자연스러웠다. 그럼에도 이 작품은 당시 그의 마음에 들지 않았다. 인형을 튕기는 민중 출신 소녀들은 진짜 마하가 아니었다. 그건 마하가 아니라 마하 놀이를 하는 궁중 귀부인들이었다. 이들의 즐거움이란 그가 왕비를 알현할 때 관찰한 적이 있는, 분칠되고 얼어붙은 것이었다. 이들 꼭두각시들의 우스꽝스럽고 경직된 움직임은 처녀들의 움직임보다 더 사실적이었다.

그 당시 이 즐거운 가장무도회는 그의 마음에 들었다. 그래서 그도 함께 즐겼다. 모두가 함께했던 것이다. 파리의 동류 화가들은 베르사유의 신사 숙녀를 남자 양치기나 여자 양치기로 그렸다. 마치 고야가 세련된 남녀들을 뻣뻣하고 인위적으로 그렸듯이. 이렇게 그려진 이 정중한 남자 양치기와 예쁘장한 여자 양치기 가운데 몇 사람은 그 인형 머리가 잘려나가 있었다. 당시보다 지금 더 잘 그리겠지만, 어쨌든 그는 그사이 더 많이 배웠다. 민중연회의 즐거움은 이제 어리석고 부자연스러우며 성가신 것이었다.

고블랭 융단에 그려진 즐겁고도 공허한 표정이 곧 초상화는 아니었다. 그럼에도 그건 초상화였다. 그 인형 같은 귀부인들 가운데 세번째 여자가 알바가 아니라는 것을 그는 근거를 대며 주장할 수 있었다. 하지만 그건 그녀였다. 어떤 얼굴을 암시하면서 동시에 그 얼굴을 익명으로 그리는 기술에서 그는 모든 사람을 능가했다. 그 기술로 그는 헝겊인형을, 알바를 즐겁게 던져 올렸다.

"신사 숙녀 여러분, 저는 지쳤답니다." 알바는 예기치 않게 선언했다. 그러고는 다정하게, 하지만 분명히 방문객과 작별했다. "당신은 남아요,

돈 프란시스코." 그녀가 되풀이했다.

"우린 산보 나갈 거야, 에우페미아." 그녀는 다른 사람들이 떠난 뒤, 시녀에게 알렸다. 그리고 소개했다. "여기는 도냐 루이사 마리아 베아타 에우페미아 데 페레르 이 에스탈라예요." 프란시스코는 고개를 숙여 인사하며 말했다. "당신과 알게 된 것은 영광이고 기쁨입니다, 도냐 에우페미아." 대단한 귀부인과의 연애에서 시녀는 햇빛과 비를 원하는 대로 내리게 할 수 있을 만큼 중요한 인물이었다.

시녀들이 화장대에서 새 크림통과 화장병을 주워 담았다. 계획한 산보 때문에 햇빛을 차단하는 조처가 필요했기 때문이다. 고야는 카예타나의 연갈색 타원형 얼굴이 하얗게 칠해지는 걸 보았다. 당혹스러울 만큼 긴 눈썹을 지녔지만 알바의 독특한 얼굴은 곧 하얗게 되었다. 꼭두각시가 그려진 고블랭 직물에 세번째 처녀를 그렸을 때, 그는 시선을 어디다 두었던가?

"내 귀여운 양은 어떤 옷차림으로 산보 가시려는가요?" 이렇게 말하면서 시녀는 카예타나 쪽으로 몸을 돌렸다. "초록색의 파리 옷이나 안달루시아산(産) 옷, 아니면 마드리드산 하얀 모슬린 옷은 어떤가요?" "물론 그 흰옷으로 할게." 알바가 명령했다. "붉은 장식 띠를 둘러서."

그녀는 그에게 더 이상 말하지 않았다. 옷을 입는 데 온 신경을 썼기 때문이다. 마드리드의 귀부인들은, 화장할 때 주변에 남자를 두는 데 익숙했다. 그래서 마음껏 팔이나 어깨, 등이나 가슴을 보여주었다. 오랜 관습에 따라 그들이 중시한 것은 다리가 보이지 않게 하는 것뿐이었다. 그런데 도냐 카예타나는 다리 또한 숨기지 않았다. "처녀 발은 '아니야'라고 말하지 않아/ 전부가 곧 네 것이 될 테니까." 오래된 극음악의 어느 후렴구가 고야 머리를 스쳐갔다.

연마된 시선으로, 모든 열정과 욕망에도 그는 옷을 입는 이 모든 복잡한 의식(儀式)을 냉정하게 받아들였다. 시녀가 그녀를 조심스럽게 이끌었다. 도냐 에우페미아는 마르고 키가 컸으며, 비스듬한 이마에 넓은 머리, 납작한 코 그리고 부푼 입이 원추형 같은 목에 얹혀 있었다. 알바는 검은 옷을 입고 기품 있게 시중드는 이 노파를, 때로는 주인이 노예에게 하듯 다루었고, 다음에는 장난치듯 못되게 그리고 넉살좋게 대했다.

하얀 모슬린 옷은 원래 허용된 것보다 더 짧았다. 질질 끌릴 정도가 아니어서 산보에 적절했다. 이제는 붉은 장식띠도 고정되었고, 풍만하고 검은 머릿결은 가는 끈으로 묶여 있었다.

도냐 카예타나가 데리고 다니는 시종들이 도착했다. 시동(侍童) 훌리오는 치즈 같은 얼굴과 뾰족한 코에 무례한 눈빛을 가진 아이였는데, 열 살쯤 되어 보였다. 또 다섯 살 정도 되는 흑인 소녀 마리아 루스도 따랐다. 시중드는 노파는 양산을 쥐었고, 시동은 분과 향수 담긴 그릇을 쥐었다. 흑인 소녀는 털로 뒤덮인 아주 작은 개 돈 후아니토를 팔에 안고 있었다.

카예타나와 고야를 앞세운 이 작은 행렬은 장대한 복도를 통과하고, 커다란 계단을 내려가 밖의 정원으로 걸어갔다. 회양목과 주목(朱木)이 심어진 목초지와 화단 사이의 자갈이 깔린 굽은 길을 지나갔다. 그 뒤로 거대한 성의 위용이 드러났다. 그런 다음 도냐 카예타나는 정원을 지나 작은 오솔길로 접어들었는데, 오솔길은 갑자기 좁아지면서 시야 델 레이 Silla del Rey, 즉 '왕의 자리'로 불리는 튀어나온 바위 쪽으로 나 있었다. 이 튀어나온 바위는 에스코리알에서 가장 좋은 전망대였다.

공기는 기분 좋을 정도로 상쾌했고, 맑은 하늘에는 희미한 태양이 떠 있었으며, 바람이 약하게 불었다. 알바는 예쁜 신을 신고 확고하고도 흡족한 마음으로 걸었는데, 이 무렵 유행이 그러하듯, 두 발을 밖으로 벌린 채 내디뎠다. 부채는 접은 채 왼손으로 쥐고서, 약간 흔들고 있었다. 그렇게 작고도 우아하게, 그러면서도 결연하게 그녀는 좁은 돌투성이 오솔길을 걸었다. 그 길은 회갈색 황무지를 지나 천천히 아래로 향하다가 다시 과다르라마 앞산으로 이어졌다.

그녀 뒤에서 비스듬히 고야가 따라갔다. 에스코리알에 손님으로 오는 모든 사람에게 규정된 사항이었다. 그는 약간 끼는 옷을 입고 뻣뻣하게 걸었다. 모자와 단도 그리고 가발이 그를 옥죄었다. 그는 앞에 선 알바의 작은 몸을 보았다. 붉은 장식띠가 우아하게 굴곡진 허리를 꽉 두르고 있었다. 그렇게 그녀는 그 앞에서 아주 작고 날씬한 몸을 펴고 걸었다. 그녀는 성큼성큼 걷지도 않았고, 춤추듯 뛰지도 않았다. 그녀의 움직임을 설명할 적절한 말을 찾기란 어려웠다.

햇살 비치는 회갈색의 하얀 돌로 이루어진 황무지를 지나가는 그 길은 고야에게 길게 느껴졌다. 검은 옷 차림의 시중드는 노파는 늙은 사지를 아무런 원망 없이 기품 있게 만졌고, 시종 훌리오는 지루한 모습으로 향수병과 분통을 지니고 걸었다. 흑인 아이 마리아 루스는 때로는 앞에서, 때로는 뒤에 처져 걸었다. 강아지가 기분 나쁜 듯 지휘관처럼 짖어댔으며, 오줌을 누려고 언제라도 주저앉으려 했다. 고야는 다채롭게 유행을 따르며, 잔뜩 치장한 채 태고의 황무지를 지나가는 이 작고 우스꽝스러운 행렬을 의식했다.

어깨 너머로 알바가 말했다. "투도 부인이 당신과 같은 여관에 머무르지요?" 그녀가 물었다. "제가 듣기로, 투도 부인은 떠났습니다." 그가 애써 무표정하게 대답했다. "내가 듣기로," 그녀가 계속 말했다. "당신이 투도 부인을 위해 멋진 파티를 열었다면서요? 아니면 돈 마누엘이었나요? 좀 얘기해줘요. 그렇게 너무 점잔 빼지 마세요. 돈 마누엘은 집요하지요. 하지만 이탈리아 출신 왕비도 고분고분하지 않아요. 누가 그 소를 죽일 거라고 여기나요?" "전 잘 모릅니다, 공작 부인." 그는 건조하게 대답했다. "적어도 나에게 '공작 부인'이라고 말하진 마세요." 그녀가 요구했다.

그때 암석 돌출부인 시야 델 레이에 닿았다. 그곳은 펠리페 왕이 좋아하는 장소로, 그는 이곳에서 자기 성이 한 돌 한 돌 쌓이며 축조되는 것을 보았다. 알바는 앉았다. 부채는 접힌 채 그녀 무릎에 놓여 있었다. 시중드는 노파와 두 아이는 그녀 뒤에 자리 잡았다. 고야도 걸음을 멈췄다. "당신도 앉으세요." 그녀가 어깨 너머로 명령했다. 그는 바닥에 대충 쪼그리고 앉았는데, 단도나 뾰족한 돌무더기 때문에 앉기가 불편했다. "양산을 쓰세요." 그녀는 계속 명령했다. 흔히 쓰는 이 말을 그녀가 의도적으로 쓰는지 아니면 아무런 의도 없이, 진심으로 말하는 건지 아니면 반어적으로 사용하는 건지 그는 알지 못했다. 왕은 이런 정중한 말로 열두 명의 최고 귀족을 내세우곤 했다.

그녀는 변덕스럽고 우아한 한 사람으로 그곳 돌의자에 앉아, 빛 아래 어른거리는 황무지 너머로 성을 바라보았다. 광적인 펠리페 왕이 여러 번 명령하며 불러냈을 그녀의 선조들도 그렇게 앉아 있었을 것이다. 알바 공작도 이곳에서 문제를 일으키는 왕국을 습격하고, 이단적인 지방을 섬멸하라는 왕의 나직하고 정중한 명령을 오랫동안 숙고했을 것이다.

알바 공작비는 매우 조용히 앉아 있었고, 다른 사람들도 요동 없이 있었다. 그들은 거대한 황무지의 어른거림 때문에 마비된 듯 보였다. 그런데 성은 이 거대한 황무지에서 빳빳하게 솟아올라서, 마치 황무지 자체인 것처럼 죽어 있었다.

고야는 다른 사람들처럼 돌투성이 황무지를 응시했다. 갑자기 이 황무지로부터, 아니 이 황무지에서 뭔가 움직이는 것이 보였다. 그것은 실체도 없지만 매우 분명한 어떤 피조물이었는데, 황무지처럼 하얗고 누런 갈색을 띠었다. 그것은 거대한 두꺼비였던가, 아니면 한 마리 거북이었던가? 그것은 사람 머리를 가진 어떤 것이었는데, 머리에는 엄청나게 큰 눈이 튀어나와 있었다. 그것은 천천히, 하지만 누구도 피할 수 없게끔 더 가까이 기어왔다. 드넓게 퍼진 채로, 끔찍하도록 이죽거리며, 자기 자신과 자신이 잡은 먹잇감에 당당해하면서 사람 쪽으로 다가왔다. 누구라도 가야 했다. 왜 그들은 모두 이곳에 앉아 있지? 밤에만 움직이는 유령이 있고, 낮에 힘을 발휘하는 유령도 있다. 낮의 유령은 드물지만 더 위험하다. 고야는 훤한 대낮에 이쪽으로 기어오는 그 유령을 알고 있었다. 어린아이였을 때, 그는 그 유령에 대해 들은 적이 있다. 그것은 해롭지 않은, 정말이지 그럴듯한 이름을 갖고 있었다. 그것은 '엘 얀타르El Yantar'라고 불렸는데, 점심 식사 혹은, 더 친절하게는, '라 시에스타La Siesta', 즉 낮잠이라고 불렸다. 하지만 그것은 비웃음과 어른거리는 빛 그리고 다정함을 가진 음험한 유령이었다. 그것은 태양이 비칠 때만 제 모습을 드러냈고, 그래서 사람들은 안간힘을 쓰며 일어나 도망가야 했다.

그때 알바가 말하기 시작했다. 그러자 두꺼비 유령은 사라졌고, 황무지는 텅 비었다. 알바는 말했다. "이번에 에스코리알에 체류하는 동안 어떤 괴상한 일이 닥쳤는지 아시나요?" "무슨 일이 일어났습니까?" 고야가 물었다. "에우페미아가 말했답니다." 카예타나가 대답했다. "그녀 말은 믿을 수 있지요. 미래를 잘 아니까요. 마녀와 친하거든요. 언젠가 날 화나게 하면, 종교재판소에 그녀를 고발할 거예요." " 영혼의 어린 양인 마님, 그렇게 나쁘게 말씀하시지 마세요." 노파가 청했다. "궁정화가 나리는 현명하신 분이고, 그러니 농담을 이해할 겁니다. 하지만 카예타나 마님이 흥분하면, 다른 사람들이 있어도 한 번씩 말하지요." "에우페미아, 얘기해봐요." 알바가 명령했다. "에스코리알의 기초벽에 산 채로 매장된 사람들에 대해 말해보란 말이야." "오래된 얘기예요." 노파가 대답했다. "돈 프란시스코 나리도 아마 알고 있겠지요." 그러자 카예타나가 명령했다. "너무 점잔 빼지 말게나." 에우페미아가 다시 이야기했다.

산로렌초 마을에 마테오라는 청년이 있었다. 그는 재속수사(在俗修士)가 농부들에게 요구한 높은 세금을 욕해댔다. 그러다 이단자가 되고 말았다. 재속수사가 고발한 것이다. 그러자 마테오는 시커먼 개로 변해, 마을 사람들이 재속수사를 쫓아내도록 밤새 짖었다. 마침내 수사는 그 개를 수도원 용마루에 걸었다. 그러자 개는 다시 변신하여, 풍채 좋은 젊은 전사(戰士)로 마을에 나타났다. 그러고는 모르 족 흑인을 127명이나 쳐 죽였다고 주장하면서 수도원 사람들한테 반기를 들었다. 하지만 어느 학식 있던 수도승이 전사이자 개이고 전에는 마테오였던 자가 '어떤 사람'임을 알게 되었다. 그래서 종교재판소에 고발했다. 추적자가 왔을 때, 전사는 다시 개가 되었다. 그때 재속수사들이 개를 잡아 산 채로 증축 건물의 밑바닥에 매장해버렸다. 그때가 바로 수도원이 에스코리알 궁전으로 변모되던 무렵이었기 때문이다. "아직도," 알바가 끝맺었다. "보름달이 뜨면, 개 짖는 소리가 가끔 들린답니다." "흥미로운 얘기군요." 프란시스코가 말했다.

"그 밖에도," 알바가 어깨 너머 프란시스코 쪽으로 몸을 돌리며 말했다. "내게 예언을 해주던 여자가 있었어요. 내 할머니의 몸종이었는데, 브리기다라고 불렸지요. 그녀는 마녀라고 해서 화형당했습니다. 많은 사람들이 그 여자는 죄가 없다고 말했지요. 하지만 사형집행인이 용서의 입맞춤을 청하자, 그녀는 입을 맞추지 않았답니다. 그것은 그녀가 마녀라는 분명한 표시예요. 그녀가 가끔 내게 와서 무슨 일이 일어날지 알려줬지요. 예언에 아주 능했어요." "대체 무엇을 예언했나요?" 그가 물었다. 그녀는 사실적으로 대답했다. "내가 삶에서 뭔가 얻고자 하면, 시간을 잘 써야 하고, 그러면 내가 늙지 않을 거라고 말이지요."

그런 다음 그녀는 그가 있는 쪽으로 얼굴을
돌렸다. 차갑고 큰 눈으로
그녀는 그를 빤히 쳐다보았다. 그러고는
물었다. "당신은 마녀가 있다고 믿나요?"
"물론 난 마녀를 믿어요." 쌀쌀하게
고야가 말했다.
그는 이제 가끔 사용하는
거칠고 친숙한 사투리로 말했다.
"물론입니다." 그는 다시 한 번 말했다.
"마녀의 존재를
저는 믿습니다."

17

여러 날이 지나갔다. 프란시스코는 그녀의 어떤 것도 보지 못했고 듣지 못했다. 여관방에서 그는 앉아 기다렸다. 그러면서 낮의 유령을 그렸다. 두 번 그리고 세 번 그렸다. 그녀는 영롱하게 빛나지. 그는 생각했다.

뜻밖에 성으로 오라는 지시가 내려졌다.

절박하고도 기쁜 놀라움 속에서 그는 그녀가 호의를 베풀었다고 여겼다. 하지만 그녀가 아니라 왕이 직접 성에서 그를 보고자 했다. 괴로웠던 정치적 긴장은 지나갔고, 도냐 마리아 루이사와 마누엘 사이의 불화도 끝났기 때문에, 왕은 자기 초상화를 그리게 할 시간과 기분이 생겼던 것이다.

카를로스 왕은 고야를 높게 평가했다. 왕은 모든 느긋한 무관심과 냉담에도 자신을 드러내는 데 감각이 있었다. 게다가 그는 예술, 특히 회화를 장려하는 스페인 지배자의 전통적 임무를 짐으로 느끼지 않았다. 훌륭한 화가의 그림 속에서 계속 살아간다고 상상하는 것은 기분 좋은 일이었다.

그는 이번에 자기 초상화가 어떻게 그려져야 하는지 고야와 함께 열심히 고민했다. 그는 매우 품위 있는 세 개의 그림을 원했고, 여기에 왕의 서명인 '요 엘 레이Yo el Rey,' 즉 '나, 국왕'을 넣어 즉각 기억하도록 모든 신하에게 지시했다.

고야는 전부터 벨라스케스가 펠리페 왕의 그림에서 왕의 외투에 어린 장엄한 모습을 그 얼굴에도 되비치게 했던 방식에 경탄했다. 그는 인물과 그의 옷에 통일성을 부여하는 법을 벨라스케스에게 배웠다. 고야는 붉고 푸르며 누런 외투를 입은 카를로스 왕을 그렸는데, 그 외투는 금색과 은색으로 수놓아진 채로 여러 가지 리본과 별이 달려 있었으며, 자색이거나 족제비 모피로 되어 있거나, 아니면 왕실 근위대 제복 차림으로 걷거나 말을 탄 모습이었다. 카를로스 왕의 기분 좋은, 약간 거칠면서도 애써 품위를 유지하려는 표정과 그 존엄한 의상으로부터, 또 가슴 쪽으로 눌린 이중 턱으로부터, 그리고 뚱뚱한 배와 그 빛나는 훈장의 별로부터 새롭고도 유기적인 무엇을, 그러나 카를로스 왕의 서두르지 않는 몸짓을 숨기지 않고 만들어내는 것에, 그래서 왕답다는 생각을 관객에게 환기시키는 데, 그는 여러 번 성공했다. 그는 익숙한 주제의 새롭고도 효과적인 변주를 찾는 데서 기쁨을 느꼈다.

카를로스 왕은 화가를 돕는 일을 생각하고 있었고, 그래서 때로는 힘든 포즈도 잘 견뎌냈다. 그는 쉬었다 하자고 말하지도 않았으며, 오히려 고마워했다. 그런 경우 그는 고야와 다정하게 잡담을 나누었는데, 마치 스페인 사람 둘이 얘기를 나누는 것 같았다. 그는 왕의 무거운 외투를 벗고 큰 몸집으로 넓은 소파에 앉아 있거나, 조끼와 바지 차림으로 쿵쿵대며 이리저리 걷기도 했다. 그때 시곗줄이 보였다. 왕은 자기 시계에 대해 자주 말했다. 반은 농담으로 반은 진지하게, 그는 위대한 선왕(先王) 카를 황제보다 자신이 한 가지 점에서 앞섰다고 말했다. 말하자면 자신의 여러 시계가 초 단위까지 똑같은 시간을 가리킬 정도였다는 것이다. 그러고는 시계를 빼 서로 비교하며 시곗소리를 귀 기울여 들었다. 그리고 고야에게 보여주며 듣게 했다. 왕이 설명하기를, 중요한 것은 시계를 늘 차고 다녀야 한다는 것이었다. 시계가 제대로 된 능력을 보여주려면 인간의 몸과 직접 접촉할 필요가 있고, 그 점에서 시계는 인간적인 것이라고 했다. 그는 자기가 좋아하는 시계를 늘 차기 위해 신경을 썼다. 그가 못 차는 시계는 내각의 시종한테 차도록 시켰다.

고야가 주문받은 그림을 그리기 위해서는 서너 차례의 작업이 필요했다. 처음의 스케치나, 시종이 아틀리에로 보낸 외투나 제복을 보았더라면, 아마 더 빨리 그리고 더 잘 그렸을 것이다. 에스코리알에서 카를로스 왕은 혼자여서 지루했다. 그래서 이 화가 앞에 앉는 일은 기쁜 일이었다. 그는 5일이든 8일이든 아침마다 두세 시간씩 화가 앞에 앉았다. 프란시스코와의 환담은 분명 즐거웠다. 왕은 프란시스코의 아이들에 대해 물었고, 자기 아이들에 대해서도 얘기해주었다. 사냥에 대해 말하기도 했다. 그게 아니라면, 좋아하는 음식들에 대해 설명했다. 이를테면 친애하는 마누엘의 고향 에스트레마두라에서 온 햄의 훌륭한 품질을 잊지 않고 칭찬했다.

또 왕비는 왕비대로 고야는 왕을 위해 충분히 오랫동안 일했으니 이제는 자기에게 고야가 필요하다고 주장했다.

도냐 마리아 루이사의 기분은 좋았다. 그녀는 사람들이 기대했듯이, 에스코리알에 있었던 페파의 질편한 축제 소식을 그리 성내지 않고 받아들였다. 그녀에게 가장 중요한 것은 그 여자가 이제는 떠났다는 것이고, 그래서 그녀가 품위를 떨어뜨리지 않고도 마누엘 가까이에 있게 된 점을 기뻐할 수 있다는 사실이었다. 마누엘로서는, 마리아 루이사가 걱정스러운 장면을 만들지 않을 때, 한결 마음이 가벼워짐을 느꼈다. 영웅이 되라는 페파의 요구를 한동안 듣지 않아도 된다는 사실은 환영할 만한 것이었다. 그 밖에 마리아 루이사는 최고의 아량을 보여주었다. 그녀는 마누엘이 벌써 오래전부터 프랑스공화국과의 화해를 위해 노력해온 것처럼 말했고, 대귀족과 장관들 앞에서 앞으로 스페인에 평화를 가져다줄 인물로 그를 칭송했다. 왕비와 총리의 친교는 어느 때보다 가까웠다.

고야는 쾌활하고 매우 자애로운 마리아 루이사를 보았다. 그는 그녀를 거의 10년 전, 그러니까 그녀가 아직 공주였을 때, 이미 그렸다. 당시 그녀는 날카롭고 추한 외모에도 남자를 끄는 매력이 있었다. 이제는 더 늙고 더 추해졌다. 하지만 그녀는 여전히 왕위뿐만 아니라 여자로서도 매력을 주기 위해 애썼다. 그녀는 유럽의 모든 수도에서 가운과 란제리, 값비싼 크림과 오일 그리고 향수를 주문했고, 밤이면 가루 반죽과 값비싼 지방(脂肪)으로 된 마스크를 썼으며, 춤 교사와 연습했고, 발목에 발찌를 걸친 채 거울 앞에서 왔다 갔다 하면서 더 나은 걸음걸이법을 익혔다. 부끄러워할 줄 모르는 태연함으로 그녀는 스스로 여자로 보이려고 들인 수고에 대해 말하기도 했다. 그 맹렬한 에너지에 그는 감탄했다. 그는 있는 그대로의 모습으로, 추하고도 흥미 있게 그녀를 그리려 했다.

그는 아틀리에 조수가 없는 것을 아쉬워했다. 아구스틴이 없다니, 그의 조언이나 불평하는 타박이나 그 많은 봉사가 그리웠다. 하지만 에스코리알의 제한된 공간에 그를 오게 하도록 쉽게 요구할 수 없었다.

돈 마누엘은 왕비에게 화해의 표시로 수말 마르시알을 선사했다. 그의 마구간이 자랑하던 말이었다. 그녀는 마누엘을 위해 자신이 그 말을 탄 모습을 그림으로 남기기를 바랐다. 하지만 그렇게 큰 폭의 그림을 조수 없이 끝낸다는 건, 그것도 아주 짧은 기한 안에 그리는 건 불가능했다. 그래서 고야는 친구이자 제자인 돈 아구스틴 에스테브를 데려오는 걸 허락해달라고 간청했다. 거기에는 이유가 있었다.

아구스틴이 왔다. 그는 이죽거리며 친구 프란시스코에게 인사했다. 그는 프란스시코가 곁에 없다는 사실을 매우 아쉬워했다. 그가 에스코리알로 초대받도록 프란시스코가 힘써준 것은 잘된 일이었다. 고야가 모든 일의 와중에서 어떻게 갑작스레 샛길로 빠져드는지, 아직 닥치지 않은 일을 얼마나 고통스럽게 기다리는지 그는 곧 알아챘다. 루시아와 미겔 그리고 신부의 말에서 그는 곧 그 연관 관계를 알게 되었고, 프란시스코가 이번에는 얼마나 불행하게 깊이 얽히게 되었는지 인식했다.

그는 친구의 작업을 흠잡기 시작했다. 왕의 초상화는 충분히 진척되지 못했다고 했다. 고야는 아주 빈틈없이 그렸지만 내적 집중이 모자랐다. 그것은 순전히 내보이기 위한 그림들이지, 오늘날의 고야라는 기준에서 보면 충분치 않다는 것이었다. "당신이 왜 실패하고 있는지 알아요." 그는 설명했다. "사소한 일에 사로잡혀 있기 때문이죠. 당신 마음은 작품을 떠나 있어요." "아는 체하기는. 자넨 시기심 많은 낙제 학생일 뿐이야." 고야는 반박했다. 그 말은 매우 차분했다. "자넨 이 그림이 돈 카를로스를 그린 다른 모든 그림과 마찬가지로 괜찮다는 걸 잘 알 걸세." "옳아요." 아구스틴이 대답했다. "하지만 그 때문에 안 좋다는 것이지요. 이제 당신은 전보다 더 많은 것을 할 수 있어요. 다시 말하지요. 당신은 너무 게을러요." 루시아를 생각하자 아구스틴에게 분노가 끓어올랐다. "사소한 여자 문제에 시달리기에 당신은 너무 늙었어요." 그는 적의에 차서 말했다. "당신은 아직 배워야 할 것이 엄청나게 많아요. 게다가 남은 시간은 짧고요. 그런 식으로 계속한다면 당신이 그린 모든 게 쓸모없이 될 겁니다. 그리고 당신 자신도 폐광 같은 신세가 될 거예요." "계속하지." 고야가 화난 채 나직이 대답했다. "오늘은 잘 듣겠네. 오늘만큼은 자네 생각을 정확히 들을 수 있어." "당신은 보기 드문 그리고 분에 겨운 행운을 가졌어요." 아구스틴이 지지 않고 대답했다. "왕은 당신 앞에 앉고 또 앉으면서 조끼 입은 모습을 보여주고, 째깍대는 시계를 구경시켜주었지요. 한 사람 속을 들여다볼 독특한 기회를 당신은 어떻게 하고 있지요? 당신은 카를로스 왕의 얼굴에서 우리 애국자가 보는 걸 그렸나요? 공허한 관능에 눈멀어 아마추어라도 볼 수 있는 것을 당신은 못 보지요. 빌어먹을! 카를로스 왕이 에스트레마두라의 햄에 대해 다정스럽게 말하기 때문에 당신은 그를 위대한 왕으로 여기고, 국가 연미복과 황금 모피 때문에 품위 있는 표정을 그리는군요." "그렇다네." 여전히 고야는 눈에 띄게 차분히 말했다. "이제야 자네 마음을 말하는군. 이제 자네를 집으로 보내주겠네. 산로렌초에서 구해온 가장 늙어빠진 노새에 태워 말이야."

고야는 안 좋은 대답을 예상했다. 그는 아구스틴이 에스코리알 전체가 들썩일 만큼 문을 쾅 닫으며 가버릴 거라고 예상했다. 하지만 그런 일은 일어나지 않았다. 아구스틴은, 프란시스코가 왕의 그림을 위한 스케치를 서랍에서 가져왔을 때, 별 생각 없이 그 스케치 밑에 섞어둔 종이 한 장을 들고 왔다. 그것은 「엘 얀타르El Yantar」, 즉 「한낮의 유령」이라는 소묘였다. 아구스틴은 일어나 그 그림을 응시했다.

하지만 고야는 평소와 달리 약간 당혹해서 말했다. "아무것도 아니네. 아무렇게나 휘갈겨 그린 것뿐이야. 하나의 변덕이지, 카프리초*일 뿐이라고."

그때부터 아구스틴은 프란시스코의 새 여자 문제에 대해, 그리고 자기 예술을 무시하는 것에 대해 더 이상 말하지 않았다. 오히려 그는, 그들 작업의 기술적 문제를 토의할 때도 자기가 쓰는 단어를 신중하게 조심해서 골랐다. 프란시스코는 아구스틴이 자신의 함정을 그렇게 속 깊이 쳐다보는 것이 유쾌한지 아니면 불쾌한지 말할 수 없었다.

왕비 마리아 루이사는 고야 앞에서 말 마르시알을 타고 호위대 지휘권자로서 행진했다. 그녀는 남자들처럼 말 위에 앉아 있었다. 그녀는 아주 뛰어난 기수였다. 그녀의 머리는 전사(戰士)의 제복 위로 대담하고 자신감 있게 솟아 있었다.

그녀는 나무 시렁 위에서 몇 번 더 앉아 포즈를 취하는 걸로 충분했을 것이다. 하지만 그녀로 하여금 기마술을 두세 번 선보이게 하는 것은, 그것도 아구스틴이 있는 데서 그리 한 것은, 고야에게 상당한 즐거움을 주었다. 그는 왕비에게 이런저런 식으로 말을 돌리고, 이리저리 머리

* Capricho: 포르투갈어로 '변덕'이라는 뜻. 그런가 하면 이탈리아어 capriccio는 일정한 형식에 구속되지 않고 자유로운 요소가 강한 기악곡을 말한다.

를 돌리거나 젖혀주길 지시했다. 그리고 아구스틴을 앞쪽에 서게 한 뒤, 곧 완성될 작품에서 그가 차지할 몫을 강조하고는 이렇게 물었다. "아구스틴, 이것은 이대로 내버려둘까, 아니면 좀더 고칠까?"

여러 해 전 그가 처음으로
전하를 그리게 되었을 때,
그는 자신을
그림 배경에 그려 넣었다.
아주 작게, 그림자 형태로,
주문받은 작품을 왕에게 건네면서.
제자이자 조수인
그의 친구를 즐겁게 하려던 그날,
그는 스페인 여왕으로 하여금
그 친구가 황송하게도 그림을 그리기 전에
친구 앞에서 말을 타 보이게 했다.
고야의 아버지가 이 일을
더 이상 보지 못했다는 것은 유감스럽다.
그랬더라면 얼마나
두 눈을 크게 뜨고 바라볼지.

18

고야는 도냐 마리아 루이사의 거실에서 그의 방으로 이어지는 복도를 따라갔다. 그는 왕비 방에서 나왔고, 붉은 스타킹 차림의 제복 입은 시종이 화구(畵具)를 들고 있었다. 그를 마주보며 작고 우아하게, 그러나 확고한 걸음으로 알바 공작비가 도냐 에우페미아를 대동한 채 다가왔다.

그의 무릎이 떨렸고, 발아래 바닥이 흔들거렸다. 그녀는 발걸음을 멈췄다. "당신을 만나다니, 좋은 일이군요, 돈 프란시스코." 그녀가 말했다. 느리지만 분명한 프랑스 말로 그녀는 계속 말했다. "여기 에스코리알에서는 더 이상 견딜 수 없네요. 하루나 이틀 후 마드리드로 갈 거예요. 수요일에는 갈 거예요. 거기에도 있을 거죠?"

엄청나게 행복한 전율이 고야를 사로잡았다. 저기 그녀가, 그의 꿈을 채워주는 그녀가 있었다. 수요일, 수요일 저녁이라는 정확한 시간을 약속했던 것이다. 당장, 하지만 동시에 농부 같은 그의 계산적 이성이 바로 그 시간은 그의 것이 아니라고 말했다. 왕비가 목요일 이른 아침 모임에서 기다리기 때문이다. 그가 가지 않는다면 그의 미래는 무너질 것이다. 그는 결코 궁정 사람으로서 그림을 그릴 수 없을 것이고, 더 이상 왕의 수석화가가 아닐 것이다. 그래서 다시 아무것도 아닌 자로 추락할 것이다. 하지만 그녀의 마지막 말이 아직 허공에 있는 한, 여기 이 여자의 오만하고 조롱기가 가득한 놀라운 얼굴에 행복한 승낙의 말을 속삭여주지 않는다면, 그녀는 이 복도를 계속 걸어가 영원히 떠나갈 것이다.

그녀는 이미 아주 작게, 그래서 거의 눈치챌 수 없이 움직이며 계속 나아갔다. 입가의 빈정대는 조롱이 약간 더 깊어졌다. 그는 이 끔찍한 여인이 자신에게 무슨 일이 일어났는지 정확히 알아차렸음을 눈치챘다. 불안이 그를 사로잡았다. 그는 지고 말았다. 급하게, 쉰 목소리로 멈춰가며 스페인어로 말했다. "제가 제대로 이해했지요? 제가 수요일 저녁에 당신을 예방해도 되는가요, 마드리드에서 말이지요?" 그녀는 여전히 프랑스 말로 대답했다. "이해했어요, 나의 신사."

그는 자신이 방에 어떻게 왔는지도 몰랐다. 그는 힘들게 아무런 생각 없이 한동안 앉아 있었다. 그가 느낀 것은 이제 결정되었다는 것, 그리고 이 일은 바뀔 수 없다는 사실이었다.

하지만 그런 다음 그는 농부처럼 영민하게 계산하기 시작했다. 알바와 같이 밤을 보내는 데 운명이 높은 대가를 요구하는 건 당연하다고 그는 생각했다. 그것도 그의 온전한 이력이지 않은가? 그러나 왕비와의 만남을 거절하는 데는 분명하고 납득할 만한 근거가 있어야 했다. 예를 들면 누군가가 아프게 되는 것, 가장 가까운 가족 중 한 명이 죽을 정도로 아프게 되면, 그런 거절은 가능했다. 그 경우 그 내용을 담은 전갈을 왕비의 제1시종에게 제출해야 했다.

"자넨 마드리드의 에스케라에게 언제 가나?" 그가 한 시간 뒤 아구스틴에게 약간 무뚝뚝하게 물었다. "얼마나 오래 물감을 기다려야 하나?" 아구스틴은 놀라 쳐다보았다. "지금 가진 것으로 적어도 사나흘은 더 이럭저럭 해나갈 수 있지요." 그가 말했다. "그렇게 되면, 매일 오는 급사가 구해줄 거고요. 내가 분명하게 언질을 전하면 에스케라가 알겁니다." 하지만 고야는 어두운 표정으로 주장했다. "자네가 마드리드로 가야 하네! 그것도 오늘!" "제정신인가요?" 아구스틴이 대답했다. "당신은 돈 마누엘의 명명일까지 그 그림을 완성해주기로 확실히 약속했어요. 그리고 당신 스스로 왕비께 네 번의 만남을 요청했구요. 그런데도 날 멀리 보낸다고요?" "어쨌든 자네가 마드리드로 가야 해!" 고야가 명령했다. 더 쉰 목소리로, 더 불평하듯 결연하게 그는 덧붙였다. "거기 가서 어린 딸 엘레나가 위중할 정도로 아프다는 것, 그래서 내가 즉각 돌아오길 아내 호세파가 원한다는 걸 알게 될 거네." 아구스틴은 더욱 놀란 채 말했다. "한 마디도 이해할 수 없군요." "이해할 필요는 없어." 고야가 참지 못하고 반박했다. "어린 엘레나가 병들었다는 전갈을 내게 갖다줘야 하네. 그게 다야."

아구스틴은 당혹하여 생각에 잠긴 채 이리저리 서성였다. "그러니까 당신은 왕비와의 만남을 거절하려는 거군요." 이윽고 그는 논리적으로 이해한 뒤 말했다. "그래서 마드리드로 가려고요." 고야는 괴로운 표정으로, 거의 애원하듯 말했다. "마드리드로 '가지 않으면 안 되네'. 내 삶이 달려 있으니까." "다른 구실은 없나요?" 아구스틴이 주저하며 물었다. 고야는 이런 변명을 생각해냈다는 사실에 스스로 편치 않았다. 하지만 다른 변명을 찾아낼 수 없었다. "날 곤란에 빠뜨리지 말게." 그는 간절하게 부탁했다. "내가 약속 날짜를 잡으면 어떻게 일하는지 알지 않나? 그림은 끝낼 거네. 그리고 좋아질 거야. 이제 날 곤란하게 만들지 말게."

「한낮의 유령」 소묘를 본 이래 아구스틴은 프란시스코가 아주 어리석은 일을 하리라는 것을, 아무도 그를 제지할 수 없으리라는 것을 알았다. "마드리드로 가겠어요. 당신 편지를 받아올 것입니다." 그가 언짢은 투로 말했다. "고맙네." 고야가 말했다. "이해하도록 애써보게." 그가 부탁했다.

아구스틴이 떠났을 때, 고야는 일하려고 애썼다. 그는 훈련받은 사람이었지만, 생각을 모을 수 없었다. 이런저런 생각들이 마드리드에서의 밤 주위를 돌았다. 그 밤이 어떻게 될지 궁금했다. 열광적 매혹이 그 속에서 피어올랐다. 그 후 그는 스스로 중얼거리며, 성 밖 주점에서 듣고 보았던 가장 야비하고 불결한 일들을 떠올렸다.

그는 루시아 그리고 신부와 같이 있었다. 그는 루시아의 뭔가 아는 듯한, 약간 냉소적 시선이 자신에게 향하는 것을 느꼈다. 어쩌면 그는 여자들을, 말하자면 공작비나 창녀들을 다루는 기술을 습득했겠지만 수요일 밤에는 멍청하게 처신하지 않을까 걱정스러웠다. 그는 신부의 노련함이, 자신이 비웃던 그의 우아함이 부러웠다. 알바의 웃음, 무엇보다 그 미소가 두려웠다.

자정이 지난 뒤에도 고야는 오랫동안 불안하게 뒤척이며 누워 있었는데, 아구스틴이 돌아왔다. 여행복 차림으로 먼지를 뒤집어쓴 채, 그는 문가에 서 있었다. 그 뒤에는 급사가 횃불을 들고 있었다. "여기 당신 편지가 있습니다." 그는 말했다. 손에 들린 편지는 묵직해 보였다. 고야는 반쯤 일어났다. 그는 편지를 받고서, 열어보지도 않은 채, 그것이 묵직한 듯 들고 있었다. "당신이 원하던 편지가 이겁니다." 아구스틴이 말했다. "고맙네, 아구스틴." 고야가 말했다.

다음 날 아침 고야는 왕비의 제1시종 마르케스 데 베가 인클란에게, 아주 유감스럽게도 도냐 마리아 루이사가 그렇게 자비롭게 재가한 만남을 포기하지 않을 수 없다고 말하고는, 그 이유를 설명하며 자기 편지를 건네주었다. 시종은 편지를 받아들고, 읽지 않은 채 탁자 위에 놓고 말했다. "마마도 이 회합을 거절하지 않을 수 없게 되었습니다. 왕세자 프란시스코 데 파울라의 병세가 위중하게 되었기 때문입니다."

고야는 창백한 모습으로 시종장을
응시했다. 그는 몇 마디
더듬거리며 말했다. 그리고 그 방을 떠났다.
비틀거리며, 지나치게 서둘러.
시종장은 약간 불쾌해하며
그 뒤를 바라보았다. 저 예술가가

거동하는 꼴이란, 그는 생각했다.
저 같은 걸 이 에스코리알에서
참아야 하다니. 불한당 같으니라고.
그는 생각했다. 천한 것.

19

"우리는 극장으로, 크루스*로 갈 거예요." 그가 알바 공작비 집에 나타났을 때, 그녀가 설명했다. "「적대적 형제들」 공연이 있어요. 내가 듣기에 바보 같은 작품이에요. 하지만 코로나도가 바보 역을 하고, 기스마나가 소프라노 여가수 역할을 하지요. 게다가 노래시는 분명 좋아요."

고야는 그녀가 이 말을 그저 지나가는 투로 하는 것에 화가 났다. 이것이 사랑스러운 밤에 대한 서곡이란 말인가?

여자들이 마차나 가마에서 내리는 것을 보려고 한 무리의 청년들이 극장 입구에서 기다리고 있었다. 왜냐하면 여자 다리를 구경할 수 있는 유일한 기회였기 때문이다. 알바 공작비도 가마에서 내렸다. "저 무슨 앙증맞은 다리인가!" 사람들이 그녀 쪽으로 소리를 질렀다. "사랑스럽고 둥글어서 깨물어주고 싶구먼." 고야는 그 옆에 우울하게 서 있었다. 할 수만 있다면 그들을 두들겨주고 싶었다. 하지만 뒷소문이 두려웠다.

안쪽으로 들어가기 위해서는 길고 어두운 복도를 지나가야 했다. 소란으로 사람들이 붐볐다. 행상인이 물과 과자 그리고 노래책을 건넸다.

* Cruz: 마드리드 근교의 한 지역.

악취가 나고 더러웠다. 서로 밀쳤기 때문에 신발이나 옷에 신경을 써야 진흙탕에 안 빠질 수 있었다. 얼마 되지 않는 특별관람석은—남자를 동반한 여자들만 이 특별석에 앉을 수 있었는데—이미 차 있었다. 그는 오랜 실랑이 끝에 뻔뻔할 만큼 많은 웃돈을 주고서야 한 자리를 구할 수 있었다.

그들이 자리에 앉자마자, 안마당에서, 1층 관람객으로부터 소음이 몰려왔다. 그곳에 있던 사람들이 즉각 알바 공작비를 알아보았고, 그녀에게 소리치며 박수를 보냈다. 여자들은 더 열렬한 관심을 보였지만, 덜 시끄러웠다. 그들은 극장의 예약석에 앉아 있었다. 그곳은 양계장이었다. 그들 모두는 규정된 대로 검은 옷에 하얀 두건을 쓴 채 앉아 있었다. 이제 모두 특별관람석 쪽으로 몸을 돌린 채 킥킥대고 웃으며 수다를 떨었다.

고야는 크고 흐린 표정으로 차분한 태도를 유지했다. 카예타나는 이 소음이 자기와는 상관없다는 듯한 모습이었고, 그래서 고야와 다정하고 태연하게 수런거렸다.

작품 「적대적 형제들」은 정말 바보 같았다. 그것은 로페*의 연극을 약간 재탕한 것이었다. 어느 파렴치한 아들이 아버지의 사랑이나 자기 여자의 마음을 얻지 못하게 형을 몰아낸다는 내용이었다. 이미 1막에서 두 사람의 결투가 어느 묘지에서 벌어졌는데, 여러 종류의 유령이 나타났다. 나쁜 동생은 용감한 형을 숲속으로 내쫓고, 아버지는 탑에 유폐시켜 굶어 죽게 했다. 농부들은 이 사악한 새 주인에 대해 격분했고, 관객도 그랬다. 경찰 우두머리 알구아실 역을 맡은 배우가 나쁜 동생을 도우

* Lope Felix de Vera Carpio(1561~1635): 『돈키호테』의 저자 세르반테스와 더불어 스페인 문학을 대표하는 두 기둥으로 '스페인의 셰익스피어'라 불렸다. 12세 때부터 글을 쓰기 시작해 2천여 편의 작품을 남겼다.

려고 관람석에 등장하자, 관객들은 침을 뱉으며 때리려 했다. 그는 자기가 연극배우인 가로에 불과하다고 선언해야 했다.

"당신은 초리소Chorizo인가요, 폴라코Polaco인가요?" 알바는 화가에게 물었다. 그 연극에 열정적 관심을 가진 마드리드 관객들은 이미 반세기 전부터 두 종류로 나눠져 있었다. 즉 한쪽은 오래전에 죽은 한 희극배우를 따라 '초리소'라 불렸고, 다른 한쪽은 상대파를 위한 논박서를 출간한 어느 신부를 따라 '폴라코'라고 불렸다. 고야는 자신이 초리소라는 데 동의했다. "나도 그렇게 생각했어요." 알바는 화난 듯 말했다. "우리 알바가 사람들은 폴라코들이지요. 나의 할아버지도 이미 그랬구요."

1막 이후 부른 노래시는 즐거웠고, 두 파로 나뉜 사람들을 소란스러운 즐거움 속에서 하나로 모았다. 그런 후 2막이 시작되었는데, 쇠사슬이 잘그락거리고 짚이 바스락거리는 탑이 배경이었다. 시대에 맞는 반바지 차림에 어깨에는 날개가 달린 천사가 수감된 노인을 위로했다. 나쁜 동생의 모략을 믿지 않던 처녀는 거친 숲에서 백작을 만났다. 감동한 관객은 마음을 졸이며 조용해졌다. 이제는 별다른 주목 없이 갈 수 있을 거라고 알바는 말했다.

그녀는 신선한 밤공기를 들이마셨다. "당신이 애용하는 주점 가운데 한 곳으로 갑시다." 그녀가 명령했다. 고야는 잘못 알아들은 체하며 좀더 괜찮은 음식점을 제안했다. "세페리노로 말인가요?" 고야가 물었다. "당신이 다니는 주점 가운데 한 곳 말이에요." "저녁 옷을 입고 마놀레리아로 갈 수 없답니다." 고야가 불편한 마음으로 말했다. 마놀레리아는 서민층 청춘 남녀인 마호Majo나 마하Maja들이 살던 도시 앞 지역을 지칭했기 때문이다. "설명할 필요 없어요." 알바는 작지만 서두르는 목소리로 말했다. "그렇다면 집으로 가서, 옷을 갈아입은 후 기다리겠어요."

그는 언짢은 채 집으로 갔다. 이렇게 하려고 그 많은 고통을 감수하고, 어린 엘레나가 아프다는 위험스러운 편지를 생각해내며 자기 이력을 모험에 걸어야 했던가? 이 무슨 수치란 말인가?* 아구스틴의 놀란 목소리가 들리는 듯했다.

그는 옷을 갈아입기 전, 발꿈치를 들어 조용히 아이들 방으로 가 어린 엘레나를 보았다. 아이는 평화롭게 잠자고 있었다.

그는 오래된 마호 의상을 입었다. 불편한 감정이 사라지면서 행복한 기대가 마음에 피어올랐다. 옷가지는 해져 있었고, 바지나 진녹색 조끼 그리고 짧고 붉은 윗도리는 너무 조였다. 하지만 그는 이 옷을 입고 많은 것을 겪었다. 그건 훌륭한 체험이었다. 넓은 장식띠를 두르고 단도까지 찼을 때, 그는 자신이 젊고 모험에 찬 다른 사람이 된 것처럼 여겨졌다. '수도복을 입으면 라틴어도 할 수 있다.' 그는 오래된 격언을 떠올렸다. 그런 다음 아주 큰 외투로 몸을 감쌌는데, '카파'라는 투우사의 이 붉은 망토는 원래 금지된 것이었다. 그리고 챙이 넓은, 그래서 얼굴을 깊게 드리우는 참베르고라는 모자를 썼다.

그렇게 남이 알아보지 못하게 온몸을 감싼 채, 그는 길을 나섰다. 알바의 문지기가 입장을 허락하지 않았을 때, 그는 싱긋 웃었다. 그의 얼굴을 보여주자, 문지기는 씩 웃었다. 알바도 그 모습을 보고 인정하듯 웃었다. 그녀 자신도 풍성하고 다채로운 치마에다 여러 색으로 수놓인 마름질된 조끼를 입었다. 머리는 땋았다. 그녀는 몸 전체를 잘 치장하고 있어서 누구라도 그녀를 마하로 받아들일 만했다.

"어디로 갈까요?" 그녀가 물었다. "바르킬로에 있는 로살리아 주점

---

* 원문은 스페인어 "Qué vergüenza."

으로요." 고야가 대답했다. "하지만 만티야* 때문에 사람들이 화낼지도 모릅니다." 그가 경고했다. 왜냐하면 에우페미아가 그녀에게 만티야를 걸쳐주었는데, 이 덮어쓴 천은 마놀레리아 지역에서 환영받지 못하기 때문이다. 카예타나는 대답하지 않은 채 만티야를 더 깊이 얼굴에 썼다. "같이 가시지요, 내 귀여운 양." 도냐가 부탁했다. "마님이 마놀레리아에 있는 걸 생각하면, 전 두려워 죽을 지경이랍니다." "바보 같은 소리 하네, 에우페미아." 카예타나가 엄격한 어조로 말했다. "돈 프란시스코는 날 충분히 보호해줄 수 있는 남자야."

선술집은 사람들로 가득 차 있었다. 사람들은 말없이 앉아 마시고 담배 피우며 카스티야 지방 특유의 엄숙성을 보이려고 애쓰고 있었다. 젊은 남자들은 대부분 챙 넓은 모자를 쓰고 있었다. 여자들은 튼튼했는데, 대부분이 예뻤으며, 모두가 베일을 쓰지 않고 있었다. 짙은 연기가 실내 위에 떠 있었다. 누군가 기타를 연주했다.

그들은 조심스러운 호기심으로 새로 온 손님들을 관찰했지만, 친절하진 않았다. 누군가 고야에게 숨겨온 담배를 건넸다. "얼마요?" 고야가 물었다. "22레알 주시오." 그 남자가 요구했다. "자넨 나를 가바초**로 여기는가?" 고야가 물었다. 그곳 사람들은 이런 경멸적인 말로 낯선 자를, 특히 프랑스인들을 지칭했기 때문이다. "모두 그러하듯, 나도 16레알을 주겠소."

한 처녀가 끼어들었다. "나리, 당신 귀부인께 담배 한 대 사주시지 않겠어요?" 그녀가 물었다. "난 피우지 않아요." 알바가 베일을 덮어쓴

* Mantilla: 스페인이나 포르투갈에서 파티나 장엄한 행사에서 여자들이 머리와 어깨를 덮어 쓰는 검은색의 얇은 명주천.

** Gabacho: 피레네 산맥 기슭의 프랑스 말투를 쓰는 마을 사람으로 남자를 가리킨다.

채 말했다. "그래도 해주시는 게……" 처녀가 말했다. 그러자 그녀 옆의 청년이 설명했다. "흡연은 뇌를 맑게 하고, 식욕을 자극하며, 이를 건강하게 만들죠." "물론 숙녀라면 여기서는 만티야를 벗어야 해요." 처녀가 비꼬았다. "조용히 해, 황새 다리 같으니라고." 청년이 말했다. "시비 걸지 말고." 하지만 황새 다리는 주장했다. "당신 숙녀께 나리가 말해주시지요. 만티야를 벗어야 한다고 말이에요. 이곳에서는 베일을 덮어쓴 채 입장할 수 없으니까요. 여기엔 소수의 사람들만 들어올 수 있거든요." 다른 탁자의 젊은이가 끼어들었다. "아마 이 숙녀도 가바차*일 거예요."

프란시스코는 카예타나에게 만티야를 쓰고 가면 사람들을 화나게 만들 거라고 미리 말해주었다. 그는 마호들을 잘 알았고, 그도 그들에게 속했다. 그들은 집요한 시선을 참지 못했다. 스스로 최고의 스페인 사람들, 그것도 가장 스페인다운 스페인인들로 간주했기 때문에 그들은 낯선 자의 깔보는 듯한 호기심을 견뎌내지 못했다. 그래서 술집에 들어가는 사람은 그들 풍습에 따라야 했고, 자기 얼굴을 내보여야 했다.

기타 치던 사람이 연주를 멈추었다. 모두 고야를 쳐다보았다. 그는 이제 물러나선 안 되었다. "누가 가바차라고 말했나?" 그가 물었다. 그는 언성을 높이지 않았다. 담배를 피우며 두 모금 빠는 사이에 태연하게 말했다. 약간의 침묵이 흘렀다. 술집 여주인인 활기찬 로살리아가 기타 든 사람한테 말했다. "게을러선 안 되지. 판당고를 연주하게." 하지만 프란시스코가 되풀이했다. "누가 가바차라고 말했지?" "'내'가 말했소." 한 남자가 말했다. "자네 저 부인께 사과하겠나?" 고야가 물었다. "그럴 필요 없어." 다른 사람이 말했다. "왜냐하면 그녀가 여기서 만티야를 벗지

* Gabacha: 피레네 산맥 기슭의 프랑스 말투를 쓰는 마을 사람으로 여자를 가리킨다.

않았기 때문이오." 그건 옳은 말이었다. 하지만 고야는 인정할 수 없었다. "누가 자네 의견을 물었나?" 그는 이렇게 말했다. 그러면서 덧붙였다. "자넨 조용히 하게." 그는 계속 말했다. "그렇지 않으면, 내가 이 모든 사람들의 시체를 밟고 판당고 춤을 추는 것을 보여줄 테니 말이야." 그것은 마놀레리아에 걸맞은 분명한 전환점이었다. 그 말 때문에 그곳에 있던 사람들은 즐거워했다. 하지만 알바를 가바차로 불렀던 젊은이는 말했다. "이제 열까지 세겠소. 당신이 저 교만한 베일을 벗도록 여자에게 말하지 않으면, 지금껏 우리 편이었던 당신, 사람들의 친구인 당신은 여기에서 쫓겨나 아란후에스까지 도망치게 될 거요."

고야는 사람들이 자신이 뭔가 행하기를 기대한다는 것을 알았다. 그는 일어나, 케이프를 어깨 아래로 끌어내렸다. 그러면서 자신에게 단도가 있음을 느꼈다.

하지만 그때 놀라 내지르는 큰 고함 소리가 들렸다. 알바 공작비가 만티야를 걷어낸 것이다. 사람들은 외쳤다. "알바 공작비야, 우리들의 알바예요." 그러자 젊은이가 말했다. "죄송합니다, 부인. 당신은 가바차가 아니지요. 당신은 우리 편이지요."

이런 식의 흠모와 알랑거림은 고야에겐 조금 전의 말다툼보다 훨씬 불쾌한 것이었다. 그 청년의 말은 유감스럽게도 맞지 않았기 때문이다. 알바가 이들 편인 건 '아니다'. 그녀는 기껏해야 마하 역할을 하는 궁정의 한 귀부인일 뿐이다. 그는 진짜 마하들 앞에서, 자신이 그녀를 이곳으로 데려왔다는 사실이 부끄러웠다. 동시에 자신, 프란시스코 고야가 고블랭 직물로 된 민중 연회 장면에 그 어떤 마하도 그리지 않았다는 것, 오히려 거창하게 차려입은 공작비와 백작비를 그렸다는 사실을 떠올렸다. 그는 자신에게 더 많이 화가 났다.

그녀는 사람들과 그들 방식으로 수다를 떨었다. 이런저런 말들이 그녀 입에서 거침없이, 다정스럽게 흘러나왔다. 고야 외에 아무도 그녀의 이 같은 행동이 진짜가 아니라는 것을, 이 상냥함 뒤에는 경멸감이 숨어 있다는 것을 알아차리지 못한 것 같았다.

"가시지요." 고야가 갑자기 말했다. 그가 원했던 것보다 더 위압적으로 들렸다.

순간 알바는 놀라 위를 쳐다보았다. 하지만 곧 다정하지만 우월감에 차서, 약간 빈정대듯 그녀는 다른 사람들에게 설명했다. "그래요, 신사 양반들. 아쉽게도 우린 가봐야 합니다. 궁정화가 나리가 대단한 나리의 초상화를 또 하나 그려야 되거든요." 사람들이 웃었다. 이런 사과의 얼토당토않은 성격 때문에 사람들을 즐거워했다. 그는 절망적인 분노를 느꼈다.

가마를 가져왔다. "곧 다시 오세요." 사람들이 그녀 뒤에 대고, 충심으로, 완전히 인정했다는 듯 외쳤다.

"우린 어디로 가는 거요?" 그가 괴로워서 물었다. "물론 당신 아틀리에로." 그녀가 대답했다. "당신의 모델이 기다리고 있을."

그 말이 내포한 약속 때문에 그의 호흡이 가빠졌다. 하지만 그녀의 마음은 변하기 쉬웠다. 그녀는 길을 가는 도중 자기 생각을 바꿀지도 몰랐다.

흥분하여 이미 지나간 일, 이를테면 그녀의 변덕이나 자신의 절망감에 대한 완전히 무기력한 격분 속에서, 분노와 기대와 열정 사이를 이리저리 헤매면서, 그는 그녀가 탄 가마 옆에 선 채 밤새도록 걸었다. 그때 작은 종소리가 들렸다. 영성체를 든 한 신부가 다가왔다. 가마꾼이 가마를 세우자 알바가 가마에서 내렸다. 그는 자기 손수건을 꺼내 그녀 앞에 펼쳤다. 신부와 복사(服事)가 지나갈 때까지 모두 무릎을 꿇었다.

마침내 그들은 고야 집에 도착했다. 문지기가 문을 열어주었다. 그들은 위쪽 아틀리에로 갔다. 고야는 다소 서투르게 촛불을 켰다. 알바는 소파에 나른하게 앉았다. "여기는 어둡군요." 그녀가 말했다. "게다가 춥고." 고야는 하인 안드레스를 깨웠다. 그는 많은 양초로 된 은촛대 두 개를 가져와 조심해서, 투덜거리며, 불을 켰다. 베일을 벗은 알바는 그를 쳐다보았다. 그녀와 고야는, 안드레스가 방에 있는 동안, 말이 없었다.

마침내 젊은이가 나갔다. 이제 방은 그다지 밝지 않았으나 따뜻했다. 위대한 성자와 흥분한 군중의 가두 행렬이 그려진 고블랭 직물화가 흐릿하게 드러났다. 벨라스케스가 그린 턱수염 난 음울한 주교도 희미했다. 알바는 그 그림 쪽으로 다가갔다. "누가 이 벨라스케스 그림을 가져다줬지요?" 그녀가 중얼거리듯 물었다. "오수나 공작비의 선물이지요." 그가 대답했다. "그렇군요." 그녀가 말했다. "내 기억에 알라메다에서 본 것 같군요. 그녀와 잤나요?" 그녀는 망설임 없이 다소 거친 아이의 목소리로 다정스레 물었다.

고야는 대답하지 않았다. 그녀는 여전히 그림 앞에 서 있었다. "저는 벨라스케스로부터 많은 것을 배웠습니다." 그가 잠시 후 말했다. "그 누구보다 더 많이 말이지요." 그녀가 말했다. "몬테프리오의 내 별장에도 하나 있어요. 작지만 특이한 그림인데, 알려지지 않은 것이에요. 당신이 안달루시아에 한 번 오면, 돈 프란시스코, 그걸 볼 수 있을 거예요. 내 생각엔 이 집에도 잘 어울릴 것 같군요."

그들은 탁자에 놓인 스케치와 왕비의 초상화를 위한 밑그림을 살폈다. 그녀는 말했다. "당신은 이 이탈리아 여성을 있는 그대로, 거의 추할 정도로 그리려고 마음먹고 있었군요. 그렇게 보여요. 그렇게 하도록 그녀가 허락했나요?" "도냐 마리아 루이사는 영민하니까." 고야가 대답했다.

"그래서 비슷하게 그리길 바랐지요." "그렇군요." 알바가 말했다. "여자가 그런 외모라면, 영리하기라도 해야겠죠."

그녀는 작은 안락의자에 앉았다. 편하게 뒤로 기댄 채 앉아 있었는데, 작은 연갈색 얼굴은 아주 조금만 분칠을 하고 있었다. "저는 당신을 마하로 그릴 겁니다." 그가 말했다. "아니면 그리지 않거나. 당신을 가면 씌운 채 그리는 위험을 다시는 감수하고 싶지 않습니다. 제게는 카예타나 부인의 실제 모습이 무엇인가가 중요하니까요." "그렇게 하진 못할 거예요." 알바가 약속했다. "나 자신도 잘 모르니까요. 심각하게 보면, 나도 원래 마하예요. 다른 사람들이 어떻게 생각하는지 신경 쓰지 않으니까요. 그게 마하 방식 아니던가요?"

"내가 이렇게 눈여겨 바라보면, 방해되나요?" 그가 물었다. 그녀는 말했다. "나쁘게 생각하진 않아요. 당신은 화가니까. 하지만 당신은 화가일 뿐인가요? 늘 화가일 뿐인가요? 약간 수다스럽기도 한 화가일 수도 있어요." 그는 계속 침묵했다. 그녀는 다시 이전 말로 돌아갔다. "난 마하가 되도록 교육받았지요. 할아버지께서는 루소의 원칙에 따라 날 교육시켰죠. 루소가 누구인지 아나요, 돈 프란시스코?" 고야는 괴롭기보다는 즐거웠다. "내 친구들이 백과사전을 읽으라고 제게 가끔 말합니다." 그가 대답했다. 그녀가 고개를 들어 힐끗 쳐다보았다. 백과사전은 종교재판소가 특히 혐오하는 것이었다. 그래서 그 책을 소유하거나 읽기란 어려웠고 위험했다. 하지만 그녀는 그의 말에 이러쿵저러쿵 토를 달지 않고, 대신 계속 이야기했다. "내 아버지는 일찍 돌아가셨어요. 그래서 할아버지는 내게 모든 자유를 허락하셨죠. 그 밖에 할머니의 죽은 여자 몸종이 날 때때로 방문해, 내가 무얼 해야 하고 해선 안 되는지 말하죠. 진지하게 말하면, 돈 프란시스코, 당신은 날 마하로 그려야 해요."

고야는 쑤시개로 화롯불을 헤집었다. "한마디도 당신 말을 믿을 수 없군요." 그가 말했다. "당신은 자신을 마하로 여기지도 않아요. 죽은 몸종과 밤에 대화하지도 않습니다." 그는 몸을 돌려 도전하듯 그녀의 얼굴을 쳐다보았다. "좋다고 느낀다면 저는 무엇이나 생각하는 바를 말하지요. '저는 마호입니다.' '백과사전'은 가끔 읽지만 말이지요." 알바는 다정하고도 태연하게 물었다. "당신이 칼부림하다가, 혹은 질투심 때문에 너덧 사람을 죽였다는 게 사실이에요? 그리고 경찰이 당신을 뒤쫓았기 때문에 이탈리아로 도망갔었나요? 그리고 정말 로마의 수녀를 납치해서 우리 쪽 사절이 도와 당신을 빼왔다는 것도? 아니면 그저 흥미를 유발하려고, 그래서 더 많은 주문을 받으려고 이 모든 사연을 퍼뜨린 건가요?"

여자로서 이 시각에 그의 아틀리에로 오는 것이, 그것도 그를 괴롭히려고 오는 것은 어려울 거라고 고야는 중얼거렸다. 그녀는 나중에, 이다음에 스스로 위축되지 않으려고 그를 대수롭지 않게 대하려 했다. 그는 자신을 억누르며 조용하고도 다정하게 그리고 즐겁게 대답했다. "마호라면 거창한 말이나 호언장담을 좋아하지요. 그건 당신도 아시지요, 공작 부인?" "한 번만 더 날 공작 부인이라고 부르면, 가버리겠어요!" 알바가 대답했다. "당신이 갈 거라고 생각진 않습니다, 공작 부인." 고야가 말했다. "당신은 오직 저를," 그는 단어를 찾았다. "절 망가뜨리는 데 몰두하고 있군요." "왜 내가 당신을 망가뜨리고 싶어 하겠어요, 프랑코?" 알바가 부드럽게 물었다. "전 모릅니다." 고야가 말했다. "당신이 뭘 원하는지 제가 어째서 알아야 됩니까?" "철학처럼, 선동하는 말처럼 들리는군요, 프랑코. 당신이 신보다는 악마를 더 믿지 않는지 두렵군요." "우리 둘 중 한 사람을 조사한다면, 종교재판소는 당신을 조사하겠지요." "하지만 종교재판소가 알바 공작비한테 뭐라 할 순 없어요." 그녀가 너무도 당연하다는 듯 말했기 때문에 오만스럽게 들리지 않았다. "그 밖에도," 그녀는 계속 말했다. "내가 가끔 기분 나쁜 걸 말해도 그리 심각하게 여기진 마세요. 나는 당신에게 모든 다정스러운 일만 일어나길 필라르 성모한테 여러 번 빌었어요, 프랑코. 왜냐하면 악마가 당신을 더 심하게 괴롭히는 것처럼 보이기 때문이에요. 하지만." 그녀는 아토차 성모의 나무상 쪽을 건너다보았다. "당신은 더 이상 필라르 성모를 믿지 않아요. 당신은 사라고사 출신으로서 이전에는 다른 사람들보다 분명 더 많은 것을 보여줬는데 말이죠. 이제 당신도 충실하지 않군요."

그사이 그녀는 일어나더니 아주 오래된 흑갈색 나무상 앞에 서서 나무상을 위아래로 쳐다보았다. "하지만 나는 아토차 성모에 대해 불경스럽게 말하고 싶지 않아요." 그녀가 말했다. "당신의 수호신이기에 더욱더 말이죠. 그녀도 대단한 힘을 갖고 있어요. 그러니 어떤 경우에라도 결코 괴롭혀선 안 돼요."

그리고 그녀는 신중하고도 우아하게
검고 큰 베일인
만티야를 우리의 은총 받은 아토차
나무상에 걸쳤다. 나무상이
이제 곧 일어날 일을
보지 못하도록. 검은
머릿결에서 그녀는
긴 빗을 빼내고, 높다란 신을
얼른 벗었다. 그녀는
좀더 작아졌다.

깜박거리는 화로 불빛 앞에서
부끄러움도 모른 채,
차분하게, 주의하여
그녀는 검은 치마와 화려한 색상의
조끼를 벗었다.

2부

1

1478년 가톨릭 통치자인 페르디난드와 이사벨라는 종교에 반하는 모든 범죄를 쫓아내기 위해 특별법정을 개최했다. 그것은, 아랍인들을 타파한 후 어렵게 획득한 왕국의 통일성을 신앙의 통일성으로 굳히는 것이 중요해졌을 때, 일어났다. "'하나의' 무리, '하나의' 목자, '하나의' 신앙, '하나의' 왕, 그리고 '하나의' 칼"을 당시 시인 에르난도 아쿠냐는 노래 불렀다.

이 신앙의 법정인 종교재판소는 최고주교회의로 이런 의무를 수행했다. 아랍인들과 유대인들은 감시받고 추방되었으며 뿌리 뽑혔다. 그리고 가톨릭 신앙의 가면 뒤에서 전복적 신념을 숨기고자 했던 모든 사람들, 이를테면 숨어 사는 무어인이나 유대인, 모리스코인* 그리고 마라노들** 도 같은 처지였다.

하지만 종교재판소가 이 과업을 수행했을 때, 그것은 이 나라에서 독자적 권력으로 변했다. 이들의 활동은 명칭으로 보아 이단 행위의 색출과 처벌에 제한되어 있었다. 하지만 모든 것이 이단 행위 아니었는가? 이단 행위란 우선 가톨릭 교회의 교리에 어긋나는 모든 견해가 해당되었다. 그래서 쓰이고 인쇄되고 말하고 노래하고 춤춘 모든 것을 검열하는 과제가 종교재판소에 부여되었다. 나아가 이단 행위는, 이 행위를 이교도 자손이 하는 한 일반 공중에게 중요한 모든 활동을 뜻했다. 그래서 최고주교회의는 공직을 원하는 모든 사람들의 혈통적 순수성을 조사하는 의무를 갖게 되었다. 모든 후보자는 자신의 '순결성(limpieza)'을, 말하자면

---

* Moriscos: 이슬람 지배 체제가 무너진 후 스페인에 남아 기독교로 개종한 아랍 사람들.

** Marrano: 15~16세기에 억지로 세례를 받은, 스페인에 사는 유대인을 폄하하는 명칭.

기독교를 믿는 부모와 조부모의 가계를 증명해야 했다. 조상 가운데 무어인이나 유대인이 있어선 안 되었다. 그런 증명서는 종교재판소만 발행할 수 있었다. 이들은 이 조사를 마음대로 지연시킬 수 있었고, 이 조사에 높은 수수료를 마음대로 부과할 수도 있었다. 어떤 스페인인이 공직에서 일할 수 있는지 없는지에 대한 최종 결정은 이들 손에 놓여 있었다. 그리고 저주나 나체 묘사, 이중결혼, 부자연스러운 매춘 행위도 이단 행위였다. 또 고리대금도 성경에서 금하고 있으므로 이단시되었다. 심지어 스페인인이 아닌 사람들과의 말(馬) 거래도 이단 행위였다. 이 같은 거래는 피레네 산맥 너머의 비신도들한테 유리할 수 있기 때문이었다.

공직에서의 이런 해석들 때문에 종교재판소는 왕권에 속하던 권리를 더 많이 자기 것으로 만들면서 국가의 권위를 실추시켰다.

매년 최고주교회의는 이른바 신앙 칙령을 공포하기 위해 휴일을 공지했다. 이 포고에서 이단적 성향을 가졌다고 죄책감을 느낀 사람들은 모두 30일이라는 기간 내에 종교법정에 와서 자진 신고하라는 경고를 받았다. 나아가 모든 신도들은 스스로 알게 된 이단 행위를, 그 어떤 경우라도 보고하도록 촉구 받았다. 의심스러운 행동을 적은 긴 목록이 만들어졌다. 유대인들의 모든 풍습들, 이를테면 금요일 저녁의 촛불 점화나 안식일*에 속옷 갈아입는 일, 돼지고기 섭취 금지, 모든 식사 전 손 씻기 등도 비밀스러운 이교 행위로 간주되었다. 또 외국어 책을 읽거나 세상사를 다룬 작품의 빈번한 독서도 이교적 취향으로 여겨졌다. 아이들은 부모를 고발해야 했고, 남편이나 부인은 그 배우자를, 그들이 의심스러운 짓을 하는 한, 고발해야 했다. 그러지 않으면 파문당했다.

---

* Sabbath: 금요일 저녁에서 토요일 저녁까지의 시간.

법정이 행하는 이 기밀 사항 때문에 사람들은 질식할 정도였다. 고발은 비밀스럽게 행해졌다. 피의자들에게 고발 사실을 알려준 사람도 가혹한 처벌을 받았다. 법원이 체포 명령을 내리는 데는 약간의 증거만 있으면 충분했다. 종교재판소의 지하감옥으로 사라진 사람이 누구인지 아무도 감히 묻지 않았다. 고발자나 증인 그리고 피고발자는 맹세 후에는 침묵해야 할 의무가 있었다. 이 맹세를 어기면 이단 행위와 똑같이 처벌받았다.

피고발자가 자기 죄를 부정하거나 자기 잘못을 고수하면 고문이 가해졌다. 고문리(吏)의 봉급을 줄이려고 종교재판소는 간혹 지체 높은 민간 관리에게 신의 뜻에 맞는 고문을 보수 없이 행하길 요구했다. 모든 절차가 그러하듯, 고문은 고통스러울 만치 세세한 규정에 따라, 이를테면 의사 한 명과 모든 세부 사항을 기록하는 서기 한 명의 입회 아래 실시되었다. 수세기에 걸쳐 종교재판관은 자비심에 따라 혐오스러운 고문 방법을 사용한다는 점을 강조했다. 말하자면 회개하지 않는 인간을 이단 행위로부터 방면시켜 진실한 삶의 길로 인도하기 위한 것이라는 주장이었다.

피의자가 고백하고 후회하면, 이것으로 '교회와 화해하게' 되었다. 이 화해는 회개 행위로 이어졌다. 말하자면 화해하려는 자는 채찍을 맞거나, 수치스러운 옷차림으로 도시에서 공개적으로 끌려 다니거나, 세속 관청에 넘겨져 3년에서 8년 정도, 때로는 종신토록 노예선을 젓는 속죄형을 받았다. 참회자의 재산은 몰수되었고, 그가 살던 집도 때로는 파괴되었다. 자신과 그 후손은 5대에 이르기까지 관직 옷을 입을 수 없었고, 명망 있는 직업도 가질 수 없었다.

이단자가 자백하지 않거나 부분적으로 죄를 인정해도, 종교법정은 자비의 원칙을 고수했다. 즉 교회는 속죄자를 죽이지는 않았다. 하지만 완고하거나 재범인 범죄자는 공동체에서 추방하여, 세속 관청에 넘겼다. 그들은 세속 관청에도 목을 베어 죽이는 일은 피하도록 권고했다. 그러면서 다음과 같은 성경 구절을 명심하도록 요구했다. "나에게 머물지 않는 자는 포도나무처럼 던져져 시들 것이니. 사람들은 그걸 모아 불 속에 던지니, 타게 될 것이라." 그에 따르면 세속 관청은 던져진 포도나무, 즉 공동체에서 추방된 사람을, 심지어 산 채로, 불살라 태워버렸다. 죽은 이단자라면 그 시체는 파내어 불태워졌다. 이단자가 유죄 판결 후에 자백하면 목을 졸랐고 시체만 불태워졌다. 만약 이단자가 도망치면, 그의 인형을 만들어 대신 불질렀다. 모든 경우에 재산은 늘 압수되었다. 몰수된 재산의 일부는 국가가 가졌고, 다른 일부는 종교재판소가 가졌다.

종교재판소는 매우 부유했고 무죄 방면은 드물었다. 스페인에서 종교재판소가 설치된 이래 카를로스 4세의 즉위식까지 재판소가 화형시켰거나, 가장 무거운 죄로 선고를 내린 자의 수는 총 34만 8,907명에 달했다.

종교재판소의 절차는 그렇게 은밀했고, 그 판결은 요란한 공고(公告) 아래 포고되고 실행되었다. 판결의 공고와 실행은 '신앙 행위'로 지칭되었다. 그것은 '신앙의 공표'였고, '신앙의 선언'이었으며, 그래서 '종교재판'* 이었다. 이 일에 참여하는 것은 신의 뜻에 맞는 행위로 간주되었다. 화려한 가장행렬이 개최되었고 종교재판소 깃발이 축제처럼 나부꼈으며, 거대한 법정에서는 민간 고위 인사와 고위 성직자가 앉아 있었다. 범죄자는 수치스러운 조끼를 걸치고 높고 뾰족한 이단자 모자를 쓴 채, 한 명

---

* 원문은 프랑스어 "Auto de Fe."

씩 호명되어 앞으로 끌려갔다. 판결은 쩌렁쩌렁 울리는 목소리로 죄인한테 고지되었다. 화형장으로 갈 때는 상당수 군인이 투입되어 죄인을 끌고 갔다. 군중은 이단자의 화형식을 열광하며 구경했는데, 그 열광은 투우의 황홀감을 능가하는 것이었다. 그래서 죄인이 유죄 판결 후에 뉘우치게 되면, 그래서 교살되어 불태워지지 않게 되면, 군중들은 투덜거렸다.

그러한 '신앙 행위'는 즐거운 사건들, 예를 들면 왕의 즉위식이나 혼례식, 아니면 왕세자의 출생 같은 일을 축하하기 위해 자주 거행되었다. 그럴 때 왕가의 한 사람이 장작더미에 불을 놓았다.

모든 종교재판에 대해서는 여러 보고문이 출간되었는데, 교회 소속의 능란한 필자들이 편찬한 것이었다. 이런 보고문은 아주 인기 있었다. 예를 들어 파드레 가라우Padre Garau는 마호르카 섬에서의 종교재판을 이야기했다. 그곳에서 세 명의 죄인이 어떻게 화형당했는지, 불꽃이 닿을 때 이들이 얼마나 절망적으로 말뚝에서 빠져나오려 애썼는지 그는 적었다. 이단자 베니토 테론기Benito Terongi는 실제 말뚝에서 벗어났지만, 왼쪽 화염 속으로 넘어지고 말았다. 그전에 바로 그 화염 속으로 직접 뛰어들 것이라고 호언했던 그의 여동생 카탈리나는 비명을 지르며 풀어달라고 애걸복걸했다. 이단자 라파엘은 처음에는 연기 속의 조상(彫像)처럼 요동도 않고 서 있었으나, 불꽃이 건드리자 온몸을 비틀었다. 그는 뚱뚱했고, 젖꼭지를 빠는 돼지 새끼처럼 불그스름했다. 몸 밖에는 아무런 불꽃도 보이지 않았지만 몸 안쪽으로는 계속 타들어갔다. 그의 몸뚱이가 쓰러지면서 내장이, 마치 유다의 그것처럼 밖으로 흘러나왔다. 파드레 가라우의 책 『승리하는 신앙*La Fe Triunfante*』은 매우 잘 팔려서 14쇄나 찍었다. 맨 마지막 판은 고야 시대에 출간되었다.

종교재판관 가운데 다수가 신앙에 대한 순수한 열의로 움직였다. 반면 다른 사람들은 권력욕이나 소유욕 혹은 육체적 쾌락을 충족하기 위해 자기 권위를 이용했다. 도망친 희생자들의 이야기는 과장되었을 수도 있지만, 종교재판소의 운영 방식이나 소송 절차는 성직자 재판관들이 얼마나 쉽게 자의적으로 행동하는지 보여주었다. 또한 서류들은 그들이 얼마나 임의적으로 행하는지를 증거했다.

종교재판소는 모든 스페인 사람들을 가톨릭 신앙 아래 하나로 모으면서, 이 반도를 그 밖의 유럽에 엄습한 종교전쟁으로부터 막아주었다고 자찬했다. 하지만 이렇게까지 하기에는 값비싼 대가를 치러야 했다. 종교재판소는 도덕적 삶의 변화보다 더 중요한 것이 교리에 대한 흔들림 없는 믿음이라는 확신을 스페인인들에게 가져다주었다. 스페인을 여행한 외국인들이 거의 똑같이 증언한 사실은 바로 이 종교재판소 국가에서 종교가 도덕과는 아무런 관련이 없다는 것, 교리에 대한 불타는 열의가 종종 부도덕한 변화와 연결되어 있다는 점이었다. 성스러운 법원은 세상 사람들이 혐오스럽다고 여기는 범죄들, 이를테면 고해하는 동안 고해자를 유혹하는 일을 너그럽게 처벌했다. 하지만 교리에 어긋나는 아주 작은 기술적 위반 사항은 어떤 경우에나 가혹하게 처벌했다. 예를 들어 코르도바에서는 단 한 번 심문으로 107명이나 되는 사람들이, 남녀노소 가릴 것 없이, 무더기로 유죄 판결을 받았다. 그 이유는 이단자로 판정받은, 멤브레크Membreque라고 알려진 사람의 설교에 참석했기 때문이었다.

고야가 태어난 시대에는 유대교 신봉자들이 꽤 있었고, 그 가운데는 열여덟 살 된 처녀도 있었다. 이들은 몇 가지 유대 풍습을 행했다는 이유로 특별이 거창한 종교 처형식 아래 화형당했다. 당시 프랑스의 가장 위대한 작가 몽테스키외는 그 피고발자 가운데 한 사람으로 하여금 자기가 작성한 옹호문을 읽게 했다. 거기에는 이렇게 쓰여 있었다. "당신들은 회교도가 칼로 그들 종교를 퍼뜨렸다고 비난한다. 하지만 당신들은 불로 당신들의 종교를 퍼뜨리지 않는가? 당신 종교의 신성함을 입증하기 위해 당신들은 순교자들의 피로 야단법석을 떤다. 하지만 지금은 당신들 스스로 디오클레티안*의 역할을 떠맡았다. 당신들의 순교자 역할은 우리를 능가한다. 당신들은 우리가 기독교인이어야 한다고 요구하지만, 당신들 스스로 기독교인이길 포기한다. 그러나 당신들이 기독교인이 아니라면, 자연이 인간의 얼굴을 지닌 가장 비천한 피조물에게 부여한 옹색한 정의감이라도 가진 것처럼, 적어도 그렇게 우리를 대우해달라. 이것만은 확실하다. 당신들의 영향력은 후세의 역사가들에게 우리 시대 유럽에는 야수와 야만인이 살았다는 증거로 쓰일 것이다."

스페인에서도 18세기 후반 동안 이 나라의 몰락과 인구 감소, 영적 빈곤 그리고 무력화의 주된 요인이 종교재판소에 있음을 알리는 저작들이 유통되었다. 당시 지배자였던 프랑스 출신의 부르봉 왕가는 이 나라가 근대적이고 '이단적인' 확실한 개혁 없이는 몰락할 것임을 인식했다. 그들은 전통에 대한 존경과 경건함 때문에 최고주교회의에 모든 권위를 형식적으로 위임했지만, 가장 중요한 기능이나 특권은 박탈해버렸다.

그러나 사람들 사이에서 종교재판소의 영향력은 감소되지 않고 남아 있었다. 권력을 에워싼 어둠과 비밀은 그 매력을 강화시켰다. 신앙칙령이 공포된 날은 대단했고, 암울한 협박조의 칙령은 유혹적이었다. 종교재판은 점점 더 공포와 잔혹함 그리고 음탕함으로 뒤섞이게 되었다.

---

* Diokletian(284~305): 기독교 역사에서 가장 피비린내 나는 박해를 행한 황제로, 기독교와 로마 제국 간의 결전을 불러일으켰다. 이 결전은 콘스탄티누스 대제 때에 기독교의 승리로 끝났다.

도처의 어두운 곳에서 종교재판소는
감시했고, 모든 사람들 위로
액운이 드리워졌다.
사람들은 꾸며대야 했고, 뭘 느끼고
무엇을 마음에 품었는지
지인에게만, 그것도 속삭이듯,
말할 수 있었다. 하지만
이 영원한 협박은 삶에
활기를 주었다. 스페인인들은
종교재판소 없이 살 수 없었다.
종교재판소는 민중한테
신을 건넸고, 이 신은 물론 모든 민중의
신이기도 했다. 하지만 그것은
스페인인들에게 각별했다.
스페인인들은 완고하리만큼
종교재판소에 충실했다.
마치 그들 왕에게 그토록
충실하듯이.

2

마드리드 왕정이 바젤에서 프랑스공화국과 행한 평화협상은 지연되었다. 스페인 측은, 비록 프랑스 왕손을 인도하라는 자신들의 요구를 포기한다고 비밀리에 결정했지만, 이 조건을 마지막까지 고수하는 게 명예롭다고 여겼다. 그사이 파리 측은 카페가(家)*의 유산을 넘겨줌으로써 왕당파 저항의 중심지를 만들겠다고 생각하지 않았고, 오히려 차갑게 거절했다. 그럼에도, 그리고 그 모든 논거에 반대하며 아브레 씨는, 마드리드에 파견된 프랑스 왕당파의 사절로서, 스페인이 격렬하게 밀어붙여 결국 승리하기를 바랐다. 그는 꿈속에서 이미 어린 왕이 마드리드에서 구출되는 걸 보았고, 자신이 왕의 스승이자 후원자로서 위대하고 우아하고 사랑스러운 프랑스의 은밀한 지배자로 자리하는 것을 보았다.

그때 끔찍한 소식 하나가 도착했다. 왕가의 아들 루이 17세가 죽었다는 소식이었다. 아브레는 믿기지 않았다. 아마도 왕당파가 유괴해서 숨겼는지도 몰랐다. 하지만 도냐 마리아 루이사와 돈 마누엘은 어린 루이의 죽음을 사실로 받아들일 준비가 되어 있었다. 정말 마드리드의 궁정은 안도의 숨을 내쉬며 이 나쁜 소식을 남몰래 반겼다. 이제 그들은 명예를 전혀 손상시키지 않고도 성가신 쟁점에서 벗어나게 되었다.

그럼에도 평화협상은 진척되지 않았다. 공화국은 군대의 승리를 예측하면서 산세바스티안이라는 주요 도시가 있는 기푸스코아** 지방의 할양과 전쟁보상금 4억 레알을 요구했다. "그럴 줄 알았죠." 도냐 마리아 루이사가 총리한테 설명했다. "평화는 우리에게 좀더 넓은 삶을 허락해 줄 거예요." 돈 마누엘은 4억 레알을 지불하지 못할 것임을 알았다. 페파는 말했다. "제가 바라는 것은, 돈 마누엘, 당신이 이 전쟁에서 보다 위대한 스페인을 탄생시키는 것이에요." 마누엘은 자신이 바스크 지방을

* 카페Cape가(家): 987년에서 1328년까지 존립한 왕조로, 위그 카페Hugues Capet가 세워 점차 프랑스를 통일시켜갔다.

** Guipuzcoa: 스페인 북부에 위치한 바스크 지방의 주(州).

포기할 수 없음을 인식했다. "난 스페인인이라오." 그는 돈 미겔에게 음울하지만 으쓱대며 선언했다. "난 산세바스티안도 포기하지 않을 것이고, 이 엄청난 배상금도 지불하지 않을 것이네."

영리한 미겔만 상관과 타협하지 않고, 이미 파리를 향해 촉수를 뻗어서, 흥미로운 메시지를 전달하게 되었다. 말하자면 파리위원회가 평화를 넘어 스페인과 동맹을 맺고 싶어 한다는 것이었다. 그런 동맹이 보장된다면, 공화국도 평화 조건을 상당하게 완화할 준비가 되어 있다고 했다. "제가 듣기로," 돈 미겔은 조심스럽게 결론을 내렸다. "그들이 원하는 동맹을 성사시켜주겠다고 총리께서 개인적으로 약속한다면, 파리에겐 충분할 겁니다."

돈 마누엘은 고개를 들어 보았다. "내가 개인적으로?" 그는 놀랐지만 느긋하게 물었다. "네, 그렇습니다." 돈 미겔이 확언했다. "총리께서 그런 보장이 담긴 글을 직접 쓰셔서, 물론 허심탄회하게, 그 위원장 가운데 한 사람한테, 예를 들어 아베 시에스 같은 사람에게 보내신다면, 공화국은 더 이상 방해가 될 유보 조항을 고집하지 않을 겁니다."

파리에 있는 자신의 측근 때문에 돈 마누엘은 기분이 좋아졌다. 그는 왕비에게 말하길, 파리 측과 비공식적이고 개인적인 의견 교환을 할 수 있는 권한이 자신에게 주어진다면, 상당한, 정말이지 명예스러운 평화를 성사시키겠노라고 다짐했다. 마리아 루이사는 회의적이었다. "내 생각에 당신은 자신을 과대평가하고 있군요, 귀여운 사람." 그녀가 대답했다. 돈 마누엘은 괴로웠다. "좋아요, 도냐 마리아 루이사." 그가 말했다. "그렇다면 저는 왕국의 구출을 당신에게 맡기겠습니다." 그러나 돈 미겔의 주장에도 그녀는 아베 시에스한테 편지를 보내지 않았다.

프랑스 측은 득을 보려고 오랫동안 애쓰는 데 지쳤기 때문에 페리뇽 장군에게 진격을 명령했다. 공화국 군인은 빌바오와 미란다, 비토리아를 단숨에 점령했고, 카스티야 경계까지 밀고 들어갔다. 마드리드는 공황 상태에 빠졌다. 왕궁이 안달루시아 쪽으로 피신할 채비를 하고 있다는 소문이 퍼졌다. "내가 부인을 구하겠습니다." 돈 마누엘이 설명했다. "당신과 스페인을." 그리고 그는 편지를 썼다.

일주일 뒤 잠정적인 평화조약이 서명되었다. 프랑스는 서인도제도에 있는 산도밍고 섬의 스페인 지역을 양도받는 데 만족하고 바스크 지방을 포기했다. 공화국은 전쟁배상금이 10년에 걸쳐 분할되고 현물 조달로 지불되어야 한다는 스페인 측 제안에 동의했다. 나아가 공화국은 루이 16세의 딸 마리아 테레지아 공주를 오스트리아로 넘겨줄 의무를 지게 되었다.

이 나라에 엄청나게 놀라운 일이 일어났다. 패배한 전쟁에서 그 어떤 영토 할양도 없이 벗어나게 되었다는 사실에 모두 크게 환호했다. 이것은 마누엘 고도이 덕분이었다! "자네는 내 사람이네." 이렇게 말하면서 카를로스 왕은 그의 어깨를 세게 다독거려주었다. "어떻게 제가 그 일을 성사시켰는지 말씀드릴까요?" 마누엘이 왕비에게 물었다. 하지만 그녀는 말했다. "아니, 아니에요." 그녀는 사건의 연관 관계를 알았고, 그래서 더 알고 싶어 하지 않았다.

유리한 조건으로 얻은 평화는 오직 돈 마누엘 덕분이었기 때문에, 그에게 전례 없는 방식으로 명예로운 표창이 수여되었다. 선물로 그라나다 부근 국유지가 그에게 양도되었고, 그는 '평화의 대공(Principe de la Paz)'이자 왕국의 모든 군대를 지휘하는 총사령관으로 임명되었다.

그는 총사령관 제복을 입고 통치자인 왕과 왕비에게 감사 인사를 드렸다. 그는 허벅지가 팽팽한 하얀 바지 차림으로 앉아 있었는데, 상의 재킷이 그의 가슴을 터질 듯 팽팽하게 감쌌다. 팔 아래 낀 모자에서는 깃털이 풍성하게 흔들렸다. "멋지게 보이는군." 돈 카를로스가 말했다. 그러고는 성급히 이렇게 덧붙였다. "모자를 쓰고 있게." 이 왕국에서는 12명의 제1귀족만 왕의 부름에 대답하기 전에 모자를 쓰고 있어도 되는 권한이 주어졌다. 두번째 귀족들은 대답을 한 후에야 모자를 써야 했고, 세번째 귀족들은 앉으라는 지시가 떨어졌을 때 비로소 모자를 썼다.

도냐 마리아 루이사는 이 평화를 성사시킨 사람이 마누엘 자신이 아니라, 반역적이고 계몽되었으며 믿을 수 없는 아프란세사도,* 즉 프랑스풍 애호가인 그의 조언자**라는 것, 그리고 겉으로 보기에 그처럼 찬란한 결과가 오히려 새로운 전쟁과 예측할 수 없는 결과를, 어쩌면 나쁜 결과를 초래할지도 모른다는 사실을 알았다. 평화란 언제나 영광과 명성 속에서 잠정적이었다. 마누엘은 그 평화를 위해 서명했다. 이 젊은 사람에게 제복을 입힌 것은 그녀였다. 하지만 어쩔 수 없었다. 그는 남자다운 새 휘광 속에서 그녀의 감탄을 자아냈고, 그래서 그녀는 그 앞에서 가슴이 두근거렸다.

12명의 최고 귀족은 아직 있었는데, 그들은 산초 대왕 시대 이래 이 반도를 다스린 일가의 후손이었다. 그것은 900년 이상 되었다. 그들은 서로 형제처럼 '너'라고 부르면서 말했다. 왕의 은총으로 평화대공이 13번째 대귀족으로 최고 귀족들과 어울리게 된 지금, 마누엘은 지금까지의 두려움을 이겨내고, 아르코스, 베하르, 메디나 시도니아, 인판타도의 공작들에게, 이들이 평상시 서로 부르듯이, '너'라고 말했다. 그들은 약간 놀라움을 표시했지만, 그에게 '너'라고 답했다. 그는 행복했다.

---

* Afrancesado: 지나치게 프랑스 혹은 프랑스적인 것을 좋아하는 이른바 친프랑스주의자들.

** 미겔을 말한다.

그는 알바 공작에게 말했다. "호세, 자네가 그리 활기차게 보이니, 나도 기쁘네." 여위었지만 우아한 남자의 조용하고 통통한 얼굴은 무표정했다. 그의 검고 아름다우며 숙고하는 듯한 눈빛에도 변화는 없었다. 그는 다정하게 말했다. "관심 가져주신 것에 감사드립니다, 각하." 그렇다. 그는 평화대공에게 '너'라고 대답하는 대신 '각하'라고 말했다.

그래서 마누엘은 친촌 백작이자 세비야 대주교인 돈 루이스 마리아 데 보르봉에게 말했다. "자네, 오랜만일세, 루이스." 아주 젊고 너무나 진지한 신사가 그를 공기라도 되는 듯 빤히 쳐다보고는 가버렸다. 이 돈 루이스 마리아 데 보르봉은 반만 부르봉가 사람이었다. 그는 카스티야 왕세자의 아들이자 왕의 사촌이었지만, 그의 어머니는 평범한 도냐 마리아 테레사 데 발라브리가로서 아라곤의 미미한 귀족 출신이었고, 그래서 왕은 돈 루이스 마리아에게 '왕손'이라는 칭호를 허용하지 않았다. 돈 루이스 마리아는 왕가 혈통이었지만, 돈 마누엘은 이제 그보다 더 높은 칭호와 권리를 갖게 된 것이다. 그는 분명 우쭐대지 않았지만, 이 튀기, 말하자면 반만 부르봉가의 피가 섞인 이 남자에게 자신의 우월감을 잊지 않을 것이었다.

자기가 아끼는 사람이 받는 이 부당한 취급을 보상하려고 마리아 루이사는 그에게 새로운 명예직을 부여할 궁리를 해냈다. 궁정의 점성학자는 장황한 계산을 해냈는데, 그에 따르면 고도이 집안은 바이에른의 선제후 집안이나 스튜어트 왕가에 가깝다는 것이었다. 왕의 족보 연구가는 긴 도표에 의거하여 돈 마누엘 고도이가 옛 고트 왕의 후손이라고 했다. 이것은 그의 이름에서 입증되는 일이다. 왜냐하면 고도이라는 이름은 '고도 소이Godo soy', 즉 '나는 고트 사람이다'에서 온 것이기 때문이라는 것이다.

나아가 카를로스 왕은 평화대공에게 공식적인 업무 시 전령관(傳令官)을 야누스적 두뇌를 가지고 대하라고 지시했다. 그것은 과거와 미래를 바르게 해석하라는 표시였다.

돈 마누엘이 이 새 면모를 처음 선보인 건 학술원 개원식에서였다.

하지만 그는 똑바로 가지 않았다.
대신 사두마차가
우회로를 달렸고,
그래서 여러 친구들 가운데
페파 투도가
그의 야누스적인 새로운 영광을
처음 본 사람이 되었다.
그녀는 창가에 서 있었고,
그는 존경심을 표하며
깊게 고개 숙였다. 하지만 그녀는
그를 그런 남자로,
그녀가 부르는 노래와 로망스 속의
남자처럼, 스페인의 구원자로,
이 왕국의 최고 남자로 만들었다는
자부심에 차 있었다. 돈 프란시스코가
이 멋진 모습을 그려줘야
한다고 그녀는 생각했다.

3

계몽된 친구들과 고문들에게 고무되어, 돈 마누엘은 자신의 놀라운 인기를 진보적 조치를 취하는 데 사용했다. 그는 이전부터 예술과 학문의 보호자로 인정받는 걸 중시했다. 그 밖에 그는 자유주의적 정치를 통해 파리 권력가들에게 약속된 동맹을 준비하는 선의를 보여주었다.

하지만 그의 지시는 아무런 결과도 못 내고 말았다. 교회가 그 지시에 온갖 영향력을 행사하며 반대했기 때문이다. 그의 친구들은 최고주교회의의 재판관할권을 계속 제한해야 하고, 종교재판소의 수입 가운데 더 많은 부분을 국가 쪽으로 돌려야 한다고 조언했다. 이제 그는 국민의 사랑과 존경을 확신하는 한 교회의 세금 면제를 철폐하고, 그렇게 옛 꿈을 실현하면서 동시에 국가 재정도 회생시키고 나라의 근대화에 반대하는 교회의 저항을 항구적으로 분쇄할 수 있을 것이다.

하지만 그런 공개적 전쟁은 돈 마누엘의 본성에 어울리지 않았다. 그래서 페파는 그가 그런 결정적 조치를 취하지 않도록 최선을 다했다. 그녀는 아이 때 종교 처형식을 체험했기 때문에 거칠고 암울한 축제와 깃발과 성직자 들, 그리고 가난한 속죄자들과 그들이 타 죽은 화염이야말로 그녀의 가장 내밀한 기억 가운데 하나였다. 고해신부가 애쓴 덕분에 그녀의 정신은 종교법정의 어둡고도 비밀스러운 교리에 몰두할 수 있었다. 종교재판소 사람들이 그녀의 집을 드나들었다. 심지어 대심문관에 가까웠던 그라나다의 데스푸이그도 그녀가 최근 마드리드에 체류할 때, 그녀를 환대했다.

1760년대와 70년대에 종교재판소의 영향력은 줄어들었다. 그러나 피레네 산맥 너머에서 봉기가 거듭되고 신의 존재를 부정하는 일이 만연하게 되었을 때, 종교재판소는 새로 힘을 갖게 되었다. 자유주의적 성향을 지닌 대심문관 시에라는 몰락하고, 톨레도의 광신적인 추기경이 대주교로 교체되었는데, 이 대주교는 암울한 성격의 프란시스코 데 로렌차나였다. 정부의 승인 아래 최고주교회의는 프랑스 이론에 공감하는 모든 정신적 경향을 신을 부정하는 것으로, 다시 말해 '철학주의'로 박해했고, 수많은 프랑스 우호주의자를 고발했다. 그런데 이제는 스페인이 프랑스 공화국과 평화협정을 맺은 관계로 스페인과 프랑스는 동맹을 계획했고, 자유사상가들이 다시 우위를 점했으며, 종교재판소가 새로 획득한 권력은 위험에 처하게 되었다.

영리한 정치가이자 책략가 로렌차나는 미리 조처를 취했다. 거의 모든 장관과 고위 고문관들은, 돈 마누엘이 우두머리인 '철학주의'를 의심했고, 신과 자연을 동일시하는 '자연주의'도 믿지 않았다. 로렌차나는 이들에게 불리한 자료를 수집했으며, 그의 법정문서보관소에는 고발장이 쌓였다. 자발적으로 지원하거나 돈을 받은 도우미들이 평화대공의 생활을 감시했고, 페파 투도와 몇몇 고위 성직자의 친교도 조사되었다. 총리의 매일 낮과 밤은 최고주교회의 기록부에 곧바로 기입되었다. 대심문관은 총애 받는 마누엘과 왕비의 관계가, 페파 투도에 대한 그의 연정의 기온에 따라 어떻게 더 따뜻하거나 차가워지는지 정확하게 검사하고 측정했다. 그렇게 하여 그가 도달한 결론은 돈 마누엘의 입지가 그리 튼튼하지 않으며, 최고주교회의 또한, 흔히 생각하는 대로 그리 약하지 않다는 것이었다.

로렌차나는 신의 존재를 부정하는 총리에게 공세를 취했고 이단자들을 물리쳤다. 지방의 여러 도시에서 종교재판소는 상당한 명성을 누리는 사람들, 이를테면 교수와 국가 고위 공직자를 철학주의라는 올가미를 씌워 고발 조처했다. 프랑스에 파견된 전임 사절 아소라 백작, 카를로스 3세 치하에서 왕자들의 개인교사를 역임한 문헌학자 예레기, 살라만카 대학의 저명한 수학자 루이스 데 사마니에고가 체포되어 유죄 판결을 받았다.

대심문관은 총리가 개입할지, 혹은 그가 자유사상가 동료들로부터 떨어져 나올지 마음 졸이며 기다렸다. 돈 마누엘은 그 일을 감행하지 않았다. 그는 이들의 처벌을 너그럽게 실행하는 게 좋지 않은가라는 생각을 자의 반 타의 반 최고주교회의에 내놓았다. 그 이유는 그들이 국왕에 충성했다는 것이다.

로렌차나는 결정타를 날리려고 준비했다. 그것은 자유사상가들의 지도자이자 작가이면서 고위 정치가로 유럽 전역에 이름을 날리고 있는 올라비데의 제거였다.

돈 파블로 올라비데는 페루의 리마에서 태어났다. 그는 천재 소년으로 간주되어, 아주 젊은 나이에 판사로 임명되었다. 끔찍한 지진이 도시 리마를 파괴했을 때, 시의 재산과 돈을 그가 관리하게 되었다. 소유자들의 사망으로 이들 재화의 소유 문제가 논란에 휩싸였기 때문이다. 젊은 올라비데는 상속자가 분명하지 않은 돈을 교회와 극장을 짓는 데 사용했다. 이 점 때문에 성직자 계급은 분노했다. 소유권을 빼앗긴 그 상속자들은 막강한 페루 성직자의 후원으로 마드리드 왕에게 청원했다. 올라비데는 마드리드로 소환되어 법정에 섰고, 관직이 박탈되었으며, 여러 사례의 피해를 보상할 의무를 떠안아 수감형을 언도받았다. 하지만 병 때문에 그는 곧 석방되었고, 이 나라 계몽주의자들에게 '순교자'로 환영받았다. 아주 많은 재산을 가진 어느 미망인이 그와 결혼했다. 그는 아직 받지 않은 벌의 사면을 요구했다. 그리고 여행을 떠났다. 자주 파리에 갔다. 스페인 수도에서는 궁전을 구입했고, 프랑스 수도에서도 궁전을 사들였다. 볼테르, 루소와 우정을 나누었고, 그들과 편지를 교환했다. 파리에서 한 극단을 지원했으며, 근대 프랑스 작품들을 번역해 무대에 올리기도 했다. 샤를 3세의 총리로 자유주의적 성향을 가진 아란다는 중요한 사안에서 그의 조언을 받아들였다. 유럽에서 파블로 올라비데는 진보적 정신의 지도자로 여겨졌다.

그 무렵 시에라모레나* 남쪽 산비탈의 넓은 지역이 무어인들과 모리스코인들이 추방된 이후 폐허처럼 남겨졌다가 '메스타Mesta'라는 목축업자 조합이 영향력을 행사해 대규모 양 떼를 위한 목초지로 공짜로 넘겨졌다. 이제 정부는 올라비데의 운영에 힘입어 메스타의 이 특권을 박탈하고, 올라비데에게 이 황무지에 '새 거주지'를 세우는 권한을 부여했다. 바이에른의 수장(首長) 튀르리글의 도움으로 그는 1만 명의 농부를 그곳으로 이주시켰는데, 대개 독일인이었고 리옹 출신의 누에 키우는 사람과 견직공도 있었다. 그 자신은 이 지역 지사로 임명되었다. 그는 포괄적 전권을 위임받았다. 그는 이 거주지를 자유주의적 헌법으로 다스릴 수 있게 허락받았다. 또 새 이주민은 이전 고향에서 목회자를 데려올 수 있었다. 개신교도도 허용되었다. 몇 년이 지나자 올라비데는 이 황무지를 촌락과 마을, 작은 읍내와 작업실과 공장을 가진 번화한 시골로 만들었다.

팔츠 지방에서 온 이주민들이 영혼을 다독이는 (카프친 교단의) 수도자를 데려왔는데, 그 이름은 로무알트 폰 프라이부르크였다. 이 사람은 자유주의적 성향의 올라비데와 잘 지내지 못했다. 둘 사이에 불화가 심해지자, 로무알트는 올라비데를 무신론자이자 유물론자로 종교법정에

* Sierra Morena: 스페인 남서부의 과디아나와 과달키비르 두 강(江) 사이의 산맥을 가리킴.

고발했다. 비밀스럽게, 그리고 규정이 그러하듯, 올라비데가 모르는 사이에 종교재판소는 증인을 심문하고 자료를 모았다. 하지만 누구도 감히 이 명성 높은 남자를 절차적으로 고발할 엄두를 내지 못했다. 오직 메스타만 그라나다의 대주교 데스푸이그라는 막강한 보호자를 가지고 있었다. 그와 왕의 고해신부 오스마 주교가 힘을 발휘하여 카를로스 왕으로 하여금 한 가지 내용을 발표하도록 만들었다. 그것은, 사안이 덮이는 것을 막기 위해 종교재판소가 올라비데를 체포한다면 왕이 종교재판소 측에 걸림돌이 되지 않을 거라는 내용이었다.

이 모든 것이, 돈 마누엘이 권력을 잡기 전에 일어났다. 엄격한 대심문관은 자유주의적 성향의 대심문관으로 교체되었는데, 이 사람은 훨씬 자유주의적인 시에라 지역 출신이었다. 그동안 올라비데는 종교재판소의 지하감옥에 갇혀 있었다. 누구도 올라비데를 석방함으로써 최고주교회의의 명예를 손상시키려 들지 않았고, 그렇다고 그에게 유죄 판결을 내리지도 않았다.

제43대 대심문관 돈 프란시스코 로렌차나는 전임자와는 다른 유형의 사람이었다. 그는 이단자 올라비데에게 판결을 선고하리라 결심했다. 그것은 최고 관청을 중상하는 자들에게도 종교재판소가 아직 살아 있고 또 막강하다는 사실을 보여주는 경고가 될 것이었다.

로렌차나는 돈 마누엘의 망설임을 알았다. 그럼에도 그는 바티칸의 도움에 기대어 스스로를 방어하려고 했다. 즉 그는 열렬한 피우스 6세에게 양해를 구할 생각이었다. 그는 자신의 의무라고 여기고 교황에게 편지를 써서 올라비데가 종교재판에서 속죄하도록 해야 한다고 주장했다. 다른 한편으로 신을 부정하는 이 세상의 나라에서 사이비 철학자들이 그토록 칭찬하고 보호하는 이단자에게 공개적 유죄 판결을 내리는 것은 분명 스페인의 종교재판소에 대한, 그리고 아마 전 세계의 모든 교회에 대한 반감을 야기할지도 모를 일이었다. 그는 교황에게 가르침을 달라고 요청했다.

최고주교회의 간사 가운데 한 명인 신부는 대심문관의 계획을 알고 있었다. 그와 돈 미겔은 평화대공에게 달려가, 정부가 사전 조처를 취해 그런 종교 처형식을 허용하지 않을 것임을 로렌차나에게 알려야 한다고 말했다.

마누엘은 한순간 당혹스러웠다. 그러나 그는 늘 그렇듯 로렌차나와의 공개적인 싸움에서 벗어나고 싶었다. 그가 설명하길, 파블로 올라비데는 진보주의적 총리 아란다 치하에서 체포되었고, 그래서 왕은 종교재판소의 이 조처를 인가했다는 것이다. 이런 상황에서 그의 유죄 판결을 막는 것은 자기 일이 아니라는 것이었다. 더욱이 로렌차나는 그저 정부를 겁주려는 것이며, 설령 그렇게 한다 해도 그것은 종교재판에서가 아니라 닫힌 문 뒤에서 일어날 것으로 믿는다는 것이다. 마누엘은 페파를 떠올렸고, 미겔의 맹세 앞에서 귀먹은 채 있다가 흐뭇한 득의감과 무관심 속으로 빠져들었다.

돈 미겔과 돈 가스파르 그리고
신부 돈 디에고는
근심에 찬 채 앉아 서로
상의했다. 그들은
친구인 화가 돈 프란시스코에게
호소해보기로 결정했다.
이번 주 그는

페파 투도에게 건네질
평화대공의 초상화를
그렸기 때문이다.

4

고야는 카예타나를 향한 열정에 깊게 사로잡혀 있었다. 그는 자기 열정이 믿을 수 없을 만큼 빨리 사라져버릴까 봐 두려워하면서도 한편으로는 그렇게 되길 바라기도 했다. 그는 한 여자와 지나친 사랑에 빠졌다고 믿었지만, 2, 3주 지난 뒤 그녀에 대해 알게 되면서 놀란 경우가 여러 번 있었다. 그러나 카예타나는 늘 새로운 존재였다. 그는 그녀를 알지 못했다. 그는 화가의 정확한 눈으로 그녀의 외양적 특성에 나타난 모든 세세한 것을 주시했기 때문에, 기억만으로도 그려낼 정도였다. 그럼에도 그녀는 만날 때마다 다르게 보였다. 그녀는 계산하기 어려운 존재였다.

생각하든 그리든 혹은 다른 사람과 얘기하든, 그가 무엇을 하든 간에 그의 머리 어딘가에는 카예타나가 있었다. 그녀와의 관계는 그가 호세파와 갖는 조용하고 확실한 결합과 아주 달랐고, 이전에 이런저런 여자에게서 감지했던 행복하거나 고통스러운 호감과도 아주 달랐다.

카예타나의 변화는 집요하게 일어났다. 그녀는 있는 그대로의 모습으로 온전히 나타났다. 그녀는 여러 얼굴을 가졌고 그는 많은 얼굴을 보았다. 하지만 그 많은 얼굴 가운데 최종적인 것을 그는 알지 못했다. 거기에 그 얼굴이 있었고, 그는 감지했고 또 알았다. 하지만 절망적일 정도로 이질적인 가면들 뒤에서 어떤 환원될 수 없는 통일성을 그는 발견할 수 없었다. 그녀는 이제 석상(石像)이었다. 하지만 그것은 그가 파악하거나 이해할 수 없는 돌로 늘 다시 돌아왔다. 그는 자신의 오래된 놀이를 했다. 즉 그녀의 이런저런 얼굴을 모래에 그렸다. 그러나 그녀의 진짜 얼굴은 모래처럼 빠져나갔다.

그는 그녀를 그렸다. 그녀를 야외에 세우고 풍경 속에서 섬세하고 주의 깊게 그렸다. 그런 다음 그 풍경이 사라지도록, 그래서 카예타나 외에 아무것도 남지 않도록 했다. 그녀는 하얀 옷차림으로, 자신감에 차고 우아한 모습으로 믿을 수 없을 만큼 긴 눈썹을 하고, 물결 같은 검은 머리에 장식띠를 높게 차고 가슴에는 붉은 리본을 단 채 서 있었으며, 그녀 앞에는 말할 수 없이 어리석고 작은 모습으로, 털북숭이 하얀 개가, 붉은 매듭을 뒷다리에 맨 채 서 있었다. 이것은 그녀 자신의 우스꽝스러운 모방이었다. 하지만 그녀는 뻣뻣하지만 애교 있게 그리고 거만한 모습으로 발 아래쪽을 가리켰다. 거기에는 얇고 섬세한 글씨로 이렇게 쓰여 있었다. '알바 공작비, 프란시스코 데 고야.' 이 글자는 흠모하듯 공작비의 눈 쪽으로 향해 있었다.

그는 그녀를 그녀 집 무대에서 처음 보았을 때처럼 그렸다. 그다음에는 에스코리알 앞에서 산보할 때 보았던 대로 그녀를 그렸고, 그 뒤에도 종종 그렸으며, 또 그렸다. 그는 만족하지 않았다. 당시 무대에서 그를 압도했던, 그 당시 산보에서 그를 혼란시켰던, 그리고 끊임없이 그를 화나게 하고 또 매혹케 한 그녀의 모습은 그의 그림에 없었다.

이 모든 것에도 불구하고 그는 행복했다. 그녀는 그와 있을 때 거리낌 없이 자신을 내보였다. 하층 계급 출신에다 더 이상 젊지 않은 뚱뚱한 남자인 자신이 그녀의 사랑이라는 점에 그는 자부심을 느꼈다. 그는 그림을 그릴 때에도, 아니 그림을 그릴 때 최신의 우아한 옷차림을 했다. 처음 마드리드에 왔을 때부터 그런 차림이었다. 하지만 호세파는 그런 식으로 비싼 옷을 더럽혀선 안 된다고, 평상시 작업복을 걸쳐야 한다고 고집했다. 그녀의 설득에다 스스로 생각해도 그래야 할 것 같아서 그는 점차 작업복 가운을 걸치지 않을 수 없었다. 그러다가 그 가운이 사라졌다. 다시 꼭 끼는 유행 복장을 한 자신의 모습을 보니 우스꽝스럽게 여겨져서 그는 스스로를 빈정거렸다. 그는 거울로 자신을 쳐다보는 한 멋쟁이를 그렸다. 끔찍한 목 칼라가 옥죄어 머리를 움직일 수 없었고, 큼직한 장갑을 낀 손목도 좁은 소매의 팔도 흔들 수 없었다. 돌기가 난 낮은 신발로 그는 낑낑거려야 겨우 걸을 수 있었다.

그는 자신과 다른 사람들에게 너그러웠다. 그는 현학자연하는 미겔의 태도도 잘 참았고, 신부의 박학다식하고 우아하지만 번잡한 자세도 받아들였으며, 아구스틴의 근심 어린 표정도 잘 견뎌냈다. 그는 가족 사이에서도 조심했으며, 주변을 잘 정돈했다. 그는 모든 세계가 자신의 행복을 함께 누리길 바랐다.

카예타나는 아이 같을 때가 있었고, 그는 더 그랬다. 그녀가 예기치 않게 찾아왔을 때, 그는 물구나무를 선 채 두 발로 인사했다. 그는 그녀를 즐겁게 웃도록 만드는 기술을 이용했다. 찡그린 표정을 담은 자기 얼굴을 그려주기도 했고, 그녀의 시녀 에우페미아와, 멋쟁이 같은 마르케스 데 산 아드리안의 얼굴을 멋지게 망가뜨리기도 했다. 산 아드리안은 바보 같지만 천성이 착한 품위 있는 왕이었다. 그들은 자주 극장에 갔고, 그는 노래시와 소극(笑劇)*의 순박한 재미 때문에 행복하게 웃었다. 그들은 가끔

* Sainete: 18세기 스페인의 단막 풍속 희극.

마놀레리아에도 가서, 일반 술집에서 환영받는 손님이 되기도 했다.

그는 늙어가는 문턱에서 새로운 젊음을 감지했다. 전에는 모든 것이, 선하든 악하든 쓸모없이 보였다. 늘 같은 것이었고, 음식 취향처럼 잘 알려진 것이었다. 그러나 이제 세계는 그에게 풍요롭고 새로웠다. 그것은 욕망에서나 욕망의 향유에서 더 노련해진 두번째 젊음이었다.

그는 어디에나 악한 유령이 숨어 있어서 이 위대한 행복이 위대한 불운을 낳지 않을 수 없다는 사실을 의식했다. 그가 대낮의 유령을 보았던가? 하지만 자기 삶에서 카예타나를 갖는다는 것은 무량한 행운이었다. 그는 이를 위해 대가를 치를 준비가 되어 있었다.

그의 행복감은 작업으로 옮아갔다. 그는 많이 그리고 즐겁게 그렸다. 그의 손은 가벼웠고, 그 눈빛은 빠르고 날카롭고 정확했다. 그는 카스트로 테레노 공작의 초상화를 그렸다. 돈 미겔과 신부의 그림도 그렸다. 돈 마누엘도 다른 포즈를 한 두 개의 초상화를 주문했다.

그 후 그는 아무도 주문하지 않은 그림 하나를, 오직 자신의 기쁨을 위해 그렸다. 그 그림은 번거로운 세부화를 필요로 하는 까다로운 로메리아Romeria, 말하자면 수도 마드리드의 수호신인 성 이시드로를 기리기 위한 순례 모습이었다.

초원을 지나 성 이시드로의 은거지로 가는 즐거운 순례길은 마드리드 사람들의 인기 있는 얘깃거리였다. 그 자신, 프란시스코도 지난번 호세파의 다행스러운 출산에 즈음하여 이시드로 목초지에서 300명의 친구를 위한 축제를 벌였다. 사람들은 흔히 그러하듯 칠면조 고기를 먹고 미사곡을 들었다. 그런 순례 풍경을 그리는 것은 이전부터 이 도시의 예술가를 자극했다. 마에야도 그렸고 그의 처남 바예우도 그렸으며, 그 자신도 성 이시드로 민중 축제를 묘사했다. 그가 왕의 고블랭 수제품을 그리던 10년 전 일이었다. 하지만 고블랭 직물에 그려진 축제의 기쁨은 가면을 쓴 기사들과 숙녀들의 인위적 즐거움이었다. 이제 그는 자신의 근원적인 기쁨과 마드리드 사람들의 기쁨을 그렸다.

저 멀리 배경으로 사랑스러운
도시가 떠오른다. 성과 탑들,
그리고 교회 궁륭을 가진
어지럽게 얽힌 하얀 집들. 하지만
앞에는 만사나레스 강이
평화롭게 반짝인다. 이 강가에서
마드리드 사람들은 그들 수호신을
기뻐한다. 여기에는 여유롭게
산책하는 많은 사람이 있다.
마차와 기사들 그리고
수많은 작은 인물들.
이 모든 사람들을
세심하게 그렸다. 다른 사람들은 앉아 있고, 누워 있고,
먹고, 마시고, 잡담하고, 연애한다.
처녀와 청년들. 뚱뚱한
시민들과 신사들.
그들 위로 근심을 모르는,
상쾌하게 맑은 하늘. 고야는
흐리지 않은 마음의
모든 기쁨을, 손과 예리한 눈의

모든 확고한 예술을
그림에 집어넣었다. 그는
그토록 오래 옥죄던
선의 엄격한 원리를
떨쳐내버렸다. 이제 그는
자유로웠다. 그는 이제 행복했고,
이 순례 풍경에서
모든 것은 시야와 빛과 색채로 되었다.
앞에 있는 민중과 강물과,
그 뒤의 희고 넓은 도시 마드리드가
'하나'로 되었다. 공기와 도시와
인간이 서로 얽혀들었다.
다채롭게, 느긋하게, 가볍고도 밝게
그리고 행복하게.

5

프란시스코는 '차(茶)'를 마시자고 정중하게 적은 돈 가스파르 호베야노스의 초대장을 받았다. 이른바 자유주의자들은 귀족주의적이고 반동적인 초콜릿보다 차를 선호했다. 하지만 이렇듯 차를 맹목적으로 선호함으로써 찻값이 오른 것에 대한 반발 때문에 미국에 있는 영국 식민지에서는 혁명과 자유의 함성이 일었다.

고야는 미지근한 음료수를 좋아하지 않았고, 호베야노스의 현학적이고 불같은 성미도 안 좋아했다. 그러나 호베야노스 같은 사람이 그렇게 정중하고도 엄격하게 초대장을 보낼 때, '아니요'라고 말하긴 어려웠다.

호베야노스 집에 초대된 사람들은 작은 사교 모임이었다. 그곳에는 돈 미겔 베르무데스와 대단한 자산가 카바루스 백작, 그리고 신부 돈 디에고도 물론 있었다. 고야가 알지 못한 유일한 손님은 변호사이자 작가 호세 킨타나였다. 하지만 다른 모든 사람들처럼, 그에게도 킨타나의 시 구절은 친숙했다. 이 시인은 열여섯 살 때 시를 처음 썼다고 했다. 지금도 그는 아주 젊게 보였고, 스무 살이나 스물한 살보다 더 들어 보이지 않았다. 늦게야 성숙해진 고야는 이 청년이 도달한 때 이른 성취가 미심쩍었다. 하지만 겸허하고 활기찬 호세 킨타나는 마음에 들었다.

벽에는 집주인의 큰 그림 하나가 걸려 있었다. 그것은 고야가 마드리드로 온 직후, 그러니까 20년 전쯤 그린 것이었다. 그림 속에는 말쑥하게 차려입은 책임감 있는 호베야노스가 우아할 정도로 소박한 책상 옆에 앉아 있었다. 그 인물과 그 옷차림 그리고 가구에는 거드름 피우는 부자연스러운 면이 있었다. 오늘날 호베야노스에게 있는 음울한 성향이 그림 속 인물에게는 없었다. 아마 당시 그는 훨씬 더 온화했는지도 모른다. 하지만 그렇게 확실히 깔끔하고 다정하진 않았다. 젊은 프란시스코 고야도 그가 그렇게 깔끔하다고 잘못 보지 않았을 것이다.

고야가 기대했던 대로 사람들은 정치 얘기를 했다. 그들은 평화대공의 태도를 심하게 비난했다. 총리가 너무 자의식이 강'했다'는 것은 확실했다. 고야는 돈 마누엘이 포즈를 취하던 바로 그때, 그가 표정이나 자세에서 얼마나 으스대듯 냉담하게 새로운 의미를 드러내는지 아주 가까이서 관찰할 기회를 가졌다. 하지만 그 자만심이 이 나라를 훼손시키는가?

오히려 돈 마누엘은 발전적인 일을 북돋는 훌륭한 의지를 보여주지 않는가? 그는 유용한 개혁에 자기 인기를 이용하는 게 아닌가?

평화대공의 조처들은 자의 반 타의 반이라고 호베야노스는 말했다. 본질적 사항은 종교재판소에 대항하는, 그래서 교회에 거스르는 싸움일 것이고, 그렇게 되리라는 것이었다. 성직자 계급 앞에서 총리는, 마치 서민이 최고주교회의 앞에서 두려워하는 것과 똑같은 미신적 두려움으로 주저한다는 것이다. 하지만 모든 진지한 개혁의 시도는 성직자 계급의 무력화를 최우선 목표로 삼아야 한다고 그는 호통치듯 열광적인 목소리로 주장했다. 왜냐하면 모든 악의 근거는 교회에 의해 보호받고 맡겨진 대중의 무지이기 때문이다. 지금 마드리드에서 겪는 일은 너무나 암울하지만, 지방의 무지나 미신은 심장을 옥죌 정도라는 것이었다. 돈 프란시스코는 언젠가 페랄 박사가 수집한, 작은 예수 밀랍상 몇 개를 본 적이 있다. 페랄 박사는 어느 수도원 정원사의 소개로 그 밀랍상들을 손에 넣었다고 했다. 호베야노스는 이야기했다. "수녀들이, 마치 인형을 가지고 놀듯이, 그 성스러운 상을 가지고 놀았답니다. 그들은 작은 예수를 때로는 신부로, 때로는 판사로, 때로는 가발을 쓰고 금빛 단추가 박힌 지팡이를 든 의사로 옷 입혔지요. 심지어 메디나 코엘리 공작비가 물에 빠진 아들에게 성 이그나티우스의 손가락 뼛가루를, 반은 수프를 만들어 먹이고 반은 관장(灌腸)해 넣었다면, 이 나라에서 위생 조치가 어떻게 지켜질 수 있겠습니까? 하지만 종교재판소는 그런 약의 기적 행위를 용감하게 의심하는 모든 사람들을 고발했습니다."

갑자기 호베야노스는 말을 멈추더니 웃으며 말했다. "죄송하군요. 저는 형편없는 주인이군요. 포도주나 먹을 것을 내놓는 게 아니라, 제 불쾌한 감정이 깃든 쓰디쓴 음료를 여러분께 내놓았습니다." 그는 히포크라스*와 파하레테,** 과일과 파스테테*** 그리고 사탕과자를 가져오도록 일렀다.

이제 사람들은 그림이나 책에 대해 말했다. 신부는 젊은 킨타나에게 시 두어 편을 낭독해달라고 요청했다. 그는 길게 인용하지 않았다. 하지만 그는 약간 과감하게 시도한 새로운 산문 한 편을 낭독하기로 결정했다. 그는 청중들에게 이 작품은 짧은 전기(傳記)라고 설명했다. 그것은 작은 초상화, 이른바 '세밀화'에 상응했는데, 전에는 책 앞에 실리다가 요즘에 다시 유행하는 형식이었다.

모두가 동의했기 때문에 그는 도미니크회 수도사이자 톨레도의 대주교이며 종교재판소의 가장 영광스러운 순교자인 바르톨로메 카란사의 생애사를 읽었다.

그의 죽음 이후 300년이 지난
지금도 그를
칭송하는 것이 금지되었네.
그럼에도 민중들은
곳곳에서 그에 대해,
그 성스러운 말과
성스러운 행동에 대해,
높게 칭송했네.
그들은 물론

---

* Hipocras: 포도와 계피, 설탕 등으로 만든 음료수.
** Pajarete: 독하고 질이 우수하며 맛좋은 포도주.
*** Pastete: 스튜를 넣은 파이. 일종의 고기만두.

그저 소곤거리며 말했다네.

6

돈 바르톨로메 카란사는 이미 젊은 시절 신학 교수로 두각을 드러냈고, 곧 스페인에서 첫째가는 교회학자로 간주되었다. 카를 5세는 그를 자신의 대리인으로 트리엔트 공회의(公會議)에 파견했는데, 이곳에서 카란사는 조국과 교회를 위해 뛰어난 봉사를 수행했다. 그는 카를의 후계자인 펠리페 2세한테도 영국과 플랑드르 지방에서 종교적 정치적 조언을 했다. 펠리페 2세는 그를 톨레도 대주교로 임명했고, 그래서 그는 이 왕국의 수석대주교가 되었다. 성직자의 임무에 대한 카란사의 엄격한 견해와 탁월한 온화함 덕분에 그는 유럽 도처에서 그 시대 가장 위엄 있는 성직자라는 칭호를 얻게 되었다.

하지만 그는 정치가가 아니었다. 그의 높은 지위와 명성, 그 가차 없이 엄격한 판단은, 고위 성직자 계급의 시기심과 적대감을 불러일으켰다.

그의 가장 혹독한 적대자는 세비야 대주교 돈 페르난도 발데스였다. 카란사는 그로 하여금, 물론 간접적이긴 하나, 신학적 검증을 통해 대주교 교구에서 나오는 소득 가운데 5만 두카텐의 전쟁 세금을 펠리페 왕에게 지불하도록 했다. 돈 페르난도 발데스는 돈에 굶주린 인간이었다. 그 후에도 카란사는 이 왕국에서 가장 많은 그의 성직 봉록을 빼앗았는데, 그 자리는 8백만~1천만 두카텐의 연금이 나오는 톨레도의 대주교 직위였다. 돈 페르난도 발데스는 카란사의 기를 꺾을 기회를 기다렸다.

그 기회는 발데스가 대심문관으로 임명되었을 때 생겼다. 대주교 카란사는 교리문답서에 대한 논평을 작성했는데, 많은 사람들이 그 논평을 칭찬하기도 했지만 혹평하기도 했다. 카란사가 신학적 문제의 견해 차이로 괴롭힌 적이 있는 어느 학식 있는 도미니크회 수도사 멜초르 카노는 이 책의 아홉 군데에 이단 혐의가 있다고 주장했다. 그와 비슷한 평가가 잇달았고, 카란사의 의심스러운 진술에 대한 고발도 이어졌다. 대심문관은 이 증언을 읽고 연구한 뒤, 이 책자가 고발하기에 충분하다고 여겼다.

자기 책에 대한 조사가 이뤄지고 있다는 경고에 따라 카란사는 매우 명망 있는 신학자의 평가를 받게 되었는데, 그 평가에서 신학자는 그의 책이 지닌 모범적인 경건성과 정통에 대한 고수를 강한 어조로 칭송했다. 그리고 그의 교육을 받았던 학생인 펠리페 왕에게 보호를 요청했다. 이 무렵 펠리페 왕은 플랑드르 지방에 머물고 있었다. 대심문관 발데스는 왕이 귀국한 뒤에는 자신이 더 이상 카란사를 손댈 수 없으리라는 사실을 알았다. 그는 카란사를 치기로 결정했다.

카란사는 토렐라구나로 업무차 여행하던 중이었다. 종교재판소는 그 지역 거주자들에게 아무도 이틀 동안 집을 떠나서는 안 된다는 지시를 내렸다. 그리고 대주교가 머무는 작은 궁전을 중무장한 병력으로 에워쌌다. 누군가 외치는 소리가 들렸다. "최고주교회의에 문을 열어야 한다." 눈가에 눈물을 글썽이면서, 심문관 카스트로가 대주교의 침대 앞에서 무릎 꿇고 용서를 빌며 그를 체포하라는 명령을 내렸다. 카란사는 성호를 긋고 체포되었다. 마치 땅 위에서 사라지듯 그는 뭇사람들의 시선으로부터 사라져버렸다.

대심문관은 서둘러 플랑드르 지방으로 여행을 떠나, 펠리페 왕에게 가서 보고했다. 대주교 성직자들은 종교재판소의 재판권 아래 있지 않았다. 그들은 교황의 재판권에 복종할 뿐이었다. 하지만 발데스는 특별히 위험한 경우 로마의 허락 없이 조사해도 되는 전권을 교황으로부터 부여받았다. 그 위험한 경우가 바로 여기 있노라고 그는 왕에게 설명했다. 그는 자료를 제출했다. 그리고 톨레도 대주교의 교구에서 나오는 소득을 이미 압류했으며, 종교재판소는 소송 비용을 뺀 후 이 소득을 왕에게 넘겨주고자 한다는 사실을 강조했다. 그러자 펠리페는 자신의 조언자이자 신앙 교사인 카란사가 아주 많은 이단 행위를 했다는 사실을 알게 되었고, 그래서 대심문관의 조처를 인가해주었다.

카란사는 바야돌리드*로 옮겨졌다. 산페드로와 인접한 도시인 그곳에서 그는 오직 한 명의 하인과 함께 공기도 잘 통하지 않고 빛도 들지 않는 방에 유폐되었다.

기나긴 조사가 시작되었다. 93명의 증인을 심문했고, 톨레도 대주교의 엄청난 문서보관소를 모두 샅샅이 뒤졌다. 카란사가 대학생이었던 40여 년 전에 행한 설교 노트도 발견되었다. 트리엔트 공의회 전문가로서 그가 반론을 펴려고 베껴두었던 이단 서적의 몇 항목도 있었고, 그 밖의 숱한 의심스러운 기록물도 있었다.

교황이 종교재판소에 부여한 전권 덕분에 발데스는 피의자와 자료를 확보할 수 있는 권한을 갖게 되었다. 교황 바울 4세는 체포된 자와 서류를 로마의 자신에게 보내라고 요구했다. 대심문관은 핑계를 댔고, 왕은 톨레도 대주교의 교구 수익을 차지했다. 바울 4세 교황이 죽고, 이어 피우스 4세가 교황이 되었다. 로마가 허용했던 전권은 2년 기한으로 정해져 있었다. 교황 피우스는 피체포자와 소송 자료를 인도하라고 요구했다. 대심문관은 핑계를 댔고, 왕은 대주교의 교구 수익으로 교황 조카에

---

* Valladolid: 마드리드 서북쪽의 도시로, 콜럼버스가 사망한 곳이기도 하다.

게 연금을 지불했다. 교황 피우스는 전권을 2년 더 연장했다. 그 후 다시 한 번 1년을 연장해주었다.

그러는 사이 카란사 사건은 유럽의 스캔들이 되었다. 트리엔트 공의회는 대주교 카란사에게 행한 이 심각한 부당 행위가 교회에 대한 모욕이고, 고위 성직자의 면책 특권에 대한 스페인 종교재판소의 공격이라는 점을 알게 되었다. 스페인 종교재판소가 카란사의 이단 행위의 주된 논거로 간주한 바로 그 글, 즉 교리문답서에 대한 그의 논평이 금서 목록에 들어 있지 않을 뿐만 아니라, 오히려 그 글은 훌륭할 정도로 가톨릭적이어서 이 땅의 모든 독실한 신자가 읽고 가슴에 품어야 할 가치가 있다는 사실을 알게 되었다.

그러자 교황 피우스는 교황의 권위가 가톨릭 왕의 완고한 태도로 훼손되었음을 공의회와 전 세계에 알렸다. 카란사 소송 건을 심의한 종교재판소의 전권은 다음 해 1월 1일 자로 영원히 효력을 상실하며, 수감 중인 대주교는 모든 서류 자료와 함께 로마 당국으로 인도되어야 한다고 밝혔다. 펠리페 왕만 종교재판소를 비호했다. 그는 톨레도 대주교의 교구 수익을 포기하려 들지 않았고, 만약 교황에게 굴복한다면, 그것은 권위의 실추라고 여겼다. 카란사는 엄격한 구금 아래 바야돌리드에 머물렀다.

교황은 엄숙히 선언했다. 대주교의 양도가 계속 지체된다면 모든 죄지은 자들은 필연적으로 저주를 받을 것이고, 그래서 그들의 품위와 기능을 잃게 될 것이며, 범죄자로 간주되어 다시는 그 직분을 수행할 수 없을 것이라고. 그리고 카란사 자신은 지체 없이 교황 대사에게 인도될 수 있어야 한다고 했다. 하지만 펠리페 왕은 답하지 않았다. 카란사는 바야돌리드 감옥에 머물렀다.

이윽고 교황의 견외(遣外)사절단이 스페인 땅에서 스페인의 종교재판소와 같이 카란사 소송 건을 조사하는 데 합의했다. 로마는 사절 네 명을 파견했는데, 이들은 교황이 지금까지 왕에게 보낸 적이 없는 정선된 인물들이었다. 한 명은 나중에 교황이 되는 그레고리우스 13세이고, 또 한 명은 역시 나중에 교황이 되는 우르반 7세이며, 나머지도 알도브란디니 주교로 나중에 교황이 되는 클레멘스 8세의 형과 역시 나중에 교황이 되는 식스투스 5세였다. 대심문관은 이들을 그에 합당한 경외심으로 응접했다. 하지만 종교재판소 최고법정의 틀 안에서 소송이 진행되어야 한다는 것, 그래서 15명의 스페인 사람들과 같이 판결해야 한다고 주장했다. 이것은 파견 사절이 19표 중에서 4표만 갖는다는 것을 뜻했다.

이 문제를 심문하는 동안 교황 피우스 4세가 죽었다. 그는 임종 자리에서 대주교 카란사 소송 건과 관련해, 만족할 줄 모르는 가톨릭 왕을 달래기 위해 교회법에 반대하고 공의회와 주교들의 의지를 거슬렀다고 설명했다. 카란사 소송 건에서의 실패보다 더 무겁게 자신의 양심을 짓누른 것은 없었다는 것이다.

죽은 교황의 후임자는 피우스 5세였는데, 그는 까다로운 지도자였다. 스페인 사절 수니가는 곧바로 왕에게 하소연하기를, 교황은 국사(國事)에 경험도 없고 개인적 관심도 없다는 것이었다. 유감스럽게도 그는 옳다고 생각한 것만 하고, 그 밖의 어떤 것도 하지 않는다는 것이었다. 새 교황은 대심문관들과 그 통치자의 재판관이 즉각 효력을 상실하게 되었다고 설명했다. 대심문관 발데스는 수감된 대주교를 지체 없이 석방하여, 그가 로마로 가서 교황에게 직접 판결을 받아야 한다는 것이었다. 그리고 소송 자료는 3개월 안에 로마로 우송되어야 한다고 했다. 이 모든 것이 제대로 이뤄지지 않으면 신의 분노라는 형벌을, 다시 말해 파문을 뜻하는, 사도 베드로와 바울의 분노라는 형벌을 받을 것이라고 했다.

돈에 미치고 복수를 일삼는 늙은 발데스는 새 교황과의 싸움을 받아들일 태세였다. 하지만 가톨릭 국왕은 국내외적으로 심각한 정치적 분규에 얽혀 있었기 때문에 교황의 금지령을 두려워했다. 카란사는 교황 사절단에게 넘겨졌고, 이탈리아로 향했다.

대주교는 스페인 감옥에서 8년을 보냈다. 이제 그는 산안젤로 성에서 안락하지만 여전히 구금된 상태로 살았다. 왜냐하면 철저한 피우스 5세가 조사를 처음부터 다시 시작하라고 엄격히 지시했기 때문이다. 엄청난 서류가 이탈리아어와 라틴어로 전부 번역되었다. 17명의 성직자로 된 특별 법정이 교황 주재로 매주 열렸다. 그 성직자들 중에서 4명이 스페인 사람이었다. 가톨릭 왕은 엄청난 관심을 가지고 그 심문을 지켜보았고, 늘 새로운 자료를 보냈다.

소송 절차는 지지부진했다. 대주교는 8년 동안 스페인에서 수감된 뒤에 다시 5년 동안 이탈리아에서 수감 생활을 이어갔다.

그 후 교황은 모든 찬성과 반대를 참작했다. 그와 그의 법정은 대주교 카란사의 이단 행위에 죄가 있다고 여기지 않았다. 판결문은 조심스럽게 많은 논거가 곁들여진 채 교황의 감독 아래 작성되었다. 하지만 교황은 판결을 공표하지 않았다. 대신 먼저 펠리페 왕한테 정중하게 알렸다.

그러나 석방을 알리고 그 이유를 댄 판결문 입안이 작성된 직후, 교황 피우스 5세가 죽었다는 소식이 스페인에 도착했다. 판결문은 공표되지 않았다. 그것은 사라져버렸다.

피우스 5세의 후임자 그레고리우스 13세는 이 석방 판결문을 물론 알고 있었다. 하지만 그는 교황이 카란사 사안과 관련해 스페인에 파견한 네 명의 사절 가운데 한 사람으로, 가톨릭 왕의 완고함을 알고 있었다. 그는 이 모든 사안을 새로 친히 조사할 예정이라고 선포했다.

펠리페 왕은 더 많은 자료를 보냈다. 그런 다음 곧바로 교황에게 편지 쓰기를, 자신은 카란사의 이단 행위를 마음과 정신을 다해 확신하며, 그에 대한 신속한 유죄 판결을 요구한다고 주장했다. 3주 뒤 그는 교황에게 두번째로 편지를 손수 그리고 격렬하고도 설득력 있게 적고는, 그 이단자를 화형시키라고 요구했다. 그보다 경미한 벌이라면 카란사는 나중에라도 대주교직에 다시 들어서게 되리라는 것이었다. 한 이단자가 자신의 왕국에서 최고의 종교적 위엄을 가진다는 사실은 스페인 왕에게 견딜 수 없는 일이라고 했다.

이 편지가 도착하기 전 교황은 대주교에 대한 판결을 승인했는데, 그것은 일종의 외교적 판결이었다. 카란사는 16가지의 경미한 이단 행위에 죄가 있는 것으로 인정되었다. 그는 공개적으로 부인했고, 그래서 5년간 대주교직이 정지되었다. 이 기간 동안 그는 오르비에토의 한 수도원에서 한 달에 1천 크로네의 금화를 받으며 살았다. 그 밖에 종교 벌금이 약간 부과되었다.

교황 그레고리우스는 펠리페 왕에게 이 판결을 친전(親傳)으로 알렸다. 그는 썼다. "변화와 학식 그리고 선행으로 알려진 이 사람이 유죄 판결을 받아야 한다는 사실에, 그리고 그를 우리가 희망대로, 석방할 수 없다는 사실에 유감을 표합니다."

지금까지 이베리아 반도의 땅을 방랑했던 사람 가운데 가장 성스러운 사람이라고 수천 사람들이 간주했던 톨레도의 주교 돈 바르톨로메 카란사는 스페인과 이탈리아의 감옥에서 17년을 보냈다. 그의 판결이 선고되기 전 교황 바울 4세와 피우스 4세 그리고 피우스 5세가 죽었다.

이 대주교는 바티칸에서 자신의 오류를 부인하고 난 뒤 교황이 부과한 신앙의 벌을 받았다. 그것은 로마 교회 일곱 곳을 방문해야 한다는 것이었다. 교황 그레고리우스는 존중과 동참의 표시로 이 방문에 쓰라고 자신의 가마를 마련해주었다. 그리고 종자(從者)가 쓸 말도 마련해주었다. 하지만 카란사는 거절했다. 그는 걸어 다녔다. 수만 명이 모였다. 그가 지나갈 때 보기 위해, 그에게 존경심을 표하기 위해 많은 사람들이 먼 곳으로부터 왔다. 그의 벌은 승리가 되었다. 이런 승리는 교황에게도 드물게 주어지는 일이었다.

카란사가 속죄의 길에서 돌아왔을 때, 그는 격렬한 고통을 느끼고 자리에 드러눕게 되었다. 며칠 뒤 사람들은 그가 매우 위독하다는 것을 알았다. 교황은 그에게 일반사면을 내렸고, 사도의 축복도 내렸다. 카란사는 고위 성직자 일곱 명에게 방문을 청했다. 그는 그들이 있는 데서 사면을 받고 난 뒤 최후영성체를 받기 직전에 위엄 있게 설명했다. "내가 짧은 기간 동안 전지전능자께 내놓은 시말서에서, 또 성체로 오는 모든 왕들 중의 왕께—저는 곧 이 왕을 영접하게 될 터인데—나는 맹세합니다. 신학을 가르치고, 이어 스페인과 독일, 이탈리아와 영국에서 쓰고 설교하고 논쟁하고 숨 쉬었던 그 기간 동안 나는 언제나 예수 그리스도교에 승리를 드리고 이단자와 싸우려는 의도를 가졌다는 사실을 말이지요. 나는 신의 은총을 통해 많은 사람들을 가톨릭교로 개종시켰습니다. 오랫동안 나의 고해자였던 펠리페 왕이 그 증인입니다. 나는 그를 사랑했고, 지금도 충심으로 사랑합니다. 어떤 아들도 그분께 그렇게 충실하게 할 순 없습니다. 나아가 내가 확신하는 바는, 사람들이 의혹을 제기한 오류 가운데 그 어느 하나에도 나는 빠진 적이 없다는 사실입니다. 사람들은 내 말을 곡해하여 그것에 그릇된 의미를 부여했지요. 그럼에도 내 소송을 끝낸 그 판결이 옳다고 생각합니다. 왜냐하면 이것은 그리스도의 대리자가 진술한 것이기 때문입니다. 내가 죽어가는 이 시간에, 나는 나를 고발했던, 이 소송에 등장한 모든 사람들을 용서합니다. 나는 결코 그들에 대해 원한을 품지 않습니다. 내가 떠나게 된다면, 어디로 가든 하느님의 자비를 통해 내가 가길 바라며, 그들의 영혼을 위해 기도할 것입니다."

주검을 부검하라는 지시가 내려졌다. 의사들은 일흔세 살인 이 사람이 암과 비슷한 고통으로 죽었다고 설명했다. 하지만 아무도 그것을 믿지 않았다. 모든 사람들은 가톨릭 왕에게나 어울릴 죽음이 그에게 돌아온 것이라고 여겼다. 카란사가 다시 대주교직을 맡게 된다면, 이 오만한 왕이, 그가 직접 썼듯이, 참아내지 못할 것이었다. 왕과 대주교는 같은 하늘 아래 살 수 없었던 것이다. 왕은 이 적대자를 어떤 방식으로든 해치우는 것을 신이 하사한 권리로 간주했던 것이다.

그래서 그는 교황에게 편지를 썼다.
그 판결은 경험 많고 지혜로운
스페인의 많은 성직자에게
너무 온건한 것이라고. 하지만
그는 신실하고 정의로운
판결을 내리기 위한 교황의
진지한 노력을 인정한다고.
이것은 특히, 신의 손길이
더 이상의 악을 막으려고
옳은 수단을 사용했기 때문에
더 그렇다고.

교황의 너그러운 판결이 악을
야기할 수도 있기에.

7

젊은 킨타나는 성자이자 이단자 돈 바르톨로메 카란사 대주교 이야기를 호베야노스와 그 손님들을 위해 '세밀화' 형식으로 낭독했다.

모든 사람들이 그 이야기를 알고 있었다. 하지만 킨타나가 낭독한 방식은 낯설고 새로웠다. 그는 사람들이 모르는, 그래서 기껏해야 추측할 수 있을 그 사건을 사실로 내세우는 데 두려워하지 않았다. 하지만 기이한 것은 이야기하는 방식이었다. 그것은 전혀 다른 식일 수 없는 그만의 방식이었다.

다른 사람들처럼 고야는 감동적으로 경청했다. 이 청년이 사람들 앞에 보여준 사건은 250년 전에 일어난 일이 아니었다. 그것은 감동적이고 사람을 격분시키는 오늘의 사건이었다. 하지만 바로 그 때문에 이렇게 물을 수 있었다. 여기에 서술된 것은 선동적이고, 그래서 매우 위험하지 않은가? 삶이 충족과 약속을 건네주는 바로 지금 그가 이 역도(逆徒)와 광신도 사이에 둘러싸여 있다면, 그것은 바보 같은 일이 아닌가? 애써 분노를 억누른 채 이 이야기를 낭독한 어리석은 청년이 그의 마음에 들었다. 이야기가 더 이어진다고 해도, 그는 계속 경청했을 것이다.

젊은 킨타나의 얘기가 끝났을 때, 가슴을 짓누르는 침묵이 모두를 덮쳤다. 마침내 호베야노스는 헛기침을 하더니 말했다. "내 사랑하는 돈 호세 군, 순수 카스티야적인 것에 대한 자네의 반감은 결코 헤아리기 어렵네. 하지만 자네 문장에는 힘이 있어. 그리고 자네는 아직 매우 젊네. 그러니 앞으로 많은 것이 더 세련될 것일세."

신부는 일어섰다. 킨타나의 낭독은 모든 사람들 가운데 아마 그를 가장 뒤흔들었을 것이다. "우리는, 우리 종교재판소 사람들은 현명합니다." 그는 말했다. 그는 "우리 종교재판소 사람들은"이라고 말할 권리가 있었다. 왜냐하면 그의 보호자 시에라 대심문관이 비록 교황의 비위를 거슬러, 그리고 미심쩍은 신학 때문에 고발된 처지에 있다 해도, 그는 여전히 '최고주교회의 총무'라는 직함을 가지고 있었기 때문이다. 이제 그는 돈 가스파르의 넓은 방을 이리저리 오갔다. 그리고 간략히 견해를 발표했다. "우리 종교재판소 사람들은 늘 영리하지요. 대주교 카란사를 감옥에 집어넣고 죽인 것은 우리가 아닙니다. 그것은 교황이고 펠리페 왕이에요. 이제 대심문관 로렌차나가 마침내 올라비데 소송 건을 결정하게 된다면, 이 위대한 사람을 체포하게 만든 사람이 바로 그라고 누가 말할 수 있겠습니까? 그렇게 오랫동안 끌어오던 사건을 그가 끝내는 것은 그의 단순한 의무이지 않나요?"

고야는 고개를 들어 경청했다. 그는 돈 파블로 올라비데를 잠시 안 적이 있다. 수년 전 이 용기 있고 번득일 만큼 영리한 사람이 체포되어 시에라모레나에서 보여준 위대한 업적이 위태롭게 되었을 때, 그것은 고야에게 충격이었다. 이제 종교재판소가 마침내 올라비데도 없애려 한다는 것을 고야도 지난 몇 주 사이 들었다. 하지만 그는 귀를 닫아버렸다. 이런저런 소문으로 자신의 행복이 방해받길 원치 않았기 때문이다. 킨타나의 낭독에 매혹된 지금에 와서야 그는 묻지 않을 수 없었다. "그들이 정말……?"

"분명 그들은," 신부는 대답했다. 그의 영리하고 즐거운 눈은 이제 더 이상 기쁜 빛이 아니었다. "로렌차나는 순수한 교리를 옹호하기 위한 싸움에서 대심문관 발데스만큼이나 유명해지려는 명예욕을 가졌어요. 그는 올라비데를 죽이려고 교황의 은총을 이미 확보해두었지요. 돈 마누엘이 좀더 오래 무기력하고 왕이 대심문관을 방해하지 않는다면, 이 수도는 수세기 동안 없었던 종교 처형식을 목격하게 될 것입니다."

고야는 이 신부의 사악한 예언이, 그리고 어쩌면 젊은 킨타나의 낭독 자체가 오직 자기를 향한 것임을 분명하게 감지했다. 그때 호베야노스도 단도직입적으로 고야 쪽으로 몸을 돌렸다. "당신은 요즘 평화대공의 초상화를 그리고 있지요, 돈 프란시스코? 그런 자리에 있으면 돈 마누엘에게 아주 가까이 다가서기 좋을 겁니다. 당신이 올라비데 소송 건에 대해 그와 한번 상의해보면 어떨까요?" 비록 호베야노스가 지나가는 투로 얘기하려 애썼지만, 모든 말은 중요했다. 주변이 잠잠해졌다. 모두 고야의 답변을 기다렸다.

그는 불편한 심정으로 말했다. "돈 마누엘이 그림 외의 문제에서 저를 진지하게 여기는지 의문스럽습니다. 솔직하게 말씀드리면요." 그는 농담을 좀 섞어 계속 말했다. "그림에 관계된 것이 아니라면, 저를 진지하게 여길 필요가 없습니다." 다른 사람들은 인정하지 않는 듯 말이 없었다. 하지만 호베야노스는 엄격하고도 직설적으로 말했다. "돈 프란시스코, 당신은 자신을 원래 모습보다 더 가볍게 여기고 있군요. 당신은 재능이 있고, 재능을 가진 사람은 어느 분야에나 있지요. 시저는 위대한 정치가이자 야전사령관일 뿐만 아니라 위대한 작가이기도 했소. 소크라테스는 철학자이자 종교 주창자였고 군인이기도 했습니다. 그는 모든 것을 했지요. 또 레오나르도는 회화 영역을 넘어 과학자이자 기술자였습니다. 그는 성채를 짓고 비행선을 제작하기도 했어요. 그리고 보잘것없는 '나'에 대해 말하자면, 국민경제 영역뿐 아니라 회화 영역에서도 저를 진지하게 받아들여주길 바랍니다."

이 사람의 눈에 걱정스러운 인물이 되는 위험이 있더라도 고야는 두 번 다시 정치적 사안에 개입해선 안 되었다. "그럼에도 당신에게 '안 된다'라고 말하지 않을 수 없는 것이 유감스럽습니다, 돈 가스파르." 그가 대답했다. "돈 파블로 올라비데에 대한 소송 건은 당신 이상으로 제게도 분노를 야기시켰습니다. 하지만," 그는 더 힘차게 설명했다. "저는 돈 마누엘과 그 점에 대해 말하지 '않을' 겁니다. 분명 우리의 친구 돈 미겔은 이 불쾌한 일을 그와 논의했을 것입니다. 그리고 돈 디에고, 당신도," 그는 신부 쪽으로 몸을 돌려 말했다. "당신의 영리한 설득술을 동원해 확실히 말했을 겁니다. 노련한 정치가인 당신 두 사람이 실패했다면 아라곤 출신의 일개 화가인 제가 무엇을 더 얻을 수 있을까요?"

돈 미겔은 도전을 받아들였다. 그는 말했다. "그렇게 많은 고위 인사들이 자네를 주변에 두고자 한다면, 프란시스코, 그것은 초상화 때문만은 아니겠지. 그들 주변에는 온종일 전문가들이, 이를테면 경제학자나 기술자, 그리고 나 같은 정치가가 있겠지. 하지만 예술가는 전문가 이상이라네. 그는 모두에게 영향을 미치고 모든 사람의 본질을 알며, 모두를 위해 말하네. 그는 전체로서의 민중을 위해 말하기 때문이지. 그 점을 돈 마누엘은 알고 있네. 그 때문에 그는 자네 말을 듣는 것이고. 그리고 그런 이유로 자네는 파블로 올라비데의 이 저주받은 절망적인 소송 건을 그와 얘기해야 하네."

젊은 킨타나는 겸손하지만 열렬하게 개입했다. "지금 당신이 말한 것을, 돈 미겔." 그가 소리쳤다. "저도 가끔 스스로 느꼈습니다. 우리 같은 가련한 작가가 아니라, 당신, 돈 프란시스코 같은 사람은 모두가 이해하는 언어, 즉 보편적 독자성을 말하지요. 당신 그림은 그 어떤 인간 자신의 얼굴이나 작가의 말보다 인간의 본질을 더 많이 드러내지요." 고야는 대답했다. "자네는 나의 예술에 대단한 명예를 베푸는군, 젊은이. 하지만 유감스럽게도 사람들은 내가 돈 마누엘과 '말하길' 원하고, 그렇게 되면 나는 내 보편적인 어법을 빼앗기고 마네. 신사 여러분들, 난 화가입니다." 그는 불친절할 정도로 큰 소리로 말했다. "이해해주세요. 전 화가예요. 화가 외에는 아무것도 아니지요."

혼자가 되었을 때, 그는 호베야노스와 그 모임에 대한 고통스러운 기억을 떨쳐내려고 애썼다. 그는 자기가 거절한 이유를 되풀이했다. 그것은 정당한 이유였다. '듣고, 보고 그리고 입 닫는 것.'* 이것은 그 많은 오래되고 좋은 격언들 가운데 최고의 것 중 하나였다. 그러나 그의 불편함은 남았다.

그는 한 지인과 얘기 나누며 자신을 정당화하지 않을 수 없었다. 그는 아구스틴에게 호베야노스와 다른 사람들이 그에게 어떻게 왕의 일에 개입하라고 요구했는지, 그리고 그가 어떻게 그것을 거절했는지 말해주었다. 그러면서 꾸민 듯한 활기 속에 끝맺었다. "말하는 걸 배우는 데는 2년 걸리지만, 입 다무는 걸 배우는 데는 60년이 걸린다네."

아구스틴은 슬픔에 잠겼다. 그는 그 일을 벌써 아는 것 같았다. "퀴엔 칼라 오토르가Quien calla, otorga." 그는 둔탁한 목소리로 대답했다. "말이 없으면, 동의하는 거지요." 고야는 대답하지 않았다. 아구스틴은 자제했다. 그는 소리치지 않았고, 조용히 말하려고 애썼다. "전 두려워요." 그가 말했다. "밖이 어떻게 되어가는지 창문을 가린다면, 프랑코,

---

* 원문은 스페인어 "Oir, ver y callar."

당신은 집 안에 무엇이 있는지도 보기 어려울 겁니다." "바보 같은 소리 말게." 프란시스코가 충고했다. "내가 이전보다 못 그린다고?" 하지만 그 역시 침착하려 애썼다. "가끔 덕성 있는 호베야노스도 경외감을 불러일으키네." 그는 냉정하게 인정했다. "그의 완고함과 대단한 연설로 말이지. 하지만 가끔 우스꽝스럽기도 해."

"있는 그대로의 세계가 아니라
있어야 하는 세계에
사는 사람은 바보라네.
사람은 적응하지 않으면 안 되네. 달리 될 수는 없으니까."
그가 힘껏 외쳤다. "그렇다면, 당신은 이제,
돈 프란시스코." 아구스틴이 조용히
말했다. 하지만 프란시스코는
외치지 않고 말했다. "두 세계 사이에
하나의 길이 있다네.
나는 그 길을 찾으려 하고, 찾게 될 것이네.
나를 믿게. 난 발견할 것이네,
아구스틴. 단지 인내심을 갖길,
나의 사랑하는 친구."

8

고야는 산이시드로 순례길을 담은 경쾌한 그림에 즐겁게 몰두해 있었다. 그는 혼자였다. 갑자기 프란시스코는 누군가 아틀리에에 들어왔다는 것을 느꼈다.

그랬다. 누가 거기 있었다. 아무런 노크도 없이 어떤 사람이 최고주교회의 심부름꾼 옷차림으로 들어선 것이다. "예수 그리스도는 찬미 받을지어다." 그 남자가 말했다. "영원히, 아멘." 돈 프란시스코가 대답했다. "돈 프란시스코, 확인해주시겠습니까?" 그 전령(傳令)은 매우 정중히 말했다. "제가 당신께 최고주교회의 서신을 넘겼다는 사실을 말이지요." 그는 고야에게 수령증을 넘겼고 고야가 서명했다. 남자는 서신을 주었고, 고야는 서신을 받은 뒤 성호를 그었다. "성모 마리아는 축복받을지어다." 전령이 말했다. "세 번 축복받기를." 돈 프란시스코가 대답했다. 전령은 떠났다.

고야는 도장 찍힌 서신을 펴지도 않은 채 손에 쥐고 앉았다. 종교재판소는 돈 파블로 올라비데의 재판을 공개적으로 하지 않고 별개로, 그러니까 초대받은 몇몇 사람들에게만 알려주는 방식으로 공표할 생각임을 최근 들어 자주 거론했다. 여기 초대되는 것은 명예로우면서 위험스럽기도 했다. 그것은 일종의 경고에 가까웠다. 고야는 자기 손에 놓인 서한이 그 초대장을 포함한다고 확신했다. 그제야 비로소 그는 조용하고 급작스레 나타난 전령이 남긴 경악스러움을 완전히 감지했다. 그는 무릎을 껴안고 지친 몸으로 소파에 앉았다. 편지를 열기까지 오래 걸렸다.

프란스시코가 이 초대에 대해 말했을 때, 호세파는 아주 놀랐다. 오빠가 예언했던 것이 실현된 까닭이다. 프란시스코의 생활이 비도덕적으로 변함으로써 이단 행위를 한다는 소문이 난 것이다. 종교재판소 나리들이 이 위험스러운 초대를 결정하게 된 것은 아마도 고야가 평상시에 무신론자들과 교류한 것뿐만 아니라 거기에 더하여 무모하게 드러난 알바와의 염문이 더 큰 이유를 차지했는지도 모른다. 나쁜 것은 프랑코가 실제 이단자라는 사실이었다. 가장 나쁜 점은 호세파가 그에게 요지부동으로 집착한다는 사실이었다. 그래서 종교재판소가 그녀를 고문한다고 해도 그녀는 프랑코에게 불리한 말은 결코 하지 않을 것이다. 그녀는 표정을, 조용하나 자부심에 찬 바예우 가문의 표정을 편안히 견지하고자 애썼다. 그녀는 입에 약간 힘을 주었을 뿐이다. 그러고 나서 말했다. "성모 마리아가 당신에게 은총을 내리시길, 프랑코."

그가 알바에게 그 초대에 대해 얘기하자 그녀조차 놀라 고통스럽게 반응했다. 하지만 그녀는 이내 다시 기운을 차렸다. "거기서 당신이 얼마나 중요한 인물인지 알게 될 겁니다." 그녀는 말했다.

대심문관 로렌차나는 이 왕국의 가장 명망 있는 인사들을 종교재판소의 승리 의식에 참석하도록 초대했다. 돈 미겔이나 카바루스 그리고 호베야노스뿐만 아니라, 심지어 돈 마누엘도 부른 것이다. 로마는 대심문관에게 올라비데 건으로 왕권을 자극하지 않도록 공개 재판을 하지 말라고 권유했지만, 이단자의 유죄 판결은 많은 사람이 보게끔 해야 했다. 그래서 대심문관은 '문을 열어둔 채' 따로 판결하도록 지시했고, 그 결과 모든 마드리드 사람들은 방청 금지에도 불구하고 이단자에게 굴욕을 주는 일에 참여할 수 있었다.

행사 일주일 전에 종교재판소의 고용인과 공증인이 말을 타고, 북과 각적(角笛)과 나팔을 연주하며 도시 마드리드를 행진했다. 포고자가 모든 백성에게 알리기를, 신과 가톨릭 신앙의 드높은 영광을 위해 최고주교회의는 산도밍고 엘 레알 교회에서 문을 열어둔 채 개별 재판을 거행할 거라고 했다. 그래서 모든 신도들은 이 성스러운 광경에 참여하라고 촉구받았다. 그것은 예배였기 때문이다.

재판 하루 전 최고주교회의의 거대한 초록색 십자가와 깃발이 교회로 옮겨졌다. 도미니크 수도회의 수도원장은 푸른 십자가를 들었고, 미세레레*의 기도 노래를 부르는 횃불 든 수도사들이 그를 에워쌌다. 자주색 무늬 직물로 된, 화려하게 수놓아진 깃발에는 왕과 최고주교회의의 문장(紋章), 십자가와 칼 그리고 채찍이 그려져 있었다. 그 깃발 뒤에는 무덤에서 파낸 죽은 이단자의 관이 따랐는데, 이들에 대한 판결문이나 도망친 이단자들의 초상화도 보였다. 엄청난 사람들이 길 양편에 서서 깃발과 푸른 십자가가 지나갈 때 무릎을 꿇었다.

다음 날 이른 새벽 산도밍고 엘 레알 교회에는 초대받은 여러 사람들이 모였다. 그들은 장관과 장군, 대학 총장과 원로 작가였는데, 이들은 모두 진보적이라고 의심받던 지도자급 인사였다. 이런 행사의 초대에 응하지 않는 것은, 설령 병이 났을지라도, 이단 행위를 고백하는 일과 다름없었다.

나아가 올라비데를 고발했던 사람들, 이를테면 그라나다의 대주교 데스푸이그, 오스마의 주교, 프라이부르크 출신의 로무알트 수사, 그리고 올라비데의 이주 정책으로 무상 목초지를 잃은 메스타의 사람들이 승리를 기뻐하기 위해 초대되었다.

친구든 적이든 그들 모두는 거대한 법정에 앉았다. 이들을 마주하고 두번째 법정이 종교재판소 나리들을 기다렸다. 이들 머리 쪽으로 도밍고의 유명한 그림이 걸려 있었다. 도밍고는 고행으로 탈진한 채 땅에 누워 있었고, 성모 마리아가 자비롭게도 그 입에 가슴을 대고 젖을 주고 있었다.

---

* Miserere: 『구약성서』 「시편」 51편의 첫 구절.

교회 중앙에는 연단이 설치되어 있었다. 그 위로는 죽은 자의 관이 검은 십자가에 덮인 채 놓여 있었고, 이 덧없는 이단자의 초상화도 놓여 있었다. 두번째 연단은 살과 피로 된 살아 있는 이단자를 기다렸다.

그러는 사이 밖에서는 재판관과 죄인의 행렬이 다가오고 있었다. 무르시아의 기병연대가 선두에 섰고, 아프리카 기병대가 행렬의 끝을 이루고 있었다. 마드리드 수비대의 나머지 병력이 도열했다. 종교재판소 관리들은 기다랗게 두 줄로 걸었고, 죄인은 그들 사이에서 걸었다.

교회 입구에서 산도밍고의 성직자 전체가 대심문관과 그를 따르는 사람들을 영접했다. 로렌차나 바로 뒤에는 수도의 종교법원장 돈 호세 데 케베도 박사와, 세 명의 명예간사가 걸었는데, 이 간사들은 모두 첫번째 대귀족이었다. 그 뒤에는 여섯 명의 현직 간사가 뒤따랐는데, 그 가운데에는 신부 돈 디에고도 있었다. 이들 행렬이 교회에 들어서자 사람들은 무릎을 꿇었다.

그들이 다시 고개를 들었을 때, 살아 있는 이단자가 선 연단도 사람들로 차게 되었다. 살아 있는 이단자는 죽은 이단자의 관이 놓인 연단을 마주한 채 낮은 의자에 앉았다. 그들 발치에는 검게 장식된 십자가가 놓여 있었다.

그들은 네 명이었다. 그들은 삼베니토Sambenito 혹은 사마라Zamarra로 불리는 수치스러운 옷을 입고 있었다. 그들 둘레에는 안드레아스 십자가*가 그려진 자루부대 같은 누런 셔츠가 아무렇게나 걸쳐져 있었고, 목에는 밧줄이 달려 있었다. 그들 머리에는 '코로사Coroza'라고 불리는 높고 뾰족한 모자가 얹혀 있었다. 맨발에 거친 헝겊 신발을 신고 있었고,

* 성 안드레아스가 못 박혀 처형되었다는 X형 십자가로, 기독교에서는 예수 수난의 상징이다.

두 손에는 꺼져버린 초록 양초가 들려 있었다.

격심한 동요 속에서 고야는 삼베니토를 입은 이 가난한 죄인들을 쳐다보았다. 모든 교회에 그 같은 낙인 셔츠가 걸렸다. 그의 마음속에서 그 치욕스러운 옷에 대한 기억이 높이 솟구쳤다. 어린아이였을 때 그는 처음으로 그 치욕스러운 옷이 무엇을 뜻하는지 알게 되었다. 그 옷은 죄인을 지옥으로 빠뜨리는 잔혹한 악마가 그려진, 예전부터 전해 내려오는 것이었다. 그 옷에는 100년 혹은 그 이상 그 옷을 입었던 이단자의 이름과 죄명이 적혀 있었다. 이단자의 후손들은 심지어 오늘날에도 순정한 자들의 공동체로부터 배제되어 있다는 것을 깨달았을 때, 끔찍한 전율이 엄습해왔음을 프란시스코는 생생히 기억했다.

무언가에 강렬하게 사로잡힌 사람처럼 그는 파블로 올라비데의 얼굴을 찾았다. 네 명의 이단자는 삼베니토를 입고 뾰족한 모자가 씌어진 까닭에 거의 똑같아 보였다. 그들은 쇠락한 잿빛 얼굴로 앞을 향해 웅크린 채 앉아 있었다. 그들 중 한 명은 여자로 보였다. 하지만 다른 남자들과 구분하기 어려웠다. 프란시스코는 얼굴에 대한 정확한 기억력을 갖고 있었다. 앞 사람은 분명 그가 수년 전에 만났던 파블로 올라비데였다. 그는 얼굴이 다정하고 활기차 보이며 여위었지만 우아하고도 재치 있는 신사였다. 네 사람 가운데 누가 올라비데인지 확인하는 데 오래 걸렸다. 더 이상 얼굴이 없었기 때문이다. 그의 표정은 지워졌고 사라져버렸다.

한 간사가 설교단으로 들어서서 서약서를 읽었다. 이 서약서로 말미암아 여기 참석한 사람들은 모두 최고주교회의에 엄격히 복종할 것과, 모든 이단 행위를 언제나 축출할 의무를 지게 되었다. 그리고 모두 '아멘'이라고 읊조렸다.

그런 후 도미니크 수도회 원장이 설교를 했다. 요지는 이랬다. "오,

신이여, 일어나셔서 당신 뜻대로 이 심판을 주관하소서." 그는 짧고 거칠게 설교했다. "종교법정과," 그는 고시했다. "고통을 감수해야 할 죄인들의 이 무대는 우리 모두 언젠가 최후의 심판일에 경악 속에서 체험할 일에 대한 인상적인 장면입니다. 하지만 이를 의심하는 자에게 물읍시다. 오, 주여, 유대인들과 이슬람교도 그리고 이단자 외의 적들이 아직 당신에게 있지 않나요? 많은 다른 사람들도 날마다 또 다른 죄와 악으로 당신의 신성을 욕되게 하지 않나요? 확실히 그렇다고 신은 대답하십니다. 하지만 그것은 용서할 만한 미미한 죄입니다. 저는 유대인이나 이슬람교도 그리고 이단자들에 대해 화해할 수 없는 혐오감을 가집니다. 나의 이름과 내 명예를 더럽히기 때문입니다. 다윗이 신을 부를 때 말하려 했던 것은 바로 이것입니다. '지나친 연민으로 당신을 달랠 때의 온화함에서 깨어나길! 오 주여, 일어나 당신 일을 판결하소서! 분노의 힘으로 이교도와 비신자를 쳐부수옵소서!' 최고주교회의는 오늘날에도 이 말에 따라 행동하고 있습니다."

그러고 나서 네 이단자에 대한 판결이 낭독되었다. 파블로 올라비데를 아무런 지위나 이름도 없는 사람들과 함께 묶은 것은 종교재판소 법정 앞에서 고위층도 하류층과 똑같다는 사실을 보여주기 위한 것으로 보였다.

먼저 팔렌시아 신학교의 전직 요리사였던 호세 오르티츠가 불려나왔다. 그는 우리의 성모 델 필라르 상이 지닌 기적의 힘을 의심했던 것이다. 나아가 그는 죽음 후 닥칠 수 있는 가장 나쁜 일이란 개한테 잡아먹히는 것이라고 설명했다. 개에 대한 이런 진술은 사소한 이단 행위로 간주되었는데, 그 이유는 순교자들의 시체를 개나 육식조(鳥), 심지어 돼지가 먹어치웠기 때문이다. 하지만 또 다른 진술은 교리에 대한 끔찍한 거부로 밝혀졌다. 이 사람은 도시를 가로질러 공개적으로 행렬하면서 채찍을 200번 맞는 판결을 받았다. 그 후 그는 세속 관청으로 넘겨져 5년 동안 노예선을 젓는 부역을 행하도록 지시받았다.

그다음으로 서적상인 콘스탄시아 로드리게스가 불려나왔다. 그녀의 재고품 가운데 금서 목록에 있는 것이 17권이고, 그 가운데 3권은 악의 없는 제목이 붙은 가짜 제본이었다. 이 여자는 통상적으로 받게 되는 재산 몰수나 그와 비슷한 '부수적인 벌' 외에 '베르겐사Vergüenza'라고 불리는 벌, 말하자면 한 전령이 그녀의 죄과와 벌을 공표하는 가운데 상체를 벗은 채 거리를 걸어야 하는 벌을 받았다.

학사(學士) 마누엘 산체스 벨라스코는 산카예타노 교회 안에서 성자가 자신이나 자신과 같은 사람을 도와줄 수 없을 거라는 불경스러운 말을 했다. 그는 가벼운 처벌을 받고 죄에서 벗어났다. 그는 평생 동안 마드리드에서 추방되었고, 명예직을 차지하거나 존경받는 직업을 가질 권리가 박탈되었다.

선고는 이유와 증거를 현학적으로 열거하는 가운데 천천히 낭독되었다. 초대받은 손님들은 지겨워하면서도 긴장한 채 경청하며 올라비데에 대한 판결을 기다렸다. 하지만 그들은 그로테스크한 치욕의 옷을 입은 가련한 이들에 대한 불편한 연민을 피할 수 없었다. 그들 죄인의 삶은 부주의한 말 한마디 때문에 영원히 매장될 판이었다. 이단자 법정은 가볍게 흘리는 말도 백만 개의 귀로 엿듣고, 그렇게 골라낸 누구라도 없애는 힘을 지녔기 때문에, 초대받은 자들은 이 법정을 두려워하지 않을 수 없었다.

마침내 파블로 올라비데가 소환되었다. 그가 가졌던 모든 직위가 호명되었다. 그는 페루 부(副)왕국의 전직 법관이자 세비야의 전직 지사였고, 누에바스 포블라시오네스의 총독이자 산티아고 기사단의 전직 상급 기사였으며, 안드레아스 십자가단의 전직 기사이기도 했다.

이단자 모자 때문에 엄청 커 보이는 그 작은 남자가 앞으로 불려 나왔을 때, 사람들로 가득 찬 교회는 너무나 조용했다. 그는 걸으려고 애썼다. 하지만 그의 오른편에서는 성직자가, 왼편에서는 간호인이 그를 부축해서 이끌어주었다. 우스꽝스러운 노란 헝겊 신발을 신은 그의 발이 교회 돌바닥을 질질 끄는 소리가 들렸다.

그는 똑바로 서 있을 수 없었기 때문에 앉으라는 지시를 받았다. 그는 웅크리고 앉았다. 그는 그가 선 자리와 경계를 이루는 낮은 난간에 기운 없이 상체를 기댔다. 높고 뾰족한 모자는 그로테스크하게 튀어나왔다. 주변에는 총리와 대학 총장 그리고 많은 고위 관료와 학자와 작가가 앉아 있었는데, 그들은 그의 친구였고 가엾은 적이기도 했다. 그들은 그가 지은 죄의 증인이었다.

판결은 상세하고도 심사숙고한 것이었고, 여러 신학을 근거로 이유가 제시되었다. 피고자는 부주의한 진술을 했다고 인정했다. 그러면서 올바른 가톨릭 신앙을 결코 포기하지 않을 것이고, 이단 행위라는 범죄를 저지르지 않았다고 주장했다. 하지만 최고주교회의는 이 피의자의 저서와 글을 조사했고, 72명의 증인을 심문했으며, 그래서 파블로 올라비데의 죄는 입증되었다. 그는 기적을 믿지 않는다고 밝혔다. 그리고 비가톨릭교도가 지옥으로 떨어진다는 사실을 부인했다. 또 많은 기독교 영주들보다 로마의 많은 이교도 황제들을 더 좋아한다고 그는 밝혔다. 나아가 교부와 스콜라 학자들이 인간 정신의 발전을 방해한다며 비난했다. 그리고 기도가 나쁜 과실을 무마할 수 있다는 사실을 의심한다고 밝혔다. 이런 말들은 부주의한 진술 이상이었고, 그래서 이단 행위였다. 나아가 올라비데는 많은 금서를 갖고 있었다. 그는 반기독교 투쟁의 선봉장인 악명 높은 볼테르를 스위스에서 방문하기도 했고, 그에게 존경과 우정을 표하기도 했다. 그가 가진 서류 가운데에는 이 이단자 우두머리가 보낸 편지도 발견되었다. 그 밖에 피고인은 증인들 앞에서, 천둥이 칠 때 종을 치는 것은 도움이 되지 않는다고 설명했다. 그는 전염병이 돌 때도 죽은 자는 교회 안이 아니라 교회에서 멀리 떨어진 봉헌되지 않은 땅에 묻혀야 한다고 지시했던 것이다. 간단히 말해 파블로 올라비데는 166가지 죄목에서 반박의 여지 없는 이단 행위를 한 것으로 입증되었다.

166가지 죄목을 낭독하는 데 두 시간 이상 걸렸다. 그 두 시간이 끝나갈 무렵 올라비데는 옆으로 비스듬히 주저앉았다. 그가 실신했음을 모두 알았다. 물을 뿌리자 그는 몇 분 후 다시 의식을 차렸다. 낭독이 이어졌다.

마침내 마지막에 이르렀다. "이런 이유에서," 이렇게 이어졌다. "우리는 그가 입증된 이단자이자 기독교 단체의 불건전한 일원임을 선언하고, 그를 유죄로 판결하여 그가 자신의 이단 행위를 버리겠다고 맹세케 함으로써 교회와 화해하기를 명합니다." 벌로서 세로나의 카푸친 수도원에서 8년을 보내라는 지시가 떨어졌다. 그와 함께 통상적 부가형(附加刑)도 선고되었다. 즉 그의 재산은 몰수되었다. 그는 평생 동안 마드리드와 왕이 머무는 그 외 장소로부터 떨어져 있어야 했고, 페루 왕국이나 안달루시아, 그리고 시에라모레나의 이주지로부터 벗어나야 했다. 또 어떤 명예로운 칭호도 가질 수 없었고, 관직도 가져선 안 되었다. 의사나 약사, 교사와 변호사 그리고 세리도 직업으로 가질 수 없었다. 말도 타선 안 되었고, 어떤 치장을 해서도 안 되었으며, 비단이나 면직물 옷을 입어서도 안 되었다. 오직 거친 천이나 그 외 수건 같은 것만 걸칠 수 있었다. 세로나 수도원을 떠날 때는 이단자의 셔츠인 삼베니토를, 이단 행위를 적은 목록과 함께 걸쳐야 했는데, 세상 사람들이 모두 알아보도록 하기 위해서였다. 그의 자손도 다섯 세대에 이르기까지 이 부가형을 받아야 했다.

수많은 양초가 탔고, 교회 안 공기는 혼탁했다. 그것은 차가우면서 후텁지근했다. 성직자들은 이전부터 내려오는 미사 때의 긴 옷과 두건 달린 수도사 옷, 재판관 관복(官服)을 입었고, 고위 인사들은 정장 차림으로 지치고 긴장된 채 앉아 있었다. 그들은 대부분 힘겹게 숨 쉬며 듣고 있었다.

돈 디에고 신부는 마드리드 최고주교회의 간사 가운데 한 사람으로, 종교재판소 판사들 사이에 앉아 있었다. 그는 로렌차나가 몰락시키고 고발한 시에라 대심문관의 친구였다. 이 몰락한 대심문관이 신부에게, 종교재판소의 소송 절차를 시대정신에 맞게 고치는 방법에 대한 비망록 작성을 위임했다는 사실을 로렌차나는 물론 알고 있었다. 신부는 바로 올라비데처럼 자기도 치욕스러운 옷을 입고 저 의자에 앉을 수 있다는 것을 분명하게 알았다. 로렌차나가 그를 건드리지 않은 것은 단지 그가 돈 마누엘의 공식 사서(司書)이자 절친한 친구였기 때문이었다. 그러나 그는 저 아래쪽 사람들과 운명을 함께 나누도록 뽑힌 사람들의 목록에 분명 있었다. 그래서 그는 종교재판 후에 체포되지 않을까 날마다 노심초사했던 것이다. 피레네 산맥이 자신과 종교재판소 사이에 놓였더라면, 그는 오래전에 도망갔을 것이다. 그렇게 하지 않은 이유는 한 이름 때문이었다. 그건 도냐 루시아였다. 그녀의 정치 교육을 완성시키기 전에 그는 스페인을 떠날 수 없었다. 그는 그녀를 보지 않고 살 수 없었다.

돈 마누엘은 첫 줄의 고위 성직자 칸에 앉아 있었다. 그는 일어나 교회를 울리는 걸음걸이로 떠나지 않을 수 없었다. 그의 친구들이 한 말이 옳았다. 그는 이 모욕스러운 장면을 허락하지 않았어야 했다. 하지만 그는 뻔뻔스러운 로렌차나를 과소평가했다. 그가 종교재판을 한 차례 공표했을 때, 손쓰기에는 너무 늦었다. 공표된 재판을 금지하는 경솔한 행위는 봉기를 일으킬 것이었고, 그 같은 봉기는 자신의 분명한 몰락으로 귀결될 것이었다. 하지만 재판관의 신적 품위가 중요시되는 이 나라에 군림하는 로렌차나가 올라비데 같은 사람을 그런 방식으로 짓밟게 내버려두는 것은 하나의 스캔들이었다. 더욱이 올라비데의 새끼발가락은 로렌차나의 점잔 빼는 머리통보다 더 가치 있는 것이었다. 다른 한편으로 페파는 물론 옳았다. 저기 허세 섞인 승리를 구가하는 자는 프란시스코 로렌차나가 아니었다. 그것은 로마였고 제단이었으며 교회 자체였다. 대심문관 관복을 입는 바로 그 순간부터 로렌차나처럼 저주스러운 인간조차 신적 정의의 구현체가 되었고, 그에게 반대하는 것은 안전하지 않았다. 그럼에도 돈 마누엘은 자신이 친구들을 내버려뒀다고 여기게 해선 안 된다고 맹세했다. 그는 로렌차나가 더 이상의 처참한 일을 저지르도록 방치하진 않을 것이다. 그는 올라비데를 죽음으로 몰고 가는 건 참지 않을 것이다.

프란시스코 고야는 열렬한 관심을 갖고 사형수를 지켜보았다. 저 아래에서 일어난 일은 우리 모두에게 일어날 수 있었다. 사악한 유령이 도처에 숨죽이고 있었다. 그 유령이 불행한 파블로 올라비데에게 치욕스러운 옷을 입히고 이단자 모자를 씌워 대심문관과 그 무리 앞에서 그를 조롱한 것이다. "트라갈로, 페로Trágalo, perro—개 같은 놈, 이거나 핥아라!" 고야는 앉아서 산도밍고 엘 레알에서 일어나는 모든 사소한 사항도 놓치지 않고 감지했다. 하지만 그는 동시에 어린 시절에 겪은 사건들을 새롭게 체험했다. 고향 사라고사에 살 때, 그는 훨씬 더 장대하고 끔찍하며 그로테스크한 종교재판을 보았던 것이다. 그것은 동정녀 델 필라르 성당 앞과 그 안에서 일어났다. 그런 다음 푸에르타 델 포르티요 앞에서 이단자를 화형시켰다. 그는 지금도 당시보다 더 생생하게 사라고사의 재판관과 죄인 그리고 증인을 보았다. 그는 화형당한 자의 살 타는 냄새를 맡았다. 그 당시의 이단자와 오늘의 사형수가 '한 사람'이 되었다.

검게 드리운 십자가를 마주한 채, 이제 무릎을 꿇고 손은 펼쳐진 성경 위에 올려놓고 올라비데는 자기 죄를 부인했다. 신부는 그에게 말을 했고, 그는 다시 모든 이단 행위를 부인했다. 특히 자신의 견해나 말 그리고 행동으로 했던 이단 행위는 없다는 것이었다. 신부는 그에게 말했고, 그는 반복해서 말하길, 순종과 인내 속에서 모든 부과된 벌을 성심성의껏 치르겠노라고, 신과 성모 마리아에 맹세하겠다고 했다. 그렇게 하지 못하거나 또 다른 죄를 범한다면, 그는 뉘우치지 않아 또다시 죄를 범할 수 있는 이단자로, 그래서 스스로 자신을 더 이상 재판 없이 엄격한 교회법에 따라 화형될 이단자로 여기겠다고 했다.

교회의 열린 문으로
밖에서 웅성대는 수많은 사람들의
소리가 매우 억눌린 채 들려왔다.
하지만 사람 가득 찬
교회 안은 조용했다.
너무 조용해서
도끼칼이 바닥에 살짝 닿을 때
모두 기겁할 정도였다.
하지만 이 모든 정적에도

신부가 낭독한
말만은 들을 수 있었다.
그, 올라비데는
아무 말이 없었다.
회색빛 바랜 표정에서 입술이
얼마나 힘들게 열렸다가 닫히는지,
그것만 보였다.
이로써
성스러운 행위는 끝났다.
이제 밖에서는 지휘관의 구령과
병사들의 박자 맞춘 행진 소리가
선명하고 크게 울렸다.
들어올 때와 똑같은 순서로
재판관과 가엾은 죄인들의
행렬이 산도밍고 교회 밖으로
나갔다.

9

고야는 산도밍고 교회에서 겪었던 바를 전하지 않을 수 없다고 느꼈다. 아구스틴은 묻지 않았지만, 그러나 프란시스코가 얘기해주길 분명 기다렸다.

고야는 침묵했다. 그는 적절한 말을 찾을 수 없었다. 그가 겪은 일들은 서로 심하게 얽혀 있었다. 그는 올라비데의 고통이나 그 재판관의 잔혹한 광신주의보다 더한 것을 보았다. 그는 재판관과 이단자 그리고 하객 주위로 떠돌고 기어 다니며 웅크린 채 앉아 있는 악마들을 보았다. 그것은 늘 사람 주위에서 서성대는 사악한 마귀였다. 그는 그 마귀의 엽기적인 환호를 보았다. 그래, 그 자신은—그것은 차 마시는 선량한 아구스틴으로서는 결코 이해하지 못할 일이었다—그 끔찍하고 그로테스크한 광경이 불러일으킨 모든 연민과 증오 그리고 역겨움에도 불구하고 그 악마의 환희에 공감했다. 아니 그 이상이었다. 아이처럼 불안해하며 열망하는 기쁨이 그에게 다시 일깨워진 것이다. 그것은 유죄 판결을 받고 화형된 이단자를 보았던 어린 시절에 느꼈던 것이었다. 그러나 그 혼란은, 그 뒤엉킨 과거와 현재의 얼굴과 감정은 말로 나타낼 수 없었다.

그것은 그려질 수 있었다.

고야는 그렸다. 다른 모든 것은 제쳐둔 채, 그는 그렸다. 평화대공이 허락한 모임을 거절했다. 그리고 카예타나와의 만남도 삼갔다. 아무도 아틀리에에 들어오지 못하게 했다. 아구스틴에게도 자기 그림을 쳐다보지 말라고 부탁했다. 그림이 완성되면, 그 그림을 처음으로 볼 사람이 바로 아구스틴이었기 때문이다.

고야는 작업을 위해 가장 비싼 옷을 입었고, 때로는 비록 불편해도 '세련된' 옷을 걸쳤다.

그는 빠르게, 하지만 긴장해서 그렸다. 그는 밤에도 그렸다. 앞쪽에 철판이 달린, 실린더 모양의 낮은 모자를 썼다. 철판 위에 양초를 고정시켜 그때그때 빛을 잘 비추도록 한 것이다.

「산이시드로로 가는 순례길」을 그린 뒤 얼마 안 되어 새로운 시각과 색채가 생겨나게 되었다는 사실을 그는 감지했다. 그는 기쁜 마음으로 들떴다. 그는 득의양양하면서도 겸허하게 마음의 친구 마르틴에게, 자신은 지금 오직 즐기기 위해 작은 그림 몇 점을 그리는 중이라고 편지를 썼다. 지금까지 주문받은 그림과는 아주 다르게 이 그림에서는 자신의 마음과 관찰과 기분에 따른다고, 그리고 자신의 환상을 제어하면서 세상을 보이는 대로 그린다고 썼다. "대단한 게 될 거라네." 그는 썼다. "나는 이 그림을 우선 여기 친구들을 위해 전시할 것이네. 그런 다음 예술원에서 전시할 것이고. 그리고 내 영혼의 친구 마르틴, 자네가 곧 와서 그 그림을 보게 되길 바라네." 그는 편지에 마지막으로 큰 십자가를 그렸다. 무모한 확신 때문에 나쁜 유령이 끼어들어 모든 일이 허사가 되지 않도록.

마침내 그날이 왔다. 그는 몹시 흡족해하며 아구스틴에게 말했다. "이렇게 끝났네. 이제 자네가 볼 수 있겠네. 원한다면, 무슨 말을 해도 좋아."

그곳에 여러 편의 그림이 놓여 있었다.

한 그림은 시골의 가련한 투우 장면을 묘사한 것이었다. 투우사와 소, 관객이 있는 투우경기장이 있고, 그 뒤에는 별 볼일 없는 몇몇 집이 놓여 있었다. 소는 피 흘리며 쫓기고 있었다. 투우장 한편에 기대선 비겁하고 가련한 소였다. 소는 땀 흘리며 싸우고 싶어 하기보다는 죽고 싶어 했다. 관객들은 기대하던 멋진 장면을 보여주지 않는 소의 비겁함에 격분해 있었다. 소는 투우장으로, 햇볕 속으로 다시 나오려 하지 않았다. 오히려 소는 비겁하게도 그늘 아래 머무르며 죽으려 했다. 소는 많은 공간을 차지하지 않았다. 프란시스코가 그리고 싶어 한 것은 소가 아니라 그 운명이었다. 그 운명에는 소뿐 아니라 투우사와 관객 그리고 말(馬) 같은 다른 요소도 속해 있었다. 그림에는 형상이 많았지만, 지나친 부분은 하나도 없었다.

둘째 그림은 어느 정신병원에 있는 한 무리의 미치광이를 보여주었다. 그것은 아치형 궁륭이 있는, 돌로 된 지하실 같은 큰 방이었다. 둥근 천장과 격자로 된 창문으로 빛이 들어왔다. 미치광이들이 그곳에 함께 갇혀 있었다. 여럿이었지만, 각자는 아무런 희망 없이 혼자였다. 각자는 제각각 광기에 따라 행동하고 있었다. 중앙에는 나체의 힘센 젊은이가 있었는데, 그는 거친 몸짓으로 있지도 않은 적수에게 하듯 위협적이고 절박하게 설교하고 있었다. 옷을 반쯤 걸친 다른 사람들도 인디언들이 머리에 걸치듯, 왕관과 소뿔과 다채로운 깃으로 치장하고 있었다. 그들은 영원할 것 같은 둥근 돌 천장 아래 뒤섞인 채 웅크리고 앉거나 서 있거나 누워 있었다. 하지만 그들 주위로 선명하고 풍성한 빛이 어려 있었다.

셋째 그림은 성(聖)금요일*의 가장행렬을 묘사했다. 아주 많은 사람은 아니었지만, 깃발과 십자가, 참여자와 구경꾼 그리고 속죄자가 뒤엉킨 격렬한 혼란을 온전히 감지할 수 있었다. 그늘이 검게 드리운 집들 앞에서 힘센 남자들이 땀을 흘리며 무거운 연단을 이쪽으로 옮기고 있었다. 연단에는 후광이 드리운 거대한 성모 마리아상이 놓여 있었다. 그 뒤 멀리로 성 요셉이 놓인 비슷한 연단이 보였다. 훨씬 멀리에는 셋째 연단이 있었는데, 그 위에는 예수 그리스도가 거대한 모습으로 서 있었다. 깃발과 십자가가 행렬을 이루며 멀리 앞으로 나아가고 있었다. 하지만 가장 분명한 것은 반쯤 벌거벗은 하얀 죄인들이었는데, 한 사람은 희고 뾰족한 죄인 모자를 썼고, 다른 사람은 검고 흉측한 악마 얼굴에 악마 옷을 입고 있었다. 여러 줄의 채찍을 휘두르며 모두 광신적으로 날뛰고 있었다.

아홉 살 당시 고야는 사라고사에서 열린 종교재판에서 다른 사람들

---

* 부활절 전의 금요일.

과 함께 한 성직자가 어떻게 단죄되는지 보고 들었다. 그는 페드로 아레발로였다. 그는 벌거벗은 고해자를 채찍질하면서 죄 많은 자기 몸도 채찍질하게 했다. 페드로에게 내려진 판결은 미미했다. 하지만 페드로가 자신이나 고해자에게 선고한 내용은 광범위한 논거와 함께 금지된 속죄 행위를 세세히 밝히며 크게 낭독되었다. 고야는 수십 년 동안 그 일을 더 이상 생각하지 않았다. 하지만 당시 판결문을 들었을 때의 열렬하고 매혹적인 관심이 산도밍고 교회에서 자기도 모르게 다시 생겨나는 걸 분명하게 느꼈다. 그때 이후 그가 보았던 수많은 편태(鞭笞)고행자*에 대한 기억이, 미래의 고통을 막기 위해 스스로에게 고통을 가하는 저 기이한 속죄자 행렬에 대한 기억이 떠올랐다. 그들은 기꺼이 스스로를 체벌했다. 그들의 채찍은 사랑받는 자의 색채를 띠고 있었다. 그래서 그들은 애인 옆을 지나갈 때 자기 피를 애인한테 뿌리려 했다. 그것은 성모 마리아를 위한 명예로운 일이자 사랑의 헌신일 뿐만 아니라, 애인을 위한 명예로운 일이고 사랑의 헌신이기도 했다. 그래서 고야는 이 속죄자들을 그렸다. 그들은 그림 앞쪽에서 아무것도 걸치지 않은 근육질 등을 굽힌 채, 요포를 두르고 뾰족하고 흰 모자를 쓴 채로 춤추며 걸었다. 그들 위로 눈부신 햇살이 비쳤다. 하지만 그 빛은 성모 마리아로부터 부드럽고도 온화하게 흘러나왔다.

넷째 그림은 '정어리 매장'이라는 아주 색다른 행렬을 묘사한 것이었다. 카니발을 끝맺는 격렬한 축제로 오랫동안 이어져 오던 것으로, 엄격한 금식 기간 직전에 치르는 마지막 행사였다. 많은 사람들이 축제를 즐기기 위해 빽빽이 밀려드는 가운데 악마 같은 달이 그려진 거대한 깃발

* 채찍이나 몽둥이로 자기를 때리면서 고행하는 사람으로, 이런 고행은 중세 때 고행수도교단에서 성행했다.

이 보였다. 두 젊은이가 아이를 놀래려고 끔찍한 가면을 쓰고는, 변장한 사내처럼 보이는 세번째 가면 쓴 남자와 둔중한 춤을 추었다. 이 그림에 드러나는 것은 억지스러운 악마적 쾌활함이었다. 그것은 광신적 분방함이었고, 분방함 다음에는 속죄의 시간이 올 것이었다.

이 그림에도 고야는 개인적 분노를 집어넣어 그렸다. 즉 영국인은 스페인에서 말린 생선을 대량으로 수입하려고 금식 기간을 이용했다. 그러자 교황은 미운 영국인의 혜택을 줄이기 위해 특정인에게 금식 기간에도 고기를 먹을 수 있는 권리를 허용했는데, 의사와 고해신부가 그 증명서를 발행했다. 이 특권을 누리려면 교황이 쓴 승인칙서의 인쇄된 견본을 사야 했고, 이 견본은 교구신부가 서명해 매년 새로 발행되었다. 신부는 청원자의 소득에 따라 수수료를 높였다. 수수료 인상에 대해 프란시스코는 매년 분노했다. 그래서 '정어리 매장'의 쾌활함은 특히 심하게 나타났다.

마지막으로 다섯째 그림은 어느 종교재판을 묘사한 그림이었다. 산 도밍고 교회에서 일어난 것이 아니라, 햇볕 드는 높은 궁륭과 아치가 있는 밝은 교회에서 벌어진 재판이었다. 연단 앞에는 치욕스러운 셔츠를 입은 이단자가 다른 사람들보다 높이 앉아 있었는데, 그의 고깔모자는 선명하고 기괴하게 허공으로 비스듬히 솟아 있었다. 그는 온몸이 궁핍과 치욕 덩어리인 듯 주저앉아 있었다. 그가 앉은 높은 자리 때문에 그 비참은 갑절로 더 가련해 보였다. 이 사람과 떨어져, 훨씬 안쪽으로 다른 세 죄인이 앉아 있었다. 역시 치욕의 옷을 입은 채 고깔모자를 쓴 그들의 손도 이단자와 마찬가지로 묶여 있었다. 저 뒤편 군림하는 법정 앞에서 간사가 판결문을 낭독했다. 종교와 세속 양쪽의 고위층 인사들이 주위에 둘러앉았는데, 이들은 가발을 쓰고 두건 달린 모자를 쓴 채 너무도 무사태평하게, 뚱뚱하고 경건한 모습으로, 또 젠체하며, 가면처럼 앉아 있었다. 중앙에는 그들이 잡아와 판결을 내리고 있는 이단자가 있었다.

이제 이 그림들 앞에 아구스틴이 섰다. 그는 서서 바라보았다. 그는 그림을 들이마시듯 빨아들였다. 당혹스러웠다. 경악했다.

그것은 기쁨을 주는 경악이었다. 그것은 사람들이 지금껏 보아온 것과 다른 회화였다. 그 그림을 그린 사람은 누군가 다른 프란시스코였다. 하지만 그는 같은 사람이었다. 그림에서 볼 수 있는 것은 여러 사람이 등장하는 생생한 모습이었다. 하지만 거기에 불필요한 것은 아무것도 없었다. 그것은 검소한 충일성이었다. 전체에 속하지 않는 것은 제거되고, 개별적인 사람이나 개별적인 사물은 전체에 기여하는 부분 외에 어떤 것도 아니었다. 더 기이한 사실은 다음과 같은 것이었다. 다섯 편의 그림은, 각각의 내용은 달라도, 서로 연결된 것이었다. 이 점을 아구스틴은 분명히 느꼈다. 죽어가는 소와 멋진 카니발 행렬, 편태고행자, 미치광이들의 집, 그리고 종교재판소는 '하나'였고, 스페인이었다. 모든 난폭함이 그 속에 있었다. 공포스러운 것과 답답함 그리고 어두운 것은 심지어 스페인적 환희 속에 자리했다. 그럼에도 이것은 오직 한 사람만, 자신의 친구인 프란시스코만 그릴 수 있었다. 그러나 그 위에는 가볍고 활기찬 무엇이 서려 있었다. 말하자면 사건의 끔찍함은 하늘의 섬세한 밝음 때문에, 떠도는 빛의 뉘앙스 때문에 지양되었다. 프란시스코가 말로는 결코 이해시킬 수 없었던 것을 아구스틴은 이제 그림에서 느꼈다. 그것은 말하자면, 이 특이한 프랑코에게는 사악한 악마조차 환영받는다는 사실이었다. 왜냐하면 프란시스코가 여기 그린 그림의 음산함에는, 늘 그렇듯, 살고 보고 그리는 일의 쾌락이, 삶에 대한 그의 엄청난 환희가 반짝거렸기 때문이다.

이 그림이 정부를
거역하는 것인가? 그것이 왕국과 제단에
분노하는 것인가?
그런 것은 눈으로
볼 수 없었고, 말로도 얘기할 수 없었다.
그럼에도 이 작은 그림들은
말보다 훨씬 더 사람을
놀라게 했다. 가장 반항적인 그림이었다.
땀 흘리며 죽어가는 소,
어두운 사육제의 질식할 듯 난폭한
환희가 사람 마음을
뜨겁게 했고, 분노는 스스로 채찍질하는,
벌거벗은 하얀 속죄자 행렬처럼,
이단자의 법정처럼 혹독했다.
"이제 어떤가?
자넨 뭘 말하려는가?" 고야가 물었다. "아무 말도 할 게
없네요." 아구스틴이 말했다.
"다른 사람들도 아무 말 할 수 없을 거예요." 그는
뼈만 남은 앙상하고 음울한
얼굴에 환한 웃음을
넓게 띠었다.

10

호세파가 와서 그림을 보았다. 그녀는 구석 쪽으로 멀찌감치 물러섰다. 그녀가 사랑한 이 남자가 섬뜩하게 여겨졌다.

호베야노스가 젊은 시인 킨타나와 같이 왔다. 호베야노스는 말했다. "당신은 우리 편에 속하지요, 돈 프란시스코. 어쩌면 잘못 생각했는지도 모르지만." 젊은 킨타나는 좋아했다. "보편적인 어법이군요. 당신 그림을, 돈 프란시스코, 밑으로는 노새몰이꾼에서 위로는 총리에 이르기까지 누구나 이해할 겁니다."

돈 미겔과 루시아, 돈 디에고는 그림을 구경했다. 이런 그림들을 멩스나 바예우의 규칙에 따라 잰다는 것은 말도 안 되는 일이었다. "돈 미겔, 우리는 새로 생각하는 법을 배워야 하지 않나 두렵군요." 신부가 말했다.

하지만 다음 날 아침 돈 미겔이 다시 한 번 고야한테 왔다. 그는 프란시스코의 그림 때문에 잠을 잘 수 없었던 것이다. 그것은 예술 전문가로서의 베르무데스를 불편하게 한 것처럼, 정치가로서의 베르무데스도 불편하게 만들었다. 다른 사람들도, 예를 들면 적대자나 대심문관 로렌차나 같은 이들도 이 그림의 비밀스러운 분노를 잘 느끼지 못할 것인가? 그들은 이 그림에 들어 있는 예술성에 신경 쓰지 않을 것이다. 그들은 오직 이 작품이 사람을 불편하게 만들고 선동적이며 이단적이라는 점만 알 것이다.

미겔은 지금 그 점을 친구에게 알리고 싶었다. 그는 고야에게 설명했다. 프란시스코는 이 그림으로 정치적 올바름에 대한 용기와 의지를 충분히 보여주었다고, 그러니 그 이상은, 그림을 전시하는 것은 어리석인 일이라고, 종교재판소로부터 산도밍고 종교재판에 참석하도록 초대받은 사람이 그런 그림을 전시한다면, 그것은 최고주교회의가 허용하지 않을 도전이 될 것이라고 했다.

고야는 약간 놀란 듯한 웃음을 띠며 자기 그림을 들여다보았다. 그는 말했다. "이 그림에서 최고주교회의는 나를 고소할 어떤 빌미도 발견할 수 없네. 죽은 내 처남은 파체코*의 규정을 억지로 내게 주입시켰지. 난 벌거벗은 인물을 그린 적 없네. 우리의 연인인 여성의 발도 결코 그리지 않았고. 내 그림에는 종교재판소의 금지 사항에 어긋나는 건 아무것도 없다네." 그러고는 시선을 다시 한 번 그림 쪽으로 던졌다. "그림에서 불쾌한 요소를 발견할 수 없어." 그는 되풀이해서 말하며 고개를 진지하게 가로저었다.

미겔은 프란시스코의 농부적인 단순한 영리함을 탄식했다. "선동이 확연하다는 건 아니네." 그는 참을성 있게 설명했다. "하지만 이 그림들에는 그런 기운이 분명 배어 있네." 프란시스코는 미겔이 무엇을 원하는지 완전히 파악하지 못했다. 그는 분명 친구를 만족시킬 수 없을 것이다. 그는 미겔에게 처음에는 순수한 예술가였으나, 이제는 너무 정치가처럼 보였는지도 모른다. 하지만 정치를 담은 그 그림이 어떻다는 말인가? 전에도 많은 화가가 종교재판소 법정을 그리지 않았던가? "하지만 지금은 안 되네!" 미겔이 소리쳤다. "하지만 그렇게는 안 돼!"

고야는 어깨를 들썩거렸다. "이 그림이 날 곤란하게 만들 거라고 생각할 수가 없네." 그는 설명했다. "난 이 그림을 '그리지 않을 수' 없었으니까. 그것은 내가 할 수 있는 것이고, 난 이 그림을 숨기고 싶지 않다네. 그래서 보여줄 것이고, 또 전시할 작정이네." 그는 친구의 근심과 슬픔을

---

* Francisco Pacheco(1564~1654): 스페인의 화가.

분명히 느꼈기 때문에, 부드럽게 덧붙였다. "자네 자신도 종종 위험에 처하곤 했으니 이런저런 부주의로부터 지금 날 지켜주려고 애쓰는 건 고맙게 생각하네." 하지만 그는 간단히 끝맺었다. "그래도 공연히 입만 아플 테니 더 이상 말하지 말게. 나는 그림을 전시할 테니까." 미겔은 포기했다. 그리고 걱정스럽게 말했다. "적어도 돈 마누엘이 이곳에 와서 이 그림에 대한 생각을 말하게 해보겠네. 그렇게 되면 대심문관이 조심해서 처리할 수도 있으니 말이야."

돈 마누엘이 왔다. 그는 페파를 대동했다. 프란시스코가 종교재판에 특별히 초대받았을 때, 페파가 그를 걱정했다는 사실이 드러났다. "내가 늘 말하지 않았나요, 돈 프란시스코." 그녀가 설명했다. "당신 견해에는 이단자 냄새가 풍긴다고. 다행스럽게도, 돈 마누엘은 그렇게 가톨릭적이지 않다고 해도 변명거리가 하나 있죠. 그는 정치가니까요. 그는 왕실 특권을 가지고 있어요. 하지만 당신, 프랑코는 화가일 뿐이에요." "그녀 말 때문에 너무 걱정하진 마시오, 돈 프란시스코." 마누엘이 활기차게 위로했다. "내가 당신을 보호하고 있으니까. 내가 최고주교회의 측의 거창한 사건을 한번 너그럽게 눈감아주었지만, 두번째는 그렇게 하지 않을 거요. 이제 그림을 보여주시오. 미겔이 많이 얘기해줬다오."

그들은 그림을 살폈다. "대단하군." 마누엘이 말했다. "내가 종교재판을 허용한 것에 감사해야 하오. 그러지 않았다면, 당신이 이 그림을 결코 못 그렸을 테니까." 페파는 말없이 그림을 오래 관찰했다. 그러고는 끄는 듯 태연한 목소리로 말했다. "정말 잘 그렸군요, 프랑코. 저 수소가 왜 저렇게 작고, 투우사는 왜 저리 큰지 난 물론 이해하지 못해요. 하지만 거기에는 이미 이유가 있겠지요. 프랑코, 당신은 거만하군요. 사람들이 칭찬을 많이 하지 않을 거예요. 하지만 당신은 위대한 화가라고 난 생각해요." 그녀는 푸른 눈으로 부끄러움 없이 그를 응시했다.

그 점이 돈 마누엘 마음에 들지 않았다. "가야겠군." 그가 말했다. "내게 이 그림을 보내주시오, 돈 프란시스코. 내가 사리다."

고야는 그저 재미를 위해 그린 그림이 돈까지 벌게 해준다는 사실에 기분 좋게 놀랐다. 그는 돈 마누엘에게는 높은 가격을 요구할 수 있었다. 그는 그 그림을 마누엘을 위해 그린 것도, 또 페파를 위해 그린 것도 아니었다. 그는 이해심 없는 사람들이 그 그림을 소유하길 바라지 않았다. 평화대공의 기분을 상하게 하는 것은 성급하고도 어리석은 일이었지만 그는 말했다. "유감이군요, 돈 마누엘." 그는 말했다. "저는 이 그림을 넘길 수 없습니다. 이미 약속된 것이니까요." "그렇다면," 마누엘이 언짢아 하며 말했다. "적어도 두 점은 넘겨주시오. 하나는 세뇨라 투도에게, 하나는 내게 말이오." 그가 마치 주인처럼 말해서 거절하기 어려웠다.

그들이 작별할 때, 페파가 말했다. "소는 너무 작아요. 이미 당신은 알아챘을 거예요, 프란시스코. 하지만 당신은 스페인의 영광이죠." 마누엘은 약간 퉁명스럽게 말했다. "당신은 언제나 로망스 노래처럼 말하는군요, 우리의 페파."

이제 고야의 모든 친구가 그 그림을 보았다. 카예타나만 보지 못했다. 그는 기다렸다. 열정이 거대한 물결을 이루며 그를 덮쳤다. 그는 어두운 격분으로 가득 찼다.

마침내 그녀가 왔다. 하지만 혼자가 아니었다. 그녀는 의사 페랄 박사와 같이 왔다.

그녀는 말했다. "당신이 그리웠어요, 프랑코." 그들은, 마치 영원이 지나간 후의 재회인 것처럼, 부끄럼도 모른 채 뜨겁고도 행복하게 서로를 쳐다보았다.

그리고 그들은 그림 앞에 섰다. 그녀의 금속처럼 차갑고도 큰 눈은 높고 자부심에 찬 눈썹 아래에서 그 작품을 받아들였다. 그녀는 아이처럼 주의 깊게, 그리고 몰두해 바라보았다. 그의 마음은 욕망과 자부심으로 부풀어 올랐다. 삶이 한 사람에게 그보다 더한 것을 줄 수 없었다. 이 곳 벽 사이에서, 그 좁은 공간에서, 그는 자신만이 만들 수 있었던 작품과 단지 그를 위해 있는 그 유일한 여성을 하나로 통일시켰다.

"저도 함께하고 싶군요." 그녀가 말했다. 그는 즉각 이해했다. 큰 기쁨이 그를 채웠다. 바로 이것을 그는 감지했고, 또 감지하게 만들고 싶었다. 그는 투우에서, 카니발에서, 심지어 종교재판소의 법정에서 "함께하는 것"을 원했다. 아니 그 이상이었다. 그 모든 것으로부터, 그것이 옷이든 도덕이든 이성이든, 단 한 번에 해방되고픈 어두운 갈망에 사로잡히지 않은 채 그 광인들의 집을 보았더라면, 그는 제대로 그리지 못했을 것이다. 그렇게 그의 그림은 실패작이 되었을 것이다. "난 함께하겠어요." 그녀, 카예타나는 그것을 감지했던 것이다.

그들은 페랄 박사를 잊었다. 이제 그가 등장했다. 침착한 목소리로 그는 말했다. "당신이 방금 말한 것은, 귀여운 두케시타,* 예술학자가 두꺼운 책에서 말한 것보다 더 현명하군요." 이 사람이 뻔뻔할 정도로 허물없이 그녀를 '두케시타'로 불렀기 때문에 프란시스코는 갑자기 행복감에서 벗어났다. 두 사람 사이는 어떠했는가? "제가 가장 경탄하는 것은," 페랄은 이제 프란시스코 쪽으로 몸을 돌려 말했다. "당신 그림이 음울한 내용인데도 그리 어렵지 않다는 것, 오히려 느슨하다는 거지요. 저는 경쾌하다고까지 말하고 싶군요. 도냐 카예타나의 말이 옳아요. 당신 그림

---

* duquesita: '공작 부인'이란 뜻의 스페인어.

에서 소름끼치는 것은, 돈 프란시스코, 유혹하는 어떤 면을 가지고 있다는 거지요." 그리고 곧 결론지었다. "이 그림 중 하나를 제게 파시지요, 돈 프란시스코?"

고야의 마음속에 잔인한 웃음이 일었다. 페랄이란 작자는 그의 그림을 알아보는 감각을 가지고 있었다. 인정할 수밖에 없었다. 그는 페파처럼 머리가 둔하지 않았다. 그럼에도 그는 무뚝뚝하게 대답했다. "난 아주 비쌉니다, 박사." 페랄은 매우 정중하게 대답했다. "저는 그리 가난하지 않습니다, 궁정화가님." 하지만 공작비는 다정하고도 확실하게 지시했다. "저 그림 중 두 점은 '나에게' 넘기세요, 프란시스코."

고야는 화가 났다. 하지만 미소를 지으며 특별히 사랑스럽게 말했다. "당신에게 그림 두 점을 선물로 드리는 걸 허락해주십시오, 아미기타 데 미 알마amiguita de mi alma." 그는 '사랑스럽고 귀여운 마음의 여자 친구'란 말로 '두케시타'란 말을 쓴 그 '이발사'에게 되갚았다.* "그리고 그림을 누군가에게 선사하는 건 당신에게 달려 있어요." "고마워요." 알바가 조용하고 다정하게 말했다.

예술품 수집가 페랄은, 고야의 무뚝뚝함에 별로 동요되지 않고 그림들 가운데 한 점이나 어쩌면 두 점까지 가질 수 있다는 사실에 기뻐했다. 그래서 열광적으로 말했다. "이 그림들은," 그는 분명 확신을 가지고 설명했다. "어떤 새로운 예술의 첫 산물이고, 다가오는 세기의 첫 그림이 될 겁니다. 세상 사람들이 이 사람에게 얼마나 매력을 느끼게 될지." 그는 '종교재판소'의 이단자 앞에서 말했다. "그것은 상식에 어긋난 것이지요. 하지만 당신이 완전히 옳습니다, 도냐 카예타나. 사람들은 그의 자리

---

* 1700년대 당시 서양에서 의사는 '이발사'라는 직업을 겸했다고 전해진다.

를 부러워할 겁니다."

그는 정신을 차렸다. 하지만 흥분한 채 이야기했다. "당신의 직관은, 돈 프란시스코, 역사의 사실로 확인되고 있지요. 유대교 신봉자나 마라노들은 도망칠 수도 있지만, 종교재판소 관할구역 안에서 붙들려가길 기다리고 있습니다. 저 치욕스러운 옷을 입고 저기 앉은 자들이 그들을 유혹할지도 모르지요." 고야는 성이 나 말했다. "당신은 유대교 신봉자들의 감정을 아주 잘 알고 있군요. 종교재판소가 당신도 그런 사람으로 간주할 것임을 주의하시오!" "제가 어떻게 알 수 있단 말입니까." 페랄 박사는 조용히 말했다. "제 안에 유대인 피가 실제 흐르는지 아닌지 말이에요? 우리 가운데 누가 확실히 주장할 수 있겠어요? 하지만 확실한 점도 있어요. 말하자면, 유대인과 무어인은 최고의 의사들을 배출했습니다. 전 그들의 저작에서 많은 것을 배웠습니다. 그것을 외국에서 연구할 수 있었다는 사실이 기쁩니다." 올라비데의 실각 후 그런 말을 하는 것은 용기 있는 일임을 고야는 인정해야 했다. 그의 역겨움이 늘어났다.

그 뒤 곧 세뇨라 도냐 호세파 바예우 데 고야에게 알바 공작의 재무부에서 공작비의 인사와 함께 옛 은화가 담긴 소포가 전달되었다. 호세파는 가득 찬 보석들 앞에서 어리둥절한 채 서 있었다. 그녀는 계산적이었고, 전달된 선물에 기뻐했다. 그러나 그녀의 마음은 언짢았다. 고야는 설명해주었다. "내 그림 가운데 두 점을 공작비에게 선물할 만하다고 생각했소. 그러니 그 선물에 보답하는 것은 자연스러운 거요. 이게 그 보답이고." 그는 만족하여 결론지었다. "내가 그 그림으로 돈을 받았다면, 6천 레알 이상은 요구하기 어려웠을 것이오. 우리 앞에 놓인 것은 3만 레알쯤 되오. 난 늘 당신에게 말했소. 관대함이야말로 인색함보다 더 많은 보답을 받는다고."

그는 그림들을 예술원에 전시했다. 두려움이 없지 않았지만, 고야의 친구들은 종교재판소가 어떻게 반응할지 기다렸다.

그는 최고주교회의의 감정인이 그의 작품을 감정할 것이며 그 또한 그 자리에 배석해야 한다는 요청을 받았다.

그 성직자들의 선두에 대주교 데스푸이그가 있었다. 페파가 그 고위 성직자와 친교한다는 사실을 고야는 알고 있었다. 어쩌면 그녀가 대주교를 보냈는지도 모른다고 그는 중얼거렸다. 그를 도와주려고? 아니면 그를 망치려고?

그 고위 성직자가 그림을 살펴보았다. "훌륭하고도 경건한 작품이오." 그가 말했다. "여기에 그려진 종교재판소에는 최고주교회의가 보여주려는 유익한 끔찍함이 드러나는군요. 당신은 이 작품을 우리에게 기증해야 하오, 나의 자녀여. 대심문관님께 선사해야 하오." 고야는 당혹스러웠지만 다행스럽게 여겼다.

그는 지나가는 투로 호세파에게, 이 「이단자 법정」을 최고주교회의 측에 기부할 거라고 말했다.

이런 무모함에 온몸이 굳어,
그녀는 말했다. "그들은 저 장작더미로
그림을 던져버리고,
당신은 지하감옥에 처넣을 거예요."
고야는 한결같은 어조로, 이전처럼,
말했다. "대심문관이
그 그림을 청했소."
호세파는 놀라 일어섰다. "당신이

어떻게 처신하는지, 프랑코." 그녀가
말했다. "이해할 수 없어요, 프랑코.
당신은 마법을 걸고 있어요, 프랑코."

11

파블로 올라비데가 사형수 의자에 앉아 있는 것을 본 뒤로 돈 디에고 신부는, 자신에게도 그 위험이 시시각각 다가오는 걸 몸으로 느꼈다. 그는 로렌차나가 종교재판소 내부의 적이자 몰락한 시에라 출신 올라비데의 친구인 자신을 미워한다는 것을 알고 있었다. 그가 도망갈 수 있는 시간이 지나가고 있었다. 하지만 그는 마드리드와 루시아로부터 벗어날 수 없었다.

마누엘은 거창한 말로 보호해준다고 약속했지만, 신부는 믿지 않았다. 로렌차나를 방해할 수단은 오직 한 가지밖에 없었다. 돈 마누엘은 이제, 아니 바로 지금 올라비데를 종교재판에서 떼어내지 않을 수 없었다.

돈 디에고 신부와 미겔은 마누엘이 올라비데가 도피할 수 있도록 도와야 한다고 주장했다. 산도밍고 교회에서의 수치스러운 사건은 총리 자신도 계속 신경 쓰였다. 올라비데를 저 거만한 교회 무리로부터 떼어내는 것이 시급했다. 하지만 그는 이 일의 위험성을 알고 있었다. 왕비의 분명한 승인 없이는 이 일을 감행할 수 없었다. 그녀의 동의를 얻기란 불가능해 보였다. 즉 페파와 그의 관계가 계속 이어진다는 사실에 화가 난 마리아 루이사는 바로 그 무렵 그에게 자주 나타났고, 그를 괴롭히고자 했다. 그리고 그가 올라비데 사건에서 야기한 실패 때문에 그를 비웃었다. 그녀는 분명 그가 일으킨 일의 결과를 그 혼자 책임져야 한다고 신부에게 설명할 것이다.

신부는 자유주의적인 친구 마누엘에게, 올라비데를 세로나 수도원에서 죽도록 내버려둬선 안 된다고 설명했다. 하지만 죄인으로 판결 받은 이단자를 꺼내오는 것은 까다로운 일이었다. 그에 대한 카를로스 왕의 마음을 구할 시간이 필요했다.

그는 잠정적으로 종교재판소에 맞서는 싸움을 다른 영역에서 시작했다.

말하자면 전쟁 이후 더 약화된 스페인 화폐에는 지원이 필요했다. 외국인 사업가들은 상당한 액수의 스페인 차관을 양도할 준비가 되어 있다고 밝혔다. 하지만 용기 있는 재산가는 유대인이었다. 종교재판소는 수백 년 이래 어떤 유대인의 발도 스페인 땅을 더럽혀선 안 된다는 점을 중시했다. 스페인의 재정을 개선할 생각이었던 유대인들은 이 나라의 경제 상황을 아는 것을 중시했다. 돈 마누엘은 왕비 앞에서 설명했고, 차관 규모가 2억이라고 알렸다. 마리아 루이사는 총리가 대심문관에게 한두 명의 신사를 석방해달라고 정중하고도 힘차게 요청하는 데 반대하지 않았다.

로렌차나는 즉각 그리고 결연히 '아니'라고 말했다. 그는 왕의 부름을 받았다. 마누엘이 배석한 가운데 토론이 벌어졌는데, 이 토론에서 돈 카를로스 왕은 평상시처럼 유쾌한 모습이 아니었다. 대심문관이 이뤄낼 수 있었던 것은 유대인의 입국은 두 명 이상 허용되어선 안 된다는 것과, 이들이 체류하는 내내, 물론 눈에 안 띄게 하겠지만, 종교재판소의 감시를 받을 거라는 점이었다.

유대 신사란 안트베르펜 출신의 뵈머 씨와 암스테르담 출신의 페레이라 씨였다. 이들은 마드리드에서 센세이션을 일으켰다. 모든 진보적인 인사들이 이 두 신사에게 친절해 보이고자 서로 경쟁했다. 호베야노스는 차 모임을 주선했다. 알바 공작비조차 그들을 맞아들였다.

이를 기회 삼아 고야는 그 유대인들을 살폈다. 그는 그들이 렘브란트 그림 속 유대인과는 전혀 다르게 보인다는 점에 실망했다. 뵈머 씨는 끔찍하게 죽은 마리 앙투아네트의 궁정 보석상이었는데, 우아한 프랑스인이었다. 페레이라 씨는 카스티야어를 가장 순수한 방식으로 구사했다. 두 유대인은 최고 귀족들과 같은 가문이라도 되는 듯이 교류했다.

로렌차나는 자신이 재직하는 동안 유대의 입김이 수도의 공기를 해친다는 사실에 극도로 화가 나 자유주의파에 대한 싸움을 강화했다. 영향력 있는 사람들이 금서를 소유하는 것은 최근 들어 묵인되고 있었다. 그런데 이제는 가택 수색이 늘었고, 더불어 종교재판소 재산도 늘어났다.

어느 날 평소와 다른 시각에 집으로 돌아오면서 돈 디에고 신부는 로페스 길이라는 작자가 그의 집에서 나오는 걸 보았다. 로페스 길은 종교재판소의 첩자로 알려진 인물이었다. 신부는 돈 마누엘에게 제2의 올라비데 사건을 허용해선 안 된다고 요청했고, 로렌차나에게 경고를 하거나 더 좋게는 올라비데를 피신시키도록 간청했다.

돈 디에고의 생각은 총리의 마음을 움직였다. 그는 반쯤 승낙했다. 하지만 미적거렸다.

그때 대심문관이 직접 도움을 주러 왔다. 최근 모든 종교 저작의 필자들이 전 국민에게 촉구하기를, 호베야노스와 카바루스 그리고 킨타나의 선동적 저서를 불태우고, 이 저자들에게 스페인은 가톨릭 국가임을 힘주어 가르쳐야 한다는 것이었다. 이제는 신을 부정하는 더러운 책들이 용인되고 찬미되는 일은 더 이상 놀랍지도 않다는 것이고, 또 특별히 오염된 책자에는 그렇게 적혀 있다는 것이었다. 그리고 그 이유는 이 왕국의 제1공직자가 왕국의 첫째 여인과 어울리면서 전례 없는 무절제의 예시를 제공하기 때문이라는 것이다.

돈 마누엘은, 경찰이 그 책자를 제출했을 때 기뻤다. 로렌차나는 너무 멀리 나갔던 것이다. 그는 왕비에게 비방문을 가져다주었다. 마리아 루이사는 읽었다. "우리는 로렌차나의 일거수일투족을 감시해야 해요." 그녀는 위태로울 정도로 조용하게 말했다. "왕비마마는 늘 그렇듯이 옳습니다." 마누엘이 대답했다. 그녀는 말했다. "당신이 서투르게 처리하고 망쳐버린 것을 내가 지금 복구해놓았으니 당신은 물론 기쁘겠지요." "올라비데 사건을 말하시는가요, 마마?" 마누엘이 천진하게 물었다. "그렇지요." 그는 계속 말했다. "하지만 그들에게서 올라비데를 떼어내야 한다고 생각합니다." "내가 카를로스 왕과 말해보겠소." 그녀가 대답했다.

마리아 루이사는 카를로스와 상의했다. 그런 다음 마누엘은 미겔과, 그다음에 미겔은 돈 디에고 신부와, 그다음에 신부는 대심문관과 상의했다.

이 대화는 라틴어로 행해졌다. 신부는 최고주교회의의 변변찮은 종으로서 최고직위인 대심문관에게 말하는 것이 아니라 사적 개인으로 말한다고 먼저 설명했다. 하지만 돈 마누엘과 가톨릭교를 믿는 왕 자신은 이 담판의 시작과 결말에 관심을 갖는다고 했다. 로렌차나는 그 점은 잘 알고 있다고 대답했다. 시에라의 전직 대심문관 올라비데의 혐의점이 쌓여 있고, 그 때문에 그의 유죄 판결은 불가피하다는 점을 아마 돈 디에고는 돈 마누엘에게, 그리고 돈 마누엘은 돈 카를로스 전하에게, 물론 비공식적이긴 하나, 알렸을 것이다. "오, 형제여," 그는 말했다. "이 사람을 잘 아는 자네가 미리 말하지 않았던가?" "저는 그를 알고, 당신을 압니다, 대주교님." 신부가 대답했다. "그러니 저는 예견했지요." 대심문관이 물었다. "자네는 아직도 그자가 맡긴 책을 쓰고 있나?" 돈 디에고의 이성은 '아니요'라고 말하라고 명령했다. 하지만 그의 거스르는 마음이 허락하지 않았다. "저는 일을 중단하라는 지시를 받지 않았습니다." 그는 멋진 라틴어로 대답했다. 그리고 이어 말했다. "전능한 신은 달에게 커지거나 작아지길 명합니다. 신은 최고주교회의를 때로는 관대하게, 때로는 엄격하게 두루 적십니다. 그 때문에 저는 제 작업이 여전히 한 번은 필요하게 되지 않을까, 하는 겸허한 생각을 갖고 있습니다." "두렵네, 형제여." 로렌차나는 대답했다. "자네는 올바른 믿음에서보다 희망에서 더 강인하구먼. 그럼 자네 전언을 말해주게." 그는 주인처럼 계속 말했다. 신부는 대답했다. "평화대공은 유죄 선고를 받은 이단자 파블로 올라비데의 몸이 매우 허약하다는 사실에 당신이, 오 주교님, 주목해주시길 바라고 있습니다. 하지만 그 몸이 최고주교회의의 보호 아래 있을 때 쓰러진다면, 전 유럽이 이 나라와 가톨릭 왕을 심하게 질책하지 않을까 평화대공은 걱정하십니다. 그런 이유에서 평화대공은 당신에게, 주교님, 이단자의 건강에 특별히 신중해주실 것을 요청하고 있습니다." "자네는, 나의 형제여," 대심문관은 응답했다. "한 사람이 누릴 수 있는 날의 횟수를 최고주교회의가 아니라 성 삼위일체가 결정한다는 것을 알겠지?" "그렇지요, 나의 대주교님." 돈 디에고가 대답했다. "하지만 성 삼위일체가 이단자의 날을 그토록 짧게 정한다면, 그는 최고주교회의의 보호 아래 있을 때 죽게 될 것이고, 그렇게 되면, 대주교님, 가톨릭 왕은 그것이 신이 불허한 징표로 여길 것입니다. 그렇다면 전하는 최고주교회의 지도층의 교체를 교황께 제의할 필요성을 느끼게 될 것입니다." 로렌차나는 30초 동안 침묵에 빠졌다. 그러고 나서 퉁명스럽게 물었다. "돈 마누엘이 최고주교회의에 무엇을 명하던가?" 신부는 특별히 정중하게 대답했다. "평화대공도 가톨릭 왕도 세상의 왕 가운데 왕이신 신의 사안에 간여하겠다고 생각하지 않습니다. 스페인 땅에서 이 재판권을 다스리는 분은 당신, 나의 대주교님이십니다. 하지만 이 세속의 두 지도자는, 조금 전에 언급한 이단자의 몸이 약하여 성수(聖水)를 필요로 한다는 사실을 심각하게 고려해주시길 간청하는 것입니다. 다시 말해, 마땅히 치료 목욕을 할 수 있도록 이 이단자를 보낼 수 있는지 참작하시길 바라는 것이지요. 길어도 사흘 안으로 그 참작 결과를 알려주신다면, 평화대공은 기뻐하실 겁니다." 로렌차나는 말했다. "나의 형제여, 자네 전달에 감사하네. 이런 염려를 해준 것을 잊지 않겠네." 대화를 하는 동안 신부는 자신의 능란한 라틴어와 대심문관의 서툰 라틴어의 차이를 내내 즐겼다.

로렌차나는 짧고 간명하게, 최고주교회의는 속죄하는 이단자 파블로 올라비데가 허약해진 건강을 회복할 수 있도록 칼다스데몬트부이Caldas de Montbuy로 보낼 것이라고, 그래서 그곳에서 온천욕을 할 수 있도록 하겠다고 총리에게 전했다.

"어떤가?" 돈 마누엘이 친구 미겔과 디에고에게 자부심에 차 물었다. "이제 자네들에게 제대로 했는가?" "다음 일은 어떻게 하시겠습니까?" 신부가 물었다. 돈 마누엘은 다정하고도 영리하게 싱긋이 웃었다. "친구들, 난 자네들에게 주려고 한 가지 역할을 생각해두었네." 그가 대답했다. "나는 오래전부터 동맹협상을 위해 교서(敎書)를 잘 아는 특사 한 명을 파리로 보내리라 생각했네. 이 직무를 맡아주길 바라네, 돈 디에고. 자네에게 왕의 모든 신하가 행하는 봉사를 관할하는 전권을 주려 하네. 자네가 여행하면서 온천지에 있는 자네 친구 올라비데를 방문하는 것은 우회길이 아닐 걸세. 좀더 긴 산책을 하는 것은 어렵지도 않을 테고. 그래서 프랑스에서 길을 잃는다면, 그것은 그의 일일 것이고."

평상시 현명한 대답에도 막힘없던 신부는 낯빛이 창백해지며 할 말을 잃었다. 그는 자기 손으로 올라비데를 로렌차나로부터 벗어나게 해서, 피레네 산맥 너머로 구출하라는 돈 마누엘의 제의를 받아들이기를 열렬히 원했다. 하지만 그렇게 한다면 그는 프랑스에서, 그것도 잠시가 아니라 영원히 머무를 수밖에 없을 것이다. 왜냐하면 그가 유죄 판결을 받은 한 이단자를 납치하는 것과 같은 중죄를 저지른 뒤 이 나라로 돌아온다면, 스페인의 어떤 사람도, 왕조차도 그를 보호할 수 없게 될 것이고, 그런 경우 대심문관은 그를 사로잡아—돈 디에고는 그의 눈에서 거친 증오를 보았기 때문에—온 나라의 광신적 환호 속에 그를 화형의 장작더미로 보낼 것이기 때문이다.

"참으로 고맙습니다, 돈 마누엘." 그가 말했다. "제가 그런 모험을 하는 데 정말 맞는 사람인지 숙고할 시간을 하루 주십시오."

신부는 루시아와 얘기했다. 그리고 그녀에게, 자신의 성향과 철학은 주어진 소명을 받아들이길 명하지만, 그러나 스페인과 가까운 사람들로부터 자신을 스스로 추방시키는 일은 과감히 할 수 없다고 설명했다. 루시아는 평상시보다 더 신중했다. "올라비데가 살아 있는 동안 스페인에서 새 스페인을 만들면 되잖아요?" 그녀가 말했다. "당신 자신이 그 점을 얘기했었지요. 왜 당신이나 올라비데가 지금은 그런 일을 할 수 없단 말인가요?" 그가 말이 없었으므로, 그녀는 계속 말했다. "난 탈리엥 부인을, 그녀가 여기 있을 때부터, 그래서 테레사 카바루스로 불릴 때부터 잘 알아요. 이렇게 말해도 될 거에요. 내가 그녀와 친구처럼 지냈다고. 그녀를 다시 보는 것은 큰 기쁨이에요. 듣기로, 그녀는 파리에서 영향력을 갖고 있답니다. 디에고, 당신은 내가 파리에 있으면서 스페인 일에 도움이 될 수 있다고 여기진 않나요?"

정치가이자 조용하고도 명석한 냉소주의자인 돈 디에고는, 처녀로부터 처음 말을 건네받은 청년처럼 얼굴이 붉어졌다. "당신이 할 수 있는 것은……? 당신이 원하는 것은……?"이라는 말이 그가 대답한 전부였다. 하지만 루시아는 냉정하게 물었다. "당신이 프랑스의 첫 지역에 도달하는 데 얼마나 걸릴까요?" 신부는 잠시 숙고했다. "2주 정도." 그가 대답했다. "그래요. 2주 후 우리는 세르베르에 있게 될 거예요." "내가 여행을 떠나야 한다면 말이죠." 루시아가 생각했다. "약간의 준비가 필요해요." 그녀는 그를 응시했다. "당신이 파리로 가기 전 일주일간 세르베르에서 머무르길 바랍니다." 그녀가 말했다.

이 몸집 좋은 사람은 이제 더 이상 우아하거나 재치 있지 않았다. 그는 아이처럼 행복하여 숨을 가쁘게 쉬었다.

"그 일이 이뤄진다면,"
그는 말했다. "프랑스 지역
세르베르에서 그리고 확실히
제가 피레네 쪽을
바라볼 수 있게 된다면,
당신 도냐 루시아를 오른편에,
왼편에는 구출된 돈 파블로 올라비데를
두고서, 그렇게만 된다면
저는 정말 다시
신을 믿을 겁니다."

12

약 3주 뒤 미겔은 고야를 방문했다. "기뻐할 이유가 생겼습니다." 그가 알려주었다. "파블로 올라비데는 안전합니다. 돈 디에고가 그를 국경 너머로 데려갔습니다."

고야는 자기 자신과 자신의 행복에 몰두해 있었지만, 올라비데가 구출된 것에 감동했다. 신부의 도피도 비슷했다. 신부는 분명 다시는 돌아올 수 없을 것이었다. 고야는, 한창 청년일 때 죽은 사람들을 발견했을 당시 자신이 어떻게 달아나야 했던가를 떠올렸다. 그는 그것이 마치 오늘인 것처럼 생생하게 카디스*의 하얀 해안가가 사라지는 것을 보았고, 자신이 이제 스페인을 떠나야 한다는 격렬한 고통을 느꼈다. 얼마나 걸릴지 아무도 몰랐다. 고야는 젊었고, 극도의 위험을 벗어났으며, 마법처럼 푸르게 저 먼 곳이 그 앞에 놓여 있었다. 하지만 돈 디에고는 더 이상 젊지 않았고, 자기가 사랑했던 상황에서 벗어나 불확실한 상태로 들어섰다. 그, 프란시스코가 오늘날 도망가야 한다면, 그보다 더 끔찍스러운 일은 생각해낼 수 없을 것이다. 마드리드를 뒤에 남기고, 사라고사와 궁정과 투우장, 호세파와 아이들 그리고 그 명성, 마하와 자기 집과 자신의 사륜마차, 그리고 그녀, 카예타나를 결코 외면할 수 없었다. 그는 이 모든 것을 과감히 벗어날 수 없었다.

미겔은 자신이 좋아하는 자세로, 한 발을 다른 발 위에 꼰 채 앉아 있었다. 분을 약간 뿌린 하얀 얼굴에 이마는 선명하고 다정한 모습으로 아주 조용히. 그럼에도 고야는, 그가 기억으로부터 돌아와 이제 정확한

---

* Cadiz: 스페인 서남부, 대서양에 면한 카디스 만(灣)의 항구 도시.

시선으로 미겔을 쳐다보았을 때, 잘 드러나지 않는 아주 작은 불안이 미겔의 얼굴에 남아 있다고 여겼다.

돈 미겔은 지나가는 투로 애써 계속 얘기하길, 카바루스 백작이 오래전부터 도냐 루시아에게 독촉해, 그녀가 오랜 친구인 그의 딸 탈리엥 부인을 방문하도록 했다고, 그리고 이제 올라비데와 신부가 파리에 있기 때문에 자신이 그 초대를 받아들였다고 했다. 이 두 사람과 하나로 된다면, 도냐 루시아는 그 영향력 있는 여자 친구 집에서 정치적으로 여러 가지 일을 분명하게 이룰 수 있지 않겠느냐는 것이었다.

고야는 당혹스러웠다. 그 후 그는 그 관계를 꿰뚫어보고 있었다. 그는 친구 돈 미겔이 가엾다고 여겼다. 돈 미겔은 작지만 빛나는 오점 덩어리 루시아를 키워, 마드리드에서 최고 여인들 가운데 하나로 만들었던 것이다. 가련한 미겔. 게다가 그는 기사도처럼 그녀를 위해 얼마나 열심히 일하고 그녀를 보호해주었던가?

더욱이 프란시스코는 그녀에게 그런 열정이 있을 거라고는 생각하지 못했다. 그녀가 몇몇 댄디들, 이를테면 산아드리안 남작이나 다른 멍청한 귀족 멋쟁이를 좇아다닌다면 이해할 만한지도 모른다. 하지만 뚱뚱하고 돈 없고 늙은 데다 아무 작위도 없는 사내인 신부를 좇아다니다니. 종교재판소 관리에서 도망쳐 온 모험적인 그는 파리에서 얼마나 가련해 보일 것인가? 여자들은 이해하지 못할 것이다. 모두 그럴 것이다.

저녁에 베르무데스 경은 방대한 예술가 사전을 작성하기 위해 노트를 검토하면서 거실에 홀로 앉아 있었다. 그는 이 일이 기분을 전환시켜 주길 바랐다. 하지만 그는 이 일 때문에 자신이 좋아하는 문서 작업에서 벗어나 루시아 그림과 마주치게 되었다.

프란시스코가 옳았다. 이 그림의 어른거리는 빛과 깊은 이의성(二儀

性), 여성의 가면 뒤에 깃든 교활함, 이것이야말로 진실한 것이었다. 그것은 선(線)과 아무 관계가 없었고, 선명함과도 관계없었다. 안이든 밖이든 모든 것이 무질서했다. 그리고 그, 미겔은 어리석은 사람이었다. 결코 길들일 수 없는 마하를 변화시킬 수 있다고 믿었기 때문이다.

그는 늘 자신을 과대평가했다. 뭐든 늦은 데다 남의 가르침을 듣지 않는 인문주의자이자 돈키호테인 그는 이성의 신적인 힘을 믿었고, 군중의 우매함을 극복하는 정신적 인간의 사명을 믿었다. 이 얼마나 정신 나간 오만이란 말인가! 차갑게 그리고 가냘픈 고독 속에 살도록 저주받은 이성은 영원히 아무 영향력도 없을 것이었다.

그는 올라비데와 보낸 어느 저녁을 떠올렸다. 그때 그 사람이 어떻게 시에라모레나에서 야생동물을 쫓아내고, 황무지를 개간지로 만들었는지 아른거렸다. 올라비데가 그 실험에 성공하기까지 2, 3년은 걸린 것 같았다. 하지만 그는 그 후 자기 파괴의 대가를 치러야 했다. 이제 그 땅은 전처럼 황폐해졌다. 그 같은 일이 그, 미겔에게도 일어났다. 지식인은 인간의 내면에서 거칠고 황량하고 폭력적인 것을 몰아내는 일에 결코 성공하지 못할 것이다. 이성은 결코 야만성을 예절로 변화시킬 수 없을 것이다.

미겔은 올라비데가 치욕스러운 옷차림으로 산도밍고 교회에 앉아 있는 걸 보았을 때, 자신의 비참한 패배를 처음 감지했다고 여겼다. 성공이란 늘 짧은 순간에만 올 뿐이다. 그러고 난 뒤 인간은 다시 타락하여 짐승이 된다. 2년 동안 이성은 프랑스에서 대중을 빛 쪽으로 이끌었지만, 그다음 제어되지 않은 만행이 승리했고, 밤이 새로이 그리고 더 깊게 덮쳐왔던 것이다.

선명함과 희망 그리고 밝음은

오직 예술에만 있다. 아니 예술도 아니다.
멩스나 바예우의 예술은
희미하고 인위적이기 때문이다. 그들 그림과
선은 진실하지 않다. 인간은
진실하지 않다. 인간 속의
모든 것은 어둡고 불투명하고
우중충하다.

미겔은 기운 없이 앉아 있었다.
두려움이 그를 엄습했다.
가장 가까운 사람들—루시아와
친구 고야도 낯설게 느껴졌다.
그들 속에 깃든
그 많은 알 수 없는 것이
우중충하고 어둡고 적대적일 만큼 혼란스러운 것이었다.
그는 앉아서 친구가 그린
루시아 그림을 응시했다.
그것은 차갑고 쓸쓸했다.

13

마누엘 고도이가, 이 사회의 찌꺼기 같은 그놈이 부끄러운 줄 모르고 여봐란듯이 그 이단자를 대령해놓으라고 명령하고, 그리하여 그 이단자를 외국으로 빼돌리려고 한 걸 생각하면—이것은, 그가 배교자인 신부와 나눴던 라틴어 대화를 기억할 때면 떠올랐는데—, 이 늙어가는 남자, 대심문관 로렌차나의 가슴에 하얗게 분노가 타올랐다. 최고주교회의가 존속한 이래 그 같은 뻔뻔스러운 도전은 단 한 번도 겪어본 적이 없었다.

로렌차나의 가장 절친한 친구이자 조언자이고, 그라나다 대주교이자 오스마 주교인 데스푸이그는 단호하게 대처하라고 청했다. 돈 마누엘의 엄청난 죄과를 벌하지 않고 받아들이면 종교재판소는 영원히 무력하게 되리라는 것이었다. 그들은 촉구하길, 대주교가 그 뻔뻔스러운 이단자를 즉각 체포해서 성스러운 법정에 세워야 한다고 했다. 그러면 스페인 전체가 감사할 거라고 했다.

다른 어떤 것도 그보다 더 좋진 않았을 것이다. 그는 단지 두려워했다. 마리아 루이사는 그녀와 동침한 남자가 떨어져 나가도록 내버려두지 않을 것이다. 돈 마누엘을 체포한다는 것은, 로렌차나는 그렇게 확신했는데, 왕실과의 싸움을 수락한다는 걸 의미했고, 그것은 최고주교회의가 아직 한 번도 치르지 않은 일이었다. 그럼에도 그는 결국 총리에 거스르는 조처를 취할 준비가 되어 있다고 선언했다. 하지만 그것은 교황이 분명하게 승인할 때만 가능했다.

대주교 데스푸이그는 로마에 있는 친구 빈센티 추기경한테 의뢰했다. 빈센티 추기경은 교황에게 대심문관이 어떤 어려운 결정 앞에 있는지 설명해주었다. 교황 피우스 6세 자신도 곤경에 빠져 있었다. 보나파르트 장군이 침입해 와 그를 사로잡겠다고 위협했기 때문이다. 하지만 교황은 위협받으면 더 싸우고 싶어 하는 유형의 인물이었다. 이런 용기로 그는 로렌차나와 협의했다. 그는 추기경이자 대주교인 데스푸이그의 질문에 조목조목 대답하는 일을 빈센티 추기경에게 위임했다. 그래서 데스푸이그가 교황의 의견을 대심문관에게 전달할 수 있도록 했다. 이른바 평화대공의 죄악은, 라틴어로 작성된 답변서에는 그렇게 적혀 있었는데, 하늘에 닿을 만큼 악취를 풍겼고, 그 때문에 가톨릭을 믿는 왕이 그런 사람을 제1고문관으로 삼은 것은 하나의 치욕이라는 것이었다. 다시 말해 교황은 대심문관이 계획한 일을 분명히 승인하리라는 것이었다. 로렌차나가 마누엘 고도이의 범행을 종결짓는다면, 그것은 스페인을 해방시킬 뿐만 아니라 예수의 대변자인 왕까지 사악한 적으로부터 해방시키는 일이라고 했다.

하지만 바티칸의 서신을 세비야로 전해줄 파발꾼이 제노바 부근에서 나폴레옹 보나파르트 장군의 부하에게 잡혔다. 보나파르트는 이 서신을 읽었다. 비록 라틴어를 잘 읽지 못했지만, 그는 대심문관이 교황의 도움으로 평화대공에 대항하려는 음모를 즉각 알아차렸다. 이 젊은 프랑스 장군은 스페인의 젊은 총리와 같은 편이라고 느꼈다. 이 총리는 자신처럼 동화에서나 나올 법한 비슷한 신분 상승을 체험했기 때문이다. 더욱이 그에게는 프랑스-스페인 연합 사이에 아직 마무리되지 않은 협상을 진척시키는 것이 중요했다. 그는 교황 편지의 사본을 만들게 하여 그 사본을 다정한 인사와 함께 마누엘에게 보냈다. 그러면서 서신 원본은 3주가 지난 뒤에 수신인에게 도착할 것이라고 알렸다.

마누엘은 보나파르트 장군이 보여준 동료애와도 같은 크나큰 배려에 기뻐했다. 그는 미겔과 의논했다. 미겔은 속으로 환성을 질렀다. 그는 모든 정치적 적대 관계를 넘어 대심문관에 대한 증오를 느꼈다. 돈 디에고 신부를 나라 밖으로 내몰고 루시아를 그렇게 만든 자가 바로 로렌차나였다. 이 사악한 적이 이제 그의 손에 들어온 것이다.

미겔은 돈 마누엘에게 설명하기를, 이 서류가 분명히 입증하는 바는 로렌차나와 두 주교가 성스러운 직위를 남용해 가톨릭 국왕에게 반스페인적 정치를 지시했다는 점이라는 것이었다. 그들은 왕의 등 뒤에서 외부 권력과 담합해 스페인 왕실에 우호적인 공화국에 반대하여 전쟁을 일으켰다는 것이다. 따라서 돈 마누엘은 세 사람을 체포해야 하고, 카스티야 최고 고문관에게 대반역죄 판결을 내려야 한다는 것이었다.

하지만 돈 마누엘은 그 강력한 조처에 놀라 물러섰다. 그는 이 문제를 잘 숙고해야 하고, 그 때문에 3주의 시간이 필요하다고 말했다.

여러 날이 지나갔고, 한 주일이 지나갔다. 돈 마누엘은 계속 미적거렸다. 그는 반역적 내용을 담은 서신을 가지고 있어 충분히 안전하다고 느꼈다. 그에게는 공격할 마음이 분명 없었다.

침착한 미겔도 불만을 억누를 수 없었다. 그는 친구 고야 앞에서 하소연을 했다. 분명 놀라운 기회, 말하자면 사악한 야수 로렌차나에게서 벗어나 스페인 교회를 로마로부터 독립시키고, 나아가 종교재판소에 치명적 타격을 가할 기회가 있었다. 그런데 모든 것이 마누엘의 우유부단한 태도로 좌절되었다. 마누엘은, 지금 이 불구대천지 원수를 없애지 못하면, 분명 불리할 것이었다. 하지만 그는 싸움에 너무 태연했고, 페파의 격려에 고무되어 옛 스페인의 자부심에 빠진 채 흐뭇해하는 것이었다.

미겔은 우울한 분노 속에서 그동안 쌓인 모든 분노와 탄식을 프란시스코에게 쏟아부었다. 다정하고도 성격 좋은 돈 마누엘은 쉽게 상상하기 어려울 만큼 완고했고, 부드럽지만 끈질겨서 한 자리에서 결코 양보하지 않는 느리고 굼뜬 덩치를 갖고 있었다. 동시에 그는 너무 우쭐거렸다. 그에게 건네진 모든 제안에는 설탕 발린 아첨의 말이 더해졌다. 그, 미겔의 삶은 자만과 변덕 앞에서 날마다 항복했고, 날마다 치욕스럽게 무릎을 꿇었다. "목적에 1인치라도 더 다가가기 위해 해야 하는 타협과 끝없는 우회로 때문에," 미겔은 감정이 폭발해 소리 질렀다. "구토가 날 지경이네. 난 이제 늙었고, 내 시대에 지쳤다네. 이번에도 성공 못 하면," 그는 결론지었다. "마누엘이 로렌차나를 몰아내지 못한다면, 포기하겠네. 난 정치를 포기하고, 그림과 책에 더 전념할 거야."

침착하고 한결같은 미겔이 그렇게 우울하고 피폐하게 된 것을 고야는 결코 본 적이 없었다. 그는 어떻게 미겔을 도울 수 있을지 생각했다. 한 가지 생각이 떠올랐다.

그 무렵 그는 평화대공이 주문했던 초상화 가운데 마지막 작품을 그리고 있었다. 포즈를 취할 때면 돈 마누엘은 아주 꾸밈없는 모습을 보여주었다. 마누엘이 특유의 굼뜨면서도 반어적 방식으로 대심문관의 음모에 대해, 그리고 그게 어떻게 실패했는지에 대해 얘기할 법도 했다. 그렇게 된다면, 프란시스코가 제안하며 다가가려고 했다.

마누엘은 로렌차나에 대해, 그리고 로렌차나의 공격을 알게 된 즐겁고도 영예로운 방식에 대해 말해주었다. 그는 웃었다. 흔히 있는 그런 계략을 가볍게 그리고 즐겁게 여긴다는 듯이.

고야는 그의 쾌활함에 공감했다. "각하 같은 분은," 고야는 말했다. "대심문관 추기경의 사악한 짓을 아마 유머로 복수하겠지요."

마누엘은 뻣뻣한 자세로, 훈장과 리본으로 번쩍이는 정장 복장을 한 채 서 있었다. 그의 오른팔은 공식 활동에 대한 다소 모호한 알레고리적 묘사로 보였다. 그는 고개를 꼿꼿이 한 채 물었다. "당신은 어떻게 생각하오, 프란시스코?" 말없이 계속 일하며 고야는 천천히 대답했다. "교황은 보나파르트 장군 때문에 엄청난 궁지에 처하게 되었지요. 이제 스페인 궁정은 위로할 사람을 보내야 하지 않을까요? 예를 들면 대심문관 나리나 두 주교는 어떠신지요?" 마누엘은 잠시 곰곰이 생각했다. 그러고

나서 그는 자세를 풀고 화가의 어깨를 다독거렸다. "자네는 익살꾼이군, 프랑코?" 그가 소리쳤다. "자네 생각은 멋져." 그러면서 솔직함을 과시하듯 큰 소리로 말했다. "우리는 친구라네. 자네와 나. 난 첫 순간부터 알아차렸지. 우린 서로가 서로를 돕지. 같은 편이니까. 다른 사람들은 모두 대귀족뿐이네. 급하면 그들은 이럭저럭 여자와 잘 수 있지. 하지만 갖고 싶을 때 여자를 갖고 주무르는 건 우리만 할 수 있는 거라네. 우리가 많은 행운을 가진 이유지. 여자만이 행복을 주네."

마누엘은 확신했다. 그는 기분 좋게 카를로스 국왕과 마리아 루이사 왕비한테 갔다. 그리고 그들에게 서신을 근거로 대며 사악한 성직자들의 책략을 얘기해주었다.

카를로스는 고개를 가로저었다. "로렌차나가 이 일을 해선 안 되었소." 그는 말했다. "그가 당신에게 불만이 있었다면, 마누엘, 그렇다면 교황이 아니라 내게 말했어야 했소. 내 뒤에서 그런 일을 하다니! 당신이 전적으로 옳소. 그건 무례한 일이고, 나라에 반역하는 일이오. 그런 일을 해선 안 되었소." 도냐 마리아 루이사의 눈빛은 화가 난 듯 이글거렸다. 마누엘은 그녀가 대심문관의 비방서에 앙갚음할 기회를 얻은 것에 기뻐하고 있음을 알았다.

"저는 그렇게 생각합니다." 마누엘이 말했다. "우리는 그와 두 주교를 교황께 보내려 합니다. 교황은 곤경에 빠져 조언과 위로를 매우 필요로 하니까요." 왕은 곧바로 이해하지 못했다. 하지만 도냐 마리아 루이사는 미소 지었다. "멋지군요." 그녀가 말했다. "그 생각은 당신, 마누엘에게서 나온 건가요?" 그녀는 마누엘 쪽을 보며 말했다. "아니면, 베르무데스에게서 나온 건가요?" "우리 성모 마리아께 맹세하건대," 마누엘이 화난 목소리로 대답했다. "그건 돈 미겔의 발상이 '아닙니다'."

로렌차나와 두 주교는 왕의 위임을 받고 교황에게 가야 한다는 전갈을 받았다. 보나파르트는 교회국가를 공화국으로 천명할 생각이 있었으므로, 그들은 보나파르트에게 마호르카 섬을 도피처로 제공할 터였고, 그가 어떻게 결정하든 앞으로 수년 동안 위로를 건넬 동무가 되어야 했다.

주교-대심문관 로렌차나가
로마로 망명하기 위해
전하와 작별을 고했을 때,
왕비는 말했다.
그녀의 말은 특별히
사랑스러웠다. "교황께
나의 깊은 존경심에 찬 인사를
전해주세요. 그리고 로마로
가는 길에 당신은,
왕의 아내를 야비하게 모략한
당신 같은 사람이 오늘날 유럽 전역에서
거친 선동 정신이 부는 데에
죄가 없는지,
숙고해보세요. 그리하여 신이 당신과,
경외하는 주교님과 함께하셔서
등 뒤의 바람이 되어주시길."

14

처음에는 카예타나와의 관계가 프란시스코에게 전에 없던 만족감과 안정감을 주었다. 하지만 그다음에는 즐거움과 만족 가운데 당혹감이 점점 자주 그를 덮쳤다. 그녀가 자신을 사랑한다고 확신했지만, 그녀의 예측할 수 없는 성격 때문에 마음이 놓이지 않았다. 그녀가 어떤 사건이나 사람 혹은 그림을 어떻게 받아들이는지 아무도 예측할 수 없었다. 그녀가 중요시하는 것이 그에게는 때때로 어리석게 보였다. 그를 감동시킨 사람이나 사건들 앞에서 그녀는 때때로 정중하리만치 무심했다.

그는 일 속으로 도피했다. 그는 많은 주문을 받았고, 쉽게 작업을 해치웠다. 주문한 사람들은 만족했고, 돈이 들어왔다.

그는 딸 넷 가진 콘데사 데 몬티호를 그렸다. 그림은 서툴러서 15년 전에 그려진 것처럼 보였다. 아구스틴은 한마디 하지 않을 수 없었다. "당신이 마호나 마하 같은 민중을 그릴 때의 구성은 자연스러운데 귀족 가문을 그리면 나무처럼 딱딱해지는군요." 프란시스코는 화가 나 아랫입술을 내밀었다. 그러고는 웃었다. "마침내 그 해묵은 아구스틴의 말을 다시 듣는군." 그가 말하고는, 그 그림을 두 번 두텁게 덧칠해 쓸모없게 만들어버렸다. 결국 처음부터 다시 시작했다.

오수나 공작비가 알라메다 시골 별장에 걸, 환상적 내용을 담은 그림 몇 점을 부탁했다. 그는 일 때문에 몹시 시달렸다. 하지만 오수나 부인은 초창기 친구였다. 그가 아직 미천했을 때, 그녀는 여러 번 주문과 추천을 해주었던 것이다. 그는 받아들였다. 카예타나는 내키지 않은 듯 조금 놀라며 말했다. "당신은 충실한 친구로 알려져 있지요, 돈 프란시스코."

고야가 오수나 부인을 위해 그린 것은 마법사와 마녀가 등장하는 그림이었다. 첫째 그림에는 어느 연금술사가 동물로 변신하는 마녀의 부엌에, 개의 머리와 꼬리도 등장했다. 둘째 그림에는 상체를 벗은 채 고깔모자를 쓴 마녀들이 날거나 춤추는 가운데, 아래쪽에는 변장한 불량배가 여기저기 돌아다녔다. 셋째 그림에는 악마가 힘센 뿔을 가진 거대한 숫염소 모습으로 몸을 바로 세운 채 당당히 앉아 있었는데, 그 주위로는 마녀들이 존경하듯 에워싸고 있었다. 모든 것이 가볍고 자유분방했으며, 환상적이고 자극적이었다.

아구스틴은 그림을 살펴보았다. "당신은 거장처럼 그렸군요." 그가 말했다. "그런가?" 고야가 물었다. "이전에는," 아구스틴이 조심스럽게 단어를 찾으면서 대답했다. "뭔가 새로운 것을 발견하면, 당신은 곧 지겨워하기 시작했지요. 그래서 다시 새로운 무엇을 찾았고요. 새 착상에 맞는 새것을 말이죠. 그게 저것이지요." 그는 거부하는 듯한 몸짓으로 마녀 그림들을 가리켰다. "저것은 종교재판소를 묘사한 그림이라는 점에서 비슷해요. 내용 없이 공허하다는 차이가 있을 뿐." "고맙네." 프란시스코가 말했다.

알바도 그림 앞에 섰다. "멋지군요." 그녀가 말했다. "저것을 오수나에게 선사할 거예요?" 고야는 화가 났다. "저 그림이 맘에 들지 않는가 보군요?" 그가 물었다. 그녀는 되물었다. "당신은 마녀를 믿나요?" "그건 이미 한 번 물어본 것이지요." 그가 불만에 차 대답했다. 그녀는 계속 말했다. "그 당시 당신은 그렇다고 말했죠. 그 때문에 이 그림들이 멋지다고 난 생각해요."

그녀의 말은 그를 유쾌하게도 했고 불쾌하게도 했다. 때때로 혹은 자주, 그녀는 그가 무엇을 그렸는지 누구보다 더 깊게 이해했다. 그런 다음 그녀는 그림으로부터 아무렇지도 않은 듯 다시 등을 돌렸다. 그는 그 그림이 그녀에게 감동을 주리라고 믿었다. 그녀가 '그렇다'고 하면, 그것은 즉각적이었고 아무런 유보도 없었다. 그녀가 차갑게 반응한다면, 그것은 늘상 있는 일이었다. 때때로 그는 습관과 달리 왜 그렇게 그리고 왜 다르게 그리지 않았는지 그녀에게 설명하려고 했다. 하지만 그녀는 그다지 귀 기울여 듣지 않았다. 그녀는 지루해했고, 그래서 그는 설명을 포기했다.

그녀를 그리는 일도 그는 포기했다. 그가 그린 알바 공작비 초상화는 그녀에게도 세상 사람들에게도 박수를 받았다. 하지만 그 자신의 박수를 받은 건 아니었다. 그 그림들은 불완전한 진실, 그러니까 진실이 아닌 그 무엇을 드러낸다고 그는 생각했다. 그녀는 자신을 마하로, 꾸며진 마하가 아니라 한 명의 참된 마하로 그려달라고 재촉했다. 하지만 그는 그녀를 그렇게 여기지 않았으므로 그렇게 그리지 못했다.

그녀가 그와의 친구 관계를 거리낌 없이 나타냈을 때, 그녀는 한 사람의 마하였다. 그녀는 도처에서 그러니까 극장에서, 투우장에서 그리고 프라도의 산책길에서 그와 함께 나타났다. 처음에는 그도 자랑스럽게 여겼다. 하지만 자신의 열정이 세상 사람들에게 구경거리를 제공한다는 사실이 점차 괴로웠다. 게다가 그는 폐를 끼치지 않을까 두려웠다. 그가 그런 종류의 작은 암시라도 하면, 그녀는 눈썹을 아주 크게 찡그렸다. 그녀는 알바 부인이었고, 어떤 소문도 다가올 수 없었다.

그는 공작의 궁전이나 늙은 비야브란카 후작비의 궁전에서 개최된 모든 사교 모임에 초대받았다. 그들은 카예타나와 그의 관계에 대해 알고 있다는 사실을 그 어떤 사소한 몸짓으로도 드러내지 않았다. 공작은 프란시스코에게 낯설었다. 그는 고야에게 연민 어린 경멸 같은 것을 느꼈다. 그러고 나서 공작은, 음악에 관한 한 이 사내의 얼굴이 어떻게 활기를 띠는지 다시 보았다. 이 점이 그의 마음을 움직였고, 경탄을 불러일으켰다. 하지만 대귀족들은 대부분 자만심 외에 아무것도 없었다.

늙은 후작비에 대해 고야는 존경과 연민을 느꼈다. 그녀는 인간에 정통했다. "그녀는 영롱하게 빛나지." 그녀는 카예타나에 대해 말했다. 이 말이 얼마나 옳은 말인지 그는 시간이 지나면서 알게 되었다. 그는 진정으로 카예타나에 대해 그녀와 더 많은 얘기를 나누고 싶었다. 하지만 그녀는 몸에 밴 듯 자연스러워 보이는 다정함에도 불구하고 너무 위대한 부인이어서 그는 감히 엄두도 내지 못했다.

늘 카예타나 주변을 맴돌던 사람들 가운데 그를 가장 많이 방해한 자는 호아킨 페랄 박사였다. 그가 타고 돌아다니는 아름다운 마차 때문에 그는 불쾌했다. 그가 세상의 모든 일에 대해 말할 때나, 공작의 음악에 대해, 아니면 그, 프란시스코의 그림에 대해 말할 때 통달한 듯 확신하는 모습이 그를 불쾌하게 했다. 무엇보다 그를 불쾌하게 만든 것은, 평소에는 인간관계를 빠르게 통찰하는 그가 이 의사와 카예타나의 관계는 도무지 알 수 없다는 사실이었다. 의사의 정중하게 제어된 표정에서는, 마치 카예타나의 반어적 친숙함에서 그러하듯, 그 무엇도 알아내기가 어려웠다. 단순히 함께 있다는 사실만으로도 의사는 프란시스코에게 점차 괴로운 존재가 되었다. 돈 호아킨을 만날 때 고야는 차분함을 유지하려고 애써 자제했고, 그런 뒤 곧 어리석고도 무례한 말을 내뱉었다. 다른 사람들은 고야의 이런 태도에 놀랐지만, 페랄 자신은 다정하고도 차분한 웃음으로 대응했다.

의사는 외국에서 수집한 그림에 걸맞은 장소를 찾을 수 없었기 때문에, 공작비는 결국 그녀의 거대한 리리아 궁전 가운데 홀 두개를 마련해주었다. 그리고 그와 그녀의 친구들을 초대해 페랄의 수집품을 구경토록 했다.

그곳에는 아주 다른 종류의 그림들이 나란히 걸려 있었다. 말하자면 플랑드르와 독일의 거장들, 오래되거나 덜 알려진 이탈리아의 거장, 그리고 그레코와 멩스, 다비드의 그림, 그리고 카예타나가 의사에게 선사한 고야의 그림 한 점도 있었다. 하지만 이 다양한 작품들 뒤에는 통일적인 무엇이 있었다. 그것은 한 전문가의 자의적 취향이긴 했지만, 그러나 분명한 통일성이었다.

"제가 구입하지 못한 것은," 카예타나와 다른 사람들 앞에서 의사는 탄식하듯 말했다. "라파엘로입니다. 우리가 라파엘로를 지나치게 높게 평가했다고 후세 사람들은 생각할지도 모릅니다. 하지만 저는 이렇게 말하지 않을 수 없군요. 라파엘로의 그림 한 점을 구할 수 있다면 여기 걸린 그림들 전부를, 아무 고민 없이 내놓고 싶다고 말이죠. 당신은 인정하진 않겠지만, 돈 프란시스코," 그는 프란시스코 쪽으로 다정하게 몸을 돌리며 말했다. "당신 말이 분명 맞아요. 하지만 그 이유를 말씀해주세요."

"당신에게 그 이유를 설명한다는 것은, 돈 호아킨, 아주 복잡한 일입니다." 프란시스코가 대충 대답했다. "그것은 당신이 내게 의학적 견해를 설명하는 것처럼 아무 의미가 없을지도 몰라요." 의사 페랄은 다정한 표정을 바꾸지 않고 다른 사람과 어울려 다른 주제에 대해 말했다.

카예타나 또한 미소를 머금고 있었지만, 프란시스코의 무례함을 질책 없이 받아들이겠다고 생각하지는 않았다. 그녀는, 흔히 있는 무도회가 시작되었을 때, 여느 때처럼 미뉴에트를 연주하게 했는데, 그것은 한물간 춤곡이었다. 그녀는 고야에게 파트너로 춤추자고 요구했다. 몸이 무거운 고야는 이 우아한 미뉴에트에, 게다가 화려한 정장 옷차림을 한 자신이 그리 유쾌한 모습이 아닐 것임을 알았다. 그는 그녀의 꼭두각시 인형이 되고 싶지 않았다. 그는 투덜댔다. 하지만 그녀는 눈짓을 했고, 그는 춤을 췄다. 언짢은 채 춤을 춘 것이다. 그는 화가 난 채 귀가했다.

7월 중순 왕실은 더운 여름 몇 달 동안 시원하게 보내기 위해 산일데폰소 산성(山城)으로 가곤 했다. 카예타나는 왕비가 아끼는 첫번째 귀부인으로 동행해야 했다. 그래서 프란시스코는 마드리드에서 혼자 지낼 긴 여름이 걱정되었다. 하지만 어느 날 그녀가 설명했다. "돈 호세가 올해에는 아주 아프셔서, 이 더운 몇 달 동안 궁정에 있을 수 없답니다. 나는 휴가를 청해, 여름 내내 피에드라히타의 우리 별장에서 돈 호세의 말동무가 되려고 합니다. 당신, 돈 프란시스코도 우리와 같이 피에드라히타로 가셨으면 합니다. 그곳에서 당신은 돈 호세와 도냐 마리아 안토니아의 초상화를 그리게 될 거예요. 그리고 황송하게도 저까지 그려줄지 모르지요. 그곳에서는 시간이 있을 겁니다. 원한다면 당신은 우리 중 누구라도 앉아 있게 할 수 있을 거예요." 프란시스코의 얼굴에 화색이 돌았다. 그는 카예타나가 자기를 위해 헌신하고 있음을 깨달았다. 그녀는 왕비에 대한 반감에도 불구하고 시골에서의 길고 지루한 여름 몇 달보다 궁정 생활을 더 선호했기 때문이다.

다음 날 아침 접견 후, 도냐 마리아 루이사는 알바 공작비를 붙잡았다. 그녀는 피에드라히타 체류가 돈 호세의 건강 상태에 진정 도움이 되길 바란다는 것이었다. 그리고 도냐 카예타나가 돈 호세의 말동무가 되기로 결정한 것을 기뻐했다. "당신이 함께 간다면," 그녀는 다정하게 결론지었다. "왕실과 도시민들은 제일가는 왕실 귀부인 중 한 분에 대한 소문을 들을 기회가 줄어들 거예요."

알바 부인은 대담하고도 달콤한 목소리로 대답했다. "왕비마마, 마마의 말씀이 맞을 거예요. 이 궁정에서 소문나면 막기 어렵지요. 제가 늘 새삼 놀라는 건 제가 모든 이들과 같이 오르내린다는 사실입니다. 여기서는 테바 백작과 있고, 저기서는 돈 아구스틴 랭카스터와 있어요. 또 여기서는 푸엔테스 백작과 있고, 저기서는 트라스타마라 공작과 있죠. 이 같은 경우를 열두 개도 더 열거할 수 있답니다." 하지만 이들은 모두 왕비의 애인으로 간주되었던 사람들이었다.

도냐 마리아 루이사는 늘 다정히 대답했다. "도냐 카예타나, 보세요, 당신이나 나는 때로는 의례적인 것을 제쳐두고 마하로 놀고 싶은 욕구를 갖고 있지요. 그렇게 할 여유가 되지요. 당신은 젊은 데다 추하지 않기 때문이고, 나는 신의 은총으로 왕비니까 말이오. 그 외는 어렵군요. 내 젊음은 지나갔고, 많은 남자에게 예쁘게 보이지 않아요. 이 결함을 나는 지성이나 예술로 상쇄해야 해요. 당신이 알듯이, 난 이 몇 개를 다이아몬드로 해 넣어야 했어요. 사내들을 사로잡기 위해." 그녀는 잠시 쉬더니 미소를 띠었다. "적극적으로 사로잡을 마음이 있다면 말이오."

알바 부인도 웃었다. 하지만 그것은 굳은 미소였는데, 그 미소는 고블랭 직물에 그려진 변장한 마하가 보여주던 것이었다. 이 이탈리아 왕녀의 말은 위협처럼 들렸다.

"피에드라히타에서는," 알바가 말했다. "사교 모임이 적겠지요. 우리는 화가 고야에게만 우리를 방문하도록 청했습니다. 그는," 그녀는 기분 좋게 말을 끝냈다. "제 초상화를 결코 못 끝낸다고 여기는 것 같아요."
"내가 보기에," 도냐 마리아 루이사는 대답했다. "당신은 예술을 사랑하여 그 화가에게 당신을 연구할 기회를 주고 있군요." 그러면서 그녀는 아주 쉽게 덧붙였다. "알바 공작 부인, 당신을 둘러싼 소문이 더 이상 돌지 않도록 신경 쓰길 바랍니다."

"그것은 왕가의 명령이고
경고인가요?" 카예타나는,
눈을 맞춘 채,
왕비에게 물을 뿐이었다. 그러자
왕비가 사랑스럽게 대답했다.
"어머니 같은 여자 친구의
조언으로 잠시
받아주세요."
카예타나는 가벼운 한기를
느꼈다. 하지만 그녀는 다가올
몇 주를, 프란시스코와 보낼
몇 주를 생각했다. 그리고 그녀는
나직하지만 뼈 있는 왕비의 말을
마치 물처럼 털어버렸다.

15

왕실이 산일데폰소의 여름 궁전으로 옮겨갔을 때, 도냐 호세파 투도 역시 뜨거운 마드리드에서의 체류가 몸에 좋지 않다고 여겼다. 돈 마누엘은 조금도 망설이지 않고 그녀를 산일데폰소로 초대했다.

그녀는 엠바하도레스의 포사다라는 데 살면서, 시중드는 노파 콘치타와 안락한 권태 속에서 무더운 여러 주일을 보냈다. 그녀는 이 할멈과 카드놀이를 하거나 프랑스 말을 배우거나 서투르게 기타를 연주했다. 돈 마누엘은 그녀가 특정 시간에 궁전 정원에 들어가도록 힘썼다. 그럴 때 그녀는 그 유명한 분수 가운데, 파마Fama의 분수나 다이아나 온천 앞이나, 아니면 바람의 분수 앞에서 여러 시간 앉아 있었다. 그리고 물이 찰랑대는 소리를 듣거나 로망스 한 곡을 흥얼거리며 바닷속에 가라앉은 젊은 남편이나 화가 프란시스코를 나른하고도 느긋하며 슬픈 마음으로 떠올렸다.

돈 마누엘과 그녀는 산의 멋진 숲으로 소풍을 갔는데, 성은 그 숲 중간에 놓여 있었다. 길은 왕의 사냥을 위해 잘 보존되어 있었다. 그녀는 말을 타고 로소야 계곡이나 발사인 숲 속으로 들어갔다. 그녀는 마드리드에서 말 타는 법을 배웠던 것이다.

때때로 마누엘은 알바 공작비 집에서 머물고 있는 고야에 대해 말했다. 그는 투우 같은 프란시스코와 작고 깜찍한 도냐 카예타나의 결합에 대해 외설적인 농담을 했다. 페파는 태연한 표정으로, 하지만 주의 깊게 경청했으나 대답하진 않았다. 돈 마누엘은 자주 피에드라히타에 대해 말했다. 돈 마누엘에게 말을 트지 않으려고 애쓰는 이 거만한 공작비가 이제는 모든 사람의 조롱거리가 될 정도로 친밀하게 고야와 결합되어 있다는 사실이 마누엘에게는 만족스러웠다. 게다가 화가가 이 연애에 아주 깊게 연루되어 더 이상 페파를 신경 쓰지 않는다는 점도 좋았다. 다른 한편으로 그는 페파의 사랑을 즐겼을지도 모를 한 남자가 카예타나 같은 여자한테 무엇을 구하는지 이해하지 못했다. 그는 까다롭고 꾸민 듯해 부자연스러운 인형 같은 그녀가 마음에 들지 않았다. 언젠가—하지만 그는 페파에게 얘기하지 않았다—그가 왕을 접견하면서 장난삼아 그녀에게 거리낌 없이 이렇게 물었던 적이 있다. “그런데 우리의 친구 프란시스코는 오늘 무엇을 하오?" 그때 그녀는, 마치 공작이 '자네'라고 부르는 화가의 말을 흘려듣던 때와 똑같이 다정한 표정으로 그 말을 흘려들었다.

어느 날 사냥을 위한 오래된 성채인 발사인의 폐허 쪽으로 말을 타고 산보 나갔을 때, 그는 아직도 피에드라히타에 있는 프랑코가 알바 공작비한테 지치지도 않았다는 사실을 다시 한 번 조롱했다. 이번에도 페파는 아무런 대꾸를 하지 않았다. 하지만 나중에 그녀는 놀랍게도 그의 말을 언급했다. 그녀는 말에서 내리더니 땅에 자리를 펴고 앉았다. 마부가 간단한 점심을 차렸고, 그들은 식사를 했다. "원래는," 그녀는 뜻밖의 말을 꺼냈다. "프란시스코가 말 탄 내 모습을 그려야지요."

돈 마누엘은 토끼 파이 하나를 막 입에 넣으려던 참이었다. 그는 손을 떨구고 말았다. 페파는 능란한 기수가 아니었다. 하지만 그녀의 말 탄 모습은 누구나 인정하듯 멋졌다. 그녀가 기수 옷을 입은 자기 모습을 그리게 하고 싶어 한다는 것은 충분히 이해할 만한 것이었다. 다른 한편으로 말을 타는 것은 최근까지 대귀족의 특권이었다. 상류 귀족에 속하지 않는 사람이 말 탄 초상화를 그리는 것은 금지된 일은 아니나 그때까지 없던 일이었다. 그것은 적어도 흔히 있는 일은 아니었다. 총리가 젊은 과부 투도의 말 탄 모습을 그리게 한다면, 왕비는 무엇이 되고 세상 사람들은 무어라고 말하겠는가? "돈 프란시스코는," 그는 깊게 생각하며 말했다. "피에드라히타에서 휴가를 보내며 알바 곁에 있다오." 페파는 약간 놀라 대답했다. "당신이 원한다면, 마누엘, 어쩌면 돈 프란시스코가 고맙게도 피에드라히타 대신 산일데폰소 지방에 머물지도 모르지요." "놀라운 생각을 가졌군요, 나의 연인이여." 돈 마누엘이 말했다. 하지만 그녀는 무거운 프랑스 말로 되물었다. "그러면, 그가 옵니까?" "물론입니다."

그가 대답했다. "당신이 원하니까." "정말 감사해요." 페파가 말했다.

마누엘은 그녀의 갈망을 더 오래 생각하면 할수록, 그 자부심 높은 알바 가문으로부터 화가를 떼놓는다는 생각에 더 많은 기쁨을 느꼈다. 하지만 그가 아는 프랑코라면 자신의 요구를 어떤 핑계를 대서라도 거절할 것이었다. 그래서 그가 정말 프랑코를 이곳으로 데려오고 싶다면, 아주 강력하게 초대하지 않으면 안 되었다.

그는 마리아 루이사에게 청하기를, 그녀가 산일데폰소에서 한가할 때 다시 한 번 고야에게 그녀의 초상화를 그리게 해서 자기에게 달라고 했다. 그러고 나면 그도 고야에게 자기 초상화를 주문할 것이고, 그 그림을 그녀한테 선사하겠다는 것이었다. 주제넘은 알바 공작비의 전원적 행복을 방해한다는 것은 도냐 마리아 루이사에게 매력적인 생각이었다. 그리 나쁜 생각은 아니군요, 그녀는 말했다. 마누엘은 고야에게 자신이 있는 곳으로 와야 한다고 알릴 수 있었다. 그러면 그가 그릴 수 있도록 그녀도 아마 앉아 있을 시간을 낼 것이었다.

전갈을 중시했기 때문에 평화대공은 자신의 특별한 파발꾼 가운데 한 사람을 피에드라히타로 보냈다.

그곳에서 프란시스코는 평화롭고 기쁨에 찬 여러 주일을 보냈다. 조용하고도 품위 있는 공작 때문에 그와 카예타나는 삼가지 않을 수 없었다. 하지만 돈 호세와 그 어머니인 늙은 후작 부인은 카예타나를 매력 있으나 망가진 철부지쯤으로 간주했다. 그들은 두 사람, 프란시스코와 카예타나가 아주 멀리 갔을 때도 그녀의 종잡을 수 없는 생각을 너그럽게 받아들였고, 그들이 원하는 대로 같이 있게 내버려두었다.

일주일에 두 번 혹은 세 번, 공작은 음악을 연주했다. 공작 부인은 주의 깊게 그리고 경탄하며 경청했다. 하지만 그것은 분명 아들에 대한 사랑에서 우러난 것이었다. 하지만 프란시스코와 카예타나는 민중의 노래와 춤에 대한, 즉 토나디야와 세기디야에 대한 감각만 가지고 있었다. 공작의 선율은 그들에게 지나치게 정선된 것이었다. 그들의 음악을 이해한 유일한 사람은 페랄 박사였다.

돈 호세는 프란시스코에게 자기를 그려달라고 부탁했다. 고야는 그렇게 했다. 처음에는 아무런 장애도 없이, 다음에는 커가는 흥미 속에서 결국 열심히 그렸다. 그렇게 해서 아름답고 크며 숙고하는 듯한 눈빛을 가진, 아주 품위 있고 약간은 우울한 신사의 그림이 완성되었다. 그에게 하프시코드와 악보에 대한 정열이 있음을 누구나 느낄 수 있었다.

고야는 백작 부인도 그렸다. 그녀를 그리는 동안, 그는 그녀를 더 깊게 이해하는 법을 배웠다. 그녀는, 그가 처음부터 보았듯이, 쾌활하면서도 사랑스러운 대단한 귀부인이었다. 하지만 아직 늙지 않은 그녀의 아름다운 얼굴에 어린 희미한 우울을 그는 뒤늦게 보았다. 확실히 그녀는 며느리가 살아가는 방식을 이해하고 용서했다. 하지만 도냐 마리아 안토니아는, 비야브란카의 열번째 후작 미망인으로서 품위를 중시했다. 그래서 고야는 때때로 그녀의 말에서, 카예타나의 열정이 적절하기보다 더 깊고 더 위험할 수도 있다는, 거의 드러나지 않는 근심을 읽어낼 수 있었다. 그러니까 그녀의 말은 그에게 어떤 경고로 들렸다. 그녀의 초상화는, 그의 기대만큼 그리 빨리 손끝에서 나오지 않았다.

하지만 결국 그림은 그려졌다. 고야가 보기에, 그가 이 후작 부인에게 부여한 생기 있고 선명하며 다소곳한 얼굴, 섬세한 푸른 매듭 그리고 장미 덕분에 그 그림은 근본적으로 유쾌한 모습을 띠게 되었다. 하지만 그녀는 그림 앞에 서서 말했다. "당신은 나이 들어가는 일의 언짢음을 내 얼굴에 그려 넣었군요, 돈 프란시스코." 그녀는 미소를 띠며 말했다. "그렇게 분명하게 드러냈다고는 생각하지 않습니다." 그러자 그녀는 활기차게 끝맺었다. "하지만 멋진 그림이에요. 내 나이 또래 부인들을 그릴 시간이 아직 있다면, 내 그림을 하나 더 그려줘야 해요."

카예타나 자신은 늘 아이처럼 쾌활했다. 고야에게는 그가 홀로 지낼 수 있도록 '카지노'라고 불리는 두번째 작은 집이 주어졌다. 그곳에서 카예타나는 매일 그를 보았다. 그녀는 주로 날이 쌀쌀해질 때, 그러니까 밤이 되기 직전에 왔다. 그녀는 시녀 에우페미아를 대동했는데, 에우페미아는 여름을 음울하지만 품위 있게 지내고 있었다. 때때로 카예타나는 흑인 하녀 마리아 루스와 시동 훌리오도 대동했다. 그리고 거의 언제나 고양이 두 마리 혹은 세 마리도 따라왔다. 그녀는 자연스러워서 거의 어린애 같았다. 또 기타도 가져와 고야에게 세기디야와 소극(笑劇)의 노래를 불러달라고 요구하기도 했다. 이 노래를 그들은 함께 들었다.

때때로 시중드는 할멈 에우페미아는 마녀들에 대해 얘기해야 했다. 카예타나는 프란시스코에게 마술사 기질이 있다는 걸 알고, 어느 유명한 마녀에게 배우러 가라고 요구했다. 하지만 에우페미아는 그가 소질이 있을 거라고 여기지 않았다. 그의 귀가 튼실하지 못한 게 그 이유였다. 귓불이 아주 예민하게 발달된 사람은 마법사가 하는 일과는 거리가 멀다는 것이었다. 이런 학생은 변신 도중에 막힌 채 비참하게 실패한다는 것이다.

한번은 카예타나가 죽은 몸종 프리기다의 방문을 받았다. 그 여자가 예언하길, 궁중화가와의 관계는 오래갈 것이고, 여러 가지 오해와 많은 사랑 그리고 혐오를 겪은 뒤에야 끝나게 될 거라고 했다.

카예타나의 채근에 따라 그는 다시 그녀를 그리고자 애썼다. 그는 천천히 그렸다. 그녀는 조급해졌다. "난 빠른 루카가 아니오." 그가 화가

나 말했다. 루카란 카를로스 2세를 위해 많은 그림을 그려줬던 루카 조르다노*를 가리키는 것이었다. 그는 화가로서 높게 평가받았으며, 그림값을 두둑히 받고 빠르게 그리던 화가였다. 그러나 프란시스코는 애를 썼지만 이번에는 그녀를 다 그리지 못했다. "그렇게 된 것은," 그녀가 반쯤 농담으로 설명했다. "당신이 마드리드 귀부인들 중 내가 유일하게 진짜 마하라는 점을 보지 않으려고 하기 때문이에요."

그가 카에타나의 초상화를 끝내지 못했다는 사실은 피에드라히타에서 유일하게 불쾌한 일이었다. 다른 모든 일은 밝고 즐거웠다.

이 즐겁고 고요한 분위기 속에 붉은 스타킹을 신은 파발꾼이 평화 대공의 편지를 가져왔는데, 그것은 고야를 산일데폰소로 초대하는 내용이었다.

프란시스코는 기분이 좋았으나 당혹스럽기도 했다. 세고비아 지방의 산 속에 있는 산일데폰소 부근의 여름 별장에 체류하는 동안 스페인 왕들은 오직 휴식과 휴양에 몰두했다. 그래서 정부의 사안은 나태하게 운영되었고, 세세한 의례들은 단순화되었으며, 왕과 왕비는 오직 최고 귀족이나 절친한 친구들만 만났다. 그러니 산일데폰소 성의 한가한 생활로 초대받는다는 것은 상당한 영예였다. 그럼에도 불구하고, 그리고 이 모든 기쁨에도 고야는 불만에 차 있었다. 피에드라히타에서의 몇 주는 그의 삶에서 가장 아름다운 날들이어서 그 어떤 것에도 필적할 수 없었기 때문이다. 그가 떠나야 한다면 카에타나는 뭐라고 말할 것인가?

그는 그녀에게 편지를 보여주었다. 그녀는 고야에게 그녀의 적**이 저

* Luca Giordano(1632~1705): 나폴리에서 태어난 이탈리아 화가로, '루카 파 프레스토 Luca Fa Presto(빠른 루카)'라고도 불렸는데, 작업 속도가 매우 빨랐기 때문이었다.

** 왕비를 가리킨다.

지른 사악한 위협에 대해 말함으로써 왕비를 영예롭게 만드는 일은 하지 않았다. 대신 그녀는 자신을 억눌렀다. "당신의 거절에 대해 아주 정중하고도 조심스럽게 이유를 대야 해요, 프랑코." 그녀가 조용히 말했다. "확실히 그 이탈리아 여자*는 나와 당신의 여름을 망치려고 매우 영리하고 우아한 방법을 고안해냈군요. 당신의 거절 편지를 받으면, 그녀는 화가 나 얼굴이 푸르죽죽해질 거예요."

고야는 거의 멍해져서 그녀를 응시했다. 그 편지는 그의 예술을 위해 쓴 것이 아니라는 것, 도냐 마리아 루이사가 적수 카예타나를 속이기 위해 쓴 거라는 생각이 그에게는 떠오르지 않았다. 그제야 그는 아주 어렴풋이 참된 진실을, 말하자면 이 초대 뒤에 페파가 숨어 있음을 알아챘다.

그러는 사이 카예타나는 뾰족하나 투실하고 예쁜 아이 같은 손가락으로 장난스럽게 돈 마누엘의 편지를 찢어버렸다. 그 움직임을 의식하진 않았지만, 그럼에도 고야는 정확한 눈으로 그녀의 몸짓이 그의 마음속에 영원히 각인되었음을 간파했다. "난 궁정화가요." 그는 주저하며 말했다. "그리고 궁정화가는 왕비의 은덕을 입고 있고." "하지만 그 편지는, 제가 아는 한 왕비가 보낸 게 아니에요." 알바 공작비가 대답했다. 아이 같은 그 목소리는 크지 않았지만 단호했다. 그녀는 이렇게 끝맺었다. "마누엘 고도이가 명령하면, 당신은 달려가야겠지요?"

고야는 무력한 분노에 휩싸였다. 그녀는 고야가 아직 왕의 수석화가임을 모른단 말인가? 그래서 그가 도냐 마리아 루이사의 총애를 입고 있음을? 다른 한편으로 그녀가 여기 지루한 피에드라히타에 머물러 있는 것은 고야 때문이고, 만약 그가 가버리면 그녀는 상당히 괴로울 것이

* 왕비를 가리킨다.

다. "나는," 그가 무기력하게 대답했다. "이틀이나 사흘쯤 출발을 미룰 수 있소. 아니면 나흘 혹은 닷새가 될지도 모르고. 여기서 끝내야 할 초상화가 더 있다고 설명할 수 있소." "그러면 고마운 일이지요, 돈 프란시스코." 카예타나가 특유의 잔인한 사랑스러움으로 대답했는데, 이 사랑스러움은 오직 그녀의 목소리에만 담길 수 있는 것이었다. "그렇다면, 마호르도모한테 언제 마차를 원하는지 말해주세요."

하지만 어린 딸 엘레나의 치명적인 발병 소식을 기다려야 했던 오래전 밤의 곤경이 그에게 떠올랐다. "알고 있소." 그가 갑작스럽게 토로했다. "난 대귀족이 '아니오'. 난 화가일 뿐이오. 도냐 마리아 루이사의 주문에 의존하는 아주 평범한 화가란 말이오. 그리고," 그는 그녀를 빤히, 그리고 어둡게 쳐다보며 덧붙였다. "돈 마누엘의 주문에도 기대고 있고." 그녀는 아무런 대답을 하지 않았다. 하지만 말이 할 수 있는 것 이상으로 그녀의 표정에 담긴 작은, 그러나 자부심에 찬 끝없는 경멸감이 그를 자극했다. "나의 성공이 당신에겐 중요치 않을 거요." 그는 화가 났다. "당신에게는 내 예술이 중요하지 않을 거요. 당신에게 중요한 건 당신의 쾌락이오."

그녀는 가버렸다. 그렇게 빠르지 않게, 작고도 확고한, 그러나 떠다니는 듯한 걸음걸이로.

그는 백작 부인과, 또 돈 호세와 작별했다.
스스로 억누르며, 그는
카예타나 집 앞에서 말했다. 하지만
시중드는 할멈은, 마님이 바쁘다고,
메마르게 말했다.
"언제쯤 그녀를 볼 수 있겠소?"

돈 프란시스코가 물었다. "마님은
하루 종일 바쁘답니다.
오늘도 그렇고 내일도."
에우페미아는 정중하고
무심하게 말했다.

16

16세기 스페인인들에게는 두 부류의 대단한 대표자가 있었다. 하나는 기사이자 대귀족이었고, 다른 하나는 '피카로Pícaro'라고 불리던 사회적으로 소외된 남자들이었다. 이 소외된 자들은 침착하게 간계와 기만을 부리며 다른 모든 사람들에게 대항해 끊임없이 싸우며 비밀리에 자기 삶을 이어가던 천민들이었다. 민중과 시인들은 영웅과 기사를 칭송하고 존경했지만, 그 못지않게 남자 건달 피카로와 여자 건달 '피카라Pícara'를 찬미하고 사랑했다. 이들은 영악하여 결코 낙담하는 법이 없는, 언제나 쾌활하고 처세에 능한 하류층의 불량배였다. 피카로는 민중에게는 대귀족만큼이나 정당한 스페인의 표현이었다. 피카로와 대귀족은 서로를 보완했고, 그래서 위대한 시인들은 피카로의 보호자(Guzmán)이자 안내자(Lazarillo)로서, 비참에도 불구하고 도덕 때문에 시달리지 않는 물질주의로 무장하고, 현실에 밀착해 유쾌하고도 능란한 이성을 가진 채 살아가는 이 악한과 불량배를, 시드*나 돈키호테 같은 기사도의 대표자

* Cid: 11세기에 무어인과 싸워 용맹을 떨친 스페인의 전설적인 용사의 이름.

처럼 생생하게 표현했다.

18세기에 들어와 피카로와 피카라는 마호Majo와 마하Maja가 되었다. 이들의 존재와 풍습은—이것은 '마히스모*'라고 하는데—그 시절 스페인으로부터 절대왕정이나 종교재판소만큼 떼놓고 생각할 수 없었다.

마호는 모든 대도시에 있었다. 하지만 마히스모의 주된 장소는 마드리드였고, 특히 마드리드의 특정 지역 마놀레리아가 그러했다. 대장장이나 철물공, 직조공, 작은 객줏집 주인, 정육업자가 마호들에 해당했다. 아니면 그들은 밀수나 행상 혹은 도박으로 살았다. 마하들은 포도주집을 운영하거나 옷감이나 빨랫감을 수선했다. 혹은 거리에서 물건이나 과일, 꽃 아니면 모든 종류의 먹거리를 팔았다. 그 어떤 순례길이나 큰 장터에서도 이들이나 이들이 파는 물건이 없는 데는 없었다. 게다가 그들은 부유한 남자에게서 돈을 뜯어내는 것을 부끄러워하지 않았다.

마히스모 추종자들은 스페인의 전래 의상을 확실하게 고수했다. 마호는 꼭 맞는 반바지와 짧은 재킷을 입었고, 죔쇠 신발을 신고 넓은 장식띠를 둘렀다. 여기에 테가 넓고 부드러운 모자를 썼으며, '케이프'라고 불리는 긴 외투가 빠지는 법이 없었다. 그리고 접을 수 있는 칼인 '나바하Navaja'에, 큼직한 검은 담배도 꼭 곁들여졌다. 마하는 낮은 신발을 신었고, 가슴이 파이고 수가 놓인 코르셋형 조끼를 입었으며, 가슴 위에는 화려한 스카프를 걸쳤다. 축제 때 그녀들은 뾰족한 만티야와 긴 빗으로 자신을 과시했다. 그녀들은 왼쪽 양말 매듭 속에 작은 단도를 자주 꽂고 다

* Majismo: 1750년대 이후 스페인의 서민적 미학을 구현한 문화적 현상으로, 스페인적 유산을 되찾으려는 수단으로 이용되었다. 전통적 관습을 보여주거나 역사적으로 스페인적인 의상(옷)을 입을 때, 이런 민족적 성격의 회화적 이상(ideal)에 대해 마히스모라는 명칭이 부여되었다.

냈다.

당국은 마호들의 긴 외투와 얼굴을 가린 챙 넓은 모자를 불편하게 바라보았다. 마호들은 긴 외투를 사랑했는데, 그 이유는 그 옷을 입으면 장사의 얼룩이나 더러움을 쉽게 숨길 수 있었고, 때로는 보여주기 싫은 다른 것도 감출 수 있었기 때문이다. 그들은 보여주기 싫은 얼굴을 기분 좋게 가려주는 테 넓은 모자를 사랑했다. "나의 마드리드 백성들은," 카를로스 3세는 탄식했다. "개명된 왕국의 평화스러운 신하들이 아니라 마치 반란자들처럼 얼굴을 숨긴 채 도시를 몰래 다니고 있소." 그가 나폴리에서 데려온 정치가인 총리 스퀼라스는 마침내 외투와 모자를 금지했다. 마호들은 반란을 일으켰다. 그래서 백성을 잘 모르는 총리는 이 나라에서 추방되었다. 좀더 현명한 후임자는 사형집행인으로 하여금 직무를 수행할 때 원치 않는 모자를 쓰도록 지시했다. 이 일 때문에 많은 사람들이 모자 쓰는 것을 포기하게 되었다.

마호나 마하들은 고유한 옷차림처럼 자기만의 고유한 도덕과 철학 그리고 언어도 가졌다. 마호들은 고대 스페인 전통을 존중했고, 절대왕정과 성직자 신분을 광적으로 옹호했다. 하지만 바뀌는 법이나 규정 사항은 증오했고 따르지도 않았다. 그들은 밀수를 자신의 특권으로 간주했다. 밀반입된 담배를 피우는 것은 그들에게 명예로운 일이었다. 마호들은 품위를 중시해서 말수가 적었다. 하지만 말할 때, 그들은 생생하고 정확한 묘사가 가능한 높은 어조의 단어들을 사용했다. 이들의 번지르르한 호언장담은 문학의 한 원천이었고, 사회적 금기를 깨는 것으로 유명했다.

마호는 자부심이 강했다. 아무도 그들을 구석으로 밀쳐서도 안 되었고, 비딱하게 바라봐서도 안 되었다. 그들은 중간 계층의 멋쟁이 사내들,

말하자면 프티 메트르Petit-maître와 끊임없는 반목 속에 살았다. 시민계급 자식들의 잘 차려입은 옷을 망치는 것이나 멋쟁이의 세심하게 손질한 머리 모양을 잡아 뜯는 것은 마호나 마하가 주로 즐기는 놀이였다. 경찰도 마호를 피했다. 다른 사람들도 그들을 피했다. 왜냐하면 그들은 성질이 급했고 과격했으며, 때로는 폭력을 쓰거나 칼을 빼 들었기 때문이다.

계몽주의와 이성에 거스르는 싸움에서, 프랑스 사람들이나 혁명, 그리고 그와 관련된 모든 것에 대항하는 싸움에서 마호는 군주제와 교회의 최고 동맹자였다. 마호는 호사스러운 왕의 성채나 대귀족의 다채로운 옷차림, 그리고 교회의 화려한 행렬을 사랑했다. 그들은 투우와 깃발, 말과 단검 그리고 자신의 열렬한 민족적 자부심을 사랑했다. 그들은 이 모든 것을 없애려는 친프랑스주의자인 아프란세사도들, 말하자면 지식인과 자유주의자들을 불신과 증오심으로 바라보았다. 진보적 작가나 정치가들은 마호에게 더 나은 주거지와 풍족한 빵과 고기를 약속했으나, 헛된 일이었다. 위대한 놀이와 축제만 허용된다면, 그들은 그런 건 얼마든지 포기할 수 있었다.

왜냐하면 마호와 마하들은 이 거대한 축제의 다양하고 광적인 관객이었기 때문이다. 그들은 극장의 일반 관람석으로 밀려와 소매치기의 주된 무리를 이루었다. 비적극(秘跡劇)*이 금지될 때면, 그들은 행패를 부렸다. 비적극이란 성스러운 민중 공연으로, 이 극에서 예수는 십자가에 올려진 채 가시면류관과 허리의 천을 마호의 의상과 교환한 뒤 고난의 역사를 연기하는 다른 배우들과 함께 세기디야를 추었다. 마호들은 종교재판의 열렬한 광팬이고, 투우의 열광적인 팬이기도 했다. 그래서 투우사와

* Autos Sacramentales: 미사를 주제로 하는 중세의 우의극(寓意劇).

투우 혹은 이단자가 잘못 죽으면 격분했다. 그래도 그들은 선한 태도를 중시했다.

사랑에서도 마호는 불같으면서 아낌없고 너그러웠다. 그들은 애인에게 번지르르한 선물을 주었지만, 상대가 조금이라도 화를 돋우면 때렸다. 또 어느 한쪽이 상대를 떠날 때는, 자신의 선물을 돌려달라고 요구했다. 마하는 사랑에 홀딱 빠진 멋쟁이 사내들을 남김없이 강탈하는 데 주저하지 않았다. 결혼한 마하도 잘사는 애인을 하나나 심지어 둘까지 두며 만났다. 스페인 남자들은 마하의 특징, 즉 거리에서는 다가가기 어려울 정도로 자부심 강하고, 교회에서는 천사 같으며, 침대에서는 악마 같은 모습을 칭찬했는데, 이는 그들이 최고 높게 평가하는 것이었다. 외국인들도 세상의 그 어떤 여자도 마하만큼 그렇게 많은 쾌락과 욕망과 만족을 약속하고 선사할 수 없다는 점에 하나같이 동의했다. 루이 16세의 사절 장 프랑수아 드 부르고앵Jean-Francois de Bourgoing은 스페인에 대한 유명한 책에서 부끄러워할 줄 모르는 마하의 무절제한 태도를 다양한 말로 저주했다. 그러면서도 그러한 태도에서 나오는 유혹과 쾌락을 칭찬했다.

마호들은 자신들을 '에스파뇰리스모Españolismo'라 불리는 스페인 국민성의 최고 대표자로 느꼈다. 이 점에서 그들은 어떤 대귀족에게도 뒤지지 않았다. 온 국민이 그렇게 생각했다. 제대로 된 스페인인이라면 누구나 마히스모를 마음에 품고 있음에 틀림없었다. 마호와 마하는 소극(笑劇)과 토나디야에 나오는 가장 인기 있는 인물들이었고, 작가와 예술가의 가장 인기 있는 제재이기도 했다.

그리하여 마호와 마하의 옷차림을

부정하는 금지 조항과 궁정의
신사 숙녀를 무시하면서,
그들은 화려한 옷을
잽싸게 입고, 대단한 단어들을
그 말 속에 짜넣었네.
마호와 마하가 사랑하는 단어들을.
수많은 대귀족들, 수많은
부유 시민들은 즐겨
마호와 마하 놀이를 했네.
그렇다네. 그들 사이에
마호와 마하는 '있었다네'.

17

산일데폰소에서 고야는 성대한 환대를 받았다. 그는 여관이 아니라 궁전에서 묵었다. 책이나 과자 그리고 포도주가 마련되었는데, 이것은 분명 그의 취향을 알고 정선된 것들이었다. 붉은 스타킹을 신은 제복 차림의 시종 중 한 명이 도우미로 늘 붙어 다녔다. 그의 숙소는 방 세 개로 되어 있었고, 그중 하나를 아틀리에로 쓸 수 있었다.

마누엘은 저녁 6시경 경마장으로 와달라고 그에게 청했다. 그것은 저녁 시간의 만남 장소로 흔치 않은 곳이었다. 마누엘이 자신의 말 탄 모습을 그리려고 하는가, 아니면 도냐 마리아 루이사가 다시 자신의 기마상을 그려달라 하는가?

경마장에서 그는 마누엘과 페파를 발견했다. 그녀는 환한 얼굴로 인사했다. "당신을 여기에서 만나자고 청한 것은 돈 마누엘의 멋진 생각이었어요." 그녀가 말했다. "우리는 이 수려한 산에서 멋진 시간을 보내고 있지요. 당신도 잘 보내길 바랍니다. 프란시스코." 마누엘은 그 옆에서 기마복 차림으로 만족스러운 지배자처럼 꼿꼿하게 서 있었다.

카예타나의 말이 맞았다. 이 사람들이 뻔뻔스럽고도 어리석은 짓을 한 것이다. 그들은 자신들이 고야의 삶의 최고 행복을 부숴버렸다는 사실을 모를지도 모른다. 하지만 바로 그렇기 때문에 그들은 그 일을 저질렀을 것이다. 폐물이자 다 끝난 창녀 페파의 변덕스러운 기분이 그의 멋진 여름을 부숴버린 건 우스꽝스럽고도 화나는 일이었다.

"나는 당신을 아주 귀찮게 하려고 마음먹고 있다오, 프랑코." 평화대공이 말했다. "우선 날 위해 투도 부인을 그려주길 바라오. 말 탄 모습으로. 기마복이 그녀에게 멋지게 어울린다고 생각지 않소?" 그는 페파에게 인사했다. 벌써 마부가 달려와 말을 앞으로 데려왔다.

어쩌면 고야가 페파의 따귀를, 그것도 제대로 된 마호 방식으로 거세게 쳤더라면 좋았을지도 모른다. 하지만 그는 더 이상 마호가 아니었다. 그는 궁정에서의 성공과 그 삶 때문에 타락해 있었던 것이다. 그는 이곳으로 온 뒤로 내내, 그렇게 화내서 모든 걸 망쳐선 안 된다고 중얼거렸던 것이다. 하지만 그녀를, 이 늙은 여자를 말 탄 모습으로 그린다고는 당연히 생각하지 않았다. '독수리는 하늘에 있어야 하고, 돼지는 똥구덩이에 있어야지.' 말 탄 모습을 그리게 하고 싶어 하다니, 잔뜩 꾸민 인간의 이 무슨 끝도 없는 건방이란 말인가? 마치 대귀족 부인이라도 되는 것처럼! 그것도 내 앞에서까지 말이야! "유감스럽게도 이 일은 제 능력을 넘어서는 일입니다, 돈 마누엘." 그는 정중하게 말했다. "그리고 저는 미

(美)의 화가가 아닙니다. 제가 투도 부인 같은 분의 말 탄 모습을 그려야 한다면, 제 그림은 현실에 한참 뒤처지지 않을까 두렵습니다. 그건 당신도 아실 겁니다, 돈 마누엘."

페파의 희고도 태연한 얼굴이 약간 찌푸려졌다. "당신이 내 기쁨을 망가뜨리고 있지 않나 생각되는군요, 프랑코." 그녀가 말했다. "당신은 내 모든 기쁨을 망가뜨리려는군요." 그녀의 널찍하나 낮은 이마에 고랑이 졌다. "제발, 돈 마누엘," 그녀가 말했다. "이 일은 마에야나 카르니세로에게 주세요."

마누엘은 이 작업이 화가에게 아주 위험하게 여겨지리라는 것을 이해했다. 하지만 근본적으로 그 자신은 이 무모한 일을 이렇게 피하게 된 것이 기뻤다. "한 번 더 숙고해봅시다, 부인." 그는 조용히 말했다. "고야 같은 사람이 당신의 말 탄 모습을 그리는 데 자신하지 못한다면, 마에야나 카르니세로 같은 화가가 어떻게 그 일을 제대로 하겠소?"

페냘라라 산*의 주둥이가 그들을 내려다보았다. 기분 좋은 바람이 살짝 불었다. 하지만 그 신선한 대기에는 언짢은 것도 있었다. "저는 물러나도록 하겠습니다." 프란시스코가 말했다. "말도 되지 않는 소리요, 프랑코." 마누엘이 대답했다. "난 오늘 저녁을 비워두었소. 페파도 정신을 차릴 것이고. 당신은 당연히 우리 집에서 식사해야 하오."

식사하는 동안 페파는 차분하게 그곳에, 아무런 말 없이 그리고 아름답게 앉아 있었다. 고야는 그녀와 자고 싶었다. 그것은 아마 알바에 대한, 마누엘에 대한, 그리고 페파 자신에 대한 복수가 될 것이다. 하지만 그는 그녀가 이전처럼 지금도 자신을 매혹시킨다는 사실을 알리고 싶지

* Peñalara: 과다르라마Guadarrama 산맥의 가장 높은 봉우리로, 이베리아 반도를 나누는 중부의 거대한 시스테마Sistema 산맥의 일부에 해당한다.

않았다. 그 역시 말없이 있었다.

그에 반해 마누엘은 병적일 정도로 생기가 넘쳤다. 어떤 생각이 떠올랐다. "나는 당신이 우리 페파를 어떻게 그려야 하는지 알아요. 기타 치는 모습이 어떻소?" 나쁘지 않다고 프란시스코는 생각했다. 독수리는 하늘에, 돼지는 똥구덩이에 있어야 한다면, 멍청하게 꿈꾸는 듯한 페파는 기타 든 모습이 어울리겠지.

그는 즐겁게 작업에 임했다. 페파는 온순한 모델이었다. 그녀는 욕망을 일깨우며 나른하게 앉아서 그의 얼굴을 똑바로, 아무런 부끄럼 없는 시선으로 쳐다보았다. 그는 그녀를 너무도 욕망했다. 그는 그녀가 우선은 그를 조롱하고, 그다음에 이렇게 더 고분고분해지리라는 것을 알았다. 하지만 그는 카예타나 생각으로 가득 차 있었다. 지금은 아니야, 그는 생각했다. 하지만 그는 이 초상화에 자신의 모든 욕망을 집어넣어 그렸다. 그는 빨리 일했다. 그리는 것에 관한 한, 그는 '빠른 루카'처럼 일을 소화해낼 수 있었다. 세 번 앉는 것으로 「기타를 든 부인」이 끝났다. "잘 그렸군요, 프랑코." 페파가 만족하여 말했다. 마누엘은 매료되었다.

도냐 마리아 루이사는 프란시스코에게 자기 옆에 있도록 명했다. 실제로 그녀도 공모 관계에 연루되어 있었다. 그는 참담한 심정으로 갔다. 그녀는 다정하게 환영했고, 그의 이성은 제자리를 찾았다. 그는 왕비에게 화낼 이유가 없었다. 그녀는 그가 아니라, 오직 적수인 알바 부인의 여름과 그 기쁨을 망치려고 했던 것이다. 알바 공작비가 그녀에게 반복적으로 도전한 것도 이해할 만했다. 프란시스코는 왕비와 알바 공작비가 자신을 두고 싸운다는 사실에서 은밀한 만족감을 느꼈다. 이런 사실을 사라고사의 마르틴에게 쓰지 않을 수 없었다.

마리아 루이사는 이곳에서 고야를 차지한다는 사실에 진심으로 기뻤다. 그녀는 그의 명민하고 독립적이면서도 겸손한 판단을 높게 평가했다. 그녀는 그의 예술에 대한 이해력을 갖고 있었다. 게다가 고야가 피에드라히타가 아니라 지금 이곳에 있다는 사실이 그녀를 기쁘게 했다. 알바가 이 늙어가는 프란시스코를 차지했다는 사실을 시샘하지는 않았다. 그녀가 침대에서 원한 것은 강건하고 젊은 남정네지 제복을 우아하게 차려입을 줄 아는 너무도 지적인 남자가 아니었다. 하지만 이 부인은 너무 오만하다고 때때로 책망받기도 했다. 그 때문에 프란시스코 고야는 카예타나 데 알바가 아니라, 그녀, 즉 마리아 루이사 데 보르본 이 보르본 Borbon y Borbon을 그렸다.

알바에 대한 상념 때문에 그녀에게 좋은 생각 하나가 떠올랐다. 그녀는 고야에게 자신을 마하로 그려줄 것을 제의했다.

그는 불편할 정도로 놀라웠다. 처음엔 말 탄 페파의 모습을 그려야 한다더니, 이제는 왕비를 마하로 그려야 한다는 것이다. 그는 그녀에게, 그녀가 마하의 많은 요소를 가지고 있음을, 그녀가 의례적인 것을 무시하고 잡담을 싫어하며 무엇보다 억제하기 힘든 삶의 갈증을 느끼는 데서 그 점이 드러난다는 사실을, 조용히 인정했다. 하지만 마하의 옷차림은 대귀족 여성에게는 기껏해야 가장무도회에서나 허용되는 것이었다. 만약 그런 옷차림을 한 도냐 마리아 루이사를 그린다면, 그건 의외의 일이 될 것이었다. 게다가 그렇게 되면, 그는 분명 카예타나와의 관계에서 또다시 성가시게 될 것이었다.

그는 조심스럽게 말렸다. 그녀는 고집했다. 그녀는 한 가지만 인정했다. 즉 의상이 울긋불긋한 것이 아니라 검어야 한다는 것이다. 그리고 그녀는 늘 그렇듯이, 그를 방해하기보다는 지원해주는 훌륭한 모델이었다. 그녀는 거듭 말했다. "있는 그대로 날 그려주세요. 이상화하지 말고. 나는 있는 그대로의 모습으로 있고 싶으니까요."

그럼에도 초상화 작업은 그리 잘 진척되지 못했다. 그녀는 많은 것을 요구했고, 그 역시 자신에게 많은 것을 요구했다. 게다가 그녀는 신경질적이었는데, 그것은 아마도 마누엘에 대한 질투 어린 분노 때문이었을 것이다. 그녀와 그의 애정 관계는 여전히 지속되었고, 그래서 그녀는 자주 모델로 앉는 일을 취소했다.

일하지 않을 때면, 그는 지루하거나 예민해져 성 안이나 공원을 이리저리 돌아다녔다. 그는 마에야와 바예우의 프레스코화 앞에, 아랫입술을 내민 채 조롱하듯 비판적인 태도로 서 있곤 했다. 그는 신화 속 인물이 묘사된 분수 앞에 서서 물이 솟았다가 내려오며 노니는 것을 바라보기도 했다. 물 사이로 그리고 그 너머로, 스페인의 베르사유인 하얗게 빛나는 거대한 궁전을 바라보았다. 끝도 없는 수고를 투입해 지어진, 높디높은 궁전은 대기 속에 자리한 성채로 보였다. 그는 이 건축물과 정원이 지닌 프랑스적 인공성과 스페인적 자연의 야생성 사이의 대립을 그 누구보다 잘 감지할 수 있었다. 그는 시간과 돈과 수고의 끝 모르는 낭비 속에서 이 궁전을 세웠던 펠리페 5세와, 인공분수의 물이 처음 흘러내릴 때 변덕스러운 자기 기분에 지쳐, '이 분수에 나는 500만 레알을 들였지만, 이것이 날 즐겁게 해준 것은 5분에 그쳤네'라고 설명했던 동일 인물 사이의 차이도 그 누구보다 더 잘 이해했다.

고야는 궁전의 신사 숙녀들과 함께 있는 것을 견딜 수 없었다. 마누엘과 페파의 사교 모임은 그를 불쾌하게 만들었다. 하지만 정원이나 궁전이 지닌 그 뻣뻣하고 화려한, 그래서 마음에 들지 않는 계산된 프랑스식 장관(壯觀) 속에 홀로 있을 때면, 아무리 벗어나려 해도 카예타나에 대한 생각이 그를 덮쳤다. 그는 모든 이성에 거스르면서까지 카예타나가 편지를 써서 그를 다시 부를 것이라고 여겼다. 그들 둘의 관계가 끝났다고는 생각할 수 없었다. 그가 그녀에게 묶여 있듯이 그녀는 그에게 묶여 있었다.

그는 산일데폰소를 떠나고 싶었다. 마드리드의 아틀리에에 있다면 더 많은 휴식을 취할 수 있을 것 같았다. 초상화 작업만이 그의 마음을 끌었다. 그가 이처럼 예민한 것과 상관없이 마리아 루이사는 약속한 모델 일을 점점 더 자주 취소했다.

그 뒤 그림의 완성을 몇 주 더 뒤로 미루게 만든 사건이 일어났다.

파르마에서 왕비의 어린 사촌이 죽은 것이다. 그래서 그녀가 유래한 대공작 가족의 품위와 위엄을 강조하는 일이 중요해졌다. 그녀는 모든 의례적인 요구 사항 외에 어린 왕자를 위한 궁중 장례식을 지시했다. 이것은 초상화를 위해 앉아 있는 일이 다시 중단되는 것을 뜻했다. 고야는 마드리드로 돌아가도록 해달라고 청원서를 썼다. 초상화는 완성된 것이나 다름없으니, 마드리드에서 누락된 부분을 보충할 수 있다는 거였다. 그는 간략한 통지를 받았는데, 그에 따르면 왕비는 이곳에서 그가 그 일을 마치길 바란다는 거였다. 대략 10일 뒤에 새 만남이 허락될 수 있는데 그때 마드리드에서 보낸 검은 옷을 입고 오면 된다는 거였다.

그러나 마드리드에서 검은 스타킹을 보내주는 걸 잊어버렸기 때문에 마침내 그 모임에 오라는 전갈을 다시 받았을 때, 그는 회색 스타킹을 신고 나타났다. 데 라 베가 인클란 후작은 말하기를, 왕비마마 앞에 그런 차림으로 오면 안 된다고 했다. 고야는 괴로운 마음으로 숙소로 돌아가 흰 스타킹을 신었다. 그는 오른쪽 스타킹에 물감으로 한 남자를 그렸는데, 시종장을 닮지 않았는가 의심스러울 정도였다. 그리고 그는 왼쪽 스타킹에는 시종장과 기질적으로 비슷한 시종의 모습을 그려 넣었다. 이번에 그는 머물러 있는 대신 대담하게 화를 내며 곧바로 마리아 루이사한테 달려갔다. 그녀는 왕의 사교 모임에 참석해 있었다. 왕은 이유를 모른 채 약간 화가 나 물었다. “스타킹에 그 무슨 기이하고 예법에 어긋나는 난쟁이가 그려져 있는 것이오?” 우람한 얼굴에 침울한 표정으로 고야는 대답했다. “전하, 슬픔, 슬픔 때문입니다.” 마리아 루이사는 실내가 울릴 정도로 크게 웃었다.

그는 일주일 더 일했다. 그리고 초상화는 끝났다. 그는 뒤로 물러섰다. 「검은 옷 차림의 마하 왕비 도냐 마리아 루이사」. 그는 왕비의 초상화를 몸과 살로 된 현실의 왕비 앞에 선보였다.

거기에 그녀는 자연스럽고도 신분에 걸맞은 태도로 마하이자 왕비로 섰다. 맹금의 부리 위에 자리 잡은 듯한 두 눈빛은 명민하고 탐욕적이었다. 단단한 턱 위의 입술을 그녀는 다이아몬드 같은 이 때문에 꽉 다물고 있었다. 화장한 얼굴 전체는 지식과 탐욕 그리고 난폭함으로 차 있었다. 가발에서 내려온 만티야는 가슴에서 교차했고, 가슴이 깊게 파인 옷은 젊고 유혹적이었다. 두 팔은 살쪘지만 반듯했고, 반지 낀 왼손은 아래로 나른하게 떨궈져 있었다. 오른손은 가슴 위에서 작은 부채를 접은 채 쥐고 있었는데, 이 모든 것은 유혹과 기다림의 몸짓으로 보였다.

고야는 너무 과하거나 너무 모자라게 그리려고 애쓰지 않았다. 그가 그린 도냐 마리아 루이사는 추했다. 하지만 이 추함을 그는 생생하게, 어른거리는 빛 속에서, 거의 매혹적으로 그렸다. 그는 그녀의 머릿결에 푸르고 붉은 나비리본을 꽂아주었다. 이 나비매듭의 빛 덕분에 레이스의 당당한 검은색이 반짝거렸다. 그는 또 황금빛 신발도 그려주었는데, 이 신발은 여러 가지 검정색으로부터 반짝이며 드러났다. 그는 이 모든 것을 희미하게 아른거리는 살색으로 수놓았다.

왕비는 무엇을 덜어내면 좋을지 더 이상 알지 못했다. 그녀는 듣기 좋은 말로 만족감을 표현했고, 고야에게 이곳 산일데폰소에서 복제본 두 점을 완성해달라고 청했다.

그는 공손하지만 단호하게 거절했다. 이렇게 진지한 노력을 들인 작품은 베끼기 어렵다고 했다. 하지만 작업 동료 돈 아구스틴 에스테브에게, 그의 솜씨나 믿음직한 태도는 도냐 마리아 루이사도 알고 있으므로, 원하는 복제본을 완성해달라고 말할 수 있노라고 했다.

마침내 그는 마드리드로 갔다.

하지만 마드리드에서의 일이 산일데폰소에서보다 더 잘 풀리진 않았다. 그는 백 번도 더 자신에게 중얼거리기를, 가장 현명한 것은 카예타나에게 편지를 쓰든지, 그가 그냥 피에드라히타로 다시 가는 거라고 했다. 하지만 자신의 자부심을 이겨낼 순 없었다.

그는 늘 그렇게 하던 대로
산다는 사실을 저주했다. 왜 그는
카예타나에게
반해야 했던가?
이 어리석은 열정은
희생에 또 다른 희생을
요구했다. 그녀를 향한 모든 것에
지불해야 할 대가는 컸다.
그의 모든 분노는 카예타나를
향했다. 그를 엿보기 위해,
그에게 덤벼들려고,
온갖 구석에 웅크리고 있는

악마들, 저 사악한 유령들은
알바와
'하나'가 되었다.

18

늦여름, 알바 가족은 마드리드로 돌아왔다. 카예타나는 눈에 띄지 않게 있으면서 어떤 전갈도 보내지 않았다. 프란시스코는 여러 차례 알바 집을 드나드는 마차 가운데 하나를 만났다. 그는 쳐다보지 말자고 스스로 다잡았다. 그러나 그쪽을 쳐다보았다. 두 번은 공작이었고, 두 번은 낯선 사람이었으며, 다른 한 번은 늙은 공작 부인이었다.

카드 한 장이 전해졌는데, 궁중화가 데 고야 이 루시엔테스와 도냐 호세파 부인을 공작의 저녁 음악 파티에 부르는 초대장이었다. 요제프 하이든의 오페라 「달 위의 세상」이 공연될 거라고 했다. 한 시간 동안 고야는 거절하리라 확고히 결심했지만, 잠시 후에는 가겠다고 마음먹었다. 호세파는 초대를 수락하는 게 당연하다고 여겼다.

그녀와의 불행한 관계가 시작되었던 바로 그 저녁과 똑같이 알바 부인은 처음에 보이지 않았다. 우선 프란시스코는 하이든 경의 오페라 전체에 귀 기울여야 했다. 그는 초조함과 두려움 그리고 희망으로 애타서, 그리고 피에드라히타의 기억으로 괴로워하며 호세파 옆에 앉아 있었다. 당시 그는 공작의 비슷한 음악 공연에서 카예타나 옆에 앉아 있었던 것이다.

이 오페라는 가볍고 사랑스러웠다. 그것은 보나페데라는, 예쁜 두 딸의 아버지이자 천문학에 대한 열정에 사로잡힌 어느 부유한 신사가 에클레티코라는 어느 협잡꾼 때문에 자신이 달에 살고 있다고 믿게 되는 과정을 묘사한 작품이었다. 이 별에서의 체험 때문에 그는 어느 청혼자와 딸을 결혼시키게 되는데, 이것은 지구에서라면 결코 하지 않았을 일이었다. 이 이탈리아 작품은 공작 자신이 이제는 사라진 돈 디에고 신부의 도움을 받아 스페인어로 번역한 것이었다. 공연은 훌륭했고, 음악은 고야가 염려한 만큼 그리 지나치지 않았다. 지금과 다른 처지였다면 우아한 공연을 즐길 수 있었을 텐데, 그는 그렇게 하지 못했던 것이다. 그래서 속으로 욕하며 투덜거렸다.

마침내 오페라는 끝났고, 궁내대신 공작은 중앙홀로 하객을 청했다.

예전처럼 도냐 카예타나는 옛 스페인 방식으로, 말하자면 연단에서 손님들을 맞이했다. 이번에 그녀는 높은 천개(天蓋) 아래 앉아 있었는데, 이 하늘 지붕은 성모 마리아가 그려진 나무상으로 치장되어 있었다. 이 나무상은 후안 마르티네스 몽타네스가 제작했다. 손은 오므리고 머리는 부끄러운 듯 숙인 채 마리아는 아주 옅지만 자부심에 찬 스페인적 미소를 우아하게 띠며 사랑스러운 천사들이 머리로 짊어진 반달 모양의 발판 위에 서 있었다. 사랑스러운 성모상 아래 알바가 사랑스럽게 앉아 있는 모습에는 방탕스럽고 매혹적인 무엇이 있었다. 이번에는 화장을 하고 분을 발랐으며, 오래된 베르사유식으로 재단된 옷을 입고 있었다. 좁디좁은 허리에서부터 치마가 드넓게 흘러내렸다. 그녀는 인형처럼 되고 싶은 듯했고, 우스꽝스러울 만큼 교만해 보였다. 금속처럼 차가운 눈은 넓은 이마 아래 당혹스러울 만치 생기 있게 반짝인 반면, 굳게 미소 짓는 하얀 얼굴은 정숙한 만족감 속에 미소 지으며 수태고지에 귀 기울이는 마리아의 낯빛과 애교스럽고 대담한 공통점을 지녀서 갑절이나 불경스럽게 보였다.

프란시스코는 분노와 매혹으로 흔들린 채 그녀에게 뭔가를, 두 사람에게만 관련된 뭔가를 말하고 싶은 거친 욕망을 느꼈다. 그것은 걷잡을 수 없이 사랑에 빠진 무엇이거나 주체할 수 없이 음탕한 무엇이었다. 하지만 그녀와 단둘이서 얘기할 기회는 없었다. 오히려 그녀는 그로부터 거리를 유지하는 너무나 정중한 존재였다.

평상시처럼 그 저녁은 그에게 불쾌감만 일으켰다. 물론 서툰 작업 동료 카르니세로도 있었다. 그는 오페라 공연을 위한 세트를 설계했다. 고야는 달콤한 레몬수 몇 방울 때문에 아직도 눈이 아팠다. 공작과 공작 모친인 늙은 후작 부인이 그의 화를 돋운 것은 바로 그들의 친절함 때문이었다. 돈 호세는 비록 거장 카르니세로의 무대 세트가 아주 예쁘다고 여겼지만, 그, 말하자면 고야가 이 세트를 설계하지 않은 걸 아쉬워했다. 하지만 고야는, 카예타나가 공작에게 말했듯이, 최근 들어 만나기가 아주 어려웠다. 늙은 후작 부인도 고야가 비야브란카 집에 와서 그녀의 두 번째 초상화를 그려주는 여유를 더 이상 갖질 않아 못내 아쉬웠다. 프란시스코는 그녀의 말에서 나직한 아이러니를 읽어냈다. 분명 그녀는 그와 카예타나 사이에 무슨 일이 있었는지 알고 있었다.

의사 페랄은 매우 견디기 힘들어했다. 그는 지겨운 전문지식으로 하이든의 음악에 대해 자세히 말했다. 평소에 펴지 않는 공작의 얼굴빛은, 페랄이 엄청나게 열광적으로 전문 지식을 써가면서 보나페데가 망원경으로 달을 관찰한 내용을 알려줄 때마다 하이든이 얼마나 풍부한 착상과 위트로 악기 구성을 바꾸는지, 그의 음악이 얼마나 생생하게 비행의 느낌을 묘사하는지 설명했을 때, 환해졌다. 하지만 이 박학한 허풍쟁이의 시건방진 수다보다 프란시스코의 신경을 더 건드린 것은 이 의사가 카예타나와 교환하는, 그에게는 들리지 않는 거리낌 없는 말들이었고, 분명 그 두 사람만 이해할 수 있는 의사의 농담에 반응하는 카예타나의 웃음이었다. 이 '이발사'가 카예타나와 말하는 모든 방식에는 사람을 흥분시키는, 무슨 점유자라도 된 듯한 면모가 있었다.

여러 날 동안 고야는 고통과 기쁨 속에서 그날 저녁을 기다려왔다. 작별하며 카예타나를 둘러싼 분위기에서 벗어날 수 있게 되었을 때, 그는 쓰라릴 만큼 흡족했다. 집으로 가는 길에 호세파는 그날 저녁은 특별히 행복했고, 하이든은 정말이지 위대한 음악가이며, 오페라는 아주 사랑스러운 것이었다고 말했다.

다음 날 프란시스코는 조그만 판화 작업을 시작했다. 그것은 반달이 있는 마리아 아래 자리한 카예타나였다. 그는 익명이었지만 그럼에도 알아볼 수 있게 얼굴을 그리는 기술을 구사해 완성시켰다. 하늘 지붕 아래 자리한, 하얗게 화장한 부인은 선정적이면서도 화난 듯하고 조롱하는 듯하면서도 불경스러운 면모를 갖고 있었다. 고야는 아구스틴이 없을 때 비밀스럽게 그렸다. 그리고 그가 있을 때면, 이 작은 그림을 숨겼다. 그는 열심히 그리고 서둘러 그렸다. 한번은 그 판화를 치우는 것을 잊었다. 그가 돌아왔을 때, 아구스틴이 작품 앞에 있는 걸 발견했다. "놀랍네요." 아구스틴이 말했다. "진리 중에서도 진리군요." "'자네'가 이 그림을 보았다는 것 때문에 벌써 화가 나는군." 프란시스코는 대답했다. 그러고는 그림을 멀리, 영원히, 치워버렸다.

카예타나로부터 어떤 소식도 듣지 못한 채, 다시 일주일이 지나갔다. 이제 고야는 석 달이 지나도록 그녀에 대해 아무 소식도 듣지 못할 것임을, 1년이 지나도 아무 소식도 듣지 못하리라는 것을 알았다. 그는 지금까지 후회했던 것보다 더 열렬하게, 피에드라히타로부터 그리고 그녀로부터 멀리 떠나온 것을 후회했다.

그때 그의 아틀리에에 도냐 에우페미아가 도착해서 세상에서 가장 자연스러운 어조로, 돈 프란시스코가 내일 저녁에 도냐 카예타나와 크루스로 갈 시간과 기분이 되는지 물었다. 그곳에서 코멜라의 「거짓에 속은 거짓말쟁이」 공연이 벌어지는데, 도냐 카예타나가 여러 종류의 세기디야 춤을 선보이겠다는 것이다.

그들은 극장으로 갔다. 그녀는, 마치 어제 작별한 것처럼 행동했다. 서로 아무것도 묻지 않았다. 피에드라히타에서 있었던 일에 대해 그들은 아무 말도 하지 않았다.

그다음 주 그들은 자주 보았고, 같이 살았으며, 피에드라히타에서 싸우기 전에 했던 것처럼 그렇게 서로 사랑했다.

대부분 카예타나가 오고 싶을 때 온다고 알렸다. 그러면 고야는 혼자 있도록 신경 썼다. 언젠가 그녀가 아무런 연락도 없이 왔을 때, 아구스틴이 작품 「검은 옷 차림의 마하 왕비 도냐 마리아 루이사」를 복제하고 있었다. 카예타나는 적수의 초상화를 쳐다보았다. 왕비는 신분에 걸맞게 침착한 모습으로 거기 서 있었다. 프랑코는 그녀의 추함을 숨기지 않았다. 이 점을 인정하지 않을 수 없었다. 하지만 그는 마리아 루이사가 가진 어떤 것, 말하자면 팔이나 목 부분의 살을 장점으로 약간 드러내고자 애썼다. 그리고 그녀에게 적절한 형태를 부여했다. 거기 캔버스에 서 있는 것처럼, 그녀는 그 모든 유사점에도 불구하고 마하이면서 동시에 대단한 부인이었고, 그래서 결코 우스꽝스럽지 않았다. 카예타나는 왕비가 경고했을 때 자신을 덮쳤던 작은 오한을 느꼈다.

"왜 저렇게 그렸나요?" 그녀는 화가 나 직접적으로, 아구스틴이 있다는 사실에도 아랑곳없이 물었다. "좋은 그림이오." 프란시스코는 화가 났지만 냉정하게 대답했다. "당신을 이해할 수 없군요." 카예타나가 말했다. "이 여자는 우리의 여름을 망쳤어요. 당신과 나의 즐거움을, 저급하고 치졸하게 말이에요. 우리는, 우리 둘은 그녀가 어떤 사람인지 겪었어요. 이탈리아 출신 재봉사일 뿐이라고요. 그런데 당신은 그녀를 왕비로, 머리에서 발끝까지 스페인풍으로 그렸군요." "내가 그렇게 그렸다면, 그것은 그녀가 그렇기 때문이오." 프란시스코는 조용히, 하지만 그 역시 알바의 자부심에 뒤지지 않는 자부심으로 대답했다. 아구스틴은 친구의 이런 모습을 보고 기뻐했다.

카예타나에게 중요한 것은 왕비를 지금까지보다 더 혹독하게 약 올리는 일이었다. 예를 들어 그녀는 마리아 루이사가 파리에서 유난히 대담한 옷을 구입했다는 사실을 알고 있었다. 그녀는 직접 모델이 되려고 했다. 마리아 루이사가 그 옷을 걸치고 손님을 환대한 다음 날 프라도 산책길에는 알바 가문의 마차 두 대가 카예타나의 시종과 함께 나타났는데, 시종은 전날 왕비가 입었던 것과 똑같은 옷차림이었던 것이다. 사람들은 웃었고, 마리아 루이사는 화가 났다. 하지만 카예타나가 바랐던 방식으로까지 되지는 않았다. 늙은 후작 부인은 이 우스꽝스러운 일이 그리 즐겁다고 여기지 않았다. 프란시스코에게도 그 일은 훨씬 덜 즐거웠다.

하지만 그의 타박은 그녀의 모습
앞에서, 그녀의 숨결과
천진할 정도로 숙녀 같은 모습
앞에서 녹아버렸다. 그 어느 때보다
강렬하게 그는 행복을 느꼈다.
하지만 이 행복에는
구분할 수 없이 깊게 섞인

두려움도 자라났다.

19

그 무렵 마드리드에서는 어떤 전염병이 발생했다. 그것은 목과 관련된 병으로 주로 아이들이 걸렸다. 그것은 처음에는 일종의 편도샘염이었다. 목의 림프샘이 부어오르다가 얼마 지나지 않아 아이들은 점점 더한 고통을 삼키며 견뎌야 했다. 나중에 맥박이 약해지고 심장 박동도 약해지면서 코에서는 누렇고 악취 나는 콧물이 흘러나왔다. 병에 걸린 아이는 심해지는 호흡곤란에 괴로워하며 질식의 위협에 시달렸다. 많은 아이들이 죽었다.

고야의 세 아이 가운데 마리아노가 걸리더니, 다음에는 어린 막내 엘레나가 걸렸다.

프란시스코는 비록 방해만 되었지만, 숨을 쉬려고 고통스럽게 애쓰는 엘레나의 침대 곁에서 떨어질 수 없었다. 아이의 고통이 커가는 걸 느끼면서 그는 점점 더 당황했다. 첫 순간부터 그는 악마에 도전장을 낸 그 편지가―그는 그 편지를 통해 알바와 첫 밤을 보냈는데―이제 복수하고 있다는 것을 알았다.

주치의 갈라드로는 뜨거운 물과 찜질을 권했고, 나중에 열이 오르자 냉수욕을 권했다. 그는 히포크라테스를 인용했다. 그러면서 확고한 태도로 병세를 주시했다.

고야는 종교적인 방식으로 도피처를 찾았다. '치유의 성모 마리아'에게 봉헌된, 그래서 '병자들의 구원자'라고 적힌 종이테이프를 작은 공처럼 말아 컵에 담아 마시도록 아이들에게 주었다. 아이가 제대로 삼킬 수 없다면 그것은 좋지 않은 표시였다. 프란시스코는 아이가 머무르던 수도원에서 엘레나를 위해 거금을 주고 덮개 하나를 빌렸는데, 그 덮개는 수호성인이 입고 있던 옷의 일부였다. 병자를 감싸주기 위해서였다.

호세파가 엘레나를 임신했을 때 그가 시도했던 모든 것을 떠올렸다. 성 라이문두스 논나투스와 성 빈센테 페레르의 그림을 집으로 가져와, 그 그림들이 출산 시간을 짧고 가볍게 해주기를 절실하게 빌었던 것이다. 그리고 성 이시드로와 또 다른 성자에게 감사를 표하려고 기꺼이 산이시드로로 순례길을 떠났다. 왜냐하면 모든 것이 잘되었기 때문이다. 아이를 경솔하게 그 음울한 힘에 희생시키지 않았더라면, 모든 것이 계속 잘되었을지도 모른다.

그는 외곽에 있는 도시 아토차로 달려가 아토차의 마리아 앞에서 하소연했다. 그는 기분에 휩쓸려 아이 이름을 밝히고 말았다. 그는 뉘우치면서 자신의 참회를 받아들여 도와달라고 애원했다. 그는 잘 알려지지 않은, 둔해 보이고 촌뜨기 같은 어느 신부 앞에서 참회했다. 그는 자신의 고백을 신부가 이해하지 못하기를 바랐다. 하지만 신부는 이해하는 것으로 보였다. 신부는 상냥했다. 신부는 그에게 금식일과 많은 주기도문을 권했으며, 더 이상 간통하지 말라고 일렀다. 고야는 마녀이자 창녀인 카예타나의 모습에 더 이상 눈을 어지럽히지 않겠다고 맹세했다.

그는 이 모든 것이 미치광이 짓임을 알았다. 그는 자신의 거친 감정을 이성으로 억눌러야 한다고 중얼거렸다. 만약 이성을 잠들게 내버려두면 온갖 어수선한 꿈들이, 박쥐 날개와 고양이 얼굴을 한 꿈속 괴물들이 인간을 덮쳤다. 그는 자신의 광기를 자기 안에 묶어두고 제어하며 가두어야 했다. 그 광기가 새어 나오게 해선 안 되었고, 시끄럽게 내버려둬

선 안 되었다. 그는 아무 말도 하지 않았다. 아구스틴이나 미겔 그리고 호세파 앞에서도 침묵했다. 하지만 친구 마르틴 사파테르에게는 편지를 보냈다. 자신이 스스로의 쾌락을 위해 저주받을 만한 죄 많은 핑계를 꾸며낸 일이 있으며, 그래서 지금 악마가 자신의 거짓을 알아챘고 그 때문에 사랑하는 아이가 치명적인 병에 걸렸노라고 썼다. 그리고 이 모든 것이 이성 앞에서는 어떤 이유도 없다는 것, 그것은 현실이 아니지만 그럼에도 진실임을 자신이 알고 있노라고 썼다. 그는 편지에 X표 세 개를 치고, 돈을 아끼지 말고 델 필라르 마리아에게 바칠 두꺼운 양초를 여러 개 사서 세워달라고, 그래서 그 수호성자가 아이들을 병에서 낫게 해주도록 친구에게 간청했다.

알바 공작비는 프란시스코의 아이들이 병에 걸렸다는 소식을 들었다. 프란시스코는 그녀에게 당시에 하던 어떤 변명도 하지 않았다. 하지만 그녀는 그 마음의 혼란을 알아차렸다. 그녀는 시녀를 보내, 자신이 방문할 것임을 알렸다. 그가 만나는 것을 거절했을 때, 그녀는 놀라지 않았다. 그녀는 호세파를 방문하고는, 자기 주치의인 페랄 박사를 보내겠다고 제의했다.

페랄이 왔을 때, 고야는 나타나지 않았다. 호세파는 그가 조용하고 영리하며 식견 있다고 칭찬했다. 고야는 아무 말도 하지 않았다. 이틀 뒤 마리아노는 분명히 나아졌다. 의사는 아이가 치유되었다고 설명했다. 사흘째 되던 날 막내 엘레나는 죽었다.

고야의 절망, 운명에 대한 분노는 끝이 없었다. 그는 아이가 죽은 침상에서 자신의 아틀리에로 달려가 도와주지 않은 성자들을 저주하고 자신을 저주했으며, 그 모든 것에 책임 있는 그녀, 마녀이자 창녀인 공작비를 저주했다. 그녀의 오만한 변덕과 기분 때문에 가장 사랑하는 아이를 잃어버렸기 때문이다. 죽은 아이의 침대 곁에서 그는 다시 아이의 질식할 듯 끔찍한 발작을 생각했고, 어떻게 자신이 무기력하게 쳐다보고만 있었는지 떠올렸다. 그의 사자 머리 같은 우람한 얼굴은 극도로 고통스러운 가면이 되었다. 어떤 인간도 그가 당했었고 당한 일을 결코 겪지 않았다. 그는 다시 아틀리에로 달려갔다. 그의 고통은 분노와 복수에 대한 갈증으로, 저주받을 여자인 그녀에 대한 자신의 분노와 멸시와 경멸을 그 인형처럼 오만한 얼굴 속으로 투사하고픈 욕구로 변했다.

아구스틴은 거의 언제나 고야 주위에 머물렀다. 하지만 그는 표내지 않고 필요한 말만 했다. 그래서 그는 마치 발끝으로 걷는 것 같았다. 그는 묻지도 않고, 그 무렵 특히 쌓여가던 일만 자기 책임 아래 챙겼다. 그가 공감을 드러내는 방식은 고야를 기쁘게 했다. 아구스틴이 그를 이해하고 있다는 것, 그래서 아무렇게나 하는 값싼 권고를 하지 않는 걸 그는 고마워했다.

그는 엘레나에게 왕녀에 걸맞을 장례식을 치러주자고 호세파에게 말했는데, 여기에는 언짢음과 놀라움이 섞여 있었다.

그 뒤 사람들은 어두워진 홀 안에 앉아 있었다. 많은 사람들이 와서 조의를 표했다. 둘째 날, 고야는 조문객들의 공허한, 어쩔 수 없이 슬퍼하는 듯한 표정을 더 이상 견딜 수 없었다. 그는 아틀리에로 갔다.

하지만 그는 웅크리고 앉아 있거나 누워 있거나 쉬지 않고 오가며 서성거렸다. 종이에 붓으로 이런저런 꿈을 그리다가 완성되기 전에 그 스케치를 찢어버렸다.

알바가 들어왔다.

그는 그녀를 기대하고 있었고, 두려워했고, 갈망했다. 그녀는 아름다웠다. 그녀의 얼굴은 가면 같지 않았다. 그것은 궁지에 처한 친구를 위로하기 위해 찾아온, 사랑하는 여자의 얼굴이었다. 고야는 정확한 시선으로 쳐다보았다. 그는 중얼거렸다. 만약 그녀가 그를 아프게 했다면, 그는 그녀를 더 심하게 아프게 했노라고. 하지만 그의 이성은 그녀를 쳐다볼 때의 거칠고 쾌락에 찬 열광에 씻겨 떠내려갔다. 그가 예전에 그녀 집의 연단에서 그녀를 본 이래 지금까지 느꼈던 것, 말하자면 그녀의 무모하고 잔혹한 변덕에 대한 분노와, 자신의 종속에 대한 불쾌 그리고 그를 괴롭히기 위해 이 여자를 이용하는 운명에 대한 경악이 모두 그의 마음속에서 높게 부풀어 올랐다.

그는 두터운 아랫입술을 내밀었다. 그의 투실한 얼굴은, 비록 표내지 않으려 애썼지만, 억누르기 힘든 증오로 떨렸다. 그녀는 내키지 않았지만 뒤로 물러섰다.

"당신, 당신이 기어코 왔군!" 그가 말했다. "처음에는 내 아이를 죽이더니, 이제는 날 조롱하기 위해 왔어!"

여전히 그녀는 자신을 억눌렀다. "자제하세요, 프랑코." 그녀가 간청했다. "고통 때문에 정신을 잃지는 마세요."

물론이다. 그녀는 그가 무엇에 고통받는지 알지 못했다. 그녀는 불임이다. 그녀는 더 이상 뭔가를 창출해낼 수 없었다. 그녀 속에는 아무것도 생겨나지 않는다. 어떤 고통도 어떤 기쁨도. 오직 공허한 쾌락만 있다. 그녀는 불임이다. 악마가 이 세상에 보낸 하나의 마귀, 악 그 자체일 뿐이다.

"당신은 모든 걸 매우 정확히 알고 있소." 그는 자신의 분노와 광기를 분출시켰다. "이렇게 되기를 당신은 계산하고 있었던 거요. 당신은 나의 엘레나가 병이 났으면 하는 생각을 내게 주입했소. 내가 엘레나를 희생시키든지, 아니면 나의 경력을, 내 예술을 희생시키든지. 그것이 내가 당신에게 간 대가였소. 그러고 나서 당신은 파에드라히타에서 내가 궁정에 가지 못하도록 하고, 그래서 내 명성과 예술을 잃도록 두번째로 시도했소. 하지만 난 그때 속지 않았소. 그런데 이제 와서 당신은 내가 마리아 루이사의 치욕스러운 그림을 그려야 한다고 요구하고 있소. 당신은 내 모든 걸 훔치려 하오. 나의 아이들, 내 경력 그리고 내 그림까지. 아이를 못 낳는 당신의 저 저주스러운 음부의 쾌락을 위해서 말이오."—그는 외설적인 단어를 사용했다—"당신은 내가 가진 모든 것을 빼앗으려 하오."

주체할 수 없는 분노가 그녀를 사로잡았다. 그녀는 사랑하는 연인, 위로하는 자에서 알바로, 파괴자인 마지막 원수(元帥)의 손녀로 변했다. 그녀가 이 남자에게 말하도록 허락했다는 것은, 그럼으로써 그에게 '하나의 대기'를 숨 쉬도록 했다는 건 선물이자 큰 은총이었다. 그런데 이제 이 아둔한 촌뜨기가 어리석은 변명에 대한 어리석은 후회를 하려고 그녀를 욕하며 최상의 출구를 찾게 되었다니. "당신은 처음부터," 그녀는 나직하고도 분명 사랑스럽게 말했다. "궁중광대가 되는 일 외엔 아무런 쓸모도 없군요, 푸엔데토도스 출신의 고야 씨. 당신은 한 명의 마호가 되려는 건가요? 어떤 옷을 입어도 당신은 농사꾼으로 남을 겁니다. 그런데 오수나 부인이나 메디나 코엘리 부인 같은 사람은 왜 당신을 가까이 둘까요? 예의를 모르는 사람의 그 요란한 행동에 즐거움을 누리기 위해서죠. 당신을 춤추게 하는 데는 누구도 마귀일 필요가 없으니까요. 당신이 헝겊인형이고, 당신이 꼭두각시니까요." 여전히 그녀는 조용히 말했다. 하지만 그녀의 아이 같은 목소리는 날카롭고 추해졌다.

그는 그녀의 긴 눈썹이 분노로 일그러지는 걸 보았다. 그러면서 자신이 그녀를 그렇게 화나게 만들 수 있다는 사실을 기뻐했다. 하지만 그의 만족감은 광기 속에 사라져버렸다. 그녀가 그의 내면에 깃든 상처를 건드렸기 때문이다. 그녀는 고야 자신조차 때로는 그렇게 은밀히 의심했던 그의 무엇을 조롱했던 것이다. 그러나 그것은 옳지 않았고, 옳아서도 안 되었다. 재미로 그리고 단순히 시간을 보내기 위해 그들은 고야를 침대로 부르진 않았다. 오수나 부인도 그러지 않았고, 메디나 코엘리 부인도 그리고 그녀 자신도 그러지 않았다. 그는 그녀가 어떻게 그의 밑에서 수백 번 욕망으로 녹아 없어졌던가 생각했고, 그녀의 저주스럽고 아름다우며 뻔뻔하고 오만하며 분노에 찬 얼굴에 대해 그가 생각할 수 있는 가장 저열하고 가장 상스러운 말을 내뱉고 싶었다. 그런 다음 그녀를 사로잡아 문가로 가, 말 그대로 문 앞으로 던져버릴지도 몰랐다.

그녀는 그가 다가오는 걸 보았다. 그는 그녀를 때릴 것이다. 그녀는 때려주길 원했다. 그러고 나면 그 일은 물론 끝날 것이다. 그녀는 아마 그를 죽일 것이다. "시골 양반, 이리 와요!" 그녀는 그에게 도전했다. "자부심을 가져요. 당신 팔은 내 팔보다 더 힘세니까! 자부심을……!"

그는 그녀에게 다가가지 않았다. 그는 그녀를 때리지 않았고, 그녀를 움켜잡지도 않았다. 그는 걷다가 멈추었다. 그는 그녀의 입술이 어떻게 열렸다가 닫히는지 보았다. 하지만 어떤 말도 그는 듣지 못했다. 병이 다시 그를 덮친 것이다. 그는 귀머거리였다.

그는 소파로 몸을 던졌다.
두 손으로 얼굴을
절망적으로 쳤다.
그녀는 알았다. 경악했다. 그녀는
그에게 달려가,
마치 아기라도 되는 듯, 그를 쓰다듬었다.
그녀가 무얼 말하는지,

그는 듣지 못했다. 단지
그녀의 입술이 움직이는 것만
보았다. 그러나 그는
나직한 말임을 알았다. 그리고
두 눈을 감았다. 맥이 풀렸다.
울었다.

20

돈 미겔의 하루하루는 정치 활동으로 차 있었다. 하지만 이전보다 즐거움이 덜했다. 저녁이면 그는 예술에 골몰함으로써 루시아에 대한 근심으로부터, 그리고 돈 마누엘에 대한 봉사가 야기한 굴욕감과 분노에서 벗어나려고 애썼다.

다시 그리고 또다시 그는 위대한 스승 니콜로 마키아벨리가 몰락 후 산카시아노 근처의 작은 농장에서 어떻게 살았는지 묘사한 글을 읽었다. 그는 해가 뜨면 일어나 숲속을 걷고, 벌목장이에게 지시를 내린다. 그런 다음 한 시간가량 산보하고, 어느 샘가나 새덫 놓은 곳에서 쉬면서 단테나 페트라르카,* 티불루스**나 오비디우스,*** 아니면 그와 비슷한 거장의 책을 꺼내 그들의 사랑 이야기를 읽고 자신의 사랑 이야기도 생각하며, 그런 추억들을 잠시 즐기기도 한다. 그리고 나서 그는 길 옆 숙소로 돌

* Francesco Petrarca(1304~1374): 이탈리아의 시인이자 인문주의자.
** Albius Tibullus(기원전 55?~기원전 19?): 고대 로마의 시인.
*** Publius Naso Ovidius(기원전 43~17): 고대 로마의 시인으로 연애시를 많이 썼다.

아와 여행객들에게 소문을 물어보고, 그들이 어떻게 생각하는지 알아본다. 다시 썰렁한 자기 집으로 돌아와 변변찮은 저녁 식사를 한다. 다시 술집으로 가, 그곳에서 술집 주인이나 푸줏간 주인, 방아장이나 벽돌공 두 명과 체스 아니면 카드놀이를 한다. 작은 돈을 놓고 정기적으로 싸움이 일어나고, 그 언쟁은 산카시아노 마을까지 울린다. 그러나 저녁이면 마키아벨리는 낡아빠진 옷을 벗고, 축제날 같은 옷차림으로 자기 책이 있는 곳으로, 위대한 고인들의 모임으로 간다. 이들과 함께 그는 환담하고, 그들은 그에게 다정하게 해명한다. 그런 식으로 그는 자기 방에서, 까다로운 일상을 잊고 자기 가난을 염려하지 않은 채, 4시간을 근심 없이 보낸다. 더 이상 죽음에 대한 두려움에 사로잡히지 않는다. 고전적 저자와 살면서, 그가 묻고 그들이 대답하거나 그들이 묻고 그가 대답한다. 그는 그들의 책을 읽고 자기 책을 쓴다.

미겔 베르무데스는 그를 따르려고 노력했다. 그림과 책 그리고 원고에 둘러싸인 채 그는 예술가 사전 작업을 했고, 때때로 한 시간이나 두 시간 동안, 루시아의 초상화를 보러 가지 않고, 일에 머물러 있을 수도 있었다.

루시아는 자주 그리고 스스럼없이 편지했다. 그녀는 그의 위임을 받아 파리로 실제 여행한 것처럼 행동했고, 정치에 대해 많이 썼다. 그녀는 실세들과 교류했고, 모든 것에 놀라워했으며, 스페인이 프랑스와의 동맹을 아직도 미적거린다는 점에 분노했다.

그녀는 파리의 화가들에 대해서도, 무엇보다 화가 자크 루이 다비드의 발전상에 대한 소식을 전해주었다. 다비드는 로베스피에르 실각 이후 두 번 수감되었다. 그는 품위 있고 영리하게 행동했다. 그는 고전적인 공화주의적 이상을 포기하지 않은 채 새로운 정부에, 그리고 그 정부가 시행한 자유와 평등의 개정 조항에 적응할 줄 알았다. 이제 그는 다시 500인회*에서 자리를 얻어 공화국의 예술 수집 작업을 조직했고, 프랑스 화가 중 가장 명망 있고 영향력 있는 인물이 되었다. 그는 위대한 그림 「사비니 여인들」**을 그리고 있었다. 납치된 여인들이 적을 어떻게 중재하는지 고전적인 선과 진솔함으로 묘사한 그림이었다. 이런 식으로 이 화가는 대립되는 것 사이에 필요한 화해를 선명하게 드러내고자 했다. 다비드는 감옥에서 이미 이 그림을 그릴 계획을 세웠다. 그리고 수개월 동안 이 그림을 그리고 있는 중이었다. 그는 천천히 그리고 철저히 일하는 타입이었다. 루시아는 파리 전역이 이 작품의 완성 과정에 열렬히 참여하고 있다고, 그래서 2주마다 이 일이 공보(公報)에 게시된다고 썼다.

나중에 그녀는 미겔에게 동판화를 보내며, 그리고 싸게 구입한 그림까지 보내며 파리의 그 거장에 대한 소식을 보충했다. 한번은 다비드가 쓴 책도 보냈다. 미겔은 착잡한 심정으로 그 소중한 작품들 앞에 섰다. 이 욕심 많은 수집가는 그 작품을 소유할 수 있어서 기뻤다. 하지만 사람들은 정치적 봉사를, 무엇보다 동맹협약을 서둘러 종결짓기를 기대한다고 그는 중얼거렸다. 그런 정치는 그의 확신에도 맞았다. 하지만 그 확신이 이제 잘못 이해될 수 있다는 게 마뜩잖았다.

그러다가 돈 마누엘의 서면 보증 없이도 프랑스와의 동맹이 체결되어야 한다는 사실이 아주 분명해졌다. 이 동맹 때문에 스페인 왕국이 더 강력한 프랑스공화국에 불길할 만큼 의존하게 될 수도 있었다. 하지만 스페인은 더 이상 프랑스의 도움 없이 막강한 영국 함대에 대항해 식민

---

* 1795년 프랑스가 제한 선거를 통해 구성한 양원제 의회는 이 '500인회'와 원로원으로 이뤄져 있었다.

** 원제는 「사비니 여인들의 중재(The Intervention of the Sabine Women)」로 자크 루이 다비드의 1799년 작 그림.

지역을 지켜낼 수 없었다. 평화대공은 비난받지 않고도 자기 약속을 지킬 수 있었는지도 모른다.

하지만 그는 계속 망설였고, 파리를 제지하려고 늘 새로운 핑계를 찾았다. 왕비 앞에서 그리고 돈 미겔 앞에서 그는 앞으로도 오랫동안 벗어날 수 없을 족쇄를 스페인에게 부과하는 게 두렵지 않다고, 애국자 같은 맹세를 하며 떠벌렸다. 마리아 루이사는 얼굴 전체에 웃음을 띠었고, 미겔은 속으로 웃었다. 두 사람은 총리의 행동을 결정하는 건 아주 사적인 동기임을 잘 알고 있었다.

돈 마누엘은 프랑스 왕가 대사 아브레 씨의 어린 딸 제네비에브와 연애를 시작했다.

그는 별 동요 없이, 반쯤 내키지 않은 채로 이 연정에 빠져들었다. 어느 날 저녁, 지루한 공식 모임 동안 그는 제네비에브에 대한 호감을 얼핏 느꼈다. 평상시 같으면 불편했을 이 처녀의 아이 같은 가냘픔이 그를 매혹시켰고, 이런 매혹에는 그녀가 가장 오래된 프랑스 귀족 출신이라는 생각도 더해졌다. 또 그는, 고백하진 않았지만, 고야에 대한 말없는 질투심을 갖고 있었다. 그는 페파가 이 화가에 대한 열정에서 아직 못 벗어났다는 느낌을 어렴풋이 가졌다. 페파가 그를, 즉 마누엘을 완전히 확신하지 못한다는 사실을 그녀 자신에게 보여주는 게 필요했다. 그래서 그는 구실을 대서 제네비에브가 오도록 한 뒤에, 다짜고짜 그녀를 공격했던 것이다. 그녀는 놀라 도망가서는, 파랗게 질린 채 아버지에게 이 잔인한 기습에 대해 일러바쳤다. 아브레 씨는 성가신 문제에 직면했음을 알았다. 프랑스 공화국은 스페인이 프랑스 왕당파 이주자를 더 이상 지지해선 안 된다고 촉구했다. 집정내각이 이주자들의 추방을 요구했다는 소문도 들려왔다. 이것은 조만간 체결될 동맹의 한 조건일 수도 있었다. 그가 모신 왕실의 주인 루이 18세는, 열악한 외적 상황 아래 가련한 대사 아브레가 가톨릭 왕의 내각에 구걸하여 얻은 재정적 도움에 기대어 독일에서 떠돌아다니고 있었다. 야수 같은 평화대공이 가여운 딸과 사랑에 빠진 것은 섭리인지도 몰랐다. 저 미노타우루스*한테 자신의 귀여운 제네비에브를 던져주는 것은 애국적 의무가 아닌가?

이렇게 제네비에브 데 아브레는 돈 마누엘의 여러 애인 틈에 편입되었다. 하지만 돈 마누엘은 어린 것에게서 누리는 쾌락을 곧 잃어버렸다. 그것은 특별히 페파가 그의 새 연애 사건에 괴로워하기보다 오히려 즐거워했기 때문이다. 그래도 그 여린 처녀는 강인한 여성임이 입증되었고, 그녀 뒤에는 정중한 아버지가 위협적으로 서 있었다. 게다가 음울하게 탄식하며 유럽을 떠돌았던 아브레 씨의 생각, 말하자면 스페인이 프랑스 군주제의 어려움을 이용해 프랑스 귀족 계급을 욕보이려 한다는 생각은 마누엘에게 꺼림칙했다. 그리하여 프랑스와 동맹을 맺고 이 왕당파를 추방함으로써 말썽 많은 제네비에브와 그녀의 아버지로부터 벗어나는 것은 당연히 유혹적인 일이었다. 그러나 평화대공이 그 어린 여자 친구를 쫓아낸다면, 그와 같은 신분의 동료들, 즉 12명의 너나들이하는 친구들이나 최고 귀족들은 어떤 표정을 지을 것인가? 그리고 페파와 마리아 루이사는 얼마나 놀릴 것인가!

파리의 집정내각만은 마누엘 고도이의 정치가 그 자신의 연애 사건 때문에 방해받는 걸 원치 않았다. 페리농 대사는 해임되었다. 왜냐하면 그가 스페인을 너무 유순하게 대했기 때문이다. 그는 시민 출신의 페르디낭-피에르 기유마르데**로 교체되었다.

---

* 그리스 신화에 나오는, 사람 몸에 소머리를 한 괴물.

** Ferdinand-Pierre Guillemardet(1765~1801): 민중 출신으로 1798년 이후 스페인 주

파리의 스페인 주재원이 보고한 시민 기유마르데의 이력은 산일데폰소 성에서 궁정의 유쾌한 여름 휴가를 보내던 사람들에게 괴롭게 들렸다. 아직도 청년인 기유마르데는 파리 근교에 있는 한 마을의 의사였다. 그런데 손에루아르* 지방청이 이 광신적 공화주의자를 국민의회로 보냈던 것이다. 루이 16세에 대한 재판에서 그는 이렇게 선언했다. "나는 재판관으로서 사형에 찬성한다. 나는 정치가로서도 마찬가지로 사형에 찬성한다. 그러므로 나는 사형에 두 번 찬성하는 것이다." 북쪽에 위치한 세 지방관청 소속 특별경감으로 임명된 뒤 그는 '사원이나 교회 혹은 예배당'이라는 이름으로 알려진 공공건물은 앞으로 더 이상 미신이라는 목적을 위해 사용될 것이 아니라, 공공복지라는 목적을 위해 사용되어야 한다는 훈령을 내렸다. 그리하여 공화국은 이제 왕의 살해자이자 신을 부정하는 사람을 산일데폰소로 보내, 왕당파의 추방과 동맹협약을 강요했던 것이다.

시민 기유마르데가 도착해, 먼저 스페인 장관 일동 앞에서 자신을 소개했다. 그는 외모가 준수한 인물로서 정확하고 거만하며 형식을 중시했다. 간단히 말해 그는 퉁명스러웠다. 어떻든 가톨릭 왕의 장관들은 그를 그런 식으로 보았다. 그의 편에서 보면, 스페인 내각은 칠면조 한 마리가 이끄는 네 마리 얼간이들로 구성되어 있었다. 그는 파리에 그렇게 보고했다.

시민 기유마르데가 공화국 업무를 시작했을 때, 그는 규정에 따라 위엄 있는 선언을 했다. "나는 공화국에 대한 성실한 충성과 왕에 대한 영원한 증오를 맹세합니다." 이런 식으로 그는 가톨릭 왕의 궁정에 파견

재 프랑스 대사를 역임. 루이 16세의 처형에 찬성했고, 고야에게 초상화를 주문한 최초의 외국인으로 알려져 있다.

* Saone-et-Loire: 프랑스 중부의 주(州).

된 사절로서 이 군주에 대한 증오를 공개적으로 보여줄 수 없었다. 그래서 어떻게 행동해야 하는지 지시해달라고 집정내각에 요청했다. 지시된 내용은, 그가 정치적 요구를 더 강력히 주장할 수 있기 위해서는 어떻게든 스페인의 왕궁 의례에 적응해야 한다는 것이었다. 그 결과 이 새 시민 출신 사절은 여러 굴욕적인 일을 겪어야 했다.

우선 그는 격식을 갖춘 알현식에서 가톨릭 왕에게 자신의 신임장을 제출하고, 왕가 사람들 모두에게 자신을 소개해야 했다. 옥좌가 있는 홀에는 왕의 부부 외에 왕자와 공주들이 모여 있었다. 이 왕의 시해자는 얼간이 카를로스 왕과 음탕녀 마리아 루이사의 손에 정중하게 입맞춤했을 뿐만 아니라, 그들의 버릇없는 아들과 딸에게도 그래야 했다. 더 끔찍했던 것은 칠면조처럼 잘난 체하는 왕의 사생아 프란시스코 데 파울라가—그는 가장 어렸는데—그에게 달려와 반갑게 "파파, 파파"라고 부르는 일이었다.

기유마르데는 또한 돈 마누엘의 천박한 조롱을 삼켜야 했다. 그는 한 각서에서, 파리의 집정내각 규정에 따르면 공화국 관리는 스스로 '시민'이라 칭해야 함을 언급하며 '각하'라는 호칭을 거절했던 것이다. 돈 마누엘은 대답했다. "나는 각하께, '당신'이란 호칭은 스페인 말에서는 흔히 쓰는 게 아님을 알려드리지 않을 수 없습니다. 그리 높지 않은 신분에 대한 통상적 호칭은 '예하(猊下)'이고, 그보다 더 높은 지위의 사람에게는 '각하'라고 쓰지요. 최고 신분의 사람은 동등한 사람들끼리 서로 '자네'라고 부르지요. 제가 이제는 각하를 더 이상 '각하'라고 부르면 안 되니까, 앞으로 각하와 교류할 때는 '자네'라고 불러도 되는지 알려주시기 바랍니다."

기유마르데가 공화국의 안녕을 위해 감수해야 했던 불편한 일들은 왕이 축하연회를 베풀어주는 것으로 어느 정도 벌충되었다.

마리아 루이사는 새로 온 프랑스 대사에게 호감을 느꼈다. 그의 생김새는 자부심에 차 있고 명확하며 어딘가 음울했다. 파리의 집정내각이 최근에 공화국 고위 관료에게 지급한 화려한 제복은 그 얼굴에 어울렸다. 그는 잘생겼고, 이전의 늙고 남루하며 말라빠진 아브레보다 여러모로 훨씬 좋아 보였다. 그녀는 시민 기유마르데를 기분 좋게 하는 게 중요하며, 그래서 축하연을 베풀려 한다고 설명했다. 이런 생각은 평화대공에게는 적절해 보이지 않았다. 그는 왕을 시해한 이 사형집행자에게 궁정이 그런 특별한 영광을 베푸는 것을 자신이 허용한다면, 치명적일 만큼 괴로워할 어린 제네비에브의 한탄과 비난이 이어질 거라고 예견했다. 그리고 저 기분 나쁜 평민 출신이 그렇게 환영받아야 한다는 점이 그는 불쾌했다. 그는 왕비에게 저 피레네 골짜기 촌놈을 그런 식으로 우대하는 것은 공화국의 요구에 대한 분명한 항복을 뜻한다고 설명했다. 마리아 루이사는 마누엘이 그렇게 말하는 이유를 알았고, 그가 당혹해하는 걸 보고 기뻐했다. "그렇게 혀가 부르트도록 얘기하진 마세요, 애인이여." 그녀는 다정스레 말했다. "시민 기유마르데는 내 마음에 드는군요." 돈 마누엘은 적어도 아브레는 초대해야 한다고 제의했다. 마리아 루이사는 마누엘이 불러일으킬 새로운 곤경을 미리 떠올리고는, 그 제안에 웃으며 동의했다.

축하연회에 즈음하여 산일데폰소에서 장관(壯觀)이 펼쳐졌는데, 그것은 10여 년 전 베르사유에서 벌어진 축제를 닮았다. 하지만 지금 연회석에는 왕을 시해한 한 평민이 넘치는 호사를 누리며 앉아 있었고, 추방된 그 왕의 대리인은 해진 제복 차림으로 저 아래 멀찌감치 떨어진 곳에서 여윈 어린 딸 옆에 앉아 있었다. 호사스러운 시민 기유마르데는 가련한 왕정주의자 쪽으로 어두운 시선을 던졌는데, 왕정주의자는 그 눈빛을 타고난 품위로 외면했다.

축하연회 후 왕과 왕비는 하객을 접견했다. 시민 기유마르데를 위해 신중한 선물로 오야 포드리다*라는 서민 음식이 제공되었다. 왕이 좋아하는 음식이었다. 그리고 유쾌한 대화 소재를 제공하는 음식이기도 했다. "우리의 국민 음식이 어떤가요, 경애하는 후작님?" 그는 유쾌하게 아브레 씨에게 물었다. 서민적으로 양념을 한 데다 양이 너무 많은 이 음식이 별로 입에 맞지 않았던 아브레는 애써 인정하는 듯한 말을 겨우 내뱉었다. 이 따분한 사람을 견디지 못한 왕은 그를 그냥 세워둔 채 다른 대사 쪽으로 몸을 돌렸다. "이제 각하," 그는 목소리가 울리도록 물었다. "우리 국민의 음식이 어떤가요? 우리는 기념으로 이 음식을 제공했소." 그런 다음 옛날식 오야 포드리다를 준비하는 여러 방식을 장황하게 설명했다. 이 음식에 넣는 아홉 가지 채소와 일곱 가지 양념에 대해서는 합의가 되어 있었다. 하지만 소고기와 염소, 닭과 돼지고기 소시지와 그리고 베이컨이 음식의 주된 요소인지, 아니면 단지 세 종류의 고기와 그 밖의 다른 어떤 것을 넣을지는 의견이 엇갈렸다. "나는 개인적으로," 그는 설명했다. "다섯 가지 고기를 모두 넣도록 한다오. 가능한 한 많이 넣고 잘 섞도록 하는 거요. 그래서 그걸 먹을 때면, 이렇게 생각한다오. 이것은 왕이 모든 민중 계층과 어떻게 관계하는가에 대한 하나의 비유라고 말이오."

이 독재 군주와 군주비가 그렇게 애쓰고 있다는 사실이 대사 기유마르데를 기분 좋게 만들었다. 하지만 왕당파 배신자를 같이 초대한 무례

* Olla podrida: 절인 돼지고기와 야채 외에 햄과 닭 그리고 순대 등 영양이 풍부한 여러 가지 재료를 충분히 넣고 끓인 요리의 하나.

함 때문에 그는 화가 났다. 그는 이내 그 영예를 잊었고, 자신이 받은 치욕에 대한 분노가 빠르게 자라났다. 그는 방으로 들어가 앉아 이전 요구와 관련된 신랄한 각서를 썼으며, 위협적 어투로 왕에 충성하는 저 프랑스 피신자를 즉각 추방할 것을 요구했다.

마리아 루이사는 돈 마누엘에게, 그가 아브레를 초대하자고 제안하는 바람에 이처럼 해묵은 갈등을 심화했으니 그 책임을 져야 한다고 다정한 어투로 환기시켰다. 마누엘은 대답할 말이 별로 없었다. 바로 그 때문에 그는 천한 기유마르데의 요구에 따르는 게 치욕스러운 패배라고 느꼈는지도 모른다.

차라리 다른 일이었다면 더 좋았을 것을.

그는 축하 마차를 타고 기유마르데 집 앞으로 갔다. 그리고 야누스 머리를 든 채 앞장서 들어갔다. 그는 기유마르데에게, 한번 보장된 체류권을 위반하는 건 스페인의 가장 기본적인 예의에 어긋나는 일이라고 상세히 설명했다. 시민 기유마르데는 차갑게 말했다. "가톨릭 왕의 정부가 왕당파 배신자를 계속 자기 땅에서 용인하거나 지원해주기까지 한다면, 공화국은 적대적 행위로 여길 것입니다." 돈 마누엘은 약간 창백해졌지만 받아들일 준비가 되어 있었다. 그는 정중하게 답하기를, 말하자면 자신이 1년 이내에 독일에 있다고 알려진 그 군주를 방문한다면, 자신이 스페인 궁정을 커다란 곤경에서 해방시키게 될 것이고, 그러면 아브레 씨도 신중하게 이해될 것이라고 말했다. "공화국은," 기유마르데는 차갑게 그리고 더 위협적으로 말했다. "반복되는 그런 유예를 용납할 수 없을 겁니다." "각하, 제가 얘기할 수 있게 해주세요." 평화대공이 그의 말에 끼어들었다. "가톨릭 전하의 정부는 손님 예우의 명성을 위태롭게 하지 않기 위해 다른 여러 영역에서도 공화국에 대응할 것입니다." 그가 일어나자 훈장이 철거덕거렸다. 그는 위엄 있게 포고했다. "각하, 저는 제 군주의 이름으로 다음과 같은 선언을 하도록 위임받았습니다. 만약 아브레 씨가 우리나라를 1년 안에 떠나지 않는 것을 각하가 받아들인다면, 우리 가톨릭 왕은 2주 안에 공화국이 마지막 각서에서 제안했던 형태로 동맹조약을 체결할 준비가 되어 있습니다."

이렇게 하여 오랫동안 준비되어온, 가톨릭 왕과 '유일 불가분의 프랑스공화국'*이 보호동맹과 방어동맹을 체결하기로 합의하는 데 이르렀다. 그리고 스페인 왕실은 이 합의에서 필연적으로 발생한 영국과의 갈등을 덤으로 얻게 되었다.

함대와 모든 항구에
전쟁을 준비하라는 명령이
하달되었다. 그 후
산일데폰소 성에서는
스페인 왕과 프랑스공화국이
동맹국이 되는 조약이
서명되고 비준되었다. 그러나
영국 전하의 대사
세인트헬렌스 경은 자신의 여권을
요구했다.

---

* 1792년에 성립된 프랑스 대혁명의 국민공회에서 '지롱드파'와 자코뱅의 '산악파'가 대립했다. 이때 지롱드파가 의회주의, 자유주의 경제, 지방자치를 내건 반면에, 산악파는 '유일 불가분의 공화국'을 원칙으로 중소시민과 농민의 옹호와 해방을 주장했다.

21

여러 날 동안 고야는 광기에 사로잡혀 완전히 귀먹은 채 있었다. 그는 무절제했고, 자신에게 다가오는 모든 시도를 화를 내며 거부했다. 그는 다른 사람 앞에서 발작 상태를 과장하려고 온갖 짓을 다 했다. 모든 이들이 이제는 그러한 그를 아구스틴이 하듯 받아들였고, 그가 보일 때는 조용히 행동했다. 그들은 그가 어떻게 달리 할 수 없음을 알았다.

알바 공작비가 왔다. 하인들은 어떤 방문객이라도 저지하려고, 그래서 아무도 고야에게 나서지 못하도록 최대한 엄격하게 대했다. 호세파는 공작비를 맞이했다. 그녀에게 친절하게 그러나 견제하며 말을 걸었다. 이 여자가 아이의 죽음이 아니라 프랑코의 좌절에 책임 있다는 사실은 그녀에게 분명했다. 그녀는 돈 프란시스코가 오랫동안, 어쩌면 여러 달 동안 자기 일이나 모임을 갖지 못할 거라고 공작비에게 설명했다.

여러 날 동안, 일주일 이상 고야는 호세파와 아구스틴 외에 아무도 오는 걸 허락하지 않았다. 이 두 사람 앞에서도 그는 숨이 막힐 듯 원망을 했다.

지치지 않고 열심인 아구스틴은 이 무렵 하는 일이 별로 없었기에 에칭 기술을 완벽하게 익히며 시간을 보냈다. 동판화가 장 밥티스테 르프랭스*는 물감으로 착색된 펜화를 동판 인쇄로 여러 장 찍어내는 기술을 발명해냈다. 그는 이 기술을 살아생전 비밀로 했으나, 죽은 뒤 『방법론 백과사전』에서 알려지게 되었다. 그래서 노력파 아구스틴 이스테브도 시험해보았다. 고야는 넋 나간 듯한 표정으로 쳐다보았다. 초기에 그는

---

* Jean-Baptiste Leprince(1734~1781): 프랑스의 화가이자 동판화가로 애쿼틴트 Aquatint라는 동판화의 명암 표현 기법을 개발했다.

에칭을 벨라스케스의 방식으로 직접 해본 적이 있다. 하지만 성공하진 못했다. 아구스틴은 새 기술이 거장에게 큰 자극이 될 것으로 추측했다. 하지만 고야에게 말하는 걸 그는 의도적으로 조심했다. 프란시스코 또한 어떤 질문도 하지 않았다. 하지만 거듭 아구스틴이 일하는 탁자로 와서 눈여겨보았다.

가끔 돈 미겔이 왔다. 처음으로 고야는 아무 일도 없었던 것처럼 잘 말했다. 돈 미겔은 차차 낮은 목소리로 아구스틴과 즐겁게 대화를 나누었다. 이들이 하는 말을 프란시스코가 알아듣는지는 알 수 없었다.

고야가 그들에게 주의를 기울이고 있다는 걸 딱 한 번 드러냈다. 화가 자크 루이 다비드가 어떻게 새 정권으로 옮아갔는지 미겔이 자세히 얘기했을 때였다. 미겔의 말이 끝나자, 아구스틴은 조롱하듯 말했다. 그는 이전부터 다비드의 작품이 모든 형식적 완전성에도 불구하고 뭔가 공허하고 겉치레에 치중하는 듯한 인상을 받았다고 했다. 그래서 다비드가 자유와 평등 그리고 형제애를 등지고 지배 권력의 편으로, 대부르주아적 상인 계급으로 옮아가는 것이 놀랍지 않다고 했다. 고야는 화난 듯 이죽거렸다. 자크 루이 다비드는 모범적 공화주의자이자 친프랑스주의자의 우상으로서 시대의 흐름에 잘 적응했다는 것이다. 그래서 친구들은 그, 즉 프란시스코야말로 혁명가가 되어야 한다고 요구했다. "금이 녹는다면, 쇠는 뭐가 될 것 같은가?" 마침내 그는 격분한 듯 말했다. "그가 단두대로 가는 걸 원치 않는 것은 이해되네. 하지만 스스로 목숨을 끊었다면, 그의 회화는 더 고전이 되었겠지."

고야의 얼굴은 사파테르가, 마음의 친구인 마르틴 사파테르가 예기치 않게 왔을 때, 처음으로 밝아졌다. 호세파가 사라고사의 그에게 편지를 썼던 것이다. 하지만 그가 오직 고야를 위해서 왔다는 사실을 그도 호세파도 프란시스코에게 알리지 않았다.

마침내 프란시스코가 아무런 유보 없이 곤경과 분노를 표현할 수 있는 인물이 도착한 것이다. 자신이 어떻게 그 여자 때문에 아이가 위독하다는 거짓말을 하게 되었는지, 악녀 카예타나 외에는 누구도 그런 생각을 불러일으키지 않았기 때문에, 그녀가 아이를 죽인 뒤에 와서 어떻게 그를 조롱했는지, 그리고 그가 그녀의 얼굴에다 그 죄를 분명히 말했을 때, 그녀가 얼마나 천박한 말로, 몸값을 불평하는 창녀처럼 욕했는지, 그리고 그때 분노가 엄습하면서 어떻게 귀가 안 들리게 되었는지에 대해.

마르틴은 담배를 피우며 조용히 경청했다. 그는 대꾸하지 않았다. 큼직한 코 위에 자리한 그의 영리하고 다감한 눈은 숙고하듯 친구의 말에 동의하며 반짝였다. "자네가 날 미쳤다고 여긴다는 걸 이미 알고 있네." 프란시스코는 미친 듯 날뛰었다. "모든 사람이 날 미쳤다고 여기면서 조용히, 미치광이를 피하듯이, 피하지." 그는 난폭하게 굴었다. "그건 모욕이네. 내가 만약 미쳤다면, 그건 그들이 준 것이지. 그들이 그 재앙을 불어넣은 거라네. 그 당시 미치광이 집에 대한 내 그림을 보았을 때처럼, 그들은 말했네. '사람들은 함께하고 싶을 거야'라고."

"자네에게 꼭 말해야 할 게 있네." 프란시스코는 잠시 뒤 다시 말했다. 지금까지 그의 목소리가 컸다면, 그는 이제 마르틴 쪽으로 아주 가까이 다가가 나직하고도 비밀스럽게 말했다. "난 '아직' 미치지 않았어." 그가 말했다. "하지만 그렇게 될 수 있네. 나는 때때로 내가 미치게 되리라는 걸 느끼네." 마르틴 사파테르는 조심스러웠기에 길게 대꾸하지 않았다. 하지만 그가 조용히 대응한 것이 상대를 차분하게 만들었다.

마르틴이 사라고사로 다시 돌아가기 바로 직전 늙은 후작 부인으로부터 전갈이 왔다. 도냐 마리아 안토니아는, 피에드라히타에서 말한 바

있는 그녀의 두번째 초상화를 그릴 시간이 고야에게 있는지 묻고 있었다.

그 청을 받아들이라고 말하는 마르틴 앞에서, 고야는 자제가 필요한 듯 행동했다. 하지만 그는 곧바로 받아들이기로 확고히 결심했다. 어쩌면 이 주문 뒤에는 카예타나가 숨어 있는지도 몰랐다. 그렇지 않다고 해도, 그가 후작비의 집에서 일하는 동안 그녀가 우연히 그곳으로 오게 될지도 모른다. 그는 그녀를 다시 보고 싶다는 생각으로 불타올랐다. 거기에는 분노와 욕망이 뒤섞여 있었다. 무엇을 할지 그는 몰랐다. 하지만 그녀를 다시 보지 않을 수 없었다. 그는 받아들였다.

도냐 마리아 안토니아 데 비야브란카가 그와 카예타나 사이의 일에 대해 그가 환영하는 것보다 더 많이 알고 있다는 사실을 그는 곧 깨달았다. 그녀가 다정하고 오만한 눈빛으로 기탄없이 그의 얼굴을 빤히 쳐다볼 때면, 그는 가끔 발가벗겨진 듯한 생각이 들었다. 그는 이 주문을 받아들인 걸 후회했다.

그는 일을 자꾸 미루었다. 그는 카예타나가 오는 것을 두려워하면서도 희망했을 뿐만 아니라, 이제는 마르케사 부인의 존재를 통해 카예타나라는 존재와 삶에 깃든 무언가 어둡고 모호한 것까지 인식했다. 그는 지금까지 그것을 인정하거나 생각하는 걸 두려워해왔다. 그는 격분해 그녀를 '불임의 여자'라고 불렀다. 그녀가 그런가? 그녀가 잔 남자들 중 한 사람에게서 아이를 낳았다면, 공작과 그 어머니는 비야브란카와 알바라는 이름을 그 사생아에게 물려줬을 것인가? 이 문제를 피하려고 그녀는 의사 페랄이나 에우페미아의 도움을, 혹은 두 사람 모두의 도움을 이용했는지도 모른다. 마르케사 부인의 그림 작업을 하는 동안, 알바 가문에서의 삶은, 고야가 바라듯이, 그렇게 간단하지 않았다는 생각이 떠올랐다.

그리고 도냐 마리아 안토니아의 초상화는 잘되지 않았다. 지금까지 그는 그림 한 장을 위해 그렇게 많은 스케치를 그린 적이 없었고, 또 무엇을 해야 할지 그렇게 불분명한 적도 지금껏 없었다. 더욱이 그의 청력은 이전처럼 좋지 않았다. 같이 있으면 안전하다고 느끼는 사람들의 말만, 입술이 움직이는 걸 보고 알아챌 수 있었다. 후작비가 말하는 걸 그는 거의 이해하지 못했다. 그는 후작비 집에서 카예타나를 만나리라는 희망을 포기했다.

마르틴은 사라고사로 돌아갔다. 하지만 이제는 돈 미겔이 점점 더 자주 찾아왔다. 그는 프란시스코가 그렇게 많이 말하지 않아도 그의 근심과 혼란을 알아챘는지도 모른다. 그는 호의를 얻기 위해 한 가지 제안을 했다. 실제로 이 다정다감한 친구는 프란시스코를 진심으로 돕고 싶었다.

돈 마누엘과 프랑스공화국 대사 사이의 관계는 아직도 얼어붙어 있었다. 정치적 현명함을 고려하면 시민 기유마르데의 기분을 유지시키는 게 필요했다. 하지만 평화대공은 자신에게 개인적 패배를 안긴 이 천박한 평민에게 공개적으로 불쾌감을 표하는 걸 단념할 수 없었다. 베르무데스 경은 그 나름으로 이 주요 인물의 마음을 다독이려고 최선을 다했다. 그리고 그의 마음에 들려고 온갖 기회를 이용했다. 그 무렵 기유마르데는 예술품에 관심을 갖고 있었다. 스페인에서 가장 위대한 화가가 왕당파의 사절인 아브레의 초상화를 그렸다는 사실 때문에 그는 화가 났다. 그는 돈 미겔에게 넌지시 말하길, 고야 씨가 자신도 그려준다면 기쁠 거라고 했다. 만약 프란시스코가 이 청탁을 받아들이면 그는 스페인 자유주의자들에게 도움을 주게 될 거라고, 아마 이 일은 고야 자신에게도 기분전환이 될지도 모른다고, 그러니 곧 작업에 착수해야 할 거라고. 이 프랑스인은 참을성 없는 사람이었고, 마누엘이 자주 또 즐겨 기다리게 했기 때문에 안달이 나 있었다.

프란시스코는 후작비의 초상화 작업을 중단할 핑계를 댈 수 있어 기뻤다. 그녀는 그의 사죄를 기분 좋게 물리쳤다. 그가 시간이 있고 기분이 좋을 때, 다시 하면 될 거라고 북돋아주었다.

그녀의 이런 친절에도 그는 기분이 좋지 않은 상태로 비야브란카 궁전을 떠났다. 그는 초상화를 끝내지 못해 그녀에게나 자기 자신에게 부끄러웠다. 전에는 이런 일이 거의 없었다. 끝내지 못한 그림에 대한 생각이 그 뒤에도 종종 그를 괴롭혔다.

그만큼 더 열심히 그는 새 일에 몰두했다. 기유마르데는, 고야가 자신의 요구에 즉각 응했다는 사실에 기분이 좋아져 친절하게 굴었다. 그는 제복을 입은 채, 자기 직위의 모든 특징을 다 담아 그려지길 바랐다. "존경하는 거장님, 저를 그리지 마시고 공화국을 그려주시오." 그가 요구했다. "공화국은," 그는 큰 몸짓으로 설명했다. "수년간 여러 변화를 겪었소. 당신은 아리스토텔레스가 말한 디나미스Dynamis와 엔텔레케이아Entelecheia에 대해, 모든 사물에 처음부터 내재하면서 충일을 지향하는 싹에 대해, 그 가능성에 대해 분명히 들었을 것이오, 시민 고야 씨. 그렇게 공화국은 더 성숙한 공화국이 되었고, 그 공화국과 더불어 페르디낭 피에르 기유마르데도 점점 더 시민 기유마르데가 되었소."

프란시스코는 이 꾸며댄 듯한 프랑스 말을 거의 이해하지 못했다. 하지만 그는 화가 다비드를 잠시 생각했다. 그리고 공화국이 민중으로부터 벗어나 이윤 추구적인 대부르주아로 넘어가는 걸 겪으면서 이 왕의 시해자이자 신전의 파괴자가 어떻게 싸우고 괴로워했을지 알게 되었다. 그는 기유마르데가 그러한 자기 변화를 숨기려고 애쓴다는 것도 알아챘다. 그는 이 대사의 태도에 배어 있는 한결같이 긴장된 노력을 보았고, 그 눈에 어린, 거의 미칠 듯한 자부심을 보았으며, 이 남자가 도피해 간 자기

기만이 어떻게 그를 더 깊은 광기로 몰고 가는지 인식했다.

이러한 내용을 그린다는 것은 환영할 만한 일이었다. 그렇게 기유마르데를 제대로 이해하지 않고서도 그는 사람들이 바라는 바를 그렸다. 그는 승리에 찬 공화국을 그렸고, 그 공화국에서 대단한 게 무엇이고 극적인 게 무엇인지, 말하자면 그 공화국의 화려하고도 완전히 정신 나간 오만불손을 그렸다.

듣지 못한다는 사실 때문에 프란시스코의 눈은 더 날카로워졌다. 그는 목소리의 울림 없이 지내야 했기 때문에 색채로 자신을 달랬다. 그는 공화국의 색채를 결코 그 전에는 그리지 못했던 방식으로 그렸다. 그것은 청색과 백색 그리고 홍색으로 그려진 어떤 도취 상태였다.* 거기에 그가, 말하자면 루이 16세에게 사형 선고를 두 번이나 내렸고, 스페인 왕조로 하여금 자기 나라와 속국 관계를 맺도록 강요한 키 작은 지방 의사이자 지금은 유일 불가분의 공화국 대사인 페르디낭 기유마르데가 앉아 있다. 그는 검푸른 제복을 입고, 약간 거만한 자세로 옆모습을 보이며, 그러나 머리는 관람자 쪽으로 완전히 돌린 채 앉아 있다. 완전히 앞으로, 관람자 쪽을 향하면서, 칼 손잡이가 반짝거리고 청백홍색으로 된 리본 장식 끈이 빛을 발한다. 그는 청백홍 깃털과 청백홍 기장(記章)이 달린 화려한 선원용 모자를 탁자에 던져두었다. 한 손은 의자 등받이를 쥐고, 다른 한 손은 힘 있게 도전하듯 그리고 효과적으로 허벅지에 두었다. 하지만 모든 빛이 얼굴에 되비치고 있다. 짧게 깎은 검은 곱슬머리는 넓고 잘생긴 이마 위로 빗질되어 있고, 입술은 떨렸으며, 코는 단호하게 튀어나와 있었다. 길지만 잘생긴 얼굴은 명민하여 여러 의미가 삼투되어 있었

---

* 프랑스 국기를 이루는 세 가지 색에서 청색은 자유, 백색은 평등, 홍색은 박애를 상징한다.

다. 필요한 소품들, 말하자면 의자나 탁자, 장식 끈으로 테를 두른 탁자 덮개는 황금빛으로 희미하게 푸른색을 띠며 빛났다. 그리하여 색채들의 날카로운 불협화음 모두가 인위적으로 정렬된 혼란 속에서 서로 어울리며 뒤섞였다.

처음에 고야는 이 대사의 얼굴이나 자세를 인간을 싫어하는 느낌이 들도록 훨씬 거만하고 훨씬 부자연스럽게 그렸다. 그는 이 남자와 공화국의 과대망상을 더 예리하게 드러내었다. 하지만 미겔과 아구스틴은 기유마르데의 목표지향적 에너지에 대해, 그리고 공화국의 엄청난 성취에 대해 조심스럽게 말해주었다. 그래서 고야는 조롱하려던 이 남자의 면모를 줄였고, 강한 면모를 더 분명하게 드러냈다.

살과 피로 된
페르디낭 기유마르데는
그림 속 시민 페르디낭
기유마르데 앞에 서 있었다. 그들은
서로 상대의 눈을 쳐다보았다.
그리고 자신의 거대함과
자기 나라의 거대함에 사로잡힌 채,
이 프랑스 대사는 말했다.
"그래, 저것이
공화국이야."
프란시스코는
그 말을 정확히 듣지 못했다.
하지만 그는 남자의 눈을 보았고,

그 입술이 움직이는 걸 보았으며,
그리고 마음속으로 프랑스 국가(國歌)를
들었다.

22

마드리드의 그리 많은 아이들을 죽게 만든 전염병은, 도냐 마리아 루이사의 막내 왕자 프란시스코 데 파울라가 병들었을 때 이미 잠잠해졌다. 마리아 루이사는 아이 여덟 명을 낳았다. 그녀에게 남아 있던 여섯 아이 중 이 어린 왕자는 그녀가 가장 사랑하던 아이였다. 아이는 붉은 금발이었는데, 의문의 여지없이 돈 마누엘에게서 난 아들이었다. 그런데 그녀가 가장 사랑하는 이 아들이 이제 가망 없이, 숨을 몰아쉬고 죽음과 싸우며 침상에 누워 있었다.

늙은 시의(侍醫) 비센테 피케르는 냉수와 차가운 찜질을 지시했다. 마리아 루이사는 어두운 표정이었고, 마드리드에서 가장 명성이 높은 동시에 가장 적대시되던 의사 호아킨 페랄 박사를 불러들였다. 이 의사는 오랜 동료 의사의 말을 주의 깊고 친절하게 들은 다음 일정한 조처를 취하도록 지시했는데, 시의가 충격을 받아 입을 다물기 어려울 정도로 놀라운 조처였다.

아이는 원기를 회복하여 나았다.

도냐 마리아 루이사는 의사 페랄에게 어린 왕자를 계속 더 돌봐줄 수 있는지, 아이와 그녀 자신 그리고 그녀 가족도 돌봐줄 수 있는지 물었다.

왕비의 제의는 대단한 유혹이었다. 그것은 자신이 원할 때, 말하자면 정치적이고 개인적인 문제에서 그가 영향력을 행사할 수 있음을 뜻했고, 또 스페인 왕들의 놀라운 예술 수집품이 그의 것이 된다는 걸 의미했다. 하지만 그가 승낙한다면, 자신의 학문이나 그림을 위한 시간이 더 줄어들 터였고, 그래서 카예타나 데 알바와의 허물없는 쾌락 관계를 완전히 포기해야 될지도 몰랐다. 그는 숙고할 시간을 달라고 공손히 부탁했다.

평소 아주 분명하고 차분한 이 신사는 당혹스러웠다. 거절한다면, 그건 행복이라는 한 번뿐인 윙크를 무시하는 일일 뿐만 아니라 왕비 또한 적으로 만들게 될 것이다. 하지만 그는 공작 부인을 잃고 싶지 않았다.

카예타나에 대해서는, 그 누구보다도, 그녀 자신보다도 페랄이 더 잘 알았다. 부끄러워할 줄 모르는 냉정함으로 그녀는 자기 몸을 조사하라고 수백 번도 더 내놓았고, 몸의 곤경을 그에게 맡기며 도움을 요청하고 받아들였다. 하지만 교양 있는 의사 페랄은 알고 있었다. 고대 로마의 귀부인들이 의료 도우미나 조언자로 산 그리스의 학식 있는 노예들을 대하던 태도도 이와 다르지 않았다. 그녀들은 노예들로 하여금 자신의 아름다운 육체를 돌보게 했다. 하지만 그들의 능란한 손은 이 귀부인들에게 솔이나 기름 스펀지 외에 다른 게 아니었다. 그래서 공작 부인이 그를 친구로, 조언자이자 지인으로 취급할 때, 돈 호아킨은 자신이 그녀에게 그리스의 노예 의사보다는 더 중요한 존재인지 종종 물었다.

의사 페랄은 자신을 순수한 학파 출신의 자유로운 정신으로 여겼다. 그의 스승은 라메트리*와 돌바크** 그리고 엘베시우스***였다. 그는 감정이

---

* Julien Offroy de La Mettrie(1709~1751): 프랑스의 의학자이자 철학자.

** Paul Henri Dietrich d'Holbach(1723~1789): 프랑스의 철학자이자 계몽사상가로 대표적인 유물론자였다.

*** Claude Adrien Helvétius(1715~1771): 프랑스의 철학자로 백과전서파 중 한 명이었다.

나 사상이란 오줌이나 땀처럼 몸에서 나온 하나의 산물에 지나지 않는다고 깊게 확신했다. 인간 육체의 해부학이란 늘 동일한 것이고, 쾌락 감정은 언제나 한결같으며, 암소와 교미하는 수소의 감정과, 베아트리체에 대한 단테의 감정 사이에는 그저 단계적 차이만 있을 뿐이었다. 사랑을 탐욕과 근본적으로 다른 무엇이라고 여긴다면, 그건 이상주의적 미신이었다. 의사 페랄은 자신을 유물론적 쾌락주의자로 간주했다. 그는 삶의 유일무이한 의미는 쾌락이라고 설명했고, 자신을 호라티우스*의 모범을 따라 '에피쿠로스 학파의 무리에서 나온 돼지 새끼'라고 즐겨 불렀다.

오직 카예타나 알바 앞에서만 그의 철학은 제대로 작동하지 않았다. 그는 자신이 진지하게 목표로 삼는다면 공작 부인을 '가질' 수도 있을 거라고 믿었다. 하지만 기이하게도, 그리고 근본적으로 자기 확신과는 반대로, 그것으로 충분치 않았다. 그는 그녀에게서 더 많은 걸 원했다. 그는 그녀가 어떻게 남자들을 고르는지 보았고, 그럴 때 그녀에겐 하나의 지침만 있다는 걸 알았다. 그 지침이란 그녀의 감정이었다. 이 감정은 어쩌면 오직 한 시간 혹은 그보다 훨씬 짧게 이어지는지도 몰랐다. 하지만 '여기에' 그 점이 있음은 분명했다. 그녀는 결코 아무 남자나 가지려 하지 않았다. 대신 언제나 바로 그 남자만 원했다. 하지만 유감스럽게도 그는 결코 바로 그 남자가 아니었다.

상황이 그러했으므로 그가 지금 도냐 마리아 루이사의 제의를 거절한다면 그건 미친 짓이 될지도 모른다. 어떤 대단한 사랑의 봉사도 카예타나의 변덕스러운 감정을 그에게 유리하도록 돌리지 못할 것이다. 그리하여 그가 지금 거절하면, 그의 생애 최고의 기회를 외면하는 꼴이 될

---

* Quintus Horatius Flaccus(기원전 65~기원전 8): 고대 로마의 시인으로 풍자시와 서정시로 명성을 얻었다.

것이다. 하지만 그럼에도 거절하게 되리라는 걸 그는 안다. 그가 더 이상 카예타나의 영향권 안에서 숨 쉬지 못한다면, 그래서 아주 가까이에서 나긋나긋한 그녀 몸의 예측하기 힘든 변덕을 관찰하지 못한다면, 그의 삶은 무의미해질 것이었다.

그는 카예타나에게 마리아 루이사의 제의를 이야기했다. 그는 지나가는 투로 가볍게 말했다. "어쩔 수 없는 체면치레로 저는 생각할 시간을 달라고 청했지요. 물론 거절할 겁니다."

카예타나가 보낸 최근 몇 주는 좋지 않았다. 그는 프란시스코를 몹시 그리워했다. 하지만 페랄을 잃는 것도 견디기 어려운 일이었다. 적수인 이탈리아 여자*는 공격할 시간을 잘 고른 것이었다. 하지만 그녀는 자제했다. 그녀는 대화할 때의 어조로, 그리고 프란시스코처럼 말했다. "당신이 함께 있으면 내가 기뻐하리라는 걸 알고 있을 거예요. 하지만 당신이 거절한다면, 그것은 나 때문에 일어난 일이 아니길 바라요." 이렇게 말하며 그녀는 그를 빤히, 조용하고 냉정하면서도 다정스럽게, 긴 눈썹 아래 자리한 금속 같은 두 눈으로 바라보았다.

그는 그녀에게 무슨 일이 일어나는지 분명히 알아챘다. 즉 이제 그가 보상 삼아 '함께 자달라'고 청하기를 그녀는 바라고 있었던 것이다. 그리고 어쩌면 아마도 그녀는 그렇게 할지도 모른다. 하지만 그는 그녀의 열정에 무심할지도 모르고, 그러면 그녀를 영원히 잃을 것이다.

그래서 그녀는 말했다. "확실히
당신은 내가 고마워하지 않는다는 걸

---

* 왕비를 가리킴.

알고 있어요." "저는 압니다."
페랄이 조용히 말했다. "제가 그 제의를
거절한다면, 그건 저 때문이지,
당신 때문이 아닙니다." "그렇다면
좋습니다, 돈 호아킨." 그녀는 말했다.
그리고 아이처럼 기지개를 펴면서,
고개를 숙이는 이 사람의
이마에 가볍고 진지하게 입 맞추었다.

23

그녀는 늘 하던 대로 살았다. 그녀 주변에는 소용돌이가 일었고, 그녀는 무수한 약속을 했으며, 연극 공연장이나 투우장에 갔고, 이런저런 모임을 만들거나 방문하기도 했으며, 돈 호세와 후작 부인 시어머니와 더불어 다정스러운 사교 모임을 갖기도 했다.

하지만 이제 그것은 함께 살아가는 세 사람의 예의 바른 삶에서 작지만 신경 쓰이는 일이었다.

후작 부인이 아들 호세를 위대하고도 음울한 이름인 알바를 유일하고도 마지막으로 가진 여자와 약혼시켰을 때—그것은 두 사람이 아직 아이였을 때의 일이었다—, 그녀는 두 가문의 칭호와 재산을 통합시키려 했을 뿐 아니라, 강하고 고집 세며 우아한 카예타나의 개성에도 매료되었다. 그래서 그녀는 여리고 약한 호세의 삶이 이 처녀의 충일한 풍요로 이끌리기를 바랐다. 확실히 카예타나는 어린 시절부터 '보석처럼 반짝거렸다'. 조금 괴상하지만, 그녀의 할아버지는 그녀를 루소의 규칙에 따라 교육시켰다. 하지만 교육 방식이 늘 그러하듯, 도냐 마리아 안토니아는 알바 가문의 여자라면, 전통과 품위에 맞는 일에 대한 감각을 확실하게 갖게 될 거라고 여겼다.

도냐 카예타나는 모든 변덕과 격렬한 감정 상태에도 귀부인으로 남았다. 연애에 빠질 때도 그녀는 결코 후작 부인이나 돈 호세에게 '어떤 사생아를 스페인의 가장 위대한 이름을 가진 자로 인정해야 하는가 말아야 하는가'와 같은 난처한 문제를 야기하지 않았다. 오히려 그녀는 그런 괴로운 문제나 조언을 청하면서 후작 부인에게 가지 않는, 말하자면 그런 상황을 피하는 방법을 아주 분별력 있게 찾아냈다.

그런데 이제 갑자기 카예타나가 좌절하게 되었다. 그렇게 많고 어려운 연애사에서 아무런 불쾌감도 야기하지 않고 손쉽게 빠져나왔던 그녀가 말이다. 그녀가 '연인'을 갖게 되었을 때, 아무도 이 대단한 귀부인을 의심하지 않았다. 아무도 알바 공작비가 궁중화가 프란시스코 데 고야를 애인으로 선택했다는 사실을 의심하지 않았다. 하지만 그녀가 최근에 열정을 보여주는 방식은 더 이상 능숙하지 않았다. 게다가 그녀가 이 친구 관계를 조용하고 점진적으로 푸는 대신, 그렇게 돌연히 중단했다는 사실은 한계를 넘어서는 것이었다. 여기에는 단순한 장난 이상이 있음을 이제 모든 마드리드 사람들이 알았고, 그래서 웃으면서 공작을 동정했다. 이제 후작 부인은 마지못해 두 눈을 뜨고는, 이 열정이 얼마나 깊어지는지 지켜보지 않을 수 없었다.

공작도 그의 어머니와 똑같이 느꼈다. 카예타나는 그에게 사랑을 보여주지 않았다. 하지만 동반자적 연민을 보여주었다. 그래서 그는 그녀의 변덕을 차분하게 받아들였다. 그런데 갑자기 그녀의 격한 감정이 눈부신 열정으로 변했고, 이 열정 때문에 기준에 대한 그의 감각이나 품위는 손상되었다. 이 때문에 그는 당황했으며, 모든 외적 제어에도 불구하고 흥분하게 되었다.

이 흥분으로부터 벗어나 그는 사람을 놀라게 하는 중대한 결심을 했다. 그는 예전부터 무엇보다 음악을 사랑했다. 그는 왕이 음악에 대해 말할 때의 판에 박힌 소란스러운 어투 때문에, 또 그를 놀릴 때의 서투른 농담 때문에 괴로워했다. 이제 그는 더 이상 견디지 못했다. 어느 날 돈 카를로스 왕이 제1바이올린을 연주한 어느 현악사중주 곡을 듣고 난 뒤 그는 어머니에게, 이 왕의 야만적 무감각은 스페인에서 모든 진실한 음악을 질식시킨다고 설명했다. 그는 궁중이나 마드리드에서 이런 일을 참지 못했다. 그는 귀와 가슴을 깨끗이 헹구기 위해 이탈리아와 독일로 여행을 떠날 거라고 했다.

그는 어머니가 이 여행을 반대할까 봐 두려워했다. 실제로 그런 여행이 아들에게 얼마나 힘들까 하는 생각 때문에 도냐 마리아 안토니아는 불안했다. 하지만 그녀는 기분전환이나 음악이 그를 생기 있게 만들기를 바랐다. 그녀는 속으로, 무엇보다 그 여행이 카예타나 문제를 저절로 해결해줄 것이라고 중얼거렸다. 카예타나가 이탈리아나 독일 남자 때문에 마드리드의 화가를 곧 잊을 것이기 때문이다. 그래서 그녀는 돈 호세의 계획을 지체 없이 그리고 단호한 말로 허락했다.

그들은 곧 길을 떠나기로 결심했다. "제 생각으로는," 돈 호세가 말했다. "우리는 최대한 적은 인원으로 여행할 거예요. 그러니까 카예타나와 어머니 그리고 나, 이렇게만 갈 거예요. 시종도 몇 명만 데려갈 것이고." "그리고 물론 의사 페랄도." 후작 부인이 말했다. "의사 페랄은 안 데리고 가는 게 나아요." 돈 호세가 말했다. 후작 부인이 일어섰다. "제 생각으로는," 돈 호세는 다정하게 되풀이했지만, 전에 없이 확고했다. "우린 의사를 안 데리고 갈 거예요. 그는 음악에 대해 너무 많이 알아요." 그는 웃으며 말했다. "저는 무엇이 마음에 드는지 혼자 알아내고 싶어요." 후작 부인도 미소 지었다. 그녀는 호세가 지금 말한 것이 반쯤만 옳다는 걸 알았다. 확실히 그는 이번 여행에서 자기 음악만 갖고 싶은 것이다. 그는 무엇보다 카예타나만, 그러니까 그녀의 그토록 많은 비밀을 아는 사람 없이, 갖고 싶어 했다. "좋아." 그녀가 말했다. "그렇다면, 돈 호아킨은 여기에 있게 하지."

돈 호세가 카예타나에게 자기 계획을 알렸을 때, 그녀는 괴로울 정도로 놀랐다. 대체 그의 허약한 체질이 그리 길고 힘든 여행을 이겨낼지 그녀는 조심스럽게 물었다. 그리고 이번 여름을 피에드라히타에서 보내거나, 바닷가에 위치한 여러 농장 가운데 한 곳에서 보내는 게 더 현명하지 않을지 물었다. 하지만 그녀에게 대답한 호세는 새로운 호세였다. 그녀의 반대를 다정스러운 단호함으로 외면한 것은 생기 있고 목적의식이 뚜렷한 호세였다.

그녀 안의 모든 것이 반발했다. 스페인 밖에서는 어떤 삶도 그녀에겐 없었다. 두 차례 프랑스에 머물던 때도 그녀는 스페인으로 돌아오고 싶어서 급하게 귀국했다. 돈 호세가 언급했던 독일의 도시나 독일 음악가의 이름마저 그녀에게는 야만적으로 여겨졌더랬다. 게다가 프란시스코는 이 여행을 화가 나 안 좋게 해석할 것이다. 즉 그는 그녀가 자신을 괴롭히려고 마드리드를 떠났다고 여길 것이고, 그녀에게 자기 해명의 기회를 결코 주지 않을 것이며, 그래서 그녀는 그를 영원히 잃게 될 것이다. 하지만 그녀가 병약한 남편을 따라 이 여행을 떠나지 않는다면, 왕실이나 나라 전체가 반대할 것이다. 그녀는 호세와의 동행을 거절할 어떤 가능성도 없다는 것을 알았다.

그녀는 도냐 마리아 안토니아한테 갔다. 후작 부인은 늘 이해심을 보여주었던 것이다. 후작 부인은 카예타나가 지금 스페인을 떠날 수 없다는 걸 틀림없이 알고 있었다. 카예타나는 그녀에게, 이 힘든 여행이 돈 호세에게 얼마나 안 좋을지 알려주면서, 그가 이 계획을 포기하도록 간절하게 청했다.

그러나 이번만큼은 도냐 마리아 안토니아도 이해하지 못했다. 오히려 카예타나는 뭔가 알고 있는 듯한 후작 부인의 기분 좋은 얼굴에서 어떤 적대감이 나직이 스치는 걸 직감하지 않을 수 없었다. 후작 부인의 길고 좁은 입술에 깃든 미소는 다정스럽지 않았다.

그래, 후작 부인은 작지만 사악한 승리를 직감했다. 그녀는 살 만큼 살았고, 그래서 사랑이 무엇인지 알았다. 그녀는 카예타나의 열정을 이해했고, 그녀가 간청하는 일의 절박성을 감지했다. 하지만 호세는 자기 아들이었고, 그녀가 가진 모든 것이었다. 그녀는 아들을 사랑했다. 그리고 그는 오래 살지 못할 것이다. 그러니 아내는 그의 마지막 해를 가볍게 해줄 충분한 분별력을 가지고 있어야 한다. 적어도 그녀는 돈 호세가 자신에게 중요한 척이라도 해야 한다. "난 자네 걱정에 동의하지 않아, 도냐 카예타나." 그녀는 차분하고 다정스럽게 말했다. "난 돈 호세를 위해 이번 여행에 대해 모든 것을 약속할 거야."

같은 시각 후작은 의사 페랄에게 오랫동안 외국으로 여행하게 될 것을 알렸다. 페랄은 당황했다. 카예타나가 후작을 멀리 보내는 것인가? 그녀는 혼자 남으려는가? 그는 자기 주인이 여행의 피로를 두려워하지 않는지 신중하게 물었다. 돈 호세는 가볍게 대답하길, 새로운 사람을 보고, 새 음악을 듣는 데서 자신이 활기 있게 될 것을 믿는다고 했다. 페랄은, 늘 그렇듯이 주저하며—왜냐하면 그는 카예타나 후작비가 함께 가는 걸 알지 못했기 때문에—, 후작이 데려갈 사람을 원하는지 물었다. 후작은 언제나처럼 한결같은, 그러나 전에 없던 경솔한 장난투로 대답했다. 돈 호아킨에게 아주 고마워한다는 것, 하지만 이번에는 호강하기보다 그의 도움 없이 스스로 해내고 싶다고 했다.

의사 페랄은 곧바로 공작비한테 갔다. 그녀는 그가 같이 가지 않는다는 사실을 몰랐다. 그녀는 놀라고 괴로웠지만 애써 감추었다. 두 사람은 멍하니 서 있었다. 후작을 동반하려는 그녀의 결정이 굳어진 것이냐고 그는 물었다. 그녀는 대답하지 않았다. 그녀는 체념한 듯 작은, 거의 위로할 길 없는 몸짓을 보였다. 그는 그녀의 눈에 슬픔이, 도움을 바라는 간청이 어려 있음을 처음으로 체험했다. 자신의 도움을 훨씬 더 간절히 필요로 할 때조차 이 여자는, 스페인의 제일가는 여자 귀족들 중 가장 독립적이고 자부심 높은 이 여자만큼은 이런 동요를 보여준 적이 결코 없었다. 카예타나 데 알바가 자신의 어려움을 털어놓는 유일한 사람으로 그를 대했다는 사실은 그에게 표 나지 않는 우울한 보상이었다.

도움을 청하는 그녀의 표정은 잠시 이어졌을 뿐이다. 하지만 페랄에게는 이 순간 그들 사이에 이전의 그 어느 때보다 더 깊은 공감이 자리했다고 여겨졌다.

여행 준비가 진행되었다. 알바 가문과 비야브란카 가문의 지체 높은 사람들이 여행을 갈 때면, 아무리 적은 수행원을 데려간다 해도 많은 준비가 필요했다.

그래서 경리 담당자와 급사,
파발꾼과 하인, 재단사와 시종이

뛰어다니며 땀을 흘렸다.
바이에른과 오스트리아,
파르마와 모데나 그리고 토스카나의 사절들이
일했고, 편지를 쓰며 전갈을
보냈다. 왜냐하면 후작이 이례적일 정도로
열심히 몰아붙였기 때문이다.
그는 가능한 한 빨리
이번 여행을 시작하고 싶었다.

24

여행은 시작되지도 못했다. 준비하는 동안 후작은 기이한 기력 쇠약을 호소했다. 처음에는 여행을 연기했으나, 다음에는 포기하고 말았다.

돈 호세는 늘 병약했다. 그러나 이제는 피로가 그를 마비시켜 거동조차 하기 어려웠다. 원기를 북돋는 음료도 도움이 되지 못했다. 지속적인 심각한 피로 증세를 의사도 설명할 수 없었다.

돈 호세는 대부분의 시간을 큼직한 잠옷 바람으로, 앙상하게, 두 눈을 감은 채, 고통스러운 무기력 속에서, 소파에 웅크리고 있었다. 눈을 떴을 때, 그 눈은 점점 더 여위어가는 얼굴에서 더욱 크게 보였다. 그의 표정은 굳어져 엄격하고 고통스러운 면을 띠게 되었다. 그의 활기가 어떻게 사라지는지 모든 사람이 보았다.

도냐 카예타나에게 돈 호세는 조용하고도 정중한 그러나 거만한 방어 자세를 취했다. 후작 부인도 그녀에게 그와 비슷한, 정중하고도 폐쇄적이며 낯선 태도를 보여주었다. 조용하고 쾌활했던 도냐 마리아 안토니아는 이제 괴로웠고, 그래서 아들과 닮아갔다. 아들의 쇠락이 최근 일 때문임을 그녀는 한마디도 귀띔하지 않았다. 하지만 카예타나는 도냐 마리아 안토니아와 결코 더 이상 친구처럼 지내지 못할 것을 알아챘다.

끝이 다가온다는 게 분명했을 때, 돈 호세는 비야브란카 궁으로 옮겨가길 바랐다. 그는 지금까지 누구도 침대에 오는 것을 허락하지 않았다. 하지만 그는 이제 더 이상 거절하지 않았다. 어머니와 동생 루이스 그리고 제수 마리아 토마사의 간호를 받으며 그는 그곳에, 고귀함과 품위에 지친 채, 누워 있었다. 카예타나는 자신이 이방인인 것처럼 느꼈다.

리리아 궁과 비야브란카 궁의 접견실에는 저명한 병자의 상태를 문의하러 온 방문객들의 이름이 기입된 명부가 놓여 있었다. 궁전과 가까운 거리에서도 사람들이 웅성대며 서 있었다. 돈 호세는 이 왕국의 제일 가는 세 귀족 중 한 사람이었고, 알바 공작비의 남편이었다. 도시는 그 일로 북적였다. 그는 늘 아팠고, 그래서 더 나이를 먹게 될 가망은 결코 없지만, 이 갑작스러운 종말은 정말이지 놀랍다고들 했다. 또 이해관계를 가진 손이 그의 기이한 무기력과 쇠약에 영향을 미쳤고, 누군가 아무도 모르게 독약을 주었다고 했다. 그런 유의 소문이 마드리드에 급히 떠다녔고, 사람들은 기꺼이 믿게 되었다. 알바 가문의 가장 유명한 사람이자 군사령관이었으며, 돈 호세가 모신 왕이었던 경건하고 음울한 펠리페 2세는 이 적들을 조용하고도 효과 있게 제거하는 게 정치가의 일이고 신의 뜻에 부합되는 거라고 여겼다. 그 뒤로 이 반도의 많은 유력 인사들이 의문스럽게 죽었다. 돈 호세는 알바 공작비에게 불편한 존재였다는 말도 떠돌았다. 그녀의 수많은 연애는 이 왕국의 화젯거리 아니었던가?

종말은 밝은 대낮에 찾아왔다. 신부는 미리 규정된 라틴어 기도문과 탄식 그리고 용서를 말했다. 그리고 죽어가는 자에게 십자가에 달린 예수상을 내밀었다. 돈 호세는 신앙심이 있다고 간주되진 않았다. 그는 다른 일에 몰두하는 것처럼 보였다. 아마 그는 음악을 들었을 것이다. 하지만 아무리 힘들다고 해도, 그는 신분에 어울리게 십자가상에 정중하고도 경건하게 입 맞추었다. 그러고 난 뒤 신부는 금빛 접시에서 솜뭉치와 기름을 꺼내, 죽어가는 자의 눈과 코와 입술 그리고 손과 발에 발랐다.

돈 호세가 죽은 뒤 곧바로 정확하게 규정된 절차에 따라 장례식이 장엄하게 거행되었다. 그의 시신이 단장되었고, 프란시스코 수도사가 수도회 복장을 입혔다. 그가 죽어 누워 있는 방은 검은색 무늬의 비단 직물로 수놓아졌으며, 세 제단이 알바가와 비야브란카가의 귀중품에서 나온 오래되고 귀한 십자가상으로 치장되어 집 안에 설치되었다. 침상 옆과 제단 위에서는 도금한 촛대에 높은 양초가 타올랐다. 그렇게 베릭Berwick과 알바가의 13대 공작이자 비야브란카의 11대 후작인 고(故) 돈 호세 알바레스 데 톨레도는 장중하고 엄숙하게 누워 있었다.

두 인도*의 선임 대주교가 나타났다. 왕은 왕실 예배당의 구성원을 보내 죽은 자의 미사곡을 노래하도록 조처했다. 가족이 예배에 참석했고, 왕과 왕비의 대리인, 최고 서열 귀족들 그리고 가까운 친구들이 참석했다. 가수와 음악가들이 최대한 노력을 했다. 죽은 사람은 예술의 형제였기 때문이다. 지체 높은 손님들은 풍습이 규정하는 바대로 뻣뻣하고

---

* 1492년 인도로 가는 항로를 찾던 콜럼버스가 발견한 서인도제도(바하마 중심)와, 현재의 인도를 가리킨다. 13세기 말까지 카스티야와 아라곤은 기독교 스페인의 두 핵심 세력으로 떠오른다. 카스티야의 이사벨라 공주와 아라곤의 페르디난드 왕자의 결혼으로 양국은 통합되고, 이후 스페인의 전 지역이 통일됨으로써 황금시대의 초석이 놓인다. 콜럼버스 이후 이뤄지는 해외 개발과 식민지 개척은 이런 정치문화적 황금시대의 경제적 바탕이 되었다.

품위 있는 표정으로 서 있었다. 도냐 마리아 안토니아는 굳은 표정으로 무릎을 꿇었다. 하지만 여인들 가운데 두 사람은, 예법이 원래 허용하는 것과 달리, 소리 내어 울었다. 한 여인은 도냐 마리아 토마사였다. 그녀는 이 시숙과 아주 친했다. 그와 함께 음악을 연주할 때, 그녀는 그의 영혼이 어떻게 품위와 절제를 통해 드러나는지 체험했다. 다른 한 여인은 어리고 궁색한 제네비에브 데 아브레 양이었다. 두어 주 후 그녀는 이제 이 어두운 나라를 떠날 것이었다. 그녀는 이곳에서 끔찍한 일을 겪었고, 아버지의 바람에 따라 프랑스의 백합을 위해 야수 돈 마누엘의 욕망에 자신을 희생했던 것이다. 이 반도에서 그녀는 행복한 날을 거의 갖지 못했지만, 그 몇 안 되는 날들 가운데는 지금 여기 관 속에 누워 있는 다정하고 행실 바른 남자와 음악을 연주하던 날이 포함되어 있었다.

나중에는 많은 사람들이 주검 앞에 줄지어 가도록 허락되었다. 그래서 미사는 세 제단 옆에서 밤새도록 진행되었다.

그러고 난 뒤 죽은 자는 관으로 안치되었는데, 검은 벨벳으로 덮이고 도금된 못과 금빛 테가 붙어 있는 관이었다. 관은 청동으로 치장된 다른 관에 다시 담겨 있었다. 이렇게 죽은 자는 톨레도로 보내져, 관습에 따라 알바 가문 대대로 내려오는 후작 가족묘에 매장되었다.

아주 오래된 성스러운 성당에서 최고 귀족들이 거의 모두 참석하여 죽은 자를 기다렸다. 많은 다른 귀족과 왕의 대리인과 왕비의 대리인 그리고 톨레도의 대주교 추기경과 성당 참사회 인사도 참석했다.

성가대석 중앙에는 거대한 관대(棺臺)가 하나 설치되었고, 왼편과 오른편에는 수많은 양초가 꽂힌, 거대한 은빛 촛대 12개가 놓여 있었다. 그쪽에 관이 놓였다. 그리고 이 왕국의 첫째가는 귀족에게 규정된 형식에 따라 장례 미사가 거행되었다. 종이 울렸고, 1,100년 이상이나 된 성당의 온갖 호화로운 광경이 펼쳐졌다. 그러고 난 뒤 성당의 지하납골당에서 돈 호세 데 알바 이 비야브란카는 알바 가문의 오랜 공작들 옆에 눕게 되었다.

그가 갖던 칭호를 이제는 오직
도냐 카예타나만 지녔다. 하지만
비야브란카 문장이 그려진 그 오래된 방패는
죽은 자의 가문에 의해
남동생 집으로 장대하게 옮겨졌고,
그래서 이 사람, 돈 루이스 마리아가
비야브란카 후작으로,
열두번째 그 이름으로 불리게 되었다.
형수인 카예타나의 죽음 이후,
그가 알바 공작 칭호까지
갖게 될 것을 기다리면서.

25

비야브란카 궁에서 가장 친한 가족 구성원이 친구와 지인들로 이뤄진 조문객들을 받았다.

고야도 왔다. 조문하지 않았다면 심각한 모욕이 됐을 것이다.

고야는 알바가가 외국 여행을 준비했다는 사실을 들었다. 그는 이 일이 한 가지 이유 때문에, 즉 카예타나가 그에게 아무런 신경도 쓰지 않는다는 점을 보여주려고 했기 때문에 일어난 거라고 확신했다. 그 후 그는 공작의 치명적인 병을 알게 되었고, 일이 잘못되어 간다는 소문도 알게 되었다. 그것은 물론 어리석은 소문이었고, 그래서 그의 이성 앞에서 사라졌다. 하지만 사그라지지 않는 이런 소문이 그에게 불안과 방어 심리뿐만 아니라 나직하고 음울한 기쁨도 일으켰다는 사실은 어쩔 수 없었다.

저 의미 없는 다툼 이후 그는 카예타나를 다시 보지 않았다. 그의 삶에서 전에 한 번도 겪지 못한 뒤숭숭한 심정으로 그는 비야브란카 궁으로 갔다.

거대한 홀에는 거울과 그림들이 걸려 있었다. 낮은 의자에는 상(喪)을 당한 사람들이 검은 옷차림으로 고개를 숙이고 앉아 있었다. 그것은 네 사람—후작 부인과 도냐 카예타나, 죽은 자의 동생 돈 루이스 마리아 그리고 그의 부인이었다.

고야는, 풍습이 요구하는 대로, 우선 말없이 자리에 앉았다. 그는 조용하고 엄숙하게 앉아 있었다. 하지만 혼란 때문에 속으로는 생각이 억눌리고 감정이 찢겨 나가는 것 같았다. 분명 카예타나는 공작의 죽음에 책임이 없고, 소문들이란 어리석은 것이었다. 아니 그건 어리석지 '않았다'. 민중이 말하는 것에는 언제나 진실된 무엇이 숨어 있는 법이니까. 카예타나는 이 갑작스럽고도 수수께끼 같으며 구제불능인 병과 관계가 '있었다'. 돈 호세가 자기 때문에 죽어야 했다면, 그것은 참혹한 일이었을 것이다. 아니 그것은 다행스러운 일이었는지도 모른다. '피 묻은 손과 명석한 두뇌는 세대에서 세대로 상속된다.' 이 오래된 격언이 떠올랐다. 알바라는 이름에서 나온 공포와 매력이 기이하게 뒤섞인 채 이 음울한 홀 안에서 그를 덮쳤다.

그는 일어나 늙은 후작 부인 앞으로 가서는 고개 숙여 인사했다. 그리고 목소리를 낮추어 아무런 의미도 없는 흔한 애도의 말을 건넸다. 도냐 마리아 안토니아는 집중하는 듯한 표정으로 귀 기울였다. 하지만 이 절도 있는 행동의 가면 뒤에 이전에는 결코 볼 수 없었던 경직되고 격렬한 무엇이 서려 있음을 화가의 정확한 눈은 보았다. 그리고 다른 경악스러운 점도 그는 단번에 알아챘다. 조문객들의 의자는 서로, 아마 1미터도 채 떨어져 있지 않았다. 하지만 후작 부인과 카예타나 사이에 놓인 좁은 간격은 세상의 넓이라도 되는 듯 여겨졌다. 두 여자 사이에 단정하지만 지나치게 침묵하는 그런 적대적 느낌이 있었던 것이다.

이제 그는 카예타나 앞으로 가, 그녀에게 고개 숙이며, 아주 정중하게 인사했다. 그녀는 몸을 돌려 그의 얼굴을 빤히 쳐다보았다. 그는 위에서 내려다보았다. 하얗게 화장한 그녀의 얼굴이 검은색 스카프 안에서 아주 작게 드러났다. 검은 베일이 아래로는 눈썹 있는 데까지 내려와 있었고, 위로는 턱까지 덮여 있었다.

그의 입술은 조의에 어울리는 말을 몇 마디 했다. 그는 마음속으로 생각했다. '너, 악마고 살인자여. 너 타락한 인간이자 고귀한 여인이여. 너는 모든 사람에게 불행을 가져오는군. 넌 내 아이를 죽였는데, 그 아이가 무슨 일을 저질렀단 말인가? 너는 네 남편을 죽였는데, 그가 무엇을 했기 때문인가? 내가 네 품에 안긴 것이 슬프구나. 하지만 나는 이제 속속들이 알게 되었으니 널 보는 것도 이제는 마지막이다. 나는 더 이상 널 보지 않을 거야. 결코 다시는 네게 오지 않을 거야. 그렇게 하지 않을 거야. 맹세했으니 난 지킬 거야.' 이렇게 생각하는 동안 그는 자신의 나머지 삶 동안 그녀와 얽히게 되리라는 걸 알았다. 동시에 증오와 절망과 함께 그의 마음속에는, 자신이 지금 앞에 앉아 있는 그녀의 모습과는 전혀 다른 모습의 그녀를 알고 있다는, 거칠고 천박하며 승리한 듯한 기쁨도 있었다. 그는 그녀를 안을 때 움칠하던, 그 벌거벗은 작은 몸의 이미지도 떠올렸다. 그는 그 자부심, 도달할 길 없는 그녀의 고귀함이 그의 팔 안에서 어떻게 새로 부서지게 될지, 그 오만한 얼굴의 입술을 어떻게 그가 깨물게 될지, 그래서 오만함이 없어지고 비열하게 조롱하는 그 두 눈이 희미해지면서 닫히게 될지 떠올렸다. 그는 그녀를 쓰다듬지 않을 것이다. 알랑거리는 어떤 경탄의 말도 그는 건네지 않을 것이다. 그는 그녀를 마지막 창녀처럼 받아들일 것이다.

조의와 위로의 적당한 말을 하는 동안 그는 이렇게 생각했고 또 감지했다. 하지만 그의 시선은 그녀의 눈 속으로 오만하게 파고들었다. 그는 두 눈으로 수많은 인간적 본질을 포착하고 모으고 보존했기 때문에, 다른 사람들은 종종 무언가를 바라보고 찾아내는 그의 시선에 기습당한 채 자신을 드러내게 되었다. 그는 이 작고 무모하고 우아하며 거만하고 난폭한 두개골 안에 무엇이 있는지 보고 싶었고, 궁구하고 싶었다.

그녀는 꼼짝 않고 그를 쳐다보았다. 홀에 있는 사람들에게 보이듯이 정중하지만 태연하게. 하지만 사실 그녀의 꾸민 얼굴 뒤에도 격렬한 생각이 자리했다. 이것은 그녀 자신에게도 그리 분명하지 않았고, 또 그가 생각하는 것과도 달랐다.

말하자면 지금껏 그녀는, 에우페미아가 호세의 죽음에 대해 사람들이 수군거린다고 말했을 때 거의 귀담아듣지 않았다. 그런데 이제 고야의 애써 평온한 얼굴을, 그의 탐색하는 듯한 시선을 보았을 때 비로소 서민들만 그 풍문을 믿는 게 아니라는 생각이 떠올랐다. 그녀는 프란시스코를 무시했고, 그녀가 살인했을 거라고 그가 믿는다는 사실에 기뻐했다. 그가 경악하게 된다고 해도 자신에게서 벗어나지 못할 거라는 사실에 승리감을 느꼈다. 그런 격렬한 감정에 휩쓸린 채, 그녀는 별 의미 없는 감사의 말로 응답했다.

그는 절망적일 만큼 분노한 채 물러났다. 그는 그녀가 세상의 모든 악한 일을 했다고 여겼다. 그러면서 "그것은 광기야"라고 중얼거렸고, 그녀가 그 일을 저질렀음을 늘 되새길 것이며, 이 점을 그녀에게, 내키지 않지만, 밝힐 것임을 알았다.

며칠 뒤 도냐 에우페미아가 그의 아틀리에로 와, 오늘 저녁에 도냐 카예타나가 올 것이라는 것, 따라서 주변에 아무도 없도록 조치해주었으면 한다는 점을 알렸다.

그는 흥분하여 대답할 뻔했다. 그는 그들 사이에 일어난 일에 대해, 또 돈 호세의 죽음에 대해서도 말하지 않으리라고 확고히 다짐했다.

그녀는 스카프를 깊게 눌러 쓴 채 들어왔다. 그녀는 말하지 않았다. 인사말도 없었다. 그녀는 베일로 얼굴을 가리고 있었다. 갈색으로 하얗게, 화장도 하지 않은 그녀의 얼굴에서 온화한 창백함이 빛났다. 그는 그녀를 자기 쪽으로 끌어당겼고, 침상 위로 쓰러뜨렸다.

그 후에도 그들은 오랫동안 말하지 않았다. 그는 지난번 둘이 함께 있을 때 무엇을 말했는지 더 이상 알지 못했다. 그는 비야브란카 궁의 빈소에서 생각했던 것을 그저 희미하게 기억했다. 하지만 그는 많은 것을 알았다. 즉 많은 일이 그가 계획했던 것과는 전혀 다르게 일어났다. 게다가 그것은 근본적으로 패배였다. 하지만 즐거운 패배이기도 했다. 그는 지쳤고 행복하다는 느낌이 들었다.

그녀는—몇 분 혹은 몇 시간이 지난 후였다—말했다. "어떤 곤란한 일이 닥치리라는 걸 나는 이미 알고 있었어요. 우리가 연극 공연장에서 만난 직후 브리기다가 다시 내게 찾아왔어요. 당신, 기억할 거예요. 죽은 시종 말이에요. 와서는, 곤란한 일이 생길 거라고 얘기했어요. 정확한 것은 말하지 않아서 분명치 않았지요. 마음만 먹으면, 그녀는 아주 분명히 말할 수 있었어요. 하지만 때로는 나를 놀리려고 애매하게 말하기도 했었죠. 그 후 그런 일이 일어났을 때, 난 늘 그렇듯 놀라지 않았어요." 그녀는 작고 강한 목소리로, 아주 냉정하게 말했다.

'곤란한 일이라!' 그들 사이의 끔찍한 다툼이나 돈 호세의 죽음을 둘러싼 이런저런 사건들, 그것이 그녀에겐 '곤란한 일'이었다. 그녀는 모든 죄를 자기에게서 빼내어 운명 탓으로 돌렸다. '곤란한 일이라고!' 그의 마음속에서는 갑자기 성난 감정이 다시 일었다. 이런 생각을 하며 그는 비야브란카 저택 빈소에서의 그녀를 떠올렸던 것이다. 그는 새롭게, 늙은 후작 부인이, 피의 희미한 냄새 속에 카예타나를 홀로 둔 채, 카예타나에게서 어떻게 떨어져 앉아 있는지 보았다. 이런 생각을 하는 동안, 이것은 바보 같은 짓이고, 모든 이성에 어긋난다고 그는 중얼거렸다. 하지만 백성의 험담이나, 도냐 로살리아의 술집에서 나온 수다는 그의 이성보다 더 강했다. '모든 사람 중 가장 나쁜 자를 생각하라, 그러면 너는 진실한 것을 생각하게 될 테니.'

그녀는 계속 말했다. "아직도 곤란한 일이 지나간 건 아니에요. 우리는 앞으로 서로 드물게 볼 것이고, 나는 이제 갑절이나 조심해야겠지요. 인간이란 예측하기 힘든 존재니까요. 사람들은 이유를 알지 못한 채 환호하거나, 이유를 알지 못한 채 누군가를 증오하고 저주하지요."

'피는 밖으로 나오려 하지.' 그가 생각했다. '그녀가 원하는지 원하지 않는지 말해야 해. 하지만 그녀가 하는 말을 난 믿지 않아. 그녀가 하지 않았다고 말한다면, 난 그 말을 믿지 않아. 하지만 했다고 말해도, 난 믿지 않아. 그녀처럼 거짓말할 수 있는 여자는 없으니까. 그녀 자신은 무엇이 진실이고 무엇이 거짓인지 결코 알지 못하니까.'

"당신은 정말 그것을 알고, 종종 그 일에 대해 말했어요." 그녀는 여전히 조용하고도 냉정하게 계속 말했다. "사악한 악마들은 도처에 숨어 누군가를 기다려요. 그래서 누군가 성공하면, 그들은 모두 그 사람을 덮치지요. 내가 알바가의 사람이 아니라면, 아마 최고주교회의가 와서 날 마녀로 고발할 거예요. 당신도 내게 종교재판소를 조심하라고 이미 경고하지 않았나요, 프랑코?"

'말하지 마라.' 그는 스스로 명령했다. '난 어떤 언쟁에도 개입 않겠어. 이미 맹세했으니까.' 하지만 그는 이미 말하고 있었다. "가장 현명한 일은 물론, 당신이 페랄을 멀리 떠나보낸 것이오. 당신 곁에 페랄이 없다는 걸 사람들이 알면 소문은 곧 없어질 테니까."

그녀는 그에게서 떨어지더니 몸을 세웠다. 그녀는 그렇게 반쯤 누워서 팔꿈치에 기댄 채 벌거벗은 모습으로, 검은 머리카락 물결 속에서 그를 쳐다보았다. 그들은 그렇게 살을 맞대고 누워 있었다. 그녀 안에 무엇이 있는지 그는 아무것도 알지 못했다. 분명 그는 그녀가 죄를 지었다고 느꼈으면 했다. 하지만 그녀는 최소한의 죄책감도 느끼지 않았다. 실제로 페랄이 돈 호세를 돌보면서 여행을 방해하려고 뭔가 했다면, 그것은 그녀를 돕기 위해서가 아니라 단지 돈 호세가 어리석은 장기 여행을 통해 페랄을 그녀에게서 떼놓으려고 했기 때문이었다. 그 자신, 즉 돈 호아킨은 주치의 자리를 거절했을 당시, 그녀 때문이 아니라 그 자신 때문이라고 분명히 설명했다. 돈 호아킨은 자신이 프란시스코보다 그녀의 방식을 얼마나 더 잘 이해하고, 또 얼마나 더 자부심을 가지는지도 설명했다. 그녀가 누구도 책임지고 싶어 하지 않고, 어떤 의존도 참지 못한다는 걸 그는 이해했다. 그래서 이 어리석은 풍문 때문에 그들 사이에 새로운 상호의존이 생겨날 수 있으리라는 어떤 기미조차 그에게는 보이지 않았다.

그는 주변의 무례한 소곤거림을, 그 모든 더러운 호기심을 꿰뚫고, 아무렇지도 않은 듯 지나갔다.

그녀는 프랑코의 무지 때문에 쭈뼛거렸고, 몸이 오싹거렸다. 그는 예술가였고, 그 자체로 그들 최고 귀족 계층에 어울려야 했다. 그는 대부분의 시간 동안 그렇게, 자신이 천한 사람들보다 하늘만큼 높다고 느꼈다. 그러다가 갑자기 추락해 노새몰이꾼처럼 편협하고 천박하게 되었다. 그는 그녀에게 무엇을 요구하는가? 만약 호아킨이 그렇게 했다면, 그녀는 그를 위험에 빠뜨릴 것인가? 그녀는 프란시스코로부터 세상만큼이나 멀게 느껴졌다. 하지만 다음 순간 그녀는 스스로를 비웃었다. 그는 마호이고, 그의 이 마호적인 것을 그녀는 사랑했다. 마호라면 질투심이 있어야 하니까. 그가 질투한다면, 그런 마호는 천하니까.

"유감이군요, 프랑코." 그녀가 말했다. "당신이 돈 호아킨을 미워하다니. 내 생각에 그는, 당신을 미워하지 않아요. 그는 내가 아는 사람 가운데 가장 현명하니까. 그 때문에 종교재판소는 그가 유대인 출신이고, 하루 종일 단도와 독약 생각에 빠져 산다고 공표했지요. 그는 정말이지 아주 영리해요. 그리고 용기 있고. 당신이 그를 미워하는 건 유감이군요."

고야는 스스로 매우 화가 났다. 그는 모든 걸 다시 한 번 그르친 것이다. 카에타나는 어떤 것도 수긍하지 않았다. 결국 그는 그걸 알았어야 했다. 그녀는 자신이 원하는 걸 했고, 그녀가 원하는 사람과 말하고 잠잤다. 그녀로 하여금 페랄을 싫어하게 하는 일보다 더 어리석은 짓을 할 수는 없었다.

적어도 그는 이제 언쟁을 포기했다. 그들은 평화롭게 헤어졌다.

그다음 주, 그들은 자주 보았다. 그들은 불화에 대해서도, 돈 호세의 죽음에 대해서도 말하지 않았다. 이 말해지지 않은 것 때문에 이들의 우정은 더 어둡고 더 거칠며 더 위험스러운 것이 되었다.

프란시스코는 이 무렵 많은 일을 했다. 아구스틴은 그가 생각이 아닌 손과 눈으로 일한다고 나무랐다. 그러면서 아구스틴은 예전보다 더 투덜대며 욕을 해댔다. 프란시스코는 거친 욕설로 대꾸했다.

마음속으로 그는 아구스틴이 맞는다고 인정했다. 늙은 후작 부인의 아직 완성되지 않은 초상화에 대한 생각이 여러 번 고통스럽게 떠올랐다. 그 그림을 끝내야 한다는 생각이 그를 부추겼다.

그는 도냐 마리아 안토니아 댁에서 초상화를 마무리 짓기 위해 두세 번 더 앉아 있을 수 있는지 그녀에게 물었다. 후작 부인은 경리 담당자를 통해, 편지로 올해는 시간이 없다고 알려왔다. 그러면서 완성된 초상화에 대해 합의된 금액을 적은 쪽지도 첨부했다.

편지는 그의 얼굴을 후려치듯이 다가왔다. 후작 부인이 카예타나의 죄와 고야가 연루되었음을 확신하지 않고는 그 정도로 그를 괴롭히진 않았을 것이다.

언제나 자제하는 카예타나도, 그가 이 이야기를 했을 때, 창백해졌다.

며칠 후 알바 공작비가 남편 죽음에 즈음하여 단체나 개인에게 나눠준 기부금이나 선물이 공지되었다. 의사 돈 호아킨 페랄은 리리아 궁전시관에 소장 중인 라파엘로의 「성 가족」을 받았다.

하지만 라파엘로 산치오의 작품은 스페인인들이 모든 시대의 거장들 가운데 가장 높게 평가하는 것이었고, 「성 가족」의 파노라마 그림은 이베리아 반도가 소유한 가장 자부심 넘치는 예술작품 중 하나로 간주되었다. 알바가의 한 공작이 나폴리 부왕(副王)이었을 때, 노체라에 있던 이 소중한 판화를 가져왔고, 그 후 알바가의 여러 후작이 그 그림을 가장 아름다운 예술 소장품으로 여겨왔다. 라파엘로의 성모 마리아는 이 가문 여성들의 수호성인이었다. 도냐 카에타나가 그 의심스러운 의사에게 참으로 왕가다운 이 선물을 주었다면, 게다가 그녀 남편의 유산으로 넘겼다면, 그것은 그녀가 페랄을 고야보다 더 나은 존재로 세웠음을 뜻할 수 있었다.

미겔과 아구스틴이 카에타나의 새롭고 끔찍한 행동에 대해 얘기했을 때, 고야는 '차분해지자'고 스스로 다짐했다. 그가 두려워하던, 붉고 어두우며 거대한 파도가 어떻게 그를 마비시키려고 덮쳐오는지를 감지했다. 그는 의지력의 고삐를 바짝 죄었다. 물결은 그에게 도달하기 전에 부서졌다. 그는 다른 사람들이 말하는 걸 들을 수 있었다.

그는 아토차의 성모 쪽을 바라보았고, 성호를 그었다. 자신의 수호신을 그렇게 무모하게 남에게 주어버린 그 여자는 하늘에 도전한 것이었다. 그녀는 후작 부인한테 도전했고, 왕비와 종교재판소 그리고 온 나라에 도전했다. 그것이 그녀가 행한 모든 일 가운데 가장 경박하고 무모하면서도 가장 어리석고 또 위대한 것이었다.

그녀와 자기 자신에 대한 무거운 공포가 그에게 일었다. 그는 비겁하지 않았다. 사람들은 그를 용기 있다고 했지만, 그는 불안이 무엇인지 알았다. 투우사 페드로 로메로가 술집에서 아무도 자기를 관찰하지 않는다고 여길 때, 자신은 그를 얼마나 자주 관찰했던가, 그때 그 용기 있는 사람 로메로의 눈과 입과 몸은 물론 사지 전체에 얼마나 많은 불안이 배어 있는지를 자신이 얼마나 자주 보았던가 생각했다. 그리고 자신이 얼마나 자주 스스로의 불안을 극복해야 했던가도. 위험은 모든 구석에서, 모든 모서리마다 숨어 기다린다. 고양이는 먹이를 먹을 때 적이 나타나지 않을까 늘 주변을 두리번거린다. 인간은 고양이한테 배울 수 있다. 주의하지 않으면, 사람은 패배한다. 인간이 살아남으려면, 위에 머물고자 한다면, 불안은 필연적이다.

그녀, 카예타나는
자유로운 곳, 저 높이에서
태어났다.
그 높이에서 태어나지 않은
모든 사람을
묶고 괴롭히는
저 불안으로부터
어리석고도 멋지게 벗어난 채.
그래서 그는 부러워하며
감탄했다. 그녀는
있는 그대로의 모습으로,
그리 어리석고도
그리 대담하니까. 그래서
고야 자신의 마음은
이 여자의
거칠고 자유로운 마음 앞에서
궁색하고 편협하게 보였다.
그는 저 미움 받은
의사, 돈 호아킨을 이전보다
더 심하게 미워했다. 그리고
이전보다 더 깊게 자신이

이 여자에게서 벗어나지
못하리라는 걸 알았다.

26

지금까지 마드리드의 백성들은 알바가의 공작비를 잘못 키웠지만 사랑스러운 아이로 여겼다. 그래서 그녀가 나타나는 곳이면, 거리든 극장이든 투우장이든, 환영했다. 이 대단한 부인은 스스로 마하로 행동하며 자신을 민중으로 알렸기 때문이다. 하지만 이제 그녀가 라파엘로의 성모 마리아를, 이 소중하고 성스러운 예술작품을 남편의 살해자인 그 남자에게 선물했기 때문에, 분위기는 반전되었다. 이제 그녀는 이방인과, 말하자면 그 이탈리아 여자*와 똑같이 취급되었다. 이제 그녀는 특권에 기대어 모든 수치스러운 일도 할 수 있는 신분 높은 사람이 되었다. 이제 그녀의 의사 페랄이 가련한 젊은 후작을 음흉한 기술로 궁지에 몰아넣었다는 데 조금의 의심도 없었다. 그래서 사람들은 최고주교회의가 이 사안을 철저하게 밝혀주길 기다렸다.

"도냐 카예타나가 그 일을 했다고 누가 믿겠소, 사랑하는 이여!" 돈 마누엘은 페파와 카드놀이를 하며 말했다. "그녀가 우리 친구 돈 프란시스코에게 약점을 드러내는 방식은 참으로 여러 가지군요. 쓸데없는 짓이지요."** 페파는 알바에게 약간 놀라움을 느꼈다. 이 여자가 공개적이고 대담하게 사랑을 드러내는 방식은 그녀를 경탄케 했다. 그녀는 카드를

* 왕비를 가리킴.

** 원문은 프랑스어 "Ce n'est pas une bagatelle, ça."

쳐다보고 잠시 생각하다 카드를 꺼냈다. "하지만," 그녀는 말했다. "그 결과까지 품위 있게 짊어질 때에만, 부인의 행동이 위대하겠지요. 왜냐하면 제 생각에 당신은 공작 부인과 의사를 고발하라고 지시해야 하지 않나 여겨지기 때문이에요."

돈 마누엘에게는 그런 고발 조처를 지시할 생각이 없었다. 그건 현명치 못할 것이다. 왜냐하면 추측건대 다른 최고 귀족들이 알바 공작비를 옹호할 것이기 때문이다. 그리고 도냐 마리아 루이사가 그녀의 적수에 대한 조처를 취할 것인가 여부는 그녀의 일이었다. 그는 간섭하고 싶지 않았다. 그는 카드를 내놓았고, 페파가 이겼으며, 아무런 대답도 하지 않았다.

하지만 그는 알바 생각에서 벗어날 수 없었다. 라파엘로에 대한 이 뻔뻔스러운 행동은 그들, 알바가의 사람들이 얼마나 말할 수 없을 만큼 무모한지를 드러내는 새로운 증거였다. 바로 그 점에서 그들은 정말 그렇게 할 명분이 없었다. 그들은 운명의 심한 타격을 받았다. 운명에게 '너'라고 말하지 못했던 남자는 흙 속에 누워 있었고, 카예타나의 상황도 좋지 못했다. 지금 그녀를 둘러싼 피의 냄새 속에서는 숨 쉬기가 쉽지 않았다.

그녀가 아직도 그렇게 뻣뻣하고 신랄하며 거만한지 시험해보고 싶은 생각이 그를 자극했다.

예술 보호, 특히 조형미술에 대한 관심은 최고 귀족의 의무이자 특권으로 간주되었고, 고위급 신사 숙녀가 즐겨 하는 일은 걸작을 교환하는 일이었다. 특히 장례 기간 동안 사람들은 의례상의 지루함을 쫓아버리기 위해 예술품을 돌보는 데 몰두했다.

마누엘이 도냐 카예타나의 집에 나타났다. 그는 그들을 덮쳤던 불행에 대해 다시 한 번 유감을 표명했다. 그리고 방문 목적을 말했다. 그가 지닌 예술 수집품 가운데 이탈리아 거장의 작품이 빈약하다는 것이었다. 그의 조언자인 돈 미겔과, 지금은 유감스럽게도 없는 신부 돈 디에고도 그의 이 견해에 동의했다고 했다. 하지만 그는 스페인 거장의 작품을 풍부하게 소유한 점에서는 첫번째에 들 거라고 했다. 그녀, 도냐 카예타나는 자신이 가진 이탈리아 작가들의 이런저런 걸작을 그레코나 벨라스케스의 작품을 받는다고 해도 팔지 않을지 모른다. 그는 한 발을 다른 발에 올린 채 거기 앉아 있었고, 귀엽고도 약간 투실한 얼굴의 작은 눈은 자신만만하고 승리에 찬 만족 속에서 그녀를 위아래로 훑었다.

알바는 비록 자신이 잘 못하지는 않는다 해도, 그림을 '바꾸는' 일은 자기에게 맞지 않는다고 대답했다. 그녀에겐 예술을 잘 아는 친구들이, 이를테면 주치의인 페랄 박사나 궁정화가인 돈 프란시스코 데 고야 같은 사람들이 있기 때문이다. 하지만 그녀는 기본적으로 예술 수집가는 아닌 데다가, 자신이 가진 그림에 충분히 기쁨을 느끼고 있으며, 그래서 이런저런 '충고들'을, 그것이 누구에게서 나온 것이건, 들어야 한다고 생각하지 않기 때문이라는 것이다. "하지만 내 전시관에 있는 이런저런 이탈리아 그림들을 당신에게 보내주는 것은," 그녀는 다정스럽게 끝맺었다. "즐거움이 될 거예요. 그래도 도움이 필요하게 되면 보답할 기회를 당신한테 줄 거예요."

그는 모욕감을 느꼈다. 그녀는 하층 계급 출신인 마누엘이 예술의 보호자로서, 최고 귀족인 것처럼 행동할 수 없다는 걸 넌지시 언급했기 때문이다. 그녀는 그의 호의를 얻기 위해서라면 온갖 이유를 대야 할 상황에서 거만하게 행동했다. 하지만 마누엘이 의사 페랄에 대한 정부 쪽 고발 조처에 어떠한 방해도 있어서는 안 된다는 점을 종교재판소 측에 말했는지도 모른다.

하지만 그가 그 점에 단호해지기도 전에, 그의 명예는 회복되었다.

도냐 마리아 루이사는 이미 돈 호세의 미심쩍은 죽음 이후 알바 비에게 벌을 줘야 하지 않는지, 그리고 그녀와 함께 자신의 관대한 제의를 그리 무례하게 거절한 의사도 벌줘야 하지 않는지 고심했다. 그녀는 정치적 고려는 삼갔다. 영국과의 전쟁 상황은 좋지 않았고, 그래서 불평을 늘어놓는 최고 귀족에게 더 많은 전쟁 비용을 요구하지 않을 수 없었다. 이런 상황에서 왕비가 알바가의 명망 있는 부인에게 공개적으로 불쾌감을 보인다면, 그건 귀족에 대한 도전으로 비칠 것이다. 하지만 라파엘로의 그림을 선사하는 것은 이제 귀족층에게도 분노를 야기했기 때문에, 그녀는 별 걱정 없이 그 무모한 일을 관두라고 요구할 수 있었다.

도냐 마리아 루이사는 알바가의 미망인이 된 공작비에게 아란후에스로 가라고 요구했는데, 왕실은 현재 그곳에 머물러 있었다.

루이사는 쾌적하고 밝은 방인 작업실에서 그녀를 맞이했다. 하얀 무늬 직물이 벽을 덮었고, 똑같은 소재로 된 덮개가 의자를 감싸고 있었다. 책상은 매우 끔찍하게 죽은 루이 16세의 선물이었다. 이것은 저 유명한 플뤼비네*가 가장 값나가는 마호가니 재목으로 만들었고, 뒤팡**이 매우 정선된 목공예로 장식했으며, 죽은 왕이 손수 저 정교한 자물쇠를 완성시켰다. 화려한 여름옷을 입은 왕비는 이 책상가에 앉아 그녀, 검은 옷을 머리끝까지 덮어쓴 카예타나와 마주한 채 앉았고, 두 여인은 얼음을 넣은 차가운 레몬수를 마셨다.

"한번은 권고하지 않을 수 없네, 사랑하는 친구." 마리아 루이사가

---

* Louis Magdelaine Pluvinet: 루이 16세 시절 실내 의자 등을 제작한 가구 장인.

** Dupin: 1800년 무렵의 실내 장식가.

말했다. "당신을 둘러싼 소문이 더 이상 없도록 신경을 써달라고 말이오. 유감스럽게도 어머니 같은 내 충고를 흘려듣고는, 당신이 그 의사에게 보여준 사려 깊지 못한 아량이 얼마나 심한 험담을 야기하는지 전혀 생각하지 않았더군." 카예타나는 천진스럽게 경탄하듯 그녀의 얼굴을 똑바로 쳐다보았다. "가장 간단한 것은 물론," 마리아 루이사가 계속 말했다. "의사 페랄 건에 대한 철저한 조사를 지시하는 것일 거요. 만약 내가 왕께 그 조사를 그만두라 청하면, 그건 오직 당신, 도냐 카예타나 때문이오. 그 말은, 내 솔직하게 말하겠네, 내게 중요한 건 당신이 아니라, 당신 이후에 알바라는 이름을 가지게 될 사람들이라는 사실이오." "무슨 말인지 알 수 없군요, 왕비마마." 카예타나가 대답했다. "하지만 제가 왕비마마께 불쾌한 일을 일으켰다는 사실은 알겠습니다." 왕비는, 카예타나가 아무 말도 하지 않은 듯이 이어 말했다. "사랑하는 이여, 자네는 이 고귀한 이름을, 당신의 의무인 것처럼, 보호하려 하지 않거나 보호할 수 없을 거네. 그래서 내가 자네를 도와야 하고." "저는 이런 도움을 청하지 않습니다, 마마." 알바 공작비가 말했다. "그것을 원치 않아요." "자네는 무슨 대답이라도 할 준비가 늘 되어 있군, 도냐 카예타나." 왕비가 응수했다. "하지만 보게, 이게 내 마지막 말이니." 왕비는 자신의 레몬수 잔을 옆으로 치우고 자신의 말을 명령으로 만들 펜을 만지작거렸다. 이 말에 대해서는 어떤 이의도 없을 터였다. "원하든 원치 않든, 나는 자네를 새 소문으로부터 보호할 것이네." 왕비가 설명했다. "당분간 마드리드를 떠나는 일을 자네 재량에 맡기겠네." 그녀는 결론지었다. "애도 기간에는." 그녀가 덧붙였다.

애도 기간이라! 아란후에스로 갈 것을 명받은 그 순간부터 카예타나는 자신이 추방되리라고 여겼다. 하지만 이 추방이 3년 동안 이어지리라는 것을—최고 귀족 계층의 미망인이 치러야 할 애도 기간은 그렇게 오래 걸렸기 때문이다—그녀는 고려하지 못했다. 마드리드가 없는 3년이라! 그건 프랑코가 없는 3년이었다!

도냐 마리아 루이사는 여전히 운명을 좌우하는 펜대를 놀리며 그녀를 쳐다보았다. 그녀는 입술을 약간 벌렸고, 다이아몬드 이의 어른거리는 빛이 보였다. 잠시 카예타나의 안색이 창백해졌다. 하지만 이내 자신을 제어했다. 왕비는 그녀의 당혹감을 알아차리기 어려웠다.

"자네는 준비할 수 있는 3주간의 시간을 가졌네, 사랑하는 사람이여." 그때 왕비는 자신의 승리를 너무도 많이 즐기며 말했기 때문에, 그녀의 목소리가 다정스럽게 울릴 정도였다. 알바는 겉으로 보기에 아무렇지도 않은 듯 일어서서 무릎에 닿도록 깊게 고개 숙여 인사했다. 그러면서 격식에 맞는 말을 했다. "왕비마마, 마마의 고려에 감사드립니다." 그리고 그녀의 손에, 규정에 적혀 있는 대로 입을 맞췄다. 묵직한 팔찌가 끼워진 잘 가꿔지고 살쪘으며 아이 같은 손이었다.

카예타나는 무슨 일이 일어났는지 프란시스코에게 알려주었다. "당신은 내가 옳았다는 걸 알 거예요." 그녀는 내키지 않는 듯한 쾌활함으로 결론지었다. "당신이 그린 것처럼 이탈리아 출신 왕비가 그리 너그럽지는 않더군요."

고야는 당혹스러웠다. 카예타나를 추방하다니! 마드리드에서 멀리 쫓겨난 카예타나! 이 사건은 그의 삶 전체를 변화시킬 것임에 틀림없었다. 그녀는 분명 그가 망명길을 따라갈 것으로 기대했다. 궁정의 분망함 없이, 마드리드의 분주함 없이, 그리고 주변에서 엿보는 그 많은 시선 없이 카예타나의 한 농장에서 그녀와 지낸다는 건 매력적이었다. 하지만 그는 왕의 화가였고 예술원 원장이었다. 그는, 원한다면, 짧은 시간 동안

만 마드리드를 벗어날 수 있었다. 그는 혼란스러웠다. 이 당혹감과 행복의 예감 그리고 어떤 계산의 한가운데에서 이 자부심 강하고 지체 높은 여자의 운명에 개입하게 된 것이 마침내 자신이라는 사실이 그의 은밀한 자랑거리였다.

그가 생각을 정리하기도 전에 그녀는 계속 말했다. "완전히 떨어져 산다는 게 좋은 점도 있는 것 같군요. 마드리드 사람들의 험담이 나한테 닿기도 전에 잊힌다는 사실을 아는 것도 그렇고요."

그는 뭐라도 말해야 했다. "어디로 갈 거요?" 그는 바보스럽게 물었다. "우선 여기 머물 거예요." 그녀는 대답했고, 그가 당혹스러울 정도로 빤히 쳐다보았기 때문에 설명을 덧붙였다. "억지로라도 왕비로 하여금 펜을 잡게 만들고 싶군요. 왕비가 왕실 훈령을 보내주면 돼요. 훈령을 받게 되면, 나는 갈 거예요."

그는 결심하게 되었다. "내가 당신을 따라가도 되오, 카예타나?" 그는 자신의 용기를 자랑스럽게 여기며 서투르게 물었다. 이때 그는 농민 출신 특유의 교활함 속에서, 자신의 청각장애가 여행 청원에 좋은 구실이 될 거라고 생각했다. "물론 함께 가지요!" 그녀가 흡족하여 소리쳤다. 그는 환호성을 질렀다. "참 잘되었소. 자신이 우리에게 도움이 된다는 사실을 도냐 마리아 루이사는 미처 고려하지 못했을 거요."

그러나 마리아 루이사만 그 점을 고려했다. 고야의 휴가 청원에 대해 제1시종의 대답은, 예술원 원장은 휴가를 연기하는 게 좋겠다는 것이었다. 왕은 좀더 많은 주문을 하리라 마음먹고 있었다. 고야가 아란후에스로 초대되어 오면, 왕 부부는 그곳에서 더 자세한 것을 그와 상의할 예정이었다.

카예타나는 이 소식을 들었을 때,
창백해졌다. "천박한
암캐 같으니라구!" 그녀가 소리 질렀다. 하지만
곧 정신을 되찾았다. "한 달 동안,"
그녀는 말했다. "그녀는 당신을
지치도록 가질 수 있겠네요. 그러면 당신은
그 후에 오겠지요. 우리는
유감스럽지만, 아니 다행스럽게도
그때 시간을 갖겠군요. 얼른 오시길!
그림 잘 그리고요! 가능한 한
그녀는 비슷하게 그리세요! 그래요."
그녀는 웃었지만 화난 듯
끝맺었다. "정말 똑같게,
그리세요. 당신의 검은 마하를."

27

아란후에스에 도착했을 때, 고야는 곧장 카를로스 국왕한테 인도되었다.

국왕은 어린 두 아이들, 말하자면 왕자 프란시스코 데 파울라와 왕녀 마리아 이사벨과 함께 있었다. 그는 라리아 운하에서 즐겁게 장난감 배를 띄우고 있었다. 확실히 왕은 아이들보다 장난감 놀이를 더 좋아했다. "여기를 보시오, 돈 프란시스코." 그는 화가에게 외쳤다. "이것은 나의 전함 산티시마 트리니다드와 똑같게 만든 거라오. 이 전함은 지금 내 소유인 필리핀 군도 부근 남중국해를 항해하고 있을 거요. 물론 지금 사태가 어떤지 확실히 알 수 없지만. 영국인들은 악마와 결탁해 있소. 하지만 여기 우리 함대에서는 모든 게 잘돼가고 있소. 우리는 타호 강과 수로를 통과해 모든 섬을 돌아갈 것이오. 여기 있으면서 같이 놉시다그려." 그는 고야에게 요구했다.

마침내 국왕은 아이들을 보내고 화가와 함께 정원을 산책했다. 이 살찐 남자는 뚜벅뚜벅 무겁게 걸어갔고, 고야는 그 뒤에서 반걸음 처져 걸었다. 가로수 길은 가늠하기 어려울 만치 길었고, 높다란 나뭇가지들은 넓은 궁륭 모양의 나뭇잎 지붕을 만들었으며, 약한 햇살이 그 사이로 비쳐들었다. "사랑하는 이여." 왕은 그에게 설명했다. "내가 당신과 계획하는 게 무엇인지 생각해보오. 이 아름다운 달 5월에 여기 아란후에스로 내 사랑하는 사람들이 모두 모이게 되었소. 그래서 한 가지 생각이 떠올랐소. 당신이 우리 모두를 한 그림 안에 그리는 거요, 돈 프란시스코."

이날 고야는 잘 들었다. 게다가 국왕은 목소리가 컸다. 그럼에도 그는 잘못 들었나 여겼다. 왜냐하면 왕의 말을 들으며 떠오른 것은 어떤 일회적이고 동화적인 행복이었다. 너무 성급히 잡으면, 이 행복이 허공에서 사라지지 않을까 그는 두려웠다.

어떤 왕이라도 모든 가족과 함께 화가 앞에 앉는 것을 좋아하지 않는다. 가족이란 인내심이 부족했고, 어떤 한 사람이 한가하면 다른 사람은 바빴다. 그래서 매우 높게 평가받는 거장만이 그런 집단화를 그릴 수 있었다. 미겔 반 루* 이래 아무도 이 일을 하지 못했다.

"그래서 나는 이렇게 생각했네." 돈 카를로스는 계속 말했다. "자네는, 펠리페 4세 그림처럼, 멋지고 편안하지만 품위 있는 그림을 그리게. 여기 어린 공주는 컵을 받고 있고, 한 시동은 개한테 디딤대를 건네주고 있지. 아니면 나의 조부 펠리페 5세의 그림처럼, 그들 모두 편안히 둘러앉은 모습도 있고. 예를 들어 나는 내 시계들을 비교할 수도 있고, 바이올린을 연주할 수도 있겠네. 왕비는 책을 읽고, 어린아이들은 술래잡기 놀이를 하고. 모두 편안한 마음으로 자기 일에 열중하지만, 그럼에도 일정한 기품이 어려 있도록 말이야. 이해하겠나, 돈 프란시스코?"

돈 프란시스코는 이해했다. 하지만 그런 식으로 상상할 수는 없었다. 장르화는 결코 그릴 수 없었다. 하지만 그는 조심했고, 이 놀라운 기회를 망치고 싶지 않았다. 그는 왕이 믿어주셔서 감사하다고 정중히 대답했다. 그리고 그 특별한 영광에 대해서도. 그는 하루나 이틀 시간을 달라고 청했다. 그런 다음 전하께 제안드리겠다고 했다. "그리하게, 사랑하는 이여." 카를로스는 대답했다. "난 결코 서두르지 않으니까. 아란후에스에서는 전혀. 뭔가 착상이 떠오르면 그때 도냐 마리아 루이사와 내게 알려주게."

어울리기 좋아하는 고야이지만 이날은 물론 다음 날에도 모임을 피했다. 자신에게 몰두한 채, 행복 때문에 거의 멍한 상태가 되어, 부르는 소리도 듣지 않거나 듣지 않으려 하면서 그는 밝고 위풍당당한 아란후에스 성으로 갔다. 그는 멋진 정원이나, 알람브라 거리와 엠바야도레스 거리의 궁륭 같은 나뭇잎 천장 아래에서 어슬렁거리며 걷다가, 크고 작은 다리를 지나 바로크식 정원의 동굴이나 인공분수 옆도 지났다.

전하는 어떤 '친밀한 요소'도 없기를 원하겠지. 반 루가 그린, 자연스

---

* Miguel van Loo(1707~1771): 프랑스의 화가로 원래 이름은 루이 미셸 반 루Louis Michel van Loo이다. 스페인 왕실과 관련해 활동한 탓에 '미겔 반 루'라고 불린 듯하다.

러움이 인위적으로 표현된 단체화 「펠리페 5세의 가족」은 어리석은 연극 같았지. 그래서 멍청한 졸작에 불과해. 나는 그와 같은 바닥으로 내려가지 않을 것이다. '시녀들'로 불리는 벨라스케스의 「궁정 시녀들」보다 더 높은 차원에 도달한 스페인 회화는 분명 없었다. 그는 그 그림에 경탄했다. 하지만 벨라스케스의 얼어붙은 쾌활함은 그에게 낯설었다. 언제나처럼 그는 누구와도 경쟁하고 싶지 않았다. 위대한 벨라스케스뿐만 아니라, 시원찮은 반 루와도. 그는 오직 자신과 겨루고 싶었다. 그의 그림은 돈 프란시스코 고야로부터 나와야 하지, 다른 누구로부터 나와서는 안 되었다.

이틀째 되던 날 그는 자기가 무엇을 그리고 싶은지 어렴풋이, 그리고 아주 아련하게 보았다. 하지만 그는 그것이 사라지지 않도록 감히 더 가까이 다가가지 못했다. 그 어렴풋하고 멀리서 어른거리는 것을 보면서 생각하고 꿈꾸면서 그는 침대로 가, 잠에 빠져들었다.

다음 날 아침 깨어났을 때, 그는 자신이 무엇을 하려는지 분명하게 알았다.

그는 왕실로 갔다. 그리고 자신의 생각을, 돈 카를로스보다는 도냐 마리아한테 더 많이 얘기하며 설명했다. 그가 신분에 맞는 무엇, 말하자면 최고 주권자로부터 우러나오는 고결함과 유일무이한 위엄을 강조하게 된다면, 가톨릭 국왕의 묘사는 매우 성공할 거라고 겸손하게 말했다. 그러면서 그렇게 추구한 자연스러움이 일개 귀족이나 평범한 시민을 다룬 것처럼 여겨질 수 있다는 점에 대해 불안감을 가지고 있다고 말했다. 그 때문에 계획하고 있는 가족 그림에서 어떤 기품 있는 요소를 강조하도록 전하께서 허락해달라고 정중하게 청했다. 그러면 왕실의 가족 구성원은 신의 은총이 허락한 모습대로, 말하자면 왕과 왕세자로 서 있게 될 것이었다. 그들은 충만한 영광 속에서 그저 거기에 자리해야 했다.

돈 카를로스는 실망했다. 그는 손에 여러 시계를 차고 탁자에는 바이올린을 둔 자기 모습을 캔버스에서 보려던 생각을 마지못해 포기했다. 그렇게 편안하게 자기를 그리게 하는 건 전혀 왕실답지 못한지도 모른다. 하지만 한 나라의 군주도 가족 안에서는 사적 인간으로 자리한다는 사실 역시 옳았다. 다른 한편으로 왕실 화가의 제안은 지난 몇 주 동안 그가 속으로 여러 차례 골몰했던 생각을 새롭고 더 강렬하게 상기시켜 주었다. 왕당파의 모반이 준비되고 있다는 믿을 만한 소식이 파리로부터 전해졌다. 그래서 마누엘이 말하기를, 이 움직임을 능숙하게 지원한다면, 프랑스 국민은 그에게, 즉 돈 카를로스에게 부르봉 왕실의 수장으로서 프랑스 왕위를 제공할지도 모른다는 것이었다. '나는 스페인과 프랑스의 왕이다.'* 그는 생각했다. 그가 왕실 가족들 중앙에, 늠름한 제복 차림으로, 반짝이는 휘장과 훈장을 달고 건강한 몸과 기품에 찬 머리로 서 있게 된다면, 그래서 스스로 '왕인 나'를 열렬히 생각한다면, 이 궁정화가는 분명 그 여운을 캔버스에 옮길 수 있을 것이다. "자네 생각도 괜찮아 보이네." 그는 자신의 생각을 공표했다. 고야는 안도의 숨을 내쉬었다.

왕비에게 궁정화가의 말은 곧바로 이해되었다. 그녀는 지체 높았으므로 고야는 그녀를 자주 그렸다. 왕실 가족의 중앙에서 그녀는 분명 갑절이나 품위 있게 자리했다. 하지만 고야는 약간 단순하게 그리지 않았던가? "어떻게 생각하오, 돈 프란시스코?" 그녀는 못마땅한 내색은 하지 않고, 하지만 여전히 미심쩍은 투로 물었다. "모두 한 줄에 서게 되오? 그건 조금 단조롭지 않소?" "마마께서 제게 한번 시도할 수 있는 은총을 베푸

* 원문은 스페인어 "Yo el Rey de las Españas y de Francia."

신다면," 고야는 대답했다. "그렇다면, 제 생각에 저는 마마를 흡족하게 해드릴 것입니다."

모두 동의했다. 왕과 가족들은 다음 날 아침에 '녹색 전시관'으로, 모두 정장 차림으로 모여야 했다. 그때가 되면, 돈 프란시스코가 「카를로스 4세의 가족」을 어떻게 그리게 될지 마침내 확인하게 될 것이다.

다음 날 스페인 왕실의 부르봉가 사람들은, 나이 든 사람 젊은 사람 할 것 없이 녹색 전시관에 나타났다. 한 시녀가 뻣뻣하고 조심스럽게 젖먹이 왕자를 안고 있었는데, 이 아이도 분명 그림에 등장할 것이었다. 신사 숙녀들은 거대한 창문이 달린 홀의 빛나는 햇살 속에 앉거나 서 있었다. 가장 어린 공주와 왕자 두 명, 즉 열두 살의 이사벨과 여섯 살의 프란시스코 데 파울라는 이리저리 돌아다녔다. 그들 모두 정장을 입고 있었는데, 이것은 오전의 밝은 햇살 아래 기이한 느낌을 주었다. 벽을 따라 많은 시종이 선 채로 서로를 밀어댔다. 소음이 일었고, 당혹스러운 일도 발생했다. 이 같은 행사는 의전서(儀典書)에 적혀 있지 않은 것이었다.

도냐 마리아 루이사가 모든 일을 떠맡았다. "다들 모였소, 돈 프란시스코." 그녀가 말했다. "이제 뭔가 아름다운 것을 그려야지요."

고야는 작업을 시작했다. 그는 중앙에 가장 어린 두 아이, 말하자면 열두 살과 여섯 살 아이 사이에 왕비를 세웠다. 왕비 왼편으로 제일 앞쪽에 몸집 좋은 돈 카를로스를 세웠다. 이 무리는 자연스럽게 이뤄졌다. 두번째 무리를 만드는 것도 간단했다. 그다지 두드러지지 않은 미모의 왕녀 마리아 루이사가 젖먹이와 같이 섰다. 시녀가 무릎을 구부린 채 절하며 아기를 넘겨주었다. 그녀 오른편으로 파르마의 황태자인 그녀의 남편이 섰는데, 키가 큰 그는 그 자리를 꽉 채웠다. 이 무리와 중앙을 평화롭게 잇는 것은 왕의 남동생인 늙은 돈 안토니오 파스쿠알 왕자였다. 그는 왕과 우스울 만치 닮아 보였다. 여기에 나머지 부르봉가의 세 사람이, 관람자 쪽에서 보면, 그림 왼편을 채웠다. 황태자 돈 페르난도는 열여섯 살 청년으로, 입을 다문 얼굴이 꽤나 귀여웠다. 그보다 어린 남동생 돈 카를로스와, 왕의 가장 나이 많은 누나인 고모 도냐 마리아 호세파도 있었는데, 이 고모는 말할 수 없이 추해 보였다. 유치할 정도로 단순한 구성이었다. 고야는 사람들이 서투른 구성이라고 욕하리라는 것을 이미 알고 있었다. 하지만 그것은 바로 자기가 바라던 목적에 맞는 것이었다.

물론 반발도 있었다. "멈추시오, 멈춰!" 왕이 명했다. "이곳에 오지 못한 왕녀 두 명이 있다네." 그는 놀란 고야에게 설명했다. "나의 맏딸인 현 포르투갈 왕비와 황태자의 장래 신부가 될 나폴리 왕녀 말이네." "그분들은 따로 그림을 보고 그릴지 아니면 사람들의 설명을 듣고 그릴지, 전하께서 명령해주십시오." 고야가 물었다. "원하는 대로 하게." 왕이 말했다. "가장 중요한 사실은 그들도 그림 속에 있어야 한다는 점이야."

그때 아스투리아 왕자이자 황태자인 돈 페르난도가 말했다. "나는 모르겠군요." 그는 화난 듯 거친 변성기 목소리로 설명했다. "내가 구석에 서 있는 게 적절한지 말이오. 나는 아스투리아의 왕자요. 그런데 이 어린 것은—그는 여섯 살 동생을 가리켰다—중앙에 서 있고, 난 구석에 있단 말이오?" 고야는 사과하면서 참을성 있게, 왕자보다는 왕 쪽으로 더 몸을 돌린 채 대답했다. "제 생각으로, 왕과 전하 사이에는 키 큰 왕자가 아니라 작은 왕자가 서는 게 예술적으로 바람직하기 때문입니다. 그래야 왕의 모습이 온전하게 타당성을 갖기 때문이지요." "이해하지 못하겠군요." 돈 페르난도가 구시렁거렸다. "왜 나의 위엄은 알아봐주지 않는지 말이오." 왕이 설명했다. "너는 너무 크니까." 그러자 마리아 루이사가 명령했다. "입 닫거라, 돈 페르난도." 고야는 약간 뒤로 물러나, 느슨하게 열 지으며 서 있는 부르봉 사람들을 살펴보았다. 그는 잠시 후 말했다. "전하와 가족께 간청드리건대, 다른 홀로 옮겨가실 수 없을까요? 왼편에서 내려오는 빛이 필요해서입니다." 그는 설명했다. "왼편 위쪽에서 오른편 아래로 내려오는 더 많은 빛 말이지요." 마리아 루이사는 곧 알아차렸다. "그럼 '아리아드네 홀'로 가도록 하세." 그녀가 제안했다. "거기에는, 내 생각에, 당신이 필요로 하는 게 있을 테니까, 돈 프란시스코."

화려하게 차려입은 무리가 쿵쾅대는 발걸음 소리를 내며 출발해 성을 가로질러 갔다. 몸집이 큰 왕과 한껏 차려입은 왕비가 앞에 서고, 늙고 추한 왕녀와 젊고 귀여운 왕녀가 그 뒤를 이었으며, 남녀 시종이 끝을 이루고 있었다. 그렇게 그들은 여러 홀과 복도를 지나 '아리아드네 홀'로 옮겨갔다. 그곳에서는 빛이 즉각 비쳤다. 고야에게 필요한 대로 왼편 위로부터 빛줄기가 사선으로 내려왔고, 벽에는 신화 장면을 묘사한 거대한 그림이 희미한 빛 속에서 사라지고 있었다.

그곳에 왕과 왕비 그리고 왕자가 섰다. 그들 앞에 고야가 섰다. 그는 이들을 쳐다보았고, 그의 눈은 그들을 받아들였다. 그는 몰두한 채 그들을 그 자체로, 제어할 길 없는 열망 속에서 그렸다. 그는 비판적이고 예리하며 정확하게 보았다. 그는 오랫동안 응시했다. 침묵이 홀 안에 머물렀다. 시종들은 무슨 일이 일어나는지 알았다. 그것은 말하자면 왕의 한 신하가 왕과 왕의 가족을 응시하고 있는데, 꼴사나울 정도로 대담하고 무례하고 건방진 행동이어서 허용되어선 안 될 일 같았다. 고야는—그 스스로도 그 이유를 말할 수 없었는데—이번에는, 관습이나 자기 습관과는 달리 작업복도 입지 않았다.

그리고 그는 이렇게 말했다. "두 가지 간청드릴 게 있습니다. 전하, 어린 왕자가 반짝거리는 붉은색 옷을 입을 수 있다면, 전하 부부와 왕실 가족 모두가 더 훌륭한 모습을 띠게 될 겁니다. 그리고 전하, 황태자가 붉은 옷이 아니라 밝은 청색 옷을 입으면, 그림의 목적에 더 부합할 것입니다." "이 붉은색은 내 장군 제복의 색과 같은 거요." 돈 페르난도는 반발했다. "청색은 내가 좋아하는 색이야. 청색을 입도록 하거라." 왕비가 건조하게 말했다. 돈 카를로스는 중재하듯 말했다. "대신 너는, 돈 프란시스코가 반대하지 않는다면, 더 많은 훈장과 휘장을 찰 수 있겠지. 금양 모피도 차고." "황태자께서는," 고야가 달래듯이 말했다. "완전히 빛 가운데 서게 될 겁니다. 그래서 훈장과 띠는 전하께 특별히 빛을 발할 겁니다."

그는 캔버스에 서둘러 스케치했다. 그런 다음 설명하기를, 아직 신사숙녀 분들을 개별적으로 혹은 작은 무리로 더 그려야 하니, 몇 번 더 모여주시길 부탁했다. 그들 모두 모이는 것은 마지막 대단위 색채 스케치를 위해 한 번이면 된다고 했다. "허락하겠네." 왕이 말했다.

이날 밤에도 고야는 잘 자지 못했다. 아니, 그는 반 루처럼 얽히고설킨 일화를 그려 넣지 않을 것이다. 벨라스케스에게 허락된 것이 고야에게는 허락되지 않는다고 누구도 말해선 안 될 것이었다. 벨라스케스는 위대했지만 죽었다,고 그는 승리감에 차 생각했다. 그리고 지금은 또 다른 시대다. 나는 보잘것없는 인간이 아니며, 또한 살아 있다. 어둠 속에서, 내적 환희를 느끼며, 그는 자기가 무엇을 그리고 싶은지 분명히 알았다. 그는 대립되는 색채들을 하나로 만들고, 여기에서 전체적으로 아른거리며 반짝이는 일치감을 이루며, 환상적 섬광의 한가운데에서 얼굴들을 딱딱하고 선명하게, 있는 그대로의 모습으로 드러내고 싶었다.

개별 스케치 작업을 시작하기 전에 그는 왕의 경리 담당에게 불려갔다. 그는 시종인 아리사의 후작이었는데, 회계 책임자 돈 로드리고 솔레르가 있는 데서 고야를 맞이했다. "나는 궁정화가에게 몇 가지 속마음을 털어놓겠네." 후작이 말했다. 그는 정중했지만, 고야를 똑바로 쳐다보지 않고 허공에 눈길을 주며 말했다. "나폴리 출신 황태자비인 도냐 마리아 안토니아를 사실상 황태자의 약혼녀로 간주하긴 하지만, 이 지체 높은 계약 당사자들의 협상이 완전히 맺어지지 않았네. 그래서 아직 어떤 변화가 있을 수 있다네. 그러므로 궁정화가는 이 지체 높은 약혼녀에게 확정되지 않은, 그러니까 얼굴을 익명으로 그려주기를, 그래서 묘사한 인물이 여차하면 또 다른 지체 높은 부인 모습을 띠도록 해주길 권하네. 내 말 이해하나?" "예, 각하." 고야는 대답했다. "그리고 계속 주의할 것은," 아리사의 후작은 계속 말했다. "그려진 왕실 인물의 숫자는, 머잖아 파르마의 황태자나—젖먹이 아기를 말하는 것이네—지금은 없는 왕녀까지 고려해, 열세 명은 된다는 점이네. 여기 그려진 지체 높은 분들은 모든 미신에 초연하다고 하겠지만, 앞으로 있을 구경꾼에게 그렇지는 않을 거네. 그래서 제안하는 것인데, 궁정화가 자신이, 이전의 비슷한 그림에서 그랬듯이, 그림 안에 자리했으면 하는 거라네. 물론 크게 표 나지 않게 말일세. 내 말 이해했나?" 고야는 건조하게 대답했다. "그렇습니다, 각하. 제가 이 그림에, 그늘 속에서 그리는 모습으로 있어야 한다고 지시받았습니다." "궁정화가, 고맙소." 후작은 대답했다. "궁정화가가 이해했으니 말일세."

일에 대한 생각이 고야를 떠나지 않았다. 그는 벨라스케스가 어떻게 자신을 「궁정 시녀들」의 왕실 가족 안에 그려 넣었는지 생각했다. 그것은 크고 분명했지만 거만함이 없었고, 그늘진 모습도 아니었다. 벨라스케스는 그림 속의 자기 가슴에 산티아고 십자가를 직접 그려 넣었다. 그 자신, 프란시스코는 자신을 그림자 속에 그릴 것이지만, 아주 잘 보이게 그릴 것이다. 그래서 왕도 그에게 보상을 내릴 것이다. 그것은 아마 돈 펠리페 왕이 벨라스케스에게 내린 은총보다는 적을 테지만, 그러나 왕은 분명 그를 수석화가로 임명할 것이다. 왕이 고야에게 이 대단하고 막중한 일을 부과한 이후라면, 그것은 의심의 여지가 없을 것이었다.

"사례비 문제는 앞으로 처리해야 할 거요." 회계 책임자 돈 로드리고 솔레르는 정중하게 말했다. 즉시 프란시스코에게 특유의 농부적 계산속이 덮쳤다. 고야는 솔레르가 무슨 말을 하는지 잘 들어보겠다고 결심했다. 이와 비슷한 경우 사람들은 대개 화가가 이 영광스러운 주문 때문에 보상받았다는 느낌을 가졌을 거라고 가정하고는, 낮은 사례금을 제시했다. 프란시스코는 조심스럽게 설명했다. "원래 제가 준비하던 작업은 몇몇 개별 인물들의 대략적 스케치를 하는 것이라고 여겼습니다. 하지만 이 개별 초상화는 아주 작은 세부까지 그려야 했지요. 그래서 좀더 작은 인물화 그룹 네 개와 개별 초상화 열 개로 되었습니다."

아리사 후작은 완전히 거절하는 듯한 거만한 자세로, 그곳에 말없이 서 있었다. "당신의 사례비는," 회계 책임자 솔레르가 말했다. "투입 시간을 기준으로 산정하지 않기로 결정되었네. 오히려 캔버스에 묘사된 고위 인사의 숫자에 맞게 지불될 거네. 우리는 전하 부부와 왕세자들의 두상(頭狀)에 대해 각각 2천 레알을 지불할 것이고, 왕실 가족의 다른 구성원 두상에 대해서는 각각 1천 레알을 지불할 거라네." 고야는 지금은 자리에 없는 공주나 젖먹이의 두상 그리고 자기의 두상도 돈을 받아야 되지 않는가 숙고했다. 하지만 묻지 않았다.

그는 조용히 미소 지었다. 사례는 결코 나쁘지 않았다. 주문한 사람이 손까지 그려지길 원하면, 그는 가격을 높이곤 했다. 이번에는 손에 대해서는 언급하지 않았다. 손 두세 개만, 많으면 넷에서 여섯 개까지만 그려 넣기로 처음부터 계획되어 있었다. 아니, 설령 두상 열 개에 대해서만 지불한다 해도, 그 사례가 무례할 정도는 아니었다.

같은 날에도 그는 '아리아드네 홀'에 설치된 일시적인 아틀리에에서 일하기 시작했다.

이곳에서 그는 모든 모델을 가족 그림이 그려질 바로 그 빛 아래 세울 수 있었다. 그는 스케치를 마지막 세부까지 그렸다. 그는 파르마 황태자 돈 루이스를 품위 있고 젊으며, 어지간한 미남이지만 약간 멍청하게 그렸다. 그는 젖먹이 아기를 안은, 다정하고 친절하며 볼품없는 왕녀 마리아 루이사도 그렸다. 그는 늙은 왕녀 마리아 호세파도 그렸다. 고야는 결연한 듯이, 그녀의 얼굴을 왕세자의 전신상과 이름을 알 수 없는 그의 신부 사이에 드러내는 데 꼬박 이틀 오전을 다 썼다. 늙은 왕녀의 끔찍스러운 추함에 그는 열광했다.

아주 고분고분한 모델은 왕 본인이었다. 그는 꼿꼿하게 서서 가슴과 배를 앞으로 내밀었다. 카를로스 훈장의 희고 푸른 리본이 반짝거렸고, 포르투갈의 크리스투스 훈장이 보여주는 붉은 리본도 빛났으며, 금양모피가 아른거렸다. 윗도리의 상수리 같은 갈색 비로드 천 위로 회색 가장자리 장식이 희미하게 아른거렸고, 단도의 손잡이도 반짝거렸다. 이 모든 화려함으로 치장한 자는 그러나 직립부동으로, 고집스럽게, 그리고 통풍에도 불구하고 이렇게 오래 서 있는 걸 얼마나 잘 견뎌내는지 으스대며 서 있었다.

그렇게 거기 서서 포즈를 잡는 것이 왕에게 하나의 즐거움이었다면, 휴식은 작은 기쁨도 주지 못했다. 그는 단도를 옆에 내려놓고, 때로는 큼직한 비로드 윗도리를 모든 훈장이나 리본과 함께 내려놓은 후, 소파에 편히 앉아 여러 시계를 다정스레 비교하며 사냥이나 농사, 아이들이나 일상의 문제에 대해 환담을 나눴다. "자네야 늘 그림을 생각할 거네, 돈 프란시스코." 그는 어느 날 기분 좋게 말했다. 그는 자신의 화가를 꼼꼼히 살핀 후 평가했다. "자네는 아주 늠름한 인물을 그리고 있네." 그는 그림을 발견하고 말했다. "간단히 씨름 한 번 하는 게 어떤가?" 그는 뜻밖에 활기찬 어조로 제의했다. "자네보다 내가 훨씬 크다는 걸 인정하네. 체력도 훨씬 좋을 거고. 하지만 나는 여러 해째 통풍을 앓고 있네. 자네 근육을 한번 보여주게." 그는 명령했다. 고야는 팔을 드러내지 않을 수 없었다. "나쁘지 않군." 그가 검증했다. "내 팔도 한번 만져보게나." 고야는 만져보았다. "전하, 놀랍습니다." 그는 인정했다. 돈 카를로스는 갑작스레 그에게 다가왔다. 고야는 놀라 급하게 방어 자세를 취했다. 그는 마놀레리아에서 수많은 평민 청년과 반은 재미로 반은 진짜로 씨름을 했다. 카를로스 왕은 숨을 헐떡이며 그를 잡았다. 하지만 그건 허락되지 않는 방식이었다. 그 때문에 불쾌해진 고야는 자신이 수석화가가 되고 싶다는 사실을 잊고 말았다. 그러고는 정통 마호를 다루는 방식으로 왕의 허벅다리 안쪽을 고통스럽게 눌렀다. "아!" 카를로스 왕이 크게 소리 질렀다. 프란시스코는 자신을 억누르며, 역시 숨을 헐떡이며 말했다. "삼가, 용서를 빕니다, 폐하." 잠시 후 카를로스 왕의 무릎이 그의 가슴을 짓눌렀다. "자네도 요주의 인물이군." 카를로스 왕이 말했다.

그 밖에 왕은 프란시스코에게 자신의 인자함을 여러 방식으로 보여주었다. 그래서 고야는 언제나 아란후에스에서의 생활이 특별히 좋다고 느꼈다. 그는 종종 오랜 속담을 인용했다. "신이 더 이상 신일 수 없다면, 신은 아마 프랑스 요리사를 둔 스페인 왕이 되고 싶어 할 겁니다." 돈 카를로스는 아주 기분 좋게 느꼈다. 그는 자신의 좋은 기분을 프란시스코에게도 옮겨주고 싶었다. 그래서 작업 진행을 방해하고 싶어 했다. 그는 반쯤 만들다 만 '카사 데 라브라도르casa de labrador'에서, 말하자면 공원에 세워진 화려한 부궁(副宮)인 '농부집' 여기저기로 고야를 데리고 다녔다. 그러면서 이곳에도 고야를 기다리는 일이 있음을 알려주었다. 그는 고야를 여러 차례 사냥에 데려갔다. 한번은 거대한 음악 살롱으로 들어가서는, 위엄 있는 중국식 건물 중앙에서 고야를 앞에 세워둔 채 바이올린을 연주했다. "내 실력이 좀 나아진 것 같지 않나?" 그는 물었다. "내 교회 합창단에는 분명 더 나은 바이올리니스트가 있네. 하지만 나의 최고 귀족 가운데 이제는, 우리의 알바 공작이 그리 일찍 세상을 떠났기 때문에, 내가 아마 가장 나은 음악가일 거네."

고야의 모델 가운데 고분고분하지 않은 유일한 사람은 황태자 돈 페르난도였다. 고야는 이 열여섯 살짜리 청년을 특별한 존경심으로 대했고, 그의 환심을 사려고 최선을 다했다. 하지만 교양을 갖추었으면서도 거친 페르난도는 완고했다. 그는 고야가 평화대공의 친구라는 걸 알았다. 그는 평화대공을 미워했다. 이른 나이부터 하녀나 여자 가정교사 그리고 궁정 귀부인을 통해 성의 향락에 입문한 이 어린 왕자는, 돈 마누엘이 엄마의 애인이라는 사실을 아주 일찍 알았다. 그래서 호기심과 질투 그리고 시기심으로 그를 관찰했다. 한번은 열한 살의 페르난도가 자신의 연대장 제복에 달린 작은 단도를 잘못 다뤘을 때, 돈 마누엘이 신하로서가 아니라 어른으로서 깔보듯이 조언한 적이 있었다. 그런데 자신은 지금 바로 그 돈 마누엘의 친구인 화가 앞에서 내키지 않는 색깔의 윗도리를 걸친 모델로 서 있어야 하는 반면, 이 화가는 왕위 계승자인 그 앞에서 무엄하게도 작업복을 입고 있었다.

그에 비하면, 도냐 마리아 루이사는 특히 온순한 모델이었다. 고야가 원한 대로, 그녀는 때로는 혼자, 때로는 두 아이와 함께 포즈를 취했고, 두 아이를 각각 홀로 자세를 취하게 만들었다.

마침내 고야가 신사 숙녀들에게 삼가 청하기를, 다시 한 번 더 정장 차림으로 '아리아드네 홀'에 모두 모여 거대한 색채 스케치를 위해 모델로 서주십사고 말했다.

그곳에 그들이 섰고, 고야는 행복하게 바라보았다. 대립되는 색채의 조화가, 그가 꿈꾼 대로, 거기 풍요롭고도 새롭게 그리고 어떤 의미를 띠며 나타났다. 개별 요소들은 전체에 종속했고, 전체적인 것은 모든 개별적 요소 속으로 흘러들었다. 서로 상충하는 색들은 하나의 빛이었다. 오른편은 붉은 금빛이었고, 왼편은 푸른 은빛이었으며, 그 모든 빛에는 그늘이 졌지만 색의 뉘앙스는 서로 다르게 층지어져 있었다. 모든 그늘 속에 빛이 들어 있었다. 모든 빛에는 여러 얼굴이 있는 그대로, 딱딱하고 정확하게 드러났다. 평범한 것이 진기한 것 속에 들어 있었다. 그는 그것을 표현할 수 없을 거라고 생각지 않았다. 그는 그것을 감지했던 것이다.

그는 쳐다보았고, 오랫동안 예리하고 무모하게 응시했다. 이번에 그 결과는 정말이지 충격적이었다. 이 남자, 이 미천한 신하는 남루한 작업복 차림으로 서 있었다. 그 앞에는 완벽한 화려함으로 치장한 왕과 왕비가 있었다. 그는 이들을, 열병식을 사열하는 장군처럼 바라보았다. 그것은 진정 봉기였다. 이런 일은 아마 프랑스 혁명 전에는 일어나지 못했을 것이다. 부르봉 왕가 사람들이 이 그림에 호의를 보이는 이유는 무엇인가?

프란시스코는 급히 그리고 오랫동안 그리기 시작했다. 늙은 마리아 호세파는 이제 더 이상 오래 서 있을 수 없다고 하소연했다. 카를로스 왕은 잠깐 동안의 이 같은 인내란 왕녀가 가질 수 있는 최소한의 것이라고 꾸짖었다. 하지만 고야는 듣지 못했다. 그는 정말 듣지 못했다. 그는 자기 작업에 몰두해 있었다.

그런 뒤 마침내 그는 쉬었다. 모두가 다리를 뻗고 편안한 자세를 취하며 가고 싶어 했다. 하지만 고야는 말했다. "20분만 더!" 그는 간청했다. 다들 원치 않는 표정을 보였으므로, 그는 애원하며 맹세했다. "20분만! 그러면 더 이상 힘들게 하지 않겠습니다. 결코 더 이상 말이지요." 그들은 곧이들었다. 그는 그렸다. 조용했으므로 어느 창문에 부닥치는 큰 파리의 웅웅거림만 들렸다. 마침내 고야는 말했다. "감사합니다, 전하. 감사합니다 전하. 감사합니다, 왕실 가족 여러분."

혼자가 되었을 때 그는 지친 상태로, 하지만 행복한 마음으로 오랫동안 앉아 있었다. 그가 보았던 것이 이제는 어떤 형상물로 되었기 때문에, 더 이상 이 형상을 잃을 수 없었다.

그러고 나자 카예타나에 대한 그리움이 거칠고 뜨겁게 그를 덮쳤다. 그림을 그리는 내내 그녀를 생각하느라 진이 빠질 지경이었다.

이곳 아란후에스에서 머무르며 계속 일하는 것이 더 현명할지도 모른다. 그것이야말로 유일하게 현명한 일인지도 모른다. 그러나 그는 스스로 물었다. 그녀는 앞으로도 마드리드에 있을 것인가? 그렇다면 얼마나 오랫동안 혹은 얼마나 짧게 머무를 것인가? 그래서 그는

마드리드의 공작비에게
전갈을 보냈다. 그가 다음 날
돌아갈 거라고.
그림을 위해 그가 급히 2, 3일 동안
마드리드에서 지내야 함을,
왜 지내야 하는지 이리저리 궁리하면서,
그 이유를 찾아 모았다.

이 모든 것은 아주
어리석었다. 그리고 그는 이 점을 알았고,
그럼에도 그렇게 했다.
그는
커다란 색칠 스케치와
개별 모델의 그림을 조심스럽게
말아 들고,
커다란 자부심과 많은
희망을 안고, 매우
서둘러 마드리드로 향했다.

28

그가 돌아온 뒤 첫날밤 그녀는 그 곁에 있었다. 여름밤은 짧았다. 그의 집에서 그녀 집으로 난 길에서 누군가 아침에 그녀를 급습했다면, 그것은 위험했을 것이었다. 하지만 그녀는 어스름 때까지 머물렀다.

다음 날 저녁 그녀는 아주 일찍 왔다. 그는 그녀에게 자기 작업에 대해 애기했고, 색채 스케치를 보여주었으며, 그가 그리고 있는 새롭고 위대한 것이 무엇인지 설명해주려고 애썼다. 그녀는 그의 어색한 말을 거의 듣지 않았다. 그녀는 스케치한 그림들을 보았고, 화려한 옷차림에 투실하고 교양 있는 두상 모음집을 보았다. 그녀는 입을 찡그렸고 웃었다. 크게 흡족한 듯 웃었다. 그는 괴로웠다. 그 결과가 고작 이것이란 말인가? 그는 작품을 보여준 것을 후회했다.

그의 불쾌감은 잠시 이어졌다. 그는 그녀를 보고 그녀를 느끼며 그녀를 갖는 게 행복했다. 그녀의 모든 것이 그를 행복하게 만들었다. '오라 행운이여, 와서 머물러라*— 행복이여, 나의 행복이여, 잘 지내고 머물러라.' 그는 생각했다. 그는 혼자 다시 그리고 또다시 흥얼거렸다.

둘째 밤에도 그녀는 그의 곁에서 지냈다. 아마도 그것은 마드리드에서 보내는 그녀의 마지막 시간인지도 몰랐다. 내일이면 마리아 루이사가 그녀에게 허락한 3주가 끝난다. 하지만 그녀는 훈령으로 자신을 감히 추방하리라고는 생각지 않았다. 그 또한 그렇게 생각할 수 없었다.

다음 날 오후 그는 그녀로부터 급한 쪽지를 받았다. "곧장 오시오." 그는 그녀가 추방되었음을 알았다. 그는 그녀에게 달려갔다.

거대한 리리아 궁에서는 소란이 일어났다. 많은 시종이 이리저리 뛰어다녔고, 명령이 하달되고 거절되었다. 기품 있는 도냐 에우페미아조차 흥분한 마음을 숨기지 않았다. 그렇다. 카예타나는 왕실 칙서를 받았는데, 그것은 왕이 손수 쓴 명령서였다.

그녀는 프란시스코를 침실에서 맞았다. 그는 그녀가 속치마 차림으로 신도 안 신은 채, 여행을 떠나려고 옷을 입고 있다는 것을 알았다. 그녀는 시녀에게 지시하면서, 바로 그날 도시를 떠나야 하고, 기약 없이 안달루시아에 있는 한 영지로 가야 한다고 말해주었다. 그리고 특별한 허가 없이 안달루시아 왕국을 떠나는 건 금지되었다는 것이었다. "나는 길을 돌아 여행할 거예요." 그녀가 말했다. "그렇게 여행해서, 내 소유지에서만 밤을 지낼 거예요." 그녀는 주변의 왁자한 소란을 보며 웃었다. 털이 복슬복슬한 하얀 강아지가 컹컹 짖어댔다.

---

* 원문은 스페인어 "Ven ventura, ven y dura."

그의 마음속에서는 그녀를 따라가고픈, 이제 그녀 곁에 있고픈 충동이 일었다. 그녀는 그토록 허심탄회하고 놀라운 용기를 가졌기 때문이다. 하지만 그는 포기해야 한다. 이 몇 주는 포기해야 한다. 앞으로 그녀는 완전히 그의 것이 될 테니까. 하지만 그는 포기하지 않을 것이다. 그는 마음속에서 끝낸 그 그림을 차라리 포기했다. 그는 명성과 이력을 포기했다. 이제 그는 그녀와 있기를 원했다. 그녀가 바보 같은 의사한테 그 대담하고 거만하며 어리석고 놀라운 선물을 했던 것과 똑같은 방식으로, 그는 그녀에게 온 세상에 도전하는 행동을 하고 싶다는 욕구로 불타올랐다. 하지만 다음 순간 그림에 대한 욕구가 똑같이 불타오르듯 일었다. 그림에 대한 갈망이 지배자처럼 일어났던 것이다. 그림은 그의 속에 있었다. 온갖 색채의 물결이 반짝이고 빛나며 번쩍대고 아른거렸다. 그 물결로부터 여러 사람의 적나라한 머리 모양이 드러났다. 고야의 '왕실 가족'은, 벨라스케스의 '왕실 가족'과 경쟁하지 않으면서도 참으로 볼만한 그림이었다. 그는 약간 쉰 목소리로 말했다. "내가 당신을 따라가도 되겠소, 도냐 카예타나?" 그리고 곧 주춤하며 덧붙였다. "적어도 첫날이라도?"

이 모든 일이 그의 마음속에서 일어난 바로 그 순간, 그녀는 인간을 꿰뚫어보는 시선으로 그를 똑바로 쳐다보았다. 그는 자기 마음속에 일어난 것을 그녀가 정확히 알고 있다는 불편한 느낌이 들었다. 그가 맥 빠진 제안을 했기 때문에 그녀는 결코 무례하진 않았지만, 웃었다. 그럼에도 그는 괴로웠다. 만약 왕의 화가가 그림을, 그것도 수석화가로 만들어 줄 그림을 포기한다면, 그래서 불행에 처한 여인의 추방길을 쫓아가겠다고 한다면, 그게 과연 아무것도 아니란 말인가? "저는 당신이 제안한 것을 평가할 줄 알아요, 돈 프란시스코." 그녀가 말했다. "하지만 당신은 사려 깊은 인간이고, 이번에는 저 역시 사려 깊고 싶군요. 당신이 하루 동안 내 마차 옆에서 말 타고 가면서 먼지를 삼킨다면, 그래서 수석화가가 결코 되지 못한다면, 당신은 사흘 뒤, 그것도 평생 동안 후회할 거예요. 그렇지 않아요? 그러니 당신이 내게 일생 내내 퍼부을 멋진 이름*을 생각하고 싶지 않군요. 그때는 조용히 말하진 않겠지요. 그러니, 프랑코, 감사해요." 그녀는 발끝으로 서서 그에게 입 맞추었다.

그런 다음 그녀는 가볍게 말했다. "그렇잖아도 돈 호아킨이 나를 따라갈 거예요. 나는 여러모로 잘 보호받고 있어요."

그는 의사 페랄이 그녀와 동반할 것임을 이미 예상했었다. 그건 자명했다. 그럼에도 그것은 하나의 충격이었다.

> 시종들이 그녀를 마차 쪽으로 불렀다.
> "당신도 곧 따라오세요, 프란시스코!"
> 그녀는 말했다. 그 공허한
> 말들은 갈망으로 차 있었다.
> "당신도 그림을
> 빨리 그리는 루카처럼
> 끝내세요! 그리고
> 최고주교회의가 뒤이어
> 말달리고 오듯,
> 안달루시아로 오세요!"

* '수석화가'라는 이름을 말함.

29

지금까지 고야는 아구스틴에게 제대로 된 대화의 기회를 주지 않았다. 하지만 카에타나가 떠나자마자 그는 말했다. "그래, 화난 아구스틴, 내가 무엇을 했는지 이제 자네한테 보여주겠네." 그는 스케치를 풀어 펼친 다음, 그것을 작은 못으로 널빤지에 고정했다.

아구스틴은 그 앞에 섰다가 뒤로 물러섰고, 다시 가까이 가서 크고 펑퍼짐한 머리를 스케치에 갖다 대었다. 그리고 길고 얇은 입으로 입맛을 다시며 침을 삼켰다. "자네한테 설명하겠네." 고야가 말하기 시작했다. "지금은 아무것도 말하지 마요." 아구스틴이 눈짓하며 제지했다. "이미 알고 있어요." "자넨 결코 몰라." 고야가 말했다. 하지만 그는 말하지 않았고, 아구스틴이 계속 쳐다보도록 내버려두었다.

"좆같은 놈!" 아구스틴이 마침내 소리쳤다. 하지만 그건 노새꾼들이 하는, 제대로 된, 엄청나게 외설적인 욕설이었다. 아구스틴이 내뱉는 욕설 방식에서 프란시스코는 그가 이 그림을 이해했다고 여겼다. 그럼에도 프란시스코는 참을 수 없었다. 그는 자기가 이 그림에서 무얼 그리려 했는지 말로 드러내야 했다. 그래서 설명했다. "난 어떤 것도 구성하려 하지 않았네." 그가 말했다. "나는 벨라스케스처럼 어떤 복잡한 일화도 그리려 하지 않았어. 자네는 이해하겠지. 난 그저 여기에 단순하고도 유치하게 인물들을 세웠을 뿐이네." 그는 이 단어들이, 무엇보다 자기 말이 그가 설명하고자 애쓴 섬세하고 복잡한 것을 드러내기에 너무 서투르고 둔탁하다는 걸 느꼈다. 그래도 계속 말해야 했다. "개별적인 것들은 물론 아주 분명해야 하네. 그러면서 동시에 눈치챌 수는 없어야 하지. 그림만큼은 사람 쪽을 쳐다봐야 해. 있는 그대로의 모습으로 딱딱하고 실감

나게 그리고 정확히 말일세. 그리고 그 뒤는 어둡네. 그래서 '아리아드네 홀'에 걸린 거대한 졸작이 느껴지지. 내가 뭘 그리려는지 자네 알겠는가? 이해하는가?"

"난 멍청이가 아니에요." 아구스틴이 대답했다. 조용하고 나직한 승리감 속에서 그는 말했다. "제길! 저건 정말 매우 위대한 작품이네요. 완전히 새것이라고요. 프랑코, 프랑코, 당신은 정말 어떤 화가인가요!" "마침내 눈치챘단 말인가?" 프란시스코는 흡족한 듯 되물었다. "우리는 모레 아란후에스로 갈 거네." 그는 계속 말했다. "물론 자네를 데리고 갈 거야. 우리는 빨리 끝낼 거네. 난 초상화 몇 점을 옮겨 그려야 하니까. 중요한 건 다 있네. 멋진 게 될 거야." "그렇네요." 아구스틴도 확신한 듯 말했다. 그는 프란시스코가 같이 가자는 초대를 할지 안 할지 불안 속에서 기다렸던 것이다. 이제 그는 아이처럼 기뻐했다. 이내 그는 현실적이 되었다. "모레 아란후에스로," 그는 말했다. "하지만 그 전에 처리해야 할 일이 아주 많아요. 액자들과 캔버스 때문에 다체르한테 가야 하고, 염료를 구하러 에스케라한테 가봐야 하죠. 그와 니스 칠을 상의해야 하고요."

그는 잠시 숙고하더니, 주저하며 말했다. "당신은 그동안 친구들을 보지 못했어요. 호베야노스나 베르무데스 그리고 킨타나 같은 친구 말이지요. 이제 당신은 다시 두어 주 동안 아란후에스에 가 있을 테죠. 그들을 만나봐야 하지 않겠어요?"

고야의 표정이 어두워졌다. 아구스틴은 그가 버럭 화내지 않을까 걱정스러웠다. 하지만 고야는 자제했다. 그는 자신이 어떻게 아구스틴 없이 그리 오랫동안 견딜 수 있었는지 이해하지 못했다. 그가 어떻게 이 이해심 많은 친구 없이 아란후에스에서 계속 일을 할지 상상할 수 없었다.

아구스틴은 틀림없이 기쁨을 주었다. 게다가 아구스틴이 옳았다. 고야가 친구를 보지 못한다면, 그건 언짢을 것이다.

그는 호베야노스 댁에서 미겔과 킨타나를 만났다. "오랜만일세. 난 일에 아주 빠져 있었다네." 그는 사과했다. "세상의 좋은 것들 가운데," 돈 미겔이 쓰라린 듯 말했다. "씁쓸한 맛을 남기지 않는 유일한 게 일이라네."

그 후 그들은 물론 정치에 대해 말했다. 스페인을 둘러싼 상황은 좋지 않았다. 그것은 아란후에스에서 일반적인 일들을 다 제쳐두었던 고야가 속으로 여겼던 것보다 더 나빴다. 동맹인 프랑스공화국 때문에 할 수 없이 전쟁을 하게 된 함대는 산빈센트 곶에서의 심각한 패배에서 더 이상 회복되지 못했다. 영국군은 트리니다드를 탈취했고, 인도에서 오는 군수품을 저지했으며, 심지어 스페인 국토 해안까지 압박했다. 많은 전쟁비용 때문에 기아가 발생하고 비참해졌다. 하지만 파리 집정내각은 동맹체결을 그토록 오래 지연시킨 책임을 지고 스페인이 보상하도록 했다. 프랑스공화국은 그들 군대가 이탈리아에서 쟁취한 승리를 구가했다. 보나파르트 장군은 스페인 왕실의 이탈리아 친척을 퇴위시키고, 그들 땅을 몰수하는 데까지 나아갔다. 확실히 프랑스와의 동맹은 정치적으로 잘되었고, 이전처럼 앞으로도 유일하게 주어진 노정이었다. 그러나 스페인은 공화국이 동맹협약 의무를 준수하도록 재촉하는 대신 곳곳에서 굴복하고 말았다. 왕비와 돈 마누엘이 자신들의 추종자로 관직을 채우거나, 아니면 딱 부러지게 팔아버렸기 때문이었다. 결정적으로 중요한 자리에는 스페인의 이해를 지키는 대신 공화국에 의해 매수된 나쁜 자들이 앉아 있었다. 마리아 루이사 자신도 모르지 않았다. 그녀가 한번 온 힘을 다해 강력히 요구하면, 파리는 그때 고급스러운 선물을 보냈고, 그 후 날카로운 항의는 온순한 불평이 되고 말았다.

고야는 자신을 방어하며 말없이 듣고만 있었다. 그는 왕실에 속했고, 여기 친구들은 근본적으로 왕실에 극구 반대했으므로 그의 적이기도 했다. 스페인의 저주가 자신에게조차 축복이 되어버린 사실은 기이한 일이었다. 실제 존재하는 산티시마 트리니다드보다 장난감 배에 더 관심이 많은 늘 즐거운 돈 카를로스는 나쁜 왕인지도 모른다. 아마 도냐 마리아 루이사의 통치는 이 나라에 불행이었는지도 모른다. 하지만 두 사람이 지금 있는 그대로가 아니었다면, 고야는 어떤 주문도 받지 못했을 것이다. 그리고 심지어, 보나파르트 장군이 마리아 루이사의 남동생에게서 파르마 대공국을 빼앗아버렸다는 사실도 그, 즉 고야에게 유리한 결과를 낳았다. 왜냐하면 그로 인해 파르마 황태자와 그 왕녀가 아란후에스에서 여름을 보내지 않았더라면, 돈 카를로스가 '우리 모두 모여' 그림을 남기자는 놀라운 생각을 갖지 못했을지도 모르기 때문이다.

이런 생각에도 불구하고, 스페인의 이기적일 정도로 서툰 통치에 대한 다른 친구들의 분노는 고야에게도 덮쳐왔다. "지배자들은 우리나라처럼 축복받은 나라를 그토록 깊은 나락으로 빠뜨리려고 발악하고 있네." 호베야노스의 이 말은, 그가 이 말을 하던 방식처럼, 고야의 귓가에 남았다.

하지만 그는 투실한 머리를 가로저었다. 그는 다른 무엇을 생각하지 않을 수 없었다. 그는 아란후에스로 돌아갈 준비를 했다.

그는 2, 3일 동안 머물면서 호세파를 위해서는 시간을 낼 수 없었다. 그 점이 그의 마음에 걸렸다. 자신의 작품을 카예타나와 아구스틴에게 보여주고 난 다음 그는 더 이상 호세파 앞에서도 숨기지 않기로 했다. 약간 당혹한 듯한 미소를 살짝 띠면서 그는 그녀를 펼쳐진 스케치 앞으로 데리고 갔다.

그리고 그가 계획한 것을 설명하려고 애썼다. 그녀는 회화를 충분히 이해했기 때문에 그 스케치와 그의 설명을 통해 알아들을 수 있었다. 그는 그녀가 완성된 그림 앞에 섰지만, 그 그림을 좋아하는지 그렇지 않은지 알지 못했다. 분명 캔버스에는 그가 말했던 놀랍고도 혼란스러운 색채의 번쩍거림이 있었고, 왕과 왕자들의 얼굴은 선명하게 튀어나와 있었다. 그러나 스케치의 표정들은 화가 난 듯 그녀를 주시했고, 그래서 그녀는 완성된 그림에 대한 소개를 차갑게 받아들였다. 그녀는 그림 안에 어떤 사악한 유령, 말하자면 이단적이고 위험하며 선동적인 무엇이 있지 않은지 두려웠다. 분명히 왕 부부는 살아 있을 때도 아름답지 못했다. 하지만 라파엘 멩스나, 마에야, 그리고 그녀의 남동생인 라몬의 초상화에서는, 그리고 프란시스코의 초기 초상화에서조차 그들은, 모든 유사성에도 불구하고, 그리 추한 모습은 아니었다. 그들은 이 그림을 마음에 들어 할까? 분명코 이 그림에서는 불행이 찾아들 것이다.

"이제 당신 생각은 어떻소?" 고야가 물었다.
"왕과 왕비는," 그녀는 되물었다. "그리고
무엇보다 왕녀이자 고모는
생각이……" 그녀는 적절한 단어를 찾았다.
"너무 닮지 않았느냐고?" 그가
그녀를 거들었다. 그녀가 수긍했다.
매혹되면서도 불쾌한 마음으로
그녀는 서서 보았고,
이윽고 말했다. "그럼에도 이건

걸작이 될 거예요. 사람들을
놀라게 할 거예요."

30

아란후에스에 있는 '아리아드네 홀'에서 아구스틴은 고야의 노련한 손 밑에서 그가 마음속에 생각해왔던 것이 어떻게 모든 사람 앞에 드러나는지, 전문가의 시선으로 감탄하며 쳐다보았다.

이제 아구스틴은 한 가지 점을 기쁜 마음으로 깨닫게 되었다. 말하자면 「카를로스 4세의 가족」은 정치적 그림이 되었다는 사실이다. 이런 생각을 그는 입 밖에 내지 않도록 조심했다. 프란시스코는 물론 '정치적으로' 그리겠다고 생각하지 않았기 때문이다. 그는 절대왕정의 진실을 믿었고, 품위로 채워진 유쾌한 군주와, 세상이라는 케이크에서 물리지 않는 식욕으로 엄청난 부분을 잘라내 오는 도냐 마리아 루이사에 공감을 느꼈다. 하지만 스페인을 엄습한 난폭한 사건들과 망가진 배들, 약탈된 국보, 왕비의 허약함과 거만함, 민중의 비참…… 이 모든 것은, 고야가 그리는 동안, 원하든 원하지 않든, 그의 머릿속에 있었다. 그리고 그는 어떤 증오도 그리지 않았기 때문에, 제복과 훈장과 보석의 자부심 넘치는 휘광으로부터, 신에게 은총 받은 이 왕가의 모든 번쩍이는 부가물로부터, 이 왕가 구성원의 가련한 인간성은 있는 그대로의 잔혹한 즉물성을 가진 모든 사람들의 눈에 띄었다.

두 사람이 그렇게 잘 협력해 일한 적은 한 번도 없었다. 아구스틴이 살짝 불만 섞인 표정을 지었을 때, 프란시스코는 뭔가 제대로 되지 않았음을 알았다. "왕비의 입에 대해 어떻게 생각하나?" 고야가 물었다. 아구스틴은 생각에 잠긴 듯 머리를 긁적였다. 그러고는 그려놓았던 마리아 루이사 초상화 스케치의 고집스레 미소 짓는 모습 대신 입술을 꽉 누른 모습을 그렸다. "원래 안토니오 왕자는 왕과 아주 비슷하게 생겼죠." 아구스틴이 말했다. 그런데 프란시스코는 돈 카를로스의 부자연스러울 정도로 위엄 있는 표정을 강조하기 위해 그 바로 뒤에 선 왕자—남동생—의 젠체하는 듯한 품위 어린 모습과 더 닮도록 그렸던 것이다.

고야는 더없이 집요한 성실성으로 작업했다. 그가 종교재판 후 재판소에 관한 다섯 편의 작품을 그렸을 때처럼 이번에도 저녁 늦게까지 촛불을 켠 채 일했다. 그는 낮은 실린더형 모자의 금속 차양에 초를 고정시킨 다음, 원하는 빛을 얻으려고 촛불을 영리하게 배열했다.

그는 참으로 양심적으로, 그러면서도 지엽적인 것은 주체적으로 무시한 채 그렸다. 그는 왕위 계승자의 지체 높은 신부는 아직 정해지지 않았기 때문에, 그녀의 표정은 '익명으로' 놔둬야 한다는 지시를 받았다. 그는 화려하게 치장한, 알려지지 않은 왕녀의 머리를 돌려 그렸다. 심지어 왕의 장녀인, 오지 않은 공주이자 포르투갈의 여성 통치자는 마지막 순간까지 잊고 있었다. 아구스틴이 그 사실을 알려주었다. 프란시스코는 눈짓으로 사양했다. "놔두게. 그건 2분이면 그릴 수 있으니까." 그러면서 그는 돈 안토니오 파스쿠알 왕자의 큼직하고도 짜증 나리만치 위엄 있는 머리를 계속 그렸다. 식사하라는 소리가 들렸다. 그는 계속 일했다. 머리는 완성되었다. 다시 식사하라는 소리가 들려왔다. "거기 앉게." 그가 아구스틴에게 말했다. "내 곧 갈 테니. 섭정자인 공주만 빨리 그리면 되네." 안토니오 왕자와 키 큰 황태자 루이스 사이에 왕녀의 완성된 얼굴이 무심하고도 눈에 띌 정도로 침묵하는 듯한 모습으로 드러났을 때, 수

프는 아직도 식지 않은 상태였다.

그리고 자신을 그림 안에 그려 넣는 데에도 한 시간도 채 필요하지 않았다. 현실의 고야는 그림 속의 자신에게 흡족한 듯 명민하게 고개를 끄덕였다. 그림 속 고야는, 그가 원한 대로 약간 그림자가 진 상태로, 그러나 매우 분명하지만 결코 어설프지 않게, 어둠 속에서 앞을 쳐다보고 있었다.

고야는 아구스틴의 우려와는 다르게 작업하는 동안 내내 기분이 좋았다. 왕과 왕비는 이번에도 그가 작업을 쉽게 하도록 최선을 다했다. 그들은 그가 필요로 하는 정장과 훈장을 보내주었고, 고야는 웃으면서 아구스틴의 목에 금양모피의 리본과 십자가를 걸어주거나, 아니면 아구스틴이 기뻐하도록, 제복 차림의 뚱뚱한 하인에게 카를로스 왕의 윗도리를 입게 한 뒤 카를로스처럼 기품 있게 서 있도록 지시했다.

마지막 촛불을 밝히는 날이 왔다. 그는 자신과 친구에게 물었다. "이젠 된 것 같은가?"

아구스틴이 쳐다보았다. 그 그림에는 13명의 부르봉 왕가 사람들이 들어 있었다. 거기에는 가엾은 얼굴에 대한 가차 없이 잔혹한 진리가 있었고, 이들이 물려받은 왕가에 대한, 마비시킬 만큼 마술적인 색채의 충일성이 있었다. "이제 끝났군요." 아구스틴이 말했다. "이것은 반 루의 「펠리페 5세의 가족」과 비슷한가?" 고야가 빙긋 웃으며 물었다. "아니요." 아구스틴이 말하면서 더 크게 웃었다. "벨라스케스의 「궁정 시녀들」과도 비슷하지 않아요." 그가 말했다. 그의 둔탁한 웃음이 고야의 밝고 행복한 웃음에 섞여들었다.

"아마 돈 미겔에게 보여줘야 할 거예요." 아구스틴이 제안했다. 베르무데스 경은 아란후에스의 돈 마누엘 집에 있었다. 아구스틴은 이 대단한 예술 감식가가 당혹해하는 얼굴빛을 떠올리는 게 즐거웠다.

돈 미겔이 와서 보았다. 그의 판단은 곧 정해졌다. 그림은 그의 마음을 어지럽게 만들었고, 불쾌하게 했다. 모든 예술성에도 불구하고 그 그림은 야만적이었다. 그럼에도 그는 말하기를 주저했다. 루시아의 경우 그는 자기 일을 확신하지 않았던가? 그런데 이 모호한 초상화에서는 결국 프란시스코가 옳지 않은가? 아마 프란시스코가 이 그림을 제대로 그린 것은 실제의 예술 지식으로서가 아니라, 본능의 끔찍한 깊이로부터 작업했기 때문일 것이다.

"비범한 그림이군." 미겔이 마침내 말했다. "아주 다른, 그리고 아주 유일무이한 그림이야. 하지만……" 그는 할 말을 잃었다. 그러면서 그는 다음 말을 가다듬었다. 그가 수십 년 작업에서 얻은 이론이 그렇게 자신을 실망시켰던 적은 없었다. 이 그림의 잔혹함 앞에서 그가 입을 연 것은 지난 2천 년 동안 인문주의를 통해 그, 즉 돈 미겔 베르무데스에게 계속 전해진 옛날 거장들의 심미적 지혜 덕분이었다. "난 자네가 부여한 색채에 경탄하네, 프란시스코." 그가 말했다. "그것은 규칙을 거스르는 것이네. 그럼에도 이 색채의 혼란, 색채의 이 제어된 동요는 수준 높은 예술임을 인정하네. 하지만 자네는 이 아름다움에 왜 이렇게 불쾌한 요소를 많이 얹었는가? 왜 관람자로 하여금 이토록 많은 추함과 불쾌함을 감당하게 만드는가? 새로운 작용이 일어나도 그 영향력을 평가할 줄 모르는 마지막 사람이 나라네. 다시 말해, 나는 이해하지 못하네. 이 그림의 다른 요소도 나는 이해 못 해. 규칙으로부터의 일탈을, 그것이 좋든 아름답든, 나는 받아들이네. 하지만 여기에는 그 이상의 일탈만 있다네. 나는 모든 건전한 리얼리즘을 좋아하네. 하지만 부르봉가 사람들의 모습은 더 이상 초상화가 아니라네. 그들은 희화화되었네. 왜 이렇게 지나치게 단순화되고 원시적인 구성이란 말인가? 난 자네가 의존했을 어떤 작품도, 그 어떤 대가의 작품이나 동시대 작품도 알지 못하네. 나를 나쁘게 여기지 말게, 프란시스코. 난 자네에게 경탄하네. 자네의 친구이기도 하고. 하지만 이 그림에서 나는 자네와 함께할 수 없다네." 그러고는 권위적인 태도로 그는 결론지었다. "이 그림은 실패작이네."

아구스틴은 루시아를 둘러싼 고통 때문에 명민함을 잃어버린 이 학식 있는 바보한테 그림을 보여준 것을 후회했다. 그는 큼직하고 널찍한 머리를 내민 채 대꾸하려 했다. 하지만 고야가 하지 말라고 눈짓했다. "친구여, 난 자네 말을 기분 나쁘게 여기지 않아." 그는 미겔에게 가볍게 말했다.

미겔은 다시 말하기 시작했다. "왕과 왕비는 이 그림을 보았나?" 그가 걱정스럽게 물었다. "개별 스케치를 그렸는데, 이 스케치는 두 분이 받아보셨을 거네. 그림 자체는 내가 작업하는 동안 아직 보여드리지 않았네." "미안하네, 프란시스코." 돈 미겔이 말했다. "조언자란 대개 환영받지 못한다는 걸 나는 아네. 하지만 자네한테는 솔직히 말해야겠네. 난 나의 조언을 억누를 수 없다네. 이 그림은, 지금 그대로의 상태로 보여드리진 말게. 단언코 말하겠네." 그는 고야의 얼굴에 떠오르는 분노를 두려워하지 않고, 계속 말했다. "자네는 적어도 카를로스 왕이나 마리아 루이사만이라도 조금—그는 적당한 말을 찾았다—조금 더 다정하게 그릴 수 없겠나? 어떻든 자네는 우리 모두 가운데 이들을 가장 너그럽게 바라보는 사람이니까." "난 너그럽게 보지 않네." 고야가 말했다. "그리고 난 그들을 엄격하게 보지도 않네. 난 그저 있는 그대로 볼 뿐이네. 그들은 저런 모습이고, 또 저런 모습으로 남을 것이네. 영원히."

그림이 말라서 니스 칠을 했다. 프랑스의 위대한 액자틀 제작자 훌리오 다체르 씨는 그림을 팽팽하게 당겨 액자에 집어넣었다. 왕실 가족이 이 작품을 구경하는 날이 정해졌다.

그런 다음 고야는 마지막으로 '아리아드네 홀'로 들어갔다. 그는 완성된 그림 앞에서 왔다 갔다 하면서 기다렸다.

문이 열리고, 왕과 왕비 그리고 왕족이 입장했다. 그들은 정원을 한 차례 산보했다. 그들은 간단한 옷차림을 하고 있었고, 훈장 한두 개만 달고 있었다. 그들과 동반한 사람은 평화대공이었는데, 그의 옷차림도 소박했다. 이들과 함께 아주 많은 시종이 따랐는데, 그들 가운데 미겔도 있었다. 돈 카를로스 왕은 들어서면서 윗도리와 조끼를 뒤적이더니 시계 두 개를 꺼내 비교하며 설명했다. "6월 14일 10시 22분. 10시 22분이오. 당신은 그림을 정각에 인도했구려, 돈 프란시스코."

그곳에 그들, 부르봉 왕가 사람들은 그림에서처럼 정렬된 형태가 아니라 무작위로 뒤섞인 채 섰다. 그들, 육체를 가진 부르봉 사람들은 그려진 자신들을 똑바로 쳐다보았다. 각자는 자신과 다른 모든 구성원들을 하나하나씩 살펴보았다. 그들 뒤로 그림자 속에서, 화가가 마치 현실인 듯 그림 속인 듯 서 있었는데, 그가 바로 이들을 그렇게 정렬하여 그린 사람이었다.

캔버스로부터 빛이, 매우 왕가적인 분위기를 내면서 반짝이고 아른댔다. 그들은 캔버스에 실제 크기로, 아니 실제보다 더 크게, 그리고 삶에 진실하게, 아니 삶의 진실보다 더 진실하게 서 있었는데, 이것은 그들을 잠시 한 번이라도 본 사람이라면 누구에게라도 자명했다.

그들은 그림을 쳐다보았고, 약간 당황한 듯 말이 없었다. 그건 매우 큰 그림이었다. 그들은 그렇게 넓은 캔버스에 그려진 적도, 그렇게 많은 다른 왕실 가족에 둘러싸인 적도 결코 없었다.

돈 카를로스는 그림 중앙에, 그리고 홀에서도 풍채 좋게 서 있었다.

모든 게 그의 마음에 들었다. 그 자신도 마음에 들었다. 그가 입은 밤색 예복은 얼마나 멋지게 그려졌는가. 그것은 벨벳으로 되어 있었다. 단도의 손잡이나 모든 훈장의 별과 리본은 얼마나 정확한가. 그 자신이 막중한 의미를 지니면서 자리했고, 확고하게 전혀 요동 없이 서 있어서, 나이나 통풍에도 불구하고 얼마나 많은 힘과 정감이 그의 뼈대에 배어 있는지 드러났다. 마치 바위 같군. 그는 생각했다. '나, 에스파냐와 프랑스의 왕.' 그는 생각했다. '아주 의미 있는 그림이야.' 그는 고야에게 뭔가 다정하고 익살스러운 말을 하고자 준비했지만, 도냐 마리아 루이사의 언급이 나올 때까지 더 기다렸다.

그녀—추한 채 늙어가는 화장 안 한 마리아 루이사는 남편과 자신의 친구 그리고 아이들 사이에 서 있다. 그녀의 빠르고 예리한 시선은 그림 속의 늙어가는, 추하고 화장하지 않은 마리아 루이사를 꼼꼼히 살펴본다. 그려진 여자의 많은 면이 여러 사람의 마음에 들지 않을지도 모른다. 하지만 그녀 마음에는 들었다. 이 여자에 대해 그녀는 '그렇지'라고 말한다. 이 여자는 추한 얼굴을 가졌지만, 일회적이어서 사람으로 하여금 계속 쳐다보게 만든다. 그래서 기억에 남는다. 그래, 그녀—부르봉의 마리아 루이사이자 파르마의 공주이며, 모든 스페인 부자들의 왕비이고, 두 인도의 왕비이며 대공작의 딸이자 왕의 아내이고, 미래에 왕과 왕비가 될 사람들의 어머니인 그녀는, 삶에서 얻어낼 수 있는 것은, 에스코리알로 끌려가 왕들의 신전 앞으로 불려갈 때까지는, 아무런 두려움이나 후회 없이 모두 얻어내는 의지와 능력을 갖고 있었다. 오늘 죽는다면, 그녀는 자신에게 이렇게 말할 것이다. 나는 삶에서 만들어내고 싶었던 것을 내 삶에서 다 만들어냈다,고. 그녀 주위에는 그녀의 아이들이 서 있다. 그녀는 그려진 왕비가 한 손으로 잡은 귀엽고 어린 왕자와, 그림 속 그녀가 어깨에 손을 얹은 예쁘고 어린 공주를 흡족한 표정으로 바라본다. 그녀에게는 자신이 원한 아이들이, 살아 있고 살아갈 능력이 아주 강한 아이들이 있다. 그런데 이 아이들은, 이 아이들이나 그녀의 주어진 지위를 영원히 보장받기 위해 그녀가 필요로 했던 뚱뚱하고 둔한 남편에게뿐만 아니라, 그녀가 다른 누구보다 더 갈망했던 남자들에게서 낳은 아이들이었다. 온 세상이 깡그리 무너지지 않는 한, 이 아이들도 언젠가 유럽의 왕위에 오르게 될 것이다. 그렇다. 그들은 예쁘고 건강하고 영리한 아이들이다. 그녀의 남자 친구들은 아이들에게 좋은 체격을 주었고, 그녀는 자신의 이성을 물려주었다. 이것은 달콤하거나 알랑거리지 않지만, 엄격하고 자부심 넘치는 좋고 진실한 그림이다. 단지 유감스러운 점은 그녀의 마누엘이 이 그림에 같이 자리하지 못했다는 사실이다.

침묵은 오래 이어졌다. 고야는 불안해지기 시작했다. 그는 험악한 표정으로 미겔 쪽을 건너보았다. 그 언짢고 괴팍한 예언 때문에 재앙이 닥칠 것인가? 호세파도 걱정이 되었다. 그가 사실 국왕 전하를 다정스럽지 않게 그렸다는 것을 이들이 알게 된다면? 이 점에 대해 고야는 어떤 불손한 생각도 갖지 않았다. 그는 언제나 이 호의적인 왕에게 존경심에 가까운 마음을 가지고 있었고, 왕비이자 마하이기도 한, 이 탐닉적인 왕비에게는 공감을 느끼고 있었다. 그는 진실을 그렸다. 그리고 그는 그 점을 지금까지 늘 고수했다. 그 진실이 모두의 마음을 사로잡았다. 마호들에게도 최고 귀족들에게도 그리고 심지어 종교재판소 사람들에게조차. 그는 이 그림으로 왕의 수석화가가 되겠다는 점까지 고려했다. 이번에도 수포로 돌아가는 것인가? 왜 저들, 바보 같은 남자와 창녀 같은 여자는 자기 입을 열지 않는가?

그때 도냐 마리아 루이사가 입을 열었다. "잘 그렸군요, 돈 프란시스코. 우리 부르봉가 사람들이 어떠한지 후세에 보여주는 데 적절한, 충실하고도 진실한 그림이군요." 그러자 돈 카를로스가 소란스럽게 끼어들었다. "뛰어난 그림이네. 우리가 원하던 바로 그 가족화네. 그런데 크기가 어떻게 되나? 높이는 얼마나 되고, 넓이는 어떤가?" 고야는 알려주었다. "높이가 2.8미터이고, 폭은 3.36미터입니다." "모든 점에서 대단한 그림이야." 돈 카를로스가 만족한 듯 설명했다. 그러고는 돈 프란시스코가 마치 12명 최고 귀족의 일원이기라도 한 것처럼 장난스럽게 말했다. "대단한 사람이군,* 자네의 모자를 쓰게, 고야."

이제 모든 사람들이 지나칠 정도로 프란시스코를 축하해주었다. 돈 미겔은 보기 드물게 감동한 표정으로 고야의 손을 굳게 잡았다. 그는 왕이 무슨 말을 할지 불안스럽게 기다렸던 것이다. 그는 친구의 그 걱정스러운 일이 잘 마무리되었다는 사실에 진심으로 기뻐했다. 저 끔찍한 작품이 저 끔찍한 왕의 마음에 들었다는 사실은 놀랍지 않았다.

그러는 사이 평화대공은 왕의 귀에 뭐라고 속삭였다. 왕은 크게 응답했다. "조그만 암시는 할 수 있겠네." 그리고 그는 울리는 목소리로, 익살스러운 웃음 속에서 고야 쪽으로 몸을 돌렸다. "2, 3일 후 자네는 기분 좋고 놀라운 소식을 듣게 될 게야." 마누엘이 확인해주었다. "그래, 프랑코, 이제야 우리가 해냈다네."

바예우의 죽음 이후 프란시스코는 수석화가로 임명되길 갈망해왔다. 그건 대단한 증명이었고, 그렇게 되면 그는 칭호에 따라 자기가 원하는 사람이 될 것이었다. 2분 전까지만 해도 그는 그런 날이 오리라고 믿지 못했다. 이제 그게 이뤄진 것이다. 더 이상 바랄 일이 없었다. 그는 자신

* 원문은 "Cubríos."

의 능력과 성장 그리고 완성을 느꼈다. 그의 작품은 성공했고, 아구스틴도 알아보았으며, 전문가들도 알아보았다. 그리고 어리석은 권력자들도. 그리고 프랑스인들도 알아보게 될 것이고, 심지어 독일인들도 그럴 것이다. 그리고 후세 사람들도. 그래서 보편적 독자성으로 자리할 것이다. 여기에 대해 젊은 킨타나는 올바른 어휘를 발견했다. 오늘 고야는 눈에 보이는 성공을 거두었고, 내일이면 놀라운 연인을 만나게 될 것이다.

그는 마드리드로 돌아갔다. 그리고 안달루시아로의 여행을 준비했다.

「카를로스 4세의 가족」 그림에 매달려 있는 동안에는 카예타나 생각이 거의 나지 않았다. 이제 갈망이 불타올랐고, 그는 그리움으로 안달했다. 그는 일을 할 수 없었다. 물감 냄새나 캔버스를 바라보는 것만으로는 마뜩지 않았다. 임명 서류를 손에 넣기 전에, 그는 감히 마드리드를 떠날 수 없었다. 문서로 확인받고 날인되지 않는 한, 그는 믿지 못했다. 말과 이 말의 실현 사이에 많은 것이 자리했다. 그는 언제나 잠복해 있는 마귀들을 두려워했다. 그 때문에라도, 그 마귀들을 불러오지 않기 위해서라도, 그는 왕의 약속을 누구에게도 알리지 않았다. 아구스틴에게도 호세파에게도. 그는 기대 속에 수척해졌지만, 감히 떠나지 못했다.

왕의 회계 책임자 돈 로드리고 솔레르가 그를 방문했다. "당신의 수고비와 관련하여, 돈 프란시스코," 그는 말문을 열었다. "우리는 여섯 분의 두상에 대해 2천 레알로, 다섯 분의 두상에 대해서는 1천 레알로 합의 보았소. 당신이 알다시피 갓난애인 황태자 두상도 계산에 넣었다오. 다른 한편 열두번째와 열세번째 두상인, 아직은 없는 왕녀에 대해서는 사례하지 않기로 당신도 동의했소. 열네번째 두상인 당신 경우도 고려하지 않았고." 고야는 이런 계산이 관대하다고 생각지는 않으나, 그렇다고 초라하다고 여기지도 않았다.

다시 하루가 갔고, 둘째 날과 셋째 날이 지나갔다. 수석화가 임명 건은 모든 관련된 이들의 마음을 뒤흔들었고, 그 때문에 칠칠치 못한 관리든 악의 있는 관리든, 모두 마음대로 지연시킨 뒤에야 비로소 마무리되었다. 고야가 기다려야 하는 것은 당연했다. 하지만 그는 견디지 못해 병이 날 지경이었고, 청력도 악화되었다. 곧바로 안달루시아로, 카예타나에게로, 무슨 일이 일어나든지 떠나야겠다는 생각이 점점 더 자주 떠올랐다.

회계 책임자가 다녀간 뒤 나흘째 되던 날, 돈 마누엘이 페파를 대동한 채 찾아왔다. 붉은 스타킹을 신은 시종 중 한 명이 커다란 서류뭉치를 들고 그 뒤에 겸손하게 자리했다.

"당신 그림에 대해 사람들이 얘기했어요, 돈 프란시스코." 페파가 주절거렸다. "그리고 저는 돈 마누엘의 허락으로, 전하 내외의 뒤에서 아란후에스로 가 그 그림을 구경했어요. 그건 제 취향은 아니지만, 제가 얼마나 당신 예술에 관심을 갖는지 당신은 알 거예요. 정말 좋은 그림이더군요. 명실상부한 회화 작품이구요. 그건 당신이 지금껏 그린 것 중 가장 위대한 작품일 뿐만 아니라 최고 작품이에요. 가끔 당신은 그림을 다소 간단히 처리하기도 해요. 예를 들면 파르마의 황태자는 분명히 너무 크게 그렸어요. 하지만 전체적으로는 멋진 그림이에요. 아주 다채롭고요."

돈 마누엘이 말했다. "나는 공식 업무차 왔소. 기쁜 소식을 알려주겠소." 그가 붉은 스타킹의 시종에게 눈짓하자, 시종이 마누엘에게 관청 낙인이 찍힌 큼직한 서류 하나를 건네주었다. "내가 직접 개입했소." 그가 설명했다. "그러지 않았더라면 3주가 더 걸렸을 거요. 그래서 오늘 이 서류를 전해줄 수 있게 되었소. 낭독해볼까요?" 그는 의미심장하게 물었다.

고야는 이것이 무슨 일인지 물론 알았다. 그리고 돈 마누엘은 감사

인사를 기대할 자격이 있었다. 하지만 고야는 손아랫사람을 다루는 듯한 이 사람의 거만한 태도에 나직한 분노를 억누르기 어려웠다. "오늘 다시 청력이 안 좋아지기 시작했습니다." 그는 대답했다. "제가 직접 서류를 읽어도 될까요?" "좋을 대로 하시오." 총리는 언짢아져 말했다.

고야는 읽었다. "우리의 주인이신 왕은 당신의 높은 공적을 보상하여 최고 은총이 담긴 증명서를 수여하는 바입니다. 그리고 이 증명서 덕분에 예술원의 다른 교수들은 고무될 것이고, 전하가 회화 분야에서 당신의 탁월함을 얼마나 높게 평가하는지 보여주게 될 것입니다. 이런 이유에서 우리의 주인이신 왕은 황송하옵게도 당신을 수석 왕실화가로 임명하셨습니다. 그 자리는 오늘부터 시작하여 연간 수입이 5만 레알에 달합니다. 또 재무부는 당신의 마차 비용에 매년 500두카텐을 지불할 것입니다. 그 밖에 재무부는 신분에 걸맞은 주택보조금으로 얼마가 적당한지 당신과 협의하게 될 것입니다. 신이 우리를 오랫동안 살펴주시길. 국무장관 돈 마누엘 평화대공."

고야는 이제 정말 감동하여 쉰 목소리로 말했다. "감사합니다, 돈 마누엘." "천만에, 나의 벗이여." 돈 마누엘이 말했다. 약간 언짢았던 그의 기분은 눈에 띄게 기뻐하는 화가의 모습 앞에서 흩어지고 말았다. 하지만 페파는 아름답고 푸른, 부끄럼 없는 눈으로 고야를 빤히 쳐다보며 말했다. "전 당신에게 축하하는 첫 여자가 되고 싶군요, 프랑코."

혼자 있게 되었을 때, 고야는 서류를 다시 한 번 그리고 또다시 읽었다. 무엇보다 주택보조금 때문에, 그리고 마차 비용으로 받는 500두카텐 때문에 기뻤다. 그는 마차 때문에 늘 양심의 가책을 느꼈기 때문이다. 그런데 그 구입이 이제는 정당화된 것이다. 그는 가끔 왕이 인색하다고 여겼다. 왕은 오랫동안 수석화가의 봉급을 줄이려고 했기 때문이다. 그는 고야에게 온당치 않았다. 고야는 왕을 바로 알지 못했다. 돈 카를로스는 관대했고, 예술을 평가할 줄 알았다. 앞으로 친구들이 왕을 비난하면, 그는 어떤 비난도 왕을 향하지 못하게 할 참이었다.

그가 호세파에게 임명 소식을 알렸을 때, 그녀는 깊게 숨을 몰아쉬었다. 신의 부름을 받고 떠난 그녀의 오라버니는 되풀이해 설명하기를, 화가란 진실한 것과 아름다운 것을 결합해야 한다고 했다. 하지만 프랑코는 이런 기본 규칙을 어겼고, 그래서 그녀는 최근까지 전하 부부가 경건한 인물들에 대한 그의 묘사에 동의하지 않으면 어쩌나 걱정했다. 이제 그녀는 처음으로, 남편 프랑코의 신분 상승이 그녀의 오빠나 위대한 이름인 바예우와 연결되어서가 아니라, 자신의 공로로 자기 권리에 이른 화가라는 사실 덕분임을 확신했다. 고야는 친구 마르틴 사파테르에게 다음과 같이 편지를 썼다. "오랫동안 자네에게 편지를 쓰지 못했네. 나는 일 때문에 무리했었네. 그러나 그건 훌륭한 작업이었어. 난 오늘도 길게 쓸 수는 없네. 나는 서둘러 남쪽으로, 어느 대단한 여인에게 가지 않을 수 없네. 이 여인이 누구인지 자네는 이미 알 거네. 난 왕의 수석화가로 임명되었다네. 그래서 자네에게, 내가 새로 생긴 돈을 어떻게 지출해야 할지 조언을 구하지 않을 수 없네. 자네에게 내 임명장 사본을 보내주도록 아구스틴에게 맡겼다네. 이것을 나의 어머니나 내 남동생들 그리고 사라고사의 모든 사람들에게, 무엇보다도 푸엔데토도스의 호아킨 수사에게도 보여주게. 호아킨은 내게 어떤 소식을 듣게 될지 아마 전혀 모를 거네. 이제 곧 내 마차에 오를 참이네. 이 마차 비용으로 왕은 앞으로 매년 500두카텐씩 지불해주실 것이네. 성모 마리아를 찬미하길. 나는 지금껏 해온 일들로, 그리고 나의 행복으로 탈진할 지경이네. 필라르 성모를 위해 굵은 초 두세 개를 사주게. 내 마음의 마르틴이여! 왕과 왕비는 물불을 가리지 않을 정도라네. 자네의 친구 프랑코의 마음을 얻으려고 말일세."

그는 왕에게 감사 인사를 드리기 위해 아란후에스로 떠났다. 그는 남쪽으로 향하는 특별 우편마차를 불렀다. 왕을 알현한 뒤 그는 곧장 옷을 갈아입고, 자신의 정장 제복을 마드리드로 되돌려 보냈다. 그리고 곧바로 안달루시아로 향하는 여행길에 올랐다.

서둘러 달렸고, 또 서둘러 달렸다.
하지만 이튿날
노련한 마부는 우회로로
가려 했다. 큰 도로는 곳곳이 패어 있었고,
노상강도로 가득 차 있었기 때문이다.
하지만 고야는
우회로에 대해 아무것도
알고 싶지 않았다.
놀라는 마부에게 그는
금으로 된 둥근 두카텐 하나를 주었다.
"이보게, 두려워 말게." 그는 말했다.
"자네 마차를 타고 가는 자는
행운아니까."

31

고야는 옷을 반쯤 걸친 채 안락한 소파에 앉아 카예타나가 침대에서 코코아를 마시는 모습을 쳐다보았다. 널찍한 침대가 놓여 있던, 벽의 움푹 들어간 벽감에 걸린 커튼은 위로 걷혀 있었다. 침대의 네 모서리에는 귀한 나무로 조심스럽게 가공된 고대 여신이 서 있었다. 두 여신의 가슴에는 촛대가 달려 있었다. 벌써 한낮이 지났는데도 양초가 켜져 있었다. 하지만 불빛은 강하지 않았고, 방은 아늑한 어스름 속이어서 벽을 따라 걸린 프레스코화나 정원의 기이한 파노라마를 그저 어렴풋이 알아볼 수 있었다. 움푹 들어간 벽감에는 창문이 높게 나 있었고, 색칠한 창의 덧문에는 익살맞게 색칠된 엿보기 구멍이 나 있어서 그 구멍을 통해 꿈꾸던 햇살이 들어올 수 있었다. 이 시원한 방에 앉아 저 밖이 얼마나 더운지 상상하는 건 즐거운 일이었다.

카예타나는 장난치듯 그리고 음식을 탐하듯 단 과자를 진한 코코아에 담갔다. 늙은 시종은 코코아물이 떨어지지 않을까 걱정스레 바라보았다. 고야 또한 느긋하면서도 흡족한 듯 쳐다보았다. 누구도 말하지 않았다.

카예타나는 아침 식사를 끝냈다. 도냐 에우페미아가 찻잔을 치우자, 카예타나는 나른하게 기지개를 켰다.

프란시스코는 아무런 바람 없이 행복했다. 그가 어제 오후 늦게 도착했을 때, 그녀는 그를 맞이하려고 달려 나왔다. 그녀는 전혀 귀부인답지 않게 기쁨을 나타냈고, 집사가 있는데도 그를 껴안았다. 그러고 나서 그가 씻고 옷을 갈아입는 동안, 그녀는 문을 열어둔 채 그와 잡담을 나누었다. 여행하는 내내 그는 산루카르에서 여러 손님을 만나게 되지 않을까 걱정스러웠다. 그는 그녀를 오랫동안 기다리게 했기 때문에, 그녀가 사람들을 초대했다고 해도 나쁘게 여기지는 않았을 것이다. 하지만 의사 페랄은 물론이고, 아무도 나타나지 않았다. 그들은 단둘이 저녁 식사를 했는데, 무척 즐거운 식사였다. 그들은 수다를 떨면서 유치한 농담을 주고받았다. 불편한 말은 일절 오가지 않았다. 길고도 탐스러운 저녁 내내 어떤 나쁜 생각도 그에게 닥치지 않았다. 놀라운 시간이었다.

그녀는 이불을 걷어내고 침대에 앉았다. "당신은 나의 아침 접견에는 참석할 필요 없어요, 돈 프란시스코." 그녀가 말했다. "좀더 자도록 하세요. 아니면 성을 구경하거나, 정원에 나가 산보를 하시든지요. 난 식사 30분 전에 작은 가로수가 바라다보이는 누각에서 당신을 만날 거예요."

그는 일찍 그 누각에 도착했다. 그곳에 오르니 집과 풍경이 한눈에 내려다보였다. 이곳 카디스 지역에 있는 대부분의 가옥처럼 그 장대한 건물은 아랍 스타일로 세워져 있었다. 몇 되지 않는 창문들로 인해 끊긴 벽은 온통 하얀색이었고, 납작한 지붕 위로 뾰족한 전망탑 하나가 하늘로 솟아 있었다. 정원들은 테라스 모양으로 낮게 놓여 있었다. 과달키비르 강이 넓고 느릿하게 바다로 흘러들고 있었다. 산루카르 시와 그 평야는 정말이지 사막 한가운데의 오아시스처럼 놓여 있었다. 저 멀리 포도밭과 올리브 숲 양쪽으로 평평한 풍경이 연노랗게 뻗어 있었다. 유럽 소나무와 코르크나무가 심긴 앙상한 숲은 모래 한가운데에서 힘겹게 애쓰고 있었다. 모래 언덕이 물결쳤다. 염전이 하얗게 반짝거렸다.

고야는 큰 공감 없이 풍경을 바라보았다. 피에드라히타 산의 배경이 어떠한지, 산루카르의 모래 언덕이 어떠한지 상관없이 그에게 중요한 것은, 카예타나와 단둘이 궁정으로부터 멀리 떠나, 도시 마드리드에서 멀리 떨어져 있다는 사실이었다.

의사 페랄이 그와 함께 어울렸다. 그들은 부담 없는 대화를 나누었다. 페랄은 그들 앞에 보이는 저택의 역사에 대해 이야기했다. 이 저택을 지은 사람은 올리바레스 백작으로, 펠리페 4세 시절 전권을 쥐었던 장관이었으며 벨라스케스도 종종 그린 인물이었다. 그가 추방된 뒤에 쓰라린 말년을 이곳에서 보냈던 것이다. 그 뒤 사촌이자 후계자였던 돈 가스파르 데 하로가 이 저택을 계속 지었고, 성의 이름도 그의 이름을 따서 '카사 데 하로*'라고 지었다.

나중에 페랄은, 고야가 묻지도 않았는데 지난 몇 주 동안 일어난 사건을 얘기해주었다. 도냐 카예타나는 상중(喪中)이었기 때문에 당연히 큰 사교 모임은 열 수 없었다. 하지만 많은 손님들이 카디스의 다른 지역이나 헤레스에서도 왔으며, 심지어 세비야에서도 왔다. "먹음직한 뼈다귀가 있는 곳이면 개들은 모여든다네." 고야는 오랜 속담을 떠올렸다. 사람들은 때때로 후작비의 도시 궁전이나 여기 '카사 데 하로'가 있는 카디스에도 왔다. 도냐 카예타나는 한번은 변장을 하고 카디스의 투우장에 가서 투우를 구경했다. 투우사 코스티야레스도 이 성에 이틀 동안 손님으로 왔다. 고야는 카예타나가 그 시간 내내 전망탑 위에 서서, 마치 페파의 로망스에 나오는 숙녀들이 그러하듯 그를 고대하며 바라보리라고 여기지는 않았다. 그렇지만 언짢은 마음이 나직하게 일었다.

카예타나가 왔다. 그녀의 종자(從者)인 도냐 에우페미아와 시종 훌리오, 흑인 하녀인 마리아 루스, 강아지 돈 후아니토 그리고 여러 마리의 고양이와 함께였다. 그녀는 특별히 신경 쓴 옷차림이었는데, 그건 분명 고야를 위한 것이어서 그는 기뻤다. "좋네요." 그녀는 말했다. "우리의 조

* Casa de Haro: 스페인어로 '하로의 집'이라는 뜻.

부모 시절 때처럼 하지 않아도 되는 것 말이지요. 그 시절 과부는 죽을 때까지, 아니면 재혼 때까지 검은 옷을 착용해야 했거든요." 그녀가 미망인인 자신의 상태를 말할 때의 스스럼없는 태도에 그는 놀랐다.

페랄은 물러나도 될지 청했다. 다른 사람들은 정원을 가로질러 작은 행렬을 이루며 갔다. 양쪽으로 고양이들이, 꼬리를 빳빳이 세운 채 어슬렁거렸다. "당신은 집게손가락을 이전보다 덜 위압적으로, 아래로 두고 있군요." 그가 말했다. "그러지 않았다면 어떤 변화도 알아챌 수 없었을 겁니다." "그런데 당신은 아랫입술을 오므린 채, 약간 더 내밀고 있어요, 프란시스코." 그녀가 대답했다.

정원에는 많은 해시계가 있었는데, 어느 해시계에는 지침(指針)이 그려져 있었다. "올리바레스 백작은," 도냐 카예타나가 설명했다. "이곳으로 추방되었을 때도 약간 특이했지요. 그는 확실히 시간을 멈춰보려고, 그래서 자신의 별자리가 다시 유리해지도록 만들기를 꿈꾸었으니까요."

그들은 가벼운 점심을 들었다. 식당의 벽 주변에는, 많은 기둥이 서 있는 정원이 묘사된, 바랜 프레스코화가 그려져 있었다. 꽃장식은 이집트에서 모티프를 얻은 것이었다. 이 그림에서도 해시계의 지침은 늘 동일한 시간을 가리키고 있었다.

식사 후 카예타나는 자리를 떴다. 그는 침실로 갔다. 날씨가 더웠고, 긴 낮잠을 자기 위해 벗은 채 침대에 누웠다. 그는 게을렀고 아무것도 바라지 않았다. 그건 그의 삶에서 드문 일이었다. 언제나 이런저런 계획들로 바빴기 때문에, 그는 다른 날을, 다음 주를, 그리고 새로운 시도를 생각지 않고는 잠자리에 들 수 없었다. 그러나 오늘은 그러지 않았다. 그는 오늘 닥쳐온 잠을 잃어버린 시간으로 애석히 여기지 않았다. 그는 잠이 어떻게 자신을 안개처럼 감싸는지, 그래서 어떻게 몸이 가라앉는지 즐겁게 느꼈다. 그는 깊이 잠들었고, 행복하게 깨어났다.

다음 날도 그는 첫째 날과 똑같이 아무런 격식 없이 행복하게 보냈다. 카예타나와 그는 대부분의 시간을 단둘이 지냈다. 페랄은 거의 방해하지 않았다. 카예타나는 심지어 에우페미아가 있는 데서도 아무런 비밀도 부끄럼도 갖지 않았다.

한번은 그들, 카예타나와 프란시스코가 반쯤 벗은 채 어두운 방에 앉아 있었다. 날씨가 더워 카예타나는 부채를 부치고 있었다. 에우페미아가 얼음이 든 레몬수를 갖다주기 위해 들어왔다. 그녀는 부채를 발견하고는 놀라 멈칫하다가, 레몬수가 든 컵을 엎지르게 되었다. 그녀는 카예타나 쪽으로 달려가, 부채를 빼앗았다. "이 부채는 안 됩니다요!" 그녀가 소리쳤다. "그렇게 앉은 채 말이에요!" 그것은 필라르 동정녀가 그려진 부채였던 것이다.

그런 식의 갑작스러운 사건은 산루카르에서 일어난 특이한 일에 속했다. 그들 두 사람, 프란시스코와 카예타나는 많은 일을 겪었다. 그들은 그렇게 조용하고 만족스러운 시간을 여러 해 동안 단 한 번도 가진 적이 없었다. 그들은 스스로를 기뻐했다.

그는 거의 일하지 않았다. 그는 캔버스와 붓, 팔레트에 손대지 않았다. 그때가 수련기 이래 처음으로 물감으로 그리지 않은 주였다. 그는 대신 많은 스케치를 했다. 스스로 좋아서 한 것이었다. 그는 카예타나의 일상 곁에 머물며 그저 머리에 떠오르는 걸 그렸다. 그녀는 혹시 자신을 마하로 그리고 싶지 않은지 한 번 물은 적이 있었다. "그냥 빈둥거리며 지내죠." 그가 간청했다. "그린다는 건 나만의 생각하는 방식이라오. 이젠 생각하지 말도록 합시다."

"당신 이름은 얼마나 많은가요?" 다른 때 그는, 그녀의 호칭이 여러 줄 적힌 어떤 서류를 보고 이렇게 물었다. 일반 귀족은 이름을 6개까지 가져도 되고, 상류 귀족은 12개까지 가질 수 있었다. 그리고 최고 귀족은 이름 수에 제한받지 않았다. 이름을 여러 개 갖는 건 좋은 일이었다. 그렇게 되면, 많은 성자의 보호를 누리기 때문이다. 카예타나는 이름을 31개나 갖고 있었다. 그녀는 그 이름을 하나씩 열거해보았다. "마리아 델 필라르 테레사 카예타나 펠리시아 루이사 카탈리나 안토니아 이사벨"과 그 밖에 더 많은 이름이 이어졌다. 그는 훌륭한 기억력에도 불구하고 그 많은 이름을 알 수 없다고, 하지만 그녀는 그 이름들만큼 많은 얼굴을 가지고 있음을 안다고 말했다. "그 이름을 한 번 더 나열해보시오." 그가 요구했다. "이름을 하나하나씩, 그러면 그 모든 이름에 걸맞은 얼굴을 스케치해보겠소." 그녀가 이름을 말했고, 그는 그렸다. 두 여자, 카예타나와 시녀가 쳐다보았다. 그는 재빨리 대담하게, 즐겁고도 예리하게 그렸는데, 그 얼굴들은 모두 카예타나의 얼굴이었음에도 사실 분명 달랐다. 그 가운데 사랑스러운 얼굴들도 많았지만, 섬뜩하고 성난 모습도 있었다.

카예타나는 웃었다. "자네는 마음에 드는가, 에우페미아?" 그녀는 시녀 쪽으로 몸을 돌렸다. "수석화가님이 그리신 건 대단합니다." 도냐 에우페미아가 대답했다. "하지만 계속 그리지 않는 게 좋을 듯싶습니다. 모든 것을 종이에 그리는 건 그 어떤 축복도 가져다주지 않으니까요." "다음 이름은 어떻게 되오?" 고야가 물었다. "수산나예요." 카예타나가 말했다. 그러자 고야는 계속 그렸다. 그리는 동안, 시녀를 쳐다보지도 않고, 그는 물었다. "당신은 날 마귀로 여기오, 도냐 에우페미아?" 시녀는, 조심스럽게 단어를 골라 대답했다. "제가 믿기로, 수석화가님, 신에게서 온 예술은 우선 성인의 묘사에 도움이 되어야 합니다." 고야는 계속 그리면서 지나가는 투로 말했다. "난 여러 성자를 그렸소. 당신은 여러 교회에 내가 그린 경건한 그림들이 걸려 있는 걸 볼 수 있을 거요, 도냐 에우페미아. 성자 프란시스코 데 보르하만 아홉 번 그렸소. 오수나 가문을 위해 말이오." "그래요." 카예타나가 말했다. "오수나 가문 사람들은 자기들 가족 성인에 대해 큰 자부심을 갖고 있어요. 우리 알바 가문은 성인이 전혀 없는데 말이에요."

고야는 스케치를 끝냈다. 그는 거기에 번호와 이름을 신중하게 덧붙였다. "스물네번째. 수산나." 종이에 그려진 카예타나는 사랑스럽게, 조롱하듯 불투명하게 바라보고 있었다. 에우페미아는 극히 불신하는 듯한 표정으로, 자신의 주인 쪽으로 몸을 돌렸다. "이 그림 가운데 몇 장은 없는 게 좋을지 몰라요." 그녀는 간청하듯, 그러나 힘주어 말했다. "주인님이 수석화가님께 이 '수산나'를 찢어버리도록 청하세요. 그리고 다른 그림도요. 이 그림들은 마귀를 불러오니까요. 제발 절 믿으세요." 그러면서 그녀는 벌써 '수산나' 그림을 쥐었다. "자넨 정말 그렇게 하길 원하는가!" 카예타나가 소리치더니, 반쯤은 웃으면서 반쯤은 진지하게, 시녀에게 달려들었다. 시녀는 목에 걸려 있던 금십자가를 그녀에게 대며 마귀를 쫓아내려고 했다. 그 마귀는 분명 양 같은 여주인한테 온 것으로 보였다.

카예타나가 잠들었던 오전과 오후, 프란시스코는 여러 번 노새를 타고 산루카르 시로 갔다. 거기, 벤타 데 라스 쿠아트로 나시오네스에서 그는 이 근방에서 재배한 포도로 담근 셰리주를 마셨고, 다른 손님들과 잡담을 나누었다. 그들은 크고 희며 둥근 모자를 쓰고, 여름에도 보라색 외투를 걸친 남자들이었다. 아주 오래된 도시 산루카르는—많은 사람들에 따르면, 그 이름은 천사의 이름인 루시퍼에서 왔다고 하는데—거짓말이나 도둑질로 온갖 곤궁을 모면할 줄 알았던 불량배들의 아지트로 악명 높은 곳이었다. 옛 소설에 나오는 악한들의 고향이 이곳이었는데, 산루카르를 자신의 고향이라고 부를 수 있었던 한 마호의 자부심은 대단했다. 이곳은 밀수로 부유하게 되었으며, 강력한 영국 봉쇄선이 카디스 항구 앞에 정박해 있던 당시에는 장사로 번창했다. 라스 쿠아트로 나시오네스 술집에서는 다채롭고 유쾌한 작업복 차림의 노새몰이꾼을 언제라도 만날 수 있었는데, 이들은 시골 도처에서 일어난 이야기를 들려주었다. 그 이야기들은 다른 어디에서도 들을 수 없었다. 고야는 노새를 빌려주는 사람이나 다른 손님들과 암시로 가득 찬 대화를 부담 없이 나누었다. 그는 그들의 언어와 방식을 이해했고, 그들은 그의 언어와 방식을 이해했다.

가끔 그는 말을 타고 근교의 작은 지역들, 이를테면 보난사나 치피오나 쪽으로 가기도 했다. 그 길은 성긴 너도밤나무 숲을 지나, 연갈색 모래 언덕 위로 나 있었다. 도처에 염전이 하얗게 반짝거렸다. 이 모래 위를 말 타고 다녔던 한때, 그는 '엘 얀타르El Yantar', 말하자면 대낮 유령을 다시 보았다. 반은 거북이고 반은 인간 모습을 띤 그것은, 다른 이름인 '라 시에스타'*처럼 보는 이를 놀라게 하기보다는 잠들게 만들면서 게으르게 기어왔다. 그 유령은 천천히 그리고 집요하게 자기 길을 기어갔다. 하지만 그건 프란시스코가 가던 길이나 방향은 아니었다. 그는 자기가 탄 노새에 주의하면서 그 유령을 오랫동안 지켜보았다. 노는 아이들의 소음이 해안가에서 멀리 떨어진 곳으로부터 들려왔는데, 아이들은 모래 언덕 때문에 보이지 않았다.

그가 돌아왔을 때, 카디스에서 온 편지를 발견했다. 세바스티안 마

---

* La Siesta: 스페인어로 '낮잠'이라는 뜻.

르티네스 경(卿)이 산타쿠에바에 그림 세 점을 기부하고 싶다면서, 수석 화가가 이 주문을 받아들일 수 있는지 문의한 것이었다. 마르티네스 경은 스페인에서 가장 큰 무역선의 소유자로 널리 알려져 있었고, 미국과의 무역의 상당 부분을 차지하고 있었다. 그리고 그는 예술의 너그러운 후원자로 여겨졌다. 그 제의가 고야한테 온 것이었다. 그는 마르티네스 경한테 높은 가격을 요구했다. 산타쿠에바를 위한 이 일거리는 궁정에 '휴가 여행'을 연장한 송구스러움에서 벗어날 수 있는 좋은 구실이 되었다. 이 종교적 작품을 통해 그의 정열이나 행복에 깃들 수 있는 죄악을 속죄하는 데 도움이 되리라고 그는 조용히 숙고했다. 그는 마르티네스 경의 주문을 사적으로 협의하리라 결심했다. 카디스는 몇 시간이면 도달할 수 있었다.

그가 카예타나에게 자기 뜻을 얘기했을 때 그녀는 잘되었다면서, 그렇지 않아도 그에게 며칠이나 몇 주 동안 카디스에 가서 지내자고 제안하려 했다는 것이었다. 그러면서 지금은 전쟁 중이니 많은 사람들이 그곳에 있을 것이고, 그곳의 연극도 재미있을 것이라고 했다. 그들은 주말에 떠나기로 결정했다.

그날 밤 고야는 잠을 잘 수 없었다. 그는 창가로 걸어갔다. 달은 보름달에 가까웠다. 고야는 정원 너머 멀리에서 반짝이는 바다를 바라보았다.

카예타나는 정원에서,
한기 속에서 산책 중이었다.
그녀는 혼자였다.
그는 그녀한테
내려가야 하는지 자문했다. 그녀는

그가 있는 쪽을 올려다보지 않았고, 그는
내려가지 않았다. 고양이 몇 마리가
그녀 주변에 있었다. 기이하게도
아무런 소리 없이 그녀는
테라스 위에서 아래로, 다시 위로
희미하고 포근한 달빛 아래에서
걸었다. 하지만 그는
창가에 오래 서 있었고,
이 밝은 밤에 그녀가 어떻게 거니는지
바라보았다. 고양이들은
꼬리를 치켜세운 채,
당당하고 쾌활하게
그녀와 함께 어슬렁거렸다.

32

공작비는 카디스에 있는 시의 궁전, 카사 데 하로에서 고야를 이리저리 데리고 다녔다. 이 집을 지은 올리바레스 백작과 가스파르 데 하로는 인색하지 않았다. 아주 좁은 곶의 머리에 위치해 더 이상 넓히기 어려운 도시 특성상 대부분의 가옥들이 좁고 높은 반면, 그들은 커다랗고 조용한 안뜰 둘레에 드넓은 홀을 세웠다. 자갈이 깔린 이 놀라운 안마당은 그 자체로 넓은 홀처럼 보였다. 안마당 주위로, 3층의 내부로 연결된 채 여러 전시관이 자리했다. 평평한 지붕에서부터 전망탑 하나가 하늘을 향해 뻗어 있었다.

드넓은 집 안에는 답답한 냉기가 흘렀다. 산루카르에서처럼 이곳에도 시간을 멈추게 만든, 지침이 그려진 해시계가 하나 있었다. 대리석이 많았고, 그림과 조각품 그리고 샹들리에가 있었다. 선조들은 아낌없이 쏟아부었지만 이젠 집을 돌보는 이가 없었고, 벽의 프레스코화는 바래져 칠이 벗겨졌다. 계단의 많은 부분이 부서져 있었다.

그들, 고야와 공작비는 자주 밟아 닳아버린, 크고 작은 대리석 계단을 걸어갔다. 늙은 관리인 페드로는 약간 쇠약한 모습이었는데, 점잔 빼는 듯한 경직된 발로 열쇠 뭉치를 달가닥거리며 그들 앞에서 걸어갔다. 마지막으로 그들은 누렇게 닳은 대리석 계단을 지나 망루로 다시 올랐다. 나선형 계단이 어느 잠긴 문 옆으로 나 있었다. 그다음 그들은 탑의 평평한 지붕 위에 서서 낮은 흉벽 너머 저 아래 도시를 바라보았다. 너무 좁은 이 곳을 통해서만 본토와 연결된 이 도시는 매우 푸르른 바다 한가운데에서, 하나의 섬처럼, 하얗게 빛을 내며 놓여 있었다.

카사 데 하로는 높은 곳에 위치해서, 마치 도시의 가장 높은 지점에 있는 것 같았다. 프란시스코와 카예타나는 북동쪽을 바라보았고, 항구와 항구를 보호하는 수많은 요새들을 보았다. 그들은 강력한 스페인 전대(戰隊)를 보았으며, 그라나다 산맥과 경계를 이루는 안달루시아 평원도 바라보았다. 그들은 서쪽을 쳐다보았고, 먼 바다를 보았으며, 수평선에 뜬 채 항구를 봉쇄한 영국 함대도 보았다. 그들은 남쪽도 쳐다보았고 아프리카 해안도 보았다. 하지만 그들 발치에는 평평한 지붕을 가진 카디스의 가옥들이 놓여 있었다. 집들은 정원처럼 온갖 종류의 식물들로 장식되어 있었다. "이미 돌아가신 조부는 '바빌론의 공중(空中) 정원'이라고 말씀하시곤 했지요." 늙은 관리인이 설명했다.

카예타나와 프란시스코는 이 넓은 집에서 둘만 있는 것처럼 지냈다. 그들은 시녀만 대동한 채 앞서 출발했다. 다른 사람들, 이를테면 의사 페랄이나 집사, 비서나 모든 가족은 며칠 지나서야 따라올 것이었다. 그들은 둘이서만 점심을 먹었고, 페드로와 그의 부인이 시중을 들었다. 그들은 거의 언제나 둘만 있었는데, 이 시간이 오래가지 않으리라는 걸 알았다. 그래서 자신들만의 고독을 즐겼다.

둘째 날 고야는 그림을 주문한 마르티네스 경 댁을 방문했다. 시간이 있었기 때문에, 그는 제한된 공간에 세워져 몹시 북적이는 도시를 가로질러 어슬렁거리며 돌아다녔다. 그는 앞으로 튀어나온 평평한 지붕의 높고 흰 집들 사이로 난 좁은 길을 지나갔다. 칼레 안차의 잡석으로 포장된 길도 지났다. 느릅나무와 포플러가 심긴 누벽 위로 난 가로수 길도 걸었으며, 푸에르타 데 라 마르로 되돌아와, 거리의 소음과 혼잡을 즐기기도 했다. 가까운 아프리카에서 닭과 오리를 가져온 회교도 가금(家禽) 장수나, 냄새가 지독하고 색깔도 다양한 생선과 어패류를 팔려고 내놓은 어부들, 울긋불긋한 과일을 산더미처럼 쌓아둔 과일 장수, 그리고 손수레를 끄는 물장수와 큰 통을 든 아이스크림 장사꾼, 시커먼 수염에 헐렁한 바지 차림으로 긴 담뱃대를 문 채 대추야자 주변에 둘러앉은 모로코 사람들, 작은 가게를 운영하는 식당 주인과 포도주 가게 주인들, 이런저런 성화(聖畵)와 부적 그리고 수병 모자를 파는 소매상인들, 놋쇠 철사로 된 작은 새장이나 색칠한 우리에 갇힌 채 북적대는 동물들을 팔고 있는 석쇠구이꾼, 모두 남자가 여자 비위를 맞추려고 애쓰고 있었다. 이 모든 것은 상쾌한 하늘 아래 갖가지 소리와 냄새를 풍기며 여러 색채로 넘쳐흘렀는데, 그 너머 푸르른 바다는 스페인과 영국에서 온 전함으로 에워싸여 있었다. 검은 옷차림의 여자들이 여러 차례 프란시스코에게 다가와, 노골적인 말로 여자를 선보였다. 생각해보니, 문제는 솔라노,* 말하자면 아프리카에서 불어오는, 욕망을 일깨우는 무더운 바람 때문이었다. 그는 여자들의 제안을 퇴박 놓은 걸 후회하게 될 것이다. "얼마나 예쁘고 멋진 엉덩이라고!" 그들은 자랑하며 손으로 그려 보였다.

프란시스코는 도시의 좁은 거리로 되돌아갔다. 마르티네스 경한테 갈 시간이 되었다.

고야는 세바스티안 마르티네스에 대해 많이 들었다. 그는 진보적 인물로 간주되었고, 스페인 왕국의 농업과 산업을 근대화하는 데 크게 기여했다. 그는 카디스의 다른 부유한 호상(豪商)들처럼 이윤을 쌓는 데 만족하지 않았다. 오히려 그는 열악한 조건에서도 자기 배를 몰고 직접 아메리카로 갔고, 해적선과 충돌했을 때에도 용감하게 행동했다. 이런 이야기를 들었기 때문에 그가 홀쭉한 사람이란 걸 알고 프란시스코는 놀랐다. 그는 아주 수수한 옷차림이었고, 대단한 상인이나 정치가 혹은 해적이라기보다는 차라리 박학다식한 학자처럼 보였다.

잘 알려진 그의 예술품 수집이 특권의식 때문이 아니라 예술에 대한 그의 애정과 이성에서 비롯된 것임이 금방 드러났다. 그는 고야에게 자신의 귀중품을 다정하게 설명했고, 미술관의 작품 목록을 직접 작성했다는 걸 강조했다. 그리고 이런 그림이나 조각품보다 더 자부심을 갖는 건 그가 수집한 복제예술품인데, 언젠가 예술사에서 인정받을지 모르는 작품들이라고 했다. "그건 거의 완벽한 것이나 다름없소"라고 그는 자부했다. "그건 스페인에서 유일무이한 것들입니다. 그 같은 것은 세레나 후작 댁에서 찾아봐도 없을 것입니다, 돈 프란시스코." 그는 말하며

* solano: 여름에 아프리카에서 스페인 해안 지방으로 불어오는 건조하고 따뜻한 바람.

득의의 미소를 지었다. 세레나 후작은 도시 카디스에서 잘 알려진 또 다른 수집가였으며, 마르티네스 경의 대단한 경쟁자였다. "그 후작은 방법도 제대로 모른 채 일을 처리하지요." 마르티네스 경은 조롱했다. "마음 내키는 대로, 여기서는 그레코를 사고, 저기서는 티치아노*를 사는 식이니까요. 그런 구닥다리 원칙으로는 예술적 학문적 타당성을 가진 수집을 제대로 할 수 없지요. 빙켈만이나 멩스, 그리고 최근에는 당신 처남이 강조하곤 했듯이, 예술은 질서이기 때문입니다."

도시 카디스의 고대 미술품들이 세 개의 방에 전시되어 있었다. 마르티네스 씨는, 자신의 미술품들을 방문객에게 보여주며 말했다. "저는 바다 건너 몇몇 우리 왕국에서 공익 사업을 번창하게 만들었다는 데 자부심을 갖진 않습니다. 또 내 배들이 영국 배를 여러 차례 이겨냈다는 점도 자랑스럽지 않고요. 하지만 제가 스페인에서 가장 오래된 도시의 가장 오래된 시민 가문 출신이라는 데는 자부심을 갖지요. 역사 서술가 오로스코**는 제 선조인 마르티네스라는 분을 언급했는데, 그건 세레나 후작이 언급되기 훨씬 전이지요." '배운 바보보다 더 나쁜 바보는 없다.' 고야는 오래된 속담을 떠올렸다. 그는 크게 말했다. "상당하군요, 세바스티안 나리." 하지만 마르티네스는 이렇게 대답했다. "나를 제발 '나리(Don)'라고 부르지 마세요, 수석화가님. 난 그저 평범한 마르티네스 씨에 불과하니까요."

그러고 나서 그는 이 도시의 문장(紋章)을 표현한 것 중에 가장 오래된 것을 보여주었다. 그건 더 이상 존재하지 않는 예전의 도시 성문을 장식했던 부조물이었다. 이 부조물에는 헤라클레스가 사람 사는 세상에서

---

* Tiziano Vecellio(1490?~1576): 이탈리아의 화가.

** Horozco(1510~1580): 스페인의 역사가이자 시인.

가장 서쪽에 자리한 이곳으로 왔을 때 세웠다는 기둥이 그려져 있었다. '더 이상 먼 곳은 없네(Non plus ultra)'라고 헤라클레스는 말했고, 그래서 그 말이 문장에 적혀 있었다. 물론 그는 라틴어가 아니라 그리스어로, 즉 '우케티 프로소Uketi proso'라 말했고, 마르티네스 씨는 이 말이 담긴 핀다로스*의 아름다운 시구를 그리스어로 인용했다. 하지만 그가 말한 건 그리스어가 아니라 페니키아어였다. 왜냐하면 헤라클레스는 결코 헤라클레스가 아니라 페니키아의 신 멜카르트**였고, 이 멜카르트가 사자 목을 누르는 장면은 우리가 가진 또 다른 시의 문장에서도 확인되기 때문이었다. 그러니까 카디스인은 헤라클레스보다 훨씬 오래된 존재들이었다. 그런데 황제 카를 5세는, 늘 그렇듯 그 후 이 자랑스러운 격언을 강탈했다. 하지만 그는 '없네(non)'라는 말을 지웠고, '계속 더 멀리(Plus ultra)'라는 표어를 만들어냈다. 그리고 그가 그랬듯이, 용감무쌍한 시민이었던 세바스티안 마르티네스의 선조도 이걸 고수했으며, 그래서 배를 타고 대담하게 멀리 서쪽으로 항해했던 것이다.

마르티네스 씨가 활기차게 그러나 품위를 잃지 않고 이 도시의 오래된 역사를 얘기할 때, 그의 마른 얼굴이 어떻게 젊어지는지 고야는 미소를 지으며 바라보았다.

"이런 이야기는 이 정도 해두고 싶군요, 돈 프란시스코." 마르티네스 경이 말을 멈췄다. "이젠 거래에 대해 얘기하고 싶습니다." 그는 갑자기 아주 건조하게 말했다. "산타쿠에바에 걸 그림 두세 점을 그려주길 부탁합니다, 수석화가님. 말하자면 당신과 사업 얘길 하고 싶은 거지요. 솔직

* Pindaros(기원전 518~기원전 438): 고대 그리스의 서정시인.

** Melkart, Melkarth, Melqart: 페니키아의 신으로 고대 그리스의 역사가 헤로도토스가 티르에 있는 그의 신전을 헤라클레스의 신전이라고 불렀다고 전해진다.

히 말해, 나는 당신께 제 초상화를 그려달라고 부탁하고 싶군요. 하지만 그건 거절하시겠지요? 그러나 산타쿠에바를 위한 주문은 거절하시기 어렵겠지요. 그렇지 않나요?" 그는 싱긋 웃었다.

"솔직함에 대해 솔직함으로 답하겠습니다." 프란시스코가 대답했다. "그림 몇 점이 필요하신가요? 어느 정도 크기를 원하시는지요? 그리고 얼마를 지불하실 건가요?" "산타쿠에바 일을 감독하는 카뇨니고 데 멘도사는," 마르티네스는 구체적으로 말했다. "그림 세 점을 원합니다. 최후의 만찬 그림 한 점과, 오병이어(五餠二魚)의 기적* 한 점, 그리고 결혼 비유를 담은 한 점, 이렇게 말이지요. 크기는 중간입니다. 죄송하지만, 당신이 카뇨니고와 산타쿠에바로 가주신다면, 치수에 대해 어렵지 않게 합의하게 될 겁니다. 세번째 물음에 대해서는 주저 없이 속마음을 털어놓겠습니다. 저는 제가 가진 배 가운데 몇 척으로 영국 함대의 봉쇄를 뚫고, 직접 아메리카로 갔다가 다시 돌아오려고 합니다. 몇 가지 이유에서 내 작은 배는 오늘부터, 3주 전에도 그랬듯 3주 후에도 밖으로 나갈 수 없습니다. 그래서 그 그림을 제가 직접 산타쿠에바의 성당참사회 측에 넘겨주고 싶군요. 그러니 곧바로 그려주시길 부탁하지 않을 수 없습니다, 돈 프란시스코. 그리고 또, 그림을 3주 안에 건네준다면, 당신이 평소 요구하는 3천 레알 대신 그림 한 점당 6천 레알을 지불할 준비가 되어 있습니다. 수석화가님, 당신은 부르주아 손에서는 거저 먹는 게 없다는 걸 알게 될 겁니다." 그는 말을 끝맺고는 싱긋이 웃었다.

고야 자신은 이 최고 귀족의

* 예수가 떡 다섯 개와 물고기 두 마리로 5천 명을 먹였다는 기적적인 사건을 가리킴. 『신약성서』「마태복음」 14장 14~21절에 나온다.

불손함 앞에서 빈번히
불쾌감을 느꼈다. 이 하얀 도시
카디스, 이 부유하고 풍요로운
도시는 지구에서
가장 잘살고 가장 풍요롭다.
팽창하는 런던보다
더 부유한 이 도시는
시민이 세웠고,
선주(船主)와 무역상이 세웠다.
하지만 이 도시는 그의 마음에 들지 않았다.
그는 시민들의 자부심에 공감했으나,
엄청난 돈이 있고, 예술작품에
열광하는 이 마르티네스는
그의 마음에 들지 않았다.
그리고 그가 그리게 될 것도,
식사 장면과 결혼 비유와 최후의 만찬도
거슬렸다.
무엇을 그려야 하고 누구를 그려야 하는지,
언제나 화가는 선택할 수 없다.
6천 레알은 아주 큰 돈이었다.
그는 이 거상의 앙상하고도
길게 뻗은 손을 보았다.
그는 투실하고 힘 있는
손을 호주머니에 집어넣었다.

그리고 말했다. "좋습니다."

33

카예타나는 프란시스코에게 미라도르로, 그러니까 전망탑으로 올라가자고 청했다. 하지만 이번에는 높이가 계단 절반쯤인 닫힌 문 옆을 그냥 지나가지 않았다. 그녀는 문을 활짝 열고, 고야가 들어오도록 했다.

별실은 좁았고, 답답한 공기가 그들을 덮쳤다. 내부는 어스름했다. 그녀는 창의 덧문을 열었다. 빛이 느닷없이 가득 흘러들었다. 그 공간은 빈 것이나 마찬가지였다. 벽에는 그림 한 점만 걸려 있었는데, 그건 화려한 액자에 끼워진 중간 크기의 폭넓은 그림이었다. 그 앞에는 낡았지만 안락한 소파 두 개가 놓여 있었다. "앉으세요, 돈 프란시스코." 카예타나가 아주 살짝, 늘 그렇게 느껴지듯 교활한 미소를 띠며 권했다.

그는 그림을 쳐다보았다. 그건 어느 신화적 장면을 표현한 것으로 강건한 남자와 풍만한 여자가 그려진 그림이었다. 페터 파울 루벤스*의 작업실에서 만들어진 작품으로 보였다. 이걸 그린 사람은 최고의 재능을 지닌 제자는 아니었는지도 모른다. "더 나은 그림도 있을 텐데." 잠시 후 프란시스코가 말했다.

카예타나는 벽의 단추를 눌렀다. 그러자 신화 그림이 스프링 장치에 의해 옆으로 움직였고 또 다른 그림이 나타났다.

프란시스코는 위쪽을 보며 일어나서는, 소파 뒤쪽으로 걸어갔다. 그

---

* Peter Paul Rubens(1577~1640): 플랑드르의 화가로 「아경꾼」 「레오키포스 딸들의 납치」 등 바로크 미술을 대표하는 작품들을 남겼다.

의 얼굴이 긴장되더니, 주의해서 보느라 어둡게 되었다. 아랫입술도 삐져 나왔다. 그는 온통 관찰하고 바라보는 데 집중했다.

그림 속에는 어느 여인이 누워 있었다. 그녀는 오른팔로 몸을 기댄 채, 관람자 쪽으로 등 돌린 상태로 거울 속 자기 모습을 바라보고 있었다. 여인은 벗고 있었다. 날개 달린 한 아이가 무릎 꿇은 채 잡고 있는 거울 속에 그녀의 얼굴이 희미하게 보였다. 하지만 벌거벗은 여인은 외국 사람이 그린 게 아니었다. 그것은 안트베르펜에서 그려진 것도 아니고, 베니스에서 제작된 것도 아니었다. 그런 외국산 그림은 왕궁이나 이런저런 상류 귀족의 성채에 많이 걸려 있었다. 아니, 프란시스코 앞에 걸린 이 그림은 스페인 사람이 그린 것이었다. 그건 오직 '한' 사람, 말하자면 디에고 벨라스케스만 할 수 있는 일이었다. 의심의 여지없이 바로 그 그림이었다. 그 그림에 대해서는 돈 안토니오 폰스가 얘기해주었고, 가끔 미겔도 말해주었다. 그것은 벨라스케스가 그린 저 대담하고 금지된, 평판이 좋지 않은, 쉬고 있는 「벌거벗은 여인Dona desnuda」이었다. 그녀는 흔히 세상 사람들이 부르고 싶어 하듯, 프시케*이거나 베누스**였고, 정말로 생생한 벌거벗은 여인이었다. 그녀는 유쾌한 장밋빛이거나 통통하지도 않았고, 희거나 지나치게 뚱뚱하지도 않았으며, 티치아노의 이탈리아 여인도 아니었고, 루벤스의 네덜란드 여성도 아니었다. 그녀는 놀라우리만큼 스페인적인 처녀였다. 그녀, 벨라스케스의 벌거벗은 여인은 실제로 존재했고, 프란시스코 고야는 그 여인 앞에 서 있었다.

그는 이 그림이 150년 되었다는 사실을 잊었고, 그가 카디스에 있다는 것과 카예타나가 그의 옆에 있다는 것도 잊었다. 그는 이 동료의 그림

* Psyche: 에로스가 사랑한 미소녀.

** Venus: 로마 신화에 나오는 미와 사랑의 여신으로 흔히 영어 이름인 '비너스'로 불린다.

을, 동료 벨라스케스의 가장 대담하고 가장 금기시된 그림 「벌거벗은 여인」을, 방금 완성된 것처럼 바라보았다.

모든 사람은 자신이 본받고 싶은 사람을, 그가 산 사람이든 죽은 사람이든, 선택한다. 프란시스코 고야가 운명한테 뭔가 청해도 되었다면, 그것은 벨라스케스의 예술과 명성이었을 것이다. 그는 그 많은 스페인 사람들 가운데 디에고 벨라스케스 외에 어떤 위대한 거장도 인정하지 않았다. 자연 다음으로 돈 디에고가 그의 스승이었고, 그래서 그는 평생 그의 회화를 완전히 이해하고자 애썼다. 그런데 이제 이 위대하고 새로우며 비밀에 찬, 그리고 그토록 높이 찬사받는 그림이 여기 있는 것이다. 느낌과 지각이 빨랐던, 그리고 사랑과 미움과 존경과 멸시에서도 빨랐던 고야는, 채 30초도 지나기 전에 알아채게 되었다. 자신이 이 그림을 찬탄하면서 동시에 거부한다는 사실을.

그는 이토록 우아한 여인이 불쑥 드러나지 않고 이처럼 자연스럽게 누워 있는 것에 감탄했다. 프란시스코 자신이 그린 인물들은 앉아 있거나 누워 있는 대신 종종 공중에 떠다녔다. 그는 벨라스케스가 여인의 얼굴을 희미한 거울 속의 어스름 가운데 두어 관람자의 시선을 여인 몸의 놀라운 선으로 향하게 만드는 기교에 감탄했다. 몸의 선이란 가는 허리와 힘 있게 펼쳐진 엉덩이를 가진, 누워 있는 너무도 스페인적인 여인의 윤곽이었다.

그러나 무엇보다 그는 돈 디에고가 이 그림을 그리고자 시도했다는 사실에 경탄했다. 벌거벗은 모습을 그림으로 묘사하지 말라는 종교재판소의 금지 조항은 분명했고 엄격했다. 다른 어떤 스페인 화가도 벌거벗은 여체라는 가장 매혹적인 대상을 그리려고 감히 시도하지 못했다. 돈 디에고는 왕이나 권세 있는 주문자의 호의 아래 보호받길 원했는지도 모른다. 하지만 펠리페 4세 궁정에서도 신부나 신앙 있는 체하는 위선자들은 분명 힘과 영향력을 가졌다. 대단한 귀족들의 기분은 한결같지 않았다. 벨라스케스가 이 여자를 그린 것은 벌거벗은 모습을 티치아노나 루벤스가 그린 방식과는 다르게 묘사할 수 있다는 사실을 보여주고 싶었기 때문이었다. 그는 위험을 감수했다. 그 이유는 그가 위대한 예술가였고, 스페인적 자부심으로 가득 차 있었기 때문이었다. 우리 스페인 사람도 그릴 수 있음을 그는 입증하길 원했다.

그는 그 점을 입증했다. 진주색 살과 베일 같은 하얀 천, 거울 속의 푸르른 회색빛, 흑갈색의 머릿결, 벌거벗은 아이의 붉게 빛나는 보라색 리본, 그리고 아이 날개의 너무도 가벼운 무지개 색조 등, 이 색깔들이 어떻게 서로 뒤섞이는지 놀라운 일이었다. 몸을 드러낸 여인은 사랑스럽고 경쾌하면서도 엄격하고 우아하게 그려졌다. 그림에는 어떤 천박한 것도 없었다. 이탈리아나 네덜란드 여성의 육체에서 보이는 눈에 띄는 야한 쾌락의 요소도 없었다. 오히려 이 그림에는 음울한 무언가가 약간 어려 있었고, 그녀가 누워 있는 천의 검은색이나 진홍빛 커튼, 거울의 검은 테두리 그리고 전체적으로 진지한 색채 효과는 모든 친밀성과 거리를 두고 있었다. 돈 디에고는 스페인 사람이었다. 그에게 아름다움과 사랑은 가볍고 매력적인 무엇이 아니었다. 그것은 진지한 것이고 거친 것이었으며, 그 때문에 너무도 자주 무거운 것이나 비극적인 것으로 향하는 입구였다.

프란시스코는 그림을 바라보면서 경탄했다. 돈 디에고는 아마 사람들이 자기 그림을 쳐다보며 경탄하기를 원했을 것이다. 하지만 누군가 자연이 부여한 육체의 놀라운 색채로 한 여인을 그렸다면, 그리고 그렇게 그린 것을 보고 사람들이 경탄하면서도 냉정을 유지한다면, 그것은 옳은 일인가? 좋다. 돈 디에고는 빙켈만이나 라파엘 멩스 그리고 고야의 죽은 처남이 그토록 많이 주절댔던 예술의 무관심성, 말하자면 증오도 사랑도 없는 거장다움에 도달했다. 그와 같은 거장다움은 지금껏 없었다. 하지만 오늘날 그에게, 즉 프란시스코에게 그런 거장다움을 그저 건네준다면, 그는 갖고 싶어 하지 않을 것이다. 그와 같은 경지는 없을 것이다. 차라리 그는 이렇게 말할 것이다. "대단히 감사합니다만, 사양하겠습니다." 「벌거벗은 여인」이라는 이 놀랍고도 장엄하리만큼 경쾌하며 음울한 그림이 이 세상에 있다는 건 좋았다. 하지만 그가, 즉 고야가 그걸 그리지 않았다는 것도 좋았다. 그리고 단순히 그가 산후안 바우티스타 성당의 자부심 넘치는 지하납골당에 누워 있지 않기 때문이 아니라, 그가 화가 프란시스코 고야이지 화가 벨라스케스가 아니라는 점도 행복한 일이었다.

갑자기 방에서 우는 소리가 크게 들렸다. "그 여인은 게으르다네." 웬 목소리가 말했다. "그녀를 알게 된 이래 그녀는 여기 안락의자에 누워, 거울을 쳐다보고 빈둥거리며 지낸다네."

고야는 주변을 어슬렁거렸다. 한 곱추가 매우 화려한 옷차림으로, 여러 가지 메달과 최고 훈장으로 잔뜩 치장한 채 서 있었다. 그는 쪼그라든 불구의 노인이었다. "그렇게 늘 사람을 놀라게 하면 안 되네, 파디야." 카예타나가 무뚝뚝하지 않게 꾸짖었다. 그녀는 노인이 죽은 조부의 궁정 광대이고, 파디야로 불린다고 고야한테 설명해주었다. 그는 늙은 집사와 그 아내의 보호를 받으며 살고 있는데, 수줍어 밖에는 잘 나오지 않는다고 했다.

"벌거벗은 여인, 그녀는 여기 카디스에 사는 게 상책이지요." 파디야가 계속 중얼댔다. "그 밖의 어디에서도 있을 수 없어요. 그녀는 고귀한 귀부인이고, 사실 최고 귀족 중의 한 분이지요. 150년 동안 손 하나 까딱하지 않았으니까요." 최고 귀족에게는 모든 종류의 노동이 치욕으로 간주되었기 때문이다.

“자네 이젠 가봐야겠네, 파디야.” 카예타나가 언제나처럼 조용히 말했다. “수석화가님을 더 이상 방해해선 곤란하니까.” 파디야는 고개 숙여 인사한 뒤, 훈장을 달가닥거리며 물러갔다.

카예타나는 소파에 앉아 고야를 올려다보았다. 그녀는 웃으며 긴장한 듯 물었다. “당신은 파디야 말이 옳다고 여기나요? 당신은 그림 속 그녀가 최고 귀족이라 생각해요? 티치아노와 루벤스에게도 그런 대단한 여인들이 벌거벗은 채 모델로 앉아 있었지요. 그건 입증된 것이니까.” 그러면서 약간 굳은 아이 같은 목소리로 되풀이했다. “그녀가 귀족 출신 여인이라고 믿나요?”

프란시스코는 지금까지 화가와 그림에 대해서만 생각했지, 모델에 대해서는 추호도 생각하지 않았다. 그런데 이제 카예타나가 묻는 바람에 그는 대답해야 했다. 그의 훌륭한 눈썰미 덕분에 대답은 분명해졌다. “아니요.” 그는 말했다. “그녀는 귀족 출신 여인이 아니라오. 그녀는 마하지요.” “아마 마하‘이면서’ 귀족 여인일 거예요.” 카예타나가 말했다. “아니요.” 프란시스코가 똑같은 확고함으로 반박했다. “그녀는 그림 「물레 잣는 여인들」에도 나오는 여자라오.” 그가 설명했다. “거기 보면 물레에서 실을 푸는 여자가 나와요. 틀림없소. 등하고 목 그리고 팔을 보세요. 또 어깨와 머리 그리고 그 자세를 보시오.

그녀는 마하이지,
귀족 여인이 아니라오.” 그는 결론지었다.
언쟁하듯 말한 건 아니지만 결연했다.

카예타나는

「물레 잣는 여인들」을
기억할 수 없었다. 하지만 아마
프랑코가 옳을 것이다. 그녀는
실망했다. 그녀는 그와 함께
이 그림 앞에 서 있는 걸
더 멋지게 상상했던 것이다.
그녀가 단추를 누르자,
그 벌거벗은 여신이,
물레 잣는 벗은 여인이
신화가 되어 사라졌다.

34

카예타나는 궁정광대 파디야의 출현에 고무되어서인지 저녁 식사를 하면서 과거 이야기를 했다.

어렸을 때 그녀는 조부 알바 12세 공작과 함께 이곳 카디스에 여러 번 온 적 있었다. 알바 공작은 스페인에서 가장 자부심 강한 인물로 여겨졌다. 그는 이 왕국에서 어느 누구도 자신과 서열이 같다고 생각하지 않았다. 그는 오직 왕인 허술한 카를로스 3세만 견뎌낼 수 없었다. 그는 한동안 프랑스 대사를 지냈고, 사치와 의례로 루이 15세와 16세 왕실을 놀라게 만들었다. 그는 고국으로 돌아와 종교재판소에 도전했다. 왜냐하면 그는 너무도 당당해서, 전통에 대한 존중에도 불구하고 감연히 '철학자'가 되었고, 자유사상가가 되었기 때문이다. 그런데 이것은 다른 모든 사람에게는 금지된 일이었다. 그는 불구가 되도록 고문당한 어느 젊은 사람을 종교재판소 감옥에서 꺼내준 다음 궁중의 익살광대로 교육시켰는데, 그가 바로 오늘 그들이 본 그 난쟁이였다. 그는 그 난쟁이로 하여금 대담하고 선동적인 말을 하도록 부추겼고, 옛날에 위대한 봉기를 일으킨 영웅의 이름을 따서 파디야라고 불렀으며, 자신이 받은 기장(紀章)과 훈장을 달도록 했다. 그 누구도 알바 공작과 교제할 만한 지위를 갖지 못했다. 이 광대만 그럴 수 있었다. 그 이유는 알바의 조부가 자신의 자유사상가적 기질을 많이 자랑했기 때문이고, 그래서 종종 즐거운 마음으로 카디스에 왔던 것이다. 무역 때문에 외국과 여러 관계를 맺고 있었고, 늘 외국 상인들로 들끓었던 이 도시는 스페인에서 가장 계몽된 도시였다. "나의 조부는," 카예타나는 웃으며 얘기했다. "루소의 원칙에 따라 날 교육시켰어요. 나는 세 가지 길을 통해 배워야 했죠. 자연을 통한 길과 자기 직관을 통한 길, 그리고 행복한 우연의 길을 통해 말이지요."

고야는 먹고 마시며 귀 기울였다. 진짜 귀족은 그가 상상했던 것과 다르게, 훨씬 복잡한 방식으로 오만했다. 어떤 사람은 행복하지 않을 때면 시계나 시간을 멈추게 했다. 다른 사람은 가련한 광대를 옆에 두었다. 다른 어떤 사람도 이 광대와 대화하는 가치에 비견될 수 없었기 때문이었다. 그리고 여기 카예타나가 있었다. 17개의 비어 있는 성이 그녀를 기다렸고, 매년 광대가 그녀를 기다렸다. 비록 그녀는 매년 그를 잊었지만.

고야는 그녀와 식사했고, 그녀와 잠을 잤다. 그녀는 그에게 지금까지의 어떤 인간보다 더 가까웠고, 지금까지의 어떤 인간보다 더 멀었다.

다음 날 카예타나의 살림살이가 카디스에 도착했다. 그때부터 카예타나는 프란시스코와 단둘이 있는 일이 드물게 되었다. 전쟁 동안 카디스는 점점 더 이 나라의 수도가 되었다. 궁정 귀족들, 왕의 고위 관리들, 인도 고문관 의원들이 이곳으로 왔다. 그들 모두가 알바 공작비를 예방하고 싶어 했다.

프란시스코 역시 마드리드에서 온 많은 친구들과 지인을 만났다. 어느 날 돈 마누엘의 대리로 미겔 베르무데스가 나타났을 때, 그는 기뻤지만 놀라지 않았다.

미겔은 물론 정치에 대해 말했다. 돈 마누엘이 다시 한 번 태도를 바꾸어, 지금이 가장 적당한 시기라는 구실로 반동적인 대귀족이나 교회와 협력해 자신이 도입했던 자유주의적 조처를 막고 있다는 것이었다. 그는 대외정책이 불안정하다고 했다. 새 프랑스 대사 트루게는 조용하고 명석한 신사라서, 돈 마누엘은 이전의 기유마르데보다 더 감당을 못 한다고 했다. 돈 마누엘은 때로 너무 공격적이다가 때로 너무 굽신거린다는 것이다.

"기유마르데는 어떻게 되었나?" 고야가 물었다. 미겔이 알리기를, 그 대사는 파리로 돌아가기 전 정신병원에 감금되었다고 했다. 고야는 섬뜩할 정도로 마음이 요동쳤다. 그 남자의 운명을 그가 그린 얼굴에 그려 넣지 않았던가? 기유마르데가 정신을 놓은 것은 추측건대 프랑스에서 일어난 공적 사안의 급격한 변화를 따르고 그에 적응하지 못한 무능 때문일 것이라고 미겔은 계속 말했다. 그는 위기에 처한 채 혁명적 과격주의로부터 온화한 부르주아적 민주주의로의 전환을 스스로 정당화할 수 있었는지 모르지만, 단호한 금권정치를 위한 훨씬 근본적 변화를 꾀하는 것은 분명 그의 힘에 버거운 일이었다.

그리고 얼마 뒤, 스페인 은행의 여러 변호사 가운데 한 사람인 젊은 킨타나도 카디스에 왔다. 그는 미겔과 함께 카사 데 하로에 있던 프란시스코를 방문했다. 공작비와 의사 페랄이 그 자리에 있었다.

킨타나는 프란시스코를 보자 얼굴이 밝아져, 곧장 그림 「카를로스 4세의 가족」에 열광하기 시작했다. "당신은," 그는 소리쳤다. "스페인의 정신적 곤궁에서 나온 구원자십니다, 프란시스코." "어떻게 그런가요?" 공작비가 호기심에 차 물었다. 그녀는 검은 옷을 아름답게 차려입은 채, 빛을 발하며 그곳에 앉아 있었다. 그녀는 킨타나가 분명 자기보다 고야에게 더 많은 관심을 갖는다는 사실에 괴로워하지 않았다. 그녀는 아주 정직한 열광을 보인 이 젊은 신사를 기탄없이 관찰했다. 그녀 자신이 예술을 후원한 것은 귀족 여성에게 어울리기 때문이었다. 하지만 그녀의 관심은 그리 깊지 않았다. "우리의 스페인은," 킨타나가 설명했다. "자신의 모든 역사와 전통을 하나의 족쇄처럼 끌고 있습니다. 그런데 마침내 한 사람이 나타나 원래 위대했던 그 위대한 제도들로부터 오늘날 무엇이 이뤄졌는지 보여주었다면, 그건 하나의 행동이지요. 보십시오, 카예타나 부인." 그는 그녀에게 열심히 설명했다. "오늘날 왕께는, 예를 들어 가톨릭 왕께는 아직도 권력의 외적 기호들이 부여되어 있습니다. 하지만 그의 기능은 비어 있고, 왕위는 낡은 모자에 불과합니다. 오늘날에는 통치를 위해 왕홀(王笏)보다 헌법이 더 필요합니다. 그리고 이것이 「카를로스 4세의 가족」에서는 보입니다." "당신이 말하지 않은 것도 들어 있지요, 젊은 신사." 고야가 말했다.

의사 페랄은 킨타나에게 그림에 대해 좀더 많이 얘기해줬으면 한다고 청했다. "당신도 알지 않나요?" 젊은 시인은 놀라 물었다. "당신도 그렇지요, 공작 부인?" "당신은 분명 알고 있을 거예요, 돈 호세." 알바 부인은 다정하게 대답했다. "나는 여기에서 완전히 자유롭진 않아요. 마드리드에서 추방됐으니까요." "내 얼굴을 어디에 둬야 할지요, 공작 부인?" 킨타나가 친절한 미소를 지으며 사과했다. "물론 당신은 그 그림을 보지 않았지요. 하지만 누구라도 그 그림을 뭐라 말할 수 없습니다. 아무도 그럴 수 없지요." 그러면서 그는, 색채의 물결에 대해, 그리고 그 물결로부터 있는 그대로, 경직되고 추하게 드러나는 여러 얼굴들의 리얼리즘에 대해 열광하며 그 그림을 묘사했다. 그는 고야가 그곳에 없는 듯 말했다. "화가의 특별한 기교는," 그는 설명했다. "그렇게 많은 인물이 있는 그림에 몇 되지 않는 손만 보여주고 있다는 사실입니다. 이 때문에 여러 얼굴의 적나라한 모습이 제복이나 정장 옷차림의 빛줄기 위에서 갑절 선명하게 드러납니다." "누구라도 더 많이 돈을 줬다면," 고야는 메마른 목소리로 말했다. "나는 더 많은 손을 그려줬을 거요. 손은 비싸게 받으니 말이오." 하지만 젊은 시인은 계속 말했다. "우리 모두는 이미 스페인이 노쇠했다고 믿고 있었습니다. 그런데 프란시스코 고야가 나타나, 우리에게 스페인이 아직도 얼마나 젊은지를 보여준 것입니다. 그, 프란시스코 고야는 젊음의 화가'이지요'." "뭐, 그건 그렇다 치고." 고야는 말했다. 살찐 그는 어깨를 약간 늘어뜨린 채 안락의자에 앉아 있었다. 그는 쉰 살에 가까웠고, 청력이 좋지 않았으며, 그 밖에 여러 가지로 몸이 망가져 있었다. 그런데도 킨타나가 그를 젊음의 화가라고 부른 건 약간 기이했다. 아무도 웃지 않았다. 그러자 킨타나는 마무리 지었다. "돈 프란스시코의 최근 그림이 입증한 것은 바로 이 점이지요. 이 나라가 영원한 세 거장을, 말하자면 벨라스케스와 무리요* 그리고 고야를 탄생시켰다는 점입니다."

열정적 수집가인 미겔은 고야의 훌륭한 그림 다섯 점을 가졌다는 것을 떠올리면서 속으로 싱긋이 웃었다. 그러고는 이렇게 농담했다. "난 이미 그 점을 알고 있었소. 벨라스케스나 무리요 그림의 해외 반출을 금

* Bartolome Esteban Murillo(1618~1682): 벨라스케스, 리베라와 함께 스페인 바로크 회화를 대표하는 화가.

지한 카를로스 3세의 공표로는 충분하지 않아요. 당신 이름도 우리는 덧붙여야 하지요, 프란시스코."

"그 점에서 벨라스케스는 훨씬 쉬웠을 겁니다." 킨타나는 숙고하며 크게 말했다. "그는 왕과 귀족을 충심으로 존경했으니까요. 게다가 그건 그 당시에 자연스러운 일이었어요. 그는 마음으로부터 왕이나 궁정에 공감할 수 있었고, 또 그렇게 해야 했어요. 왕조의 생각을 찬미하는 건 그가 보기에 스페인 예술가의 최고 임무였어요. 그리고 스스로 귀족이기도 했구요. 그는 자신의 예술적 목표에 도달하기 위해 귀족에 속한다는 느낌을 가져야만 했어요. 그에 반해 우리의 고야는 전적으로 비귀족적이었지요. 그건 오늘날의 관점에서 보면 옳은 일입니다. 그는 벨라스케스와 똑같이 예리한 시선으로 왕을 바라봅니다. 그러나 그에게는 마호적인 요소가 있어요. 그는 민중 출신의 벨라스케스이고, 그의 그림은 신선한 잔혹성을 갖고 있어요." "바라건대, 나를 그리 나쁘게 여기지 않길 비네, 돈 호세." 고야가 기분 좋게 대답했다. "다음과 같은 옛날 속담을 귀족답지 않은 잔혹한 방식으로 상기시킨다는 이유로 말일세. '머리카락 세 올을 뽑는 건 허락하겠네. 하지만 네번째 올은 견디기 어렵다네.'" 킨타나는 웃었다. 그러자 사람들은 다른 그림에 대해 말했다.

카예타나는 나중에
프란시스코에게 말했다.
그의 친구들은 아주 영리하지만,
두 사람 중 어떤 사람도
그녀는 애인으로 생각할 수 없다고.
젊은 사람도 아니라고.

"눈에 띄는 건," 그녀는 이 말이
고야의 마음을 상하게 하리라는 것은
생각지 못한 채, 단순하게
말했다. "당신의 미겔이나
킨타나 혹은 나의 페랄처럼
그리 영리한 사람들이
내게는 제대로 된 매력을
결코 갖지 않는다는 게
참 기이하네요."

35

스페인의 가장 유명한 여성인 알바 공작비가 있다는 사실 때문에 카디스 사람들은 마음이 흔들렸다. 모든 사람이 그녀와 만나려고 애썼다. 공작비는 상중(喪中)이었다. 그건 그녀에게 마음대로 사람을 맞이하거나 거절할 수 있는 편안한 구실이었다.

카디스의 거만한 부르주아들이 카예타나 앞에서 얼마나 불안해하는지 프란시스코는 야유하듯 알아챘다. 다른 누구보다도 더 많이—고야는 이 점을 지독히 흡족한 마음으로 관찰했는데—흥분한 것은 대담하고 학식 있으며 차분한 세바시티안 마르티네스였다.

산타쿠에바 교회에 걸 그림에 대해 얘기하고 싶다는 구실로 마르티네스는 카사 데 하로에 있는 그를 여러 차례 방문했다. 프란시스코는 그를 공작비한테 소개하지 않을 수 없었다. 마르티네스 경은 궁정에서 환대받았다. 대단한 나리들이 그의 호의를 구하려고 애썼고, 그의 엄청난 부와 그가 보인 행동의 명성 덕분에 이 마르고 추한 몰골의 남자는 많은 여성들에게 편안하게 여겨졌다. 사람들은 때로 그가 보여준 대담한 방탕 생활에 대해 얘기했다. 하지만 도냐 카예타나는 처음 본 순간부터 아이 같은 낭만적 열정을 그에게 불러일으켰다. 그가 그녀에게 말을 걸 때면, 까다롭고 평소에는 그리 신중한 이 신사도 자신을 억제할 수 없었다. 그의 눈빛은 이글거렸고, 메마른 얼굴은 붉게 달아올랐다. 카예타나는 이 일에 재미를 느꼈다. 그녀는 다정하지만 거의 눈에 띄지 않는 우월감으로 그를 다뤘다. 이 우월감은 그녀에게만 있는 거였다. 삶에 정통한 마르티네스 경도 그녀에게 자신이 장난감에, 헝겊인형에 불과하다는 사실을 틀림없이 알고 있었을 것이다. 그가 지닌 부르주아적 자부심에도 불구하고 그를 매혹시킨 것은 이 귀족 여인의 바로 이 자명한 오만함이었다. 고야는 악의적으로 흥겨워져 이렇게 생각했다. 양피지처럼 단단한 모험가가 그녀와 얘기할 때면, 그녀가 가진 모든 고귀한 칭호가 그 앞에 분명히 드러나고, 그녀의 조상인 저 음울한 원수(元帥)가 쳐부순 전투의 날짜도 현재하는 듯했다.

고야는 산타구에바를 위한 그림을 빠르고 능숙하게 그렸다. 그다지 큰 즐거움은 없었지만, 그렇다고 새로운 생각이 없지 않았다. 두번째 주가 끝날 때 이미 그는 마르티네스 경한테 그 그림을 건네줄 준비가 되었다고 전할 수 있었다.

마르티네스 경은 1만 8천 레알이나 되는 그 작품을 구경했다. 그는 이해하지 못한 것은 아니라고 말했다. 그는 「5천 명의 식사」라는 그림 앞에서 말했다. "오직 당신만이, 수석화가님, 사람 무리를 저렇게 이어지면서 동시에 저리 움직임 있게 만들 수 있습니다." 그리고 「성찬식」 앞에서 그는 말했다. "오직 프란시스코 고야만이 사도들을 식탁에서 떼놓을 수 있지요. 당신이 신의 말씀에 대한 경악 속에서 그들을 땅 위로 내던진 건 완전히 새로운 사건이군요. 반란을 일으킬 정도입니다. 다른 사람이라면 '이단적'이라고 말할 정도지요." 그는 득의의 미소를 지었다.

그런 다음 기분 좋은 수집가는 비위를 맞추듯 장난기 섞인 웃음을 띠며 계속 말했다. 그는 수석화가 나리가 그 자신, 즉 카디스 상인 세바스티안 마르티네스의 초상화 하나를 그려줄 시간과 의향이 있는지 물었다. 돈 프란시스코도 알고 있듯이, 그는 자기 함대를 다음 주에 출항시킬 거라고 했다. "앞으로 며칠 동안 작업할 기분이 날지 알 수 없습니다." 프란시스코는 차갑게 대답했다. "이곳에 쉬러 왔으니까요." 마르티네스 경은 물었다. "그 휴식을 2, 3일 멈추는 데 얼마면 되겠습니까?" "2만 5천 레알입니다." 프란시스코는 그의 무례함에 놀랐으나 주저 없이 대답했다. "좋습니다." 마르티네스 경도 마찬가지로 주저 없이 말했다. 하지만 그 후 약간 주저하며, 그는 공작비와 고야를 자기 집의 작은 파티에 초대해도 되는지 물었다. 이유는 마련되었다. 즉 산타쿠에바에 걸 그림이 끝났고, 그는 수석화가와 거래할 참이었다. 그리고 그는 공작비를 알고 있고, 또 스페인의 보다 큰 영광을 위해 영국의 봉쇄를 돌파하고 자기 함대를 아메리카로 이끌 참이었다. "플루스 울트라Plus ultra—언제나처럼 더 앞으로." 그는 말하며 득의의 미소를 지었다. 자신은 공작비를 위한 초대를 받아들일 위치에 있지 않다고 고야는 메마르게 답했다. 그 밖에 그녀가 다가올 두 주간의 계획을 이미 짠 것으로 알고 있으며, 그 뒤라면 마르티네스 경은 이미 항해를 즐기는 중일 것이라고 했다.

마르티네스 경은 잠시 침묵했다. 그의 마른 얼굴이 움직였다. 잠시 후 그가 말했다. 그가 도냐 카예타나와 돈 프란시스코를 자신의 시민적

집에서 맞이할 수 있는 기쁨과 영광을 가질 수 있다면, 자신은 탑승하지 않은 채 함대를 출항시키겠노라고. 고야는 당혹스러웠다. 그는 어깨를 움칠했다. "공작비와 말해보시지요." 그가 조언했다.

잘 아는 친구 모임에서, 또 도냐 카예타나가 있는 데서, 마르티네스 경이 공작비를 위한 저녁 모임을 갖기 위해 배에 탑승하려던 계획마저 포기했다는 사실이 언급되었다. 킨타나는 분명 거절하듯 말했다. "어디론가 가려는 욕망을 여성에게 일깨우는 건 괴로운 일입니다." "당신은 아주 젊군요, 킨타나 선생." 공작비가 말했다.

마르티네스 경은 도냐 카예타나가 상중(喪中)임을 감안해 손님 몇 명만 초대했다. 고야에게 가장 흥미로운 건 마르티네스 경이 바헤르 경으로 소개한 어느 남자였다. 그는 말라가 출신의 해운업자로 마르티네스 경의 가까운 사업 동료였다. 이 낯선 신사는 억양 때문에 영국 출신이라는 특징이 분명히 드러났다. 아마 그는 지금 스페인 해역을 봉쇄하고 있는 영국 함대의 장교인지도 몰랐다. 남자들은 변장해서 카디스로 오는 걸 좋아했다. 프란시스코는 저녁이 가는 동안 영리한 마르티네스 경이 영국 장교와의 협의를 통해 함대의 출항을 보장받았다는 사실을 놀란 채, 그리고 즐거운 마음으로 알게 되었다.

돈 미겔도 그 자리에 있었다. 그는 마르티네스 경을 아주 소중히 여겼다. 그는 마르티네스 경의 예술사적 열성을 이해했고, 그 진보적 태도를 기뻐했다. 젊은 킨타나는 오지 않았다. 킨타나는 마르티네스 경이 여성의 예쁜 얼굴 때문에 함대의 통솔 같은 애국적인 행동을 포기했다는 사실을 용서하지 못했기 때문이다.

평소 그토록 확고한 세바스티안 마르티네스는 이날 저녁에도 부르주아적 신중함을 드러내고자 애썼다. 그는, 예의에 맞게, 공작비에 대해서는 다른 손님들보다 약간 더 신경 썼다. 하지만 애원하고 경탄하는 듯한 그의 눈빛이 늘 다시 그녀에게 되돌아가는 것은 어쩔 수 없었다.

돈 미겔 때문에 마르티네스 경은 까다로운 구닥다리 대화에 끼어들게 되었다. 미겔은 마르티네스 경의 도서관에서 책 몇 권의 초기 인쇄본을 발견했는데, 신앙의 관점에서 안심할 수 있는 책들이 아니었다. 그는 농담하듯 말했다. "주의하세요, 마르티네스 경. 당신처럼 계몽되고 부유한 사람은 종교재판소 나리들께는 상당한 유혹거리니까요." "나의 배들은 영국인들의 항로를 뚫고 지나갔소." 마르티네스 경은 겸손하고도 자부심 있게 대답했다. "나는 최고주교회의 측에 내 책과 견해도 살펴보게 할 것입니다."

공작비와 고야는 식사 후, 흔히 그러하듯, 카드놀이 식탁에 앉게 되리라고 기대했다. 마르티네스 경만은 약간 다르게 생각했다. "도냐 카예타나, 당신은 연극홀로 가시지요?" 그는 공작비에게 요청했다. "세라피나가 당신을 위해 춤출 것입니다." "세라피나라구요?" 그녀가 정말로 놀란 듯 물었다.

세라피나는 스페인에서 가장 유명한 춤꾼이어서 우상처럼 사랑받았다. 그녀는 스페인 민중으로부터 위대한 승리를 이끌어냈기 때문이었다. 톨레도의 최고 주교에게 여러 곳에서 탄원이, 무엇보다도 외국에 있는 고위 성직자로부터 탄원이 제기되었다. 종교심 깊은 스페인에서 판당고와 볼레로 같은 천박하고 외설적인 춤을 용인해줘야 하는지에 관한 것이었다. 마침내 최고 주교는 최고주교회의를 소집했고, 필요한 경우 춤의 금지를 인정하게 될 터였다.

세비야의 대주교는 이런 금지가 특히 안달루시아에 야기했던 불화를 두려워했기 때문에, 명망 있는 종교재판관이 그 춤꾼에게 먼저 시연

해보게 해야 한다고 제안했다. 세라피나와 그 상대인 파블로는 최고주교 회의의 고위 성직자들 앞에서 춤을 췄다. 고위 성직자들은 안락의자에 조용히 앉아 있기가 힘들었다. 판당고는 금지되지 않았다.

하지만 얼마 되지 않아 세라피나는 자취를 감추었다. 그녀가 결혼했다고들 했다. 어떻든 2, 3년간 그녀가 공개적으로 춤추는 것을 더 이상 보지 못했다. "세라피나라고?" 알바 공작비는 놀란 채 느긋하게 물었다. "세라피나라고 말했나요?" "그녀는 지금 헤레스에 살고 있지요." 마르티네스 경이 알려주었다. "그녀는 그곳에 사는 저의 대리인 바르가스의 아내지요. 바르가스 부인을 움직이게 하는 건, 친지나 다른 사람들 앞에서 춤추게 하는 건 그리 쉽지 않습니다. 하지만 당신, 공작비를 위해서는 추지요."

연극홀로 자리를 옮겼다. 그 공간은 아주 잘 꾸며져 있어 민중 출신 춤꾼이 공연을 선보이는 장소라는 인상을 주었다. 평소에는 그리도 우아한 연극홀이, 몰락했지만 우아한 어느 모르인 집의 비참하고 더럽혀진 응접실로 변해 있었다. 너무 밟아 닳고 여기저기 기운, 그러나 처음에는 아주 비쌌을 융단이 깔려 있었다. 벽은 희고 먼지 낀 아마포로 덮여 있었고, 예술적인 천장은 붉은 금색 아라베스크 무늬로 장식되어 있었다. 낡은 나무의자 몇 개가 세워져 있었고, 두어 개의 어두침침한 램프와 양초가 희미한 빛을 발했다.

손님들이 앉았다. 그러자 닫힌 커튼 뒤의 무대로부터 캐스터네츠의 달그락거리는 소리가 벌써 세차게 들려왔다. 커튼이 열렸고, 무대에서는 원시적으로 그려진 안달루시아 풍경이 나타났다. 어느 외로운 음악가가 기타를 안은 채, 구석의 등받이 없는 의자에 멍하니 앉아 있었다. 캐스터네츠 소리는 점점 더 커졌고, 무대 뒤편 왼쪽에서 마호가, 오른편에서는 마하가 나왔다. 두 연인은 서로에게 다가갔다. 그들은 오랫동안 떨어져 지내다가 다시 만나게 된 것이었다. 그들의 울긋불긋한 옷은 가장 값싼 천으로 만들었고, 금은색 싸구려로 꾸며졌다. 청년의 바지와 처녀의 치마는 엉덩이에 꼭 달라붙어 있었다. 얇은 옷감으로 된 치마는 아래로 넓게 퍼졌지만, 길지 않았다. 그들은 관객에게 신경 쓰지 않았다. 그들은 서로 쳐다보기만 했다. 두 팔을 든 채, 그들은 서로를 향해 춤을 췄다.

아직도 캐스터네츠의 응원하는 듯 나직한 달그락거림 외에는 아무 소리도 들리지 않았다. 이제 두 춤꾼은 서로 아주 가까이 있었다. 여자는 물러나 여전히 두 팔을 벌린 채 뒤쪽으로 움직이며 춤을 췄고, 남자는 더 천천히 혹은 더 급하게 여자를 따랐다. 두 사람은 입을 약간 벌렸다. 그건 춤이라기보다는 무언극 같았다. 그들은 서로 쳐다보았고, 바닥을 내려다보았다. 여자는 멀리 피하더니, 다시 점점 다가와서는 남자를 유혹했고, 교태를 부렸다. 남자는 여자를 쫓아다녔고, 여전히 소심하지만 점점 더한 욕망을 품었다. 여자가 마침내 남자 쪽으로 몸을 돌렸다. 캐스터네츠 소리가 더 커졌고, 기타 연주가 시작되었다. 보이지 않는 작은 오케스트라 연주도 시작되었다. 두 춤꾼은 서로에게 다가서서, 서로의 옷을 어루만졌다. 그들의 얼굴은 이미 서로 아주 가까이 있었다. 그때 갑자기 박자를 맞추는 가운데 음악이 사라졌다. 캐스터네츠 소리도 멈췄고 춤꾼들도 그 자리에 뿌리박힌 듯 굳게 섰다. 그렇게 몇 초 동안 모든 게 멈췄는데, 마치 끝없이 이어지는 듯했다.

그런 다음 기타 소리가 새로 울렸다. 여자의 몸 위로 경련이 흘렀다. 여자는 천천히 경직된 자세에서 풀려나 뒤로 물러났다. 그러다 다시 앞으로 나왔다. 이제 남자도 움직였다. 남자가 열렬하게 여자 쪽으로 다가섰다. 이제 여자는 더 천천히 그러나 더 다정하게 남자에게 다가섰다. 두 사람의 움직임은 더 격렬해졌고, 그들의 눈빛은 무엇인가를 권유하는 듯했다. 온몸의 근육이 열정으로 떨렸다. 이제 두 눈을 감은 채, 그들은 서로를 향해 다가섰다. 하지만 다시, 그 마지막 순간에, 그들은 떨며 뒤로 물러섰다. 이제 다시 마음을 뒤흔드는 맹렬하고도 흥분된 그리고 육감적인 휴식이 찾아들었다.

그 뒤 두 사람은 뒤로 물러나, 무대 뒤로 사라졌다. 이제, 관객들은 곧 안달루시아 사람들이 저 판당고에 덧붙인 어떤 장면이 시작될 것임을 알았다. 그건 집시에게서 연유한, 그리고 아주 오래전 동양에서 온 솔로 장면이었다. 그것은 세라피나와 그녀 이전의 수많은 다른 춤꾼들이 스페인 왕국 전역에서 유명하게 만든 독무(獨舞)였다.

그때 여자가 무대 뒤에서 앞으로 나왔다. 이번만큼은 캐스터네츠 반주가 없었다. 하지만 무대 뒤에서는 발 구르는 소리와 손뼉 치는 소리가 단조롭고도 리듬감 있게 들려왔다. 외롭고도 어두운 목소리가 상투적이지만 영원히 이어질 듯 깊은 노래를 불렀다.

그러므로
사랑의 저 깊은
품으로 뛰어드세.
우리는
그토록 짧은 시간만
이 땅에서
사니까.
그리하여 그토록 오랫동안
우리는 죽어 있으니까.

이 말들도 더 이상 알아볼 수 없는 것으로 곧 사라져버렸다. 이 외로운 목소리가 노래하는 건 그저 단조로운, 거의 애원하는 듯한 '아아'와 '아아이이' 같은 리듬 있는 소리였다. 그것은 느리게 울렸지만 거칠고 격렬했다. 여자의 춤도 느렸지만 거칠고 격렬했다. 그건 한결같으면서도 늘 달랐다. 그것은 조용하면서도 맹렬한 춤이었고, 온몸의 춤이었다. 여자 춤꾼은 분명 애인 앞에 자신을 선보였다. 그러면서 몸이 선사할 수 있는 모든 환희와 달콤함 그리고 광폭함을 보여주었다.

관객들은 아무 말 없이 앉아 있었다. 단조롭고도 난폭하게 발 구르는 소리가 그들의 온몸을 타고 흘렀다. 하지만 그들은 움직이지 않았다. 그들은 굳은 듯 바라보기만 했다. 무대에서는 어떤 외설적인 일도 일어나지 않았다. 벌거벗은 모습도 없었다. 하지만 모든 욕망 가운데 가장 자연스러운 욕망인 육체적 갈망이 깊은 천진성 속에서 그리고 낱낱의 세부에서 선보였다. 그 욕망은 리듬 속에서 해소되었다.

관객들은 이런 춤을 여러 차례 보았다. 하지만 그렇게 완벽하게 본 적은 결코 없었다. 학식 있는 미겔이나 박식한 마르티네스는 경탄과 조예를 가지고 힘겹고도 예술적으로 공연을 마친 세라피나를 바라보았다. 로마 사람들이 죄 많은 가드 족*으로부터 자신들의 도시로 데려와, 모든 쾌락에 물린 원로원 인사나 은행가 앞에서 그 춤을 추게 하며 그들을 즐겁게 만든 춤꾼도 틀림없이 그녀 같은 여인이었을 것이다. 초기 교부들이 성스러운 분노에 가득 차 헤로디아스**의 춤추는 딸과 비교했던 사람도 그녀 같은 여인이었을 것이다. 가데스 출신의 여자 춤꾼 텔레투사가

---

* Gad: 이스라엘 12종족 중의 하나.

** Herodias: 헤롯 왕의 후처로 그녀의 춤추는 딸은 살로메를 말한다.

칼리피고스 베누스를 만든 조각가 앞에 모델로 섰다는 전설은 분명 옳았다.

세라피나는 표정 없는 얼굴로, 스스로 타고난 것이면서 배운 것이기도 한, 광포한 환희와 높은 예술성으로 가득 찬 춤을 추었다. 단조롭게 울리는 쿵쾅대는 발소리와 노래는 더 거칠어졌다. 그러자 관객들이 갑자기 끼어들었다. 최고 귀족과 부유한 나리들은 손뼉을 치고 박자를 맞추며 발을 굴렀고, '올레'*라고 외쳤다. 심지어 마르티네스 경의 사업 동료인 영국인 장교조차 처음에는 충격을 받았으나, 나중에는 같이 발을 구르며 '올레' 하고 소리 질렀다. 세라피나는 계속 춤을 추었다. 그녀는, 그 자리에서 거의 움직이지 않은 채, 때로는 관객 쪽으로 등을 보였고, 때로는 옆모습을 보였으며, 때로는 얼굴을 보였다. 경련이 점점 더 자주 그녀 몸을 지나갔다. 그녀는 팔을 들어 올렸고, 두 팔은 허공 속에서 움칠하더니 갑자기 다시 멈췄다. 그와 동시에 그녀와 다른 사람은 몸이 굳어졌다. 그러고 나서 마지막으로 아주 짧은, 무더위 속에서 견디기 어려울 듯한 춤과 움직임, 떨림과 열망이 찾아들었다.

독무는 끝났다. 새로 춤이 시작되었고, 이번에는 쉬지 않고 이어졌다. 그것은 예부터 내려오는 사랑의 결투에 대한 무언극이었다. 수줍음과 갈망, 암울한 결연함, 새로운 공포, 더해가는 탐욕, 굴복과 충족과 구원, 그리고 나른하고도 어슴푸레한 만족.

이 춤에 느슨하거나 음란한 점은 없었다. 이 춤은 거칠지만 사람을 설복하는 진지함을 갖고 있었다. 이런 식으로 관객은 이 춤을 받아들였고, 또 그렇게 춤에 빠져들었다. 상투적이지만 언제나 진실된 말을 담은

---

* Olé: '잘한다!' '좋아!' 등을 의미하는 스페인어 감탄사.

이 노래는 음악이라기보다는 사람을 마비시키고 열광시키는 소란이었다. 스페인 사람들이 무엇을 느끼고 어떻게 살아가는지 이보다 더 잘 표현하는 예술은 없었다. 이 춤 앞에서 계산하고 숙고하는 사유는 해체되었다. 성가신 논리는 무로 해체되었다. 여기에서 필요한 것은 그저 바라보고 듣는 일이었다. 이 소리의 물결 속에, 연이어 일어나는 이 움직임의 흐름에 자신을 맡기는 것이었다. 또 그렇게 맡길 수밖에 없었다.

알바 공작비는 다른 사람들이 느끼듯이 느꼈다. 높은 굽이 달린 그녀의 작은 신발은 자신도 모르는 사이에 리듬감 있게 바닥을 굴렀고, 아이처럼 날카로운 소리를 '올레' 하고 질렀다. 그녀는 두 눈을 감았다. 그녀는 물밀듯 밀려오는 쾌락을 더 이상 견딜 수 없었다.

프란시스코의 큼직한 얼굴은 우울하고 진지했으며, 이 춤꾼들의 얼굴만큼이나 멍하게 보였다. 그의 마음에서는 많은 것이 일어나, 아무런 말이나 의식도 되지 못한 채 지나갔다. 그의 눈은 안달루시아의 춤인 볼레로에 멎어 있었다. 아니면 춤이 늘 그러하듯이, 그 자신이 직접 마음속에서 자신이 태어난 아라곤 지방의 춤인 호타*를 추고 있었다. 호타는 남자와 여자가 서로 위협하며 추는 호전적인 춤으로, 아무런 우아함이나 절제가 없는, 억제된 정열로 가득 찬 춤이었다. 그는 가끔 그 춤을 추었고, 그 춤이 요구하듯이 몸을 똑바로 세워 전장에 나가듯 췄다. 그는 다른 사람들과 박자를 맞춰 힘차게 손뼉을 쳤으며, '올레' 하고 크게 소리 질렀다.

그리고 춤은 끝났다. 춤꾼들은 움직이지 않았다. 그들은 땅에서 이뤄지는 사랑의 모든 단계를 두루 체험했으며, 다른 사람도 체험하도록

* Jota: 아라곤 지방의 민속춤.

만들었다. 커튼이 내려오는 동안 그들은 다 같이 무대 뒤편으로 물러났다. 음악이 그쳤다. 사람들은 박수 치지 않았다. 관객들은, 스스로도 탈진한 채, 말없이 앉아 있었다.

마르티네스 경이 고야에게 말했다. "수석화가님, 이런 즐거움을 당신께 보여드릴 수 있어 기쁩니다." 하지만 그의 말에는 고야를 화나게 만든 울림이 있었다. 자기 얼굴에 담긴 모든 것을 다른 사람이 읽어내었다는 게 기분 나빴다. 세라피나가 그를 뒤흔들었다는 사실을 다른 사람이 분명히 알게 된 것도 그랬다. 카예타나도 그가 어떤 기분인지 재빠른 눈빛으로 분명히 알아챘다. 그래서 그녀는 말했다. "세라피나는 분명 당신 같은 사람을 매혹시켰을 거예요. 당신은 카디스에서 아주 유명하니까요, 돈 프란시스코. 마르티네스 경이 세라피나로 하여금 날 위해 춤추게 할 수 있었다면, 그는 분명 그녀가 당신 마음에도 들게 할 수 있을 거예요." 그러자 마르티네스 경이 갑자기 끼어들었다. "수석화가님, 당신은 분명 한 늙은 상인의 초상화보다는 세라피나의 초상화에 더 많은 관심을 가질 겁니다. 바르가스 경은, 특히 당신이 그 초상화를 제게 넘겨준다면, 영광스러운 마음으로 당신 앞에 앉을 겁니다. 바르가스 경이 헤레스에 있는 나의 대리인이라고 말했던가요?"

세라피나가 왔다. 사람들은 정중하게 칭찬과 찬사를 퍼부었다. 그녀는 조용히 다정하게, 그러나 웃지 않고 감사를 표했다. 그녀는 축하받는 일에 익숙해 있었다.

고야는 아무 말도 하지 않았다. 그는 그녀를 응시하기만 했다. 마침내 그녀가 고야 쪽으로 몸을 돌렸다. "얼마나 오래 카디스에 머무나요, 수석화가님?" 그녀가 물었다. "모르오." 그가 대답했다. "일주일이나 이주일쯤 될 거요. 그런 다음 이 부근인 산루카르에서 잠시 더 있을 거요."

그녀가 말했다. "저 역시 여기서 멀지 않은 곳에, 헤레스에 살아요. 저는 '침대-축제'라는 행사를 늦가을쯤 열려고 마음 먹고 있었지요. 하지만 좀더 일찍 열겠다고 오늘 결심했어요. 절 방문해주시길 바랍니다." 이 나라 이 지역에서는 잘사는 몇몇 부인들이 매년 1, 2주일 동안 아파서 침상에 누운 채 버릇없이 구는, 그래서 친구나 지인들이 방문하거나 선물을 주는 그런 풍습이 있었다. 오직 그 목적을 위해 사용되는 화려한 침상은 자기 체면을 중히 여기는 처녀들의 혼수품에 속했다.

고야는 그녀를 바라보았다. 그는
오랫동안, 다른 사람은
신경 쓰지 않은 채, 쳐다보았다.
그녀도 그 시선을 받았다.
둘의 마음속에는
애원하는 듯한, 단조롭게
쿵쾅대는 노래가 일었다.
선율은 이랬다.
"그러므로 오늘
사랑의 저 깊은 품으로 뛰어듭시다.
내일이면 더 이상 그럴 수 없으니까."
잠시 후 그는 마침내,
마법을 깨부수듯, 입을 열었다.
마하에게 마호가 하듯,
그는 말했다.
"침대-축제는 이제 열지

마요, 세라피나. 우리 사이에
그런 일은 필요 없으니까.
그렇게 난 당신을
그릴 거요. 아무 변명 없이
우리는 만날 거요, 세라피나."

36

이틀 후 저녁 그는 카예타나와 단둘이 있었다. 솔라노라는, 아프리카에서 불어오는 후텁지근한 바람이 불었다. 돌풍 소리에 적대적인 두 나라의 함대, 즉 가까이 있는 스페인 함대와 멀리 있는 영국 함대의 저녁 신호가 섞여 들려왔다.

프란시스코는 예민해져 마음이 흥분되었다. 그는 산루카르로 돌아가고 싶었고, 온전히 자기만을 위해 카예타나를 다시 갖고 싶었다. 카디스에서의 삶이 갑작스레 싫증났고, 이곳에서 함께 지내야 하는 그 많은 사람들이 싫어졌다. 휴가를 지나치게 연장한다면, 궁정의 호의를 잃을 것이었다. 고작 마르티네스 경과 그 무리와 잡담하려고? 하지만 카예타나는 분명 이 사람의 존경이 마음에 들었다. 그녀는 고야에 대해서는 어떤 이해도 하지 않았다. 그가 더 이상 여기에 머물고 싶어 하지 않는다는 걸 눈치챌 만큼 그녀는 충분히 세심하고 친절하지 않았다.

그녀가 입을 열었기 때문에 그는 이 생각을 마저 하지 못했다. "애써 말할 필요는 없어요, 프란시스코." "뭐 말이오?" 그는 꾸며낸 천진함으로 되물었다. "무얼 말하지 않아도 된다는 거요?" 그러자 그녀는 웃으며 말했다. "당신이 괜찮다면, 우리 내일 산루카르로 돌아가요."

그가 다시 산루카르에서 그녀와 단둘이 있게 되었을 때, 모든 불쾌감이 사라졌다. 그는 여행을 떠나기 전 주처럼 밝고 행복했다. 카디스에 대한 기억도 아름다워졌다. 남자들은 그를 축하했고, 여자들은 그에게서 사랑을 느꼈다. 사람들은 그 이전의 어떤 화가도 받지 못했을 비용을 지불했다. 그의 명성은 분명 나라 전체로 밀려들었다. 이제 그는 자신이 무엇을 할 수 있는지 보여주기 시작했다. 그의 예술은 성장하고 있었다. 그런데 이제 그는 여기에, 그의 온갖 기분을 따르는 멋진 애인과 단둘이 있었다. 그는 젊었고, 젊음을 입증했다. 그는 자신이 원했던 모든 것을 소유했다. '삶과 예술이라는 금빛 탁자 곁에 앉아.' 그의 마음속에는 돈 미겔이 인용했던 시 구절이 울렸다.

한번은 침대에서 카예타나가 기지개를 켜며 물었다. "당신은 여전히 날 마하로 그리려 하지 않지요?" "그렇소, 확실히." 그가 곧장 대답했다. 그는 아담하고 유쾌한 그림 한 점을 그렸는데, 그 그림에서 그는 그녀와 산보하고 있었다. 그녀는 마하 복장을 하고 있었다. 그녀는 검은 명주천을 걸쳤고, 그는 그녀보다 약간 뒤에 있었다. 그녀는 그 쪽으로 몸을 돌렸다. 그녀는 잘록한 허리로 아양 떨듯 순종하듯 돌아섰다. 한 손은 초대하듯 펼쳐진 부채를 잡고, 다른 한 손은 권유하듯 주인처럼 편 집게손가락으로 부채를 가리켰다. 하지만 그, 고야는 정중하고 친절한 자세로 그녀에게 말했다. 그는 매우 우아한 옷차림이었고, 멋쟁이처럼 차려입었다. 그는 갈색 연미복을 입었으며, 값비싼 레이스에 목 높은 구두를 신고 있었다. 그는 알아보기 힘들 만큼 젊어 보였고, 분명 딱정벌레처럼 사랑에 빠진 듯했다.

그녀는 그가 아직도 자신을 마하로 보고 싶어 하지 않음을, 자신을 그저 화려하게 차려입은 신분 높은 여인으로 그렸을 뿐임을 잘 알았다. 하지만 그녀는 그 그림에 기쁨을 느꼈다. 그의 야유는 천진하지만 대담했다. 그는 자신을 젊은 사람처럼 우롱하지 않는가?

다음 날 그녀는 자신의 죽은 시녀인 브리기다의 방문을 받았다고 말했다. 그 시녀가 다시 말하길, 그녀는 일찍 죽을 것인데, 하지만 마하로 그려지기 전까지는 죽지 않을 거라고 했다. 고야는 나른한 듯 안락의자에 앉아 있었다. "그렇다면, 유감스럽게도 당신은 그걸 믿어야겠소." 그가 대답했다. "어리석은 소리 마요." 그녀가 말했다. "당신은 그녀가 무얼 말했는지 정확히 알잖아요." "내 생각으로," 고야는 대꾸했다. "그건 아주 다행스러운 예언이로군. 당신은 마하로 그려질 필요가 없으니 말이오. 그렇게 되면 당신은 백오십 살까지 살 거요." "난 결심했기 때문에," 그녀가 말했다. "날 마하로 그리게 할 거예요. 그건 우리 두 사람처럼 브리기다도 잘 알아요." "그렇다면, 당신의 브리기다는 무얼 입고 있었소?" 프란시스코가 물었다. 카예타나는 놀라 대답했다. "시녀 차림이었지요." 하지만 그다음 그녀는 이렇게 소리쳤다. "그녀가 뭘 입고 있었느냐고요? 당신은 종교재판소 사람들처럼 묻는군요." 프란시스코는 온화하게 대답했다. "나는 화가요. 내가 볼 수 있는 게 아니라면, 내게는 없는 거라오. 내가 그릴 수 없는 유령은 진짜 유령이 아니오."

의사 페랄은 이미 카디스 부근에 있었지만, 사람들이 찾지 않는다고 여겼으므로 이제는 완전히 자취를 감추었다. 그렇지만 고야와는 유쾌하고 영리한 말동무로 지냈다. 그래서 그는 얼마나 대단한 지식으로 고야를 놀라게 할 수 있는지 고야에게 보여주려고 신경 썼다. 프란시스코는 공작의 죽음에 그토록 안 좋은 역할을 했던 사람이 그리도 한결같이 밝고 흡족하게 지낸다는 걸 이해할 수 없었다. 그 모든 겸허한 행동에도 불구하고, 이 불손한 남자는 스스로를 민중보다 산처럼 높은 존재로 생각하는지도 몰랐다. 그래서 어리석은 군중에게는 허락되지 않는 학문이 그에게 주어진 거라고 여기는지도 몰랐다. 그가 공작의 죽음에 관여했다면, —사실 그랬는데—그는 자신이 행한 것을 냉정하고 거리낌 없이 해치운 것이다. 하지만 저 구석에 마귀가 웅크리고 앉아 자신을 쳐다볼 수 있음을 그는 조금도 생각하지 못했다.

당시 페랄이 부탁했을 때, 고야는 그의 초상화를 조롱하듯 거절했다. 이제 그는 이 기이하고, 모든 강인한 인상에도 불구하고 그토록 불명료한 그를 분명히 알기 위해 그리고 싶다는 생각이 들었다. 어느 날 갑자기 그는 그 일을 제의했다. 놀란 페랄은 우스갯소리를 했다. "하지만 저는 마르티네스 경이 쳐준 가격을 지불할 수 없습니다." 고야는 웃으며 대답했다. "그 초상화에 이렇게 적고 싶군요. '아 미 아미고A mi amigo—나의 친구'." 이것은 화가가 자기 선물에 서명하곤 하던 방식이었다. 고야의 서명이 들어 있는 초상화를 갖는다는 생각에 열정적 수집가인 페랄은 마음이 훈훈해졌다. 그의 조심스러운 얼굴이 붉어졌다. "당신은 정말 너그러우시군요, 돈 프란시스코." 그가 말했다.

고야는 그 초상화에 오랫동안 열심히 매달렸다. 그는 특유의 은회색 빛 아래에서 그 그림을 그렸다. 그 빛은 화가가 영리하고 차분한 의사의 얼굴 뒤에 서려 있다고 추측한 음울함을 부드러움으로 강조했다. 고야는 돈 호아킨이 뭔가 감추도록 허용하지 않았다. 즉 그는 페랄의 두 손이 보이게 그렸던 것이다. "뭐라고요? 두 손도 제게 선사하시는 건가요?" 페랄이 농을 했다. 고야는 카예타나의 남편을 죽인 바로 그 손을 그리려 했던 것이다.

그 밖에 페랄이 모델로 화가 앞에 앉는 일은 편안하게 잘 진행되었다. 페랄은 대화를 즐겼고, 비록 풀리지 않는 꿍꿍이가 늘 남아 있었지만, 자신을 솔직하게 털어놓았다. 그래서 고야는 이 남자에게 깊은 관심을 가졌다. 비록 어떤 때의 시선이나 몸짓이 그를 간혹 아주 기분 나쁘게 만들었지만, 그럼에도 고야는 그를 좋아하게 되었다. 두 사람 사이에는 특이한 우정이 생겨났다. 그들은 서로 결속된 듯이 느꼈고, 서로를 알고 싶어 했다. 그리고 예리한 진실을 말하는 것에 둘 다 즐거워했다.

고야는 카예타나에 대해 말하지 않았기 때문에, 페랄 역시 그녀의 이름을 들먹이지 않았다. 하지만 일반적인 의미에서 사랑이라는 사건에 대해 여러 차례 얘기했다. 한번은 의사가 화가에게, 옛날 철학자들이 쾌락주의자와 에로스주의자를 구분한 것에 대해 들어본 적이 있는지 물었다. "나는 무지한 환쟁이일 뿐이오, 의사." 고야가 유쾌하게 말했다. "당신은 모여서 놀고 잡담하는 사람이고. 세 배나 현명한 툴리우스 키케로지요. 그러니 제발, 날 좀 가르쳐주오." 페랄은 설명했다. "쾌락주의자는 오직 자기에게만 쾌락을 제공하려는 자이지요. 하지만 에로스주의자는, 쾌락을 느낄 때면, 그 쾌락을 상대에게 주려고 하지요." "아주 흥미롭군요." 고야가 약간 불편한 듯 말했다. 그는 페랄이 알바 부인을 염두에 두는지 알지 못했다. "철학자 클레안테스*는," 페랄은 계속 말했다. "이렇게 가르쳤죠. '쾌락주의자인 여인의 음부에 파묻힌 자는 화 입을진저.' 그리고 이런 일을 당한 사람의 치료제로 그는 위대하고 일반적인 일, 말하자면 자유와 조국을 위한 투쟁에 헌신해야 한다고 권고했지요. 좋은 생각이지요. 하지만 의사로서 저는 그게 도움이 될까 싶습니다."

* Cleanthes(기원전 331?~기원전 232?): 고대 그리스의 스토아학파 철학자로 제논의 제자였다. 그는 세상을 떠날 때까지 제논의 뒤를 이은 스토아학파의 태두(泰斗)였다. 그는 의지력을 중시했고, 의지력이 모든 덕의 원천이라고 간주했다.

초상화를 그리도록 앉아 있는 동안 페랄은 물론 예술에 대해서도 많이 말했다. 그는 특히 뭔가를 말하는 눈을 그리는 프란시스코의 기술에 탄복했다. "그 점에서 당신의 기교를 알게 되었지요." 그는 말했다. "당신은 눈의 흰자위를 원래보다 작게 그리고, 홍채는 더 크게 그리지요." 이 말에 고야가 놀라 고개를 들었기 때문에 그는 설명했다. "홍채의 직경은 대개 11밀리미터지요. 그런데 당신이 그린 인물의 홍채는 13밀리미터가 됩니다. 제가 재어봤지요." 고야는 웃어야 할지 알 수 없었다.

한번은 페랄이 그레코에 대해 말했다. 그는 펠리페 왕이 그레코를 충분히 이해하지 못했음을 아쉬워했다. 만약 펠리페 왕이 이 거장에게 은총을 허락했다면, 얼마나 많은 걸작이 생겨났을지 모른다고 했다. 그는 말했다. "저 열광적인 젊은 시인이 했듯이, 저는 벨라스케스와 무리요 그리고 고야를 가장 위대한 세 명의 스페인 화가로 칭하고 싶지 않습니다. 제게 가장 위대한 화가는 그레코와 벨라스케스 그리고 고야입니다." 고야는 솔직하게 그레코는 낯설다고 대답했다. 그에게는 지나치게 부자연스럽고 귀족적이며, 따라서 비스페인적이라는 것이다. "어쩌면," 그는 말했다. "돈 호세 킨타나의 말이 맞는지도 모르오. 나는 스페인 사람이고, 농부이며, 잔혹하게 그리니까요."

마침내 그림이 완성되었다. 캔버스에는 영리한, 정말이지 의미심장하고 섬뜩한 페랄이 그려져 있었는데, 그 커다랗고 회의적이며 다소 신랄한 눈빛은 관람객을 쳐다보고 있었다. 프란시스코는 신중한 붓질로 서명했다. '고야가 친구 호아킨 페랄에게(Goya a su amigo Joaquin Peral).' 페랄은 쳐다보았다. "고맙습니다, 돈 프란시스코." 그가 말했다.

헤레스에서 서투르게 갈겨쓴 편지가 도착했다. 세라피나가 기억 속에 떠올랐다. "2, 3일간 헤레스로 가게 될지 모르오." 고야는 카예타나에게 말했다. “세라피나를 그리러 말이오.” 그녀는 대답했다. “그녀를 이곳으로 오게 하는 게 당신에게 더 편하지 않나요?” 그녀는 지나가는 투로 차분하게 말했다. 하지만 그 말 뒤에는 그를 화나게 하는, 악동처럼 호의적인 공감도 깔려 있었다. “그저 내 머리를 스친 생각일 뿐이오.” 그가 말했다. “아마 나는 그쪽으로 가지도 않을 것이고, 그녀가 여기로 오게 하지도 않을 거요. 하지만,” 그가 기분 상한 듯이 덧붙였다. “어쩌면 그녀가 이상적인 마하인지도 모르오. 다시 한 번 내가 마하를 그린다면, 그녀가 될 거요.”

잠시 후 그가 카예타나한테 왔을 때, 그녀가 지난겨울 가장무도회 때 종종 입던 옷을 입은 채 안락의자에 누워 있는 걸 발견했다. 그건 얇고 값비싼, 흰 소재로 된 옷이었다. 마하의 의상이라기보다는 반은 셔츠고 반은 바지인, 몸에 꽉 끼는 재킷이었다. 그건 주름 형태로 몸에 꼭 붙은 채, 몸을 감추기보다는 더 많이 드러내 보였다. 여기에 카예타나는 볼레로 재킷을 입었는데, 짙은 노란색에다 어둡게 빛나는 금속판으로 장식되어 있었다. 이 금속판에는 나비 무늬가 새겨져 있었다. 붉은색의 널따란 허리띠가 옷을 동여매고 있었다. 그렇게 그녀는, 두 손을 머리 뒤에 포갠 채, 누워 있었다.

“당신이 세라피나를 마하로 그리려 한다면,” 그녀가 물었다. “이런 자세와 이런 의상이 적당하겠지요?” “글쎄요.” 그는 대답했다. 그건 동의도 부인도 아니었다. 안락의자에 누운 여인은 대담하게 마하로 분장한 매력적인 여인이었다. 하지만 마놀레리아 선술집에서는 누구도 그녀를 마하로 여기지 않을 것이다. 프란시스코는 카예타나를 그렇게 그릴 수 있어도, 세라피나를 그렇게 그릴 수는 없다고 생각했다. “그런 마하를 그린다면,” 그녀는 계속 물었다. “실제 크기로 그릴 건가요?” 그는 약간 놀라 대꾸했다. "그런 기술적 문제에 당신이 관심을 갖는 건 처음이오." 그녀는 약간 인내심을 잃고 말했다. "오늘은 그래요." 그는 웃으며 계획을 알려주었다. "내 생각에 그 그림은 4분의 3 크기로 그리게 될 거요."

며칠 뒤 그녀는 평소에 잘 사용하지 않는 방으로 그를 데려갔다. 그것은 화려하지만 쓰지 않고 내버려둔 침실로, 한때 카사 데 하로 마님이 공식 예방을 받을 때 쓰던 방이었다. 한쪽 벽에는 의미 없는 그림이 걸려 있었는데, 그것은 사냥 모습을 담은 널찍한 그림이었다. 카예타나는, 이전에 카디스의 카사 데 하로에서 사용한 바 있는 똑같은 장치를 이용해, 그 그림을 옆쪽으로 밀쳤다. 그 뒤로 아무것도 없는 벽이 나타났는데, 그것은 다른 그림을 위한 공간이었다. 그는 멍하니 서 있었다. "이제 알겠어요?" 그녀가 물었다. "제가 원하는 건, 당신이 저를 결국 마하로, 진짜 마하로 그리는 거예요." 그는 그녀를 뚫어지게 보았다. 그가 그녀를 이해했느냐고? 벨라스케스의 벌거벗은 여인은 여신도 아니고 여자 귀족도 아니었다. 그녀는 마하였다. 그는 이렇게 설명했었다. "나는 당신께 두 개의 초상화를 부탁하고 싶어요, 돈 프란시스코." 그녀가 말했다. "하나는 옷을 입은 마하이고, 다른 하나는 진짜 마하예요."

그녀가 원한다면, 그런 그림을 갖게 될 것이었다. 그는 눈에 띄게 비싼 옷차림을 한 그녀를 그렸다. 그는 벌거벗은 채 훤히 비치는 옷을 입은 그녀도 이미 그렸다. 쾌락을 준비하는 침상에서 그녀는, 연한 푸른빛 쿠션에 기댄 채 누워 있었다. 두 팔은 머리 뒤에 모으고 왼발은 끌어당겨져 있었으며, 오른쪽 허벅지는 다른 쪽 허벅지 위에 살포시 놓여 있었다. 그는 음부의 삼각형을 강조했다. 그는 그녀에게 분을 좀 바르라고 말했다. 그는 그녀의 얼굴을 그렸다. 하지만 그건 그녀의 얼굴이 아니었다. 오히려 그는 이름을 알 수 없는 다의적인 얼굴을 그렸다. 이것은 그만이 그릴 수 있는 것이었다. 그건 어떤 개인의 얼굴이면서 모든 사람의 얼굴이었다.

카예타나는 자신이 개입한 그 오만한 경쟁을 기뻐했다. 그 일은 자기 뜻대로 되었다. 즉 프란시스코는 그녀를 마하로 그린 것이다. 세라피나는 마하의 원래 모습인 마하 마하다Maja Majada로서 고야를 축제-침대로 초대했으나, 그는 가지 않았다.

그는 그림이 걸릴 방에서 작업했다. 왼편에서 나온 빛은 옷을 입은 마하에게 적당했다. 하지만 옷을 입지 않은 마하는 전망탑의 평평한 지붕 위에서 그렸다. 왜냐하면 난간 덕택에 이곳은 그가 원하는 만큼만 빛이 비쳐들었기 때문이다. 시중드는 노인이 아주 미심쩍어 하며 망을 보았다. 사람들이 주변을 에워쌌다. 그럼에도 그녀의 행위는 대담한 것이었다. 그런 시도는 그리 오래 숨길 수 있는 게 아니었기 때문이다.

고야는 얼굴을 찌푸린 채 그렸다. 그는 그녀가 세라피나의 접근을 막는다고 느꼈고, 그녀가 그에게 세라피나 이상이 되고 싶어 한다는 걸 느꼈다. 그녀는 세라피나보다 더 마하가 되고 싶어 했다. 하지만 그녀는 그렇게 될 수 없었다. 악의적 쾌락이 그의 마음에서 솟구쳤다. 그녀가 그 앞에 어떻게 누워 있든, 그는 더 이상 그녀의 얼빠진 헝겊인형이 아니었다. 오히려 그녀가 결국 그의 장남감이 되었다. 그의 캔버스에 나타난 사람은 마하가 아니었다. 출생과 부귀 덕분에 스페인이 줄 수 있는 모든 것을 지녔다고 해도, 그녀는 민중에게 배제된 채 남아 있었다. 그녀는 언제나 가련한 귀족 여인일 뿐이었다. 그녀는 스스로 늘 주문하던 마하가 되지 못했다. 설령 마지막 베일을 찢어버린다고 해도, 그녀는 마하가 아니었다.

그의 생각은 육체를 가진 여인으로부터 돌아와 그의 작품으로 향했다. 그는 자신이 그리고 있는 게 예술인지 알지 못했다. 사라고사에 있던 은사 루한은 이 그림에 대해 뭐라고 말하실지! 루한 선생은 그에게 잘 차려입은 석고상을 모사하도록 했다. 그는 종교재판소 검열관이었다. 여기에 그가 그린 것은 분명 멩스나 미겔이 열광했던, 아무런 소망이나 관심이 없는 예술과는 한참 떨어져 있었다. 하지만, 빌어먹을! 그는 죽은 벨라스케스와 경쟁하고 싶지 않았다. 이것은 '그의' 벌거벗은 여인이었다. 그는 옷 입은 적나라함과 옷 입지 않은 적나라함 속에서 지금껏 함께 누웠던 모든 여인을, 그곳이 침대건 구석진 데건, 그렸다. 그는 모든 쾌락을 자극하는 한 육체를 그렸다. 그리고 여기에 두 얼굴을 그려 넣었다. 하나는 기대와 정욕으로 가득 찼으나 바로 그 욕망 때문에 텅 빈 듯했고, 시선은 굳은 채 유혹하듯 위험했다. 다른 하나는 잠 오듯이 채워진 욕망으로부터 천천히 깨어나면서, 벌써 새로운 충족을 갈구하는 듯 보였다. 그가 그리고 싶은 것은 알바 부인도 아니었고 마하도 아니었다. 그것은 결코 채워질 수 없는, 어슴푸레한 축복과 위험으로 가득 찬 쾌락 그 자체였다.

그림은 완성되었다. 카예타나는 두 그림을 번갈아가며 불안하게 쳐다보았다. 꽉 조이는 옷차림의 여인은 벗었을 때와는 다른 표정을 짓고 있었다. 두 얼굴은 그녀의 얼굴이면서도 그녀의 얼굴이 아니었다. 프랑코는 왜 그녀의 실제 얼굴을 그리지 않았는가?

"당신은 정말이지 유일무이한 것을 그렸군요, 돈 프란시스코." 마침내 그녀가 말했다. "그건 우리를 불안하게 만드는군요." 그러면서 이렇게 잡아뗐다. "하지만 전 저렇게 뚱뚱하지 않아요." 그녀는 야유하듯 장난치듯 말했다.

그러고 나서, 시중드는 노인의 도움으로
그들은 두 그림을 벽에
걸었다. 벌거벗은
그림 앞에는 다른 마하가 누워 있었다.
"손님들은 이 그림 앞에서
눈이 휘둥그레질 거예요." 그녀가
말했다. 그러고는 다시 한 번, 아이처럼
장난치듯,
누름단추를 눌렀다. 그러자
다시 벌거벗은 마하가
나타났다. 혐오하듯 어둡고
뻣뻣하게, 입술을 삐쭉이며,
이전의 그 여인이 서 있었다.
카예타나는 미소 지으며
그 나체화를 다른 마하의
화려한 그림으로 다시 덮었다.
미소 지으며, 집게손가락을 뻗은 채,
그 작은 몸 위로 크고 멋진 머리를 치켜들고,
가벼운 걸음으로, 고야에게
따라오라고 축복하듯 눈짓하면서,
알바 공작비는 방을
빠져나갔다.

37

산루카르에 한 손님이 도착했다. 그는 돈 후안 안토니오 데 산 아드리안 후작이었다.

고야는 심기가 불편했다. 그는 이 후작을 오래전부터 알고 있었다. 그는 후작을 그렸고, 그 그림은 그의 최고 초상화 가운데 하나가 되었다. 그는 후작을 텅 빈 풍경 앞에 세웠다. 이 젊은 신사는 어느 돌기둥에 기댄 채, 아주 거드름 피우는 모습으로 서 있었다. 그는 실제로는 그리 젊지 않았다. 그는 40대 초반인지 모른다. 하지만 그는 잘생기고 뻔뻔하며 거만한 앳된 얼굴로 스물다섯 살쯤 되어 보였다. 그는 승마복을 입고 있었다. 그것은 하얀 조끼와 꼭 끼는 노란색 바지 그리고 푸른 윗도리로 된, 일종의 베르테르 복장이었다. 한 손에는 승마용 채찍을 쥔 채, 우아하게 허리를 짚고 있었고, 조심스레 그려진 다른 손에는 책이 들려 있었다. 하지만 화가도 모델도 그 이유를 알 수 없었다. 그는 돌로 된 대들보에 챙 높은 모자를 얹었다. 고야는 이 잘생기고 매우 까다로운 신사의 거만스러움에서 그 어떤 것도 덮으려 하지 않았다. 이 사람은 궁정의 제1귀족 가운데 한 명으로, 젊은 나이에 이미 영향력 있는 인도 고문관 의장으로 임명되었다. 고야는 이 후작을 카예타나 무리 가운데서 여러 차례 만났다. 사람들은 그가 카예타나의 애인들 중 한 명일 거라고 짐작했다. 분명한 것은 그가 여왕이 총애하는 사람으로 간주된다는 사실이었다. 알바 공작비는 도냐 마리아 루이사를 화나게 만들려고 그를 잠시 애인으로 만들었는지도 모른다. 산 아드리안 후작은 영리했고 비상하리만큼 교양 있는 인물이었다. 그는 오랫동안 프랑스에서 살았고, 매우 진보적이라고 간주되었으며, 아마 그럴지도 몰랐다. 하지만 그가 아주 높은,

질질 끄는 듯한 아이 목소리로 괜히 냉소적이면서 우스운 언급을 할 때면, 고야는 화가 났다. 그래서 고야는 거칠고 세련되지 못한 내용으로 대꾸하지 않으려 애썼다.

후작은 타고나기를 다정한 인물이었다. 그는 도냐 카예타나를 예방하러 왔다고 말했다. 궁정에 그녀가 없는 것이 더 이상 견딜 수 없었기 때문이었다. 하지만 이와 똑같이 중요한 두번째 이유는 그의 간절한 바람, 말하자면 돈 프란시스코가 지금 세비야 근처에 있으므로, 인도 고문관 회의 장면을 그려줬으면 하는 것이었다. "당신이 없어 아쉽습니다." 그는 꺽꺽대는 목소리로 노래하듯 말했다. "우리 초상화가 그렇게 잘 그려질 수 없으리라는 걸 아시지요. 그래서 그렇게 시달리도록 우리를 내버려둔다면, 당신 동료 카르니세로 같은 훌륭한 분께 호소할 수밖에 없을 겁니다. 그렇게 되면 우리 얼굴은 실제보다 더 공허해지겠지만요."

후작은 방해하지 않으려고 애썼다. 그는 식사 시간에 자리했고, 카예타나를 예방할 때에도 참석했다. 그의 참석은 성가시기보다는 기운을 북돋우는 것이었다. 카예타나는 약간 반어적으로 그를 호기심 많은 청년으로 취급했다. 그녀와 그의 관계는 분명 끝난 것이었다. 어쨌든 프란시스코는 카예타나를 지금도 이전처럼, 원할 때는 언제든 혼자 볼 수 있었다.

어느 날 저녁 식탁에서 고야는 페랄과 예술품에 대해 대화를 했다. 다른 두 사람*은 끼어들지 않았다. 말하는 동안, 고야는 카예타나 쪽에서 산 아드리안 쪽으로 쳐다보았다. 그건 그가 마하를 그릴 때 보여주던 비스듬한 시선이었다. 그녀는 도전하듯 기다리고 욕망하며 돈 후안 쪽으로 눈짓했다. 이 시선은 2초도 이어지지 않았다. 아마 그의 상상뿐인지

* 카예타나와 아드리안.

도 몰랐다. 분명 그는 그 시선을 상상했다. 그는 그 시선을 잊으라고 자신에게 명령했다. 하지만 그는 하던 말을 애를 써서야 끝낼 수 있었다.

밤에 그는 중얼거렸다. 그 모든 게 어리석은 일이라고. 카예타나는 그가 그린 「옷을 벗은 마하」와 '하나'로 흐른다고. 그런 일은 가끔 일어나는 것이었다. 그 후 그는 다시 자신에게 말했다. 카예타나가 이전에 산 아드리안과 잠을 잔 건 거의 확실하다고. 이전 우정을 일깨우려 하지 않는다면, 그가 왜 이곳에 왔겠는가? 확실히 그는 그녀의 동의 없이 오진 않았다. 모든 게 분명했다. 그, 프란시스코가 바보였고 헝겊인형이었다. 그는 그녀가 어떻게 산 아드리안과, 이 멋지고 오만한 멍청이와 같이, 바로 지금, 그가 이렇게 잠들지 못하는 고통으로 괴로워하는 동안에, 누워 있는지 떠올렸다. 그런 후 그녀는 산 아드리안한테 「옷을 벗은 마하」를 보여줄 것이고, 그러면 산 아드리안은 구역질나는 목소리로, 그녀에게 깃든 얼마나 많은 아름다움을 프란시스코가 보지 못했는지 확인시켜줄 것이었다.

그 모든 게 바보 같은 짓이었다. 그는 질투심 많은 바보였다. 그가 두려워할 이유도 있었다. 그는 늙고 뚱뚱했으며 귀도 들리지 않았다. 등은 굽기 시작했는데, 이것은 아라곤 사람들에게 특히 욕먹을 일이었다. 게다가 그는 기분을 주체할 수 없었고 언짢았다. 카예타나는 '보석처럼 영롱하게 빛나는' 여자였다. 시어머니인 늙은 후작 부인도 알아볼 정도였다. 하지만 그가 젊고 빛나도록 아름답다 해도, 그녀는 갑작스레 그에 대한 흥미를 잃고 다른 남자를 좋아하게 되었을지도 모른다. 그가 지금 어떻게 보이든 분명한 사실은, 그녀가 젊고 날씬하고 영리한, 그리고 늘 기분 좋은 저 멋쟁이와 기꺼이 누울 것이라는 사실이었다. 수캐 같은 놈.

망상이었다. 그녀는 마리아 루이사 때문에 후작 산 아드리안을 처절하게 조롱하지 않았던가? 그녀는 프란시스코가 애인이라고 분명히 보여주지 않았던가? 하지만 그 삐딱한 시선을 그는 상상하지 않았다. 그건 「옷을 벗은 마하」에게서 온 게 아니었다. 그것은 살아 있는 카예타나의 금속처럼 강인한 눈빛이었다. 그녀는 다음 순간 무심해 보였다. 하지만 그녀의 눈은 고양이 눈처럼 변했다. 그녀의 어떤 것도 진짜가 아니었고, 그래서 파악할 수 없었다. 카예타나를 그릴 수 없는 것은 그의 잘못이 아니었다. 벨라스케스라도 그녀를 그릴 수 없었을 것이다. 아무도 그녀를 그릴 수 없었다. 그녀가 벌거벗은 모습 역시 그릴 수 없었다. 그녀는 벌거벗은 모습마저 거짓된 것이었다. 그녀의 심장은 그녀의 얼굴처럼 분칠을 하고 있었다. 그녀는 근본적으로 사악했다. 페파가 즐겨 불렀던 옛 로망스의 한 구절에 실린 시구가 떠올랐다. "아름다운 가슴에는 추악한 마음이 있네."

다음 날 아침 그는 그렸다. 이제야 마침내 진짜 카예타나를 발견했기 때문이었다. 그는 그녀로 하여금 허공으로 날아다니게 했다. 그녀와 함께, 그녀 아래로, 그녀를 실은 구름처럼, 세 개의 남자 형상이 떠다녔다. 이번에 그는 여자 모습에 익명적 요소를 더하지 않았다. 이 순수하고 거만한 타원형 얼굴은 지구상에 오직 한 여자, 카예타나 데 알바의 것일 수밖에 없었다. 남자들의 얼굴도 분명 알아볼 수 있었다. 하나는 투우사 코스티야레스였고, 다른 하나는 인도 고문관 의장인 산 안드리안이었고, 셋째 사람은 평화대공 돈 마누엘이었다. 하지만 땅에서는 곱추 한 명이, 저 나이 든 궁중광대 파디야가 그 비행을 바라보고 있었다. 프란시스코가 그린 것은 승천(昇天) 장면이었다. 하지만 그건 너무 불경스러운 승천이었다. 그녀의 목표는 분명 하늘이 아니었다. 남자 머리 위의 여자는 비행으로 부풀어진, 넓게 물결치는 옷 속에서 두 다리를 쩍 벌리고 있었다. 떠다니는 여자는 일곱 가지 대죄를 충분히 저지를 수 있다고 여겨질 정도였다. 그 얼굴은, 입술 하나 까딱이지 않고, 천진한 남편을 죽이라고 지시했는지도 모른다. 그가 방해할 수 있다는 이유만으로. 그렇다. 마침내 그는 보았고, 마침내 파악했다. 이번에 그린 것은 그녀의 마지막 얼굴이었고, 진실하고 순수하며 거만한 얼굴이었으며, 깊은 허위와 깊은 천진성 그리고 깊은 악덕에 찬 카예타나의 얼굴이었다. 그것은 육체가 된 쾌락이고 유혹이고 거짓이었다.

다음 날 카예타나는 나타나지 않았다. 늙은 시종 할멈은 신사들한테 사과했다. 그녀의 흰 강아지 돈 후아니토가 병들어서 그녀는 슬펐고, 그래서 아무도 볼 수 없었던 것이다. 고야는 계속 「승천」과 「거짓」이라는 그림에 매달렸다.

다음 날 강아지는 다시 건강해졌고, 카예타나의 기분이 밝아졌다. 고야는 말이 없었고, 그녀는 이를 안 좋게 여기지 않았다. 그녀는 그를 대화에 끌어들이려고 여러 차례 시도했다. 하지만 그가 다가가지 않자 그녀는 다정하고도 어린아이처럼 알랑거리는 산 아드리안 쪽으로 점차 다가갔다. 그는 프랑스어 문구를 인용했다. 그녀는 프랑스어로 답했다. 그들은 프랑스어 속으로 빠져들었다. 페랄은 남의 불행을 기뻐하는 마음과 공감 사이를 오가다가, 스페인 말로 하는 대화로 돌아오고자 애썼다. 두 사람은 계속 프랑스어로 말했다. 그것은 고야가 따라갈 수 없을 만큼 빠른 프랑스어였다. 마침내 카예타나는 여전히 프랑스어로, 그가 이해 못 하는 낡은 단어를 사용하며 프란시스코 쪽으로 몸을 돌렸다. 그녀는 분명 산 아드리안 앞에서 그를 폭로하고 싶어 했다.

저녁 식사 후 그녀는 오늘 흡족했고 아직 잠자리에 들고 싶지 않다고, 무언가를 더 하고 싶다고 설명했다. 그녀는 하인들을 오게 해서 판당고 춤을 추도록 했다. 시녀 프루엘라는 아주 잘 추었고, 마부 빈센테도 나쁘지 않았다. 귀족들이 사교 모임의 권태를 쫓기 위해 하인들을 춤추게 하는 일은 흔한 일이었다.

판당고를 추고 싶어 하는 데다 능력도 되는 다섯 쌍이 등장했다. 여기에 하인 출신의 소작인이나 농부들도 스무 명 정도 춤을 보기 위해 왔다. 판당고를 선보일 거라는 소식이 퍼진 데다 이곳에서는 누구나 아무런 격식 없이 구경할 수 있었다. 사람들은 잘 추지도, 그렇다고 못 추지도 않았다. 하지만 판당고는 많은 기술을 선보이지 않고도 모든 사람을 사로잡는 공연이었다. 우선 관객들은 진지하게 몰두한 채 앉아 있었다. 그러다 발로 바닥을 굴렀고, 박자에 맞춰 손뼉을 쳤으며 올레, 하고 외쳤다. 그때그때 춤추는 사람은 한 쌍에 불과했지만, 늘 새로운 쌍이 앞으로 나와 춤추던 쌍과 교대했다.

카예타나는 말했다. "프란시스코, 춤추지 않겠어요?" 프란시스코는 잠시 춤추고 싶은 생각이 들었다. 그러다 그는 그녀가 이전에 공작 앞에서, 그리고 페랄 앞에서 어떻게 미뉴에트를 추도록 했는지 떠올렸다. 그는 산 아드리안의 다정하고도 뻔뻔스러운 얼굴이 자기 앞에 있음을 보았다. 카예타나가 시키는 대로, 그렇게 춤을 선보여야 하는가? 그는 주저했다. 그러자 그녀는 산 아드리안 쪽으로 몸을 돌렸다. "아니면 당신, 돈 후안이?" 후작은 멋쟁이 특유의 방식으로 즉시 대답했다. "아주 좋지요, 공작 부인. 하지만 이 옷차림으로 그래야 합니까?" "바지는 괜찮아요." 카예타나가 냉정하게 말했다. "그러면 윗도리는 누군가 빌려줄 거예요. 내가 갈아입는 동안, 옷단장을 하세요."

그녀는 돌아와, 고야가 그리도록 옷을 입었다. 그것은 아래위가 붙은, 하얀 소재로 된 얇은 옷이었다. 그건 그녀의 몸을 가려주기보다는 더 많이 드러내었다. 이 옷 위로 장난기 있는 노란색 짧은 재킷을 걸쳤는데, 여기에는 검게 빛나는 금속판과 붉은빛의 넓은 비단 띠가 달려 있었다. 그런 차림으로 그녀는 산 아드리안과 춤을 췄다. 그녀의 옷이나 그의 옷 모두 제대로 된 차림이 아니었다. 그리고 그들이 춘 춤도 제대로 된 판당고가 아니었다. 시종 프루엘라와 마부 빈센테가 더 잘 추었다. 세라피나는 말할 것도 없고, 세비야나 카디스를 떠올리면 안 되었다. 그것은 누가 봐도 적나라한 판당고 공연이었다. 정말이지 음탕한 내용을 담고 있어서 알바 공작비와 인도 고문관 의장이 농부와 시종들, 그리고 산루카르의 마부에게 선보이기에는 너무 부적절한 춤이었다. 그건 욕구와 갈망, 망설임과 만족을 표현한 것이었다. 그녀는 이 모든 사람도 똑같이 탈의실로 데리고 가, 누름장치를 누르고, 그들에게 「옷을 벗은 마하」를 보여줄 수 있었을 것이다. 고야는 그렇게 생각했다. 하지만 그를 가장 격분시킨 건 지금 춤을 춘 두 사람이 마호와 마하가 되지 못하고 그 흉내만 낸다는 사실이었다. 그건 뻔뻔하고 어리석고 경박한 놀이였다. 그렇게 해선 안 되었다. 그건 모든 진실한 스페인적 기질에 대한 조롱이었다. 질식할 듯한 원망이 고야를 덮쳤다. 그것은 카예타나와 돈 후안에 대한 원망이었고, 고야가 뒤따르던 모든 상류 귀족과 그 여인들에 대한 원한이었으며, 이 멋쟁이들과 인형들에 대한 원한이었다. 그렇다. 고블랭직(織) 벽걸이 태피스트리를 만들던 시절에는 그도 정신을 잃은 채 이 어리석고 거짓된 놀이를 같이 했었다. 하지만 그 때 이후 그는 인간과 사물을 더 깊게 통찰했고, 더 깊게 살고 느꼈다. 카예타나도 그런 사람 중 한 명이라고 그는 믿었다. 그와 그녀의 놀이란 더 이상 놀이가 아니라는 것, 그건 진실이고 정열이며 열렬함이자 사랑이어서 참된 판당고라고 그는 믿었다. 하지만 그녀는 그를 속였다. 그 시절 내내 그녀는 속였다. 그래서 그는 이 계획에서 헝겊인형으로, 꼭두각시로 이용당했다.

제복 입은 하인과 시종, 농부와 파발꾼, 부엌 하녀, 대장장이에게는 대단한 저녁이었다. 그들은 카예타나가 그들에게 속하려고 얼마나 애쓰는지 눈치챘다. 그들은 그 점을 높이 살 줄 알았다. 하지만 그 노력이 어떻게 실패했는지도 감지했다. 그들은 자신들이 그녀보다 우월하다고 여겼다. 그들은 땅을 구르고 손뼉을 치며 올레를 외쳤다. 말이나 분명한 생각으로 표현하지 않아도, 그들은 자신들이 저 앞에 앉은 사람들보다 더 낫다고 여겼다. 시종 프루엘라가 오늘 저녁 마부 빈센테와 자러 간다면, 더 바람직할 것이다. 그것은 저 고귀한 여인 알바가 이 멍청이와 자러 가거나, 이 화가와 자러 가는 것보다는 더 자연스럽고 더 스페인적이며, 그래서 더 질서 잡힌 일이 될 것이었다.

시중드는 노인은 이 공연을 참을 수 없었다. 그녀는 자신의 카예타나를 사랑했다. 카예타나는 그녀 삶의 내용이었다. 하지만 그녀의 귀여운 양 알바 공작비는 이제 화가한테 정신을 잃고 말았다. 그녀는 분노와 앙심으로 인해 이 왕국의 첫째가는 부인이자 대원수의 후손인 여인이 천박한 하층민 앞에서 어떻게 모욕당하는지 보았다.

페랄은 앉아서 보았다. 그는 박수를 치지도 않았고, 소리 지르지도 않았다. 그는 그런 감정의 분출을 카예타나를 통해 겪었다. 하지만 그리 눈에 띌 정도는 아니었다. 아주 색다른 것도 아니었다. 그는 고야를 바라보았고, 그의 얼굴이 어떠한지 보았다. 그는 흡족함을 느꼈고, 아쉬움을 느꼈다.

카예타나와 산 아드리안은 마음이 달아올랐다. 음악은 더 열렬해졌고 환호성도 더 커졌다. 그들은 할 수 있는 한 열심히 춤을 췄다. '너도 열심히 춤춰봐!' 이런 생각이 고야 안에 일어났다. 그래도 넌 마하가 되지 못할 거야. 너는 정말 판당고에 대해 아무것도 모르는군. 너는 그저 밤의 흥을 돋우고, 이 우스꽝스러운 슬픈 광대와 잠자리에 들기 전에 몸을 달구려 할 뿐이지. 이 멋쟁이이자 멍청이와 말이지. 그는 춤이 끝나기 전에 떠났다.

그날 밤도 그는 잘 자지 못했다. 다음 날 아침 그녀는 고야가 점심 식사 전에 산책을 하기 위해 자신을 데리러 오리라 기대할지도 모른다. 그들은 지금까지 늘 그래왔기 때문이다. 그는 가지 않았다. 그는 두통 때문에 점심 식사에 가지 못할 거라고 통보했다. 그는 그림을 꺼내왔다. 「승천」과 「거짓」이었다. 그것은 끝났다. 더 이상 손질할 필요가 없었다. 그는 일할 기분이 아니었다. 아프리카에서 불어오는 바람 때문에 그는 괴로웠다. 그는 다시 청각이 더 나빠졌다고 느꼈다. 그는 캔버스를 치웠다. 접이식 책상 앞에 앉아 편지를 쓰기 시작했다. 그는 생각했다. 그 노인은 궁정광대를 고수할 것이고, 그녀는 궁정화가를 고수할 것이다. 하지만 나는 더 이상 같이 놀지 않겠다. 그는 시종장한테 편지를 썼다. 두 번째 편지는 마드리드로 돌아가는 걸 알리기 위해 예술원에 보낼 참이었다. 그렇게 작성해 놔둔 채, 정서(淨書)하진 않았다.

오후에 그녀가 왔다. 우스꽝스러운 개를 데리고 왔다. 그리고 아무 일도 없었던 것처럼, 그녀의 행동은 다정하고 쾌활하기까지 했다. 그녀는 그의 기분이 좋지 않다는 것을 유감스러워했다. 그녀는 왜 페랄에게 조언을 구하지 않는지 물었다. "페랄이 나를 도울 수 있는 일이 아니오." 그가 침울하게 말했다. "당신의 산 아드리안을 쫓아버리시오!" 그가 요구했다. 그녀는 말했다. "정신을 차리세요. 당신이 기분 나쁘다는 이유로 내가 그를 모욕하지 않을 것을 알 텐데요." "그를 내보내시오!" 그가 주장했다. 그녀는 말했다. "왜 당신은 내 일에 참견하려고 하나요? 내가 그런 걸 참지 못한다는 걸 아실 텐데. 난 결코 당신 일에 참견하지 않았어요. 이것을 하라거나 저것을 놔두라고 결코 말한 적이 없으니까요." 이 끔찍한 뻔뻔함 때문에 그는 격분했다. 그녀는 한 사람이 다른 사람에게 요구할 수 있는 모든 것을 그에게 요구했었다. 그건 가장 잔혹한 희생이었다. 그녀가 이제 마주 서서 천진한 표정으로 설명했다. "내가 당신에게 그런 걸 요구한 적이 있나요?"

그는 말했다. "나는 헤레스로 가서, 세라피나를 그릴 거요."

그녀는 조용히 앉았다. 그녀는 무릎에 강아지를 안고 있었다. "이제 떠나려 한다니, 잘됐네요." 그녀가 말했다. "나도 하루 이틀 더 있다가 떠날 거예요. 내 농장 몇 군데를 방문할 거예요. 소작인들을 감시하기 위해서죠. 돈 후안이 같이 갈 것이고, 조언하며 날 도울 거예요." 그의 아랫입술이 불쑥 튀어나왔다. 깊숙한 갈색 눈이 어두워졌다. "며칠 뒤에 떠나겠소." 그가 대답했다. "나 때문에 당신이 떠날 필요는 없소. 당신은 이곳에서 당신의 멋쟁이와 조용히 지내시오. 더 이상 방해하지 않을 테니. 나는 헤레스에서 마드리드로 돌아갈 거요." 그녀가 일어났다. 강아지가 컹컹댔다. 그녀는 무언가 격렬히 대꾸하려고 했다. 그녀는 그의 큰 얼굴을 보았다. 두 눈이 아주 검게 이글거렸다. 홍채가 보이지 않을 정도였다. 그녀는 자제했다. "당신이 산루카르로 돌아가지 않는다면," 그녀가 말했다. "그건 아주 어리석은 일이에요, 프란시스코. 아주 유감스러워할 거예요." 그가 말하지 않았으므로, 그녀는 간청했다. "정신을 차리세요. 당신은 날 알잖아요. 내게 바꾸라고 요구하진 마요. 그렇게 할 순 없으니까. 4, 5일 여유를 주세요. 당신도 그 정도 시간을 갖고요. 그런 다음 돌아갈 거예요. 그리고 그곳에 혼자 있을 거예요. 그러면 모든 게 이전처럼 될 거예요."

그는 미움으로 가득 차 그녀를 계속 응시했다. 그러고 나서 말했다. "그렇소. 난 당신을 아오." 그는 그림을, 「승천」과 「거짓」을 꺼내왔다. 그림을 걸개 위에 세웠다.

카예타나는 자신이 순수하고 깊고 천진한 얼굴로, 가볍고도 우아하게 날고 있는 모습을 보았다. 그것은 그녀의 얼굴'이었다'. 그녀는 회화에 대해 많은 것을 이해한다고 생각지 않았다. 하지만 그녀는 그 점을 알았다. 말하자면 그 누구도, 마리아 루이사도 어떤 사람도 그녀에게 그렇게 무례한 창피를 주진 않았다. 어디에 잘못이 있는지 그녀는 말할 수 없었다. 아니 그녀는 그걸 알았다고도 할 수 있다. 문제는 그가 그녀 곁에 그린 세 남자, 바로 이 세 명이었다. 그런데 왜 돈 마누엘인가? 고야는 그녀가 마누엘을 얼마나 역겨워하는지 정확히 알고 있었다. 고야는 그래서 바로 그 마누엘을 마녀 연회에 참석하는 그녀의 동지로 삼았던 것이다. 이 사람 때문에 내가 추방되었군. 그녀 안에서 분노가 일었다. 이 비천한 화가가 그 어떤 귀족 여인에게도 하지 못했던 방식으로 나를 그렸군. 그래서 그가 날 그렇게 취급했어.

작업 탁자에는 긁는 칼 하나가 놓여 있었다. 그녀는 그것을 집어, 빠르지 않게, 그러나 격렬하게, 위쪽에서 아래쪽으로 캔버스를 갈라버렸다. 그가 그녀에게 달려가 한 손으로 그녀를 잡고, 다른 손으로 그림을 잡았다. 강아지가 컹컹거리며 그의 다리 사이로 달려들었다. 걸개와 그림이 바닥으로 쾅 하며 우스꽝스럽게 넘어졌다.

세차게 숨 쉬며 두 사람이 서 있었다.
그런 다음 조용히, 그리고
오직 그녀만 그럴 수 있는 듯 오만하게,

알바 부인이 말했다.
"그림이 훼손되다니,
유감이군요. 그림 값을
말해주세요. 그러면……"
그녀는 더 이상 말하지 않았다.
저 물결이, 두려워하던 경련이
그를 덮쳤다. 맥없이 넘어지고
마비된 채, 그는 안락의자에
쪼그리고 앉았다. 그 얼굴은
파손된 가면과 같았다.

38

프란시스코는 여러 시간 동안 마비된 채, 절망적인 무감각 상태에 있었다. 다시 그의 머릿속으로 똑같이 평이한 구절이 스쳐갔다. '이렇게 되다니…… 난 미쳤어. 난 미쳐가고 있어…… 그녀는 날 궁지에 몰아넣었어. 못된 년 같으니라구. 이렇게 되다니…… 이제 난 영원히 그리고 철저히 실패했어.' 그는 아주 크게 이 말을 중얼거렸다. 그는 자신이 그녀의 말을 듣는다고 여겼다. 하지만 자신이 듣지 못한다는 걸 알았다. 거울 앞에 서서, 자기 입이 열리고 닫히는 걸 보았다. 하지만 자신이 무슨 말을 하는지 듣지 못했다. 이전 발작 때는 처음에 높은 소리가 들리지 않았다. 나중에는 낮은 목소리도 들리지 않았다. 그는 아주 낮은 목소리로 매우 크게 말했다. 아무것도 들리지 않았다. 이전 발작 시 그는 아주 큰 소리 가운데 낮은 메아리를 들었다. 그는 꽃병을 돌바닥에 던지고는 꽃병이 산산조각 나는 걸 보았다. 아무것도 들리지 않았다.

"이렇게 되다니." 그가 말했다. "속이고 기만하고 거짓말했지. 내 아이를 죽였고, 내 경력을 망쳤으며 내 청력을 훔쳐 갔지." 광폭한 분노가 그를 덮쳤다. 그는 저주의 말을 내뱉었다. 그녀의 이미지가 남아 있는 거울을 부쉈다. 그는 찢겨 피나는 자기 손을 당황한 듯 바라보았다. 그러고는 격렬한 체념으로 빠져들었다. "개 같은 자식, 핥기나 해라." 그는 혼잣말로 중얼거리고는, 절망적 무감각 속에서 웅크리고 있었다.

페랄이 왔다. 그는 프란시스코가 입을 보고 자신의 말을 읽어낼 수 있다는 사실을 아주 분명히 말하려고 애썼다. 고야는 뉘우칠 줄 모르는 절망의 모습으로 앉아 있었다. 페랄은 처방전을 썼다. "진정제를 놓아 드리지요. 누으세요." "원치 않네!" 고야가 소리 질렀다. "정신을 차리세요." 페랄이 처방전을 적었다. "오래 자고 나면 모든 게 좋아질 겁니다." 그는 물약을 가지고 다시 왔다. 고야는 그의 손에서 그걸 낚아챘다. "그냥 죽진 않을 걸세." 이번에는 아주 나직이, 그러나 아주 암울하게 그가 말했다. 그러나 자신이 말했는지 안 했는지도 그는 알지 못했다. 페랄은 숙고하듯 연민을 가진 채, 그를 응시했다. 그런 다음 아무런 대꾸도 없이 가버렸다. 한 시간 후 그가 다시 왔다. "이제 물약을 드려도 될까요?" 그가 물었다. 고야는 아무런 대답 없이 아랫입술을 내민 채 그곳에 앉아 있었다. 페랄은 물약 한 모금을 섞었다. 고야가 들이켰다.

천천히, 끝없는 잠에서 깨어나면서, 그는 자기 현실로 떠올랐다. 그는 자기 손이 묶여 있는 걸 보았다. 또 새 거울이, 카예타나의 거짓스러운 영상으로 더럽혀지지 않은 거울이 거기 있음을 보았다. 그는 일어서서 방 안 여기저기를 돌아다녔고, 자신이 소리를 들을 수 있는지 여러 번 시도했다. 의자를 돌바닥에 세게 내려놓기도 했다. 작게 울렸다. 그는 절망적으로 두려움에 싸여 시험했다. 정말, 아주 확실히, 소음은 분명하지 않았다. 하지만 그것은 자기 내부로부터 들려오는 게 아니었다. 그는 '들을 수 있었다'. 그건 희망이었다.

페랄이 왔다. 그는 고야에게 말을 붙이지 않았다. 하지만 그는 카디스에 있는, 훌륭한 전문가로 알려진 의사를 불렀다고 알려주었다. 고야는 어깨를 들썩이며, 귀먹은 상태를 지나치게 드러내었다. 하지만 그는 진심을 다해 희망에 매달렸다.

아침 늦게, 그러니까 평상시 같으면 그가 그녀에게 가곤 했던 시각에 카예타나가 왔다. 그는 자신이 지독하게 기뻐하는 끔찍함을 느꼈다. 그는 그녀가 이미 알렸던 대로 멋쟁이 남자와 떠날 거라고 기대했다. 그녀는, 고야가 아프다는 이유만으로 자기 계획을 포기할 여자가 아니었다. 그런데 그녀가 이곳으로 왔다. 그녀는 그에게 말했고, 단어를 분명하게 만들려고 애썼다. 그는 너무 들떠 있어서 이해하지 못했다. 그는 이해하길 원치도 않았다. 그는 침묵했다. 그녀는 오랫동안 그 옆에 앉아 있었다. 그런 다음, 그녀는 다정스럽게 그의 이마를 쓰다듬었다. 그는 머리를 돌렸다. 그녀는 한참 더 앉아 있다가 갔다.

카디스에서 의사가 왔다. 고야한테 위로할 만한 처방전을 써주었고, 처방전 내용을 알아볼 수 있게 입모양으로 말해주었다. 그러고는 페랄과 민첩하게 여러 가지 의견을 나누었다. 고야에게 처방하기를, 높은 소리는 오랫동안 들을 수 없겠지만 낮은 소리는 들을 수 있을 거라고 했다. 그건 확증이었으므로 고야에게 희망이 생겨났다.

하지만 다음 날 저녁 그가 저 허깨비 같은 것에서 보았던 모든 유령이 들이닥쳤다. 그것들은 고양이나 개의 머리를 한 채, 엄청 큰 부엉이눈으로 뚫어지게 바라보았고, 끔찍한 발톱을 움켜쥔 채 거대한 박쥐 날개를 퍼덕거렸다. 그것은 밤이었고, 아주 어두웠다. 그는 두 눈을 감았지만 그럼에도 그들을 보았다. 그들의 기괴한 얼굴과 사랑스러운 얼굴은 점점 더 공포스러웠다. 그는 그것들이 어떻게 그 주위로 원을 그리며 웅크리고 앉아 소름끼치는 입김을 불어대는지 느꼈다. 지금 그를 에워싼, 마비시키는 듯이 죽어 있는 정적 속에서 그것들은 이전의 어느 때보다 위협적인 것이었다.

처음 빛이 나타나는 아침 무렵, 청각을 잃었다는 의식이 완전한 공포 속에서 그를 덮쳤다. 마치 거대한 종(種)이 그를 영원히 감금하려고 덮어씌우는 것 같았다. 자신의 기쁨과 고통을 다른 사람들에게 말해야만 하는 그가 다른 사람들로부터 그렇게 계속 격리되어야 한다는 사실을 견딜 수가 없었다. 그는 앞으로 더 이상 여자들의 목소리를 들을 수 없을 것이고, 아이들의 목소리도, 마르틴의 친절한 목소리도 더 이상 들을 수 없을 것이며, 아구스틴의 야유하는 듯한 언급과 호세파의 깊은 사랑이 담긴 염려 섞인 목소리도, 그리고 전문가와 권력자의 칭찬도 더 이상 들을 수 없을 것이다. 그는 푸에르타 델 솔*과 투우장의 소음도 듣지 못할 것이고, 그 어떤 음악이나 세기디야와 토나디야도 듣지 못할 것이다. 그는 선술집의 마호나 마하들과 수다도 떨지 못할 것이다. 사람들은 그를 피할 것이다. 이유는 그렇다. 듣지 못하는 자와 누가 얘기하고 싶겠는가? 그는 이제 자신을 우스꽝스럽게 만들어야 하고, 앞뒤가 바뀐 혼란스러운 대답을 하게 될 것이다. 그는 이제 늘 조심해야 한다. 들을 수 없는 것을 듣기 위해 그는 애써야 한다. 그는 세상의 냉혹함을 알았다. 세

---

* Puerta del Sol: 마드리드의 중앙광장 이름으로 '태양의 입구'라는 뜻이다.

상은 건강하여 자기를 방어할 수 있는 사람에게도 충분히 잔인했다. 하물며 고야처럼 귀먹은 사람에게는 끔찍한 것이었다. 앞으로 그는 기억으로 살아야만 할 것이다. 하지만 어떻게 악마가 사람의 기억을 왜곡하는지 그는 알았다. 친구나 적들의 친숙한 목소리를 듣기 위해 그는 자기 안의 소리에 귀 기울였다. 하지만 그가 그 목소리를 정말 듣고 있는지 불확실했다. 그는 비명을 질렀다. 미쳐 날뛰었다.

거울 앞으로 갔다. 그건 소중하게 조각된, 멋지게 도금된 틀이 있는, 큼직하고 아름다운 타원형 거울이었다. 하지만 이 거울에서 그를 마주하는 것은 밤에 그를 주시하는 괴물과 마주하는 것보다 더 끔찍스러웠다. 저건 무엇이었나? 머리 주변의 머리카락이 어지럽게 흘러내렸고, 흐트러진 수염이 음울하고도 우스꽝스럽게 푹 꺼진 뺨과 턱 주위로 꼬불거렸다. 저 깊은 구멍에는 아주 까맣고 큰 눈이 박혀 있었다. 짙은 눈썹이 기이하게 접힌 채 이마 쪽으로 치켜 올라갔고, 깊은 주름이 코에서부터 아래 입 주변으로 나 있었다. 입술의 절반은 다른 절반과 약간 달라 보였다. 얼굴 전체가 어두웠고, 절망적으로 격노한 듯했으며, 사로잡힌 짐승처럼 체념해 있었다. 그건 그가 「정신병동」이란 그림에 그렸던 사람들의 얼굴이었다.

거울에서 등을 돌린 채, 그는 안락의자에 앉아 눈을 감았다. 그렇게 웅크린 채 한 시간을 무감각하게, 하염없이 앉아 있었다.

점심 무렵, 카예타나가 오지 않을까 하는 거친 긴장감이 그를 사로잡았다. 그녀는 분명 떠나갔을 거라고 그는 중얼거렸다. 하지만 믿을 수 없었다. 알 수 없는 충동으로 그는 여기저기 서성거렸다. 그들이 만나곤 하던 시간이 되었다. 그녀는 오지 않았다. 5분이 지나갔고, 10분이 지나갔다. 엄청난 분노가 그를 사로잡았다. 그녀의 강아지가 똥오줌을 못 눌

때면, 그녀는 세상이 몰락하기라도 하는 것처럼 슬퍼했다. 하지만 그가 이곳에, 마치 욥처럼 매 맞으며 앉아 있는다 해도, 그녀는 계속 그 잘난 멍청이와 돌아다녔을 것이다. 복수를 위한 어리석은 갈망이 마음속에서 솟구쳐 올랐다. 그는 그녀를 목 조르고 짓밟고 때리고 땅에 질질 끌면서 없애버리고 싶었다.

그녀가 오는 걸 보았다. 갑자기 그가 아주 조용해졌다. 모든 압박감이 사라졌다. 정말이지, 그를 짓누르던 큰 종이 걷히는 듯했다. 아마도 가장 나쁜 상태는 지나간 듯했다. 어쩌면 그는 다시 들을 수 있는지도 몰랐다. 하지만 들으려고 시도하지는 않았다. 그는 괴로운 시도의 수고와 고통을 그녀가 알아차리지 않기를 바랐다. 그는 그녀가 가까이 있다는 사실을 즐기고자 했을 뿐, 그 이상은 아니었다. 그는 그녀를 더 이상 보고 싶지 않았다. 그저 그녀가 이곳에 있다는 사실만 알고 느끼고 싶었다. 그는 안락의자로 몸을 던졌다. 두 눈을 감고, 들리도록 숨을 고르게 쉬었다.

그녀가 왔다. 그가 어떻게 안락의자에, 분명 잠든 채 웅크리고 있는지 보았다. 이 남자는 그녀에게 대든 유일한 사람이다. 그는 누구와도 다르게 그녀를 거듭 분노케 한 사람이었고, 그럼에도 그 누구와도 다르게 그녀와 결합해 있는 사람이었다. 그의 삶에 있었고 앞으로도 있게 될 모든 여자들은 아무것도 아니었다. 그녀 자신의 삶에 있었고 앞으로 있게 될 남자들은 그 무엇도 아니었다. 그리고 그녀가 오늘 산 아드리안과 떠날 거라는 사실마저 아무것도 아니었다. 그녀는 오직 이 사람 고야를 사랑하고, 그만을 사랑했을 뿐 다른 누구도 사랑하지 않았으며, 앞으로도 그렇게 될 것이다. 하지만 만약 그가 이 일로 쓰러진다고 해도, 그녀는 그 때문에 자신을 바꾸진 않을 것이다. 그 때문에 그녀가 계획했던 어떤 일도 포기하진 않을 것이다.

그는 기진맥진하여 또 절망감으로, 이제 웅크린 채 잠들어 있다. 그는 아주 불행한 남자이고, 이 불행은 그녀로 인한 것이었다. 마치 그가 그녀 때문에 행복하듯이. 그가 언제나처럼 그녀 때문에 행복하면서 불행하듯이.

그리고 그녀는 그 쪽으로 다가가
그에게 말한다. 왜냐하면 한 번은 그녀가
그 말을 해야 하기 때문이다. 하지만
그는 듣지 못한다. 그는 자고 있다.
자지 않는다 해도, 그는
듣지 못할 것이다. 그는,
그는 그것을 듣는다. 아이처럼
딱딱한 그녀 목소리가 어떻게 말하는지 듣는다.
"당신은, 그래요, '정말로'
어리석군요, 프랑코. 당신은 정말
아무것도 몰라요. 나는 언제나 당신을,
오직 당신만 사랑했어요. 당신, 바보 같은
프랑코, 언제나 당신만을.
어리석고 늙고 뚱뚱한 남자이자 마호인 당신을.
하지만 당신은 알아채지 못하지요. 그래서
내가 다른 사람과 지옥으로 날아갈 거라고
믿지요. 오, 못난 그리고 둘도 없을
당신은 얼마나 어리석은 사람인지!

나는 당신만을, 언제나 당신을
사랑해요, 당신 무례한 화가여.
언제나 당신만을." 그러나
그는 꼼짝하지 않는다. 그는 잠자고 있다.
그가 숨 쉬는 소리는,
그녀가 방을 나갈 때까지,
들린다.

39

그는 스스로 꾸며낸 계략에 기뻐했다. 그런 후 그날 밤에는 잠을 잘 잤다.

다음 날 깨어났을 때, 그는 다시 청력을 완전히 잃었다는 사실을, 그래서 마침내 귀머거리라는 어두운 종으로 유폐되어 있음을 경악 속에 알아차렸다. 앙심과 쾌락 속에서 그는 이 세상에서 들었던 마지막 소리가 카예타나의 말이라는 사실을, 그녀 말의 비밀을 알아낸 것도 그의 공로요 계략임을 생각했다.

그녀가 오곤 하던 시간이 되었다. 그는 창가로 달려가 밖을 내다보았다. 그는 문을 열고 복도를 쳐다보았다. 그녀가 온다면, 그 소리를 들을 수 없었기 때문이다. 30분이 지나갔다. 그녀는 분명 오지 않았다. 그녀가 말했던 것처럼, 그녀가 그 멍청이와 떠나버렸다는 게 가능한 일인가?

페랄이 그에게 와 점심을 먹으러 가자고 청했다. 프란시스코는 지나가는 투로 물었다. "도냐 카예타나는 정말 떠나버렸소?" "당신과 작별하지 않았나요?" 놀란 페랄이 되물었다. "작별하려고 당신한테 갔으니까요."

식사 후 그들은 긴 대화를 나누었다. 페랄이 문장으로 적기 전에 분명한 발음으로 이해시키려 애썼을 때, 고야는 잘 참지 못했다. 그는 자신의 장애가 부끄러웠다. 그는 그토록 잘 아는 페랄의 얼굴을, 마치 불행 속에서 기쁨의 표시를 발견하려는 듯, 빤히 쳐다보았다. 그런 건 없었다. 하지만 미심쩍었다. 그는 앞으로 모든 사람을 불신할 것이고, 사람들은 그를 까다로운 자로, 인간의 적으로 간주할 것이다. 그는 결코 그런 사람이 아니다. 그는 시끌벅적하게 사람들과 어울리는 걸 사랑하고, 자신의 기쁨과 고통을 나눌 수 있기를 바란다. 하지만 그의 귀가 멀었다는 사실은 그의 입까지 막을 것이다.

페랄은 내면의 귀가 듣도록 글을 썼고, 고야의 고통이 무엇인지 설명하려 애썼다. 희망이 많지는 않으며 그래서 그가 수화를 배우기 시작해야 한다고 적었다. 레페라는 프랑스 의사가 한 가지 좋은 방법을 발명해냈고, 많은 카디스 사람들이 그 방법을 익혔다고, 그러니 고야가 연습을 시작하면 좋을 거라고 했다. "좋소." 고야는 굳은 표정으로 대답했다. "나는 완전한 불구자들과 귀머거리들과 교제해야겠지. 더 많은 불구자들과 말이야. 정상적인 사람들 모임에서 날 원하는 사람은 없을 테니까."

의사의 이 옹색한 위로와 도움은, 고야가 앞으로 이 잔혹한 귀머거리 세상에서 얼마나 끔찍하게 고통당해야 하는지 보여주었다. 그는 앞으로 어떤 여인과 잠이라도 잘 수 있을까? 지금까지 그는 언제나 주는 사람이었다. 하지만 어떤 여인이 불구인 그에게 은총을 베풀 듯 자신을 낮춰 다가올 거라는 생각은 그를 계속 위축시키지 않겠는가? 오, 악마는 그에게 내릴 혹독한 벌을 샅샅이 뒤져 찾아냈다. 왜냐하면 고야는 사악한 정열로 자기 아이를 희생시켰고 자기 예술도 그렇게 만들었기 때문이다. "말해보시오." 그가 페랄에게 단도직입적으로 물었다. "내 병의 원인이 실제로 무엇인지?"

의사 페랄은 이 질문을 두려워하면서 바라기도 했다. 그는 오래전부터 고야의 병에 대해 분명한 생각을 갖고 있었다. 지난번 끔찍한 발작을 겪은 뒤 그는 고야에게 진실을 알려줘야 하는지 곰곰이 생각했다. 그는 회의했다. 그는 고야의 예술에 경탄했고, 그의 풍부하고 넘쳐흐르는 듯한 존재를 사랑했다. 하지만 그는 모든 사람의 마음을 사로잡는 고야의 재능을 시기했다. 그는 행복에 대한 고야의 신념과 자명한 확신을 부러워했다. 그리하여 고야가 마침내 자신에게 타격을 받는다면 그는 흡족할 것이었다. 만약 페랄이 가차없는 진실을 알려준다면, 그것은 그가 실제로 인간으로서의 의무와 의사로서의 임무 그리고 친구로서의 의무를 행하기 위해 그 일을 하는 것인지, 아니면 이 총애받는 고야에게 복수하기 위해서 하는 것인지, 그는 자문했다.

하지만 프란시스코가 곧장 물었기 때문에, 그는 그런 걱정을 쫓아버렸다. 그러고는 고통스러운 분기점을 긋는 일에 착수했다. 그는 자기 말을 조심스럽게 그리고 간결하게 털어놓았다. 그리고 분명하게 나타내려고 애썼다. "당신 병의 원천은," 그가 말했다. "뇌에 있습니다. 뇌에서 청력의 완만한 상실이 진행되고 있어요. 그 고통은 당신이 가졌거나, 당신 조상 중 한 분이 가졌던 매독에서 연유할 수 있습니다. 그 결과가 이런 식으로 영향을 미치는 건 행운이라고 할 수 있어요, 돈 프란시스코. 다른 경우, 대부분은 뇌에 더 심각하게 영향을 주기 때문입니다."

고야는 페랄의 얼굴을, 어리석고 경직된 말을 내뱉는 얇은 그 입술을 쳐다보았다. 마음속에서 폭풍이 일었다. 그는 생각했다. 페랄은 내게 독약을 먹이려고 해. 공작을 독살했던 사악하고 은밀하며 복잡한 방식으로. 그는 생각했다. 내가 미쳐갈 거라는 페랄의 생각은 맞아. 나는 이미 그런걸. 고야는 마음속으로, 뭔가에 사로잡혀 정신이 마법에 걸리는 건 죄악이라고 먹물 들인 표현으로 말했다. 하지만 입으로는 이렇게 말했다. "당신 말은 내가 미쳤다는 거지?" 처음에 그는 나직하지만 험악하게 말했다. 하지만 곧 외치듯 되풀이했다. "미쳤다고! 내가 미쳤다는 거야! 내가 미쳤다는 말이지?" 페랄은 아주 조용하고 분명하게 대답했다. "당신이 미치지 '않고', 단지 듣기 어려워지기만 한 건 행운이라고 할 수도 있습니다. 그렇게 이해하도록 하십시오, 돈 프란시스코." "왜 거짓말하는 거요?" 고야가 다시 외쳤다. "내가 미치지 않았다면, 난 그렇게 될 거요. 당신도 그렇다고 알고. 그런데 당신은 '듣기 어렵다'고 말하지 않았소?" 그가 물었다. "당신이 어떻게 거짓말하는지 보시오." 그는 다른 사람에게 입증해 보였다는 우월감으로 계속 말했다. "당신은 내가 듣기 어려운 것이 아니라 귀먹었다는 것, 귀가 먹통이고 영원히 그렇다는 걸 잘 아오. 귀머거리인 '데다가' 미친 것이오." 페랄은 인내심을 갖고 대답했다. "듣기 어렵다는 사실은 많은 희망을 줍니다. 그건 이전의 다른 병이 점차 잦아들고 있다는 확신도 줍니다." 고야는 항의했다. "왜 당신은 날 괴롭히는 거요? 내가 미쳤다고 왜 정직하게 말하지 않는 거요?" "거짓말하고 싶지 않기 때문입니다." 페랄이 대답했다.

매우 정직하고 의미심장한 대화가 두 사람 사이에 연이어 이어졌다. 돈 호아킨은 자기 환자를 위로하기도 하고 야유하기도 했다. 고야는 그런 것을 원하는 것처럼 보였다. 어떤 때 그는 이 의사가 돌봐준 것에 감사했고, 또 어떤 때는 마음이 상하기도 했다. "안 좋은 일에서도," 의사는 이렇게 처방했다. "당신은 다른 사람보다 더 행복하군요. 다른 사람 같으면, 때로는 이성의 벽을 실제로 허물 때까지 위험한 감정을 자기 속에 가둬두어야만 하기 때문입니다. 하지만 당신은 그런 감정을 그릴 수 있어요, 돈 프란시스코. 그것을 그려서 당신의 장애를 몸과 영혼으로부터 단호하게 떼버리지요." "그럼 나와 바꾸고 싶소, 의사?" 고야가 물으면서 조롱하듯 싱긋이 웃었다. "당신은 '듣기 힘들게' 되는 대신 그림을 그림으로써 불구적 상태를 영혼에서 떼어버리고 싶은 거요?" 두 사람은 농담을 주고받았다. 그러나 한순간 고야는, 고통에 휩쓸린 채 페랄의 팔을 잡고서, 이 적수의 가슴에 자신의 큼직한 머리를 기댔다. 그의 몸이 흔들렸다. 그는 자신을 이해하는 이 사람에게 매달리지 않을 수 없었다. 비록 그들은 카예타나에 대해 한마디도 하지 않았지만, 그는 자신의 연적이 자신을 이해한다는 걸 알았다.

홀로 있을 때면, 다름 아닌 앞으로의 삶에 대한 생각이 때때로 그를 마비시킨 것처럼 그는 혼자 중얼거릴 테고, 다른 사람들과 있을 때에도 그는 때로는 소리 지르거나 때로는 속삭일 테지만, 그가 뭔가를 말하는 소리의 세계는 결코 가늠할 수 없을 것이다. 그저 생각하는 바를 빈번히 내뱉을 뿐, 말했다는 사실은 알지 못할 것이다. 그래서 사람들은 놀란 듯 그를 응시할 것이고, 그는 언제나 불안과 악의에 차 있을 것이다. 그가 사람들에게 동정의 대상이 되어야 한다는 것, 때로는 비웃음의 대상이 되어야 한다는 사실도 자존심 강한 사람으로서 견딜 수 없을 것이 분명했다. 물론 페랄이 옳았다. 고야는 어쩔 수 없이 광기로 빠져들 것이다.

고야는 귀먹음이 하나의 형벌이라고 기꺼이 말하고 싶었는지도 모른다. 하지만 그렇게 고백한다고 해도 그는 신부의 대답을 듣지 못할 것이다. 그가 그 점을 페랄에게 말한다면, 페랄은 그 사실을 그의 바보 같은 짓에 대한 또 다른 증거로 간주할 것이다.

페랄은 매우 영리한 의사였다. 확실히 그는 고야를 이미 오래전부터 관찰해왔고, 벌써 수년 전부터 그의 광기를 분명히 알았다. 그는 정말 미쳤고, 이미 오래전부터 그랬다. 얼마나 많은 분노와 광기의 발작이 수년 전부터 그를 괴롭혔던가! 그가 겨우 통제할 수 있는 형태로 얼마나 많은 유령과 마귀를 보았던가! 그것도 혼자서! 그 외 누구도 그런 사람이 없었다! 하지만 그것도 그가 세상의 목소리를 들을 수 있을 때, 그랬다. 이제 그 주위에 견딜 수 없는 침묵이 있는 지금, 그의 광기는 어떻게 될 것인가?

언젠가 그는
모든 사람에게 현실이 무엇이고,
오직 그에게 현실은 무엇인지
다시 구분하게 될까? 그리고
어떤 카예타나가
진짜 카예타나일까?
그가 공작 부인으로 그린 여인인가?
그가 마녀로,
허공 속에 떠가는
천진스러운 여인으로
그린 사람인가?
오, 저기
그 악마들이 나타났어!
밝은 대낮이면, 그는 늘
알았다. 낮이면 나타나는

괴물들이 가장 끔찍하다.
그건 밤의 괴물보다
훨씬 위험하다. 그는 꿈꾸지만,
그러나 끔찍하게 깨어 있다. 그는
책상 밑으로 몸을 던진다.
절망적으로, 괴물을 보지 않으려고.
하지만 그는 그것을 본다.
괴물들은 그의 안에 있고, 그 자신이며,
그의 안에 있는 동시에 그의 밖에도
있다.

40

페랄은 도냐 카예타나가 열흘 뒤쯤에 돌아올 거라고 고야에게 전했다.

고야는 아랫입술을 비쭉 내밀며 침울해졌다. 그가 말했다. "난 사흘 후면 떠날 거요." "그렇게 되면, 도냐 카예타나가 분명 아쉬워할 겁니다." 페랄이 대답했다. "그녀는 당신이 여기 있을 거라 여기고 있어요. 저는 의사로서 지금 그리 길고 힘든 여행을 하는 것은 삼가라고 조언해드리고 싶군요. 당신은 지금의 새로운 상태에 우선 적응해야 하니까요." "사흘 뒤 난 떠날 거요." 고야가 대답했다. 페랄은 잠시 침묵하고 나서 제의했다. "제가 따라갈까요?" "친절하군요, 돈 호아킨." 고야가 굳은 표정으로 대답했다. "하지만 내가 앞으로도 늘 간호인과 시종만을 동반한 채 여행할 수 있다면, 난처할 거요." "그래서 당신을 위해 큰 여행마차를 대기시켜두었습니다." 페랄이 말했다. "고맙소, 페랄." 고야가 말했다. "큰 마차는 타지 않겠소. 특별 우편마차도 말이오. 일반 우편마차도 필요 없소. 그저 노새몰이꾼이면 되오. 벤타 데 라스 쿠아트로 나시오네스 출신 몰이꾼인 길을 부르겠소. 좋은 사람이오. 술값만 좀 쥐여주면, 그는 신경 써줄 거요. 내 병도 돌봐줄 거고." 그러자 페랄은 놀라는 기색을 숨길 수 없었고, 고야는 흥분한 듯 이렇게 끝맺었다. "그리 놀란 표정 짓지 마시오, 돈 호아킨. 난 미치지 않았으니까. 그건 충분한 이유가 있으니까."

그는 자신을 그런 비참에 내팽개친 여자를 다시 봐야 한다는 것이 견딜 수 없었다. 그는 곧장 산루카르로부터 멀리 떠나야 했다. 그러나 그는 한편으로, 이렇게 큰 나라에서, 더욱이 왕의 수석화가로서 그런 여행을 해선 안 된다는 것도 분명히 알고 있었다. 그 점에서 의사 페랄이 전적으로 옳았다. 고야는 자신의 새로운 상태에 적응해야 했다. 그리고 그 상태를 정확히 알아야 했다. 자기 병의 치욕을 끝까지 맛보아야 했다. 그런 다음에야 자신의 새로운 상태를 충분히 의식하면서, 가장 가까이 있는 사람들, 이를테면 궁정 사람들이나 동료 화가들 앞에 나설 수 있을 것이었다. 그러니 우선 그는 평민으로 스페인을 여행하면서, 자신의 고통을 보여주고 속죄하는 데 익숙해져야 할 것이다. "전하, 용서하시길." 그는 하루에 열 번씩 이렇게 말할 것이다. "저는 잘 듣지 못하고, 귀먹었으니까요."

그는 역시 마드리드로 향한 직선 길로 여행하지 않을 것이다. 그 대신 북쪽으로 난 훨씬 먼 길을 갈 것이다. 그래서 마드리드를 피하면서 아라곤으로 갈 것이고, 그의 친구, 그의 마음속 친구 마르틴에게 자신의 고통을 알려주기 위해 사라고사로 갈 것이다. 그런 다음, 사파테르에게 조언과 위로를 받은 뒤, 그는 호세파를 볼 것이고, 아이들과 친구들을 만

날 것이다.

프란시스코와 산루카르의 벤타에서 이미 격렬한 대화를 몇 차례 나눈 적이 있던 노새몰이꾼 길은 제대로 된 마부였다. 그는 저 먼 산이 쩌렁쩌렁 울리도록 '이랴' 하고 소리 지를 수 있는, 옛 스페인식 노새 몰이꾼이었다. 그는 돈 프란시스코가 자신을 원한다고 들었기 때문에, 카사 데 하로에서 색감을 들인 유쾌한 마부 복장을 하고 나타났다. 그는 머리에 울긋불긋한 비단 수건을 걸치고 있었는데, 수건에는 알람브라 궁전이 그려져 있었다. 수건의 끝은 땋은 머리처럼 아래로 늘어뜨려져 있었다. 머리에는 또 뾰족하고 가장자리가 넓은 모자를 쓰고 있었다. 검은 양피로 만든 윗도리에는 이런저런 무늬들이 잔뜩 수놓아져 있는 데다, 구멍 뚫린 커다란 은빛 단추가 달려 있었다. 몸 둘레에 그는 파하Faja라는, 넓은 비단 장식 띠를 두르고 있었는데, 그 안에는 칼이 꽂혀 있었다. 푸른 우단으로 된 짧은 바지에는 화려한 줄무늬가 그려져 있었고, 은빛 단추나 노란 부츠는 무두질하지 않은 송아지 가죽으로 되어 있었다. 그렇게 그는 프란시스코 앞에 당당하게 섰다. 프란시스코가, 자신은 그와 함께 마드리드를 피해 사라고사로 가려 한다고 말문을 열었을 때, 그는 이 무슨 대단한 나리의 미친 생각이냐 싶었다. 그는 잇새로 휘파람을 불면서, 이런저런 몸짓을 하며 말했다. "아이고! 그건 먼 거리랍니다." 그는 고야가 이 지방 물정을 잘 안다고 생각하면서도, 800레알이라는 엄청난 액수를 요구했다. 그건 일 년 치 양치기 노임의 다섯 배에 해당되었다.

고야는 앞으로 4주 동안 같이 생활하게 될 마부 길을 자세히 쳐다보았다. 그는 이미 더 이상 왕의 수석화가가 아니라 하층민의 한 사람이었다. 그렇게 그들은 서로 마주 서 있었다. 한 농부의 아들이 다른 아들에게 하듯이, 꽤 많이 여행한 자가 다른 여행자에게 그러듯이. 고야가 오래 침묵하며 자신을 응시하기만 하자, 마침내 길이 말했다. "그리 끔찍하리만큼 먼 여행을 하려면 노새 두 마리가 필요합죠. 그래서 나리는 '발레로소'*라 불리는 씨말을 타야 하고요. 스페인에서 가장 멋진 노새죠. 이놈 조상 중에는 콘스탄테라는 나귀가 있는데, 이놈은, 당시 이단자 토마스 트레비뇨가 나무에 박으려고 하자 그를 내팽개쳐버렸죠. 경건한 나귀였던 셈이죠."

고야는 그제야 입을 열어 기분 좋게 말했다. "내가 잘 이해하지 못했네. 잘 듣지 못하니까. 자네는 벤타에서 벌써 알아챘을 것이네. 이제 난 완전히 귀가 먹었네. 자네는 정말 800레알이라고 말했는가?" 길은 훨씬 더 격하게 몸짓하며 대답했다. "나리, 행운을 빕니다요. 하지만 그렇게 청력이 약하시다면 이번 여행은 제게나 이 짐승에게나 간단치 않습죠. 800레알입니다."

그 순간 고야가 아주 사납게 욕하기 시작했다. 그는 노새몰이꾼에게 '개자식'이라며 저주와 욕설을 퍼부었다. '마늘이나 양파 쪽' 같은 놈이라고도 했다. 이런 욕설이 이렇게 무더기로 몰이꾼에게 퍼부어진 적은 한 번도 없었다. 그는 매우 크게 소리 질렀다. 노새몰이꾼도 되받아쳤다. 고야는 상대의 말을 들을 수 없었지만, 길이 어떻게 기진맥진해지는지 보았다. 고야는 욕설을 하다가 갑자기 그치더니, 소리가 울리도록 웃었다. "애쓰지 말게." 그가 말했다. "나는 늘 이길 수밖에 없네. 자네는 내 말을 듣지만, 난 자네 말을 들을 수 없으니까." 길은 알고 있었다. 그는 이 나리를 속일 수 없다는 사실도 알았다. "당신은 대단한 분이에요, 돈 프란시스코." 길이 말했다. "당신은 우리 편이에요. 그래서 하는 말인데,

* Valeroso: '용감한'이라는 뜻.

780레알로 하지요." 그들은 650레알로 합의를 보았다. 그리고 여행 경로와 숙박비, 식량, 동물 사료에 대해서도 정확히 합의했다. 길은 같이 여행할 이 사람에게 더 많이 주의했다. "악마가 진짜 살아 있다 해도," 그가 말했다. "나리께서는 우리 중 누구보다 더 많이 알 거예요." 그들은 악수를 했다.

고야는 여행을 위해 가능한 한 간단하게 차려입었다. 그는 검은 양피로 된 웃도리를 마련했고, 아무런 장식 없이 넓은 띠와, 검은 우단 테두리로 된 고깔모자를 구했다. '보타Bota'라는, 포도주를 담은 가죽 부대도 잊지 않았다. 하지만 알포르하스Alforjas라는, 안장 좌우로 늘어뜨리는 자루에는 가장 필요한 것만 채웠다.

그들은 출발했다. 고야는 옷차림에 신경 쓰지 않았다. 그는 면도도 하지 않았다. 얼마 지나지 않아 얼굴 주변에 덥수룩한 수염이 자랐다. 아무도 그를 지체 높은 나리로 여기지 않았다.

길은 멀었다. 그들은 짧은 구간으로 여행했다. 우선 그들은 코르도바로 향한 길로 접어들었다. 그 길에서 그는, 여섯 마리 말이 끄는 특별 우편마차를 타고, 최대한 빠르게, 잔뜩 기대에 차, 카예타나한테 갔었다. 당시 그는 행운아였다. 이제 똑같은 길을 돌아오면서, 그는 궁색하고도 힘겹게 그리고 천천히 그 길을 만끽했다. 그는 늙어가는 촌사람으로서 이 말없는 세계로부터 자주 오해받았고, 자주 조롱받았다.

라 카를로타의 숙소에서 그는, 3일 뒤에 코르도바에서 '엘 푸날El punal', 즉 '단칼'로 불리는, 유명한 도둑 호세 데 로하스가 처형된다는 것을 알게 되었다. 강도의 처형, 더군다나 '푸날'처럼 유명한 강도의 처형은 대단한 민중 공연이었고, 가장 멋진 노래보다 더 매혹적이었다. 신의 섭리로 누군가 그 처형 시간에 그리 가게 되었다면, 그 같은 구경거리를 놓친다는 건 미친 짓이요, 정말이지 범죄나 다름없었다. 그래서 몰이꾼은 즉각 프란시스코에게, 바쁘지 않으므로 코르도바에서 하루 더 머물러 그 멋진 광경을 보고 가자고 청했다.

이전부터 불행에 빠진 사람을 관찰하는 건 프란시스코에게 매력적이었다. 이제 그 자신이 불행했기 때문에, 그것은 갑절이나 유혹적이었다. 그는 처형장에 가보기로 결심했다.

몰이꾼 길은, 그런 직업을 가진 모든 사람처럼, 온갖 종류의 새로운 사건을 알고 싶어 했다. 그는 길을 가면서 이미 갖가지 얘기로 고야를 즐겁게 만들었다. 그의 이야기는 그의 입에서 자라 색채를 얻었다. '긴 여행길에서는 긴 거짓말을'. 강도 엘 푸날에 대해서도 그는 전할 게 많았다. 모든 지역이 그 강도 이야기로 여념이 없던 그때, 그는 그 강도에게 새로운 특징을 부여했다. 강도 엘 푸날은 특히 경건하고 신에 대한 경외심을 지닌 강도였다. 그는 늘 두 가지 부적을 목에 걸고 다녔는데, 하나는 장미 화환이었고, 다른 하나는 '코르도바의 고뇌에 찬 어머니'라는 신성한 그림이었다. 그는 자기 수입의 10분의 1을 봉헌 상자에 기부했는데, 이 봉헌 상자는 '선한 강도의 그리스도(Cristo del Buen Ladron)' 상 앞에 세워져 있었다. 강도들은 죄악의 일부를 이런 식으로 속죄할 수 있었다. 동정녀 마리아도 푸날을 특별히 보호했다. 그의 무리 가운데 경찰한테 넘어간 어느 부랑인이 그가 자는 동안 '코르도바의 고뇌에 찬 어머니' 부적을 훔쳐 가지 않았더라면, 그는 결코 군인한테 체포되지 않았을 것이다. 사람들은 이제 푸날로부터 안전하다는 생각에 안도의 숨을 내쉬었지만, 그럼에도 그들은 푸날에게 연민을 느꼈다. 그래서 당국의 조처에 찬성하지 않았다. 당국은, 말하자면 푸날이 군인들에게 자기 부하를 넘긴다고 해도, 그와 그 부하에게 은총을 약속했던 것이다. 푸날은 자기

부하를 설득하여 넘겨주는 데 성공했다. 하지만 당국의 설명에 따르면, 강도들은 푸날에게 복종한 게 아니라 같이 보낸 군인들한테 항복했고, 그래서 푸날을 교수형에 처한다는 것이다.

고야와 길이 코르도바로 온 것처럼, 많은 사람들이 푸날을 구경하려고 감옥으로 갔다. 처형 전날, 원하는 경우, 누구든 죄인에게 혐오감이나 공감을 표할 수 있었기 때문이었다. 죽음의 감방 앞 복도에서는 프란시스코 수도사가 경건한 헌금을 모으고 있었다. 그 돈으로 죄인의 영혼을 치유하기 위한 미사를 올릴 수 있었다. 그들은 상자와 접시 앞에 앉아 담배를 피우고, 때로는 이미 들어온 금액의 액수를 환호하듯 외쳤다.

'카피야Capilla'라고 불리는 예배당은 아주 어두웠다. 거기에는 십자가 하나와 동정녀 마리아의 그림 하나, 밀랍 양초 두 개가 놓인 탁자 하나가 놓여 있었다. 구석 나무 침상에 푸날이 누워 있었다. 그는 줄 그어진 이불을 입까지 덮고 있었다. 머리 위쪽 부분만 보였다. 헝클어진 고수머리와 눈두덩에서 끊임없이 움직이는 검고 예리한 시선이 보였다.

보초가 프란시스코와 몰이꾼에게 자리에 앉도록 요구했다. 다른 사람들도 뭔가 보려고 했다. 하지만 프란시스코는 푸날이 일어나길 기다렸다. 그는 음료수 값을 많이 냈다. 그래서 그들은 머물 수 있었다.

잠시 후 푸날이 실제로 일어났다. 그는 거의 옷을 벗은 상태였다. 하지만 목둘레에는 장미 화환과 '코르도바의 고뇌에 찬 어머니' 부적이 달려 있었다. 간수가 얘기하기를, 한 청년이 그 부적을 전해준 것 같고, 청년은 그 부적을 모르는 사람에게 받은 것 같다고, 그래서 그 모르는 사람을 조사했지만, 그 사람은 또 다른 제2의 모르는 사람에게 받았다는 거였다. 푸날한테 '코르도바의 고뇌에 찬 어머니' 부적을 훔친 사람은, 죽음을 앞둔 푸날에게 부적을 돌려주고 싶어 한 게 틀림없었다.

그렇게 많은 명성과 치욕을 겪은 뒤 그 강도는 나무 침상에, 마치 세상에 올 때처럼 벌거벗다시피 한 채 앉아 있었다. 그는 아무것도 걸치지 않은 몸에 태어난 직후 걸게 된 장미 화환과, 얻었다가 잃었다가 다시 죽기 전날 돌려받은 '코르도바의 고뇌에 찬 어머니' 부적을 걸치고 있었고, 수갑과 사슬을 차고 있었다. 감옥 사람들은 그를 욕하거나 동정했다. 그는 아무런 대꾸도 하지 않았다. 그는 가끔 머리를 들어 말했다. "나를 죽이는 건 인간이 아니다. 그건 내 범죄다." 그는 이 말을 기계처럼 되풀이했다. 분명 수도사들이 그렇게 가르친 것이었다. 하지만 고야는 그의 표정이 미친 듯 희망 없고 절망적인 걸 보았다. 그는 마치 거울 속에서 보는 사람인 것처럼 고야를 보았다.

다음 날 아침 아주 일찍, 정해진 시각보다 두 시간 일찍 프란시스코와 몰이꾼이 '코레데라Corredera'라는, 코르도바에서 처형이 거행되는 거대한 직사각형 광장에 나타났다. 광장은 이미 사람들로 빼곡하게 차 있었다. 창가나 발코니 그리고 지붕에도 구경꾼이 차 있었다. 단두대 주변은 군인들이 차단했고, 단두대 가까이로는 관리나 사교계 신사 숙녀 같은 특별히 선택된 사람들만 들어가도록 허락받았다. "나리도 신분을 밝히시지요?" 몰이꾼이 재촉했다. 서로 밀치고 누르고 했기 때문에 군중 사이에 서 있는 게 힘들었지만, 그리고 처형대로 난 시야가 그리 좋지 못했지만, 고야는 민중 사이에서 일어날 사건을 그곳에서 체험하고 싶었다. 그를 덮쳤던 발작 이후 그는 처음으로 자신의 불행을 잊은 채, 다른 사람들처럼 긴장해서 기다렸다.

사탕과 소시지를 파는 장사꾼들이 군중을 헤치고 돌아다녔다. 누군가가 푸날의 행동을 읊은 로망스도 불렀다. 사람들은 올라서기 위해, 혹은 더 잘 보기 위해 의자를 빌렸다. 젖먹이를 안은 여자들도 왔는데, 그들은 밀치거나 짓눌릴 때면 불평을 했다. 사람들은 아랑곳하지 않았다. 군중의 조바심이 점점 심해졌다. 아직도 한 시간이나 더 기다려야 했다. 시간은 얼마나 천천히 지나가는지. 여전히 반시간이나 남았다. "그에게 이 시간은 더 빨리 가겠지." 누군가 이죽거렸다. 고야는 사람들이 뭐라고 말하는지 이해하지 못했다. 그러나 알아채기는 했다. 그는 군중에 친숙했다. 그는 그들과 더불어 느꼈다. 그는 음울한 마음으로 잔혹하게, 다른 사람들과 더불어 흡족한 마음으로, 기다렸다.

마침내 성당에서 종소리가 열 번 울렸다. 이제 사람들은 더 세게 몰려들면서 목을 뺐다. 하지만 푸날은 아직 나타나지 않았다. 스페인은 경건한 나라였고, 법정 시계는 10분 더 늦게 맞춰져 있었기 때문이다. 말하자면 죄인에게 10분을 더 허용한 것으로, 축복이나 속죄를 위한 배려인지도 몰랐다.

하지만 이제 10분마저 끝났다. 그때 그가 나타났다.

노란 죄수복 차림으로 프란시스코 수도사에게 둘러싸인 채, 그들에게 부축 받으며 그가 짧고도 끝없는 마지막 길을 걸어 나왔다. 한 수도사가 그 앞에서 십자가를 들고 있었고, 그는 반복적으로 멈춰 서서, 십자가에 입 맞추며 생명을 늘이고 있었다. 모든 사람들이 그가 주저하는 것을 함께 느꼈고, 그가 그렇게 망설이는 것을 허용하면서도 그러나 그를 앞으로 나아가도록 밀어내는 듯했다.

그는 이제 단두대 계단 옆에 닿았다. 그는 수도사에게 촘촘히 둘러싸인 채, 마지막 고백을 하려고 무릎을 꿇었다. 군중은 이 장면은 볼 수 없었다. 그런 다음 그는 친절해 보이는 어느 뚱뚱한 수도사에게 이끌려 계단을 올라갔다.

계단 위에서 그는 종종 체념하는 듯 호흡하면서, 끊기는 문장으로 군중 쪽을 향해 말했다. 고야는 그가 무슨 말을 하는지 이해할 수 없었다. 하지만 고야는 그의 얼굴과 꾸며진 평정 뒤에 숨은 끝없는 불안감을 보았다. 긴장 속에서 그는 한 문장을, 죄인이 흔히 그러하듯 형리에게 용서를 말하게 될 문장을 기다렸다. 스페인 사람들은 사형집행인을 몹시 경멸했다. 종교로 규정한 용서의 고백은 푸날을 마지막 순간까지 고통스럽게 만들었을 것이다. 그는 눈살을 찌푸렸다. 고야는 그의 입을 쳐다보았고, 그 말을 이해하는 데 성공했다. 하지만 푸날은 이렇게 말했다. "나를 죽이는 건 내 범죄이지 이 피조물이 아니라오." '이 피조물'이라고 그는 말했다. '에세 홈브레ese hombre'라는 말은 특별히 천시되는 말이었다. 고야는 강도가 자신의 종교적 의무를 충분히 실행했다는 것, 그러면서 동시에 그 사형집행인에게 합당한 경멸감을 표했다는 데 만족감을 느꼈다.

그러고 나서 강도는 마지막 말을 했다. "신앙이여 영원하길(Viva la fe)." 그가 소리쳤다. "왕이여 영원하시길(viva el Rey)" "예수의 이름이 영원하길(viva el nombre de Jesus)!" 군중은 귀 기울였다. 하지만 그다지 참여하는 태도도 아니었고 동의하지도 않았다. 푸날이 "산티시마 동정녀여 영원하라(Viva la Virgen Santisima)"고 소리쳤을 때, 그들은 엄청난 아우성으로 소리 질렀다. "산티시마 동정녀여 영원하라." 프란시스코도 동의했다.

그러는 사이에 형리는 사형 집행을 준비했다. 그는 젊은 사람이었고, 오늘 처음 이 일을 맡았다. 일이 어떻게 될지 모든 사람이 마음을 졸였다.

튼튼한 말뚝 하나가 교수대를 가로질러 땅에 박혔다. 그 앞에는 아무런 장식 없는 나무로 된 등받이 없는 의자가 놓였다. 형리는 그 의자에 푸날을 밀어 올렸다. 그런 다음 그의 드러난 팔과 다리를 살갗이 시커멓게 튀어나올 만치 단단히 묶었다. 조심스러웠다. 바로 얼마 전 한 죄인이 직무 수행 중인 사형집행인을 죽여버렸기 때문이다. 말뚝에 쇠목줄이 달렸다. 사형집행인은 그 형틀을 푸날의 목에 둘렀다. 하지만 뚱뚱한 수도사는 수갑 채워진 그의 손에 작은 십자가를 꽂아주었다.

이제 모든 게 준비되었다. 사형수는 팔과 다리가 묶이고 머리는 쇠목줄 때문에 말뚝 뒤로 눌린 채 앉아 있었다. 푸른 하늘로 향한 얼굴은 이를 떨며 광기 어린 불안에 차 있었다. 옆에 선 수도사는 약간 뒤로 물러나 있었다. 그는 손으로 눈에 그늘을 드리우며 눈부신 햇살을 막았다. 형리는 조이개의 손잡이를 움켜쥐었다. 판사가 신호를 보냈다. 형리는 푸날의 얼굴 위로 검은 수건을 씌웠다. 그리고 두 손으로 조이개를 돌려 조이자, 쇠고리가 푸날의 목을 눌렀다. 사람들은 질식해가는 사형수의 두 손이 어떻게 파닥거리고 가슴은 얼마나 끔찍하게 발버둥치는지 숨죽인 채 쳐다보았다. 그런 다음 형리는 수건 밑을 조심스레 들여다보았다. 마지막으로 나사를 돌린 뒤, 수건을 걷어내 접어 호주머니에 넣었다. 그러고는 만족한 듯 숨을 내쉬더니 담배를 피우려고 처형대를 떠났다.

이제 모든 사람에게 죽은 남자의 얼굴이 저 눈부신 태양 속에서 너무도 선명히 보였다. 그 얼굴은 일그러졌고, 뒤엉킨 턱수염으로 푸르스름하게 부어 있었으며, 눈은 돌아갔고, 입은 혓바닥을 내민 채 열려 있었다. 고야는 그 얼굴을 언제라도 다시 눈앞에 불러낼 수 있으리라 여겼다.

교수대에는 이제 커다란 양초 하나가 세워졌고, 무대 앞에는 검은 관 하나가 놓였으며, 큰 접시 두 개가 놓인 탁자도 있었다. 죽은 자를 위해 미사를 낭독할 수 있도록 사람들은 접시에 동전을 던져놓을 수 있었다. 구경꾼들은 자신들이 본 것을 열심히 얘기했다. 사람들은 형리가 이제 막 집행 업무를 배운 사람이라는 것을 분명하게 알아차렸고, 그리하여 전체적으로 푸날 또한 위대하고 유명한 도적처럼 그렇게 용감하게 죽지 못했던 것이다.

죽은 자의 육신은 오후까지 전시되었다. 대부분의 구경꾼은, 고야와 길을 포함하여, 그곳에 머물렀다. 이윽고 박피공 수레가 나타났다. 모든 사람은 이제 이 시체가 도시 앞에 있는 산의 광야로, '메사 델 레이'* 라는 어느 작은 고원 지대로 운반될 것임을 알았다. 그곳에서 그는 산산조각 나, 어느 절벽 아래로 던져질 것이었다. 사람들은 천천히 흩어졌다. "늑대에게 고기를, 악마에게 영혼을"이라고 노래하고 중얼거리며 그들은 집으로 돌아갔다.

하지만 고야와 길은 코르도바를 떠났고, 북쪽으로 계속 나아갔다.

노새를 타고 여행할 때의 풍습이 그러하듯, 그들은 종종 큰 거리를 피하여 산과 계곡으로 난 좁은 오솔길을 이용했다. 큰 길에는 '폰다Fonda'나 '포사다Posada'로 불리는 여관이나 객줏집이 있었다. 하지만 곁길에는 '벤타Venta'라는 초라한 숙소뿐이었다. 벤타에는 먹을 것도 없었고, 짚 몇 개로 된 침상과 수많은 벼룩만 있었다. 길은 왕의 수석화가가 그리 변변찮은 잠자리를 특히 좋아한다는 데 거듭 놀랐다. 하지만 고야는 대꾸했다. "지친 등짝보다 더 안락한 베개는 없는 걸세." 그는 꿈도 없이 잘 잤다.

황량한 곁길에서 대로로 들어서면, 언제나 새로운 경험이 생겨났다. 상인과 신부 그리고 변호사가 '갈레라스'나 '타르타나스' 그리고 '카로차스'라고 불리는 왕의 우편마차를 타고 가기도 했고, 노새를 타거나 걸어가는 대학생들과 수도사, 소상인들, 그리고 뭘 하는지 알 수 없는 여자들과, 다음 대목장에서 행운을 찾는 행상인들도 볼 수 있었다. 현대적이

---

* Mesa del Rey: '왕의 식탁'이라는 뜻.

고 우아한 여행마차를 탄 카디스의 무역상과, 노새가 끄는 구닥다리 마차를 탄 상류 귀족도 볼 수 있었는데, 웅장한 문장(紋章)이 그려진 이 도금된 구닥다리 마차에는 앞에서 끄는 많은 말과 제복 입은 하인이 딸려 있었다. 프란시스코에게 이 거리는 친숙했다. 여행자들의 소음이 잦아들었을 때, 그는 그 화려함을 더 분명히 보았는지도 모른다. 하지만 그는 그 소음을 알고 있었다. 기름 치지 않은 바퀴가 내는, 날카롭고도 엄청 삐걱대는 소리는 멀리서부터 들렸는데, 그것은 야생 짐승을 쫓기 위한 것이기도 했다. 거기에다 여행객들의 즐거운 왁자지껄한 소리와 마부와 놀이꾼의, 가슴에서 우러나오는 아우성도 들렸다. 이제 바퀴가 도는 게 보였고, 말발굽 차는 소리도 들렸다. 여행객과 마부들의 입이 열렸다가 닫혔다. 하지만 그 소리를 그는 기억에서 끄집어내야 했다. 그것은 가끔 즐겁지만 대개는 슬픈, 몹시 고된 놀이였다.

눈에 띄는 사실은, 그가 강도 엘 푸날의 야수 같은 고통을 목격한 이래 자신의 고통이 가벼워졌다는 점이었다.

한번은 고야와 길이 선술집 앞에 서서 다른 사람들과 함께, 커다란 우편마차에 말 여덟 마리가 매여 있는 걸 바라보았다. 마요랄이라는 우두머리 마부가 고삐 달린 마구 여럿을 손에 쥐고 있었고, 사갈이라는 조수는 옆에서 몸을 흔들었다. 이 몰이꾼과 조수가 객줏집 앞에서 돌과 지팡이를 들자, 다음 순간 거대한 마차가 움직였다. 고야는 짐승을 몰기 위해 그들이 어떻게 소리치는지 보았다. 그는 자신을 억제할 수 없었다. 그의 입도 벌어졌고, 마부와 노새몰이꾼의 날카로운 소리에 자신도 따라 그르렁거리며 동조했다. “무슨 개란 말인가! 수캐야…… 수캐…… 수캐, 수캐…… 수캐야!”

그러고 나서 고야와 길은 다시 큰 거리를 떠나 곁길로 접어들었다.

작은 자갈길이, 대로에서보다 훨씬 자주, 층층이 겹쳐진 채 나타났다. 그곳에는 길에서 죽은 사람들을 기억하기 위해 십자가 여러 개와 다채로운 그림판이 서 있었다. 놀라운 건 그 길에서 많은 사람들이 죽었다는 사실이었다. 그것은 큰 군대임에 틀림없었다. 널빤지로 된 표지에는 그들이 절벽에서 추락하거나, 배회하는 짐승한테 약탈당하거나, 거친 홍수에 휩쓸렸을 뿐만 아니라, 강도들의 칼에 찔리거나 단순한 뇌일혈로 쓰러지기도 했다고 적혀 있었다. 그리고 경건한 방랑자라면 부디 멈춰 서서 불행에 빠진 자들의 영혼을 위해 기도해달라는 운율 섞인 권유문이 덧붙여져 있었다. 길은 돈 프란시스코가 모자를 벗고 십자가를 긋는 걸 놀란 채 바라보았다.

그들은 구간별로 다른 노새몰이꾼 행렬에 합류하기도 했다. 왜냐하면 외진 길은 혼자 여행하지 않는 게 더 나았기 때문이다. 고야는 다른 사람에게 부담을 주지 않았다. 그렇다고 그들을 피하지도 않았다. 그는 그들에게 자신이 귀먹었다고 말하는 걸 주저하지 않았다. 길은 자기가 모시는 이 나리에게서 점점 다정한 존경심을 느꼈다. 고야는 그를 속이지 않았다. 그저 약간의 돈을 깎았을 뿐. 가끔 그는 같이 여행하는 나리가 누구인지, 어떤 병을 앓고 있는지 다른 사람이 알지 못하게 하라는 프란시스코의 지시를 어쩔 수 없이 무시해버렸다.

한번은 강도들이 두 사람의 길을 막았다. 그들은 두 사람의 사정을 이해하고 간단히 끝내려는 공손한 무리였다. 강도 둘이 프란시스코를 뒤지는 동안, 길은 다른 강도에게 속삭였다. 고야가 누구인지 그들에게 말한 것이다. 그러자 그들은, 왕의 태피스트리에 강도와 밀수자의 생애 장면을 그토록 사랑스럽게 그린 이 나리에게서 600레알의 반만 빼앗았다. 그리고 일이 끝났을 때, 그들은 자기 술을 마시라고 권했다. 그들은 존경하듯 큰 모자를 흔들며 예의 있게 기원했다. "동정녀 마리아가 나리와 함께 하시길(Viya Usted con la Virgen)!"

그렇게 고야는 가련하고도 궁색하게,
귀먼 자신 안에 유폐된 채,
노새 발레로소를 타고
이해할 수 없이 먹먹한
스페인을 가로질러, 비참하게,
자기 어깨를 튼튼하게 하리라
결심하면서,
저기 웅크린 채, 그를 망가뜨리려는
악마에 대항하며 걸어갔다.
그 악마들은 어디서건
덮쳤다. 그는, 아라곤 출신 남자이자
화가 프란시스코 고야는,
꼿꼿이 걸어갈 것이다.
그를 덮친 비참과 더불어
그는 자라날 것이고,
더 예리하게 보고,
그릴 것이다. 그리고
노새몰이꾼 길이 놀란 채,
걱정스레 바라보는 걸 보고
그는 쩌렁쩌렁 소리 나게 웃었다.

그렇게 가볍고도 혹독하게 고야는
최고의 행복과 가장 깊은 고통을
겪었던 남쪽 도시로부터
북쪽 사라고사로,
자신이 출발했던 도시로
갔다.

3부

1

그 시절, 말하자면 18세기의 마지막 속죄를 위한 5년의 공양제* 동안 프랑스공화국의 통치는 민중으로부터 벗어나 상인이 접수하게 되었다. 백과전서파인 돌바크 남작은 얼마 전 먹잇감을 노리는 상인보다 더 위험한 존재는 없다,고 공표했다. 혁명의 지도 인물들도 그렇게 생각했다. 하지만 그라쿠스 바뵈프**와 그 추종자들은 처형되었다. 그들은 '평등한 자들의 공동체'를 세워 수입의 평등을 실현하려 했기 때문이었다. 그러자 프랑스의 새 지도자들은 '잘살자!'는 선전 구호를 공표했다.

혁명으로 계몽의 이념을 실현하려던 다른 나라에서도, 이를테면 미합중국에서도 지도자들은 옛날 이념에 추파를 던졌다. 사람들은 프랑스와의 결별을 선언했다. 그들의 도움이 없다면, 결코 독립을 쟁취할 수 없을 텐데도 사람들은 프랑스 대사를 모욕하고, 프랑스공화국과 냉혹한 전쟁을 치렀다. 사람들은 헌법 정신을 부인하는 외국인법과 폭동진압법을 공표했다. 그들은 독립 선언의 원칙을 희석시켰다. 그 나라 첫번째 대통령 조지 워싱턴이 직무에서 물러났을 때, 필라델피아의 한 신문은 이렇게 환호했다. "우리나라의 모든 비참에 책임 있는 그 사람이 오늘 동료 시민의 계단으로 내려서게 되었다. 그는 더 이상 미합중국의 고통을 늘릴 권력을 갖고 있지 않다. 민중의 자유를 위해 그리고 그 행복을 위해 박동 치는 모든 심장은 오늘, 워싱턴이라는 이름이 이제 불의를

* Lustrum: 원래는 고대 로마에서 5년에 한 번씩 치르던 인구 조사인데, 여기서는 구체적으로 1796~1800년을 가리킨다.

** Gracchus Babeuf(1760~1797): 본명은 프랑수아 노엘 바뵈프로, 농업 공산주의를 추종하던 혁명가이다. 그는 로마 시대 개혁가 그라쿠스를 본떠 '그라쿠스 바뵈프'로 불렸다.

퍼뜨리고 부패를 허용하는 일을 멈췄다는 생각에 기뻐, 확실히 요동칠 것이다."

짧은 시간에 인간 현존의 새 질서를 창출하려는 열정적 노력 때문에 세상은 녹초가 되었다. 모든 힘을 극도로 긴장시키면서 사람들은 공적 사적 일을 이성으로 규제하고자 시도했다. 하지만 사람들의 맥이 풀리면서 이성의 눈부신 빛으로부터 감성의 황혼으로 도망쳤다. 세상 곳곳에서 오랜 보수적 이념이 찬사를 받았다. 그들은 사고의 냉정함으로부터 신앙과 경건성 그리고 감성의 온기 속으로 되돌아갔다. 자유를 가져왔던 폭풍에서 벗어나 그들은 권위와 규율의 조용한 항구에서 스스로를 구제했다. 낭만주의자들은 중세의 복원을 꿈꾸었고, 시인들은 태양의 명료성에 대한 증오를 노래했으며, 달빛 비치는 마법의 밤에 열광하면서 가톨릭교회의 품 속에서 평화와 안전을 찬미했다. "계몽주의는 우리의 살갗에 새겨지지 못했네!" 어느 추기경은 이렇게 환호했다.

그건 오류였다. 밝고 예리하고 새로운 이념은 너무도 많은 정신을 장악하여, 근절될 수 없었다. 지금껏 난공불락이던 특권은 뒤집어졌다. 절대주의와 신의 은총, 계급과 카스트의 분리, 교회와 귀족의 우선권, 이 모든 것은 이제 의문시되었다. 프랑스와 아메리카는 그 위대한 예를 보여주었다. 교회와 귀족의 새롭고 강력한 저항에도 불구하고 그 사상은 이제 자기 길을 열어젖혔다. 즉 이제 인간의 일은 과학적 인식의 결과에 맞게 규율되어야 하지, 오래된 성서의 법칙을 따라서는 안 되었던 것이다.

이 세기의 마지막 5년 동안 프랑스에서는 2,500만 명이 살았다. 영국과 스페인에서는 각각 1,100만 명이 살았다. 파리의 거주자는 90만 명이었고, 런던의 거주자는 80만 명이었다. 미합중국에는 약 300만 명의 백인과 70만 명의 유색인 노예가 살았다. 미국에서 가장 큰 도시는 4만 2천 명이 거주하는 필라델피아였다. 뉴욕 인구는 3만 명이었고, 보스턴과 볼티모어 그리고 찰스턴의 인구는 각각 1만 명이었다. 이 5년이 지나는 동안 영국의 국민경제학자 맬서스는 『인구론』을 출간했는데, 이 책에서 그는 인구는 인구를 유지하는 데 필요한 식량보다 더 빠르게 증가하므로 출산을 제한해야 한다고 주장했다.

5년 동안 인간은 자신이 사는 행성의 더 넓고 큰 지역을 쓸모 있게 만들었다. 미합중국은 이주민을 끌어들이려 애썼고, 이런 목적을 위해 값싼 장기 대출로 1달러에 1,200여 평을 파는 관청과 회사를 세웠다. 이 5년 동안 알렉산더 폰 훔볼트*는 중앙아메리카와 남아메리카로 대단한 탐험 여행을 시작했으며, 그 결과 세상은 더 분명히 인식되고 더 쉽게 거주할 수 있는 곳이 되었다.

그 5년 동안 세계 곳곳에서, 무엇보다 유럽에서 많은 정치적 변화가 격렬하게 이뤄졌다. 오랜 제국이 무너지면서 새 국가 형태로 통합되었는데, 그 대부분의 형태는 공화국이었다. 수많은 종교 지배층도 세속화되었다. 교황은 체포되어 프랑스로 보내졌고, 베네치아 총독은 마지막으로 바다와 결혼했다. 프랑스공화국은 육지에서 벌어진 많은 전투에서 승리했으며, 영국은 바다의 전투에서 이겼다. 영국은 인도에서 결정적 승리를 쟁취했다. 이 세기 말엽에 영국은 거의 모든 유럽 국가와 조약을 맺어, 프랑스공화국이 더 이상 침략하지 못하도록, 또 진보적 이념이 확산되지 않도록 했다. 전체적으로 보면, 이 5년 동안 세상에는 그 세기 내내 일어난 것보다 더 많은 전쟁과 폭력이 벌어졌다. 그래서 이 5년 동안 독일 철

* Alexander von Humboldt(1769~1859): 독일의 박물학자이자 탐험가로 근대 지리학의 창시자로 알려져 있다.

학자 임마누엘 칸트는 자신이 구상한 『영구평화론』을 썼다.

균열된 세계의 군사 지도자들은 사적인 삶 때문에 대중과 신문의 잡담에 대해서는 별로 신경 쓰지 못했다. 그 5년 동안 나폴레옹 보나파르트는 조제핀 보아르네와 결혼했고, 호라티오 넬슨 장군은 엠마 해밀턴을 알게 되어 사랑에 빠졌다.

그 5년 동안 사람들은 지금껏 입고 있던 무겁고 화려한 옷에서 해방되어, 특권 신분의 옷과 하층 신분의 옷의 경계를 지워버렸다. 우선 프랑스에서는 화가 자크 루이 다비드의 영향으로 단순하고도 고전적인 의상인 '라 메르베이유즈La merveilleuse'가 인기였고, '판탈롱'이라는 긴 바지도 입기 시작했다. 이 옷은 급속하게 전 유럽으로 퍼졌다.

저 5년 동안 알레산드로 볼타는 전류를 지속적으로 공급하는 장치를 만들어냈고, 프리스틀리는 일산화탄소를 발견했으며, 스탠호프는 쇠로 된 인쇄기를 발명했다. 하지만 곳곳에서 사람들은 전래되는 생각이나 작업 방식을 끈질기게 고수했다. 전에 알지 못했던 자연법칙의 발견자나 사용자는 악마의 사자(使者)라고 여겨졌고, 그래서 그들은 수천 년 전에 땅을 일궜던 것처럼 경작했다. 그 5년 동안 의사 에드워드 제너는 천연두를 예방하기 위해 우두(牛痘) 접종을 권고하는 연구를 발표하여 모든 사람의 비웃음을 받았다. 축복받은 샘물이나 물에서 목욕하고 감염된 사람은 조롱받지 않았다. 또 건강을 얻으려고 밀랍으로 병든 자기 팔다리의 모조품을 만들어 온갖 성인에게 봉헌하는 사람도 조롱받지 않았다. 오히려 종교재판소는 이런 수단의 치료제를 의심하는 자를 모두 처벌했다.

그 5년 동안 세계 곳곳에서 사람들은 셰익스피어를 지난 1천 년 동안 가장 위대한 작가로 인식했다. 셰익스피어의 작품은 여러 사람에 의해 많은 언어로 번역되었다. 아우구스트 빌헬름 슐레겔*도 한 작품을 번역했는데, 그 번역 작품은 다가오는 세기의 독일어를 아름답게 변화시켰다. 그 5년 동안 괴테는 시 『헤르만과 도로테아』를 썼고, 실러는 희곡 『발렌슈타인』을 썼다. 알피에리**는 의고전주의적 비극인 『사울』과 『안티고네』 그리고 『제2의 브루투스』를 썼으며, 다채롭고 의미심장한 동화책을 쓴 위대한 작가 카를로 고치는 『쓸모없는 회고록』 세 권을 남기고 죽었다. 제인 오스틴은 명징하고 우아한 소설 『오만과 편견』과 『이성과 감성』을 썼고, 콜리지는 첫 시집을 발간했으며, 스위스 시인 텡네르***도 그렇게 했다. 러시아에서는 이반 이바노비치 켐니츠가 비극 『해방된 모스크바』를 썼고, 바실리 바실리에비치 카프니스트가 시희극 『속임수』로 돈에 좌우되는 사법기관을 신랄하게 조롱했다. 지금까지 단 한 번도 책을 가져본 적이 없던 수백 만 명이 책을 읽고 즐기기 시작했다. 하지만 교회는 전문가가 칭찬했던 이런 작품의 대부분을 금서로 규정했다. 스페인에서는 이 금지를 위반하면 기둥에 묶어 탄핵하거나 채찍이나 감옥형으로 벌했다. 합스부르크 왕조에서는 그렇게 금지된 책을 읽은 고위 관리를 해고시켰다.

저 5년 동안 파리에서는 자유사상가들의 지도자였던 사람의 몸이, 말하자면 추방당한 볼테르의 추방당한 사지가 엄청난 인파의 참여 아래 판테온에 묻혔고, 그 똑같은 5년 동안 똑같은 파리에서는 마리 앤 레노르망M.-A. Lenormand 부인이 예언 살롱을 열었는데, 최고 인기를 끌었다.

---

* August Wilhelm von Schlegel(1767~1845): 독일 낭만파 운동을 이끈 문예평론가.

** V. Alfieri(1749~1803): 이탈리아의 비극 작가.

*** Carlo Gozzi(1720~1806): 이탈리아의 극작가.
Samuel Taylor Coleridge(1772~1834): 영국의 시인.
Esaias Tegnér(1782~1846): 스위스의 시인.

투소 부인*의 밀랍 내각에서는 자기 머리를 팔 아래 든 성 드니** 상(像)과 이단자 볼테르 상이 나란히 평화롭게 세워져 있었다.

그 5년 동안 이집트의 도시 로제타에서는—아랍어로는 라쉬드인데—비문(碑文)으로 덮인 돌이 발견되었는데, 이것 때문에 연구자 샹폴리옹은 상형문자를 해독할 수 있었다. 앙투안 콩도르세는 집단주의적이고 유물론적인 역사철학을 정립했고, 피에르 시몽 라플라스***는 자연과학적 방법으로 별들의 탄생을 설명했다. 하지만 스페인 왕국에서는 이 세계가 성경의 말씀대로 기원전 3988년 9월 28일부터 10월 3일까지 6일 동안 창조되었다는 믿음을 고백하지 않으면 관직에 나갈 수 없었고, 합스부르크 왕국에서도 그랬다.

그 5년 동안 괴테는 『베네치아 풍자시』에서, 모든 사물 가운데 가장 싫어하는 건 네 가지, 즉 담배 냄새와 빈대, 마늘과 십자가라고 썼다. 토마스 페인은 합리주의를 다룬 기본서인 『이성의 시대』에 매달려 있었다. 똑같은 시기 슐라이어마허는 『종교에 대하여: 경멸하는 자들 사이의 교양 있는 자들에게 보내는 연설』을 썼고, 프랑스 작가 샤토브리앙은 낭만화된 가톨릭주의로 전향했다. 에드워드 기번****이 나직한 위트와 냉철한

---

* 투소Tussaud 부인: 프랑스 대혁명 시기의 희생자들을 밀랍인형으로 만들기 시작해 1802년에 '마담 투소 밀랍인형 박물관'을 세운 사람. 지금도 뉴욕, 베를린 등 세계 곳곳에 마담 투소 박물관이 있다.

** Saint Denis: 3세기 중엽 그리스도교의 성인으로, 처형 후 참수된 자기 목을 쥐고 천사의 인도를 받아 파리의 북쪽 묘소인 생드니 수도원까지 걸어갔다고 한다.

*** J. F. Champollion(1790~1832): 이집트 로제타 돌의 상형문자를 1822년에 최초로 해독한 고고학자.
Antoine Condorcet(1743~1794): 프랑스의 철학자이자 수학자.
Pierre Simon Laplace(1749~1827): 프랑스의 수학자이자 천문학자.

**** Thomas Paine(1737~1809): 미국의 정치평론가로 『이성의 시대』를 써 프랑스 혁명을 지지했다.

아이러니로 기독교의 발생을 야만성으로의 퇴각으로 서술했던 『로마 제국 쇠망사』는 그 시대 가장 중요한 역사서로 널리 환호 받았다. 그러나 주교 리처드 왓슨이 우아하고도 점잖게 기번과 페인을 반박했던 『변론』은 작은 성공도 얻지 못했다.

그 5년 동안 물리학과 화학 그리고 생물학에서 본질적인 발견들이 이뤄졌다. 그리고 중요한 사회학적 원칙들도 발견되고 입증되었다. 이들 원칙의 발견자와 공표자는 적대시되거나 조롱받거나 감옥으로 끌려갔다. 새로운 과학적 치료 방법이 검증되는 한편, 신부와 주술사는 환자에게서 귀신을 내쫓았으며, 기도와 부적으로 치료했다.

철학하는 정치 지도자와 탐욕스러운 상인들, 조용한 학자나 호객꾼처럼 떠벌리는 돌팔이 의사들, 권력 지향적인 성직자나 농노들, 모든 자극에 예민한 예술가들, 방화와 살인을 일삼는 흐리멍덩한 용병들, 이들은 모두 좁은 공간에 함께 살았다. 서로 찌르고 밀치면서, 영민한 자와 어리석은 자들, 최초 인간들의 뇌보다 거의 더 발전하지 않은 뇌를 가진 사람들, 한 번의 빙하기 후에나 많은 걸 이해할 수 있는 사상을 생각할 두뇌를 가진 사람들, 음악적이어서 모든 아름다움을 받아들일 수 있는 사람들, 그리고 모든 만들어진 말과 소리와 돌에 무감각한 사람들, 노력하거나 활기차거나 멍청하거나 게으른 사람들, 이들은 모두 '하나의' 대기를 숨 쉬었고, 서로의 살갗을 만졌으며, 서로서로 늘 아주 가까이에 있었다. 그들은 서로서로 사랑하고 미워했으며, 전쟁을 벌이고 협약을 맺고 또 어겼으며, 새 전쟁을 치렀다가 새 조약을 맺기도 했다. 서로를 괴롭히

Friedrich Ernst Schleiermacher(1768~1834): 독일의 철학자이자 신학자.
François Chateaubriand(1768~1848): 프랑스의 작가이자 정치가.
Edward Gibbon(1737~1794): 영국의 역사가로 『로마 제국 쇠망사』를 남겼다.

고 화형시켰으며, 서로 산산조각 내거나 짝이 되어 아이를 낳기도 했다. 그러나 서로 이해하는 일은 드물었다. 분별 있고 재능 있는 소수는 앞으로 나아갔고, 엄청나게 많은 사람들은 뒤에서 제지하며 이들을 적대시하고 속박하고 죽이며 갖가지 방식으로 없앴다. 하지만 그럼에도 얼마 되지 않는 이 재능 있는 자들은 눈에 띄지 않지만 자유롭게, 많은 간계와 많은 희생자와 더불어, 앞으로 나아갔다. 이들과 같이 소수는 다른 대중을 조금 앞으로 나아가게 했고, 또 밀고 갔다.

야심가나 편협한 사람은 다수의 나태와 우둔함을 이용했고, 부패한 기관들을 유지하려고 애썼다. 하지만 프랑스공화국은 세상에 신선한 공기를 불어넣었다. 혁명의 완성자 나폴레옹은 생활 능력이 없는 자들을 일소하는 데 결국 동참했다.

인권 사상은
이제 단순한 외침,
그 이상이었다. 그것은
많은 나라에서 현실이 되었다.
좁지만 젊고 분명한 현실로서
명시적인 법이 되었다. 그래서
그 세기의 끝에, 그 5년 동안
모든 것에도 불구하고
세상에는 이 세기의 시작 때보다
좀더 많은 이성이
자리했다.

2

한 시간 전 돈 마누엘은 산일데폰소에서 출발했다. 그는 마뜩잖은 듯 마차 쿠션에 나른하게 기대 있었다. 그의 앞에는 카디스로 향한 기나긴 여행길이 놓여 있었다. 카디스에서는 편치 않은 일이 기다리고 있었다. 물론 그는 그 전 2, 3일 동안 이곳 마드리드에서, 아무도 모르게, 페파와 어울려 쉬고 싶었다. 하지만 이런 전망에도 그의 기분은 결코 좋지 않았다.

빌어먹을, 그는 지난 몇 주 동안 화밖에 나지 않았다. 프랑스인들 때문에 영국과 적대하는 인기 없는 전쟁을 계속 치르게 된 건 아주 나빴다. 게다가 그들, 피레네 산맥 기슭 사람들은 마누엘이 우호국 포르투갈에 결코 회복할 수 없는 조처를 무분별하게 취해야 한다고 주장했다.

영국 전함은 포르투갈 항구에 거점을 마련하고 있었다. 그리고 프랑스인들은, 포르투갈이 이 항구를 폐쇄하도록 스페인이 동맹협약을 근거로 영향력을 행사해야 한다고 요구했다. 프랑스 대사인 시민 트루게는 계속해서 말도 안 되는 논리로 요구하기를, 포르투갈이 거절할 경우, 스페인은 무력으로라도 항구를 폐쇄해야 한다는 거였다. 무기 없는 작은 이웃 나라를 침략해 승리를 쟁취하는 건 이 시점에 분명 유혹적이었다. 하지만 포르투갈의 섭정 전하는 스페인 가톨릭 왕의 사위였다. 카를로스와 마리아 루이사는 자기 딸과 전쟁을 하고 싶지 않았다. 그렇지 않아도 포르투갈은 그, 돈 마누엘에게 멋진 선물을 해두었다. 마누엘이 영국과의 전쟁을 암묵적 동의 아래 거의 잠재웠기 때문이었다.

포르투갈 문제가 그가 가진 유일한 걱정거리는 아니었다. 왕당파 대사인 아브레의 마른 딸 제네비에브 사이에 있었던, 오래전에 잊은 연애 사건이 다시 괴롭게 되살아났다. 아브레 후작은 스페인에서 추방된 뒤

딸과 포르투갈로 도망쳐서는 가톨릭 왕의 비밀 금고에서 나온 지원금으로 살고 있었다. 게으른 프랑스인이자 천박하고 요령 없는 시민 트루게는 낌새를 알아채고, 이제 마누엘이 그 '모험가적 왕당파'와 더 이상의 관계를 끊을 뿐만 아니라 포르투갈의 섭정 전하가 아브레를 즉각 추방하도록 만들어야 한다는 파렴치한 요구를 해댔다.

그, 평화대공은 마차 안에 기대 있었다. 산일데폰소의 일거리가 주는 개운치 못한 뒷맛이 아직 남아 있었다. 카디스에서는 유쾌하지 않은 협상 건이 기다리고 있었다. 마리아 루이사는 총애하는 신하 가운데 여러 명을 그곳 함대의 높은 자리에 앉혔는데, 그들은 높은 직위와 여왕의 총애 외에 아무것도 보여주는 게 없었다. 그 무능한 자들 밑에서 그들에게 방해받던 매우 유능한 장교들은 사퇴하겠다고 위협했다. 주변의 모든 게 편치 않았다.

그뿐만이 아니었다. 수도로 더 다가가면 갈수록, 돈 마누엘에게 고통스러운 생각들이 더 많이 생겨났다. 그는 마드리드의 페파 곁에서 하루 더 머물기로 결심했다. 그는 운명이 자신에게 스페인 왕국의 통솔을 부과했음을 잊게 될 것이다. 그는 이날 하루 동안 정치 지도자가 아니라, 오직 자기 삶을 기뻐하는 돈 마누엘이 될 것이다.

그러나 상황은 달랐다.

페파는 뒤숭숭한 권태의 날을 여러 주 보낸 참이었다. 프란시스코가 떠났기 때문이다. 여러 주일과 여러 달 동안, 그는 자기 경력을 위태롭게 하면서까지 알바의 망명을 함께 겪었다. 그녀는 쓰라린 심정으로, 그가 얼마나 뜨거운 열정을 가졌는지, 그리고 얼마나 냉정하게 그녀를 마누엘에게 방치했는지 곰곰이 생각했다. 게다가 마누엘 자신은! 그는 사랑을 얻기 위해 거창한 말을 했었다. 하지만 그는 대부분의 시간 동안 산일데폰소나 아란후에스 아니면 에스코리알에 있었고, 그래서 그녀를 혼자 있게 만들었다. 그는 설령 오더라도, 남모르게 왔다. 마누엘을 환대한 쪽은 화나고 안절부절못하는 페파였다.

그녀는 그에게 같이 투우를 보러 가자고, 페드로 로메로가 하는 투우장으로 가자고 요구했다. 그는 탄식하듯 대답하기를, 일요일에는 이미 카디스로 가는 길 위에 있을 거라고 했다. "이틀을 더 제 곁에 머물러달라고 요청한다면, 지나친가요?" 그녀가 물었다. "당신을 위해 사흘을 비워놓는 건 쉽지 않다오, 내 사랑." 그가 대답했다. "다른 급박한 사안 외에도 난 전쟁을 치러야 하오. 제발이지, 더 이상 내게 부담 주지 마시오!" "왜 당신이 나와 함께 투우를 보러 가지 않으려는지 말할게요." 페파가 대답했다. "당신은 날 부끄러워해요. 그래서 나와 같이 다니길 원치 않는 거예요."

마누엘은 그녀에게 정신 차리라고 설득하려 했다. "제발!" 그가 참지 못한 듯 간청했다. "내 어깨 위엔 정말 끔찍할 만큼 많은 일이 놓여 있다는 걸 좀 알아주시오. 나는 영국과의 관계를 단절하도록 포르투갈을 강제해야 하오. 그러면서도 포르투갈의 섭정 전하를 보호해야 하고. 그리고 기존 전함에서 바보 같은 귀족 여섯을 내쫓아야 하고, 멍청한 귀족 세 명을 무적함대에 집어넣어야 하오. 그걸 위해 트루게는 뻔뻔스러운 두번째 통첩을 이미 보내왔소. 내가 아브레 후작을 리스본에서 추방해야 한다고 말이오. 내가 이틀 늦게 가는 것에 대해 카디스 관계자들은 별로 좋은 표정을 짓지 않을 거요. 그런데도 당신은 일요일을 지나서까지 여기에 있어야 한다고 요구하니 말이오. 내 어려움을 고려하시오!" "당신의 어려움이라는 건," 페파는 싸움에 목마른 듯 말했다. "한 가지 이유에서지요. 말하자면 당신의 제어되지 않는, 그 값싼 감수성 말이에요. 포르투갈이나 프랑스와 벌이는 그 모든 갈등은 당신이 가련한 말라깽이 제네비에브와 잠자리를 했기 때문이에요." 이제 마누엘은 화가 나 대답했다. "그렇게 날 몰아간 건 바로 '자네'야. 나 같은 남자가 널 원해도 괜찮은지 그 사랑을 보여줬더라면, 그 꺽다리를 결코 손대진 않았을 테지." 페파는 극도로 흥분하여 말했다. "당신이 아직 저 늙어빠진 마리아 루이사의 침상으로 들어가는 데에도 내 책임이 있다는 말이에요?"

그것으로 충분했다. 돼지를 키우던 에스트레마두라 지방 출신 마호인 그의 원래 천성이 무너져 내렸다. 그는 뭉툭한 손을 들어 그녀의 얼굴을 세게 쳤다.

순간 그녀도 되치고 싶었다. 그녀도 그를 긁고 깨물고 목 조르고 싶었다. 하지만 그녀는 자제했다. 작은 종을 당겼다. 불렀다. "콘치타!" 그리고 다시 한 번, "콘치타!"

그는 아주 하얘진 그녀 얼굴에 자신의 손자국이 불타듯 나 있는 걸 보았다. 그는 분노로 일렁이는, 눈썹 사이가 먼 그녀의 푸른 눈을 보았다. 미안하다는 말을 중얼거렸다. 그리고 쌓인 일 때문에 자기가 얼마나 과민한지 말해주었다. 하지만 그곳에는 벌써 비쩍 마른 콘치타가, 굳은 표정으로, 와 있었다. 페파는 목소리를 억누르며 말했다. "이 나리를 문까지 모셔다드려, 콘치타!" 그는 후회에 사로잡히고 탐욕에 가득 찬 채, 그리고 휴일을 망쳐버린 자신의 어리석음에 분노하며, 여러 차례 사죄의 말을 더 했다. 그리고 그녀의 손을 잡고 안으려 했다. 하지만 이 말만 들렸다. "콘치타, 대체 언제 이분을 모시고 갈 거야!" 그녀가 소리치며 옆방으로 가버렸다. 그에게는 떠나는 일 외에 어떤 것도 남지 않았다.

이 나라의 안녕을 위한 자신의 노력에 운명은 잠시도 휴식을 허용치 않는군, 그는 씁쓸하게 중얼댔다. 그는 불평 속에서, 일 욕심에 차, 서둘러 카디스로 갔다. 그곳에서 그는 업무와 여흥의 소용돌이 속에서 자신의 불찰을 잊기를, 그리고 그다음 마드리드로 돌아와, 정신을 차린 페파 앞에 나타나길 바랐다.

사실 그는 카디스에서 잠시도 빈 시간을 갖지 못했다. 그는 수출입 회사 사장들이나 선주들 그리고 은행가들과 협의했다. 그리고 유능한 함대 장교들에게는 고위 귀족 출신 멍청이 장군들의 쓸모없는 행동을 중단시키겠다고 약속했다. 영국 봉쇄 함대 지도자들과의 비밀 회합에서는 두 나라 함대가 서로 위협하긴 하지만 공격하진 않겠다는 암묵적 협약을 맺었다. 낮의 활동이 왕국을 위한 거라면, 밤은 카디스에서의 여흥에 바쳐졌다.

하지만 업무도 기분풀이도 페파에 대한 생각을 머리에서 쫓아낼 수 없었다. 그는 그녀의 얼굴에 난 자신의 손자국을 계속 떠올렸고, 그 기억 때문에 후회와 그리움 그리고 갈망으로 가득 찼다.

업무를 완전히 끝내지 않은 채, 그는 마드리드로 돌아가는 가장 빠른 길을 택했다. 여전히 여행복을 입은 채, 그는 본다드 레알 궁으로 서둘러 갔다.

집은 엉망이었고, 가구는 벽에 밀쳐져 있었으며, 양탄자는 끈으로 묶여 있었다. 방석도 있었고, 가방도 꾸려진 채 놓여 있었다. 집사는 그를 안으로 들여보내려 하지 않았다. 집주인 콘치타는 굳은 표정으로 방어하듯 그 옆에 서 있었다. 그는 그녀에게 금 3카스텔을 쥐여주었다. 그녀는 잠시 기다리게 한 뒤, 그를 페파한테 안내했다.

"남쪽으로 가려고 해요." 페파가 느리고 꽉 찬 음성으로 말했다. "말라가로 갈 거예요. 그곳에서 연극을 하려고 합니다. 리베로 씨가 있거든요. 그의 극단에 대한 칭찬이 자자하고, 그는 좋은 조건으로 내게 계약을 제시했어요. 당신 함대가 다시 뱃길을 열어줄 수 있다면, 저는 제 고향으로, 아메리카로 돌아갈 거예요. 사람들 말로 리마는 스페인 전역에서 아직 최고의 연극을 보여주고 있다니까요."

마누엘은 속으로 분노했다. 좋다, 그가 그녀를 때렸다고 치자. 하지만 그는 그녀 앞에서 모욕을 당했고, 이렇게 돌아와 또 모욕을 당했다. 그녀는 자신과 그 사이에 바다를 놓겠다고, 이렇게 바로 위협할 필요까지는 없었다. 그는 그녀를 때리고 싶은 충동을 다시 느꼈다. 하지만 그녀의 하얀 피부는 검은 실내복에서 빛을 발했고, 그 푸른 눈은 욕망을 드러내며 진지하게 쳐다보고 있었다. 그는 그녀의 향기를 들이쉬었다. 그는 모든 악덕 속에서 단련된 카디스의 매력적인 여자들과 여러 밤을 보낸 터였다. 하지만 그는 그 여자들을 그리워할 수 없다는 걸 알고 있었다. 최고의 쾌락, 진실한 황홀, 한 사람에게 닥칠 수 있는 너무도 끔찍한 일, 이 모든 것은 그녀만 줄 수 있었다. 이제 그는 자기 분노에 압도되어선 안 되었다. 그녀를 잡기 위해 그는 너무도 영악한 말솜씨를 동원해야 했다.

그는 다시 한 번 열과 성을 다해 사과했다. 이제는 모두가, 말하자면 마드리드의 자유사상가들이나 고루하기 짝이 없는 최고 귀족들, 그리고 광신적 노후국인 프랑스와 포르투갈이 그를 괴롭혔다. 여기에 천박한 시민 트루게, 차갑고 소심하며 여우처럼 교활한 탈레랑*에게는 참된 정치 지도자가 해야 할 세심한 해결책에 대한 아무런 감각도 없었다. 그는 오직 홀로 있었다. 그를 이해하는 유일한 사람인 보나파르트 장군은 이집트 어딘가에서 싸우는 중이었다. 그런 상황에서 잠시 이성을 잃는다는 건 놀라운 일이 아니었다. "내가 벌을 받는 건 당연하오." 그가 시인했

* Périgord C. M. de Talleyrand(1754~1838): 프랑스의 정치가로 나폴레옹 이후 유럽의 전후 처리를 위한 빈 회의에 참석했다.

다. “하지만 당신이 날 그리 심하게 벌해선 안 될 거요, 부인. 그렇게 혹독히 벌해선 안 된단 말이오, 페파.” 그는 그녀의 손을 잡았다.

그녀는 그에게서 가만히 자기 손을 뺐다. 마드리드 생활은 흡족하지 않다고, 그녀는 설명했다. 그리고 오랫동안 그, 마누엘은 그녀의 위안이었다고 했다. 그의 강인함, 그의 폭풍 같은 다정스러움이 그녀를 유혹했다고. 그가 마호이자 동시에 최고 귀족일 것으로 그녀는 믿었다고 했다. 하지만 그 역시 실망시켰다는 것이다. 그녀는 마드리드에서 더 이상 아무것도 찾지 않는다고 했다.

그녀의 낭만적 슬픔은 인상적이었다. 그는 그녀가 마드리드에서 떠나가게 할 수 없다고, 열렬하게 확신시켰다. 만약 그녀가 떠난다면, 그도 직위를 내던지고 물러날 거라고, 그래서 별장 중 하나에서 자신의 고민과 철학에 몰두하겠노라고 했다. “스페인을 위해 당신은 내 곁에 머물러야 하오, 부인!” 그가 소리 질렀다. “당신은 내 어려운 삶의 유일한 행복이오. 당신이 없다면, 나는 지금의 이 부담 많은 생활을 견딜 수 없단 말이오.”

그녀는 하얀 얼굴을 그 쪽으로, 기이할 정도로 아무런 부끄럼 없이 그를 응시하며, 돌렸다. 그런 다음 천천히, 그의 폐부에까지 가닿는 나른하고 꽉 찬 목소리로 대꾸했다. “돈 마누엘, 그렇다면, 제발 그저 말하지만 말고 이 세상에 보여주세요. 나는 당신 첩으로서 오랫동안 당신에게 충분히 맞추며 살았으니까요. 당신 부인이었다면, 당신은 배우자에게 그런 욕설을 하지 않았을 거예요. 그러니 이제 솔직히 날 받아들이라고 내가 요구해도 될 거예요.”

그는 경악했다. 결혼하자고! 페파와 결혼한다고! 기분 나쁜 모든 스페인 속담이 머리에 떠올랐다. ‘아내를 두기 전에, 네가 어디 있을지부터 신경 쓰라!'* 그리고 또 있다. '사랑해서 결혼하는 자는 분노로 뒈진다.' 하지만 그는 성공하지 못한 채 두 번이나 물러나는 위험을 무릅쓰고 싶지 않았다.

그 여러 달 동안 그녀의 손길을 받으려고 살았다고, 그는 설명했다. 하지만 그런 결혼은 도냐 마리아 루이사와의 불화를 뜻했고, 자신의 해고를 의미했으며, 스페인에게는 위험을 뜻했다. 왜냐하면 그 외의 누구도 포르투갈과 영국 사이의 줄타기꾼 같은 도박을 성공적으로 완수할 수 없기 때문이었다. "내 마음을 좇아, 그래서 당신과 결혼한다면, 부인." 그는 결론을 맺었다. "그건 포르투갈이나 프랑스와의 전쟁을 뜻하는 것이오." 페파는, 그의 얼굴을 꼿꼿이 주시하며 메마르게 말했다. "당신이 옳을지도 몰라요. 그리고 그런 이유로, 안녕히 계세요."

그는 자기 출구를 찾아야 했다. "시간을 주시오, 페파." 그는 절박하게 간청했다. "잠시라도 시간을 주시오."

"사흘이에요." 그녀가 말했다.

사흘째 되던 날 그는 해결책을 찾았다고 설명했다. 그는 그녀와 결혼할 것이지만, 이 결혼은 당분간 비밀에 부쳐져야 했다. 그가 포르투갈 문제에 대한 결정을 유도한 것처럼, 그는 왕의 분노라는 위험을 감수하면서 결혼에 대해 왕국과 세상 사람들에게 통보할 것이었다.

페파는 수긍했다.

존경할 만한 어느 늙은 신부를 찾아냈다. 그는 바다호스 출신의 파드레 셀레스티노스라는 사람이었다. 자잘한 정치적 음모를 즐겨 꾀하던 파드레는 막강한 고향 사람에게 기쁜 마음으로 봉사할 준비가 되어 있

* 원문은 스페인어 "Antes de casar, ten casas en qué morar."

었다.

제후의 도시 궁전에서,
집의 예배당에서 결혼식은
거행되었다. 저녁에, 많지 않은
촛불이 밝혀졌다. 그건
페파의 생각으로,
아주 낭만적이었다.
증인은 돈 미겔과
시중드는 시녀였다.
파드레는 모든 사람에게
서약하게 했다.
이 결혼에 대해 어떤
사람에게도 얘기하지 않겠다는,
엄격하게 침묵하겠다는
의무를 지게 했다.
그가 누구든지.

3

왕비는, 평화대공이 투도 부인과 결혼했다는 소문을 들었을 때, 억제할 길 없는 분노에 빠져들었다. 그녀는 누더기 같은 놈을 가장 밑바닥 진창으로부터 끄집어내 이 왕국의 첫째가는 인물로 만들어주었는데, 이제 그가 한낱 창녀한테 남김없이 자신을 바치다니! 그녀에게, 그 뚱뚱하고 아무 생각 없는 살덩이 계집에게, 그 늙고 둔한 여자에게 그는 빛나는 직위를 건네주었다. 바로 그 직위를 그녀, 마리아 루이사가 하사했음에도! 그녀는 그가 어떻게 페파와 침상에 누워, 어떻게 그녀를, 잠자리에 끼어든 늙은 여자를 비웃는지 상상했다. 하지만 그, 버려진 놈, 아무것도 아닌 놈은 잘못 계산했어! 수백 건의 횡령과 국가 반역 사례가 있었고, 그 때문에 그에게 소송을 걸 수 있었다. 그는 아무런 양심 없이 왕가 보물을 훔쳤다. 외국 권력에 매수되었다. 최고 동맹자인 교황을 배반했다. 그리고 파리 집정내각에 있는 불경한 인사와 어울려 가톨릭 왕에 대한 반역을 꾀했다. 탐욕 때문에, 허영심으로 그리고 변덕스러운 기분에 그는, 친구든 적이든, 모든 사람을 속였다. 하지만 이제 그녀가 법정에, 카스티야의 추밀원 법정에 그를 세울 것이고, 그가 모욕당하도록 공개적으로 처형할 것이다. 그러면 고위 성직자나 최고 귀족들 그리고 스페인의 모든 백성이 환호할 것이다. 그러고 나서 그녀는 그 여자, 그 창녀를, 윗도리를 벗긴 채, 도시를 가로질러 끌고 다니며 채찍질 받게 할 것이다.

그녀는 이 모든 것 중 어떤 것도 자기가 하지 않으리라는 걸 알았다.

그녀는 영리했고, 세상과 인간들을, 그녀의 마누엘과 자기 자신을 알았기 때문이다. 그녀는 종종 자신의 이성과 권력을 영리하게 과시함으로써 개입과 감정의 표시를 그에게 불어넣었다. 그녀는 이 같은 감정을 때로는 쾌락이나 사랑으로 변모시키는 일마저 성공했는지도 모른다. 하지만 그런 일이란 얼마나 인위적이고 얼마나 헛된 것인가? 추하게 늙어가는 여인이 그런 젊고 건강한 남자를 얼마나 오랫동안 감당할 수 있겠는가? 갑자기 비참한 마음이, 44년 동안의 모든 고통이 그녀를 덮쳤다. 그녀의 삶은 수천 수만의 예쁘고 젊은 스페인 여자들과의 지속적인 싸움이었다. 그녀는 언제나 새로운 보조 수단에 기대야 했다. 파리에서 가져온 의상과 화장품, 향유와 파우더, 그리고 최고의 춤 교사와 미용사가 그것이었다. 하지만 멍청한 파스키타나 콘수엘라 그리고 돌로레스 같은 아가씨의 싱싱한 피부 앞에서 이 모든 건 우스꽝스러웠다.

있는 그대로의 모습이 더 나았다. 그렇게 여러 해가 지나기도 전에, 예를 들면 알바 공작비도 지금의 그녀처럼 그렇게 늙어갈 것이다. 그때가 되면 알바는 어떻게 될까? 시들어 아무짝에도 쓸모없어지겠지. 하지만 그녀, 마리아 루이사는 자신의 추한 외모 때문에 이성을 발전시키지 않을 수 없었다. 그녀는 추했기 때문에 영리하게 되었고, 그 영민함은 이어졌다.

마침내 그녀는 뭔가를, 자신을 떠올렸다. 모든 스페인 왕국의 타고난 여왕이자, 서쪽과 동쪽 인도의 여왕이고, 세계 대양에 있는 섬들과 육지의 여왕이며, 오스트리아의 대공작비이고, 부르군트 공작비이며, 합스부르크와 플랑드르 그리고 티롤 지방의 백작 부인인 자신에 대하여. 세계 왕국은 더 이상 완전히 젊지 않다. 그것은 그녀 자신처럼 늙어가기 시작한다. 시민 트루게는 뻔뻔스럽게도 가톨릭 왕에게 지시했다. 하지만 여전히 그리고 그 모든 것에도 불구하고 그녀는 세상에서 가장 힘 있는 여성이다. 세상은 단순한 카를로스가 아니라 그녀가 스페인을 지배한다는 것을, 그리고 두 인도와 세계 대양을 다스린다는 걸 알기 때문이다.

그런데 멍청이 돈 마누엘이 이 여성보다 페파 투도를 더 좋아하다니!

그녀는 거울로 자신을 살펴보았다. 하지만 거울은 지금의 그녀를, 저 무례한 소식에 대한 생각 때문에 절제를 잃은 이 덧없는 순간의 그녀를 보여줄 뿐이었다. 그건 그녀가 아니었다. 그것은 그녀의 진실이 아니었다.

그녀는 자신의 진실을 보기 위해 길을 나섰다. 그녀의 내실을 떠났다. 앞방에서 기다리던 수석 시녀가, 의례적으로 하듯이, 그녀를 따라갈 채비를 했다. 그녀는 성가신 듯한 눈짓으로 제지했다. 그녀는 혼자 그 넓은 홀과 복도를 지나고, 신부와 평신도를 지나고, 보초 서는 장교를 지나고, 바닥에 닿도록 허리 숙여 인사하는 시종들을 지나갔다. 그녀는 홀로 「카를로스 4세의 가족」 그림이 있는 그 화려한 접견실에 들어섰다.

그 그림 속 마리아 루이사, 그것이 그녀의 진실이었다. 그녀와 알고 지내는 이 화가는 그녀를 아는 유일한 사람인지도 모른다. 여기 그녀 가족의 무리에서, 지금 통치하는 왕과 미래의 왕들과 왕비들 사이에서 그녀가 이 무리의 지배자로 서 있는 모습, 그것이 그녀의 추하고 거만하며 위풍당당한 진실이었다.

그 여성은 자신이 우연히 사랑에 빠진 멍청이가 자기 뒤에서 창녀와 결혼한다고 해서 굴복할 사람이 아니었다. 그녀는 이 남자를 벌하지 않을 것이다. 그를 얻으려고 애써 싸울 필요도 없다. 그녀는 여왕이었고, 열망하는 걸 가지는 것도, 또 가지고 있는 걸 지키는 것도 다 그녀 하기 나름이었다. 아직 그 방법을 모를 뿐이다. 하지만 그녀는 그 남자를 가질 것이다.

그날 밤 그녀는 잘 잤다. 그리고 아침에 좋은 계획을 세웠다.

그녀는 카를로스에게 끝날 줄 모르는 정치적 곤란에 대해 말했다. 세금을 내지 않는 카디스 상인들과의 다툼과, 뻔뻔스러운 트루게와의 협상, 반역을 일삼는 함대 장교들에 대한 분노를 열거했다. 오직 한 남자, 즉 총리 마누엘만 이 모든 거래를 끝까지 관철시킬 수 있다고 했다. 그래서 그를 도와야 하고, 그의 권위를 강화시켜야 한다는 거였다. 카를로스는 숙고했다. "기꺼이," 그가 말했다. "하지만 아무리 해도 생각이 떠오르지 않소. 우리가 마누엘에게 주지 않은 지위와 품위가 어디 있단 말이오?" 마리아 루이사는 말했다. "두 사안을 어쩌면 한 번에 해소할 수도 있답니다. 무슨 말인고 하니, 고인이 된 루이스 삼촌의 자식들과 관련된 불쾌한 사안을 함께 제거할 수도 있다는 말이에요." 카를로스 3세의 남동생인 루이스 삼촌은 평귀족 출신 숙녀인 바야브리가와 결혼한 왕자였고, 그래서 그 아이들은 부르봉과 친촌 지방 백작과 백작비라는 어색한 칭호를 갖고 있었다. 그래서 이들의 자격 분류는 의례적으로 늘 곤란을 유발했던 것이다.

카를로스는 이해 못 한 듯 바라보았다. 마리아 루이사가 설명했다. "두 아이를 '카스티야 왕손'으로 만들고, 마누엘을 '왕녀' 도냐 테레사와 결혼시켜버리면, 어떻게 될까요?" "좋은 생각이오." 카를로스가 동의했다. "내가 염려하는 건 그것이 고인이 된 아버지 뜻에 맞지 않으면 어쩌나 하는 것이오. 돌아가신 아버지는 돈 루이스와 도냐 테레사를 전하로 만들었지, 왕가의 일원으로 만들진 않았기 때문이오." "시대가 변했으니까요." 마리아 루이사가 조심스럽게 인내하며 해명했다. "사랑하는 돈 카를로스, 당신은 고인이 된 부친의 규정 사항을 넓히라는 지시를 여러 번 했어요. 그렇다면 이번 일에서는 왜 그런 훈령을 내리지 않나요?" "당신은 늘 옳은 말만 하는군." 카를로스가 굴복했다.

여왕은 열정적으로 일에 착수했다. 하지만 그녀는 미래의 왕족 테레사에게 그리 중요하게 여기지지 않았다. 그 보잘것없는 귀족 딸은 태연한 기품을 드러내었는데, 그 점이 마리아 루이사를 화나게 했다. 그 소심한 여자는, 비록 아무 말도 감히 입 밖에 내지 않았지만 마리아 루이사의 생활방식을 분명 받아들이지 않았다. 말없는 수녀 같은 그 금발의 테레사를 황소 같은 마누엘의 침대로 끌어넣는다는 건 마리아 루이사에게 즐거움을 주었다.

도냐 테레사와 마누엘의 관계에 대한 왕의 승낙을 요구하던 바로 그날, 마리아 루이사는 마누엘에게 할 말이 있다고 통보했다. 그는 아무리 비밀에 부친다 해도 왕비가, 자신의 결혼을 알게 될 것임을 계산하고 있었다. 그는 불편함을, 자신에게 다가오는 폭풍우에 대한 불안감을 느꼈다.

마리아 루이사는 혼자 만면에 웃음을 띠었다. "마누엘," 그녀가 말했다. "자네를 위한 대단하고 기쁜 소식이 하나 있네. 돈 카를로스 왕이 부르봉과 친촌 백작들을 카스티야 왕손으로 만들 거라네. 그러면 자네는 도냐 테레사와 결혼하게 되고, 그녀의 호칭을 공유하게 되지. 이런 식으로 자네와 우리의 가까운 관계가 세상에 드러나게 되어 난 기쁘네."

기대했던 거친 뇌우 대신 행복과 은총의 소나기가 마누엘에게 내렸을 때, 그는 그 말을 이해하지 못했다. 그는 어리벙벙한 얼굴로 서 있었다. 그런 다음 폭풍 같은 환호가 그를 덮쳤다. '악마의 삶을 위해!'* 그는 실제로 행운의 장자임이 틀림없었다. 그가 움켜쥔 것은 늘 축복으로 발전했다. 그의 행운이란 얼마나 재미있고 우스꽝스러웠던가! 이제 그는 뻔뻔스럽게도 감히 그를 노려보곤 하던 돈 루이스 마리아한테 되갚을 수 있었다. 이제 그, 마누엘은 저 우쭐대는 자의 여동생과 자게 될 것이고, 그렇게 무시받던 그는 이제 절반만 부르봉가 사람인 자를 완전한 부르봉가 사람으로 만들 것이며, 사생아 루이스를 정당한 신분으로 만들 것이었다.

마누엘은 그렇게 느꼈다. 그는 자부심으로 가득 찼다. 그의 아버지는 그를 '능력 있는 송아지'라 불렀는데, 그 능력을 통해 그는 여왕을 자

---

* 원문은 스페인어로 "Por la vida del demonio."

기 것으로 만들었고, 소유한 자의 허영심과 다정스러움 그리고 사랑으로 가득 찬 눈빛으로 늙은 마리아 루이사를 쳐다보았다.

그녀는 그를 자세히 관찰했다. 그녀는 자신의 통보에 그의 마음이 달아오를 거라고 기대했다. 그가 아주 당황한 채, 한 사람을, 페파 투도를, 그리고 자신의 어리석은 결혼을 떠올리며 서 있을 거라고 여겼다. 하지만 당혹감이나, 심지어 어리둥절한 모습을 조금도 발견할 수 없었다. 오히려 그는 거기 서서, 빛나는 제복 차림으로, 멋지게 쳐다보고 있었다. 넓고 둥글며 잘생긴 그의 얼굴에서는 감사의 기쁨이 빛을 발했고, 그 밖에는 아무것도 없었다. 잠깐 동안 마리아 루이사는 그 소문이 거짓은 아닌지, 그 창피스러운 결혼이 아예 일어나지 않은 건 아닌지 의심했다.

사실 마누엘은 밀려드는 행복감 때문에 페파와 자신의 비밀스러운 결혼을 완전히 잊고 있었던 것이다. 하지만 몇 초가 지난 뒤, 그는 정신을 되찾았다. 빌어먹을! 그는 생각했다. 빌어먹을,이란 말이 그의 얼굴에 쓰여 있었다. 하지만 그가 떠다녔던 행복의 감정이 당혹감을 멀리 휩쓸고 가버렸다. 결혼을 취소시키는 건 쉬웠다. 그에게 필요한 건 약간의 시간뿐이었다.

그가 왕비에게, 반지를 낀 그녀의 살찐 손가락에 열렬한 키스를 더하고 또 더하면서, 엄청난 감사를 표한 뒤, 도냐 테레사나 왕가와 맺은 자신의 행복한 결합을 이 나라에 2주나 3주 뒤에 발표할 수 있도록 허락해주십사 요청했다. 왕비는 속으로는 쓰라리면서도 우월한 듯 싱긋이 웃으며, 그렇게 미루는 이유를 천진하게 물었다. 그는 조심스럽게 행동했다. 그는 아직 처리해야 할 정치 계획이 있는데, 그 계획은 그의 신분이 올라가면 방해될 수 있다는 거였다.

오래 생각하면 할수록 페파와의 비밀스러운 결혼에서 벗어나는 것이 더 어렵게 여겨졌다. 그는 물론 결혼을 간단히 부인할 수 있었다. 대심문관이나 고향 사람 파드레 셀레스티노스 앞에서 한 언약은 저 멀리 떨어진 수도원에서 그대로 사라질 수도 있었다. 그러나 페파는 어떤 조처를 취할까? 결혼이 지켜지지 않는다는 걸 알게 된다면, 그녀는 로망스의 주인공이 될 것이다. 그래서 거창하게 자살하거나, 어떤 무분별한 일을 끔찍하리만큼 극적으로 저질러서 왕녀와 그의 결혼을 불가능하게 만들지도 모른다. 물론 그는 페파를 이 세상에서 영원히 없앨 수단을 가졌는지도 모른다. 하지만 페파 없는 삶은 더 이상 상상할 수 없었다.

어떤 출구도 보이지 않았다. 그는 미겔에게 속을 털어놓았다.

미겔은 속으로는 흥분했지만 공감하는 듯 다정한 얼굴로 그의 말을 경청했다. 마누엘은 더해가는 행복감 때문에 점점 더 거만해졌고, 더 자주 미겔을 하인 부리듯 다루었다. 그의 부끄럼 없는 소유욕과 가리지 않는 육욕 그리고 제어될 줄 모르는 허영심 때문에 미겔은 점점 더 심한 불쾌감을 느꼈다. 따라서 마누엘이 새 걱정거리를 들고 왔을 때, 그는 마누엘이 저지른 일의 뒤처리를 혼자 감당하게 하고 싶었다. 간교한 여왕의 계획은 의심할 바 없이 마누엘을 페파에게서 영원히 떼어놓는 것이었다. 그러나 마누엘은 페파에게서 벗어나지 않을 것이고, 도냐 마리아 루이사는 이 한결같은 결합을 용인하지 않을 것이며, 이 성급한 여인은, 미겔이 마누엘을 도와주지 않는다면 마누엘을 몰락시킬 것이다. 어떻게 도와야 하지? 마누엘이 사람들이나 그 공허한 거만에서 벗어난다면, 그건 차라리 행복이, 그의 참된 행복이 아닌가? 그래서 미겔이 자신의 그림에 모든 시간을 바치고, 그래서 예술가 사전 발간이라는 엄청난 일을 완성할 수 있다면?

하지만 그때, 머릿속으로, 미겔은 더없이 외롭게, 자신이 그림과 서류 한가운데에 앉아 있는 모습을 떠올렸다. 마치 마누엘이 페파에게 포박되어 있는 것과 똑같이 자기 생각 역시 영원히 고통스럽게 루시아를 맴돌 것임을 미겔은 알았다. 중대한 국가 사안이라는 열띤 도박만이 그의 마음을 바꿀 수 있었고, 따라서 그는 그 일을 피할 수 없으며, 이 왕국을 그늘로부터 벗어나게 하는 일을 포기할 수 없었다. 그는 마누엘을 위기로부터 구할 '것이다'.

그는 상황을 심사숙고했고, 계획을 짰으며, 마누엘에게 설명했다. 마누엘은 미겔을 껴안으며 행복해했다.

그는 왕에게 갔다. 그는 비밀스럽게 설명하길, 개인사 때문에 남자 대 남자로서, 조언과 도움을 구하기 위해 왔다고 말했다. "대체 무슨 일인가?" 카를로스 왕이 물었다. "프랑스 문제는 끝냈고, 기사 문제도 끝낼 것이네." 그런 언급에 용기를 얻어 마누엘이 털어놓기를, 어느 놀라운 여인과 애정 관계를 맺고 있다는 것, 그녀는 호세파 투도라는 여인으로 물론 귀족은 아니라고 했다. 또 이 관계는 이미 수년 동안 지속되어왔고, 그 여자에게 자신의 다가온 혼인식을 어떻게 전해야 할지 골머리를 앓고 있다고 했다. 그런데 여기에는 '하나의' 길만 있다고 했다. 즉 세뇨라 투도에게, 왕녀와의 계획된 결혼은 왕께 봉사하기 위한 일이기도 하다는 것, 그래서 총리인 이 사람이 프랑스와 영국 그리고 포르투갈과의 어려운 협상에서 영광을 얻게 될 것임을 반드시 설명해야 한다는 거였다. "그래서 어쩌란 말이오?" 돈 카를로스 왕이 물었다. "왜 자네가 그녀에게 설명하지 않나?" 마누엘은 대답했다. "그건 권위 있는 자리로부터 설명되어야 할 겁니다. 전하께서 직접, 폐하, 투도 부인에게, 저의 결혼이 왕국의 이해관계 때문에 행해진다는 걸 분명하게 밝히신다면, 그녀는 제가 준 끔찍한 고통을 이겨낼 것입니다." 왕은 곰곰이 생각했다. 그런 다음 그는 눈을 깜빡이고 싱긋이 웃으며 물었다. "그러니까 자네 말은, 자네가 도냐 테레사와 결혼한다고 해도, 투도 부인이 자네를 그냥 놔둬야 한다고 내가 분명히 말해야 된다는 거지?" "제 생각은 이렇습니다." 마누엘이 대답했다. "제가 폐하께 다시 한 번 부탁드리건대, 저와 함께 저녁 식사를 편안하게 해주십사 하는 것입니다. 저녁 식사는 그 여인 집에서 하게 될 겁니다. 폐하의 참석이 투도 부인을 놀라게 할 것이기 때문이지요. 그런 다음 폐하께서, 그토록 자주 신하를 즐겁게 해주시듯이 그 여인에게도 몇 마디 상냥한 말씀을 해주시고, 투도 부인이 나와의 관계를 끊지 않는다면, 왕국에도 이로울 거라고 설명해주십시오. 그렇게 된다면, 저는 남은 생애 동안 행복할 것입니다." "좋네." 카를로스 왕은 몇 가지를 생각한 뒤에 말했다. "문제없다네." 그는 수요일 저녁 6시 45분에, 일반 장군 차림으로 변장한 채 본다드 레알 궁전에 나타나기로 했다.

돈 마누엘은 페파에게 수요일에 그녀 집에서 저녁을 먹어도 되는지, 그리고 한 친구를 데려가도 되는지 물었다. "누구 말인가요?" 페파가 물었다. "왕이오." 돈 마누엘이 대답했다. 페파의 태연하던 낯빛이 놀라움으로 굳어졌다. "그래요." 돈 마누엘이 근엄하게 설명했다. "우리의 폐하가 당신을 몹시 알고 싶어 하오." "그분께 우리 결혼을 얘기하셨나요?" 페파가 행복하게 물었다. 마누엘은 즉답을 피했다. "왕께서 뭔가 중요한 말씀을 해주실 거요." 그가 대답했다. "제발, 무슨 일인지 말해주세요." 페파가 요구했다. "왕께서 제 집 식탁에서 식사하실 영광을 주신다면, 준비를 안 할 수 없어요." 하지만 돈 마누엘은 이 기회다 싶어 무뚝뚝하고도 간단히 말했다. "왕께서는 국가적 이유에서 내가 질녀 도냐 테레사와 결혼하길 원하십니다. 그분이 그 점을 당신에게 전하실 것이오. 그분은 그녀를 왕녀로 임명하시고, 그렇게 나도 왕자로 만들 것이오. 그러므로 우리 결혼식은 있어선 안 된다는 거요."

페파가 무력감에서 깨어났을 때, 그는 다정스러운 애인으로 그녀 마음에 들고자 애썼다. 왕과 조국이 요구하는 외교적 사안을 수행하기 위해 그가 최고 권위, 이를테면 왕가 일원인 왕자의 권위가 깃든 옷차림을 할 때라고 그녀에게 털어놓았다. 그는 그녀에게 얼마나 끔찍한 희생을 요구하는지 안다고 했다. 바로 그 때문에 돈 카를로스 왕은 직접 올 만하다고 여겼다는 것이다. 말하자면 왕이 한 번이라도 그녀와 교우한다면, 마드리드 사교계에서 그녀의 지위는 영원히 보장될 거라고 했다. 그리고 대단한 칭호가 그녀에게 보장될 것이었다. 그는 늙은 귀족 카스티요필 백작과 협의하고 있는데, 나이 든 이 신사는 상당한 빚을 진 채 말라가의 큰 농장에 거주한다고 했다. 이 백작은 페파와 결혼할 준비가 되어 있었다. 결혼 후 그는 죽음이 찾아올 때까지 말라가에 살 것이고, 반면에 그녀, 투도 부인은 마드리드에 거처를 가질 거라고 했다. "하지만 우리는 이미 한 차례 결혼했지요, 당신과 나는." 페파가 골똘히 생각했다. "물론," 마누엘이 대답했다. "하지만 그걸 입증할 수 있을지 모르겠소. 의심할 여지없이 확실한 증인 파드레 셀레스티노스가," 그는 걱정스레 설명했다. "사라졌으니 말이오. 흔적도 없이 사라져버렸소."

페파는 운명이 자신과 마누엘의 합법적 결합을 원치 않는다는 사실을 꿰뚫어보았다. 그녀는, 시적인 것에 대한 모든 사랑에도 불구하고 현실에 대한 건전한 감각을 갖고 있었다. 밤의 결혼식은 아주 의심스러워 보였다. 그녀는 순응하리라 결심했다. "운명이 원하는 대로," 그녀가 꿈꾸듯 말했다. "이제 당신은 왕자가 되겠군요! 카스티야 왕자 말이에요!" "그건 오직 당신에게 달렸소." 마누엘이 정중하게 말했다. "그리고 왕은 이곳에 직접 오심으로써 우리의 잘못된 관계를 금지하시겠지요?" 페파가 물었다. "왕께서는 당신에게 노래를 청하실 게요." 마누엘이 대답했다. "그렇게 될 거요." "그렇게 되면 저는 정말 카스티요필 백작 부인이 되는 건가요?" 페파가 확신하듯 물었다. "그래요, 부인." 마누엘이 대답했다. "하지만 그 늙은 백작은, 당신 말로는, 상당한 빚을 졌다면서요?" 페파가 약간 걱정하듯 물었다. "그건 내가 맡아야 할 걱정이라오." 마누엘이 활기차게 대답했다. "카스티요필 백작 부인은, 이 왕국에서 가장 아름다운 부인이자 왕자 마누엘의 여자 친구에 걸맞게 살 것이오." "당신을 위해 저는 제 자신을 지워버릴 준비가 되어 있어요." 페파가 말했다.

수요일 저녁 6시 45분에, 마누엘을 대동한 채 돈 카를로스 왕이 본다드 레알 궁에 나타났다. 그는 평범한 장군복을 입고 있었고, 스스럼없이 대했다. 그는 페파를 빤히 쳐다보더니, 친애하는 마누엘이 국사에만 숙달한 것이 아니라며 인정하듯 설명했다.

그리고 그는 투도 부인의
어깨를 토닥거렸고, 그녀의
예의 바른 행동을 칭찬했다.
그리고 그녀가 로망스를
부르고, 그래서 그의 마음이 열린다면,
다음에는 자기가
바이올린을 연주할 거라고
그녀에게 약속했다.
　　　　　그리고 작별하면서
그는 짧게 말했다.
"세계 제국의 통치는,

땀과 수고가
든다오. 우리의 마누엘은
심각한 고민과 걱정을
갖고 있소. 부디 앞으로도
당신은 훌륭한 스페인 여성이
되기를, 그래서
그에게, 사랑하는 우리 친구의
부족한 휴식 시간을 즐겁게
해주길 바라오."

4

부르봉과 친촌의 백작 부인 도냐 테레사는 아레나스 데 산페드로에 있는 고적한 지방 영지에서 벗어나 산일데폰소 궁정으로 소환되었다. 도냐 마리아 루이사는 왕이 있는 데서 그녀에게 통보하길, 돈 카를로스가 그녀를 결혼시키기로 결정했다는 것, 그래서 왕은 지참금 500만 레알을 할당하기로 했다는 것이었다. 그는 이 나라 고문 가운데 첫째가는 최고 인물인, 사랑하는 돈 마누엘 평화대공을 신랑으로 정했다고 말했다. 나아가 그녀에게 이번 기회에 카스티야 왕녀라는 칭호를 부여하기로 결정했으며, 그래서 그녀가 앞으로 세상 모든 사람들 앞에서도 왕실 가족에 속하게 되었다고 했다.

도냐 테레사는 이 마지막 말을 잘 듣지 못했다. 그녀는 애써 몸을 세우고 있었다. 스무 살의 연약한 그녀는 아직도 한참 어려 보였다. 그녀의 깊고 푸른 눈은 밝고, 이제는 완전히 창백한 얼굴에서 굳어버린 듯 앞을 바라보았고, 두 입술은 약간 열려 있었다. 저런 남자의 입맞춤과 포옹을 견뎌야 한다는 걸 상상하니, 끔찍함이 그녀를 덮쳐왔다. 돈 마누엘을 생각만 해도 끔찍했다.

"이제," 그러는 사이 돈 카를로스 왕은 흡족한 듯 말했다. "내가 제대로 한 것이겠지? 나는 좋은 사촌이겠지?" 그러자 도냐 테레사는 그와 왕비의 손에 키스했다. 그리고 존경에 찬 감사의 말을 적당히 건넸다.

돈 마누엘은 앞으로 신부가 될 여인을 예방했다. 그녀는 그를 오빠 돈 루이스 마리아가 있는 데서 맞이하기로 했다. 오빠는 그 시절 평화대공을 상당히 거만하게 무시했었다.

그때 돈 루이스 마리아가 고위 성직자 복장으로 나타났다. 그는 훌쭉하고 진지했으며 젊었다. 그는 2, 3주가 지나는 사이 놀랄 정도로 신분이 상승해 있었다. 왕이 그를 왕자로 만들어주었을 뿐만 아니라, 지금까지의 세비야 대주교 지위에 톨레도 대주교직까지 갖게 되었다. 이것은 왕국에서 가장 높은 성직이었다. 그래서 추기경 모자도 쓰고 있었다. 그는 물론 사태의 추이를 알고 있었다. 그는 돈 마누엘과 왕비의 추하고 저열한 놀이를 꿰뚫고 있었다. 자신의 신분 상승이 바로 이 천박한 마누엘 고도이 덕분이라는 사실이 불쾌했다. 또 너무도 사랑하는, 여리고 수줍어하는 여동생이 모든 상상을 넘어설 만큼 끔찍한 마리아 루이사의 애인에게 희생되어야 한다는 사실이 그의 가슴을 짓눌렀다. 하지만 왕의 말을 반대할 수는 없었다. 이 젊은 고위 성직자도 아주 신실했고 열성적인 애국주의자였다. 그는 명예욕에서 벗어나 있었지만, 자신의 다양한 재능을 고수했다. 이제 신의 섭리로 그가 스페인의 최고 대주교가 되어 정치에 개입할 기회를 갖게 되었다면, 그리고 그에 반해 신의 섭리가 여동생을 저 천박하고 천한 마누엘에게 제물로 바쳤다면, 그들 두 사람은 겸손히 따라야 했다.

돈 마누엘은 미래의 신부를 살폈다. 금발의 아주 날씬한 그녀는 사랑스럽게 앉아 있었다. 그녀는 그토록 뒤늦게 자신에게 혐오감을 불러일으킨 저 제네비에브 데 아브레 양과 약간 비슷했다. 개처럼 마른 최고 귀족 여자들은 그의 취향이 아니었다. 앞으로 페파는 그의 신부가 될 여자에게 어떤 것도 두려워할 필요가 없을 것이다. 대체 저 여자는 그의 아이를, 왕자가 될 애를 낳을 수 있을 것인가? 하지만 그는 이런 숙고 사항 중 어떤 것도 내색하지 않았다. 대신 흠잡을 데 없는 귀족처럼 행동했다. 그는 이 왕녀에게 자신이 느끼는 행복과 감사의 마음을 확신시켰고, 악동 돈 루이스 마리아를 그 권력에 맞는 존경심으로 대했다. 비록 자신이 그 악동한테 권력을 주었지만 말이다.

얼마 뒤 고인이 된 세계 통치자의 무덤 위에 놓인 에스코리알 교회에서 스페인의 왕 전하 내외와 최고 귀족들이 참석한 가운데 돈 마누엘과 왕녀 도냐 테레사의 결혼식이 거행되었다. 그렇게 돈 마누엘은 카스티야 왕자 칭호를 받게 되었을 뿐만 아니라, 왕은 이 결혼에 즈음하여 그에게 하나의 지위를 부여했는데, 크리스토퍼 콜럼버스 외에는 누구도 갖지 못했던 것이었다. 왕은 그를 스페인과 인도의 해군 대장으로 임명했던 것이다.

대략 같은 시간 말라가에서는 투도 부인이 카스티요필 백작과 혼인했다. 새 백작 부인은 안달루시아에 있는 신랑 곁에서 두세 주 머문 뒤 그를 말라가에 둔 채, 마드리드로 돌아왔다.

돈 마누엘은 약속한 대로 한 부인의 이름에 어울리는 삶을 살아갈 가능성을 그녀에게 주었다. 왕녀가 가져온 지참금 500만 레알 중 50만 레알을 카스티요필 백작 부인한테 넘겨줬던 것이다. "50만 레알." 이 단어가 페파의 귀와 가슴에 시적으로 울렸다. 이 말에서 그녀가 부르던 로망스가 생각났다. 내실에 홀로 앉아, 그녀는 기타를 서투르게 두드리면서 혼자 꿈꾸듯 노래했다. "50만 레알." 그리고 또다시 "50만 레알"이라고.

그녀는 새로 생긴 돈으로 화려하게 집을 꾸미고, 친구들에게 자신의 영광에 참여해달라고 청했다. 또 같이 공부했던 배우들과, 해군 소위 투도가 살아 있던 시절의 하급 장교들과 지인들도 초대했고, 좀더 나이 많고 의심 많은 숙녀들과 시중 할멈 콘치타의 여자 친구들도 불러들였다. 그녀가 자신의 연극 동아리를 위해 말라가에서 알고 지내던 극단주 리베로 씨도 빠지지 않았다. 그는 돈이 많은 영리한 사람이었고, 유명한 밀수업자나 도적들과도 연결되어 있었으며, 해적질에도 관여했다. 백작 부인 카스티요필은 그에게 재산 관리를 맡겼다.

달콤한 성공의 와중에 쓰라린 일도 있었다. 즉 그녀는 궁정에 초대받지 못했던 것이다. 도냐 마리아 루이사는 새 백작 부인인 카스티요필에게 손 키스를 허락하지 않았다. 귀족 여인이라면 누구나, 궁정에 소개된 뒤 자신의 지위와 품위를 한껏 누렸는데도 말이다.

백작 부인 카스티요필이 기본적으로 535명이나 되는, 자격 있는 인물에 아직 속하지 않는다는 사실에 궁정과 도시는 거부감을 갖지 않았다. 그래서 사람들은 그녀의 접견실로 몰려들었다. 사람들은 그녀의 영향력을 믿었다. 최고 귀족과 고위 성직자들, 연극배우와 하급 장교 그리고 의심스러운 노부인들이 기묘하게 뒤섞인 본다드 레알 궁은 화기애애했다.

어느 날에는 총리도 그곳에 나타나지 않겠느냐고 사람들은 가슴 졸인 채 물었다. 하지만 마누엘은 페파를 둘러싼 무리로부터 멀찌감치 떨어져 있었다. 대신 그는 왕녀와 아주 좋은 사이가 되어 살았다. 그는 그녀를 위해 알쿠디아 궁에서 여러 차례 거창한 환대를 베풀었고, 자신을 훌륭하고 부지런한 신랑으로 세상에 드러냈다. 정 필요한 경우, 그는 본다드 레알 궁에는 뒷문으로만 출입했다.

하지만 충분한 근신 기간이라고 여긴 두 달이 지난 뒤 어느 날 아침 그는 페파의 접견실에 나타났다. 물론 몇 분간만 머물렀다. 두번째는 좀 더 오래 머물렀다. 그런 다음 그는 점점 더 자주 나타났다. 마침내 본다드 레알 궁에는 그를 위한 작업실이 마련되었고, 곧이어 이름이 알려지지 않은 대리공사가 페파의 궁에 편지를 써 보냈다. 편지에 따르면, 이제부터 국사(國事)는 주로 본다드 레알 궁에서 처리될 것이고, 페파 투도 부인이 관직과 직위를 수여할 것이며, 그녀의 시중 할멈조차 돈 마누엘의 장관 동료보다 더 많이 국사에 이러쿵저러쿵 관여할 거라고 했다.

이 사실을 안 왕비는 놀라지 않았다. 그녀는 마누엘이 그 여자한테서 떨어지지 않을 것임을 알았다. 그녀는 분노했다. 그러고는 자기도 그에게서 벗어날 수 없음을 자책했다. 하지만 그것은 원래 그렇게 되어 있었다. 다른 위대한 여성 통치자들도 국가를 세우지 못한 남자에게 반하지 않았던가. 대기의 딸인 저 위대한 세미라미스*에게도 메논 혹은 니노였던가, 어떻게 불렸는지 모르지만, 있었고, 엘리자베스에게도 에섹스 Essex가 있었으며, 위대한 예카테리나에게도 포템킨**이 있었다. 그러니 그녀는 마누엘을 자기 삶에서 지우려고 애쓰지 않을 것이다. 하지만 그

---

* Semiramis: 전설상의 아시리아 여왕으로 미(美)와 지혜로 유명하며 바빌론의 창건자로 전해진다.

** Potemkin(1739~1791): 원래 이름은 그리고리 알렉산드로비치Grigori Aleksandrovich로 러시아의 여왕 예카테리나 2세의 총애를 받은 신하.

무례함을 그냥 받아들이지는 않을 것이다.

물론 그녀는 어리석게 '백작 부인' 때문에 그를 비난하지는 않을 것이다. 자신의 애인 마누엘이 페파와 계속 연애하는 것에 대해 그녀는 왈가왈부하지 않을 것이다. 하지만 이 무능한 총리를 모욕하여 내쫓을 것이다. 화낼 이유는 무척 많았다. 적절하고 개인적이지 않으며 정치적인 이유 말이다. 그는 일을 그르쳤고, 또다시 그르쳤으며, 무능과 태만함, 그리고 반역죄에 버금갈 정도의 탐욕으로 왕의 위신을 손상시켰다.

그러나 마누엘이 다시 한 번 매우 무엄하게 남자다운 모습으로 그녀 앞에 섰을 때, 그녀는 자기 계획을 잊어버렸다. "내가 듣기로," 그녀는 옷 고리를 풀며 말했다. "가톨릭 왕의 정치가 요즘에는 이 여자 침실에서 이뤄진다고 하던데요." 마누엘은 이번에는 자신이 부인하고 무마함으로써 벗어날 수 없으리라는 걸 즉각 알아챘다. 이 싸움을 끝까지 이겨내지 않으면 안 된다. 그는 냉정하지만 정중하게, 그러면서도 논쟁하듯 대답했다. "왕비마마의 노여운 말씀이 혹시 카스티요필 백작 부인을 향한 거라면, 제가 그 여인에게 가끔 조언을 구한다는 건 맞는 일입니다. 훌륭한 조언이지요. 그녀는 완벽하게 스페인적이고, 아주 명민하니까요."

마리아 루이사는 더 이상 참지 못했다. "바보 같은 놈!" 그녀에게서 말이 터져 나왔다. "아무 짝에도 쓸모없고 욕심 많고 허황되며 건방지고 타락한 도둑놈 같으니라고! 자넨 음탕하고 공허하며 불충하고 잔혹한 멍청이야! 내가 자넬 진창에서 꺼내줬지. 한 무더기 똥 같은 자네에게 내가 이 빛나는 제복을 입혔고, 왕자로 만들었지. 정치에 대해 자네가 아는 그 알량한 것도 내가 힘들게 가져다줬고. 그래서 자네 같은 쓰레기가 거기 서 있게 되었지. 내 얼굴을 똑바로 쳐다보고 말해보게. 그런데도 그 조언을 자네 여자한테서 얻는다고!" 그러고는 그녀는 반지 낀 손으로 그의 얼굴을, 왼쪽 오른쪽으로, 갑작스럽고도 격렬하게 때렸다. 피가 나, 그의 호사스러운 예복이 더럽혀졌다.

돈 마누엘은 한 손으로 그녀의 팔목을 잡았고, 다른 손으로는 얼굴의 피를 닦았다. 1초라는 순간 동안 그는 되받아치며 훨씬 가혹한 말을 몇 마디 하고 싶은 유혹을 느꼈다. 하지만 그는 페파에게 했던 따귀질의 나쁜 결과를 떠올리고는, 그냥 이렇게 맞는 게 복수라고 느꼈다. 그는 정중하고도 조용히 말했다. "마마, 저는 마마께서 그렇게 심각하게 여긴다고 생각할 수 없습니다. 황송하옵게도 방금 열거하신 특징을 가진 사람을 스페인 여왕이 제1고문으로 임명하시긴 어려울 것 같습니다. 잠시 착각하신 듯합니다." 그러면서 그는 정중히 끝맺었다. "이 갑작스러운 일 후에 제가 왕비마마 앞에 나서는 건 더 이상 바람직하지 않을 것 같습니다." 그는, 의례의 규정대로 무릎을 꿇고 그녀 손에 입맞춤한 다음, 뒤쪽으로 물러나 그 방을 떠났다.

집에 도착했을 때, 그는 윗도리와 가슴 쪽 주름 장식 그리고 심지어 흰 바지까지 피로 얼룩져 있음을 알았다. "음탕한 노파 같으니라고!" 그는 화가 나 중얼거렸다.

그는 미겔과 상의했다. 왜냐하면 그는 도냐 마리아 루이사가 이제 복수를 꾸밀 것이라고 생각했기 때문이다. 베르무데스 경은 마누엘의 상황이 위협적이지 않다고 생각했다. 그는 말하기를, 왕비는 그의 길을 방해할 수 있고 그의 지위를 뺏을 수는 있으나, 그 이상 할 수 있는 건 없다고 했다. 그녀는 왕자 마누엘을 궁정에서 추방하기도 어려울 거라고 했다. 그 밖에, 미겔의 영리한 생각에 따르면, 이제 누군가 돈 마누엘의 자리에 들어선다 해도 그건 최악이 아닐 거라고 했다. 어떻든 프랑스 측에 고통스러운 양보를 해야 하고, 대신 후임자가 그 책임을 지고 돈 마누엘은 순교자이자 애국자로서 원망을 품고 물러나 있게 된다면, 그것도 괜찮을 거라고 했다.

마누엘은 곰곰이 생각했다. 돈 미겔의 생각은 분명했다. 마누엘의 안색이 밝아졌다. "마누엘 고도이는 다시 한 번 모든 걸 잘해내었네." 그는 기뻐했다. "친구여, 자네가 보기에 내가 조용히 때를 기다려야 한다고 여기는가?" 그가 물었다.

"내가 당신의 위치라면," 미겔은 조언했다. "전하께 나아가겠습니다. 왜 돈 카를로스 왕께 가서 딱 부러지게 해임을 요청하지 않습니까?"

돈 마누엘은 카를로스 왕한테 갔다. 그는 왕에게 최근 들어 중요한 정치적 문제를 두고 왕비와 그, 마누엘 사이에 의견 차이가 있었고, 그 차이가 너무 심각한 것이라 더 이상 성공적인 공동 작업이 불가능하다고 말했다. 이런 상황에서는, 앞으로 국가 통치에 대해 오직 도냐 마리아 루이사와 협의하시도록 왕께 부탁드리는 게 조국에 봉사하는 일이라고 여긴다고 했다. 돈 카를로스 왕이 분명하게 이해하지 못했기 때문에 그는 명백히 결론지었다. "전하, 저의 직위를 전하의 손에 돌려드리고 싶습니다."

카를로스 왕은 당황했다. "그렇게 할 순 없네." 그가 탄식했다. "나는 자네의 스페인적 자부심을 알고 있네. 마리아 루이사는 분명 나쁜 뜻으로 말하진 않았을 거네. 난 벌써 원상태로 복구시켰네. 가시오, 나의 왕자. 그렇게는 안 되오!" 그러나 마누엘이 확고하게 버티자 왕은 큰 머리를 가로저으며 말했다. "알겠네. 사냥에서 돌아오는 저녁에, 둘이 오든지 당신 혼자 오든지 해서 일이 어떻게 돼가는지 말해주시오. 서명하고 도장 찍을 테니. 다른 사람이 온다면 내가 어떻게 믿음을 갖겠소? 상상하기 어렵소." 그는 침울하게 앉아 있었다. 마누엘도 말이 없었다.

"그러나 적어도," 잠시 후 왕이 다시 입을 열었다. "누가 자네 후임자가 돼야 할지 조언해줘야 하네."

마누엘은 이런 요구를 기대했고, 그래서 미리 준비를 해두고 있었다. 너무도 영리하고 대담하고 확고한 계획이어서 그는 친한 미겔과도 의논하지 않았다. 왜냐하면 선한 미겔은 종종 양심의 가책으로 괴로워했기 때문이었다. 즉 마누엘은 정부의 핵심적인 두 직책을 정치적 방향이 대립되는 인물에게 맡기라고 왕에게 제안하려 했다. 그렇게 되면 한쪽은 언제나 조처를 취하려고 애쓸 것이고, 다른 쪽은 그 조처를 막고자 애쓸 것이기 때문이다. 그러면 정부의 국내 정책은 마비될 것이다. 왕 내외는 곧 구원자를 찾아나서야 했다. 하지만 구원자는 한 명뿐이었다.

마누엘은 왕에게 자유주의자를 총리로 임명하고, 교황지상주의자를 종교법률장관으로 임명하라고 조언했다. 그런 식으로 하면 왕은 이 어려운 시절에 두 거대 파벌 가운데 어느 쪽 심기도 건드리지 않는다고 확신할 수 있을 것이었다. "나쁜 생각이 아니군." 카를로스 왕이 말했다. "하지만 왕비가 동의할까?" "동의할 겁니다." 돈 마누엘은 안심시켰다. 그는 이 점도 고려해서 왕에게 두 사람을 거론한 것이기 때문이다. 도냐 마리아 루이사는 이 두 사람과 잠자리를 같이했고, 둘 모두한테 분명한 호의의 신호를 주었던 것이다.

한 사람은 돈 마리아노 루이스 데 우르키호였다. 그는 오랫동안 프랑스에서 살았고 프랑스 철학자들과 교류했다. 프랑스 책을 번역했으며 공개석상에서 볼테르를 인용했다. 도냐 마리아 루이사는 비록 극단적 자유주의를 혐오했지만, 우르키호의 대담한 표정과 멋진 용모에 호의를 가졌다. 최고주교회의가 그를 고발했을 때, 그녀는 그에게 보호의 손길을 내밀었던 것이다.

다른 사람은 돈 호세 안토니오 데 카바예로였다. 그는 반계몽주의자였고, 그의 정치적 견해는 중세적이었다. 그는 스페인 성직자 가운데 자유주의적 사상을 가진 자들에게 반대하라는 로마의 모든 요구를 지지했다. 이 과격한 교황지상주의에 대해서도, 또 그 반대에 대해서도 마리아 루이사는 공감하지 않았다. 하지만 카바예로의 몸은 왕비의 찬사를 받았다. 그녀는 그가 결혼하도록 시녀 하나를 주었고, 그 결혼식에 직접 참석했던 것이다.

마누엘은 왕에게 이 두 남자를 거명했다. 왕은 침울하게 고개를 끄덕였다. 그런 다음 말했다. "그렇다면 자네는 어떤 일도 할 수 없지 않겠나?" 그는 다시 한 번 물었다. "정말 떠날 건가?" "그것은 확고해서 흔들릴 수 없는 결정입니다." 마누엘은 대답했다. 돈 카를로스 왕은 눈가가 젖은 채 그를 포옹했다.

그런 다음 앉아서 친애하는 마누엘에게 깊은 감사의 편지를 썼다.

"자네에게 위임된
직무에서," 그는 썼다. "자네는
고위 정치가이자 평화의 친구임을
입증해 보였네. 스페인 앞에서,
세상과 역사 앞에서.
내 평생 이어질 깊은 감사를
받아두게." 조심스럽게 그는
직접 손으로 썼고,
그 밑에 조심스레 덧붙였다.
'나, 짐(朕)이(Yo el Rey)'. 그러고는

왕만 사용하는 특별한,
바이올린 손잡이를 닮은 소용돌이 곡선 무늬를
그렸으며, 사랑을 담아
언젠가 그랬듯이, 서명을 적었다.
지금까지 스페인을 통치한
모든 왕들의 이름에,
그 서명이 에스코리알 궁전에
새겨지도록.

5

마르틴 사파테르는 도시 근처에 있는 시골집 '사파테르 농원'에서 여름을 지냈다. 그는, 프란시스코가 노새와 몰이꾼 길을 대동한 채 갑자기 도착했을 때, 당황했다. 그는 큼직한 모자 아래 있는 이 수염 난 늙은 친구의 무정한 얼굴을 쳐다보았다.

몰이꾼 길은 프란시스코가 옆에 음울하게 서 있는 동안, 그에게 무슨 일이 닥쳤는지 사파테르한테 설명해주었다. 그런 다음 사파테르가 많은 말을 하기도 전에 프란시스코는 사파테르를 보고, 이 몰이꾼에게 몇 푼 줘야 한다고 주인이나 되듯 지시했다. 그들은 힘든 여행을 했기 때문에 몰이꾼은 그 돈을 받아 술집으로 갈 것이었다. "200레알을 주게." 그가 명령했다. 그건 엄청나게 많은 '몇 푼'이었다. 프란시스코와 길은 포도주 가죽 자루에 남은 마지막 한 모금을 들이켰다. 노새몰이꾼은 감동한 표정으로 자신의 유별난 보호자를 마리아와 모든 성인이 보호해주길 빌었다. 그런 다음 고야는 저녁에 먼 여행의 동반자가 두 마리 동물을 몰고 사라고사 쪽으로 사라지는 걸 보았다.

프란시스코는 자신에게 닥친 끔찍한 일들을 친구에게 어떻게 얘기해야 할지 몰라, 무엇보다 페랄이 털어놓은 그 섬뜩한 광기의 위험에 대해 처음에는 입을 닫았다. 마르틴이 그에게 뭐라고 써서 보여줄지 두려워했다. 이전부터 프란시스코는 형태를 가진 말의 마법을 두려워했다. 왜냐하면 분명히 생각된 말은 악마를 불러들였기 때문이다. 내뱉어진 말은 더 고약했고, 가장 고약한 건 쓰인 말이었다.

처음 며칠 동안엔 그들 둘만 사파테르 농장에서 지냈다. 마르틴의 늙은 소작인 타데오와 그 부인 파루카가 시중을 들었다. 타데오는 우울한 심성을 지녔고, 매우 경건했다. 그는 여러 시간 눈을 감은 채, 종교적 명상을 하며 말없이 앉아 있었다. 파루카의 열광적인 경건성은 좀더 부드러운 것이었다. 그녀는 스스로 '성 삼위일체를 모시는 노예'라고 고백했다. 그리고 그녀의 고해신부는 이렇게 받아들인 고백의 진실성을 삼위일체의 이름으로 증명했다. 파루카는 방에 있는 마리아 밀랍상을 몸종처럼 직접 돌보는 일을 의무로 여겼다. 그녀는 꽃장식과 촛불 장식을 정기적으로 바꿨다. 그녀는 일정 시간 밀랍상 앞에서 기도했고, 계절마다 또 중요한 날마다 마리아상의 옷을 바꾸었다. 그리고 자러 가기 전에는 잠옷을 덮는 일을 거르지 않았다. 그 밖에 그녀는 매주 삼위일체의 대변자인 고해신부에게 4레알을 냈다.

마르틴은 말을 많이 하지 않았다. 하지만 그는 늘 프란시스코 주변에 머물렀다. 프란시스코는 마르틴이 종종 심하게 기침을 한다는 걸 눈치챘다. 파루카는 오래전부터 의사한테 가봐야 한다고 그를 다그쳤다. 하지만 마르틴은 감기에 걸려 시선을 끄는 걸 원치 않았다. 그는 프란시스코와 똑같이 '이발사'이자 의사에 대해 퍽이나 스페인적인 무시를 보여주었다.

프란시스코는 마르틴에게 말동무가 되어주기보다 도시에서의 자기 일에 몰두하라고 충고했다. 그렇게 고야가 혼자일 때면, 파루카가 왔다. 그녀는 글을 쓸 수 없었다. 따라서 그녀가 그와 얘기를 나누기란 쉽지 않았다. 하지만 그녀는 수다스러운 만큼이나 참을성도 많았고, 이 불행하고 귀먹은 나리를 위로하고 그와 상의하는 것이 자신의 의무라고 여겼다. 그녀는 페드로 사스트레에 대해 얘기해주었다. 그는 성당 등불지기 브라우리오 사스트레의 손자였다. 이 등불지기는 당시 발을 잃었는데, 그 후 다시 자라났다는 것이다. 그가 1년 동안 필라르의 봉헌된 등불 기름을 잘린 다리 부분에 발라 문질렀기 때문이었다. 파루카에 따르면 손자 사스트레도 대단한 힘을 갖고 있어서 기적 같은 치료를 보여주었다는 것이다. 하지만 그는 만나기 어렵다고 했다. 그래도 돈 프란시스코 같은 나리를 위해서라면 그가 기꺼이 나서줄 거라고 했다. 그가 어디에 사는지 그녀는 고야에게 고무하듯 말했다. 고야는 자신이 어린 시절부터 얼마나 여러 번 페드로 사스트레 집을 수줍게 지나쳤는지 떠올렸다. 그 사람은 분명 아주 늙었을 것이다.

다음 날 저녁, 그는 혼자 그리고 아무도 모르게, 마르틴에게서 빌린 간편한 아라곤 옷차림으로, 둥근 모자를 이마 깊이 눌러쓴 채 사라고사의 도시로 갔다. 그는 페드로 사스트레의 집을 힘들이지 않고 찾았다. 제지하려는 부인을 옆으로 밀치면서, 그는 그 기적의 의사 앞에 섰다.

그는 키 작고 쭈글쭈글한 사람이었다. 프란시스코가 추측한 것처럼 그는 아주 늙었다. 그는 귀먹은 혹은 귀먹은 것처럼 보이는, 그래서 이해하기 힘든 이름을 말하는 이 사나운 침입자에 대한 불신으로 가득 차 있었다. 종교재판소에 대한 한결같은 불안을 갖고 살았던 페드로 사스트레는 이 난폭한 방문객을 의심하며 쳐다보았다. 다른 한편으로 그는 자기 치료의 치유력을 확신했다. 그것은 환자가 그 치료를 믿을 때만 유효했다. 그는 이 귀머거리 사내에게 귀를 기울였고, 특별히 좋은 청각을 지닌 야생 개의 지방으로 된 연고를 사내에게 주면서, 자기 귀지에서 나온 것과 밀랍을 섞어 만든 양초를 필라르 동정녀한테 바치라고 권했다. 고야는 페랄이 적어준 내면의 귀를 가진 그림을 떠올렸고, 페랄의 명백한 설명도 떠올렸다. 그는 사스트레를 음울하게 쳐다보고는 감사의 말도 없이 10레알을 건넸다. 그건 우스꽝스러울 만치 적은 사례였다. 페드로 사스트레는 거친 말로 그 점을 분명하고 또렷하게 말했다. 그러나 고야는 이해하지 못한 채 돌아갔다.

그러는 사이 충실한 마르틴은 놀라우리만큼 단기간에 몇 가지 수화를 배워 익혔다. 그는 프란시스코와 연습했다. 이 연습에서 프란시스코는 농담도 자주 했지만, 훨씬 더 자주 마르틴을 욕하고 저주했다. 손과 입술에 더 신경 써야 하는 지금, 그는 이전에 놓쳤던 손과 입술의 특징들을 알게 되었다는 사실이 떠올랐다.

그는 사파테르의 초상화를 그리는 데 착수했다. 천천히 그리고 신중하게 그렸다. 사파테르의 따뜻하고도 온전한 우정과 자신의 우정을 그림 속에 그려 넣었다. 그림을 다 그렸을 때, 그는 그려진 사파테르 앞에 편지를 그려놓고 다음과 같은 말을 써넣었다. "나의 친구 사파테르, 너를 위해 이 그림을 최대한 신중하게 그렸네, 고야." 하지만 마르틴은 큰 코를 가진, 통통하고 영리하며 호의적으로 보이는 자신의 얼굴이 캔버스에 그려진 것을 다시 한 번 보았다. 그리고 서명 앞에 적힌 글도 보았으며, 아직도 자신이 프란시스코를 위해 충분히 하지 못했다고 느꼈다.

며칠 뒤 마르틴이 사라고사에서 일에 몰두해 있는 동안, 고야는 도시를 홀로 이리저리 돌아다니는 게 귀먹은 사람한테 어떠한지 알아보려고 길을 나섰다. 똑같이 소박한 옷차림으로, 기적의 의사 사스트레를 방문했을 때 썼던 둥근 모자를 눌러쓴 채, 그는 사라고사로 몰래 잠입했다. 대로를 피해 이 친숙한 도시의 이곳저곳을 돌아다녔다.

그는 오래된 다리 난간에 기대 사라고사 쪽을 바라보았다. 이 유명한 도시와 거대한 강 에브로는 더 작아졌고 더 암담하게 보였다. 그건 그의 머리와 가슴 속에서 다채롭고 생생한 도시였다. 그런데 지금은 심각하고 창백했다. 그래, 이 도시는 굳어 있고 슬프며 뭔가 억누르는 듯했다. 젊은 프란시스코가 그 당시 도시로 옮겨다 놓은 것은 자신의 쾌활함에 불과했던가?

그곳에는 여러 교회와 궁전이 있었다. 그의 마음은 이들 앞에서 자신의 귀처럼 먹통인 듯했다. 그는 화가 루한의 가르침 아래 여러 해를 보냈던 집 옆을 지나갔다. 화가 루한은 경건하고 성실해 존경받을 만한 사람이었다. 그는 여러 해를 루한의 집에서 빈둥거리며 보냈다. 그는 결코 루한을 원망하거나 무시하지 않았다. 그리고 종교재판소가 경악스럽고도 비밀스러운 회의를 열던 알하페리아 옆도 지나갔다. 어떤 끔찍함도 느껴지지 않았다. 그는 소브라딜 궁전 옆과 에스콜라피오스 수도원도 지나쳤다. 이 건물들의 벽을 그는 프레스코화로 그렸던 것이다. 과도한 희망과 승리 그리고 패배는 이런 노동과 결부되어 있었다. 그 그림들을 보고 싶은 충동이 일지 않았다. 그는 이미 내면의 눈으로 다시 보았기 때문에, 실망하고 말았다.

또 아주 오래된, 지극히 성스러운 교회들도 있었다. 그곳에는 입을 열어, 성당 참사회 회원인 푸네스에게 말을 거는 그리스도 상도 있었다.

바로 산미겔 성당이었다. 이곳은 목이 잘린 머리 하나가 성자의 위임으로 속죄하여 로페 데 루나 대주교로부터 면죄받고자 대주교 쪽으로 굴러온 곳이었다. 그 머리는 이렇게 사죄하고 난 뒤에야 비로소 파묻히길 바랐던 것이다. 그 머리는 아이였던 프란시스코의 숱한 꿈속에서 끔찍하게 굴러다녔다. 이제 경건하고 음울한 장소는 귀먹어 늙어가는 프란시스코를 놀라게 하지도 않았고, 웃음 짓게 만들지도 않았다.

이곳에는 델 필라르 성당도 있었다. 그 성당은 고야가 가졌던 가장 드높은 희망의 장소이자 그의 대단한 첫 성공과 가장 깊은 치욕의 장소이기도 했다. 그건 처남 바예우가 퍼부은 통렬한 치욕과도 같았다. 성당에는 작은 성가대석이 있었고, 그의 프레스코화도 있었다. "고야 선생, 당신은 주문을 받았소." 당시 성당참사회 회원 돈 마테오가 그에게 알렸다. 고야는 스물다섯 살이었고, 12월 19일이었다. 그건 그의 삶에서 가장 큰 사건이었고, 그 뒤로 그가 그렇게 행복했던 적은 다시 없었다. 결코 없었다. 카예타나와의 최고의 순간도 그렇지 않았고, 왕비가 「카를로스 4세의 가족」이 걸작이라고 말했을 때도 그렇지 않았다. 당시 성당참사회가 그런 주문을 한 것은 오직 안토니오 벨라스케스의 그림 값이 너무 비쌌기 때문임을 그는 물론 알고 있었다. 그래서 그들은 무례하리만치 빠른 마감 기간과, '전문가적 평가자'가 그림 설계를 검토해야 한다는 모욕적인 조건을 덧붙였던 것이다. 하지만 그는 그 모든 걸 무시했다. 1만 5천 레알은 아라곤 왕국을 살 수 있고, 거기에 두 개의 인도를 보탤 수 있는 액수였다. 그는 이 작은 성가대석 지붕에 무엇을 그리게 될지 확신했다. 그러면 세기의 명성을 얻게 될 것이었다. 하지만 그건 쓰레기였고 똥이었다. 서투른 카르니세로라도 그 일을 더 잘해냈을 것이다. 그건 삼위일체여야 했고, 히브리 글자가 적힌 어리석고 모호하면서도 명징한 삼각형 꼴이어야 했다! 천사는 또 얼마나 조잡한지! 저 양털 같은 구름이라니! 도대체 저것은 얼마나 바보처럼 멍청한 졸작이란 말인가!

그는 '치욕'의 장소인 델 필라르 성당으로 갔다. 그곳에는 그가 그린 조그만 궁륭이 있었고, 신앙과 작품, 용기와 인내라는, 그가 생각하는 '미덕'의 전형이 자리했다. 그건 바예우와 성당참사회의 수석사제 길베르토 알루에가 졸작이라고 평했던 그림이었다. 그 '미덕'은 아주 잘 그려진 게 아니었다. 그 점에서 그들 말이 맞는지도 모른다. 하지만 처남이 갖고자 했던 것, 그리고 직접 그렸던 것도 영원한 의미를 갖는 건 아니었다. 성가대 그림에 대한 그의 승리는 사라져버렸고, 성당의 치욕만이 오늘도 당시처럼 타올랐다.

제기랄! 그는 생각했다. 진실로 숭고한 이 자리에서 저주스러운 말이 튀어나왔다는 사실에 그는 경악했다. 왜냐하면 델 필라르는 이 성당의 이름이 유래한 기둥이었는데, 그 기둥에는 동정녀 마리아가 사도이자 스페인의 수호성자인 산티아고 앞에 나타나 이곳 에브로 강가에 성전을 세우는 일을 맡기는 장면이 그려져 있었다. 이곳에는 성상이 든 성유물(聖遺物) 상자도 있었다. 그 상자에는 구멍이 나 있었는데, 신도는 그 구멍에 입을 맞출 수 있었다.

고야는 거기에 입 맞추지 않았다. 반항심이 생겨서가 아니었다. 삼위일체에 대한 경배를 거부해서도 아니었다. 다만 그는 마리아에게 도움을 청하고 싶은 갈망을 느끼지 못했다. 그는 얼마나 자주 곤란 속에서 이 필라르 동정녀에게 기도했던가? 필라르 동정녀로부터 아토차 동정녀로 옮겨가기 전에 얼마나 많은 회의와 싸움이 그의 마음에 일었던가? 이제 그는 자신의 젊은 시절을 온전히 채웠던 이 성전 중의 성전 앞에 불경하게 섰다. 한 덩이의 삶이 사멸해버렸고, 그는 결코 후회하지 않았다.

그는 대성당을 떠나 도시를 다시 가로질러 갔다. 작년의 보금자리에는 더 이상 새 한 마리도 살지 않는다고 그는 생각했다. 어쩌면 이전에도 새는 없었는지도 모른다. 그가 영혼에 품었던 사라고사의 모습은, 그 생생히 살아 있는 즐거운 이미지는 그의 젊은 세월이었지 도시 사라고사가 아니었다. 도시 사라고사는 당시에도, 귀먹은 그가 오늘날 보는 것과 똑같이, 황량하고 먼지 나는 곳이었다. 말없는 사라고사가 진실한 사라고사였다.

그는 집으로 갔다. 그는 사파테르 농원에 있는 텅 빈 방의 하얀 벽들 사이에 홀로 앉아 있었다. 그의 둘레에는 황무지가 있었고, 그의 안에도 황무지가 있었다.

그러나 그 후에도 다시, 밝은 대낮 한가운데, 절망적인 악몽이 찾아들었다. 이 꿈들은 그의 주위에서 웅크리고 있다가 유령처럼 도깨비처럼, 고양이 머리와 부엉이 눈에 박쥐 날개를 달고 날아다녔다.

끔찍할 정도로 애를 써서 그는 정신을 차리고 연필을 잡았다. 그는 그 사악한 유령의 핵심만 종이에 그렸다. 종이에 유령이 나타났다. 종이에 그려진 유령을 보며 그는 마음이 놓였다.

그날과 그다음 날 그리고 그 다음다음 날, 그는 두 번 세 번 그리고 점점 더 자주 유령을 종이에 그렸다. 그런 식으로 그는 유령을 포착했고, 그럼으로써 그로부터 벗어났다. 유령들이 종이에서 웅크리거나 날아다닐 때, 그건 더 이상 위험하지 않았다.

거의 일주일 내내 고야는 그 삭막한 방에서 그림을 그리며, 오직 유령과 함께 있었다. 사파테르는 그를 방해하지 않았다. 그는 악마 앞에서 눈 감지 않았고, 그 앞에서 머리를 숨기려고 탁자에 엎드리지도 않았다. 그는 악마의 얼굴을 직시했고, 그들이 그 앞에 완전히 나타날 때까지 꽉 잡고 있었다. 그러면서 악마와 그의 공포와 광기를 종이에 그렸다.

그는 그림 속의 자신을 응시했다. 늘 그렇듯이 뺨은 홀쭉하고 머리카락은 덥수룩하고 수염은 엉켜 있었다. 그의 얼굴은 물론 더 투실해졌고, 이마의 주름은 덜 패어 있었다. 그는 산루카르 시절 온몸이 망가진 뒤 거울에서 마주 보던 이전의 절망스러운 그가 아니었다. 하지만 당시 얼굴을 다시 불러들이는 건 아직도 쉬웠다. 가장 깊은 시름에 잠겼던 그 얼굴을 그는 지금 그렸다.

그는 카예타나의 얼굴도 다시 그리고 또다시 불러들였다. 카예타나가 망가뜨린 그림은, 저 불경한 승천(昇天) 장면은 영원히 사라졌다. 그는 그 그림을 두 번 그릴 생각은 없었다. 그러나 그는 마녀의 연회로 향하는 카예타나 모습은 '소묘해'두었다. 스케치는 훨씬 더 예리하고 더 명료해졌다. 끊임없이 변하는 카예타나의 수많은 다른 얼굴과 형상도 그렸다. 거기에는 그녀, 어느 예쁜 처녀가 꿈꾸는 듯이, 어느 뚜쟁이에게 귀 기울이는 모습이 그려져 있었다. 그곳에서 그녀는 수많은 구애자에게 둘러싸인 채, 거절하며 유혹하며 있었다. 또 다른 그림에서 그녀는 악마한테 쫓기며 그 앞에서 애원하고, 그들을 주시하며 있었다. 그는 마침내 마녀 연회 자체를 그렸다. 그건 거대한 소란이었고, 살인을 만끽하는 장면이었다. 거기에서 거대한 우두머리 숫염소는 뒷다리를 펴고 똑바로 앉아 있었는데, 그 거대한 뿔은 나뭇잎 화환으로 장식되어 있었고, 불같은 두 눈은 둥글고 거대하며, 쉼 없이 굴러다녔다. 숫염소 주변에서는 제물을 봉헌하는 마녀들이 기도하며 춤을 췄고, 죽은 자의 머리와 껍질 벗겨진 갓난아이를 바쳤다. 숫염소는 앞다리를 들어 모인 사람들, 마녀의 패거리를 축성했다. 그런데 그 패거리의 우두머리는 카예타나였다.

그렇게 고야는 이제 날마다
스케치했다. 그는 떠오른 것을 요점만
대충 그렸다. 어떤 꿈이든 그냥
내버려두었다. 그러고는 머리에서
그 꿈이 절로 기어 나와 날아다니게
했다. 쥐의 꼬리에 개의 머리를 한,
그리고 두꺼비 주둥이를 한
악마와 유령들. 이들 사이에
늘 카예타나가 있었다. 그는
거친 열정으로 그녀를 그렸고,
그녀를 포착했다.
그렇게 그녀를 그리는 건
그의 고통이자 즐거움이었다.
그냥 앉아 생각하고, 그래서 생각을
끝내지 못했을 때 가슴과 머리를
짓눌렀던 광기처럼,
그렇게 짐승처럼 고통스럽지 않았다.
즐겁기까지 한, 더 나은 광기였다.
아니, 그리는 한 그는
바보가 되어도 좋았다.
그건 통찰력 있는 광기였다.
그는 자신을 기뻐했고,
이 광기를 즐겼다. 그래서
그는 그렸다.

6

마르틴은 그에게 아무것도 묻지 않았다. 그건 옳은 일이었다.

하지만 고야에겐 옳지 않은 일이기도 했다. 최근 들어 고야가 그린 건 울분을 풀기 위한 수단이었다. 그건 자기 마음을 전달하는 방식이었다. 하지만 그는 '말하지' 않으면 안 되었다. 자신을 짓누르는 것에 대해, 의사 페랄이 털어놓은 것에 대해, 그리고 광기에 대한 자신의 공포에 대해 분명하게 말하지 않을 수 없었다. 더 이상 혼자 짐을 질 수 없었다. 그는 자신의 끔찍한 비밀을 나눌 사람이 필요했다.

그는 마르틴에게 소묘들을 보여주었다. 모든 소묘가 아니라, 여러 모습의 카예타나 스케치를 보여주었다. 그건 위선적이고 우아하게 악마적인 모습이었다. 마르틴은 경악했다. 그 때문에 그는 기침을 심하게 반복했다. 그는 그림을 한 장 한 장 관찰하더니, 옆으로 제쳐두었다가 다시 집어 들어 처음부터 관찰했다. 걱정하면서도 친구 고야가 무얼 말하고 싶어 하는지 알아내려 애썼다.

"말로 얘기할 순 없다네." 프란시스코가 설명했다. "그 때문에 그렇게 얘기했던 거고." 마르틴은 겸손하게, 약간 불안한 듯 대답했다. "나는 이해한다고 여기네." "자넨 용기만 가지면 되네." 프란시스코가 격려했다. "그러면 아주 정확히 그것을, 보편적 독자성을 이해할 테니까." 그는 성급히 말했다. "누구라도 그걸 이해해야 하네." "이미 이해하네." 마르틴이 위로했다. "모든 게 어떻게 되었는지 난 보고 있네."

"자네는 아무것도 못 보고 있어." 고야는 화가 나 말했다. "그녀가 얼마나 뼛속 깊이 허위적인지 아무도 알 수 없어." 그리고 그는 마르틴에게 카예타나의 변덕과 심연처럼 깃든 유혹자적 면모를 말해주었다. 그는 마르틴에게 그녀와의 큰 다툼에 대해, 또 그녀가 어떻게 그 그림을 찢어버렸는지 얘기해주었다. 이렇게 말하는 동안 그는 기이하게도 그렇게 열거했던 성난 무시 중 어떤 것도 느끼지 못했다. 오히려 그의 마음에서는 카예타나의 마지막 말이, 그 강력하고 진실된 사랑의 단어가 울렸다. 하지만 그는 생각하고 싶지 않았다. 그걸 생각하는 일을 그는 스스로 금했다. 그는 성난 스케치로 다시 자신을 채웠다. 그러고는 마르틴 앞에서, 이제는 그녀를 영원히 자기 삶에서 쫓아냈으며, 잘된 일이라고 여겼다.

그런 다음 그는 친구에게 못된 비밀을 털어놓았다. 마르틴에게 여러 가지 험상궂은 얼굴이나 유령 등 다른 소묘를 보여주었다. 그리고 말했다. "이해하나, 자네는?" 그가 다시 물었다. 마르틴은 당황한 채 쳐다보았다. "이해하는 게 두렵네." 그가 말했다. "이해만 하게!" 고야가 요구했다. 그리고 마르틴에게 자신의 그림을, 세상의 모든 절망을 나타내는 눈을 가진 수염 난 그림을 보여주었다. 마르틴이 당황하고 경악하여 그림 속 고야로부터 살아 있는 고야로 눈길을 돌렸을 때, 그리고 다시 그려진 고야를 쳐다보았을 때, 프란시스코는 말했다. "자네에게 설명해보겠네." 그가 너무 나직하게 말했기 때문에, 마르틴은 듣기 어려웠다. "그건 아주 중요하고 아주 비밀스러우며 매우 악의에 찬 거라네. 대답하기 전에 자네의 대답을 잘 그리고 오래 숙고해야 해. 그리고 어떤 경우에서건 적어줄 필요는 없네." 그는 자신의 귀먹음과 광기의 밀접한 관계에 대해 의사 페랄이 뭐라고 말했는지 얘기해주었다. 의사 페랄이 물론 옳다고 그는 결론지었다. 또 그는 오래전부터 광기가 약간 있었고, 자기가 그린 괴물을 광기 어린 두 눈으로 실제로 보았다고 했다. 자신이 그린 미친 프란시스코는 진짜 프란시스코라는 거였다.

마르틴은 당혹감을 숨기려고 애썼다. 하지만 고야는 말했다. "자, 그러니 잘 생각하게. 그리고 천천히 말하게. 제발 참을성 있게 말이야. 그러면 자네 입 모양에서 무얼 말하는지 읽어낼 수 있으니까." 하지만 이 말을 할 때의 겸손함 때문에 마르틴의 마음은 무거웠다.

한참 후 마르틴은 조심스럽고 아주 분명하게 대답했다. 그는, 고야의 광기를 그렇게 정확히 보는 사람은 대부분의 사람들보다 더 이성적일 것이고, 그의 광기를 그렇게 분명히 읽어낼 수 있는 사람은 그 자신에게는 최고의 의사일 거라고 말했다. 그는 단어를 조심스럽게 골랐다. 이 말은 간결했지만 잘 숙고된 것이었다. 그건 프란시스코를 위로해주는 것처럼 들렸다.

지금껏 프란시스코는 어머니를 방문하지 않았다. 그녀와 얘기하고픈 충동이 들었는지도 몰랐다. 그녀는 아들이 사라고사에 머문다는 소식을 들었는데 그가 찾아오지 않아서 괴로웠는지도 모른다. 하지만 그는 용기 내어 어머니를 찾아가지 않았다. 자신의 상태가 부끄러웠기 때문이다. 마르틴과 대화를 나눈 이제는 준비가 되었다.

고야는 우선 좀더 나은 옷을 마련했다. 그다음 이발소로 갔다. 그는 이발사에게 수염을 깎아달라고, 주인처럼 지시했다. 그리고 이발사의 다정스러운 수다에 무뚝뚝하고 알아듣기 힘든 대답을 했다. 이발사는 곧 손님이 귀가 먹었다는 걸 발견했다. 그리고 프란시스코의 살갗은 민감해서, 면도하자 아파했다.

엉킨 수염이 깎이고 머리가 깔끔히 빗겨졌을 때, 드러난 고야의 얼굴에 이발사는 놀랐다. 그는 낯설어하고 약간 수줍은 채, 그토록 영락한 차림으로 자신의 가게에 거칠게 들어섰던 나리를 바라보았다. 고야는 이제 그곳을 고상하고 오만한 태도로 떠났다.

프란시스코는 어머니 댁에 들르지 않았다. 그는 불편한 마음으로,

그러나 기대에 차 거리를 돌아다녔다. 그는 평소와 다르게 수염이 없어서 서늘하게 느꼈다. 그는 천천히 길을 돌아 어머니가 사는 작은 집으로 가 그 앞에 섰다. 그는 다시 그 거리를 아래위로 서성거렸다. 마침내 그는 2층으로 올라가 고리로 문을 두드렸다. 문이 열렸고, 귀먹은 프란시스코는 어머니 앞에 섰다.

"들어오너라." 엔그라시아 부인이 말했다. "앉거라." 그녀가 분명하게 강조하며 말했다. "로솔리*를 마시렴." 그는 어릴 때, 병이 들거나 그 밖에 안 좋은 일을 겪을 때면, 로솔리를 마셨다. "모든 걸 이미 알고 있단다." 그녀가 여전히 아주 또렷하게 말했고, 로솔리가 담긴 병을 가져왔다. "좀더 일찍 올 수도 있었을 텐데." 그녀가 불평했다.

그는 고야 앞에 병과 잔을 놓고, 구운 과자도 놓더니 그와 마주 보며 앉았다. 그는 강하고 달콤한 향을 풍기는 술 냄새를 고개를 끄덕이며 맡더니, 자기 잔과 어머니 잔에 술을 따랐다. 그가 한 모금 들이켜더니 입술을 핥았고, 빵을 로솔리에 조금 적셔 입에 밀어 넣었다. 그러고는 조심스럽게 어머니 얼굴을 쳐다보았다. "넌 이제 저명인사가 되어서 아주 자신감이 넘치는구나." 고야는 어머니의 입술에서 이렇게 읽어냈다. "하지만 그렇게 계속 나아갈 수 없다는 걸 스스로도 잘 알 게다. 그래서 벌이 따른다고 네게 말하기도 했지. 가장 나쁜 귀머거리는 듣지 않으려는 귀머거리지." 그녀는 오래된 속담을 인용했다. "너는 이전에도 결코 안 들으려 했지. 자비롭게도 신이 그 가벼운 벌을 선사하신 게야. 그렇게 귀먹는 대신, 가난하게 되었다고 생각해보렴."

그건 프란시스코가 잘 이해하는 생각의 경로였다. 도냐 엔그라시아

---

* Rosoli: 계피와 설탕 등을 넣은 증류주의 하나.

의 말이 옳았다. 그녀는 처음부터 경고했고, 아들의 출세와 영광으로 주변 시선을 끌지 않았다. 그녀는 하급 귀족의 딸이었고, 그래서 자신을 '부인'이라고 부를 권리를 가졌다. 하지만 아버지 가계 쪽에서는 농부의 초라한 삶을 꾸렸고, 꼼꼼하게 계산하며 수수한 옷차림을 했으며, 모든 일에서 좁은 현실에 맞추었다. 고야는 아버지가 죽고 난 뒤 어머니를 마드리드 집으로 모셨다. 그러나 그녀는 그곳에 오래 머물지 않았다. 그녀는 다시 사라고사로 돌아가길 원했다. 그녀는 늘 아들의 행복을 믿지 않았고, 그 행복의 지속을 믿지 않는다는 걸 숨기지 않았다. 저기 그, 귀머거리이자 불구자인 아들은 그녀 앞에 앉아 로솔리 술로 자신을 위로했고, 어머니의 꾸지람을 받아들였다.

고야는 크고 둥근 머리로 끄덕였다. 그는 어머니에게 기쁨을 드리기 위해 자신의 불행을 약간 과장하기도 했다. 그리고 이제는 직업적으로 더 많은 어려움이 있다고 말했다. 상류층 신사 숙녀들은 참을성이 없었고, 그들이 무슨 잡담을 하는지 잘못 이해하면 주문 양이 줄어든다고 했다. "300레알을 나눠줄 수 있겠니?" 엔그라시아 부인이 화난 듯 말했다. "보내드리겠습니다." 프란시스코가 말했다. "이 마비된 손으로 숯을 펴야 하시니까요." "아직도 힘들지." 어머니가 대답했다. "아직도 배워야겠지, 얘야. 지금은 들을 수 없기 때문에 많은 걸 보아야 할 거야. 넌 언제나 얼마나 멋진 친구들을 가졌는지 자랑했지. 그 모든 사람의 우정을 넌 똑같이 믿고 있지. 하지만 들을 수 없는 사람과는 누구도 기꺼이 교제하지 않는단다. 이제는 누가 네 진실한 친구인지 알게 될 거야." 하지만 이 딱딱한 말에도 프란시스코는 어머니가 자신을 얼마나 자랑스러워하는지, 그가 불행 속에서 자신을 입증해 보이길 얼마나 열렬히 바라는지, 그리고 얼마나 그를 그저 연민으로 부끄럽게 만들지 않으려 애쓰는지 느꼈다.

고야가 떠날 때, 어머니는 괜찮으면 언제라도 식사하러 오라고 말했다. 그는 그 주에 여러 차례 갔다. 어머니는 어릴 때 고야가 무얼 즐겨 먹었는지 정확히 기억해냈다. 그녀는 양념을 듬뿍 친 간단한 식사를 내놓았다. 음식에는 마늘과 양파와 기름이 많이 들어가 있었다. 때로는 보양식인 전골 요리도 내왔는데, 그건 간단히 차려진 일종의 오야 포드리다였다. 두 사람은 말없이 충분히 그리고 음미하며 먹었다.

한번은 고야가 어머니를 그려야 하지 않는지 물었다. "돈 주는 고객들한테 다시 가기 전에," 그녀는 대답했다. "나 같은 온순한 모델도 한번 그려보면 좋겠지." 그러나 그녀는 기분이 좋았다.

고야는 어머니께 있는 그대로의 옷차림을 한 일상적 모습을 그리겠노라고 제의했다. 하지만 그녀는 나들이옷을 입은 모습을 그렸으면 했다. 그리고 그는 어머니께 만티야도 한 벌 사드려야 했다. 드러난 민머리를 감추기 위해 레이스 달린 새 수건도 사드렸다.

말없이 앉아 있는 시간이었다. 그녀는 조용히 앉았고, 긴 이마 아래 잠긴 듯 나이 든 눈이 앞을 쳐다보고 있었다. 인상적인 코 아래 긴 입술은 다물어져 있었다. 그녀는 한 손으로 접힌 부채를 쥐었고, 다른 손으로는 장미 화환을 들었다. 두 사람은 이렇게 앉아 있는 것에서 기쁨을 느꼈다. 그리고 참았다. 마침내 캔버스 속에서 어느 늙은 여인이 이쪽을 쳐다보았다. 그녀는 많은 일을 겪어서, 자연 때문에 영리해졌고, 운명으로 현명해졌다. 그녀는 겸손해지는 법을 배웠지만, 아직 남아 있는 세월을 향유할 의지도 갖고 있었다. 특별한 사랑으로 프란시스코는 뼈만 남은 늙고 드센 두 손을 그렸다. 엔그라시아 부인은 자신의 초상화에 만족했다. 그녀는 아무 짝에도 쓸모없는 늙은 여인의 그림에, 아들이 전혀 내색하지 않고 그토록 많은 종이와 수고를 들이는 게 기쁘다고 말했다.

이제 고야는 도금사로 일하는 남동생 토마스도 방문했다. 그는 프란시스코가 그렇게 늦게 집에 온 것을 언짢아했다. 대화가 진행되면서 그는, 프란시스코가 신의 뜻에 따라 이제는 가족을 위해 더 많은 일을 해야 한다는 느낌을 받지 않았는지 물었다. 그러면서 마드리드로 이사 가는 걸 권했다. 그래, 내일은 마르틴과 사냥 갈 거야, 프란시스코는 대답했다.

프란시스코의 처남이자 주임신부 마누엘 바예우*는, 고야가 처남에게서 종교적 위로를 구하는 걸 그렇게 오랫동안 망설인다면, 그건 그가 하늘의 경고를 충분히 이해하지 못한 표시일 거라는 견해를 밝혔다. 고야는 신부를 방문하면서, 자신이 직접 그리고 호세파가 사라고사로 보내준, 죽은 궁정화가 바예우의 초상화가 햇볕이 잘 들지 않는 구석에 걸려 있는 걸 보았다. 고야는 처남이 그 그림을 어떻게 생각하는지 물었다. 그는 초상화가 말하는 예술은 위대하지만, 그 마음은 굳어 있다고 대답했다. 그는 진심으로 프란시스코의 불행을 애석해했다. 하지만 그 염려에는, 불경한 예술가의 오만이 마침내 무너졌다는, 작아서 알아채기 어려운 악의적 기쁨도 섞여 있었다.

사라고사의 명문가 살바도레 가문이나 그라사 가문 그리고 아스나레 가문은 프란시스코를 끌어들이려고 매우 애썼다. 프란시스코는 정중한 구실을 대며 그들의 초대를 거절했다. 푸엔데토도스 백작은 고야가 두번째 초청을 수락하지 않자 고야를 찾아와도 되는지 마르틴을 통해 문의해왔다. 이 백작은 수화의 기본을 익혔기 때문에, 대화는 그리 어렵지 않을 것이다. 그의 겸손하고 집요한 제의에 고야는 감동했다. 그는 고

* Manuel Bayeu(1740~1809): 바예우 삼형제 가운데 둘째로, 역시 화가로 출발했으나 17세 때 아울라 데이 수도원으로 들어가 성직자가 되었다. 1774년에 고야는 이 수도원의 벽화를 그렸다. 삼형제 중 막내였던 라몬 바예우(Ramon Bayeu, 1746~1793) 역시 화가였다.

향 마을 푸엔데토도스를 다스리는 이 백작에 대해 자기 가족이 어떤 불안과 경외심을 갖고 살았는지 떠올렸다.

심지어 델 필라르 성당의 성당참사회 수석사제도 찾아왔다. 그는 바예우와 알력이 있던 당시 그토록 악의적이고 오만하게 프란시스코를 반대했던 바로 돈 길베르토 알루에였다. 고야가 얼마나 출세했는지를 명망 높고 이제는 늙어빠진 이 사제의 방문보다 더 결정적으로 증명해주는 건 없었다. 돈 길베르토는 매우 정중했다. 그는 작고 우아한 글씨체로 고야에게, 사라고사가 지금껏 배출한 최고 예술가인 이 수석화가 나리의 불행을 대주교가 얼마나 깊게 애석해하는지 적어주었다. 하지만 고야의 마음은 이젠 더 이상 죽은 바예우가 아라곤의 가장 위대한 예술가가 아니라는 잔인한 기쁨으로 차 있었다.

그런 다음 돈 길베르토는, 돈 프란시스코가 성당을 위해 몇 가지 일을 맡아준다면, 대주교에게는 특별한 기쁨이 될 거라고 말하면서 썼다. 그건 그다지 많은 시간이 필요치 않은 소규모 작업이었다. 수석사제가 즉시 다정하고도 활기차게 덧붙이길, 성당참사회는 사례금 2만 5천 레알을 제안한다고 했다.

잠시 고야는 자기가 잘못 읽었거나 수석사제가 잘못 기입했다고 여겼다. 2만 5천 레알은 그 당시 최고로 유명했던 거장 안토니오 벨라스케스가 여러 달 걸릴 일감에 대해 요구했던 바로 그 금액이었다. 그러자 성당참사회는 주문을 철회했었다. 그런데 이제 고야에게 2주 걸릴 일에 똑같은 액수를 제시한 것이다. 자만하지 마라, 내 마음아! 고야는 스스로 명령했다. 그러고는 겸허와 사랑으로 일을 하여, 잠시도 몸을 아끼지 않겠노라고 결심했다.

그러나 이 경건한 일을 그가
시작하기도 전에, 마드리드로부터
전갈이 왔다. 돈 미겔이
메마른 글로 알리길,
프란시스코의 아들 마리아노가
죽었다는 거였다. 그래서 그는
프랑코에게 마드리드의
호세파한테 돌아오라고
권했다.

고야는
돌아갔다. 이번에 그는
급행마차를 타고, 편안하게 갔다.
마르틴이 그를 돌보며,
함께 가는 걸 허락했다.

7

그는 호세파를 보았고, 그녀의 입술이 움직이는 걸 보았다. 그녀의 말을 이해하진 못했다. 그녀는 아주 다른 프랑코의 모습에 놀라움을 억누르고자 애썼다.

어린 마리아노는 며칠 전에 이미 묻혔다. 고야와 호세파는 서로 서툰 위로의 말을 건넸다. 둘 사이에는 어떤 말도 필요치 않았다. 그들은 오랫동안 말없이 앉아 있었다. 이들의 침묵은 서로 말할 때보다 더 많은 걸 애기해주었다.

그는 정신을 차렸다. 뭔가 경련 같은 미소를 띠며 늘 갖고 다니는 스케치북을 그녀 쪽으로 내밀었다. 뭔가 전달하고 싶은 것을 적도록 하기 위해서였다. "하고 싶은 말이 있으면," 그가 그녀에게 설명했다. "여기에 적어주면 되오. 잘 듣지 못해서, 모든 걸 짐작해야만 하니까. 이제 완전히 귀먹고 말았어." 그녀는 고개만 끄덕였다. 그녀는 그사이에 무슨 일이 일어났는지 아무것도 묻고 싶지 않았다.

그녀는 이전보다 훨씬 삼갔고, 자신을 완전히 닫아버렸다. 그럼에도 그는 그녀를 더 깊게 그리고 더 분명히 보았다. 그는 호세파를 늘 있는 무엇으로, 주어진 것으로 받아들였고, 그래서 많은 부분에서 해석하거나 풀어낼 게 없는 존재로 여겼다. 그가 그녀와 무관하게 영위한 삶의 부분을 그녀가 어떻게 생각할지 오랫동안 숙고해보지 않았다. 그처럼 지위 높은 남자라면, 마음에 품고 있는 여자를 기꺼이 가졌다. 그건 관습이었다. 그가 그녀를 필요로 했을 때, 호세파가 있었다. 그렇게 그는 그녀를 기대했고, 그녀를 갈망했다. 당시에는 그랬다. 그는 아내가 오빠를 더 훌륭한 화가로 간주한다든가, 자기 작품을 하나도 이해하지 못한다든가, 그의 가문보다 훨씬 명망 있는 그녀 자신의 가문에 대한 조용한 자부심으로 가득 차 있는 걸 안 좋게 받아들이지 않았다. 그가 예술가로서 어떤 사람인지, 세상에서 어떻게 간주되는지 그녀가 이해하기 시작할 때까지 수십 년이 걸렸다. 그러나 그녀는 그 사실을 알기 전에, 즉 처음부터 그를 사랑했다. 그러지 않았다면 바예우의 일원인 그녀가 고야라는 사람과 결혼하지 않았을 것이다. '그'가 그녀와 결혼한 이유는 부분적으로는 그녀를 사랑했기 때문이고, 부분적으로는 무엇보다 그녀가 바예우의 일원이었기 때문이었다. 분명 그녀는 오래전부터 그 점을 분명히 했다. 그리고 그를 사랑했고, 참고 견뎠다. 그는 이전부터 그녀가 많은 걸 감수한다고 느꼈다. 그는 종종 그녀에게 연민을 느꼈다. 따뜻한 감정이 그의 마음속에 있었다. 그녀가 지금 그를 동정할 이유를 가지고 있어 그는 만족했다.

그러나 아들 하비에르를 보자 고야의 마음은 완전히 열렸다. 하비에르는 더 이상 아이가 아니었다. 그는 이제 청년이었고, 많은 여자들이 곁눈질하지 않고 지나치기 어려웠다. 하비에르가 말하기를, 자신은 지난 몇 달 동안 많은 걸 생각했고, 이제 예술가가 되기로 결심했다는 것이었다. 그리고 아버지가 자신을 학생으로 받아들여주길 바란다고 했다. 고야는 다정함과 자부심으로 가득 찬 채 사랑스러운 하비에르를 보았다. 이 아이를 가졌다는 건 마리아노의 상실 이후 큰 위로였다. 그는 이 청년의 길이 자신의 길처럼 험난하길 바라지 않았다. 이 아이는 타고난 하급 귀족 돈 하비에르 데 고야 이 바예우Don Javier de Goya y Bayeu였다. 아라곤 법에 따라 하급 귀족은 노동으로 인한 창피스러운 삶을 살지 않도록 아버지 쪽 연금을 요구할 수 있었다. 비록 카스티야 지방에 살고 있어도 아라곤 지역의 법이 마음에 들었기 때문에 프란시스코는 기꺼이 따를 생각이었다. 그는 아들을 외국으로, 이탈리아와 프랑스로 보낼 것이다. 그 자신도 이탈리아에서 컸다. 다만 그는 쌀과 빵과 치즈를 마련하기 위해 열심히 노력해야 했다. 그에 비하면 하비에르는 배우면서 먹고살기가 쉬울 터였다.

프란시스코를 다시 보았을 때, 아구스틴의 불평 섞인 얼굴은 움칠했다. 고야는 어떤 동정의 말도 듣고 싶지 않았다. 그는 퉁명스럽게 말했다. "내가 떠나 있는 동안, 많은 게 잘못되었나? 그래서 안 좋은 일이라도 많이 일어났나?" 그러고는 고야는 그에게 사파테르와 함께 장부를 자세히 살펴보라고 말했다.

잠시 후 고야는 아구스틴에게, 그사이 아구스틴이 무얼 했는지 알려달라고 말했다. 그러자 아구스틴은 에칭 판화를 보여주었다. 그건 장 밥티스트 르프랭스의 새로운 기법에 따라 제작된 거였다. 아구스틴 에스테브가 이 방법을 개선했는데, 고야는 그 방법으로 모든 게 얻어진다는 사실에 놀랐다. "이 사람아!" 그는 여러 번 이렇게 말했다. 찬사에 인색한 이 남자는 강한 어조로 친구이자 조수 아구스틴을 칭찬했다. "이제 이 처리법은 에스테브 방식이라 불러야 하네." 그가 설명했다. 두 사람의 깊고 오랜 결속이 다시 생겨났다.

프란시스코는 자신이 사라고사에서 그린 소묘를 보여주었다. 아구스틴은 흥분했다. 그의 입술이 움칠했다. 고야는 그가 말을 하는 건지 아닌지 알지 못했다. 아구스틴은 뭔가 흥분할 때면 입맛을 다시고 침을 삼키는 우스운 버릇을 갖고 있었다. 그는 보고 또 보았다. 아무리 보아도 질리지 않았다. 마침내 고야가 조용한 몸짓으로 그에게서 소묘를 뺏었다. "이제 좀 말해보게." 고야가 요구했다. 아구스틴은 말했다. "이거야말로 당신다운 예술이군요." 그러고는 큼직하고 서투른 그러나 분명한 글씨체로 그는 썼다. 기분 좋아진 고야는 즐거웠다. "그러면 내 그림은 아무것도 아니란 말인가?"

다음 날 고야는 궁정으로 불려갔다. 불편함이나 걱정이 없지 않았다. 오직 그만 지나칠 정도로 조심스러운 대우를 받았다. 심지어 저 오만한 아리사 후작마저 열심히 공감하는 듯한 모습을 보였다.

돈 카를로스도 이 귀먹은 자 앞에서의 난처함을 상냥함으로 이겨내고자 애썼다. 그는 고야에게 아주 가까이 다가오더니, 끔찍하게 소리를 질렀다. "그림은 귀가 아니라 눈으로 그린다네." 약간 놀란 고야는 그 말을 이해하지 못한 채, 고개를 깊게 숙여 인사한 뒤, 소묘집과 연필을 경건한 태도로 건넸다. 왕의 얼굴이 밝아졌다. 그는 수석화가와 통할 수 있는 수단이 있다는 사실을 이해하고 기뻐했다. 그는 조금 전에 외쳤던 위로의 문장을 적어주었다. "사람은 귀로 그리는 것이 아니라," 그는 썼다. "눈과 손으로 그린다네." 그는 쓰는 중이었기 때문에, 늘 하듯 서명을 덧붙였다. "나, 짐이." 그리고 무늬 장식을 덧붙였다. 고야는 읽고 나서, 경건한 태도로 고개 숙였다. "왜 그러는가, 친애하는 화가 선생?" 왕이 물었다. 고야는 평상시와 달리 큰 목소리로 대답했다. "아무것도 아닙니다, 전하." 왕은 붙임성 있게 환담을 이어갔다. "이제까지 자네는 내 초상화를 몇 작품이나 그렸는가?" 그가 물었다. 고야는 정확히 알지 못했다. 그러나 모른다고 말하면 불손하게 비칠 수 있었다. 그는 대답했다. "69개가 됩니다." "보게나." 카를로스 왕이 소리쳤다. 그러면서 그는 근엄하게 덧붙였다. "그 초상화가 100개가 되도록 성모 마리아께서 나와 자네에게 세월을 허락하시길."

평화대공도 고야에게 오라고 청했다. 마누엘은 이 만남에 들떠 있었다. 그는 자신과 화가 사이에 이전보다 훨씬 더 비밀스러운 결속이 생겼음을 느꼈다. 그들은 아주 비슷한 정황 속에 태어난 게 분명했다. 두 사람은 비슷한 시기에 동화 같은 출세를 했고, 운명은 그들을 거세게 몰아쳤다. 프란시스코는 그에게 페파와의 만남을 주선했으며, 그 만남은 그의 삶에 매우 많은 영향을 끼쳤다. 그, 마누엘은 고야의 신분 상승을 강력히 후원했다. 그들은 친구였고, 서로 이해했으며, 서로 솔직하게 얘기했다.

늙어버린 고야를 보았을 때, 절절한 연민이 마누엘을 휩쓸었다. 하지만 그는 그들의 전성기 때처럼 유쾌한 모습이었다. 그는 거듭 프란시스코와 자신이 같은 무리에 속한다고 확언했다. 그들이 각자의 분야에서 가장 높은 정상에 오를 거라고 그는 예견하지 않았던가? 그리하여 이제 프란시스코는 수석화가였고, 그 자신은 카스티야 왕자가 되었다. "지금은 자욱한 그림자가 몇 개 있네." 그는 인정했다. "하지만 자네에게 말하네만, 나의 프랑코." 그는 손사래 치며 그 그림자를 쫓아냈다. "이 불화는 사라질 것이고, 그러면 우리 별은 더 밝게 빛나겠지. 우리 둘처럼 권력과 품위를 애써 구해야 했던 사람은," 그는 중요한 비밀 이야기를 하듯 계속 말했다. "그저 타고난 사람들보다 훨씬 높게 평가받지. 그들은 긴장을 늦추지 않으니 말일세. 플루스 울트라!"* 그는 소리쳤다. 고야가 이해하지 못했기 때문에, 그는 적어주었다. "플루스 울트라." 그는 이 표현을 지난번 카디스에 체류할 때 접하고 좋아하게 되었다. 그는 카디스에서 힘겨운 시간을 보냈다고 얘기했다. 그러면서 프란시스코라면 거기서 멋지게 보냈을 거라면서, 눈을 깜박이며 말했다. 아무 옷도 걸치지 않은 베누스에 대한 말들이 오가더라는 거였다.

프란시스코는 당황했다. 알바 공작비가 그 그림을 제3자에게 보여줬단 말인가? 그녀는 소문을 두려워하지 않았던가? 그녀는 종교재판소도 두려워하지 않는 것인가?

마누엘은 프란시스코가 당혹해하는 것을 알아챘다. 그래서 손가락으로 그를 찌른 다음에 말했다. "그저 소문일 뿐이네." 그가 말했다. "그렇다고 자네가 그 소문을 확증하거나, 기사답게 부인해주길 원하는 건 아닐세. 물론 나 역시 그런 베누스 상을 자네에게 주문하고 싶어. 또 한두 명의 멋진 모델도 있고. 그 점에 대해서는 나중에 한 번 더 얘기할 걸

---

* Plus Ultra: 스페인을 상징하는 문장(紋章)의 표어다. 원래는 헤라클레스의 기둥에 쓰인 'Non plus ultra'(더 이상 나갈 수 없다)라는 문구로, '사람이 살 수 있는 세계의 경계'를 뜻하는 말이었으나, 16세기 스페인 왕실이 세계 제국을 건설하기 시작한 이래로 'Non plus ultra' 대신 'plus ultra'(저 너머, 계속 더)를 쓰기 시작했다. 이라크 전쟁에 투입된 스페인 군대에도 이 명칭이 붙여졌다.

세. 그 사이에 나의 왕녀를 그려주게나. 이미 이전에, 그 사람이 어렸을 때, 자네가 그린 적이 있다고 들었지만 말이야." 마누엘은 고야 앞으로 바짝 다가가, 충심 어린 마음으로 솔직히 털어놓았다. "그리고 나도 수화(手話)를 배운다네. 자네와 종종 그리고 자세히 얘길 나누고 싶어서라네, 프랑코, 나의 친구야. 그리고 근대적 농아 시설의 설립 계획도 위임하네. 의사 레페의 원칙에 따라 말일세. 이 시설에는 자네 이름이 붙을 걸세. 자네 덕분에 그 생각을 했기 때문이지. 내가 오늘 위임한다고 해서 주제 넘은 일이라 여기진 말게. 한가한 시간은 그리 오래가지 않을 거네. 아직 가야 할 길이 머니까. 믿어주게, 나의 프랑코!" 고야는 비록 들을 수 없었지만, 마누엘은 자신의 어두운 어조에 금속 광채를 더했다.

다음 날 안드레스는 어느 여인이 찾아왔다고 말했다. 아무도 들여보내지 말라고 얘기했던 고야는 화가 났다. 안드레스는, 여인이 거절을 받아들이지 않는다면서 매우 지체 높은 부인이라고 설명했다. 고야는 아구스틴을 보냈다. 그는 약간 당황한 채 돌아와 말하길, 카스티요필 백작 부인이라고 했다. 고야가 알아듣지 못했기 때문에, 그는 소리를 질렀다. "페파예요! 그 여인은 페파라고요!"

페파는 잘 지냈다. 그녀는 마누엘이 가끔 증거 인멸을 해주었기 때문에 오히려 훨씬 더 큰 영광을 얻었다. 아무도 그의 미움이 지속될 거라고 믿지 않았다. 왕자 마누엘을 조심해서 피했던 사람들은 그만큼 더 자주 조심해서 카스티요필 백작 부인을 알현하려고 나타났다. 그래서 그녀의 재산도 놀랄 정도로 불어났다.

프란시스코의 불운을 들었을 때, 그녀는 먼저 흡족함을 느꼈다. 이제 그는 그녀를 무시한 벌을 받은 거였다. 하지만 만족감은 오래가지 않았다. 그녀는 그의 불행이 정열과 이어져 있음을 느꼈고, 그래서 그 열정이 부러웠다. 그에게 그런 열정을 불어넣을 수 있는 사람이 자기가 아니라는 사실에 그녀는 괴로웠다.

그녀는 보복이란 하늘에 있고 땅 위에 있음을 그가 느끼게 하려고 왔다. 하지만 그녀가 본 것은 새롭고 다른 프랑코였다. 그녀는 놀랐다. 오래된 애정이 생겨났다. 그녀는 자신이 얼마나 잘 지내는지 그에게 분명히 알려주는 데 만족했다. "임신했어요." 그녀는 자부심에 차서 그리고 스스럼없이 얘기했다. "정당한 결혼으로 낳은 아들은 카스티요필 가문의 백작이 되겠지요." 그는 그녀가 영광스러워할 뿐만 아니라 그와 그녀 자신에게 행복함을 입증하려고 얼마나 애쓰는지 알아챘다. 그러나 그 자리에서는 그렇지 않았다. 그녀는, 마치 그가 알바로 인해 괴로워하듯, 그로 인해 괴로워했다. 그는 오래된, 선하고 연민이 약간 깃든 편안한 사랑스러움을 느꼈다.

그들은 서로에 대해 많은 걸 알고 있는, 그러나 다른 사람은 아무도 모르는 오래된 친구처럼 얘기했다. 그녀는 그를 부끄럼 없는 푸른 눈으로 쳐다보았다. 그는 그녀의 입을 보고 하는 말을 읽어낼 수 있었다. 그는 무관심한 사람과의 소통만 힘들다는 사실을 경험했다. 가까운 사람이나 미워하는 사람의 말은 쉽게 이해했다.

"콘치타가 아직도 카드놀이할 때 속이오?" 그가 말했다. "괜찮다면, 다음에 한번 저녁 식사 때 가서 만사니야를 마시겠소." 그녀는 자랑하지 않을 수 없었다. "하지만 미리 말해야 해요." 그녀가 말했다. "그러지 않으면, 돈 카를로스를 내 집에서 만나게 될 수도 있으니까요." "누구 돈 카를로스 말이오?" 그가 물었다. "돈 카를로스, 모든 스페인 제국과 두 인도의 왕 말이지요." 그녀가 대꾸했다. "제기랄!" 그가 말했다. "욕하지 마세요." 그녀가 되받아쳤다. "곧 어린 백작을 낳을 귀부인이 있는 데서 그런 말 마세요." 그 후 그녀는 계속 카를로스에 대해 이야기했다. "그는 그저 장군으로 오세요." 그녀가 보고했다. "그리고 당신이 생각하는 걸 내게 원하진 않아요. 그냥 자기 시계를 보여주고, 자기 근골이 튼튼하다는 걸 느끼게 할 뿐이니까요. 우리는 오야 포드리다를 먹고, 그는 바이올린 연주도 해보인답니다. 그러면 난 그에 맞춰 로망스 몇 곡을 부르지요."

"이제 내게도 몇 곡을 불러줘야 하오." 고야가 요구했다. 그녀는 당혹해하는 눈빛이었고, 그 말에 어떻게 대답해야 할지 모르는 것이 분명하기에, 그는 아주 유쾌하게 말했다. "당신이 옳소. 난 귀머거리요. 하지만 난 대부분의 사람들보다 훨씬 더 잘 듣소.

그러니 불러요!" 그가 얼굴을
찌푸리며 말했다. "같이 부를 테니까." 그렇게
그들은 불렀다. 그녀는 노래했고, 그는 연주했다.
마치 로망스에서 그러하듯,
슬프고 거칠며 달콤하게. 때때로
그의 방식과 그녀의 음조는
함께 가기도 했다.

8

마르틴 사파테르는 원래 계획한 것보다 더 오래 마드리드에 머물렀다. 일거리가 있었기 때문이었다. 사실 그는 그 모든 시간을 친구에게 바쳤다. 그는 친구가 혼자 거리로 나가지 않도록 신경 썼다. 귀먹은 사람에게 일어날 수 있는 사고가 두려웠기 때문이다. 프란시스코는 보호라면 어떤 종류든지 싫어했다. 그래서 마르틴은 고야가 보호 아래 있되 알아채지 못하게 아주 영리하게 조처했다.

프란시스코의 주문량은 전에 없이 늘어났다. 마르틴은 늘 새 주문을 만들어주었는데, 고야의 불행 때문에 사람들이 그를 멀리한다는 인상을 주지 않기 위해서였다. 하지만 고야는 일거리를 거의 받지 않았고, 대부분의 주문자를 다독여 뒤로 미루었다.

마르틴은 고야의 흥미를 끄는 게 무엇인지 알아내려고 온갖 수를 다 썼다. 카예타나를 통해서도 그는 몇 가지를 경험했다. 그는 프란시스코에게 알려주길, 알바 공작비가 이탈리아의 친척집에 가기 위해 국외 여행 허락을 신청했고, 왕실이 그녀의 추방을 취소하기 전에는 아마 스페인으로 귀국하지 않을 거라는 것이었다. "어디에 있건," 프란시스코가 말했다. "그녀는 한 불구자를 걱정하지 않을 거요."

종종 그리고 느닷없이 변하는 마드리드의 공기 속에 체류하는 것이 사파테르에게는 분명 힘들었다. 그는 안 좋아 보였고, 기침을 많이 했다. 하지만 그는 프란시스코가 자신의 기침 소리가 얼마나 듣기 싫은지 알 수 없다는 사실이 기뻤다.

마침내 그는 돌아가겠노라고 알려왔다. 두 사람은, 그들 방식이 그러하듯, 시끌벅적하게 작별했다. 아무런 감정도 보이지 않으려고 애썼고, 서로 힘껏 어깨를 두드리며 서로의 나이와 병을 가지고 농담을 주고받았다. 그런 다음 마르틴은 사라고사로 돌아갔다.

그가 떠나자마자 프란시스코는, 귀먹은 고야와 도시 마드리드가 얼마나 서로 잘 어울리는지 홀로, 그리고 방해받지 않고 알아보려고 길을 나섰다. 그의 집에서부터 도시의 중앙광장 푸에르타 델 솔에 이르는 짧은 구간이었다. 이곳에서 칼레 마호르나 아레날, 카르멘, 알칼라와 그 밖의 많은 대로(大路)가 만났다.

사람들로 가장 북적이는 시간에 푸에르타 델 솔에 고야가 나타났다. 그는 먼저 레드 데 산루이스에 있는 소매상들의 탁자나 이동 판매대 옆에 서 있었다. 그 후 그는 산펠리페 엘 레알 교회 앞의 거대한 광장 그라다스로 갔고, 이어 마리아블랑카 분수 쪽으로 갔다. 푸에르타 델 솔은 세상에서 가장 시끄러운 광장으로 알려져 있었다. 고야는 이 소란과 혼잡을 쳐다보았다. 사람들은 그에게 부딪쳤고 욕설을 해댔다. 어디에 서 있건, 그는 방해받았다. 하지만 그는 신경 쓰지 않았다. 그는 소음을 바라보며 즐겼다. 사라고사가 죽은 듯 나타났다면, 마드리드는 그야말로 생생했다.

"시원한 물이오." 물장수가 외쳤다. 그들은 특이한 동상 아래 자리한 마리아블랑카 분수 주변에 서 있었다. 하지만 아무도 그 동상이 베누스를 나타낸 것인지 신앙을 나타낸 것인지 알지 못했다. 그 동상은 비록 여자지만, 그토록 많은 걸 보고 들었음에도 아무것도 누설하지 않았다는 이유로 유명했다. "시원한 물이오." 물장수가 외쳤다. "누가 마시겠소, 누가 마실 거요. 샘에서 떠온 시원한 물이오." "오렌지요." 오렌지 장수가 외쳤다. "반의 반 레알 주면 두 개 줘요." "작은 마차도 있어요, 나리." 사람을 태우는 마부가 말했다. "작지만 얼마나 멋진 마차인지 보시오. 이 말이 얼마나 얌전한지도! 프라도까지 산책 가거나 다른 곳도 좋습죠." "한 푼 줍쇼." 어느 불구자가 구걸했다. "가장 성스러운 마리아를 위해. 용감한 참전자를 위해 한 푼 줍쇼. 나는 이단자와의 전쟁에서 두 발을 잃었다오." "괜찮니, 귀여운 애야?" 마음 좋은 소녀가 나섰다. "내 작은 방을 보고 싶니, 애야? 내 작은 방 말이야. 세상 어디에도 없는 작고 예쁘고 아늑한 침대가 있지." "속죄하시오!" 의자에 앉아 있던 어느 신부가 소리쳤다. "속죄하고 면죄부를 사시오!" "신문이오, 새로 나온 신문 『디아리오*Diario*』와 『가세타*Gaceta*』요." 신문팔이가 외쳤다. "이제 세 부밖에 안 남았어요!" 근위대 장교들도 잡담을 나누고 있었다. 수행원들이 귀부인들에게 화려한 광고문을 읽어주었다. 왈롱 지방 군인이나 스위스 근위병도 시끄러웠다. 관청에 진정서를 넣으려는 사람들은 공공 서기한테 자기 말을 받아쓰게 했고, 한 요술쟁이는 원숭이가 춤추도록 부추겼다. 왕국과 세계를 개선하려는 이런저런 계획에 대한 설계자들의 논쟁도 뜨거웠다. 중고물품 장수들은 신나게 물건들을 늘어놓았다.

고야는 서서 바라보았다. 이런 속담이 있다. '푸에르타 델 솔에서는 네 앞 여자를 조심하고, 네 뒤 노새와 네 옆 마차를 조심하라! 그리고 네 앞과 네 옆과 네 뒤에서 수군대는 자를 조심하라!' 그는 스스로 보호하지 않았다. 그는 서서 쳐다보았다. 그는 듣고 있었지만 듣지 못했고, 모든 외침과 모든 말을 알고는 있었지만 그 말을 더 이상 이해하지는 못했다. 어쩌면 그는 지금까지 그 어느 때보다 더 잘 아는지도 몰랐다.

그때 어느 눈먼 발라드 여가수가 나타났다. 마드리드 사람들은 맹인을 불신했다. 맹인이 지나치게 많은 건 소매치기를 더 잘하기 위해서거나, 적어도 더 많은 동정을 얻기 위해서라는 거였다. 마드리드 사람들은 이들 맹인이 보는지 보지 못하는지 알아맞히는 잔혹한 놀이를 하는 데 익숙했다. 종종 고야도 그런 놀이를 같이 했다. 하지만 이제는 자기가 귀머거리라는 생각에 이들 맹인을 보기가 고통스러웠다. 그녀는 노래했고, 기타로 반주했다. 분명 그녀는 통속가요*를 운율에 맞춰 잘 불렀다.

* Moritat: 재난이나 살인에 관한 그림 혹은 이런 소재에 대해 거리의 광대가 부르는 통속적인 노래.

왜냐하면 모두가 공감했고, 긴장과 불안과 기쁨으로 경청했기 때문이다. 비록 그녀의 입을 뚫어지게 보기는 했지만, 그는 이해하지 못했다. 대신 여가수의 상대는 그녀가 부르는 노래를 표현한 그림을 보여주었다. 화려하지만 조악한 그림이었다. 갑자기 고야는 웃지 않을 수 없었다. 그는 자신이 그녀의 말을 듣지 못한다는 사실과, 그녀는 노래를 표현한 그림을 볼 수 없다는 사실을 떠올렸던 것이다.

하지만 그 통속적인 노래는 분명 엘 마라고토에 관한 것이었다. 그는 용감한 수도사 살디비아가 제압한 거친 도적이었다. 엘 마라고토는 기품 있는 도적이 아니었다. 그는 둔하고 야수 같은, 피와 돈에 굶주린 잔혹한 인간이었다. 가난한 수도사가 갖고 있던 유일한 물건인 샌들을 건넸을 때, 도적은 수도사를 무기로 쓰러뜨리려 했다. "샌들밖에 없는 네놈은 총알을 맞을 가치도 없어." 그는 소리를 질렀다. 하지만 용감한 수도사는 그에게 달려들어 무기를 빼앗고, 애원하는 도적의 등을 쏜 다음 묶었다. 온 백성이 카프친 교단의 이 용감한 수도사의 행동을 기뻐했다. 푸에르타 델 솔의 군중은 발라드 여가수가 이 사건을 어떻게 부르는지 열광하며 경청했다. 하나하나가 분명 다채로웠다. 고야는 소외감을 느꼈다. 그는 집에서 조용히 읽으려고 그 노래가 담긴 가사집을 샀다.

늦은 오후였다. 종소리가 울렸다. 감사의 기도*가 행해졌다. 소매상들은 가게 천장에 불을 밝히기 시작했다. 집 앞에 그리고 마리아 상 앞에 램프가 켜졌다. 고야는 집으로 갔다.

사람들이 발코니에 앉아 서늘한 기운을 즐겼다. 어둡고, 창문이라곤 거의 없어 정체가 의심스러운 어느 집 발코니에 두 처녀가 앉아 있었다.

---

* Angelus: '안젤루스Angelus(천사)'라는 말로 시작되는 기도.

예쁘고 통통하며 밝은 표정을 지닌 그들은 난간에 기댄 채 앉아 있었다. 뭔가 중요한 얘기를 하면서 그들은 지나가는 남자에게 추파를 던졌다. 처녀들 뒤에는, 짙은 그림자 속에 외투를 뒤집어써 얼굴이 안 보였지만, 두 청년이 미동도 없이 서 있었다. 고야는 발걸음을 천천히 하며 쳐다보다가 마침내 완전히 멈춰 섰다. 그는 오래 쳐다보았다. 몸을 숨긴 자들이 꼼지락거렸다. 그건 작은 몸짓에 불과했지만 위험한 것이었다. 그들은 계속 나아가려는 듯했다. 그래, 발코니 위 처녀들은 마놀레리아 출신의 진짜 마하였다. 그들은 번지르르한 온갖 장식품과 유혹거리로 치장했고, 그들 뒤에는 당연하게도 그림자와 위협이 자리했다.

다음 날 아구스틴은 카스트로푸에르테 후작 그림을 시작해야 하지 않을지 물었다. 하지만 고야는 고개를 가로저었다. 다른 할 일이 있었기 때문이다. 그는 어제 체험한 것을 그렸다. 작은 판화 여섯 개에 도적 엘 마라고토 이야기를, 그가 수도원 입구에서 어떻게 카프친 수도사를 위협했고, 수도사가 얼마나 용감하고 침착하게 그를 쏴서 사로잡았는지 그렸다. 그건 간단하면서도 신선한 얘기였고, 통속적인 노래는 그 이야기 안에 다 들어 있었다. 그건 푸에르토 델 솔 거리가 그 노래를 통해 누렸던 소박하고도 강력하고 완전한 기쁨이었다.

하지만 그 후 또 다른 도적 이미지가 고야를 덮쳤다. 그건 그가 코르도바의 코레데라에서 처형되는 것을 목격한 푸날의 이미지였다. 그는 치욕스러운 연단 위에서 죽은 도적을 그렸다. 그는 노란 죄수복을 입고, 날카로운 빛 아래 홀로 교살된 수염 난 도둑이었다.

이 그림을 같은 날 시작해야 한다는 충동이 일었다. 같은 날 고야는 마하 그림을 그리는 데 착수했다. 그건 발코니에 있는 실제 마하들이었고, 위험한 남자들이 그림자 속에 있었다. 그는 여자들로부터 남자 쪽으로 옮겨가는 유혹을 그렸다. 유혹을 강렬하게 하는 건 뒤에 숨은 거북한 어둠이었다.

고야는 아구스틴에게 그림을 보여주었다. "카스트로푸에르테 후작을 그리는 게 나았겠나?" 고야는 자부심에 차 흡족한 듯 물었다. 아구스틴은 침을 삼키며 입맛을 다셨다. "당신 옆에서는 누구도 일을 끝내지 못할 거예요." 그가 말했다. 그건 프란시스코가 지금까지 그런 장면을 묘사할 때와 전혀 다른 그림이었다. 그는 이미 아주 이른 시기부터 도적 장면과 마하 장면을 그렸다. 왕에게 선사한 벽 걸개그림이 그랬다. 하지만 그 그림들은 즐겁고 매우 천진스러운 내용을 담고 있었다. 그런데 도적 그림과 마하 그림은 결코 천진스럽지 않았다. 그건 아구스틴에게 낯설었다. 수석 궁정화가가 이렇게 그린다는 사실은 이제 아구스틴을 불안하면서도 행복하게 만들었다. 그러는 사이 프란시스코는 기뻐하며 자찬했다. "마라고토가 우리를 위협하는 걸 들었나?" 그가 물었다. "탕 하는 총소리를 들었나? 마하가 속삭이는 걸 들었나? 이걸 귀머거리가 그렸다는 걸 알아챌까?" 아구스틴이 대답하기도 전에, 그는 자랑스럽게 말했다. "자넨 알겠지! 내가 계속 배워간다는 걸! 플루스 울트라!"

"이 그림들을 어떻게 할 건가요?" 아구스틴이 물었다. "오수나 가문 사람들이 작은 그림 두어 개를 갖고 싶어 해요. 그들이라면, 분명 이 '도적 마라고토'를 갖고 싶어 할 텐데요." "이 그림들은 팔지 않겠네." 고야가 대답했다. "이 그림들은 날 위해 그린 것이니까. 하지만 선물로 주겠네. 자네가 하나 갖고, 다른 하나는 호세파에게 줄 거라네."

호세파는 놀라워했다. 동시에 그녀는 기쁨으로 얼굴이 붉어졌다. 그녀는 미소를 지으며, 수도원에서 배운 사려 깊은 글씨로 이렇게 썼다. "고마워요." 그러면서 그가 쓰는 모든 글에 하듯 십자가를 덧붙였다.

고야는 그녀를 빤히 쳐다보았다. 그녀는 최근 들어 훨씬 여위고, 더욱더 속마음을 터놓지 않았다. 그들이 서로 얘기 나눌 건 많지 않았다. 그럼에도 그는 이제 가끔 그녀와 잡담을 하고 싶었다. 많은 그의 친구와 알지 못하는 사람들까지 수화를 배웠다. 그녀가 수화를 배우려고 그다지 노력하지 않는 건 유감스러운 일이었고, 그 때문에 그는 기분이 상했다.

갑자기 호세파를 그리겠다는 생각이 들었다. 고야는 그녀를 새로 보았고, 이전보다 더 뚜렷하게 보았다. 그리고 그가 그녀에게 종종 참을성을 잃게 되는 이유가 무엇인지 알았다. 그건 그녀와 그녀 오빠 사이의 유사성, 말하자면 고야의 예술가다움에 대한 불신이었다. 또 그가 이전에 외면하려 했던 게 무엇인지도 알았다. 그건 아주 불경스러운 그의 존재, 순종하지 않는 그의 태도 그리고 그의 무절제에 대한, 그녀의 사랑에서 우러나온 슬픔과 근심이었다.

그녀는 인내심 강한 좋은 모델이었다. 그녀는 값비싼 숄을 어깨에 두른 채, 고야가 말한 대로 똑바로 몸을 펴고 다소 뻣뻣하게 의자에 앉아 있었다. 그는 그녀가 가진 아라곤 지방 특유의 뻣뻣함과 자부심을 강조했고, 그녀의 자세에 엄격한 다정함을 부여했다. 그는 사랑으로 그녀를 보았다. 그는 그녀를 미화하지 않았다. 하지만 약간 젊어 보이게 했다. 그곳에 그녀가 앉아, 적갈색의 땋은 머리를 한 채 고개를 높이 들었다. 커다란 코 아래 입술은 얇았다. 그녀는 입을 꽉 다물고 있었다. 긴 얼굴선에는 옅은 날카로움이 어려 있었다. 핼쑥하지만 여전한 장밋빛인 피부는 이제 시들고 있었고, 처지는 어깨에는 무기력이 약간 배어 있었다. 빛나는 큰 눈은 슬퍼 보였는데, 저 멀리 관객 너머를 쳐다보았다. 하지만 두 손은 무릎 위에 무겁게 놓여 있었다. 회색 장갑을 끼고 있었다. 왼쪽 손가락은 뻣뻣하지만 기이하게 편 채, 오른쪽 손가락 위에 놓였다.

그건 사랑스럽고 훌륭했지만, 유쾌한 모습은 아니었다. 그건 고야가 아이 두 명과 함께 그녀를 그렸을 때와는 전혀 다른 그림이었다. 이 마지막 그림을 그린 고야는 즐겁지 않았다.

이건 마지막 그림이었다. 이 초상화를 완성한 뒤 며칠 지나 호세파는 병이 들었고, 자리에 눕게 되었다. 그녀는 멀리, 너무도 빨리 사라졌다. 그녀의 치명적인 탈진 원인은 분명했다. 그건 도시 마드리드의 믿을 수 없는 날씨였다. 그건 얼음이 어는 겨울과 끓어오르는 여름, 그리고 격렬한 바람이었다. 그 밖에 여러 번에 걸친 출산도 그 이유였다.

이제 그녀의 삶이 끝나가고 있었기에, 이 말없는 여인은 할 말이 많았다. 그녀가 수화를 배우지 않는다고 괴로워했던 건 옳지 않았음을 그는 이제야 깨달았다. 그녀는 수화를 배웠다. 수화를 쓰지 않은 건, 그녀의 뻣뻣함 때문이었다. 이제 그녀는 힘없는 손가락으로 말했다. 하지만 2, 3일뿐이었다. 그러고 난 뒤 그녀에겐 손도 너무 무거웠다. 그는 그녀가, 그것도 무척 애써서, 때늦은 메시지를 주기 위해 어떻게 입술을 움직이는지 보았다. 그는 그녀에게서 단어를 읽어냈다. "절약해요, 프랑코! 당신을 낭비하지 말고, 당신 돈을 낭비하지 마요!" 그렇게 그녀는, 살았을 때와 똑같이, 조용하게, 아무런 행동 없이, 한 가지만 알리며 죽었다.

붉은빛이 도는 풍성한 금발을 한 채 죽은 아내의 얼굴은 최근 시절보다 덜 피로해 보였다. 고야는 호세파와 체험했던 모든 걸 생각했다. 그가 처음 취했던 처녀의 여리고 날씬하며 뻣뻣한 몸, 그의 아이를 낳아준 그녀의 불평 없는 수고, 그녀가 그 때문에 당했던 저 길고도 말없는 고통, 그의 예술에 대한 그녀의 몰이해, 그녀의 집요한 사랑에 대하여 그는 생각했다. 그들이 서로에 대해 더 많이 잘 알게 된 바로 지금 그녀가 죽었다는 사실을 믿을 수 없었다.

그러나 평소 같으면 쉽게 닥쳐왔을 거칠고 절망적인 고통은 하나도 없었다. 오히려 슬프고 무감각한 적막감이, 출구 없는 어떤 고독의 의식이 그를 마비시켰다.

고야는 호세파를 위해
간단한 장례식을 주문했다.
그 당시 어린 엘레나를 위해 그랬던 것처럼
그리 화려하지 않았다.
장례식을 마친 뒤 묘지에서 오면서,
그는 험상궂은 표정으로 친구들에게
오랜 속담을 말했다.
"죽은 자는 무덤으로
산 자는 식탁으로."
친구들은 그가 새 불행을
거친 감정의 폭발 없이 받아들였음을
흘가분하게 보았다.
그리고 그는 이제 자기 가슴에
적이 하나도 없다고
스스로 믿었다.

9

예기치 않게, 고야의 어머니가 그를 위로하려고 사라고사에서 왔다.

그녀는 죽은 사람을 받아들이자고 했다. 마드리드에 있을 당시, 그녀는 호세파와 사이가 좋지 않았다.

고야 어머니는 혼자 여행길에 올랐다. 물론 토마스가 따라오려고 했다. 그리고 마누엘 바예우 신부도. 하지만 그녀는 프랑코가 그런 일을 겪지 않기를 바랐다. 이 일로 두 사람은 더 많은 돈을 달라고 재촉할 것이기 때문이었다. 그런 일은 고야에게 필요 없었다. 마르틴 사파테르 같았으면, 그녀가 동행을 허락했을 것이다. 하지만 그는 다시 병들었다. 해묵은 기침이었다. 이번에는 아주 많은 피를 토했다.

고야는 당혹스러웠다. 어머니의 냉정한 말을 듣자 미신 같은 불안이 일어났다. 그는 마르틴을 걱정했다. 그가 그렸던 친구들 중 많은 사람이 몸으로는 죽었고, 그가 그린 그림에서는 오히려 살아 있었다. 호세파도 바로 얼마 전에 죽지 않았던가? 그녀의 초상화가 그려진 다음에! 늘 그랬다. 그가 누군가를 온 마음으로 그리면, 그 대상에게서 얼마간의 생명을 빼앗았던 것이다. 왜냐하면 그려진 사람은 그림 속에 자리했기 때문이다. 숨 쉬는 현존의 많은 부분이 박탈되었던 것이다. 그러니까 그, 프랑코는, 바로 카예타나가 그렇듯이 불행을 가져왔다. 아마 그와 카예타나를 결합시키는 것이 바로 이것인지도 모른다.

정신이 말짱한 도냐 엔그라시아와 같이 있는 건 고야가 어두운 생각으로부터 벗어나는 데 도움이 되었다. 이 나이 든 부인은 정정했다. 비록 그가 그녀를 그리긴 했지만, 그녀에게서는 쇠락의 자취가 조금도 보이지 않았다.

그녀가 고야의 아이인 손자 하비에르를 참지 못하는 건 유감스러웠다. "저 아이는 내 맘에 들지 않아." 그녀가 퉁명스럽게 말했다. "그 애는 바예우 가문의 나쁜 점을 다 가진 데다, 고야 가문의 나쁜 점도 모두 가졌거든. 걔는 코가 높고 불성실하며 낭비도 심하지. 네가 분명한 말로 한 번 얘기해야 해, 프랑코." 그러고는 오래된 지혜를 끌어들였다. "자기 아이나 노새는 엄하게 다뤄야 돼."

하비에르가 그녀 마음에 들지 않듯이, 기품 있고 우아한 하비에르에게도 아라곤에서 온 흉한 할머니가 마음에 들지 않았다. 그와 달리 아구스틴이나 미겔 그리고 킨타나 같은 친구들은 프란시스코의 어머니에게 신경 쓴다는 점을 입증하려고 서로 경쟁했다. 돈 미겔은 프란시스코에게, 자기가 도냐 엔그라시아를 궁정으로 모시고 가 전하 부부에게 소개하여 왕과 마리아 루이사가 그녀의 아들을 얼마나 높게 평가하시는지 노모가 직접 보게 하겠다고 제의했다. 노부인은 거절했다. "난 궁정 사람이 아니야." 그녀가 말했다. "너, 프랑코가 그렇듯이 말이지. 양파로 태어난 사람은 결코 장미가 못 돼."

그녀는 오래 머물지 않았다. 그의 청에도 불구하고 그녀는 돌아가는 길도 혼자 가겠다고 주장했다. 그 역시 혼자 사라고사로 여행하지 않았던가? "그 일은 귀먹은 사람보다는 늙은 여자에게 훨씬 쉽단다." 그녀가 설명했다.

떠나기 바로 직전 그녀는 고야에게 몇 가지 조언을 했는데, 호세파의 경고를 상기시키는 조언이었다. 몸조심해야 하고, 절약해야 하며, 까마귀처럼 욕심 많은 남동생이나 처남에게 많은 돈을 줘선 안 된다는 것이었다. "네가 유언할 때나 뭔가 품위 있는 것을 남길 수 있겠지." 그녀가 말했다. "하지만 살아 있는 동안에는, 나 같으면 그들에게 돈을 더 많이 지원해주지 않을 게다. 무엇보다 네 자신을 크게 여기기보다는 작게 여기거라, 파코야! 다시 오만해져선 안 돼! 그렇게 하면 어떻게 되는지 너도 잘 아니까. '입은 옷이 좋으면 좋을수록, 옷에 묻는 얼룩은 더 안 좋으니까'."

고야는 어머니를 우편마차에 태웠다. 제1마부와 그 조수가 말을 몰았다. "이랴, 이랴!" 그들은 소리쳤다. 앞선 말이 곧바로 움직이지 않았기 때문에, 그들은 욕설을 퍼부었다. "멍청한 놈 같으니라고!" 그 고함의 와중에 어머니가 마차에서 내다보며 소리쳤다. "마리아가 널 보호하시길, 파코야!" 프랑코는 욕설을 보았고, 축복을 보았다. 그의 마음속에서 이 두 가지는 뒤섞였다. 그런 다음 마차는 떠났고, 그는 너무도 늙은 어머니를 한 번 더 보는 게 불가능하리라는 걸 알았다.

도냐 엔그라시아와 그 손자 하비에르가 서로 잘 이해하지 못했다는 사실 때문에 고야는 정신이 없었다. 그는 하비에르를 지금도 예전처럼 사랑했고, 그 때문에 버릇없게 만들었다. 하비에르가 무얼 말하건, 그가 어떻게 말하건, 고야의 마음에 들었다. 하비에르는 점점 더 자라 그의 마음 깊숙이 들어섰다. 어머니가 틀렸고, 틀리지 않을 수 없었다. 이 아이는 버르장머리 없이 키워질 정도로 고야에게는 소중한 존재였다.

고야는 아들 하비에르를 그렸다. 그림을 그리는 일은 인간을 분명하게 이해하는 데 가끔 도움이 되었다. 그는 어떤 것도 간과하지 않았다. 호세파와, 무엇보다 어머니가 하비에르에게서 보았던 약점을 그는 잊지 않았다. 약점이란 하비에르가 산 아드리안 후작 같은 멋쟁이와 공유하는 것이기도 했다. 하지만 그는 아들에 대한 모든 사랑을 그림 속에 그려 넣었다. 그는 젊은 멋쟁이를 그렸지만, 그림은 그토록 멋쟁이 같은 존재에 대한 역설적인 다정함으로 차 있었다. 아직 완전히 자라지 않은 아이가, 아주 우아한 진주색 긴 윗도리를 입고 서 있었다. 바지는 딱 맞고, 검정 구두는 컸으며, 두 다리는 유행인 듯 내뻗고 있었다. 그는 노란 장갑을 꼈는데, 한쪽 손에는 산책용 지팡이와 삼각 모자가 들려 있었고, 다른 쪽 손은 레이스 달린 하얗고 값비싼 가슴 쪽 주름 장식에 꽂혀 있었다. 조끼에는 풍성한 장식용 시곗줄이 달려 있었으며, 날씬하고 큰 젊은이의 발치에는 하얗고 뚱뚱한 개 한 마리가, 유행인 듯 붉은 리본을 한 채 우스꽝스럽게 웅크리고 있었다. 아이의 얼굴은 길었고, 적갈색의 짧은 곱슬머리가 이마 쪽으로 흘러내렸으며, 어머니를 닮은 두 눈과 긴 윗입술 사이에는 아버지를 닮은 투실한 코가 자리했다. 하지만 그림 전체는 좀 더 밝기도 하고 좀더 어둡기도 한 여린 회색빛 물결 속에 잠겨 있었는데, 여러 색조는 마법처럼 서로 섞였다.

다 그린 초상화 앞에서 프란시스코는, 호세파와 자신의 어머니가 싫어한 하비에르의 특성이 무엇인지 잘 파악했다. 하지만 그는 있는 그대로의 하비에르를 좋아했다. 아들의 거드름과, 우아함이나 사치에 대한 젊은이다운 기호가 마음에 들었다.

그 무렵 고야가 살았던 집은 카레라 델 산헤로니모 근처에 화려하게 지어진 저택이었다. 그런데 고야는 갑자기 그 집이 더 이상 마음에 들지 않았다. 딸 엘레나는 죽었고, 아들 마리아노도 죽었다. 그에게는 하비에르만 남았다. 집과 가구도 낯설어지고 죽어버린 것이다.

그는 마드리드 근처에 위치한 다른 집을 구입했다. 만사나레스 강변에 있는 시골에다, 푸엔테 세고비아 가까이의 사과밭 주변에 자리한 집이었다. 오래되고 널찍한 2층집으로, 상당히 넓고 빈 공간이 많은 진짜 시골 별장이었다. 무엇보다 풍경이 놀라웠다. 한쪽으로는 그가 좋아하여 종종 그린 산이시드로 목장이 보였고, 위쪽으로는 도시 마드리드가 넓게 펼쳐져 있었다. 다른 한쪽으로는 과다르라마 산이 보였다.

고야는 시골집을 정말이지 초라하게 꾸몄다. 엷은 미소를 띠며, 그는 이 새로운 궁핍이 아들 하비에르의 마음에는 들지 않는다는 걸 알았다.

그는 아들에게 자기 방은 마음대로 화려하게 꾸미라고 격려해주었다. 그는 값비싼 걸상이나 안락의자, 그리고 산헤로니모 가의 집에서 가져온 금빛 비단으로 덮인 등받이 없는 의자는 그에게 넘겼다. 하지만 카에타나 초상화만큼은 자기가 직접 간직했다. 카에타나에게 주기 위해서가 아니라, 자신을 위해 재미 삼아 그린 초상화였던 것이다. 그 밖에 자신의 넓은 방에는 필요한 최소한의 것만 놔두었다. 이전 아틀리에 벽은 고블랭 직물이나 값비싼 그림으로 장식한 반면, 이 별장의 벽면은 그냥 비워두었다.

고야는 영악한 미소를 띠며, 아무 장식 없는 벽 앞에 자주 앉아 있었다. 그는 그 벽에 그림을 그리겠다는 계획을 가졌다. '자기' 세계에서 나온 이미지가 그 벽에 있어야 한다. '그의' 관찰과 '그의' 환상이 그의 화필을 끌고 가야 한다. 자기 자신의 규칙 외에 어떤 다른 규칙도 타당해선 안 된다. 그럼에도 그의 내면세계는 실제의 세계여야 한다.

하지만 자신에게 떠오른 것을 그릴 수 있기 전에, 그는 아직도 배워야 할 것이 많았다. 그는 자기 예술에서 뭔가를 얻었지만, 그건 첫번째 정상에 불과했다. 마치 첫번째 산등성이에 올라간 다음, 그 뒤에 저 멀리로 구름 한 점 없는 온전한 산맥을 보게 되듯이, 그는 지금에야 비로소, 말하자면 고통과 광기, 귀먹음과 고독 속에서 희미하게 나타나는 이성의 시절이 되어서야 자신의 진실한 목표를 보았던 것이다. 그는 이것을, 파블로 올라비데의 체면을 실추시키기 위한 저 끔찍한 광경 이후 종교재판소를 그렸을 때, 처음 어렴풋이 예감했다. 당시 그는 종교재판소 외에 정신병동도 그렸으며 다른 작은 그림들도 그렸다. 이제 그는 분명하게 감지했다. 외적 얼굴은 내적 얼굴로 보충되어야 한다. 세계의 벌거벗은 현실은 자기 머리의 꿈들로 보완되어야 한다. 이것을 그릴 수 있게 될 때 비로소, 그때에야 비로소 그는 별장의 벽에 그림을 그리게 될 것이다.

그렇게 초라하게 그는 자신의 집을 지었다. 그는 옷에 큰 가치를 두었다. 그는 이제 시민화된 새로운 파리의 유행에 따라 옷을 입긴 했다. 하지만 규정이 요구할 때, 그는 궁정 옷차림으로 나타났다. 그렇지 않을 경우 무릎까지 오는 바지 대신 긴 바지를 입었고, 삼각 모자를 빳빳하고 챙 높은 모자와 바꾸었다. 머리카락은 이제 아무것도 들을 수 없는 귀 앞으로 나오도록 다듬었다. 종종 그는 넓고 황량한 정원을 힘차고 기품 있게, 사자 얼굴을 한 채, 정말이지 우울하게, 챙 높은 모자를 쓰고 산책 지팡이를 쥔 채 돌아다녔다. 사람들은 그를 '정원의 귀머거리'라 불렀고, 그의 집을 '귀머거리의 시골집'이라 불렀다.

그는 늘 종이와 연필을 손에 갖고 있었다. 사람들이 뭘 말하는지 받아쓰게 하기 위해서였다. 그는 받아쓰기 노트에 작은 그림을 빨리 그리게 되었다. 그것은 첫번째 밑그림으로 그의 마음속에 떠오르는 내면 풍경이거나, 그가 바라본 외면 풍경의 순간적 이미지였다. 그 역시 이제는 아구스틴의 새 에칭법을 배웠고, 그와 함께 많이 일했으며, 그의 조언을 주저 없이 청했다.

산헤로니모 집에서와 마찬가지로 그는 시골집에서도 자신의 아틀리에를 아구스틴과 나눠 썼다. 그러나 그는 이제 새로운 것을 화판에 그리는 데 착수했다. 충실하고 예민한 조수가 곁에 머무르는 일도 방해가 되었다. 그는 가장 시끄러운 도시 구역 산베르나르디노 거리의 구석에 자리한, 사람들로 북적대는 높은 집의 가장 위층 방 하나를 빌렸다. 그 방도 조촐하게 꾸몄다. 꼭 필요한 가구 외에 면도기 같은 몇 가지 살림도구만 들여놓았다. 동판이나 압착기 등 그 밖의 기계 부품도 자리했다.

그 방에 고야는 앉았다. 손질된 그의 옷은 작업실의 궁색함과 기이한 대조를 이루었다. 이제는 더 이상 호세파가 찡그린 표정을 짓지 않는다는 것을 생각하고 그는 미소 지었을지도 모른다. 지저분한 작업을 하면서도 그가 더 이상 작업복을 걸치지 않기 때문이었다. 그는 그곳에 앉았다. 옆에서부터, 밑에서부터 그리고 그토록 활기찬 산베르나르디노 거리에서 소음이 밀려왔다. 하지만 그는 커다란 고요 속에 앉아 새롭고 대담하며 강력한 시도를 했다. 썰렁한 작업실은 사랑스러운 독방이, 그의 '은둔처'가 되었다.

아구스틴의 새 방식 덕분에 이전에는 결코 없었던 새로운 색조가 가능해졌다. 그건 좋았다. 그가 머릿속에 담고 있던, 그래서 종이에 그리려고 한 세계는 풍부하고 다채로웠기 때문이다. 거기에는 그가 푸엔데토도스와 사라고사에서 농부 같은 소시민적 청년 시절에 겪은 경험과 사람 그리고 사물 들이 있었다. 또 그의 궁정 생활에서 겪은 사람과 사물들도 있었고, 마드리드와 왕실 저택의 세계도 자리했다. 오랫동안 그는 시골에서 겪었던 일이나 지나간 것은 사멸했고, 오직 시종 고야만 남아 있다고 믿었다. 그러나 이제, 청각을 잃은 뒤에, 그리고 노새몰이꾼 길과 여행한 이래 그는 낡은 것들이 아직도 너무나 생생하다는 사실을 깨달았다. 낡은 것들은 사랑스러웠다. 새로운 고야가 나타난 것이다. 그는 농부와 시민, 궁정 사람들과 불량배 그리고 유령과 함께한 삶으로부터 배운 더 현명해진 고야였다.

젊었을 때 고야는 세상에 반항했고, 세상과 싸웠다. 그러나 그는 경험해야 했다. 세상에 억지로 자기 뜻을 강요한다면 세상은 그 사람의 머리를 후려친다는 것을. 나중에 그는 세상에 자신을 맞추었고, 궁정의 풍족하고 편안한 삶에 기꺼이 동참했다. 하지만 또 알아야 했다. 자신을 버리고 완전히 순응하면, 운명은 이런 자의 머리도 후려친다는 것을. 그래서 그는 자신과 자신의 예술도 잃어버린다. 그는 알게 되었다. 사람은 모난 점을 부러뜨리려 해선 안 된다는 것을, 오히려 세상이든 자기 자신이든 구부리고 둥글게 만들어야 한다는 것을.

고야는 자기가 겪은 모든 일들이 그를 이곳 산베르나르디노 거리의 크고 밝고 황량한 방으로 데려오기 위한 것이었으리라고 여겼다. 그리고 그가 지금껏 그리고 칠했던 모든 것은 지금 하려는 것에 비하면 그저 손가락 연습에 지나지 않는 것처럼 여겨졌다. 그는 이곳 은둔처에 앉아, 세상이 그에게 드러나도록 했다. 그리고 세상이 그가 보는 대로 자리하기를 바랐다.

그렇게 그는 종이에 세상을 그렸고, 화판에 색을 칠하고 또 씻어냈다. 우와! 그것은 주문된 그림을 그려서 멍청이 같은 주문자가 자신을 확인하도록 신경 쓰는 때와는 다른 것이었다. 이곳에서는 진실한 진실을 그릴 수 있었다. 우와! 얼마나 큰 기쁨인가!

그 방의 황량함처럼 그는 새로운 예술의 자료로 인한 단순함과 검소함을 환영했다. 빛과 색채는 멋진 것이었다. 그는 종종 이 멋진 것에 심취했다. 그는 때때로 스스로 멋지게 되었다. 하지만 가끔, 고독 속에서 이전 그림에 대해 화가 나 욕설을 퍼부었다. 이것들은 원숭이 볼기처럼 시뻘겋군! 아니야. 그의 신랄하고 가차없으며 즐거운 통찰 앞에서는 오직 한 가지만, 철필로 새긴 품위 있는 검정과 흰색만 자리했다.

그는 무거운 마음으로 예술원 측에 자신의 해직을 청한다고 알렸다. 청각 상실로 어쩔 수 없다는 이유에서였다. 예술원은 그를 명예위원장으로 임명했고, 이임을 기념하여 직위에 걸맞은 작품 전시회를 개최했다.

왕은 이 전시회를 위해 「카를로스 4세의 가족」을 대여해주었다.

이 대담한 그림을 두고 많은 소문이 떠돌았다. 개최된 전시회에는 예술을 후원하고 예술에 대한 애정을 보여주려는 왕실 사람들뿐만 아니라,

마드리드에서 진보적으로 간주되는 모든 사람이 참석했다.

그 전시회에 그토록 많은 명성과 소란과 웅성거림을 불러일으킨 그 그림이 걸렸다. 그 그림을 처음 본 대부분의 사람들은 숨이 막혔다.

이제 예술원위원회위원장 산타크루스 후작을 선두로, 존경심을 품은 채 긴장한 사람들 한가운데에서 고야가 그 그림 앞으로 나아갔다. 약간 끼는 옷을 입고, 두 눈은 찌푸리고 아랫입술은 쑥 내민 채, 실제 나이보다 많아 보이는 땅딸막한 사내가 그렇게 서서, 부르봉가 사람들을 쳐다보았다. 그 뒤에는 왕실 사람들과 마드리드 시의 시민과 예술가가 자리했다. 그들이 그림 앞에 선 화가를 봤을 때, 갑자기 엄청난 박수가 터져 나왔다. "스페인 만세!" 그들은 소리쳤다. "프란시스코 고야 만세!" "브라보!" "만세!" 그들은 힘차게 손뼉을 쳤다. 하지만 고야는 어떤 것도 알아채지 못했다. 산타크루스 후작은 그의 팔을 당겨, 부드럽게 다른 사람 쪽으로 돌렸다. 이때 프란시스코는 무슨 일이 일어났는지 알았고, 진심으로 고개 숙여 인사했다.

대심문관 돈 라몬 데 레이노소 이 아르세도 그림을 눈여겨보았다. 그것은 그에게 왕권신수설에 대한 무례한 도전으로 여겨졌다.

그는 사람들이
말한 게 과장되지 않았다고
여겼다. "내가 카를로스 왕이라면,"
그는 라틴어로 말했다.
"난 고야를 수석화가로
임명하지 않았을 거네.
난 최고주교회의에

평가를 요구했을 것이네.
여기에 무슨 범법 행위가, 엄청난 반역죄가
없는지 말일세."

10

돈 마누엘은, 자유주의자 우르키호를 총리로 만들고, 교황지상주의자이자 반동적인 카바예로를 법률장관으로 하자고 왕에게 권할 때, 치밀하게 계산을 하고 있었다. 하지만 하나는 생각하지 못했다. 즉 돈 마리아노 루이스 데 우르키호가 단지 이기적인 정치인에 머물지 않고 그 이상이라는 사실을, 그 스스로 고백한 진보적 이념이 그에게는 유행하는 살롱 환담의 인기 있는 주제 이상임을 말이다. 돈 마누엘이 기대한 대로 두 장관은 서로 싸우면서 상대의 조처를 좌절시키려 애썼는지도 모른다. 하지만 우르키호는 열렬한 애국자로서, 교활하고 이기적이며 고루한 카바예로가 결코 이길 수 없는 격식 있는 정치가임을 스스로 입증했다. 카바예로가 서둘러 맞섰음에도 불구하고 우르키호는 스페인에 대한 로마의 영향력을 줄이고 스페인의 교황지상주의자들을 눌러 지금까지 로마로 가던 자금을 왕에게로 돌리는 데 성공했다. 또 종교재판소 재판관할권을 제한하는 일도 해냈다. 그러나 무엇보다 우르키호는 외교 정책에서 성공을 거뒀다. 그는 돈 마누엘이 돌이키기 어렵다고 간주한, 프랑스공화국에 대한 양보를 실행하지 않았다. 작은 일에서의 현명한 복종과 큰 일에서의 정중한 저항 사이에서 유연한 변화를 꾀함으로써 그는 강력하고 압도적인, 그래서 상대하기 어려운 동맹국 프랑스에 대한 스페인 왕권의 입장을 강화시킬 줄 알았다.

돈 마누엘은 실망했다. 도냐 마리아 루이사는 도움을 청하는 팔을 내뻗지 않았다. 오히려 그녀는 이전처럼 냉담하게 그를 외면했고, 마누엘 대신 새 총리에게 흡족함을 나타냈다.

돈 마누엘은 세상 앞에서는 우르키호와의 좋은 우정 관계를 유지했다. 하지만 우르키호의 정치를 좌절시키기 위해 수백 가지 음모를 꾸몄다. 그는 할 수 있는 한, 엄격한 믿음을 가진 카바예로를 도와주러 달려갔고, 교황지상주의자를 격려하여, 설교 연단에서나 언론에서 저 불경스러운 총리에 반대하는 목소리를 높이도록 했다. 그리고 우르키호 치하에서 시행되는 해이한 검열 때문에 카스티야 고문*이 왕에게 이의를 제기할 수 있게 만들었다. 그러나 돈 마누엘은 무엇보다 우르키호의 외교 정책을 방해하려고 애썼다. 파리의 집권 세력은 스페인의 새 총리가 예기치 못한, 현명하고 목적의식이 뚜렷한 적수라고 여기고, 마드리드에서 그가 몰락하길 노렸다. 마누엘은 파리 측 마음에 들게 기억을 상기시키며, 집정내각이 스페인 총리의 해임을 요구할 좋은 구실을 제시했다.

그 일은 다음과 같았다. 카를로스 왕의 남동생 페르디난드 폰 나폴리는 프랑스에 대항하는 연합군에 참전하여, 신속하게 이뤄진 어느 출정에서 패하고 퇴위하게 되었다. 이건 카를로스 왕에게는 남모르는 기쁨이었다. 마누엘은 카를로스에게 조언하여, 나폴리의 왕권을 왕의 둘째 아들에게 넘기도록 요구하게 했다. 그건 무례한 요구였다. 왜냐하면 카를로스 왕은 프랑스 동맹국으로서, 자신의 동생을 중립적으로 만들어야 했기 때문이다. 그래서 우르키호는 왕에게 설명하길, 왕의 요구는 모든 정치적

* 돈 마누엘을 가리킴.

현명함을 어기는 것이고, 따라서 매우 괴로운 결과를 초래할 거라고 했다. 하지만 왕은 마누엘의 조언에 따라 확고했다. 그래서 우르키호는 나폴리의 왕권을 스페인 왕자에게 줘야 한다고 파리 측에 요구하지 않을 수 없었다. 걱정하던 일이 일어났다. 파리의 집정내각은 이 요구가 뻔뻔하고 우스꽝스럽다고 신랄하게 대답하면서, 공화국에 그토록 모욕적인 요구를 한 총리를 해임하도록 카를로스 왕에게 요청했다. 마누엘은 왕을 설득해, 파리가 이렇게 불편한 통보를 하게 된 것은 오로지 우르키호의 무례한 태도 때문이라고 했다. 왕은 도냐 마리아 루이사의 요구와 품위 때문에 우르키호의 직위를 잠정적으로 허락했으나, 자신의 불허를 표명했다. 그리고 이 비난에 대해서는 공화국 정부에 동의했다. "이 여우는 곧 부르고스*에서 모피 장수로 끝날 것이네." 승리감에 찬 마누엘은 오래된 속담을 인용했다.

이즈음 다행스러운 사건 하나가 다시 일어났다. 그건 돈 마누엘이 확실히 염두에 두고 있던 일이었고, 사실 그의 삶에서는 이런 일이 많았다. 나폴레옹 보나파르트가 이집트에서 돌아와 스스로 제1집정관이 된 것이다. 승리로 안하무인이 된 이 야전사령관이자 정치가는 스페인 사안에 대해 까다로운 우르키호와 협상하는 걸 바라지 않았다. 그는 친구 돈 마누엘 왕자가 다시 스페인 정부 수반이 되길 희망한다는 사실을 숨기지 않았다.

나폴레옹은 자신의 갈망을 그저 갈망으로 놔두는 사람이 아니었다. 그는 지금까지 일해온 대사 트루게를 해임하고, 그 자리에 동생 뤼시앵을 앉혔다. 그리고 동생에게 스페인과 공화국 사이의 새로운 국가조약을

---

* Burgos: 스페인 북부에 위치한 자치공동체 카스티야-레온Castilla-Leon의 도시.

계획하는 일을 맡겼다. 이 조약은 가문에 대한 도냐 마리아 루이사의 자부심을 사려 깊게 고려한 것이었다. 그는 새 협약을 우르키호가 아닌 돈 마누엘과 협의하라고 뤼시엥에게 지시했다.

뤼시엥은 왕자 마누엘에게 비밀스럽게 털어놓기를, 제1집정관이 토스카나 대공국과 교황의 영지에 '에트루리아'*라는 새 왕국을 세우려 한다고 알렸다. 그리고 파르마 대공국의 상실을 보상한다는 의미에서, 이 왕국의 왕위를 스페인 왕 내외의 사위 루이스 폰 파르마 황태자에게 주려고 생각한다고 했다. 그리고 제1집정관은 이 보답에 대한 사례로 스페인이 가진 미국 식민지 루이지애나를 프랑스 측에 양도하길 기대한다는 거였다.

마누엘은 이 제의가 비록 스페인에 유리하지는 않지만, 도냐 마리아 루이사의 귀에는 낭랑하게 들릴 거라는 사실을 즉각 알아차렸다. 그래서 그는 새 대사 뤼시엥 보나파르트에게 그 제의를 따뜻한 마음으로 지지하며 왕 부처에게 알려드리겠다고 약속했다.

도냐 마리아 루이사는 지난번의 대단한 언쟁 이래, 마누엘에게 단둘이 얘기할 기회를 주지 않았다. 이제 그는 순전히 정치적 사안을 허심탄회하게 상의해보자고 그녀에게 요청했다. 그리고 그 계획을 알렸다. 그리고 우르키호의 무례한 행동이 야기한 공화국과의 유감스러운 긴장 관계는 이제 자신의 중재로 해소되었다는 점에 기쁨을 표했다. 이건 제1집정관의 너그러운 제의에서 예상할 수 있는 일이었다. 또한 그는 계속 말하길, 제1집정관이 에트루리아 왕국의 창건이나 스페인의 사례 같은 민감한 국사에 대한 협상을 우르키호 같은 서툰 인사와 하길 원치 않는다고

* Etruria: 고대 에트루리아인이 살던 이탈리아 중부 지역으로, 지금의 토스카나 지방을 말한다.

해도, 이 때문에 집정관이 나쁘게 여겨지지는 않을 거라고 했다.

도냐 마리아 루이사는 주의해서, 감상적이고 조롱하는 듯한 표정으로 경청했다. 그녀는 마누엘 대신에 근위대 소위 페르난도 말로를 애인으로 골랐고, 그를 파르마 황태자의 제1시종으로 만들었다. 하지만 말로는 둔하고 난폭했기 때문에 그녀도 싫증이 났다. 이제 마누엘은 오랜만에 처음으로 그녀 앞에 다시 혼자 섰기 때문에, 그녀는 자신이 그동안 얼마나 그를 그리워했는지 깨달았다. 그녀의 온몸이 그를 갈망했다. 물론 마리아노 루이스 우르키호는 완전히 다른 성격의 정치가였다. 하지만 이 점에서 마누엘이 옳았는지도 모른다. 즉 제1집정관은 결코 우르키호가 아니라 마누엘과 협상하길 원한다는 점이었다.

"내가 당신 말을 제대로 이해한 거라면, 왕자," 그녀가 말했다. "당신이 말한 조약은 당신에 의해서만 체결될 거라는 뜻이오?" 마누엘은 미소 지으며 그녀를 쳐다보았다. "대사 뤼시엥 보나파르트 각하가 그의 형과 제가 맺은 비밀스러운 계획을 설명한다는 사실은," 그가 대답했다. "어느 누구에게도 하지 않을 신임의 표시로 보입니다. 하지만 왕비마마, 보나파르트 대사에게 직접 물어보십시오." 그는 뻔뻔스럽게 계속 말했다. "정말이지 자넨 모든 수단을 동원해서 다시 총리가 되려는군, 마누엘리토." 왕비는 꿈꾸듯 달콤하게 말했다. "보나파르트 장군이라는 우회로를 통해 그렇게 되려는 거지." "전혀 그렇지 않습니다, 왕비마마." 돈 마누엘이 다정하게 설명했다. "오늘날 상황이 보여주듯, 저는 제1장관 직위를 다시 떠맡을 수 없습니다. 마마께서 제 조언을 요청하실 때마다, 저는 마마께서 제게 주신 창피를 생각하지 않을 수 없습니다." "알고 있네." 왕비는 말했다. "자네는 아주 섬세하니까. 내게 뭘 다시 강요하려는 겐가, 내 귀여운 사람?" "그걸 이해하셔야만 합니다, 왕비마마." 돈 마누엘은 설명했다. "명예 회복 없이 제가 다시 관직으로 돌아갈 수 없다는 사실 말입니다." "기어코 자네의 뻔뻔스러운 입을 여는군." 마리아 루이사는 말했다. "내 딸이 에트루리아의 왕녀가 되는 보상으로 자네가 뭘 바라는지 말해보게!" "황송하옵게도 제가 바라는 건," 돈 마누엘이 대답했다. 그의 어두운 고음이 울렸다. "마마께서 카스티요필 백작비를 왕실 부인 가운데 한 사람으로 받아주시는 것입니다." "천박하군." 마리아 루이사는 말했다. "저는 야심 있는 사람입니다." 왕자 마누엘은 그녀의 말을 고쳤다. "제 자신이나, 제게 가까이 있는 사람에게나 말이지요."

페파가 전하의 명을 담은 왕실 수석시종 아리사 후작의 서면 통지를 통해 왕의 생신날 손등에 입 맞추기 위해 에스코리알에 오도록 요청받았을 때, 그녀의 얼굴 전체에 화색이 돌았다. 임신 날짜가 더해갈수록 그녀는 더한 만족감을 느꼈다. 그녀가 8일간의 거창한 축제일 가운데 어느 하루 왕실에 선보이게 되리라는 사실은 새롭고 놀라운 행운이었다. 마누엘도 참석할 것이고, 왕실 사람들 모두 참석할 것이다. 프랑코 역시 올 것이다. 왕의 생신날 수석화가가 빠져선 안 되었다. 그리하여 그녀는 왕비를 마주 보고 설 것이고, 사람들은 비교할 것이다. 모두가, 왕실 사람들 모두, 마누엘도 프랑코도 그들을 비교할 것이다.

그녀는 기뻐하며 열성적으로 준비했다. 우선 그녀의 남편인 늙은 멍청이 백작을 마드리드로 끌고 오기 위해 특별 파발꾼이 말라가로 떠나야 했다. 왜냐하면 부인이 소개될 때 그도 빠져선 안 되기 때문이었다. 그는 몇 가지 어려움을 겪을 것이다. 2, 3천 레알의 비용이 들기 때문이다. 하지만 그럴 가치는 있었다. 파리에서, 오데트 양의 아틀리에로부터, 루시아가 마련한 새 푸른 야회복이 도착한 것도 좋았다. 그건 허리 쪽을 더 넓게 만들어서, 임신한 몸에 특히 잘 어울릴 것이다. 그녀는 푸에르타 세라다 출신의 리세테 양과 그 옷 수선에 대해 상의했다. 그 밖에 그녀는 『의례 안내서』를 지치지 않고 들여다보았다. 그 책은 큰 판형으로 83쪽이나 되었다. 그건 공공연히 팔리지 않았고, 궁정 출입이 허용된 인사에게만 시종 관청이 배부했다.

환대가 있던 날, 페파는 비실대는 남작 옆에서 멋진 차림으로 성의 정문을 지나갔다. 이번에 그녀는 뒷문이 아니라 정식 초대를 받고 정문으로 에스코리알에 들어선 것이다. 그녀는 도열해 있는 근위대와 엄숙하게 깊이 고개 숙인 제복 차림의 시종들을 지나, 죽은 왕들의 무덤 위에 세워진 여러 홀과 복도를 통과했다. 이 8일간의 축제일에는 왈롱 지방과 스위스에서 온 근위대, 그리고 모든 상하급 시종 등 왕실의 모든 구성원이 투입되었다. 그 숫자는 1,874명이었다.

페파는 여자 시종장 몬테 알레그레의 접대를 받았는데, 이 시종장은 왕과 왕비에게 소개될 귀부인들을 준비시키는 임무를 맡고 있었다. 오늘 온 귀부인은 열아홉 명이었고, 대부분은 아주 젊었다. 모두 자기 과제 앞에서 흥분한 듯 보였다. 오직 한 사람만 너무도 침착했는데, 그녀는 페파, 즉 카스티요필 백작 부인이었다. 그녀는 이 무대 자리를 준비하며, 더 많은 어려운 역할을 익혔음에 틀림없었다.

여시종장이 작은 무리와 함께 알현실에 나타났을 때, 이미 최고 귀족과 최고 성직자 그리고 대사 들이 모여 있었다. 더 낮은 지위의 귀족이나 높은 궁정 관리의 하인들은 거대한 홀의 측면이나 회랑에 머물렀다. 페파의 입장은 주목을 끌었다. 그녀는 당황한 기색 없이, 아는 사람들을 찾는 듯 주위를 돌아보았다. 많은 사람이 엄숙히 인사했고, 그녀는 태연하고 쾌활하게 고개를 약간 끄덕이며 다정하게 응대했다. 회랑에서 그녀는 프란시스코를 발견했다. 그녀는 생기 있게 눈짓했다.

작은 트럼펫 소리가 앞 홀에서 울렸다. 호령하는 소리가 들렸고, 경비대원들의 미늘창*이 쨍그랑거리는 소리가 들렸다. 그런 뒤 제2집사가 지팡이로 바닥을 세 번 두드리며 다음과 같이 알렸다. "우리의 가톨릭 왕이십니다." 깊게 고개 숙인 자들 사이로 가톨릭 왕 내외가 당당히 들어섰다. 이들 뒤에는 왕실 가족 일원이 자리했고, 그 가운데에는 마누엘 왕자가 그의 아내와 있었다. 국왕 내외는 옥좌에 앉았다. 궁내대신은 왕국의 최고 귀족들이 가톨릭 왕에게 이 행복한 날 귀족의 축원을 전하기 위해 소집되었다고 알렸다. "성모 마리아께서 가톨릭 왕을 장수하시도록 하여, 스페인과 세계가 구원되게 하소서!" 그가 외쳤다. 모든 사람이 이 외침을 따라 했고, 트럼펫이 성 안의 도처에서 울렸으며, 거대한 교회종이 울리기 시작했다.

이 장중한 소음이 거대하고 호사스럽고 침침한 홀 안으로 차분하게 울려오는 동안, 첫 줄에 선 열두 명의 최고 귀족들은 먼저 부인과 함께 왕 내외의 손등에 입을 맞추기 위해 다가섰다. 그런 다음 열아홉 명의 귀부인 소개가 시작되었다. 이들은 서열에 따라 배석했고, 카스티요필 백작비는 일곱번째였다. 아리사 후작이 페파의 이름을 부르고 베가 인클란 후작이 이 말을 되풀이했을 때, 이 모임의 모든 신중함에도 불구하고 긴장되고 호기심 어린 움직임이 홀 사이로 지나갔다. 궁내대신은 왕에게 페파를 데리고 갔다. 그녀가 손에 입을 맞추었을 때, 카를로스는 아버지 같은 노회한 미소를 가볍게 짓지 않을 수 없었다.

카스티요필 백작비는 마리아 루이사 앞으로 나아갔다. 모든 사람이 기다렸던 순간이었다. 그곳에는 왕자이자 평화대공 돈 마누엘 고도이가

---

* Hellebarde/ halberd: 창과 도끼 모양의 날이 함께 붙어 있는 도끼창. 15~19세기 유럽에서 주로 사용되었다.

있었다. 왕비에 대한 그리고 스페인의 운명에 대한 그의 영향력에 모든 유럽 당국이 주의를 기울이며 희망 섞인 우려를 드러냈다. 그리고 이 사람의 모험에 찬 사랑에 대해 온 세상이 혐오와 의혹의 눈길을 보냈다. 바로 이곳에서 그가 잠자리를 나눈 두 여자 친구가 서로 마주 보고 선 것이었다. 왕비는 그에게서 벗어나질 못했고, 민중 출신 여인에게서는 그가 벗어나질 못했다. 그리고 돈 마누엘의 합법적 부인이 쳐다보았고, 도냐 마리아 루이사의 합법적 남편도 쳐다보았으며, 페파 투도의 합법적 남편도 바라보고 있었다.

마리아 루이사는 무거운 비단 천으로 된 왕비의 예복을 입은 채, 온갖 보석으로 치장하고 머리에는 왕관을 쓰고 앉아 있었다. 그건 우상과도 같은 모습이었다. 페파 투도는 그녀 앞에, 풍만하고도 우아하게, 꽃처럼 피어나는 젊고 성숙한 모습으로 섰다. 그녀의 피부는 붉은 금발 아래 하얗게 빛났다. 그녀는 태연했고 자신의 아름다움을 확신했다. 그녀는 임신 때문에 규정대로 깊게 고개 숙일 수 없어서 무릎을 꿇고 도냐 마리아 루이사의 손에 입 맞춘 뒤 다시 일어섰다. 여자들은 서로의 눈을 쳐다보았다. 왕비의 작고 날카롭고 검은 눈동자는 앞에 선 여자를, 익숙한 듯 무심하고 정중하게 살폈다. 그녀의 마음속에 폭풍이 일었다. 페파는 생각했던 것보다 더 아름다웠고, 더 영민해 보였다. 이 여자를 감당하기란 어려웠다. 반면 페파의 눈은 빛났다. 그녀는 이 힘을 잃은 권력자 앞에서 자신을 선보이는 일을 만끽했다. 카스티요필 백작비는 규정된 대로 2초 동안 왕비의 얼굴을 쳐다보았다. 그런 다음 그녀는 왕위계승자 아스투리아 왕자의 높은 의자 쪽으로 몸을 돌렸다.

고야는 회랑에 서 있었다. 그는 두 여인의 얼굴을 잘 볼 수 있었다. 그는 미소 지었다. "닭은 성당에 살지 않지." 하지만 그녀, 그가 사귀던 나이깨나 든 여자 페파는 이제 성당에 속하게 되었다. 그녀는 그걸 해냈다. 그녀는 작위를 가진 부인이니까. 그녀는 이제 증서로 확인된 귀족 칭호를 가졌고, 그녀 몸에 든 아이는 타고난 백작이 될 것이다.

식사 후 페파는 왕비의 카드 모임에 참석했다. 도냐 마리아 루이사는 한 번은 이 사람에게, 한 번은 저 사람에게 다정하고 무심한 말을 던졌다. 페파는 그녀가 말을 걸어오길 기다렸다. 오래 기다렸다. "이기고 있나요, 백작비?" 마침내 도냐 마리아 루이사가 낭랑하고 불편하지 않은 목소리로 물었다. 그녀는 페파를 친절하게 다루리라 결심했던 것이다. 그건 아주 현명한 일이었다. "그렇지 않아요, 마마." 페파가 대답했다. "성(姓)은 무엇이오, 백작비?" 왕비가 물었다. "호세파입니다." 페파가 대답했다. "마리아 호세파입니다. 마드리드 사람들은 저를 콘데사 페파나 간단히 페파라고 부른답니다." "그래요." 왕비가 말했다. "내 수도의 백성들은 친절하고 붙임성 있어요." 페파는 이 뻔뻔스러운 말에 놀랐다. 마리아 루이사는 '외국인이고, 이탈리아 여자인데다 창녀이고 도둑'이기 때문이었고, 그래서 미움을 받기 때문이었다. 그녀가 마드리드에서 외출할 때면, 경찰은 시위를 막기 위해 성가신 예방 조처를 취해야 했다. "당신은 안달루시아에 집과 농장이 있다면서, 도냐 호세파?" 왕비가 계속 물었다. "예, 왕비마마" 페파가 대답했다. "하지만 마드리드에 머무는 게 더 좋지요?" 마리아 루이사가 물었다. "예, 왕비마마" 페파가 대답했다. "여기 도시 백성들은, 마마께서 말씀하신 대로 친절하고 붙임성 있으니까요. 제게 말이지요." "당신 남편인 백작은," 마리아 루이사가 물었다. "마드리드에서 누리는 당신의 기쁨을 같이 나누오?" "물론입니다, 왕비마마." 페파가 대답했다. "하지만 건강 때문에, 일 년 중 대부분의 시간을 안달루시아에서 보내지요." "알고 있네." 마리아 루이사가 말했다. "자넨 임신 중이지, 도냐 호세파?" 그녀가 물었다. "자비로우신 성모 마리아께 감사하지요." 페파가 대답했다.

"말해보게, 자네 남편인 백작의
나이가 얼마인지?" 그녀, 왕비는
다정한 우월감 속에서 물었다.
"예순여덟 살이 됩니다." 페파가
말했다. "하지만 저는 희망하지요.
아토차의 우리 마리아가
행복한 출산으로, 건강하고도
강한 아들로 저를 축복해주시길
속으로 굳게 믿습니다."
그녀는 천진하게 빛나는 눈으로
왕비의 얼굴을 빤히
쳐다보았다.

11

도냐 마리아 루이사는 체면 때문에 집정관 보나파르트에 의해 관직 임명이 이뤄지는 듯한 인상을 피하고 싶었다. 그녀는 우르키호의 파직을 얼마 뒤로 미뤘다.

돈 마누엘은 환영했다. 그는 이 사실을 처음부터 알았고, 뤼시엥 보나파르트가 제안한 협약이 스페인에 불리하다는 사실을 어쩔 수 없다고 여겼다. 프랑스가 도냐 마리아 루이사의 사위한테 에트루리아 왕위를 봉토 삼아 준다면, 그런 승격은 마리아 루이사의 허영심을 키우는 미끼일 뿐 스페인이 감당해야 할 것이라고 했다. 그 협약이 서명되었을 때 다른 누군가가 그 자리를 차지한다는 건 마누엘에게는 신경 쓸 일도 아니었다. 정말이지 그는 그 이상의 배분을 결코 바랄 수 없었다. 즉 마누엘은 뤼시엥 보나파르트와 협상하여 왕비 앞에서 명예로웠고, 우르키호는 이 협약에 반대한다는 논지를 그녀에게 설명했으며, 왕비는 허영심에 차 이 말에 따르지 않았다. 그리하여 우르키호는 마침내 그 협약에 서명하지 않으면 안 되었고, 그래서 오점을 남기게 되었다.

돈 마누엘은, 원하면 언제든지 우르키호를 무너뜨릴 수 있을 거라 확신했다. 그 확실성 때문에 그는 우르키호를 다정하게 대했다. 우르키호가 자신에 대해 악의적이고 경멸적으로 말한다고 누가 밀고했을 때에도, 마누엘은 그렇게 했다. 그는 미소 지으며 중얼거렸다. "필라르 동정녀여, 내게 멋진 적수를 주시오. 그러면 복수도 오랫동안 멋지게 해줄 테니."

돈 마누엘은 행복에 겨워 기분이 좋았다. 그는 누구라도 자신의 기쁨을 나눠 가졌으면 했다. 늙었지만 훌륭하고 이성적인 마리아 루이사는 매우 우아하게 행동했고, 그는 고마움을 표시하며 그녀 앞에서 노래했으며, 페파와 자신의 우정이 눈에 덜 띄도록 애썼다. 그는 페파한테 설명하길, 이제 자신은 그녀가 밴 아이에 대해 너무도 사랑스러운 감정을 품고 있으며, 그래서 아이와 관련해서는 어떤 의혹의 그림자도 없길 바란다고 했다. 이런 이유에서 그는 카스티요필 백작이 페파가 출산할 때까지 마드리드에 머물게 했고, 마누엘 자신은 아무리 어려워도, 예의상 임신 기간 동안 그녀를 좀더 드물게 보겠다고 했다. 페파는 지체 없이 동의했다. 그녀도 어린 카스티요필 백작이 가능한 한 품위 있는 환경 아래 태어나길 바랐던 것이다.

돈 마누엘의 쾌활한 기분은 왕녀 테레사조차 눈치챌 정도였다. 그는 꼴사나운 애정을 동정하듯 보여주었다. 스페인 왕비는 그의 아이들을 낳았지만, 그러나 아이들은 그의 이름을 갖지 않았다. 그가 사랑했던 여인은 앞으로도 아이를 낳아줄 것이다. 하지만 그 아이는 유감스럽게도 다른 사람의 이름을 갖게 될 것이다. 그러나 혈통 있는 테레사 왕녀는 아마 그의 이름을 가진 아들을 낳을 것이다. 처음에 그는 개처럼 여윈 이 여자가 임신할 수 있으리라고 믿지 않았다. 그는 테레사의 능력을 높게 평가한다는 점을 보여주고 싶었고, 그래서 그녀에게 신경 쓴다는 걸 입증하고 싶어 했다. 그는 테레사가 얼마나 마드리드를 떠나고 싶어 하는지 알고 있었다. 하지만 테레사는 출산은 물론 다른 이유에서도 마드리드에 있어야 했다. 도냐 테레사는 잠정적으로라도 2, 3주간 시골 성(城)인 아레나스 데 산페드로의 고요 속에 머물고 싶었다. 그곳은 그녀가 너무도 사랑한 곳이었다.

나아가—이 또한 그녀를 기쁘게 할 것인데—프란시스코는 돈 마누엘을 위해 왕녀 테레사를 그려줄 것이었다.

프란시스코는 불쾌하지 않은 마음으로 아레나스로 갔다. 아레나스라는 이름은 그에게 좋은 기억을 일깨웠다.

프란시스코가 아직 알려지지 않은 미미한 존재였을 때, 도냐 테레사의 아버지인 늙은 왕자 돈 루이스는 호베야노스의 권유에 따라 프란시스코를 아레나스로 불러들였다. 자신과 자신의 가족 초상화를 그리게 하기 위해서였다. 왕의 동생인 이 혈통 좋은 왕자가 마드리드나 사라고사의 어떤 파블로나 페드로보다 더 많은 주목을 끌지 않았다는 사실은 고야에게 깊은 인상을 남겼고, 세상에 대한 생각을 완전히 바꿔놓았다. 당시 프란시스코는 한 달 내내 아레나스에 머물렀다. 왕자 루이스와 그 가족은 그를 가족처럼 대했다. 아레나스에서의 행복한 시간 동안 그는 도냐 테레사를 알게 되었고, 그녀를 그렸다. 그녀는 어린아이였고, 수줍은 아이였다. 하지만 그녀는 그에게 신뢰감을 가졌었다.

이제 고야는 그 왕자가 얼마나 현명하고 온화한 사람인지 당시보다 훨씬 잘 알게 되었다. 그, 돈 루이스는, 부르봉의 상속 권리에 따르면, 왕위에 대한 요구를 할 수 있었다. 하지만 그는 신분이 다른 여자인, 아라곤 출신 숙녀 발라브리가와 결혼하기 위해 그걸 포기했다. 그는 자신의 영지 아레나스에서 사랑하는 아내와, 아내가 낳아준 아이들과 함께 살면서 농사에 전념하고, 사냥과 그림과 책에 몰두하는 걸 더 좋아했다. 기본적으로 고야는 그를 약간 미쳤다고 여겼다. 이제 그는, 비록 그 자신이 왕자의 입장이었다면 결코 그 권리를 포기하지 않았을 것이지만, 이 왕자를 더 잘 이해하게 되었다.

그 후 고야는 도냐 테레사를 두 번 그렸다. 당시 그녀는 열일곱 살이었고, 그녀의 부모는 오래전에 죽었다. 그녀는 부모의 진짜 딸이었고, 궁정의 그 시끄럽고 우스꽝스러운 허식에서 멀리 떨어져, 고요 속의 생활에 만족했다. 그런데 방자한 왕비 마리아 루이사가 이 사랑스럽고 천진한 아이를 거칠고 천박한 마누엘에게, 그자가 가끔 자신의 침대로 계속 기어드는 대가로, 슬쩍 쥐여준 것이었다. 그리하여 돈 마누엘은 아마 그녀를 통하지 않고는 달리 얻을 수 없을, 그토록 갈망했던 직위에 대한 성가신 덤으로 도냐 테레사를 받아들였던 것이다.

프란시스코는 자신이 불행 속으로 깊이 빠져든 이래 다른 사람들의 불행을 더 잘 이해하게 되었다. 그는 그녀가 자신의 임신을 슬퍼한다는 걸 알았다. 그는 도냐 테레사가 자신이 빠져든 불쾌한 상황에 얼마나 깊게 고통스러워하는지, 또 그 상황이 그녀의 온 존재를 얼마나 괴롭히는지 보았다. 그는 최대한 세심하고 신중하게 그렸다. 그리고 그의 후원자 딸에 대한 모든 연민을 그녀 초상화에 그려 넣었다.

이렇게 하여 참으로 사랑스러운 그림이 생겨났다. 그림에는 어린 왕녀가 앉아 있다. 아이 같고 연약한 데다 임신까지 한 몸은 가슴 아래를 묶은, 얇고 부드러운 흰 옷으로 감싸여 있고, 옷 위로 목과 가슴이 사랑스럽게 드러나 있다. 그 위쪽, 금발의 풍성한 머릿결 아래 아름답진 않으나 매력적인 긴 얼굴이 솟아 있다. 아이를 밴 아이의 아주 곤혹스러운 감정이 얼굴빛에 보였다. 크고 슬프며 당혹해하는 두 눈은 어느 세계를 쳐다보고 있었는데, 그녀는 그 세계의 끔찍함을 이해하지 못하는 것 같았다.

돈 마누엘은 그 그림을 보았을 때 당혹스러웠다. 그는 자신의 왕녀가 얼마나 감동적일 정도로 사랑스럽게 쳐다보는지 결코 알지 못했다. 경건하기까지 한 어떤 감정이 희미한 죄책감과 더불어 그를 덮쳤다. 그는 큰 소리로 말했다. "빌어먹을 삶 같으니라고! 자넨 결국 내가 이 왕녀와 사랑에 빠지게끔 그렸구먼, 프란시스코!"

도냐 테레사의 초상화를 구경하기 위해 그곳에 온 것이 아닌 사람은 돈 마누엘뿐이었다. 그가 온 이유는 그녀를 마드리드로 데려가기 위해서였다. 그의 아이는 마드리드에서 태어나야 했다. 왕실 사람들은 그 아이의 세례식에 참석해야 했다. 도냐 마리아 루이사와 돈 마누엘, 두 사람이 다시 화해했다는 것을 세상에 보여주고 싶었다.

10월 15일 돈 마누엘의 특별 파발꾼이 에스코리알에 도착해서 왕녀가 건강한 딸을 출산했다는 사실을 왕비에게 알렸다. 도냐 마리아 루이사는 즉시 돈 카를로스한테 가서, 왕실이 에스코리알에서 마드리드 성으로 돌아가, 즉 왕의 아늑한 거실에서 어린 왕녀의 세례가 거행될 수 있게 해야 한다고 요구했다. 돈 카를로스는 걱정스러웠다. 마드리드로 여행을 하면 에스코리알에 있는 선조의 납골당을 방문해야 하는 성가신 일을 하지 않아도 되었다. 하지만 각 성에서 체류하는 기간은 의례서에 정확히 정해져 있었다. 돌아가신 그의 아버지는 그 규칙을 위반하지 않으려고 목숨을 걸다시피 했다. 도냐 마리아 루이사가 열을 내며 설명하길, 왕자 마누엘이 왕과 왕국에게 대단한 봉사를 했으니, 그 총애하는 신하의 바람을 들어줘야 한다는 거였다. 왕은 승낙했다.

그는 제1시종장을 불러 이 사실을 알렸다. 당혹한 아리사 후작은 경외심이 담긴 생각을 늘어놓았다. 즉 『의례 안내서』에 적힌 규정은 불분명하지 않다는 것, 그건 지난 250년 동안 위반되지 않았다는 거였다. 도냐 마리아 루이사는 냉담하게 말했다. "한 번 어기면, 처음 어기는 게 되겠지요." 왕은 걱정하듯 큰 머리를 흔들며 후작에게 말했다. "자네들, 들어보게나." 아리사 후작, 라 베가 인클란 후작 그리고 몬테 알레그레 후작이 함께 놀란 듯 화난 표정으로 앉아 있었다. 살아오면서 한 번도 그런 흥분한 기색을 보이지 않았던 아리사 후작은 상기된 얼굴로 설명했다. "『의례 안내서』 52쪽을 제 손으로 뜯어내고, 그런 다음 제 영지로 스스로 물러나는 게 가장 좋을 듯합니다."

의례 위반은 엄청난 반향을 일으켰다. 모든 대사들이 자국 정부에 이 사건을, 이제 돈 마누엘이 다시 스페인의 운명을 무제한적으로 통솔하게 되었다는 확실한 표시라고 보고했다.

왕과 왕비의 수도 체류는 36시간을 넘어선 안 되었다. 그러나 내각의 모든 장관들, 왕실 사람들, 왕과 왕비의 높고 낮은 시종들, 왕실 예배당의 구성원들, 왕비전하의 가족 그리고 왕자는 가톨릭 왕 전하를 따라

가야 했다.

세례식은 엄숙함 속에서 거행되었다. 왕위 계승자의 세례식에만 있는 일이었다. 여시종장은 스위스 근위대 대대의 호위를 받으며 돈 마누엘의 아이를 왕이 있는 궁전으로 데려가기 위해 알쿠디아 궁전으로 갔다. 유모도 왕실 마차를 타고 따라갔다. 세례식은 가톨릭 왕의 거실에서 대심문관 돈 라몬 데 레이노소 이 아르세에 의해 거행되었다. 그는 아이를 카를로타 루이사라는 이름으로 명명했다. 그런 다음 돈 카를로스가 직접 그 아이를 건네도록 했다. 옷에 달린 많은 훈장에 아이가 다치지 않도록 주의하면서, 그는 아이를 이리저리 흔들며 그 손을 얼굴 앞쪽으로 둔 채, '타타타'라고 했다. "귀엽군." 그가 말했다. "부르봉 가문에 명예를 줄 건강하고 강한 공주가 될 거야." 그런 뒤 수석 여시종장은, 이번에는 왈롱 출신 근위대의 인도 아래 어린 왕녀를 다시 돈 마누엘의 궁전으로 데려갔다.

한 시간 뒤 가톨릭 왕 부처는 직접 돈 마누엘한테 갔다. 그들은 처음으로 예식용 마차를 타고 갔는데, 그 마차는 3주 전 프랑스공화국 측이 선물로 준 것이었다. 참수형 당한 루이 16세의 궁정 마구간에서 나온 것으로, 약간 변형된 것이었다.

돈 마누엘 댁에서 축하 잔치가 열렸다. 왕과 왕비 외에 거의 모든 고위 공직자가 참석했고, 프랑스 대사 뤼시엥 보나파르트도 참석했다. 어린 왕녀에게 보내진 선물들이 전시되었는데, 그건 홀 두 개를 가득 채웠다. 뤼시엥 보나파르트는 제1집정관을 대신하여 금 딸랑이를 건넸다. 마리아 루이사는 검고 예리한 눈으로 그 가격을 2, 3백만 레알로 산정했다. 그녀 자신은 어린 왕녀에게 손수 만든 기장(紀章)을 주었다. 그것은 '고귀와 미덕 그리고 공로'를 위한 훈장이었다.

왕자 돈 마누엘은 모인 사람들 쪽으로 돈을 던졌다. 그건 5만 레알이었다. 그럼에도 무뢰한 같은 천박한 군중은 욕설을 해댔다.

몇 주 뒤 페파도 분만했다. 어린 백작 카스티요필은 쿠엔카 주교가 세례식을 거행했고, 루이스 마리아라는 이름과 다른 일련의 이름으로 명명되었다. 그 이름 가운데는 마누엘과 프란시스코도 있었다. 축하 행사는 본다드 레알 궁전에서 열렸다.

돈 마누엘도 참석했고,
가톨릭 왕 대신으로 시종 가운데
한 사람도 참석했다.
왕의 선물로 그는 기적을 일으키는
장신구를 건넸는데,
성 이시드로의 금으로 감싸진
치아 하나였다.
그 치아를 지니고 있으면,
사람을 편히 대하고
그들의 우정을 얻는 힘이
주어진다고 했다.

12

뤼시엥 보나파르트는 왕실이 어린 왕녀의 세례식을 위해 마드리드로 떠나기 전날, 정치적 사안 때문에 제1서기 우르키호를 방문했다. 헤어질 때 대사 보나파르트가 지나가는 투로 말하기를, 내일 어쩌면 마드리드에서 볼지 모른다고 했다. 우르키호는 몸 상태가 좋지 않아 마드리드로 가지 않을 거라고 대답했다. 이 말에 뤼시엥 보나파르트는 약간 놀라며 반어적으로 대답했다. "각하, 바로 내일 편찮으시다면, 아주 불행한 일이지요."

우르키호의 병은 실각의 원인이 되었다. 제1서기는 지난 몇 주 동안 돈 마누엘에 대해 점점 더 경멸적인 언사를 퍼부었다. 게다가 그가 왕녀 세례식을 멀리했다는 사실은 하나의 도전이었다. 돈 마누엘은 그 도전을 받아들였다. 그는 충분히 기다렸던 것이다. 그는 도냐 마리아 루이사와의 합의 아래 다음에 카를로스 왕을 알현할 때 이 뻔뻔스러운 자의 해임을 요구하기로 결심했다.

그 기회는 곧 찾아왔다. 교황 피우스는 허심탄회한 친서에서 스페인 대사가 교황에게 행한 엉터리 철학 같은 진술을 심하게 불평했다. 게다가 이 대사는 제1서기 우르키호가 계획 중인 개혁을 알렸는데, 그것은 교황의 오랜 권리를 심하게 훼손하는 개혁이었다. 교황은 가톨릭 왕에게 그 개혁을 중단하고, 곤경에 빠진 교회를 박해하는 그자와 어울릴 게 아니라 교회를 다독이고 옹호하라고 청했다.

교황은 눈티우스에게 위임하길, 이 편지를 왕의 손에 직접 건네주라고 했다. 눈티우스는 돈 마누엘과 우르키호의 적대 관계를 알았기 때문에 돈 마누엘에 협조했다. 돈 마누엘의 주선으로 카를로스 왕은 마누엘과 왕비가 있는 데서 눈티우스를 환대했다.

고위 성직자 눈티우스는 왕에게 편지를 전하면서, 교황을 대신하여 편지를 즉각 읽어주기를 간청했다. 카를로스 왕은 읽고 당혹해했다. 교황이 하소연한 개혁안은, 우르키호가 표현한 것처럼, 스페인을 로마로부터 벗어나게 하려는 그의 원대한 기획을 왕권이 지원하는 거였고, 그 때문에 카를로스는 2주 전 그 개혁을 합법적으로 만든 칙령에 서명했었다. 왕은 오랫동안 망설였지만, 우르키호는 왕을 손아귀에 넣었다. 그런 다음 그는 카를로스 왕한테 칙령의 장점과 이른바 합법성을 악의적이고 교활하게 설명해서 결국 왕이 동의하게 되었다. 이번에는 분명 교황지상주의자들이 너무도 끔찍한 비탄과 절규에 빠질 거라고 우르키호가 말했을 때, 카를로스는 모든 사이비 성직자의 공격으로부터 우르키호를 보호해 주겠다고 승낙했던 것이다. 그러다가 이 같은 불미스러운 일이 터졌다.

왕은 당황한 듯 미안하다고 더듬거리며 말했고, 따뜻한 공감 속에서 교황에 대한 깊은 존경심이 담긴 확신의 말을 중얼거렸다. 눈티우스는, 그 메시지를 교황에게 전달하겠지만 교황이 흡족해하지 않을까 두렵다고 대답했다.

고위 성직자가 물러난 뒤, 마누엘과 마리아 루이사는 카를로스 왕에게 간언했다. 여우 같은 우르키호가 악의적인 말솜씨로 순진한 왕을 속여 불경스러운 칙령을 얻어낸 것이다. 왕의 후회는 우르키호에 대한 분노로 바뀌었다. 마누엘과 마리아 루이사는 그의 분노를 이용했다. 우르키호는 즉각 책임을 져야 했다.

우르키호는 아파서 침대에 드러눕게 되었다. 그는 일어나 잠시 정신을 차리고 왕과 왕비 앞에, 그리고 가장 잔혹한 적인 마누엘 앞에 나타나지 않을 수 없었다. "자네가 한 일이란 대체 무엇인가!" 왕이 그에게 소리를 질렀다. "자넨 앞과 뒤에서 날 속였네! 자넨 나와 교황 사이를 갈라놓았고, 나에 대한 신의 분노를 불러일으켰네! 이단자 같으니라고!" "전하, 저는, 제 의무가 그러하듯, 사안의 장단점을 알려드렸습니다." 병든 장관은 대답했다. "전하께선 제 설명을 경청하셨고, 황송하옵게도 거기 서명하시기 전에 그 계획을 인준하셨습니다. 게다가 전하께서는 교황지상주의자들의 예상된 공격으로부터 절 보호해주시겠다고 약속하셨습니다." "무슨 뻔뻔스러운 거짓말이냐!" 돈 카를로스는 소리 질렀다. "엉터리 성직자로부터의 보호를 내가 승인했을 뿐, 눈티우스나 교황으로부터의 보호를 허락한 건 아니었어. 내가 지금 로마와 전쟁 중인 것과 다름없다면, 그건 오직 자네 때문이네. 그런데도 지금 자네는 그 죄를 내게 돌리려 하네." 자신의 묵은 분노가 사라지지 않게 하려고 그는 외쳤다. "이자를 팜플로나로 데려가라! 그 요새 감옥으로!" 그러면서 그는 우르키호를 두드려 패고 싶은 욕망을 간신히 진정시킬 수 있었다.

장관이 죽은 듯 창백하게 그러나 기품을 잃지 않고 가버렸을 때, 도냐 마리아 루이사는 그를 잃은 게 유감스럽다고 여겼다. 하지만 카를로스 왕은 고개를 흔들며 말했다. "기이하군. 오늘 아침 그는 아주 연민을 불러일으켰는데, 지금은 죄인이 되었으니 말이야. 그를 가둬놓지 않을 수 없어."

"전하, 너무 오래
생각지 마십시오." 마누엘은
왕을 진정시켰다. "마음을
가다듬고, 그 밖의 일은
열성적인 종교재판소에
맡겨두십시오."

13

왕자 마누엘의 조언에 따라, 그리고 제1섭정관에게 우정과 존경을 표하려고 카를로스 왕은 파리의 위대한 화가 자크 루이 다비드에게 그림 한 점을 주문했다. 보나파르트 장군을 찬미하는 그림이었다. 다비드는 '상트베른하르트를 넘어'라는 주제를 제안했다. 이 예술가는 싸지 않았다. 그는 25만 레알을 요구했고, 여기에 조금 변형한 복제품 3개를 제작할 권리도 곁들였다. 하지만 제1섭정관과의 좋은 관계를 유지하는 게 중요했기 때문에, 왕실은 주문서를 보냈다. 다비드는 그렸고, 그림이 도착했다. 그건 아란후에스에 걸렸고, 프란시스코 고야와 미겔 베르무데스 그리고 아구스틴 에스테브 등이 그 그림을 구경했다.

그것은 위풍당당한 그림이었다. 높이가 2.5미터 이상이고, 너비가 거의 2.5미터나 되었다. 나폴레옹은 어느 험준한 산악 풍경 한가운데에서 맹렬하게 뒷발로 선 말 위에 승리자처럼 앉아 있었고, 그 주변에는 여러 병사와 대포들이 작고 그늘진 채 움직이고 있었다. 바위 판에 적힌 색 바랜 글자는 알프스 산맥을 넘었던 다른 두 위대한 전쟁 영웅을 상기시켜주었다. 그들은 한니발Hannibal과 카롤루스 마그누스Carolus Magnus였다.

오랜 침묵 후 처음으로 평가한 사람은 미겔이었다. "천재에 대한 찬사군." 그는 설명했다. "더 이상 숭고할 수 없을 정도로 그려진 그림이야. 저 엄청난 알프스도 위인 보나파르트 앞에서는 난쟁이처럼 보이니 말이야. 모든 작품에 나타난 고대의 기념비적 성격에도 불구하고 화가는 이 영웅에게 초상화에 어울리는 성격을 부여하고 있어." "25만 레알의 가격이라면, 초상화에 적합한 특징을 조금 덧붙일 수 있겠지." 고야가 냉정하게 말했다. "하지만 말의 모습은 초상화에 어울리지 않네요." 아구스틴이 건조하게 언급했다. "말은 자연의 기적 같아요." "그래." 고야가 동의했다. "자네가 그린 말 엉덩이가 더 낫네."

미겔은 아구스틴에게 알려주었다. "다비드가 혁명을 위해 스스로 처형되지 않았다는 사실 때문에 자네는 그를 용서할 수 없는 거지." 미겔이 아구스틴을 타박했다. "하지만 이런 위대한 화가가 살아남았다는 사실이 나로서는 행복하네. 또 그가 숭고한 모범으로 삼은 고대 로마에 진실하지 않았다고 말할 수도 없을 거네. 로마인이었다면, 그는 아마도, 공화국은 부패하기 마련이니까, 아우구스투스 황제의 편을 들었겠지. 누군가 제1섭정관의 쿠데타를 알려주었을 때, 그는 놀라운 말을 했다네. '우리는 공화국을 가질 만큼 덕성이 충분하지 못했어'라고. 그렇게 그는 설명했다네."

고야는 이해하지 못했다. "다비드가 뭐라고 말했다고?" 그는 물었다. 홀은 아주 컸다. 미겔은 소리가 울리도록 되풀이했다. "우리는 공화국을 가질 만큼 덕성이 충분하지 못했다네."

고야는 대답하는 데 집중했다. "알고 있네." 그는 다비드가, 이전에 혁명의 호객꾼이었듯이, 이제는 젊은 장군의 호객꾼이 되었음을 알았다. 이것을 그는 '덕성'이라고 불렀다. 어쩌면 그는 솔직한지도 몰랐다. 그 자신, 프란시스코는, 파르마에 있던 아주 젊은 시절 한 경연대회에서 한니발의 알프스 등정을 그렸다. 그 그림에는 무장된 전사와 코끼리 그리고 군기(軍旗)를 포함한 여러 과장된 군사적 표현이 담겼다. 다비드는 절제되어 있었고 대가적 기술을 갖고 있었다. 하지만 쉰 살의 다비드가 가진 생각은 그 무렵 스무 살이던 고야의 견해보다 더 깊지 않았다.

아구스틴은 계속 비아냥거렸다. "다비드가 정치에서는 유연할지 모르지만," 그는 말했다. "예술에서는 경직되어 있어요. 느린 예술가지만 민첩한 정치가라고요." "자네는 자기감정에 너무 이끌리고 있어, 돈 아구스틴." 미겔이 다시 가르치듯 말했다. "정치적 사안에 자기 견해를 밝히는 사람은 별다른 증오 없이 말하지! 정치적 사안에 성공적으로 전념하려면, 실천가든 관찰자든, 정의감을 타고나야지! 그 외 우리는," 그는 이렇게 지나가는 투로, 하지만 각 단어를 또박또박 말하며, 결론지었다. "다비드 씨에 대해 더 진실한 걸 알게 될 거라네. 도냐 루시아의 임무가 파리에서 성취되었거든. 난 도냐 루시아가 2주 뒤에 돌아올 거라고 기대하고 있네."

고야는 아구스틴의 얼굴이 어떻게 변하는지 보았다. 즉 그는 제대로 이해했다. 고야 자신은 흥분해 있었다. 그때 그녀는, 마치 아무 일도 없었던 것처럼 미겔에게 돌아왔고, 미겔도 그녀를 아무 일도 없었던 것처럼 받아들였다. 그러면 돈 디에고 신부는 어떻게 되었던가? 그녀는 미겔을 떠났고, 그 후에는 신부를 떠났다. 그렇게 카예타나의 애인과 루시아의 애인은 똑같이 되었다.

사실 2주 뒤 도냐 루시아는 마드리드에 왔다.

그녀는 가장 가까운 친구들을 한 모임에 초대했다. 그것은 마누엘이 페파를 처음 보았던 그날 저녁과 같은 사교 모임이었다. 돈 디에고 신부만 빠졌다.

루시아는, 짧은 시골 체류에서 돌아온 것처럼, 서슴없었다. 고야는 그녀를 유심히 관찰했다. 그가 그린 초상화는 좋았다. 그건 이전의 루시아 모습보다 오늘날의 루시아 모습에 훨씬 더 잘 어울렸다. 그녀는 그림에서, 약간 가면 같은 모습으로, 특이하게 화장한 채, 차분한 평정심 속에 앉아 있었다. 그녀는 타박하기 어려운 대단한 부인이었다. 그녀 주위에 모험의 분위기가 한층 더 짙게 어려 있었다. 그, 프란시스코와 루시아

사이에는 어떤 공통점이 있었다. 두 사람은 말할 것도 없이 상류층에 속했지만, 그들이 유래한 하층의 무엇이 계속 남아 있었다.

루시아는 파리에 대해 얘기했다. 하지만 그녀는 모든 사람이 듣고 싶어 하는 일에 대해서는, 말하자면 돈 디에고 신부의 운명에 대해서는 말하지 않았다. 숙녀처럼 차가운 다정함 때문에 그녀에게는 친숙한 질문을 하기 어려웠다.

나중에 루시아와 페파는, 이전처럼 친한 친구로서 같이 앉았다. 이들의 상호 이해심은 다른 사람에겐 배타적인 종류의 것이었다. 그들이 어떻게 나직하고도 기묘하게 남성들의 무력함을 즐기는지 사람들은 보았다. 많은 게 확실했다. 즉 루시아가 신부와 자기 사이에 일어난 일을 누군가에 알려줬다면, 그건 페파였다.

루시아는 프란시스코와 별로 얘기하지 않았다. 그녀는 아주 분명히 말하지는 않았다. 귀먹은 사람과의 환담이 너무 힘들었는지도 모른다. 아마도 그가 자신을 다른 누구보다 더 잘 안다고 느끼고 조심했을 수도 있었다. 그는 원망하지 않았다.

루시아가 연달아 그의 집으로, 그의 시골 별장으로 자주 찾아왔을 때, 그는 기분 좋게 놀랐다. 그곳의 아틀리에에서, 그녀는 그와 아구스틴 옆에 앉았다. 그녀는 이전처럼 지금도 그의 난청에 신경 쓰지 않았다. 그녀는 분명하게 말하지 않았고, 그가 이해하지 못할 때에도 말을 적어주는 수고를 하지 않았다. 하지만 그녀는 확실히 그의 곁에 있는 걸 좋아했고, 그가 어떻게 작업하는지 눈여겨보았다.

때로는 루시아와 페파 두 사람이 오기도 했다. 그럴 때 그들은 서로 잡담을 나누거나, 말없이 나른하게 앉아 있었다.

아구스틴은 프란시스코에 대한 우정과 존경심에도 불구하고, 이 두 아름다운 여인을 볼 때면 시기심 어린 오래된 분노를 느꼈다. 프란시스코는 늙고 귀먹었지만, 여전히 여인들이 따라다녔다. 그녀들은 아구스틴에게는 눈길 한 번 주지 않았다. 그는 예술에 대해 스페인의 누구보다 많이 이해했고, 그가 없다면 고야는 결코 고야가 되지 못했을 것이다. 그 밖에 프란시스코는 이 두 여인에게서 얻는 것이 얼마나 변변찮은지 분명히 보여주었다. 근본적으로 고야는 자신을 불행에 빠뜨렸던 고귀한 여인만 늘 생각했다. 그녀는 알바 공작비였다. 그녀의 초상화는 모든 그림 가운데 그가 다시 돌려받아 가진 유일한 것이었다. 그녀의 초상화가 두 여인을 내려다보고 있었고, 두 여인은 이것을 받아들였다.

아구스틴은 루시아가 그렇게 알바 공작비의 그림 아래 앉아 있는 걸 보면서, 그런 루시아를 가질 수 있었던 한 사내가 어찌하여 알바 같은 여자한테 만족하는지 이해하지 못했다. 알바 비는 언제나, 어떻게 변장해도, 우스꽝스러운 공작비로 남을 것이다. 고야의 예술마저 그녀를 결코 마하로 바꿀 수 없었기 때문이다. 확실히 그녀는 이 가련한 프란시스코 앞에서도 최고 귀족으로서의 지위를 충분히 자주 자랑스레 내보였고, 알바 비와 이 비천한 화가 사이의, 별처럼 먼 거리를 알아차리게 했으며, 그를 음울한 광포 속으로 몰고 갔다. 하지만 루시아는 참으로 대단한 귀부인이 되어 있었고, 그럼에도 진짜 마하로 머물렀다. 그녀는 진실로 세상의 견해에서 벗어나 있었다. 그녀는, 자기만 괜찮다면, 돈 디에고 신부와 파리로 갔고, 마드리드로 오고 싶으면 거리낌 없이 곧바로 이 유식한 바보 남편한테 돌아왔다.

한번은 루시아가 페파 없이 고야와 아구스틴하고 아틀리에에 있게 되었을 때, 뜻밖의 말을 했다. "제 생각에, 당신은 우리 신부와 친교한 것으로 알아요. 당신이 한 번도 그에 대해 묻지 않는 게 친구답지 않다고 여겨지네요." 그녀는 중얼거렸기 때문에 이 비난이 고야를 두고 한 말인지 아구스틴을 두고 한 말인지 분명치 않았다. 고야는 계속 그렸다. 그는 분명 그녀의 입술을 눈여겨보지 않았다. 놀라서 말없이 멍해 있던 아구스틴이 마침내 나섰다. "원한다면, 당신이 한 말을 그에게 적어주겠소." "대체 뭐라고 한 건가?" 고야가 화판에서 돌아보며 물었다. "신부에 대해서 말한 거예요." 아구스틴이 아주 분명히 말했다. 고야는 그리기를 멈추고 루시아를 주의 깊게 응시했다.

"그는 곧 돌아올 거예요." 루시아가 무심한 듯 보고했다.

아구스틴은 앉았다. 고야는 붓과 팔레트를 내려놓고, 이리저리 서성였다. "어떻게 한 거요, 도냐 루시아?" 그가 물었다. 루시아는 비웃는 듯 애매한 눈빛으로 그를 응시했다. "내가 편지를 썼지요. 그가 돌아와야 한다고 말이죠." 그녀가 말했다. "하지만 종교재판소 측은!" 아구스틴이 소리쳤다. "하지만 그건 그의 화형을 뜻합니다!" "최고주교회의는 그 일을 결코 받아들이지 않을 거요!" 고야도 소리쳤다. "우리, 즉 페파와 나는," 루시아가 약간 끄는 듯한 목소리로 설명했다. "돈 마누엘과 상의했고, 그는 대심문관과 얘기했어요. 신부는 몇 가지 불편한 사항을 감수해야 할 거예요. 그는 받아들일 준비가 되어 있어요. 그렇게 할 때, 그는 적어도 스페인에 올 수 있으니까요."

도냐 루시아는 지나가는 투로 말했다. 그녀에게서는 어떤 자부심도 느낄 수 없었다. 하지만 프란시스코와 아구스틴은 얼어붙었다. 둘은 이 여인이 어떤 승리감을 느낄지 생각하자 거의 증오감이 생겼다. 그녀는 남편의 상관*에게 손을 써서 자신의 애인인 신부가 돌아오게 만든 것이

* 돈 마누엘을 가리킴.

다. 신부는 돌아왔고, 오직 그녀와 '똑같은' 나라의 공기를 숨 쉬기 위해 희생과 위험을 감수할 준비가 되어 있었다. 그리고 대심문관 레이노소는 분명 값싼 대가로 이 이단자 두목의 화형을 멈출 생각이 없었다. 돈 마누엘이 레이노소와 '얘기를 나눈' 것은 아마 여러 사람의 운명에 관계할 것이었다. 이 여자는 이곳에 앉아 그 모든 것에 대해, 마치 어떤 모임이나 새로운 헤어스타일에 대한 일인 것처럼, 차분하고도 점잖게 그리고 지나가는 투로 얘기했다. 갑자기 프란시스코는 프라도에서 만났던 아몬드 팔던 여자애를 떠올리지 않을 수 없었다. 진짜 마하였던 그녀는 당시 그에게 '마늘과 양파'를 한 무더기 주었다. 그 여자아이는 무례한 대답과 저속한 장난을 즐기는 천박하고도 악동 같은 루시아와 비슷했기 때문이었다. 이제 루시아는 제1장관, 대심문관 그리고 온 나라와 장난을 친 것이다.

그리고 그녀는 너무도 일찍
자신의 승리를 품었던 것으로 보인다.
여러 주가 갔고,
한 달이 갔고, 또 한 달이 갔다.
신부의 귀환에 대해서는
아직 아무 소식도 들리지 않았다.

14

고야는 산베르나르디노의 집에서, 자신의 은거지에 앉아 일을 했다.

그는 쉬었다. 화판과 조각칼을 밀쳐두고, 작고 희미한 미소를 띠며 더럽혀진 손을 쳐다보았다. 그는 손을 씻으려고 일어섰다.

한 남자가 방에 서 있었다. 어쩌면 오래전부터 서 있었는지도 모른다. 그는 종교재판소가 보낸 전령 가운데 한 명이었다. 사내는 정중하게 인사하고, 뭐라고 말했다. 고야는 알아듣지 못했다. 사내는 어떤 증서를 건넸고, 인장 찍힌 서류를 가리켰다. 고야는 서명해야 한다는 걸 알았다. 그는 기계적으로, 그러나 아주 신중하게 서명했다. 사내는 증서를 받고 편지를 건네주었으며, 인사를 하고 뭔가 말했다. 고야는 대답했다. "성모 마리아는 찬미받을지니." 사내는 떠났다.

고야는 더욱 심해진 고독 속에서 편지를 손에 쥔 채 앉아, 아무 생각 없이 낙인과 십자가, 칼과 채찍을 바라보았다. 그는 종교재판소가 그를 고발할 결정적인 증거를 갖고 있음을 알았다. 마녀이자 타락한 여자인 카예타나가 그 그림을, 그가 그린 벌거벗은 그림을 다른 사람에게 보여줬던 것이다. 돈 마누엘이 알고 있다면, 종교재판소도 알고 있을 것이다. 그가 했던 많은 진술은, 누가 나쁜 마음만 먹으면 엉터리 철학 같은 것으로 해석할 수 있었다. 그가 그린 그림들 중에서도 나쁜 마음만 먹는다면 이단적이라고 부를 수 있는 이런저런 것을 찾아낼 수 있었다. 사악한 시선들이 그와 그의 그림을 쳐다본다는 사실을 증거하는 종교재판소의 이런저런 말이 그에게 들어왔다. 그러나 그는 왕의 은총과 자신의 명성 속에 안전하다고 스스로 믿었다. 그런데 지금 그는, 종교법정에 출두하라는 증서를 손에 쥔 채, 앉아 있었다.

그는 힘겹게 숨을 내쉬었다. 광기 어린 공포가 가슴을 짓눌렀다. 저 나락을 헤아리면서 깊은 절멸의 소용돌이로부터 떠오른 바로 지금 그는 다시 저 아래로 추락하고 싶지 않았다. 최근에 와서야 그는 비로소 인생이 무엇인지, 그림이 무엇인지 그리고 예술이 무엇인지 배웠다. 이제 종교재판소가 그 끔찍한 손으로 그를 사로잡아선 안 되었다.

그는 최고주교회의의 서신을 감히 열지 못했다. 대신 천천히 그리고 상세히 관찰했다. 그토록 오래 기다렸지만 그들은 섣불리 그를 고발하지 못했다. 그러다 이제 와 어떻게 그를 갑자기 치게 되었는가? 그는 루시아와 페파, 두 사람이 발코니에서 어떻게 마하처럼 유혹적이고 불량하며 위험하게 앉아 있었는지 떠올렸다. 아마 그는 신부의 귀환을 위해 루시아가 저지른 일에 연루되었는지도 몰랐다. 카예타나와의 경험 이래 그는 원망으로 가득 차 있었다. 사람은 누구나 무슨 일이든 할 수 있다고 여겨졌기 때문이다.

고야는 편지를 열었다.

타라고나의 종교법정은 어느 재판에 개별적으로 참석하라고 그를 소환했다. 이 재판에서는 전직 신부이자 마드리드 종교법정의 전직 총무인 이단자 디에고 페리코에 대한 선고가 내려질 예정이었다.

잠깐 동안 고야의 마음은 가벼웠다. 그런 다음 종교재판소가 이 사악한 소환장을 보냈다는 사실에 불쾌감이 몰려왔다. 그들은 선고의 낭독문을 전혀 이해할 수 없는 귀먹은 그에게 저 먼 아라곤 지방까지 길고 고생스러운 여행을 하라고 강요한 것이다. 그건 비열하고 부당한 요구였다. 그것은 부당한 요구였기 때문에, 암울한 협박이기도 했다.

프란시스코가 청각적 고통에 시달리지 않았더라면 자신의 근심을 아구스틴이나 미겔에게 알렸을지도 모른다. 그는 자신이 부끄러웠다. 왜냐하면 이 위험한 일은 오직 암시로나, 그래서 반쯤 소리를 낮춰 얘기할 수 있었기 때문이었다. 대답을 들어도 그는 이해하지 못할지도 모른다. 다시 묻는 일은 우스꽝스럽고 고통스럽게 여겨졌다. 하지만 친구들이 대답을 공책에 적어준다면, 그건 그만큼 악마를 더 가까이 위협적으로 불러들이는 일일지도 모른다. 그는 아들 하비에르에게 속마음을 털어놔야 하지 않나 여러 번 숙고했다. 그 아이 앞에서라면 부끄러워하지 않을지도 몰랐다. 하지만 하비에르는 너무 어렸다.

이 음울한 깨달음을 고야는 홀로 짊어져야 했다. 그는 공포와 희망 사이에 내던져진 듯했다. 곧 그는, 대심문관이 신부를 손아귀에 넣었으므로 더 이상 돈 마누엘을 고려하지 않고 신부를 화형시킬 것이라고, 그리고 이제는 자신을 구금할 거라고 확신했다. 그는 중얼거렸다. 돈 마누엘은 영악하고 루시아는 뱀처럼 영리하다고. 분명 그들은, 이 소송이 암울한 소극(笑劇) 외에 아무것도 아니고 이 소환이 공허한 협박에 불과하리라는 확신을 줄지도 모른다.

그러는 사이 종교재판소는, 관습에 따라 비밀 유지의 책임이 있음에도 불구하고 신부의 귀환을 영광스러운 승리로 얘기하며 다가온 재판에 대한 소문을 퍼뜨렸다. 신이 이단자의 양심을 일깨워 이 이단자가 최고 주교회의에 출석하기 위해 자발적으로 스페인으로 돌아오게 만들었다는 거였다.

이렇게 다가온 화형식을 알게 되었을 때, 아구스틴은 경악했다. 신부의 부자연스러운 현학 취미나 멋 부리는 박식한 모습도 불쾌했지만, 그는 루시아가 그 사람에게 반했다는 점을 무척 질투했다. 하지만 돈 디에고가 루시아를 위해 종교재판소 측에 복수를 감행했다는 사실에 감탄했다. 그 또한 돈 디에고의 진보주의적 신조를 인정할 만큼 충분히 영리하고 진실했다. 그래서 바로 그 사람에 대한 종교재판소의 승리 때문에 그의 마음은 초조했다.

모순된 감정에 이리저리 찢긴 고야에게, 아구스틴이 물었다. "신부가 정말 돌아왔다는 걸 알고 있어요? 판결 소식을 들었어요?"

"그렇다네." 고야가 화난 듯 말하며 종교법정에서 보낸 소환장을 보여주었다.

아구스틴은 경악 속에서 자부심을 느꼈다. 종교재판관들은 그만큼이 귀먹고 외로운 사람을 두려워했다. 그들은 그의 예술을 그만큼 영향력 있는 것으로 간주했기 때문에 그 같은 경고를 보냈다. 하지만 아구스틴은 이런 생각을 조금도 입 밖에 내지 않았다. 오히려 그는, 고야가 그러했던 것처럼, 그 힘든 여행의 요구에 화가 나 욕설을 퍼부었다. "야비한 일이에요." 그는 욕했다. "그렇게 힘든 일을 당신에게 부과한 건 말이지요." 아구스틴이 소환을 그렇게 여기는 게 고야는 반가웠다. 두 사람이 화가 난 것은 종교재판소도 루시아도 아니고, 여행의 어려움 때문이었다.

"물론 난 당신과 함께 갈 겁니다." 잠시 후 아구스틴이 말했다. 고야는 조용히 아구스틴에게 같이 가달라고 청해볼까 생각 중이었지만, 어려운 일이었다. 협박을 받은 동료와 경고를 받을 장소까지 동행하는 데는 용기가 필요했기 때문이었다. 그런데 아구스틴이 같이 가겠다고 하니, 고야는 거절하는 듯한 말을 중얼거렸지만 고마웠고, 결국 그의 동행을 받아들였다.

정부가 마드리드 안에서의 화형식에는 동의하지 않았는지, 대심문관은 심사숙고 끝에 타라고나 시를 골랐다. 모든 스페인 사람들은 이 도시의 이름에서 종교재판소의 가장 위대한 승리 중 하나를 떠올렸다.

그건 1494년이었다. 당시 바르셀로나에는 페스트가 창궐했고, 바르셀로나 대심문관 콘트레라스는 관리들과 타라고나로 피신했다. 관청 직원들이 성문에 나타나 심문관에게 설명하기를, 만약 '그'에게 도시 체류를 허락한다면 '왕'의 관리들도 이 검역에서 제외시켜달라고 요구하리라는 거였다. 심문관은 다윗의 「통회(痛悔) 시편」 세 편을 숙고할 시간을 주겠다고 대답했다. 그런데도 문이 열리지 않는다면, 심문관은 도시를 파문하고 성무(聖務) 금지를 명하겠다고 했다. 심문관은 「통회 시편」을 세 번 기도한 뒤 종교법정의 공증인에게 도시 성문을 두드리도록 지시했다. 문이 열리지 않자 그는 가까이 있던 도미니카 수도원으로 물러나 그곳에서 파문 증서를 작성했고, 그 증서를 타라고나 성문에 부착하도록 했다. 한 주 뒤 타라고나는 심문관에게 문을 열겠다고 알렸다. 하지만 모욕당한 성직자는 고위 관료와 지도층 시민이 모두 격식을 차려서 속죄해야 한다고 요구했다. 도시는 따라야 했다. 카탈루냐 부왕이 보는 앞에서, 타라고나 당국자와 모든 명망 있는 시민들이 권좌에 앉은 성당심문관 앞에 나타났다. 이런 식으로 그들은 치욕스러운 옷을 입고 손에는 양초를 든 채, 자신과 그 후손에게 씻을 수 없는 비난을 덧붙였다.

이 사건을 모든 죄인이 기억하도록 상기시키면서 종교재판소 측은 도시 타라고나를 신부의 화형식 장소로 선정했다.

힘겨운 긴 여행 끝에 고야와 아구스틴은 타라고나에, 정시에 도착했다. 그들은 어느 소박한 여관 앞에서 내렸다. 프란시스코는 대주교 궁인 파트리아르카 궁전으로 갔다. 어느 보좌신부가 그를 맞이했다. 그는 설명하기를, 판결은 다다음 날 대주교 궁의 거대한 협의실에서 열릴 거라고 했다. 그러면서 건조하게 덧붙이길, 이 판결에 참관하는 것은 왕의 수석 화가에게 분명 유리할 거라고 했다.

프란시스코는 타라고나에 온 적이 한 번도 없었다. 그와 아구스틴은 이 도시를 구경했다. 로마 시대 훨씬 전에 세워진 엄청나게 큰 담과 큰 돌로 지어진 성벽, 수없이 많은 로마 유물과 성당이 있었다. 장대하고 오래된 건물에는 교차로와 문이 있었고, 로마 시대의 기둥이나 이교도 조각상은 기독교적 형태로 소박하게 변형되어 새겨져 있었다. 고야는 이곳저곳에 자리한 오래전에 죽은 어느 조각가가 만든 작품들에서 기쁨을 느꼈다. 그는 오랫동안 싱긋이 웃으며 어느 고양이 조각 앞에 서 있었다. 고양이는 쥐 떼 앞에서 일부러 죽은 채 무덤으로 끌려가, 충분히 쥐가 많이 모였을 때 덮치려 하고 있었다. 어쩌면 이 이야기는, 저 늙은 예술가가 고양이를 새겨 넣을 당시 그리 순수하지 않은 부차적 의미를 가졌는지도 모른다. 고야는 공책을 꺼내 자기 방식대로 고양이 이야기를 그렸다.

그는 아구스틴과 함께 항구며 창고들을 찾아다녔다. 타라고나 시는 포도주와 호두 그리고 마지팬*으로 아주 유명했다. 매우 넓은 공간에서 처녀들이 호두를 골라 나쁜 것은 식탁 아래로 던지고, 좋은 건 그들 무릎 위에 놓인 바구니 안에 넣었다. 그것은 기계적으로 그리고 무척 빨리 이뤄졌다. 그들은 수다 떨고 웃고 노래했으며, 담배를 피우기도 했다. 거의 200명은 될 성싶었다. 그 넓은 공간은 생기로 소란스러웠고, 고야는 종교재판은 까맣게 잊고 스케치에 몰두했다.

다음 날이 되었을 때, 아침에 그는 파트리아르카 궁전 협의실로 출두했다. 홀은 컸고, 근대적이었으며 깔끔했다. 초대된 사람들 대부분은 타라고나나 그 부근 카탈루냐의 수도 바르셀로나에서 왔다. 그 먼 마드리드에서 이곳까지 고야를 소환했다는 사실은 위협적으로 보였다. 사람들은 그를 두려움 섞인 호기심으로 관찰했다. 아무도 말을 붙이지 않았다.

법정이 열렸다. 법정의 깃발과 푸른 십자가, 종교재판관의 음울한 관복 그리고 어두운 허식 전체는 홀의 근대적 시설이나 청중의 깔끔한 동

---

* Marzipan: 으깬 아몬드를 설탕으로 버무린 과자.

시대적 옷차림과 기이한 대조를 이루었다.

신부가 끌려 들어왔다. 고야는 그가 삼베니토라고 불리는 노란 죄인 셔츠를 입을 거라고 예상했다. 하지만 돈 디에고는 파리 유행에 따라 재단된 시민복을 걸치고 있었다. 이건 아마 재판소가 정부 측에 양보한 것이 틀림없었다. 확실히 그는 우아하고 조용한 신사라는 인상을 주려고 애썼다. 피고인 연단 위로 끌려와 낮은 나무 창살에 갇혔을 때, 시민복의 음울한 화사함과 그 자신의 수치스러움 앞에서 신부의 낯빛은 경련하기 시작했다. 그것은 늘어지면서 일그러졌다. 목책에 갇힌 냉소적인 남자는 이 끔찍하게 위험한 법정 앞에서, 일상복을 입었지만, 마치 삼베니토를 입었을 때와 똑같이 초라한 모습이었다.

도미니카 수도원의 원장은 설교를 시작했다. 고야는 이해하지 못했지만, 말귀를 알아듣고자 애쓰지도 않았다. 그는 바라보기만 했다. 비록 이 법정은 산도밍고 엘 레알 교회에서 올라비데에 대한 판결이 내려졌던 당시보다 훨씬 덜 화려하고 덜 권력적이었지만, 그렇다고 그보다 덜 음울하거나 덜 숨 막히는 것은 아니었다. 왜냐하면 루시아와 마누엘이 대심문관과 합의한 사항이 무엇이든지, 또 돈 디에고의 처벌이 관대하건 엄하건 간에, 이곳에서 또 한 명의 인간이 없어질 것이었기 때문이다. 신부의 얼굴은 이 점을 보여주었다. 누구라도 그가 여기서 겪는 저 끔찍한 수치로부터 회복되기는 어려웠다. 그건 자신의 심장을 그토록 많은 회의와 이성과 용기로 둘러싼다 해도 마찬가지일 터였다. 만약 수년 뒤 언젠가 풀려난다면, 그는 유죄 판결을 받은 이단자라는 오명을 짊어질 것이다. 그러면 스페인 사람들은 혐오감을 느끼며 등을 돌릴 것이었다.

그러는 사이 판결문 낭독이 시작되었다. 이번에도 낭독은 오래 걸렸다. 고야는 끔찍함 속에서 상기된 채, 신부의 낯빛이 점차 찡그려지는 걸, 세속적이고 성직자적인 가면이 그에게서 떨어져 나가는 모습을, 그리하여 그 가면 뒤에서 굴욕과 절망 그리고 피조물의 고통이 나타나는 광경을 주시했다.

돈 디에고 신부는 산도밍고 교회에서 올라비데가 처형되는 걸 주시했는데, 이제는 파트리아르카 궁전의 치욕스러운 무대에서 감금된 채 서 있었다. 그리고 그, 고야는 응시했다. 언젠가 그 자신도 저 푸르른 십자가 앞에, 저 양초 앞에, 저 장엄하게 위협하는 법정 앞에, 나무 철책에 갇힌 채 서게 될까? 고야는 악마가 다시 가까이 와서 자신을 움켜잡는 걸 느꼈다. 그리고 저 비난받는 신부의 이마 뒤에서 무슨 일이 일어나는지 온몸으로 보았다. 이제는 더 이상 사랑하는 여인에 대해서도, 미래의 가능한 행복에 대해서도, 이미 이룬 성취와 이루게 될 성취에 대해서도 아무런 생각이 없었다. 오직 순간순간의 초라하기 그지없는, 심연과도 같은 영원한 비참만 있었다. 고야는 헛되이 중얼거렸다. 저기 앞에서 일어나는 건 어리석은 연극 외에 아무것도 아니야. 나긋하게 꾸며진 결과를 가진 유령 같은 익살극일 뿐이지. 어릴 때 그가 느꼈던 기분이 다시 들었다. 당시 그 검은 사람, 그 도깨비가 나타날 때면, 그는 그 도깨비를 의심하면서도 고통스러운 공포를 느꼈던 것이다.

신부는 죄를 부인했다. 우아하고 세련된 옷차림의 사내가 검게 드리운 십자가 앞에서 무릎을 꿇은 채, 펼쳐진 성경 위에 손을 얹은 모습을 보는 것은 죄수복을 입고 속죄하던 올라비데를 보는 것보다도 훨씬 섬뜩했다. 신부는 성경 앞에서 끔찍하고 굴욕적인 구절을 따라 했다.

눈 깜짝할 사이에 성스러운 행사는 끝났고, 가엾은 죄인은 멀리 끌려갔으며, 청중들은 멀어져갔다. 위험스럽게도 고야는 홀로 남았다. 약간 비틀거리는 걸음으로, 귀먹은 채 불안정하게, 약간 마비된 듯 어둑하던 공간 밖으로 나왔다.

아구스틴은, 평소와 다르게 포도주 한 병을 놓고 여관에 앉아 있었다. 그는 신부에게 어떤 형벌의 유죄 판결이 날지 물었다. 고야는 알지 못했다. 그는 이해하지도 못했다. 하지만 여관집 주인이 돈 디에고가 이미 어느 수도원에서의 3년 감금형을 선고받았다고 알려주었다. 주인은 수석화가에 대한 존경심에 찬 은밀한 자유주의자로 보였다. 그는 성실했다. 하지만 특이할 정도로 수줍고, 연민을 느끼는 듯했다. 그는 13년 된 특별히 좋은 포도주에 대해 얘기했다. 그는 모두 일곱 병을 가지고 있었는데, 자기 자신과 특별히 존경하는 손님을 위해 그중 한 병을 가지고 왔다. 고야와 아구스틴은 말없이 마셨다.

프란시스코와 아구스틴은 돌아가는 여행에 대해 많이 말하지 않았다. 단 한 번 고야는 망설임을 이겨내고 갑자기 흡족해하며 말했다. "사람이 정치에 관여하면 어떻게 되는지 자넨 보았지. 자네들이 원하는 대로 했다면, 난 벌써 최고주교회의의 감옥에서 오래전에 문드러졌을 거야."

하지만 마음속으로 그는
계획했다. 이제야말로
그는 종교법정을 그릴 것이다.
자신의 조용한 작업실에서,
그 은거지에서
저 종교재판소를, 있는 그대로
그릴 것이다.
죄인들이 소송에서 고통으로

몸부림에 지칠 때, 이 엉터리 성직자들이
어떻게 포만감에 차 즐겁게
바라보는지를.
교수형에 처해진 자도 그는
다시 그릴 것이다. 더 진실하게
그릴 것이다. 존재하지 않지만,
그러나 엄연히 있는 도깨비도,
유령도, 괴물도, 저 악몽과
검은 남자도 그는
그릴 것이다.

15

그가 마드리드에 도착했을 때, 아들 하비에르는 알바 공작비가 자신을 데리러 왔었다고 말했다. 그녀는 다시 몽클로아에 있는 부에나비스타 저택에 산다고 했다. 시골 별장인 고야의 새 집에서 아주 가까운 곳이었다. 프란스시코는 하비에르가 카예타나와 자신의 관계를 알고 있는지, 안다면 얼마나 아는지 알지 못했다. 그는 자제하며 침을 삼켰다. 그는 가능한 한 무심한 듯 말했다. "고마워, 얘야."

그는 자신에 대한 카예타나의 저 섬뜩한 지배가 끝났다고 믿고 있었다. 그림만 남아 있었다. 그건, 좋든 위협적이든, 여전히 이성의 사슬에 묶인 꿈들이었다. 그러나 그것은, 그녀가 이탈리아에 있을 때, 그래서 바다 때문에 떨어져 있을 때 가능했다. 이제 그는 잠시만 걸으면 그녀에게 닿을 수 있기 때문에 꿈에 걸쳐둔 사슬은 끊긴 셈이었다.

그는 카예타나한테 가지 않았다. 거의 언제나 그는 자기 은거지에, 그 쓸쓸한 아틀리에에 있었다. 그리고 그리려고 애썼다. 하지만 타라고나 시에서의 인상들은 희미했다. 산루카르에서의 끔찍한 꿈은 아직 남아 있었다. 그는 저 귀먹은 종소리 속에서 참담한 그리움에 차, 절망적으로 앉아 있었다.

갑자기 도냐 에우페미아가 그 앞에 나타났다. 그녀는 검은 옷차림으로 기품 있게 서 있었다. 그녀는 변함없이 정중한 적의를 드러낸 채, 나이를 잊은 외모에도 불구하고 아주 늙은 모습이었다. "성모 마리아께서 보호해주시길, 나리." 그녀가 말했다. "나리께 전갈을 전해드리는 게 쉽지 않습니다." 그녀는 믿지 못하겠다는 듯 정돈되지 않은 초라한 아틀리에에서 주위를 돌아보았다. 그는 자신이 그녀를 이해했는지 아닌지 알지 못했다. 그는 너무 흥분해 있었다. "자네가 말하려는 바를 여기 적어야 하네, 도냐 에우페미아." 그가 거친 목소리로 대답했다. "난 이전보다 훨씬 더 못 들으니까 말이야. 완전히 귀먹었어." 도냐 에우페미아는 전갈을 적어 보였다. 그녀가 적으며 말했다. "그렇게 지옥처럼 끔찍한 걸 그려대면, 좋게 보일 수 없다고 늘 나리께 말씀드렸지요, 수석화가님." 그는 대답하지 않았다. 그는 전갈을 조심스럽게 읽었다. 그리고 내일 저녁 7시 반경 도냐 카예타나를 기다리겠다고 대답했다. "여기 산베르나르디노 집의 아틀리에에서 말이오." 그는 아주 크게 말했다.

그는 그날 저녁을 위해 특별히 신경 써서 옷을 입었다. 그는 그런 자신을 조롱했다. 그는 가난했던 시절만큼이나 엉성하고 초라한 가구가 놓인 아틀리에에서 이처럼 우아한 옷을 입은 자신이 우스꽝스러웠다. 이곳은 그저 작업과 실험만을 위한 방이었다. 그는 왜 카예타나를 이곳으로 오게 했던가? 그건 멍청하고 사내다운 도전이었다. 그는 그 사실을 알고 있었다. 도냐 에우페미아의 얼굴은 그것이 맞는다는 걸 알려주었다. 그래도 그는 그렇게 했다. 그녀는 정말 올 것인가? 그가 얼마나 많이 변했는지 그녀는 알아챌까? 그 할멈은 그가 괴상한 꿈에 몰두하는 귀먹고 까다로운 노인이 되어버렸다는 걸 그녀에게 말하지 않았을까?

7시 반이었다. 그리고 10분이 지났다. 카에타나는 오지 않았다. 그는 그사이 그녀의 삶이 어떠했을지, 희망 없이 사랑에 빠져 그녀를 말 못 하게 몰아간 페랄과, 또 스페인 신사보다 훨씬 경박한 이탈리아 신사와의 삶은 어떠했을지 곰곰이 생각했다. 그는 문으로 달려가, 문밖을 내다보았다. 그가 듣지 못한다는 걸 잊어버리고 그녀가 와서 문을 두드릴지도 모른다. 왜냐하면 그녀는 늘 자기만 신경 썼기 때문이었다. 그는 불빛이 새어나가도록 문을 약간 열어두었다. 8시였다. 그녀는 아직 오지 않았다. 그 시각 분명 그녀는 오지 않았다.

8시 5분, 그녀가, 언제나처럼 뒤늦게 왔다. 그녀는 말없이 베일을 벗고, 전혀 변함없이 그 앞에 섰다. 깨끗한 타원형 얼굴은 검은 옷을 걸친 작고 날씬한 몸에 비해 놀라울 만큼 밝았다. 그들은 선 채 서로 쳐다보았다. 그가 그녀 집 무대에서 그녀를 보았던 때와 같았다. 하지만 그들 사이에 대단한 다툼은 없었다.

다음 날과 주 그리고 달에도 모든 건 이전과 같았다. 아마 그들은 이전보다 적게 말했는지도 모른다. 처음부터 그들은 말보다는 표정이나 몸짓으로 서로를 더 잘 이해했던 것인가? 말은 상황을 늘 어렵게 만들었다. 게다가 그는 다른 누구보다 그녀를 더 쉽게 이해했다. 그는 그녀의 입술을 보고 모든 걸 읽어냈다. 그는 모든 다른 사람의 목소리보다 그녀의 천진하고 딱딱한 목소리를 더 충실하게 간직하는 듯이 보였다. 그가 듣는다고 여기지도 않으면서 그녀가 말했던 그 모든 마지막 단어의 정확한 울림을 그는 자기 마음의 귀로 늘 불러들일 수 있었다.

비록 그가 음악과 대화를 그저 볼 수 있을 뿐인데도, 그들은 극장으로 갔다. 그들은 평민들이 가는 술집으로 갔다. 그들은 이전처럼 환대받았다. 그는 어디서나 '귀머거리'라고 불렸다. 하지만 그는 자신의 결함을 언짢게 바라보면서 다른 사람을 방해하진 않았다. 누군가 우스꽝스럽게 오해해도, 그는 다른 사람과 웃으며 지냈다. 그는 완전한 사내여야 했고, 그렇지 않으면 알바를 붙들어둘 수 없었다.

그의 기억은 죽지 않았다. 그는 카에타나의 악의 있는 천박함을 잘 알았다. 하지만 꿈은 사슬에 잘 매여 있었다. 저 숨 막히는 듯한 나락으로 떨어진 뒤에야 그는 비로소 자신이 다시 빛 속에 있다는 사실을 누렸다. 그는 지금 같은 황홀 속에서 그녀를 누린 적이 결코 없었다. 그녀는 그에게 다시 도취감을 돌려주었다.

그는 그녀를 그리고 싶은 욕구를 더 이상 느끼지 않았다. 그녀도 더 이상 청하지 않았다. 그녀를 그린 그의 위대한 초상화는 진실하지 않았다. 그것들은 껍질만 보여주었다. 하지만 그는 그 아래 무엇이 있는지 알았고, 그걸 보았다. 그의 비참함 속에서, 그리고 그의 고독 속에서 그는 그 그림을 스케치했고 그렸다. 그게 진실이었고, 그의 약이었으며, 그의 치유책이었다. 그녀는 한 사람이 다른 사람에게 할 수 있는 가장 혹독한 일을, 완전히 불순한 악의와 방탕한 무지에 차서 했다. 하지만 그녀는 그에게 단순히 약일 뿐 아니라, 이전보다 그를 더 강하게 만든 수단도 제공했다.

그 무렵 고야는 많은 초상화를 손쉽게, 그러나 엉성하지 않게 그렸다. 그는 수년 전에도 그렇게 할 수 있었을지도 모른다. 그와 아구스틴은 그가 이제 더 나은 걸 그릴 수 있음을 알았다. 그는 유쾌한 감각을 가진 아름다운 여인을 많이 그렸고, 그 감각 때문에 여인들의 아름다움은 더욱 빛났다. 그는 궁정과 군대의 나리와 부유한 시민을 그렸다. 그는 그들의 약점을 숨기지 않았기 때문에, 그들은 더욱 의미심장하게 보였다. 초상화 덕분에 그는 새로운 명성과 수입을 얻게 되었다. 궁중과 도시는 유럽에서 이 귀머거리 프란시스코 고야보다 더 위대한 화가는 없다고 확신했다.

고야는 아들 하비에르를 계속 버릇없게 만들었다. 이 청년이 하는 모든 일에 그는 열심히 관여했다. 아들이 자기 수업에 들어와 젠체하지 않도록 라몬 바예우 학교에 다니게 했다. 그는 하비에르의 예술 판단을 소중하게 여겼다. 카예타나가 저 널찍하고 휑한 은둔처 집을 방문할 때면, 그는 하비에르를 그 자리에 있게 했다. 그건 아들에게 좋은 시간이었다. 그녀는 이 청년을 반은 아이로, 반은 젊은 신사로 대했다. 그리고 다정스러운 방식으로 표 나지 않게 그가 무엇을 하고 있고, 또 무엇을 해야 하는지 알려주었다. 또 지나치게 멋을 부리는 충동을 가라앉혀주었다. 그에게 시곗줄 장식이나 장갑 그리고 반지 같은 선물을 주었고, 그가 쓰거나 두르기 좋아하는 화려하고 눈에 띄는 물건들을 좀더 고상하고 취향 있는 것으로 바꾸도록 교육시켰다. 그는 왕국의 첫째가는 부인의 무리 안으로 받아들여지는 이점을 모조리 누렸다. 그리고 아버지와 알바 공작 부인의 공개적으로 드러난 친밀한 우정 관계는 아버지의 놀라운 예술적 중요성을 증명해주었다.

그 무렵 해운업자 세바스티안 마르티네스는 카디스에서 마드리드로 와 고야를 예방했다. 그는 고야와 필담으로 의사소통을 했다. 고야는 이 대단한 상인의 민첩한 손가락 아래에서 길고 장황한 문장이 빠른 속도로 생겨나는 걸 열광적으로 바라보았다. 그 손을 그릴 때 더 많은 신경을 쓰지 못한 게 후회될 정도였다.

이윽고 마르티네스 경은 자신이 쓴 글을 보여주였다. "당신이 카디스나 산루카르에서 산타쿠에바 성당을 위한 그림만 그리지 않았다고 들었소. 베누스 그림에 대해서도 들었고. 그 베누스 그림 사본을 한 장 만들어달라고 내가 청하면 불손한 일이 되겠소?" 쓰는 동안 그는 득의의 미소를 지었고, 그렇게 적은 것을 고야에게 보여주었다. "나리는 불손하십니다." 고야가 대답했다. 마르티네스 경은 계속 썼다. "내가 5만 레알을 내겠소, 사본 한 장에 말이오." 그는 사본이란 말을 강조했고, 그렇게 쓴 것을 고야에게 보였다. 하지만 고야가 대답도 하기 전에 그는 다시 종이를 가져가더니 재빠르게 덧붙였다. "아직도 내가 불손하오?" "나리는 불손하십니다." 고야는 되풀이했다. "100,000." 마르티네스가 썼다. 그는 0을 아주 크게 썼고, 1은 더 크게 썼다. 그리고 다시 급히 덧붙였다. "아직도 불손하단 말이오?" "그렇습니다." 고야가 간결하게 말했다. 마르티네스 경은 우울한 듯 어깨를 들썩이더니, 이번에는 쓰는 대신 더 또박또박 발음하며 대답했다. "당신은 대하기 참 어렵군요, 화가 나리."

마르티네스 경은 알바 공작비를 예방했다. 그녀는 그를 어느 축제에 초대했다. 축제는 오래 이어졌다. 축제에서 '데스마요'라는, 사람의 애간장을 녹이고 혼절케 하는 춤이 선보였다. 이 춤은, 처음에는 남자 춤꾼이, 다음에는 여자 춤꾼이 눈을 감은 채 상대 가슴에 기운 없이 안기는 꿈이었다. 나중에는 '마르차 차이나'라는 춤도 췄다. 이 '중국식 행진'에서 춤꾼들은 처음엔 네 발로 기어 홀을 지나갔고, 다음에는 여자 춤꾼들이 '만리장성' 형태를 만들었다. 그들은 서로 나란히 선 채, 손이 바닥에 닿을 때까지 앞으로 몸을 숙였다. 남자 춤꾼들은 여자들의 늘어선 팔 아래로 기어 지나갔고, 다음에는 여자 춤꾼들이 남자 춤꾼들의 팔 아래로 지나갔다.

카예타나는 두 춤에 참여했다. 그녀는 산 아드리안 후작과 '데스마요'를 췄고, 마르티네스 경과는 '중국 행진'을 췄다. 프란시스코는 이 구역질나는 광경을 쳐다보았다. 그는 자신이 그렸던 마녀들의 야간 집회를, 그 거대한 소음과 죽음의 환희를 떠올렸고, 거대한 수소가 등장하는 마녀들의 연회 장면도 떠올렸다. 마녀들의 연회에서는 거대한 수소가 뒷다리를 뻗은 채, 꼿꼿하게 웅크리고 앉아 춤추는 마녀 패거리를 축복해주었다. 그 패거리의 화려한 선동자는 카예타나였다.

카예타나의 춤 앞에서 프라시스코를 채운 것은 음울한 불쾌감뿐이었다. 그런데 그 불쾌감은 이전에 그가 느꼈던 무의미한 분노로부터 멀리 떠나 있었다. 카예타나와 산 아드리안, 마르티네스 그리고 그녀의 또 다른 친구들이 이처럼 천박하고 나른하게 바닥을 기는 모습을 본 지금 그는, 얼마나 많은 특징이 모순에 가득 찬 채 한 인간 속에, 모든 인간 속에 있을 수 있는지 온몸으로 느꼈다. 저 여자는 온몸을 바칠 수 있을 정도로 사랑스럽고 정열적이며, 어느 누구와도 다르게 자기를 지워버린 존재였다. 그는 그걸 알았고, 또 몸으로 겪었다. 그녀는 이렇게 말할 수 있었다. "난 언제나 당신만 사랑해요." 이 목소리는 한 사람을 사라지게 만들었고, 한 사람을 덮친 침묵의 종에서도 울렸다. 그녀는 여기저기 바닥을 상스럽고도 음란하게 재미 삼아, 또 웃으며 기어 다녔다. 비명을 지르는 듯한 그 날카로운 웃음은 들리지 않는 그의 귀를 찔렀다. 그렇게 그녀는 한때 존재했다. 어떤 사람이라도 그랬다. 고야 자신도 그랬다. 그는 가장 순수한 하늘로 올라섰다가 가장 더러운 나락으로 떨어졌다. 그는 색채의 마술 같은 빛과 그림자에 밝고 순수하게 매료되었다. 그래서 화필을 옆으로 던지고, 씻지도 않은 채 나갔다. 그리고 뜨거운 가슴으로 한 창녀 위로 몸을 던졌다. 인간은 그렇게 만들어졌다. 사람들은 오야 포드리다를 먹었고, 벨라스케스에 열광했으며, 자기 예술 속에서 달아올랐고, 어느 더러운 침대에서 5레알짜리 인간과 뒹굴었으며, 마귀를 그렸고, 다빌라 씨로부터 초상화 값으로 1천 레알을 받아내야 할지 숙고했다.

저녁에 축제에서 벗어나 그는 자기 은거지로 갔다. 그 끔찍한 고요 속에서 그는 카예타나 데 알바와 마지막으로 떨어져 앉았다. 그는 그녀가 자신이 지금까지 사랑했고, 앞으로 사랑하게 될 유일한 여자임을 알았다.

양초는 거대한 공간의 새로운 부분을 희미한 빛 속에서 그려 보였다. 벽에 자리한, 춤추면서 커지거나 줄어드는 그림자로부터 알바의 여러 얼굴이 만들어졌다.

그가 지금껏 보았던 알바의 모든 사악한 유령들을 새롭게 보았다. 그것은 조롱하듯 입을 삐죽이며 웃는 마녀처럼 타락한 여자의 유령이거나, 사랑에 빠져 정열 속에서 자기를 해체시켜가는 또 다른 유령이기도 했다. 절대 잊지 말아야 한다! 이 다른 유령을 잊어선 안 된다고 그는 스스로에게 명령했다.

그는 그녀를 정당하게 평가하려고 애썼다. 그녀는 자신의 악마를 가져선 안 된단 말인가? 악마가 되는 기쁨을? 그 자신도 악마 없이 살고 싶은가? 아마 악마 없는 삶은 지루할지도 모른다. 그렇게 되면, 그는 미겔처럼 될 것이다. 그, 프란시스코는 자신의 악마를 사슬에 매달고 다닌다. 그는 자신이 가진 악마적이고 상스러운 요소를 그릴 수 있었다. 카예타나는 자신의 악마를 사슬에 매달지 않았다. 또 그녀는 죽은 시녀 브리기다를 종이에 그리는 건 물론이고, 결코 묘사할 수 없었다. 그러므로 그녀는 자신의 악마성과 불합리한 요소를 말과 행동으로 털어놓아야 했고, 죽은 브리기다가 자신에게 속삭인 말의 내용을 실행해야 했다. 그 때문에 그녀는 데스마요를 추지 않으면 안 되었고, 중국식 행진도 취야 했다. 그녀는 종종 카예타나였고, 그런 다음 다시 브리기다였다.

그는 눈을 감았고, 그녀를 보았다. 카예타나와 브리기다는 한 사람이었다. 그리고 그는 그녀를, 그녀의 마지막 진실을 그리고 그의 마지막 진실을 그렸다. 꿈과 거짓 그리고 변덕스러움을 그렸다.

그녀는 거기 사랑스럽게 누워 있었고, 그는 한 여인인 그녀에게 두 얼굴을 부여했다. 하나의 얼굴은 자신도 잊은 채 그녀를 안고 있는 한 남자를 향해 있었다. 남자는 분명 그, 프란시스코의 모습을 하고 있었다.

그러나 두번째 얼굴은, 이 얼굴도
아름다웠는데, 주인처럼
간절히 원하는 굳은 눈빛으로
다른 남자에게 추파를 던지며
다른 방향을 쳐다보았다.
두 얼굴을 가진 여인의 한 손은
사랑에 빠진 남자에게
그를 원하듯 맡겨져 있었지만,
그러나 다른 손은 두 얼굴의 브리기다가
보낸 전갈을 받았다. 그러는 동안
뚱뚱한 두번째 브리기다는 약삭빠르게
손가락을 입술에 댔다.

누운 자들과 그녀 주변에서
두꺼비와 살무사가 기고, 몸을 구부리고 비틀면서,
매복한 채 커갔고,
악마 하나가 히죽이며 꼴사납게
웃고 있었다.
그러나 멀리 허공에서는,
어느 성(城)이 공기처럼 가볍게,
도달할 길 없이 아득하게 빛났는데,
그것은 사랑에 빠진 바보의
꿈으로 세워져 있는지도 몰랐다.

16

왕이 사냥을 다니곤 하는 플로리다의 카사 델 캄포 지역인 만사나레스 계곡에는 파두아의 성 안토니우스에게 봉헌된 작은 교회가 있었다. 왕이 사냥에서 돌아오면서 저녁 기도를 행하고자 할 때 오갈 수 있는 길가에 있었다. 그런데 그 교회가 무너져 있었다. 그래서 건축을 즐기는 돈 카를로스 왕은 건축가 벤투라 로드리게스에게 개축(改築)건을 위임했다. 로드리게스 경은, 1760년대와 70년대 흔히 그러하듯 경쾌하고 화려한 건축물을 좋아했다. 그는 에르미타 데 산안토니오 데 라 플로리다에 보석 상자 같은 건물을 만들자고 제의했다. 돈 카를로스는 즉각 동의했다. 프란시스코 고야는 그 당시 예쁘고 유쾌한 고블랭 걸개그림을 제작했다. 그는 이 작은 교회를 색칠하는 데 적합한 인물이었다.

프란시스코는 주문을 받고 기뻐했다. 신앙심 깊은 왕이 바로 그에게, 그가 그토록 위험하게 종교재판에 소환되고 난 뒤 스스로 아끼는 교회 장식을 맡긴 것은 앞으로 있을지 모르는 대심문관의 공격에 대비한 좋은 방패막이였다. 다른 한편으로 그는, 종교적인 대상을 그려야 할 때면 늘 불편함을 느꼈다. "분명," 그는 카예타나에게 말했다. "자신의 손으로 하는 작업을 이해하는 사람은 무엇이든 그릴 수 있소. 그러나 성자를 그릴 때, 난 한 번도 잘한 적이 없다오. 악마는 잘 그릴 수 있소. 그걸 종종 보았으니까. 하지만 성자는 거의 보지 못했소."

그는 성 안토니우스의 주된 기적들 가운데 하나를 묘사해야 했다. 어느 무고한 사람이 살인을 저질렀다는 비난을 받았는데, 이 성자가 죽은 자를 다시 살려내 고발 받은 자의 무죄를 입증할 증거를 내놓았다는 거였다.

프란시스코는 극심한 불만과 불행의 시절로부터 유쾌하고 경쾌한 삶으로 돌아와 있었기에, 살인 행위와 숭고함에 대한 묘사에 마음이 움직이지 않았다. 다만 스스로 해결책을 찾았다.

고야는 교회의 둥근 천장에 그 기적을 과감히 그려 넣었다. 거기에는 프란시스코파 수도복*을 입은 여윈 성 안토니우스가 회색빛 하늘 앞에 서 있었다. 그는 절박한 몸짓으로 몸을 앞으로 구부렸고, 반쯤 부패한 시체가 굳어 있다가 끔찍하게 일어서고 있었다. 이 무고한 자는 은총에 가득 차 경건하게 팔을 넓게 펼쳤다. 하지만 기적은 수많은 군중 앞에서 일어났다. 군중을—이게 그 해결책이었는데—고야는 특별한 사랑으로 그렸다. 성자와 죽은 자 그리고 무고한 자는 그에게 필요한 요소였

* 수도사의 옷에는 일반적으로 긴 옷자락과 긴 소매에 두건이 달려 있다.

다. 그는 쳐다보는 군중에 적극적으로 참여했다. 그 무리로 들어가 그는 자신이 지금 겪고 있는 삶의 분위기를, 이미 경험해서 알고 있지만 여전히 즐거운 새로운 젊음을 그려 넣었다.

고야가 그린 사람은 성 안토니우스와 동시대인이 아니었다. 그건 차라리 고야 주변에 살고 있는 마드리드 사람들이었고, 그 가운데 많은 이가 마놀레리아 출신이었다. 그리고 이 기적은 그들 속에서 경건한 감정을 일깨우지 않았다. 오히려 그들은 그 기적을 하나의 거대한 투우 몰이로, 일급의 신성한 종교재판으로 여겼다. 군중은 숄이 화려하게 드리워진 어느 난간에 편안히 기대 있었고, 몇몇 개구쟁이는 난간 위에 올라타거나 여기저기서 기어올랐다. 마드리드 사람들인 그들은 서로 잡담하면서 이 사건을 차례차례 눈여겨보았다. 몇몇 사람은 흥분하여, 전문가적 지식으로, 이미 부패한 사람이 정말 살게 되는지 주시했다. 다른 사람들은 아무 관심도 없이, 시시덕거리며 이 기적과 관계없는 얘기를 주고받았다. 무고한 자에 대해서는 누구도 신경 쓰지 않았다.

고야는 입구 쪽 궁륭의, 반구형 천장과 창문 위 둥근 벽면*에 게루빔**과 다른 천사 형상을 그려 넣었다. 둥글고 유쾌한 얼굴을 가진 너무도 예쁘고 여성적인 천사였다. 천사는 종교재판소 규정에 맞게 옷을 잘 갖춰 입었지만, 자신의 육체적 장점을 드러내려 애썼다. 고야는 이 여성 천사를 아주 흡족해하며 그렸다. 날개 외에는 어떤 천사적 특성을 부여하지 않았다. 하지만 그는, 이름을 알 수 없지만, 아주 잘 알아볼 수 있는 얼굴을 부여했다. 그건 오직 그만 그릴 수 있는 여성의 얼굴이었는데, 그뿐만 아니라 다른 많은 사람들에게도 아주 친숙한 얼굴이었다.

---

* 창문 위에 있는 삼각형이나 둥근 형태의 벽면. '팀파논Tympanon'이라고도 불린다.

** Cherubim: 세라프Seraph 다음 가는 제2계급의 천사로 지성과 정의를 상징한다.

고야는 에르미타 데 산 안토니오를 그렸기 때문에, 궁정에서 보냈던 첫해의 걱정 없고 자부심 넘치던 고야로 다시 돌아왔다. 그 시절 그는 한량없는 즐거움 속에서 불평 모르는 삶을 살았다. 청각 상실은 그에게 별로 방해되지 않는 사소한 걱정거리 외에 아무것도 아니었다. 그는 다시 궁정 나리로 변장한 마호였다. 그건 시끄럽고 다채로우며 과시적인 삶으로 가득 차 있었다. 근심 없는 유쾌한 과거의 마지막 빛줄기가 그를 비추었다. 이 은거지의 프레스코화는 새로운 고블랭직 걸개그림이었지만, 그러나 훨씬 많은 것을 할 수 있고, 색채와 빛과 움직임에 대해 아주 많이 아는 사람이 그린 거였다.

이 작은 교회는 고야의 시골집에서 가까웠고, 부에나비스타 궁전에서도 가까웠다. 카예타나는 고야의 작업을 구경하려고 자기 영지에서 자주 이곳으로 왔다. 하비에르도 자주 왔고, 아구스틴은 거의 언제나 이곳에 있었다. 고야 친구 가운데 다른 사람들, 이를테면 최고 귀족뿐만 아니라 마놀레리아의 술집에서 온 사람들도 있었다. 고야의 작업은 신속하게 이뤄졌다. 사람들은 프란시스코가 사다리를 타고 올라가 등을 대고 누워서도 얼마나 빠르게 그리고 생생하게 그리는지 즐겁게 쳐다보며 놀라워했다. 무로부터 다채롭고 시끌벅적한 무리가, 통통하고 활기차며, 즐거움을 자극하는 천사가 생겨나는 걸 체험하면서 그들은 당혹스러워했다.

작품이 완성되었다고 고야가 알리고 나서 이틀이 지나자, 왕은 사냥에서 돌아오는 길에 시종들과 함께 새 교회를 구경했다.

햇볕도 잘 들지 않는 이 작은 교회에 사냥꾼 복장을 한 신사 숙녀들이 나타났다. 하지만 이 교회는 고야가 그린, 날개를 달거나 달지 않은 마드리드 사람들 때문에 밝고 유쾌해졌다. 성스러운 사건의 지극히 세속적인 묘사 때문에 최고 남녀 귀족들은 약간 놀라워했다. 하지만 다른 거장들은, 물론 외국 거장이지만, 숭고한 사건도 때로는 아주 다채롭고 경쾌하게 묘사하지 않았던가? 고귀한 신분의 관객들은 지난 여러 달 동안 상당히 걱정했었다. 그런데 이 늙고 귀먹은 사람이 그렇게 감격하여 삶의 기쁨을 고백했다는 사실이 그들 마음에 들었다. 그림에 묘사된 천사나 유쾌한 민중처럼 그렇게 행동했던 시절로 되돌아간다는 건 즐거운 일이었다. 이 프레스코화에 묘사된 것은 정말이지 근본적으로 행복한 사건이었다. 어느 무고한 죄인이 어느 성자 덕분에 구제되는 것은 매우 드문 일이었다. 그런 유쾌한 기적을 함께 본다는 건 즐거운 일이었다. 어쩌면 사랑하는 신은 우리에게도 기적을 행하여, 우리를 전쟁과 프랑스인 그리고 끝날 줄 모르는 경제적 궁핍으로부터 구원해줄지도 몰랐다.

그들은 그렇게 생각했고, 그래서 즐거이 찬미했는지도 모른다. 하지만 그들은 군주가 말하길 기다렸고, 침묵했다. 그들은 오랫동안 입을 다물어야 했다. 열린 교회 문 사이로 들리는 것은 모인 군중의 억눌린 소음과 발로 땅을 구르는 말의 히힝 하는 울음소리뿐이었다.

카를로스 왕은 잠시 뜸을 들였다. 그는 이 그림에 대해 무슨 말을 해야 할지 제대로 알지 못했다. 그는 까다로운 사람이 아니었다. 그는 농담을 좋아했고, 자신의 신앙심이나 기도가 그렇게 음울하게 되는 걸 원치 않았다. 그는 종교적 사건 묘사에 나타난 밝고 즐거운 표정이나 옷차림에 원칙적으로 반대할 뜻이 전혀 없었다. 그러니 자신의 교회가 유쾌해야 한다고 직접 지시하지 않았던가? 그러나 여기 수석화가가 그린 건 너무도 성스럽지 못하고 경박하지 않는가? 이 천사들은 전혀 천사답지 않았다. "저기 날개를 접은 천사를 나는 아네." 그가 갑자기 말했다. "그것은 정말 페파군! 그리고 저기 저 천사는 처음에 아크로스와 관계하다가 다음에는 더 젊은 콜로메로한테 넘겨졌다던, 그러다 지금은 경비 부대에서나 종종 나타나는 라파엘라*를 닮았군. 사랑하는 돈 프란시스코, 저 천사들은 내 마음에 들지 않네. 나는 예술이 사람의 마음을 고상하게 만든다고 여기네. 하지만 자네는 이 라파엘 천사들을 충분히 고상하게 그리지 못했다고 여겨지네." 왕의 큰 목소리는 작은 교회를 채웠다. 그것은 천둥소리처럼 모두에게 울렸다. 단지 프란시스코만 듣지 못했다. 이 소리가 그에게는 들리지 않았기 때문이다. 그는 왕에게 자기 공책을 내밀었다. 그러고는 이렇게 말했다. "전하, 용서해주시길 바랍니다. 황송하옵게도 전하의 말씀을 적어주시겠습니까?"

도냐 마리아 루이사가 끼어들었다. 당연히 그래야 했다. 날개 접은 천사는 한 여자, 즉 페파를 닮았고, 날개 펼친 다른 천사는 이 도시에 잘 알려진 라파엘라 천사를 상기시켰다. 고야는 아마 다른 천사를 찾을 수 없었는지도 모른다. 하지만 그건 결국 그 어떤 초상화도 아니었다. 단지 누군가와 닮은 그림이었다. 원하기만 하면 프레스코화에 그려진 하늘과 땅의 민중 가운데 그처럼 누군가를 닮은 모습을 더 많이 찾아낼 수도 있었다. 그건 이제 고야의 방식이 되었다. 그가 그녀, 즉 도냐 마리아 루이사를 프레스코화에 그려 넣지 않았다는 사실은 유감이었다. 적어도 페파는 창녀 라파엘라 옆에 서 있었다. 마리아 루이사는 천장화를 보고 파르마에 있는 코레조**의 비슷한 그림 하나가 떠올랐다. 사랑하는 파르마를 그녀는 언제나 즐거이 떠올렸다. "여기에 당신은 또 하나의 걸작을 창조했군요, 돈 프란시스코." 그녀는 아주 또박또박 말했다. "확실히 당

---

* 하느님의 대천사, 즉 미카엘, 가브리엘, 라파엘 중 라파엘의 여성 명사로 여성의 세례명에 사용한다.

** Correggio(1494~1534): 이탈리아 르네상스 시대 바로크 회화의 선구자로, 「파르마 대성당의 천장화」를 그렸다. 본명은 안토니오 알레그리Antonio Allegri이다.

신이 그린 관객들 가운데 천사와 몇몇 남녀들은 아주 유쾌하게 행동하는군요. 그 점에서 왕의 생각에 찬성할 수 있어요. 하지만 천사와 이 무리는 기적을 보는 데만 넋을 잃고 있군요."

마리아 루이사가 작품을 인정했기 때문에 돈 카를로스 왕도 곧 진정되었다. 그는 고야의 어깨를 다정하게 두드렸다. "힘들었겠소." 그는 말했다. "늘 저기 위로 올라가 그렸을 테니 말이오. 하지만 난 당신이 뼛속까지 다정다감하다는 걸 아오." 이제는 최고 귀족 남녀를 포함해 모두 프란시스코의 작품을 칭송했다.

그러는 사이 밖에서는 만사나레스 계곡에서 온 민중이 왕과 시종의 출발을 다 같이 구경하려고 모여 있었다. 그들은 왕에게 인사했고, 환호성을 질렀다. 고야는 교회를 떠난 마지막 사람들 중에 있었다. 많은 사람들이 그를 알아보았고, 그를 쳐다보며 다시 환호성을 질렀다. 고야는 그들이 환호한다는 걸 알았다. 사람들이 마드리드에 있는 자신의 모습을 보고 싶어 한다는 것도 알았다. 이 마지막 아우성이 그를 향한다는 것도 눈치챘다. 그는 예복 차림이었고, 삼각형 모자를 팔 아래 끼고 있었다. 그는, 인사에 답할 때면 늘 그러듯이, 모자를 썼다가 다시 벗었다. 그는 사람들이 점점 더 크게 소리 지르는 걸 보았다.

그의 마차가 앞으로 다가왔다. 그는 시종인 안드레스한테 사람들이 대체 뭐라고 소리치는지 물었다. 고야의 청각 상실 이후 불평이 줄면서 훨씬 더 성실해진 안드레스는 아주 또박또박 발음하려고 애썼다. 그들은 이렇게 소리 질렀다. "성 안토니우스 만세! 성모 마리아와 저 완전한 하늘 왕국 만세! 성자들의 궁정화가 프란시스코 고야 만세!"

바로 다음 날 모든 마드리드 사람들이 고야의 프레스코화를 구경하려고 플로리다로 왔다. 그에 대한 찬사가 비처럼 내렸다. 사람들은 고야의 새 창작품에 대해 열광적으로 말했고 썼다. "플로리다에서는 두 개의 기적을 볼 수 있다." 예술비평가 이리아르테Iriarte는 이렇게 썼다. "성 안토니우스의 기적과 화가 프란시스코 고야의 기적을."

하지만 대심문관 레이노소는 고야의 회화를 상당히 비난했다. 당시 고야는 타라고나로 소환되었기 때문에, 레이노소는 이전보다 훨씬 더 대담했다. "고야가 성자를 그리면," 이 대심문관 추기경은 불평했다. "일곱 가지 대죄도 같이 그리면서, 그 죄악을 미덕보다 더 매력적으로 그린단 말이야." 마음 같아서는 이 죄인을 체포하고 교회를 폐쇄시키고 싶었다. 하지만 고야는 영리했다. 벌거벗은 모습은 찾을 수 없었고, 확실히 비도덕적인 면도 없었다. 왕이나 군중은 유감스럽게도 악덕이나 불경의 미묘함 앞에서 눈먼 상태였다.

그렇다. 마드리드 사람들은 프레스코화에 기뻐했다. 고야 친구들인, 술집에서 온 마호나 소작농 그리고 만사나레스 계곡의 세탁부들이 이 그림을 처음 보았고, 그림의 명성을 널리 퍼뜨렸다. 이제는 마드리드의 모든 사람들이 사랑받는 성자의 기적을 관찰하려고 왔다. 그들은 그림 속 난간에 선 사람들과 하나라고 느꼈다. 기적의 증인이 된다면, 그들도 바로 저렇게 행동할 것이기 때문이었다. 그렇게 그들은 그림 속 인물들의 종교를 생생하게 구경하면서 감동했다. 이 거대한 행렬과 종교재판에서 그들은 난간에 선 사람들과 똑같이 느꼈다. 그들은 자신들의 화가가 이 교회에 그려 넣은, 유쾌하고도 다양한 사람들이 모여 있는 광경과 완전히 '하나'가 되었다. 그러니까 그는 그들 자신을 그렸고, 그들은 이 점을 그에게 감사했다.

그러던 어느 날, 더위 때문에 플로리다에 방문객이 없는 낮 시간 무렵, 고야는 방해받지 않고 완성된 프레스코화를 보기 위해 교회로 갔다.

그는 어두운 한구석으로 들어섰다. 그가 관찰하고 싶은 그림의 일부를 가장 잘 볼 수 있는 곳이었다.

어느 할머니가 그가 있는 줄 모른 채 교회로 들어섰다. 그녀는 프레스코화를 보더니, 궁륭에 그려진 기적을 보기 위해 고개를 한참 뒤로 젖혔다. 그러고는 동의하듯 고개를 끄덕였고, 즐겁게 기도하는 마음으로 발을 끌며 걸으면서 여기저기를 보았다. 이윽고 그녀는 중앙으로 오더니, 모든 곳을 향해 아주 깊숙이 고개 숙여 절했다. 그러나 그녀가 절한 사람은 성자가 아니었다. 그건 유쾌한 천사임에 틀림없었다. 그녀가 존경을 표한 건 비천한 관객 무리였다.

고야는 놀랐다. "어머니,
무얼 하고 있습니까?" 그가 물었다.
"왜 그렇게 하시지요?" 하지만
자기 목소리의 크기를 가늠할 수 없었다.
그 목소리는 분명 천둥처럼
교회를 채웠고, 노파는
크게 놀랐다. 그녀는 주위를
돌아보았고, 한 낯선 신사를
보았다. "어머니, 무엇을 하십니까?"
그는 반복했다.
"왜 이 그려진 민중 앞에,
그려진 천민들 앞에
절하는 겁니까?" 그는 웃으며 물었다.
그녀는 진지하게 말했고,

그는 이 말을 노파 입에서 읽어냈다.
“저렇게 아름다운 것을 본다면,
고개 숙여 인사하지 않을 수 없지요.”

17

파리에서 혁명 당시의 집정내각이 정권을 잡고 있는 동안, 스페인 정부는 성가신 포르투갈 문제의 해결을 다시 연기할 수 있었다. 하지만 이제는 나폴레옹 보나파르트가 제1집정관이었고, 그는 핑계나 위로를 받아들일 인물이 아니었다. 그는 간결한 형식으로, 즉시 왕자 마누엘이 기한부 최후통첩이라는 수단으로 포르투갈을 강제하여 영국과의 관계를 단절하게 하도록 요구했다. 만약 포르투갈이 거부한다면, 스페인과 프랑스 군대로 이뤄진 연합군이 리스본을 접수할 거라고 했다. 그 요구를 강화하기 위해 나폴레옹은 프랑스 군대를 르클레르 장군의 지휘 아래 스페인 국경 쪽으로 진군시켰고, 이 장군에게 명하기를, 10일 이내에, 그사이 아란후에스에서 무슨 일이 있든 관계없이, 카를로스 왕이 '스페인 땅에서' 포르투갈에서의 시도를 지원하도록 자기 군대를 지휘하게 하라는 내용이었다.

기분이 상해 투정하는 마누엘 앞에 대사 뤼시엥 보나파르트가 나타났다. 그는 마누엘에게 설명하기를, 친척인 포르투갈 왕가를 거스르는 일이 가톨릭 전하께 얼마나 어려운 일인지 이해한다는 것이었다. 하지만 그는 총리께 하나의 계획을, 물론 이것은 그의 머리에서 나온 허풍에 불과하지만, 제시하겠다고 했다. 그리고 형인 나폴레옹도 알고 있는 이 계획은 리스본에 있는 딸과 전쟁을 벌이는 힘든 결정을 해야 하는 왕비의 부담을 덜어줄지도 모른다고 했다. 말하자면 제1집정관은 아내 조제핀으로부터 어떤 상속자도 기대하지 않고 있고, 그는 새로 결혼하기 위해 조만간 이혼할 거라는 것이었다. 그, 뤼시엥은 아직 어린애에 불과하지만, 곧 약혼할 왕녀 도냐 이사벨의 매력을 황홀하게 알아보았다고 했다. 그는 형인 제1집정관한테 이렇게 암시했고, 그래서 나폴레옹은 상당한 관심을 갖고 그녀를 받아들였다는 것이다.

도냐 마리아 루이사의 가장 어린 딸인 왕녀 이사벨은 그, 즉 마누엘의 딸이었다. 이것은 그들의 닮은 모습이 증거해준다. 그는 딸에게 그런 신분 상승이 고려되고 있다는 행복한 사실에 잠시 당혹해했다. 하지만 그는 즉각, 뤼시엥이 함부로 지껄인 건 호언장담에 불과하다고 중얼거렸다. 언제나처럼 그는 면목을 유지할 수 있다는 사실이 기뻤다. 그는 엄숙히 대답하기를, 이런 상황에서 그가 믿는 바는 포르투갈에 선포한 최후통첩에 대한 책임을 신과 자신의 양심 앞에서 받아들일 수 있다는 점이라고 했다. 또 그는 제1집정관이 말한 조처를 가톨릭 왕에게 권하겠다고 했다.

그런 다음 두 남자는, 포르투갈에 요구한 전쟁보상금 중 개인 사례금을 어떻게 나눠 가져야 할지 은밀하게 협의했다.

보나파르트 장군의 제안에서 도냐 마리아 루이사는 강한 인상을 받았다. 포르투갈과 전쟁을 함으로써 그 나라를 다스리는, 선량하고 순종적인 딸 카를로타를 괴롭히는 건 물론 내키지 않는 일이었다. 하지만 나폴레옹은 그동안 약속을 지켰다. 즉 그는 그녀의 딸 마리아 루이사를 에트루리아 왕비로 만들어주었던 것이다. 그러므로 그가 부르봉 왕가와 인척 관계를 맺고 딸 이사벨을 베르사유로 데려가, 그곳에서 그녀와 함께 다스릴 생각일 수도 있었다. 그렇게 된다면, 우리 부르봉가가 다시 유럽의 모든 권좌에 앉게 될 것이다.

그녀는 돈 카를로스 왕에게 피할 수 없는 일은 따르자고 말했다. 마음이 무거웠던 그는 뤼시엥 보나파르트를 불러 설명하길, 왕은 포르투갈 측에 최후통첩을 전한다고 했다. "친애하는 대사, 당신은 이제 볼 것이오." 그가 눈물을 머금고 말했다. "왕관을 쓴다는 게 얼마나 마음의 고통을 초래하는지. 나는 사랑하는 사위를 아는데, 그는 굴복하지 않을 거요. 그렇게 되면 나는 딸한테 내 군대를 파견하지 않을 수 없을 것이오. 그 아이는 내게 아무 짓도 하지 않았고, 심지어 무슨 일 때문에 그러는지도 모르는데 말이오."

사실상 포르투갈의 섭정전하는 최후통첩을 거부했다. 그래서 스페인 군대는 돈 마누엘의 통솔 아래 포르투갈로 진군했다. 그것은 5월 16일이었다.* 그리고 30일에 무기 없는 포르투갈은 평화를 요청했다. 협상은 포르투갈 국경 쪽에 접해 있는 '바다호스'라는 곳에서 이뤄졌다. 이곳은 마누엘의 출생 도시였다. 조약은 놀라울 정도로 신속히 이뤄졌다. 포르투갈로부터 풍성한 선사품을 받은 마누엘은 이 무너진 적에게 너그러운 조건을 허락했다. 뤼시엥 보나파르트도 사례금과 풍성한 선물을 받고 그 조약에 프랑스 이름으로 서명을 덧붙였다.

평화대공은 다시 자기 이름을 명예롭게 만들었고, 전쟁에서의 영광스러운 성공에도 불구하고 패배한 적군에게 아량 있는 평화를 안겨주었

---

* 1801년에 일어난 스페인과 포르투갈 사이의 전쟁을 일컫는다. 마누엘 고도이는 스페인 국경 근처인 올리벤사라는 도시를 점령한 뒤, 리스본으로 진군하겠다는 전갈에 근처에서 딴 오렌지를 함께 담아 스페인 왕비한테 보냈다. 그래서 이 전쟁을 '오렌지 전쟁'이라고도 부른다.

다. '바다호스의 평화조약'은 두 나라에서 환영받았다. 카를로스 왕의 훈령은 승리한 마누엘에게 의기양양한 마드리드 입성을 승인했다.

하지만 마렝고에서 오스트리아 군대의 급소를 쳤던 나폴레옹은 대사 뤼시앵이 자신의 전권을 위반했다고 신랄하게 비난했다. 그, 즉 제1집정관 나폴레옹은 이 어리석은 '바다호스 평화'를 인정할 생각이 전혀 없으며, 이전처럼 앞으로도 포르투갈과 전쟁 중이라고 여긴다는 거였다. 그는 어떤 오해도 일어나지 않도록 두번째 프랑스 지원군을 스페인으로 진입시키겠다고 했다.

자신의 조국이 뿌린 유향(乳香) 때문에 왕자 마누엘의 시선이 흐려졌다. 그는 한 외교 문서에서 나폴레옹에 못지않게 단호하게 요구하길, 프랑스 정부는 불필요한 군대를 스페인에서 즉각 철수해야 한다고 주장했다. 그리고 그렇게 하기 전에 그는 '바다호스 평화조약'의 어떤 개정도 결코 고려하지 않겠다고 썼다. 나폴레옹은 대답하길, 마누엘의 무례한 말을 보면 가톨릭 전하 부부가 어려운 왕실 직무에 지쳐 있고, 그래서 부르봉 왕가가 다른 운명을 바라는 것 같다고 했다.

마누엘은 스페인 국민과 심지어 왕 부처한테도 제1집정관이 '바다호스 평화조약'에 이의를 제기했다는 사실을 숨겼다. 궁정과 도시는 마누엘 왕자를 환호와 찬미로 계속 반겼다. 그 환호에 점점 더 깊게 눈이 먼 왕자는 나폴레옹의 뻔뻔스러운 행각을 당연히 거부하는 방향으로 나아갔다. 그는 품위 있는 답신을 작성했고, 프랑스 주재 스페인 대사 아사라가 보나파르트 장군을 직접 면담할 때 마누엘의 이름으로 전달할 것이었다. 이 답변에서 돈 마누엘은 갑자기 부상한 이 정치가에게 스페인의 국가 운명을 결정하는 건 제1집정관이 아니라 전능한 신이라는 사실을 주의시켰다. 그리고 막 정권을 잡은 젊은 지배자는 지난 1천 년 동안 왕위를 거친 조상이 있는 엄숙한 전하보다 지배권을 더 쉽게 잃는다는 점을 알려주었다.

이런 대답의 구상을 대략 읽었을 때, 미겔은 불편함을 느꼈다. 모든 전선에서 승리한 나폴레옹에게 이런 외교 문서를 보낸다는 건 정신 나간 짓이나 다름없었다. 비서 미겔은 마누엘에게 알리길, 제1집정관은 그런 메시지에 대해 마드리드를 공격하는 군사 조처로 응답할 거라고 했다. 총리 마누엘은 미겔을 음울하게 쳐다보았다. 안개는 걷혔다. 그는 나폴레옹이 장황하게 알랑거리는 사내가 아니라는 걸 알았다. 그는 투덜대듯 말했다. "그 모든 대화를 내가 헛되게 했나?" 미겔은 돈 마누엘의 멋지고 기품 있는 답변을 파리로 보내되, 아사라 대사에게 그 답변을 아주 위태로운 경우에 전달하라는 지시를 곁들이라고 제안했다. 마누엘은 기분이 안 좋았지만, 동의했다.

그러는 사이 마드리드에서 이뤄진 포르투갈과의 평화조약에 대한 나폴레옹의 최종 조건이 도착했다. 그에 따르면, 포르투갈은 식민지 과야나를 프랑스에 양도해야 하고, 프랑스에 매우 유리한 무역협약에 서명해야 하며, 1억에 달하는 전쟁배상금을 지불하고, 당연하게도 영국과의 모든 관계를 단절해야 한다는 것이었다. 이 조건의 준수를 확약받기 위해 평화조약 체결 시까지 프랑스 군대가 영국과 함께 스페인에 머물러야 한다고 했다. 제1집정관이 스페인 연합군 측에 인정한 유일한 사실은 이 평화조약 역시 바다호스에서 체결되어야 한다는 거였다.

돈 마누엘은 불평하며 완고하게 대꾸했다. 여기에 대해 나폴레옹은 동생 뤼시엥에게 마누엘과 더 이상 협의하지 말라고 지시 내린 다음, 친서 한 장을 보냈다. 뤼시엥은 이 친서를 마누엘에게 알리지 않은 채, 도냐 마리아 루이사에게 전해야 했다. 제1집정관의 명령은 분명 엄격한 지시로 작성되어 있어서 뤼시엥은 따르지 않을 수 없었다. 하지만 스페인 왕비에게 보낸 나폴레옹 보나파르트의 이 사적인 서신에는 이렇게 적혀 있었다. "왕비마마의 총리는 지난 몇 달 동안 저의 정부 측에 모욕적인 문서를 여러 차례 보냈고, 그 밖에 저에 대한 무례한 발언을 했습니다. 저는 이 어리석고 버릇없는 행동에 지쳤습니다. 그러니 왕비마마, 그런 종류의 문서를 한 번 더 받게 될 경우, 제가 혼쭐을 놓겠다는 점을 알아주시길 청합니다."

친서를 읽고 놀란 마리아 루이사는 즉각 마누엘을 불러들였다. "자넨 멋진 친구 보나파르트를 가졌군!" 그녀는 그렇게 말하면서 그 앞에 친서를 던졌다. 그녀는 그가 읽는 걸 바라보았다. 평상시 그렇게 확고한 남자의 투실한 얼굴은 당혹스러워했고, 살찐 몸은 축 늘어졌다. "제발 이지 총리 각하, 자네의 조언을 생각해보게!" 그녀는 조롱하듯 말했다. "두렵습니다." 그가 우울하게 말했다. "보나파르트가 바다호스의 평화조약을 승인하게 된다면, 그땐 왕비마마의 따님 카를로타가 과야나 식민지를 넘겨주지 않을 수 없습니다." "거기에 배상금 1억도." 화가 난 마리아 루이사가 말했다.

그렇게 두번째 바다호스
평화조약이 체결되었다.
이번에는 제1집정관이
서명했다. 하지만 이 평화는
바다호스의 이전 조약과
그저 이름만 같았다.

스페인 국민에게는

이 새 조항이 거의 알려지지
않았고, 마누엘은 계속
환대받았다.
그러나 프랑스군은 계속
스페인 땅에 남았고,
그 비용은 스페인이
지불해야 했다.

18

아란후에스에 있던 고야는 돈 마누엘의 초상화에 매달렸다.

엄청난 명성에도 불구하고 많은 사람들이 '바다호스의 평화조약'이 얼마나 엉성한지 꿰뚫어보았다. 명민한 프란시스코도 그 점을 확신했다. 마누엘에게는 가깝다고 느낀 프란시스코의 마음을 얻는 게 중요했다. 그는 이런저런 관심을 고야에게 퍼부었고, 점심 식사를 같이 했으며, 그와 산보하기도 했다.

그는 종종 수화를 사용했고, 더 자주 아예 수화에만 매달리기도 했다. 하지만 그의 수화는 너무 빠르고 불분명했기 때문에 고야는 거의 이해하지 못했다. 가끔 고야는 마누엘의 말이 이해할 수 있는 말들인지 의문스러웠다. 마누엘에게는 자신을 터놓고 싶은 충동이 일었다. 그는 수용 능력에 장애가 있는 상대에게 마음을 터놓는 게 차라리 더 낫다고 여겼다. 마누엘은 상대가 듣기 거북해할 만한 말들을 쏟아냈다. 그는 신랄하고도 오만한 말로 제1집정관에 대해 털어놓았고, 반어적 말로 도냐 마리아 루이사와 우리의 왕에 대해 마음껏 얘기했다.

돈 마누엘은 고야에게, 자신의 신분에 맞게 총사령관을 상징하는 표장(表章)을 넣어 그려달라고 요구했다. 그에게는 알프스 산맥을 넘는 보나파르트 장군을 그린 다비드의 그림 같은 것이 어른거린다고 설명했다. 그에 따라 고야는 전장에서 빛나는 제복을 입고 승리를 쟁취한 뒤, 손에는 전보를 쥔 채 풀로 덮인 잔디 의자에 앉아 휴식을 취하고 있는 돈 마누엘을 그렸다.

잔디 의자로 안락한 소파가 사용되었다. 소파 위에서 왕자는 잡담할 때처럼 다리를 벌린 채 편안히 앉아 있었다. 고야는 이 힘 있는 후원자에게 어떤 연민도 느끼지 않았다. 고야는 그의 얼굴이나 몸뿐만 아니라 그의 내면도 살펴 있음을 알았다. 그는 왕녀 도냐 테레사의 삶을 파괴시켰던 마누엘의 거친 무관심을 떠올렸고, 자신의 적수인 우르키호가 더 나은 사람임을 입증했다는 이유로 행했던 저열한 복수를 생각했다. 왜냐하면 마누엘이 이전 총리를 팜플로나 요새에 있는 축축하고도 어두운 감방에 가둔 뒤 먹을 것도 충분히 주지 않았으며, 종이나 잉크를 지급하는 것도 거부했기 때문이었다. 그 모든 일을 생각하며 고야는 이 총사령관의 온전한 영광과 함께 그의 나태와 비만 그리고 투덜대고 굼뜬 오만함도 그렸다. '원숭이가 높이 올라가면 갈수록, 그 궁둥이는 더 선명히 드러나는 법.' 그는 오래된 속담을 떠올렸다.

가끔 페파도 마누엘의 초상화가 그려지는 현장에 왔다. 그녀는 아란후에스가 집처럼 편안했을 뿐만 아니라, 왕비의 궁정 부인이었으며, 왕비와 좋은 관계를 유지하고 있었고, 왕과의 관계는 더 좋았다. 이제 그녀에겐 더 올라갈 곳이 없었다. 그녀 주변에는 푸르른 정점이 펼쳐져 있었다. 고야가 플로리다에서 자신을 천사로 그렸다는 사실에서 그녀는 자신이

하고 있는 역할이 틀리지 않다고 여겼다. 그녀는 고야에게 자신의 어린 아들을 잘 보라고 요구했다. 아이들에게서 기쁨을 느꼈던 프란시스코는 페파의 아이에게 웃음을 지었으며, 갖고 놀도록 아이에게 손가락을 내주기도 했다. 페파는 말했다. "이 아이는 당신을 믿어요, 돈 프란시스코. 이 애는 얼굴 전체로 활짝 웃어요." 그리고 덧붙였다. "아이가 당신과 닮은 것 같지 않아요?" 그녀는 갑자기 물었다.

돈 마누엘의 그림이 완성되었다. 그와 페파는 그림을 구경했다.

돈 마누엘이 작은 언덕에 기댄 채 잔뜩 치장한 전투복 차림으로 앉아 있었다. 그는 금으로 번쩍거렸고, 그리스도 훈장*이 단검 장식걸이에서 반짝거렸다. 왼쪽에는 정복당한 포르투갈 국기가 힘없이 펄럭거렸다. 말과 병사들은 뒤쪽에서 그림자처럼 움직였다. 마누엘 뒤에는 부관인 백작 테파가 작게 그려져 있었다. 그렇게 푸른 색채의 비극적 하늘 아래 야전사령관은, 분명 승리에 지쳐 약간 지루한 듯한 표정으로, 전보를 읽으며 앉아 있었다. 잘 다듬어진 투실한 손은 아주 분명했다.

"그는 아주 부자연스럽게 앉아 있군요." 페파가 언급했다. "하지만 그 밖에는 아주 닮은 모습이에요. 당신은 정말 약간은 살이 좀 쪘군요, 왕자." 마누엘은 별다른 말이 없었다. 그림은 한 남자를, 그의 성공을 묘사한 그림이었다. 권력을 가진 한 남자만이 그런 옷차림으로 그렇게 앉아, 그렇게 쳐다보았다. "멋진 그림이야." 그가 칭찬했다. "진짜 고야군. 유감스러운 건 두번째 그림을 그릴 수 있게 앉아 있을 시간이 없다는 점이네, 나의 친구이자 화가여. 하지만," 그는 탄식했다. "요즘은 통치 업무를 하기에 하루 종일도 모자란다네."

---

* 그리스도 훈장(Christus-Orden)은 교황이 준다.

그는 사실상 할 일이 많았다. 말하자면 그는 보나파르트 장군의 방해 때문에 유럽 각국에게 자신의 권력을 보여줄 수 없어서, 적어도 스페인에서라도 보여주고 싶었다. 지금은 우르키호와는 다른 사람이 다스리고 있음을 보여주고 싶었다. 그는 정치적 사안에서 불경스러운 프랑스 측에 설득되지 않는 사람이었다. 즉 돈 마누엘은 자유주의자들에 반대하는 정치를 폈고, 그래서 반동적 귀족이나 교황지상주의적 사고를 가진 성직자 쪽에 점점 더 다가갔다.

미겔 베르무데스는 부드러운 방식으로 사태를 완화하고자 애썼고, 알랑거리는 말과 영리하고도 나직한 논조로 경고했다. 하지만 마누엘은 들으려 하지 않았다. 정말이지 그는 미겔의 충고가 성가시다는 걸 알려주었다. 미겔을 대하는 마누엘의 태도가 변한 것이다. 전에는 괴롭고도 당혹스러운 일에서 미겔의 도움을 요청하지 않을 수 없었다. 이제 그는 그런 일을 기억하고 싶지 않았다. 왕자 마누엘에게는 자신의 비서가 루시아와의 일에서 남자답지 않게 행동했다는 사실이 전에 빚진 모든 것을 잊을 수 있는 구실이 되었다.

무심하게 대처했지만 미겔로서는 마누엘이 자신에게서 멀어진다는 사실이 괴로웠다. 그렇지 않아도 미겔의 삶은 불안과 근심에 찬 것이었다. 루시아의 귀환은 기대했던 만족 대신 새로운 혼란을 일으켰다. 그녀는 마누엘과 음모를 꾸며 미겔을 축출했고, 미겔이 자신을 인정하지 않을 것을 알았다. 돈 디에고 신부에 대한 벌이 줄어든 건 의심할 여지없이 마누엘과 대심문관 사이의 의심스러운 타협 때문이었다. 그리고 이 모든 사안 뒤에는 분명 루시아와 페파가 숨어 있었다.

미겔은 자신이 돈 마누엘을 점점 믿지 못하고 있다는 것을 알았다. 마누엘은, 미겔의 조언과는 다르게, 자유주의자들을 점차 더 강력하게 압박했고, 이제는 가장 심한 타격을 주려 하고 있었다.

대심문관 레이노소는 말하자면 신부 디에고 페리코를 너그럽게 봐준 것에 대한 보상을 요구했다. 핵심 주동자이자 반역도인 가스파르 호베야노스를 가차 없이 축출하라는 것이었다. 마누엘은 자신이 직접 사면하고 지위를 올려준 사람에게 거스르는 조처를 취할 수 없었다. 하지만 속으로는 이 성가신 도덕주의자를 떠나보내는 것을 환영했다. 그를 본다는 건 영원한 고통이었기 때문이다. 그래서 그는 몇 번의 주저와 계산 끝에 대심문관의 조건에 대답했다. 이제 그에게는 협약을 충족시킬 적당한 시간이 온 것으로 보였다.

곧 적절한 구실이 생겼다. 호베야노스는 새롭고 대담한 책 한 권을 출간했다. 최고주교회의는 엄중한 서신을 통해 정부는 이 불경스럽고 반역적인 저작의 출간을 즉각 금지하고, 필자를 조사해야 한다고 요구했다. "그는 결코 정신 차리지 않을 걸세. 자네의 돈 가스파르 말이야." 돈 마누엘이 미겔에게 탄식하며 말했다. "이번에는 그에게 불리한 조처를 취해야 하지 않을까 두렵네." "그래도 이 책의 출간 금지를 허락하진 않겠지요?" 미겔이 물었다. "일단 좀 진정시키고 위로하는 어조로 레이노소의 서신에 답변하게 해주십시오." 그는 요청했다. "이번에는 그것으로 안 되지 않을까 싶네." 마누엘이 말하면서, 눈을 깜빡이며, 그러나 악의적인 시선으로 미겔의 얼굴을 빤히 쳐다보았다. "당신은 정말 호베야노스를 질책할 생각인가요?" 미겔이 이제는, 진지하게 경고하듯 물었다. 그는 이제 하얀 사각형의 반듯한 얼굴이 보여주곤 하던 침착성을 보일 수 없었다. 마누엘이 대답했다. "이번에는 그것으로 충분치 않을 걸세." 그는 매우 지루하다는 거부의 표시로 살찐 손을 들어 올렸다. "돈 가스파르 때문에 늘 대심문관이나 로마와 새 협상을 하게 되는군. 그는 결코 알지 못할 거네.” 이제는 아무런 가면 없이, 고집 센 아이처럼 악의를 담아 대들듯이 그는 마무리했다. “허구한 날 계속되는 이 성가신 일에 난 지쳤네. 그를 다시 아스투리아 지방으로 돌려보낼 걸세. 그리고 그에게 칙서를 발부하시라고 왕께 요청하겠네.”

“그래선 안 됩니다!” 미겔이 외쳤다. 그는 일어섰다. 호베야노스를 추방지에서 소환하기 위해 애썼던 저 오랜 투쟁에 대한 기억이 쓰라린 마음속에 떠올랐다. 프란시스코와 페파와 마누엘의 운명이, 그리고 자신의 운명도 그 싸움 때문에 변했다. 그 희생과 뜨거운 노고가 모두 쓸모없게 되었단 말인가? “제발 용서를 바랍니다, 돈 마누엘.” 그가 말했다. “당신이 지금 대심문관께 그리 조건 없이 굴복하신다면, 그는 앞으로 그만큼 더 무례하게 될 거니까요.” “돈 미겔, 제발이지,” 마누엘은 조용하고도 조롱하듯 대꾸했다. “중요한 일이라면, 내가 교황이나 대심문관 앞에서도 내 사람 편을 들 줄 안다는 걸 기억해주게나. 죄진 이단자를 국경 너머로 납치했는데 그 사람이 다시 돌아와 버젓이 살아 있는 걸 지금껏 누가 겪은 적이 있었나? 친구여, 난 해냈네. 우리의 신부는 스페인에 살아 ‘있으니까’ 말이야. 그의 상태가 썩 좋은 건 아니지만, 앞으로는 훨씬 더 좋아질 거라네. 미겔, 우리가 최고주교회의 측에 상당한 타격을 입혔다는 걸 인정하세. 또 우리가 주교회의 측에 조그만 호의를 보여주는 건 사소한 일이네.” “사소한 일이라고요!” 돈 미겔은 미처 억누르지 못한 목소리로 외쳤다. “이 왕국에서 가장 위대한 인물인 호베야노스를 추방하다니요! 그런 패배로부터 우리는 결코 다시 회복하지 못할 겁니다! 그러니 그런 조처를 취하기 전에 한 번 더 숙고해보세요, 돈 마누엘!” 미겔은 호소했다. “친구여, 자네 조언은,” 돈 마누엘은 눈에 띄게 차분하게 대답했다. “최근 들어 내게 약간 부담이 되었네.

날 믿게나. 난 혼자서도 아주 잘 생각할 수 있으니까. 자네들 자유주의자는 모두 너무 오만해. 내가 너무 버릇없게 만들었던 거지." 그는 일어섰다. 큰 체구에 살찐 그는 깡마른 미겔 앞에 당당하게 섰다. "모든 게 숙고되었네." 그는 말했다. "자네 친구 돈 가스파르는 칙서를 받게 될 걸세!" 그의 음산한 목소리가 떨렸다. 악의적인 그 소리는 승리에 찬 듯 울렸다.

"날 해고해주기 바랍니다." 돈 미겔이 말했다.

"은혜 모르는 개 같으니라고!" 돈 마누엘이 소리를 질렀다. "자넨 어리석고 무지하고 고마워할 줄 모르는 눈먼 개야! 상황이 어떻게 되는지 아직도 모르겠나? 그게 자네들 신부가 돌아온 대가라는 걸 스스로 알아차릴 수 없단 말인가? 자네의 루시아는 그 점을 알려주지 않던가? 난 이미 그녀나 페파와 충분히 얘기를 나누었네. 이런 멍청한 놈이 날 조언하려 들다니!"

온몸에 경련이 일어나는 걸
돈 미겔은 마누엘이 눈치채지
못하게 했다. 속으로 그는
알았지만, 알고 싶지 않았다.
오히려 숨겼다.
"알려주셔서 감사합니다."
그는 메마른 입술로 말했다.
이렇게 말하기 힘들었다.
"그렇다면,
다 된 거지요." 그는 말했다.

그는 뻣뻣하게 고개 숙여
절했다. 떠났다.

19

돈 마누엘은 미겔과의 언쟁 때문에 왕의 칙령으로 호베야노스를 귀향 보내는 일은 포기했다. 대신 그는 호베야노스와 직접 상담하며 설명하길, 마드리드에서 그가 체류하는 건 로마에 우호적인 성직자나 대심문관에 대한 쉼 없는 도전을 뜻하므로, 왕의 정치를 위태롭게 할 것이니 고향 아스투리아로 돌아가길 권했다. 그리고 왕은 그가 기혼 지방으로 떠나길 기대한다고 전했다.

화가 난 돈 가스파르에 대한 주된 책임을 루시아가 진다는 사실 때문에 괴로웠던 돈 미겔은 가스파르에게 아스투리아 대신 프랑스로 가라고 충고했다. 그리고 자신도 마누엘과의 불화로 스페인에 계속 체류하는 것이 힘들기 때문에 파리로 도피하는 게 가장 좋겠다고 여겼다. 하지만 그는 루시아 앞에 비겁자로서 감히 나타나지 못했다. 그는 온갖 말솜씨를 동원해 적어도 이 존경받는 친구가 국경 너머로 떠나게 했다.

하지만 호베야노스는 투덜거렸다. "자넨 나에 대해 어떻게 생각하나? 피레네 산등성이 위에 서면 이미 나는 비웃는 적의 소리를 성가신 바람처럼 등에서 느낄 것이네. 깡패 같은 마누엘이 내 뒤에서 승리해선 안 되네. '자네들에게는 영웅이 있지만, 그는 빠져나갔네. 그래서 산으로 가버렸지'. 이렇게 말하겠지. 안 되네, 돈 미겔. 난 여기 있을 것이네."

돈 가스파르가 기약할 수 없는 두번째 망명을 떠나기 전날, 그는 친구들을 불러 모았다. 미겔과 킨타나, 고야, 아구스틴 그리고 기이하게 의사 페랄도 왔다.

이제 늙어가는 호베야노스는 기대했던 대로, 불행 속에서도 기품 있는 평정심을 보여주었다. 그는 말하기를, 돈 마누엘이 외교 정치적 실패를 폭력적 국내 정치로 은폐하려 애쓰는 건 이해할 만하다고 했다. 하지만 영국과의 평화는 오랫동안 기대할 수 없고, 그럴 경우 이 용기 없는 우울한 야심가는 분명 시민계급과 자유사상가를 다시 화해시키려고 시도할 거라고 했다. 그리고 자신의 추방은 그리 오래가지 않을 거라고 했다.

다른 사람들은 돈 가스파르의 확신에 찬 설명을 당혹스러운 표정으로 경청했다. 아무도 그의 희망이 근거 있는 거라고 여기지 않았다. 마누엘이 우르키호를 대할 때 보여준 잔혹성 때문에 호베야노스 역시 안 좋은 일이 일어나지 않을까 걱정했다.

약간의 침묵이 이어진 뒤 말을 꺼낸 건 의사 페랄이었다. 그는 조용하고 이성적인 어조로 설명하기를, 이제 마누엘이 첫 조처를 취했으니 다음 조처를 꺼리지 않을 거라고 했다. 그 때문에 친구들은 집주인 호베야노스가 기혼보다는 파리에 있길 바란다는 거였다. 다른 사람들은 의사의 말에 서둘러 찬성했다. 가장 열렬하게 찬성한 사람은 젊은 킨타나였다. "돈 가스파르." 그는 열심히 설명했다. "이 복수심에 찬 악당으로부터 스스로 안전을 지키는 건 당신 자신만을 위해서가 아니라, 스페인을 위해 필요합니다. 당신은 자유와 예의를 위한 투쟁에서 필요불가결한 인물이니까요."

친구들의 만장일치의 조언이, 무엇보다 킨타나의 견해가—호베야노스는 그의 열의와 미덕을 높게 평가했는데—꿈쩍 않던 호베야노스에게 깊은 인상을 남겼다. 그는 심사숙고하며 한 사람 한 사람 둘러보았다. 그러면서 미소를 지으며 대답했다. "내 생각에, 자네들은 너무 많은 걱정을 하는군. 하지만 내가 아스투리아에서 죽는다고 해도, 그건 진보라는 대의를 위해 파리에서 아무 일 없이 잡담이나 하는 도망자로 사는 것보다 더 유리할 것이네. 정신을 위한 싸움에서 죽은 그 누구도 쓸모없이 죽은 것이 아니네. 후안 파디야*는 패배했지만, 그러나 그는 살아 있고, 오늘도 여전히 싸운다네."

프란시스코는, 모든 말 하나하나는 아니지만, 그래도 돈 가스파르가 한 말의 의미를 이해했다. 그래서 음울한 미소를 숨기기 어려웠다. 분명 파디야는 오늘날에도 살아 있다. 하지만 그는 카예타나의 잊힌 궁정광대로서, 카디스에 있는 카사 데 하로의 난쟁이 불구인 파디야로서 그랬다.

의사 페랄은 보나파르트 장군에 대해 말했다. 의심할 여지없이 이 사람은 유럽 전역에 계몽주의를 장려하는 데 참으로 열심이었다. 하지만 스페인에서 군사적 안전을 우선 확보하려는 돈 마누엘의 정치에는 유감스럽게도 그가 필요했다. 이런 사실 때문에 제1집정관은 화가 났다. 그래서 그는 이베리아 반도에서의 문명적 개혁을 지지함으로써 스페인 국민의 반감을 늘리고 싶지 않았다. 오늘날 사태가 보여주는 것처럼, 나폴레옹은 자유사상에 대항하지 못하게 하기 위해 총리 마누엘의 팔에 매달리지는 않을 것이다. "그리고 그 때문에," 페랄은 특유의 집요함으로 조금 전에 한 말로 돌아가며 말했다. "제가 당신의 처지라면, 돈 가스파르, 스페인에 있지 않을 겁니다."

* Juan de Padilla(1490?~1521): 스페인의 군사 지도자로, 합스부르크 황제 카를 5세의 통치에 대항해 카스티야군을 이끌고 봉기를 일으키며 혁명 정부를 수립했으나 실패하고 처형되었다.

다른 사람들은, 특히 돈 미겔은 호베야노스가 저 고집 센 조언자를 벼락 칠 듯 거절할 것으로 기대했다. 하지만 돈 가스파르는 유독 자제했다. "아무런 참담함 없이 나는 지난 추방의 시간을 회상하네." 그가 말했다. "그때 강요된 한가함은 내게 유익했네. 난 사냥할 수 있었고, 내키는 책을 읽을 수 있었으며, 연구하면서 가치 없지 않은 글도 몇 편 썼다네. 지금 운명이 나를 다시 산으로 보낸다면, 거기엔 괜찮은 이유가 있을 거라네." 다른 사람들은 정중하게 침묵했지만, 그러나 회의적이었다. 추방된 우르키호에게 잉크와 종이도 금지되었기 때문에, 아스투리아에서 돈 가스파르에게 제2의 『빵과 투우 경기장』 같은 책을 쓰는 일이 허용될 가능성은 없었다.

"나의 친구들이여, 여러분은," 호베야노스는 위로했다. "우리가 겪은 패배에도 불구하고, 고귀하고 용감한 우르키호가 무엇을 성취했는지 잊어선 안 되네. 결국 스페인 교회는 독립했네. 그리고 이전에 로마로 보내지던 엄청난 이자액은 이제 마침내 전부 이 땅에 있네. 그런 성공 앞에서 우리가 감당해야 할 작은 불편이란 무슨 뜻인가?" 하지만 그때 아구스틴이 입을 열어 침울하게 말했다. "뻔뻔하게도 당신을 마드리드에서 쫓아내려 하기 때문에, 돈 가스파르, 칙령을 철회하는 일도 서슴지 않을 겁니다." "그렇게 하진 못할 거요." 호베야노스는 소리쳤다. "로마가 우리나라를 침입하여 우리의 마지막 고혈까지 짜려는 걸 자네들은 허용하지 않겠지. 자네들에게 말하건대, 친구들이여, 그들은 감히 그 짓을 못 할 거라네! 그들은 칙령까지 파기하진 못할 거야!"

다른 사람들은 이 위로의 말을 기꺼이 들었다. 하지만 그들은 마음속으로 호베야노스의 단순성이 걱정스러웠다. 정치적 사안에 크게 관여하지 않는 고야마저 돈 가스파르가 그렇게 안 좋은 경험을 하고도 여전히 세상에 악의가 그리 많지 않다고 여기는 게 얼마나 순진한지 분명 알고 있었다.

그는 벽에 그린 초상화를 쳐다보았다. 그건 호베야노스가 아직 늙지 않았을 때였고, 그 자신도 아주 젊었을 때 그린 것이었다. 그건 좋지 않은 초상화였다. 만약 고야가 지금 다시 그린다면, 그는 돈 가스파르가 모든 상투적이고 정열적인 특징에도 불구하고 희극적이기보다는 차라리 감동적인 인물임을 드러내었을 것이다. 즉 그 그림에서 그는 자신과 적 사이에 피레네 산맥을 두는 대신 막강한 적의 지역에 실제로 앉아 있었다. 그래서 그는, 어떤 목표를 위해 투쟁하려면 우선 생명을 지켜야 한다는 사실을 아직도 깨우치지 못했던 것이다. 하지만 그럼에도 호베야노스의 어리석음은 타기할 만한 어리석음이 아니었다. 돈 가스파르가 도덕을 추구할 때의 그 철저함은 고야에게 정말 경탄할 정도였다.

갑자기 고야는 호베야노스가 말을 건다는 걸 알아챘다. "여기 마드리드의 내 자리를 받아들이는 건 자네에게 달려 있네, 돈 프란시스코." 그가 말했다. "지금 권력자는 자네 그림에는 현저히 눈이 멀어 그 그림이 무지몽매한 자들과 착취자와의 싸움에서 얼마나 많은 일을 하는지 알아채지 못하니 말일세. 자네는 왕과 최고 귀족의 눈먼 호의를 이용해야 하네. 자네 자신에게 윽박지르지 말게, 고야. 자네는 이 타락한 시대를 거울처럼 담아야 하네. 원하기만 하면, 자네는 이 궁정과 도시의 유베날리스*가 될 거니까."

이 말은 고야에게 낯설었다. 돈 가스파르의 허식적인 문장과 뻔뻔스러운 요구를 거센 말로 거절하고 싶은 충동이 일었다. 하지만 그는 이 늙

* Decimus Junius Juvenalis(50?~130?): 고대 로마의 풍자시인으로, 작품에는 『풍자시집』이 남아 있다. 그는 풍자시로 당시의 부패한 사회상을 격렬한 분노로 표현했다.

어가는 사내가 알 수 없는 운명으로 빠져들고 있다는 것, 자신에게 그토록 많은 짐을 부과한 자는 다른 사람에게도 그런 요구를 할 권리가 있다는 걸 깊게 생각했다. "돈 가스파르," 그가 정중하게 대답했다. "당신이 제 예술의 영향력을 과대평가하시지 않나 염려되는군요. 정부는 제 그림의 영향이 얼마나 보잘것없는지 알지요. 그 때문에 아무런 단호한 조처도 취하지 않는 겁니다. 만약 왕과 최고 귀족들이 제게 있는 그대로 그리도록 허락한다면, 그건 허영 탓이지요. 그들은 자신을 과신하기 때문에 어떤 진리로도 왜소하게 되지 않으니까요. 궁정광대가 말하건, 궁정화가가 그리건 관계없이 말이지요."

하지만 킨타나는 공격하듯 외쳤다. "당신은 자신을 부당하게 대하는군요, 돈 프란시스코. 우리 작가가 줄 수 있는 건 가다듬어진 카스티야어이고, 그 말은 몇몇 지식인의 귀에 낭랑하게 울리지요. 하지만 당신이 그린 「카를로스 4세의 가족」이나 플로리다의 프레스코화는 모든 사람의 마음에 와 닿습니다. 보편적 독자성 때문이에요."

프란시스코는 킨타나를 다정히 바라보았다. 하지만 그는 아무런 대답도 하지 않았다. 그는 더 이상 다른 사람이 말하는 걸 따라가는 수고를 하지 않았다. 차라리 그는 자신이 그린 호베야노스 그림을 바라보았다.

왜냐하면 이제야 고야는 비로소
가스파르를 이해했기 때문이다. 그에게
승리는 중요하지 않았다. 중요한 건
싸움이었다. 그는 영원한 투쟁가였다.
그 속에는 돈키호테의 요소가
배어 있었다. 하지만 스페인 사람에게는 다

그게 배어 있지 않은가?
정의를 위해 싸우려는 열의가
이 돈키호테 속에서 타올랐다.
불의가 있는 곳에서 그는
박살내야 했다. 그는 정의가
어떤 푸른 목표, 돈키호테의
기사도적 목표처럼 도달할 길 없는
하나의 이상임을 알지 못했다.
아니 그는 돈키호테처럼
말을 타고 달려야 했다.

20

프란시스코가 최근 몇 달 사이 그렸던 에칭 판화는 산루카르의 행복했던 시절에 그렸던 스케치를 마무리한 것이었다. 하지만 당시의 천진하고 즐거운 소묘는 새 형식 속에서 어떤 다른 의미, 말하자면 더 풍부하고 더 예리하며 더 악의적인 의미를 갖고 있었다. 카예타나는 오래전부터 더 이상 카예타나가 아니었다. 도냐 에우페미아 뒤에서 죽은 시녀 브리기다가 앞쪽을 엿보았다. 시녀 프루엘라와 춤꾼 세라피나가 마드리드의 마하로서 여러 형태로 등장했다. 그리고 그, 고야도 여러 형상으로 등장했다. 어떤 때는 멍청한 정부(情夫)로, 어떤 때는 위험한 마호로 나타났지만, 거의 언제나 몽상가였고 사기당한 사람이었으며 헝겊인형이었고 바보였다.

그런 식으로 거칠고 복잡한 그림책 한 권이 생겨났다. 이 책에는 많은 것이 사악하고 몇 가지만 선한 이 도시 마드리드의 여성들에게 일어나는 일이 묘사되어 있었다. 그들은 천진한 애인을 꼬드겼고, 착취할 수 있는 자를 이용했다. 그러면서 스스로도 고리대금업자나 변호사 그리고 재판관한테 착취당했다. 그들은 사랑했고 서로 시시덕거렸으며, 유혹하는 듯한 옷차림을 과시했다. 또 너무 나이 들어 얼굴이 죽은 자의 가면처럼 되면, 그들은 거울 앞에 앉아 화장을 하고 분을 발랐다. 그들은 화려하게 나다녔고, 심문관 앞에서는 죄수복을 입은 채 고통스럽게 웅크리고 앉기도 했다. 감옥에서는 절망적으로 누웠고, 죄인을 매어놓는 기둥 옆에 서 있다가, 반쯤 벗겨진 채 욕을 들으며 법정으로 끌려가기도 했다. 그들 주위로는 늘 우아한 탕자나 잔혹한 경찰관들, 폭력을 일삼는 마호들, 찡그린 얼굴의 할멈이나 창부 무리가 몰려들었다.

악마들도 그들 주변에 있었다. 죽은 브리기다뿐만 아니라 한 무리의 유령이 있었는데, 그 가운데 많은 이가 유쾌했고, 많은 이가 전율을 야기했으며, 대부분은 그로테스크한 데다 기이했다. 어느 것도 분명하지 않았다. 모든 게 흐르는 듯했고, 관객 앞에서 변했다. 결혼식 행렬 속에서 걷는 신부는 제2의 짐승 같은 얼굴이었고, 그녀 뒤 노파는 끔찍한 원숭이가 되었으며, 어스름으로부터 뭔가 아는 듯한 관객이 씩 웃으며 나타났다. 욕망에 찬 남정네와 한량들이 알 수 있는 혹은 알 수 없는 새가 되어 주변에서 펄럭거리다가 아래로 떨어졌다. 말 그대로 낚아채였다. 낚아채여 밖으로 내던져졌다. 신랑에게는 약혼자의 신분 높은 죽은 조상을 적은 흠 없는 명부가 건네졌다. 그는 이 기록부를 살폈지만, 살아 있는 신부의 원숭이 같은 얼굴을 여전히 알아보지 못했다. 모두가 어떤 가면을 썼고, 있는 그대로의 모습이 아니라 원하는 방식대로 직접 나타났다. 모두가 아무도 알아보지 못했고, 자신조차 인식하지 못했다.

그러한 그림을 고야는 지난 몇 주 동안 몰두하여 아주 빠르게 그렸다. 호베야노스와의 작별 이후 열광은 사라졌다. 그는 한가하게 자기 은거지에 앉아 있었고, 호베야노스 집에서의 대화가 머리에서 떠나지 않았다. 그는 정신적으로 다른 사람과 싸웠다. 대체 그들은 무엇을 원하는가? 푸에르타 델 솔의 설계자 앞에 자신을 세운 다음, 사람들에게 선동적인 그림을 보여줘야 하는가? 호베야노스나 킨타나는 대체 순교자가 쓸모없다는 사실을 파악하지 못했단 말인가? 300년 동안 그들은 똑같은 목적을 위해 뼈 빠지게 일하고 고문당하며 죽음을 맞았다. 대체 그들은 무엇을 이뤘던가? 어쩌면 노인 호베야노스는 아스투리아의 산에 조용히 앉아, 종교재판소의 푸른 옷을 입은 급사가 와서 그를 데려가길 기다릴지도 모른다. 그, 프란시스코는 이성이 거짓 용기에 어설프게 휘둘리게 하지 않았다. 네 자신을 스스로 돌보라!

하지만 그는 호베야노스 집에서 얘기된 사실로부터 벗어날 수 없었다. 그는 돈 마누엘을 생각했고, 그 비대한 자가 어떻게 소파에서 다리 벌린 채 거만하게 앉아 있었던가를 떠올렸다. 그 소파는 전장(戰場)에 있었다. 그리고 왕녀가 그 큰 눈으로 이해할 수 없이 끔찍한 세계를 어떻게 응시하는지도 생각했다. 그녀는 연약해서 부서지기 쉬웠다.

갑자기 아랫입술을 쑥 내민 채 그는 다시 탁자 곁에 앉아 그림을 그렸다. 하지만 이번에는 여자가 아니었고, 대단한 숙녀도 아니었으며, 멋쟁이나 마하나 창부도 아니었다. 어떤 배후를 갖는 다의적인 무엇이 아니라, 누구라도 이해할 수 있는 단순한 스케치였다.

그 그림은 어느 크고 늙은 당나귀가 작은 새끼 당나귀에게 기품 있는 열정으로 abc를 가르치는 장면이었다. 원숭이는 넋 잃은 늙은 당나귀에게 기타를 쳐주었고, 그들을 따르는 무리는 열광하며 손뼉을 쳤다. 그건 1천 년 전 당나귀였다. 또 작고 성실하고 능란한 원숭이가 멋지고 자랑스러운 어느 당나귀를 그렸다. 캔버스에서는 초상화와 비슷하진 않았지만, 한 사람이 이쪽을 쳐다보았는데, 당나귀보다 사자를 닮아 있었다.

고야는 자신이 무얼 그렸는지 살폈다. 그건 바로 친구들이 말했던 내용으로, 아주 용기 있고, 무척 단순한 그림이었다. 그건 바로 구부린 두 남자의 부서질 듯한 등에 탄 거대하고 무거운 당나귀 두 마리였다. 그는 악의적으로 웃었다. '아무것도 모르는 너희들, 어디 나와 내 뚱보를 짊어져봐.' 훨씬 좋았다. 귀족과 성직자가 어떻게 참을성 많은 스페인 사람들의 등에 걸터앉아 있는지 알 수 있었다.

서투르게 그려진 이런 그림에 대해 정치적 영향력을 말하는 건 물론 난센스였다. 하지만 이런 그림을 그린다는 건 의미 있는 일이었고, 흥미롭기도 했다.

그 후에도 그는 자주 시골 은둔처에서, 조용한 열기 속에 작업하며 지냈다. 그는 지금까지 자신의 소묘와 에칭 판화에 어떤 이름도 부여하지 않았다. 이제 그는 이 그림들을 '풍자화'라고 불렀다.

그는 여자들도 다시 그렸다. 하지만 이번에는 악의는 더 많게, 동정은 더 적게 담아 그렸다. 시시덕거리는 한 쌍도 그렸는데, 사랑에 빠진 여자의 발치에는 유행에 걸맞게 앙증맞은 애완견 두 마리를 놓았다. 개들도 그림 속 사랑의 짝만큼이나 바빴다. 한 남자가 어느 거대한 돌덩이 앞에서 죽은 연인을 마주한 채 절망하고 있었다. 하지만 그녀는 정말 죽은 것인가? 아니면 그의 절망을 즐기려고 눈만 깜빡거리는 것인가?

악마들은 이제 고야가 그린 삶 속으로 점점 더 깊게 들어가 활동했다. 인간적인 것과 천상적인 것 그리고 악마적인 것이 서로 혼란스럽게 뒤섞였고, 그 기이한 뒤섞임의 한복판에서 프란시스코와 카예타나 그리고 루시아가 돌아다니며 춤을 췄다. 그래서 모든 게 대단하고 대담한 놀이가 되었다.

고야는 놀이의 즐거움을 그렸다. 그는 하나의 구(球) 위에, 아마 지구인 것 같은 구 위에 누운 사티로스*를 그렸고, 염소 다리를 가진 사내와 곡예로 시간을 보내는 거대하고 쾌활한 악마를 그렸다. 그는 거만한 제복 차림에 많은 훈장을 단 채로 만족하는 아이 같은 얼굴로 꿈을 꾸는 한 남자를 높게 그렸는데, 이 남자는 연기를 내며 불타오르는 큼직한 가발을 쓰고 있었다. 게다가 연기를 내며 불타는 횃불을 손에 들고 있었다. 그러나 지구의 한편에서는 한 사람이 아래로 떨어졌고, 사티로스는 이 사람과 노는 데 지쳐 있었다. 추락하는 사람의 벌어진 다리와 등이 허공 위로 그로테스크하게 솟아올랐다. 다른 편에서도 한 사람이 텅 빈 우주 공간 속으로, 팔다리를 벌린 채 거꾸로 날아다녔는데, 그 역시 사티로스의 망가진 장난감이었다.

프란시스코는 자신이 그린 그림의 다의성이 좋았다. 그는 연기 나는 가발과 연기 나는 횃불을 보면서 미소 지었다. 왜냐하면 '연기 나다(humear)'라는 단어는 '허풍떨다'나 '뻐기다'를 뜻했기 때문이다. 그는 유쾌한 듯 뻐기는 어릿광대**를, 헝겊인형을 보는 게 즐거웠다. 염소 다리를 가진 자는 헝겊인형을 갖고 놀지만, 그가 앞으로 얼마나 빨리 이 망가진 장난감 둘을 뒤쫓아갈지 아직 알지 못했다. 그는 혹시 돈 마누엘이 바로

* Satyros: 그리스 신화에 나오는 반은 인간이고 반은 짐승인 숲의 신. 호색가를 상징한다.

** Hanswurst: 중세 유럽의 사육제극이나 18세기 연극에서 흔히 등장하는 우스꽝스러운 사람을 가리킨다.

그 유치하게 노는 사티로스가 아닌지, 혹은 흡족해하는 장난감이나 어릿광대가 아닌지 자문했다. 많은 점이 확실했다. 즉 가장 단순한 사람도 이 소묘 작품을 통해, 행복이란 예쁘고 변덕스러운 여자가 아니라, 하나의 거대하고 상냥하며 유쾌하면서도 참으로 위험한 어리석음을 지닌 사티로스라는 걸 알아채지 않을 수 없었다. 고야는 자신에 대해서도, 자신의 '상승과 추락'에 대해서도 생각했다. 하지만 그는 더 이상 연기 나는 광대 같을 수 없었다. 누가 그를 내던질 수도 있었지만, 그는 염소 다리나 다른 악마한테 놀라지 않았다. 그는 더 이상 바보짓을 하지 않았다. 그는 모든 일에 대비했다.

곧 그의 확신이 어리석은 허세라는 게 밝혀질 것이었다. 사티로스는 그를 다른 사람들처럼 바보로 취급했다.

사라고사로부터 전갈이 도착했다. 마르틴 사파테르가 죽었다는 것이다.

프란시스코는 자신의 불행에 대해 누구한테도 말하지 않았다. 그는 은둔처로 달려갔다. 그곳에서 오랫동안 멍하게 앉아 있었다. 삶의 일부가 다시 무너져 내렸고 상실되었다. 이제 그가 이전 시절에 대해 말할 수 있는, 저 성가시고 자질구레한 일에 더없이 화가 날 때면 멍청한 일들에 대해 함께 조롱할 수 있는 사람이 아무도 없었다. 그가 마음 내키는 대로 자랑하고 뻐길 수 있는 사람도. 마르틴이 죽었다! 자부심 넘쳤던 마음의 친구 마르틴이!

"이런 일을 내게 저지르다니, 나쁜 친구!" 그는 생각한다고 믿었지만, 크게 소리 내어 말했다. 아틀리에에서 그는 갑자기 홀로 춤추기 시작했다. 동판과 압착기, 종이와 붓, 조각칼 그리고 크고 작은 대야가 어지럽게 놓인 가운데 그는 걸어 다니며 거칠고 뻣뻣하게 춤을 췄다. 그건 품위 있고 난폭한 전사(戰士)의 춤 호타*였다. 이 춤은 그와 마르틴의 고향인 아라곤 지방의 춤이었다. 그건 작별이었고, 마르틴에 대한 죽음의 축제였다.

저녁 무렵 카예타나와 약속을 한 사실이 떠올랐다. '죽은 자는 무덤으로, 산 자는 식탁으로!' 그는 스스로 화난 듯 중얼거렸다. 그는 평상시 습관과는 달리 옷을 대충 입고, 마차도 부르지 않았다. 몽클로아까지 가는 길은 멀었다. 그는 그곳으로 갔다. 카예타나는 그가 그렇게 먼지범벅이 된 채 영락한 듯한 차림으로 도착하자 놀랐다. 하지만 그녀는 묻지 않았다. 그는 마르틴의 죽음에 대해 아무것도 말하지 않았다. 그는 그날 밤 오랫동안 그녀 곁에 머물렀고, 그녀를 거칠고 난폭하게 취했다.

다음 날 은거지에 있을 때, 오래된 광기가 그를 거세게 덮쳤다. '그'는 사파테르의 죽음에 빚을 지었다. 그의 초상화를 그리지 않았기 때문이다. 이번에는 유령에 감히 맞서지 못했다. 유령들은 그를 발톱으로 움켜쥐었다. 그는 그들의 먹먹한 웃음소리를 들었다.

오랫동안 그는 공포에 짓눌린 채 웅크리고 있었다. 그런 다음 격심한 분노가 그를 느닷없이 사로잡았다. 처음에는 자신에 대한 분노였고, 다음에는 마르틴에 대한 분노였다. 마르틴이 그에게 다가왔고, 고야가 더 이상 마르틴을 그리워할 수 없을 때까지 그의 마음속으로 파고 들어왔다. 마르틴이 없으면 안 되었을 때, 마르틴은 그를 떠나 배신했다. 모두가 그의 적이었다. 그와 가장 가깝다던 사람들이 가장 나쁜 사람들이었다. 대체 이 마르틴은 누구인가? 영리한 멍청이이자 은행가였고, 예술에 대해 강아지 후아니토만큼도 모르는 자였으며, 아무것도 아닌 사람이기도

* Jota: 스페인 아라곤 지방의 민속춤.

했다. 그는 얼마나 나락처럼 추했던가! 그런 큰 코를 가지고 얼마나 고야의 비밀을 파고들어 킁킁대며 냄새 맡았던가? 고야는 화난 채 그가 접시 수프 앞에 앉아 어떻게 먹어대는지 그렸다. 그 큼직한 코가 점점 더 커지더니, 탐욕스럽게 입맛을 다시며 소리 내어 마시고 냄새 맡던 사내 얼굴은 갑자기 끔찍하도록 외설적으로 변했다. 그건 더 이상 얼굴이 아니었다. 그건 한 남자의 치부(恥部)였다.

원망과 후회가 프란시스코를 뒤흔들었다. 그는 죽은 자에게 잘못된 짓을 한 것이다! 그가 그린 건 자신의 광포함이었고, 자기 자신의 심연 같은 천박함이었다. 마르틴은 최고의 친구여서 그를 위해 모든 일을 했기 때문에, 바로 그 때문에, 마르틴의 선함에 대한 시기로 인해, 그는 돼지처럼 나쁜 자기 생각을 그 안으로 집어넣어 그렸던 것이다. 마르틴은 은총이 깃든 소박한 인물이었고, 그 때문에 악마는 마르틴에게 다가갈 수 없었다. 악마는 그, 프란시스코에게 다가갔다. 그는 자신이 악마의 주인이라고 상상했을 때, 바보였던 것이다.

게다가 악마들은 손에 잡힐 듯 끔찍하게 고야 주변에 앉아 있었고, 이들이 내는 까악거리는 소리나 이를 가는 소리 그리고 갖가지 비명은 그의 마비된 청각 속으로 파고들었다. 고야는 이들의 끔찍한 호흡 소리를 느꼈다.

고야는 죽을힘을 다해 자신을 억눌렀고, 똑바로 앉아 입을 꽉 다물었다. 그는 다시 윗도리를 입고, 머리카락을 귀 쪽으로 쓰다듬었다. 그, 프란시스코 고야는, 왕의 수석화가이자 예술원 명예위원장이기도 한 그는 눈을 감지 않았고, 유령들 앞에서 얼굴을 감추지 않았다. 그는 악마가 자기 마음속의 마르틴을 죽인 지금도 악마를 주시했다.

이놈들과 끝장을 낼 것이다. 그는 악마들을 종이 위에 애써 그렸다.

그렸다. 그는 탁자 위에 엎드린 채 얼굴을 팔에 숨기면서 자신을 그렸다. 그의 주위로 악마가 모여 있었다. 밤의 거친 혼잡이며, 고양이 같은 짐승이나 날짐승에다, 괴물에 부엉이에 박쥐들이 그를 짓누르고 있었다. 그들은 아주 가까이서 압박했다. 괴물들 가운데 하나는 벌써 그의 등에 앉았던가? 하지만 그들은 그에게 다가올 뿐 더 이상 그의 안으로 들어오지 않았다. 왜냐하면 난폭하고도 끔찍한 새의 유령 가운데 한 마리의 발톱에 그는 조각칼을, 철필을 들이댔기 때문이다. 유령들은 그에게 도구에 불과했다. 종이에 그림으로써 더 이상 해롭지 않도록 유령을 내쫓는 무기였다.

이제 그는 더 이상 유령이 두렵지 않았다. 그들과 뒤엉켜 싸워 그들을 완전히 기죽이고 싶은 충동이 일어났다. 그는 그들을 불렀다. 보아라. 그들은 길들여진 채 왔다. 도처에서 그들이 모습을 드러냈다. 그들은 그가 길을 갈 때면 변화하는 구름 모습이었고, 그가 정원을 거닐 때면 나무들의 수많은 가지였으며, 그가 만사나레스 강가를 지나갈 때면 모래 속의 우연히 뭉쳐진 덩어리로 나타났을 뿐만 아니라, 은거지 벽에 붙은 얼룩이거나 태양의 고리이기도 했다. 이 모든 게 그가 마음속에 지니던 윤곽이자 형태로 되었다.

고야는 어릴 때부터 악마들의 자연사에 익숙했다. 그는 대부분의 다른 스페인 예술가나 시인들보다 더 많이 그들을 알고 있었다. 또 악마학자나 종교재판소의 직업 전문가보다 더 많이 알았다. 이제 그는 자신의 혐오감을 이겨내면서 지금껏 옆에 머물러 있던 유령들한테도 힘껏 다가갔다. 그리하여 그는 곧 모든 유령을 알게 되었다. 요정과 요마(妖魔), 몽마(夢魔)와 밤 도깨비, 기형아와 늑대 인간, 자연의 유령이나 요녀(妖女), 땅의 정령(Gnomen), 먹어치우는 요정, 걷는 요정, 사람 잡아먹는 귀신, 바실리스크*를 알았다. 또 모든 유령 가운데 가장 평판이 나쁜 유령인 고자쟁이(soplones)와 밀고자도 알았다. 이 유령은 당연히 경찰이나 최고주교회의의 밀정과 같은 이름을 갖고 있었다. 하지만 그는 두엔데Duende와 두엔데시토Duendecito 같은 익살스러운 요정도 알았는데, 이 요정들은 밤이면 주인이 꺼리는 집안일을 감사한 마음으로 기꺼이 해냈다.

많은 유령이 인간적인 특징을 가졌고, 친구나 적의 이런저런 특징들을 뒤섞은 채 갖고 있었다. 어느 마녀는 어떤 때는 그에게 카예타나처럼 보였고, 어떤 때는 페파처럼 보였으며, 또 어떤 때는 루시아처럼 여겨졌다. 똑같이 우악스러운 유령은 때로는 돈 마누엘이었다가 때로는 돈 카를로스이기도 했다.

종종 그리고 기꺼이 유령들은 교회 옷차림으로, 수도사나 종교재판소 재판관이나 성직자로 나타났다. 그들은 교회의 이런저런 의례를 즐겨 따라 했고, 성찬식이나 성유 바르기 그리고 최후의 도유**를 거행하기도 했다. 어느 마귀는 사티로스의 어깨 위에 앉은 채 나타나, 순종하는 자의 서약을 하기도 했다. 구원 받은 유령들은 주교 제복(祭服)을 입은 채 책을 들고 허공을 떠다녔는데, 그 책으로 맹세했다. 어느 깊은 바다에서 신참 신부들이 노래하며 쳐다보았다.

고야는 유령들에 대해 마지막 남은 경악의 찌꺼기마저 잃어버렸다. 그는 유령에 대한 공포 속에서, 광기 속에서 평생을 보낸 자들에게 조롱

---

* Basilisk: 이구아나 과의 도마뱀을 통틀어 이르는 말이나, 여기서는 노려보는 것으로 사람을 죽인다는 전설 속의 도마뱀을 가리킨다.

** 塗油, Olung/anointing: 주교나 사제가 성사를 집행할 때 성유(聖油)를 바르는 행위. 종교 의식에서 사람이나 사물에 기름을 붓거나 바르는 것은 그 대상을 거룩하게 한다는 뜻이다.

으로 보일 만큼 혹독하고 깊은 연민을 느꼈다. 그는 그들을, 두려움 속에서 요괴한테 기도한 숱한 사람들을 표현했고, 재단사에서부터 유령에 이르는 모습으로 차려입은 어느 사내도 표현했다. 그는 민중을, 착취당하는 사람과 정신이 가난한 사람을 그렸고, 이들이 얼마나 맹목적이고도 끝없이 참으며 그들을 짓누르는 자들을 먹여 살리고 돌보는지 그렸다. 그리고 친칠라*와 거대한 쥐를, 최고 귀족과 신부를, 저 뇌 없는 나무늘보를 그렸다. 이들의 눈은 가려져 있고, 그 귀는 거대한 성채로 닫혀 있으며, 그들의 팔다리는 뻣뻣하고 오래된 비싼 옷을 두르고 있는데, 이 옷은 너무 길어 움직일 수조차 없었다. 그는 지배당하는 하층민들의 나태하고 그림자 같은 모습을 그렸고, 그들이 어리석고 무감각하게 그리고 아무런 요동 없이 웅크리고 있는 모습을 그렸으며, 그에 반해 어느 수척한 사람이 다음 순간 무너져 내려 자신과 모든 자를 산산이 망가뜨리게 될 엄청난 돌덩이를 마지막 남은 힘으로 들어 올리는 모습을 그렸다.

고야의 환상이 낳은 산물은 점점 더 대담하고 더 다의적이 되었다. 그는 그 그림을 더 이상 '풍자화'로 부르지 않았다. 그는 그 그림을 '생각과 착상 그리고 변덕'으로, 즉 '카프리초스Caprichos'라고 불렀다.

고야는 유령들이 어떻게 곤드레만드레 술을 마시는지, 어떻게 치장하고, 서로의 가죽과 발톱을 잘라내는지 남몰래 관찰했다. 그들이 어떻게 마녀들의 야간 집회에 가는지, 또 어떻게 갓난애의 방귀로 수프를 끓일 불을 피우는지 그는 보았다. 그들은 거대한 숫염소의 손에 입을 맞출

* Chinchilla: 다람쥐 혹은 토끼를 닮은 남미산 동물. 여기에서는 거대한 시궁쥐나 들쥐를 지칭하는 것으로, 「변덕」 시리즈 중의 한 그림(50번)에서 암시되듯이, '아무것도 듣지 못하고 알지 못하는 사람들'에 대한 비유이기도 하다. 그래서 '친칠라 가문의 사람들'로 번역되기도 한다.

때의 의식을 보여주었으며, 한 사람을 한 마리 동물로, 그것이 염소건 고양이건, 변모시킬 때 사용하는 수단이나 맹세를 그에게 보여주었다.

그는 자주 점심거리를,
빵과 치즈 그리고 약간의
만사니야 포도주를 은거지로
가져갔다. 그리고 나서 그는
유령도 초대했다. 그는
그들에게 빵과 치즈를 건넸고,
그들과 같이 식탁에 앉았다.
염소 발을 가진 사티로스를
'나의 친구'라고 불렀고,
덩치 큰 다른 악마를
'귀여운 것'이라고 불렀다.
그는 이 괴물들과
수다 떨며 놀았다. 그는
그들의 발톱과 뿔을 느꼈고,
그 꼬리를 잡아당겼다.
그는 이 난폭하고 어리석고
성난 얼굴을, 그 거칠고
유쾌한 표정을 자세하게 바라보았다.
침묵 속에서 그는 울리도록
웃었다. 그는 악마들을
실컷 놀려댔다.

21

고야는, 누구도, 아무리 급한 경우에도, 은거지에 있는 자신을 방문하지 못하게 했다. 한 여자만 아무 때나 올 수 있었다. 그건 카예타나였다.

그녀는 결코 그의 일을 묻지 않았다. 하지만 어느 날 그녀가 말했다. "당신은 요즘 이곳에만 있군요. 대체 무얼 하고 있나요?"

"머리에 떠오르는 생각을 몇 개 그리고 있소." 그는 대답했다. "이런저런 변덕과 장난질이오. 거기에는 애쿼틴트*가 특별히 좋소. 이미 말했듯이 그건 그리 중요하진 않소. 망상이고 변덕에 불과하니까." 그는 작품을 아무렇지도 않게 다루는 자신에게 화가 났다. 그는 그녀가 뭔가를 보여달라고 요구하지 않기를 바랐다. 그는 기다렸다.

그녀는 요구하지 않았다. 그때, 자기 의지와 달리 그는 말했다. "당신이 원한다면 몇 점을 보여주리다."

그는 그녀에게 그림을, 고르지 않고 놓여 있는 그대로 몇 점 보여주었다. 그녀를 가리키거나 암시할 수 있는 작품은 옆에 제쳐두었다. 그녀는 늘 그러듯이, 그림들을 말없이 그리고 재빠르게 쳐다보았다. 거울을 쳐다보며 치장하는 아주 추한 어느 노파 앞에서 그녀는 흡족한 듯이 말했다. "이건 그녀에게 보여줘선 안 됩니다. 당신의 도냐 마리아 루이사에게 말이지요." 그 밖의 스케치에 대해서는 아무 말도 하지 않았다.

그는 실망했다. 그녀 자신이 등장하는 그림도 그녀에게 건넸다. 그녀는 그 그림을 똑같이 다정하고 사사롭지 않는 관심으로 관찰했다. 즐겁

---

* Aquatint: 부식법을 이용하는 판화인 에칭의 한 종류로 톤에 의한 음영 표현을 할 때 사용한다.

게 대화를 속삭이는 한 쌍이 그려져 있는데 바로 그녀와 그 자신이었으며, 이들 발치에는 연애하는 강아지 두 마리가 있었다. 이 쌍에 대해 그녀는 말했다. "이 그림을 보고도 그들은 기뻐하지 않을 거예요. 당신의 페파와 돈 마누엘 말이에요." 그 순간 그는 놀랐다. 하지만 그가 이걸 직접 그리지 않았던가. "그 누구도 자신을 모르지 않소?"

유령이 그려진 스케치를 그녀는, 평상시 관찰하는 것보다 더 오래 관찰했다. "브리기다와 똑같이 그렸군요." 그녀가 말했다. 하지만 대부분의 스케치 앞에서 그녀는 냉정했고 분명 낯설어했다. "특이하군요." 그녀는 마침내 평가를 내렸다. "장난질이라고 당신 스스로 말했는데, 솔직히 말하면, 난 당신의 장난질을 더 유쾌하게 상상했어요. 우린 더 이상 즐겁지 않으니까요." 그녀는 아주 살짝 악의적인 미소를 띠며 말했다. 그런 다음 그녀는 그의 공책을 쥐고 이렇게 썼다. '솔직히 말해, 많은 것이 잔인하고 야만적이라고 생각해요.' "게다가 많은 게 악취미예요." 그녀는 아주 또박또박 말하며 보충했다.

그는 당황하여 일어섰다. 그는 그녀가 스케치에서 물러나 자신을 들여다보리라 기대했다. 그녀가 격분해도 그 때문에 놀라워하진 않을 것이었다. 하지만 야만적이라고? 악취미라고? 그녀 앞에는 축복스러우면서 절망적인 지난 5년 동안 도달한 인식의 결과가 놓여 있었다. 그렇게 위태로웠던 노정 후 그는 자신의 아메리카를 발견했다. 그녀가 이 그림에 대해 말한 모든 것은 '상스럽다'는 것이었다. 그건 한 최고 귀족 여성이 내린 판단이었다. 그녀는 데스마요를 춰도 되었다. '그녀'는, 만약 남편이 조금만 방해했더라도, 남편을 죽였을 것이다. 하지만 고야가 자신을 죽이려는 유령을 불러내 물리쳤다면, 그건 상스럽게 보였다.

잠시 후 그는 자신의 원망을 꿀꺽 삼켰다. 그는 낯설어하는 그녀를 이미 예견해야 했는지도 모르고, 그녀에게 이 그림을 보여주지 말았어야 했는지도 모른다. '보편적 독자성'이라는 말이 떠올랐다. 젊은 킨타나가 잘못된 것이었다. 그는 미소 지었다. "무엇이 우스운가요?" 그녀가 물었다. "내가 저기 그려놓은 것 말이오." 그가 대답하며 「변덕」 그림을 차곡차곡 포개 다시 상자에 넣었다.

다음 날 그는 새로운 소묘를 그렸다. 그는 한 남자와 한 여자가 서로 묶이고, 또 어느 나무 둥치에 묶인 채, 서로에게 떨어지려 애쓰는 절망적인 모습을 그렸다. 그들 머리 위에는 커다란 올빼미 한 마리가, 안경을 쓴 채 날개를 펼치고 있었다. 올빼미는 한쪽 발로는 나무 그루터기를, 다른 발로는 여자의 머리를 쥐고 있었다. 호베야노스나 킨타나였다면 이 안경 낀 커다란 부엉이를, 파기될 수 없는 결혼의 성스러움을 감시하는 교회나 교회법으로 간주했을지도 모른다. 그리고 마누엘이라면 미겔과 루시아를 묶은 비운(悲運)으로 간주할 것이다. 그리고 미겔은 페파와 마누엘을 묶은 끈을 나타낸다고 믿을 것이다. 하지만 고야는 이 소묘가 모든 걸 표현했다는 것을, 그리고 여기에는 카예타나와 그 자신의 떨어질 수 없는 관계도 포함된다는 걸 알았다.

며칠 뒤 놀랍게도 의사 페랄이 귀머거리의 은둔처를 방문했다. 천성적으로 미심쩍어하는 고야는 청각 상실 이후 더 의심이 많아져, 페랄이 카예타나의 부탁을 받고 왔다고 중얼거렸다. 말하자면 그것은 그의 새로운 예술의 영향이었다! 아주 짧은 동안 그는 검은 물결이 새롭게 밀려드는 걸 느꼈다. 그런 다음 그는 카예타나의 행동을 장난스럽게 받아들였다. 그녀는 그 그림에 대해 어떻게 생각하는지 숨기지 않았다. 그녀가 자신을 페파로 여겼는데도 왜 그를 바보 취급하지 않았을까?

"자백하시오, 의사 양반." 그가 갑자기 활기차게 말했다. "당신은 도냐 카예타나의 위임을 받고 왔을 거요. 그래서 내 상태를 확인하려고." 페랄은 똑같이 활기차게 대답했다. "그렇기도 하고, 그렇지 않기도 합니다, 돈 프란시스코. 나의 방문은 분명 도냐 카예타나의 권유 때문이지요. 하지만 저는 예전 환자에게 온 게 아니라 화가 고야께 온 겁니다. 오랫동안 당신의 새 작품을 못 보았으니까요. 그런데 공작 부인이 말해주길, 당신이 최근에, 소묘든 동판화든, 상당한 분량을 창조해냈다더군요. 제가 얼마나 깊게 당신에게 감탄하는지 알지요. 당신의 새 작품을 조금이라도 보게 된다면 저는 기쁘고 자랑스러울 겁니다."

"솔직해집시다, 돈 호아킨." 프란시스코가 대답했다. "카예타나는 당신에게 말하길, 내가 방에 틀어박혀서 미친 것들을 많이 만들었다고, 그렇게 말했을 거요." 그는 계속 말했다. 그러다 갑자기 화를 내며 덧붙였다. "내가 다시 미쳐, 생각에 잠겨 뒤틀리고 실성하게 되었다고." 그는 점점 더 격분해서 말했다. "미치고 정신 나가 날뛰고, 바보 같고, 광기에 차 있다고!" 이제 그는 소리 질렀다. "당신은 정말이지, 거기에 대해 수많은 과학적 명칭을, 분류법과 질서와 주석을 가졌을 거요." 나는 나를 지켜야 해, 그는 생각했다. 평상시에도 그는 그녀에게, 자신은 미쳤다고 옳게 말했기 때문이다.

의사 페랄은 아주 조용히 대답했다. "도냐 카예타나는 당신 그림을 특이하게 여기고 있습니다. 하지만 저는 우리의 이탈리아 여행 동안, 그리고 이미 그 전에 공작 부인의 예술 판단이 자의적이라는 걸 경험했습니다." "그래요." 프란시스코가 말했다. "마녀들도 그 나름의 예술 이론을 가지니까." 페랄은 아무것도 듣지 못했다는 듯 말을 이어갔다. "그리고 언제나 새로운 걸 보여주는 거장이란 얼마나 많은 편견과 싸워야 하는지 당신도 잘 아시겠지요. 당신을 재촉할 순 없지요. 하지만, 제발이지,

당신의 그림에 제가 긴장해 있는 걸 아둔한 호기심이나 의사다운 관심이라 여기진 마십시오."

카에타나의 어리석은 수다와 거드름 이후 예술 이해력을 가진 이 신사의 신중한 견해를 듣는 건 고야에게 매력적이었다. 고야는 말했다. "내일 오후 도시에 있는 내 아틀리에로 오시오. 알 거요, 칼레 데 산베르나르디노에 있는. 아니면, 내일 말고," 그는 정정했다. "내일은 근무일이오. 불행한 날이지요. 그러니 수요일 오후에 오시오. 하지만 내가 있게 될지 확실히 약속할 순 없소."

페랄은 수요일에 왔고, 고야는 그곳에 있었다.

고야는 스케치 몇 점을 보여주었다. '풍자화'였다. 그는 돈 호아킨이 얼마나 전문가적인 눈으로 탐색하듯 그림을 쳐다보는지 바라보았다. 그는 더 많은 것을, 「변덕」의 몇 점도 보여주었다. 그는 페랄이 그림으로부터 솟아오르는 향과 유황을 얼마나 큰 기쁨으로 들이켜는지 느꼈다. 고야는 남자들의 머리 위에서 마녀 집회로 날아가는 카에타나를 보여주었다. 그리고 그는 페랄의 눈에서 반짝이는 악의적인 승리를 기뻐했다.

그리고 그는 물었다. "내가
바보인가, 의사 선생? 내가 여기
그린 게 광기인가?"
하지만 의사는, 경외감에 차,
말했다. "이 그림에서 제가 바르게
이해 못한 게 많이 있다면,
그건 제가 당신보다 훨씬
적게 알기 때문이겠지요.

당신은, 거기
있었던 것처럼, 그렇게 지옥을
보여주네요. 현기증이 납니다.
저는 모든 걸 주시해요."
하지만 프란시스코는 말했다.
"정말 나는 거기, 지옥에 가보았소,
의사 선생. 당신도 그리고 누구라도,
알 거요. 나도 현기증이 나오.
다른 사람들도 현기증이 일기를,
바로 그 점을 난 원했소.
정말 그래요, 의사 선생."
그리고 그는 흡족한 듯
의사의 어깨를 젊은이처럼 두드렸다.

22

고야는 초상화 작업을 무시하고 있었다. 주문한 사람들은 안달이 났다. 아구스틴은 미란다 백작의 그림을 이미 3주 전에 넘겨줘야 했다는 걸 상기시켰다. 몬티야노 공작도 독촉했다. 이 두 초상화를 그, 아구스틴이 도울 수 있다면, 그렇게 했을 것이다. 이제 그것을 끝내는 일은 프란시스코에게 달렸다.

"자네가 끝내게." 고야가 지나가는 투로 지루한 듯 대답했다. "진심이에요?" 호기심이 난 아구스틴이 물었다. "물론이지." 고야가 대답했다.

카예타나가 「변덕」 그림을 본 이래 그는 상류 귀족 모델의 견해에 더욱 신경 쓰지 않았다.

아구스틴은 긴장한 채 작업했고, 열흘 후 그림 두 점이 완성되었다. 미란다 백작은 아주 만족했고, 몬티야노 공작도 적잖게 만족했다.

그 뒤 고야는 점점 더 빈번하게 아구스틴에게 그림의 완성을 맡겼다. 그 자신은 처음 시작할 때 손질 외에는 더 이상 손대지 않았다. 아무도 눈치채지 못했다. 프란시스코는 그림 보는 사람들이 이해 못 한다는 사실에 즐거움을 느꼈다.

그는 아구스틴에게 말했다. "도냐 카예타나는 새 초상화를 원하네. 내가 그린다면, 그 그림은 너무 사적으로 될 걸세. 그렇게 느끼네. 자네는 내가 어떻게 그릴지 정확히 알고 있네. 한번 해보게. 연구 자료나 그림은 자네가 필요로 하는 이상으로 이곳에 있으니까. 그렇게 하면 내가 몇 번 칠해주고, 서명도 해줄 테니까. 그러면 예의는 지켜지겠지." 아구스틴은 당혹스러운 표정으로 의심하듯 쳐다보았다. 프란시스코는 도전하듯 말했다. "자넨 믿지 못하는가?" 아구스틴은 말없이, 이건 위험한 놀이라고, 이 놀이가 잘못 끝나면 나, 아구스틴이 뒤치다꺼리를 해야 할 거야, 라고 생각했다. "당신은 알아야 해요." 그가 불확실한 듯 말했다. "공작비가 얼마나 예술을 잘 알고 있는지 말이죠." "그녀는 다른 사람들만큼 알고 있을 뿐이네." 프란시스코가 말했다.

아구스틴은 그림을 그렸다. 잘되었다. 그려진 귀부인은 알바 공작비였다. 그건 큼직한 눈과 오만한 눈썹과 기세등등한 검은 머릿결을 가진 순수하고 분명 티 하나 없이 아름다운 타원형 얼굴이었다. 그 이마 뒤에서는 죽은 브리기다도 출몰하지 않았다. 그녀가 남편의 죽음을 재촉했으리라고는, 혹은 변덕과 오만과 사악함 때문에 그녀가 사랑했던 사람에게 지옥 같은 고통을 주었다고는 믿기 어려울 것이다. 프란시스코는 그 그림을 철저히 살펴보았다. 그러고 나서 몇 번 덧칠했고, 서명했다. 그리고 마지막으로 살폈다. 아구스틴 에스테브의 그림 하나가 생겨난 것이다. "멋지군." 그가 판단했다. "이 그림에 카예타나가 기뻐하는 걸 보게 될 걸세."

실제로 그렇게 됐다. 카예타나는
캔버스에서 자신을 바라보는
조용하고 순수하며 자부심에 찬
표정에 기뻐했다.
"당신은 나를 모델로 더 나은 그림을
그릴 수도 있었을 거예요." 그녀가 말했다.
"하지만 이건 가장 사랑스럽군요."
그녀는 물었다.
"맞는 말인가요, 돈 호아킨?"
그는 고야가 지독한 야유를
보냈음을 떠올리며,
낯설게 서 있었다. "이 초상화는
당신 수집품을 풍요롭게 만들
가치 있는 작품이지요." 그가 말했다.
고야는 그걸 보았고, 그 말을 들었다.
그러나 히죽거리지 않았다.
그는 카예타나한테 진 빚이
없었다.

23

친구들이 호베야노스와 마지막으로 함께 있었던 그날 저녁 아구스틴은 음울하고 확고하게 예견하기를, 돈 마누엘이 스페인의 교회 독립에 대한 우르키호의 대담한 칙령을 거부할 거라는 것이었다. 하지만 '감히 그리하려 들다니'라는 돈 가스파르의 광적인 반박이 인상적이었기 때문에, 그는 생각과는 다르게 희망을 품게 되었다. 하지만 이제 돈 마누엘은 그 오래되고 쓰라리며 많은 돈이 드는 로마에 대한 스페인 교회의 의존 문제를 왕을 끌어들이며 다시 만들어냈다. 비록 예상했다고 해도, 아구스틴은 이 사건을 새로운 불행의 중압감으로 맞닥뜨렸다.

아구스틴은 프란시스코에게 마음을 터놓고 싶은 충동이 일었다. 프란시스코가 직접 사인한 그림에 아구스틴이 더 많이 참여하도록 허용했을 때, 그것은 아구스틴에게 새롭고 깊은 우정의 증거로 보였다. 하지만 그 기쁨은 오래가지 않았다. 몇 주 동안 고야는 우애 있는 얘기를 할 기회를 주지 않았다. 그가 프란시스코를 급히 필요로 한 그때에도 그는 그곳에 있지 않았다. 프란시스코를 향한 아구스틴의 원망이 천천히 일어났다.

아구스틴은 은둔처에 있는 고야를 방해하는 일 말고 다른 어떤 일도 그를 격분시키지 못하리라는 것을 알았다. 그는 고야의 은둔처로 달려갔다.

아구스틴이 들이닥쳤을 때, 고야는 작업하던 화판을 화난 듯 치우면서 아구스틴이 보지 못하도록 했다. "방해가 됐나요?" 그가 큰 소리로 물었다. "뭐라 했나?" 고야가 성난 목소리로 되물었다. 그리고 서판을 그에게 내밀었다. "당신을 방해했지요?" 아구스틴은 원망에 가득 차 적었다. "그렇다네." 고야가 벼락 치듯 대답했다. 그리고 말했다. "대체 무슨 일인가?" 그가 물었다. "마누엘이 칙령을 거부했습니다." 화난 아구스틴이 아주 또박또박 보고했다. "무슨 칙령 말인가?" 고야가 물었다. 하지만 아구스틴은 더 오래 참지 못했다. "당신은 아주 정확히 알고 있겠지요!" 그가 소리쳤다. "그리고 거기에 충분한 책임이 있다는 것도 말이죠!" "자네는 바보고 멍청이야! 당나귀 같은 고집 하고는!" 프란시스코가 나직하지만 위험한 목소리로 말했다. 그런 다음 그는 소리를 지르기 시작했다. "작정하고 날 방해하려는군!" 그가 소리쳤다. "내가 오늘 저녁에 그 사실을 알지 못한 게 뭐 어떻다는 말인가? 자넨 뭘 생각하는가? 내가 지금 곧장 달려가 돈 마누엘을 쓰러뜨릴 거라고 여기는가? 아니면 뭔가?" "그렇게 소리치지 마세요." 아구스틴이 성이 나 말했다. "그렇게 어리석고 위험한 일을 그렇게 큰 소리로 외치다니." 그는 고야가 보도록 적었다. "이 집 벽은 얇습니다. 내게 반대한다는 표시를 보여줄 필요는 없어요." 아구스틴은 분을 가라앉히며 거칠고도 분명하게 계속 말했다. "당신은 여기 앉아 사적인 불만을 토로하죠. 그래서 한 친구가 걱정이 되어 달려오면, 그 친구보고 가만 내버려달라고 소리 지르고요! 이 구린내 나는 저녁 그들이 스페인을 짓누르는 그 많은 시간 동안 당신은 대체 무얼 했나요? 당신은 이 범죄의 우두머리 돈 마누엘을 시저와 알렉산드로스 그리고 프리드리히가 통합된 하나의 인물로 그렸죠. 그게 당신이 말한 모든 거였어요. 프란시스코라는 인간이여! 당신은 진흙투성이가 된 채 썩어 없어지고 있는 거요?"

"그렇게 소리 지르지 말게." 고야가 차분하게 대꾸했다. "이 집의 벽이 얼마나 얇은지 조금 전에 스스로 말하지 않았나?" 그는 완전히 조용해졌다. 아구스틴이 바둥대는 모습이 그를 유쾌하게 만들 정도였다. 이 가혹한 몇 달 동안 왕국의 비참을 그만큼이나, 프란시스코 고야만큼이나 그렇게 암울하고도 명료하게 본 사람이 있었던가? 그 비참함을 볼 수 있게 한 사람이 있었던가? 그리고 여기, 이 「변덕」이라는 영역에 서서, 용감한 아구스틴은 고야를, 고야의 맹목성과 게으름과 무감각을 질타했다.

"아직도 그런 마음이 드는군요." 아구스틴은 계속 질타하며 꾸짖었다. "호베야노스가 당신에게 '스페인을, 스페인을! 스페인을 위해 일하게나! 스페인을 위해 그리게!'라고 말했던 걸 생각할 때면 말이죠. 당신의 예술을 위해서라도 당신은 눈감아선 안 됩니다. 오직 당신 자신에게 달려 있어요. 궁정의 수석화가 나리는 사려 깊어야 하니까. 잘 차려입은 무뢰한들의 기분을 상하게 할 어떤 일도 감행해선 안 되니까요. 굴종하는 인간 같으니라고! 노예근성 하곤! 한심한 인간이군요!"

프란시스코는 조용히 미소 지었다. 그 때문에 아구스틴은 더욱 화가 났다. "물론 이 모든 게 다 그 여자 때문이지요." 그가 말했다. "그녀를 위해 당신도 어느 정도 감수해야 했고요. 그래서 당신의 용기를 증명했지요. 그리고 이제는 그녀 옆에서 빈둥대며 시간을 보내지요. 그러면서 호베야노스가 당신에게 말했던 것에 대해 당혹스럽다는 듯 어깨를 움칠대며 웃기도 하고요. 그리고 스페인이 개 앞에 끌려가는 동안 바보 같은 짓만 일삼고 있지요."

고야는 아구스틴의 투정에서 도냐 루시아에 대한 절망적 분노를 들었다. "자넨 슬픈 바보야." 고야가 연민을 느끼듯 말했다. "자넨 평생 학생으로 머물 거네! 예술을 이해하는 빛은 가졌지만, 세상이나 인간 그리고 나에 대해서는 아무것도 알지 못하는군. 자넨 내가 낭만적 감정이나 생각하며 이곳에서 몇 달 내내 오만하게 빈둥대며 지냈다고 여기네. 아니야. 자넨 너무 똑똑해. 그러면서도 영혼의 전문가라니! 여기서 내가 한 건 좀 다른 거지." 그는 서랍을 열더니, 한 무더기의 소묘와 한 무더기의 에칭 판화를 꺼내 아구스틴 앞에 차곡차곡 쌓아올렸다.

고야의 냉소가 아구스틴의 마음을 흔들었다. 하지만 고야가 그 오랜 시간 동안 그린 것이 무엇인지 보고 싶은 마음이 괴로움보다 더 뜨거웠다.

아구스틴은 그곳에 앉아 그림을 보았다. 「변덕」의 새롭고 끔찍한 세계가 거칠고도 갑작스럽게 그를 덮쳤다. 그건 정말이지 사실을 넘어서는 전례 없이 충일한 체험이었다. 그는 그 모든 소묘를 다시 한 번 꼼꼼히 하나하나 살펴보았다. 그리고 그림들로부터 떨어질 수 없었다. 그는 그 새로운 소묘를 앞에 두고 아주 탐욕스럽게 보았다. 그는 자신을 잊었고, 돈 마누엘의 칙령도 잊었다. 그는 새 세계로 스며 들어가 그 세계와 친숙해졌다. 그는 프란시스코가 이전에 보여준 이런저런 그림에서 소묘가 지닌 쾌활함과 거침 그리고 섬뜩함의 요소를 느꼈는지도 모른다. 하지만 지금 그 격렬한 다채로움 아래 그의 앞에 펼쳐진 것은 새로움이었다. 그것은 알려지지 않은 새로운 고야를 열어 보였고, 고야는 이전의 모든 세계보다 더 깊고 새로운 세계를 발견한 것이었다.

아구스틴은 바라보면서 입맛을 다셨고, 얼굴에는 경련이 일었다. 고야는 시간을 주었다. 그는 아구스틴이 어떻게 그림을 구경하는지 쳐다보았다. 그것은 자기 그림의 진실성에 대한 강력한 증거였다.

마침내, 감동에 압도된 채 아구스틴이 어렵사리 말을 꺼냈으나, 고야는 그의 입술에서 말을 잘 읽어낼 수 없었다. 아구스틴이 말했다. “이곳에서 당신은 우리의 얘기를 그렸군요! 잘난 체하며 얘기하는 우리 모습을 말이죠! 우리 모두는 당신 앞에서 멍청이나 장님이 되어 있군요!” 고야가 잘 알아듣지 못한다고 여겼기에 그는 수화를 사용하기 시작했다. 그는 격렬한 몸짓을 보였다. 하지만 너무 느렸다. 그는 다시 격정적인 수다로 돌아갔고, 입맛을 다셨다. “그건 당신 안에도 있고, 아마 당신 밖에도 있겠지요. 그래서 우리 얘기를 했을 것이고요." 여전히 그림을 쥔 채 내려놓을 생각은 못 하면서, 환호하고 감탄하며 그는 욕설을 퍼부었다. "당신은 비루한 개예요. 여기저기 조용히 앉아 이것을 그렸군요! 자기 생각을 털어놓지 않는 음흉한 사람 같으니라고! 그래, 이제 당신은 그들을, 요즘 사람들이나 이전 사람들 모두를 궁지에 몰아넣었어요!" 그는 어리숙하고도 행복한 듯 웃었다. 그는 고야의 어깨에 자기 팔을 걸쳤다. 그는 아이 같았고, 프란시스코도 행복했다. "마침내 알아보는군." 고야는 자랑스러웠다. "자네 친구 고야가 어떤 녀석인지 말일세! 자넨 늘 욕만 해댔지. 믿음이라곤 조금도 갖지 않았어. 나의 은둔처로 달려 들어와 자네는 기다릴 줄 몰랐지. 이제, 나는 영락'했는가'? 진흙투성이가 '된' 채, 썩어가고 '있는가'?" 그는 거듭 알고 싶었다. "직접 말해보게. 내 소묘 작품은 유쾌하지 않나? 자네 기술로 뭔가 해내지 않았나?"

아구스틴은 특별히 기이한 어느 소묘에 시선을 둔 채, 겸손하게 말했다. "이 그림은 제대로 이해 못 했어요. 아직도 이해가 안 되네요. 하지만 전체는 파악했어요. 정말이지 누구라도 끔찍하고 행복하게 만드는 이 그림들을 온전히 파악할 거예요. '분명' 이해하게 될 거예요." 그는 미소 지었다. "보편적 독자성을 가지고 있으니까요."

이 말을 들은 고야는 기이할 정도로 놀랐다. 아마 그는 그 그림이 다른 사람에게 어떤 영향을 미칠지, 또 그 그림을 다른 사람에게 보여줘야 할지 말아야 할지 스스로 물었는지도 모른다. 하지만 그는 그 생각을 곧, 불안해하듯이, 외면해버렸다. 카예타나가 그 그림 앞에서 그리 불안하고도 낯설게 서 있던 이래, 그는 다른 어떤 사람도 그 그림을 더 이상 쳐다보게 하지 않겠다고 단호하게 결심했다. 유령과의 저 혹독하고 우스꽝스러운 싸움은 자신의 매우 사적인 일이 되었다. 「변덕」 그림을 여기저기 보여주는 것은 마치 벌거벗은 채 마드리드 거리를 돌아다니는 것처럼 여겨졌다.

아구스틴은 친구 고야의 얼굴에서 압박감을 읽어내고는, 그것을 현실적인 무엇으로 번역해내었다. 고야가 분명 알고 있을 사실, 말하자면 그 그림이 죽음을 초래할 정도로 위험하다는 사실을 떠올렸다. 사람들에게 그런 그림을 보여주는 자는 즉각 끌려가 종교재판소에 이단자 수괴로 인도될 수 있었다. 아구스틴은 그 점을 생각했고, 아주 냉정하게 친구 프란시스코의 고독을 감지했다. 그 그림에서 사내는 끔찍하고 그로테스크한 것을 자신으로부터 끄집어내어, 오직 홀로, 언젠가 다른 사람이 자신의 위대하고 끔찍한 모습에 참여할 수 있으리라는 희망도 없이, 오직 혼자 그 그림을 그리는 용기를 가졌던 것이다.

프란시스코는, 마치 아구스틴이 자기 생각을 크게 말하기라도 한 듯이 이어 말했다. "내가 좀더 분별 있어야 했네. 자네가 이 그림을 보지 않는 게 더 나았을지도 모르니까." 그는 그림 종이를 쓸어 모았다. 아구스틴은 그대로 내버려두었다. 그를 도우려고 하지 않았다.

하지만 고야가 불평하는 투로 그림을 다시 서랍에 던져 넣었을 때, 아구스틴은 멍한 상태에서 벗어났다. 그 그림이 여기 이 서랍에, 아무에게도 보이지 않은 채, 오랫동안, 어쩌면 영원히 놓여 있는다는 건 생각할 수 없는 일이었다. "적어도 친구들한테는 보여줘야 합니다." 그가 간청했다. "킨타나와 미겔에게 말이지요. 그렇게 오만하게 숨겨두지 마세요, 프랑코! 당신 정말이지 다른 사람이 당신을 외골수로 여기도록 자초하고 있어요."

고야는 퉁명스러운 표정을 짓더니 투덜대며 숙고했다. 하지만 마음 속으로는 친구들에게 그 그림을 보여줘야 한다는 생각이 들었다.

그는 미겔과 킨타나를 은둔처로 초대했다. 또 아들 하비에르에게도 오라고 해두었다.

두 명 이상의 사람들과 그 은둔처에 함께 있는 건 처음이었다. 고야에게 이건 신성모독적인 일로 여겨졌다. 친구들은 당혹한 채 둘러앉았고, 하비에르만 빼고 모두 익숙하지 않은 듯 특별히 긴장해 있었다. 고야는 포도주를 가져오게 했고, 빵과 치즈를 내놓았다. 그는 마음껏 먹으라고 말했다. 그 자신은 퉁명스러웠고, 말수가 적었다.

마침내, 귀찮은 듯, 그는 애써 어렵게 서랍에서 그림 종이를 꺼냈다.

한 사람이 다른 사람에게 건네주었다. 갑자기 그 은둔처가 지나치리만큼 진실한 사람들과 괴물들이 뒤섞인, 반은 동물이고 반은 괴물인 형상들로 가득 차게 되었다. 친구들은 그림을 구경하면서, 그 형상들이 가면에도 불구하고, 아니 그 가면 때문에 살과 피로 된 인간보다 더 적나라한 얼굴을 가졌다는 걸 알게 되었다. 그건 그들이 알고 있던 인간들이었지만, 잔혹하게 그 허상을 벗은 채, 훨씬 더 사악한 또 다른 겉모습을 띠고 있었다. 이 종이에 그려진 우스꽝스럽고 경악스러운 마귀들은 찡그린 표정의 괴물들이었고, 자기 안에 숨어 있어 쉽게 붙잡기 어려웠기에 그들 자신에게도 위협적이었다. 그들은 무지하고 비참한 모습으로 의심스러운 지식으로 가득 찬 채, 비루하고 악의적이며 경건하고 탐욕스럽고 쾌락적이고도 천진하며 흉악했다.

아무도 말하지 않았다. 마침내 고야가 말했다. “마시게! 마시고 먹게나! 술을 부어라, 하비에르!” 그들은 여전히 말이 없었으므로, 그가 말했다. “이 그림들에 나는 ‘변덕’이라는 이름을 붙였네. 착상과 생각들 그리고 환상이란 뜻을 갖고 있지.” 그들은 계속 침묵했다. 젊은 하비에르만 말했다. “이해합니다.”

이윽고 킨타나가 제정신을 차렸다. "'변덕'이라고요!" 그가 소리쳤다. "당신은 세계를 만들었고, 그 이름을 '변덕'이라 붙였습니다!" 고야는 아랫입술을 내밀고 입 꼬리를 찡그리며 보일 듯 말 듯 미소 지었다. 하지만 킨타나의 감격은 더 이상 이어질 수 없었다. "당신은 저를 내동댕이쳤습니다, 고야!" 그가 소리쳤다. "이 가련한 저의 말이란 얼마나 멍청하고 서투른지. 이 그림들 앞에서 저는 처음 학교에 가 칠판에 적힌 그 많은 글자 때문에 머리가 어지럽게 된 아이가 되었습니다."

미겔이 말했다. "어떤 새로운 것이 나타나 예술 연구자의 이론 전부를 무너뜨리면, 그 마음은 편치 않을 걸세. 난 다시 배워야겠네, 프란시스코. 하지만 축하하네." 그는 헛기침을 했다. 그는 계속 말했다. "몇몇 그림에서 이전 거장의 영향력을 발견한다고 나를 안 좋게 여기지 않길 바라네. 이를테면 에스코리알에 있는 보스*의 몇몇 그림이나, 아빌라와 톨레도에 있는 성당 좌석에 새겨진 몇몇 조각들의 영향, 그리고 물론 사라고사의 필라르 성당 조각의 영향을 받았네." 하비에르가 말했다. "최고 예술가들도 다른 예술가의 어깨 위에 있어요." 아는 체하는 그의 말 때문에 친구들은 당혹스러워했다. 그러는 사이 고야는 아들을, 동감하는 듯한 미소로 유심히 쳐다보았다.

미겔은 곰곰이 생각했다. "대부분의 그림이 갖는 의미는 분명해 보이네. 하지만 몇몇은, 프란시스코 용서하게나, 나로선 전혀 이해하지 못하겠네." "유감이네." 고야가 대답했다. "그림 몇 점은 나 역시 이해 못 하네. 그래서 자네가 설명해줄 수 있기를 난 희망했다네." "저도 그렇게 생각했어요." 하비에르가 기쁘게 그리고 아는 체하며 동의했다. "사람들

---

* Hieronymus Bosch(1450~1516): 플랑드르의 화가로 본명은 제롬 반 아켄Jerome van Aken이며 파격적인 상상력에 기반을 둔 종교화를 그렸다.

은 아무것도 이해 못 하면서 모든 걸 이해하기도 하지요."

이때 아구스틴이 포도주 잔을 엎질렀다. 포도주는 식탁 위로 흐르면서 그림 두 장을 더럽혔다. 다른 사람들은 아구스틴이 신성모독이라도 범한 것처럼 바라보고만 있었다.

킨타나는 약간 흥분한 듯 미겔 쪽으로 몸을 돌렸다. "당신에게 이런저런 그림이 이해되지 않는다고 해도," 그는 말했다. "전체 그림의 의미는 모두에게 이해될 거라고 여기겠지요. 이 그림들은 보편적 독자성을 갖고 있으니까요! 백성들이 이 그림을 이해하게 될 날이 있을 겁니다, 돈 미겔. 그것을 체험했을 겁니다." "당신은 잘못 생각하고 있어요." 미겔이 대답했다. "백성들은 이 그림을 분명 이해하지 못할 겁니다. 식자층 무리도 결코 이해하지 못할 거예요. 당신의 주장이 입증될 수 없다는 건 유감이에요." "왜 안 된다는 건가요?" 킨타나가 논쟁하듯 물었다. "이를테면 이 놀라운 작품이 여기, 이 칼레 데 산베르나르디노의 은둔처에 숨겨져 있는 걸 당신은 옹호하는 건가요?" "그렇지 않으면 어떻게 하겠소?" 미겔이 대답했다. "그렇다면 당신은 프란시스코를 사형대로 데려가고 싶은 겁니까?" "그리고 이 그림이 사람들 앞에 드러나는 날에는", 아구스틴이 답답하다는 듯 끼어들었다. "종교재판소 측이 화형의 불을 지필 겁니다. 그 불 앞에서 이전의 모든 화형식은 살을 태우는 서글픈 램프가 되었지요. 당신 자신이 잘 알 겁니다." "지나치게 몸을 사리는군요!" 킨타나가 격렬하게 외쳤다. "당신들은 모든 사람을 비열한으로 만드는군요!" 아구스틴은 에칭 판화 가운데 몇 개를 가리켰다. "여기 이건 출판되어야 합니까?" 그가 물었다. "그리고 이것은?" "몇몇 개는 물론 빼야지요." 킨타나가 수긍했다. "하지만 대부분의 그림은 출판할 수 있습니다. 그리고 출판해야 하고요." "대부분은 출판될 수 없어요." 미겔이 강하게 반박했다. “종교재판소가 개입하지 못하도록, 또 왕실 법정이 뭐라 하지 못하도록 하려고 그렇게 많은 걸 뺄 수는 없습니다.” 다른 사람들은 당혹감에 빠진 채 움울한 표정으로 침묵했기 때문에, 고야는 정중히 위로했다. “제대로 된 시간이 올 때까지 기다려야 합니다.” “당신이 말하는 ‘제대로 된 시간’이 온다면,” 킨타나가 말했다. “그때가 되면, 이 그림들은 더 이상 필요 없어지겠지요. 그때가 되면, 이 그림들은 그저 예술일 뿐이어서 쓸모없이 될 겁니다.” “그게 예술가의 운명이고요.” 젊은 하비에르가 숙고한 듯 언급했다. 하지만 킨타나는 집요했다. “예술이 영향을 끼치지 못한다면, 의미 없어요. 돈 프란시스코는 이 나라 전역에 깔린 깊고 비밀스러운 불안을 눈에 보이도록 만들었습니다. 그것을 보여줄 필요가 있습니다. 사라져버리니까요. 저 검은 악마의 옷을 찢어 벗길 필요가 있지요. 그렇게 되면 더 이상 위험하지 않으니까요. 고야가 저 걸작을, 다른 사람은 빼고, 우리 다섯 사람을 위해 그렸겠습니까?”

그들은 이런저런 얘기와 그에 대한 논박을, 마치 그곳에 고야가 없는 것처럼 주고받았다. 고야는 귀담아들었고, 말없이 한 사람의 입에서 다른 사람의 입으로 눈길을 돌렸다. 모든 걸 이해하진 못했지만, 그는 그들의 논지를 스스로에게 설명할 수 있을 만큼 각자의 생각을 잘 알고 있었다.

이제 그들은 자신의 논거를 충분히 파헤쳤고, 그래서 고야를 쳐다보며 기다렸다. 고야는 심사숙고한 듯 영리하게 설명했다. “자네가 말한 건, 미겔, 들을 수 있네. 하지만 자네 돈 호세가 말한 건 많은 경우 자네 자신을 위한 거였네. 그래서 어떤 생각은 유감스럽게도 다른 생각과 어긋나는 거여서, 난 모든 걸 잘 고려하지 않을 수 없네. 나도 신경 쓰지 않을 수 없네.” 그는 씩 웃으며 계속 말했다. “그렇게 많은 일을 공짜로 해낼 순 없으니까 말일세. 내겐 돈이 필요하네."

그러면서 그는 소묘와 에칭 판화를 함께 싸서, 서랍 안으로 넣어버렸다.

새롭고 마술 같고
거친 세계가 어떻게 가라앉는지
모두가 멍한 듯 바라보았다.
일상적으로 보이는 여기
이 집에서, 이 있을 것 같지 않은 서랍 속에
누구의 눈에도 띄지 않은 채,
벨라스케스 이래 스페인의 손이 창조해낸
최고 걸작이 놓여 있었다.
여기 서랍 속에, 길들여진 채, 사로잡혀서
스페인의 마귀들이 놓여 있었다.
하지만 이들을 용기 있게 보여주고자
하지 않는다면, 이 마귀들이 길들여지겠는가?
그렇게 그들의 힘은 입증되지
않는가? 여기 서랍 속에 있는 건
끔찍하지 않았다.
친구들이 은신처를 떠났을 때,
그들에게 깜짝 놀라며,
감격에 차, 그럼에도
소심하고 억눌린 채
섬뜩하고 거칠며 난폭한 유령의

그림자는 친구들을 따라갔다.
그리고 인간이라는 더 섬뜩한
그림자도 따라갔다.

24

고야는 자기 작품이 다른 사람에게 끼친 인상을 기분 좋게 알게 되었다. 친구들은, 비록 선량한 뜻과 허심탄회한 마음을 갖고 있었지만, 「변덕」의 많은 그림을 파악하지 못했다. 그래서 그는 지나치게 어둡고 지나치게 사적인 그림은 빼고, 연이어 조감할 수 있도록 다른 그림을 넣었다.

그는 쉽게 이해할 수 있는 상황과 일화를 묘사한 그림들을 앞에 내세웠다. '현실'에서 나온 그림 다음에 그는 유령적인 내용과 유령적인 영향을 묘사한 에칭 판화를 이어놓았다. 그런 배열은 올바르게 이해하기 위한 손쉬운 길이었다. 현실 세계는 악마의 세계를 가리켰고, 유령 무리는 처음의 인간 무리를 암시했다. 「변덕」에 기록된 자기 이야기는 그의 사랑과 신분 상승, 그의 행복과 실망에 대한 혼란스러운 꿈이었는데, 그 이야기는 이런 배열 아래 바른 의미를 얻었다. 그리하여 「변덕」은 모든 사람의 이야기가, 스페인의 역사가 되었다.

고야는 그림들을 나누고 포개고 정리한 다음, 각각의 그림에 제목을 붙이는 일에 착수했다. 왜냐하면 좋은 그림이란 결국 훌륭한 그리스도교도와 같이 이름을 갖지 않을 수 없기 때문이었다. 그는 작가는 아니었지만, 종종 적절한 말을 오랫동안 찾아야 했다. 그래도 그 일은 즐거움을 주었다. 한 에칭 판화의 제목은 너무 밋밋했다. 그래서 짧은 설명을 곁들였다. 마침내 모든 그림이 제목뿐만 아니라 논평도 갖게 되었다. 때때로 밑에 쓴 글은 대담하고 절조 있었고, 설명은 그보다 더 신랄했다. 제목은 가끔 거북스러운 반면, 해석은 순전히 교화적이기도 했다. 속담 같은 말투나 강한 위트, 천진스러운 농부의 격언, 반어적으로 경건한 훈계나 약삭빠르게 교활한 진술 그리고 사려 깊게 현명한 진술, 이 모든 것이 서로 얽혀 있었다.

실눈을 뜬 채 조용히 죽어가는 연인 앞에서 절망한 남자를 그린 그림 밑에 고야는 '탄탈로스'라고 적었다. 그러고는 스스로 조롱하듯 설명을 붙였다. "그가 좀더 기사도적이고 덜 지루했다면, 그녀는 다시 살아날 텐데." 어떤 가면무도회 그림 아래 그는 "아무도 모른다"고 썼고, 거울 앞에서 75번째 생일을 위해 까다롭고도 값비싸게 꾸며대는 노파의 그림 아래에는 "죽을 때까지"라고 썼다. 뚜쟁이 브리기다가 묵주기도를 하는 동안 한껏 치장한 마하의 그림에 대해 "그녀를 위해 신이 복을 내리도록, 그래서 그녀가 악과 이발사와 의사와 법관으로부터 벗어나 제정신을 차리고 재치 있어, 세상 떠난 어머니처럼 매사에 쓸모 있게 되도록 노파가 기도한다. 그건 옳은가?"라고 그는 설명을 붙였다. 그러나 가난한 창녀가 종교법정의 서기 앞에 앉아 판결문을 듣고 있는 그림에 대해 그는 "버터 빵을 벌려고 세상 모든 일에 그렇게 부지런하게 임했던 성실한 여인을 그렇게 다루다니, 나쁘고 나쁘다!"라고 썼다. 마녀가 사티로스의 어깨에 앉아 죽은 유령에게 모욕적인 맹세를 하는 판화에 대해 그는 "너의 선생들과 윗사람들한테 복종하고 그들을 존경하리라고 맹세하겠는가? 헛간을 쓸겠는가? 초인종을 누르겠는가? 소리 내어 울부짖고 날카롭게 외치겠는가? 하늘을 날고 성유를 바르고 빨고 불고 굽겠는가? 그게 무엇이든, 언제 네게 지시 내리건 그 모든 걸 하겠는가? 나는 맹세하네. 좋네, 나의 딸아. 그렇게 되면 넌 마녀가 된 거야. 축하하네"라고 설명했다.

고야는 어떤 그림을 맨 앞에 둘지 오래 숙고했다. 그는 자신이 등장하는 그림을, 말하자면 책상에 엎드린 채 악령 앞에서 눈을 가리고 있는 그림을 맨 앞에 놓기로 결정했다. 그는 그 그림에 '보편적 독자성'이라고 제목을 붙였다. 하지만 이 제목은 너무 주제넘어 보였다. 그래서 '이성의 잠'이라고 바꾸었다. 그리고 설명을 덧붙였다. "이성이 잠자는 한, 꿈꾸는 환상은 괴물을 낳는다. 그러나 환상은 이성과 하나가 된 채, 예술의 그리고 그 모든 놀라운 작품의 어머니가 된다."

고야는 새로운 스케치 하나를 그리면서 「변덕」 시리즈를 끝냈다.

끔찍하고 더없이 추하여 유령 같은 수도사가 놀라 달려가는데, 뒤에는 둘째 수도사가 따르고, 앞에는 머리도 없는 유령 같은 최고 귀족의 벌어진 아가리가 자리한다. 그 아가리는 나무늘보 같은 친칠라 가문 사람들의 아가리이기도 했다. 넷째 유령도 있다. 소리 지르는 수도사 유령이다. 이 소름끼치는 네 개의 큼직하게 벌어진 아가리에서 울려나오는 아우성을 고야는 그림 속에 그려 넣었다.

"야 에스 호라(Ya es hora) -
때가 되었다. 시간은
흘러갔다. 모두 알아야 한다.
시간이 '왔다'는 걸.
유령은 끝났다. 멀리,
그들은 멀리 사라져야 한다.
자동인형 같은 상류 귀족들, 그리고
그 패거리들, 고위 성직자들과

수도사들은. 때가 되었다.
이 변덕스러운 일을 끝내는 것,
그게 이 소묘고,
그건 옳았다.
야 에스 호라!"

25

친구들에게 「변덕」 시리즈를 보여준 이래 고야는 은둔처의 조용하고 엄격한 질서를 유지하는 데 신경 쓰지 못했다. 친구들은 더 자주 그리고 아무런 격식 없이 찾아왔다.

아구스틴과 미겔 그리고 킨타나, 이렇게 셋이 함께 온 어느 날 미겔은 웃음 띤 채 젊은 시인을 가리키면서 고야에게 이렇게 적었다. "그가 자네에게 주려고 뭔가 가져왔네." 고야가 얼굴이 빨개진 킨타나를 묻는 듯 쳐다보았을 때, 미겔은 계속 말했다. "그가 자네를 기리는 송가(頌歌) 하나를 썼네." 킨타나는 망설이며 서류꽂이에서 원고를 꺼내 고야에게 건네주려고 했다. 하지만 아구스틴은 재촉했다. "그 시를 낭독해주세요. 부탁드립니다." 고야도 동의했다. "그래요, 읽어주세요, 돈 호세! 당신이 읽는 걸 즐겨 보니까. 대개 이해한다오."

킨타나는 읽었다. 낭랑하게 울리는 시였다. "왕국은," 그가 읽었다.

"왕국은 몰락했고, 세계 지배는
끝났네. 벨라스케스에서,

그리고 무리요에서 이글거렸던
불꽃만 계속 타오르네.
그 불꽃은 우리의 고야에게서도 타오르네!
그의 마술 같은 환상 앞에서
현실은 어둡고 궁핍하네.
어느 하루가 찾아올 것이니. 그는 곧 오겠지.
그때 너의 이름, 고야 앞에서
온 세상이, 마치 오늘날 라파엘로 앞에서 하듯,
인사할 거라네.
모든 나라에서 스페인으로
순례 와서, 그들은 황홀감 속에서
그의 예술 앞에 설 것이니,
프란시스코 고야! 스페인의 명성이여!"

사람들이 감동으로 미소 지으며 고야를 쳐다보았다. 고야 자신은 약간 당황한 채 미소 지었지만, 그러나 그도 감동했다.

"만약 어느 날이 온다면,
오, 고야도 오리라. 너의 이름 앞에서
외국 사람들도 넋을 잃게 되리라."

고야는 킨타나의 시를 되풀이해서 낭송했다. 그가 얼마나 이 시를 잘 이해했는지 모든 사람이 놀랐다. 킨타나의 얼굴은 더욱 상기되었다. "다소 지나치다 생각지 않았소?" 고야가 미소 지으며 물었다. "내가 동료 자크 루이 다비드보다 더 낫다고 시를 지었다면, 그건 뭐 그럴지도 모르오. 하지만 라파엘로보다 더 낫다는 건 좀 과장되지 않았소?"

킨타나는 이렇게 대답할 뿐이었다. "최상의 찬사도 이 소묘를 그려낸 사람에게겐 너무 미미할 뿐입니다!" 고야는 킨타나가 얼마나 아이처럼 단순한지, 또 그의 시가 얼마나 소박한지 알고 있었다. 벨라스케스 이래 고야가 스페인의 최고 화가라는 점은 어떤 확증도 필요치 않았다. 이미 그렇지 않은가? 그럼에도 행복의 물결이 그의 마음속에 높이 솟구쳤다. 이 자부심 넘치는 송가 같은 시를 이 청년은 고야의 '잔혹하고 야만적이며 몰취미한' 종이 그림을 보고 썼다. 게다가 그 그림들이 아직 정돈되지 않아서 이해하기 어려울 때였다.

고야는 친구들이 지금은 어떻게 여길지 「변덕」을 보여주고 싶은 충동이 일었다. 그는 가능한 한 무심하게 말했다. "자네들, 그 그림을 다시 한 번 보고 싶나? 난 그 그림을 제대로 된 순서로 배열했네. 그리고 거기에 제목도 달았네. 설명까지 적었다네." 그러면서 영리하게 덧붙였다. "설명이 필요한 멍청이를 위해서지."

사람들은 내내 그림들을 다시 한 번 보길 갈망했다. 하지만 이 특이한 사내한테 그렇게 해달라고 감히 청하지 못했을 뿐이었다. 이제 「변덕」의 세계가 그들 앞에 다시 등장했을 때, 그 풍경이 그들을 두번째로 압도했다. 정말이지 고야가 그림을 배치시킨 순서는 그들에게 제대로 된 의미를 주었다. 냉정한 미겔조차 경외감에 차 말했다. "여기에 그린 건, 프란시스코, 자네의 최고의 그리고 가장 위대한 초상이네. 이제 자네는 스페인의 얼굴 전체를 그렸다네."

젊은 킨타나는 말했다. "저는 분명 자유주의자입니다만, 이제부터 구석구석에 있는 마녀와 악마를 쳐다볼 것입니다." 그리고 아구스틴도 음울하고 비꼬는 투로 말했다. "자크 루이 다비드를 예술가로 치는 사람도 있습디다!"

그들은 마지막 그림을 봤다. 그 그림은 소리치며 도망가는, 수도사 풍의 악마를 그린 에칭화였다. "때가 되었다(Ya es hora)!" 킨타나가 소리쳤다. "가자, 스페인이여(Cierra, España)!" 그는 밝은 표정으로 소리치며 옛날 전쟁터에서의 함성에 고무되었다.

하지만 미겔은 사려 깊게 말했다. "밑에 쓴 글이 특이하네. 많은 건 뛰어나고. 그것은, 내가 제대로 이해했다면, 내용을 손상시키지 않은 채 드러내네. 하지만 때로는 내용을 너무 날카롭게 만들기도 하네." "그런가?" 영리하게 놀란 표정을 지으며 고야가 물었다. 그러면서 계속 말했다. "내 서툰 스페인어가 떠오른 생각을 그대로 드러내기엔 충분치 않다는 걸 물론 아네. 조언을 해준다면, 자네 미겔이나 당신 돈 호세 그리고 아구스틴 자네에게 아주 고마울 거네."

그 위대한 작품과 관련하여 고야를 돕는다는 건 친구들에게 명예로웠고, 또 기쁨을 주었다. 미겔은 보석을 숨긴 늙어빠진 구두쇠 그림에 대한 적절한 밑글을 세르반테스의 글에서 따온 문장으로 대신했다. "모든 사람은 신이 만들었던 대로지만, 대개는 훨씬 더 나쁘다." 다른 사람들에게도 떠오르는 생각이 있었다. 그들은 프란시스코에게 무엇이 중요한지 알았다. 즉 그림의 밑글은 서민적이고 예리하며 노골적이어야 했다. "투박함이 있어야 하네." 미겔이 설명했다. "맞아." 프란시스코가 말했다. "나도 한때 그랬으니까." 그들 모두 함께 열심히 일했다. 한 무더기의 새 밑글과 논평이 그렇게 나왔고, 은둔처는 즐거움과 함박웃음으로 가득 찼다.

그러는 사이 미겔은, 모든 즐거움의 한가운데에서 불안해졌다. 왜 프란시스코는 말하기 어려운데도 이 모든 밑글과 논평을 생각해내려 애썼던 것일까? 그는 「변덕」을 출판하겠다는 생각으로 지금도 미적대는 것인가?

오래 생각하면 할수록 걱정이 더 심하게 미겔을 짓눌렀다. 말할 것도 없이 저 천재적인 바보 고야는 킨타나의 어리석은 광신주의에 전염되었다. 미겔은 친구를 저 위험한 무분별로부터 떼어내려면 어떻게 해야 할지 곰곰이 생각하고 또 생각했다.

이 문제에 도움을 줄 사람이 한 명 있었다. 그건 루시아였다.

루시아와 미겔의 관계는 이전과 마찬가지로 앞으로도 이중적일 것이었다. 그가 돈 마누엘의 위험한 정치에 더 이상 함께할 수 없어 자신의 해고를 요구했다고 말했을 때, 루시아는 그에게, 이해심 속에서 정중하지만 온화함 없이 위로를 건넸다. 아마 그녀는 페파에게서, 어쩌면 마누엘 본인에게 이미 그 소식을 들었는지도 몰랐다.

루시아는 마누엘과 미겔의 알력을 진심으로 유감스럽게 여겼다. 그 알력에는 그녀도 책임이 있었다. 그녀는 두 사람을 화해시키려고 계획했다. 하지만 그건 아주 나중 일이었다. 왜냐하면 곧바로 다음 달 마누엘에게는 경험 많고 애국적이며 신뢰감 있는 조언자인 돈 디에고 신부가 올 것이기 때문이었다.

실제로 대심문관과 총리 마누엘이 맺은 계약은 지켜졌고, 그에 따라 신부는 수도원에서 풀려났다. 최고주교회의가 그 판결을 무효로 만들지는 않았지만, 종교재판소 측은 그를 보지 못했고, 교황청의 감사 사절도 그를 지나쳤다. 그가 감히 왕의 궁정에 나타나진 않겠지만, 마누엘은 신부에게 확신시키기를, 왕가 사람들이 마드리드에 있지 않다면 신부가 은밀히 수도로 들어올 수 있다고 했다. 미겔이 없는 바로 지금, 마누엘에게는 신부와 같은 능력을 가진 사람이 필요했다.

미겔은 물론 이 모든 일을 알고 있었다. 그는 루시아와 마누엘이 자신을 보내고, 신부로 대체했다는 사실에 괴로웠다.

고야에 대한 걱정 속에서 그는 지금 루시아와 허심탄회한 대화를 나눌 구실을 환영하며 받아들였다. 그는 그녀에게 「변덕」의 새로움과 감동적인 탁월성을 전문가답게 칭찬한 뒤, 그림을 출간하려는 고야의 미친 의도에 대해서도 알려주었다. 그리고 능란한 말투로 인간의 어리석음에 대해, 특히 영리한 자들의 어리석음에 대해 탄식했다. 루시아는 열렬히 동의했다. 마침내 그의 부탁으로 그녀는 그 어리석은 일에서 고야를 떼놓겠노라고 약속했다.

그녀는 고야한테 갔다. 그녀는 말했다. "당신이 아주 특이한 판화들을 그렸다고 들었어요. 그런 그림을 오랜 여자 친구한테 보여주지 않는 건 불친절한 거지요." 고야는 미겔의 실수와 수다에 격분했다. 하지만 그는 더 나은 확신을 어기면서까지 그 판화를 카예타나에게 보여주지 않았던가?

루시아는 언제 그 「변덕」을 볼 수 있는지 곧바로 물었다. 그리고 그녀는 혼자 오는 게 아니라, 고야도 아는 다른 친구도 데려오겠다고 했다. 고야는 의심하며 물었다. "누구 말이오?" 그는 페파일 거라고 생각했다. 페파에게는 「변덕」을 보여주고 싶지 않았다. 하지만 루시아는 말했다. "당신의 새 에칭 판화를 신부와 같이 보고 싶어요." 고야는 놀라 멍해져서 물었다. "돈 디에고가 여기 있단 말이오? 대체 그것은……?" "아니," 루시아가 대답했다. "허락되진 않았어요. 하지만 여기 있지요."

고야는 당혹스러웠다. 고야는 그의 종교재판에도 직접 참석했다. 이제 유죄 판결을 받은 그런 이단자로 하여금 다시 한 번 금지선을 넘게 한다면 그건 최고주교회의에 대한 가장 무엄한 도전이 되지 않겠는가? 그녀의 가늘고 비스듬한 시선이 그의 얼굴을 정면으로 쳐다보았다. 그녀의 긴 입술 주변에 작고 깊은 미소가 냉소적으로 어려 있었다. "당신은 날 종교재판소의 끄나풀로 여기나요?" 그녀가 물었다.

사실 고야는 잠시 동안, 그녀가 자신을 종교재판소에 넘기지 않을까 생각했다. 그녀는 잔인한 변덕 때문에 호베야노스도 비참한 지경으로 내쫓지 않았던가? 하지만 그건 물론 터무니없었다. 신부를 보기를 주저하는 그의 태도도 터무니없었다. 신부가 체포되지 않고 마드리드에 나타날 수 있다면, 사람들은 그, 프란시스코에게도 뭔가 해를 끼치기 어려울 것이었다. 적어도 고야가 신부를 내쫓지 않는 한에는. 이런 식으로 그는 늘 루시아와 함께했다. 바로 그녀가 있는 데서 그의 순간은 초라했고 우스꽝스러웠다. 그건 프라도에서의 첫 만남 이래 그랬다. 이제 자신의, 그리고 스페인의 거대한 공포를 극복하고 「변덕」을 그린 그는 다시 이 갑작스러운 소심함 때문에, 이 사소하고 무의미한 심경 변화 때문에 놀라게 되었다. 제기랄! 그는 말없이 욕했다.

그때 루시아에게 「변덕」을 보여주고 싶다는 생각이 들었다. 그녀는 미움 섞인 경계심을 갖게 하면서도 알 수 없는 매력을 불러일으켰다. 이건 그들의 공통점이기도 했다. 그녀는 고야 같은 하위 계층을 상류층으로 높여주었는데, 그건 그녀의 능력이었다. 그는 그녀가 자신이 아는 다른 모든 여자들보다 훨씬 더 깊게 「변덕」을 이해하리라고 확신했다. 그랬다. 루시아에게 「변덕」을 보여준다면, 그건 그가 마치 카예타나에게 복수하는 것처럼 여겨졌다.

"제발이지, 도냐 루시아," 그가 건조하게 말했다. "돈 디에고한테 내 인사를 전해주시오. 그리고 그와 함께 목요일 오후 3시에 칼레 데 산베르나르디노의 내 아틀리에로 날 방문하는 명예를 주시오."

신부가 루시아와 함께 왔다. 그의 모습은 변한 것 같지 않았다. 그는 소박하지만 아주 우아한 최신 프랑스 유행복을 입고 있었고, 흔히 그러했듯이, 우월하고 명민하며 약간 냉소적으로 보이려고 애썼다. 하지만 고야는 그렇게 하기 위해 그가 얼마나 애쓰는지 알아챘다. 그래서 불안했다. 고야는 서둘러 대화의 서두를 짧게 끝내고는 서랍에서 판화를 꺼내 왔다.

도냐 루시아와 신부는 「변덕」을 구경했다. 고야가 미리 생각했던 대로였다. 루시아의 얼굴은 가면을 벗었고, 열광적으로 공감한다는 느낌이 얼굴에 어렸다. 그녀는 그림에 묘사된 격렬한 삶을 아주 거칠게 흡수했다. 그러면서 그 빛을 다시 되비추었다.

신부는 에칭 판화의 첫 묶음 앞에, 말하자면 그 '현실적' 그림 앞에 조예 깊은 예술 전문가로서 섰다. 그리고 기술적 문제에 대해 영리한 발언을 했다. 하지만 그다음에는, 그림이 점점 더 대담하고 더 환상적으로 되었기 때문에 할 말을 잃었다. 그러자 그의 얼굴도, 루시아와 같이 점차 열렬하게 몰두하는 표정을 띠었다.

두 사람은 몸을 구부린 채 서로 묶인 한 쌍을 그린 판화에 집중했다. 불운을 상징하듯 부엉이가 두 사람의 머리채를 발톱으로 움켜쥐고 있었다. "누구도 우리를 풀어주지 못하나요?" 고야는 이렇게 제목을 붙였다. 고야는 루시아와 신부가 그 그림을, 그리고 그들의 운명을 얼마만한 열망 속에서 응시하는지 지켜보며 매우 흡족해했다. 그때부터, 말하자면 그들이 「변덕」의 나머지 작품을 관찰하는 동안, 세 사람 사이에는 모든 말을 넘어서는 결속감이 생겨났다.

마침내 고야는 무뚝뚝함 뒤에 기쁨을 감추며 말했다. "이제 됐소."

그리고 그림을 꾸려 넣기 시작했다. 하지만 신부는 자제하지 못하고 아이처럼 소리를 질렀다. "아니, 안 됩니다." 루시아 역시 손에 든 그 그림을 치우는 걸 예상하지 못했다. "제 생각으로는," 그녀가 말했다. "저 부랑배를 샅샅이 보고 싶네요. 하지만 당신이야말로 우둔함과 천박함이 얼마나 끔찍하게 얽혀 있는지 바르게 관찰하고 있군요." 그녀는 몸을 떨었다. "제기랄!" 그녀가 말했다. 귀부인의 길고 고상하게 굽은 입술에서 거친 욕설이 나오는 걸 보는 건 기이했다.

신부는 매겨진 쪽수를 가리키며 말했다. "그림이 76장인가요? 이건 1천 장에 맞먹는 것입니다! 온 세상 모습이에요! 이건 스페인의 모든 위대함이요 스페인의 모든 비참입니다!"

그러나 프란시스코는 마침내 판화를 쌌고, 그것은 서랍 속에 놓이게 되었다.

신부는 거칠고 멍한 눈빛으로 서랍 쪽을 주시했다. 고야는 무슨 일이 일어나는지 알고 있었다. 그는 신부가 타라고나 법정 앞에 꿇어앉아 있는 걸 보았다. 「변덕」은 모든 짓밟힌 자들의 복수였고, 신부의 복수이기도 했다. 고야 또한 뻔뻔스러운 권력자의 얼굴에다 자신의 증오와 경멸을 「변덕」으로 내질렀다.

이제 신부는 천천히 조용하게 그러나 격렬하게 말했다. "이 그림이 세상에 있다는 것, 그럼에도 이 세상에 있지 않다는 건 이해하기 어렵습니다."

오늘날 스페인을 지배하는 악명 높은 자들의 적나라한 얼굴을 세상의 모든 사람들에게 보여야 한다는 뜨거운 열망이 신부를 넘어 고야에게도 솟구쳤다. 고야는 그걸 서랍 속 그림으로 묘사했다. 지금까지 어떤 것보다 강력하게 그는 「변덕」을 이 세상으로 보내야 한다는 유혹을 느꼈다. "난 이걸 세상으로 보낼 거요." 그는 쉰 목소리로 결심했다.

하지만 신부는 멍한 상태에서 갑작스럽게 이 아틀리에와 이 도시 마드리드라는 현실로 돌아왔다. 아주 가볍게, 대화 투로 그는 말했다. "농담이겠지요, 돈 프란시스코."

고야는 그의 얼굴을 주의 깊게 바라보았다. 저 우아한 가면 뒤에서 그는 얼굴을, 죽은 자의 어떤 얼굴을 알아보았다. 그래, 그는 죽은 자였고, 이 사내였다. 모든 살롱에서 빛났고, 모든 행동에서 자기 뜻대로 하는 데 익숙했던 바로 이곳 마드리드에서 신부는 지금 이리저리 남모르게, 허락받지 못한 채, 추방된 자로 돌아다녔다. 그리고 이제는 그 여자의 연민과 은총에 힘입어 살고 있다. 전에는 그녀를 위해 모든 희생을 감수했지만. 죽은 자는 그 앞에서 가볍고 지적으로 풍요한 대화를 하고자 애쓰며 앉아 있었다. 고야는 「변덕」 중 하나를 보았다. 그건 담배를 피우며 피아노에 우아하게 기댄 채 반쯤 썩어가는 자의 모습이었다.

그는 이 남자 앞에서 부끄러움 같은 걸 느꼈다. 그는 살아 있는 사람처럼 돌아다녔으나 죽어 있었다. "무슨 말인지 모르겠군요." 그는 약간 멍청한 듯 말했다.

루시아는 그의 얼굴을 내키지 않는 듯, 하지만 조롱하지 않고, 정면으로 바라보았다. "신부님 말씀은," 그녀는 아주 분명히 말했다. "당신이 좀더 신중해야 한다는 거예요."

갑작스럽게 그는 앞뒤 맥락을 알게 되었다. 루시아가 신부를 데리고 온 건 그가 두 눈으로 순교자에게 어떤 일이 일어나는지 보도록 하기 위해서였음을 인식했다. 루시아의 경고는 적절했다. 그는 아이 같았다. "스페인의 명성이라." 킨타나의 시 구절이 그를 불편하게 했다. 공허감이 이성을 압도했다. 그는 자신의 '명성'이란 걸 두 손으로 포착하고 싶었다.

그는 루시아의 질책을, 그녀의 냉정한 시선을 받을 만했다. 그녀는 돈 디에고를 데리고 와, 이 늙고 아직 현명하지 못한 남자가 신부의 경우를 본 후 제대로 처신하길 바랐던 것이다.

그래서 그는 간단히 말했다. "당신이
옳았소, 도냐 루시아." 그리고
돈 디에고에게도 그는 말했다.
"당신이 옳았소."
하지만 루시아는
떠나기 전에, 그의 진짜 명성이
놓인 서랍을 가리키며,
또박또박 한 음절 한 음절,
크고 명료하게 말했다.
"당신께 감사해요, 고야.
이제 저 그림이
이 세상에 있기 때문에, 나는 더 이상
스페인 사람인 게 부끄럽지 않아요."
그리고 돈 디에고의 눈앞에서
그녀는 프란시스코에게
부끄러움 없이 뜨겁게
입 맞추었다.

26

의사 페랄이 은둔처의 고야를 방문했다. 프란시스코는 페랄이 중요한 일로 왔다는 걸 즉각 알아차렸다.

"당신께 전달할 게 있습니다." 몇 마디 인사말을 나눈 뒤에 페랄이 말했다. "말하기 주저되는군요. 게다가 제가 말하는 게 완전히 틀린지도 모릅니다. 하지만 「변덕」에서 당신 눈으로 그린 도냐 카예타나를 보도록 당신은 허락했지요. 그리고 그 초상화로 도냐 카예타나에 대한 판단을 검토해보도록 했을 때, 날 증인이 되게 했지요. 당신과 내가 그 공작 부인의 가까운 친구라고 여겨도 되겠지요?"

고야는 말이 없었다. 그의 큼직한 얼굴은 굳어 있었다. 그는 기다렸다. 페랄이 주저하더니 혹시 최근 들어 카예타나에게서 조금의 변화라도 알아채지 못했는지 고야에게 물었다. 아하, 프란시스코는 중얼거렸다. 아구스틴과의 장난질을 그녀가 발견한 게로군. 그래서 페랄이 경고하려고 왔고. "그렇소." 고야가 말했다. "도냐 카예타나가 최근 들어 약간 변한 듯 보였소." 페랄은 일부러 지나가는 투로 대답했다. "그녀는 변했지요. 임신했으니까요."

고야는 제대로 이해했는지 자문했다. 하지만 제대로 이해했음을 알았다. "임신했어요." 페랄이 말했다. '함축성 있는 말이군'. 고야는 멍하니 생각했다. 마음속으로 격정이 일었다. 그는 자신을 억누르려고 애썼다. 페랄은 그렇게 말해선 안 되었다. 프란시스코도 그 일에 대해선 아무것도 알고 싶지 않았다. 그는 카예타나의 좋지 못한 은밀한 일을 소상히 알고 싶지 않았다. 하지만 페랄은 별로 내키지 않는 솔직함으로 계속 말했다. 이제 그는 고야에게 그 일을 적어주기까지 했다. "예전이라면," 그는 썼다. "도냐 카예타나는 그런 상태를 없애려고 제때 신경 썼겠지요. 하지만 이번에는 첫째 주에 아이를 낳겠다고 분명 마음먹었습니다. 그런데 나중에 다른 생각을 하게 됐지요. 걱정스러울 정도로 늦게 말이지요. 왜냐하면 그런 결정을 고수하면 위험할 수 있으니까요."

고야는 읽었다. "왜 그걸 알려주시는 거요?" 그가 화가 나 물었다. 페랄은 대답하지 않았다. 그는 고야를 그저 쳐다보기만 했다. 고야는 즉각 자신이 무엇을 이해했는지 깨달았다. 말하자면 지금 거론되는 건 그의, 프란시스코의 아이였다. 카예타나는 그의 아이를 낳고자 원했던 것이다. 그리고 이제는 더 이상 원치 않는다는 거였다.

페랄은 썼다. "도냐 카예타나를 설득해 낙태를 막는 게, 좋을 겁니다, 돈 프란시스코."

고야는 쉰 목소리로 아주 크게 말했다. "공작 부인의 결정에 개입하는 건 내 일이 아니오. 그런 일을 결코 한 적도 없고, 앞으로도 하지 않을 거요." 그는 아무런 의미 없이 '임신한'이란 단어와 '함축성 있는 말'을 떠올렸다. 그녀는 남편을 죽였고, 나의 엘레나도 죽였으며, 그녀는 나의 이 아이도 죽일 테지. 그는 아주 크게 말했다. "난 그녀와 얘기하지 않을 거요. 그 점에 대해서는 어떤 말도 하지 않을 거요." 페랄은 다소 창백하게 되었다. 그는 고야에게 적었다. "제발, 이해하세요, 돈 프란시스코. 낙태는 위험할 수 있습니다." 고야는 읽었다. 그는 어깨를 으쓱거렸다. "그녀와 얘기할 수 없소, 의사 선생." 그가 괴로운 듯 말했다. 그건 사죄하는 말처럼 들렸다. "그렇게 할 수 없소." 의사 페랄은 더 이상 말하지 않았고, 더 이상 쓰지도 않았다. 그는 쪽지를 공책에서 떼어내더니 잘게 찢어버렸다.

고야는 말했다. "내 격분을 용서해주시오, 돈 호아킨." 그는 서랍에서 「변덕」을 꺼내 그림 두 장을 찾아냈다. 그건 카예타나를 묘사한 그림이었다. 그녀는 남자 셋의 머리로 된 구름을 타고 천국으로 혹은 지옥으로 흉측하게 가고 있었다. 또 다른 그림에서는 두 얼굴의 카예타나와 매혹된 연인, 주변의 패거리 그리고 허공에는 마법의 성이 그려져 있었다. "이 그림을 갖고 싶소, 의사 선생?" 그가 물었다. 페랄의 얼굴이 몹시 붉어졌다. "고맙습니다, 돈 프란시스코." 그가 말했다.

며칠 뒤 페랄에게서 전갈이 왔다. 고야가 즉각 몽클로아로 왔으면 한다는 거였다. 그는 그곳으로 가 페랄의 얼굴을 보았고, 더 이상 희망이 없다는 걸 알았다.

카예타나가 누워 있는 컴컴한 방에는 향수가 뿌려져 있었다. 하지만 그건 벽감에서 나오는 나직하고 달콤하지만 좋지 않은 냄새를 덮지 못했다. 벽감에는 커튼이 쳐져 있었다. 페랄은 고야에게 커튼을 걷으라는 신호를 보냈다. 그런 다음 그는 물러갔다. 프란시스코는 커튼을 열었다. 침대 옆으로는 시중드는 여윈 할멈이 돌처럼 굳은 채 앉아 있었다. 고야는 침대의 다른 쪽 옆으로 갔다.

카예타나는 밀랍처럼 누렇게 뜬 낯빛으로, 깊게 꺼진 두 눈을 감은 채 누워 있었다. 종종 프란시스코에게 이 여자의 긴 눈썹이 거대한 문의 궁륭처럼 나타났다. 하지만 그 문 뒤에서 무슨 일이 일어나는지 그는 결코 알아챌 수 없었다. 이제 그는 열렬하게, 밀랍처럼 감긴 눈꺼풀이 열리길 바랐다. 지나친 혼란을 감지케 하지만 어떤 안전도 허락하지 않는 그녀의 눈을 그는 알았다. 하지만 그녀가 이제 눈을 뜬다면, 그는 이번에 마지막으로 그 진실을 알게 될지도 모른다.

고야에게는 그들 두 사람이 마치 살아서 그 방에 있는 것처럼, 그렇게 분명하게, 너무도 또렷하게 마지막 말이 떠올랐다. 그 말은 그가 말할 수 있는 세계에서 청각이 상실된 세계로 가져온 말이었다. "언제나 난 당신만 사랑했어요, 프랑코. 언제나 당신만을. 어리석고 늙은 당신은 추하지만 유일한 남자지요. 언제나 당신만을. 당신은 오만한 화가예요. 언제나 당신만을." 그녀는 그에 대한 사랑이 몰락을 가져오리라는 걸 그때 알고 있었다. 죽은 브리기다는 그것을 그녀에게 말했고, 살아 있는 에우페미아도 그랬다. 그녀는 알면서도 자신의 사랑으로, 그 치명적 위험 속으로 걸어 내려갔다. 그녀가 그렇게 자주 청했건만, 그는 한 번도 그녀를 그리지 않았다. 그는 그녀를 그릴 수 없었던 것이다. 어쩌면 그가 그녀를 위험에 빠뜨리고 싶지 않았기 때문에, 오직 그 때문에 그녀를 그리지 않았는지도 모른다. 이제 그녀는 누워 있었고, 그렇게 죽었다.

어지러운 생각에 가득 찬 채 그는 그녀를 응시했다. 그녀가 죽는다는 건 생각하기 어려웠다. 뜨겁고 괴팍하며 오만한 심장이 두근거리길 멈췄다는 사실을 누구도 상상할 수 없었다. 그는 그녀에게 움직이라고, 어서 눈을 떠 그를 알아보고, 그에게 말을 걸어보라고 명령했다. 그는 안달이 나서 거칠게 기다렸다. 그녀가 다시 변덕스러워졌다고 그는 속으로 욕했다. 하지만 그녀는 눈을 뜨지 않았고, 말하지도 않았다. 그녀는 자신의 허약함에, 떠나가면서 없어지는 것에, 그 죽음에만 골몰해 있었다.

고야의 마음속에서 엄청난 고독감이, 엄청난 이질감이 생겨났다. 그들은, 그녀와 그는, 더 이상 밀접할 수 없을 만큼 그렇게 결속되어 있었다. 그러면서 그들은 서로 낯설었다. 그녀는 그의 현실을, 그의 예술을 얼마나 조금밖에 몰랐던가. 그는 또 그녀를 얼마나 조금밖에 몰랐던가. 그의 '탄탈로스'는 사실이 아니었다. 그녀는 눈을 껌뻑이지도 않았고, 그렇게 죽었다.

도냐 에우페미아는 미움의 감정 속에서 굳은 채 다가왔다. 그에게 이렇게 썼다. "이제 가셔야 해요. 비야브란카 후작 부인이 오시니까요." 그는 이 할멈을 이해했다. 그가 그 세월 내내 알바 공작비의 면목을 잃게 했기 때문에, 이제 그녀로 하여금 적어도 품위 있게 떠나도록 해야 하기 때문이었다. 그는 웃을 뻔했다. 뻔뻔하고도 대담하며 조롱 섞인 말을 입에 담는다면 지금 알바를 떠나가지 못하게 할지도 모를 일이었다. 하지만 그녀는 거기, 고약한 냄새를 풍기며 허약하게 누워 있었다. 그녀의 죽음은, 이곳에 그 대신 비야브란카 가문 사람들이 있다 해도 더 품위 있기 어려웠다.

시중드는 할멈은 그를 문까지 배웅했다. "당신이 공작 부인을 죽인 것이에요, 수석화가님." 끝없는 증오를 눈에 담은 채 그녀가 말했다.

페랄은 접견실에 있었다. 두 남자는 아무 말 없이 고개 숙여 인사했다.

의사 페랄은 성체를 든 채 품위 있게 그러나 서둘러 홀을 지나갔다. 고야는 다른 사람과 함께 무릎을 굽혔다. 카예타나는 이 방문에 대해, 또 비야브란카 가문 사람들이나 자기 가문 사람들의 방문에 대해 아무것도 모를 것이다.

금세 풍문을 접하게 된 마드리드 민중은 이번에도 즉각 독살이라고 주장했다. 그리고 자신의 경쟁자를 독살한 건 다름 아닌 이탈리아 출신의 이방인 여자, 즉 왕비라고 했다. 공작의 죽음 후 알바 공작비에게 퍼부어졌던 질투가 동정과 사랑 그리고 존경심으로 변했던 것이다. 감동적인 일화들, 이를테면 그녀가 얼마나 소박하게 모든 사람들과, 마치 그들이 그녀와 같은 부류인 것처럼 으스대지 않고 얘기했고, 그녀가 어떻게 아이들과 거리에서 어울려 투우 놀이를 했는지, 또 얼마나 즐겁고 넉넉하게 그 모든 불우한 사람들에게 베풀었는지 회자되었다.

모든 마드리드 사람이 장례식에 참석했다. 신분 높은 귀족 부인의 장례식에 제공될 만한 온갖 화려함이 선보였다. 비야브란카 가문은 돈을 아끼지 않았다. 하지만 애통해한다는 걸 보이려고 애쓰지도 않았다. 단지 선량한 도냐 마리아 토마사만 그리 아름다웠지만 그리 일찍, 그리고 그리 끔찍하게 떠난 카예타나를 애석해했다. 늙은 후작 부인은 백성들의 성심 어린 슬픔을 경멸하듯 내려다보았다. 카예타나는 천민을 사랑했고, 천민도 그녀를 사랑했다. 도냐 마리아 안토니아의 얼굴은 굳어 있었고 오만했다. 궤도를 이탈해 죽은 이 여자가 자신의 사랑스러운 아들을 죽이는 데 썼던 바로 그 손을 후작 부인은 직접 옆으로 치웠다. 그녀, 늙은 후작 부인은 죽은 자의 영혼을 위해 기도할 때도 입술을 거의 움직이지 않았다. 그녀가 말한 건 경건한 소망이 아니었다.

알바 공작 부인은 마지막 의지로 할멈 에우페미아와 시녀 프루엘라에게, 그리고 그녀의 수많은 농장의 많은 하인들에게 적지 않은 유산을 남겼다. 또 궁정광대 파디야도 잊지 않았다. 그건 괴팍스러운 유언이었다. 그녀가 잠시 알고 지냈던 사람들에게도 돈을, 때로는 아주 많은 금액을 남겼기 때문이다. 그녀가 우연히 만났던 대학생이나, 그녀의 한 농장에서 숙박을 제공받았던 반쯤 미친 동냥 수도사, 그녀의 성 가운데 한 곳에서 발견된 어느 버려진 아이, 그리고 여러 배우들과 투우사들도 있었다. 왕의 수석화가 프란시스코 데 고야 이 루시엔테스에게는 꾸밈없는 반지 하나를 남겼을 뿐, 그 밖에는 없었다. 그의 아들 하비에르에게는 적은 연금을 남겼다. 그와는 다르게 그녀의 주치의인 의사 호아킨 페랄은 50만 레알 외에 안달루시아의 영지와 귀한 그림들을 얻게 되었다.

도냐 마리아 루이사가 부러워했던 알바 공작비의 장신구가 이제는 하인들에게, 또 그녀 자신이 아니라 시종에게 모두 넘어간다는 사실 때문에 루이사는 불쾌했다. 관례와 달리 카예타나는 자기 소유물 가운데 어떤 것도 가톨릭 왕비에게 유증하지 않았기 때문이다. 돈 마누엘도 실망했다. 그는 주된 상속인 비야브란카 후작에게 기대하기를, 알바 가문의 미술관에서 나온 그림들을 교환할 수 있을 거라고 여겼다. 이제 그 그림들은 기분 나쁜 의사 페랄의 소유로 넘어갈 것이었다. 고집으로 악명 높은 페랄에게 말이다.

따라서 알바 가문의 14대 후작이자 비야브란카 가문의 돈 루이스 마리아 후작이 이 유언을 부인했을 때, 그건 왕비에게도 총리 마누엘에게도 환영할 만한 일이었다. 도냐 카예타나는 너무 맹신적이었고, 유언에 대해 아무런 지식이 없었다. 그래서 일정한 유산은, 특히 의사에게, 할멈에게, 시녀 프루엘라에게 말이 안 될 만큼 할당된 많은 유산은 유언자를 속여 미심쩍게 얻어진 거라는 의혹이 제기되었다. 공작비의 돌연한 죽음도 의심스러웠다. 탐욕스럽고 예술에 미친 의사가 공작비에게 알랑거려 유산에서 일정 몫을 취한 다음, 공작비를 죽이고 유산을 소유하려 했다는 추측도 제기되었다.

왕비는 의사를 고발하면 어리석은 소문이 즉각 잦아들 거라고 여겼다. 이 소문에 따르면, 자신의 신성시된 인격과 카예타나의 죽음이 연결되어 있었던 것이다. 그녀는 이 첫째가는 궁정 부인의 죽음과 그 유언에 대해 완벽한 조사가 이뤄지도록 개인적으로 신경 쓰라고 돈 마누엘에게 맡겼다.

의사 페랄과 시중드는 할멈 그리고 시녀 프루엘라가 고발을 당했다. 우선 유산 취득 때문이었고, 상속 음모 때문이었다. 고발된 자들은 감옥에 수감되었고, 유산은 압류되었다. 상속자가 믿기 어려운 영향 아래 행동했다는 사실이 곧 입증되었다. 유언은 무효로 선언되었다. 세 용의자에 대한 심리가 계속되었다.

대부분의 유산이 무효로 판정되었고, 유산은 알바 가문의 새 공작에게 낙착되었다. 돈 마누엘은 이 공작에게 부탁해 죽은 공작비의 미술관에서 그림 몇 개를 찾아내어, 유산 규정과 관련된 자신의 노고에 대한 보상으로 제공하게 만들었다. 그런데 마누엘 왕자에게 할당된 그림 가운데 많은 작품이 수수께끼처럼 사라졌다. 도냐 카예타나의 비밀스러운 죽음을 해명하고자 그렇게 자상하게 애썼던 도냐 마리아 루이사에게 알바 가문의 새 후작은 요청하기를, 고인의 소중한 유산 가운데 몇 가지 귀중품을 부디 기념으로 거두어달라고 했다.

곧 카예타나의 그림들 중
많은 작품이 왕자 마누엘의 미술관에
걸렸다.
왕비의 목에도,
그녀의 팔과 손에도
죽은 알바 공작비의 그 유명한
패물 중 머리핀과
반지가 달려 있었다.

27

친구들은 고야가 카예타나의 죽음에 대한 속마음을 털어놓게 만들지 않았다. 그들은 벌써 그가 다시 어두운 광기로 떨어지지 않을까 두려웠다. 오직 그만 아무런 해도 입지 않은 채 남았다.

그는 말없이 은둔처의 휑한 공간에서 음울한 표정으로 이리저리 돌아다니거나 앉아 있었다. 그는 카예타나를 다시 불러내려고 했다. 하지만 그렇게 되지 않았다. 그의 마음에는 자신에게 갇힌 채 심한 냄새를 풍기는, 밀랍처럼 창백히 죽어가는 자의 이미지만 남았다. 그녀는 마지막 남은 악의로 눈 뜨는 걸 거부했다. 그녀의 천박함에 대한 그의 원망은 느닷없는 죽음 앞에서 몇 달 사이 더 약해졌다. 이제 그녀는 더 이상 존재하지 않았기 때문에, 새로운 격렬함이 그를 덮쳤다.

그는 볼리바르*를 머리에 눌러쓴 채 멋진 등나무 지팡이를 짚고, 아라곤 지방 특유의 꼿꼿함으로, 험상궂게 숙고하는 듯 넓은 정원을 산책했다. 카예타나는 더 이상 없었다. 더 이상 존재하지 않음을 그는 알았다. 그는 엉터리 수도사가 말하는 천국과 지옥을 믿지 않았다. 그가 생각한 하늘과 지옥은 이 땅에 있었다. 카예타나는 더 이상 이 땅에 있지 않기 때문에, 더 이상 여기에 없었다.

그녀의 어떤 것도 더 이상 여기에 없었는데, 그건 고야 탓이었다. 그가 그린 초상화들은 그녀의 찬란함에 대해 어떤 것도 말해주는 게 없는 슬프고 가련한 그림자였다. 아구스틴의 엉성한 그림조차 그녀에 대해 더 많은 걸 보여주었다. 그의, 프란시스코의 예술은 실패했다. 그가 「변덕」에서 그녀로부터 포착한 건 분명히 남았다. 하지만 그는 마녀 같은 요소만 포착했고, 그녀의 빛나는 마법적 요소는 어떤 것도, 그의 소묘에도 또 그의 그림에도 남지 않았다.

'죽은 자가 산 자를 눈뜨게 한다'고 사람들은 말했다. 그러나 죽은

---

* Bolivar: 챙이 넓은 종 모양의 실크 모자.

카예타나는 고야의 눈을 뜨게 하지 못했다. 그는 그녀를 이해하지 못했다. 지금도 이해하지 못했으며, 이전에도 결코 이해하지 못했다. 그리고 그녀는 그를 결코 이해하지 못했다. 다른 어떤 여자도 그의 예술 앞에 그렇게 낯설게 서지 않았다. "몰취미하고 야만적인"이라고 그녀는 말했다. 어쩌면 그녀의 그 결정을 변화시키고, 그녀가 세상에 낳기 전에 그의 아이를 죽이도록 이끌었던 건 「변덕」인지도 몰랐다.

그는 그녀를 바르게 평가하고자 애썼다. 분명 첫 순간부터 그녀는 그를 미워했다. 하지만 첫 순간부터, 그가 그녀를 그녀 집 연단에서 보았던 그 순간부터 그도 그녀를 미워했다. 그는 결코 그녀와 끝내지 못했고, 앞으로도 결코 그러지 못할 것이다. 언제나, 가장 불붙는 순간조차 그의 열정은 미움과 섞여 있었다. 카예타나는 이른바 그 잠자는 자에게 사랑의 말을 건넸다. 하지만 그는 결코 죽은 여인에게, 자신이 그녀를 사랑한다고 말할 수 없었다.

그는 부끄러운 줄도 모르고, 품위 없이, 자신과 그녀 때문에 눈물을 흘리며 울었다. 그 눈물은 어떤 것도 흘려보내지 못했다. 그가 가진 미움과 그 사랑의 어떤 것도.

죽은 자를 욕하는 건, 그 힘없는 자를 욕하는 건 비열한 일이었다. 그는 아토차의 동정녀 나무상 앞에서 십자가를 그었다. 카예타나는, 이 나무상을 성녀가 그녀의 행동을 보지 못하도록, 첫날밤 만티야로 덮었었다. 그는 기도했다. "우리가 우리 죄를 용서하듯이, 그녀 죄를 용서해주소서." 그의 기도조차 비열했다. 그는 그녀를 용서하지 않았기 때문이다.

그의 은둔처처럼 그의 마음도 황량했다. 그의 삶은 지금까지 늘 새롭게 달려드는 병적 습관과 일로 넘쳐나는 것이었다. 이제 처음으로 그는 권태를 느꼈다. 어떤 것도 그를 자극하지 않았고, 어떤 만족감도, 여자도, 먹고 마시는 것도, 어떤 명예나 어떤 성공도 매력적이지 않았다. 일도 그랬다. 색채의 단순한 냄새나 캔버스도 귀찮았다.

그는 그 모든 것과 끝났다. 카예타나와 마찬가지로 그의 예술과도 끝이 났다. 그가 말해야 했던 건 말해졌다. 「변덕」 그림들은 궤 안에, 완성된 채, 다 되어 놓여 있었다.

그는 카예타나와 끝내지 못했다. 왕비와 돈 마누엘이 죽은 자에게 행한 부당한 일이 그의 신경에 거슬렸다. 의사와 시중드는 할멈이 감옥에 갇혔다는 것, 그리고 카예타나에 대한 추억이 거친 소문으로 비난받는다는 사실이 분노를 일으켰다. '그'가 죽은 자에게 잘못할 수 있어도, 그 외의 다른 사람은 그렇게 해선 안 되었다.

「변덕」 그림도 그는 끝내지 못했다. "예술이 영향을 주지 못한다면, 그 예술은 무의미하다." 킨타나는 말했다. 그 점에도 원인은 있었다. 누가 자기 작품을 관객에게 숨긴다면, 그건 아이가 태어나기 전에 여자가 눌러 죽이는 것과 같다.

그는 「변덕」 시리즈를 출간한다면 과연 무슨 일이 일어날지 상상하며 지냈다. 가끔 누군가 아주 끔찍한 대담성을 발휘한다면, 저 윗사람들은 경직되고 마비될 것이다. 이전의 고야, 젊은 날의 고야 같으면, 그런 위대한 대담성은 매력적이었을 것이다. 카예타나를 비난한 자들에게 가진 생각을 그가 지금 온 세상에 보여준다면, 그건 자신이 그녀에게 스스로 행한 것도 속죄하는 게 아닌가? 그건 죽은 자를 위한 희생인가? 그렇게 될 경우, 그녀조차 저 '몰취미한' 「변덕」이 어떤 사정인지 눈치챌지도 모른다. 그러면 죽은 브리기다와 함께 그녀는 그 일 때문에 죽도록 골머리를 앓게 될 것이다.

「변덕」 시리즈를 발간한다는 건 분명 이성에 반하는 일이었다. 이 점을 다른 사람들이, 그리고 그 자신도 스스로 입증해 보였다. 하지만 그는 오직 이성에 따라 행동할 만큼 그렇게 늙고 맥없이 되었는가? 그는 가죽처럼 무감각한 미겔이 되어버렸나? 늙은 여자처럼 소심하게 「변덕」을 은둔처에 숨긴 건 그답지 않았다.

그는 아구스틴의 일을 중단시켰다. "나는 지금껏 진력해왔네." 그가 말했다. "자네는 나와 함께 가세. 「변덕」 그림을 시골집으로 옮길 것이네." 당황한 아구스틴은 그의 음울하고도 결연한 얼굴을 쳐다보았지만, 감히 묻지 못했다.

그들은 말없이 칼레 데 산베르나르디노로 갔다. 계단을 올라가 예배당으로 갔고, 그 집 사람들의 놀란 시선 아래 인쇄 판목(版木)과 소묘, 에칭, 궤 그리고 마지막으로 무거운 압착기를 거리로 옮겨 마차에 실었다. 모든 그림이 호화스러운 사륜마차에 차곡차곡 쌓이기 전에 그들은 좁고 가파른 계단을 여러 번 오르내렸다. 하인 안드레스가 도와주려고 했지만, 고야는 험악한 얼굴로 물리쳤다. 돌아가는 길에서도 그는 말없이 음울한 표정으로, 상자에서 눈길을 떼지 않으며 앉아 있었다. 그런 다음 그는 아구스틴의 도움을 받아 모든 걸 시골집의 아틀리에로 올려다 놓았다. 거기서 그는 누구에게라도 눈에 띄게 궤를 벽에 세워두었다.

방문객들이 왔다. 오수나의 후작비와 산 아드리안 후작, 그리고 스스로 고야와 가깝다고 여기는 다른 이들도 왔다. 고야는 이 모두의 호기심을 자극했다. "당신들은 저기 저 상자 안에 무엇이 있는지 아마 알고 싶겠지요." 그가 조롱하듯 말했다. "아마 당신들께 한 번은 보여주겠지요. 그럴 가치는 있을 겁니다."

카디스에서 한 방문객이 도착했다. 그는 선주(船主) 세바스티안 마르티네스였다. 그는 프란시스코에게 서둘러 썼다. "선생, 우리 두 사람은 많은 걸 잃었습니다. 친애하는 공작비 말이지요. 그녀는 위대한 부인이었고 놀라운 숙녀였으며, 옛 스페인의 마지막 전성기였지요." 그는 고야를 공감하듯 응시했다. "비통한 일입니다." 그는 계속 썼다. "이 위대한 귀부인의 유산이 흩어져 사라진 것 말이지요. 한 무더기의 그림은 더 이상 존재하지 않아요. 당신이 그린 저 비밀스러운 '벌거벗은 베누스'도 그렇지요, 선생. 흔적 없이 암담하게 사라져버렸지요. 그러니 제안을 하나 하지요. 이제 주의 깊고 믿을 만하며 후하게 지불하는 예술 전문가가 적어도 복사본이라도 얻을 수 있지 않을까요?" 고야는 읽었고, 그 얼굴은 흐려졌다. 마르티네스 경은 재빠르게 말했다. "아닙니다. 아무것도 아니에요. 저는 아무것도 말하고 싶지 않습니다." 그는 종이를 쥐더니, 잘게 찢어버렸다.

공감에 찬 듯 호기심 속에서 그는 휑한 아틀리에를 이리저리 살폈다. 그의 눈은 다시 그 상자에 머물렀다. 마침내 그는 수석화가가 최근 몇 달 동안 무엇을 그렸는지 알아봐도 되느냐고 물었다. 고야는 잠시 숙고하더니 미소를 지으며 겸손하게 말했다. "그리 이해심 많고 후하게 지불하는 수집가가 관심 가져주시니 영광입니다." 그는 상자에서 그림 두세 장을 가져왔다. 먼저 당나귀 시리즈였고, 다음에는 마하 이야기를 묘사한 여러 장의 그림이었다. 마르티네스 경이 얼마나 전문가적 식견으로 즐겁게 그리고 감동하여 에칭화를 관찰하는지 보았을 때, 고야는 결심하고는 「카예타나의 승천」도 보여주었다.

마르티네스 경은 거칠게 숨 쉬며 득의의 미소를 지었고, 얼굴이 붉어졌다. 그리고 말했다. "이걸 갖지 않으면 안 되겠군요. 상자 속의 모든 걸 가져야만 되겠습니다! 저 상자를 모든 내용물과 함께 내가 가져야겠습니다!" 그는 너무 서두르며 말을 더듬거렸고, 날아가듯 재빨리 적었다.

하지만 적는 게 너무 느렸기 때문에, 그는 다시 말했다. "당신은 나의 수집품을 보았지요, 돈 프란시스코?" 그가 말하며 썼다. "당신의 이 놀라운 작품들이 마르티네스 집에 귀속되어야 한다고 인정해야 합니다. '플루스 울트라(더 나아가세)!' 이건 늘 마르티네스의 슬로건이었으니까요. '더 나아가세!'는 당신 예술의 모토이기도 하지요, 돈 프란시스코. 당신은 심지어 화가 무리요보다 더 높은 곳에 도달했습니다! 이 상자를 제게 파십시오, 선생! 당신은 더 기품 있고 주의 깊은 구매자이자 감식가를 찾기 어려울 겁니다." "나는 이 에칭 판화를 '변덕'이라고 부릅니다." "멋진 제목이군요." 마르티네스 경은 재빠르고 열광적으로 말했다. "수석화가의 환상적인 착상이에요. 놀랍군요! 보스와 브뤼헐* 그리고 칼로**를 하나로 합친 것과 같군요. 이 모든 게 스페인적이고, 그래서 더 거칠면서 더 위대합니다." "하지만 대체 무엇을 사고 싶은가요, 경?" 고야가 친절하게 물었다. "당신은 수집품 가운데 두세 작품은 알고 있습니다. 상자에는 5배나 6배 정도 더 많은 작품이 있고요. 아니 10배쯤 있지요." "모두 사겠습니다." 마르티네스 경이 설명했다. "거기에 모든 판목과 인쇄본 그리고 상자까지 말이지요. 그건 구속력 있는 제안이 되겠지요. 값은 당신이 말씀해주세요, 선생!

높게 부르세요.
당신이 그린 작품이라면,
저는 인색하지 않아요.
저의 서툰 시선 외에

* Pieter Brueghel(1525?~1569): 네덜란드의 화가. 플랑드르의 대표적인 풍속화가였다.

** Jacques Callot(1592~1635): 프랑스의 판화가로 현실을 풍자하는 작품을 많이 남겼다.

어떤 사람도 당신의
놀라운 작품을 봐선 안 됩니다!"
"제가 「변덕」을 인쇄하여
출판하게 된다면," 고야는 말했다.
"처음 인쇄한 것 중 한 부를
보내드리겠습니다."
"첫번째 것을!" 마르티네스 경이
애원하고 간청했다.
"첫번째 것을! 처음 인쇄된 작품 세 부를!
그리고 판목도!" 그가 간청했다.
고야는 이 감격한 사람을
은둔처에서 내보내기 위해
애써야 했다.

28

그해 초 돈 가스파르 호베야노스의 운명에 대한 나쁜 소식이 도착했다. 왕자 마누엘이 호베야노스를 고발하는 종교재판소 측 조처에 대해 더 이상 거절하지 못했다는 거였다. 그래서 어느 날 저녁 이 노인이 기혼의 영지에서 잠결에 체포되었다는 것이다. 그들은 이 이단자를 바르셀로나까지 먼 길을 끌고 갔고, 모든 사람들에게 그가 묶인 모습을 구경시켰다. 그는 마호르카 섬으로 끌려가 어느 수도원의 창문도 없는 방에 유폐되었다. 책이나 종이의 사용도 금지되었고, 외부 세계와의 모든 접촉도 차단되었다.

“때가 되었군.” 고야가 아구스틴에게 말했다. “마침내 난 「변덕」을 끝냈네. 종이를 구해주게. 우리 같이 인쇄할 거야. 내 생각으로 300부 정도면 1쇄로 충분하겠지.”

아구스틴은 프란시스코가 그 주일 내내 방문객들에게 이 상자의 비밀스러운 내용물을 알려주는 일에 얼마나 마음 쓰는지 걱정하며 관찰했다. “당신 정말로……?” 아구스틴은 당혹한 채 더듬거렸다. “놀랍지 않나?” 프란시스코는 우롱하듯 말했다. “내 시골집으로 달려와 ‘진흙에 허우적거리며 썩은 채 죽어간다’고 여기저기 소리 지른 사람도 거기 오지 않았던가? 당시 자네의 돈 가스파르는 추방되었을 뿐이었지. 그는 이제 체포되어 공기도 빛도 없는 지하감옥에 앉아 있네.” “미쳤군요, 프랑코!” 아구스틴이 불쑥 말했다. “당신은 그 일을 해선 안 돼요. 종교재판소가 기뻐할 일을 만들어선 안 됩니다.” “우린 300부를 인쇄해야 해!” 고야가 명령했다. “우리 친구 가운데 다른 이들은 그게 옳다고, 유일하게 가능한 일이라 여길 거네. 예를 들면 킨타나 말이네.” “알고 있습니다.” 아구스틴이 매섭게 투덜댔다. “킨타나의 유향 같은 말이 머리에 떠올랐나 보군요. 당신의 불멸성에 대한 그 어리석은 송가 말이지요.” “난 불멸에 관심 없네.” 고야가 조용히 말했다. “천박한 거짓말이지요!” 아구스틴이 화난 듯 대답했다. “욕하지 말게.” 고야가 여전히 아주 침착하게 말했다. “자네는 모든 사소한 일에서 내가 나의 예술로 정치를 해야 한다고 권고해 왔네. 그런데 이제 와서, 그들이 돈 가스파르를 죽도록 괴롭히는 지금에 와서 내가 침묵해야 한다니. 정치가와 정책 입안자는 늘 그렇다네. ‘배운 자들은 말만 많다. 용기 있게 행동하라’.” “「변덕」을 지금 상자에서 꺼내는 건 순전한 광기일 겁니다.” 아구스틴이 열을 냈다. “지금은 전쟁 중이에요. 성녀는 자신이 원하는 바를 할 수 있어요. 정신 차리세요, 프란시스코! 사람은 제 아버지를 죽일 수도 있고, 그래서 자유로울 수도 있답니다. 하지만 오늘날 그런 에칭화를 퍼뜨리는 사람은 자살을 범하는 거지요." "그럴 수 없어!" 고야가 소리쳤다. "난 스페인 사람이네. 스페인은 자살하지 않아!" "그건 자살'입니다'." 아구스틴이 고집했다. "게다가 당신도 알고 있겠지요. 예의와 정치 때문에 그런 일을 하진 않겠죠. 그 여자가 떠난 이래, 당신에겐 모든 게 휑하게 보일 테니까. 그래서 당신은 무모함으로 더 멋지게 일을 벌이려 하고요. 그거지요. 그 여자 때문이지요. 그녀의 죽음 이후 그녀는 아직도 당신을 불행에 빠뜨리고 있다고요!"

마침내 프란시스코는 격분했다.
"입 닥치게!" 그가 소리쳤다. "날 도와주는 걸
끝까지 거절한다면
다른 사람을 찾아볼 테야."
"찾아보시지요! 아무도 못 찾을 테니까!"
돈 아구스틴도 소리쳤다. "내가
미쳤지요. 그러니 당신 옆에서
그렇게 견뎌냈지요!" 그리고 그는
방을 떠났고, 그 은둔처를 떠났다.
비록 고야는 들을 수 없었지만,
그는 문을 세차게
닫았다.

29

아구스틴은 소심함을 억누르며 루시아한테 달려갔다. 그녀는 프란시스코가 그 시절 「변덕」을 발간하겠다는 멋진 생각을 털어놓을 수 있었던 유일한 여자였기 때문이다.

그는 그녀 앞에서 불평하길, 고야 씨가 최근 불행 때문에 그 판화를 인쇄해 퍼뜨리고자 결심했다고 알려주었다. "그러니 도와주세요, 도냐 루시아!" 그가 애원했다. "제발 부인, 그가 처참한 지경에 빠지지 않게 해주세요! 스페인의 가장 위대한 사람 말이에요!"

그가 당혹해하며 절망적으로 말하는 동안, 루시아는 그의 얼굴을 주의 깊게 쳐다보았다. 그리고 그에게 무슨 일이 일어나는지 보았다. 그는 그녀를 사랑했지만, 마음속으로 그녀가 그의 친구들을, 이를테면 신부나 미겔이나 무엇보다 호베야노스를 몰락시켰다고 원망했다. 그런 그녀에게 애원하지 않을 수 없다는 사실 때문에 그는 괴로웠다. "당신은 충실한 친구예요, 돈 아구스틴." 그녀가 말했다. "내가 할 수 있는 걸 해보죠."

루시아는 프란시스코가 지금 「변덕」을 출간하려는 이유가 무엇인지 이해했다고 믿었다. 그는 자신의 슬픔이 야기한 공허함과 마비에서 벗어나기 위해 위험과 값비싼 도박을 필요로 했다. 다른 한편으로 그는 대담함을 신중함과 결합시키는 데 익숙한 아라곤 출신 농부이기도 했다. 비록 스스로 선택한 모험으로 치닫는다고 해도, 그는 제대로 무장하는 일을 도외시하지 않을 것이다.

그녀는 그를 종교재판소 측으로부터 보호할 어떤 가능성을 보았다. 하지만 그녀의 계획에는 준비가 필요했다. 프란시스코가 너무 서두르지 않도록 하는 게 중요했다.

루시아는 고야에게 갔다. "당신의 계획이 얼마나 위험한지 물론 알 거예요." 그녀가 말했다. "알고 있소." 고야가 대답했다. "위험을 줄이는 방법이 있어요." 그녀가 설명했다. "난 애가 아니오." 그가 말했다. "맨손보다 집게로 잉걸불을 쥘 거요. 그러려면 집게가 있어야겠지." "아미엥에서의 평화조약이," 루시아가 설명했다. "돈 마누엘의 개인적 바람대로 되지 않고 있어요. 거기에도 믿을 만한 대리인이 필요하답니다. 돈 미겔이 지금 다시 돈 마누엘과 일하겠다고 말하면, 미겔은 진보라는 일을 위해, 또 그가 소중히 여기는 사람인 고야를 위해 몇 가지 일을 관철할 수 있을 거예요." 고야는 그녀의 입술을 주의 깊게 바라보았다. 도냐 루시아는 계속 말했다. "제가 이른 시일 안에 연회를, 가장 친한 친구들만 오는 연회를 열겠어요. 왕자 마누엘도 올 것이고, 페파와, 희망컨대, 돈 미겔도 올 거예요. 당신과 돈 아구스틴을 넣어도 되겠지요?" "난 확실히 가겠소." 고야가 말했다. 그리고 다정하게 이어 말했다. "어리석은 일의 결과에서 날 지켜주려고 몹시 애쓰는군요, 도냐 루시아. 심지어 몇 가지 유보조건도 평화조약에 몰래 넣으려 하고." 그의 얼굴 전체에 웃음이 번졌다. "이제 당신은 사자보다 여우의 특성을 더 갖고 있어요." 루시아는 웃으며 말했다.

정치적 사안은 루시아에게 익숙한 거였고, 전체 국면은 유리했다. 영국과 프랑스 그리고 스페인이 유럽 평화에 대해 협상한 아미엥 회담에서 일련의 문제가 결정되어야 했다. 그런데 그 문제들이 왕자 마누엘과 개인적으로 매우 관련된다는 사실이 루시아에겐 분명했다. 마누엘은 교황에게 유리한 결과를 얻어내서 상당한 선물을 표창으로 받고 싶어 했다. 그래서 그는 왕비에게 불가피성을 입증할 근거를 갖고 있었고, 이탈리아 땅을 차지할 유리한 고지를 얻으려 했다. 그 지역 영주와 왕비가 친척이었기 때문이다. 그는 무엇보다 나폴리 왕국의 자산을 늘리고 싶어 했고, 그 지역에서 보나파르트 장군의 군대인 가바초*를 쫓아내길 원했다. 왜냐하면 이 일이 성공하면, 나폴리의 왕위 계승자와 도냐 마리아 루이사의 막내딸 사이에 계획된 결혼을 방해하는 장애물도 제거될 것이기 때문이다. 그 딸, 즉 왕녀 이사벨은 마누엘의 아이였고, 마누엘은 그 사실을 페파에게도 루시아에게도 비밀로 하지 않았던 것이다. 분명 그에게는 자기 딸에게 왕관을 씌우려는 마음이 있었다. 그러니까 돈 마누엘의 관심은 스페인의 관심과 늘 일치하는 게 아니었다. 아미엥에서 이 왕국을 대변한 아사라 대사는 그의 친구가 아니었기 때문에, 왕자는 이 회담에서 자신의 관심사를 이해하는 대리인이 필요했다. 루시아는 확신했다. 즉 미겔은 왕자의 대리인으로서 아미엥으로 가는 데 높은 대가를 요구할 수 있었다.

도냐 루시아는 자기 모임에 마누엘을 초대해서 미겔이 함께하는 문제를 고려하고 있다고 밝혔으며, 그때 마누엘의 밝은 얼굴 표정을 흡족하게 보았다. 미겔 자신은 약간 점잔을 뺐지만, 그러나 그 또한 왕자를 만나는 기회를 가진 걸 분명히 기뻐했다.

그녀가 처음으로 돈 마누엘과 함께 친구 페파를 데리고 왔던 그날 저녁처럼, 도냐 루시아 주변에는 사람들이 작은 원을 이루며 모여들었다. 빠진 사람은 신부뿐일 것이다.

그 당시보다 훨씬 촘촘하게 미겔의 그림이 벽 위아래에 걸려 있었다. 그중 고야가 그린 도냐 루시아 초상화도 있었다. 최근에서야 미겔은 그

---

* Gabacho: 피레네 산맥 기슭에 자리한 마을 사람들.

그림의 마술 같은 완전한 충실성을 고통스럽게 알아보게 되었다. 프란시스코는 섬뜩한 예견으로 루시아의 진실한 본질과 그녀의 다음 운명을 알아챈 것이다. 튼실한 루시아는 이제 완전히 캔버스 속 여인으로 자라나 있었다.

돈 마누엘을 그처럼 우호적인 상황에서 다시 보게 되었으므로, 그날 저녁 미겔의 얼굴은 밝고 다정할 정도로 차분했다. 하지만 속으로는 혼란스러웠다. 그는 스스로 행복한 사람이라고 중얼거렸다. 그의 평생에 걸친 숙원 사업인 예술가 사전의 출간은 최근 몇 달 동안 억지로 가진 한가함 때문에 원하는 대로 진척되어 거의 다 되었다. 그리고 이곳, 그가 사랑하는 예술작품의 한가운데 그가 사랑한 여인이 앉아 있었다. 그들의 혼탁했던 관계는 지나갔다. 만약 스페인의 운명을 그늘로부터 벗어나게 하는 자신의 일이 실패한다면, 그건 그를 모욕한 자가 지금 그에게 다시 그 일을 맡아달라고 간청하게 될 것이기 때문이었다. 그럼에도 그의 기대와 기쁨에는 답답함도 섞여 있었다. 그가 선 바닥은 흔들렸고, 그의 멋진 안락함은 사라졌다. 어쩌면 그는 이전의 확실함으로 자신과 다른 사람에게 이렇게 말할 수 있을지도 모른다. "이건 좋고, 저건 나쁘다네." 하지만 그 목소리는 더 권위 있었다.

그날 밤 아구스틴 에스테브의 마음엔 오래전부터 그가 더 이상 느끼지 못했던 안전감과 만족감이 차올랐다. 그는 루시아가 세운 계획의 세부 사항에 대해서는 아무것도 몰랐다. 하지만 그녀가 프란시스코를 돕기 위해 이 연회를 개최했다는 사실은 분명했다. 하지만 미겔과 마누엘이 다시 우의 있게 만났다는 사실이, 그것도 프란시스코가 있는 데서 그랬다는 건 많은 걸 뜻했다. 아구스틴은 자신이 도냐 루시아에 대한 소심함을 극복하고, 프란시스코를 그 어리석은 결과로부터 막아줄 쓸모 있는 조처를 취했다는 사실에 자찬했다. 그 일이 성공했기 때문에 자신의 미래가 더 밝게 보였다. 어쩌면 그는 첫번째 서열의 화가가 될지도 모른다. 그는 느리고 힘들게 나아갔지만, 그러나 때로는 천천히 발전하는 자가 최고 수준에 도달하기도 한다. 비록 자신이 그 목표에 결코 도달할 수 없다고 해도 그는 원망하지 않을 것이다. 프란시스코의 성공적인 조력자가 될 수 있었다는 사실 자체가 소망의 실현이었다.

루시아 자신은 연회를 기뻐했다. 손님들은 처음으로 그녀의 집에 모인 그날부터 많은 변화를 체험했다. 그녀는 그 격변에 영향을 미쳤고, 나라의 운명이든 그녀를 둘러싼 이들의 운명이든, 아직도 운명을 가를 수 있는 시점에 있었다. 돈 디에고가 이곳에 있을 수 없다는 사실이 애석했다. 그가 있다면, 마누엘이 「변덕」의 세계에 묘사된 자신의 비열함이 영원히 보존되는 데 스스로 동조하는 모습을 아주 즐겁게 만끽할 것이었다.

마누엘은 미겔의 마음을 얻으려는 확고한 생각을 갖고 왔다. 이 평화대공은 '1온스*의 평화는 1톤의 승리보다 낫다'는 자신의 원칙에 새 명예를 더할 작정이었다. 미국에서 온 금과 은을 실은 함대는 방해 없이 다시 입항했고, 돈과 보석은 스페인 도처에 돌아다녔다. 그래서 그 공훈을 그는 인정받을 것이다. 그런 상황에서 미겔에게 관대함을 보이는 건 어렵지 않을 것이다. 만약 미겔이 아미엥의 나무를 흔든다면, 정말이지 훨씬 더 멋들어진 과일이 떨어질 거였다.

마누엘은 도냐 루시아의 손에 입을 맞추자마자, 아주 꼿꼿하게 서 있던 미겔 쪽으로 달려들 듯 걸어가 어깨를 치며 포옹하려 했다. "자네

---

* ounce: 무게 단위로 1온스는 약 28그램 정도 된다.

얼굴을 다시 보게 되다니 얼마나 기쁜지!" 그가 소리쳤다. "지난번에 우리가 같이 있을 때 자네가 몇 가지 사안에 대해서 아주 솔직하게 얘기한 일이 떠오르네. 나 역시 그렇게 외교적으로 말하진 않았지. 바보 같은 일은 잊어버렸네. 자네도 잊게, 친애하는 미겔!" 미겔은 감정을 억눌러야겠다고 마음먹고 있었다. 이런 목적을 위해서 그는 오랫동안 마키아벨리를 읽었다. 그럼에도 그는 자신을 제어하며 고집 있게 말했다. "그 당시 언급된 어리석은 일 가운데는 몇 가지 의미 있는 것도 숨겨져 있었지요." "내가 어떤 강요 상태에 있었는지 잘 알 걸세." 왕자가 계속 말했다. "하지만 상황이 변했다네. 먼저 평화가 오게 된다면, 자네는 우리가 엉터리 성직자들을 얼마나 신속히 쫓아내는지 보게 될 걸세. 그리 성난 표정 짓지 말게, 미겔! 아미엥에서 일할 자네가 필요하네! 자네는 나나 스페인을 위한 이 봉사를 거부해선 안 되네." 미겔이 대답했다. "당신이 오늘 자유주의 정치를 행하기로 결정한 것을 저는 의심하지 않습니다, 돈 마누엘! 하지만 평화의 모습이 언제나 그러하듯, 교황이나 대심문관 그리고 몇 명의 늑대 같은 최고 귀족에게만 유리하게 되지 않을까 걱정되는군요."

돈 마누엘은 미겔의 저항과 불신이 주는 불쾌감을 삼켜버렸다. 그러고는 자신이 의도하는 대단히 진보적인 사업에 대해 말했다. 그는 오랫동안 계획했던 하천의 수리 시설을 정비할 것이고, 시범적인 농업 기반 시설과 커다란 실험실을 세울 거라고 했다. 그리고 대학도 세 개 설립하려 한다고 했다. 그는 물론 검열도 완화할 것이고, 어쩌면 완전히 폐지할지도 모른다고 했다. "조국에 멋진 평화를 가져오게나." 그가 외쳤다. "그러면 자네는 계몽주의의 태양 아래 스페인이 어떻게 번영하는지 보게 될 테니까." 그러면서 어두운 목소리를 울렸다. 모두 경청했다.

"멋진 계획이군요." 미겔이 말했다. 그는 생각 없이 건조하게 말했다.

조롱기는 거의 느낄 수 없었다. "돈 마누엘." 그가 계속 말했다. "당신이 싸워야 할 저항거리를 과소평가하지 않나 걱정됩니다. 최고주교회의가 지난 몇 달 동안 얼마나 주제넘었는지 당신은 정확히 인지하지 못하는군요. 심지어 고야마저 자신의 몇몇 놀라운 소묘를 출간하면 어떨까 생각하고 있으니까요."

마누엘은 놀란 표정으로 고야 쪽으로 몸을 돌렸다. "맞는 말인가, 프란시스코?" 그가 물었다. "무슨 그림인가요?" 페파가 끼어들었다. 마누엘은 기분 좋은 원망을 하며 계속 말했다. "자넨 왜 내게 오지 않았나, 음흉한 사람 같으니라고?" 그러면서 그는 고야의 어깨를 잡고 탁자 쪽으로 그를 끌었다. "그 그림들에 대해 더 얘기해보게." 그가 말했다. 페파는 기어이 그들 쪽으로 다가가 앉았다.

미겔이 마누엘에게 얼마나 능란하게 덫을 놓는지 고야는 알아챘다. 그리고 그는 이 위험한 모험이 야기하게 될 엄청난 즐거움을 생각하며 내심 기뻐했다.

하지만 그의 기쁨은 오래가지 않았다. 마누엘이 그의 옆구리를 찌르고, 페파에게 눈을 깜빡이며 이렇게 말했던 것이다. "그러니 친구여, 이제 고백하게. 또 한 번 벌거벗은 베누스 상을 그렸단 말인가?" 그는 온 얼굴에 비웃음을 지었다.

고야는 자신이 산루카르에서 그린 두 그림의 운명에 대해 마르티네스 경이 암시한 내용을 기억했다. 이제 그는 그 문제를 풀었다. 그는 마누엘의 음탕한 얼굴에서, 또 페파의 태연하나 나직한 조롱조의 표정에서 그 그림이 어떻게 되었는지 읽어낼 수 있었다. 그 그림들은 분명 재고 목록 작성 시 발견되었고, 옷을 입은 카예타나 뒤에서 벌거벗은 카예타나도 발견된 것이다. 그 그림은 이제 마누엘의 소유일 테고, 마누엘은 미겔의 말을 그, 즉 프란시스코가 최근 비슷한 그림을 또 그렸고, 그 때문에 종교재판소를 두려워하는 것으로 해석했던 것이다.

고야는 이 두 사람, 즉 마누엘과 페파가 그 그림 앞에 서서 천박한 시선으로 카예타나의 몸을 음미하며 자신들의 쾌락을 부추기는 상상을 했다. 분노가 머리끝까지 차올랐다. 그는 소리 지르지 않으려 애써야 했다.

페파는 고야의 시선이 어두워지는 걸 불안과 기쁨을 갖고 바라보았다. 하지만 마누엘은 고야가 불쾌해하는 이유를 잘못 해석했다. "그렇다네, 돈 프란시스코." 그는 서투르게 장난치듯 조롱했다. "우리는 자네의 계략을 눈치챘네. 자넨 엉큼한 사람이야. 그 어떤 프랑스인도 그보다 더 잘할 수 없을 걸세. 하지만 두려워할 필요는 없네. 그 그림들은 한 전문가에게, 종교재판소로부터 자네를 지켜줄 힘을 가진 사람한테 가 있으니까. 이전 숙녀든 나중 숙녀든, 그 두 여인은 지금 내 미술관에 걸려 있네. 마치 카사 데 하로에 걸려 있는 것처럼 말일세."

프란시스코는 애써 분노를 억눌렀다. 그래, 그는 빙긋이 웃을 뻔했다. 그는 이 추잡한 멍청이가 이제 와 주제넘게 「변덕」의 보호자인 체하며, 자신의 천박함이 드러나게 될 골격을 스스로 부수게 되었음을 생각했다. 그, 프란시스코는 평정을 유지할 것이고, 자신의 달콤하고 음울한 복수를 망치지 않을 것이다.

페파는 거기 아름답고 하얗게 그리고 차분하게, 완전히 카스티요필 백작 부인으로 앉아 있었다. 그녀는 그때까지 침묵했다. 하지만 이제는 프란시스코가 그녀의 호의에 기대고 있다는 기쁨이 터져 나왔다. "당신이 그린 그 그림들은 어떤 종류의 그림이에요, 돈 프란시스코?" 그녀가 다정하게 물었다. 그리고 덧붙였다. "당신이 그 그림을 발간한다면, 왕자가 당신을 보호할 거라고 난 확신해요." "그건 베누스 식 소묘'요'?" 돈 마누엘이 탐욕스레 물었다. "아닙니다, 전하." 프란시스코가 메마르게 대답했다. "에로틱한 성격의 몇 되지 않는 그림 모음에 불과합니다." 마누엘은 진짜 놀라, 약간 실망한 듯 물었다. "그렇다면 왜 불안해하오?" "제 친구들이," 프란시스코가 대답했다. "에칭 판화 몇 개에 수도사복이나 성직자복을 입은 유령을 그렸기 때문에 출판하지 말라고 조언했지요." "당신은 늘 그런 기이한 착상을 했지요, 돈 프란시스코." 페파가 말했다. 고야는, 마치 그녀가 아무 말도 하지 않은 듯이 계속 말했다. "대심문관 레이노소는 제 예술의 애호가는 아닙니다." "레이노소는 나 역시 좋아하지 않네." 마누엘이 크게 말했다. "나도 그 때문에 몇몇 계획은 취소해야 했네. 하지만 이렇게 참작하는 일도 곧 끝날 거라네." 그는 일어나 두 손으로 탁자에 기댔다. 그는 흥분했고, 이렇게 알렸다. "우리 친구 고야가 수도복 입은 유령을 보여주는 걸 더 이상 오래 기다리게 해선 안 되겠지. 아미엥 협약서만 갖다주게, 미겔. 그렇게 되면 때가 될 테니까. 이해했겠지, 프란시스코?" 그가 큰 소리로 귀먹은 사내에게 물었다. 프란시스코는 그의 입을 유심히 바라보았다. "이해했습니다. 시간이 왔다고. 야 에스 호라." 그가 말했다. "그렇다네, 신사 양반." 마누엘이 웃으며, 목소리를 카랑카랑 울리며 대답했다. "야 에스 호라." 아구스틴도 흡족한 듯 둔탁한 소리를 내며 따라 했다. "야 에스 호라."

"아무튼 이제 그 위험한 유령을 보고 싶군요, 돈 프란시스코." 페파가 요청했다. "그렇다네. 나도 이젠 정말 알고 싶네." 마누엘이 동의했다. 그는 프란시스코의 어깨를 치며 크게 설명했다. "자네의 유령과 「변덕」이 비록 대심문관의 붉은 윗도리를 잡아당긴다고 해도 출간될 '것이라는' 점을 자네도 알지. 내가 자네 앞에 설 테고, 누가 어려운 일을 해내는지 우리는 보게 될 걸세. 아주 조금만 더 기다리게. 평화가 올 때까지 두어 달, 어쩌면 몇 주만 더. 마음만 먹는다면 미겔이 평화를 촉진시킬 수 있네.” 그는 말하면서 미겔을 가리켰다.

마누엘은 일어서서, 고야를
미겔 쪽으로 데려갔다. 그는
두 어깨를 쥐었다. “오늘은
멋진 저녁이네.” 그가 소리쳤다.
“평화를 위해 우리 마셔야지!
자네, 미겔은 아미엥으로 가고.
그리고 자네, 프란시스코는
세상에 자네의 「변덕」을 보여주게.
그 모든 엉터리 수사와 유령을
위대하게 거슬러, 우리 스페인의
예술을 명예롭게 하도록.
하지만 나는 내 손으로
자넬 보호하겠네.”

30

페파가 알바의 죽음에 대해 들었을 때, 그리고 그 죽음을 동반한 기이한 상황을 들었을 때, 그녀는 우선 고통스러운 승리를 감지했고, 위로 삼아 고야를 방문하고 싶었다. 하지만 루시아가 여러 차례 그 은둔처에

가 있었고, 그래서 그녀, 페파를 그곳으로 오라고 그는 한 번도 청하지 않았다. 카스티요필 백작 부인은 서두르지 않았다.

나중에 마누엘은 그녀를 부끄러움 모르는 그 그림 앞으로 데리고 가 대담한 투우사 복장을 한 공작비를 보여주었다. 그리고 그 뒤에 있는 벌거벗은 공작비의 그림도 보여주었다. 알바 공작비와 불경한 프랑코의 외설스러움은 그녀를 불쾌하게 만들었다. 하지만 그 그림을 보고 싶은 충동이 늘 다시 치솟았다. 그래서 그녀는 연적(戀敵)의 몸을 오래 그리고 전문가인 듯이 자주 들여다보았다. 아니, 그녀는 비교를 꺼려할 필요도 없었다. 프랑코가 그녀보다 이 음탕하고 부끄러움 모르며 거드름 피우는 여자를 더 좋아할 수 있었다는 걸 아무도 이해하지 못할 것이다.

루시아의 연회에서 페파는 유감스럽게도 프랑코와 솔직한 말 한 마디 터놓을 기회를 갖지 못했다. 그러나 이제 그는 판화 발간을 위해 그녀와 마누엘의 도움을 요청했다. 마누엘은 아미엥 협상에 대한 근심으로 자유로운 시간을 갖기 어려웠기 때문에, 그녀가 이 위험한 「변덕」을 보는 일을 떠맡게 되었다.

그녀는 아무런 연락 없이 마음을 조이며, 다소 난처한 듯 은둔처로 찾아왔다. 그녀는 프란시스코에게 방문 이유를 설명했다. 그는 정중하게 경청했다.

돈 아구스틴이 거기 없는 건 잘된 일이었다. 그렇게 페파와 프랑코는 다시, 마치 옛날처럼 함께 있게 되었다. 마누엘은 두고 그녀 혼자 왔다는 사실이 그에게는 나쁘지 않았기에 그녀가 그에게 우정에서 비롯된 속마음을 얘기하리라고 그는 생각했다. "당신은 내가 바라는 것처럼 그리 좋아 보이진 않는군요, 프랑코." 그녀가 말하기 시작했다. "이 일이 당신을 기분 상하게 했군요. 당신 불행에 대해 알게 되었을 때, 아주 유감스럽게 생각했어요. 하지만 그녀가, 그 공작비가 당신에게 그리 좋지 않은 영향을 줄 거라는 걸 난 늘 알고 있었어요." 그는 말이 없었다. 그 휑한 방에 걸린 유일한 그림인 알바의 초상화는 그녀의 마음을 흔들었다. "당신은 그녀를 그리지 않을 수도 있었어요." 그녀가 계속 말했다. "저기 있는 그녀 모습은 아주 부자연스러워요. 그녀가 엄지손가락을 편 모습은 우스꽝스러울 정도예요. 늘 그랬어요. 당신과 당신 모델 사이에 뭔가 아귀가 맞지 않으면 당신은 그 어떤 초상화도 제대로 못 그렸으니까요."

고야는 아랫입술을 비쭉 내밀었다. 그는 다시 마음속으로 이 멍청하고 수치를 모르는 칠면조처럼 오만한 여자가 벌거벗은 카예타나 앞에, 자신의 멍청한 뚜쟁이와 함께 서 있는 걸 상상했다. 그는 그녀를 난간 아래로 던져버리고 싶은 격렬한 욕망을 느꼈다. 하지만 타당한 이유가 자제하라고 일렀다. "백작 부인, 제가 올바르게 이해했다면," 그가 말했다. "당신은 왕자의 위임으로 내 판화를 구경하기 위해 왔겠지요." 그는 아주 정중히 말했다. 백작 부인 카스티요필은 질책받는 것처럼 느꼈다.

고야는 「변덕」을 가져왔다. 그녀는 그림을 보았고, 그는 그녀가 그림을 이해했다는 걸 바로 알았다. 그녀는 귀족 차림의 당나귀 연작을 보았다. 그녀의 얼굴이 일그러졌다. 고야는 위험을 감지했다. 그녀는 마누엘보다 더 큰 권력을 갖고 있었다. 고야와 마누엘 사이를 갈라놓고, 고야를 망치게 하여 「변덕」을 서랍 속에 영원히 매장하는 건 그녀에게 달려 있었다. 하지만 그녀는 "당신은 초인적일 만큼 담대하군요, 프란시스코"라고 말했을 뿐이었다. 그녀의 얼굴에서 오만이 사라졌다. 그녀는 멋진 머리를 한쪽에서 다른 쪽으로, 거의 미소를 띠며 아주 조용히 움직였다.

그녀와 함께할 때면 그는 제대로 된 감정을 느끼곤 했었다.

「죽을 때까지」라는 그림은 그녀에게 큰 기쁨을 주었다. 그 그림에는 거울 앞에서 치장하는 늙은 노파가 등장했다. 그녀는 그 노파가 왕비임을 알아차렸다. 가련하거나 오만하게 으스대며 걷는 마하와 이런저런 멋쟁이 모습에서 자신을 알아볼 때면, 그녀는 남들이 눈치채지 못하게 했다. 그러나 이번에는 그녀가 알바를 알아봤다는 게 드러났다. "당신도 잔혹하군요, 프란시스코." 그녀가 말했다. "난 알아요. 이 판화는 아주 잔혹해요. 여자들이 불편했군요. 어쩌면 그녀들도 편하지 않았는지 몰라요." 그녀는 나른하고도 부끄러움 모르는 푸른 눈으로 그의 얼굴을 정면으로 쳐다보았다. 그는 알았다. 비록 여자들과의 관계가 좋지 않았지만, 페파가 다시 한 번 그와 함께하려고 할지도 모른다는 걸.

어떻든 그녀가 여기 그 앞에서 잔뜩 치장한 채 앉아 있다는 건 그의 마음에 들었다. 그리고 그녀가 마누엘에 반대하며 그를 지지하는 건 분별 있는 일이었다.

그는 이전에 그들이 가졌던 퉁명스러운 동질감에서 우러나오는 꾸밈없고 편안한 기분 같은 걸 느꼈다. 이 하얗고 반들반들하며 풍만하고 이성적이며 낭만적인 페파를 다시 한 번 침대에서 안는다는 건 나쁘지 않았다. 하지만 그는 다시 데워진 음식에 두려움을 느꼈다. "지나간 건 지나간 거요." 그가 모호하게 말했다. 페파는 이 말에서, 카예타나에게 보여줬던 그의 잔혹함을 두고 그녀가 했던 말을 떠올릴지도 몰랐다.

그녀는, 겉으로 보기에는 아무 맥락 없이 악의적일 만큼 다정하게 말했다. "앞으로 당신은 뭘 할 건가요, 프랑코? 수도원으로 갈 건가요?" "허락한다면," 그가 대답했다. "곧 당신에게 가서, 다시 한 번 당신의 어린아이를 볼 것이오."

그녀는 다시 「변덕」 쪽으로 몸을 돌렸다. 그리고 수많은 처녀와 여자를 꿈꾸듯 관찰했다. 그건 알바 공작비였고, 그건 그녀 자신이었으며,

그건 루시아였다. 거기에는 프랑코도 분명 너무도 잘 알거나 안다고 믿고 있는 많은 다른 이들이 있었다. 그는 그들 모두를 사랑했고 미워했다. 그는 그들 모두 안에, 그리고 그들 주위에 악마가 출몰하도록 만들었다. 그, 프랑코는 위대한 예술가였다. 하지만 세상에 대해, 그리고 인간과 특히 여자들에 대해 그는 아무것도 이해하지 못했다. 그가 그 모든 것을 보지 못했다는 건 놀라웠다. 결코 존재하지 않는 그 많은 것을 그가 어떻게 보았는지가 놀라웠다. 그는 무엇인가에 사로잡힌 가련한 프랑코였다. 그러니 사람들은 그에게 친절해야 하고, 용기를 줘야 했다.

"매우 흥미롭군요, 당신의 「변덕」 말이에요." 그녀가 칭찬했다. "이 그림들은 당신의 모든 작품 가운데 훌륭한 자리를 차지할 거예요. 뛰어나서 언급할 만한 작품이라고 말하고 싶군요. '한 가지' 이의는 있죠. 과장되어 있어요. 너무 슬프고 염세적이에요. 나도 악한 일을 많이 겪었지만, 이 세상은 실제로 '그렇게' 어둡지 않아요. 그 점은 내 말을 믿어도 좋아요, 프랑코. 그리고 당신 스스로도 세상을 일찍부터 그렇게 슬프다고 여기진 않았어요. 당신이 아직 수석화가가 아니었을 때부터 말이죠." 그는 생각했다. '과장되고 염세적이며 야만적이고 몰취미하다'고. '나의 소묘는 그리 간단치 않았어. 산 자에 대해서나 죽은 자에 대해서.' 그녀는 생각했다. '그는 내 곁에 있는 한, 행복할 뿐이야. 이 판화들에서 사람들은 그가 다른 사람 옆에서 얼마나 비참한지 보겠지.'

그녀는 크게 말했다. "알바 공작비는 낭만적이었어요. 그 점은 인정해야겠지요. 물론 주변에 불행을 일으키지 않고도 우리는 낭만적일 수 있어요." 그가 아무 말도 하지 않았기 때문에 그녀는 설명했다. "그녀는 모든 사람에게 불행을 야기했죠. 그녀가 의사한테 유산으로 남긴 돈마저 불행을 가져다주었고요. 그러니까 누가 그녀의 친구이고 누가 적인지 그녀는 결코 알지 못했던 거지요. 그렇지 않았다면, 그녀가 남겼을 리 만무하니까요."

고야는 경청했지만 모든 걸 이해하진 못했다. 그래서 화해 분위기가 조성되었다. 그녀의 관점에서 보면 페파의 말이 옳았다. 페파는 종종 멍청한 수다로 그를 화나게 만들었지만, 그렇다고 그녀가 불행을 가져다주진 않았다. 그를 도울 수 있다면, 그녀는 그 일을 했다.

"사람들이 의사 페랄에 대해 이러쿵저러쿵 말하는 건," 그가 말했다. "맞지 않소. 현실은 멋지고 낭만적인 당신 머리가 상상하는 것과는 매우 다르오." 그가 그녀를 아직도 어리고 어리석은 양 다루는 게 그녀에겐 좀 못마땅했다. 하지만 그가 그녀에게 마음속 얘기를 들려주는 건 기분 좋았다. 거기에는 이전의 친밀성 같은 게 있었다.

"그 의사가 어떻다고요?" 그녀가 물었다. "그가 그녀를 죽였나요, 아니면?" 그는 다정하고 확신에 차 대답했다. "페랄은 나와 마찬가지로 죄지은 자이면서 죄 없는 자이기도 하오. 당신이 그 점을 몇 사람에게 분명히 보여준다면, 좋은 일이 될 거요." 그녀는 프란시스코가—이건 처음 있는 일이었는데—에두르지 않고 봉사를 요청한 것에 기쁨과 자부심을 느꼈다. "당신께 호의를 베풀어달라고요, 프랑코?" 그녀는 알고 싶었고, 그를 빤히 쳐다보았다. 그는 약간 건조하게 대답했다. "죄 없는 한 사람을 구제하는 건 나의 마음처럼 당신 마음도 데워줄 거요." 그녀는 탄식했다. "당신에게 내가 조금은 소중하다는 걸 결코 인정하지 않으려는군요." 그녀가 투덜거렸다. "내겐 당신이 소중하오." 프란시스코가 약간 조롱하듯, 그러나 다정함이 없지는 않은 채로 인정했다.

페파가 떠나며 말했다.

"아직도 당신은 말 탄 내 모습을
그리진 않았어요." "그리겠소."
그가 말했다. "당신이 원한다면.
하지만 하지 말라고 말하고 싶소."
"심지어 왕비도," 페파가 말했다.
"말 탄 모습이 멋지던걸요."
"그렇소." 그가 냉랭하게 대꾸했다.
"'그녀'는 멋져요." 하지만 페파는
투정했다. "당신은 늘
끔찍하리만큼 정직하군요, 프랑코."
그가 말했다.
"우리가 서로 진실을 말한다는 게
최고의 우정이 아니겠소?"

31

미겔 베르무데스 경이 프란시스코에게 작별 인사를 하려고 왔다.

"돈 마누엘과 왕비가 자신들을 위해 노력하는 건," 그가 친구에게 설명했다. "아미엥에서 아마 관철될 수 있을 거네. 하지만 내가 멋진 평화를 고국으로 가져올 순 없네. 내가 스페인을 위해 많은 일을 해낸다면, 그건 우리의 특권적 지위가 보존되도록 한 정감 어린 문서 때문일 거네. 별로 기쁘지 않은 이번 협상에 난 어쩔 수 없이 참석했네. 그 일을 한 이유는 그저 왕자 마누엘 옆에서 내 입장을 강하게 하고 싶어서지. 그 음험한 사람은 다시 어스름 속으로 물러날 거고. 그리고……" 그의 얼굴은 밝아졌다. "적어도 어느 한 사람은 아미엥 평화조약으로부터 이득을 얻게 될 거네. 즉 프란시스코 고야지." "난 자네의 예술관에 늘 동의하지 않았네, 미겔." 프란시스코가 말했다. "하지만 자네는 좋은 친구네." 그는 큰 모자를 썼다가, 다시 그 앞에서 벗었다.

"자네 생각으로, 회의는 얼마나 오래 이어질 것 같나?" 그는 나중에 물었다. "분명 두 달 이상 안 걸릴 거네." 미겔이 대답했다. "그때까지." 고야가 숙고했다. "난 편안할 수 있겠군. 평화조약 체결 사흘 뒤에 「변덕」을 공표하겠네. 그리고 일주일 뒤 마드리드에서는 누구나 볼 수 있을 거야. 돈을 가졌다면 살 수 있을 테고." 그는 흡족한 듯 말을 끝냈다.

미겔은 약간 주저하며 말했다. "자네가 세상에 선보이기 전에 「변덕」을 최종판으로 보고 싶네. 내가 아미엥에서 돌아올 때까지 기다려줄 순 없나?" "그렇게는 안 되네." 고야가 분명하게 말했다. 미겔이 청했다. "적어도 마누엘이 그려진 그림이나 왕비의 그림은 자네가 두 번 봐야 하네." "난 2천 번은 더 봤다네." 고야가 대꾸했다. "내가 「카를로스 4세의 가족」를 그렸을 때, 누군가 까마귀처럼 암울한 예언을 했다네. 그 밖에도," 그는 영리하게 계속 말했다. "나는 상세한 취지서에 「변덕」이 어떤 개별적 사례나 사람을 겨냥한 게 아니라는 점을 분명히 밝힐 참이네." "나 같으면, 적어도 당나귀 연작은 빼겠네." 미겔이 충고했다. 프란시스코는 거절했다. "「변덕」을 아무런 비탄 없이 바라보는 사람은," 그는 흡족하게 대답했다. "있는 그대로 그것을 받아들인 거네. 하지만 악의 있는 사람은 가장 천진스러운 판화에도 악의를 집어넣어 해석하게 될 테지." "너무 대담하지 않나, 프란시스코!" 미겔이 다시 한 번 간청했다. "과장하지 말게!" "고맙네, 미겔." 고야가 홀가분하게 대답했다. "그리고 나에 대해선 두려워 말게! 프랑스에 대해서는 자유롭게 생각하고! 그곳에서 자네 일이나 잘하게! 난 이곳에서의 내 일을 그르치지 않을 테니까."

바로 다음 날 고야는 「변덕」 시리즈 가운데 어떤 걸 그대로 두고 어떤 걸 뺄지 마지막으로 숙고했다. 하지만 그는 어떤 그림이 마누엘에게 거슬렸는지 혹은 도냐 마리아 루이사에게 그랬는지 심각하게 여기지 않았다. 그는 왕실을 걱정하지 않았고, 정치도 고려하지 않았다. 오히려 그는 한 가지 사실, 즉 '내가 카예타나에게는 옳았던가?'만 자문했다. 그는 성스러울 만치 방탕한 「카예타나의 승천」 그림은 그대로 두었지만, 「거짓과 변화무쌍의 꿈」은 제외시켰다.

그에게 「변덕」은 점점 더 개인적 사안이 되었다. 그건 그에게 일기였고, 자기 삶의 연대기였다.

이제 「변덕」의 첫 부분에 고야가 유령에 둘러싸인 채 책상에 엎드려 있는 모습이 실려 있다는 사실이 신경에 거슬렸다. 어쩌면 그 그림은 뒤쪽 어딘가에, 이를테면 유령 연작으로 된 두번째 부분 앞에 제자리를 찾을지도 모른다. 하지만 전체 작품을 안내하는 데 그 그림은 별 쓸모가 없었다. 전체 판화에서의 고야 모습은 이상화되어 있었다. 그는 너무 호리호리했고, 너무 젊었다. 하지만 무엇보다 첫 장의 고야가 자기 얼굴을 숨기는 건 품위 없고, 결코 정중하지 못했다. 「변덕」처럼 그렇게 논쟁적인 작품의 원작자는 자기 얼굴을 '보여주어야' 한다. 모든 사람이 알아볼 수 있도록 자기 작품 앞에 자신을 세워야 한다. 「변덕」의 1번 그림에 프란시스코 고야는 분명히 나타나야 했다. 그리고 오늘의 고야는 그래야 했다. 호세파와 마르틴 그리고 카예타나를 떠나보낸 고야는 깊고 끔찍한 소용돌이 속으로 빠졌다가 다시 올라왔다. 고야는 이성에 복무하면서도 어떤 괴물을 만들어내는 게 아니라 예술을 만들어내기 위해 자신의 환상을 제어했던 것이다.

그는 많은 자화상을 그리고 스케치했다. 겸손하지만 확신에 찬 채 그늘 속에서 어느 권세 있는 후원자를 바라보는 젊은 고야의 모습도 있고, 세상이 그의 것임을 아는, 투우사 차림으로 대담하고 과감한 모습의 약간 더 나이 든 고야도 있고, 카예타나에게 정중하게 구애하는, 궁정풍의 맵시 있는 옷을 입은 고야도 있고, 다시 그늘 쪽에서 바라보지만 이번에는 우월감에 차서 왕실 가족 쪽으로 몸을 돌린 고야도 있다. 그러다가 그는 마지막으로 덥수룩한 수염으로 절망한 채 모든 악한 마귀에게 사로잡힌 고야를 그렸다.

그러므로 이제 오늘의 고야를 그리는 게 필요했다. 그 고야란 인식의 혹독한 길을 걸어왔고, 세상을 인정하지 않고도 이 세상에 순응하는 법을 배운 고야였다.

그는 조심스럽게 머리를 귀 앞으로 빗질하면서, 무엇을 입어야 할지 오랫동안 숙고했다. 바로 「변덕」 앞에서 고야의 모습은 신분에 걸맞아야 했고, 품위 있는 고야여야 했다. 그는 어떤 마술쟁이나 익살꾼이어서는 안 되었고, 왕의 수석화가여야 했다. 그는 높게 턱까지 묶인 넥타이를 착용한 뒤, 두드러진 회색 외출복으로 갈아입었으며, 크고 둥근 머리에 챙이 넓고 자부심에 찬 볼리바르 모자를 썼다.

그렇게 옆모습으로 그는 자신을, 거기에서 무엇이 나올지 기대하며, 그렸다.

그림이 완성되었을 때, 그는 놀라
자신의 소묘를 바라보았다.
이 노인이, 이 성난 듯한 신사가

그란 말인가? 그가 이랬던가?
눈은 구석진 데부터
성난 듯 날카롭게 관객을
엿보았다. 아랫입술을
불평에 찬 듯 내민 채.
코에서부터 아래로
얇게 구부러진 윗입술 구석까지
짙은 주름이 패어 있었다.
사자처럼 둥근 머리는
세차고 엄격하게 거부하는 듯했고,
두드러진 볼리바르 모자 아래에서
더욱 강해 보였다.
고야는 착잡한 감정 속에서
그 소묘를 바라보았다. 그는
정말 '저렇게' 늙게 보이고,
'저렇게' 불만스러운 것인가?
아니면 그가 미래의 고독을,
인간을 혐오하는 자의 고독을
미리 직접 그린 것인가?
화가 나 그는 위를 바라보았다.
그는 자기 이름을 썼다.
"프란시스코 고야 이 루시엔테스, 화가."
그리고 그는 설명했다. "얼마나
엄숙한지 한번 쳐다보시길!

하지만 그의 모자만 벗기고,
그 두개골을 열어보라.
그러면 그 아래 무엇이 있는지
당신은 서서 보고
놀라게 될 테니까."

32

마드리드의 모든 종이 울렸다. 가톨릭 왕의 전권 대표와 대영제국 전하의 전권 대표가 아미엥 조약에 서명했다. 그래서 평화가 온 것이다. 환호가 잇달았다. 비참함은 지나갔다. 바다 건너 나라에서 온 배들이 다시 입항할 것이다. 두 인도에서 오는 보물이, 열매를 맺게 하는 비가 스페인의 황무지에 흘러내릴 것이다. 삶은 유일무이하게 멋진 일이 될 것이다.

고야는 그렇게 신속한 협상 결과를 기대하지 않았다. 하지만 그는 준비하고 있었다. 즉 「변덕」이 300부가 인쇄되었고, 여기에 더하여 개괄서도 작성되었다.

평화가 공표된 지 일주일 뒤 「변덕」은 『마드리드 신문*Diario de Madrid*』에 게재되었다. 다음과 같은 광고문이 적혀 있었다. "프란시스코 데 고야 씨가 '환상적인 대상'을 주제로 한 많은 판화 작품을 선보였다. 작가는 사회의 수없이 유별난 일과 모순 가운데, 또 습관과 무지와 이익 추구로 정당화된 수많은 편견과 속임수 가운데, 그가 보기에 교훈적이고 환상적인 묘사에 최상의 자료를 제공해줄 것으로 보이는 대상을 포착해 냈다. 고야 씨는 특정 사람이나 사건을 공격하거나 조롱할 의도를 갖고 있지 않다. 오히려 전형적 성격이나 일반적 종류의 악덕과 잘못된 일을 비판하는 것이 그의 목적이라고 한다. 이 「변덕」은 칼레 데 데센가뇨 37번지에 있는 프라골라 씨 가게에서 구경하고 구입할 수 있다. 이 그림철은 76개 판화로 되어 있다. 가격은 288레알에 해당하는 1온스 금이라고 한다."

칼레 데 데센가뇨는 조용하면서 기품 있는 곳이었다. 프라골라 씨의 작고 친근미 넘치는 가게는 예쁘장하고 화려하게 꾸며져 있었다. 그곳에서는 고급 향수부터, 루이 15세와 16세 시절의 귀한 프랑스 산 술과, 발렝시엥 산(産) 꽃 모양 레이스와 담배통, 고서(古書), 아기자기한 장식품과 중국 공예품, 온갖 종류의 희귀품과 골동품은 물론, 고상한 성물(聖物)이나 성자들과 그 유사한 이들의 발목뼈에 이르기까지 온갖 귀한 것들을 구입할 수 있었다. 아구스틴과 킨타나는 사치품을 취급하는 이곳에서 독점적으로 판화를 전시하지 말도록 조언했다. 하지만 고야는 「변덕」이 바로 이 장소에서 여러 귀중품 가운데 하나로 전시되어야 한다고 주장했다. 그건 처음부터 정치적 선전의 수단이 아니라, 예술작품으로 고려되어야 했기 때문이다. 그리고 그는 자신과 카예타나가 영리한 프라골라 씨가 뒤져 찾아낸 기이하고 희귀한 물건들을 구경하려고 칼레 데 데센가뇨의 가게에 얼마나 자주 왔었는지를 떠올렸다. 무엇보다 이 거리의 의미심장한 이름이 고야를 매혹시켰다. 왜냐하면 '데센가뇨desengaño'라는 말은 두 가지를 뜻했다. 첫째, 그것은 실망과 탈마법화와 환멸을 뜻했다. 둘째, 그것은 훈계나 가르침 혹은 인식을 뜻했다. 데센가뇨 거리야말로 「변덕」을 위한 거리였다. 고야는 직접 이 거리를 걸었고, 이제는 다른 사람들도 이 거리를 걸을 것이었다.

하지만 다른 사람들, 즉 「변덕」을 보기 위해 온 사람들은 그 그림에서 어떤 인식도 끌어내지 못했다. 그들이 실망했다면, 그건 판화 자체 때문이었다. 그들은 종이철을 대충 훑어보았고, 그리고 낯설어했다. 서평에서도 따뜻한 말이나 이해는 적었다. 오직 안토니오 폰스라는 비평가만 작품의 새로움과 깊이를 칭찬했다. 그는 썼다. "동시에 눈이 네 개 있어도 유령은 보지 못할 거라고 속담은 말한다. 고야는 이 속담을 거짓으로 만들었다."

「변덕」이 도시를 소란에 빠뜨릴 거라고 기대했던 킨타나는 격분했다. 고야는 그렇지 않았다. 고야는 이 같은 작품은 제대로 된 감상자를 찾는 데 시간이 걸릴 것임을 알았다.

오래되지 않아 관심이 일어났고, 점점 더 많은 사람들이 데센가뇨 거리로 몰려들었다.

말하자면 많은 사람들이,
고야의 설명을 무시한 채,
그 그림에서 대담한 희화화와
최상위층 사람들에 대한 비판과
교회 관습에 대한 위트 있는
조롱을 발견했다. 속삭임과
음탕한 중얼거림도 있었다.
그리고 최고주교회의 나리들도
점점 더 자주 프라골라 씨의 가게에
왔다.

33

갑작스럽게 그리고 비밀에 싸인 채 초록 옷차림의 급사 한 명이 고야 앞에 나타났다. 그는 휙 와서, 휙 가버렸다. 고야는 불안한 손가락으로 편지를 열었다. 그는 바로 다음 날 최고주교회의에 소환되었다.

그는 이전부터 이런 때가 오리라는 것을 마음속 깊이 알고 있었다. 그가 산도밍고 교회에서 올라비데의 종교재판에 동석해야 했던 때부터였다. 그는 여러 차례 그리고 아주 분명하게 경고를 받았던 것이다. 그럼에도 불구하고 이 소환은 내리치는 듯한 충격을 주었다.

그는 자신의 이성에게 도움을 요청했다. 하지만 대심문관은 연필이나 조각칼로 이길 수 있는 도깨비가 아니었고, 검은 사내도 아니었다. 늘 그렇듯이, 프란시스코에게 아직도 다른 무기가 있었던가? 그에게는 친구의 보증이 있었고, 게다가 이제는 전쟁이 끝났기 때문에 돈 마누엘이 최고주교회의의 공격을 어렵지 않게 격파할 수 있었다.

하지만 이런 숙고에도 불안은 언제나 새롭고도 음울한 물결을 이루며 프란시스코를 덮쳐왔다. 그는 탄력 잃은 얼굴에 축 늘어진 몸으로 의자에 웅크리고 있었는데, 불안에 흔들린 이 피조물에게서, 회색 외출복을 입고 챙 넓은 모자를 쓴 채 이리저리 품위 있게 돌아다니곤 했던 고야를 알아본 사람은 아무도 없었을 것이다.

현재 마드리드에는 친구가 아무도 없었다. 미겔과 루시아는 아직 프랑스에 있었고, 마누엘과 페파는 궁전 옆 에스코리알에 있었으며, 킨타나는 세비야에 있는 인도 평의회에 있을 것이었다. 적어도 아구스틴과 얘기를 해야 한다. 아니면 하비에르와. 하지만 뼛속 아주 깊은 곳에는 비밀 준수의 명령을 어긴 사람에게 닥칠 암울한 형벌에 대한 두려움이 있었다. 매년 신앙 칙령이 공표될 때면 어린아이였던 고야를 엄습했던 공포가 그의 마음속에 남아 있었다.

고야는 모든 사람에게 불행을 가져왔다. 가련한 아들 하비에르! 그 역시 추방되어 좌절할 것이다.

다음 날, 늘 그러하듯 고야는 눈에 띄지 않는 옷을 입은 채 산타카사에 나타났다. 누군가 그를 작은 방으로 안내했다. 한 재판관이 나타났다. 그는 신부복을 입은 조용한 신사로 안경을 끼고 있었고, 그 뒤에는 서기가 따랐다. 동시에 서류가 탁자에 놓였는데, 「변덕」 그림이 든 종이 묶음도 있었다. 그건 그가 시험 삼아 인쇄하려고 제작한 첫번째 종이 묶음 중 하나였다. 이 종이 묶음 세 개를 마르티네스 경이 가졌고, 하나는 오수나 부인이 가졌으며, 나머지 하나는 미겔이 갖고 있었다. 종교재판소가 어떻게 이 종이 묶음을 구하게 되었는지, 누가 그를 배반했는지 헤아리거나 곰곰이 되새겨보는 건 아무런 의미가 없었다. 거기 종이 묶음이 있었고, 그것만이 중요했다.

작은 방에는 귀먹은 사내가 지금껏 느꼈던 것보다 더 심하게 억누르는 듯한 침묵이 자리했다. 아무도 입술을 움직이지 않았다. 재판관은 무엇을 물을 것인지 적은 뒤 서기한테 건넸고, 서기는 그것을 기록한 뒤 그, 고야에게 넘겼다.

재판관의 서류는 「변덕」에 대한 고야의 설명이었다. 그는 고야한테 서류를 내밀었다. 그건 첫번째 사본으로, 아구스틴이 쓴 거였고, 고야가 직접 수정한 것이었다. 재판관은 물었다. "당신의 소묘는 이런 설명에 적힌 것만 표현한 것인가, 아니면 그 밖의 다른 것도 표현한 것인가?" 프란시스코는 멍하니 바라보았다. 그는 자기 생각을 추스를 수 없었다. 자기 뜻과는 달리 이렇게 자문할 뿐이었다. '이들은 누구한테서 이 종이철을 구했지? 누구에게서 이 설명을 구한 거야?' 정신을 차리려고 그는 재판관의 얼굴과 손을 정확히 관찰했다. 그건 차분하고 긴 옅은 갈색 얼굴이었고, 안경 너머로 표정 없는 일방적인 시선이 그를 쳐다보고 있었다. 두 손은 말랐지만 고왔다. 마침내 고야는 제정신을 차릴 수 있었다. 그는 조심스럽게 말했다. "저는 단순한 사내이고, 그래서 많은 말을 찾는 데 능하지 않습니다."

재판관은 비서가 이런 말을 기록할 때까지 기다렸다. 그런 다음 그는 종이철에서 「변덕」 중 하나를 끄집어내어, 고야 앞에 내밀었다. 그건 「변덕 23번」이었다. 죄수복을 입은 창녀에게 종교재판소 서기가 판결문을 낭독하는 모습이 그려져 있었다. 그러는 동안 경건하고 호기심에 찬 군중이 흥분하여 머리를 맞댄 채 응시하며 경청했다. 고야는 야윈 손이 자신 앞으로 내민 종이를 쳐다보았다. 그건 훌륭한 소묘였다. 사형수의 끔찍한 모자가 텅 빈 공간을 찌르는 듯 솟아 있는 모습과, 여자의 얼굴과 자세가 먼지와 오물과 절멸 외에 아무것도 아니라는 걸 그림은 탁월하게 보여주었다. 그리고 전문 바보처럼 부지런히 읽어대는 서기는 지금 고야 앞에서 기록하는 서기와 똑같아 보였고, 호기심에 차 있지만 음탕하고 경건하면서도 멍청한 이 물결 같은 사람들에 대한 묘사도 아주 좋았다. 고야는 이 소묘를 부끄러워할 필요가 없었다. 재판관은 소묘를 다시 탁자에 놓고, 고야를 움직이는 모든 것을, 그리고 설명을 질책했다. 이 「변덕 23번」에 고야는 이렇게 적었다. "버터빵을 벌려고 세상 모든 일에 그렇게도 부지런하게 임했던 성실한 여인을 그렇게 다루다니, 나쁘고 나쁘다!" 재판관은 물었다. "이 글로 뭘 말하고 싶었나? 누가 이 여자한테 나쁘게 했다는 건가? 종교재판소인가? 아니면 그 밖의 누가?" 이 질문은 고야 앞에서 육체적으로, 고상하고 명확한 글자로, 끔찍이 위험스럽게 자리했다. 그는 자신의 대답에 신경 써야 했다. 그러지 않으면 그는 질 것이다. 그리고 그뿐만 아니라 그의 아들도, 그리고 그의 아들의 아들도 저 머나먼 미래까지 위험할 것이다.

"누가 이 여자한테 나쁘게 행동한 것인가?"라는 질문은 여전히 그 앞에 놓여 있었고, 그를 사로잡았다. "운명입니다." 그가 말했다. 매끈하고 긴 얼굴에는 동요가 없었다. 여윈 손은 썼다. "운명이란 무슨 뜻인가? 신의 섭리란 뜻인가?"

그의 대답은 대답같지 않았다. 질문은 그저 또 다른 옷을 입은 채 그 앞에 여전히, 정중하면서도 히죽거리며 위협적으로 자리했다. 그는 한 가지 답변을, 훌륭하고 믿을 만한 답변을 찾아내야 했다. 그는 경련하듯 찾았지만, 어떤 답변도 찾을 수 없었다. 그들은 그를 함정에 빠뜨린 것이다. 재판관의 차분한 눈앞에서 안경은 반짝이며 어른거렸다. 프란시스코는 생각했고 찾았으며 찾았고 생각했다. 재판관도 서기도 움직이지 않았다. 어른거리는 안경의 반짝임은 그에게서 떠나지 않았다. 고야는 영혼으로 빌었다. 아토차의 성모 마리아여, 내가 대답을 찾도록 해주소서! 내게 멋진 답변이 떠오르도록 도와주시길! 나를 가엾게 여기시지 않는다면, 내 아들을 가엾게 여겨주소서!

재판관은 아주 약간 움직이면서 종이에 적힌 내용을 가리켰다. "운명이란 무슨 뜻인가? 신의 섭리란 뜻인가?" 그의 손과 펜과 종이가 물었다. "괴물입니다." 고야가 말했고, 그는 자기 목소리가 거칠게 울린다는 걸 알았다. 서기가 기록했다.

질문은 하나 더 있었다. 한 가지 질문이 더, 아니 열 개의 질문이 더 있었다. 각각의 질문은 고문이었다. 그리하여 질문과 답변 사이의 거리는 영원과 같았다.

영원과 또 한 번의 영원이 있은 후 심문은 끝났다. 이제 서기는 서류에 서명하려고 마무리하는 일에 착수했다. 고야는 거기 앉아, 그 손이 어떻게 글을 적는지 주시했다. 그건 능란하지만 볼품없고 천박한 손이었다. 방은 흔히 볼 수 있는 공간이었고, 서류가 있는 평범한 책상이 놓여 있었으며, 그 앞에 조용하고 정중한 얼굴을 한, 잘 교육받은 신사가 신부복 차림으로 안경을 낀 채 앉아 있었다. 평범한 손은 조용하게 그렇지만 끊임없이 적고 있었다. 하지만 고야에게 이 방은 점점 더 어두워져 무덤처럼 되는 듯했고, 여러 벽들이 점점 더 조이며 눌러오는 것처럼, 그래서 시간이 지나면 그를 이 세상 밖으로 내던질 것처럼 느껴졌다.

서기는 참을 수 없을 만큼 느리게 적었다. 고야는 서류가 완성될 때까지 기다렸지만, 서기가 훨씬 더 느리게 적어서 그 일을 끝내지 못하기를, 결코 못 끝내기를 바랐다. 왜냐하면 그 일이 끝나면, 서명을 위해 고야에게 서류가 제시될 터이고, 그는 서명하지 않을 수 없을 것이기 때문이었다. 그러면 그가 서명한 대로 종교재판소 담당자가 와서 그를 끌고 갈 것이고, 그러면 그는 영원히 지하감옥으로 사라질 것이었다. 다른 사람들은 그가 어디 있는지 물을 것이고, 서로 모여 과장 섞인 말을 할 것이다. 하지만 그들은 아무것도 못 할 것이고, 그는 지하감옥에서 썩어갈 것이다.

그는 거기 웅크리고 앉아 기다리면서, 온 팔다리 구석구석이 무거워지는 걸 느꼈다. 의자에서 그렇게 몸을 가누는 건 아주 힘들었다. 바로 다음 순간에 정신을 잃고 옆으로 쓰러질지도 모른다. 그는 그제야 지옥이 어떤 것인지 알았다.

서기의 일은 끝났다. 재판관은 서류를 천천히 그리고 정확하게 쭉 읽어보았다. 그리고 서명했다. 그런 다음 고야에게 쓴 것을 건넸다. 이제 서명해야 하는가? 그는 불안에 차 재판관을 바라보았다. "읽어보시오."

재판관은 요구했다. 고야는 아직 서명할 필요가 없었기 때문에 해방된 듯 숨을 내쉬었다.

고야는 읽었다. 그건 고통스러운 낭독이었다. 거기에는 잔혹하리만치 교활한 재판관의 질문이 있었는데, 그 하나하나는 모두 함정이었다. 또 거기에는 그 질문에 대한 고야의 어리석고 절망적인 답변이 있었다. 그럼에도 그는 천천히 읽었다. 왜냐하면 매 순간이 시간을 버는 일이기 때문이었다. 그는 둘째 쪽과 셋째 쪽 그리고 넷째 쪽을 읽었다. 다섯째 쪽은 반만 적혀 있었다. 이제 그는 끝까지 읽은 것이다. 서기는 그에게 펜을 건넸고, 서명해야 할 자리를 가리켰다. 조용한 눈이 그를 바라보았다. 안경이 반짝거렸다. 고야는 뻣뻣하고 무거운 손가락으로 서명하려 했다. 행복한 생각이 떠올랐다. 멍청한 표정으로 장난스러운 미소를 지으며 그는 반짝이는 안경 쪽을 건너다보았다. "제목도 써야 합니까?" 그가 물었다. 재판관은 고개를 끄덕였다. 다시 시간을 벌었다. 고야는 제목을 천천히 조심스럽게 적어 넣었다. 그런 다음 그는 서명했다.

아무 일도 일어나지 않았다. 그는 갈 수 있었다.
한 걸음 한 걸음 그는 계단 아래로
내려갔다. 밖으로 나갔다.
신선한 공기는 좋으면서도
동시에 고통스러웠다. 집으로 향한
그 모든 걸음이, 마치 심한 병을
앓은 후 너무 일찍 침상에서 일어난 것처럼,
고통이고 힘겨움이었다.
완전히 기진맥진한 채

그는 집으로 왔다. 안드레스에게
먹을 것을 가져오라 일렀다.
하지만 이 청년이 다시 왔을 때,
그는 고야가 잠든 걸 알았다.

34

젊은 하비에르 데 고야는 좋은 시절의 친구들이 그를 더 이상 초대하지 않으며, 그의 초대도 이런저런 핑계 아래 거절한다는 걸 놀란 채 알게 되었다. 어쩌면 최고 귀족과 최고 성직자 가운데 누가 「변덕」을 보고 기분이 상했는지도 모른다.

하비에르는 그 일에 대해 아버지와 말하고 싶었다. 하지만 아버지는 최근 들어 다시 말이 없어졌고 너무 언짢아해서, 젊은이다운 경솔함에 기대어서도 자기 얘기를 꺼내지 못했다. 그에게는 즐거움과 우정 그리고 인정이 필요했다. 그는 더 이상 마드리드가 편하지 않았다. 공부하기 위해 외국 여행을 보내준다고 아버지가 약속했기 때문에, 그는 아주 다정스러운 어조로 그 사실을 상기시켰다. "적절한 때 말하거라." 기대하지 않은 친절을 보이며 고야가 대답했다. "곧 모든 걸 준비할 테니까."

아구스틴 에스테브도 더해지는 압박 아래 고야를 둘러싼 공허감을 감지했다. 이전에 초상화를 얻으려고 그리 열성적이던 귀족들이 이제는 그럴듯한 핑계 아래 주문을 취소했다. 프라골라 씨는 갑자기 「변덕」의 어떤 견본도 더 이상 대량으로 팔 수 없었다. 고야라는 이름만 거론해도 사람들은 당혹해했다. 최고주교회의가 그에 대한 고발 절차를 준비한다는 소문이 떠돌았다. 소문의 진원지는 산타카사 자체에 있는 것으로 보였다.

아구스틴은 베르무데스 부부가 바로 다음 날 돌아온다는 사실을 알게 되었을 때, 숨을 돌렸다.

그렇다. 돈 미겔은 아미엥에서의 임무를 잘 완수했고, 그래서 도냐 루시아와 같이 마드리드로 돌아오는 길이었다.

미겔은 자신이 성사시킨 평화가 왕국에 유익하지 않을 것을 알고 있었다. 하지만 적어도 그는 돈 마누엘이나 왕비한테만큼은 기대 이상의 성공을 거두었다. 이탈리아 지방의 재산은 증가했고, 파르마 대공국도 다시 얻었으며, 프랑스는 교황 지역이나 나폴리 왕국 그리고 에트루리아 왕국으로부터 빠른 시일 안에 점령군을 철수시켜야 했다. 그 밖에 돈 미겔은, 이것이 왕자 마누엘이 가장 흡족해하는 점인데, 스페인의 대표자가 여러 날 동안 프랑스공화국의 전권 대표 앞에서 평화조약에 서명할 수 있게 했다. 그렇게 많은 일이 확실해졌고, 그래서 미겔은 왕자의 감사 인사를 얻을 수 있었다. 그는 이 빚을 회수하여 진보와 문명 그리고 자유에 유리하도록 하겠다고 결심했다.

미겔은 아주 만족하여 마드리드로 갔다. 도착하자마자 아구스틴 에스테브가 당황한 모습으로 나타나 프란시스코를 둘러싼 염려스러운 상황에 대해 말해주었다.

돈 미겔은 아구스틴이 얼이 빠져 있는 이유가 무엇인지 알아보려고 즉각 경찰국장 리나레스 씨한테 갔다. 산타카사에 정탐꾼을 두고 있던 리나레스 씨는 그 점을 잘 알고 있었다.

미겔은 전해 들은 것 때문에 극도로 불안해졌다.

부르고스와 사라고사의 대주교이자 두 인도의 총주교이고 44대 대심문관인 돈 라몬 데 레이노소 이 아르세는 설명하기를, 프란시스코 고야의 지옥 같은 예술에 깃든 유혹은 호베야노스의 모든 책이나 연설보다 더 위험하다는 거였다. 그는 또 설명하기를, 「변덕」에서는 지옥의 유황 냄새가 난다고 했다. 대심문관은 이런 종류의 진술을 여러 차례 했고, 일반 신도 앞에서도 했다. 그건 아마 자신의 말이 계속 퍼져 나갔으면 하는 목적에서였을 것이다. 전혀 의심할 여지없이 레이노소는 「변덕」과 그 작가에 대한 고발 조처를 결심한 것이었다. 수석화가는 이미 심문받고 있다고도 했다.

돈 미겔은 경찰국장에게 고맙다고 인사하고, 루시아와 상의했다. 대심문관은 유능한 정치가이고, 그래서 평화조약이 얼마나 자기 권력을 위태롭게 할 것인지 오래전부터 확실히 알고 있었을 것이기에, 분명 곧 힘겨루기를 감행할 것이었다. 「변덕」 그림은 그에게 유리한 기회를 제공한 것이다. 위험은 컸고, 서둘러야 했다.

먼저 프란시스코와 오래 논의하는 건 쓸모없었다. 미겔과 루시아는 종교재판소의 공격을 미연에 방지할 계획을 짜냈다. 같은 날 미겔은 에스코리알로 갔다.

그곳에서 미겔은 시끌벅적하게 행복해하는 마누엘을 보았다. 이제 다시 한 번 미겔은 그가 가장 사랑스러운 행복의 아들임을 확인했다. 그는 원래 가졌던 직위에 새롭고 놀라운 직위를 처음으로 더하게 되었다. 교황이 아미엥에서의 성과를 감사하게 인정하면서, 마누엘을 바사노 공작으로 임명했기 때문이다. 이 문서를 처남 돈 루이스 마리아 왕자가 마누엘에게 건네준 게 틀림없었다. 스페인 수도 대주교 돈 루이스 마리아는 그 무렵 마누엘이 공기라도 되는 것처럼 꿰뚫어보았던 바로 그 인물이었다. 그 후 그는 도냐 마리아 루이사에게 정치인 돈 마누엘이 모든 위험을 뚫고 왕가의 운명을 늘 새로운 승리로 이끌어갈 것임을 입증해 보일 수 있었다. 마누엘은 세 번이나 힘을 써서, 사랑스러운 딸 왕녀 이사벨이 피레네 산맥에 사는 가바초 사람들로부터 해방된 독립 왕국인 나폴리의 왕비가 되도록 한 것이다. 하지만 그 밖에도—이건 아마 돈 마누엘의 최고 자랑거리일 텐데—그의 대변자인 미겔이 평화조약에 처음으로 서명했다. 정말이지 그는 자기 이름에 새 영예를 더했다. 말하자면 저 거만한 보나파르트 장군이 아니라, 마누엘이 유럽의 평화를 회복시킨 것이다. 이제 평화대공이라는 그의 이름은 모든 스페인 왕국에서 성모 마리아 바로 다음으로 경외감 아래 찬미될 것이었다.

마누엘은 미겔과의 재회를 진정으로 기뻐했다. 그는 아미엥의 성공에 자신 또한 지분이 있음을 미겔이 잊지 않도록 했다. 마누엘은 미겔을 위해 놀라운 일을 준비했다. 그건 가톨릭 왕이 직접 쓴 고마움의 서신이었고, 새 칭호와 직위 그리고 상당한 금일봉이 더해졌다.

하지만 돈 미겔은 유감스럽게도 이 기쁜 첫 모임을 방해하게 되었다. 그는 고야의 곤란한 처지에 대해 말하게 된 것이다.

돈 마누엘의 얼굴에 작은 그림자가 드리워졌다. 그의 시간은 자신의 새 영광을 보여주는 것으로 가득 차 있었고, 그 때문에 고야에게 신경 쓸 여유를 갖기 어려웠다. 그는 레이노소가 「변덕」에 대해 눈살을 찌푸렸다고 분명히 들었다. 하지만 그건 예상했던 일 아닌가? 그리고 그 불쾌감에서 종교재판까지의 길은 멀었다. 아니, 미겔은 이 일을 지나치게 암울하게 여겼다. 대심문관은 몇 마디 불쾌한 말로 끝낼 것이다. 그래서 왕자 마누엘은 신사처럼 손짓하며 돈 미겔의 염려를 떨쳐버리려고 했다.

하지만 미겔은 만족하지 않았다. 그는 설명하길, 대심문관이 고야 사건을 제2의 호베야노스 사건으로 만들려는 게 분명하다는 거였다. 그를 즉각 만류하지 않으면, 바로 다음 날 프란시스코가 종교법정 감옥에 들어앉게 될지도 모른다는 거였다. 거기서 그를 끄집어내는 건 지금 분명하고 효과적인 조처를 취하는 것보다 훨씬 더 어렵다는 거였다.

이 모든 환호의 한가운데에서 산타카사와 갈등에 처한다는 게 왕자 마누엘에게는 괴로운 일이었다. 하지만 그는 뭔가 시도해야 한다는 걸 분명히 알았다. "자네가 옳네." 그가 설명했다. "우리가 사랑하는 프란시스코를 위해 즉각 개입해야 하네. 우리는 그렇게 할 것이네. 곧 두 번에 걸쳐 왕실 결혼식이 유례없는 영광 속에 거행될 것이네. 바르셀로나 시는 그 유일한 축하 장소가 될 거고. 이 축제의 총감독으로 내가 누구를 제안할지 아는가? 프란시스코 고야라네. 펠리페 대왕이 그 비슷한 행사에서 같은 일을 벨라스케스에게 위임하여 그를 우대하지 않았던가?" 그는 점점 더 생기를 띠었다. "내가 옳게 결정했다고 인정하게. 우리는 이런 식으로 프란시스코가 가톨릭 전하께도 얼마나 높은 총애를 받는지 전 왕국에 보여줄 거라네. 내일 나는 도냐 마리아 루이사와 얘기할 것이네. 그런 다음 우리는 레이노소가 우리의 고야를 계속 괴롭히는지 아닌지 보게 될 것일세."

미겔은 왕자의 흐뭇한 생각을 여러 말로 칭송했다. 그는 단지 최고의 영예도 대심문관의 광기 어린 증오를 물리치는 데 모자라지 않을까 염려된다고 계속 말했다. 그러니 「변덕」과 직접 관계되는 여러 조처가 취해져야 했다. 말하자면 「변덕」 주변에 결코 넘을 수 없는 벽이 세워져야 한다는 거였다. 비록 마누엘이 불쾌한 듯 얼굴을 찌푸렸지만, 미겔은 멈추지 않았다. 그는 자세히 말했다. "우리의 친구 프란시스코가 즐거운 두 번의 결혼식에 즈음하여 전하께 한 가지 선물을 건넨다면 어떻겠습니까? 그리고 그가 그 선물로 「변덕」의 그림판을 선택한다면요? 그렇게 해서 앞으로는 왕실 인쇄소에서 「변덕」을 찍어 발행하게 되도록 하는 건 어떨까요?"

놀란 마누엘은 어떤 답변도 즉각 찾지 못했다. 그는 고야가 보내준 「변덕」 증정본을 그저 대충 살펴보았다. 그림 여기저기에서 고야의 대담함이 마누엘 자신을 겨냥하고 있지 않나 하는 의심이 어렴풋이 솟구쳤다. 하지만 그런 생각이 익기도 전에 감동과 그의 작품이 가진 의미가 그런 의심을 씻어버렸다. 도냐 마리아 루이사를 희화화한 그림에 대해서는 별 생각 없이, 싱긋이 웃었다. 그 작품 모두 그에게는 한 예술가의 농담으로, 풍요로울 만치 오만하면서도 근본적으로는 무익하게 여겨졌다.

이제 미겔이 대담한 제안을 했으므로 마누엘은 다시 의혹을 느꼈다. 그는 마리아 루이사가 「변덕」을 언짢아할 수 있겠다고 걱정했다. 하지만 자기도 모르는 이유에서 그는 그 생각을 물리쳤다. 대신 잠시 침묵한 뒤에 물었다. "그건 어떻게 생각하나? 「변덕」 시리즈는 이미 발간되었고, 어떤 의미에서 그 처녀성은 박탈되어버렸네. 그런 것을 왕께 선물로 드릴 수 있겠나? 시장에서 이미 팔리고 난 뒤 그 그림이 대체 무슨 의미가 있는가? 도냐 마리아 루이사는 계산에 능숙한 여자라네. 그녀는 그 선물을 모욕적일 만큼 초라한 것으로 여기지 않겠나?"

돈 미겔은 이 같은 이의에 미리 답변을 준비하고 있었다. "프라골라 씨는," 그는 대답했다. "종교재판소에 대한 두려움 때문에 며칠 지나자 판매를 중단했습니다. 제가 전해 들은 바로 고객한테 간 것은 200부가 되지 않는다는군요. 한 인쇄판에서 5천 부에서 6천 부까지 찍어낼 수 있고, 관심이 대단하니까 한 부당 금 1온스를 요구할 수 있습니다. 돈 마누엘, 왕자님은 고야가 가톨릭 왕께 건넨 선물이 대단한 계기가 될 만하다는 걸 아실 겁니다."

돈 마누엘은 속으로 계산했다. 그렇게 되면 150만 레알이 된다는 것을 알아냈다. 잇새로 한숨이 새어 나왔다.

"오히려," 미겔이 미소 지으며 계속 말했다. "왕비는 고야가 왜 그런 비싼 선물을 하는지 궁금해할 것이고, 최고주교회의 앞에서 보호받길 원한다는 걸 알아낼 것입니다. 하지만 그 일 때문에 그 선물은 더 가치 있게 되겠지요. 왜냐하면 그녀는 분명 대심문관을 저버리는 일을 꺼릴 것이기 때문이죠."

"자네 주장은 들을 만하군." 왕자가 말했다. "하지만," 그는 이제 자신의 진짜 근심을 털어놓지 않을 수 없었다. "내 기억이 맞는다면, 도냐 마리아 루이사의 마음에 들지 않을 그림도 거기 몇 점 있다네. 왕비는 때때로 매우 민감하니 말일세."

이런 반박에 대해서도 준비가 된 돈 미겔은 지체 않고 대답했다. "왕비는 분명, 만약 몇몇 그림이 자신을 지칭한다면, 누구도 감히 자신에게 그 그림을 건네지 못하리라고 생각할 겁니다. 게다가 왕비가 직접 그 작품을 발간한다면, 아무도 그림 몇 점이 그녀를 암시한다고 생각지 않을 것이고 말이죠."

이 말 때문에 마누엘의 얼굴이 밝아졌다. 힘 있는 정치가가 비방문을 해롭지 않게 만드는 가장 좋은 방법은 직접 퍼뜨리는 것이다. 보나파르트 장군은 그보다 더 천박한 험담이 적힌 플래카드를 걸게 하지 않았던가? 아니 그렇게 했던 이는 프로이센 국왕 프리드리히였던가? 누가 되었든, 돈 마누엘과 도냐 마리아 루이사는 경쟁할 수 있었다. 「변덕」을 왕실 인쇄소에서 발간케 한다는 생각은 점점 더 마음에 들었다. "내가 고야의 계획과 선물에 대해 도냐 마리아 루이사에게 말하겠소." 그가 약속했다. "고맙습니다, 왕자님." 돈 미겔이 대답했다.

돈 미겔은 자신의 설득이 성공했다는 걸 루시아에게 전했다. 그녀는 고야를 방문했다.

고야는 미겔이 그렇게 오랫동안 자리에 없다가, 그를 보지도 않고 에스코리알로 가버렸다는 사실에 몹시 격분했다. 그의 친구들은 무뢰한 같았다. 그가 불행해지자 모두들 죽은 듯이 지냈기 때문이다.

그때 루시아가 찾아오자 고야는 밝아졌다.

"들리기로," 그녀는 시작했다. "종교재판소는 「변덕」 그림이 아주 불만이라는군요. 그 점에 대해서는 당신도 들었지요?" 그는 말하고 싶은, 그래서 자신의 모든 절망을 가슴에서 떨쳐버리고 싶은 유혹과 싸웠다. 하지만 그는 그저 건조하게 말했다. "그렇소." "당신은 참 특이한 사람이군요, 돈 프란시스코." 루시아가 말했다. "왜 우리한테 말하지 않았어요? 당신은 확약받았잖아요." "확약이라고!" 고야는 말하면서 표 나게 어깨를 들썩거렸다.

루시아는 말했다. "바르셀로나에서 왕자의 이중 결혼식을 거행하기로 결정되었어요. 그래서 당신이, 돈 프란시스코가 에스코리알로 불려갈 것이고, 당신이 장대한 알현식에서 그 축제를 조직적으로 준비하고 감독하는 일을 떠맡게 될 거랍니다. 벨라스케스가 그 시절에 했듯이 말이지요." 고야는 곰곰이 생각했다. "다 말했소?" 고야가 냉정히 물었다. "하지만 나는 그 같은 축하 행사 준비를, 성자를 그릴 때처럼, 그리 좋아하지 않소." 루시아는 말했다. "당신이 이중 결혼식에서 왕의 가족께 어떤 선물을 건넬 거라고 하던데요. 당신 친구들은 「변덕」의 그림판이 부적절한 게 아니라고 여기고 있어요."

고야는 자신이 잘못 이해하지 않았나 생각했다. "내게 적어보시오, 도냐 루시아." 그가 말했다. 그녀는 그렇게 했다. 거기 앉아 혀를 입가에

빼문 채 열심히 적고 있는 그녀가 갑자기 프라도의 아몬드 파는 여자처럼 느껴졌다. 고야는 읽었다. "나를," 그가 물었다. "에스코리알 계단 아래로 내던지지 않겠소? 그 난간은 아주 가파른데." "당신 친구들은," 도냐 루시아가 대답했다. "왕실 인쇄소에서 그 「변덕」을 발간한다면, 150만 레알을 벌어들일 수 있다고 여겼어요. 당신 친구들은 이 점을 왕실 측에 분명히 밝히려 애쓰고 있지요."

고야는 생각에 잠겼고, 점점 더 흡족하게 되었다. "그 계획은 당신, 루시아에게서 나온 거요?" 그가 물었다. 그녀는 대답하지 않았다. 대신 말했다. "당신이 전하께 「변덕」을 선사한다면, 나로서는 거기 있는 그림 하나는 빼고 싶군요. 「죽을 때까지」라는 그림 말이에요." "화장하고 있는 노파 말이오?" 고야가 되물었다. "그래요." 루시아가 대답했다. "늙어가는 부인이란 때때로 민감하니까요." 하지만 고야는 크고 유쾌하게 설명했다. "어떤 그림도 빼지 않겠소. 그 노파는 그 화집에 있을 거요. 죽을 때까지." 그리고 이렇게 덧붙였다. "용기 없는 남자에게는 산탄이나 화약도 쓸모없는 법이오." 그는 오래된 속담을 인용했다. 루시아는 즐거워 보였다. "당신은 많은 일을 감행하는군요." 그녀가 말했다. "하지만 그런 즐거움이 당신에게 얼마나 가치 있는지 알아야 해요." 고야는 의도적으로 그녀를 오해하며 대답했다. "당신 말이 맞소. 그런 값비싼 선물을 변변찮은 한 화가가 가톨릭 왕께 해선 안 되니까." 그는 숙고했다. 그의 얼굴빛이 밝아졌다. "당신은 참 능란하군요, 도냐 루시아." 그는 소리내며 생각했다. "돈 미겔은 외교관이오. 난 오래전부터 하비에르를 학업차 이탈리아와 프랑스로 여행 보내려고 생각해왔소. 왕이 그 돈을 내도록 우리가 해낼 수 있지 않겠소?"

고야는 루시아가 웃는 걸 보았다.
그런 일은 자주 일어나지 않았다. "당신 제안은
나쁘지 않군요." 그녀가 말했다.
"당신 선물이 너무 귀하기 때문에
왕실이 그걸 받길 망설인다면,
아주 재능 있는 당신 아들에게
적당한 여행 경비를 주도록
왕께 권할 수 있지요.
왜 돈 카를로스 왕이
그 아버지에게처럼 아들에게도
예술 감각을 보여주면 안 되나요?"
그러자 프라도의 과일 파는 여자와
아라곤 출신 농촌 사내가
서로 바라보며 웃었다.

35

돈 카를로스와 도냐 마리아 루이사는 옥좌처럼 생긴 높은 안락의자에 앉아 있었다. 그들 뒤로 왕자 마누엘과 카스티요필 백작 부인 그리고 다른 신사 숙녀가 서 있었다. 왕의 수석화가 프란시스코 데 고야는 옥좌 계단 쪽으로 무릎을 굽힌 채 선물인 「변덕」이 그려진 화집을 건넸다.

이렇게 무릎을 굽힌 동안 그는 이곳에서 일어나는 잔혹한 즐거움을 모두 만끽했다. 그것은 거친 즐거움이 그리 궁색하지 않았던 그의 삶에서 아마 가장 난폭한 착상일 것이고, 그 변덕은 음울한 익살성에서 화집에 그려진 모든 '변덕'을 능가하는 것이었다. 그곳에는 숭고하고 화려하게 진지한 에스코리알이 자리했고, 군주라는 쾌활한 멍청이가 있었으며 그의 음탕하고 오만한 왕비도 있었다. 그리고 그곳에는 품위 있게 그려진 당나귀와 원숭이 같은 창녀와 수척한 노파와 유령을 그린 오만한 판화와 함께 고야 자신이 자리했다. 그런데 이토록 뻔뻔스러운 변덕의 피조물들을 보여준 것에 가톨릭 전하 부부는 그에게 자애 넘치도록 고마워할 것이다. 그들은 최고주교회의의 공격으로부터 그를 보호해줄 것이고, 그의 조롱 섞인 그림을 세상에 보여주겠다고 약속할 것이다. 그것도 종교재판소를 세우고 확장시킨, 이전 세계의 통치자들이 잠든 지하납골당 위에서! 고야 앞에서는 변덕스러운 착상이 어른거렸는데, 그것은 죽은 왕들이 뼈만 남은 손으로 은으로 된 무거운 관 뚜껑을 들어 올리며, 신을 모독하는 이 끔찍한 야단법석을 끝장내려고 애쓰는 것이었다.

왕과 왕비는 「변덕」 시리즈를 살펴보았다.

그들은 한 장씩 넘기면서 그 판화를 서로 건넸다. 그들은 오랫동안 바라보았고, 고야의 마음에서 잔혹하리만치 흡족해하던 불손함이 점차 빠져나갔다. 그에게 슬며시 불편함이 다가왔다. 어쩌면 왕비는 모든 사려에도 불구하고 「죽을 때까지」를 보고 위신을 잃고는, 그의 발 앞에 그 선물을 내던지며 그를 종교재판소에 넘겨버릴지도 모른다.

마누엘과 페파도 흥분한 마음으로 긴장한 채 도냐 마리아 루이사를 바라보았다. 분명 그녀는 그림 몇 점은 제대로 볼 정도로 이지적이었다. 그녀는 그림을 무시할 만큼 이지적이기도 할까?

돈 카를로스 왕만 지나가는 투로 말했다. 그는 「변덕」을 보는 걸 즐거워했다. 특별히 당나귀 연작이 그의 마음에 들었다. "여기에는 나의 최고 귀족들 가운데 많은 이들이 들어 있군." 그는 만족하여 말했다. "이 당나귀들 가운데 많은 것들에게 이렇게 말하고 싶소. '대단한 사람들이로군'이라고. 게다가 당신은 얼마나 간결한 방식으로 그렸는지, 내 친애하는 돈 프란시스코. 원래 풍자화를 그리기란 쉽소. 긴 코는 더 길게 그리고 마른 장딴지는 더 마르게 그리면 되니까. 그렇게 하면 벌써 예술이 되오. 다음에 나도 직접 그려봐야겠소."

도냐 마리아 루이사는 그 주에 들뜬 즐거움으로 가득 차 있었다. 그녀의 소망이 다시 한 번 화려하게 실현되었기 때문이다. 그녀는 약탈을 일삼는 천박한 프랑스 장군에 대항하여 자신의 재산을 지켰다. 또 그녀는 자녀들의 왕위를 다시 일으켜 세웠다. 다시 말해 포르투갈과 나폴리, 에트루리아 왕국과 파르마 대공국은 확실히 왕조 소유가 되었다. 그리고 그녀의 선박은 세계 각지의 보물을 그녀 발치에 놓기 위해 일곱 개 바다를 방해 없이 다시 항해했다.

그런 분위기 속에서 그녀는 「변덕」을 바라보았다. 정말 그녀의 화가 고야는 활달하면서도 불경스러운 눈을 가졌다. 그는 얼마나 현혹됨 없이 명료하게 여러 인간을 보여주는가. 그는 폭풍처럼 격렬하지만 그토록 공허한 그들의 깊이를 샅샅이 내려다보고 있잖은가. 그리고 그는 또 얼마나 정확하게 여자들을 알고 있는가. 여자를 사랑하고 미워하며 경멸하고 감탄하고 있지 않은가. 그는 진짜 남자다운 남자였다. 이 프란시스코가 보여주는 것처럼, 그렇게 여자는 싸워야 했다. 사람은 스스로 꾸며서 머리에 빗이 제대로 꽂혔는지, 발에 양말은 똑바로 신겼는지 신경 써야 한다. 여자는 어떻게 남자에게 돈을 뜯어낼 수 있는지 계산해야 하고, 자신은 뜯기지 않도록 막아야 한다. 그리고 어떤 위선적인 대심문관도 부정적 설교를 통해 왕을 권좌에서 물러나게 하지 않도록 우리는 대비해야 한다.

저기 하늘로 날아가거나 지옥으로 가는 여자는 알바 부인 아닌가? 물론 그녀였다. 이 그림의 여러 다른 곳에서도 그녀는 유령처럼 오만하고 아름답게 출몰했다. 하지만 그녀는 마녀였다. 그녀도 분명 애인 프란시스코를 기분 나쁘게 몰아세웠다. 그녀는 모든 아름다움에도 이 그림에 공감하지 않았다. 어쨌든 그녀는 이제 산이시드로 묘역에서 썩어가며, 이미 잊힌 채, 누워 있었다. 그래서 이 「변덕」 그림에 기쁨도 분노도 갖지 않을 것이다. 굴욕적으로, 그리고 추문 속에 그녀는 물러나야 했고, 그러나 경쟁자였던 아름답고 뻔뻔하며 오만한 그녀, 마리아 루이사는 아직 번성하고 있었다. 그녀는 아직도 삶에 대한 제대로 된 욕구를 갖고 있었고, 천국이든 지옥이든 마지막으로 있게 될 작별에 앞서 여러 많은 곳을 여행할 것이다.

고야는 판화집을 뒤적이는 도냐 마리아 루이사의 손을 응시했다. 그건 그가 그렇게 자주 그렸던 살찌고 탐욕적인 손이었다. 그는 그 손가락에 반지가 여러 개 끼워져 있는 걸 보았다. 그 가운데에는 카예타나가 아끼던 반지도 있었다. 그는 오래되고 특이하며 취향상 까다로운 반지를 자주 보았고 느꼈고 그렸다. 그는 그 반지에 대해 자주 화를 냈고, 그만큼이나 자주 너무도 즐거운 마음으로 끼기도 했다. 그 반지가 이제 와 마리아 루이사의 손가락에 끼워져 있는 걸 보았을 때, 그의 마음은 몹시 쓰라렸다. 이 왕비의 난잡하고 호색적인 추악성을 「변덕」에서 포착한 건 제대로 한 일이었다. 그녀의 천박함에 견준다면 그건, 카예타나와는 다르게, 그럴 만한 일이었다.

말없이 쳐다보던 왕비의 얼굴이 굳어지면서 주의하듯 억제되었다. 그러자 갑자기 공포가 전보다 훨씬 격렬하게 고야를 덮쳤다. 그의 '선물'이 얼마나 끔찍할 정도로 불손한 것인지 너무도 명백하게 느껴졌다. 그는 루시아의 조언에도 「죽을 때까지」를 화집에 그대로 둔 바보였다. 왕비는 분명 스스로 알아차릴 것이다. 그녀는 분명 카예타나를 알아볼 것이다. 그녀는 분명 그가 그림을 통해 미움 받으며 죽은 적수의 싸움을 계속해나간다는 걸 알아챌 것이다.

왕비 자신은 결코 깡마르지 않았다. 오히려 풍만했고, 기껏해야 이 노파에 비하면 반쯤 늙은 편이었다. 하지만 그녀는 그렇게 여기지 않았다. 그녀는 원숭이처럼 멍청한 그림의 노파가 바로 자신임을 즉각 알아챘다. 모욕감 때문에 갑자기 숨이 멎었다. 그건 상심 많은 삶에서 그녀가 겪었던 가장 지독한 모욕이었다. 아무런 생각 없이 그녀는 55번 그림을 바라보았다. 기계적으로 그녀는 여러 차례, 55를 생각했다. 거기에 이 천민 출신 남자가 서 있었다. 그녀가 출세시켜 수석화가로 만든 똥 무더기 같은, 아무것도 아닌 이 남자가. 그는 그녀의 남편인 가톨릭 왕과 그녀의 친구와 적수들이 있는 데 서서, 이 악의에 찬 그림을 그녀 코밑에 내민 것이다. 그리고 모두가, 마누엘과 페파 그리고 그 모두가 이 일을 기뻐했다. 땅 위에서 가장 오만한 이 왕비는 나이 마흔을 넘어 아름답지 않기 때문에 무기력한 것인가?

그녀는 정신을 잃지 않으려고 기계적으로 읽으면서 "죽을 때까지. 55번"이란 말을 반복했다. 그녀는 고야가 그려준 그 많은 그림을 떠올렸다. 그 그림들에서도 그는 그녀의 추함을 그렸다. 하지만 그녀의 힘이나 기품도 그렸다. 그녀는 사나운 새인 데다 아름답지 않았다. 하지만 날카로운 눈과 멋진 발톱을 가지고 있어서 높이 날 수 있었고, 그래서 먹이를 재빨리 보고 확실히 움켜쥘 수 있었다. 55번 그림에서 그녀의 좋은 점은 모두 없어졌다. 그는 오직 추함만 그렸고, 자부심이나 활기는 빠뜨렸다.

아주 잠시 동안 그녀의 마음속에서는 이 사내를 없애버리고 싶은 광포한 열망이 물결쳤다. 그녀는 손을 올릴 필요조차 없었다. 그저 어떤 핑계로든 이 '선물'을 거부하면 되었다. 그러면 종교재판소 측이 나머지 일을 알아서 처리할 것이다. 하지만 그녀는 자신이 지금 무엇을 할지 주변 사람들이 숨죽인 채 기다린다는 것을 알고 있었다. 앞으로 오랫동안 자신에 대한 경멸이 이어지지 않도록 하려면, 그녀는 이 천박한 무례함에 조용히, 비웃는 듯한 우월감으로 맞서야 했다.

그녀는 말없이 바라보았다. 마누엘과 페파는 더해가는 염려 속에서 기다렸다. 너무 심하게 한 건 아닌가? 고야 자신에게 새로운 불안의 물결이 거칠게, 그리고 숨 막힐 듯 덮쳤다.

마침내 마리아 루이사가 입을 열었다. 다이아몬드를 박아 넣은 이가 반짝거리도록, 아무렇지도 않은 듯 다정하게 미소 지으며, 그녀는 익살맞게 위협했다. "거울 앞의 이 난잡한 노파 그림이 있는데, 여기에서 당신은 우리 오수나 가문의 어머니를 너무 안 좋게 그린 것 아닌가요?" 세 사람 모두, 말하자면 고야와 마누엘 그리고 페파는 판화 「죽을 때까지」가 왕비를 겨냥하고 있음을 정확히 알고 있었다. 하지만 그녀는 이 상황을 견뎌내면서 움찔하지 않았다. 누구도 그녀에게 해를 입힐 수 없었다.

마리아 루이사는 다시 한 번 지나가듯 「변덕」 그림을 처음부터 끝까지 넘겨보았다. 그리고 다시 서류철 안에 놓았다. "훌륭한 판화예요." 그녀가 설명했다. "대담하고 멋지고 훌륭해요. 우리 최고 귀족 가운데 몇 사람은 토라지겠어요. 하지만 내가 살던 파르마에는 다음 같은 속담이 있어요. '자기 모습을 비추는 거울에 화내는 자는 바보뿐이다.'" 그녀는 되돌아가더니, 계단을 올라가 높은 안락의자에 앉았다. "우리 스페인은," 그녀는 아무런 감정 없이, 그러나 기품 있게 말했다. "오래된 나라예요. 하지만 몇몇 이웃 나라와는 다르게 여전히 아주 활기차지요. 그래서 몇

몇 진리는, 특별히 거기에 예술과 양념이 더해진다면, 받아들일 수 있어요. 당신은 앞으로도 언제나 주의해야 해요, 돈 프란시스코. 언제나 이성이 지배하진 않으니까요. 당신이 바보들한테 의지할 날이 올 수도 있을 거예요, 신사 나리."

그녀는 카예타나의 반지를 낀 손가락으로, 마음을 사로잡듯 「변덕」을 가리켰다. "우리는 당신 선물을 받겠어요, 돈 프란시스코." 그녀가 말했다. "우리는 당신 판화가 우리 왕국의 안과 밖에서 멀리 퍼지도록 보살피겠어요."

돈 카를로스 왕은 옥좌에서 내려와 프란시스코의 등을 세게 두드리고는 이 귀먹은 자에게, 마치 어린아이에게 하듯 아주 크게 말했다. "뛰어나오, 당신 풍자화는. 우리는 즐거웠다오. 고맙소."

하지만 마리아 루이사는 계속 말했다. "그 밖에 우리는 당신 아들에게 학업 여행을 더 하도록 3년간 장학금을 주기로 결정했어요. 그 말을 내가 직접 전하고 싶었어요. 당신의 어린 아들은 멋지지요, 고야? 당신을 닮았나요? 외국으로 보내기 전에, 내게 보내요. 그리고 당신은 바르셀로나에서 당신 일을 잘하고. 우리 아이들과 우리 왕국의 이 위대하고 성대한 날을 기뻐합시다."

왕과 왕비는 물러났다. 고야와 마누엘 그리고 페파는 모든 게 소망대로 되었다는 기쁨으로 가득 찼다. 하지만 그들이 왕비와 즐겁게 지냈다기보다는 왕비가 그들로부터 즐거움을 얻은 것처럼 여겨졌다.

마리아 루이사는 화장실로 갔다. 「변덕」이 담긴 종이철을 뒤따라 가져오도록 했다. 왕비는 옷을 갈아입었다. 하지만 예복을 다 벗기도 전에 모두 물러나라고 지시했다.

그녀의 화장용 탁자는 마리 앙투아네트의 유산에서 나온 것이었다.

그건 예술적이고 값비싸며 취향상 까다로운 것이었다. 정선된 작고 예쁜 물건들이 그 위에 놓여 있었다. 통이나 작은 상자, 항아리와 병, 빗과 포마드, 온갖 종류의 분(粉)과 화장품, 프란치파나* 향수, 천하일품 물건들, 회교국 왕비의 화장품과 용연향, 장미향이 있었고, 의사나 화장품 제조자가 증류한 다른 기이한 물도 있었다. 도냐 마리아 루이사는 못 참겠다는 듯 이 모든 잡동사니를 옆으로 밀어 놓더니, 「변덕」 그림을 앞으로 꺼냈다.

거기, 엉성하고 멋 부린 허섭스레기 한가운데에, 단두대에 세워진 마리 앙투아네트의 값비싼 탁자에, 예리하고 대담하며 전복적인 판화 그림들이 놓여 있었다. 도냐 마리아 루이사는 그 그림들을 차분하게 혼자 살펴보기 시작했다.

물론 프란시스코가 그녀를 괴롭히기 위해 그녀에게 그 그림집을 건넨 건 아니었다. 그것은 대심문관 앞에서 자신을 보호하기 위해서였다. 그 무렵 레이노소는 그녀의 일이 잘되도록 도왔다. 「변덕」은 오만하면서도 재미있었다. 그건 사람들을 자극했고, 그래서 많은 이들이 그 그림집을 샀다. 마누엘이 그녀에게 설명한 바에 따르면, 그 그림으로 100만 레알을 벌어들일 수 있다고 했다. 고야가 아니라, 그녀, 즉 마리아 루이사가 그 돈을 거둬들인다는 게 이 화가에 대한 정당한 벌이었다.

그녀는 광기 속에서 도망가는 유령 같은 수도사와 상류 귀족이 묘사된 마지막 그림을 바라보았다. '때는 왔도다—이미 종은 쳤으니'라고 그 아래 적혀 있었다. 갑자기 종이에 담긴 너무도 뻔뻔하고 반란적인 생각이 그녀에게 뜨겁게 떠올랐다. '때는 왔도다'. 이것을 그는 정말 믿는

* Franchipana: 오스트레일리아에서 나는 꽃. 향수 종류.

것일까? 여기에서 그는, 하층 출신 사내인 수석화가는 잘못 생각한 것이다. 때는 아직 오지 않았다. 종은 조만간 울리지 않을 것이다. 그리고 그녀, 마리아 루이사는 도망간다는 생각을 결코 하지 않았다. 죽을 때까지 결코.

그녀는 다시 그림 「죽을 때까지」를 보았다. 그건 천박하고 저열한 그림이었다. 늙어가는 한 요염한 여자를 놀려대는 건 얼마나 상투적인 놀이이고, 수백만 번 행해진 놀이던가? 최고 화가라면 그렇게 천박하게 굴어선 안 된다.

그림의 생각이 천박한지도 모른다. 그림은 괜찮은 것이다. 노파가 거울 앞에 탐욕스럽게 앉아 있는 모습은 도덕적이지 않다. 그렇다고 값싼 놀이도 아니다. 그건 조용하면서도 슬프고 있는 그대로의 앙상한 진리다.

그렇게 깊은 시선으로 보는
사람은 위험하다. 하지만
그녀는 그가 두렵지 않다.
개들은 짖지만, 사람의 행렬은
길을 간다. 이 화가가
이 세상에 있다는 게
마리아 루이사에게는 기쁠 지경이었다.
왜냐하면 누군가 그녀의 심연을
들여다본다는 걸 그녀는
견딜 수 있기 때문이다. 그녀도
악령을 알고 있었다. 그녀와 그는

서로 통했다. 화가와 왕비는
같은 패거리였다. 그들은 같은 혈통으로,
대담한 자의 혈통 출신이었다.
그녀는 그림집을 옆으로 치웠다.
거울 속 자신을 보았다. 그녀는
아직 늙지 않았다. 아니, 아니지!
그녀는 결코 고야의 노파와
닮지 않았다! 그녀는 행복했다!
인간이 얻을 수 있는 모든 걸
그녀는 얻은 것이다!
갑자기 그녀는
절망적으로 격렬한 분노의 눈물을
흘리기 시작했다. 그 눈물이
그녀의 몸에 경련처럼 떨어질 때까지
점점 더 격렬하게.
갑자기
그녀는 정신을 차리고, 코를 풀었다.
눈물을 닦고, 울음 때문에 상기된 코에
분을 발랐다. 그녀는 꼿꼿하게
앉았다. 종을 쳤다. 시종이
들어오자, 시종에게 왕비는
왕비였다.

36

바르셀로나로부터 새로운 명예를 얻고 지쳐 돌아왔을 때, 고야는 마드리드에서도 자기 일이 잘되고 있음을 알았다. 왕실 인쇄소는 아구스틴의 지도 아래 「변덕」을 다량 발간했다. 이미 두번째 판이 준비 중이었다. 왕국의 더 큰 도시들에서 이 화집을 구입할 수 있었다. 그리고 대도시의 일곱 군데 서점과 미술품 가게에서 전시되었다.

프란시스코는 사람들이 「변덕」에 대해 뭐라고 말하는지 알아보기 위해 가끔 두란 서점에 갔다. 아름다운 가게 주인 펠리파 두란 부인은 그를 보고 기뻐하며, 흡족한 마음으로 열심히 얘기했다. 「변덕」을 보기 위해 많은 사람들이 왔고, 무엇보다 낯선 이방인들과 외국인들도 찾아왔다. 화집은 비싼 가격에도 잘 팔렸다. 도냐 펠리파가 이 점에 대해 말없이 놀라워하고 있음을 고야는 눈치챘다. 왜냐하면 그녀는 「변덕」에 대해 잘 이해하지 못했기 때문이다. "당신은 얼마나 어지러운 꿈을 꾸고 있는가요, 돈 프란시스코!" 그녀는 고개를 흔들며 아양 부리듯 말했다. 그는 기분 좋게 미소 지으며 그 시선에 답했다. 그녀가 마음에 든 것이다.

아마도 대부분의 사람들은 「변덕」을 낯설어 했을 것이다. 고야는 사람들의 취향이 동료 다비드의 고전주의 때문에 망가졌다고 여겼다. 비록 많은 사람들이 와서 「변덕」 값으로 288레알을 지불했지만, 그들이 그렇게 한 건 고야나 그의 작품을 둘러싼 환호와 센세이션 때문이었다. 사람들은 「변덕」의 모든 그림 뒤에서 일정한 모델을 찾았고, 아마도 그가 종교재판소와 벌이는 내밀한 싸움에 대해서도 들었을 것이다.

많은 사람들은 물론, 그 가운데서 젊은 축은 특히 「변덕」에서 다소 외설적이고 남의 이목을 끄는 희화화된 그림 모음집 그 이상을 보았다.

그들은 새롭고 대담하며 독자적인 예술을 이해하고 경탄한 것이다. 프랑스나 이탈리아에서도 이해와 존경의 편지가 날아들었다. 킨타나는 승리한 것처럼 의기양양하게 자신의 시는 이미 진리가 되었다고 설명했고, 이미 유럽은 고야의 명성으로 가득 찼다고 했다.

많은 방문객이 찬미자로서, 또 호기심에 차서 고야의 은둔처로 찾아왔다. 고야는 몇 사람만 면회를 허용했다.

어느 날 놀랍게도 의사 호아킨 페랄이 찾아왔다.

그렇다. 그가 방면된 것이다. 하지만 그는 2주 안에 이곳을 떠나 앞으로는 가톨릭 전하의 나라에서 더 이상 모습을 보이지 말라는 권고를 받았다. 그는 고야에게 작별하고, 감사 인사를 전하기 위해 찾아온 것이다. 왜냐하면, 그는 이렇게 말했는데, 분명 돈 프란시스코가 애쓴 덕분에 자유를 얻게 되었기 때문이었다.

페파가 '그에게 호의를 보여주었다'는 사실 때문에 고야는 기뻤다. 고야는 말했다. "당신을 위해 뭔가를 하는 건 어렵지 않았소. 전리품이 나눠졌으니 당신을 잡아둘 이유도 더 이상 없어진 거요."

페랄은 말했다. "제 수집품 가운데 이런저런 그림을 당신께 기념으로 드리고 싶었습니다. 하지만 제가 가진 모든 소유품은 압류되고 말았어요." 그런 다음 그는, 고야로서는 놀랍게도, 288레알을 셈한 뒤 탁자에 놓았다. "부탁이 있습니다, 돈 프란시스코." 그는 설명했다. "상점에서 파는 「변덕」 인쇄본은 색이 바랬어요. 처음 인쇄한 선명한 것들 가운데 하나를 넘겨줄 수 있다면 고맙겠습니다." 고야는 작은 미소를 지으며 대답했다. "우리가 가진 최고의 인쇄본을 나의 아구스틴 에스테브가 내줄 거요."

페랄도 미소 지었다. 그의 얼굴이 갑자기 훨씬 젊게 보였다. 그는 말했다. "나는 아마 국경 저편에서 당신께 감사의 인사를 보낼 수 있을 겁니다. 최근의 경험 이전에 나는 이미 안 좋은 경험을 많이 겪었기 때문에, 어떤 격변에도 준비되어 있지요. 이제 난 상트페테르부르크로 갈 겁니다. 모든 게 잘못되지 않는다면, 그곳에서 내 수집품 가운데 사랑스러운 몇 작품을 다시 찾게 될 겁니다. 내가 가진 모든 고야 작품 가운데, 돈 프란시스코 「변덕」 시리즈 최종판에 포함되지 않은 작품도 하나 있습니다." 그들 둘뿐이었지만 그는 고야에게 아주 가까이 다가가 매우 분명히 속삭였다. "그곳에서 벨라스케스 그림도 하나 발견하고 싶군요. 대단한, 그러나 거의 알려지지 않은 그림인데, 그건 「거울을 든 베누스」입니다." "당신은 신중한 사람이군요, 돈 호아킨." 프란시스코가 인정하듯 말했다. "벨라스케스 작품의 수익으로 당신은 분명 걱정 없이 살 수 있을 거요." 페랄은 대답했다. "내 생각으로, 벨라스케스는 팔지 않아도 될 것 같습니다. 차르 왕실에서 소유하기란 어렵지 않을 겁니다. 내 친구들이 믿음직하고, 괜찮은 약속을 했으니까요. 그래도 저는 스페인을 아주 그리워할 겁니다. 그리고 당신, 돈 프란시스코도 말이지요."

페랄이 나타난 것 때문에 고야의 마음은 흔들렸다. 그와 더불어 아주 행복했고 아주 비참했던 시절의 기억이 깊은 곳으로부터 솟구쳐 올랐다. 멍멍한 공허감으로 그는 이 남자가 가는 걸 바라보았다. 페랄은 그가 카예타나와 가졌던 고통스럽고도 행복한 관계에 대해 누구보다 더 많이 알고 또 이해한, 친구이자 적이었다.

얼마 안 있어 하비에르의 여행을 위한 마지막 준비도 끝났다. 그는 이탈리아와 프랑스에서 오랫동안 체류할 것이었다. 그건 철저한 연구 여행일 것이었다. 고야의 아들은, 그렇게 되길 아버지는 원했는데, 하인 한 명과 많은 짐을 거느린 대단한 신사처럼 여행했다.

마지막 짐 가방이 실리는 동안, 프란시스코는 하비에르와 마차 옆에 서 있었다. "저는 아주 굳게 믿습니다." 하비에르가 말했다. "아버지가 자랑스러워할 예술가가 되어 돌아올 것입니다. 정말이에요. 저도 언젠가 아버지처럼 그릴 수 있으리라는 작은 희망을 갖고 있어요. 물론 「변덕」은," 그가 인정하며 말했다. "아무도 흉내 내지 못하겠지만 말이에요."

그리고 유행 지난 넓은
윗도리를 걸어 올렸다.
알바 공작비의 선물인 은브로치가
목 언저리에 꽂혀 있었다.
그는 가벼운 발걸음으로
마차에 올랐다. 창문 밖으로,
웃는 얼굴로 모자를 벗어
그는 인사했다. 마부가 채찍을
들었고, 말고삐를 당기자
바퀴가 굴러갔다.
그런 뒤 하비에르도 떠났다.
그의 아버지에게 남은 것은,
이런저런 사념으로 흐려지지 않은,
젊은이다운 잘생긴 웃는 얼굴과
인사하던 모자와, 목 언저리에 달려 있던
카예타나의 흔들거리던 브로치,
그게 마지막 모습이었다.

37

고야는 귀머거리의 은둔처에서 오직 아구스틴과 함께, 그려지거나 아직 그려지지 않은 그림에 둘러싸인 채, 계속 살았다.

그는 연령으로 봐서 아직 늙지 않았지만, 인지하는 일이나 보는 일에서 둔감해졌다. 그는 마귀들을 구슬려서 이용할 수 있었지만, 그것들은 말을 듣지 않았다. 최근에도, 말하자면 종교재판소 재판관 앞에서 그 잔혹한 공포가 그를 사로잡으며 질식시키듯 했을 때, 그는 그것을 느꼈던 것이다. 하지만 마귀가 늘 같이 있어도, 더 이상 그의 삶을 망칠 수는 없었다. 재판관 앞에서 공포를 느꼈다는 사실 자체가 그가 얼마나 삶에 매달리는지를 입증했다.

그는 아름다운 서점 주인 도냐 펠리파를 생각했다. 그녀는 그를 좋아했다. 비록 그가 귀먹었고 젊지 않다고 해도 그것은 의심할 여지가 없었다. 그녀가 「변덕」을 고객에게 많이 팔려고 애썼다면, 그건 그녀가 판화를 아껴서가 아니라 그의 마음에 들기 위해서였다. "당신은 얼마나 어지러운 꿈을 꾸고 있나요, 돈 프란시스코!" 때로 그녀는 그의 꿈에 자주 출몰했다. 그는 다음에 그녀를 그릴 것이다. 그러고 나면 다음에 무슨 일이 일어날지 드러날 것이다.

그는 큰 모자를 쓰고 산책용 지팡이를 짚고 밖으로 나갔다. 그는 집 뒤로 난 작은 언덕을 천천히 올라갔다. 그는 그곳에 등받이 없는 나무 의자 하나를 갖다놓게 했다. 그는 앉았다. 아라곤 출신 남자가 흔히 그러듯이 그는 아주 꼿꼿이 앉았다.

그의 앞에는 늦은 아침의 은빛 속에 평평한 땅이 멀리까지 뻗어 있었다. 희미하게 반짝이는 언덕 뒤쪽으로 과다르라마 산맥이 눈 덮인 산

봉우리와 더불어 솟아올라 있었다. 평소에 그 광경을 볼 때마다 그는 즐거웠다. 하지만 그는 더 이상 그런 즐거움을 느끼지 못했다.

그는 지팡이를 든 채 기계적으로 모래 위에 작은 동그라미를 그렸다. 동그라미는 이런저런 인물과 얼굴 같은 모호한 모양이 되었다. 그는 약간 놀라서 보았다. 그는 다시 한 번 무엇을 그렸는데, 그건 코가 큰 친구 마르틴의 얼굴을 닮아 있었다.

많은 죽은 사람들이 그에게 찾아왔다. 그는 살아 있는 친구보다는 죽은 친구에게 할 일이 더 많았다. "죽은 자는 산 자의 눈을 뜨게 하지." 그는 눈을 크게 떠야 했다.

그는 몇 가지 깨우침을 얻었다. 예를 들면, 그가 삶을 저주하고 미워할 때마다 삶은 애쓸 가치가 있다는 걸 알았다. 그 모든 것에도 불구하고. 그래서 그런 수고를 할 가치가 있는 것이다.

'때가 되었다'라고, 그는 물론 이렇게 곧장 소리칠 수는 없을 것이다. 하지만 종이 결코 울리지 않는다고 해도 그는 시간을 기다릴 것이고, 마지막 탄식까지 그 시간을 믿을 것이다.

아무런 초점 없이 그는 앞의 언덕과 뒤의 산들을 응시했다. 그는 어느 높은 산등성이에 도달했다. 그 꼭대기에서 그는 다음 꼭대기가 얼마나 높은지, 또 마지막 꼭대기는 얼마나 끔찍하리만치 높은지 답답한 마음으로 살펴보았다. '플루스 울트라(더 나아가는 것)', 그건 쉽게 말해진 것이었다. 혹독한 길은 점점 더 가파르고 돌이 더 많았으며, 희박하고 차가운 공기는 사람의 호흡을 헐떡이게 만들었다.

그는 다시 모래에 장난 삼아 그림을 그렸다. 이번에는 그에게 자주 나타났던 어떤 모습이었는데, 어느 거인의 윤곽이었다. 거인은 쉬면서 멍청하게 꿈꾸듯 웅크리고 앉아 있었는데, 머리 쪽에는 우스꽝스럽도록 여원 달이 놓여 있었다.

그는 갑작스럽게 움직이더니 그리던 일을 멈추었다. 그의 표정이 긴장하더니 굳어졌다. 그는 어떤 새로운 것을 보았다. 그 새로운 걸 캔버스에 억지로 그리거나 종이에 그리는 것에는 저주할 만큼의 수고가 필요할 것이다. 그건 아주 황량하고 살을 에는 듯한 추운 고지가 될 것이고, 그 고지 위로 그는 올라가야 할 것이다. 그리고 그동안 보지 못했던 그것을 보이게 하기 위해 그는 결코 본 적이 없는 색조를 찾아내야 할 것이다. 그건 거무스름하게 희거나 누런 무엇, 어떤 더러운 녹회색이면서 바랜 흙빛이고 멍하게 흥분시키는 색채였다. "그건 여전히 회화인가?" 사람들은 이렇게 물을 것이다. 그건 회화일 테고, '그가 그린' 회화일 것이다. 누가 「변덕」을 '그렸다면', 그렇다면 그건 유일하게 가능한 회화였다. 그려진 「변덕」 앞에서 판화로 찍은 「변덕」은 순진한 아이 장난 같을 것이다.

당신은 "얼마나 어지러운 꿈을 꾸고 있나요, 돈 프란시스코!" 기품 있는 신사는 기품 있는 챙 넓은 모자를 쓴 채 성난 듯 크게 미소 지었다. 그리고 일어났다. 집으로 돌아갔다.

그는 침실로 갔다. 산책용 회색 지팡이를 옆에 세워두고, 편안하게 자리 잡았다. 오랫동안 입지 않았던 작업복을 입었다. 그는 다시 미소를 지었다. 호세파가 있었더라면, 그가 옆에 있는 걸 기뻐했을 것이기 때문이다.

작업복을 입은 채 그는 식당으로 내려갔다. 휑한 벽들 사이에 앉았다.

그가 보았던 새로운 걸 그리기 위해서는 그 어떤 캔버스도 쓸모없었다. 그 대상은 틀 속에 끼워 넣을 수도 없었고, 마음속에 품고 다닐 수도 없었다. 그건 그의 세계의 일부였고, 앞으로도 그렇게 남아 있을 것이었다. 그건 결코 캔버스에 옮길 수 없었고, 그의 집 벽에나 꼼짝 못하게 그려 넣을 수 있었다.

그는 휑한 벽면을 응시했고, 두 눈을 감더니 다시 떴고, 새롭게, 날카롭지만 초점 없이 다시 응시했다. 새로운 힘이 섬뜩하고도 행복한 마음을 불러일으키며 그의 핏속을 지나갔다.

새로운 거인, 그건 그의 벽에 적당한 것이었다. 그건 그가 지금껏 그리 자주 보았던, 그래서 미소 지으며 모래에 긁적이던 거인과는 다른 거인이었다. 이 새 거인도 고집 센 거인이겠지만, 그러나 탐욕스럽고 위험한 거인일 것이다. 그건 어쩌면 오디세우스의 동반자를 잡아먹던 거인이거나, 흔히 일컬어지듯이, 자기 자식을 집어삼키는 시간의 악마 사투르누스일지도 몰랐다.

그래, 인간을 잡아먹는 거인은 여기에, 여기 그의 식당 벽에 있었다. 이전에 그는 가끔 한낮의 유령인 엘 얀타르를 만났다. 그는 그 괴물이 두려웠고, 그래서 부드럽게 웃으며 그 괴물을 피했다. 그런데 그는 이제 그 몸집 큰 것을, 그 둔하고 위험하며 거친 녀석을 더 이상 겁내지 않을 정도로 발전했다. 오히려 그는 그 녀석에게 익숙해지고 싶었고, 그 녀석을, 그 '악마'를, 잘게 부숴 씹어 먹고 삼키다가 결국 고야 자신마저 먹어치울 그 '거인'을 늘 눈앞에 두길 원했다. 여기 사는 존재는 먹고 먹힐 것이다. 정말 그렇기 때문에, 먹는 것이 자신에게 주어지는 한, 고야는 괴물을 눈앞에 두고 싶었다.

그리고 그가 자기 식탁으로 불러들인 친구들도 괴물을 눈앞에 두고 싶을 것이다. 그 괴물을 본 자는 고야가 아직 살아 있음을 갑절이나 예리하고 즐겁게 감지할 것이다. 악마는 그들 모두를, 미겔과 루시아와 아구스틴, 그리고 아름다운 서점상 도냐 펠리파를 먹어 삼킬 것이다. 하지만 사람은 어느 순간 자신도 먹어치우며 산다. 활기가 온몸을 지나간다.

사람들은 벽에 그려진 저 고집 센 거인보다 천 배 더 우월하다고 느낄 것이다. 사람은 전능하고 무기력한 괴물을, 위험한 악의와 가련한 어리석음을 가진 괴물을 꿰뚫어볼 것이다. 그러면서 사람은, 식탁에 앉아 식사하는 동안 괴물의 완고함과 식탐 그리고 악의를 비웃고 조롱하며 집적댈 것이다. 그래서 자신이 죽은 뒤에도 그는 벽화를 보면서 저 멍청한 괴물을 계속 비웃을 수 있을 것이다.

그것은 아직 희미하게 그늘진 모습이고,
고야가 그린 거인은 녹갈색에
흑회색으로 빛을 내며
잔인한 주둥이로 작은
사람을 물고 있었다. 오직
그늘만 몸이 될 것이고, 살게 될 것이다.
저 어둠으로부터 프란시스코
고야는 그 거인을 낮으로,
낮이 아니라 희미한 빛 속으로
끌어낼 것이다. 그는 벽에
그 거인을 '그려야만' 했다!
고야는
일어섰다. 중얼거렸다. '죽은 자는
무덤으로, 산 자는 식탁으로!'
그리고 그는 식탁 가에 앉았다.
모든 이는 아직 튼튼했다.
그래서 그의 식욕은 훌륭했다.

아구스틴이 왔다.

작업복을 입은 친구를 보았고,
놀랐다. 싱긋 미소 지으며,
고야는 아주 흡족한 듯 설명했다.
"그래, 이제 다시 그리겠네.
어떤 새로운 걸 난 그리겠네.
휑한 벽면을 더 이상 볼 수 없다네.
뭔가 벽에 그릴 거야.
사람들의 식욕을 돋워줄
맛있는 걸 말일세. 내일
그리기 시작하겠네."

여기에서 프란시스코 고야에 대한 두 편의 장편소설 가운데 첫 편이 끝난다.

잔혹한 진리—포이히트방거의 『고야』

1. 고야—근대적 혁신성

프란시스코 데 고야(Francisco de Goya, 1746~1828)는 18세기 후반과 19세기 초에 걸쳐 활동한 근대 스페인의 대표적인 화가이다. 그 무렵 스페인 왕실은 권위적인 전제군주 아래 갖은 특권을 다 누렸고, 상류 귀족들은 사치스럽고 게을렀으며, 종교재판소는 신의 이름 아래 무자비한 탄압을 일삼고 있었다. 여기에 민중은 민중대로 갖가지 미신과 무지 속에 허우적대고 있었다. 그리하여 18세기 이베리아 반도는, 여느 유럽 지역이 그러하듯이, 중세적 미신과 근대적 계몽정신이 어지럽게 뒤섞여 있던 혼란스러운 시절이었다.

고야는 열일곱 살과 스무 살 두 차례에 걸쳐 왕립아카데미의 역사화 경연대회에 참가했으나 낙선한다. 그래서 그는 스물네 살 때 이탈리아로 유학을 떠난다. 1773년에는 유명한 화가이던 프란시스코 바예우Francisco Bayeu의 여동생 호세파 바예우Josefa Bayeu와 결혼한다. 그는 1780년 서

른네 살 때 마침내 왕립아카데미 회원으로 선출된다. 고야가 본격적인 활동을 시작하던 이 무렵을 전후해 스페인 왕실은 프랑스의 루이 14세의 손자인 펠리페 5세(카를로스 3세)가 왕위를 이어받으면서 합스부르크에서 부르봉으로 대체되었고, 이에 따라 마드리드의 궁정 미술도 프랑스와 이탈리아에서 온 화가들로 채워지게 된다. 고야는 마흔세 살 때 카를로스 4세의 궁정화가로 승격하면서 화가로서 최고 지위에 오른다.

그사이 스페인은 영국과 전쟁을 치렀고, 1783년에는 휴전하면서 지브롤터를 영국에 할양한다. 1789년 이후 스페인은 프랑스에서 유입되는 각종 혁명적인 사상과 출판물을 막기 위해 종교재판소에 막강한 권한을 부여했고, 고도이Manuel Godoy는 스페인군의 총사령관에 임명되면서 호베야노스 등 자유주의자를 정부 각료로 임명하지만 실패하고 만다. 1801년 스페인과 포르투갈 사이에 오렌지 전쟁이 발발하고, 1808년 프랑스군이 마드리드에 입성하자 프랑스군에 대한 봉기가 발생하며, 스페인 왕실은 급기야 나폴레옹에게 왕위를 넘겨준다. 이때부터 1814년까지 무자비한 반도전쟁, 이른바 독립전쟁이 이어진다.

바로 이 잔혹했던 시대 현실 속에서 고야는 살다 갔다. 그는 82년의 생애 동안, 종교화든 초상화든 풍경화든 역사화든, 장르를 가리지 않고 그렸다. 또 매체가 무엇이건, 유화든 프레스코화든, 태피스트리나 동판화든, 가능한 한 모두 섭렵하고 익혀서 최대의 표현적 가능성을 실현하고자 애썼다. 이런 표현적 시도에서 그의 내면적 자아와 외면적 세계, 사실과 환상, 개인과 집단은 쉽게 구분되지 않는다. 이 두 요소는 그의 작품 속에서 놀라운 색채와 창의적 구성을 통해 하나로 융합된다. 이것이 그의 작품에 담긴 혁신성이고, 이 혁신성이 갖는 근대적인 의미이다. 이렇게 하여 남은 작품은 회화 700여 점, 판화 300여 점, 드로잉 900여

점에 이른다.

고야 작업의 의미는, 간단히 말해 표현 방식과 색채 구사에 있고, 이런 표현 방식의 바탕에는 동시대 현실에 대한 엄정한 인식과 인간의 본성에 대한 복합적인 이해가 있다. 이 엄정한 현실 인식과 복합적인 인간 이해에 입각한 그의 새로운 묘사 방법이 바로 회화사에서 새로운 근대의 길을 연 것으로 평가받는다.

섬세하면서도 과감하고 방법적으로 실험적이면서도 비전에 차 있는 고야의 그림은, 뛰어난 예술가의 작품이 대개 그러하듯이, 이런저런 기이함과 모순, 병적 광기와 명료한 정신으로 뒤섞여 있다. 그리고 이 착잡한 세계상은 그 자체로 스페인적 열정의 어떤 원형적 표현으로 간주되기도 한다. 리온 포이히트방거(Lion Feuchtwanger, 1884~1958)의 『고야, 혹은 인식의 혹독한 길*Goya, oder Der arge Weg der Erkenntnis*』(1951, 이하 『고야』)은 바로 이런 고야의 예술적 삶을 묘사한 역사소설이다.

2. 포이히트방거—국민주의와 세계시민주의 사이에서

포이히트방거는 1884년 뮌헨에서 유대인 공장주의 아들로 태어났다. 그는 역사, 철학, 독일문헌학 등 여러 분야의 공부를 한 후 먼저 연극평론가로 활동하기 시작한다. 그 후 『추한 공작 부인 마르가레테 마울타시*Die häßliche Herzogin Margarete Maultasch*』(1923)와 『유대인 쥐스*Jud Süß*』(1925)로 세계적 명성을 얻는다. 그는 문학의 여러 장르 가운데 무엇보다도 역사소설의 대가로 알려져 있다. 그는 당대 현실의 여러 심각한 주제를 이전 시대의 역사적 장면이나 그 시대를 살아가는 어떤 예외적인 개인에게 투사(投射)하는 데 뛰어난 재능을 발휘했다. 이런 재능의 바탕은 역사적 사실의 세부에 대한 광범위한 지식이었고, 그는 그 지식을 소설 구성에서 능란하게 변용할 줄 알았다.

포이히트방거 문학의 중심에는 무엇보다 유대인의 문제, 즉 유대인의 삶과 그 역사의식이 있다. 그의 대부분의 작품은 비유대적인 세계에서 유대인으로 산다는 것의 어려움과 당혹 그리고 그 수수께끼를 묘사한다. 그러나 이때의 묘사는 단순히 유대인 일반에 대한 개별 유대인의 관계에 머무는 것이 아니라, 개별 유대인이 어떻게 유대적 차원을 넘어 인간 일반에 대한 보편적 관계에 이를 것인가라는, 말하자면 유대인과 비유대인, 개별과 전체 사이의 통합의 문제로까지 나아간다. 이것은 '요제푸스 3부작(Josephus Trilogie)'—『유대 전쟁*Der jüdische Krieg*』(1932), 『아들들*Die Söhne*』(1935), 『그날은 오리니*Der Tag wird kommen*』(1942)에서 유대인 역사가 요제푸스 플라비우스Josephus Flavius의 삶을 통해 국민(민족)주의와 세계시민주의의 상호관계를 다루는 데에서도 잘 나타난다.

포이히트방거의 삶은, 20세기 전반기의 많은 작가가 그러했듯이, 위기와 불안에 차 있었다. 그는 나치즘이 발흥하기 시작하던 1932년 무렵 세계시민주의를 지지한다고 천명한다. 그는 또 마르크시즘적 유물론뿐만 아니라 유대적 민족주의에도 반대한다. 그는 사회 발전과 보조를 맞추는 진보적 지식인의 이성적 역할을 굳게 믿었다.* 그는 그해 말 영국과 미국으로 강연 여행을 떠났지만, 1933년 초에 집권한 나치 정권은 그의 독일 귀환을 불허한다. 나치주의자들은 그를 가장 핵심적인 반나치주의자로 간주했기 때문이다. 그리하여 그의 책은 불태워지고, 집과 재산은 압수

---

* http://de.wikipedia.org/wiki/Lion_Feuchtwanger 참조.

된다. 뮌헨 대학은 그의 박사학위도 취소해버린다.

포이히트방거는 1936년 앙드레 지드와 함께 소비에트를 여행하고, 스탈린 정권을 미화하기도 한다. 그는 프랑스로 피신했고, 이 도피적 삶은 나치의 진군 앞에서 여자 옷차림으로 변장한 채 피레네 산맥과 리스본을 거쳐 미국으로 떠나는 것으로 계속된다. 그러나 그는 미국에서 시민권을 얻지 못한다. 그의 친스탈린적 태도 때문이었다. 그러나 포이히트방거가 소비에트 체제에 우호적이었던 더 큰 이유는, 여기에는 면밀한 주의가 필요한데, 1933년을 전후로 한 서구 열강의 반나치적 대응이 그리 분명하지 않았다는 데 있었다. 어떻든 그는 소비에트 정권과 분명한 거리를 두지 않았고, 바로 그 때문에, 양자택일을 강요하는 냉전 시대의 이념적 횡포에 자주 시달렸다. 종전 후 미국 당국의 이른바 매카시즘 선풍 아래 그가 온갖 검열과 감시를 당한 것도 이런 맥락에서였다. 그는 이 망명의 땅에서 동료 지식인들, 독일에서 추방된 아놀트 츠바이크A. Zweig나 브레히트, 하인리히 만이나 안나 제거스A. Seghers 등과 함께 나치의 야만성에 대항하여, 또 자유민주주의 체제의 정치적 단죄를 비판하며 싸웠다. 그의 집은 이런 반파시즘 운동의 결집 장소였다.

포이히트방거는 스스로 누구보다 극적인 삶을 살았으면서도, 단순히 공산주의에 매몰된 비현실적인 공상가가 아니었다. 그 역시, 동시대의 여느 작가들처럼, 몇 가지 과오를 피할 수 없었지만, 그럼에도 그의 반파시즘적 태도는 확고했다고 할 수 있다. 그는 이런저런 회의와 절망에도 불구하고 이성의 궁극적인 힘을 믿었다. 그런 점에서 그는 근대 계몽주의의 정신적 계보를 잇는다고 할 수 있다. 당대 현실은 더없이 억압적이고 나날의 일상은 생명을 위협할 만큼 불안정했지만, 그는 이 신산스러운 망명 시절에 다양한 장르의 작품들, 즉 소설과 연극, 문학비평과 신문 기사를 지속적으로 쓴다. 일곱 편에 달하는 장편소설은 25개국 이상의 언어로 번역되었다.

포이히트방거는 모든 것을 읽으려 했던 엄청난 독서가인 동시에 모든 책을 모으려 했던 놀라운 책 수집가이기도 했다. 그가 모은 책은 4만 권에 이른다. 하지만 그는 두 번이나 이 같은 도서관을 잃어야 했다. 독일을 떠나올 때 그는 베를린 도서관을 포기했고, 남프랑스 망명 시절에 만들었던 도서관은 미국행으로 다시 한 번 포기해야 했다. 그 뒤 그는 로스앤젤레스에서 세번째 도서관을 세웠다. 그는 글쓰기를 멈추지 않았다. 압도적 무기력과 실낱같은 희망 사이에서 실향민으로서의 그의 나날은 어떻게 이어졌을까?

포이히트방거의 감각은 예민했고, 그의 현실 인식은 시대의 크고 작은 사건을 직시하려 했다. 그는 무엇보다 이 진실을 '문학적으로' 탐색하고자 애썼다. 그때그때의 역사적 사건은 하나의 복잡다단한 총체로서 일거에 또 정확히 파악하기 어렵다. 그래서 그는 일정한 시간적 거리 속에서 좀더 편견 없이, 그리하여 더 높은 객관성 속에서 대상을 이해하고자 노력했다. 그의 관심을 시종일관 끌었던 것은 인간의 열정과 그 열정의 파국적 결과였고, 약점과 균열에 차 있는 역사적 국외자가 어떻게 상승과 몰락을 오가는가였다. 각 시대의 뛰어난 예술가들이란 대개 이런 국외자와 다르지 않기 때문이다. 고야 역시 그렇다고 할 수 있을 것이다.

3. "잔혹한 즉물성"

포이히트방거는 자료의 세부를 충실하게 조사했고, 그에 관한 생각을 노트했으며, 시대적 총체에 자신의 시적 상상력을 뒤섞어 잊을 수 없는 여러 인물을 탄생시켰다. 이런 면모가 잘 나타나는 것이 그의 후기작 『고야』다. 예술적으로도 뛰어나고 대중적으로도 상당한 성공을 거두었던 이 작품에 대한 구상은, 그가 아내 마르타와 루브르에서 본 고야의 에칭 판화에 열광한 이후, 이 화가의 거의 모든 작품이 소장된 프라도 박물관을 구경하기 위해 마드리드로 간 1926년 무렵부터 시작되었다고 전해진다.* 소설 『고야』는 고야가 왕립 태피스트리 공장에서 일하기 시작하는 마드리드 시절(1775년)부터 그의 말년(1810년 경)까지의 삶을 묘사한다. 1828년까지 이어진 그의 생애를 포이히트방거는 원래 소설의 2부로 계획했지만, 그리고 실제로 죽기 직전까지 속편을 구상했지만, 그러나 끝내 쓰지 못했다. 어떻든 『고야』에는 마드리드 궁정과 그 교외, 고야의 출생지 푸엔데토도스와 항구 카디스 그리고 파리 등 다양한 역사적 공간과 그 속에서 일어나는 각종 연회와 공연, 그리고 다양한 카니발과 투우 축제까지 온갖 행사와 인물과 그 심리에 대한 다채로운 해석이 들어 있다.

한편으로는 프랑스 왕실의 막강한 영향력 아래 놓인 스페인 왕실이 있고, 다른 한편으로는 이 왕실의 지배와 귀족의 주문에 기댄 채 살아가는 고야의 생활과 그 자의식이 있다. 고위 정치가와 귀족 계층을 포함하는 화가의 폭넓은 외적 관계가 묘사되는가 하면, 친구나 가족을 포함하는 보다 내밀한 관계도 서술된다. 이념적으로는 전통적 관습과 진보적 자유주의가 혼재하고, 사회정치적으로는 무능한 왕실과 억압적인 가톨릭 교회, 사치스러운 귀족 계층과 무지한 대중이 서로 교차하면서 어떻게 크고 작은 갈등과 폭력 그리고 불행을 야기하는지 파노라마적으로

* Gisela Lüttig, Nachbemerkung, Lion Feuchtwanger, *Goya, oder Der arge Weg der Erkenntnis*(1961), 2008, Berlin, S. 567.

서술된다. 이렇게 엮인 수많은 이야기의 실타래 가운데 그 중심은 물론 고야다. 고야는 나날의 생계 현실과 신분 상승에 대한 욕구, 예술적 목표와 사회정치적 조건 사이에서, 또 궁정화가로서의 의무와 사랑에 대한 갈망, 육체적 사랑과 영혼의 허기 사이에서 갖가지 자기모순을 겪으면서 조금씩 각성해간다. 알바 부인 카예타나와의 사랑은 그 좋은 예다.

알바 부인은 당시 스페인 왕실의 최고 귀족이었다. 알바 부인과 고야 사이에 전해 내려오는 연애 관계가 사실에 입각한 것인지는 불분명하다. 그녀는 고야 그림 가운데 가장 논쟁적인 작품인 「벌거벗은 마하」와 「옷을 입은 마하」의 모델로 알려져 있다. 그러나 이 두 마하의 실제 모델이 페피타 투도Pepita Tudo라는 설도 있다(투도는 총사령관이던 당대의 최고 실력자 고도이의 정부(情婦)이기도 했다). 어떻든 그녀는 모든 점에서 독특하고 개성적이다. 그녀의 오만한 언행에는 누구도 범접할 수 없는 어떤 자의식과 기품이 어려 있고, 그 우아한 몸짓에는 육체적 관능뿐만 아니라 악마적 요소도 들어 있다. 그리하여 이 불가해한 신비는 고야에게 예술적 영감의 에너지를 제공하면서도, 다른 한편으로 그의 경력을 파탄 낼 수도 있는 위험한 것으로 묘사된다. 실제로 그녀는, 소설 속에서 보자면, 고야의 아이를 죽게 만든 것으로 묘사된다.

알바 부인과의 이 밀고 당기는 애증의 교차 관계, 즉 육체적 욕망과 그 해소, 갈망과 실망의 사이클은 크고 작은 기대와 환멸 그리고 새로운 다짐을 계속 야기하면서 소설 전체의 긴장을 유지하는 주된 모티프로 작용한다. 그녀는 고야가 사랑한 유일한 여자이지만, 그가 발작 이후에 청력을 상실하고 급기야 광기로 빠져드는 데는 카예타나의 관능과 쾌락과 변덕이 자리한다. 그녀와의 이 착잡한 애증 속에서, 또 인간관계의 편재한 당혹감 속에서 고야는 무엇보다 자기 스스로 느끼는 일에 '거짓되지 않고자' 애쓴다. 감정의 진실성에 대한 이 같은 노력은 곧 사고의 진실성, 나아가 표현의 진실성으로 이어진다. 이 표현적 진실로 도달한 놀라운 성취의 한 예가 집단 초상화 「카를로스 4세의 가족」이다. 이 대목에서 작가는 이렇게 적는다.

프란시스코는 물론 '정치적으로' 그리겠다고 생각하지 않았기 때문이다. 그는 절대왕정의 진실을 믿었고, 품위로 채워진 유쾌한 군주와, 세상이라는 케이크에서 물리지 않는 식욕으로 엄청난 부분을 잘라 내 오는 도냐 마리아 루이사에 공감을 느꼈다. 하지만 스페인을 엄습한 난폭한 사건들과 망가진 배들, 약탈된 국보, 왕비의 허약함과 거만함, 민중의 비참…… 이 모든 것은, 고야가 그리는 동안, 원하든 원하지 않든, 그의 머릿속에 있었다. 그리고 그는 어떤 증오도 그리지 않았기 때문에, 제복과 훈장과 보석의 자부심 넘치는 휘광으로부터, 신에게 은총 받은 이 왕가의 모든 번쩍이는 부가물로부터, 이 왕가 구성원의 가련한 인간성은 있는 그대로의 잔혹한 즉물성을 가진 모든 사람들의 눈에 띄었다.

[……]

아구스틴이 쳐다보았다. 그 그림에는 13명의 부르봉 왕가 사람들이 들어 있었다. 거기에는 가엾은 얼굴에 대한 가차 없이 잔혹한 진리가 있었고, 이들이 물려받은 왕가에 대한, 마비시킬 만큼 마술적인 색채의 충일성이 있었다.*

* Lion Feuchtwanger, *Goya, oder Der arge Weg der Erkenntnis*(1961) 1998, 6. Aufl. Berlin, S. 302~304. 이 책의 414~17쪽.

「카를로스 4세의 가족」에서는 얼핏 보아 왕실의 권력과 영광에 대한 묘사가 두드러져 보인다. 이 점에만 주목한 왕실 사람들은 아무런 거리낌 없이 이 작품을 인정한다. 그러나 이 그림은 다른 한편으로, 그것이 온갖 훈장과 금은보화로 장식된 화려한 외관과 이 성원들의 무질서한 배치, 나아가 그 내적 불안까지 드러낸다는 점에서, 이 모든 영광에 대한 희화화가 아닐 수 없다. 회화의 진실성은 감정과 사고와 표현의 진실성을 통해 마침내 획득된다. 이 표현적 진실성을 포이히트방거는 "있는 그대로의 잔혹한 즉물성(nackte, brutale Sachlichkeit)"이라고 불렀다. 이것은, 그 뒤에서 지칭되듯이, "견고하고 잔혹한 진리(die harte, grausame Wahrheit)"이기도 하다. 이 잔혹한 진실성은 고야의 거의 모든 그림에 나타나지만, 국왕이나 왕비의 초상화에서 독특한 아이러니를 띠며 잘 드러난다. 이 엉뚱한 인정 덕분에 고야는 자신이 꿈꾸던 명성과 지위를, 그리고 결국에는 알바 부인과의 사랑까지 얻게 된다.

설명하기 힘든 삶의 모순은 고야의 애정 관계에서뿐만 아니라 작게는 그의 내면적 성향에서도 나타나고, 좀더 크게는 친구 관계나 궁정 생활에서도 나타나며, 궁극적으로는 그의 현실 인식이나 삶 자체에서도 확인된다. 삶의 불가해함은, 『고야』 전편을 통해 서술되듯이, '허깨비'나 '유령' 혹은 '괴물'로 암시된다고 할 수 있다. 판화집 「변덕」이나 「어리석음」은 이 허깨비 같은 삶에서의 심리적 상태 혹은 무지적 상황일 것이고, 말년의 「검은 그림」 연작은 그런 괴물 같은 삶에 대한 색채적·이미지적 비유가 될 것이다. 「변덕」 43번의 저 유명한 제목 '이성의 잠은 괴물을 낳는다'는 이런 맥락에서 이해될 수 있을 것이다.

삶의 괴물은, 우리가 정신을 놓는 한, 생활의 구석구석에서 도깨비처럼 달려든다. 「변덕」에 나오듯이, '박쥐 날개'나 '올빼미 눈빛'은 삶의 괴물이 지닌 그런 유령적 성격을 암시할 것이다. 삶에 어울리는 관형어란 '무시무시한'이거나 '불가사의한' 혹은 '몸서리칠 만한'이다. 그렇다면 우리가 배워야 할 것도 '이 무시무시하고 불가사의하며 몸서리칠 만한 것으로서의 삶 앞에서 무엇을 어떻게 할 것인가'가 될 것이다. 이런 맥락에서 보면, 고야와 카예타나의 사랑에서도 중요한 것은 고야가 이 여인과의 사랑 속에서, 또 시대와의 거친 대면 속에서 좌절과 환멸을 통해 정립하게 되는 그의 현실관이고 인간 이해다. 그가 일평생 겪은 많은 일들은, 그것이 친구 관계든 왕실과의 관계든 아니면 가족이나 연인 관계든, 결국 예술적 표현 속에서 하나로 수렴될 것이기 때문이다.

4. '다른 진실'의 혹독한 길

소설 『고야』에는 고야의 주요 작품에 대한 작가 포이히트방거의 자세한 논평이 여러 등장인물의 입을 빌려 펼쳐진다. 그 가운데 대표적인 예가 「카를로스 4세의 가족」과 「벌거벗은 마하」와 「옷을 입은 마하」 그리고 판화집 「변덕」이다. 이 가운데 작품 전체의 주제적 측면에서 아마도 가장 결정적인 역할을 하는 것은 「변덕」(1799)일 것이다. 이 그림들은 인간의 어리석음과 광기와 탐욕, 배운 자와 가진 자의 악덕 그리고 정치·종교적 맹신을 증언하는 놀라운 시대사적 기록물이다.

고야는 이 끔찍한 기록물을 통해 당시 스페인 사회를 짓누르던 심리적 불안과 제도적 미숙을 탁월하게 증거한다. 종교재판소의 '성스러운' 법정이 이 '선동적인' 작품을 단죄하는 것은 시간문제일 테지만, 그러나 고야의 예술은 성직자 계층의 폭력을 이겨낸다. 위대한 예술에는 '잔혹한 객관성'—벌거벗은 진실에 대한 의식적·무의식적 지향이 들어 있기 때문이다. 잔혹한 객관성의 정신이란 곧 진실을 향한 정신이다. 진실은 잔혹하다. 이 진실을 향한 정신 때문에 화가는 때때로 자신의 의식이나 의지마저 거스르기도 한다. 그는 자기가 원치 않아도, 또 하지 않고자 의식하고 있어도 결국 하게 된다. 아니 그렇게 하지 않을 수 없다. 그는 그 모든 외적 강령이나 지침이 아니라, 오직 자기 내면으로부터 우러나오는 목소리에 따르기 때문이다. 그의 그림은 이 불가항력적 표현 의지의 결과물이다.

고야는 오직 자기를 표현하기 위해 지금 여기에 있다. 그는 끊임없이 자기 자신에게 충실하고자 하고, 이 자기 충실에의 욕구를 그리고자 한다. 현존적 진실에 대한 이런 표현적 열망에는 드넓은 인정에 대한 사회적 갈구가 있다. 그리하여 예술가의 주관주의는, 바로 이 표현적 진실의 변증법에 힘입어, 시대적 삶에 대한 객관적인 증언으로 변모한다. 고야가 때때로 자신의 의지와는 다르게, 자기 스스로 원하지 않아도 그 진실을 향해 달려가고 있는 자신을 발견하는 것은 그 때문이다. 그는 초창기의 멋 부리던 궁정화가로부터 벗어나 사회정치적 의식으로 무장된 화가로 차츰 변모해간다. 그는 종교재판소로부터 두 번이나 소환됨에도 불구하고 삶의 마귀들을 결국 캔버스 위로 옮기게 된다. 사랑의 환상과 현실의 환멸보다 오래가는 것은 예술의 진실이다. 예술의 진리는 모든 정치적 의도를 넘어, 또 예술가 자신의 의식과 무의식조차 꿰뚫으면서 솟구치는 어떤 온당함에 대한 목소리가 아닐 수 없다.

어느 시대 어떤 현실이든, 그 현실에서 사는 인간의 삶과 마찬가지로, 간단할 수 없다. 그것은 서로 어긋나는 여러 면모들의 시시각각 변화하는 총합적 체계이고 그 혼란스러운 산물이다. 예술은 그 복잡다기한 현실을 모순된 혼란으로부터 꺼내어 어떤 새로운 차원—통일된 형상의 차원으로 옮겨놓는다. 이 형상의 차원이란 어떤 질서의 차원이고, 그래서 형식화된 의미의 상태에 가깝다. 예술은 삶의 혼란에 질서를 부여하는 활동—의미부여적 형상화 활동이다.

고야는 왕실 귀족을 그렸듯이 거지와 정신병자도 그렸고, 카니발과 심문 장면을 그렸듯이 환상 속에 떠오르는 온갖 유령도 그렸다. 그의 그림은 이 중층적 현실과의 여러 모순된 경험 그리고 그 착잡한 인간 이해로부터 점차적으로 결정화(結晶化)된 기록물이라고 해야 할 것이다. 이 같은 예술적 진실을 얻기 위해 그가 지불했던 것은 귀먹음과 고독이었다. 그렇듯이 소설 『고야』 또한, 이것이 고야 그림의 개인적/실존적이면서 동시에 사회적/시대적 차원에 대한 이중적 탐색인 한, 그의 주요 그림이 어떻게 생겨나게 되었는가에 대한 면밀한 탐색이라고 할 수 있다. 그것은 고야 회화의 발생사에 대한 생동감 넘치는 해석적 재구성이다. 이 해석의 핵심에는 하나의 통찰—위대한 예술작품은 오직 인간과 그 삶을 제대로 '인식'하기 위한 '혹독한 길'에서만 마침내 빚어질 수 있다는 통찰이 들어 있다.

이 대목에서 언급해야 할 한 가지 사실은 포이히트방거의 서술 방식이다. 그의 언어는 대체로 짧고 매우 명료하다. 장식이나 수사가 최대한 절제되어 있고, 그 때문에 그의 언어는 건조하게 느껴지기도 한다. 그러나 그의 언어가 지닌 객관성은 바로 이 무미건조한 문체에서 올 것이다. 그는 세상을 변화시키는 유일한 방식이란 제대로 설명하는 데 있다고 보았다. 그는 잘 설명하기 위해 쉼 없이 읽었다. "나는 아주 즐거이 읽고, 매우 많이, 매우 철저히, 그리고 매우 천천히 읽는다." 이렇게 읽은 것에 조사한 자료를 더하고, 시적 환상과 이념을 덧붙여서 그로부터 결코 잊을 수 없는 인물이 생겨나도록 그는 무진 애를 썼다. '고야'나 '카예타나'는 그런 인물일 것이다.

포이히트방거가 고야에 집중한 것은, 1961년 판 『고야』에 후기를 적었던 프리스F. R. Fries가 지적했듯이, "파시즘의 밤에 대한, 매카시 시대의 미국에 대한, 그리고 종교재판적 검열을 통해 예술을 마음대로 조종하는 일에 대한, 그리고 이성과 계몽의 (잠시의?) 철폐에 대한 하나의 특별한 답변"이었다.* 이 위태롭던 시기에 미국에 있던 많은 정치인이나 지식인은 자주 소환되어 심문받거나 추방되었다. 포이히트방거는 소비에트에 관한 이전의 출판물이나 좌파 작가와의 친교 때문에 큰 어려움을 겪어야 했다. 그를 '역사소설의 대가'라고 불렀던 브레히트도 마찬가지로 시달렸지만, 토마스 만은 이런 이데올로기적 공세 앞에서 결국 스위스로 이주한다.

포이히트방거는, 마치 고야가 300년 전에 귀먹은 상태로 과거의 영광과 동시대의 비참을 회화적 작업 속에서 느꼈을 것이듯이, 지나간 시대의 현재적 의미를 소설에 기록했을 것이다. 이것은 역사적 인물과 사건과 문화에 대한 깊은 공감과 연민 그리고 향유의 충동 없이 불가능하다. 그리하여 고야가 걸었던 '인식의 혹독한 길'은 곧 포이히트방거의 경로이기도 했을 것이다. 고야의 시대와 포이히트방거의 시대는, 마치 중세적 몽매에 포박된 스페인 궁정 사회와 피레네 산맥 이북의 프랑스로부터 불어오는 근대의 바람이 접해 있듯이, 서로 겹쳐 있는 것이다. 그러니까 하나의 예술적 세계를 만든다는 것은, 지나간 시대를 오늘의 감각으로 최대한 충실하게 '다시 살펴보려는', 그리하여 자신의 시대를 '새롭게 살아

---

* Fritz Rudolf Fries, Nachwort, in) Lion Feuchtwanger, *Goya, oder Der arge Weg der Erkenntnis*(1961) 1998, a. a. O., S. 588.

보려는' 삶의 감정 이외에 다른 것이 아니다. 그는 이 생활감정으로 역사로부터 '불'을 끄집어내려 했다. 포이히트방거는 썼다. "우리는 과거로부터 재가 아니라, 불을 끄집어내길 원한다."

고야가 예술의 진실을 추구하면서 사랑을 잃고 귀까지 먹게 되었듯이, 포이히트방거 역시 소설 『고야』 때문에 갖가지 비난과 오해에 시달리게 되었지만, 그러나 작품 『고야』는 18~19세기 고야의 당대 현실뿐만 아니라 20~21세기 오늘의 시대에 대한 거대한 성찰적 벽화다. 두 예술작품은, 그것이 고야의 그림이든 포이히트방거의 『고야』이든, 단순히 지나간 시대의 억압적 정치 질서나 잔혹한 종교 정책에 대한 고발일 뿐만 아니라, 어느 시대에나 있기 마련인 인간의 허영과 어리석음 그리고 사회정치적 부자유에 대한 놀라운 안티테제라고 해야 할 것이다. 소설 『고야』가 오늘날까지도 신선한 긴장과 열도(熱度)를 잃지 않은 것은 그 때문일 것이다.

삶이 보이는, 또는 보이지 않는 자기모순과 역설에 차 있고, 그 때문에 그 착잡함이란 때때로 진실을 포기하고 싶을 정도로 집요하지만, 그럼에도 그 혹독한 진실의 길을 포기하지 않는 것은, 아니 포기할 수 없는 것은 삶의 진전을, 그리하여 역사와 문화의 성숙을 우리가 믿는 까닭일 것이다. 또 그렇게 믿는 한, 우리는 포이히트방거적 의미의 교육적·계몽적 선의를 외면할 수 없다. 진실의 혹독한 길은, 프리스가 옳게 지적했듯이, "작가의 교육적이고 계몽적인 의도 속에서 독자의 길이어야 한다."* 우리가 지나간 삶에서 '재'가 아니라 '불'을 피워내려는 이유는 진리가 불가능하게 보이는 삶의 순간에도 악으로 치닫지 않기 위해서, 그리

---

* 앞의 책, 587쪽.

하여 진실의 또 다른 가능성을 떠올리기 위해서다. 책을 읽는 이유도 그렇다. 우리가 책을 읽는 것은 지나간 시간 속에서 퇴행의 재를 확인하기 위해서가 아니라 갱생의 불을 지펴내기 위해서다.

번역 텍스트로 Lion Feuchtwanger, *Goya, oder Der arge Weg der Erkenntnis(1961)*, 1998, 6. Aufl. Berlin을 사용했고, 때로는 영어 번역판 Lion Feuchtwanger, *Goya, or The Tortuous Road to Understanding*(translated by H. T. Lowe-Porter and F. Fawcett, 2013)도 참조했다. 영어판에는 본문의 상당 부분이 생략되어 있다.

이 책 『고야』는 한국어 초역(初譯)이다. 리온 포이히트방거의 작품은 아직 한국에 소개된 적이 없다. 내가 가지고 있는 1998년 판 『고야』의 앞장에는 이렇게 적혀 있다.

"이 책을, 기회가 주어진다면, 번역하고 싶다. 그런 후 '고야의 꿈'이라는 제목으로 30~50쪽의 글을 쓸 것이다. 1999년 7월 26일."

포이히트방거의 『고야』를 나는, 독일에서 학위 논문 심사와 구술시험이 끝난 후 귀국을 한 달쯤 앞두고 있을 무렵, 어느 헌책방에서 우연히 발견했다. 그 당시 나는 도서관에서 책을 읽다가 머리가 어지러우면 잠시 나와 프랑크푸르트 시내의 이런저런 골목을 산책 삼아 돌아다니곤 했다. 그 때 이후 약 19년이라는 시간이 지난 이제야 이 책을 번역해 세상에 내놓는다.

이 책의 번역은 서너 해 전에 마쳤다. 2013년 일 년 내내 나는 매주 3, 4일, 하루에 두세 시간씩 『고야』를 번역해 그해 말에 초고를 완성했고, 그 뒤 두세 차례 퇴고했다. 이 번역에 몰두하던 2, 3년 동안 나는, 내가 탐독했던 책에서 대개 그러하였듯이, 행복했다. 때로는 시간을 잊은 채 고야를 만났고, 그의 삶과 예술과 사랑을 떠올렸으며, 그가 체험했던 유령 같은 현실과 그가 느낀 자기모순에 공감하기도 했다. 그러면서 이런저런 생각에 사무칠 때면 가끔 그의 화집을 다시 꺼내 들춰보기도 했다. 2014년 네이버 강연에서 "예술 경험과 '좋은' 삶"이라는 제목으로 고야의 판화집 「변덕」을 다룬 것도 그러한 맥락에서다(http://openlectures.naver.com/contents?contentsId=48447&rid=246&lectureType=lecture).

고야가 여든두 살에 죽기 전에 그린 한 소묘의 제목은 「아운 아프렌도Aun Aprendo」—'아직도 배운다'였다. 이 말을 나는 오랫동안 마치 주문(呪文)처럼 중얼거리곤 했다. 나는 배우며 살 것이고, 배우며 사랑하고 견뎌낼 것이고, 또 배우며 죽을 것이다.

좋은 책의 번역을 지원해주신 대산문화재단에 감사드린다.

적잖은 원고의 편집·교정의 책임을 떠맡아주신 문학과지성사 편집부 김은주 씨께 깊이 감사드린다. 또 번역 원고 전체를 꼼꼼히 읽고 확인해주신 김정선 씨의 수고도 빠뜨릴 수가 없다. 이분들의 크고 작은 도움 덕분에 내 번역의 실수와 부정확한 문장을 많이 덜어낼 수 있었다.

포이히트방거의 이 소설은 위대한 화가 고야나 근대 스페인의 사회 정치적 현실에 관심을 가진 독자뿐만 아니라, 예술의 근대성이 무엇인지, 예술은 과연 무엇을 표현하고 또 표현해야 하는지를 고민하는 이들에게 하나의 좋은 성찰적 사례가 되리라고 나는 생각한다.

2018년 2월 문광훈

작가 연보

1884 7월 7일 독일 뮌헨에서 출생. 유대교 정통주의자인 마가린 제조업자 지크문트 아론 마이어 포이히트방거와 그의 아내 요한나 사이에서 아홉 형제자매 가운데 첫째로 태어남.

1890 여섯 살 때 상트안나Sankt Anna에 있는 초등학교와 뮌헨에 있는 빌헬름 김나지움에서 공부함. 이 시절의 교육에 대해 그는 "보수적이고 애국주의적이며, 현실 생활과는 별 관계가 없었다"고 회고함. 학교 수업 이외에 새벽 5시에 시작해 1시간 동안 과외교사의 지도 아래 히브리어 성경과 탈무드를 공부함.

1903 뮌헨과 베를린의 대학에서 역사와 철학, 독문학 전공. 이 무렵부터 이미 부모 집으로부터 떨어지기 시작. 두 편의 소묘집인 『외로운 사람들*Die Einsamen*』 출간.

1905 두 편의 단막극 「사울 왕Der König Saul」과 「힐데 여왕Prinzessin Hilde」이 뮌헨의 민중극단(Volkstheater)에서 초연.

1907 하인리히 하이네의 단편 「바허라흐의 랍비Der Rabbi von Bacherach」에 대한 논문으로 박사학위 취득. '교수자격논문'을 쓰려 했으나 유대인에 대한 자격 제한 때문에 포기. 희곡 「물신(物神, Fetisch)」 집필.

1908 문화 잡지 『슈피겔*Spiegel*』을 창간했으나 재정적 이유로 6개월 뒤 또 다른 잡지인 『연극 무대*Schaubühne*』에 통합됨. 그 후 『연극무대』에 글을 기고. 나중에 『연극 무대』는 『세계 무대*Weltbühne*』로 바뀜.

1910 소설 『흙으로 된 신*Der tönerne Gott*』 출간.

1912 마르타 뢰플러Marta Löffler(1891년 생)와 결혼. 이들의 유일한 딸은 출산 직후 사망.

1912~14 남유럽과 북아프리카 여행. 제1차 세계대전 발발로 튀니스에서 감금되었으나 뮌헨으로 탈출. 잠시 보충병으로 소집되었으나 건강 문제로 제대.

1916 그리스와 인도의 작품을 각색한 희곡 『워렌 해스팅스 인도 총독*Warren Hastings. Gouverneur von Indien*』 출간.

1917 희곡 「유대인 쥐스Jud Süß」를 뮌헨의 샤우스필하우스에서 초연.

1918 브레히트와 처음 만나 그의 재능을 발견하고, 평생 이어질 우정을 맺음.

1919 희곡 『전쟁 포로*Die Kriegsgefangenen*』 출간.

1920 연극적 소설 『토마스 벤트*Thomas Wendt*』, 희곡 『홀란드의 상인*Der holländische Kaufmann*』 『미국인 또는 마법에서 벗어난 도시*Der Amerikaner oder Die entzauberte Stadt*』 출간. 희곡 작가로 어느 정도 성공한 뒤에는 '역사소설'에 매진.

1922 「유대인 쥐스」의 대한 소설판을 완성했으나(1921/22년, 1925년 출간) 출판사를 구하지 못함.

1923 소설 『추한 공작부인 마르가레테 마울타시*Die häßliche Herzogin Margarete Maultasch*』 출간으로 두번째로 커다란 성공을 거둠.

1924 르네상스 시대에 이미 영국 근대극의 역사를 연 극작가 말로(Ch. Marlowe, 1564~1593)의 작품 『영국 에드워드 2세의 삶*Leben Eduards des Zweiten von England*』을 브레히트와 같이 각색.

1925 『유대인 쥐스』가 출간 후 곧바로 국제적 베스트셀러가 됨. 「워렌 해스팅스. 인도 총독」을 '캘커타 5월 4일Kalkutta 4. Mai'이라는 새로운 제목으로 브레히트와 함께 각색. 베를린으로 이사.

1926 프랑스, 스페인 여행.

1927 『세 개의 앵글로색슨 작품: 석유섬 · 캘커타 5월 4일 · 힐은 사면되는가?*Drei angelsächsische Stücke: Die Petroleuminseln · Kalkutta 4. Mai · Wird Hill amnestiert?*』 출간. 영국 여행.

1928 풍자적 서정시인 『페프 J. L. 웨트취크Wetcheek의 미국 노래집*Pep. J. L. Wetcheeks amerikanisches Liederbuch*』 출간.

1930 소설 『성공. 어느 지방의 3년 이야기*Erfolg. Drei Jahre Geschichte einer Provinz*』 출간.

1931~32 '요제푸스 3부작'의 첫번째에 해당하는 소설 『유대 전쟁*Der Jüdische Krieg*』과 소설 『아들들*Die Söhne*』 집필('요제푸스'는 유대의 역사가이자 장군인 요제푸스 플라비우스Josephus Flavius이다). 이 무렵 포이히트방거는 세계시민주의를 지지했고, 유대 민족주의를 반대함. 또한 마르크시즘적 역사유물론도 반대함. 그는 사회적 발전의 길을 준비하는 진보적 지식인에 대해 관심을 가졌으며 1920년대에 이미 히틀러와 독일 나치당(NDSDAP)의 위험을 간파했다(위키피디아 독일어판 참조).

1932 11월에 강연차 영국과 미국으로 여행을 떠났으나, 1933년 1월 나치가 집권하며 나치주의자들이 주적(主敵)으로 삼은 지식인이었던 그는 독일 귀국이 좌절됨. 그의 책은 1933년에 소각됨. 히틀러 집권 초기에 독일어권 망명자들의 중심지였던 남부 프랑스의 사나리-쉬르-메르Sanary-sur-mer에 거주했으나 책이 많이 판매된 덕분에 망명지에서의 생활도 그리 나쁘지 않았음. 소설 『오퍼만의 자매들*Die Geschwister von Oppermann*』 출간.

1935 파리에서 열린 문화옹호국제회의에 참석. 이 무렵 그는 서구 민주주의 국가들이 나치 정권에 결연하게 대항해야 함에도 그렇게 하지 않아 실망하고, 그 반작용으로 소련에 희망을 걸게 됨.

1936 소설 『가짜 네로*Der falsche Nero*』 출간. 12월 모스크바 여행. 이후 몇 년간 소련 측 정보원에 의해 이용되었다고 할 수 있음.

1937 스탈린을 만나 대담을 나눔. 그러나 체제 비판적이었던 파스테르나크B. Pasternak를 만나지는 못함. 포이히트방거는 모스크바 공개재판에 비판적이었지만, 그런 보도로 소련의 힘이 약화되어선 안 된다고 보았기 때문에 자신의 언급이 서구 언론에 보도되지 않도록 소련 측에 확약함. 나중에 그는 모스크바 공개재판을 옹호하는 글을 쓰고, 소련에 비판적이었던 지드A. Gide를 공격함.

러시아어판 포이히트방거 전집이 20만 부 발행되자, 나치 집권으로 망명길에 올랐던 츠바이크S. Zweig와 베르펠F. Werfel이 이 전집 출간을 격렬하게 비판. 2월에 사나리로 돌아옴. 『모스크바 1937년. 내 친구들을 위한 여행 보고서*Moskau 1937. Ein Reisebericht für meine Freunde*』 출간.

1940 소설 『망명*Exil*』 출간. 5월 독일군이 프랑스로 진격하자 프랑스에 살던 다른 지식인들처럼 포이히트방거도 '원치 않는 이방인(étranger indésirable)'으로 레미유Les Milles 포로수용소에 감금됨. 그 후 마르세유에 있는 미국영사관 직원의 도움을 받아 여자로 위장한 채 뉴욕으로 탈출. 체험 기록물 『프랑스의 악마*Der Teufel in Frankreich*』 출간.

1941 로스앤젤레스에 집을 구하고, 죽을 때까지 캘리포니아에 거주. 책 판매뿐만 아니라 영화 저작권에 의한 수입도 늘어 여유 있는 삶을 영위함. 브레히트도 캘리포니아에 정착.

1942 브레히트와 함께 『시몬 마샤드의 환상*Die Gesichte der Simone Marchard*』

집필. 소설 『그날은 오리니*Der Tag wird kommen*』 영어판 출간.

1943 소설 『라우텐작 형제*Die Brüder Lautensack*』 출간. 할리우드에 있는 퍼시픽 팰리사드pacific Palisade로 이사.

1944 뉴욕에서 출판사 오로라Aurora 설립.

1945 제2차 세계대전 후 '좌파 지식인'으로서 미국 당국에 의해 감시받음. 소설 『시몬*Simone*』 출간. 소설 『그날은 오리니』 독일어로 출간.

1947 희곡 「광기 혹은 보스턴의 악마Wahn oder Der Teufel von Boston」 집필. 이것은 아서 밀러A. Miller의 「마녀사냥Hexenjagd/The Crucible」(1953)이 나오기 6년 전이었다. 『미국을 위한 무기*Waffen für Amerika*』 출간. 이 작품은 나중에 『바인베르크의 여우들*Die Füchse im Weinberg*』(소설)이라는 제목으로 출간.

1951 소설 『고야, 혹은 인식의 혹독한 길』 출간.

1952 소설 『바보들의 지혜 혹은 장 자크 루소의 죽음과 변용*Narrenweisheit oder Tod und Verklärung des Jean-Jacques Rousseau*』 출간.

1953 프랑스와 미국에서 떠돌아다니는 동안 출간한 작품들 덕분에 '망명문학'의 위대한 작가로 간주되고, 동독의 국가상을 수상함. 반(反)파시스트주의자로서, 또 공산주의에 대한 옹호적 입장 때문에 동독에서 존경받음.

1955 소설 『톨레도의 유대인 여자*Die Jüdin von Toledo*』 출간.

1957 소설 『예프타와 그의 딸*Jefta und seine Tochter*』 출간. 뮌헨 시 문화상 수상. 위암 투병.

1957~58 에세이 『데스데모나의 집*Das Haus der Desdemona*』 집필. 그 일부가 1961년에 출간됨.

1958 12월 여러 차례의 수술 끝에 로스앤젤레스 병원에서 위출혈로 사망. 산타모니카에 묻힘.

'대산세계문학총서'를 펴내며

2010년 12월 대산세계문학총서는 100권의 발간 권수를 기록하게 되었습니다. 대산세계문학총서의 발간은 앞으로도 계속될 것이고, 따라서 100이라는 숫자는 완결이 아니라 연결의 의미를 지니는 것이지만, 그 상징성을 깊이 음미하면서 발전적 전환을 모색해야 하는 계기가 된 것은 분명합니다.

대산세계문학총서를 처음 시작할 때의 기본적인 정신과 목표는 종래의 세계문학전집의 낡은 틀을 깨고 우리의 주체적인 관점과 능력을 바탕으로 세계문학의 외연을 넓힌다는 것, 이를 통해 세계문학을 바라보는 우리의 시각을 전환하고 이해를 깊이 해나갈 수 있도록 한다는 것이었다고 간추려 말할 수 있습니다. 그리고 궁극적으로는 우리의 인문학을 지속적으로 발전시켜나갈 수 있는 동력이 될 수 있기를 희망하는 것이었습니다. 이러한 기본 정신은 앞으로도 조금도 흩트리지 않고 지켜나갈 것입니다.

이 같은 정신을 토대로 대산세계문학총서는 새로운 변화의 물결 또한 외면하지 않고 적극 대응하고자 합니다. 세계화라는 바깥으로부터의 충격과 대한민국의 성장에 힘입은 주체적 위상 강화는 문화나 문학의 분야에서도 많은 성찰과 이를 바탕으로 한 발상의 전환을 요구하고 있습니다. 이제 세계문학이란 더 이상 일방적인 학습과 수용의 대상이 아니라 동등한 대화와 교류의 상대입니다. 이런 점에서 대산세계문학총서가 새롭게 표방하고자 하는 개방성과 대화성은 수동적 수용이 아니라 보다 높은 수준의 문화적 주체성 수립을 지향하는 것이며, 이것이 궁극적으로 한국문학과 문화의 세계화에 이바지하게 되리라고 믿습니다.

또한 안팎에서 밀려오는 변화의 물결에 감춰진 위험에 대해서도 우리는 주의를 게을리하지 말아야 할 것입니다. 표면적인 풍요와 번영의 이면에는 여전히, 아니 이제까지보다 더 위협적인 인간 정신의 황폐화라는 그늘이 짙게 드리워져 있는 것이 사실입니다. 대산세계문학총서는 이에 대항하는 정신의 마르지 않는 샘이 되고자 합니다.

'대산세계문학총서' 기획위원회

대산세계문학총서

001–002 소설 **트리스트럼 샌디(전 2권)** 로렌스 스턴 지음 | 홍경숙 옮김

003 시 **노래의 책** 하인리히 하이네 지음 | 김재혁 옮김

004–005 소설 **페리키요 사르니엔토(전 2권)**
호세 호아킨 페르난데스 데 리사르디 지음 | 김현철 옮김

006 시 **알코올** 기욤 아폴리네르 지음 | 이규현 옮김

007 소설 **그들의 눈은 신을 보고 있었다** 조라 닐 허스턴 지음 | 이시영 옮김

008 소설 **행인** 나쓰메 소세키 지음 | 유숙자 옮김

009 희곡 **타오르는 어둠 속에서/어느 계단의 이야기**
안토니오 부에로 바예호 지음 | 김보영 옮김

010–011 소설 **오블로모프(전 2권)** I. A. 곤차로프 지음 | 최윤락 옮김

012–013 소설 **코린나: 이탈리아 이야기(전 2권)** 마담 드 스탈 지음 | 권유현 옮김

014 희곡 **탬벌레인 대왕/몰타의 유대인/파우스투스 박사**
크리스토퍼 말로 지음 | 강석주 옮김

015 소설 **러시아 인형** 아돌포 비오이 까사레스 지음 | 안영옥 옮김

016 소설 **문장** 요코미쓰 리이치 지음 | 이양 옮김

017 소설 **안톤 라이저** 칼 필립 모리츠 지음 | 장희권 옮김

018 시 **악의 꽃** 샤를 보들레르 지음 | 윤영애 옮김

019 시 **로만체로** 하인리히 하이네 지음 | 김재혁 옮김

020 소설 **사랑과 교육** 미겔 데 우나무노 지음 | 남진희 옮김

021–030 소설 **서유기(전 10권)** 오승은 지음 | 임홍빈 옮김

031 소설 **변경** 미셸 뷔토르 지음 | 권은미 옮김

032–033 소설 **약혼자들(전 2권)** 알레산드로 만초니 지음 | 김효정 옮김

034 소설 **보헤미아의 숲/숲 속의 오솔길** 아달베르트 슈티프터 지음 | 권영경 옮김

035 소설 **가르강튀아/팡타그뤼엘** 프랑수아 라블레 지음 | 유석호 옮김

036 소설 **사탄의 태양 아래** 조르주 베르나노스 지음 | 윤진 옮김

037 시 **시집** 스테판 말라르메 지음 | 황현산 옮김

038 시 **도연명 전집** 도연명 지음 | 이치수 역주

039 소설 **드리나 강의 다리** 이보 안드리치 지음 | 김지향 옮김

040 시 **한밤의 가수** 베이다오 지음 | 배도임 옮김

041 소설 **독사를 죽였어야 했는데** 야샤르 케말 지음 | 오은경 옮김

042 희곡 **볼포네, 또는 여우** 벤 존슨 지음 | 임이연 옮김

043 소설 **백마의 기사** 테오도어 슈토름 지음 | 박경희 옮김

044 소설 **경성지련** 장아이링 지음 | 김순진 옮김

045 소설 **첫번째 향로** 장아이링 지음 | 김순진 옮김

046 소설 **끄르일로프 우화집** 이반 끄르일로프 지음 | 정막래 옮김

047 시 **이백 오칠언절구** 이백 지음 | 황선재 역주

048 소설 **페테르부르크** 안드레이 벨르이 지음 | 이현숙 옮김

049 소설 **발칸의 전설** 요르단 욥코프 지음 | 신윤곤 옮김

050 소설 **블라이드데일 로맨스** 나사니엘 호손 지음 | 김지원 · 한혜경 옮김

051 희곡 **보헤미아의 빛** 라몬 델 바예–인클란 지음 | 김선욱 옮김

052 시 **서동 시집** 요한 볼프강 폰 괴테 지음 | 안문영 외 옮김

053 소설 **비밀요원** 조지프 콘래드 지음 | 왕은철 옮김

054–055 소설 **헤이케 이야기(전 2권)** 지은이 미상 | 오찬욱 옮김

056 소설 **몽골의 설화** 데. 체렌소드놈 편저 | 이안나 옮김

057 소설 **암초** 이디스 워튼 지음 | 손영미 옮김

058 소설 **수전노** 알 자히드 지음 | 김정아 옮김

059 소설 **거꾸로** 조리스–카를 위스망스 지음 | 유진현 옮김

060 소설 **페피타 히메네스** 후안 발레라 지음 | 박종욱 옮김

061 시 **납** 제오르제 바코비아 지음 | 김정환 옮김

062 시 **끝과 시작** 비스와바 쉼보르스카 지음 | 최성은 옮김

063 소설 **과학의 나무** 피오 바로하 지음 | 조구호 옮김

064 소설 **밀회의 집** 알랭 로브–그리예 지음 | 임혜숙 옮김

065 소설 **붉은 수수밭** 모옌 지음 | 심혜영 옮김

066 소설 **아서의 섬** 엘사 모란테 지음 | 천지은 옮김

067 시 **소동파사선** 소동파 지음 | 조규백 역주

068 소설 **위험한 관계** 쇼데를로 드 라클로 지음 | 윤진 옮김

069 소설 **거장과 마르가리타** 미하일 불가코프 지음 | 김혜란 옮김

070 소설 **우게쓰 이야기** 우에다 아키나리 지음 | 이한창 옮김

071 소설 **별과 사랑** 엘레나 포니아토프스카 지음 | 추인숙 옮김

072-073 소설 **불의 산(전 2권)** 쓰시마 유코 지음 | 이송희 옮김

074 소설 **인생의 첫출발** 오노레 드 발자크 지음 | 선영아 옮김

075 소설 **몰로이** 사뮈엘 베케트 지음 | 김경의 옮김

076 시 **미오 시드의 노래** 지은이 미상 | 정동섭 옮김

077 희곡 **셰익스피어 로맨스 희곡 전집** 윌리엄 셰익스피어 지음 | 이상섭 옮김

078 희곡 **돈 카를로스** 프리드리히 폰 실러 지음 | 장상용 옮김

079-080 소설 **파멜라(전 2권)** 새뮤얼 리처드슨 지음 | 장은명 옮김

081 시 **이십억 광년의 고독** 다니카와 슌타로 지음 | 김응교 옮김

082 소설 **잔지바르 또는 마지막 이유** 알프레트 안더쉬 지음 | 강여규 옮김

083 소설 **에피 브리스트** 테오도르 폰타네 지음 | 김영주 옮김

084 소설 **악에 관한 세 편의 대화** 블라디미르 솔로비요프 지음 | 박종소 옮김

085-086 소설 **새로운 인생(전 2권)** 잉고 슐체 지음 | 노선정 옮김

087 소설 **그것이 어떻게 빛나는지** 토마스 브루시히 지음 | 문항심 옮김

088-089 산문 **한유문집-창려문초(전 2권)** 한유 지음 | 이주해 옮김

090 시 **서곡** 윌리엄 워즈워스 지음 | 김숭희 옮김

091 소설 **어떤 여자** 아리시마 다케오 지음 | 김옥희 옮김

092 시 **가윈 경과 녹색기사** 지은이 미상 | 이동일 옮김

093 산문 **어린 시절** 나탈리 사로트 지음 | 권수경 옮김

094 소설 **골로블료프가의 사람들** 미하일 살티코프 셰드린 지음 | 김원한 옮김

095 소설 **결투** 알렉산드르 쿠프린 지음 | 이기주 옮김

096 소설 **결혼식 전날 생긴 일** 네우송 호드리게스 지음 | 오진영 옮김

097 소설 **장벽을 뛰어넘는 사람** 페터 슈나이더 지음 | 김연신 옮김

098 소설 **에두아르트의 귀향** 페터 슈나이더 지음 | 김연신 옮김

099 소설 **옛날 옛적에 한 나라가 있었지** 두샨 코바체비치 지음 | 김상헌 옮김

100 소설 **나는 고故 마티아 파스칼이오** 루이지 피란델로 지음 | 이윤희 옮김

101 소설 **따니아오 호수 이야기** 왕정치 지음 | 박정원 옮김

102 시 **송사삼백수** 주조모 엮음 | 이동향 역주

103 시 **문턱 너머 저편** 에이드리언 리치 지음 | 한지희 옮김

104 소설 **충효공원** 천잉전 지음 | 주재희 옮김

105 희곡 **유디트/헤롯과 마리암네** 프리드리히 헤벨 지음 | 김영목 옮김

106 시 **이스탄불을 듣는다**
오르한 웰리 카늑 지음 | 술탄 훼라 아크프나르 여 · 이현석 옮김

107 소설 **화산 아래서** 맬컴 라우리 지음 | 권수미 옮김

108–109 소설 **경화연**(전 2권) 이여진 지음 | 문현선 옮김

110 소설 **예피판의 갑문** 안드레이 플라토노프 지음 | 김철균 옮김

111 희곡 **가장 중요한 것** 니콜라이 예브레이노프 지음 | 안지영 옮김

112 소설 **파울리나 1880** 피에르 장 주브 지음 | 윤 진 옮김

113 소설 **위폐범들** 앙드레 지드 지음 | 권은미 옮김

114–115 소설 **업둥이 톰 존스 이야기**(전 2권) 헨리 필딩 지음 | 김일영 옮김

116 소설 **초조한 마음** 슈테판 츠바이크 지음 | 이유정 옮김

117 소설 **악마 같은 여인들** 쥘 바르베 도르비이 지음 | 고봉만 옮김

118 소설 **경본통속소설** 지은이 미상 | 문성재 옮김

119 소설 **번역사** 레일라 아부렐라 지음 | 이윤재 옮김

120 소설 **남과 북** 엘리자베스 개스켈 지음 | 이미경 옮김

121 소설 **대리석 절벽 위에서** 에른스트 윙거 지음 | 노선정 옮김

122 소설 **죽은 자들의 백과전서** 다닐로 키슈 지음 | 조준래 옮김

123 시 **나의 방랑—랭보 시집** 아르튀르 랭보 지음 | 한대균 옮김

124 소설 **슈톨츠** 파울 니종 지음 | 황승환 옮김

125 소설 **휴식의 정원** 바진 지음 | 차현경 옮김

126 소설 **굶주린 길** 벤 오크리 지음 | 장재영 옮김

127–128 소설 **비스와스 씨를 위한 집**(전 2권) V. S. 나이폴 지음 | 손나경 옮김

129 소설 **새하얀 마음** 하비에르 마리아스 지음 | 김상유 옮김

130 산문 **루테치아** 하인리히 하이네 지음 | 김수용 옮김

131 소설 **열병** 르 클레지오 지음 | 임미경 옮김

132 소설 **조선소** 후안 카를로스 오네티 지음 | 조구호 옮김

133–135 소설 **저항의 미학**(전 3권) 페터 바이스 지음 | 탁선미 · 남덕현 · 홍승용 옮김

136 소설 **신생** 시마자키 도손 지음 | 송태욱 옮김

137 소설 **캐스터브리지의 시장** 토머스 하디 지음 | 이윤재 옮김

138 소설 **죄수 마차를 탄 기사** 크레티앵 드 트루아 지음 | 유희수 옮김

139 자서전 **2번가에서** 에스키아 음파렐레 지음 | 배미영 옮김

140 소설 **묵동기담/스미다 강** 나가이 가후 지음 | 강윤화 옮김

141 소설 **개척자들** 제임스 페니모어 쿠퍼 지음 | 장은명 옮김

142 소설 **반짝이끼** 다케다 다이준 지음 | 박은정 옮김

143 소설 **제노의 의식** 이탈로 스베보 지음 | 한리나 옮김

144 소설 **흥분이란 무엇인가** 장웨이 지음 | 임명신 옮김

145 소설 **그랜드 호텔** 비키 바움 지음 | 박광자 옮김

146 소설 **무고한 존재** 가브리엘레 단눈치오 지음 | 윤병언 옮김

147 소설 **고야, 혹은 인식의 혹독한 길** 리온 포이히트방거 지음 | 문광훈 옮김